〔明〕梅鼎祚 編
張 耕 點校

古樂苑

下册

中華書局

古樂苑卷第三十一

琴曲歌辭 漢至隋

大風起 漢高帝

《史記》曰：十二年十月，高祖還，歸，過沛。留置酒沛宫，悉召故人父老子弟，縱酒，發沛中兒得百二十人，教之歌。酒酣，高祖擊筑，自爲歌詩，令兒皆和習之。高祖乃起舞，忼慷傷懷，泣數行下。《樂書》云：高祖過沛，詩三侯之章，令小兒歌之。高祖崩，令沛得以四時歌舞宗廟。《索隱》云：過沛詩即《大風歌》，侯語辭。《詩》曰：侯其禕而兮。亦語辭。詩有三「兮」，故云「三侯」也。《漢書·禮樂志》曰：至孝惠時，以沛宫爲原廟，令歌兒習吹以相和，常以百二十人爲員。《琴操》曰：《大風起》，漢高帝所作也。

大風起兮雲飛揚，威加海内兮歸故鄉。安得猛士兮守四方！

採芝操 四皓

《琴集》曰：四皓所作也。《古今樂録》曰：商山四皓隱居，高祖聘之，四皓不出，仰天歎而作歌。《高士傳》曰：四皓皆修道潔己，非義不動。秦始皇時，見秦政虐，乃退入藍田山而作歌，因共入商雒，隱地肺山，以待天下定。及秦敗，漢高聞而徵之，不至，深自匿終南山，不能屈己。《漢書》曰：四皓皆八十餘，鬚眉皓白，故謂之四皓。即東園公、角里先生、綺里季、夏黄公也。崔鴻曰：四皓爲秦博士，遭世暗昧，坑黜儒術，於是退而作此歌。亦謂之《四皓歌》。二説不同。

皓天嗟嗟，深谷逶迤。樹木莫莫，高山崔嵬。巖居穴處，以爲幄茵。曄曄紫芝，可以療飢。唐虞往矣，吾當安歸？

四皓歌

一曰《紫芝歌》。《高士傳》所載。

莫莫高山，深谷逶迤。曄曄紫芝，可以療飢。唐虞世遠，吾將何歸？駟馬高蓋，其憂甚大。富貴之畏人，不如貧賤之肆志。「高山」一作「商洛」。「逶迤」一作「威夷」。「唐虞世遠，吾將何歸」一作「皇農邈遠，余將安歸」，「之」並作「而」。「肆志」一作「輕世」。

八公操 淮南王安

一云《淮南操》。《古今樂録》曰：淮南好道，正月上辛，八公來降，王作此歌。謝希逸《琴論》曰：《八公操》，淮南王作也。《神仙傳》曰：淮南王好道書及方術之士，有八公詣門，鬚眉皓白，王使閽人自以其老難問之，八公皆變爲童子，年可十四五，角髻青絲，色如桃花。王聞，跣而迎，登思仙之臺，執弟子禮。八童子乃復爲老人，告王曰：吾一人能望致風雨，立起雲霧，畫地爲江河，撮土爲山嶽；一人能崩高山，塞深泉，收虎豹，召致蛟龍，使役鬼神；一人能分形易貌，坐存立亡，隱蔽六軍，白日爲暝；一人能乘雲步虚，越海凌波，出入無間，呼吸千里；一人能入火不灼，入水不濡，刃射不中，冬凍不寒，夏曝不汗；一人能千變萬化，恣意所爲，禽獸草木，萬物立成，移山駐流，行宫易室；一人能煎泥成金，凝鉛爲銀，駕龍浮於太清之上。安乃日夕朝拜，各試所言種種異術，無有不效。遂授王丹經三十六卷。藥成，未及服而郎中雷被與伍被共誣稱安謀反，天子使宗正持節治之。八公謂安曰：可以去矣。此乃是天之發遣王，王若無此事，日復一日，未能去世也。八公使安登山大祭，埋金於地，即白日昇天。時人傳八公、安臨去時，餘藥置在中庭，雞犬舐之，盡得昇天，故雞鳴天上，犬吠雲中也。高誘《叙》云：蘇飛、李尚、左吴、田由、雷被、毛被、伍被、晉昌八人。《容齋續筆》云：唯左吴、雷被、伍被見於史，雷被蓋爲安所斥，而亡之長安上書者，疑不得爲賓客之賢也。

煌煌上天，照下土兮。知我好道，公來下兮。公將與余，生毛羽兮。超騰青雲，蹈梁甫兮。觀見瑶光，過北斗兮。馳乘風雲，使玉女兮。含精吐氣，嚼芝草兮。悠悠將將，天相保兮。

琴歌　霍去病

《古今樂録》曰：霍將軍去病征匈奴有功，益封萬五千户，秩禄與大將軍等。於是志得意歡而作歌。《琴操》有《霍將軍渡河操》，去病所作也。

四夷既護，諸夏康兮。國家安寧，樂無央兮。載戢干戈，弓矢藏兮。麒麟來臻，鳳皇翔兮。與天相保，永無疆兮。親親百年，各延長兮。「護」一作「獲」。「無」一作「未」。

琴歌　司馬相如

《史記》曰：司馬相如與臨卭令王吉相善，往舍都亭。臨卭中富人卓王孫、程鄭爲具召之，并召令。酒酣，臨卭令前奏琴，曰：竊聞長卿好之，願以自娱。相如辭謝，爲鼓一再行。是時卓王孫有女文君新寡，好音，故相如繆與令相重，而以琴心挑之。相如之臨卭，從車騎，雍容閒雅甚都。及飲卓氏，弄琴，文君竊從户窺之，心悦而好之，恐不得當也。既罷，相如乃使人重賜文君侍者通殷勤。文君夜亡奔相如，相如乃與馳歸成都。《藝苑巵言》曰：長卿靡不穠麗工至。《琴歌》淺稚，或一時匆卒，或後人傅益。

鳳兮鳳兮歸故鄉，遨遊四海求其皇。時未遇兮無所將，何悟今夕兮升斯堂。有艷淑女在閨房，室爾人遐毒我腸。何緣交頸爲鴛鴦，胡頡頏兮共翱翔。「淑女」下《玉臺》有「兮」字。

鳳兮鳳兮從我棲，得托孳尾永爲妃。交情通體心和諧，中夜相從知者誰。雙翼俱起翻高飛，無感我思使余悲。「體」《玉臺》作「意」。「思」一作「心」。

昭君怨 王嬙

《琴操》曰：昭君，齊國王穰女，年十七，獻之元帝。元帝以地遠，不之幸。積五六年，帝每遊後宮，常怨不出。後單于遣使朝貢，帝宴之，盡召後宮，昭君盛飾而至。帝問欲以一女賜單于，能者往。昭君乃越席請行，時單于使在旁，驚恨不及。昭君至匈奴，單于大悦，以爲漢與我厚，縱酒作樂，遣使報漢。白璧一雙，騵馬十四，胡地珍寶之物。昭君恨帝始不見遇，乃作怨思之歌。單于死，子世達立，昭君謂之曰：爲胡者妻母，爲秦者更娶〔一〕。世達曰：欲作胡禮。昭君乃吞藥而死。按《漢書·匈奴傳》曰：竟寧中，呼韓邪來朝，漢歸王昭君，號寧胡閼氏。呼韓邪死，子雕陶莫皋立，爲復株絫若鞮單于，復妻昭君。不言飲藥而死。餘詳《楚調曲·王明君》注下，題本云

《怨詩》。

一作《怨曠思惟歌》

秋木萋萋，其葉萎黄。有鳥處山，集于苞桑。養育毛羽，形容生光。既得升雲，上遊曲房。離宫絶曠，身體摧藏。志念抑沈，不得頡頏。雖得委食，心有徊徨。我獨伊何，來往變常。翩翩之燕，遠集西羌。高山峩峩，河水泱泱。父兮母兮，道里悠長。嗚呼哀哉，憂心惻傷。

「形」一作「儀」。「來往變常」一作「改變厥常」。

同前　梁王叔英妻劉氏

一曰《昭君辭》。按《昭君怨》六朝作者多列楚調，獨此二首入琴操，不詳所謂，今仍從郭本。

一生竟何定，萬事最難保。丹青失舊儀，玉匣成秋草。想妾辭關淚，至今猶未燥。漢使汝南還，殷勤爲人道。

同前　陳後主

圖形漢宫裏，遥聘單于庭。狼山聚雲暗，龍沙飛雪輕。笳吟度隴咽，笛轉出關鳴。啼妝寒葉下，愁眉塞月生。只餘馬上曲，猶作別時聲。

歸風送遠操 漢趙飛燕

《西京雜記》曰：趙后有寶琴曰鳳皇，皆以金玉隱起，爲龍鳳螭鸞古賢列女之象，亦善爲《歸風送遠》之操。《趙飛燕外傳》曰：帝於太液池作千人舟，號合宫之舟。池中起爲瀛洲榭，高四十尺。帝御流波文縠無縫衫，后衣南越所貢雲英紫裙，碧瓊輕綃。廣榭上，后歌舞《歸風送遠》之曲，帝以文犀簪擊玉甌，令后所愛侍郎馮無方吹笙以倚后歌。中流歌酣，風大起，后順風揚音，無方長噏細嫋與相屬。后裙髀，曰：顧我，顧我。后揚袖，曰：仙乎，仙乎。去故而就新，寧忘懷乎！帝曰：無方爲我持后。無方捨吹，持后履，久之，風霽。后泣曰：帝恩我，使我仙去不待。悵然曼嘯，泣數行下。帝益愧愛后，賜無方千萬，入后房闥。他日，宫姝幸者，或襞裙爲縐，號曰留仙裙。

涼風起兮天隕霜，懷君子兮渺難望，感予心兮多慨慷。

蔡氏五弄

《琴歷》曰：琴曲有《蔡氏五弄》。《琴集》曰：五弄：《遊春》《淥水》《幽居》《坐愁》《秋思》，並宫調，蔡邕所作也。《琴書》曰：邕性沈厚，雅好琴道。嘉平初，入青溪，訪鬼谷先生。所居山有五曲，一曲製一弄。山之東曲常有仙人遊，故作《遊春》。南曲有澗，冬夏常渌，故作《渌水》。中曲即鬼谷先生舊所居也，深邃岑寂，故作《幽居》。北曲高巖，猨鳥所集，感物愁坐，故作《坐愁》。西曲灌木吟秋，故作《秋思》。三年，出示馬融，甚異之。《琴議》曰：隋煬帝以嵇氏四弄、蔡氏五弄，通謂之九弄。

渌水曲 齊江奂

塘上蒲欲齊，汀洲杜將歇。春心既易蕩，春流豈難越。桂檝及晚風，菱江映初月。芳香若可贈，爲君步羅襪。

同前 梁吴均

香曖金堤滿，湛淡春塘溢。已送行臺花，復倒高樓日。

同前 江洪

二首。

塵容不忍飾，臨池客未歸。誰能别渌水，全取浣羅衣。「客未歸」一作「思客歸」。「别」《玉臺》作「取」。「全取」《玉臺》作「無趣」。

潺湲復皎潔，輕鮮自可悦。横使有情禽，照影遂孤絶。

胡笳十八拍 漢蔡琰

《後漢書》曰：蔡琰字文姬，邕之女也。博學有才辯，又妙於音律。適河東衛仲道，夫亡無子，歸寧于家。興平中，天下喪亂，文姬没於南匈奴。在胡中十二年，生二子。曹操痛邕無嗣，乃遣使者以金璧贖之，而重嫁陳留董祀。後感傷亂離，追懷悲憤，作詩二章。《蔡琰别傳》曰：漢末大亂，琰爲胡騎所獲，在右賢王部伍中。春月登胡殿，感笳之音，作詩言志，曰：胡笳動兮邊馬鳴，孤鴈歸兮聲嚶嚶。唐劉商《胡笳曲》序曰：蔡文姬善琴，能爲《離鸞》《别鶴》之操。胡虜犯中原，爲胡人所掠，入番爲王后，王甚重之。武帝與邕有舊，敕大將軍贖以歸漢。胡人思慕文姬，乃捲蘆葉爲吹笳，奏哀怨之音〔一〕。後董生以琴寫胡笳聲爲十八拍，今之《胡笳弄》是也。《琴集》曰：大胡笳十八拍、小胡笳十九拍，並蔡琰作。按蔡翼《琴曲》有大、小胡笳十八拍。大胡笳十八拍，沈遼集，世名沈家聲。小胡笳又有契聲一拍，共十九拍，謂之祝家聲。祝氏不詳何代人。李良輔《廣陵止息譜》序曰：契者，明會合之至理，殷勤之餘也。李肇《國史補》曰：唐有董庭蘭，善沈聲、祝聲，蓋大小胡笳云。《藝苑卮言》曰：《胡笳十八拍》輭語似出閨襜，而中雜唐調，非文姬筆也，與《木蘭》頗類。又如「殺氣朝朝衝塞門，胡風夜夜吹邊月」，全是唐律。

第一拍

我生之初尚無爲，我生之後漢祚衰。天不仁兮降亂離，地不仁兮使我逢此時。干戈日尋兮道路危，民卒流亡兮共哀悲。煙塵蔽野兮胡虜盛，志意乖兮節義虧。對殊俗兮非我宜，遭惡辱兮當告誰。笳一會兮琴一拍，心潰死兮無人知。「潰死一」作「憤怨」。

第二拍

戎羯逼我兮爲室家，將我行兮向天涯。雲山萬重兮歸路遐，疾風千里兮揚塵沙。人多暴猛兮如虺蛇，控弦被甲兮爲驕奢。兩拍張懸兮弦欲絶，志摧心折兮自悲嗟。「虺」一作「蟲」。

第三拍

越漢國兮入胡城，亡家失身兮不如無生。氈裘爲裳兮骨肉震驚，羯羶爲味兮枉遏我情。鞞鼓喧兮從夜達明，胡風浩浩兮暗塞營。傷今感昔兮三拍成，銜悲畜恨兮何時平。「暗塞營」一作「暗塞昏營」。

第四拍

無日無夜兮不思我鄉土，禀氣含生兮莫過我最苦。天災國亂兮人無主，唯我薄命兮没我虜。俗殊心異兮身難處，嗜慾不同兮誰可與語。尋思涉歷兮多艱阻，四拍成兮益悽楚。「多」一作「何」。

第五拍

鴈南征兮欲寄邊心，鴈北歸兮爲得漢音。鴈飛高兮邈難尋，空腸斷兮思愔愔。攢眉向月兮撫雅琴，五拍泠泠兮意彌深。「心」一作「聲」。

第六拍

冰霜凛凛兮身苦寒，飢得肉酪兮不能飡。夜聞隴水兮聲嗚咽，朝見長城兮路杳漫。追思往日兮行李難，六拍悲來兮欲罷彈。

第七拍

日暮風悲兮邊聲四起，不知愁心兮説向誰是。原野蕭條兮烽戍萬里，俗賤老弱兮少壯爲美。逐有水草兮安家葺壘，牛羊滿野兮聚如蜂蟻。草盡水竭兮羊馬皆徙，七拍流恨兮惡居於此。「野」一作「地」。

第八拍

爲天有眼兮何不見我獨漂流，爲神有靈兮何事處我天南海北頭。我不負天兮天何配我殊匹？我不負神兮神何殛我越荒州！製兹八拍兮擬俳優，何知曲成兮轉悲愁。

第九拍

天無涯兮地無邊，我心愁兮亦復然。人生倏忽兮如白駒之過隙然，不得歡樂兮當我之盛年。怨兮欲問天，天蒼蒼兮上無緣。舉頭仰望兮空雲煙，九拍懷情兮誰爲傳。「爲」一作「與」。

第十拍

城頭烽火不曾滅，疆場征戰何時歇。殺氣朝朝衝塞門，胡風夜夜吹邊月。故鄉隔兮音塵絶，哭無聲兮氣將咽。一生辛苦兮緣離别，十拍悲深兮淚代血。

第十一拍

我非貪生而惡死，不能捐身兮心有以。生仍冀得兮歸桑梓，死當埋骨兮長已矣。日居月諸兮在戎壘，胡人寵我兮有二子。鞠之育之兮不羞耻，愍之念之兮生長邊鄙。十有一拍兮因兹起，哀響纏緜兮徹心髓。「仍冀」一作「乃既」。「日居月諸」一作「日月居諸」。

第十二拍

東風應律兮暖氣多，漢家天子兮布陽和。羌胡蹈舞兮共謳歌，兩國交歡兮罷兵戈。忽逢漢使兮稱近詔，遣千金兮贖妾身。喜得生還兮逢聖君，嗟别二子兮會無因。十有二拍兮哀樂均，去住兩情兮難具陳。「蹈」一作「踏」。「逢」一作「遇」。「難」一作「誰」。「漢家」上一有「知是」二字。

第十三拍

不謂殘生兮却得旋歸，撫抱胡兒兮泣下霑衣。漢使迎我兮四牡騑騑，號失聲兮誰得知。與我生死兮逢此時，愁爲子兮日無光輝。焉得羽翼兮將汝歸，一步一遠兮足難移，魂消影絶兮恩愛遺。十有三拍兮弦急調悲，肝腸攪刺兮人莫我知。「號失聲兮」一作「胡兒號兮」。

第十四拍

身歸國兮兒莫知隨，心懸懸兮長如飢。四時萬物兮有盛衰，唯我愁苦兮不暫移。山高地闊兮見汝無期，更深夜闌兮夢汝來斯。夢中執手兮一喜一悲，覺後痛吾心兮無休歇時。十有四拍兮涕淚交垂，河水東流兮心是思。「我」一作「有」。

第十五拍

十五拍兮節調促，氣填胷兮誰識曲。處穹廬兮偶殊俗，願得歸來兮天從欲。再還漢國兮歡心足，心有憶兮愁轉深。日月無私兮曾不照臨，子母分離兮意難任。同天隔越兮如商參，生死不相知兮何處尋。「願」下一無「得」字。「憶」一作「懷」。

第十六拍

十六拍兮思茫茫，我與兒兮各一方。日東月西兮徒相望，不得相隨兮空斷腸。對萱草兮徒想憂忘，彈鳴琴兮情何傷。今别子兮歸故鄉，舊怨平兮新怨長。泣血仰頭兮訴蒼蒼，胡爲生我兮獨罹此殃。一無「我」字。

第十七拍

十七拍兮心鼻酸，關山阻脩兮行路難。去時懷土兮心無緒，來時别兒兮思漫漫。塞上黄蒿兮枝枯葉乾，沙場白首兮刀痕箭瘢。風霜凜凜兮春夏寒，人馬飢虺兮筋力單。豈知重得兮入長安，歎息欲絶兮淚闌干。「筋力」一作「骨肉」。

第十八拍

胡笳本自出胡中，緣琴翻出音律同。十八拍兮曲雖終，響有餘兮思無窮。是知絲竹微妙兮均造化之功，哀樂各隨人心兮有變則通。胡與漢兮異域殊風，天與地隔兮子西母東。苦我怨氣兮浩於長空，六合雖廣兮受之應不容。「無」一作「未」。

胡笳曲 宋吴邁遠

輕命重意氣，古來豈但今。緩頰獻一説，揚眉受千金。邊風落寒草，鳴笳墜飛禽。越情結楚思，漢耳聽胡音。既懷離俗傷，復悲朝光侵。日當故鄉没，遥見浮雲陰。

同前 梁陶弘景

此似讖詩。

自負飛天歷，與奪徒紛紜。百年三五代，終是甲辰君。「自負」郭作「負扆」，一作「自戾」。「三」一作「四」。

同前 江洪

二首。

藏器欲逢時，年來不相讓。紅顔征戍兒，白首邊城將。「逢」一作「邀」。

落日慘無光，臨河獨飲馬。飀飀夕風高，聯翩飛鴈下。

琴思楚歌 漢王逸

盛陰脩夜何難曉，思念糾戾腸摧繞。時節晚暮年齒老，冬夏更運去若頽。寒來暑往難逐追，形容減少顔色虧。時忽晻晻若騖馳，意中私喜施用爲。内無所恃失本義，志願不得心肝沸。憂懷感結重歎噫，歲月已盡去奄忽。亡官失禄去家室，思想君命幸復位，久處無成卒放棄。

於忽操　漢麗德公

三章。

於忽乎不可以爲，其又奚爲？離婁之精，夜何有於明。師曠之耳，聾者亦有爾。束王良之手兮，後車載之前行。險既以覆兮，後逐逐其猶來。雖目盼而心駭兮，顧其能之安施？委繩墨以聽人兮，雖班輸亦奚以爲。

於忽乎不可以爲，其又奚爲？椽櫨桷榱之累重，顧柱小之奈何。方風雨之晦陰，行者艱而莫休，居者坐而笑歌。不知壓之忽然兮，其謂安何。

於忽乎不可以爲，其又奚爲？謂雞斯飛，誰得而羈。謂豕斯突，何取於縛。是皆以食而得之，吾於飢而後噫雞兮豕兮死以是兮。

琴歌 魏阮瑀

魏《文士傳》曰：太祖雅聞瑀名，辟之不應，乃逃入山中。太祖使人焚山，得瑀，太祖時征長安，大延賓客，怒瑀，不與語，使就技人列。瑀善解音，能鼓琴，撫弦而歌。爲曲既捷，音聲殊妙，太祖大悦。裴松之注曰：案魚氏《典略》、摯虞《文章志》並云瑀建安初辭疾避役，不爲曹洪屈，得太祖召，即投杖而起，不得有焚山乃出之事。又《典略》載太祖初征荆州，使瑀作書與劉備，及征馬超，又使瑀作書與韓遂。太祖始以十六年得入關耳，而張隲云初得瑀時，太祖在長安，此又乖戾。瑀以十七年卒，太祖十八年策爲魏公，而云瑀歌舞辭稱大魏，愈知其妄。又其辭云「他人焉能亂」，了不成語，瑀之吐屬，必不如此。

奕奕天門開，大魏應期運。青蓋巡九州，在東西人怨。士爲知己死，女爲悦者玩。恩義苟潛暢，他人焉能亂。

琴歌 前秦趙整下同

《晉書·載記》曰：苻堅分氐户於諸鎮，趙整因侍，援琴而歌，堅笑而不納。及敗於姚萇，至是整言驗矣。

阿得脂，阿得脂，博勞舊父是仇綏，尾長翼短不能飛。遠徙種人留鮮卑，一旦緩急語阿誰！

琴歌

二首。郭茂倩引《晉書》曰：苻堅末年，怠於爲政，趙整援琴作歌二章以諷。整一名正。按《高僧傳》曰：正性好幾諫，無所迴避。苻堅末年，寵惑鮮卑，惰於治政，正因歌諫曰「昔聞孟津河」，堅動容曰：是朕也。又歌曰「北園有一樹」，堅笑曰：將非趙文業耶！其題本云《諷諫詩》，且無援琴之説，今從附入。

昔聞孟津河，千里作一曲。此水本自清，是誰攪令濁。「攪令」《拾遺》作「亂使」。

北園有一樹，布葉垂重陰。外雖饒棘刺，内實有赤心。「一」《拾遺》作「棗」。「饒」一作「多」。

宛轉歌　晉劉妙容

二首。一曰《神女宛轉歌》。《續齊諧記》曰：晉有王敬伯者，會稽餘姚人。少好學，善鼓琴。年十八，仕於東宫，爲衛佐。休假還鄉，過吴，維舟中渚，登亭望月，悵然有懷，乃倚琴歌《泫露》之詩。俄聞户外有嗟賞聲，見一女子雅有容色，謂敬伯曰：女郎悦君之琴，願共撫之。敬伯許焉。

既而女郎至，姿質婉麗，綽有餘態。從以二少女，一則向先至者。女郎乃撫琴揮絃，調韻哀雅，類今之登歌，曰：古所謂《楚明君》也，唯嵇叔夜能爲此聲。自玆已來，傳習數人而已。復鼓琴，歌《遲風》之詞，因歎息久之。乃命大婢酌酒，小婢彈箜篌，作《宛轉歌》，女郎脱頭上金釵，扣琴弦而和之，意韻繁諧。歌凡八曲，敬伯唯憶二曲。將去，留錦卧具、繡香囊，並佩一雙，以遺敬伯。敬伯報以牙火籠、玉琴軫。女郎悵然不忍别，且曰：深閨獨處，十有六年矣。邂逅旅館，盡平生之志。蓋冥契，非人事也。言竟便去。敬伯船至虎牢戍，吴令劉惠明者有愛女早世，舟中亡卧具，於敬伯船獲焉。敬伯具以告，果於帳中得火籠、琴軫。女郎名妙容，字雅華。大婢名春條，年二十許。小婢名桃枝，年十五。皆善彈箜篌及《宛轉歌》，相繼俱卒。按此宜入鬼詩，姑從郭本。

月既明，西軒琴復清。寸心斗酒争芳夜，千秋萬歲同一情。歌宛轉，宛轉淒以哀。願爲星與漢，光影共徘徊。

悲且傷，參差淚成行。低紅掩翠方無色，金徽玉軫爲誰鏘。歌宛轉，宛轉情復悲。願爲煙與霧，氛氲對容姿。「成」一作「幾」。

同前 陳江總

七夕天河白露明，八月濤水秋風驚。樓中恒聞哀響曲，塘上復有苦辛行。不解何意悲秋氣，直置無秋悲自生。不怨前堦促織鳴，偏愁別路搗衣聲。別燕差池自有返，離蟬寂寞詎含情。雲聚懷情四望臺，月冷相思九重觀。欲題芍藥詩不成，來采芙蓉花已散。金樽送曲韓娥起，玉柱調弦楚妃歎。翠眉結恨不復開，寶鬢迎秋度前亂。湘妃拭淚灑貞筠，筴藥浣衣何處人。步步香飛金薄履，盈盈扇掩珊瑚唇。已言采桑期陌上，復能解佩就江濱。競入華堂要花枕，争開羽帳奉華茵。不惜獨眠前下釣，欲許便作後來薪。後來暝暝同玉牀，可憐顔色無比方。誰能巧笑特窺井，乍取新聲學繞梁。宿處留嬌墮黄珥，鏡前含笑弄明璫。卷葹摘心心不盡，茱萸折葉葉更芳。已聞能歌洞簫賦，詎是故愛邯鄲倡。「便」一作「別」。「卷」一作「採」。

秋風 宋吴邁遠

《玉臺》題云《古意贈今人》，鮑令暉作。郭本無「誰爲」以下六句。自此以下多不詳曲所由起，故但以作者爲次。《白雪》《秋竹》本爲古曲，《白雪》諸説互異，《秋竹》特見《諷賦》，亦不言始自何時，且其古辭並亡，惟齊徐孝嗣、謝朓擬作而已，今從次入。

寒鄉無異服，衣氈代文練。日月望君歸，年年不解綖。荆揚春早和，幽冀猶霜霰。北寒妾已知，南心君不見。誰爲道辛苦，寄情雙飛燕。形迫杼煎絲，顔落風催電。容華一朝改，唯餘心不變。「衣氈」一作「氈褐」。

同前 宋湯惠休〔三〕

秋風嫋嫋入曲房，羅帳含月思心傷。蟋蟀夜鳴斷人腸，長夜思君心飛揚。他人相思君相忘，錦衾瑶席爲誰芳。

同前 梁江洪

三首。

先拂連雲臺，罷入迎風殿。已拆池中荷，復驅簷裏燕。

北牖風摧樹，南籬寒蛩吟。庭中無限月，思歸夜鳴砧。

孀婦悲四時，況在秋閨内。淒葉留晚蟬，虚庭吐寒菜。

楚朝曲 宋吴邁遠

白雲縈藹荆山阿，洞庭縱横生白波。幽芳遠客悲如何，繡被掩口越人歌。壯年流瞻襄成和，清貞空情感電過。初同末異憂愁多，窮巷惻愴沈汨羅。延思萬里挂長河，翻驚漢陰動湘娥。「生白波」一作「日生波」。

楚明妃曲　宋湯惠休

前已有《昭君怨》，不知此亦同否。

瓊臺彩楹，桂寢雕甍。金閨流耀，玉牖含英。香芬幽藹，珠綵珍榮。文羅秋翠，紈綺春輕。驂駕鸞鶴，往來仙靈。含姿綿視，微笑相迎。結蘭枝，送目成，當年爲君榮。

白雪歌　齊徐孝嗣

張華《博物志》曰：《白雪》者，太帝使素女鼓五十弦琴曲名也。謝希逸《琴論》曰：劉涓子善鼓琴，制《陽春》《白雪》曲。《琴集》曰：《白雪》，師曠所作，商調曲。《唐書·樂志》曰：《白雪》，周曲也。高宗顯慶二年，太常言：《白雪》琴曲，本宜合歌。今依琴中舊曲，以御製《雪詩》爲《白雪》歌辭。又古今樂府奏正曲之後，皆別有送聲，乃取侍臣許敬宗等和詩以爲送聲，各十六節。六年二月，吕才造琴歌《白雪》等曲，帝亦著歌辭十六章，皆著于樂府。以上各説不同。按嵇康《琴賦》「揚白雪，發清角」，注止引宋玉，不復如前所云。孝嗣齊人，今但次于宋後。按《白雪》一作楚曲。

風閨晚翻靄，月殿夜凝明。願君早流盼，無令春草生。「流」一作「留」。

同前 梁朱孝廉

凝雲没霄漢，從風飛且散。聯翩避幽谷，徘徊依井幹。既興楚客謡，亦動周王歎。所恨輕寒早，不迨陽春旦。「陽春」一作「春光」。

秋竹曲 齊謝朓

宋玉《諷賦》曰：臣復援琴鼓之，爲《秋竹》《積雪》之曲。

婹娟綺牕北，結根未參差。從風既裊裊，映日頗離離。欲求棗下吹，别有江南枝。但能凌白雪，貞心蔭曲池。

雙燕離 梁簡文帝

《琴集》曰：《獨處吟》《流澌咽》《雙燕離》《處女吟》四曲，其詞俱亡。《琴歷》曰：河間新歌二十一章，此其四曲也。《藝文》作《雙燕詩》。

雙燕有雄雌，照日兩差池。銜花落北户，逐蝶上南枝。桂棟本曾宿，虹梁早自窺。願得長如此，無令雙燕離。

同前 沈君攸

雙燕雙飛，雙情相思。容色已改，故心不衰。雙入幕，雙出帷。秋風去，春風歸。幕上危，雙燕離。銜羽一别涕泗垂，夜夜孤飛誰相知。左回右顧還相慕，翩翩桂水不忍渡，懸目挂心思越路。縈鬱摧折意不泄，願作鏡鸞相對絶。一作「孤鸞鏡中絶」，又作「對鏡絶」。

湘夫人 梁沈約

劉向《列女傳》曰：堯二女娥皇、女英以妻舜。既爲天子，死于蒼梧，二妃没江湘之間，俗謂之湘君。王逸《楚辭注》曰：二女隨帝不反，墮于湘水之渚，因爲湘夫人。《琴操》有《湘妃怨》，又有《湘夫人曲》，郭氏《樂府》以其舜妃，遂附于《南風操》後。然此曲寔未詳所起，今惟依沈約世次，且《九歌》有《湘夫人》，亦僅附楚，郭至謂娥皇正妃爲湘君，女英宜降爲夫人者，甚謬。

瀟湘風已息，沅澧復安流。揚蛾一含睇，嫇娟好且脩。捐玦置澧浦，解佩寄中洲。

同前 王僧孺

桂棟承薜帷，眇眇川之湄。白蘋徒可望，緑芷竟空滋。日暮思公子，銜意嘿無辭。

緑竹 梁吴均

嬋娟鄣綺殿，繞弱拂春漪。何當逢採拾，爲君笙與篪。

飛龍引 隋蕭慤

河曲銜圖出，江上負舟歸。欲因作雨去，還逐景雲飛。引商吹細管，下徵汎長徽。持此淒清引，春夜舞羅衣。

成連 隋辛德源

《列子》曰：伯牙學琴于成連，詳《水仙操》注。按此曲言征夫遠役，與前説無與。

征夫從遠役，歸望絶雲端。蓑笠城踰壞，桑落梅初寒。雪夜然烽濕，冰朝飲馬難。寂寂長安信，誰念客衣單。

婬佚曲 隋僧沸大

沸大作此曲，彈琴以兆史見也。

煌煌鬱金，生于野田。過時不採，宛見棄捐。曼爾豐熾，華色惟新，與我同歡。

【校勘記】

〔一〕秦，《四庫》本作「漢」。

〔二〕怨，原闕，據《四庫》本補。

〔三〕宋，據《四庫》本補。

古樂苑卷第三十二

雜曲歌辭

《宋書·樂志》曰：古者天子聽政，使公卿大夫獻詩，耆艾修之，而後王斟酌焉，然後被於聲，於是有採詩之官。周室下衰，官失其職。漢魏之世，歌詠雜興，而詩之流乃有八名：曰行，曰引，曰歌，曰謡，曰吟，曰詠，曰怨，曰歎，皆詩人六義之餘也。至其協聲律、播金石，而總謂之曲。若夫均奏之高下、音節之緩急、文辭之多少，則繫乎作者才思之淺深，與其風俗之薄厚。當是時，如司馬相如、曹植之徒所爲文章，深厚爾雅，猶有古之遺風焉。自晉遷江左，下逮隋、唐，德澤寖微，風化不競，去聖逾遠。繁音日滋，雜曲興於南朝〔一〕，繁音生於北俗，哀淫靡曼之辭，迭作並起，流而忘反，以至陵夷，由是新聲熾而雅音廢矣。昔晉平公説新聲，而師曠知公室之將卑；李延年善爲新聲變曲，而聞者莫不感動；其後元帝自度曲被聲歌，而漢業遂衰；曹妙達等改易新聲，而隋文不能救。嗚呼，新聲之感人如此，是以爲世所貴。雖沿情之作，或出一時，而聲辭淺迫，少復近古。故蕭齊之將亡也，有《伴侣》；高齊之將亡也，有《無愁》；陳之將亡也，有《玉樹後庭花》；隋之將亡也，有《泛龍舟》。所謂煩手淫聲，争新怨衰，此又新聲之弊也。雜曲者歷代有之，或心志之所存，或情思之所感，或宴游懽樂之所發，或憂愁憤怨之所興，或叙離别悲傷之懷，或言征戰行役之苦，或緣於佛老，或出自夷虜，兼收備載，故總謂之雜曲。自秦、漢已來數千百歲，文人才士，作者非一。干戈喪亂，亡失既多，聲辭不具。故有名存義亡，不見所起。而有古辭可考者，則若《傷歌行》《生别離》《長相思》《棗下何纂纂》之類是也。復有不見古辭，而後人斷有擬述，可以槩見其義者，則若《出自薊北門》《結客少年場》《秦王卷衣》《半渡溪》《空城雀》，《齊謳》《吴趨》《會吟》《悲哉》之類是也。又如漢阮瑀之《駕出北郭門》，曹植之《惟漢》《苦思》《欲遊南山》《事君》《車已駕》《桂之樹》等行，《磐石》《驅車》《浮萍》《種葛》《吁嗟》《鰕䱇》等篇，傅玄之《雲中白子高》《前有一樽酒》《鴻鴈生塞北》行，《昔君》《飛塵》《車遥遥》篇，陸機之《置酒》篇，王循之《晨風》，鮑照之《鴻鴈》，如此之類，其篇甚多。或因意命題，或學古叙事，其辭具在，不復備論。

郭氏《樂府》所列雜曲，稍似類從，實多錯紊。今編但依世次，代以統人，人以統篇，别有擬作，仍附其後。

西漢東漢

楚歌 漢高帝

一作《鴻鵠歌》。《史記·留侯世家》曰：上欲廢太子，立戚夫人子趙王如意。呂后乃使建成侯呂澤劫留侯爲畫計，留侯曰：此難以口舌爭也。顧上有不能致者，天下有四人。四人者年老矣，皆以爲上慢侮人，故逃匿山中，義不爲漢臣。然上高此四人，今公誠能無愛金玉璧帛，令太子爲書，卑辭安車，因使辯士固請，宜來。來以爲客，時時從入朝，令上見之，則必異而問之。上知此四人賢，則一助也。於是呂后迎此四人。十二年，上從擊破布軍，歸，疾益甚，愈欲易太子。及燕，置酒，太子侍，四人從太子，年皆八十有餘，鬚眉皓白，衣冠甚偉。上怪之，問曰：彼何爲者？四人前對，各言名姓，曰東園公，甪里先生，綺里季，夏黄公。上乃大驚，曰：吾求公數歲，公辟逃吾。今公何自從吾兒游乎？四人皆曰：陛下輕士善駡，臣等義不受辱，故恐而亡匿。竊聞太子爲人仁孝，恭敬愛士，天下莫不延頸欲爲太子死者，故臣等來耳。上曰：煩公幸卒調護太子。四人爲壽已畢，趨去。上目送之，召戚夫人，指示四人者，曰：我欲易之，彼四人輔之。羽翼已成，難動矣。呂后真而主矣。戚夫人泣，上曰：爲我楚舞，吾爲若楚歌。歌數闋，戚夫人嘘唏流涕，上起去，罷酒，竟不易太子。

鴻鵠高飛，一舉千里。羽翮已就，横絶四海。横絶四海，當可奈何？雖有矰繳，尚安所施！「翮」一作「翼」。「當」《漢書》作「又」。「尚」一作「將」。

舂歌　漢戚夫人

一作《永巷歌》。《漢書·外戚傳》曰：高帝得定陶戚姬，愛幸，生趙隱王如意。惠帝立，吕后爲皇太后，廼令永巷囚戚夫人，髡鉗，衣赭衣，令舂。戚夫人舂且歌，太后聞之大怒，曰：乃欲倚女子邪！召趙王誅之，戚夫人遂有人彘之禍。

子爲王，母爲虜。終日舂薄暮，常與死爲伍。相離三千里，當誰使告女。

幽歌　漢趙王友

《漢書》列傳曰：趙幽王友，高帝諸姬子，初封淮陽王，吕太后徙爲趙王。孝惠時友以諸吕女爲后，不愛，愛它姬。諸吕女讒之於太后，曰：吕氏安得王！太后百歲後，吾必擊之。太后怒，召趙王置邸，令衛圍守之。趙王餓，乃作歌，遂幽死。

諸吕用事兮劉氏微，迫脅王侯兮彊授我妃。我妃既妬兮誣我以惡，讒女亂國兮上曾不寤。我無忠臣兮何故棄國，自決中野兮蒼天與直。于嗟不可悔兮寧早自賊，爲王餓死兮誰者憐之，吕氏絶理兮託天報仇。「臣」一作「良」。

耕田歌 漢朱虚侯章

「耕」一作「種」。《史記·齊王世家》曰：諸吕擅權用事，朱虚侯劉章忿劉氏不得職。嘗入侍宴，太后令爲酒吏，章自請曰：臣將種也，請以軍法行酒。太后曰：可。酒酣，章進飲歌舞，請爲《耕田歌》。頃之，諸吕有一人醉，亡酒，章追拔劍斬之。太后大驚，業已許其軍法，無以罪也。

深耕穊種，立苗欲疏。非其種者，鉏而去之。「種」一作「類」。

瓠子歌 漢武帝

二首。《漢書·武帝紀》曰：元封二年四月，作《瓠子歌》。《溝洫志》曰：帝既封禪，乃發卒數萬人塞瓠子決河。還，自臨祭，湛白馬玉璧，令羣臣從官皆負薪塞決河。時東郡燒草，以故薪少，乃下淇園之竹以爲楗。上既臨河決，悼其功之不就，爲作歌詩二章。於是卒塞瓠子，築宫其上，名曰宣防。

瓠子决兮將奈何？浩浩洋洋兮慮殫爲河。殫爲河兮地不得寧，功無已時兮吾山平。吾山平兮鉅野溢，魚弗鬱兮柏冬日〔二〕。正道弛兮離常流，蛟龍騁兮放遠遊。歸舊川兮神哉沛，不封禪兮安知外。爲我謂河伯兮何不仁，汎濫不止兮愁吾人。齧桑浮兮淮泗滿，久不返兮水維緩。「浩浩洋洋」一作「皓皓旰旰」。「放」一作「方」。「我謂河伯兮何不仁」一作「皇爲河公兮何不仁」。「吾山」之「吾」音「魚」。齧桑，縣名。河湯湯兮激潺湲，北渡回兮迅流難。搴長茭兮湛美玉，河伯許兮薪不屬。薪不屬兮衛人罪，燒蕭條兮噫乎何以禦水。隤林竹兮楗石菑，宣防塞兮萬福來。湛讀曰沈。「伯」一作「公」。菑，側其反。

秋風辭 漢武帝

《漢武帝故事》曰：帝行幸河東，祠后土，顧視帝京，忻然中流，與羣臣飲讌。帝歡甚，乃自作《秋風辭》。

秋風起兮白雲飛，草木黄落兮雁南歸。蘭有秀兮菊有芳，懷佳人兮不能忘。汎樓船兮濟汾河，横中流兮揚素波。簫鼓鳴兮發櫂歌，歡樂極兮哀情多。少壯幾時兮奈老何！

李夫人歌 漢武帝

《漢書·外戚傳》曰：夫人早卒，帝思念不已，方士齊人少翁言能致其神。迺夜張燈燭，設帷帳，陳酒肉，而令帝居帷帳。遥望見好女如李夫人之貌，還幄坐而步。又不得就視。帝愈益相思悲感，爲作詩，令樂府諸音家絃歌之。

是邪非邪？立而望之。偏何姍姍其來遲！「偏」一作「翩」。

落葉哀蟬曲 漢武帝

王子年《拾遺記》曰：漢武帝思懷李夫人，時始穿昆靈之池，汎翔禽之舟，帝自造歌曲，使女伶歌之。時日已西傾，涼風激水，女伶歌聲甚遒，因賦《落葉哀蟬》之曲。《藝苑巵言》云：《落葉哀蟬》疑是贋作。

羅袂兮無聲，玉墀兮塵生。虚房冷而寂寞，落葉依於重扃。望彼美之女兮安得，感余心之未寧。

悲愁歌　漢烏孫公主

《漢書·西域傳》曰：武帝元封中，遣江都王建女細君爲公主，以妻烏孫王昆莫。公主至其國，自治宫室居，歲時一再與昆莫會，置酒飲食。昆莫年老，言語不通，公主悲，乃自作歌。

吾家嫁我兮天一方，遠託異國兮烏孫王。穹廬爲室兮氈爲牆，以肉爲食兮酪爲漿。居常土思兮心内傷，願爲黄鵠兮歸故鄉。

黄鵠歌　漢昭帝

《西京雜記》曰：始元元年，黄鵠下太液池，帝爲此歌。

黄鵠飛兮下建章，羽肅肅兮行蒼蒼。金爲衣兮菊爲裳，唼喋荷荇，出入蒹葭。自顧菲薄，愧爾嘉祥。「菲薄」一作「薄德」。

淋池歌　漢昭帝

《拾遺記》曰：昭帝始元元年，穿淋池，廣千步，東引太液之水。池中植分芰荷，一莖四葉，狀如騈蓋，花葉離萎，芬馥之氣徹十餘里，宮人貴之。每遊宴出入，必皆含嚼，或剪以爲衣，或折以蔽日，以爲戲弄。帝時命水嬉，以文梓爲船，木蘭爲柂，刻飛鸞翔鷁飾於船首，隨風輕漾，畢景忘歸，乃至通夜。使宮人歌曰：

秋素景兮汎洪波，揮纖手兮折芰荷。涼風凄凄揚棹歌，雲光開曙月低河。萬歲爲樂豈云多！亦見《三輔黄圖》。

燕王歌 漢燕王旦

《漢書》列傳曰：昭帝時，旦爲燕王，自以爲武帝子，且長，不得立，乃與旦姊蓋長公主、左將軍上官桀交通，謀廢帝迎立。舍人父燕倉知其謀，告之，由是發覺。王憂懣，置酒萬載宮，會賓客，羣臣妃妾坐飲。王自歌，華容夫人起舞，坐者皆泣。天子使使者賜璽書，王以綬自絞，後夫人隨旦自殺者二十餘人。

歸空城兮，狗不吠，雞不鳴。横術何廣廣兮，固知國中之無人！

華容夫人歌

髮紛紛兮寘渠，骨籍籍兮亡居[三]。母求死子兮，妻求死夫。裵回兩渠間兮，君子獨安居。

「獨」一作「將」。

瑟歌 漢廣陵王胥

《漢書外傳》曰：廣陵厲王胥，武帝第五子。昭帝時，胥見帝年少無子，有覬欲心。迎女巫李女須，使下神呪詛。宣帝即位，呪詛事發覺。天子遣廷尉、大鴻臚即訊。胥置酒顯陽殿，召太子霸及子女等夜飲，使所幸鼓瑟歌舞，王自歌，左右悉涕泣。奏酒至雞鳴時罷，以綬自絞死。

欲久生兮無終，長不樂兮安窮！奉天期兮不得須臾，千里馬兮駐待路。黄泉下兮幽深，人生要死，何爲苦心！何用爲樂心所喜，出入無悰爲樂亟。蒿里召兮郭門閱，死不得取代，庸身自逝。「閱」一作「閲」。

歌二首 漢廣川王去

《漢書》列傳曰：廣川王去以陽城昭信爲后。幸姬陶望卿爲脩靡夫人，主繒帛；崔脩成爲明貞夫人，主永巷。後昭信譖，望卿失寵。去與昭信等飲，諸婢皆侍，去爲望卿作歌曰「背尊章」，使美人相和歌之，竟殺望卿。昭信欲擅愛，曰：王使明貞夫人主諸姬，淫亂難禁。乃盡閉諸姬舍門，上籥於后，非大置酒召不得見。去憐之，爲作歌曰「愁莫愁」，令昭信聲鼓爲節，以教諸姬歌之。歌罷，輒歸永巷，封門。

背尊章，嫖以忽。謀屈奇，起自絶。行周流，自生患。諒非望，今誰怨。望卿歌

愁莫愁，生無聊。心重結，意不舒。内茀鬱，憂哀積。上不見天，生何益？日崔隤，時不再。願棄軀，死無悔。脩成歌

據地歌 漢東方朔

東方朔爲郎，常侍、中人皆以爲狂，朔曰：如朔所謂避世於朝廷間者也，古之人乃避世於深山中。時坐席中，酒酣，據地歌曰。

陸沉於俗，避世金馬門。宫殿中可以避世全身，何必深山之中，蒿廬之下。

延年歌 漢李延年

《漢書》：李延年性知音，善歌舞，武帝愛之。侍上，起舞歌曰。上歎息，曰：世豈有此人乎？平陽主因言延年有女弟。上召見之，實妙麗善舞，由是得幸。

北方有佳人，絶世而獨立。一顧傾人城，再顧傾人國。寧不知傾城與傾國，佳人難

再得。

别歌　漢李陵

《漢書》列傳曰：昭帝即位數年，匈奴與漢和親。漢使求蘇武等，單于許。武還，李陵置酒，賀武曰：異域之人，一别長絶。因起舞而歌，泣下數行，遂與武決。

徑萬里兮度沙漠，爲君將兮奮匈奴。路窮絶兮矢刃摧，士衆滅兮名已隤。老母已死，雖欲報恩將安歸！

拊缶歌　漢楊惲

《漢書》：宣帝時，霍氏謀反，惲先以聞，封平通侯。與太僕戴長樂相失，長樂告惲罪，免爲庶人。惲家居，治産業，起室宅。友人安定太守西河孫會宗與惲書，諫戒之。惲宰相子，語言見廢，内懷不服，乃答會宗書，曰：田家作苦，歲時伏臘，亨羊炰羔，斗酒自勞。家本秦也，能爲秦聲，婦趙女也，雅善鼓瑟，奴婢歌者數人。酒後耳熱，仰天拊缶，而呼烏烏。其詩曰。

田彼南山，蕪穢不治。種一頃豆，落而爲萁。人生行樂耳，須富貴何時！

東漢

招商歌 漢靈帝

《拾遺記》曰：靈帝初平三年，遊於西園。起裸遊館千間，采緑苔而被階，引渠水以繞砌。周流澄徹，乘船遊漾。選玉色宫人執篙楫，又奏《招商》之曲，以來涼風。歌曰。

涼風起兮日照渠，青荷晝偃葉夜舒。惟日不足樂有餘，清絲流管歌玉鳧。千年萬歲嘉難踰！《拾遺記》：渠中植蓮，大如蓋，長一丈，南國所獻。其葉夜舒晝卷，名夜舒荷。玉鳧，曲名。

弘農王歌 漢弘農王辯

袁山松《後漢書》曰：董卓廢少帝爲弘農王，立陳留王爲帝，置弘農王于閣上。初平元年，春正月，使郎中令李儒進鴆，曰：服此辟惡。王曰：此必是毒也。弗肯，强之，於是王與唐姬及宫人共飲酒。王自歌曰云云。唐姬起舞，歌曰云云。因泣下，坐者噓欷不自勝。王謂唐姬曰：卿故王者妃，勢不復爲吏民妻也。行矣自愛，從此長辭。遂飲鴆死，時年十八。

天道易兮我何艱，棄萬乘兮退守藩。逆臣見迫兮命不延，逝將棄兒兮適幽玄。「守藩」一作

「宮藩」。「皃」一作「汝」。

唐姬歌

皇天崩兮后土頽，身爲帝王兮命夭摧。死生異路兮從此乖，悼我煢獨兮中心哀。「悼」一作「奈」。「中心哀」一作「心中哀」。

五噫歌 漢梁鴻

《後漢書》曰：梁鴻東出關，過京師，作《五噫》之歌。肅宗聞而惡之，求鴻不得。一云登北邙山，作《五噫之歌》。

陟彼北邙兮，噫。顧瞻帝京兮，噫。宫闕崔嵬兮，噫。民之劬勞兮，噫。遼遼未央兮，噫。「芒」一作「邙」。「瞻」一作「覽」。

武溪深行 漢馬援

一曰《武陵深行》。崔豹《古今注》曰：《武溪深》，馬援南征之所作也。援門生爰寄生善吹笛，援作歌，令寄生吹笛以和之，名之曰《武溪深》。

滔滔武溪一何深！鳥飛不度，獸不能臨。嗟哉武溪兮多毒淫！「能」一作「敢」。一無「兮」字。

同前 梁劉孝勝

武溪深不測，水安舟復輕。暫侶莊生釣，還滯鄂君行。櫂歌争後發，譟鼓逐前征。秦上山川險，黔中木石并。林壑秋籟急，猿哀夜月鳴。澄源本千仞，回峰忽萬縈。昭潭讓無底，太華推削成。日落野通氣，目極悵餘情。下流曾不濁，長邁寂無聲。羞學滄浪水，濯足復濯纓。「木石并」一作「水石清」。「濯纓」一作「沾纓」。

莋都夷歌 白狼王唐菆

莋都夷者，武帝所開，以爲莋都縣。《後漢書·西南夷傳》曰：明帝時，益州刺史朱輔宣示漢德，威懷遠夷，自汶山以西，前世所不至，正朔所未加，白狼、槃木等百餘國，皆舉種稱臣奉貢。白狼王唐菆作詩三章，歌頌漢德，輔使譯而獻之。《丹鉛閏録》曰：白狼王歌詩音韻與漢無異，可疑也。《藝苑巵言》曰：夷語有長短，何以皆四言？蓋益都太守代爲之也。

遠夷樂德歌

大漢是治，與天合意。吏譯平端，不從我來。聞風向化，所見奇異。多賜繒布，甘美酒食。

昌樂肉飛，屈伸悉備。蠻夷貧薄，無所報嗣。願主長壽，子孫昌熾。

遠夷慕德歌

蠻夷所處，日入之部。慕義向化，歸日出主。聖德深恩，與人富厚。冬多霜雪，夏多和雨。寒温時適，部人多有。涉危歷險，不遠萬里。去俗歸德，心歸慈母。

遠夷懷德歌

荒服之外，土地墝埆。食肉衣皮，不見鹽穀。吏譯傳風，大漢安樂。攜負歸仁，觸冒險狹。高山岐峻，緣崖磻石。木薄發家，百宿到洛。父子同賜，懷抱匹帛。傳告種人，長願臣僕。

射烏辭　漢王吉

漢明帝《起居注》曰：上東巡泰山，到滎陽，有烏飛鳴乘輿上。虎賁郎王吉射之中，而祝曰云云。帝大悦，賜錢二百萬，令亭壁悉畫烏焉。亦載《風俗通》。

烏烏啞啞，引弓射，洞左腋。陛下壽萬年，臣爲二千石。「爲」一作「至」。

冉冉孤生竹 漢傅毅

《文心雕龍》云：《孤竹》一篇，傅毅之辭。

冉冉孤生竹，結根泰山阿。與君爲新婚，菟絲附女蘿。菟絲生有時，夫婦會有宜。千里遠結婚，悠悠隔山陂。思君令人老，軒車來何遲。傷彼蕙蘭花，含英揚光輝。過時而不采，將隨秋草萎。亮君執高節，賤妾亦何爲。

同前 宋何偃

《拾遺》作《擬古》。

流萍依清源，孤鳥親宿止。蔭幹相經縈，風波能終始。草生有日月，婚年行及紀。思欲侍衣裳，關山分萬里。徒作春夏期，空望良人軌。芳色宿昔事，誰見過時美。涼鳥臨秋竟，歡願亦云已。豈意倚君恩，坐守零落耳。「臨」一作「散」。

怨篇 漢張衡

序曰：秋蘭，嘉美人也。嘉而不獲用，故作是詩也。

猗猗秋蘭，植彼中阿。有馥其芳，有黄其葩。雖曰幽深，厥美彌嘉。之子之遠，我勞如何。「之遠」一作「云遠」。

歌 漢張衡

見《太平御覽》。《文心雕龍》曰：張衡《怨篇》，清曲可味。《仙詩緩歌》，雅有新聲。此或《仙詩緩歌》之遺句耶？

浩浩陽春發，楊柳何依依。百鳥自南歸，翶翔萃我枝。「萃」一作「集」。

同聲歌 漢張衡

《樂府解題》曰：《同聲歌》，漢張衡所作也。言婦人自謂幸得充閨房，願勉供婦職，不離君子。思爲莞蕈，在下以蔽匡牀；衾裯，在上以護霜露。繾綣枕席，没齒不忘焉。以喻臣子之事君也。晉傅玄《何當行》曰：「同聲自相應。同心自相知。」言結交相合，其義亦同。

邂逅承際會，得充君後房。情好新交接，恐慄若探湯。不才勉自竭，賤妾職所當。綢繆主中饋，奉禮助蒸嘗。思爲莞蒻席，在下蔽匡牀。願爲羅衾幬，在上衛風霜。灑掃清枕席，鞮芬以狄香。重户結金扃，高下華燈光。衣解巾粉御，列圖陳枕張。素女爲我師，儀態盈萬方。衆夫所希見，天老教軒皇。樂莫斯夜樂，没齒焉可忘。「思爲莞蒻席」一作「願思爲莞席」。「狄」一作「秋」。「夫」一作「大」。

何當行 晉傅玄

同聲自相應，同心自相知。外合不由中，雖固終必離。管鮑不世出，結交安可爲。

定情歌 漢張衡

大火流兮草蟲鳴，繁霜降兮草木零。秋爲期兮時已征，思美人兮愁屏營。

定情詩 魏繁欽

《樂府解題》曰：《定情詩》，漢繁欽所作也。言婦人不能以禮從人，而自相悦媚，乃解衣服玩好致之，以結綢繆之志。若臂環致拳拳，指環致慇懃，耳珠致區區，香囊致扣扣，跳脱致契闊，佩玉結恩情，自以爲志，而期於山隅、山陽、山西、山北，終而不答，乃自傷悔焉。

我出東門遊，邂逅承清塵。思君即幽房，侍寢執衣巾。時無桑中契，迫此路側人。我既媚君姿，君亦悦我顔。何以致拳拳，綰臂雙金環。何以致慇懃，約指一雙銀。何以致區區，耳中雙明珠。何以致叩叩，香囊繫肘後。何以致契闊，繞腕雙跳脱。何以結恩情，珮玉綴羅纓。何以結中心，素縷連雙針。何以結相於，金薄畫搔頭。何以慰別離，耳後瑇瑁釵。何以答歡悦，紈素三條裾。何以結愁悲，白絹雙中衣。與我期何所，乃期東山隅。日旰兮不至，谷風吹我襦。遠望無所見，涕泣起踟躕。與我期何所，乃期山南陽。日中兮不來，飄風吹我裳。逍遥莫誰覩，望君愁我腸。與我期何所，乃期西山側。日夕兮不來，躑躅長歎息。遠望涼風至，俯仰正衣服。與我期何所，乃期山北岑。日暮兮不來，淒風吹我衿。望君不能坐，悲苦愁我心。愛身以何爲，惜我華色時。中情既欵欵，然後剋密期。褰衣躡茂草，謂君不我欺。厠此醜陋質，徙倚無所之。自傷失所欲，淚下如連絲。「於」一作「投」。

九曲歌 漢李尤

年歲晚暮時已斜，安得力士翻日車。闕。

同前 晉傅玄

歲暮景邁羣光絶，安得長繩繫白日。闕。「景」《太平御覽》作「時」。「白日」作「日月」。

羽林郎 漢辛延年

《漢書》曰：武帝太初元年，初置建章營騎，後更名羽林騎，屬光禄勳。又取從軍死事之子孫養羽林，官教以五兵，號羽林孤兒。《後漢書·百官志》曰：羽林郎，掌宿衛侍從。常選漢陽、隴西、安定、北地、上郡、西河六郡良家補之。又有《胡姬年十五》，亦出於此。按當壚雖出《司馬相如傳》，然以入曲，實始此辭。今亦附後。

昔有霍家奴，姓馮名子都。依倚將軍勢，調笑酒家胡。胡姬年十五，春日獨當壚。長裾連理帶，廣袖合歡襦。頭上藍田玉，耳後大秦珠。兩鬟何窈窕，一世良所無。一鬟五百萬，兩鬟千萬餘。不意金吾子，娉婷過我廬。銀鞍何煜爚，翠蓋空踟躕。就我求清酒，絲繩提玉壺。就我求珍肴，金盤鱠鯉魚。貽我青銅鏡，結我紅羅裾。不惜紅羅裂，何論輕賤軀。男兒愛後婦，女子重前夫。人生有新故，貴賤不相踰。多謝金吾子，私愛徒區區。「霍家奴」郭本作「趙家姝」。「鬟」一作「環」。

胡姬年十五 晉劉琨

詩不似晉，《五言律祖》作梁劉琨。

虹梁照曉日，渌水汎香蓮。如何十五少，含笑酒壚前。花將面自許，人共影相憐。回頭堪百萬，價重爲時年。

當壚曲 梁簡文帝

《漢書》曰：司馬相如與卓文君俱之臨卭，盡賣車騎，買酒舍。乃令文君當盧，相如身自著犢鼻褌，與庸保雜作滌器於市中。郭璞曰：盧，酒盧也。顔師古曰：賣酒之處，累土爲盧，以居酒甕，四邊隆起，其一面高，形如鍛盧，故名盧。《當壚曲》蓋取此。

題云《賦得當壚》。

十五正團團，流光滿上蘭。當壚設夜酒，宿客解金鞍。迎來挾琴易，送别唱歌難。欲知心恨急，翻令衣帶寛。「琴」一作「瑟」。

同前 沈滿願

一作《挾琴歌》。

逶迤飛塵唱，宛轉遶梁聲。調弦可以進，蛾眉畫未成。

同前 陳岑之敬

載《詩話補遺》。按首二句即之敬《烏棲曲》末二句。

明月二八照花新，當壚十五晚留賓，回眸百萬横自陳。

挾琴歌 北齊魏收

春風宛轉入曲房，兼送小苑百花香。白馬金鞍去未返，紅粧玉筯下成行。

董嬌嬈 漢宋子侯

洛陽城東路，桃李生路傍。花花自相對，葉葉自相當。春風東北起，花葉正低昂。不知誰家子，提籠行採桑。纖手折其枝，花落何飄颻。請謝彼姝子，何爲見損傷。高秋八九月，白露變爲霜。終年會飄墮，安得久馨香。秋時自零落，春月復芬芳。何時盛年去，懽愛永相忘。吾欲竟此曲，此曲愁人腸。歸來酌美酒，挾瑟上高堂。「愛」一作「好」。

古怨歌 竇玄妻

竇玄狀貌絶異，天子使出其妻，妻以公主。妻悲怨，寄書及歌與玄，時人憐而傳之。亦名《艷歌》。按玄妻與玄書有云「衣不厭新，人不厭故」。

煢煢白兔，東走西顧。衣不如新，人不如故。

焦仲卿妻作 一云《古詩爲焦仲卿妻作》。

序曰：漢末建安中，廬江府小吏焦仲卿妻劉氏，爲仲卿母所遣，自誓不嫁。其家逼之，乃没水而死。仲卿聞之，亦自縊於庭樹。時人傷之，爲詩云爾。

孔雀東南飛，五里一徘徊。十三能織素，十四學裁衣。十五彈箜篌，十六誦詩書。十七爲君婦，心中常苦悲。君既爲府吏，守節情不移。賤妾留空房，相見常日稀。雞鳴入機織，夜夜不得息。三日斷五疋，大人故嫌遲。非爲織作遲，君家婦難爲。妾不堪驅使，徒留無所施。便可白公姥，及時相遣歸。府吏得聞之，堂上啓阿母：兒已薄禄相，幸復得此婦。

結髮同枕席，黄泉共爲友。共事三二年，始爾未爲久。女行無偏斜，何意致不厚？阿母謂府吏：何乃太區區！此婦無禮節，舉動自專由。吾意久懷忿，汝豈得自由。東家有賢女，自名秦羅敷。可憐體無比，阿母爲汝求。便可速遣之，遣去慎莫留。府吏長跪告：伏惟啓阿母。今若遣此婦，終老不復取。阿母得聞之，槌牀便大怒：小子無所畏，何敢助婦語！吾已失恩義，會不相從許。府吏默無聲，再拜還入户。舉言謂新婦，哽咽不能語：我自不驅卿，逼迫有阿母。卿但暫還家，吾今且報府。不久當歸還，還必相迎取。以此下心意，慎勿違吾語。新婦謂府吏：勿復重紛紜！往昔初陽歲，謝家來貴門。奉事循公姥，進止敢自專？晝夜勤作息，伶俜縈苦辛。謂言無罪過，供養卒大恩。仍更被驅遣，何言復來還。妾有繡腰襦，葳蕤自生光。紅羅複斗帳，四角垂香囊。箱簾六七十，緑碧青絲繩。物物各自異，種種在其中。人賤物亦鄙，不足迎後人。留待作遺施，於今無會因。時時爲安慰，久久莫相忘。雞鳴外欲曙，新婦起嚴粧。著我繡裌裙，事事四五通。足下躡絲履，頭上玳瑁光。腰若流紈素，耳著明月璫。指如削葱根，口如含珠丹。纖纖作細步，精妙世無雙。上堂拜阿母，阿母怒不止：昔作女兒時，生小出野里。本自無教訓，兼愧貴家子。受母錢帛多，不堪母驅使。今日還家去，念母勞家裏。却與小姑别，淚落連珠子：新婦初來時，小姑始扶牀。今日被驅遣，小姑如我長。勤心養公姥，好自相扶將。初七及下九，嬉戲莫相忘。出門登車去，涕落百餘行。府吏馬在前，新婦車在後。隱隱何甸甸，俱會大道口。下馬入車中，低頭共耳語：誓不相隔卿！且暫還家去，吾今且赴府。不久當還歸，誓天不相負。新婦謂府吏：感君區區懷。君既若見録，不久望君來。君當作磐石，妾當作蒲葦。蒲葦紉如絲，盤石無轉移。我有親父兄，性行暴如雷。恐不任我意，逆以煎我懷。舉手長勞勞，二情同依依。入門上家堂，進退無顏儀。阿母大拊掌，不圖子自歸！十三教汝織，十四能裁衣。十五彈箜篌，十六知禮儀。十七遣汝嫁，謂言無誓違。汝今何罪過，不迎而自歸？蘭芝慙阿母：兒實無罪過。阿母大悲摧。還家十餘日，縣令遣媒來。云有第三郎，窈窕世無雙。年始十八九，便言多令才。阿母謂阿女：汝可去應之。阿女含淚答：蘭芝初還時，府吏見丁寧，結誓不別離。今日違情義，恐此事非奇。自可斷來信，徐徐更謂之。阿母白媒人：貧賤有此女，始適還家門。不堪吏人婦，豈合令郎君？幸可廣問訊，不得便相許。媒人去數日，尋遣丞請還。説有蘭家女，承籍有宦官。云有第五郎，嬌逸未有婚。遣丞爲媒人，主簿通語言。直説太守家，有此令郎君。既欲結大義，故遣來貴門。阿母謝媒人：女子先有誓，老姥豈敢言。阿兄得聞之，悵然心中煩。舉言謂阿妹：作計何不量！先嫁得府吏，後嫁得郎君。否泰如天地，足以榮汝身。不嫁義郎體，其往欲何云？蘭芝仰頭答：理實如兄言。謝家事夫壻，中道還兄門。處分適兄意，那得自任專。雖與府吏要，渠會永無緣。登即相許和，便可作婚姻。媒人下牀去，諾諾復爾爾。還部白府君：下官奉使命，言談大有緣。府君得聞之，心中大歡喜。視曆復開書，便利此月內，六合正相應。良吉三十日，今已二十七，卿可去成婚。交語速裝束，絡繹如浮雲。青雀白鵠舫，四角龍子幡，婀娜隨風轉。金車玉作輪，躑躅青驄馬，流蘇金鏤鞍。齎錢三百萬，皆用青絲穿。雜綵三百疋，交廣市鮭珍。從人四五百，鬱鬱登郡門。阿母謂阿女：適得府君書，明日來迎汝。何不作衣裳？莫令事不舉。阿女默無聲，手巾掩口啼，淚落便如瀉。移我琉璃榻，出置前牕下。左手持刀尺，右手執綾羅。朝成繡裌裙，晚成單羅衫。晻晻日欲暝，愁思出門啼。府吏聞此變，因求假暫歸。未至二三里，摧藏馬悲哀。新婦識馬聲，躡履相逢迎。悵然遥相望，知是故人來。舉手拍馬鞍，嗟歎使心傷：自君别我後，人事不可量。果不如先願，又非君所詳。我有親父母，逼迫兼弟兄。以我應他人，君還何所望？府吏謂新婦：賀卿得高遷！盤石方且厚，可以卒千年。蒲葦一時紉，便作旦夕間。卿當日勝貴，吾獨向黄泉。新婦謂府吏：何意出此言？同是被逼迫，君爾妾亦然。黄泉下相見，勿違今日言。執手分道去，各各還家門。生人作死别，恨恨那可論。念與世間辭，千萬不復全。府吏還家去，上堂拜阿母：今日大風寒。寒風摧樹木，嚴霜結庭蘭。兒今日冥冥，令母在後單。故作不良計，勿復怨鬼神。命如南山石，四體康且直。阿母得聞之，零淚應聲落：汝是大家子，仕宦於臺閣。慎勿爲婦死，貴賤情何薄。東家有賢女，窈窕艷城郭。阿母爲汝求，便復在旦夕。府吏再拜還，長歎空房中。作計乃爾立，轉頭向户裏，漸見愁煎迫。其日牛馬嘶，新婦入青廬。奄奄黄昏後，寂寂人定初。我命絶今日，魂去尸長留。攬裙脱絲履，舉身赴清池。府吏聞此事，心知長别離。徘徊顧樹下，自掛東南枝。兩家求合葬，合葬華山傍。東西植松柏，左右種梧桐。枝枝相覆蓋，葉葉相交通。中有雙飛鳥，自名爲鴛鴦。仰頭相向鳴，夜夜達五更。行人駐足聽，寡婦起傍徨。多謝後世人，戒之慎勿忘。前「拜阿母」一作「謝阿母」。「交廣」一作「交用」。

【校勘記】

〔一〕雜，原闕，據《四庫》本補。

〔二〕柏，《四庫》本作「迫」。

〔三〕亡，《四庫》本作「忘」。

古樂苑卷第三十三

雜曲歌辭 漢 並無名氏

蜨蝶行 古辭

蜨蝶之遨遊東園，奈何卒逢三月養子燕，接我苜蓿間。持之我入紫深宮中，行纏之傅欂櫨間，雀來燕。燕子見銜哺來，摇頭鼓翼何軒奴軒。「持」一作「披」。

同前 梁李鏡遠

青春已布澤，微蟲應節歡。朝出南園裏，暮依華葉端。菱舟追或易，風池渡更難。羣飛終不遠，還向玉階蘭。「春」一作「年」。

驅車上東門行 古辭

此與《冉冉孤生竹》並漢《十九首》中詩。

驅車上東門，遥望郭北墓。白楊何蕭蕭，松柏夾廣路。下有陳死人，杳杳即長暮。潛寐黄泉下，千載永不寤。浩浩陰陽移，年命如朝露。人生忽如寄，壽無金石固。萬歲更相送，賢聖莫能度。服食求神仙，多爲藥所誤。不如飲美酒，被服紈與素。

駕言出北闕行 晉陸機

《藝文》題云《驅車上東門》，則此擬作。

駕言出北闕，躑躅遵山陵。長松何鬱鬱，丘墓互相承。念昔殂没子，悠悠不可勝。安寢重冥廬，天壤莫能興。人生何所促，忽如朝露凝。辛苦百年間，戚戚如履冰。仁知亦何補，遷化有明徵。求仙鮮克仙，太虚安可凌。良會罄美服，對酒宴同聲。「安可凌」一作「不可凌」。

傷歌行 古辭

《傷歌行》，側調曲也。古辭傷日月代謝，年命遒盡，絶離知友，傷而作歌也。《玉臺》作魏明帝。

昭昭素明月，輝光燭我牀。憂人不能寐，耿耿夜何長。微風吹閨闥，羅帷自飄揚。攬衣曳長帶，屣履下高堂。東西安所之？徘徊以彷徨。春鳥翻南飛，翩翩獨翺翔。悲聲命儔匹，哀鳴傷我腸。感物懷所思，泣涕忽霑裳。佇立吐高吟，舒憤訴穹蒼。「翻」一作「向」。

悲歌 古辭

悲歌可以當泣，遠望可以當歸。思念故鄉，鬱鬱纍纍。欲歸家無人，欲渡河無船。心思不能言，腸中車輪轉。

前緩聲歌 古辭

按《緩聲》本爲歌聲之緩，非言命也。陸機《前緩聲歌》言將前慕仙遊，冀命長緩；謝惠連《後緩聲歌》大略戒居高位而爲讒諂所蔽，與前歌異。

水中之馬，必有陸地之船。但有意氣，不能自前。心非木石。荆根株數，得覆蓋天。當復思。東流之水，必有西上之魚。不在大小，但有朝於復來。長笛續短笛，欲今皇帝陛下三千萬。

同前　晋陸機

遊仙聚靈族，高會曾城阿。長風萬里舉，慶雲鬱嵯峨。宓妃興洛浦，王韓起太華。北徵瑶臺女，南要湘川娥。肅肅霄駕動，翩翩翠蓋羅。羽旗棲瓊鸞，玉衡吐鳴和。太容揮高弦，洪崖發清歌。獻酬既已周，輕舉乘紫霞。總轡扶桑枝，濯足暘谷波。清輝溢天門，垂慶惠皇家。「枝」一作「底」。

同前　宋孔甯子

供帳設玄宫，衆仙胥旅亞〔一〕。炤炤二儀曠，雍容風雲暇。北伐太行鼓，南整九疑駕。笙歌興洛川，鳴簫起秦榭。鈞天異三代，廣樂非韶夏。滿堂皆人靈，列筵必羽化。烏可循日留，兔自延月夜。弱水時一濯，扶桑聊暫舍。兆旬方履端，千齡配八蜡〔二〕。

同前　梁沈約

羽人廣宵宴，帳集瑶池東。開霞汎綵靄，澄霧迎香風。龍駕出黄苑，帝服起河宫。九疑轥煙雨，三山馭螭鴻。玉鑾乃排月，瑶軷信凌空。神行燭玄漠，帝斾委曾虹。簫歌美嬴女，笙吹悦姬童。瓊漿且未洽，羽轡已騰空。息鳳曾城曲，滅景清都中。隆祐集皇代，委祚溢華嵩。

後緩聲歌 宋謝惠連

一作《前緩聲歌》。

羲和纖阿去嵯峨，覩物知命。使余轉欲悲歌，憂戚人心胷。處山勿居峰，在行勿爲公。居峰大阻鋭，爲公遇讒蔽。邪琴自踈越，雅韻能揚揚。滑滑相混同，終始福禄豐。

緩歌行 宋謝靈運

飛客結靈友，凌空萃丹丘。習習和風起，采采彤雲浮。娥皇發湘浦，霄明出河洲。宛宛連螭轡，裔裔振龍旒。「浮」一作「流」。「旒」一作「輈」。此首闕。

枯魚過河泣 古辭

枯魚過河泣，何時悔復及。作書與魴鱮，相教慎出入！

古咄唶歌 古辭

潘安仁《笙賦》曰：詠園桃之夭夭，歌棗下之纂纂。歌曰：棗下纂纂，朱實離離。宛其死矣，化爲枯枝。纂纂，棗花也。棗之纂纂盛貌，實之離離將衰，言榮謝之各有時也。《棗下何纂纂》出此。

棗下何攢攢，榮華各有時。棗欲初赤時，人從四邊來。棗適今日賜，誰當仰視之。闕誤。

棗下何纂纂 梁簡文帝

垂花臨碧澗，結翠依丹巘。非直入遊宮，兼期植靈苑。落日芳春暮，遊人歌吹晚。弱刺引羅衣，朱實凌還幰。且歡洛浦詞，無羨安期遠。

同前 隋王胄

二首。

柳黄知節變，草緑識春歸。復道含雲影，重簷照日輝。

御柳長條翠，宮槐細葉開。還得聞春曲，便逐鳥聲來。

古八變歌 古辭下同

《選詩拾遺》云：古歌有八變、九曲之名，未詳其義。

北風初秋至，吹我章華臺。浮雲多暮色，似從崦嵫來。枯桑鳴中林，絡緯響空堦。翩翩飛蓬征，愴愴遊子懷。故鄉不可見，長望始此回。

艷歌

又謂之《姸歌》。辭曰：姸歌展妙聲，發曲吐令辭。又：汎汎江漢萍，飄蕩永無根。又：庭中有奇樹，上有悲鳴蟬。又：青青陵中草，傾葉晞朝日。陽春被惠澤，枝葉可攬結。皆《姸歌》之遺句。

今日樂上樂，相從步雲衢。天公出美酒，河伯出鯉魚。青龍前鋪席，白虎持榼壺。南斗工鼓瑟，北斗吹笙竽。姮娥垂明璫，織女奉瑛琚。蒼霞揚東謳，清風流西歈。垂露成帷幄，奔星扶輪輿。

樂府

行胡從何方，列國持何來。氍毹㲪毲五木香，迷迭艾蒳及都梁。「五木」《御覽》作「五味」。

古樂府

蘭草自然香，生於大道傍。腰鎌八九月，俱在東薪中。

雜歌 一作《離歌》。

晨行梓道中，梓葉相切磨。與君別交中，繣如新縑維。裂之有餘絲，吐之無還期。「維」一作「羅」。

古歌

上金殿，著玉樽。延貴客，入金門。入金門，上金堂。東厨具肴膳，椎牛烹猪羊。主人前進酒，彈瑟爲清商。投壺對彈棊，博弈並復行。朱火颺煙霧，博山吐微香。清樽發朱顏，四座樂且康。今日樂相樂，延年壽千霜。

古歌

秋風蕭蕭愁殺人，出亦愁，入亦愁。座中何人，誰不懷憂，令我白頭。故地多飆風，樹木何脩脩。離家日趨遠，衣帶日趨緩。心思不能言，腸中車輪轉。

古歌

《太平御覽》「終久」作「穅穇」。「焉」作「安」。

高田種小麥，終久不成穗。男兒在他鄉，焉得不憔悴。

古歌銅雀辭

《太平御覽》作魏文帝歌。

長安城西雙員闕，上有一雙銅雀宿。一鳴五穀生，再鳴五穀熟。《文選》注所引遺「宿」字。

古絶句

四首。

藁砧今何在，山上復有山。何當大刀頭，破鏡飛上天。藁砧，砆也，謂夫也。山上有山，出也。大刀頭，刀上鐶也。破鏡，言半月當還也。

日暮秋雲陰，江水清且深。何用通音信，蓮花玳瑁簪。

菟絲從長風，根莖無斷絶。無情尚不離，有情安可別。

南山一樹桂，上有雙鴛鴦。千年長交頸，歡慶不相忘。

古五雜組詩 古辭

五雜組，岡頭草。往復還，車馬道。不獲已，人將老。

同前 齊王融

五雜組，慶雲發。往復還，經天月。不獲已，生胡越。

同前 梁范雲

五雜組，會塗山。往復還，兩崤關。不得已，嫿與鯀。

古兩頭纖纖詩 古辭下同

兩頭纖纖月初生，半白半黑眼中睛。腷腷膊膊雞初鳴，磊磊落落向曙星。

同前

兩頭纖纖青玉玦，半白半黑頭上髮。腷腷膊膊春冰裂，磊磊落落桃初結。

同前 齊王融

兩頭纖纖綺上紋，半白半黑鷗翔羣。腷腷膊膊烏迷曛，磊磊落落玉石分。

【校勘記】

〔一〕旅，原闕，據《四庫》本補。

〔二〕配，原闕，據《四庫》本補。

古樂苑卷第三十四

雜曲歌辭 魏 吴

劉勳妻 魏文帝

《藝文》云：《代劉勳妻王氏雜詩二首》。《玉臺》作王宋自作。《通志》：佳麗四十七曲，有劉勳妻王宋者，平虜將軍劉勳妻也。入門三十餘年，後勳悦山陽司馬氏女，以宋無子出之，還，于道中作詩二首。

翩翩牀前帳，張以蔽光輝。昔將爾同去，今將爾同歸。緘藏篋笥裏，當復何時披。「張」一作「可」。

誰言去婦薄，去婦情更重。千里不唾井，況乃昔所奉。遠望未爲遥，踟蹰不得並。

種瓜篇 魏明帝

一作《春遊曲》。《玉臺》題云樂府，郭本同。

種瓜東井上，冉冉自踰垣。與君新爲婚，瓜葛相結連。寄託不肖軀，有如倚太山。兔絲無根株，蔓延自登緣。萍藻託清流，常恐身不全。被蒙丘山惠，賤妾執拳拳。天日照知之，想君亦俱然。

堂上行 魏明帝

見《太平御覽》。

武夫懷勇毅，勒馬於中原。干戈森若林，長劍奮無前。闕。

同前 宋鮑照

按《鮑照集》題云《代堂上歌行》。凡照樂府，並有「代」字，蓋擬作也。則此多爲擬魏明帝矣。

四坐且莫諠，聽我堂上歌。昔仕京洛時，高門臨長河。出入重宫裏，結友曹與何。車馬相馳逐，賓朋好容華。陽春孟春月，朝光散流霞。輕步逐芳風，言笑弄丹葩。暉暉朱顔酡，紛紛織女梭。滿堂皆美人，目成對湘娥。雖謝侍君閑，明粧帶綺羅。筝笛更彈吹，高唱好相和。萬曲不關情，一曲動情多。欲知情厚薄，更聽此聲過。「莫」一作「勿」。「情」一作「心」。

齊瑟行

《歌録》曰：《名都》《美女》《白馬》，並《齊瑟行》也。曹植《名都篇》曰「名都多妖女」，《美女篇》曰「美女妖且閑」，《白馬篇》曰「白馬飾金羈」，皆以首句名篇，猶《艷歌羅敷行》有《日出東西隅》篇、《豫章行》有《鴛鴦篇》是也。

名都篇 魏陳思王植

名都者，邯鄲、臨淄之類也。以刺時人騎射之妙，游騁之樂，而無憂國之心也。按陳褚玠「鬭雞東郊道」出此。

名都多妖女，京洛出少年。寶劍直千金，被服光且鮮。鬭雞東郊道，走馬長楸間。馳騁未能半，雙兔過我前。攬弓捷鳴鏑，長驅上南山。左挽因右發，一縱兩禽連。餘巧未及展，仰手接飛鳶。觀者咸稱善，衆工歸我妍。歸來宴平樂，美酒斗十千。膾鯉臇胎鰕，炮鼈炙熊蹯。鳴儔嘯匹旅，列坐竟長筵。連翩擊鞠壤，巧捷惟萬端。白日西南馳，光景不可攀。雲散還城邑，清晨復來還。「光」一作「麗」。「東郊」一作「長安」。「長驅上南山」一作「驅上彼南山」。「巧」一作「功」。

鬭雞東郊道　陳褚玠

春郊鬭雞侶，捧敵兩逢迎。妬羣排袖出，帶勇向場驚。錦毛侵距散，芥羽雜塵生。還同戰勝罷，耿介寄前鳴。「妬羣」一作「詭羣」。

美女篇　魏陳思王植

美女者，以喻君子有美行，願得明君而事之。若不遇時，雖見徵求，終不屈也。

美女妖且閑，採桑岐路間。柔條紛冉冉，葉落何翩翩。攘袖見素手，皓腕約金環。頭上金爵釵，腰佩翠琅玕。明珠交玉體，珊瑚間木難。羅衣何飄颻，輕裾隨風還。顧眄遺光采，長嘯氣若蘭。行徒用息駕，休者以忘餐。借問女安居，乃在城南端。青樓臨大路，高門結重關。容華耀朝日，誰不希令顏。媒氏何所營，玉帛不時安。佳人慕高義，求賢良獨難。衆人徒嗷嗷，安知彼所觀。盛年處房室，中夜起長歎。「飄颻」一作「飄飄」。「安居」一作「何居」。

同前　晉傅玄

美人一何麗，顏若芙蓉花。一顧亂人國，再顧亂人家。未亂猶可奈何。闕誤。

同前 梁簡文帝

佳麗盡關情，風流最有名。約黄能效月，裁金巧作星。粉光勝玉靚，衫薄擬蟬輕。密態隨流臉，嬌歌逐軟聲。朱顔半已醉，微笑隱香屏。

同前 蕭子顯

邯鄲蹔輟舞，巴姬請罷弦。佳人淇洧出，艷趙復傾燕。繁穠既爲李，照水亦成蓮。朝酤成都酒，暝數河間錢。餘光幸許借，蘭膏空自煎。「邯鄲」一作「章丹」。

同前 北齊魏收

二首。

楚襄遊夢去，陳思朝洛歸。參差結旌旆，掩靄對騵騑。變化看臺曲，駭散屬川沂。仍令我神女，俄聞要虙妃。照梁何足艷，昇霞反奮飛。可言不可見，言是復言非。

句闕我帝更朝衣。擅寵無論賤，入愛不嫌微。智瓊非俗物，羅敷本自稀。居然陋西子，定可比南威。新吴何爲誤，舊鄭果難依。甘言誠易污，得失定因機。無憎藥英妬，心賞易侵違。

同前 隋盧思道

京洛多妖艷，餘香愛物華。俱臨鄧渠水，共採鄴園花。時摇五明扇，聊駐七香車。情疎看笑淺，嬌深盻欲邪。微津染長黛，新溜濕輕紗。莫言人未解，隨君獨問家。「鄧渠」一作「梁蹬」。

白馬篇 魏陳思王植

《白馬》者，見乘白馬而爲此曲，言人當及時立事，盡力爲國，不可貪私也。

白馬飾金羈，連翩西北馳。借問誰家子，幽并遊俠兒。少小去鄉邑，揚聲沙漠垂。宿昔秉良弓，楛矢何參差。控弦破左的，右發摧月支。仰手接飛猱，俯身散馬蹄。狡捷過猿猴，勇剽若豹螭。邊城多警急，胡虜數遷移。羽檄從北來，厲馬登高堤。長驅蹈匈奴，左顧陵鮮卑。寄身鋒刃端，性命安可懷。父母且不顧，何言子與妻。名編壯士籍，不得中顧私。捐軀赴國難，視死忽如歸。「聲」一作「名」。「胡虜」一作「虜騎」。「編」一作「在」。「寄」一作「棄」。

同前 宋袁淑

劍騎何翩翩，長安五陵間。秦地天下樞，八方湊才賢〔一〕。荆魏多壯士，宛洛富少年。意氣深自負，肯事郡邑權。籍籍關外來，車徒傾國鄽。五侯競書幣，羣公亟爲言。義分明於霜，信行直如弦。交歡池陽下，留宴汾陰西〔二〕。一朝許人諾，何能坐相捐。彯節去函谷，投佩出甘泉。嗟此務遠圖，心爲四海懸。但營身意遂，豈校耳目前。俠烈良有聞，古來共知然。「負」一作「許」。

同前 鮑照

白馬騂角弓，鳴鞭乘北風。要途問邊急，雜虜入雲中。閉壁自往夏，清野徑還冬。僑裝多闕絶，旅服少裁縫。埋身守漢境，沈命對胡封。薄暮塞雲起，飛沙被遠松。含悲望兩都，楚歌登四墉。丈夫設計誤，懷恨逐邊戎。棄别中國愛，要冀胡馬功。去來今何道，卑賤生所鍾。但令塞上兒，知我獨爲雄。「境」一作「節」。「棄」一作「罷」。

同前 齊孔稚圭

驥子跼且鳴，鐵陣與雲平。漢家嫖姚將，馳突匈奴庭。少年鬬猛氣，怒髮爲君征。雄戟摩白日，長劒斷流星。早出飛狐塞，晚泊樓煩城。虜騎四山合，胡塵千里驚。嘶笳振地響，吹角沸天聲。左碎呼韓陣，右破休屠兵。横行絶漠表，飲馬瀚海清。隴樹枯無色，沙草不常青。勒石燕然道，凱歸長安亭。縣官知我健，四海誰不傾。但使强胡滅，何須甲第成。

當令丈夫志，獨爲上古英。「清」一作「汀」。

同前　梁沈約

白馬紫金鞍，停鑣過上蘭。寄言狹斜子，詎知隴道難。赤坂途三折，龍堆路九盤。冰生肌裏冷，風起骨中寒。功名志所急，日暮不遑飡。長驅入右地，輕舉出樓蘭。直去已垂涕，寧可望長安。匪期定遠封，無羨輕車官。唯見恩義重，豈覺衣裳單。本持軀命答，幸遇身名完。

同前　王僧孺

千里生冀北，玉鞘黄金勒。散蹄去無已，摇頭意相得。豪氣發西山，雄風擅東國。飛鞚出秦隴，長驅繞岷僰。承謨若有神，禀筭良不惑。瀄汨河水黄，參差嶂雲黑。安能對兒女，垂帷弄毫墨。兼弱不稱雄，後得方爲特。此心亦何已，君恩良未塞。不許跨天山，何由報皇德。

同前　徐悱

研蹄飾鏤鞍，飛鞚度河干。少年本上郡，遨遊入露寒。劍琢荆山玉，彈把隋珠丸。聞有邊烽急，飛候至長安。然諾竊自許，捐軀諒不難。占兵出細柳，轉戰向樓蘭。雄名盛李霍，壯氣勇彭韓。能令石飲羽，復使髮衝冠。要功非汗馬，報效乃鋒端。日没塞雲起，風悲胡地寒。西征皺小月，北去腦烏丸。歸報明天子，燕然今復刊。「今」一作「石」。

同前 隋煬帝

《文苑英華》作煬帝，《樂府》作孔稚圭。《詩紀》云：按詩中多叙征遼之事，當以《英華》爲正，稚圭别有一篇。

白馬金貝裝，横行遼水傍。問是誰家子，宿衛羽林郎。文犀六屬鎧，寶劍七星光。山虚弓響徹，地迥角聲長。宛河推勇氣，隴蜀擅威彊。輪臺受降虜，高闕翦名王。射熊入飛觀，校獵下長楊。英名欺衛霍，智策蔑平良。島夷時失禮，卉服犯邊疆。徵兵集薊北，輕騎出漁陽。集軍隨日暈，挑戰逐星芒。陣移龍勢動，營開虎翼張。衝冠入死地，攘臂越金湯。塵飛戰鼓急，風交征旆揚。轉鬬平華地，追奔掃帶方。本持身許國，況復武功彰。會令千載後，流譽滿旂常。「貝」一作「具」。「集」一作「離」。

同前 王胄

白馬黄金鞍，蹀躞柳城前。問此何鄉客，長安惡少年。結髮從戎事，馳名振朔邊。良弓控繁弱，利劍揮龍泉。披林扼彫虎，仰手接飛鳶。前年破沙漠，昔歲取祁連。折衝摧右校，搴旗殪左賢。虒彌還謝力，慶忌本推儇。海外平遐險，來庭識負褰。三韓勞薄伐，六事指幽燕。良家選河右，猛將征西山。浮雲屯羽騎，蔽日引長旃。自矜有餘勇，應募忽爭先。王師已得儁，夷首失求全。鼓行徇玉檢，乘勝蕩朝鮮。志勇期功立，寧憚微軀捐。不羨山河賞，唯希竹素傳。「鞍」一作「鞭」。「泉」一作「淵」。「虒彌」一作「昆彌」。「失求」一作「諒失」。

同前 辛德源

任俠重芳辰，相從競逐春。金羈絡赭汗，紫縷應紅塵。寶劍提三尺，雕弓韜六鈞。鳴珂蹀細柳，飛蓋出宜春。遥見浮光發，懸知上頭人。「紫縷應紅塵」一作「紫陌映紅塵」。「提」一作「橫」。「光」一作「雲」。

當墻欲高行 魏陳思王植

龍欲升天須浮雲，人之仕進待中人。衆口可以鑠金，讒言三至，慈母不親。憒憒俗間，不辨僞真，願欲披心自説陳。君門以九重，道遠河無津。

當欲遊南山行 魏陳思王植

東海廣且深，由卑下百川。五嶽雖高大，不逆垢與塵。良木不十圍，洪條無所因。長者能博愛，天下寄其身。大匠無棄材，船車用不均。錐刀各異能，何所獨却前。嘉善而矜愚，大聖亦同然。仁者各壽考，四坐咸萬年。

當事君行 魏陳思王植

人生有所貴尚，出門各異情。朱紫更相奪色，雅鄭異音聲。好惡隨所愛憎，追舉逐虚名。百心可事一君，巧詐寧拙誠。「虚」一作「聲」。

當車已駕行 魏陳思王植

歡坐玉殿，會諸貴客。侍者行觴，主人離席。顧視東西廂，絲竹與鞞鐸。不醉無歸來，明燈以繼夕。

桂之樹行 魏陳思王植

桂之樹，桂之樹，桂生一何麗佳。揚朱華而翠葉，流芳布天涯。上有棲鸞，下有盤螭。桂之樹，得道之真人，咸來會講仙。教爾服食日精，要道甚省不煩，澹泊無爲自然。乘蹻萬里之外，去留隨意所欲存。高高上際於衆外，下下乃窮極地天。

苦思行　魏陳思王植

緑蘿緣玉樹，光耀粲相暉。下有兩真人，舉翅翻高飛。我心何踊躍，思欲攀雲追。鬱鬱西岳顛，石室青葱與天連。中有耆年一隱士，鬚髮皆皓然。策杖從吾遊，教我要忘言。

升天行　魏陳思王植

二首。《樂府解題》曰：曹植又有《上仙籙》《與神遊》《五遊龍》《欲升天》等篇，皆傷人世不永，俗情險艱，當求神仙，翱翔六合之外，與《飛龍》《仙人》《遠遊》篇、《前緩聲歌》同意。

乘蹻追術士，遠之蓬萊山。靈液飛素波，蘭桂上參天。玄豹遊其下，翔鵾戲其顛。乘風忽登舉，彷彿見衆仙。「佛」一作「徨」。扶桑之所出，乃在朝陽谿。中心陵蒼昊，布葉蓋天涯。日出登東幹，既夕没西枝。願得紆陽轡，迴日使東馳。

同前　宋鮑照

家世宅關輔，勝帶宦王城。備聞十帝事，委曲兩都情。倦見物興衰，驟覩俗屯平。翩翻類迴掌，恍惚似朝榮。窮塗悔短計，晚志愛長生。從師入遠岳，結友事仙靈。五芝發金記，九籥隱丹經。風浛委松宿，雲卧恣天行。冠霞登綵閣，解玉飲椒庭。蹔遊越萬里，近别數千齡。鳳臺無還駕，簫管有遺聲。何當與爾曹，啄腐共吞腥。「翩翻」一作「翩翩」。「愛」一作「重」。「芝」一作「圖」。「飲」一作「隱」。「近」一作「少」。「當」一作「時」。

同前 梁劉孝勝

堯攀已徒説，湯捫亦妄陳。欲訪青雲侶，正遇丹丘人。少翁俱仕漢，韓終苦入秦。汾陰觀化鼎，瀛洲宴羽人。廣成叅日月，方朔間星辰。驚祠伐楚樹，射藥戰江神。閶闔皆曾倚，太一豈難親。趙簡猶聞樂，周儲固上賓。秦皇多忌害，元朔少寬仁。終無良有以，非關德不鄰。

同前 隋盧思道

尋師得道訣，輕舉厭人羣。玉山候王母，珠庭謁老君。煎爲返魂藥，刻作長生文。飛策乘流電，雕軒曳彩雲。玄洲望不極，赤野眺無垠。金樓旦嶁崍，玉樹曉氛氳。擁琴遥可望，吹笙遠詎聞。不覺蜉蝣子，死葬何紛紛。「彩」作「白」。「死葬」作「生死」。

同前 釋慧浄

題云《英才言聚賦得昇天行》。

馭風過閬苑，控鶴下瀛洲。欲採三芝秀，先從千仞遊。駕鳳吟虚管，乘槎汎淺流。頹齡一已駐，方驗大椿秋。

艷歌 魏陳思王植

出自薊北門，遥望胡地桑。枝枝自相值，葉葉自相當。闕。《太平御覽》作「桑枝自相值，桑葉自相當」。

出自薊北門行 宋鮑照

曹植《艷歌行》：出自薊北門，遥望胡地桑。枝枝自相值，葉葉自相當。《樂府解題》曰：《出自薊北門行》，其致與《從軍行》同，而兼言燕薊風物，及突騎勇悍之狀。若鮑照《羽檄起邊庭》，備叙征戰苦辛之意。《通典》曰：燕本秦上谷郡，薊即漁陽郡，皆在遼西。《漢書》曰：薊，故燕國也。

羽檄起邊亭，烽火入咸陽。徵騎屯廣武，分兵救朔方。嚴秋筋竿勁，虜陣精且彊。天子按劍怒，使者遥相望。鴈行緣石徑，魚貫度飛梁。簫鼓流漢思，旍甲被胡霜。疾風衝塞起，沙礫自飄揚。馬毛縮如蝟，角弓不可張。時危見臣節，世亂識忠良。投軀報明主，身死爲國殤。「騎」一作「師」。「思」當作「颸」。

同前 陳徐陵

薊北聊長望，黄昏心獨愁。燕山對古刹，代郡隱城樓。屢戰橋恒斷，長冰塹不流。天雲如地陣，漢月帶胡秋。漬土泥函谷，挼繩縛涼州。平生燕頷相，會自得封侯。「山」一作「然」。「隱」一作「倚」。

同前 周庾信

薊門還北望，役役盡傷情。關山連漢月，隴水向秦城。笳寒蘆葉脆，弓凍紵弦鳴。梅林能止渴，複姓可防兵。將軍朝挑戰，都護夜巡營。燕山猶有石，須勒幾人名。「朝挑」一作「連轉」。

苦熱行 魏陳思王植

行遊到日南，經歷交趾鄉。苦熱但暴露，越夷水中藏。闕。

同前 宋鮑照

曹植《苦熱行》：行遊到日南，經歷交阯鄉。苦熱但暴露，越夷水中藏。《樂府解題》曰：《苦熱行》，備言流金爍石、火山炎海之艱難也。若鮑照「赤坂横西阻，火山赫南威」，言南方瘴癘之地，盡節征伐，而賞之太薄也。

赤坂横西阻，火山赫南威。身熱頭且痛，鳥墮魂來歸。湯泉發雲潭，焦煙起石磯。日月有恒昏，雨露未嘗晞。丹虵踰百尺，玄蜂盈十圍。含沙射流影，吹蠱痛行暉。瘴氣晝熏體，菵露夜霑衣。饑猿莫下食，晨禽不敢飛。毒涇尚多死，渡瀘寧具腓。生軀蹈死地，昌志登禍機。戈船榮既薄，伏波賞亦微。爵輕君尚惜，士重安可希。「吹蠱」一作「吹鼓」，誤。「痛」一作「病」。「登」一作「高」。

同前 梁簡文帝

六龍鶩不息，三伏啓炎陽。寢興煩几案，俯仰倦幃牀。滂沲汗似鑠，微靡風如湯。洄池愧玉浪，蘭殿非含霜。細簾時半卷，輕幌乍横張。雲斜花影没，日落荷心香。願見洪崖井，詎憐河朔觴。

同前 任昉

題云《苦熱》。此與下姑從郭本。按傅玄亦有《苦熱》詩，原未録。

旭旦煙雲卷，烈景入東軒。傾光望轉蕙，斜日照西垣。既卷焦梧葉，復傾葵藿根。重簟無冷氣，挾石似懷温。霡霂類珠綴，喘嚇狀雷奔。

同前 何遜

題云《苦熱》。

昔聞草木焦，今覩沙石爛。曀曀風愈静，曈曈日漸旰。習静閟衣巾，讀書煩几案。卧思清露浥，坐待明星燦。蝙蝠户間飛，蠛蠓牕中亂。會無河朔飲，室有臨淄汗。遺金自不拾，惡木寧無幹。願以三伏晨，催促九秋换。「靚」一作「窺」。「闕」一作「悶」。

同前 周庾信

題云《和樂儀同苦熱》，姑從郭本。

火井沈熒散，炎洲高燄通。鞭石未成雨，鳴鳶不起風。思爲鸞翼扇，願備明光宫。臨淄迎子禮，中散就安豐。美酒含蘭氣，甘瓜開蜜筒。寂寥人事屏，還得隱墻東。

妾薄命 魏陳思王植

二首。《樂府解題》曰：《妾薄命》，曹植云「日月既逝西藏」，蓋恨燕私之歡不久。梁簡文帝「名都多麗質」，傷良人不返，王嬙遠聘，盧姬嫁遲也。

攜玉手，喜同車，北上雲閣飛除。釣臺蹇産清虚，池塘觀沼可娱。仰汎龍舟緑波，俯擢神草枝柯。想彼宓妃洛河，退詠漢女湘娥。「觀」一作「靈」。

日月既逝西藏，更會蘭室洞房。華燈步障舒光，皎若日出扶桑。促樽合坐行觴。主人起舞盜盤，能者穴觸別端。騰觚飛爵闌干，同量等色齊顏。任意交屬所歡，朱顏發外形蘭。袖隨禮容極情，妙舞仙仙體輕。裳解履遺絶纓，俛仰笑諠無呈。覽持佳人玉顏，齊舉金爵翠盤。手形羅袖良難，腕弱不勝珠環，坐者歎息舒顏。御巾裛粉君傍，中有霍納都梁，雞舌五味雜香。進者何人齊姜，恩重愛深難忘。召延親好宴私，但歌杯來何遲。客賦既醉言歸，主人稱露未晞。「日月既逝」一作「日既逝矣」。「華燈步障舒光」《玉臺》作「花燭步障輝煌」。「樽」一作「酒」。「妙」一作「屢」。「裳解」一作「解裳」。「舉」《玉臺》作「接」。

同前　梁簡文帝

名都多麗質，本自恃容姿。蕩子行未至，秋胡無定期。玉貌歇紅臉，長嚬串翠眉。奩鏡迷朝色，縫鍼脆故絲。本異摇舟咎，何關竊席疑。生離誰拊背，溘死詎來遲。王嬙貌本絶，踉蹌入氈帷。盧姬嫁日晚，非復少年時。轉山猶可遂，烏白望難追。妾心徒自苦，傍人會見嗤。「串」一作「慣」。「追」一作「期」。

同前　劉孝威

去年從越障，今歲歿胡庭。嚴霜封碣石，驚沙暗井陘。玉簪久落鬢，羅衣長挂屏。浴蠶思溱水，條桑憶鄭垌。寄書朝鮮吏，留釧武安亭。忽言戎夏隔，但念心契冥。不見豐城劍，千祀復同形。

同前 劉孝勝

《拾遺》作孝威。

馮姜朝汲遠，徐吾夜火窮。舊井長逢幕，鄰燈欲未通。五逐無來聘，三娶盡凶終。離災陽禄觀，就廢昭臺宫。乘屯迹雖淑，應戚理恒同。復傳蘇國婦，故愛在房櫳。愁眉歇巧黛，啼妝落艷紅。織書凌竇錦，敏誦軼繁弓。離劍行當合，春牀勿怨空。

五遊 魏陳思王植

九州不足步，願得凌雲翔。逍遥八紘外，遊目歷遐荒。披我丹霞衣，襲我素霓裳。華蓋紛晻藹，六龍仰天驤。曜靈未移景，倏忽造昊蒼。閶闔啓丹扉，雙闕曜朱光。徘徊文昌殿，登陟太微堂。上帝休西櫺，羣后集東廂。帶我瓊瑶佩，漱我沆瀣漿。踟躕玩靈芝，徙倚弄華芳。王子奉仙藥，羨門進奇方。服食享遐紀，延壽保無疆。

遠遊篇 魏陳思王植

《楚辭·遠遊章》曰："悲時俗之迫阨兮，願輕舉而遠遊。質菲薄而無因兮，焉託乘而上浮。"王逸云："《遠遊》者，屈原之所作也。屈原履方直之行，不容於世，困於讒佞，無所告訴，乃思與仙人俱遊戲，周歷天地，無所不至焉。"周王褒又有《輕舉篇》，亦出於此。按秦宓有《遠遊》一首，言客子遠遊之意，與此不同。未録。

遠遊臨四海，俯仰觀洪波。大魚若曲陵，承浪相經過。靈鼇戴方丈，神岳儼嵯峨。仙人翔其隅，玉女戲其阿。瓊蕊可療飢，仰漱吸朝霞。崑崙本吾宅，中州非我家。將歸謁東父，一舉超流沙。鼓翼舞時風，長嘯激清歌。金石固易弊，日月同光華。齊年與天地，萬乘安足多。

輕舉篇 周王褒

天地能長久，神仙壽不窮。白玉東華檢，方諸西嶽童。俄瞻少海北，暫別扶桑東。俯觀雲似蓋，低望月如弓。看棋城邑改，辭家墟巷空。流珠餘舊竈，種杏發新叢。酒釀瀛洲玉，劒鑄昆吾銅。誰能攬六博，還當訪井公。

仙人篇 魏陳思王植

《樂府廣題》曰：秦始皇三十六年，使博士爲《仙真人詩》，遊行天下，令樂人歌之。曹植《仙人篇》曰：「仙人攬六著。」言人生如寄，當養羽翼，徘徊九天，以從韓終、王喬於天衢也。陳陸瑜又有《仙人攬六著篇》，蓋出於此。郭本以《神仙篇》附後，今從之。

仙人攬六著，對博太山隅。湘娥拊琴瑟，秦女吹笙竽。玉樽盈桂酒，河伯獻神魚。四海一何局，九州安所如。韓終與王喬，要我於天衢。萬里不足步，輕舉凌太虛。飛騰踰景雲，高風吹我軀。迴駕觀紫微，與帝合靈符。閶闔正嵯峨，雙闕萬丈餘。玉樹扶道生，白虎夾門樞。驅風遊四海，東過王母廬。俯觀五嶽間，人生如寄居。潛光養羽翼，進趨且徐徐。不見昔軒轅，乘龍出鼎湖。徘徊九天下，與爾長相須。「乘」一作「升」。

仙人覽六著篇 陳陸瑜

九仙會歡賞，六著且娛神。戲谷聞餘地，銘山憶舊秦。避敵情思巧，論兵勢重新。問取南皮夕，還笑拂棊人。

神仙篇 齊王融

題云《遊仙詩應教》，本非樂府，姑從郭本。

命駕瑶池側，過息嬴女臺。長袖何靡靡，簫管清且哀。璧門涼月舉，珠殿秋風迴。青鳥鶩高羽，王母停玉杯。舉手暫爲別，千年將復來。「側」一作「隈」。原共五首，郭載其一。

同前 梁戴暠

徒聞石爲火，未見坂停丸。暫數盈虚月，長隨晝夜瀾。辭家試學道，逢師得姓韓。閬山金静室，蓬丘銀露壇。安平醞仙酒，渤海轉神丹。初飛喜退鳳，新學法乘鸞。十芒生月腦，六啖起星肝。流瓊播疑俗，信玉類陽官。玄都宴晚集，紫府事朝看。謝手今爲別，進憐此俗難。「流」一作「飛」。

同前 陳張正見

《英華》又有《憶舜日》一首，《樂府》作沈約《樂未央》。

瀛洲分渤澥，閬苑隔虹蜺。欲識三山路，須尋千仞溪。石梁雲外立，蓬丘霧裏迷。年深毁丹竈，學久棄青泥。葛水留還杖，天衢鳴去雞。六龍驤首起雲閣，萬里一别何寥廓。玄都府内駕青牛，紫蓋山中乘白鶴。尋陽杏花終難朽，武陵桃花未曾落。已見玉女笑投壺，復覩仙童欣六博。同甘玉文棗，俱飲流霞藥。鸞歌鳳舞集天台，金闕銀宫相向開。西王已令青鳥去，東海還馭赤虬來。魏武還車逢漢女，荆王因夢識陽臺。鳳蓋隨雲聊蔽日，霓裳雜雨復乘雷。神岳吹笙遥謝手，當知福地有神才。

同前 北齊顏之推

題云《神仙》。

紅顔恃容色，青春矜盛年。自言曉書劍，不得學神仙。風雲落時後，歲月度人前。鏡中不相識，捫心徒自憐。願得金樓要，思逢玉鈐篇。九龍遊弱水，八鳳出飛煙。朝遊采瓊實，夕宴酌膏泉。崢嶸下無地，列缺上陵天。舉世聊一息，中州安足旋。

同前 隋盧思道

浮生厭危促，名岳共招攜。雲軒遊紫府，風駟上丹梯。時見遼東鶴，屢聽淮南雞。玉英持作寶，瓊實採成蹊。飛策揚輕電，懸旌耀彩蜺。瑞銀光似燭，靈石髓如泥。寥廓鸞山右，超越鳳洲西。一丸應五色，持此救人迷。

同前 魯范

王遠尋仙至，欒巴訪術迴。乘空向紫府，控鶴下蓬萊。霜分白鹿駕，日映流霞杯。煎金丹未熟，醒酒藥初開。乍應觀海變，誰肯畏年頹。

昇仙篇 梁簡文帝

少室堪求道，明光可學仙。丹繒碧林宇，緑玉黃金篇。雲車了無轍，風馬詎須鞭。靈桃恒可餌，幾迴三千年。

飛龍篇 魏陳思王植

《楚辭·離騷》曰：「爲余駕飛龍兮，雜瑶象以爲車。」曹植《飛龍篇》亦言求仙者乘飛龍而昇天，與《楚辭》同意。

晨遊泰山，雲霧窈窕。忽逢二童，顔色鮮好。乘彼白鹿，手翳芝草。我知真人，長跪問道。西登玉堂，金樓復道。授我仙藥，神皇所造。教我服食，還精補腦。壽同金石，永世難老。

「堂」一作「臺」。

鬭雞篇 魏陳思王植

《春秋左氏傳》曰：季、郈之雞鬭，季氏介其雞，郈氏爲之金距。杜預云：擣芥子播其羽也。或曰以膠沙播之爲介雞。《鄴都故事》曰：魏明帝太和中，築鬭雞臺。趙王石虎亦以芥羽漆砂鬭雞于此。故曹植詩云「鬭雞東郊道，走馬長楸間」是也。

遊目極妙伎，清聽厭宫商。主人寂無爲，衆賓進樂方。長筵坐戲客，鬭雞觀閒房。羣雄正翕赫，雙翅自飛揚。揮羽激清風，悍目發朱光。觜落輕毛散，嚴距往往傷。長鳴入青雲，扇翼獨翱翔。願蒙狸膏助，常得擅此場。「激」一作「邀」。「悍」一作「博」。

同前 劉楨

題云《鬭雞》，楨與應瑒疑並陳思王同時作。

丹雞被華采，雙距如鋒芒。願一揚炎威，會戰此中唐。利爪探玉除，瞋目含火光。長翘驚風起，勁翮正敷張。輕舉奮勾喙，電擊復還翔。

同前 應瑒

題云《鬬雞》。

戚戚懷不樂，無以釋勞勤。兄弟遊戲場，命駕迎衆賓。二部分曹伍，羣雞焕以陳。雙距解長緤，飛踊超敵倫。芥羽張金距，連戰何繽紛。從朝至日夕，勝負尚未分。專場駈衆敵，剛捷逸等群。四坐同休贊，賓主懷悦欣。博奕非不樂，此戲世所珍。

同前 梁簡文帝

題云《鬬雞》，姑從郭本。徐陵、庾信亦有《鬬雞》詩，原未録。

歡樂良無已，東郊春可遊。百花非一色，新田多異流。龍尾横津漢，車箱起戍樓。玉冠初警敵，芥羽忽猜儔。十日驕既滿，九勝勢恒遒。脱使田饒見，堪能説魯侯。

同前 劉孝威

丹雞翠冀張，妬敵復專場。翅中含芥粉，距外耀金芒。氣踰上黨烈，名貴下韝良。祭橋愁魏后，食踃忌齊王。願賜淮南藥，一使雲間翔。

盤石篇 魏陳思王植

盤盤山巔石，飄颻澗底蓬。我本太山人，何爲客海東。蒹葭彌斥土，林木無分重。岸巖若崩缺，湖水何洶洶。蚌蛤被濱涯，光彩如錦虹。高彼凌雲霄，浮氣象螭龍。鯨脊若丘陵，鬚若山上松。呼吸吞船欐，澎濞戲中鴻。方舟尋高價，珍寶麗以通。一舉必千里，乘颸舉帆幢。經危履險阻，未知命所鍾。常恐沈黃壚，下與黿鼈同。南極蒼梧野，遊眄窮九江。中夜指參辰，欲師當定從。仰天長太息，思想懷故邦。乘桴何所志，吁嗟我孔公。「海」一作「淮」。「吁嗟」一作「嗟歎」。

驅車篇 魏陳思王植

驅車撣駑馬，東到奉高城。神哉彼太山，五嶽專其名。隆高貫雲霓，嵯峨出太清。周流二六候，間置十二亭。上有涌醴泉，玉石揚華英。東北望吴野，西眺觀日精。魂神所繫屬，逝者感斯征。王者以歸天，效厥元功成。歷代無不遵，禮祀有品程。探策或長短，唯德享利貞。封者七十帝，軒皇元獨靈。湌霞漱沆瀣，毛羽被身形。發舉蹈虚廓，徑廷升窈冥。

同壽東父年，曠代永長生。「撣」一作「揮」。「祀」一作「記」。

種葛篇 魏陳思王植

種葛南山下，葛藟自成陰。與君初婚時，結髮恩義深。歡愛在枕席，宿昔同衣衾。竊慕《棠棣》篇，好樂如瑟琴。行年將晚暮，佳人懷異心。恩紀曠不接，我情遂抑沈。出門當何顧，徘徊步北林。下有交頸獸，仰見雙棲禽。攀枝長歎息，淚下沾羅襟。良馬知我悲，延頸代我吟。昔爲同池魚，今若商與參。往古皆歡遇，我獨困於今。棄置委天命，悠悠安可任。「若」一作「爲」。

棄婦篇 魏陳思王植

本集不載，見《玉臺新詠》。

石榴植前庭，緑葉摇縹青。丹華灼烈烈，璀彩有光榮。光榮曄流離，可以處淑靈。有鳥飛來集，拊翼以悲鳴。悲鳴夫何爲，丹華實不成。拊心長歎息，無子當歸寧。有子月經天，無子若流星。天月相終始，流星没無精。棲遲失所宜，下與瓦石並。憂懷從中來，歎息通雞鳴。反側不能寐，逍遥於前庭。踟躕還入房，肅肅帷幕聲。搴帷更攝帶，撫弦調鳴筝。慷慨有餘音，要妙悲且清。收淚長歎息，何以負神靈。招摇待霜露，何必春夏成。晚穫爲良實，願君且安寧。庭、靈、鳴、成、寧五韻重用。「調」一作「彈」。

結客篇 魏陳思王植

結客少年場，報怨洛北邙。闕。

結客少年場行 宋鮑照

曹植《結客篇》：結客少年場，報怨洛北邙。《樂府解題》曰：《結客少年場行》，言輕生重義，慷慨以立功名也。《後漢書》曰：祭遵嘗爲部吏所侵，結客殺人。《廣題》曰：漢長安少年殺吏，受財報仇，相與探丸爲彈。探得赤丸，斫武吏；探得黑丸，殺文吏。尹賞爲長安令，盡捕之。長安中爲之歌曰：何處求子死，桓東少年場。生時諒不謹，枯骨復何葬。按《結客少年場》言少年時結任俠之客，爲遊樂之場，終而無成，故作此曲也。按齊、梁間《少年子》《長安少年行》疑並本此，今亦附後。

驄馬金絡頭，錦帶佩吴鈎。失意杯酒間，白刃起相讐。追兵一旦至，負劒遠行遊。去鄉三十載，復得還舊丘。升高臨四塞，表裏望皇州。九衢平若水，雙闕似雲浮。扶宫羅將相，夾道列王侯。日中市朝滿，車馬若川流。擊鐘陳鼎食，方駕自相求。今我獨何爲，轗軻懷百憂。「塞」一作「關」。「衢」一作「塗」。

同前　梁劉孝威

少年本六郡，遨遊遍五都。插腰銅匕首，障日錦塗蘇。鷙羽裝銀鏑，犀膠飾象弧。近發連雙兔，高彎落九烏。邊城多警急，節使滿郊衢。居延箭箙盡，疏勒井泉枯。正蒙都護接，何由憚險途。千金募惡少，一麾擒骨都。勇餘聊蹙鞠，戰罷戲投壺。昔爲北方將，今爲南面孤。邦君行負弩，縣令且前驅。「戲」一作「暫」。

同前　周庾信

結客少年場，春風滿路香。歌撩李都尉，果擲潘河陽。折花遥勸酒，就水更移牀。今年喜夫婿，新拜羽林郎。定知劉碧玉，偷嫁汝南王。

同前　隋孔紹安

結客佩吴鉤，横行度隴頭。鴈在弓前落，雲從陣後浮。吴師驚燧象，燕將警犇牛。轉蓬飛不息，冰河結未流。若使三邊定，當封萬里侯。

同前 虞世南

韓魏多奇節，倜儻遺名利。共矜然諾心，各負縱横志。結友一言重，相思千里至。綠沈明月弦，金絡浮雲轡。吹簫入吴市，擊筑遊燕肆。尋源博望侯，結客遠相求。少年重一顧，長驅背隴頭。綫綫霜戈動，耿耿劒虹浮。天山冬夏雪，交河南北流。雲起龍沙暗，木落鴈行秋。輕生狥知己，非是爲身謀。

少年子 齊王融

聞有東方騎，遥見上頭人。待君送客返，桂釵當自陳。

同前 梁吴均

題云《詠少年》，姑從郭本。

董生能巧笑，子都信美目。百萬市一言，千金買相逐。不道參差菜，誰論窈窕淑。願言奉繡被，來就越人宿。

長安少年行 梁何遜

題云《學古三首》，此第一首，本非樂府，姑從郭氏。

長安美少年，羽騎暮連翩。玉羈馬腦勒〔三〕，金絡珊瑚鞭。陣雲横塞起，赤日下城圓。追兵待都護，烽火望祁連。虎落夜方寢，魚麗曉復前。平生不可定，空信蒼浪天。

同前 陳沈炯

長安好少年，驄馬鐵連錢。陳王裝腦勒，晉后鑄金鞭。步摇如飛鷰，寳劍似舒蓮。去來新市側，遨遊大道邊。道邊一老翁，顔鬢如衰蓬。自言居漢世，少小見豪雄。五侯俱拜爵，七貴各論功。建章通北闕，複道度南宫。太后居長樂，天子出回中。玉輦迎飛燕，金山賞鄧通。一朝復一日，忽見朝市空。扶桑無復海，崑山倒向東。少年何假問，頹齡值福終。子孫冥滅盡，鄉閭復不同。淚盡眼方暗，髀傷耳自聾。杖策尋遺老，歌嘯詠悲翁。遭隨各有遇，非敢訪童蒙。

日中市朝滿 陳張正見

出鮑照前《行》。

雲閣綺霞生，旗亭麗日明。塵飛三市路，蓋入九重城。竹葉當壚滿，桃花帶綬輕。唯見争名利，安知大隱情。「壚」《初學記》作「杯」。

樂府　魏陳思王植

墨出青松煙，筆出狡兔翰。古人感鳥跡，文字有改判。闕。

樂府歌　魏陳思王植

膠漆至堅，浸之則離。皎皎素絲，隨染色移。君不我棄，讒人所爲。

駕出北郭門行　魏阮瑀

駕出北郭門，馬樊不肯馳。下車步踟蹰，仰折枯楊枝。顧聞丘林中，噭噭有悲啼。借問啼者出，何爲乃如斯。親母舍我殁，後母憎孤兒。飢寒無衣食，舉動鞭捶施。骨消肌肉盡，體若枯樹皮。藏我空室中，父還不能知。上冢察故處，存亡永别離。親母何可見，淚下聲正嘶。棄我於此間，窮厄豈有貲。傳告後代人，以此爲明規。「踟蹰」一作「躑躅」。

秦女休行　魏左延年

左延年辭。大略言女休爲燕王婦，爲宗報讐，殺人都市，雖被囚繫，終以赦宥得寬刑戮也。晉傅玄云「龐氏有烈婦」，亦言殺人報怨，以烈義稱，與古辭義同而事異。

步出上西門，遥望秦氏廬。秦氏有好女，自名爲女休。休年十四五，爲宗行報讎。左執白楊刃，右據宛魯矛。讎家便東南，仆僵秦女休。女休西上山，上山四五里。關吏呵問女休，女休前置辭：平生爲燕王婦，於今爲詔獄囚。平生衣參差，當今無領襦。明知殺人當死，兄言怏怏，弟言無道憂。女休堅辭，爲宗報讎，死不疑。殺人都市中，徼我都巷西。丞卿羅東向坐，女休悽悽曳梏前。兩徒夾我持刀，刀五尺餘。刀未下，朣朧擊鼓赦書下。

「廬」《太平御覽》作「樓」。「右據宛魯矛」作「右援宛景矛」。「休年」一作「始年」。「關吏訶問女休」作「關吏得女休」。「置」一作「致」。「羅」下一有「列」字。

同前 晉傅玄

此本詠龐氏婦，而借秦女休爲題。一云「秦氏有烈婦」。

龐氏有烈婦，義聲馳雍涼。父母家有重怨，仇人暴且彊。雖有男兄弟，志弱不能當。烈女念此痛，丹心爲寸傷。外若無意者，内潛思無方。白日入都市，怨家如平常。匿劍藏白刃，一奮尋身僵。身首爲之異處，伏尸列肆旁。肉與土合成泥，灑血濺飛梁。猛氣上干雲霓，仇黨失守爲披攘。一市稱烈義，觀者收淚並慨忼。百男何當益，不如一女良。烈女直造縣門，云父不幸遭禍殃。今仇身以分裂，雖死情益揚。殺人當伏法，義不苟活隳舊章。縣令解印綬，令我傷心不忍聽。刑部垂頭塞耳，令我吏舉不能成。烈著希代之績，義立無窮之名。夫家同受其祚，子子孫孫咸享其榮。今我作歌吟詠高風，激揚壯發悲且清。

祝䶂歌 魏焦先

《高士傳》：魏伐吴，有竊問隱士焦先，先不應，謬歌。後魏軍敗，人推其意，「牂羊」指吴，「羖䍽」指魏也。《魏志》：後二句云，本心爲當殺牂羊，更殺其羖䍽邪？

祝䶂祝䶂，非魚非肉，更相追逐。本爲殺牂羊，更殺羖䍽。

采薪者歌 魏阮籍

《晉書》曰：籍嘗於蘇門山遇孫登，與商略終古，及栖神道氣之術，登皆不應。籍因長嘯而退。至半嶺，聞有聲若鸞鳳之音，響乎巖谷，乃登之嘯也。遂歸，著《大人先生傳》。按《傳》云：大人先生，蓋老人也，不知姓字。先生過神宫而息，漱吴泉而行，迴乎逌而遊覽焉，見薪於阜者，歎曰：汝將焉以是終乎哉？薪者曰：是終我乎，不以是終我乎？且聖人無懷，何其哀？因歎而歌曰「日没」云云。先生聞之，笑曰：雖不及大，庶免小矣。乃歌曰「天地」云云。按《魏氏春秋》曰：阮籍少時遊蘇門山，有隱者，籍對之長嘯，蘇門生莞爾而笑。籍既降，蘇門生亦嘯，若鸞鳳之音，籍乃服蘇門生之論，作《大人先生傳》，以寄所懷。歌曰「日没」云云，又歌曰「天地」云云。袁淑《真隱傳》曰：蘇門先生嘗行，見采薪于阜者，先生歎曰：汝將以是終乎？哀哉！薪者曰：以是終者我也，不以是終者我也。因歌二章，莫知所終。則此二歌皆出採薪，今依本傳。

日没不周西，月出丹淵中。陽精蔽不見，陰光代爲雄。亭亭在須臾，厭厭將復隆。離合雲霧兮，往來如飄風。富貴俯仰間，貧賤何必終。留侯起亡虜，威武赫荒夷。邵平封東陵兮，一旦爲布衣。枝葉托根柢，死生同盛衰。得志從命升，失勢與時隤。寒暑代征邁兮，變化更相推。禍福無常主，何憂身無歸。推兹由斯，負薪又何哀。一並無「兮」字。「斯」下一有闕。《選詩拾遺》作《寄懷歌》。

大人先生歌

天地解兮六合開，星辰霣兮日月頹，我騰而上將何懷！

吴爾汝歌　吴孫皓

《世説新語》曰：晉武帝問孫皓：聞南人好作《爾汝歌》，頗能爲不？皓正飲酒，因舉觴勸帝曰云云，帝悔之。

昔與汝爲鄰，今與汝爲臣。上汝一杯酒，令汝壽萬春。一作「願汝壽千春」。

效孫皓爾汝歌　宋王歆之

《南史》曰：河東王歆之嘗爲南康劉邕相，素輕邕。後歆之與邕俱與元會，並坐，邕謂歆之曰：卿昔見臣，今能見勸一杯酒否？歆之因效孫皓歌答之。

昔爲汝作臣，今與汝比肩。既不勸汝酒，亦不願汝年。

【校勘記】

〔一〕湊，《四庫》本作「輳」。

〔二〕西，《四庫》本作「堧」。

〔三〕馬腦，《四庫》本作「瑪瑙」。

古樂苑卷第三十五

雜曲歌辭 晉

讌飲歌 晉宣帝

《晉書》曰：高祖伐公孫淵，過温，見父老故舊。讌飲累日，悵然有感，爲歌曰。

天地開闢，日月重光。遭逢際會，奉辭遐方。將掃羣穢，還過故鄉。肅清萬里，總齊八荒。告成歸老，待罪武陽。「羣」一作「逋」。

輕薄篇 晉張華

《樂府解題》曰：《輕薄篇》，言乘肥馬，衣輕裘，馳逐經過爲樂，與《少年行》同意。何遜云「城東美少年」，張正見云「洛陽美年少」是也。

末世多輕薄，驕代好浮華。志意能放逸，貲財亦豐奢。被服極纖麗，肴膳盡柔嘉。僮僕餘粱肉，婢妾蹈綾羅。文軒樹羽蓋，乘馬鳴玉珂。横簪刻玳瑁，長鞭錯象牙。足下金鑮履，手中雙莫邪。賓從焕絡繹，侍御何芬葩。朝與金張期，暮宿許史家。甲第面長街，朱門赫嵯峨。蒼梧竹葉清，宜城九醖醝。浮醪隨觴轉，素蟻自跳波。美女興齊趙，妍唱出西巴。一顧傾城國，千金寧足多。北里獻奇舞，大陵奏名歌。新聲踰激楚，妙伎絶陽阿。玄鶴降浮雲，鱏魚躍中河。墨翟且停車，展季猶咨嗟。淳于前行酒，雍門坐相和。孟公結重關，賓客不得蹉。三雅來何遲，耳熱眼中花。盤桉互交錯，坐席咸諠譁。簪珥咸墮落，冠冕皆傾邪。酣飲終日夜，明燈繼朝霞。絶纓尚不尤，安能復顧他。留連彌信宿，此歡難可過。人生若浮寄，年時忽蹉跎。促促朝露期，榮樂遽幾何。念此腸中悲，涕下自滂沱。但畏執法吏，禮防且切磋。「代」一作「或」。「能」一作「既」。「傾城國」一作「城國傾」。「寧」一作「不」。

同前 梁何遜

城東美少年，重身輕萬億。柘彈隨珠丸，白馬黄金飾。長安九逵上，青槐蔭道植。轂擊晨已喧，肩排暝不息。走狗通西望，牽牛亘南直。相期百戲傍，去來三市側。象牀沓繡被，玉盤傳綺食。大姊掩扇歌，小妹開簾織。相看獨隱笑，見人還斂色。黄鵠悲故羣，山枝詠新識。烏飛過客盡，雀聚行龍匿。酌羽方厭厭，此時歡未極。「城東」一作「長安」。「飾」一作「勒」。「大姊」一作「娼女」。「妹」一作「婦」。

同前 陳張正見

洛陽美年少，朝日正開霞。細蹀連錢馬，傍趨苜蓿花。揚鞭還却望，春色滿東家。井桃映水落，門柳雜風斜。綿蠻弄青綺，蛺蝶遶承華。欲往飛廉館，遥駐季倫車。石榴傳馬腦，蘭肴奠象牙。聊持自娱樂，未是鬬豪奢。莫嫌龍馭晚，扶桑復浴鵶。

遊俠篇 晉張華

《漢書·遊俠傳》曰：戰國時列國公子，魏有信陵，趙有平原，齊有孟嘗，楚有春申，皆藉王公之勢，競爲遊俠，以取重諸侯，顯名天下。故後世稱遊俠者，以四豪爲首焉。漢興，有魯人朱家，及劇孟、郭解之徒，馳鶩於閭里，皆以俠聞。其後長安熾盛，街閭各有豪俠。時萬章在城西柳市，號曰城西萬章，酒市有趙君都、賈子光，皆長安名豪，報仇怨，養刺客者也。《魏志》曰：楊阿若後名豐，字伯陽。少遊俠，常以報仇解怨爲事，故時人爲之號曰：東市相斫楊阿若，西市相斫楊阿若。後世遂有《遊俠曲》，魏陳琳、晉張華又有《博陵王宮俠曲》。

翩翩四公子，濁世稱賢明。龍虎相交争，七國並抗衡。食客三千餘，門下多豪英。遊説朝夕至，辯士自從横。孟嘗東出關，濟身由雞鳴。信陵西反魏，秦人不窺兵。趙勝南詛楚，乃與毛遂行。黄歇北適秦，太子還入荆。美哉遊俠士，何以尚四卿。我則異於是，好古師老彭。「不窺兵」一作「開濟彊」。

同前　梁王僧孺

題云《遊俠》，一云《古意》。《英華》作《樂府》，姑從之。

青絲控燕馬，紫艾飾吴刀。朝風吹錦帶，落日映珠袍。陸離關右客，照耀山西豪。雖非學詭遇，終是任逢遭。人生會有死，得處如鴻毛。寧能偶雞鶩，寂寞隱蓬蒿。

同前　周王褒

京洛出名謳，豪俠競交遊。河南期四姓，關西謁五侯。鬬雞横大道，走馬出長楸。桑陰徙將夕，槐路轉淹留。

同前 隋陳良

《英華》作《俠客行》，《詩彙》併入陳子良。

洛陽麗春色，遊俠騁輕肥。水逐車輪轉，塵隨馬足飛。雲影遥臨蓋，花氣近薰衣。東郊鬭雞罷，南皮射雉歸。日暮河橋上，揚鞭惜晚暉。

俠客篇 梁王筠

俠客趨名利，劍氣坐相矜。黄金塗鞘尾，白玉飾鈎膺。晨馳逸廣陌，日暮返平陵。舉鞭向趙李，與君方代興。

博陵王宫俠曲 晉張華

二首。

俠客樂幽險，築室窮山陰。獠獵野獸稀，施網川無禽。歲暮飢寒至，慷慨頓足吟。窮令壯士激，安能懷苦心。干將坐自佩〔一〕，繁弱控餘音。耕佃窮淵陂，種粟著劍鐔。收秋狹路間，一擊重千金。棲遲熊羆穴，容與虎豹林。身在法令外，縱逸常不禁。

雄兒任氣俠，聲蓋少年場。借友行報怨，殺人租市旁。吴刀鳴手中，利劍嚴秋霜。腰間叉素戟，手持白頭鑲。騰超如激電，迴旋如流光。奮擊當手決，交屍自縱横。寧爲殤鬼雄，義不入圜墻。生從命子遊，死聞俠骨香。身没心不懲，勇氣加四方。

壯士篇 晋張華

燕荆軻歌曰：「風蕭蕭兮易水寒，壯士一去兮不復還。」《壯士篇》蓋出於此。

天地相震蕩，回薄不知窮。人物禀常格，有始必有終。年時俛仰過，功名宜速崇。壯士懷憤激，安能守虚沖。乘我大宛馬，撫我繁弱弓。長劍横九野，高冠拂玄穹。慷慨成素霓，嘯吒起清風。震響駭八荒，奮威曜四戎。濯鱗滄海畔，馳騁大漠中。獨步聖明世，四海稱英雄。「知」一作「可」。

遊獵篇 晋張華

歲暮凝霜結，堅冰沍幽泉。厲風蕩原隰，浮雲蔽昊天。玄雲晻黮合，素雪紛連翩。鷹隼始擊鷙，虞人獻時鮮。嚴駕鳴儔侶，攬轡過中田。戎車方四牡，文軒馭紫燕。輿徒既整飭，容貌麗且妍。武騎列重圍，前驅抗脩旃。倏忽似回飈，絡繹若浮煙。鼓噪山淵動，衝塵雲霧連。輕繒拂素霓，纖網蔭長川。遊魚未暇竄，歸鴈不得還。由基控繁弱，公差操黄間。機發應弦倒，一縱連雙肩。僵禽正狼藉，落羽何翻翻。積獲被山阜，流血丹中原。馳騁未及勌，曜靈俄移晷。結罝彌藪澤，囂聲振四鄙。鳥驚觸白刃，獸駭掛流矢。仰手接遊鴻，舉足蹴犀兕。如黄批狡兔，青骹撮飛雉。鵠鷺不盡收，鳧鷖安足視。日冥徒御勞，賞勤課能否。野饗會衆賓，玄酒甘且旨。燔炙播遺芳，金觴浮素蟻。珍羞墜歸雲，纖肴出淥水。四氣運不停，年時何亹亹。人生忽如寄，居世遽能幾。至人同禍福，達士等生死。榮辱渾一門，安知惡與美。遊放使心狂，覆車難再履。伯陽爲我誡，檢跡投清軌。

行行且遊獵篇 梁劉孝威

之罘講射所，上林娛獵場。選徒驕楚客，召狩誇胡王。罕車已戒道，風烏復起行。佽飛具矰繳，材官命蹶張。高罝掩月兔，勁矢射天狼。蹠地不遑逸，排虚豈及翔。日暮勾陳轉，風清鐃吹飈。歸來宴平樂，寧肯滯禽荒。

雲中白子高行 晉傅玄

陵陽子，來明意，欲作天與仙人遊。超登元氣攀日月，遂造天門將上謁。閶闔闢，見紫微絳闕，紫宫崔嵬，高殿嵯峨，雙闕萬丈玉樹羅。童女掣電策，童男挽雷車。雲漢隨天流，浩浩如江河。因王長公謁上皇，鈞天樂作不可詳。龍仙神仙，教我靈祕，八風子儀，與遊我祥。我心何戚戚，思故鄉。俯看故鄉，二儀設張。樂哉二儀，日月運移，地東南傾，天西北馳。鶴五氣所補，鼇四足所支。齊駕飛龍驂赤螭，逍遥五岳間，東西馳。長與天地並，復何爲，復何爲？

西長安行 晉傅玄

《樂府解題》曰：《西長安行》，晉傅休奕云「所思兮何在，乃在西長安」。其下因叙別離之意也。《三輔舊事》曰：長安城似北斗。《周地圖記》曰：長安城，南爲南斗形，北爲北斗形。《通典》曰：漢高帝自櫟陽徙都長安，至惠帝方發人徒築城，即長安西北古城是也。

所思兮何在，乃在西長安。何用存問妾，香橙雙珠環。何用重存問，羽爵翠琅玕。今我兮問君，更有兮異心。香亦不可燒，環亦不可沈。香燒日有歇，環沈日自深。

前有一罇酒行 晉傅玄

置酒結此會，主人起行觴。玉罇兩楹間，絲理東西廂。舞袖一何妙，變化窮萬方。賓主齊德量，欣欣樂未央。同享千年壽，朋來會此堂。

同前 陳後主

殿高絲吹滿，日落綺羅鮮。莫論朝漏促，傾巵待夕筵。

同前 張正見

前有一罇酒，主人行壽。今日合來，坐者當令，皆富且壽。欲令主人三萬歲，終歲不知老。爲吏當高遷，賈市得萬倍，桑蠶當大得，主人宜子孫。

飛塵篇 晉傅玄

飛塵穢清流，朝雲蔽日光。秋蘭豈不芬，鮑肆亂其芳。河決潰金堤，一手不能障。

秋蘭篇 晉傅玄

秋蘭本出於《楚辭》。《離騷》云：秋蘭兮蘼蕪，羅生兮堂下。緑葉兮素華，芳菲菲兮襲予。蘭，香草，言芳香菲菲，上及於我也。傅玄《秋蘭篇》云：秋蘭蔭玉池，池水且芳香。其旨言婦人之託君子，猶秋蘭之蔭玉池，與《楚辭》同意。

秋蘭蔭玉池，池水清且芳。芙蓉隨風發，中有雙鴛鴦。雙魚自踴躍，兩鳥時迴翔。君其歷九秋，與妾同衣裳。「清且芳」一作「且芳香」。「其」一作「期」。

明月篇 晉傅玄

《藝文》作《怨詩》。一作《朗月篇》。

皎皎明月光，灼灼朝日暉。昔爲春蠶絲，今爲秋女衣。丹脣列素齒，翠彩發蛾眉。嬌子多好言，歡合易爲姿。玉顔盛有時，秀色隨年衰。常恐新間舊，變故興細微。浮萍本無根，非水將何依。憂喜更相接，樂極還自悲。「本無根」一作「無根本」。

明月子 陳謝燮

杪秋之遥夜，明月照高樓。登樓一迴望，望見東陌頭。故人眇千里，言別歷九秋。相思不相見，望望空離憂。「東」一作「南」。

朗月行 宋鮑照

朗月出東山，照我綺牕前。牕中多佳人，被服妖且妍。靚妝坐帷裏，當户弄清弦。鬒奪衛女迅，體絶飛燕先。爲君歌一曲，當作朗月篇。酒至顔自解，聲和心亦宣。千金何足重，所存意氣間。「當作朗月篇」一作「堂上朗月篇」。

車遥遥篇 晉傅玄

一作《梁車歎》，今從《玉臺》。

車遥遥兮馬洋洋，追思君兮不可忘。君安遊兮西入秦，願爲影兮隨君身。君在陰兮影不見，君依光兮妾所願。

天行篇 晉傅玄

天行一何健，日月無高蹤。百川皆赴海，三辰回泰蒙。「百川皆赴海」《藝文》作「百川赴暘谷」。

三光篇 晉傅玄

《初學》作劉孝綽。

三光垂象表，天地有晷度。聲和音響應，形立影自附。素日抱玄烏，明月懷靈兔。

吴楚歌 晉傅玄

一曰《燕人美篇》。按漢樂府有吴楚《汝南歌》詩十五篇。

燕人美兮趙女佳，其室則邇兮限層崖。雲爲車兮風爲馬，玉在山兮蘭在野。雲無期兮風有止，思多端兮誰能理。一作「思心多端誰能理」。

天行歌 晉傅玄

天時泰兮照以陽，清風起兮景雲翔。仰觀兮辰象，日月兮運周。俯視兮河海，百川兮東流。

日昇歌 晉傅玄

東光昇朝陽，羲和初攬轡，六龍並騰驤。逸景何晃晃，旭日照萬方。皇德配天地，神明鑒幽荒。

驚雷歌 晉傅玄

驚雷奮兮震萬里，威陵宇宙兮動四海，六合不維兮誰能理。

雲歌 晉傅玄

白雲翩翩翔天庭，流景髣髴非君形。白雲飄飄，捨我高翔。青雲裵回，爲我愁腸。

同前 梁王臺卿

玉雲初度色，金風送影來。全生疑魄暗，半去月時開。欲知無處所，一爲上陽臺。

蓮歌 晉傅玄

渡江南，採蓮花，芙蓉增敷，曄若星羅。緑葉映長波，迴風容與動纖柯。

雜歌　晉傅玄

鳳有翼，龍有鱗。君不獨興，必須良臣。

歌辭　晉傅玄

靁師鳴鐘鼓，風伯吹笙簧。西母出穴聽，王父吟東廂。

昔思君　晉傅玄

昔君與我兮，形影潛結。今君與我兮，雲飛雨絶。昔君與我兮，音響相和。今君與我兮，落葉去柯。昔君與我兮，金石無虧。今君與我兮，星滅光離。

君子有所思行　晉陸機

《樂府解題》曰：《君子有所思行》，晉陸機云「命駕登北山」，宋鮑照云「西上登雀臺」，梁沈約云「晨策終南首」，其旨言彫室麗色不足爲久懽，宴安酖毒，滿盈所宜敬忌，與《君子行》異也。

命駕登北山，延佇望城郭。廛里一何盛，街巷紛漠漠。甲第崇高闥，洞房結阿閣。曲池何湛湛，清川帶華薄。邃宇列綺牕，蘭室接羅幕。淑貌色斯升，哀音承顏作。人生盛行邁，容華隨年落。善哉膏粱士，營生奧且博。宴安消靈根，酖毒不可恪。無以肉食資，取笑藜與藿。「藜」一作「葵」。

同前 宋謝靈運

總駕越鍾陵，還顧望京畿。躑躅周名都，遊目倦忘歸。市鄽無阨室，世族有高闈。密親麗華苑，軒甍飾通逵。孰是金張樂，諒由燕趙詩。長夜恣酣飲，窮年弄音徽。盛往速露墜，衰來疾風飛。餘生不歡娱，何以竟暮歸。寂寥曲肱子，瓢飲療朝飢。所秉自天性，貧富豈相譏。「倦」一作「卷」。「阨」一作「夾」。

同前 鮑照

西上登雀臺，東下望雲闕。層閣肅天居，馳道直如髮。繡甍結飛霞，璇題納行月。築山擬蓬壺，穿池類溟渤。選色徧齊岱，徵聲匝卭越。陳鍾陪夕宴，笙歌待明發。年貌不可留，身意會盈歇。蟻壤漏山河，絲淚毀金骨。器惡含滿欹，物忌厚生没。智哉衆多士，服理辨昭晰。一作「昭昧」，叶「末」。「河」一作「阿」。

同前 梁沈約

晨策終南首，顧望咸陽川。戚里遡層闕，甲館負崇軒。複塗希紫閣，重臺擬望仙。巴姬幽蘭奏，鄭女陽春弦。共矜紅顏日，俱忘白髮年。寂寥茂陵宅，照曜未央蟬。無以五鼎盛，顧嗤三經玄。

齊謳行 晉陸機

《漢書》曰：漢王至南鄭，諸將及士卒皆歌謳，思東歸。顏師古曰：謳，齊歌也。謂齊聲而歌。或曰齊地之歌。《禮樂志》曰：齊古謳員六人。梁元帝《纂要》曰：齊歌曰謳是也。陸機《齊謳行》備言齊地之美，亦欲使人推分直進，不可妄有所營也。

營丘負海曲，沃野爽且平。洪川控河濟，崇山入高冥。東被姑尤側，南界聊攝城。海物錯萬類，陸産尚千名。孟諸吞楚夢，百二侔秦京。惟師恢東表，桓后定周傾。天道有迭代，人道無久盈。鄙哉牛山歎，未及至人情。爽鳩苟已徂，吾子安得停。行行將復去，長存非所營。

同前 梁沈約

東秦稱右地，川隰固夷衵。層峯駕蒼雲，濁河流素壤。青丘良杳鬱，雪宫信疏敞。王佐改殷命，霸功繆周網。闕。

齊歌行 齊陸厥

黄金徒滿籯，不如守章句。雪宫紛多士，稷下岌成覆。同載雙連珠，合席懸河注。垂帷五行下，操筆百金賦。華屋大車方，高門駟馬驅。玄豹空不食，南山隱雲霧。「覆」一作「露」。「珠」一作「璧」。

吴趨行 晉陸機

崔豹《古今注》曰：《吴趨行》，吴人以歌其地。陸機《吴趨行》曰：「聽我歌吴趨。」趨，步也。

楚妃且勿歎，齊娥且莫謳。四坐並清聽，聽我歌吴趨。吴趨自有始，請從閶門起。閶門何峨峨，飛閣跨通波。重欒承遊極，迴軒啓曲阿。藹藹慶雲被，泠泠鮮風過。山澤多藏育，土風清且嘉。泰伯導仁風，仲雍揚其波。穆穆延陵子，灼灼光諸華。王迹穨陽九，帝功興四遐。大皇自富春，矯首頓世羅。邦彦應運興，粲若春林葩。屬城咸有士，吴邑最爲多。八族未足侈，四姓實名家。文德熙淳懿，武功侔山河。禮讓何濟濟，流化自滂沱。淑美難窮紀，商榷爲此歌。「始」一作「紀」。「峨峨」一作「嵯峨」。「鮮」一作「祥」。「首」一作「手」。

同前

《樂府》不載名氏，次陸機後，《六朝詩彙》遂作機詩。按此格調必非晉人，姑從附入。

璽滿蓋重簾，唯有遠相思。藕葉清朝釧，何見早歸時。「歸」一作「還」。

同前 梁元帝

水裏生葱翅，池心恒欲飛。蓮花逐牀返，何時乘艒歸。

悲哉行 晉陸機

《歌録》曰：《悲哉行》，魏明帝造。《樂府解題》曰：陸機云「遊客芳春林」，謝惠連云「羈人感淑節」，皆言客遊感物，憂思而作也。

遊客芳春林，春芳傷客心。和風飛清響，鮮雲垂薄陰。蕙草饒淑氣，時鳥多好音。翩翩鳴鳩羽，喈喈倉庚吟。幽蘭盈通谷，長莠被高岑。女蘿亦有託，蔓葛亦有尋。傷哉客遊士，憂思一何深。目感隨氣草，耳悲詠時禽。寤寐多遠念，緬然若飛沈。願託歸風響，寄言遺所欽。「吟」一作「音」。

同前 宋謝靈運

《陸士衡集》亦載，誤。

萋萋春草生，王孫遊有情。差池燕始飛，夭裊桃始榮。灼灼桃悅色，飛飛燕弄聲。檐上雲結陰，澗下風吹清。幽樹雖改觀，終始在初生。松蔦歡蔓延，樛葛欣藟縈。眇然遊宦子，晤言時未并。鼻感改朔氣，眼傷變節榮。侘傺豈徒然，澶漫絶音形。風來不可託，鳥去豈爲聽。「眼」一作「心」。「澶」一作「緬」。

同前 謝惠連

《鮑照集》亦載。

羈人感淑節，緣感欲回轍。我行詎幾時，華實驟舒結。覩實情有悲，瞻華意無悦。覽物懷同志，如何復乖别。翩翩翔禽羅，關關鳴鳥列。翔禽常疇偶，所歎獨乖絶。「翔禽」一作「翔鳴」。

同前 梁沈約

旅遊媚年春，年春媚遊人，徐光旦垂彩，和露曉凝津。時嚶起稚葉，蕙氣動初蘋。一朝阻舊國，萬里隔良辰。

百年歌 晉陸機

十首。

一十時，顔如蕣華曄有暉，體如飄風行如飛。孌彼孺子相追隨，終朝出遊薄暮歸，六情逸豫心無違。清酒漿炙奈樂何，清酒漿炙奈樂何。

二十時，膚體彩澤人理成，美目淑貌灼有榮。被服冠帶麗且清，光車駿馬遊都城，高談雅步何盈盈。清酒漿炙奈樂何，清酒漿炙奈樂何。

三十時，行成名立有令聞，力可扛鼎志干雲。食如漏巵氣如熏，辭家觀國綜典文，高冠素帶煥翩紛。清酒漿炙奈樂何，清酒漿炙奈樂何。

四十時，體力克壯志方剛。跨州越郡還帝鄉，出入承明擁大璫。清酒漿炙奈樂何，清酒漿炙奈樂何。

五十時，荷旄仗節鎮邦家，鼓鐘嘈囋趙女歌。羅衣綷粲金翠華，言笑雅舞相經過。清酒漿炙奈樂何，清酒漿炙奈樂何。

六十時，年亦耆艾業亦隆，驂駕四牡入紫宮。軒冕婀那翠雲中，子孫昌盛家道豐。清酒漿炙奈樂何，清酒漿炙奈樂何。

七十時，精爽頗損膂力愆。清水明鏡不欲觀，臨樂對酒轉無歡，攬形羞髮獨長歎。「形」一作「衣」。「羞」一作「㒖」。

八十時，明已損目聰去耳，前言往行不復紀。辭官致祿歸桑梓，安車駟馬入舊里，樂事告終憂事始。

九十時，日告耽瘁月告衰，形體雖是志意非。言多謬誤心多悲，子孫朝拜或問誰，指景玩日慮安危，感念平生淚交揮。

百歲時，盈數已登肌肉單，四支百節還相患。目若濁鏡口垂涎，呼吸嚬蹙反側難，茵褥滋味不復安。

女怨詩 晉皇甫謐

婚禮既定，婚禮臨成。施衿結帨，三命丁寧。闕。

逸民吟 晉潘尼

我顧傲世自遺，舒志六合，由巢是追，沐浴池洪迅羽衣。陟彼名山，採此芝薇。朝雲靉靆，行露未晞。遊魚羣戲，翔鳥雙飛。逍遥博觀，日晏忘歸。嗟哉四士，從我者誰。

嬌女詩 晉左思

按《神弦曲》有《嬌女詩》，不知此亦同否，今附入。

吾家有嬌女，皎皎頗白皙。小字爲織素，口齒自清歷。鬌髮覆廣額，雙耳似連璧。明朝弄梳臺，黛眉類掃跡。濃朱衍丹脣，黄吻瀾漫赤。嬌語若連瑣，忿速乃明懤。握筆利彤管，篆刻未期益。執書愛綈素，誦習矜所獲。其姊字惠芳，兩目燦如畫。輕粧喜樓邊，臨鏡忘紡績。舉觶擬京兆，立的成復易。玩弄眉頰間，劇兼機杼役。從容好趙舞，延袖像飛翮。上下絃柱際，文史輒卷襞。顧眄屏風畫，如見已指擿。丹青日塵闇，明義爲隱賾。馳騖翔園林，菓下皆生摘。紅葩掇紫蔕，萍實驟抵擲。貪華風雨中，倏忽數百適。務躡霜雪戲，重綦常累積。并心注肴饌，端坐理盤槅。翰墨戢閑按，相與數離逖。動爲鑪鉦屈，屣履任之適。止爲荼菽據，吹吁對鼎鑩。脂膩漫白袖，煙薰染阿錫。衣被皆重池，難與沈水碧。任其孺子意，羞受長者責。瞥聞當與杖，掩淚俱向壁。重池，被之心如池也。《玉臺》作「衣破皆重施」，誤。「織」一作「紈」。「娣」《玉臺》作「姊」。「鑩」《外編》作「𩟗」。「荼菽」一作「荼荈」。

思吴江歌 晉張翰

一曰《秋風歌》。晉《文士傳》曰：張翰有清名美望，大司馬齊王冏辟爲東曹掾。在洛見秋風起，思吴中菰飯、蓴羹、鱸魚鱠，歎曰：人生貴得適意爾，何能羈宦數千里，以要名爵！因作此歌，遂命駕還。

秋風起兮佳景時，吴江水兮鱸魚肥。三千里兮家未歸，恨難得兮仰天悲。

山路吟 晉夏侯湛

夙駕兮待明，陟山路兮遐征。冒晨朝兮入大谷，道逶迤兮嵐氣清。攬轡兮抑馬，踟躕兮曠野。曠野軀兮遼落，崇岳兮巉崿。丘陵兮連離，卉木兮交錯。淥水兮長流，驚濤兮拂石。

江上汎歌 晉夏侯湛

悠悠兮遠征，倏倏兮暨南荆。南荆兮臨長江，臨長江兮討不庭。江水兮浩浩，長流兮萬里。洪浪兮雲轉，陽侯兮奔起。驚翼兮垂天，鯨魚兮岳跱。蘼蕪紛兮被皐陸，脩竹鬱兮翳崖趾。望江之南兮，邀目桂林。桂枝蓊鬱兮，鶤雞揚音。淩波兮願濟，舟檝不具兮江水深。沈嗟迴眄於北夏，何歸軫之難尋。

長夜謡 晉夏侯湛

日暮兮初晴，天灼灼兮遐清。披雲兮歸山，垂景兮照庭。列宿兮皎皎，星稀兮月明。亭檐隅以逍遥兮，眄太虚以仰觀。望閶闔之昭晰兮，麗紫微之暉煥。

寒苦謡 晉夏侯湛

惟立冬之初夜，天慘懔以降寒。霜皚皚以被庭，冰溏瀨於井幹。草槭槭以疏葉，木蕭蕭以零殘。松隕葉於翠條，竹摧柯於緑竿。闕。

扶風歌 晉劉琨

九解。

朝發廣莫門，暮宿丹水山。左手彎繁弱，右手揮龍淵。
顧瞻望宫闕，俯仰御飛軒。據鞍長歎息，淚下如流泉。
繫馬長松下，發鞍高嶽頭。洌洌悲風起，泠泠澗水流。
揮手長相謝，哽咽不能言。浮雲爲我結，飛鳥爲我旋。
去家日已遠，安知存與亡。慷慨窮林中，抱膝獨摧藏。
麋鹿遊我前，猨猴戲我側。資糧既乏盡，薇蕨安可食。
攬轡命徒侶，吟嘯絶巖中。君子道微矣，夫子故有窮。

惟昔李愆期，寄在匈奴庭。忠信反獲罪，漢武不見明。我欲竟此曲，此曲悲且長。棄置勿重陳，重陳令心傷。

同前 宋鮑照

昨辭金華殿，今次鴈門縣。寢卧握秦戈，棲息抱越箭。忍悲别親知，行泣隨征傳。寒煙空裴徊，朝日乍舒卷。

同前 無名氏

見《太平御覽》。按《北史·常景傳》曰：景嘗因出塞，經歷山水，悵然懷古，乃擬劉琨《扶風歌》十二首。此或其遺句耶？

南山名嵬嵬，松柏何摧摧。上枝拂青雲，中心大數圍。闕。

合歡詩 晉楊方

五首。《樂府解題》曰：《合歡詩》，晉楊方所作也。言婦人謂虎嘯風起，龍躍雲浮，磁石引針，陽燧改火，皆以同聲相應，同氣相求，我與君情，亦猶形影、宫商之不離也。常願食共並根穗，飲共連理杯，衣共雙絲絹，寢共無縫裯，坐必接膝，行必攜手，如鳥同翼，如魚比目，利斷金石，密踰膠漆也。後三首《玉臺》題云《雜詩》，郭氏併作《合歡詩》，今按意義實與合歡無涉，姑仍舊録。

虎嘯谷風起，龍躍景雲浮。同聲好相應，同氣自相求。我情與子親，譬如影追軀。食共同根穗，飲共連理杯。衣共雙絲絹，寢共無縫裯。居願接膝坐，行願攜手趨。子静我不動，子遊我不留。齊彼同心鳥，譬此比目魚。情至斷金石，膠漆未爲牢。但願長無別，合形作一軀。生爲併身物，死爲同棺灰。秦氏自言至，我情不可儔。「同」一作「並」。「此」一作「彼」。

磁石引長針，陽燧下炎煙。宫商聲相和，心同自相親。我情與子合，亦如影追身。寢共織成被，絮共同功綿。暑摇比翼扇，寒坐併肩氈。子笑我必哂，子慼我無歡。來與子共迹，去與子同塵。齊彼蛩蛩獸，舉動不相捐。唯願長無別，合形作一身。生有同室好，死成併棺民。徐氏自言至，我情不可陳。

獨坐空室中，愁有數千端。悲響答愁歎，哀涕應苦言。彷徨四顧望，白日入西山。不覩佳人來，但見飛鳥還。飛鳥亦何樂，夕宿自作羣。「言」一作「心」。

飛黄銜長轡，翼翼回輕輪。俯涉渌水澗，仰過九層山。脩途曲且險，秋草生兩邊。黄華如沓金，白花如散銀。青敷羅翠采，絳葩象赤雲。爰有承露枝，紫榮合素芬。扶疎重清藻，布翹芳且鮮。目爲艷采回，心爲奇色旋。撫心悼孤客，俯仰還自憐。踟蹰向壁歎，攬筆作此文。

南鄰有奇樹，承春挺素華。豐翹被長條，緑葉蔽朱柯。因風吹微音，芳氣入紫霞。我心羡此木，願徙著予家。夕得遊其下，朝得弄其葩。爾根深且堅，予宅淺且洿。移植良無期，歎息將如何。「鄰」《玉臺》作「林」。「堅」作「固」。

大道曲　晉謝尚

《樂府解題》曰：謝尚爲鎮西將軍，常著紫羅襦，據胡牀，在市中佛國門樓上彈琵琶，作《大道曲》。市人不知是三公也。

青陽二三月，柳青桃復紅。車馬不相識，音落黄埃中。

懷歸謡　晉湛方生

辭衡門兮至歡，懷生離兮苦辛。豈羈旅兮一慨，亦代謝兮感人。四運兮遒盡，化新兮歲故，氛慘慘兮凝晨。風悽悽兮薄暮，雨雪兮交紛。重雲兮四布，天地兮一色，六合兮同素。

山木兮摧披，津壑兮凝沍。感羈旅兮苦心，懷桑梓兮增慕。胡馬兮戀北，越鳥兮依陽。彼禽獸兮尚然，況君子兮去故鄉。望歸塗兮漫漫，眄江流兮洋洋。思涉路兮莫由，欲越津兮無梁。

曲池歌

《拾遺》在湛方生後，《詩品》作湛詩。謝朓有《曲池之水》，未詳與此同否。

曲池何澹澹，芙蓉蔽清源。榮華盛壯時，見者誰不歡。一朝光采落，見者不迴顔。

曲池水 齊謝朓

《集》云《曲池之水》。

緩步遵莓渚，披衿待蕙風。芙蕖舞輕蔕，苞笋出芳叢。浮雲自西北，江海思無窮。烏去能傳響，見我緑琴中。「緑」一作「測」。

出歌 晉孫楚

茱萸出芳樹顛，鯉魚出洛水泉。白鹽出河東，美豉出魯川。薑桂茶荈出巴蜀，椒橘木蘭出高山。蓼蘇出溝渠，秕稗出中田。闕。

別歌 晉熊甫

《晉書》曰：錢鳳爲王敦鎧曹參軍，知敦有不臣之心，相與朋構，專弄威權。參軍熊甫諫敦不聽，遂告歸，臨別歌曰。

徂風飈起蓋山陵，氛霧蔽日玉石焚。往事既去可長歎，念別惆悵復會難。

歌 張奴

一首。《高僧傳》曰：外國名僧佉吒，寄名長干寺。有張奴者，不知何許人，不甚見食，而常自肥澤，冬夏常著單布衣。佉吒行見張奴，欣然而笑，佉吒曰：吾東見蔡㹠，南訊馬生，北遇王年，今欲就杯度，乃與子相見耶？張奴乃題槐樹，歌曰。

濛濛大象内，照耀實顯彰。何事迷昏子，縱惑自招殃。樂所少人往，苦道若翻囊。不有松柏志，何用擬風霜。閑豫紫煙表，長歌出昊蒼。澄虛無色外，應見有緣鄉。歲曜毗漢后，麗辰傳殷王。伊余非一仙，晦迹之九方。亦見流俗子，觸眼致酸傷。略謡觀有念，寧曰盡矜章。

酒德歌 前秦趙整

《前秦紀》〔二〕：秦王堅與羣臣飲，以極醉爲限，整作歌。

地列酒泉，天垂酒池。杜康妙識，儀狄先知。紂喪殷邦，桀傾夏國。由此言之，前危後則。

又

崔鴻《十六國春秋·前秦録》曰：苻堅宴羣臣於釣臺，秘書侍郎趙整以堅頗好酒，因爲《酒德》之歌。

穫黍西秦，採麥東齊。春封夏發，鼻納心迷。載《太平御覽》，未全。

諫歌 前秦趙整

《前秦紀》〔三〕：晉孝武帝寧康二年冬十二月，秦王堅與慕容垂夫人段氏同輦遊於後庭，宦官趙整歌曰云云。堅改容謝之，命夫人下輦。

不見雀來入鷰室，但見浮雲蔽白日。

【校勘記】

〔一〕佩，原闕，據《四庫》本補。

〔二〕前秦紀，原闕，據《四庫》本補。

〔三〕前秦紀，原闕，據《四庫》本補。

古樂苑卷第三十六

雜曲歌辭 宋

自君之出矣 宋孝武帝 一作許瑶。

漢徐幹《室思詩》："自君之出矣，明鏡暗不治。思君如流水，無有窮已時。"《自君之出矣》蓋起於此，一作《擬室思詩》。齊虞羲亦謂之《思君去時行》。

自君之出矣，金翠闇無精。思君如日月，回還晝夜生。

同前 江夏王義恭

自君之出矣，筲錦廢不開。思君如清風，曉夜常徘徊。

同前　顏師伯

自君之出矣，芳帷低不舉。思君如回雪，流亂無端緒。

同前　鮑令暉

本題云《題詩後寄行人》，姑從郭本。

自君之出矣，臨軒不解顏。砧杵夜不發，高門晝恒關。帷中流熠燿，庭前華紫蘭。物枯識節異，鴻歸知客寒。遊取暮春盡，餘思獨君還。一作「遊用暮冬盡，除春待君還」。「帷」一作「帳」。「歸」一作「來」。

同前　齊王融

二首。《集》云《奉和代徐》。

自君之出矣，芳藇絶瑶巵。思君如形影，寢興未曾離。

自君之出矣，金爐香不然。思君如明燭，中宵空自煎。

同前 虞羲

自君之出矣，楊柳正依依。君去無消息，唯見黄鶴飛。關山多險阻，士馬少光輝。流年無止極，君去何時歸。

同前 梁范雲

自君之出矣，羅帳咽秋風。思君如蔓草，連延不可窮。

同前 陳後主

六首。

自君之出矣，霜暉當夜明。思君若風影，來去不曾停。

自君之出矣，房空帷帳輕。思君如晝燭，懷心不見明。

自君之出矣，不分道無情。思君若寒草，零落故心生。

自君之出矣，塵網暗羅帷。思君如落日，無有暫還時。

自君之出矣，緑草遍階生。思君如夜燭，垂淚著雞鳴。
自君之出矣，愁顔難復覩。思君如蘖條，夜夜只交苦。

同前　賈馮吉

自君之出矣，紅顔轉憔悴。思君如明燭，煎心且銜淚。

同前　隋陳叔達

自君之出矣，明鏡罷紅妝。思君如夜燭，煎淚幾千行。

秋歌　宋南平王鑠

《藝文》無題，在秋部。

昊天清且高，秋氣發初涼。白露下微津，明月流素光。凝煙汎城闕，凄風入軒房。朱華先零落，緑草就芸黄。纖羅還笥篋，輕紈改衣裳。闕。

游子移 宋江夏王義恭

三河游蕩子，麗顔邁荆寶。携持玉柱筝，懷挾忘憂草。綢繆甘泉中，馳逐邯鄲道。春服候時製，秋紈迎涼造。珍愧暉素腕，玉迹滿襟抱。常歎樂日晏，恒悲歡不早。揮吹傳舊美，趨謡盡新好。仲尼爲輟飡，秦王足傾倒。

懷園引 宋謝莊

鴻飛從萬里，飛飛河岱起。辛勤越霜霧，聯翩遡江汜。去舊國，違舊鄉，舊海悠且長。迴首瞻東路，延翮向秋方。登楚都，入楚關，楚地蕭瑟楚山寒。歲去冰未已，春來鴈不還。風肅幌兮露濡庭，漢水初緑柳葉青。朱光靄靄雲英英，離禽喈喈又晨鳴。菊有秀兮松有蕤，憂來年去容髮衰。流陰逝景不可追，臨堂危坐悵欲悲。試託意兮向芳蓀，心綿綿兮屬荒樊。想緑蘋兮既冒沼，念幽蘭兮已盈園。夭桃晨暮發，春鶯旦夕喧。青苔蕪石路，宿草塵蓬門。

山夜憂 宋謝莊

庭光盡，山明歸。流風乘軒卷，明月緣河飛。澗鳥鳴兮夜蟬清，橘露靡兮蕙煙輕。凌别浦兮值泉躍，經喬木兮遇猨驚。南皋别鶴佇漢，東鄰孤管入青天。沈痾白髪共急日，朝露過隟詎賒年。年既去兮髮不還，金膏玉液豈留顔。迴舲柘繩户，收棹掩荆關。

會吟行 宋謝靈運

《樂府解題》曰：《會吟行》，其致與《吴趨》同。會謂會稽。

六引緩清唱，三調佇繁音。列筵皆静寂，咸共聆會吟。會吟自有初，請從文命敷。敷績壺冀始，刊木至江汜。列宿炳天文，負海横地理。連峰競千仞，背流各百里。滮池溉粳稻，輕雲曖松杞。兩京愧佳麗，三都豈能似。層臺指中天，高墉積崇雉。飛燕躍廣途，鷁首戲清沚。肆呈窈窕容，路曜便娟子。自來彌世代，賢達不可紀。句踐善廢興，越叟識行止。范蠡出江湖，梅福入城市。東方就旅逸，梁鴻去桑梓。牽綴書土風，辭殫意未已。「容」五臣作「客」。「世」一作「年」。

松柏篇 宋鮑照

并序

余患脚上氣四十餘日，知舊先借《傅玄集》，以余病劇，遂見還。開袠，適見樂府詩《龜鶴篇》，於危病中見長逝詞，惻然酸懷抱。如此重病，彌時不差，呼吸之喘，舉目悲矣。火藥間缺而擬之。

松柏受命獨，歷代長不衰。人生浮且脆，鴥若晨風悲。東海迸逝川，西山導落暉。南郭悦籍短，蒿里收永歸。諒無疇昔時，百病起盡期。志士惜牛刀，忍勉自療治。傾家行藥事，顛沛去迎醫。徒備火石苦，奄至不得辭。龜齡安可獲，岱宗限已迫。睿聖不得留，爲善何所益。捨此赤縣居，就彼黄壚宅。永離九原親，長與三辰隔。屬纊生望盡，闔棺世業埋。事痛存人心，恨結亡者懷。祖葬既云及，壙遂亦已開。室族内外哭，親疏同共哀。外姻遠近至，名列通夜臺。扶輿出殯宫，低迴戀庭室。天地有盡期，我去無還日。居者今已盡，人事從此畢。火歇煙既没，形銷聲亦滅。鬼神來依我，生人永辭訣。大暮杳悠悠，長夜無時節。鬱湮重冥下，煩冤難具説。安寢委沈寞，戀戀念平生。事業有餘結，刊述未及成。

資儲無擔石，兒女皆孩嬰。一朝放捨去，萬恨纏我情。追憶世上事，束教以自拘。明發靡怡悆，夕歸多憂虞。撤閑晨逕流，輟宴式酒濡。知今暝日苦，恨失爾時娱。遥遥遠民居，獨埋深壤中。墓前人跡滅，冢上草日豐。空林響鳴蜩，高松結悲風。長寐無覺期，誰知逝者窮。生存處交廣，連榻舒華裀。已没一何苦，楛哉不容身。昔日平居時，晨夕對六親。今日掩奈何，一見無諧因。禮席有降殺，三齡速過隙。几筵就收撤，室宇改疇昔。行女遊歸途，仕子復王役。家世本平常，獨有亡者劇。時祀望歸來，四節静塋丘。孝子撫墳號，父子知來不。欲還心依戀，欲見絶無由。煩冤荒隴側，肝心盡崩抽。「郭」一作「郊」。「限」一作「恨」。「夕歸」一作「久歸」。

鳴鴈行 宋鮑照

《衛・匏有苦葉》詩曰：「雝雝鳴鴈，旭日始旦。」《鳴鴈行》蓋出於此。

雝雝鳴鴈鳴始旦，齊行命侣入雲漢。中夜相失羣離亂，留連徘徊不忍散。憔悴容儀君不知，辛苦霜雪亦何爲。「霜雪」一作「風霜」。

同前 隋李孝貞

聽琴旋蔡子，張羅避翟公。夕宿寒林上，朝飛空井中。既並玄雲曲，復變海魚風。一報黄苑惠，還遊萬歲宫。《詩紀》云此詩本詠雀，《樂府》題曰《鳴雁行》，或有誤也。

北風行 宋鮑照

《北風》本衛詩也。《北風》詩曰：「北風其涼，雨雪其雱。」傳云：北風寒涼，病害萬物，以喻君政暴虐，百姓不親也。鮑照傷北風雨雪而行人不歸，與衛詩異矣。《集》作《北風涼行》。

北風涼，雨雪雱〔一〕，京洛女兒多嚴粧〔二〕。遥艷帷中自悲傷，沉吟不語若爲忘。問君何行何當歸，苦使妾坐自傷悲。慮年至，慮顔衰。情易復，恨難追。「沉吟不語若爲忘」一作「沉吟不語若有忘」。「慮年至」一作「慮年來」。

春日行 宋鮑照

獻歲發，吾將行。春山茂，春日明。園中鳥，多嘉聲。梅始發，柳始青。汎舟艫，齊棹驚。奏採菱，歌鹿鳴。風微起，波微生。弦亦發，酒亦傾。入蓮池，折桂枝。芳袖動，芬葉披。

兩相思，兩不知。「梅始發柳始青」一作「梅始發桃始榮」。「風微起波微生」一作「微波起微風生」。「入蓮池折桂枝」一作「入蓮花援桂枝」。

代少年時至衰老行 宋鮑照

此下五首，《樂府》諸家不載。按《鮑照集》題上並有「代」字，則此必舊有是作，而照擬之也。大抵爲嗟老傷窮，羈旅無聊之意而已。

憶昔少年時，馳逐好名晨。結友多貴門，出入富兒鄰。綺羅艷華風，車馬自揚塵。歌唱青琴女，彈筝燕趙人。好酒多芳氣，餚味厭時新。今日每相念，此事邈無因。寄語後生子，作樂當及春。

代陽春登荆山行 宋鮑照

旦登荆山頭，崎嶇道難遊。早行犯霜露，苔滑不可留。極眺入雲表，窮目盡帝州。方都列萬室，層城帶高樓。奕奕朱軒馳，紛紛縞衣流。日氛映山浦，暄霧逐風收。花木亂平原，桑柘盈平疇。攀條弄紫莖，藉露折芳柔。遇物雖成趣，念者不解憂。且共傾春酒，長歌登山丘。「桑柘盈平疇」一作「桑柘緜平疇」。

代貧賤愁苦行 宋鮑照

湮没雖死悲，貧苦即生劇。長歎至天曉，愁苦窮日夕。盛顔當少歇，鬒髮先老白。親友四面絶，朋知斷三益。空庭慙樹萱，樂餌愧過客。貧年忘日時，黯顔就人惜。俄頃不相酬，恧怩面已赤。或以一金恨，便成百年隙。心爲千條計，事未見一獲。運圮津塗塞，遂轉死溝洫。以此窮百年，不如還窀穸。

代邊居行 宋鮑照

少年遠荆陽，遥遥萬里方。陋巷絶人徑，茅屋摧山岡。不覩車馬迹，但見麋鹿場。長松何落落，丘隴無復行。邊地無高木，蕭蕭多白楊。盛年日月盡，一去萬恨長。悠悠世中人，争此錐刀忙。不憶貧賤時，富貴輒相忘。紛紛徒滿目，何關慨予傷。不如一畝中，高會挹清漿。遇樂便作樂，莫使候朝光。「荆」一作「京」。「方」一作「行」。

代邽街行 宋鮑照

竚立出門衢，遥望轉蓬飛。蓬去舊根在，連翩逝不歸。念我捨鄉俗，親好久乖違。慷慨懷長想，惆悵戀音徽。人生隨事變，遷化焉可祈。百年難必果，千慮易盈虧。

中興歌 宋鮑照

十首。

千冬遲一春，萬夜視朝日。生平值中興，歡起百憂畢。「遲」一作「逢」。

中興太平運，化清四海樂。祥景照玉臺，紫煙遊鳳閣。

碧樓含夜月，紫殿争朝光。綵池散蘭麝，風起自生芳。

白日照前牕，玲瓏綺羅中。美人掩輕扇，含思歌春風。

三五容色滿，四五妙華歇。已輸春日歡，分隨秋光没。

北出湖邊戲，前還苑中遊。飛轂繞長松，馳管逐波流。

九月秋水清，三月春花滋。千金逐良日，皆競中興時。

窮泰已有分，壽夭復屬天。既見中興樂，莫持憂自煎。

襄陽是小地，壽陽非帝城。今日中興樂，遥治在上京。

梅花一時艷，竹葉千年色。願君松柏心，採照無窮極。

行路難 宋鮑照

十八首。《樂府解題》曰：《行路難》，備言世路艱難及離别悲傷之意，多以「君不見」爲首。按《陳武别傳》云：武常牧羊，諸家牧豎有知歌謡者，武遂學《行路難》。則所起亦遠矣。

奉君金巵之美酒，瑇瑁玉匣之彫琴，七綵芙蓉之羽帳，九華蒲萄之錦衾。紅顔零落歲將暮，寒光宛轉時欲沈。願君裁悲且減思，聽我抵節行路吟。不見柏梁銅雀上，寧聞古時清吹音。「巵」一作「匜」。「瑇」一作「玳」。

洛陽名工鑄爲金博山，千斲復萬鏤，上刻秦女攜手仙。承君清夜之歡娱，列置幃裏明燭前。外發龍鱗之丹綵，内含麝芬之紫煙。如今君心一朝異，對此長歎終百年。「歡娱」一作「娱樂」。

璿閨玉墀上椒閣，文窻繡户垂綺幕。中有一人字金蘭，被服纖羅藴芳藿。春燕差池風散梅，開帷對影弄春爵。含歌攬涕不能言，人生幾時得爲樂。寧作野中之雙梟，不願雲間之別鶴。「蘊」一作「采」。「春」一作「禽」。「不能言」一作「恒抱愁」。

瀉水置平地，各自東西南北流。人生亦有命，安能行歎復坐愁。酌酒以自寬，舉杯斷絶歌路難。心非木石豈無感，吞聲躑躅不敢言。

君不見河邊草，冬時枯死春滿道。君不見城上日，非暝没山去，明朝復更出。今我何時當得然，一去永滅入黄泉。人生苦多懽樂少，意氣敷腴在盛年。且願得志數相就，牀頭恒有酤酒錢。功名竹帛非我事，存亡貴賤委皇天。「非暝」一作「今暝」。「山」一作「盡」。「委」一作「付」。

對案不能食，拔劍擊柱長歎息。丈夫生世能幾時，安能蹀躞垂羽翼！棄檄罷官去，還家自休息。朝出與親辭，暮還在親側。弄兒牀前戲，看婦機中織。自古聖賢盡貧賤，何況我輩孤且直。「能」一作「會」。「檄」一作「置」。

愁思忽而至，跨馬出北門。舉頭四顧望，但見松柏園，荆棘鬱蹲蹲。中有一鳥名杜鵑，言是古時蜀帝魂。聲音哀苦鳴不息，羽毛憔悴似人髡。飛走樹間啄蟲蟻，豈憶往日天子尊。念此死生變化非常理，中心惻愴不能言。「蹲蹲」《集》作「撙撙」。「啄」一作「逐」。

中庭五株桃，一株先作花。陽春沃若二三月，從風簸蕩落西家。西家思婦見悲惋，零淚沾衣撫心歎。初我送君出户時，何言淹留節迴換。牀席生塵明鏡垢，纖腰瘦削髮蓬亂。人生不得恒稱意，惆悵徙倚至夜半。「沃若二三月」一作「妖治二月中」。「見悲」一作「見之」。

剉蘗染黃絲，黃絲歷亂不可治。我昔與君始相值，爾時自謂可君意。結帶與我言，死生好惡不相置。今日見我顔色衰，意中索寞與先異。還君金釵瑇瑁簪，不忍見之益愁思。「結帶與我言死生好惡不相置」一作「結帶與君同死生好惡不擬相棄置」。「索寞」一作「錯亂」。「金」一作「玉」。「見之」一作「見此」。

君不見蕣華不終朝，須臾淹冉零落銷。盛年妖艷浮華輩，不久亦當詣冢頭。一去無還期，千秋萬歲無音詞。孤魂煢煢空隴間，獨魄徘徊遶墳基。但聞風聲野鳥吟，豈憶平生盛年時。爲此令人多悲悒，君當縱意自熙怡。

君不見枯籜走階庭，何時復青著故莖。君不見亡靈蒙享祀，何時傾盃竭壺罌？君當見此起憂思，寧及得與時人爭。生人倏忽如絶電，華年盛德幾時見。但令縱意存高尚，旨酒佳肴相胥讌。持此從朝竟夕暮，差得忘憂消愁怖。胡爲惆悵不得已，難盡此曲令君忤。「得」一作「能」。

今年陽初花滿林，明年冬末雪盈岑。推移代謝紛交轉，我君邊戍獨稽沈。執袂分別已三載，邇來淹寂無分音。朝悲慘慘遂成滴，暮思遶遶最傷心。膏沐芳餘久不御，蓬首亂鬢不設簪。徒飛輕埃舞空帷，粉筐黛器靡復遺。自生留世苦不幸，心中惕惕恒懷悲。

春禽喈喈旦暮鳴，最傷君子憂思情。我初辭家從軍僑，榮志溢氣干雲霄。流浪漸冉經三齡，忽有白髮素髭生。今暮臨水拔已盡，明日對鏡復已盈。但恐羈死爲鬼客，客思寄滅生空精。每懷舊鄉野，念我舊人多悲聲。忽見過客問何我，寧知我家在南城。答云我曾居君鄉，知君遊宦在此城。我行離邑已萬里，今方羈役去遠征。來時聞君婦，閨中孀居獨宿有貞名。亦云朝悲泣閑房，又聞暮思淚沾裳。形容憔悴非昔悅，蓬鬢衰顏不復粧。見此令人有餘悲，當願君懷不暫忘。

君不見少壯從軍去，白首流離不得還。故鄉窅窅日夜隔，音塵斷絶阻河關。朔風蕭條白雲飛，胡笳哀急邊氣寒。聽此愁人兮奈何，登山遠望得留顏。將死胡馬跡，寧見妻子難。男兒生世轗軻欲何道，綿憂摧抑起長歎。

君不見柏梁臺，今日丘墟生草萊。君不見阿房宫，寒雲澤雉棲其中。歌伎舞女今誰在，高墳壘壘滿山隅。長袖紛紛徒競世，非我昔時千金軀。隨酒逐樂任意去，莫令含歎下黄壚。

君不見冰上霜，表裏陰且寒。雖蒙朝日照，信得幾時安。民生故如此，誰令摧折彊相看。年去年來自如削，白髮零落不勝冠。

君不見春鳥初至時，百草含青俱作花。寒風蕭條一旦至，竟得幾時保光華。日月流邁不相饒，令我愁思怨恨多。「蕭條」一作「蕭索」。諸君莫歎貧，富貴不由人。丈夫四十彊而仕，余當二十弱冠辰。莫言草木委大雪，會應蘇息遇陽春。對酒叙長篇，窮途運命委皇天。但願金樽九醞滿，莫惜牀頭百箇錢。直須優游卒一歲，何勞辛苦事百年。「大」一作「冬」。「金樽」一作「樽中」。

同前 齊僧寶月

《詩品》曰：《行路難》是東陽柴廓所造。寶月嘗憩其家，會廓亡，因竊而有之。廓子齎手本出都，欲訟此事，乃厚賂止之。一本云東陽太守柴廓。《選詩外編》作柴廓詩。

君不見孤鴈關外發，酸嘶度揚越。空城客子心腸斷，幽閨思婦氣欲絶。凝霜夜下拂羅衣，浮雲中斷開明月。夜夜遥遥徒相思，年年望望情不歇。寄我匣中青銅鏡，倩人爲君除白髮。行路難，行路難，夜聞南城漢使度，使我流淚憶長安。

同前 梁吴均

四首。

洞庭水上一株桐，經霜觸浪困嚴風。昔時抽心曜白日，今旦卧死黄沙中。洛陽名工見咨嗟，一剪一刻作琵琶。白璧規心學明月，珊瑚映面作風花。帝王見賞不見忘，提攜把握登建章。掩抑摧藏張女彈，殷勤促柱楚明光。年年月月對君子，遥遥夜夜宿未央。未央綵女棄鳴篪，争先拂拭生光儀。茱萸錦衣玉作匣，安念昔日枯樹枝。不學衡山南嶺桂，至今千載猶未知。

青瑣門外安石榴，連枝接葉夾御溝。金墉城西合歡樹，垂條照彩拂鳳樓。遊俠少年遊上路，傾心顛倒想戀慕。摩頂至足買片言，開胷瀝膽取一顧。自言家在趙邯鄲，翩翩舌杪復劍端。青驪白駮的盧馬，金羈緑控紫絲鞶。蹀蹀横行不肯進，夜夜汗血至長安。長安城中諸貴臣，争貴儒者席上珍。復聞梁王好學問，輕棄劍客如埃塵。吾丘壽王始得意，司馬相如適被申。大才大辯尚如此，何況我輩輕薄人。

君不見西陵田，從横十字成陌阡。君不見東郊道，荒涼蕪没起寒煙。盡是昔日帝王處，歌姬舞女達天曙。今日翩妍少年子，不知華盛落前去。吐心吐氣許他人，今旦迴惑生猶豫。山中桂樹自有枝，心中方寸自相知。何言歲月忽若馳，君之情意與我離。還君玳瑁金雀釵，不忍見此使心危。

君不見上林苑中客，冰羅霧縠象牙席。盡是得意忘言者，探腸見膽無所惜。白酒甜鹽甘如乳，緑觴皎鏡華如碧。少年持名不肯嘗，安知白駒應過隙。博山鑪中百和香，鬱金蘇合及都梁。逶迤好氣佳容貌，經過青瑣歷紫房。已入中山馮后帳，復上皇帝班姬牀。班姬失寵顔不開，奉箒供養長信臺。日暮耿耿不能寐，秋風切切四面來。玉階行路生細草，金鑪香炭變成灰。得意失意須臾頃，非君方寸逆所裁。「馮」一作「陰」。「頃」一作「間」。

同前 梁費昶

二首。前首一作吴均，今從《玉臺》。

君不見長安客舍門，倡家少女名桃根。貧窮夜紡無燈燭，何言一朝奉至尊。至尊離宫百餘處，千門萬户不知曙。唯聞啞啞城上烏，玉欄金井牽轆轤。丹梁翠柱飛屠蘇，香薪桂火炊雕胡。當年翻覆無常定，薄命爲女何必麤。「屠」一作「流」。「雕胡」一作「彫苽」。

君不見人生百年如流電，心中坎壈君不見。我昔初入椒房時，詎減班姬與飛燕。朝踰金梯上鳳樓，暮下瓊鉤息鸞殿。柏梁晝夜香，錦帳自飄颺。笙歌棗下曲，琵琶陌上桑。過蒙恩所賜，餘光曲沾被。既逢陰后不自專，復值程姬有所避。黄河千年始一清，微軀再逢永無議。蛾眉偃月徒自妍，傅粉施朱欲誰爲。不如天淵水中鳥，雙去雙飛長比翅。「棗下曲」一作「席上吹」。

同前　梁王筠

一作《詠征婦裁衣行路難》。

千門皆閉夜何央，百憂俱集斷人腸。探揣箱中取刀尺，拂拭機上斷流黄。情人逐情雖可恨，復畏邊遠乏衣裳。已繰一繭催衣縷，復擣百和薰衣香。猶憶去時腰大小，不知今日身短長。裲襠雙心共一袜，衵複兩邊作八撮。襻帶雖安不忍縫，開孔裁穿猶未達。胷前却月兩相連，本照君心不照天。願君分明得此意，勿復流蕩不如先。含悲含怨判不死，封情忍思待明年。

同前　北齊高昂

題云《從軍與相州刺史孫騰行路難》。

春甲長驅不可息，六日六夜三度食。初時止言作虎牢〔三〕，更被處置河橋北。迴首絶望便蕭條，悲來雪涕還自抑。

空城雀 宋鮑照

鮑照此篇，言輕飛近集，茹腹辛傷，免羅網而已。

雀乳四鷇空城之阿，朝拾野粟，夕飲冰河，高飛畏鴟鳶，下飛畏網羅。辛傷伊何言，怵迫良已多。誠不及青鳥，遠食玉山禾。猶勝吴宫燕，無罪得焚窠。賦命有厚薄，長歎欲如何。

「拾」一作「食」。

同前 北魏高孝緯

百雉何寥廓，四面風雲上。紈素久爲塵，池臺尚可仰。啾啾雀噪城，鬱鬱無歡賞。日暮勞心曲，横琴聊自獎。「勞」一作「縈」。

夜坐吟 宋鮑照

《夜坐吟》，鮑照所作，言聽歌逐音，因音託意也。宗央又有《遥夜吟》，則言永夜獨吟，憂思未歇，與此不同。

冬夜沉沉夜坐吟，含情未發已知心。霜入幕，風度林，朱燈滅，朱顔尋。體君歌，逐君音。不貴聲，貴意深。「情」一作「聲」。

長相思 宋吴邁遠

古詩曰：客從遠方來，遺我一書札。上言長相思，下言久離别。李陵詩曰：行人難久留，各言長相思。言行人久戍，寄書以遺所思也。古詩又曰：客從遠方來，遺我一端綺。文綵雙鴛鴦，裁爲合歡被。著以長相思，緣以結不解。謂被中著綿，以致相思緜緜之意，故曰《長相思》也。又有《千里思》，與此相類。

晨有行路客，依依造門端。人馬風塵色，知從河塞還。時我有同棲，結宦遊邯鄲。將不異客子，分飢復共寒。煩君尺帛書，寸心從此殫。道妾長憔悴，豈復歌笑顔。簷隱千霜樹，庭枯十載蘭。經春不舉袖，秋落寧復看。一見願道意，君門已九關。虞卿棄相印，檐笠爲同歡。閨陰欲早霜，何事空盤桓。「道」一作「遺」。「笠」一作「簦」。

同前 梁昭明太子統

相思無終極，長夜起歎息。徒見貌嬋娟，寧知心有憶。寸心無所因，願附歸飛翼。「嬋」一作

「婕」。「所」一作「以」。

同前 張率

二首。

長相思，久離別，美人之遠如雨絶。獨延佇，心中結。望雲雲去遠，望鳥鳥飛滅。空望終若斯，珠淚不能雪。

長相思，久別離，所思何在若天垂，鬱陶相望不得知。玉階月夕映，羅帷風夜吹。長思不能寢，坐望天河移。

同前 陳後主

二首。

長相思，久相憶，關山征戍何時極。望風雲，絶音息。上林書不歸，迴紋徒自織。羞將別後面，還似初相識。

長相思，怨成悲。蝶縈草，樹連絲，庭花飄散飛入帷。帷中看隻影，對鏡斂雙眉。兩見同望月，兩別共春時。

同前 徐陵

二首。

長相思，望歸難，傳聞奉詔戍臯蘭。龍城遠，鴈門寒。愁來瘦轉劇，衣帶自然寬。念君今不見，誰爲抱腰看。「奉詔」一作「傳制」。「念君今不見」一作「君今念不見」。

長相思，好春節，夢裏恒啼悲不洩。帳中起，牕前髻。柳絮飛還聚，遊絲斷復結。欲見洛陽花，如君隴頭雪。

同前 蕭淳

長相思，久離別，新燕參差條可結。壺關遠，鴈書絕。對雲恒憶陣，看花復愁雪。猶有望歸心，流黄未剪截。

同前 陸瓊

長相思，久離别，一罷鴛文綺薦絶。鴻已去，柳堪結。室冷鏡疑冰，庭幽花似雪。容貌朝朝改，書字看看滅。

同前 王瑳

長相思，久離别，兩心同憶不相徹。悲風悽，愁雲結。柳葉眉上銷，菱花鏡中滅。鴈封歸飛斷，鯉素還流絶。「悽」一作「凄」。

同前 江總

二首。

長相思，久離别，征夫去遠芳音滅。湘水深，隴頭咽。紅羅斗帳裏，緑綺清弦絶。逶迤百尺樓，愁思三秋結。「芳音」一作「芳幽」。

長相思，久别離。春風送燕入簷窺，暗開脂粉弄花枝。紅樓千愁色，玉筯兩行垂。心心不相照，望望何由知。

同前 無名氏

罷秋有餘慘，還春不覺温。詎知玉筵側，長挂銷愁人。

長别離 宋吴邁遠

《楚辭》曰：悲莫悲兮生别離。古詩曰：行行重行行，與君生别離。相去萬餘里，各在天一涯。後蘇武使匈奴，李陵與之詩曰：良時不可再，離别在須臾。故後人擬之爲《古别離》。梁簡文帝又爲《生别離》，宋吴邁遠有《長别離》。今按三曲原本同義，而宋在梁前，聊以爲次。

生離不可聞，況復長相思。如何與君别，當我盛年時。蕙華每摇蕩，妾心長自持。榮乏草木歡，悴極霜露悲。富貴貌難變，貧窮顔易衰。持此斷君腸，君亦宜自疑。淮陰有逸將，折羽謝翻飛。楚有扛鼎士，出門不得歸。正爲隆準公，仗劒入紫微。君才定何如，白日下争暉。「長」一作「空」。「貌」一作「身」。

古别離 梁江淹

《雜體詩》第一首。

遠與君别者，乃至鴈門關。黄雲蔽千里，遊子何時還。送君如昨日，簷前露已團。不惜蕙草晚，所悲道里寒。君在天一涯，妾身長别離。願一見顔色，不異瓊樹枝。兔絲及水萍，所寄終不移。

生别離 梁簡文帝

别離四弦聲，相思雙笛引。一去十三年，復無好音信。

淫思古意 宋顔竣

春風飛遠方，紀轉流思堂。貞節寄君子，窮閨妾所藏。裁書露微疑，千里問新知。君行過三稔，故心久當移。

楊花曲 宋湯惠休

三首。

葳蕤華結情，宛轉風含思。掩涕守春心，折蘭還自遺。
江南相思引，多歎不成音。黄鶴西北去，銜我千里心。
深堤下生草，高城上入雲。春人心生思，思心長爲君。

秋思引 宋湯惠休

秋寒依依風過河，白露蕭蕭洞庭波。思君末光光已滅，眇眇悲望如思何。

勞歌 宋伍緝之

二首。

幼童輕歲月，謂言可久長。一朝見零悴，歎息向秋霜。迍邅已窮極，疢痾復不康。每恐先朝露，不見白日光。庶及盛年時，暫遂情所望。吉辰既乖越，來期眇未央。促促歲月盡，窮年空悲傷。
女蘿依附松，終已冠高枝。浮萍生託水，至死不枯萎。傷哉抱關士，獨無松與期。月色似冬草，居身苦且危。幽生重泉下，窮年冰與澌。多謝負郭生，無所事六奇。勞爲社下宰，時無魏無知。

同前 周蕭撝

百年能幾許，公事罷平生。寄言任立政，誰憐李少卿。

答孫緬歌 宋漁父

《南史》曰：漁父者，不知姓名，亦不知何許人。太康孫緬爲潯陽太守，落日逍遥渚際，見一輕舟淩波隱顯。俄而漁父至，神韻蕭灑，垂綸長嘯。緬甚異之，褰裳涉水，與之論用世之道。漁父曰：僕山海狂人，不達世務，未辨賤貧，無論榮貴。乃歌曰云云。於是攸然鼓棹而去。

竹竿籊籊，河水㴖㴖。相忘爲樂，貪餌吞鉤。非夷非惠，聊以忘憂。

【校勘記】

〔一〕雩，原作「雱」，據《四庫》本改。

〔二〕嚴，《四庫》本作「姸」。

〔三〕止，原闕，據《四庫》本補。

古樂苑卷第三十七

雜曲歌辭 齊

塞客吟 齊高帝

《齊書》曰：高帝在淮上，取蘇侃爲冠軍録事參軍。是時新失淮北，遣帝北戍。每歲秋冬間，邊淮騷動，帝廣遣偵候，安集荒餘，又營繕城府。帝在兵中久，見疑於時，乃作《塞客吟》以喻志。侃達此旨，更自勸勵，委以府事，深見知待。按此詩見《蘇侃傳》，《外編》《逸軌》皆作侃詩，非也。

寶緯紊宗，神經越序。德晦河晉，力宣江楚。雲雷兆壯，天山繇武。直髮指河關，凝精越漢渚。秋風起，寒草衰。雕鴻思，邊馬悲。平原千里顧，但見轉蓬飛。星嚴海淨，月徹河明。清輝映幙，素液凝庭。金笳夜厲，羽轊晨征。斡晴潭而悵泗，柑松洲而悼情。蘭涵風而瀉艷，菊籠泉而散英。曲繞首燕之歎，吹軫絶越之聲。欷園琴之孤弄，想庭藿之餘馨。青關望斷，白日西斜。恬源靚霧，壠首暉霞。戒旋鷁，躍還波。情綿綿而方遠，思裊裊而遂多。粤擊秦中之筑，因爲塞上之歌。歌曰：朝發兮江泉，日夕兮陵山。驚飈兮瀄汨，淮流兮潺湲。胡埃兮雲聚，楚旆兮星懸。愁墉兮思宇，惻愴兮何言。定寰中之逸鑒，審雕陵之迷泉。悟樊籠之或累，悵遐心以栖玄。「河關」一作「秦關」。

永明樂 齊謝朓

十首。《南齊書·樂志》曰：《永明樂》歌者，竟陵王子良與諸文士造奏之。人爲十曲，道人釋寶月辭頗美。武帝嘗被之管弦，而不列於樂官。按此曲永明中造，故曰《永明樂》。

帝圖開九有，皇風浮四溟。永明一爲樂，咸池無復靈。

民和禮樂富，世清歌頌徽。鴻名軼卷領，稱首邁垂衣。

朱臺鬱相望，青槐紛馳道。秋雲湛甘露，春風散芝草。

龍樓日月照，淄館風雲清。儲光温似玉，藩度式如瓊。

化洽鯷海君，恩變龍庭長。西北鶩環裘，東南盡龜象。

出車長洲苑，選旅朝夕川。絡絡結雲騎，弈弈汎戈船。

燕駟遊京洛，趙服麗有輝。清歌留上客，妙舞送將歸。

實相薄五禮，妙花開六塵。明祥已玉燭，寶瑞亦金輪。
生蔑菥蘿性，身與嘉惠隆。飛纓入華殿，屣步出重宫。
彩鳳鳴朝陽，玄鶴舞清商。瑞此永明曲，千載爲金皇。

同前 王融

十首。

玄符昭景歷，茂實偶英聲。長爲南山固，永與朝日明。
靈丘比翼栖，芳林合條起。兩代分憲章，一朝會書軌。
二離金玉相，三衮蘭蕙芳。重儀文世子，再奉東平王。
空谷返逸驂，陰山響鳴鶴。振玉躧丹墀，懷芳步青閣。
崇文晦已明，膠庠雜復整。弱臺留折巾，沂川詠芳穎。
定林去喧俗，鹿野出埃霞。香風流梵琯，澤雨散雲花。
楚望傾澠滁，日館仰鑾鈴。已晞五雲發，方照兩河清。
幸哉明盛世，壯矣帝王居。高門夜不柝，飲帳曉長舒。

總棹金陵渚，方駕玉山阿。輕露炫珠翠，初風摇綺羅。
西園抽蕙草，北沼掇芳蓮。生逢永明樂，死日生之年。

同前　梁沈約

聯翩貴遊子，侈靡千金客。華轂起飛塵，珠履竟長陌。

江上曲　齊謝脁

易陽春草出，踟躕日已暮。蓮葉尚田田，淇水不可渡。願子淹桂舟，時同千里路。千里既相許，桂舟復容與。江上可採菱，清歌共南楚。

邯鄲故才人嫁爲廝養卒婦　齊謝脁

楊慎《樂府序》曰：予觀《樂府》，有《邯鄲才人嫁爲廝養卒婦》篇，特亡其辭，亦失其解。及考《史記·張耳傳》洎《楚漢春秋》，并云趙王武臣爲燕軍所獲，囚於燕獄，先後使者往請，輒爲燕所殺。趙有廝養卒謝其舍中曰：吾將載趙王歸。舍中人笑之。乃走燕壁，以利害説燕將，燕以爲然，乃歸趙王。廝養卒御王以歸，武臣歸趙，以美人妻養卒以報之。是其事也。李蓘曰：《張耳傳》祇云厮養卒，並無才人嫁爲婦語，曷以知所嫁者即此卒邪？陳耀文《正楊》曰：此事《史》《漢》並同，注中俱無「楚漢春秋」字。

生平宫閣裏，出入侍丹墀。開笥方羅縠，窺鏡比蛾眉。初别意未解，去久日生悲。顦顇不自識，嬌羞餘故姿。夢中忽髣髴，猶言承讌私。

王孫遊 齊謝朓

《楚辭·招隱士》曰：王孫遊兮不歸，春草生兮萋萋。《王孫遊》蓋出於此。

緑草蔓如絲，雜樹紅英發。無論君不歸，君歸芳已歇。「蔓」一作「夢」。

同前 王融

置酒登廣殿，開襟望所思。春草行已歇，何事久佳期。一本辭同《思公子》。

金谷聚 齊謝朓

渠碗送佳人，玉杯要上客。車馬一東西，别後思今夕。

石崇金谷妓 梁庾肩吾

蘭堂上客至，綺席清絃撫。自作明君辭，還教緑珠舞。

法壽樂 齊王融

十二首。一云《法樂辭》。

天長命自短，世促道悠悠。禪衢開遠駕，愛海亂輕舟。累塵曾未極，積樹豈能籌。情埃何用洗，正水有清流。「積」一作「心」。

右歌本起

百神肅以虔，三靈震且越。恒耀揜芳霄，薰風鏡蘭月。丹榮藻玉墀，翠羽文珠闕。皓毳非虚來，交輪豈徒發。「薰風鏡蘭月」一作「微風動蘭月」。「藻」一作「落」。「恒」一作「常」。

右歌靈瑞

韶年春已仲，明星夜未央。千祀鍾休曆，萬國會嘉祥。金容函夕景，翠髻佩晨光。表塵維浄覺，汎俗廼輪皇。

右歌下生

襲氣變離宫，重柝警曾殿。曼響感心神，修容展歡宴。生老終已榮，死病行當薦。方爲浄國遊，豈結危城戀。「展歡」一作「轉惟」。

右歌在宫

春木多病夭，秋葉少欣榮。心骸終委滅，親愛暫平生。長風吹北壟，迅影急東瀛。知三既情竭，得一乃身貞。「木」一作「枝」。「竭」一作「暢」

右歌四遊

飛策辭國門，端儀偃郊樹。慈愛徒相思，閨中空戀慕。夙隸乖往塗，駿足獨歸路。舉袂謝時人，得道且還顧。一作「去」。

右歌出國

明心弘十力，寂慮安四禪。青禽承逸軌，文驪鏡重川。鷲嵒標遠勝，鹿野究清玄。不有希世寶，何以遵蒙泉。「安」一作「通」。「驪」一作「鑣」。

右歌得道

亭亭宵月流，朏朏晨霜結。川上不褭回，絛間亟渝滅。靈知湛常然，符應有盈缺。感運復來儀，且厭人間世。「亟渝滅」一作「問生滅」。「符」一作「俯」。「世」音「泄」。

右歌寶樹

一作「雙樹」。

春山玉所府，檀林鸞所栖。引火歸炎隧，挹水自青隄。菴園無異轍，祇館有同躋。比肩非今古，接武豈燕齊。「春」一作「舂」。「鸞」一作「芳」。

右歌賢衆

昔余輕歲月，兹也重光陰。閨中屏鉛黛，闕下挂纓簪。禪悦兼芳旨，法言戀清琴。一異非能辨，寵辱誰爲心。「戀」一作「忘」。「寵辱」一作「空有」。

右歌學徒

峻宇臨層穹，迢迢疎遠風。騰芳清漢裏，響梵高雲中。金華紛冉若，瓊樹鬱青葱。貞心延浄景，邃業嗣天宫。「宇」一作「岸」。「冉若」一作「冉弱」。「延」一作「逸」。

右歌供具

影響未嘗隔，晦明殊復親。弘慈邈已遠，睿后扇高塵。區中禔景福，寓外沐深仁。萬祀留國祚，億兆慶唐民。

右歌福應

江皋曲 齊王融

林斷山更續，洲盡江復開。雲峰帝鄉起，水源桐柏來。

望城行 齊王融

金城十二重，雲氣出表裏。萬户如不殊，千門反相似。車馬若飛龍，長衢無極已。簫鼓相逢迎，信哉佳城市。

思公子 齊王融

《楚辭·九歌》曰：靁填填兮雨冥冥，猨啾啾兮狖夜鳴。風颯颯兮木蕭蕭，思公子兮徒離憂。

《思公子》蓋出於此。

春盡風颯颯，蘭凋木脩脩。王孫久爲客，思君徒自憂。

同前 梁費昶

公子才氣饒，凌雲自飄飄。東出鬭雞道，西登飲馬橋。夕宴銀爲燭，朝燔桂作焦。虞卿亦何命，窮極苦無聊。

同前 北齊邢劭

綺羅日減帯，桃李無顏色。思君君未歸，歸來豈相識。

陽翟新聲 齊王融

《隋書·樂志》曰：西涼樂曲《陽翟新聲》《神自馬》之類，皆生於胡戎歌〔一〕，非漢魏遺曲也。

懷春發下蔡，含笑向陽城。耻爲飛雉曲，好作鵾雞鳴。

秋夜長 齊王融

魏文帝詩曰：漫漫秋夜長，烈烈北風涼。展轉不能寐，披衣起彷徨。《秋夜長》其取諸此。《集》云《奉和秋夜長》，《玉臺》作《秋夜》。

秋夜長，夜長樂未央。舞袖拂花燭，歌聲繞鳳梁。

白日歌 齊張融

序曰：懸象著明，莫大于日月。而彼日月不能不謝，固知無準。衰爲盛之終，盛爲衰之始，故爲《白日歌》。

白日白日，舒天昭暉。數窮則盡，盛滿則衰。

憂且吟 齊張融

鳴琴當春夜，春夜當鳴琴。羈人自不樂，何似千里心。

邯鄲行 齊陸厥

《通典》曰：邯鄲，戰國時趙國所都。自敬侯始都之，有叢臺、洪波臺在焉。邯，山名。鄲，盡也。《樂府廣題》曰：《邯鄲》，舞曲也。

趙女擫鳴琴，邯鄲紛躧步。長袖曳三街，兼金輕一顧。有美獨臨風，佳人在遐路。相思欲褰衽，叢臺日已暮。

邯鄲歌 梁武帝

《詩彙》列在晉無名氏。

回顧灞陵上，北指邯鄲道。短衣妾不傷，南山爲君老。

南郡歌 齊陸厥

江南可採蓮，蓮生荷已大。旅鴈向南飛，浮雲復如蓋。望美積風露，疎麻成襟帶。雙珠惑漢臯，蛾眉迷下蔡。玉齒徒粲然，誰與啓含貝。

京兆歌 齊陸厥

《通典》曰：京兆、馮翊、扶風，皆古雍州之域。秦始皇以爲内史。漢景帝二年，分置左右内史。武帝改左内史爲左馮翊，右内史爲右扶風。後與京兆號三輔。

兔園夾池水，脩竹復檀欒。不如黄山苑，儲胥與露寒。邐迤傍無界，岑崟鬱上干。上干入翠微，下趾連長薄。芳露浸紫莖，秋風摇素萼。鴈起宵未央，雲間月將落。照梁桂兮影裵回，承露盤兮光照灼。壽陵之街走狐兔，金巵玉盌會銷鑠。願奉蒲萄花，爲君實羽爵。「岑崟」一作「嶔岑」。

左馮翊歌 齊陸厥

上林潏紫泉，離宫赫千户。飛鳴亂鳧鴈，參差雜蘭杜。比翼獨未羣，連葉誰爲伍。一物或難致，無云泣易覩。

中山孺子妾歌 齊陸厥

二首。《漢書》曰：詔賜中山靖王子噲及孺子妾冰、未央才人歌詩四篇。如淳曰：孺子，幼少稱孺子。妾，宮人也。顔師古曰：孺子，王妾之有品號者。妾，王之衆妾也。冰，其名。才人，天子内官。按此謂以歌詩賜中山王及孺子妾、未央才人等爾。累言之，故云及也。而陸厥作歌，乃謂之中山孺子妾，失之遠矣。《藝文志》又曰：臨江王及愁思節士歌詩四篇，李夫人及幸貴人歌詩三篇。亦皆累辭也。

未央才人，中山孺子。一笑傾城，一顧傾市。傾城不自美，傾市復爲容。願把陵陽袖，披雲望九重。

如姬寢卧内，班婕坐同車。洪波陪飲帳，林光宴秦餘。歲暮寒飈及，秋水落芙蕖。子瑕矯後駕，安陵泣前魚。賤妾終已矣，君子定焉如。「婕」一作「妾」。「賤妾終已矣」一作「賤妾恩已畢」。

未央才人歌 梁庾肩吾

從來守未央，轉欲訝春芳。朝風凌日色，夜月奪燈光。相逢儻遊豫，暫爲卷衣裳。

臨江王節士歌 齊陸厥

木葉下，江波連，秋月照浦雲歇山。秋思不可裁，復帶秋風來。秋風來已寒，白露驚羅紈。節士慷慨髮衝冠，彎弓挂若木，長劍竦雲端。

李夫人及貴人歌 齊陸厥

屬車桂席塵，豹尾香煙滅。彤殿向蘼蕪，青蒲復萎絶。坐萎絶，對蘼蕪。臨丹階，泣椒塗。寡鶴羈雌飛且止，雕梁翠壁網蜘蛛。洞房明月夜，對此淚如珠。「丹」一作「玉」。

【校勘記】

〔一〕生，《四庫》本作「出」。

古樂苑卷第三十八

雜曲歌辭 梁

東飛伯勞歌 梁武帝

一云《紹古歌》。《玉臺》《藝文》《樂府》作《古辭》。

東飛伯勞西飛鷰，黄姑織女時相見。誰家兒女對門居，開顔發艷照里閭。南牕北牖桂月光，羅帷綺帳脂粉香。女兒年幾十五六，窈窕無雙顔如玉。三春已暮花從風，空留可憐誰與同。

同前 梁簡文帝

二首。《英華》作《紹古歌》。

翻階蛺蝶戀花情，容華飛燕相逢迎。誰家總角岐路陰，裁紅點翠愁人心。天牕綺井曖徘徊，珠簾玉篋明鏡臺。可憐年幾十三四，工歌巧舞入人意。白日西落楊柳垂，含情弄態兩相知。

西飛迷雀東羈雉，倡樓秦女乍相值。誰家妖麗鄰中止，輕粧薄粉光閭里。網户珠綴曲瓊鉤，芳茵翠被香氣流。少年年幾方三六，含嬌聚態傾人目。餘香落蕊坐相催，可憐絶世誰爲媒。一作「爲誰媒」。

同前 劉孝威

題云《擬古應教》。《英華》作簡文帝。

雙棲翡翠兩鴛鴦，巫雲洛月乍相望。誰家妖冶折花枝，衫長釧動任風吹。金鋪玉鎖瑠璃扉，花鈿寶鏡織成衣。美人年幾可十餘，含羞轉笑斂風裾〔一〕。珠丸出彈不可追，空留可憐持與誰。「衫長」句一作「蛾眉曼睇使情移」。「金」作「青」。「玉」作「緑」〔二〕。「花鈿」句作「瓊筵玉笥金縷衣」。

同前 陳後主

池側鴛鴦春日鶯，緑珠絳樹相逢迎。誰家佳麗過淇上，翠釵綺袖波中漾。雕軒繡户花恒發，珠簾玉砌移明月。年時二七猶未笄，轉顧流盻鬢鬟低。風飛蕊落將何故，可惜可憐空擲度。「將」一作「時」。

同前 陸瑜

西王青鳥秦女鸞，姮娥婺女慣相看。誰家玉顔窺上路，粉色衣香雜風度。九重樓檻芙蓉華，四鄰照鏡菱茭花。新粧年幾纔三五，隱幔藏羞臨綱户。然香氣歇不飛煙，空留可憐年一年。

同前 江總

南飛烏鵲北飛鴻，弄玉蘭香時會同。誰家可憐出牕牖，春心百媚勝楊柳。銀牀金屋挂流蘇，寶鏡玉釵横珊瑚。年時二八新紅臉，宜笑宜歌羞更斂。風花一去杳不歸，秖爲無雙惜舞衣。一作《紹古歌》。

同前 隋辛德源

合歡芳樹連理枝，荆王神女乍相隨。誰家妖艶蕩輕舟，含嬌轉眄騁風流。犀栧蘭橈翠羽蓋，雲羅霧縠蓮花帶。女兒年幾十六七，玉面新粧映朝日。落花從風俄度春，空留可憐何處新。

河中之水歌 梁武帝

《藝文》作《古辭》。

河中之水向東流，洛陽女兒名莫愁。莫愁十三能織綺，十四採桑南陌頭。十五嫁爲盧家婦，十六生兒字阿侯。盧家蘭室桂爲梁，中有鬱金蘇合香。頭上金釵十二行，足下絲履五文章。珊瑚掛鏡爛生光，平頭奴子擎履箱。人生富貴何所望，恨不早嫁東家王。「擎」一作「提」。

閶闔篇 梁武帝

張衡《西京賦》曰：表嶢闕於閶闔。閶闔，天門也，立高闕以象之。薛綜云：紫微宫門名曰閶闔也。《閶闔篇》蓋出於此。

西漢本佳妍，金馬望甘泉。衛尉屯兵上，期門曉漏傳。猶重河東賦，欲知追神仙。羽騎淩雲轉，閶闔帶空懸。長旗掃月窟，鳳迹輾星躔。但使丹砂就，能令億萬年。

上林 梁昭明太子統

千金驄裹騎，萬斤流水車。争遊上林裏，高蓋逗春華。「裏」一作「苑」。

大言 梁昭明太子統下同

許彦周《詩話》曰：《樂府》記《大言》《小言》詩，録昭明辭而不書始於宋玉，何也？豈誤耶，有説耶？按此則《大言》《細言》在宋時亦已載樂府矣。《詩家直説》曰：宋玉《大言賦》「并吞四夷，飲枯河海，跂越九州，無所容止」，《小言賦》「無内之中，微物生焉，比之無象，言之無名，視之則渺渺，望之則冥冥。離婁爲之歎悶，神明不能察其情」。二賦出於《列子》，皆有託寓。梁昭明太子《大言詩》《細言詩》雖祖宋玉而無謂，君臣賡和，以文爲戲。

觀修鵾其若轍鮒，視滄海之如濫觴。經二儀而跼蹐，跨六合以翺翔。

細言

坐卧鄰空塵，憑附蟭螟翼。越咫尺而三秋，度毫釐而九息。

大言 沈約下同

並應令。

隘此大汎庭，方知九垓局。窮天豈彌指，盡地不容足。

細言

開館尺棰餘，築榭微塵裏。蝸角列州縣，毫端建朝市。

大言 王錫下同

欲遊五嶽，迫不得申。杖千里之木，鱠横海之鱗。

細言

冥冥藹藹，離朱不辯其實。步蝸角而三伏，經針孔而千日。

大言 王規下同

俯身望日入，下視見星羅。嘘八風而爲氣，吹四海而揚波。

細言

針鋒於焉止息，髮杪可以翺翔。蚊眉深而易阻，蟻目曠而難航。

大言 張纘下同

河流既竭，日月俱騰。罝羅微物，動落雲鵬。

細言

遨遊蟻目辨輕塵，蚊睫成宇蝨如輪。

大言 殷鈞下同

噫氣爲風，揮汗成雨。聊灼戴山黿，欲持探邃古。

細言

汎舟毛滴海，爲政蝸牛國。逍遥輕塵上，指辰問南北。

春江行 梁簡文帝

唐郭元振曰：《春江》，巴女曲也。

客行秖念路，相争渡京口。誰知堤上人，拭淚空摇手。

桃花曲 梁簡文帝

一作蕭子顯。

但使新花艷，得間美人簪。何須論後實，怨結子瑕心。

金樂歌 梁簡文帝

《通志》作《今樂歌》。

槐香欲覆井，楊柳正藏鵶。山鑪當無比，玉構火牕賒。牀頭辟繩結，鏡上領巾斜。鐵鑊種梁子，銅樞生棗花。開門抛水柱，城按特言家。「當」一作「好」。「柱」一作「信」。

同前 元帝

《集》云《歌曲名詩》

啼烏怨别偶，曙鳥憶離家。石闕題書字，金燈飄落花。東方曉星没，西山晚日斜。縠衫迴廣袖，團扇掩輕紗。暫借青驄馬，來送黄牛車。「没」一作「渡」。

同前 房篆

前溪流碧水，後渚映青天。登臺臨寶鏡，開牕對綺錢。玉顔光粉色，羅袖拂金鈿。春風散輕蝶，明月映新蓮。摘花競時侣，催指及芳年。

采菊篇 梁簡文帝

月精麗草散秋株，洛陽少婦絶妍姝。相喚提筐采菊珠，朝起露濕霑羅襦。東方千騎從驪駒，豈不下山逢故夫。「喚」一作「呼」。「豈」一作「更」。

茱萸女　梁簡文帝

茱萸生狹斜，結子復銜花。遇逢纖手摘，濫得映鉛華。雜與鬟簪插，偶逐鬌鈿斜。東西争贈玉，縱横來問家。不無夫婿馬，空駐使君車。

愛妾换馬　梁簡文帝

《樂府解題》曰：《愛妾换馬》，舊説淮南王所作，疑淮南王即劉安也。古辭今不傳。題云《和人以妾换馬》。

功名幸多種，何事苦生離。誰言似白玉，定是媿青驪。必取匣中釧，迴作飾金羈。真成恨不已，願得路傍兒。

同前　劉孝威

題云《和王竟陵》。

驄馬出樓蘭，一步九盤桓。小史贖金絡，良工送玉鞍。龍驂來甚易，烏孫去實難。麟膠妾猶有，請爲急弦彈。

同前 庾肩吾

渥水出騰駒，湘川實應圖。來從西北道，去逐東南隅。琴聲悲玉匣，山路泣蘼蕪。似鹿將含笑，千金會不俱。

同前 隋僧法宣

朱鬣飾金鑣，紅粧束素腰。似雲來躞蹀，如雪去飄飖。桃花含淺汗，柳葉帶餘嬌。騁先將獨立，雙絕不俱標。

行幸甘泉宫 梁簡文帝

《漢書》：武帝太始三年正月，行幸甘泉宫。

雉歸海水寂，裘來重譯通。吉行五十里，隨處宿離宫。鼓聲恒入地，塵飛上暗空。尚書隨豹尾，太史逐相風。銅鳴周國鐩，旗曳楚雲虹。倖臣射覆罷，從妓新歌終。董桃拜金紫，賢妻侍禁中。不羨神仙侶，排煙逐駕鴻。「尚」一作「赦」。「妓」一作「騎」。

同前 劉孝威

題末有「歌」字。

漢家迎夏畢，避暑甘泉宮。棧車鳴里鼓，駟馬駕相風。校尉烏桓騎，待制樓煩弓。後旌猶五柞，前笳度九嵕。才人豹尾内，御酒屬車中。輦迴百子閣，扇動七輪風。鳴鐘休衛士，披圖召後宮。材官促校獵，涼秋戲射熊。「涼秋」一作「秋來」。

名士悦傾城 梁簡文帝

題云《和湘東王》。《藝文》作昭明，非。

美人稱絶世，麗色譬花叢。雖居李城北，住在宋家東。教歌公主第，學舞漢成宮。多遊淇水上〔三〕，好在鳳樓中。履高疑上砌，裾開特畏風。衫輕見跳脱，珠概雜青蟲。垂絲遶帷幔，落日度房櫳。粧牕隔柳色，井水照桃紅。非憐江浦珮，羞使春閨空。「住在」一作「往來」。

「江浦」一作「交甫」。

同前 劉緩

題云《敬酬劉長史詠名士悅傾城》。

不信巫山女，不信洛川神。何關别有物，還是傾城人。經共陳王戲，曾與宋家鄰。未嫁先名玉，來時本姓秦。粉光猶似面，朱色不勝唇。遥見疑花發，聞香知異春。釵長逐鬟髮，袜小稱腰身。夜夜言嬌盡，日日態還新。工傾荀奉倩，能迷石季倫。上客徒留目，不見正横陳。「髮」一作「鬢」。

獨處怨 梁簡文帝

司馬相如《美人賦》曰：芳香郁烈，黼帳高張。有女獨處，婉然在牀。乃歌曰：「獨處室兮廓無依。思佳人兮情傷悲。」《獨處怨》蓋取諸此。一作《獨處愁》。

獨處恒多怨，開幕試臨風。彈棊鏡奩上，傅粉高樓中。自君征馬去，音信不曾通。只恐金屏掩，明年已復空。「君」一作「從」。

樹中草 梁簡文帝

一作蕭子顯。

幸有青袍色，聊因翠幄凋。雖間珊瑚蔕，非是合歡條。

半路溪 梁簡文帝

《樂府》作元帝。

相逢半路溪，隔溪猶不渡。望望判知是，翩翩識行步。摘贈蘭澤芳，欲表同心句。先將動舊情，恐君疑妾妬。「將」一作「持」。

春情曲 梁簡文帝

《詞品》曰：梁簡文《春情曲》似七言律，而末句又用五言，王無功亦有此體，又唐律之祖，而唐辭《瑞鷓鴣》格韻似之。今按其集題云《春情》，初不言「曲」，且陳、隋人亦多《春情詩》，楊氏或别有據，聊附于此。

蝶黄花紫燕相追，楊低柳合露塵飛。已見垂鈎挂緑樹，誠知淇水霑羅衣。兩童夾車問不已，五馬城南猶未歸。鶯啼春欲駛，無爲空掩扉。

倡樓怨節 梁簡文帝

宋鄭樵《樂府遺聲》：怨思二十五曲，有《倡樓怨》。簡文又有《倡婦怨情》十二韻，詩不録。

朝日斜來照户，春鳥争飛出林。片光片影皆麗，一聲一轉煎心。上林紛紛花落，淇水漠漠苔浮。年馳節流易盡，何爲忍憶含羞。此疑二首。

金閨思 梁簡文帝

按《閨思》《閨怨》，或叙棄捐，或陳征戍，大略皆懷遠傷離之意。魏曹植有《閨情詩》，至梁、陳間始爲此題，唐益多擬作矣。郭、左諸家俱不見載，《樂府遺聲》有《閨思》《閨怨》《秋閨怨》，今從之，其他各以類附。

遊子久不返，妾身當何依。日移孤影動，羞覩燕雙飛。自君之别矣，不復染膏脂。南風送歸雁，聊以寄相思。

閨思 梁范雲

春草醉春煙，深閨人獨眠。積恨顔將老，相思心欲然。幾回明月夜，飛夢到郎邊。

同前 隋羅愛愛

幾當孤月夜，遥望七香車。羅帶因腰緩，金釵逐鬢斜。

春閨思 梁蕭子顯

金羈遊俠子，綺機離思妾。春度人不歸，望花盡成葉。

秋閨夜思 梁簡文帝

非關長信别，詎是良人征。九重忽不見，萬恨滿心生。夕門掩魚鑰，宵牀悲畫屏。迴月臨牕渡，吟蟲繞砌鳴。初霜實細葉，秋風驅亂螢。故粧猶累日，新衣製未成。欲知妾不寐，城外擣砧聲。「驅」一作「吹」。

閨怨 梁元帝

《玉臺》作蕭綸，題云《代秋胡婦閨怨》。

蕩子從遊宦，思妾守房櫳。塵鏡朝朝掩，寒衾夜夜空。若非新有悦，何事久西東？知人相憶否，淚盡夢啼中。

同前 吴均

二首。

胡笳屢悽斷，征蓬未肯還。妾坐江之介，君戍小長安。相去三千里，參商書信難。四時無人見，誰復重羅紈。

春草可攬結，妾心正斷絶。緑鬢愁中改，紅顔啼裏滅。非獨淚成珠，亦見珠成血。願爲飛鵲鏡，翩翩照離别。「飛鵲」一作「雙鵠」。

同前 劉孝儀

本無金屋寵，長作玉階悲。一乖西北麗，寧復城南期。永巷愁無歇，應門閉有時。空勞織素巧，徒爲團扇辭。匡牀終不共，何由横自私。「歇」《玉臺》作「盡」。

同前 陸罩

自憐斷帶日，偏恨分釵時。留步惜餘影，含意結愁眉。徒知今異昔，空使怨成思。欲以別離思，獨向蘼蕪悲。

一云《和陰梁州雜怨》。今從《藝文》。

同前 鄧鏗

暫別猶添恨，何忍別經時。叢桂頻銷葉，庭樹幾攀枝。君言妾貌改，妾畏君心移。終須一相見，併得兩相知。

同前 陳江總

題云《閨怨篇》。

寂寂青樓大道邊，紛紛白雪綺窗前。池上鴛鴦不獨自，帳中蘇合還空然。屏風有意障明月，燈火無情照獨眠。遼西水凍春應少，薊北鴻來路幾千。願君關山及早度，念妾桃李片時妍。

同前

《藝文》作江總，次《閨怨篇》下。《玉臺》作梁簡文《和蕭子顯春別》。

蜘蛛作絲滿帳中，芳草結葉當行路。紅臉脈脈一生啼，黄鳥飛飛有時度。故人雖故昔經新，新人雖新復應故。

同前 陳吴思玄

金風響洞房，佳人心自傷。淚隨明月下，愁逐漏聲長。燈前羞獨鵠，枕上怨孤凰。自覺鴛帷冷，誰憐珠被涼。

同前 周庾信

明鏡圓花發，空房故怨多。幾年留織女，還應聽渡河。

春閨怨 梁王僧孺

愁來不理髩，春至更攢眉。悲看蛺蝶粉，泣望蜘蛛絲。月映寒蛩褥，風吹翡翠帷。飛鱗難託意，駛翼不銜辭。「銜」一作「綴」。

同前 吴孜

玉關信使斷，借問不相諳。春光太無意，窺牕來見參。分與光音絶，忽值日東南。柳枝皆嬲燕，桑葉復催蠶。物色頓如此，孀居自不堪。

秋閨怨 梁王僧孺

斜光隱西壁，暮雀上南枝。風來秋扇屏，月出夜燈吹。深心起百際，遥淚非一垂。徒勞妾辛苦，終言君不知。

同前 何遜

二首。一云《閨怨》。今從《玉臺》。

竹葉響南牕，月光照東壁。誰知夜獨覺，枕前雙淚滴。閨閣行人斷，房櫳月影斜。誰能北窻下，獨對後園花。《集》作「誰知北窻下，猶對後園花」。

同前 陳陰鏗

獨眠雖已慣，秋來只自愁。火籠恒煖脚，行障鎮牀頭。眉含黛俱斂，啼將粉共流。誰能無別恨，唯守一空樓。

離閨怨 梁何遜

題云《和蕭諮議岑》。

曉河没高棟，斜月半空庭。窻中度落葉，簾外隔飛螢。含情下翠帳，掩涕閉金屏。昔期今未返，春草寒復青。思君無轉易，何異北辰星。「情」一作「悲」。「涕」一作「泣」。

空閨怨　陳江總

蕩妻怨獨守，盧姬傷獨居。琵上調絃落，機中織素餘。自羞淚無燥，翻覺夢成虚。復嗟長信閣，寂寂往來疏。

南征閨怨　陳陰鏗

湘水舊言深，征客理難尋。獨愁無處道，長悲不自禁。逢人憎解佩，來鴻懶聽音。唯當有夜鵲，南飛似妾心。「來鴻」一作「從來」。

山家閨怨　陳張正見

王孫春好遊，雲髻不勝愁。離鴻暫罷曲，别路已經秋。山中桂花晚，勿爲俗人留。

同前 李爽

山中多早梅，荆扉達曙開。竹巾君自拆，荷衣誰爲裁。行雲無處所，人住在陽臺。

晚棲烏 梁元帝

《文苑英華》作樂府，姑從之。隋虞世基有《晚飛烏》，不録。

日暮連翩翼，俱向上林棲。風多前烏駛，雲暗後羣迷。路遠聲難徹，飛斜行未齊。應從故鄉返，幾過入蘭閨。借問倡樓妾，何如蕩子妻。

攜手曲 梁沈約

《攜手曲》，梁沈約所制也。《樂府解題》曰：《攜手曲》言攜手行樂，恐芳時不留，君恩將歇也。

捨轡下雕輅，更衣奉玉牀。聯鐮映秋水，開鏡比春粧。所畏紅顔促，君恩不可長。鵁冠且容裔，豈吝桂枝亡。「聯」一作「斜」。

同前 吴均

艷裔陽之春，攜手清洛濱。雞鳴上林苑，薄暮小平津。長裾藻白日，廣袖帶芳塵。故交一如此，新知詎憶人。

夜夜曲 梁沈約

二首。《北斗》一首，一作簡文。《夜夜曲》，梁沈約所作也。《樂府解題》曰：《夜夜曲》，傷獨處也。

河漢縱且横，北斗横復直。星漢空如此，寧知心有憶。孤燈曖不明，寒機曉猶織。零淚向誰道，雞鳴徒歎息。

北斗闌干去，夜夜心獨傷。月輝横射枕，燈光半隱牀。

同前 簡文帝

二首。後首《樂府》無名氏；《玉臺》作簡文，題云《擬沈隱侯》。故附約後。

靄靄夜中霜，河開向曉光。枕啼常帶粉，身眠不著牀。蘭膏盡更益，薰罏滅復香。但問愁多少，便知夜短長。

愁人夜獨傷，滅燭卧蘭房。秖恐多情月，旋來照妾牀。

樂未央　梁沈約

億舜日，萬堯年。詠湛露，歌採蓮。願雜百和氣，宛轉金罏前。

六憶詩　梁沈約

四首。

憶來時，灼灼上堦墀。勤勤叙離别，慊慊道相思。相看常不足，相見乃忘饑。

憶坐時，點點羅帳前。或歌四五曲，或弄兩三弦。笑時應無比，嗔時更可憐。

憶食時，臨盤動容色。欲坐復羞坐，欲食復羞食。含哺如不饑，擎甌似無力。

憶眠時，人眠彊未眠。解羅不待勸，就枕更須牽。復恐傍人見，嬌羞在燭前。

雜憶詩 隋煬帝

二首。見《隋遺録》，題云《效劉孝綽雜憶詩》。按劉集無此詩，惟沈約有《六憶》，《詞品》作煬帝《夜飲朝眠曲》。

憶睡時，待來剛不來。卸粧仍索伴，解佩更相催。博山思結夢，沈水未成灰。

憶起時，投籤初報曉。被惹香黛殘，枕隱金釵裊。笑動林中烏，除却司晨鳥。「笑動林中烏」一作「笑動上林中」。

征怨 梁江淹

蕩子從征久，鳳樓簫管閒。獨枕凋雲髩，孤燈損玉顔。何日邊塵浄，庭前征馬還。

同前 丘遲

題云《敬酬柳僕射》。

清歌自信妍，雅舞空僊僊。耳中解明月，頭上落金鈿。雀飛且近遠，暮入綺牕前。魚戲雖南北，終還荷葉邊。惟見君行久，新年非故年。

登城怨 梁范雲

楚妃歌脩竹，漢女奏幽蘭。獨以閨中笑，豈知城上寒。

登高臺 梁王僧孺

試出金華殿，聊登銅雀臺。九路平如掌，千門洞已開。軒車映日過，簫管逐風來。若非邯鄲美，便是洛陽才。「掌」一作「砥」。

同前 陳祖孫登

題云《宫殿名登高臺詩》。

獨有相思意，聊敞鳳皇臺。蓮披香稍上，月明光正來。離鵠將雲散，飛花似雪迴。遥思竹林友，前牕夜夜開。「鵠」一作「鶴」。古通用。

滄海雀 梁張率

大雀與黄口，來自滄海區。清晨啄原粒，日夕依野株。雖憂鷙鳥擊，長懷沸鼎虞。況復隨時起，翻飛不可拘。寄言挾彈子，莫賤隋侯珠。

清涼 梁張率

登臺待初景，帳殿藹餘晨。羅帳夕風濟，清氣尚波人。長簟涼可仰，平莞温未親。幸願同枕席，爲君横自陳。

芳林篇 梁柳惲

芳林曄兮發朱榮，時既晚兮隨風零。隨風零兮返無期，安得陽華遺所思。

起夜來 梁柳惲

《樂府解題》曰：《起夜來》，其辭意猶念疇昔，思君之來也。

城南斷車騎，閣道覆青埃。露華光翠網，月影入蘭臺。洞房且莫掩，應門或復開。颯颯秋桂響，非君起夜來。

獨不見 梁柳惲

《樂府解題》曰：《獨不見》，傷思而不得見也。

別島望雲臺，天淵臨水殿。芳草生未積，春花落如霰。出從張公子，還過趙飛燕。奉箒長信宮，誰知獨不見。

同前 王訓

日晚宜春暮，風軟上林朝。對酒近初節，開樓蕩夜嬌。石橋通小澗，竹路上青霄。持底誰見許，長愁成細腰。

同前 劉孝威

夫婿結纓簪，偏蒙漢寵深。中人引卧内，副車遊上林。綬染瑯琊草，蟬鑄武威金。分家移甲第，留妾住河陰。獨寢鴛鴦被，自理鳳皇琴。誰憐雙玉筯，流面復流襟。

送歸曲　梁吴均

送子獨南歸，攬衣空閔默。關山晝欲暗，河冰夜向塞。燕至他人鄉，鴈去還誰國。寄子兩行書，分明達濟北。

秦王卷衣　梁吴均

《樂府解題》曰：《秦王卷衣》，言咸陽春景及宫闕之美，秦王卷衣以贈所歡也。

咸陽春草芳，秦帝卷衣裳。玉檢茱萸匣，金泥蘇合香。初芳薰複帳，餘輝耀玉牀。當須晏朝罷，持此贈龍陽。「龍」一作「華」。

妾安所居　梁吴均

賤妾先有寵，蛾眉進不遲。一從西北麗，無復城南期。何因暫艷逸，豈爲乏妍姿。徒有黄昏望，寧遇青樓時。惟惜應門掩，方餘永巷悲。匡牀終不共，何由横自私。「因」一作「用」。

大垂手 梁吴均

《樂府解題》曰：《大垂手》《小垂手》，皆言舞而垂其手也。隋江總《婦病行》曰：「夫婿府中趨，誰能大垂手」是也。又《獨搖手》亦與此同。此與《小垂手》二首，《藝文》作簡文帝。

垂手忽迢迢，飛燕掌中嬌。羅衫恣風引，輕帶任情摇。詎似長沙地，促舞不回腰。

小垂手 梁吴均

舞女出西秦，躡影舞陽春。且復小垂手，廣袖拂紅塵。折腰應兩笛，頓足轉雙巾。蛾眉與曼臉，見此空愁人。

夾樹 梁吴均

桂樹夾長陂，復值清風吹。氛氲揉芳葉，連綿交密枝。能迎春露點，不逐秋風移。願君長惠愛，當使歲寒知。

城上麻 梁吴均

麻生滿城頭，麻葉落城溝。麻莖左右披，溝水東西流。少年感恩命，奉劍事西周。但令直心盡，何用返封侯。

邊城將 梁吴均

四首。

塞外何紛紛，胡騎欲成羣。爾時始應募，來投霍冠軍。刀含四尺影，劍抱七星文。袖間血灑地，車中旌拂雲。輕軀如未殯，終當厚報君。

僕本邊城將，馳射靈關下。箭銜鴈門石，氣振武安瓦。勳輕賞廢丘，名高拜横野。留書應鑿楹，傳功須勒社。徒傾七尺命，酬恩終自寡。

聞君報一湌，遠送出平野。玉標丹霞劍，金絡艷光馬。高旗入漢飛，長鞭歷地寫。曙星海中出，曉月山頭下。歲晏坐論功，自有思臣者。

臨淄重蹴踘，曲城好擊刺。不要身後名，專騁眼前智。君看班定遠，立功不負義。掣拽二丈旗，躑躅雙皃騎。但問相知否，死生無險易。

春怨 梁吴均

四時如湍水，飛奔兢迴復。夜鳥響嚶嚶，朝花照煜煜。厭見花成子，多看筍成竹。萬里斷音書，十載異栖宿。積愁落芳鬢，長啼壞美目。君去往榆關，妾留住函谷。唯對昔耶房，如愧蜘蛛屋。獨唤響相酬，還持影自逐。象牀易氊簟，羅衣變單複。幾過度風霜，猶能保煢獨。「成」一作「爲」。

江潭怨 梁吴均

一作《贈别新林》。

僕本幽并兒，抱劒事邊陲。風亂青絲絡，霧染黄金羈。天子既無賞，公卿竟不知。去去歸去來，還傾鸚鵡杯。氣爲故交絶，心爲新知開。但令寸心是，何須銅雀臺。

邊城思 梁何遜

柳黄未吐葉，水緑半含苔。春色邊城動，客思故鄉來。

南征曲 梁蕭子顯

櫂歌來揚女，操舟驚越人。圖蛟怯水伯，照鷁竦江神。

同前 陳蘇子卿

題云《南征》。

一朝遊桂水，萬里別長安。故鄉夢中近，邊愁酒上寬。劍鋒但須利，戎衣不畏單。南中地氣暖，少婦莫愁寒。

春思 梁蕭子雲

按《李白集》，《春思》《秋思》並編入樂府。蕭子雲已有此，豈白亦擬梁人邪？

春風蕩羅帳，餘花落鏡奩。池荷正捲葉，庭柳復垂簷。竹柏君自改，團扇妾方嫌。誰能憐故素，終爲泣新縑。「簷」一作「簾」。

秋思 北齊蕭慤

《顏氏家訓》曰：蘭陵蕭慤工於篇什，嘗有《秋思詩》云：「芙蓉露下落，楊柳月中疎。」時人未之賞也，吾愛其蕭散宛然在目，潁川荀仲舉、瑯琊諸葛漢亦以爲爾，而盧思道之徒雅所不愜。

清波收潦日，華林鳴籟初。芙蓉露下落，楊柳月中疎。燕幃緗綺被，趙帶流黄裾。相思阻音息，結夢感離居。「息」《玉臺》作「信」。

雜曲 梁王筠

二首。

烏還夜已逼，蟲飛曉尚賒。桂月徒留影，蘭燈空結花。「烏」一作「鳥」。

可憐洛城東，芳樹揺春風。丹霞映白日，細雨帶輕虹。

同前 陳傅縡

江總、徐陵同賦。

新人新寵住蘭堂，翠帳金屏玳瑁牀。叢星不似珠簾色，度月還同粉壁光。從來著名推趙子，復有丹脣發皓齒。一嬌一態本難逢，如畫如花定相似。樓臺宛轉曲皆通，弦管逶迤徹下風。此殿笑語長相共，傍省歡娯不復同。訝許人情太厚薄，分恩賦念能斟酌。多作繡被爲雙鴛，長弄綺琴憎別鶴。人今投寵要須堅，會使歲寒恒度前。共取辰星作心抱，無轉無移千萬年。「牀」一作「梁」。「同」作「如」。「長相」作「恒長」。「雙鴛」一作「鴛鴦」。

同前　徐陵

傾城得意已無儔，洞房連閣未消愁。宮中本造鴛鴦殿，爲誰新起鳳皇樓。緑黛紅顔兩相發，千嬌百念情無歇。舞衫迴袖勝春風，歌扇當牕似秋月。碧玉宮妓自翩妍，絳樹新聲最可憐。張星舊在天河上，從來張姓本連天。二八年時不憂度，傍邊得寵誰應妬。立春曆日自當新，正月春幡底須故。流蘇錦帳挂香囊，織成羅幌隱燈光。祇應私將琥珀枕，暝暝來上珊瑚牀。「最」一作「自」。「應」一作「相」。

同前　江總

三首。

行行春逕蘼蕪緑，織素郍復解琴心。乍愜南階悲緑草，誰堪東陌怨黄金。紅顔素月俱三五，夫壻何在今追虜。關山隴月春雪冰，誰見人啼花照户。「冰」一作「深」。「追」一作「征」。殿内一處起金房，併勝餘人白玉堂。珊瑚挂鏡臨網户，芙蓉作帳照雕梁。房櫳宛轉垂翠幕，佳麗逶迤隱珠箔。風前花管颺難留，舞處花鈿低不落。陽臺通夢太非真，洛浦淩波復不新。曲中唯聞張女調，定有同姓可憐人。但願私情賜斜領，不願傍人相比並。妾門逢春自可榮，君面未秋何意冷。「併」《玉臺》作「便」。「張女調」一作「張女曲」。泰山言應可轉移，新寵不信更參差。合歡錦帶鴛鴦鳥，同心綺袖連理枝。皎皎新秋明月開，早露飛螢暗裏來。鯨燈落花殊未盡，虬水銀箭莫相催。非是神女期河漢，别有仙姬入吹臺。未眠解着同心結，欲醉那堪連理杯。後宫不愜茱萸芳，夜夜爭開蘇合房。寶釵翠髩還相似，朱唇玉面非一行。新人未語言如澀，新寵無前判不臧。願奉更衣蘭麝氣，恐君馬到自驚香。

遺所思 梁劉孝綽

《樂府遺聲》：《怨思》二十五曲，有《遺所思》。按《楚辭·九歌》云：「折芳馨兮遺所思。」疑本出此。

遺簪彫玳瑁，贈綺織鴛鴦。未若華滋樹，交枝蕩子房。別前秋已落，別後春更芳。所思不可寄，唯憐盈袖香。

舞就行 梁劉孝儀

依歌移弱步，傍竹艶新粧。徐來翻應節，亂去反成行。

雀乳空井中 梁劉孝威

晉傅玄詩曰：鵲巢丘城側，雀乳空井中。居不附龍鳳，常畏虵與蟲。依賢義不恐，近暴自當窮。《雀乳空井中》亦非樂府。

遠去條支國，心知漢德優。聊棲丞相府，過令黄覇羞。挾子須閑地，空井共尋求。轆轤絲綆絶，桔槔冬蘚周。將憐羽翼長，唯辭各背遊。「優」一作「休」。「長」一作「張」。

半渡溪 梁劉孝威

《樂府解題》曰：《半渡溪》，言戰而半涉，溪水見迫。所言皆嶺南地理〔四〕，與《武溪深》相類。梁元帝又有《半路溪》，則言相逢隔溪，已識行步。辭旨與此全殊。

本厠偏伍伴，一戰殄凶渠。制賜文犀節，驛報紫泥書。入營陳御蓋，還家乘紫車。皇恩空以重，丹心恨不紓。渡瀘且不畏，淩溪嗟有餘。「空以重」一作「知已重」。

寒夜怨　梁陶弘景

《樂府解題》曰：晉陸機《獨寒吟》云：「雪夜遠思君，寒牕獨不寐。」但叙相思之意爾。陶弘景有《寒夜怨》，梁簡文帝有《獨處愁》，亦皆類此。《詞品》曰：陶弘景《寒夜怨》，後世填辭《梅花引》格韻似之，後换頭微異。

夜雲生，夜鴻驚，悽切嘹唳傷夜情。空山霜滿高煙平，鉛華沈照帳孤明。寒月微，寒風緊。愁心絶，愁淚盡。情人不勝怨，思來誰能忍。

告遊篇　梁陶弘景

性靈昔既肇，緣葉久相因。即化非冥滅，在理淡悲欣。冠劒空衣影，鑣轡乃仙身。去此昭軒侶，結彼瀛臺賓。儻能踵留轍，爲子道玄津。

遥夜吟 梁宗夬

遥夜復遥夜，遥夜憂未歇。坐對風動帷，卧見雲間月。

荆州樂 梁宗夬

三首。《荆州樂》蓋出於清商曲《江陵樂》，荆州即江陵也。有紀南城在江陵縣東，梁簡文帝《荆州歌》云「紀南城里望朝雲，雉飛麥熟妾思君」是也。又有《紀南歌》，亦出於此。

迢遞樓雉懸，參差臺觀雜。城闕自相望，雲霞紛颯沓。

章華遊獵去，紀郢從禽歸。溶溶紫煙合，欝欝紅塵飛。

朝發江津路，暮宿靈溪道。平衢廣且直，長楊欝裊裊。

迎客曲 梁徐勉

《詞品》曰：古者宴客，有迎客、送客曲，亦猶祭祀有迎神、送神也。

絲管列，舞席陳，含聲未奏待嘉賓。羅絲管，舒舞席，斂袖嘿唇迎上客。

送客曲 梁徐勉

袖繽紛，聲委咽，餘曲未終高駕别。爵無筭，景已流，空紆長袖客不留。

採荷調 梁江從簡

《樂府廣題》曰：梁太尉從事中郎江從簡，年十七，有才思，爲《採荷調》以刺何敬容。敬容覽之，不覺嗟賞，愛其巧麗。敬容時爲宰相。一作《採蓮諷》。

欲持荷作柱，荷弱不勝梁。欲持荷作鏡，荷暗本無光。

發白馬 梁費昶

《通典》曰：白馬，春秋時衛國曹邑有黎陽津，一曰白馬津，酈生云「守白馬之津」是也。《發白馬》，言征戍而發兵於此也。

家本樓煩俗，召募羽林兒。怖羌角觝戲，習戰昆明池。弓弢不復挽，劒衣恒露鈹。一辭豹尾内，長别屬車垂。白馬今雖發，黄河未結澌。寄言閨中婦，逢春心勿移。

濟黄河 梁謝微

題云《應教》。

積陰晦平陸，淒風結暮序。朝辭金谷戍，夕逗黄河渚。赤兔徒聯翩，青凫詎容與。淚甚聲難發，悲多袖未舉。虚薄謬君恩，方嗟别宛許。「戍」一作「樹」。

同前 北齊蕭慤

題云《奉和濟黄河應教》。慤本梁人，此疑與謝微同作。

大蕃連帝室，驂駕奉皇猷。未明驅羽騎，凌晨方畫舟。津城度維錦，岸柳夾緹油。鐘聲颺别島，旗影照蒼流。早光生劒服，朝風起節樓。滔滔細波動，裔裔輕舷浮。迴橈避近磧，放舳下前洲。全疑上天漢，不異謁蓬丘。望知雲氣合，聽識水聲秋。從君何等樂，喜從神仙遊。「鐘」一作「鐃」。

同前 陳江總

《六朝聲偶》作柳顧言。

葱山淪外域，鹽澤隱遐方。兩源分際遠，九道派流長。未殫所聞見，無待驗詞章。留連嗟太史，惆悵踐黎陽。導波縈地節，疏氣耿天潢。憫周沉用寶，嘉晉肇爲梁。「節」一作「脉」。

陵雲臺 梁謝舉

《魏志》曰：文帝黄初元年，十二月初，營洛陽宫。戊午，幸洛陽。三年，築陵雲臺。劉義慶《世説》曰：陵雲臺樓觀精巧。先秤衆木輕重，然後構造，無錙銖相負。揭臺高峻，恒隨風動摇。楊龍驤《洛陽記》曰：陵雲臺高二十三丈，登之見孟津也。

綺甍懸桂棟，隱曖傍喬柯。勢高淩玉井，臨迥度金波。易覺涼風至，早飛秋鴈過。高臺相思曲，望遠騷人歌。幸屬此迢遰，知承雲霧多。「屬」一作「矚」。

同前　周王褒

高臺懸百尺，中夕殊未窮。北臨酸棗寺，西眺明光宫。城旁抵雙府，林裏對相風。書題鹿盧牓，觀寫飛廉銅。牕開神女電，梁映美人虹。虡捐濫天寵，鄭脅特懷忠。莊生垂翠釣，昭儀抵鬬熊。馳輪有盈缺，人道亦汙隆。還念西陵舞，非復鄴城中。「抵」一作「拒」。

伍子胥　梁鮑機

忠孝誠無報，感義本投身。日暮江波急，誰憐漁丈人。楚墓悲猶在，吴門恨未申。「猶」一作「空」。「恨」一作「怨」。

建興苑　梁紀少瑜

題云《遊建興苑》。

丹陵抱天邑，紫淵更上林。銀臺懸百仞，玉樹起千尋。水流冠蓋影，風揚歌吹音。踟蹰憐拾翠，顧步惜遺簪。日落庭光轉，方幔屢移陰。願言樂未極，不道愛黄金。「幔」一作「幰」。

「願」一作「終」。

短簫 梁張嵊

促柱弦始繁，短簫吹初亮。舞袖拂長席，鐘音由簴颺。已落簷瓦間，復繞梁塵上。時屬清夏陰，恩暉亦非望。

田飲引 梁朱异

卜田宇兮京之陽，面清洛兮背脩邙。屬風林之蕭瑟，值寒野之蒼茫。鵬紛紛而聚散，鴻冥冥而遠翔。酒沈兮俱發，雲沸兮波揚。豈味薄於東魯，鄙蜜甜于南湘。於是客有不速，朋自遠方。臨清池而滌器，闢山牖而飛觴。促膝兮道故，久要兮不忘。間談希夷之理，或賦連翩之章。闕。

車馬行 梁戴暠

鞏洛風塵處，冠蓋相填咽。多稱魏其冷，競隨田蚡熱。輪趣白虎第，珂聚黃金穴。獻酒悉葡萄，訕言盡飛鐵。東都虵已鑄，西山綬應結。朝集類蒸煙，晚至如吹雪。子雲爾何事，門巷無車轍。

薄暮動弦歌 梁沈君攸

柳谷向夕沈餘日，蕙樓臨砌徙斜光。金户半入蘗林影，蘭徑時移落蘂香。絲繩玉壺傳綺席，秦筝趙瑟響高堂。舞裙拂履喧珠珮，歌響出扇繞塵梁。雲邊雪飛弦柱促，留賓但須羅袖長。日暮歌鐘恒不倦，處處行樂爲時康。

羽觴飛上苑 梁沈君攸

《楚辭》曰：「瑶漿密勺實羽觴。」張衡《西京賦》曰：「促中堂之俠坐，羽觴行而無筭。」羽觴謂杯，上綴羽以速飲。《漢書音義》曰：羽觴，作生爵形是也。

上路薄晚風塵合，禁苑初春氣色華。石徑斷絲闌蔓草，山流細沫擁浮花。魚文熠爚含餘日，鵲蓋低昂照落霞。隔樹銀鞍喧寶馬，分衢玉軸動香車。車馬處處盡成陰，班荆促席對芳林。藤杯屢動情仍暢，翠樽引滿趣彌深。山陽倒載非難得，宜城醇醖促須斟。半醉驪歌應可奏，上客莫慮擲黄金。「浮花」一作「浮槎」。

桂檝汎河中 梁沈君攸

黄河曲注通千里，濁水分流引八川。仙查逐源終未極，蘇亭遺跡尚難遷。眇眇雲根侵遠樹，蒼蒼水氣雜遥天。波影雜霞無定色，湍文觸岸不成圓。赤馬青龍交出浦，飛雲蓋海遠凌煙。蓮舟渡沙轉不礙，桂檝距浪弱難前。風急金烏翅自轉，汀長錦纜影微懸。榜人欲歌先扣枻，津吏猶醉强持船。河隄極望今如此，行杯落葉詎虚傳。「蘇亭」一作「漢帝」。「雜」一作「合」。「龍」一作「驪」。

晨風行 梁王循

《晨風》本秦詩也。《晨風》詩曰：「鴥彼晨風，鬱彼北林。」傳曰：「鴥，疾飛貌。晨風，鸇也。」言穆公招賢人，賢人往之，疾如晨風之入北林也。王循「霧開九曲瀆」、沈氏「理檝令舟人」但歌晨朝之風爾。

霧開九曲瀆，風起千金堤。岸回分野逕，林際成牛蹊。鳧隨落潮去，日傍綺霞低。望目輕舟隱，瑟瑟遠寒悽。還眺小平急，宴語方難齊。「目」一作「日」。

同前 沈滿願

理檝令舟人，停艫息旅泊河津。念君劬勞冒風塵，臨路揮袂淚沾巾。飇流勁潤逝若飛，山高帆急絶音徽。留子句句獨言歸，中心煢煢將依誰。風彌葉落永離索，神往形返情錯漠。循帶易緩愁難却，心之憂矣頗銷鑠。

一旦歌

《樂府》無名，次王臺卿詩後。

一旦被頭痛，避頭還着牀。自無親伴侶，誰當給水漿。匍匐入山院，正逢虎與狼。對虎低頭啼，垂淚淚千行。

映水曲 梁沈滿願

輕鬢學浮雲，雙蛾擬初月。水澄正落釵，萍開理垂髪。

登樓曲 梁沈滿願

憑高川陸近，望遠阡陌多。相思隔重嶺，相憶限長河。「限」一作「恨」。

越城曲

《樂府》作無名氏，與《登樓曲》相次。

別怨悽歌響，離啼濕舞衣。願假烏棲曲，翻從南向飛。

聽鐘鳴 梁蕭綜

《梁書》曰：綜，武帝第二子，封豫章王。綜母，齊東昏美人。武帝滅齊，納之，七月而生綜。綜自以本東昏子，及爲都督、南兖州刺史，聞齊建安王蕭寶寅在魏，乃與數騎奔，魏以爲侍中、太尉。綜既不得志，嘗作《聽鐘鳴》《悲落葉》辭，以申其志。大略曰云云。當時見者，莫不悲之。《南史》事同，而無其辭。《洛陽伽藍記》曰：洛陽城東建陽里有臺，高三丈，上作二精舍，有鐘，撞之聞五十里，太后移在宮内凝閑室。初，豫章王蕭綜聞此鐘聲，遂造《聽鐘歌》三首，行于世。按《梁書》二辭各三首，似與《記》合，但存其略耳。《藝文》《詩彙》所載與《書》頗異，今附于後。

聽鐘鳴，當知在帝城。參差定難數，歷亂百愁生。去聲懸窈窕，來響急徘徊。誰憐傳漏子，辛苦建章臺。

聽鐘鳴，聽聽非一所。懷瑾握瑜空擲去，攀松折桂誰相許。昔朋舊愛各東西，譬如落葉不更齊。漂漂孤雁何所栖，依依別鶴夜半啼。

聽鐘鳴，聽此何窮極。二十有餘年，淹留在京域。窺明鏡，罷容色，雲悲海思徒揜抑。

悲落葉 梁蕭綜

悲落葉，連翩下重疊。落且飛，從横去不歸。

悲落葉，落葉悲。人生譬如此，零落不可持。

悲落葉，落葉何時還。凡昔共根本，無復一相關。

聽鐘鳴

此或《聽鐘鳴》全篇之一。

歷歷聽鐘鳴，當知在帝城。西樹隱落月，東牕見曉星。霧露朏朏未分明，烏啼啞啞已流聲。驚客思，動客情，客思鬱縱横。翩翩孤鴈何所栖，依依別鶴半夜啼。今歲行已暮，雨雪向凄凄。飛蓬旦夕起，楊柳尚翻低。氣欝結，涕滂沱。愁思無所託，强作聽鐘歌。

悲落葉

此至「高下任飄颺」或是《悲落葉》全篇之一，後云「悲落葉，落葉何時還」或别一篇。

悲落葉，聯翩下重疊。重疊落且飛，從横去不歸。長枝交蔭昔何密，黄鳥關關動相失。夕葉雜凝露，朝花翻亂日。亂春日，起春風，春風春日此時同。一霜兩霜猶可當，五晨六旦已颯黄。乍逐驚風舉，高下任飄颺。悲落葉，落葉何時還。夙昔共根本，無復一相關。各隨灰土去，高枝難重攀。綜終于魏。《詩紀》編入北魏，然其本傳在梁，今附梁後。

【校勘記】

〔一〕羞，原闕，據《四庫》本補。

〔二〕緑，原闕，據《四庫》本補。

〔三〕水上，原作「上水」，據《四庫》本改。

〔四〕理，原作「里」，據《四庫》本改。

古樂苑卷第三十九

雜曲歌辭 陳 北魏 北齊 北周

陳

獨酌謡 陳後主

四首。

序曰：齊人淳于髡善爲《十酒》，偶效之，作《獨酌謡》。

獨酌謡，獨酌且獨謡。一酌豈陶暑，二酌斷風飈。三酌意不暢，四酌情無聊。五酌孟易覆，六酌歡欲調。七酌累心去，八酌高志超。九酌忘物我，十酌忽凌霄。凌霄異羽翼，任致得飄飄。寧學世人醉，揚波去我遥。爾非浮丘伯，安見王子喬。

獨酌謡，獨酌起中宵。中宵照春月，初花發春朝。春花春月正徘徊，一罇一弦當夜開。聊奏孫登曲，仍斟畢卓杯。羅綺徒紛亂，金翠轉遲回。中心本如水，凝志更同灰。逍遥自可樂，世語世情哉〔一〕。

獨酌謡，獨酌酒難消。獨酌三兩盌，弄曲兩三調。調弦忽未畢，忽值出房朝。更似遊春苑，還如逢麗譙。衣香逐嬌去，眼語送杯嬌。餘鐏盡復益，自得是逍遥。

獨酌謡，獨酌一樽酒。樽酒傾未酌，明月正當牖。是牖非圓甕，吾樂非擊缶。自任物外歡，更齊椿菌久。卷舒乃一卷，忘情且十斗。寧復語綺羅，因情即山藪。

同前　陸瑜

獨酌謡，芳氣饒。一傾蕩神慮，再酌動神飈。忽逢鳳樓下，非待鸞弦招。窻明影乘入，人來香逆飄。杯隨轉態盡，釧逐畫杯摇。桂宫非蜀郡，當壚也至宵。

同前　沈炯

獨酌謡，獨酌謡，獨酌獨長謡。智者不我顧，愚夫余不要。不愚復不智，誰當余見招。所以成獨酌，一酌傾一瓢。生涯本漫漫，神理暫超超。再酌矜許史，三酌傲松喬。頻煩四五酌，不覺淩丹霄。倏爾厭五鼎，俄然賤九韶。彭殤無異葬，夷跖可同朝。龍蠖非不屈，鵬鷃但逍遥。寄語號呶侣，無乃太塵囂。《獨酌謡》一無第二句。「不要」一作「未要」。

舞媚娘 陳後主

三首。《樂苑》曰：《舞媚娘》《大舞媚娘》，並羽調曲也。《唐書》曰：高宗永徽末，天下歌《舞媚娘》。未幾，立武氏爲皇后。按陳後主已有此歌，則永徽所歌蓋舊曲云。

樓上多嬌艷，當牕併三五。争弄遊春陌，相邀開繡户。轉態結紅裙，含嬌拾翠羽。留賓乍拂弦，託意時移柱。

淇水變新臺，春鑪當夏開。玉面含羞出，金鞍排夜來。「夜」一作「暗」。

春日好風光，尋觀向市傍。轉身移佩響，牽袖起衣香。「好」一作「多」。「向」一作「戲」。隋開皇中，太子勇嘗以歲首宴宫臣，左庶子唐令則請自奏琵琶，歌《武媚娘》之曲。

同前 周庾信

朝來户前照鏡，含笑盈盈自看。眉心濃黛直點，額角輕黄細安。秖疑落花謾去，復道春風不還。少年唯有歡樂，飲酒那得留殘。

古曲　陳後主

桂鉤影，桂枝開，紫綺袖，逐風迴。日明珠色偏亮，葉盡衫香更來。

同前　周王褒

青樓臨大道，遊俠任淹留。陳王金被馬，秦女桂爲鉤。馳輪洛陽巷，鬬雞南陌頭。薄暮風塵起，聊爲清夜遊。「任」一作「盡」。

還臺樂　陳陸瓊

一作陸機，題云《飲酒樂》。《樂苑》曰：《飲酒樂》，商調曲也。按此格調，陸瓊爲是。楊慎《詞品》曰：唐人之《破陣樂》《何滿子》皆祖之。

蒲萄四時芳醇，瑠璃千鍾舊賓。夜飲舞遲銷燭，朝醒弦促催人。春風秋月恒好，驩醉日月言新。

飲酒樂 無名氏

飲酒須飲多，人生能幾何。百年須受樂，莫厭管弦歌。

應龍篇 陳張正見

張正見《應龍篇》言：龍未起時，乃在淵底藏。以喻君子隱居養志，以待時也。

應龍未起時，乃在淵底藏。非雲足不蹈，舉則沖天翔。譬彼野蘭草，幽居常獨香。清風播四遠，萬里望芬芳。隱居可頤志，自見焉得彰。

鸓謡 陳孔仲智

芳杜鷊春酒，髣髴傷山時。徒歌不成樂，空以鸓自悲。鸓悲懷土心，遽復還山路。迨及春復時，無使春光暮。

内殿賦新詩 陳江總

兔影脈脈照金鋪，虬水滴滴瀉玉壺。綺翼雕甍邇清漢，虹梁紫柱麗黃圖。風高暗綠凋殘柳，雨駛芳紅濕晚芙。三五二八佳年少，百萬千金買歌笑。偏著故人織素詩，願奉秦聲采蓮調。織女今夕渡銀河，當見清秋停玉梭。「紫」一作「桂」。「蓮」一作「菱」。「清」一作「新」。

燕燕于飛　陳江總

衛莊姜送歸妾詩曰：「燕燕于飛，差池其羽。之子于歸，遠送于野。」《燕燕于飛》蓋出於此。若江總辭，詠雙燕而已。題云《詠燕燕于飛應詔》。

二月春暉暉，雙燕理毛衣。銜花弄藿靡，拂葉隱芳菲。或在堂間戲，多從幕上飛。若作仙人履，終向日南歸。

姬人怨　陳江總

天寒海水慣相知，空牀明月不相宜。庭中芳桂憔悴葉，井上疎桐零落枝。寒燈作花羞夜短，霜鴈多情恒結伴。非爲隴水望秦川，直置思君腸自斷。

姬人怨服散篇　陳江總

《文苑英華》注曰：江總《姬人怨》二詩，本集及《藝文類聚》并是一篇。

薄命夫婿好神仙，逆愁高飛向紫煙。金丹欲成猶百鍊，玉酒新熟幾千年。妾家邯鄲好輕薄，特忿仙童一丸藥。自悲行處緑苔生，何悟啼多紅粉落。莫輕小婦狎春風，羅襪也得步河宫。雲車欲駕應相待，羽衣未去幸須同。不學蕭史還樓上，會逐嫦娥戲月中。

蓮調 陳祖孫登

長川落照日，深浦漾清風。弱柳垂江翠，新蓮夾岸紅。船行疑汎迥，月映似沈空。願逐琴高戲，乘魚入浪中。

北魏 悲平城 北魏王肅

悲平城，驅馬入雲中。陰山常晦雪，荒松無罷風。

悲彭城 北魏祖瑩

《北史》曰：尚書令王肅於省中詠《悲平城》詩，彭城王勰甚嗟其美，欲使更詠，乃失語云：「公可更爲誦《悲彭城》也。」勰有慙色。瑩在座即云：「《悲彭城》，王公自未見。」肅云：「可爲誦之。」瑩應聲爲之，肅甚嗟賞，勰亦大悦。

悲彭城，楚歌四面起。屍積石梁亭，血流睢水裏。

安定侯曲 北魏温子昇

封疆在上地，鐘鼓自相和。美人當牕舞，妖姬掩扇歌。

燉煌樂 北魏温子昇

《通典》曰：燉煌古流沙地，黑水之所經焉。秦及漢初，爲月支、匈奴之境。武帝開其地，後分酒泉置燉煌郡。

客從遠方來，相隨歌且笑。自有燉煌樂，不減安陵調。

同前 隋王胄

二首。一作《燉煌子》。

長途望無已，高山斷還續。意欲此念時，氣絶不成曲。

極目眺脩塗，平原忽超遠。心期在何處，望望崦嵫晚。

涼州樂歌 北魏温子昇

二首。

遠遊武威郡，遥望姑臧城。車馬相交錯，歌吹日縱横。

路出玉門關，城接龍城坂。但事弦歌樂，誰道山川遠。

結襪子 北魏温子昇

《帝王世紀》曰：文王伐崇侯虎，至五鳳墟，襪係解，顧左右無可使者，乃俯而結之。武王至商郊牧野誓衆，左仗黄鉞，右秉白旄，王襪解，莫肯與王結，王乃釋旄，俯而結之。《漢書》曰：王生者，善爲黄老言處士。嘗召居廷中，公卿盡會，立，王生老人，曰：「吾韈解。」顧謂張釋之：「爲我結韈。」釋之跪而結之。既已，人或讓王生：「獨奈何廷辱張廷尉如此？」王生曰：「吾老且賤，自度終亡益於張廷尉。廷尉方天下名臣，吾故聊使結韈，欲以重之。」諸公聞之，賢王生而重釋之。

誰能訪故劍，會自逐前魚。裁紈終委篋，織素空有餘。

擣衣　北魏温子昇

宋謝惠連有《擣衣詩》，後多擬作，不入樂府。子昇此篇，郭、左亦不見載，然相傳爲樂府也。唐劉希夷、李白樂府並有《擣衣篇》。

長安城中秋夜長，佳人錦石擣流黄。香杵紋砧知近遠，傳聲遞響何凄涼。七夕長河爛，中秋明月光。蠮螉塞邊絶候鴈，鴛鴦樓上望天狼。

千里思　北魏祖叔辨

細君辭漢宇，王嬙即虜衢。寂寂人逕阻，迢迢天路殊。憂來似懸旆，淚下若連珠。無因上林鴈，但見邊城蕪。

楊白花　北魏胡太后

《梁書》曰：楊華，武都仇池人也。少有勇力，容貌雄偉。魏胡太后逼通之，華懼及禍，乃率其部曲來降。胡太后追思之，不能已，爲作《楊白華》歌辭，使宫人晝夜連臂蹋足歌之，聲甚悽惋。

《南史》曰：楊華本名白花，奔梁後名華，魏名將楊大眼之子。

陽春二三月，楊柳齊作花。春風一夜入閨闥，楊花飄蕩落南家。含情出户脚無力，拾得楊花淚沾臆。秋去春還雙燕子，願銜楊花入窠裏。《野客叢書》云：今市井人言快樂，則有唱《楊白花》之說。

阿那瓌

《北史》曰：阿那瓌，蠕蠕國主也。蠕蠕之爲國，冬則徙渡漠南，夏則還居漠北。《通典》曰：蠕蠕自拓跋初徙雲中，即有種落。後魏太武神䴥中彊盛，盡有匈奴故地。阿那瓌，孝明帝時蠕蠕國主，辭云匈奴主也。

聞有匈奴主，雜騎起塵埃。列觀長平坂，驅馬渭橋來。

北齊 永世樂 北齊魏收

《隋書・樂志》曰：後魏太武平河西，得西涼樂，其歌曲有《永世樂》。

綺牕斜影入，上客酒須添。翠羽方開美，鉛華汗不霑。關門今可下，落珥不相嫌。

清歌發 北齊劉逖

扇中通曼臉，曲裏奏陽春。久應迷座客，何啻起梁塵。

靧面辭 北齊崔氏

虞世南《史略》曰：北齊盧士深妻，崔林義之女，有才學，春日以桃花靧兒面，呪曰。

取紅花，取白雪，與兒洗面作光悦。取白雪，取紅花，與兒洗面作妍華。取花紅，取雪白，與兒洗面作光澤。取雪白，取花紅，與兒洗面作華容。

敕勒歌

《樂府廣題》曰：北齊神武攻周玉壁，士卒死者十四五，神武恚憤疾發，周玉下令曰：「高歡鼠子，親犯玉壁。劒弩一發，元兇自斃。」神武聞之，勉坐以安士衆，悉引諸貴，使斛律金唱《敕勒》，神武自和之。其歌本鮮卑語，易爲齊言，故其句長短不齊。《碧溪漫志》云：「金不知書，同於劉、項，能發自然之妙。韓昌黎《琴操》雖古，涉於摹擬，未若金出性情爾。」按此則即爲金作矣，然其本文特謂神武使金唱，自和之耳，恐非金所作也。

敕勒川，陰山下。天似穹廬，籠蓋四野。天蒼蒼，野茫茫，風吹草低見牛羊。

孀婦吟 北周蕭撝

寒夜静房櫳，孤妾思偏叢。悲生聚紺黛，淚下浸粧紅。蓄恨縈心裏，含啼歸帳中。會須明月落，那忍見牀空。

高句麗 北周王褒

《通典》曰：高句麗，東夷之國也。其先曰朱蒙，本出於夫餘。朱蒙善射，國人欲殺之，遂棄夫餘東南走，渡普述水，至紇升骨城居焉。號曰句麗，以高爲氏。按唐亦有《高麗曲》，李勣破高麗所進，後改《夷則引》者是也。《詞品》曰：王褒《高句驪》與陳陸瓊《飲酒樂》同調，蓋疆場限隔，而聲調元通也。

蕭蕭易水生波，燕趙佳人自多。傾杯覆盌漼漼，垂手奮袖娑娑。不惜黄金散盡，只畏白日蹉跎。

步虚辭 北周庾信

十首。《樂府解題》曰：《步虚辭》，道家曲也，備言衆仙縹緲輕舉之美。

渾成空教立，元始正塗開。赤玉靈文下，朱陵真氣來。中天九龍館，倒景八風臺。雲度弦歌響，星移空殿迴。青衣上少室，童子向蓬萊。逍遥聞四會，倏忽度三災。

無名萬物始，有道百靈初。寂絶乘丹氣，玄冥上玉虚。三元隨建節，八景逐迴輿。赤鳳來銜璽，青烏入獻書。

壞机仍成机，枯魚還作魚。棲心浴日館，行樂止雲墟。

凝真天地表，絶想寂寥前。有象猶虚豁，忘形本自然。開經壬子歲，值道甲申年。迴雲隨舞曲，流水逐歌弦。石髓香如飯，芝房脆似蓮。停鸞讌瑶水，歸路上鴻天。「歲」一作「世」。

道生乃太一，守静即玄根。中和練九氣，甲子謝三元。居心受善水，教學重香園。鼂留報關吏，鶴去畫城門。更以欣無迹，還來寄絶言。

洞靈尊上德，虞石會明真。要妙思玄牝，虚無養谷神。丹丘乘翠鳳，玄圃馭班麟。移梨付苑吏，種杏乞山人。自此逢何世，從今復幾春。海無三尺水，山成數寸塵。「紀」一作「統」。

東明九芝蓋，北燭五雲車。飄飖入倒景，出没上煙霞。春泉下玉溜，青鳥向金華。漢帝看桃核，齊侯問棗花。上元應送酒，來向蔡經家。陝西石刻云：「應逐上元酒，同來訪蔡家。」「屬」一作「燭」。「溜」一作「霤」。

歸心遊太極，回向入無名。五香芬紫府，千燈照赤城。鳳林採珠實，龍山種玉榮。夏簧三舌響，春鐘九乳鳴。絳河應遠別，黄鵠來相迎。「夏簧三舌響」一作「夏笛三山響」。

北闕臨玄水，南宫生絳雲。龍泥印玉策，大火練真文。上元風雨散，中天歌吹分。靈駕千尋上，空香萬里聞。「闕」一作「閣」。「生」一作「坐」。「大」一作「天」。

地鏡階基遠，天牕影迹深。碧玉成雙樹，空青爲一林。鵠巢堪鍊石，蜂房得煮金。漢武多驕慢，淮南不小心。蓬萊入海底，何處可追尋。「一」一作「迥」。

麟洲一海闊，玄圃半天高。浮丘迎子晉，若士避盧敖。經滄林慮李，舊食綏山桃。成丹須竹節，刻髓用蘆刀。無妨隱士去，即是賢人逃。

同前 隋煬帝

二首。

洞府凝玄液，靈山體自然。俯臨滄海島，回出大羅天。八行分寶樹，十丈散芳蓮。懸居燭日月，天步役風煙。躡記書金簡，乘空誦玉篇。冠法二儀立，佩帶五星連。瓊軒觶甘露，瑜井挹膏泉。南巢息雲馬，東海戲桑田。回旗遊八極，飛輪入九玄。高蹈虚無外，天地乃齊年。

總轡行無極，相推凌太虚。翠霞承鳳輦，碧霧翼龍輿。輕舉金臺上，高會玉林墟。朝遊度圓海，夕宴下方諸。

楊柳歌 北周庾信

河邊楊柳百丈枝，别有長條宛地垂。河水衝激根株危，倏忽河中風浪吹。可憐巢裏鳳皇兒，無故當年生别離。流槎一去上天池，織女支機當見隨。誰言從來蔭數國，直用東南一小枝。昔日公子出南皮，何處相尋玄武陂。駿馬翩翩西北馳，左右彎弧仰月支。連錢障泥渡水騎，白玉手板落盤螭。君言丈夫無意氣，試問燕山那得碑。鳳皇新管蕭史吹，朱鳥春窻玉女窺。銜雲酒盃赤瑪瑙，照日食螺紫琉璃。百年霜露奄離披，一旦功名不可爲。定是懷王作計誤，無事翻復用張儀。不如飲酒高陽池，日暮歸時倒接䍦。武昌城下誰見移，官渡營前那可知。獨憶飛絮鵝毛下，非復青絲馬尾垂。欲與梅花留一曲，共將長笛管中吹。「當」一作「將」。「可」一作「得」。

【校勘記】

〔一〕世語，《四庫》本作「奚語」。

古樂苑卷第四十

雜曲歌辭 隋

江都宫樂歌 隋煬帝

揚州舊處可淹留，臺榭高明復好遊。風亭芳樹迎早夏，長皋麥隴送餘秋。淥潭桂檝浮青雀，果下金鞍駕紫騮。緑觴素蟻流霞飲，長袖清歌樂戲州。「駕」一作「躍」。

喜春遊歌 隋煬帝

二首。

禁苑百花新，佳期遊上春。輕身趙皇后，歌曲李夫人。

步緩知無力，臉慢動餘嬌。錦袖淮南舞，寶袜楚宫腰。

錦石擣流黄 隋煬帝

二首。

漢使出燕然，愁閨夜不眠。易製殘燈下，鳴砧秋月前。
今夜長城下，雲昏月應暗。誰見倡樓前，心悲不成摻。

紀遼東 隋煬帝

二首。《通典》曰：高句麗自東晉以後，居平壤城，亦曰長安城。隨山屈曲，南臨浿水，在遼東南。復有遼東、玄菟等數十城。《隋書》曰「大業八年，煬帝復高麗，度遼水，大戰于東岸，擊賊，破之，進圍遼東」是也。

遼東海北翦長鯨，風雲萬里清。方當銷鋒散馬牛，旋師宴鎬京。前歌後舞振軍威，飲至解戎衣。判不徒行萬里去，空道五原歸。
秉旄仗節定遼東，俘馘變夷風。清歌凱捷九都水，歸宴雒陽宫。策功行賞不淹留，全軍藉智謀。詎似南宫複道上，先封雍齒侯。

同前 王胄

和帝作二首。

遼東浿水事龔行，俯拾信神兵。欲知振旅旋歸樂，爲聽凱歌聲。十乘元戎纔渡遼，扶濊已冰消。詎似百萬臨江水，按轡空迴鑣。

天威電邁舉朝鮮，信次即言旋。還笑魏家司馬懿，迢迢用一年。鳴鑾詔蹕發淆潼，合爵及疇庸。何必豐沛多相識，比屋降堯封。

持檝篇 隋煬帝下同

《隋遺録》曰：帝幸江都，至汴，帝御龍舟，蕭妃乘鳳舸。每舟擇妙麗女子千人，執雕板鏤金檝，號爲殿脚女。中有吴絳仙者，柔麗不與羣輩齒，因有寵於帝。帝每倚簾視絳仙，移時不去，因吟《持檝篇》以賜之。

舊曲歌桃葉，新粧艷落梅。將身倚輕檝，知是渡江來。

鳳艒歌

《廣五行志》曰：隋煬帝三月三日江上作《鳳艒歌》，乃唐興之兆。

三月三日向江頭，正見鯉魚波上游。意欲垂鈎往撩取，恐是蛟龍還復休。

迷樓歌 隋煬帝

《迷樓記》曰：大業九年，帝將再幸江都。有迷樓宫人夜歌云云。帝聞其歌，披衣起聽，召宫女問之，云：「孰使汝歌也，汝自爲之邪？」宫女曰：「臣有弟在民間，曰道途兒童多唱此。」帝默然久之，曰：「天啓之也。」因索酒自歌云云。後帝幸江都，唐帝起兵，入京焚迷樓，火經月不滅，前謡前詩皆見矣。

宫木陰濃燕子飛，興衰自古漫成悲。它日迷樓更好景，宫中吐艷變紅輝。

迷樓宫人歌 杭静

河南楊柳樹，河北李花營。楊柳飛綿何處去，李花結果自然成。「李花營」一作「李桃榮」。「楊柳飛綿何處去」一作「楊花飛去去何處」。

望江南 隋煬帝

《海山記》曰：煬帝闢地周二百里，爲西苑，内爲十六院。聚巧石爲山，鑿池爲五湖四海。又鑿北海，周迴四十里。中有三山，效蓬萊、方丈、瀛洲，上皆臺榭迴廊。水深數丈，開溝通五湖、北海，盡通行龍鳳舸。帝多汎東湖，因制《湖上曲》《望江南》八闋云。《樂府雜録》曰：《望江南》者，朱崖李太尉鎮關西日，爲亡妓謝秋娘所撰，本名《謝秋娘》，後改此名，亦曰《夢江南》。《西溪叢語》曰：李太尉鎮關西日，爲亡姬謝秋娘作，後進入教坊。楊慎《詞品》曰：傳奇有煬帝《望江南》數曲，不類六朝人語，傳疑可也。

湖上月，偏照列仙家。水浸寒光鋪枕簟，浪攪晴影走金虵，偏稱汎靈槎。光景好，輕彩望中斜。清露冷侵銀兔影，西風吹落桂枝花，開宴思無涯。

湖上柳，煙裏不勝垂。宿霧洗開明媚眼，東風摇弄好腰肢，煙雨更相宜。環曲岸，陰覆畫橋低。線拂行人春晚後，絮飛晴雪暖風時，幽意更依依。

湖上雪，風急墮還多。輕片有時敲竹户，素華無韻入澄波，望外玉相磨。湖水遠，天地色同和。仰面莫思梁苑賦，朝來且聽玉人歌，不醉擬如何。

湖上草，碧翠浪通津。脩帶不爲歌舞緩，濃鋪堪作醉人茵，無意襯香衾。晴霽後，顔色一般新。遊子不歸生滿地，佳人遠意寄青春，留咏卒難伸。湖上花，天水浸靈芽。淺蕊水邊匀玉粉，濃苞天外剪明霞，只在列仙家。開爛漫，插鬢若相遮。水殿春寒幽冷艷，玉軒晴照暖添華。清賞思何賒。湖上女，精選正輕盈。猶恨乍離金殿侶，相將盡是採蓮人，清唱謾頻頻。軒内好，嬉戲下龍津。玉管朱絃聞盡夜，踏青鬬草事青春，玉輦從羣真。湖上酒，終日助清歡。檀板輕聲銀甲緩，醅浮香米玉蛆寒，醉眼暗相看。春殿晚，仙艷奉杯盤。湖上風光真可愛，醉鄉天地就中寬，帝主正清安。湖上水，流遶禁園中。斜日暖摇清翠動〔一〕，落花香暖衆紋紅，蘋末起清風。閒縱目，魚躍小蓮東。汎汎輕摇蘭棹穩，沈沈寒影上仙宫，遠意更重重。

東征歌　隋王通

《文中子世家》曰：隋仁壽三年，文中子西遊長安，見文帝，奏太平十有二策。帝下其議於公卿，公卿不悦。文中子知謀之不用，賦《東征》之歌而歸。帝聞而再徵之，不至。

我思國家兮，遠遊京畿。忽逢帝王兮，降禮布衣。遂懷古人之心兮，將興太平之基。時異事變兮，志乖願違。吁嗟道之不行兮，垂翅東歸。皇之不斷兮，勞身西飛。

河曲遊 隋盧思道

魏文帝《與吴質書》曰：時駕而遊，北遵河曲。

鄴下盛風流，河曲有名遊。應徐託後乘，車馬踐芳洲。丰茸雞樹密，遥裔鶴煙稠。日上疑高蓋，雲起類重樓。金羈自沃若，蘭棹成夷猶。懸匏動清吹，采菱轉艷謳。還珂響金埒，歸袂拂銅溝。唯畏三春晚，勿言千載憂。

城南隅讌 隋盧思道

曹植《與丁儀詩》曰：「吾與二三子，曲讌此城隅。」則此本詩也，疑非樂府，姑從郭本。

城南氣初新，才王邀故人。輕盈雲映日，流亂鳥啼春。花飛北寺道，弦散南漳濱。舞動淮南袖，歌揚齊后塵。駢鑣歇夜馬，接軫限歸輪。公孫飲彌月，平原讌浹旬。即是消聲地，何須遠避秦。

聽鳴蟬篇 隋盧思道

《北史》本傳曰：周武帝平齊，授思道儀同三司，追赴長安。與同輩陽休之等數人作《聽鳴蟬篇》，思道所爲詞意清切，爲時人所重。新野庾信徧覽諸同作者而歎美之。

此與顔之推並在周時作。

聽鳴蟬，此聽悲無極。羣嘶玉樹裏，迴噪金門側。長風送晚聲，清露供朝食。晚風朝露實多宜，秋日高鳴獨見知。輕身蔽數葉，哀鳴抱一枝。流亂罷還續，酸傷合更離。蹔聽別人心即斷，纔聞客子淚先垂。故鄉已超忽，空庭正蕪没。一夕復一朝，坐見涼秋月。河流帶地從來嶮，峭路干天不可越。紅塵早蔽陸生衣，明鏡空悲潘掾髮。長安城裏帝王州，鳴鐘列鼎自相求。西望漸臺臨太液，東瞻甲觀距龍樓。説客恒持小冠出，越使常懷寶劒遊。學仙未成便尚主，尋源不見已封侯。富貴功名本多豫，繁華輕薄盡無憂。詎念嫖姚嗟木梗，誰憶田單倦土牛。歸去來，青山下，秋菊離離日堪把。獨焚枯魚宴林野，終成獨校子雲書，何如還驅少遊馬。「門」一作「堤」。「田單」一作「藺皋」。

同前 北齊顏之推

題云《和陽訥言聽鳴蟬篇同盧思道賦》。

聽秋蟬，秋蟬非一處。細柳高飛夕，長楊明月曙。歷亂起秋聲，參差攪人慮。單吟如轉簫，羣噪學調笙。遠飄流曼響〔二〕，多含斷絶聲。垂陰自有樂，飲露獨爲清。短緌何足貴，薄羽不羞輕。螗蜋翳下偏難見，翡翠竿頭絶易驚。容止由來桂林苑，無事淹留南斗城。城中帝皇里，金張及許史。權勢熱如湯，意氣諠城市。劒影奔星落，馬色浮雲起。鼎俎陳龍鳳，金石諧宫徵。關中滿季心，關西饒孔子。詎用虞公立國臣，誰愛韓王游説士。紅顔宿昔同春花，素髩俄頃變秋草。中腸自有極，那堪教作轉輪車。見《初學記》。「紅顔」以下脱誤。

昔昔鹽 隋薛道衡

《樂苑》曰：《昔昔鹽》，羽調曲，唐亦爲舞曲。「昔」一作「析」。《小説舊聞》曰：隋煬帝善屬文，不欲人出其右。薛道衡由是得罪，後因事誅之。曰：更能作「空梁落燕泥」否？洪邁《容齋續筆》曰：《昔昔鹽》凡十韻，唐趙嘏廣之爲二十章。《玄怪録》載籧篨三娘工唱《阿鵲鹽》。又有《突厥鹽》《黄帝鹽》《白鴿鹽》《神雀鹽》《疎勒鹽》《滿座鹽》《歸國鹽》。唐詩：「媚賴吴娘唱是鹽，更奏新聲刮骨鹽。」然則歌詩謂之鹽者，如吟、行、曲、引之類云。今南嶽廟獻神樂曲有《黄帝鹽》，而俗傳以爲《黄帝炎》。韋縠編《唐才調詩》，以趙詩爲劉長卿，而題爲《別宕子怨》，誤矣。《丹鉛餘録》曰：梁樂府《夜夜曲》，或名《昔昔鹽》。昔即夜也。《列子》：「昔昔夢爲君。」鹽亦曲之別名。按此則薛詩當附沈約《夜夜曲》矣，然其説未見他出，仍從舊録。

垂柳覆金堤，蘼蕪葉復齊。水溢芙蓉沼，花飛桃李蹊。採桑秦氏女，織錦竇家妻。關山別蕩子，風月守空閨。恒斂千金笑，長垂雙玉啼。盤龍隨鏡隱，彩鳳逐帷低。飛魂同夜鵲，倦寢憶晨雞。暗牖懸蛛網，空梁落燕泥。前年過代北，今歲往遼西。一去無消息，那能惜馬蹄。

同前　無名氏

名落風煙外，瑶臺道路賒。何如連御苑，別自有仙家。此地回鸞駕，緣溪滿翠華。洞中明月夜，牕下發煙霞。

芙蓉花 隋辛德源

洛神挺凝素，文君拂艷紅。麗質徒相比，鮮彩兩難同。光臨照波日，香隨出岸風。涉江良自遠，託意在無窮。

浮遊花 隋辛德源

《樂府》無名氏，左克明作辛德源。

牕中斜日照，池上落花浮。若畏春風晚，當思秉燭遊。

西園遊上才 隋王胄《樂府》無名氏。

沈約《詠月詩》曰：「月華臨静夜，夜静滅氛埃。方暉竟户入，圓影隙中來。高樓切思婦，西園遊上才。」因以爲題也。按此亦非樂府。

西園遊上才，清夜可徘徊。月桂臨樽上，山雲影蓋來。飛花隨燭度，疎葉向帷開。當軒顧應阮，還覺賤鄒枚。

登名山行　隋李巨仁

一作篇。

名山本鎮地，迢遞上淩霄。雲開金闕迥，霧起石梁遥。翠微横鳥路，珠樹拂星橋。風急清溪晚，霞散赤城朝。寓目幽棲地，駕言尋綺季。跡絶桃源士，忘情漆園吏。抽簪傲九辟，脱屣輕千駟。沈冥負俗心，疎索淩雲意。蒼蒼聳極天，伏眺盡山川。疊峰如積浪，分崕若斷煙。淺深聞度雨，輕重聽飛泉。采藥逢三島，尋真遇九仙。藏書凡幾代，看博已經年。逝將追羽客，千載一來旋。「金闕迥」一作「金澗近」。「尋」一作「追」。

胥臺露　隋庾抱

按蘇臺一名胥臺，此詩意惜其頹圮耳。《樂府遺聲》時景二十五曲，有《胥臺露》，未知所據。

胥臺既落構，荆棘稍侵扉。棟拆連雲影，梁摧照日暉。翔鶤遂不反，巢燕反無歸。唯有團階露，承睫共霑衣。

委靡辭 隋僧沸大

意義可疑。

宿心嘉爾，故固良媒。問名諧帥，占相良時。慘慘愓愓，懼爾不來。既覩爾顔，我心怡怡。今不合歡，豈徒費哉。斯誓爲定，淑女何疑。

十索 隋丁六娘

四首。《樂苑》曰：《十索》，羽調曲也。

裙裁孔雀羅，紅緑相參對。映以蛟龍錦，分明奇可愛。麤細君自知，從郎索衣帶。

爲性愛風光，偏憎良夜促。曼眼腕中嬌，相看無厭足。歡情不耐眠，從郎索花燭。

君言花勝人，人今去花近。寄語落花風，莫吹花落盡。欲作勝花粧，從郎索紅粉。

二八好容顔，非意得相關。逢桑欲採折，尋枝倒嬾攀。欲呈纖纖手，從郎索指環。

同前

二首。郭本無名氏，《選詩拾遺》併作丁六娘。

含嬌不自轉，送眼勞相望。無那關情伴，共入同心帳。欲防人眼多，從郎索錦障。

蘭房下翠帷，蓮帳舒鴛錦。歡情宜早暢，密意須同寢。欲共作纏綿，從郎索花枕。

【校勘記】

〔一〕斜，原作「叙」，據《四庫》本改。

〔二〕遠，原闕，據《四庫》本補。

古樂苑卷第四十一

雜歌謡辭 誦 諺語

郭氏舊序不録

《詩》曰：心之憂矣，我歌且謡。《爾雅》曰：徒歌謂之謡。《廣雅》曰：聲比於琴瑟曰歌。《韓詩章句》曰：有章曲曰歌，無章曲曰謡。按《漢書·五行志》曰：《傳》曰：「言之不從，是謂不乂。厥咎僭，厥罰恒陽，厥極憂。時則有詩妖。」君炕陽而暴虐，臣畏刑而拑口，則怨謗之氣發於歌謡，故有詩妖。《文心雕龍》曰：庶婦謳吟土風，詩官採言，樂盲被律，志感絲篁，氣變金石。《册府元龜》曰：古者命輶軒之使，巡萬國，采異言，靡不畢載，以爲奏籍。王者所以觀風俗之得失，以考政也。《國風》《雅》《頌》由是生焉。春秋以來，乃有婉孌。總角之謡，傳於閭巷，皆成章協律，著禍福之先兆，推尋參驗，信而有徵。此皆本《傳》詩妖之指，以序述歌謡者也。若劉勰之論頌曰：「頌者，容也。夫民各有心，勿壅惟口。」晉輿之稱原田，魯氏之刺裘鞸，直言不詠，短辭以諷。丘明、子高，並諜爲誦，斯則野誦之變體，浸被乎人事矣。論諺曰：諺者，直語也。喪言亦不及文，故弔亦稱諺。廛路淺言，有實無華。鄒穆公云「囊漏儲中」，皆其類也。《太誓》「古人有言，牝雞無晨」，《大雅》云「人亦有言」「惟憂用老」，並上古遺諺，《詩》《書》可引者也。又曰：夫心險如山，口壅若川，怨怒之情不一，歡謔之言無方。昔華元棄甲，城者發「睅目」之謳；臧紇喪師，國人造「侏儒」之歌。並嗤戲形貌，内怨爲俳也。又「蠶蟹」鄙諺，「貍首」淫哇，苟可箴戒，載于禮典。故知諧辭讔言，亦無棄矣。以上所稱，殊名一義。《樂府》舊載，百一僅存；近代《詩紀》，亦頗闕逸。今編古歌謠諺于首，次以歷代，間參鈎讖，仍從郭氏，總歸歌謠。

古歌

擊壤歌

《帝王世紀》曰：帝堯之世，天下太和，百姓無事。有八九十老人擊壤而歌。《風土記》：壤以木爲之，前廣後鋭，長三四寸，形如屐。臘節，童少以爲戲，分部如摘博。《藝經》云：長尺四，闊三寸。將戲，先側一壤于地，遥于三四十步，以手中壤敲之，中者爲上。古野老戲也。

日出而作，日入而息。鑿井而飲，耕田而食。帝何力於我哉！「力」字爲韻。一作「帝力於我何有哉」。

《高士傳》曰：壤父者，堯時人。年八十餘，而擊壤於道中，觀者曰：大哉帝之德也！壤父曰。

吾日出而作，日入而息。鑿井而飲，耕田而食。帝何德於我哉！

夏人歌

《韓詩外傳》曰：桀爲酒池糟隄，縱靡靡之樂，一鼓而牛飲者三千人，羣臣皆相持而歌。《尚書大傳》曰：夏人飲酒，醉者持不醉者，不醉者持醉者，而歌曰：「盍歸乎薄？薄亦大矣！」伊尹退而更曰：「覺兮較兮，吾大命格兮。去不善而從善，何不樂兮！」薄，湯之都也。

江水沛兮，舟楫敗兮，我王廢兮。趣歸於薄，薄亦大兮！「沛」「敗」並叶。「趣」音「促」。「薄」一作「亳」。

樂兮樂兮，四牡蹻兮。六轡沃兮，去不善而從善，何不樂兮！「蹻」「沃」並叶。

宋城者謳

即《華元歌》。《左傳》：鄭公子受命於楚，伐宋。宋華元、樂吕御之，戰於大棘，宋師敗績。囚華元，獲樂吕。宋人以兵車百乘、文馬四騳以贖華元於鄭。半入，華元逃歸。宋城，華元爲植，巡功，城者謳以譏之。華元亦作歌，使驂乘者答之。役人又復歌之。宣公二年。

睅其目，皤其腹，棄甲而復。于思于思，棄甲復來。思音「腮」，或如字，則來叶黎。睅，出目也。皤，大腹也。于思，多鬚貌。「思」古「腮」字。

驂乘答歌

牛則有皮，犀兕尚多，棄甲則那。皮叶蒲波反。那猶何也，雖棄甲何害。

役人又歌

從其有皮，丹漆若何。皮叶。言雖有皮，無丹漆亦不能成甲也，豈可棄之哉。

澤門之皙謳

一作《築者歌》。《左傳》：宋皇國父爲太宰，爲平公築臺於門，妨於農收。子罕請俟農功之畢，公弗許。築者謳曰。　襄公十七年。

澤門之皙，實興我役。邑中之黔，實慰我心。澤門，宋東城南門也。皇國父白皙，而居近此。子罕黑色，而居邑中。

野人歌

《左傳》：宋朝與衛夫人南子會于洮野，人歌之。

既定爾婁豬，盍歸吾艾豭。豬古音遮。婁豬求子豬，以喻南子；艾豭喻宋朝，艾老也。豭音加，牡豕也。

南蒯歌

一作《鄉人飲酒歌》。《左傳》曰：魯昭公十二年，季平子立，而不禮於南蒯。南蒯以費叛，將適費，飲鄉人酒。鄉人或歌曰。　南蒯，遺之子，季氏費宰。

我有圃，生之杞乎！從我者子乎，去我者鄙乎，倍其鄰者恥乎！已乎已乎，非吾黨之士乎！圃以殖蔬菜，枸杞非可食之物，圃不宜生，以喻蒯也。從我，謂爲魯不去也。子，男子之美稱。鄰，親也。已乎，决絶之辭也。

成人歌

《禮記·檀弓》曰：成人有其兄死而不爲衰者，聞高子皐爲成宰，遂爲衰。成人歌曰。

蠶則績而蟹有匡，范則冠而蟬有緌，兄則死而子皐爲之衰。成，魯邑名。匡，蟹背殼似匡也。范，蜂也。緌，謂蟬，喙長在腹下。此蚩兄死者其衰之不爲兄也。

齊民歌

齊桓公飲酒醉，遺其冠，耻之。管仲曰：公不雪之以政。公曰：善。因發倉賜貧窮三日，而民歌之曰。

公胡不復遺其冠乎？

齊臺歌

《晏子春秋》曰：景公起大臺之役，歲寒不已，國人望晏子。晏子見公，迺坐飲酒樂，晏子曰：

君若賜臣，臣請歌之。歌曰：庶民之言曰云云。歌終，喟然流涕。公止之，曰：子殆爲大臺之役夫！寡人將速罷之。

凍水洗，我若之何！太上靡散，我若之何！散古轉入銑。

庶民之餒，我若之何！奉上靡敝，我若之何！《廣文選》載此詩。

穗歌

《晏子春秋》曰：景公爲長庲，將欲美之，有風雨作，公與晏子入坐飲酒，致堂上之樂。酒酣，晏子作歌曰云云。歌終，顧而流涕，張躬而舞。公遂廢酒，罷役，不果成長庲。

穗乎不得獲，秋風至兮殫零落。風雨之弗殺也，太上之靡弊也。殺叶所例反。虞喜《志林》云：「禾有穗兮不得穫。」「殫」一作「盡」。

齊役者歌

《晏子春秋》曰：景公築長庲之臺。晏子侍坐。觴三行，晏子起舞，曰云云。舞三而涕下沾襟。景公慙焉，爲之罷長庲之役。

歲已暮矣而禾不穫，忽忽矣若之何？歲已寒矣而役不罷，惙惙矣如之何？穫叶胡化反。

萊人歌

《左傳》：哀公五年，秋，齊景公卒。冬十月，公子嘉、公子駒、公子黔奔衛，公子鉏、公子陽生來奔。萊人歌之曰。

景公死乎不與埋，三軍之士乎不與謀。師乎師乎，何黨之乎？埋叶陵之反。謀叶謨杯反。師，衆也。黨，所也。之，往也。此哀羣公子失所。

齊人歌

《左傳》：魯哀公二十一年，公與齊侯、邾子盟於顧。齊人責稽首，因歌之，責十七年齊侯爲魯公稽首不見答。

魯人之臯，數年不覺，使我高蹈。唯其儒書，以爲二國憂。臯，叶居號反。覺，去聲。憂，叶衣虛反。臯，緩也。高蹈，猶遠行也。言魯人臯緩數年，不知答齊稽首，使我高蹈來爲此會。二國，齊、邾也。言魯據周禮不肯答稽首，令齊、邾遠至。

菜芑歌

《史記》：田常成子與監止俱爲左右相，相齊簡公。田常心害監止，監止幸於簡公，權弗能去。於是田常復脩釐子之政，以大斗出貸，以小斗收。齊人歌之曰。

嫗乎菜芑，歸乎田成子。劉知幾《史通》曰：田常見在，而遽呼以謚。此之不實，昭然可見。

楚人誦子文歌

《説苑》曰：楚令尹子文之族有干法者，廷理聞其令尹之族也，釋之。子文召廷理而責之，遂致其族人於廷理。曰：不是刑也，吾將死。廷理懼，遂刑其族人。國人聞之，曰：若令尹之公也，吾黨何憂乎！乃與作歌曰。

子文之族，犯國法程。廷理釋之，子文不聽。恤顧怨萌，方正公平。聽，平聲。

楚人歌

《説苑》曰：楚莊王築層臺，延石千里，延壤百里，大臣諫者七十二人皆死矣。有諸御己者違楚百里而耕，謂其耦曰：吾將入諫王。委其耕而入，見莊王，遂解層臺而罷民。楚人歌之曰。

薪乎菜乎，無諸御己，訖無子乎！菜乎薪乎，無諸御己，訖無人乎！菜，叶此禮反。

徐人歌

劉向《新序》曰：延陵季子將聘晉，帶寶劍以過徐君。徐君觀劍不言，而色欲之。季子未獻也，然其心已許之。使反，而徐君已死，季子於是以劍帶徐君墓樹而去。徐人爲之歌。

延陵季子兮不忘故，脱千金之劍兮帶丘墓。

延陵季子，不忘舊故。千金之劍，以帶丘墓。

越謡歌

《風土記》曰：越俗性率朴，初與人交有禮，封土壇，祭以犬雞，祝曰。

君乘車，我帶笠，他日相逢下車揖。君檐簦，我跨馬，他日相逢爲君下。

卿雖乘車我戴笠，後日相逢下車揖。我步行，卿乘馬，後日相逢君當下。一作如此。

松柏歌

《戰國策》：秦使陳馳誘齊王建入秦，遷之共，處之松柏之間，餓而死。齊人怨建聽姦人賓客，不蚤與諸侯合從，以亡其國。歌之曰。

松邪柏邪，建共者客邪。一本作「住建共者客邪」。共，地名，屬河内。

段干木歌

《吕氏春秋》曰：魏文侯過段干木之閭而軾之，其僕曰：君胡爲軾？曰：此非段干木之閭歟？段干木蓋賢者也，吾安敢不軾！其僕曰：然則君何不相之？於是君請相之，段干木不肯受，則君乃致禄百萬，而時往館之。國人相與誦之曰。

吾君好正，段干木之敬。吾君好忠，段干木之隆。

鄴民歌

一作《魏河内歌》，一作《漳水歌》。《史記》曰：魏襄王以史起爲鄴令，引漳水溉鄴，以富魏之河内，而民作歌云。《風雅逸篇》云：史起，魏文侯時人。

鄴有賢令兮爲史公，决漳水兮灌鄴旁，終古舄鹵兮生稻粱。公，叶姑黄反。

秦始皇時民歌

見《水經注》。楊泉《物理論》曰：秦築長城，死者相屬。民歌曰。

生男慎勿舉，生女哺用脯。不見長城下，尸骸相支拄！魏陳琳《飲馬長城窟行》内四語與此同。

甘泉歌

一首。《三秦記》曰：始皇作驪山陵，周迴跨陰盤縣界。水背陵，障使東西流，運大石於渭北。渚民怨之，作《甘泉》之歌曰。

運石甘泉口，渭水不敢流。千人唱，萬人謳，金陵餘石大如塸。見《博物志》。

運石甘泉口，渭水爲不流。千人一唱，萬人相鈎。金陵下餘石，大如篙土屋。見《關中記》。

古樂苑卷第四十二

雜歌謡辭 古謡　誦附

康衢謡

一作《康衢歌》。《列子》曰：堯治天下五十年，不知天下治與，不治與，億兆願戴己與。乃微服遊於康衢，聞童兒謡云云。堯喜，問曰：誰教爾爲此言？童兒曰：聞之大夫。大夫曰：古詩也。

立我烝民，莫匪爾極。不識不知，順帝之則。

殷末謡

帝惑妲己玉馬走。叶養里反。

黄澤謡

《穆天子傳》曰：天子東遊于黄澤，使宫樂謡云。

黄之池，其馬歕沙，皇人威儀。黄之澤，其馬歕玉，皇人受穀。「池」一作「陁」。歕，鞥也，善問切。沙，叶音莎。儀，叶音俄。澤，叶達各反。玉，叶音珏。「受」《補注》作「壽」。穀，叶同玉。穀，生也。

白雲謡

三章。《穆天子傳》曰：乙丑，天子觴西王母于瑶池之上，西王母爲天子謡曰《白雲》，天子荅之曰《予歸》。天子遂驅，升于弇山，乃紀丌跡于弇山之石而樹之槐。眉曰：西王母之山。還歸，丌世民作《憂以吟》曰「比徂」。弇，弇兹山，日入所也。

白雲在天，山陵自出。道里悠遠，山川間之。將子無死，尚能復來。陵音陵。出，叶尺爲反。間，音諫。將，請也。尚，庶幾也。來，叶陵之反。

予歸東土，和治諸夏。萬民平均，吾顧見女。比及三年，將復而野。「治」一作「洽」。夏，叶後五反。顧，還也。復反此野而見汝也。野，叶上與反。

比徂西土，爰居其野。虎豹爲羣，於鵲與處。嘉命不遷，我惟帝天子，大命而不可稱，顧世民之恩，流涕芔隕。吹笙鼓簧，中心翔翔。世民之子，唯天之望。徂，往也。於，讀曰烏。嘉命不遷，言守此一方。帝，天帝也。中心翔翔，憂無薄也。唯天之望，所瞻望也。

徂彼西土，爰居其所。虎豹爲羣，烏鵲與處。嘉命不遷，我惟帝女。彼何世民，又將去予。吹笙鼓簧，中心翺翔。世民之子，維天之望。西王母吟見《海外經》，即前辭，小異。

周宣王時童謡

《史記》作《童女謡》。《史記》曰：夏后氏之衰也，有二龍止于帝庭而言曰：予褒之二君。夏帝卜，藏其漦，歷夏、殷莫敢發。至厲王之末，發而觀之，漦化爲玄黿，以入后宫。童女遭之而孕，生女，懼而棄之。宣王之時，童女謡曰云云。適有夫婦賣是器者，宣王使執之，逃于道，見鄉者所棄妖子，哀而收之，奔於褒。褒人有罪，請入棄女于王，是爲褒姒。幽王嬖之，竟爲犬戎滅。

檿弧箕服，實亡周國。服叶。山桑曰檿。弧，弓也。箕本名服，矢房也。舊説以爲簸箕之箕，非。

鸜鵒謡

《漢書·五行志》曰：《左氏傳》魯文成之世童謡也。至昭公時，有鸜鵒來巢。公攻季氏敗，出奔齊，居外野，次乾侯。八年，死於外，歸葬魯。昭公名裯。公子宋立，是爲定公。

鸜之鵒之，公出辱之。鸜鵒之羽，公在外野，往饋之馬。鸜鵒跦跦，公在乾侯，徵褰與襦。鸜鵒之巢，遠哉遥遥，裯父喪勞，宋父以驕。鸜鵒鸜鵒，往歌來哭。野叶。馬叶牡。跦跦，音誅，叶周，跳行貌。褰，袴也。襦，在外短衣也。裯父，昭公。死外，故喪勞。宋父，定公。代立，故以驕。往歌來哭，謂昭公生出歌，死還哭也。

魯童謡

《家語》曰：齊有一足之鳥，飛集於公朝，止於殿前，舒翅而跳。齊侯怪之，使使聘魯，問於孔子。孔子曰：此鳥名商羊，水祥也。昔童兒屈脚振肩而跳，且謡云云。今齊有之，其應至矣。急告民趨治溝渠，修隄防，將有大水爲災。頃之大霖雨，水溢汎諸國，傷害民人，唯齊有備，不敗。

天將大雨，商羊鼓儛。

晉獻公時童謡

《左氏傳》曰：晉獻公伐虢，圍上陽，問於卜偃曰：吾其濟乎？偃以童謡對曰：克之。十月，丙子旦，日在尾，月在策，鶉火中，必是時也。冬，十二月，丙子朔，晉滅虢，虢公醜奔京師。《漢書·五行志》曰：周十二月，夏十月也，言天者以夏正。

丙之晨，龍尾伏辰，均服振振，取虢之旂。鶉之賁賁，天策焞焞，火中成軍，虢公其奔。龍尾，尾星也。日月之會曰辰。日在尾，故尾星伏不見。均，同也。戎事上下同服。振振，盛貌。鶉，鶉火星也。賁賁，鳥星之體也。天策，傅説星。時近日，星微。焞焞，無光耀也。言丙子平旦，鶉火中，軍事有成功也。

晉惠公時童謡

《漢書·五行志》曰：晉惠公賴秦力得立，立而背秦，内殺二大夫，國人不説。及更葬其兄恭太子申生而不敬，故詩妖作也。後與秦戰，爲秦所獲，立十四年而死。晉人絶之，更立其兄重耳，是爲文公，遂伯諸侯。

恭太子更葬兮，後十四年晉亦不昌，昌乃在其兄。葬叶滋即反。兄叶虚王反。

趙童謡

《史記》：趙幽繆王遷五年，代地大動。六年，大飢。民謡言曰云云。七年，秦人攻趙，趙大將李牧、將軍司馬尚將擊之。李牧誅，司馬尚免，趙忽及齊將顔聚代之。趙忽軍破，顔聚亡去，以王遷降。《風俗通》曰：趙遷信秦反間之言，殺其良將李牧而任趙括，遂爲所滅。

趙爲號，秦爲笑。以爲不信，視地上生毛。笑，平聲上，一作「之」。

楚昭王時童謡

《家語》曰：楚昭王渡江，江中有物，大如斗，圓而赤，直觸王舟。舟人取之，王怪之，使使聘於魯，問于孔子。孔子曰：此萍實也。可剖而食之，吉祥也，唯霸者爲能獲焉。使者反，王遂食之，大美。使來，以告魯大夫，大夫因子游問曰：夫子何以知其然？曰：吾昔之鄭，過乎陳之野，聞童謡云云。此楚王之應也，是以知之。

楚王渡江得萍實。大如斗，赤如日，剖而食之甜如蜜。

楚人謡

《史記》曰：楚懷王爲張儀所欺，客死於秦。到王負芻，遂爲秦所滅。百姓哀之，爲之語曰。

楚雖三户，亡秦必楚。亡秦漢高帝，楚人也。

吴夫差時童謡

《述異記》：吴王夫差立春宵宫，爲長夜之飲。造千石酒鍾，又作天池，池中造青龍舟，日與西施爲水嬉。又有别館在句容，楸梧成林。樂府云云是也。

梧宫秋，吴王愁。

靈寶謡

《靈寶要略》曰：昔太上以靈寶五篇真文以授帝嚳，帝嚳將仙封之於鍾山，至夏禹巡狩，度弱水，登鍾山，遂得是文，後復封之包山洞庭之室。吴王闔閭出遊包山，見一人，自言姓山名隱居。闔閭扣之，乃入洞庭，取素書一卷呈闔閭。其文不可識，令人齎之問孔子，孔子曰：丘聞童謡云云。闔閭乃尊事之。

吴王出遊觀震湖，龍威丈人山隱居。北上包山入靈墟，乃入洞庭竊禹書。天地大文不可舒，此文長傳百六初，若强取出喪國廬。

包山謡

見楊方《吴越春秋》。沈懷遠《南越志》曰：牛女之分，揚州之末土也。爰有太山，寔曰秦望。又有石簣，峻起壁立，内有金簡玉字。

禹得金簡玉字書，藏洞庭包山湖。

攻狄謡

《戰國策》曰：田單攻狄三月而不克，齊嬰兒謡曰。

大冠若箕，脩劍拄頤。攻狄不能下，壘枯丘。能叶年題反。壘字下一有「于」字。丘叶袪其反。大冠，武冠也。壘枯丘，謂空守一丘爲壘。《説苑》作「梧丘」，地名也。《通鑑》云：攻狄不能下，壘枯骨成丘。

秦人謡

見張衡《西京賦》注。虞喜《志林》曰：秦穆公夢之天帝所，奏鈞天樂，賜以金策，祚世之業。當時有謡曰。

天帝醉秦暴，金誤隕石墜。《風雅逸篇》注曰：張平子曰：昔者天帝説秦穆公而覲之，饗以鈞天廣樂。帝有醉焉，乃爲金策，賜用此土，而翦諸鶉首。即此説也。蓋憤亂疾世，若《詩》所謂「視天夢夢」者。

泗上謡

《水經注》：周顯王四十二年，九鼎淪没泗淵。秦始皇時，見於泗水。始皇大喜，使數千人入水，系而行，未出，龍齒嚙斷其系，故泗上爲之謡曰。

稱樂太早絶鼎系。

巴謡歌

《茅君内傳》曰：秦始皇三十一年九月，庚子，茅盈高祖濛於華山之中，乘雲駕鶴，白日昇天。先是時，有巴謡歌，始皇聞謡歌而問其故，父老具對曰：此仙人之謡歌。勸帝求長生之術。於是始皇欣然乃有尋仙之志，因改臘曰嘉平。

神仙得者茅初成，駕龍上昇入太清。時下玄洲戲赤城，繼世而往在我盈。帝若學之臘嘉平。

秦世謡

《異苑》曰：秦世有謡云云。始皇既坑儒焚典，乃發孔子墓，欲取諸經傳。壙既啓，於是悉如謡者之言。又言謡文刊在塚壁，政甚惡之。及達沙丘，而修别路，見一羣小兒輩沙爲阜，問云沙丘，從此得病。

秦始皇奄僵。開吾户，據吾牀。飲吾酒，唾吾漿。飡吾飲，以爲糧。張吾弓，射東墻。前至沙丘當滅亡。

不知何一男子，自稱秦始皇。上我堂，踞我牀，顛倒衣裳。至沙丘而亡。王充《論衡》孔子遺秘書云云。不謂謡也。

河圖引蜀謡

汶阜之山，江出其腹。帝以會昌，神以建福。

列女傳引古謡

食石食金鹽，可以支常久。食石食玉豉，可以得長壽。

誦 有焱氏頌

《莊子·天運篇》：北門成問於黄帝曰：帝張《咸池》之樂於洞庭之野，吾始聞之懼，復聞之怠，卒聞之而惑。蕩蕩默默，乃不自得。帝曰：天機不張而五官皆備，此之謂天樂，無言而心説。故有焱氏爲之頌曰云云。女欲聽之而無接焉，而故惑也。注：此乃無樂之樂，樂之至也。

聽之不聞其聲，視之不見其形。充滿天地，苞裹六極。

輿人誦

《國語》曰：晉惠公入而背内外之賂。輿人誦之曰。惠公，獻公庶子夷吾也，外秦内里、丕也。輿，衆也。不歌曰誦〔一〕。

佞之見佞，果喪其田。詐之見詐，果喪其賂。得國而狃，終逢其咎。喪田不懲，禍亂其興。佞謂里、丕受惠公賂田而納之。見佞謂惠公入而不予，里、丕不得其賂田。詐謂秦以詐立惠公。見詐謂惠公入而背之，秦不得其賂地。狃，忕也。咎謂惠公敗於韓。丕鄭不得田，不懲艾，復欲與秦共納重耳，惠公殺之。佞叶稱因反。田音與陳同。詐叶莊助反。

恭世子誦

《國語》：晉惠公改葬共世子，臭達于外。國人誦之曰。共世子，申生也。獻公時，申生葬不如禮，故改葬之。惠公烝於獻公夫人賈君，故申生臭達於外，不欲爲無禮者所葬也。

貞之無報也。孰是人斯，而有是臭也？貞爲不聽，信爲不誠。國斯無刑，媮居幸生。不更厥貞，大命其傾。威兮懷兮，各聚爾有，以待所歸兮。猗兮違兮，心之哀兮。歲之二七，其靡有微兮。若翟公子，吾是之依兮。鎮撫國家，爲王妃兮。貞，正也。以正葬之，而不見聽也。信心行之，不見誠也。刑，法也，言惠公偷竊居位，儌幸而生威畏也。懷，思也，言國人畏惠公，思重耳也。倚，歎也。違，去也。二七，十四歲也。微，亡也。靡有微者，亦亡，謂子圉也。翟公子，指重耳，時出居於翟也。言重耳當霸諸侯，爲王妃耦。報，叶敷救反。懷，叶胡威反。哀，叶於希反。

輿人誦

一作《歌》。《左傳》：晉侯、宋公、齊國歸父、崔夭、秦小子憖次於城濮。楚師背酅而舍，晉侯患之。聽輿人之誦曰。酅，尸圭反，丘陵險阻名。晉侯恐衆畏險，故聽其歌誦。

原田每每，舍其舊而新是謀。每，平聲。謀，音媒。高平曰原。喻晉軍美盛，若原田之草每每然。可以謀立新功，不足念舊惠。

朱儒誦

一作《歌》。《左傳》：襄公四年，邾人、莒人伐鄫。臧紇救鄫，敗于狐駘。國人誦之曰。

臧之狐裘，敗我於狐駘。我君小子，朱儒是使。朱儒朱儒，使我敗於邾。狐裘，大夫之服。襄公幼弱，故曰小子。臧紇短小，故曰朱儒。裘，叶渠之反。駘，叶盈之反。

子産誦

二章。一作《歌》。《左傳》曰：鄭子産從政一年，輿人誦之曰。

取我衣冠而褚之，取我田疇而伍之。孰殺子産，吾其與之。褚，衣囊也。衣冠非法者收之，不敢服。

及三年，又誦之曰。

我有子弟，子産誨之。我有田疇，子産殖之。子産而死，誰其嗣之？誨，古叶志。殖，叶時吏反。

孔子誦

二章。辭亦見《家語》《孔叢子》。《吕氏春秋》曰：孔子始用於魯，魯人鷖誦之曰。鷖，人名也。

麛裘而鞞，投之無戾。鞞之麛裘，投之無郵。麛，鹿子也。其皮以爲裘，加裼衣以朝天子也。鞞，小貎。投，棄也。戾、郵皆罪也。鞞，叶毗臂反。《孔叢子》作「芾」，下同。

及三月，政成。化既行，又作誦曰。

衮衣章甫，實獲我所。章甫衮衣，惠我無私。衮衣，公侯服也。章甫，儒冠也。

齊人誦

《七略》作《齊語》。《史記》：荀卿，趙人。年五十，始來遊學於齊。騶衍術迂大而閎辯，奭也文具難施。淳于髡久與處，時有得善言，故齊人誦曰。

天口駢，談天衍，雕龍奭，炙轂過髡。《史記》無「天口駢」三字。駢，田駢也。騶衍所言五德終始，天地廣大，故曰談天。騶奭脩衍之文，飾若雕鏤龍文，故曰雕龍。「過」字作「輠」。輠者，車之盛膏器也。炙之雖盡，猶有餘流。言淳于髡智不盡如炙輠也。

【校勘記】

〔一〕曰，原作「口」，據《四庫》本改。

古樂苑卷第四十三

雜歌謠辭 古諺

夏諺

《越絶書》曰：禹巡狩大越，見耆老，納詩書，審銓衡，平斗斛。夏諺云云。見《太平御覽》。

按今《越絶》無此諺。

吾王不遊，吾何以休。吾王不豫，吾何以助。一遊一豫，爲諸侯度。劉熙曰：春行曰遊，秋行曰豫。《左傳》：季氏有嘉樹，韓宣子譽之。服虔曰：譽與豫同，遊於樹下也。唐宋之問詩：春豫臨池近。

太公兵法

引黄帝語

《賈子書》引止「日中必彗，操刀必割」二句，其餘見《太公兵法》，即《漢·藝文志》黄帝巾机銘也。

日中不彗，是謂失時。操刀不割，失利之期。執斧不伐，賊人將來。涓涓不塞，將爲江河。熒熒不救，炎炎奈何。兩葉不去，將用斧柯。爲虺弗摧，行將爲蛇。來，叶陵之反。蛇，叶唐何反。

六韜

天下攘攘，皆爲利往。天下熙熙，皆爲利來。叶。

左傳

周諺

魯隱公十一年，滕侯、薛侯來朝，争長。公使羽父請于薛侯，曰：周諺有之云云。周之宗盟，異姓爲後。乃長滕侯。

山有木，工則度之。賓有禮，主則擇之。度，音宅。

周諺

初，虞侯有玉，虞公求旃，弗獻。既而悔之，曰周諺有之云云，吾焉用此。乃獻之。

匹夫無罪，懷璧其罪。

晉士蔿引諺

晉獻公爲太子申生城曲沃，士蔿曰：太子不得立矣。不如逃之，無使罪至。且諺曰云云，天若祚太子，其無晉乎？

心苟無瑕，何恤乎無家。

虢宫之奇引諺

晉假道於虞以伐虢，宫之奇諫曰：虢，虞之表也。虢亡，虞必從之。諺所謂云云者，其虞虢之謂也。不聽，晉滅虞。

輔車相依，脣亡齒寒。輔，頰也。車，牙車，又曰頷車，上牙骨之名也。輔爲外表，車是内骨。

鄭孔叔引諺

齊人伐鄭，孔叔言於鄭伯曰：諺有之云云。既不能彊，又不能弱，所以病也。請下齊以救國。鄭殺齊侯，以説于齊。

心則不競，何憚於病。

宋樂豫引諺

宋昭公欲去羣公子，樂豫曰：公族，公室之枝葉也。葛藟猶能庇其本根，況君子乎？諺所謂云云者也。

庇焉而縱尋斧焉。八尺曰尋，所以量木也。借木之庇，而縱放尋以量之，斧以伐之。

鄭子家引言

晉侯不見鄭伯，以爲貳於楚也。鄭子家使執訊而與之書，以告趙宣子曰：古之人有言曰云云。又曰云云。小國之事大國也，德，則其人也；不德，則其鹿也。鋌而走險，急何能擇？將悉敝賦以待於儵。晉鞏朔行成於鄭。

畏首畏尾，身其餘幾？

鹿死不擇音。「音」當作「蔭」，茠蔭也。

申叔時引人言

楚人伐陳，因縣陳，陳侯在晉。申叔時曰：夏徵舒弑其君，其罪大矣，抑人亦有言曰云云。諸侯之從也，曰討有罪也。今縣陳，貪其富也。無乃不可乎？

牽牛以蹊人之田，而奪之牛。牽牛以蹊者，信有罪矣。而奪之牛，罰已重矣。

晉伯宗引古言

楚子圍宋，宋告急於晉。晉侯欲救之，伯宗曰：不可。古人有言曰云云。天方授楚，未可與爭。諺曰高下云云。天之道也。君其待之。乃止。

雖鞭之長，不及馬腹。

高下在心，川澤納污〔一〕。山藪藏疾，瑾瑜匿瑕，國君含垢。《漢書》亦引此，無「高下在心」一句。

晉羊舌職引諺

晉命士會將中軍，于是晉國之盜逃歸于秦。羊舌職曰：善人在上，則國無幸民。諺曰。

民之多幸，國之不幸也。

晉韓厥引古言

晉欒書、中行偃執厲公，召韓厥。厥辭曰，古之人有言曰云云。而況君乎？

殺老牛莫之敢尸。

劉子引諺

天王使劉定公勞趙孟於潁，館於洛汭。劉子曰：子盍亦遠績禹功，而大庇民乎？對曰：吾儕偷食，朝不謀夕，何其長也？劉子歸，以語王曰：諺所謂老將知而耄及之者，其趙孟之謂乎？何以能久？

老將知而耄及之。

衛侯引古言

衛侯入，使讓太叔文子曰：寡人淹恤在外，二三子皆使寡人聞衛國之言，吾子獨不在寡人。古人有言曰云云，寡人怨矣。

非所怨，勿怨。

齊晏子引諺

初，景公欲更晏子之宅，辭曰：君之先臣容焉，臣不足以嗣之。及晏子如晉，公更其宅，反，則成矣。既拜，乃毁之，而爲里室皆如其舊，則使宅人反之，且諺曰云云。二三子先卜鄰矣。卒復其舊宅。

非宅是卜，惟鄰是卜。

魯謝息引言

晉人來治杞田，季孫將以成與之。謝息爲孟孫守，不可。曰：人有言曰。

雖有挈瓶之智，守不假器。

鄭子産引古言

子産爲鄭豐施歸州田於韓宣子，曰：日君以公孫段爲能任其事，而賜之州田，其子弗敢有。古之人有言曰云云。敢以爲請。宣子受之。

其父析薪，其子弗克負荷。

子服惠伯引諺

晉人執季孫意如，子服惠伯私於中行穆子，曰：魯，兄弟也，土地猶大，所命能具。若爲夷棄之，使事秦、楚，其何瘳於晉？諺曰臣一主二，吾豈無大國？乃歸季孫。

臣一主二。

子産引諺

子産適晉，趙景子問曰：伯有猶能爲鬼乎？子産曰：良霄，我先君穆公之胄，子良之孫，子耳之子，敝邑之卿，從政三世矣。抑諺曰云云，能爲鬼，不亦宜乎？

蕞爾國，而三世執其政柄。

子産引諺

鄭駟偃卒，其父兄立偃叔父子瑕。晉人使問故，子産對曰：其子幼弱，其一二父兄私族於謀而立長親。寡君與其二三老曰：抑天實剥亂是，吾何知焉？諺曰云云。民有兵亂，猶或過之，而況敢知天之所亂？

無過亂門。宋對楚薳越人有言曰：惟亂門之無過。

子瑕引諺

楚靈王執吴王弟蹶由以歸。令尹子瑕言于楚子曰：彼何罪？諺所謂云云者，楚之謂矣。舍前之忿可也。乃歸蹶由。

室於怒，市於色。《戰國策》：怒於室者，色於市。

范獻子引言

鄭伯如晉，子太叔相見范獻子，獻子曰：若王室何？對曰：老夫其國家不能恤，敢及王室？抑人亦有言曰云云，今王室實蠢蠢焉，吾小國懼矣。然大國之憂也，吾子其圖之。

嫠不恤其緯，而憂宗周之隕，爲將及焉。

魏子引諺

梗陽人有獄，賂以女樂，魏子將受之。魏戊謂閻没、女寬曰：吾子必諫。饋入，召之。比食〔二〕，三歎。既食，魏子曰：吾聞諸伯叔，諺曰云云。吾子置食之間三歎，何也？同辭而對曰：

饋之始至，恐其不足，是以歎。中置，自咎曰：「豈將軍食之而有不足？」是以再歎。及饋之畢，願以小人之腹爲君子之心，屬厭而已。獻子辭梗陽人。

惟食忘憂。《國語》作「惟食可以忘憂」。

戲陽速引諺

衛侯爲夫人南子召宋朝，大子蒯聵羞之，謂戲陽速曰：從我而朝少君，我顧，乃殺之。速不進，大子奔宋。速告人曰：大子無道，使余殺其母。許而弗爲，以紓予死。諺曰云云，吾以信義。

民保於信。

楚文子引諺

司馬子良生子越椒，子文曰：必殺之是子也。熊虎之狀而豺狼之聲，弗殺，必滅若敖氏矣。諺曰云云，是乃狼也。其可畜乎？子良不可。

狼子野心。

語

飛矢在上，走驛在下。兵交，使在其間。今語兩國兵交，不罪來使。

國語

富辰引言

襄王十三年，鄭人伐滑。王使遊孫伯請滑，鄭人執之。王怒，將以翟伐鄭。富辰諫曰：不可。人有言曰云云。周文公之詩曰「兄弟鬩於墻，外禦其侮」。

兄弟讒鬩，侮人百里。

單襄公引言

晉克楚，使郤至告慶於周。召桓公與之語，至稱三伐。召桓公以告單襄公，襄公曰：人有言曰：兵在其頸。其郤至之謂乎？君子不自稱也，非以讓也，惡其蓋人也。求蓋人，其抑下滋甚，故聖人貴讓。且諺曰云云。郤至歸，明年死難。

兵在其頸。

獸惡其網，民惡其上。

太子晉引言

周靈王二十二年，穀、洛鬭，將毁王宫。王欲壅之，太子晉諫曰：不可。今吾執政，無乃實有所避，而滑夫二川之神，使至於争明，以妨王宫。王而飾之，無乃不可乎？人有言曰云云。又曰。

無過亂人之門。

佐雝者嘗焉，佐鬭者傷焉。今俗語：助祭得食，助鬭得傷。

禍不好，不能爲禍。猶財色之禍生於好之。

伶州鳩引諺

景王作大錢，鑄大鐘。鐘成，伶人告龢。伶州鳩對曰：臣不知其龢也。且民所曹好，鮮其不濟也；其所曹惡，鮮其不廢也。故諺曰云云。今三年之中，而害金再興焉，懼一之廢也。王崩，鐘不穌。

衆心成城，衆口鑠金。

衛彪傒引諺

周敬王十年，劉文公與萇弘欲城成周，將合諸侯。衛彪傒適周，見單穆公曰：萇、劉其不没乎？諺曰云云。后稷勤周，十有五世而興；幽王亂之，十有四世。守府之謂多，胡可興也。

從善如登，從惡如崩。

鄭叔詹引諺

晉公子重耳過鄭，鄭文公不禮。叔詹諫，弗聽。曰：若不禮焉，則請殺之。諺曰云云。

黍稷無成，不能爲榮。黍不爲黍，不能蕃廡。稷不爲稷，不能蕃殖。所生不疑，惟德之基。

爲黍爲稷之爲成也。所生謂種黍得黍，種稷得稷，唯在所樹，言禍福亦猶是也。

諸稽郢引諺

吴伐越，越使諸稽郢行成於吴。曰：夫諺曰云云。今天王既封殖越國，又刈亡之。雖四方之諸侯，則何實以事吴？吴許之。

狐埋之而狐搰之，是以無成功。

越王引諺

越將伐吴，數問於范蠡。范蠡曰：未可也，王姑待之。王曰：諺有之云云。今歲晚矣，子將奈何？

觥飯不及壺飧。盛饌未具，不如壺飧之救饑疾也。

戰國策

蘇秦引語

秦攻趙，蘇秦謂秦王曰：今雖得邯鄲，非國之長利也。語曰。

戰勝而國危者，物不斷也。功大而權輕者，地不入也。

又

蘇秦説齊閔王曰：語曰云云。何則？後起之籍也。今天下之相與也不並滅，有能案兵而後起，寄怨而誅不直，微用兵而寄於義，則亡天下可蹻足而須也。

騏驥之衰也，駑馬先之。孟賁之倦也，女子勝之。

張儀引言

張儀説秦王曰：夫戰者，萬乘之存亡也。且臣聞之曰云云。言所以舉破天下之從，舉趙亡韓，臣荆、魏，親齊、燕，以成霸王之名。

削株掘根，無與禍鄰，禍乃不存。按《國策》止云「臣聞之」，不云諺語。若「臣聞之」之類，載籍頗多，但此實似古語耳。即此篇前亦有「臣聞之曰：以亂攻治者亡，以邪攻正者亡，以逆攻順者亡」。

莊辛引鄙語

莊辛謂楚襄王曰：君王左州侯，右夏侯，輦從鄢陵君與壽陵君，楚國必亡矣。去之趙。五月，秦果舉鄢郢。王使人徵莊辛于趙，曰：今事至於此，爲之奈何？對曰：臣聞鄙語曰。

見兔而顧犬，未爲晚也。亡羊而補牢，未爲遲也。「牢」一作「籬」。

楚人引諺

《楚策》：或謂黄齊曰：人皆以謂公不善於富摯，諺曰云云。今王善富摯，而公不善也，是不臣也。

見君之乘下之，見杖起之。下音户。起音去。上聲。

荀卿引語

孫子爲蘭陵令，春申君使人謝孫子，孫子去之趙。春申君使人請孫子於趙，孫子爲書謝曰：「癘人憐王。」此不恭之語也。雖然，不可不審察也，此爲劫弑死亡之主言也。注云：癘雖惡，猶愈于劫弑，故反憐王。

癘人憐王。

武靈王引諺

趙武靈王始出胡服之令，羣臣皆諫止王，王曰諺云云。

以書爲御者，不盡馬之情。以古制今者，不達事之變。亦見《史記》。

孟嘗君引鄙語

孟嘗君擇舍人以爲武城吏，而遺之曰：鄙語豈不曰。

借車者馳之，借衣者被之。言弗愛也。被，叶音披。

蘇秦引鄙語

蘇秦爲趙合從，説韓曰：臣聞鄙語云云。今大王西面交臂而臣事秦，何以異於牛後乎？

寧爲鷄口，無爲牛後。《顔氏家訓》曰：按延篤《戰國策音義》曰：尸，鷄中之主；從，牛子也。然則口當爲尸，後當爲從，俗寫誤也。

蘇代引諺

秦圍宜陽，蘇代爲公仲謂向壽曰：禽困覆車。秦、楚合，復攻韓，韓必亡，公仲躬率其私徒以鬥於秦。諺曰云云，人皆言楚之多詐也，而公必之，是自爲貴也。不如善韓以待之。

貴其所以貴者貴。以貴人所同貴。按《風雅逸篇》亦以「禽困覆車」爲古語。《國策》不云何語也。

燕王喜引語

燕王喜與樂間謀伐趙，不可。王大怒，起六十萬以攻趙，燕人大敗。樂間入趙，王以書謝曰：語曰云云，諺曰云云。

仁不輕絶，智不輕怨。

厚者不毁人以自益也，仁者不危人以要名也。

史記《史記》《漢書》事屬漢者，仍後入漢。

趙肥義引諺

趙主父初以長子長爲太子，後得吴娃，生子何，乃立何爲王。章心不服其弟所立，主父又使田不禮相。李兑謂肥義曰：二人相得，必有謀。子奚不稱疾毋出？肥義曰：不可。昔者主父以王屬義也。諺曰云云。吾言已在前矣。後章與田不禮作亂，令召王，肥義先入，殺之。

死者復生，生者不愧。

語

楚考烈王無子，春申君内李園女弟，有身，進之王。生子男，立爲太子。園陰養死士，欲殺春申君以滅口，朱英謂春申君曰：君置臣郎中，楚王卒，李園必先入，臣爲君殺李園。不聽。後王卒，李園果先入，伏死士刺春申君，斬其頭。太史公曰：語曰云云。春申君失朱英之謂邪？

當斷不斷，反受其亂。

商君引語

商君曰：子觀我治秦也，孰與五羖大夫賢？趙良曰：千羊之皮，不如一狐之腋。千人之諾諾，不如一士之諤諤。良請終日正言而無誅，可乎？商君曰：語有之矣云云。夫子果肯終日正言，鞅之藥也。

貌言華也，至言實也，苦言藥也，甘言疾也。按《風雅逸篇》但載「千羊之皮」四句爲古語，而此語反不載。然彼特有似古語耳，不云語也，今正之。

張儀引周語

《張儀傳》：張儀説魏王曰：從人多奮辭而少可信，人主與其辨而牽其説，豈得無眩哉！臣聞之云云。故願大王審定計議，且賜骸骨歸魏。

積羽沈舟，羣輕折軸。衆口鑠金，積毁銷骨。《戰國策注》周語也。《漢·中山王傳》：臣聞衆口銷金，積毁銷骨。叢輕折軸，羽翮飛肉〔三〕。

諺

《樗里子傳》：樗里，秦惠王異母弟。樗里子滑稽多智，秦人號曰智囊。諺云。

力則任鄙，智則樗里。

語

太史公曰：語曰：「利令智昏。」平原君貪馮亭邪説，使趙陷長平兵四十餘萬衆，邯鄲幾亡。

利令智昏。

鄙語

《王翦傳贊》引鄙語曰云云。白起料敵合變，然不能救患于應侯。王翦爲秦將，夷六國，然不能輔秦建德，以致坳身。

尺有所短，寸有所長。

蔡澤引語

蔡澤入秦，説應侯范雎曰：語曰云云。天地之常數也。君之功極矣，如是而不退，則商君、白公、吴起、大夫種是也。吾聞之，鑒於水者見面之容，鑒於人者知吉與凶。應侯因謝病，請歸相印。

日中則移，月滿則虧，物盛則衰。按《風雅逸篇》不載此語，而載「鑒於水者」四句爲語。《史記》止曰「吾聞之」，不云語也，且本武王鏡銘。

韓子

太史公曰：韓子稱云云。信哉是言也！范雎、蔡澤遊説諸侯，至白首無所遇。及二人羈旅入秦，踵取卿相，固强弱之勢異也。

長袖善舞，多財善賈。

古語

《鄒陽傳》：鄒陽者，齊人也。游於梁，而介於羊勝、公孫詭之間。勝等嫉陽，惡之孝王，孝王怒，下之吏，將欲殺之。陽乃從獄中上書，引諺曰云云。何則？知與不知也。

白頭如新，傾蓋如故。「白」上有「有」字。

漢書

武帝賢良策問引古語

《漢書》：或曰云云。不云古語也。

良工不琢。

東方朔引古語

以管窺天，以蠡測海，以莛撞鐘。《史記》：扁鵲曰：「以管窺天，以隙視文。」

後漢書

古語

人所歌舞，天必從之，人所咀嚼，神必凶之。王莽遣更始將軍廉丹討山東，辟馮衍爲掾。衍説丹曰：將軍之先，爲漢信臣。新室之興，英俊不附。今漢内潰，人懷漢德。人所歌舞，天必從之。按此本古語，而衍引其半。

管子

諷桓公

不行其野，不違其馬。言馬以行野。雖不行野，亦不可不調習也。

墻有耳，伏寇在側。

孔子家語

相馬以輿，相士以居。

曾子

人莫知其子之惡，莫知其苗之碩。

孟子

齊人有言

雖有智慧，不如乘勢。雖有鎡基，不如待時。賈逵曰：鎡基，耨也。《吕氏春秋》曰：耨六寸，所以間稼。

説苑

鄒穆公引周諺

囊漏貯中。《文心雕龍》作「儲中」。

列子

楊朱篇引古語

生相憐，死相捐。

古語

人不婚宦，情欲失半。人不衣食，君臣道息。

周諺

田父可坐殺。晨出夜入，自以性之恒；啜菽茹藿，自以味之極。一朝處以軟毛綈，薦以粱肉蘭味，心痟體煩，内熱生病矣。

莊子

野語

聞道百，以爲莫己若。河伯。

古語

美成在久，惡成不及改。

衆人重利，廉士重名。賢士尚志，聖人貴精。

荀子

子道篇引古言

衣與繆與，不女聊。與音歟。聊音留，叶力蚪反。言雖衣服我，綢繆我，而不敬不順，則不聊汝也。

大略篇引民語

欲富乎？忍恥矣，傾絶矣，故舊矣，與義分背矣。傾絶謂傾身絶命而求也。分背，如人分背而行也。

魯定公記

古語

寧得一把五加，不用黄金滿車。寧得一把地榆，不用明月寶珠。

臯魚引古語

枯魚銜索，幾何不蠹。索音素，古通。

商君書引語

公孫鞅謂秦孝公曰：臣聞之，疑行無名，疑事無功。君亟定變法之慮，殆猶天下之議，語曰。

愚者暗於未成，智者見於未萌。

鄒子名衍，齊人。

古語

截趾適履，孰云其愚。何與斯人，追欲喪軀。

慎子名到，先申、韓，申、韓稱之。

不聰不明，不能爲王。不瞽不聾，不能爲公。

韓非子

古諺隰子曰。

知淵中之魚者不祥。趙文子曰：周諺有言：「察見淵魚者不祥，智料隱逸者殃。」

爲政猶沐也，雖有棄髮之費，而有長髮之利也。按《風雅逸篇》載諺云：奔車之上無仲尼，覆舟之下無伯夷。此見《韓子·安危篇》，非諺也。

鬼谷子

古言

《權篇》：古人有言曰云云，言者有諱忌也。衆口爍金，言有曲故也。

口可以食，不可以言。

古語

今按鬼谷《戒蘇秦張儀書》云：「二足下功名赫赫，但春華至秋，不得久茂。夫女愛不極席，男歡不畢輪。痛哉！」不云古語也。《戰國策》：嬖色不敝席，寵臣不敝軒。

女愛不敝席，男歡不盡輪。

魯仲連子《漢・藝文志》有《魯仲連子》。

古諺

百足之蟲，三斷不蹶。《墨子》云：馮公之蟲，三斷不僵。馮公，蟲名。僵，讀鞠躬之躬。

魯連子

心誠憐，白髮玄。情不怡，艷色媸。

吕覽

齊鄙人諺

居者無載，行者無埋。言生不隱謀，死不隱忠也。載讀作稲。埋，叶陵之反。

鶡冠子 楚人，居深山，以鶡鳥羽爲冠。

中流失船，一壺千金。船音循。《釋名》：船，循也，循水而行也。

孔叢子

遺諺

平原君與子高飲，强子高酒，曰：昔有遺諺云云。古之聖賢，無不能飲也。吾子何辭焉？子高曰：聖賢以道德兼人，未聞以飲食也。

堯舜千鍾，孔子百觚。子路嗑嗑，尚飲十榼。

賈誼書

容經篇

君子重襲，小人無由入。正人十倍，邪辟無由來。倍，叶平聲。

劉向別録

古語

脣亡而齒寒。河水崩，其壞在山。寒，叶胡干反。山，叶輪旃反。

《風雅逸篇》又載劉向《列女傳》古語云「力田不如遇豐年，力桑不如見國卿，刺繡文不如倚市門」。此本秋胡謂其妻云云，不謂諺也，《傳》止首二句。

桓譚引諺

人之相去，如牛九尾。《風雅逸篇》又載云「二人同術，誰昭誰冥。二虎同穴，誰死誰生」。按此本《汲冢周書》，非諺也。

桓子新論引諺

人聞長安樂，則出門而西向笑。知肉味美，則對屠門而大嚼。《新論》曰：關東鄙語曰云云。又諺曰：「侏儒見一節，而長短可知。」

習伏衆神，巧者不過習者之門。

牟子 東漢太尉牟融。

古諺

少所見，多所怪。見橐駝，言馬腫背。怪，叶古潰反。

劉子 劉晝，字孔昭。

古諺

深不絶涓泉，稚子浴其淵。高不絶丘陵，跛羊遊其巔。

應劭漢官儀引語

崔豹《古今注》曰：文武車耳，古重較也。文官青耳，武官赤耳。毛萇《詩疏》曰：重較，卿士之車耳。

仕宦不止，車生耳。

師春

《晉書》云：《汲冢竹書》中《師春》一篇。師春似是造書者姓名。

古語

斧小不勝柯。

韓嬰詩傳

古詩

昨日何生，今日何成。必念歸厚，必念治生。日慎一日，完如金城。

詩疏

洛諺

洛鯉伊魴，貴於牛羊。

齊諺

山上斫檀，榣榼先殫。榣音遂。榼音兮。檀與榣、榼三木相似。

斫檀不諦，得繫迷。繫迷尚可，得駮馬。駮馬，亦木名。馬音如塗抹之抹。檀與繫迷、駮馬三木又相似。

齊語

疲馬不渡澠水。澠水之流迅疾。

上黨人調

問婦人欲買赭不？謂竈下有黄土。欲買釵不？謂山中自有楛。

詩正義引語

四足之美有麃，兩足之美有鷮。

易緯引古語

一夫兩心，拔刺不深。蹪馬破車，惡婦破家。

春秋緯引古語

吐珠於澤，誰能不合。月麗于畢，雨滂沱。月麗于箕，風揚沙。叶桑何反。

氾勝之書引古語

氾勝之，成帝時爲議郎。師古曰：劉向《別録》云使教田三輔，有好田者師之。徙爲御史。

土長冒橛，陳根可拔，耕者急發。見《月令注》農書。

四民月令引農語 東漢崔寔撰。

三月昏，參星夕，杏花盛，桑葉白。河射角，堪夜作，犂星没，水生骨。

月令引里語

蜻蛉鳴，衣裘成。蟋蟀鳴，懶婦驚。

闞駰十三州志 闞駰，燉煌人，沮渠蒙遜同時。

峴山張蓋，雨滂沛。

齊民要術 後魏賈勰撰。

智如禹湯，不如常耕。叶居郎反。

耕而不勞，不如作暴。勞，去聲。

子欲富，黄金覆。謂秋鋤麥，曳柴壅麥根也。

夏至後，不没狗。但雨多，溼橐駝。五月及澤，父子不相借。積、籍二音。夏至前種麻，良候也。

羸牛劣馬，寒食下。言其乏食瘦瘠，春中必死。

水經注引諺

射的，山名，遠望狀若射侯。土人以驗年之登否，的明則米賤，的闇則米貴。

射的白，斛米百。射的玄，斛米千。

蔣子萬機論

《隋書·志》：魏太尉蔣濟撰。

猛虎不處卑勢，勁鷹不立垂枝。

抱朴子

古人欲達勤誦經，今世圖官勉治生。

方回山經引相冢書

山川而能語，葬師食無所。肺腑而能語，醫師色如土。

文選注引古諺

越阡度陌，互爲主客。

史炤通鑑疏引諺

足寒傷心，民怨傷國。

姸皮不裹癡骨。

福至心靈，禍來神昧。

古諺古語 載籍通引

終身讓車，不枉一舍。

莫三人而迷。又曰「莫衆而迷」。

惑者知反，迷道不遠。

不斑白，語道失。

白刃交前，不顧流矢。

堂前不糞除，郊草不瞻耘。

一淵不兩蛟。又曰「一栖不兩雄」。又曰「兩雄不並栖」。

井水無大魚，新林無長木。

林中不賣薪，湖上不鬻魚。

觸露不掐葵，日中不剪韭。

乳犬玃虎，伏雞搏狸。

白璧不可爲，容容多後福。

將飛者翼伏，將奮者足跼。將噬者爪縮，將文者且朴。

中規不密，用墜禍辟。

鐸以聲自穴，膏以明自鑠。虎豹之文來射，猿狖之捷來擉。

上求材，臣殘木。上求魚，臣乾谷。

遁闕不可復，亡犴不可再。

無鄉之社，易爲黍肉。無國之稷，易爲求福。

【校勘記】

〔一〕納，原作「含」，據《四庫》本改。

〔二〕食，原闕，據《四庫》本補。

〔三〕《四庫》本後有「云云」二字。

古樂苑卷第四十四

雜歌謠辭 漢歌

平城歌

《漢書》曰：高祖自將兵三十二萬擊韓王信。帝先至平城，步兵未盡到，冒頓縱精兵三十餘萬圍帝於白登七日，漢兵中外不得救餉。樊噲時爲上將軍，不能解圍，天下皆歌之。後用陳平秘計得免。白登，在平城東南，去平城十餘里。

平城之下亦誠苦，七日不食，不能彀弩。「下」一作「圍」。

畫一歌

一作《百姓歌》。《漢書》曰：惠帝時，曹參代蕭何爲相國。初，高帝與何定天下，法令既明具，及參守職，舉事無所變更，一遵何之約束。於是百姓歌之。

蕭何爲法，講若畫一。曹參代之，守而勿失。載其清靖，民以寧一。「講」《史記》作「顜」。又一作「覯」，又一作「較」。「靖」《史記》作「浄」。

淮南民歌

《漢書》曰：淮南厲王長，高帝少子也。長廢法不軌，文帝不忍置於法，迺載以輜車，處蜀嚴道邛郵，遣其子、子母從居。長不食而死。後民有作歌，歌淮南王，帝聞之，乃追尊淮南王爲厲王，置園如諸侯儀。

一尺布，尚可縫。一斗粟，尚可舂。兄弟二人，不相容。
一尺繒，好童童。一升粟，飽蓬蓬。兄弟二人，不能相容。高誘作《鴻烈解》叙及許叔重注，其辭云。

衛皇后歌

《漢書》曰：衛子夫爲皇后，弟青貴震天下，天下歌之。

生男無喜，生女無怒。獨不見衛子夫霸天下！

鄭白渠歌

《史記》曰：韓聞秦之好興事，欲罷，無令東伐。廼使水工鄭國間説秦，令鑿涇水，自中山西邸瓠口爲渠，並北山東注洛，溉舄鹵之地四萬餘頃，因名曰鄭國渠。《漢書》云：太始二年，趙中大夫白公復奏穿渠，引涇水，首起谷口，尾入櫟陽，注渭中，袤二百里，溉田四千五百餘頃，名曰白渠。民得其饒，歌之曰。

田於何所，池陽谷口。鄭國在前，白渠起後。舉鍤如雲，決渠爲雨。涇水一石，其泥數斗。且溉且糞，長我禾黍。衣食京師，億萬之口。《漢紀》「爲雨」下有二句云「水流竈下，魚跳入釜」，「起」作「爲」，「億萬之口」作「百萬餘口」。

潁川歌

《漢書》曰：灌夫不好文學，喜任俠，已然諾。諸所與交通，無非豪傑大猾。家累數千萬，食客日數十百人。陂池田園，宗族賓客，爲權利，横潁川。潁川兒歌之。

潁水清，灌氏寧。潁水濁，灌氏族。

匡衡歌

《漢書》曰：衡字稚圭，東海承人也。世農夫，至衡好學。家貧，傭作以供資用，尤精力過絶人。諸儒爲之語。

無説詩，匡鼎來。匡説詩，解人頤。

牢石歌

一作《印綬歌》。《漢書·佞幸傳》曰：元帝時，宦官石顯爲中書令，與僕射牢梁、少府五鹿充宗結爲黨友，諸附倚者皆得寵位。民歌之，言其兼官據勢也。

牢邪石邪，五鹿客邪。印何纍纍，綬若若邪。

五侯歌

《漢書》曰：成帝河平二年，悉封舅大將軍王鳳庶弟譚爲平阿侯，商爲成都侯，立紅陽侯，根曲陽侯，逢時高平侯。五人同日封，故世謂之五侯。時五侯羣弟争爲奢侈，後庭姬妾各數十人，羅鐘磬，舞鄭女，作優倡，狗馬逐馳，大治第室。起土山漸臺，洞門高廊閣道，連屬彌望。百姓歌之，言其奢僭如此。按《傳》稱成都侯穿長安城，引内澧水，注第中大陂。曲陽侯第園中土山漸臺，類白虎殿。則穿城引水非曲陽，與歌辭不同。高都、外杜，皆長安里名。

五侯初起，曲陽最怒。壞決高都，連竟外杜。土山漸臺，西白虎。

樓護歌

《漢書》曰：樓護，字君卿。爲京兆吏數年，甚得名譽，與谷永俱爲五侯上客。母死，送葬者致車二三千兩。閭里歌之曰。

五侯治喪樓君卿。

尹賞歌

《漢書》曰：賞字子心，鉅鹿楊氏人。永始、元延間，上怠於政，貴戚驕恣，交通輕俠，藏匿亡命。長安中，姦猾浸多，羣輩殺吏，受賕報讐。賞以三輔高第選守長安。賞至，修治長安獄，穿地，方深各數丈，致令辟爲郭，以大石覆其口，名爲虎穴。乃收捕輕薄少年惡子，得數百人，内穴中，覆以大石。百日後，令死者家自發取，親屬號哭，道路歔欷。長安歌之曰。

安所求子死，桓東少年場。生時諒不謹，枯骨後何葬。

上郡歌

《漢書》曰：成帝時，馮野王爲上郡太守。其後弟立亦自五原太守徙西河、上郡。立居職公廉，治行略與野王相似，而多知，有恩貸，好爲條教。吏民嘉美野王、立相代爲太守，歌之曰。

大馮君，小馮君，兄弟繼踵相因循。聰明賢知惠吏民，政如魯衛德化鈞，周公康叔猶二君。

東漢 張君歌

《後漢書》曰：張堪，光武時爲漁陽太守。捕擊姦猾，賞罰必信，吏民皆樂爲用。乃於狐奴開稻田八千餘頃，勸民耕種，以致殷富。百姓歌之。

桑無附枝，麥穗兩岐。張君爲政，樂不可支。

朱暉歌

《後漢書》曰：暉字文季，建武中再遷臨淮太守。好節槩，有所拔用，皆厲行士。諸報怨，以義犯率，皆爲求其理，多得生濟，其不義之囚，即時僵仆。吏人畏愛，爲之歌曰。

彊直自遂，南陽朱季。吏畏其威，民懷其惠。

涼州歌

一作《樊曄歌》。《後漢書》曰：曄，光武時爲天水太守。政嚴猛，好申、韓法，善惡立斷。人有犯其禁者，率不生出獄。吏人及羌胡畏之，道不拾遺。涼州爲之歌。

遊子常苦貧，力子天所富。寧見乳虎穴，不入冀府寺。大笑期必死，忿怒或見置。嗟我樊府君，安可再遭值。

董宣歌

《後漢書》曰：董宣字少平，光武時爲洛陽令。搏擊豪强，莫不震慄，京師號爲卧虎。歌之云。

枹鼓不鳴董少平。

郭喬卿歌

《後漢書》曰：郭賀字喬卿，建武中爲尚書令。在職六年，拜荆州刺史。到官有殊政，百姓歌之。

厥德仁明郭喬卿，中正朝廷上下平。「上下」一作「天下」。

費貽歌

常璩《華陽國志》曰：費貽字奉君，南安人也。公孫述時，漆身爲厲，佯狂避世。述破，爲合浦守。蜀中歌之曰。

節義至仁費奉君。不仕亂世，不避惡君。脩身於蜀，紀名亦足，後世爲大族。三句疑非歌語。

鮑司隸歌

《列異傳》曰：鮑宣，宣子永，永子昱，三世皆爲司隸，而乘一驄馬，京師人歌之云。

鮑氏驄，三人司隸再入公。馬雖瘦，行步工。

通博南歌

一題作《行者歌》。《後漢書·西南夷傳》曰：永平十二年，哀牢王柳貌遣子率種人內屬。顯宗以其地置哀牢、博南二縣，割益州郡西部都尉所領六縣，合爲永昌郡。始通博南山，度蘭倉水，行者苦之，作歌。

漢德廣，開不賓。度博南，越蘭津。度蘭倉，爲它人。《漢書注》「倉」作「滄」。

廉范歌

《後漢書》曰：廉范字叔度，建初中爲蜀郡太守。成都民物阜盛，邑宇偪側，舊制禁民夜作，以防火災，而更相隱蔽，燒者日屬。范乃毁削前令，但嚴使儲水而已。百姓爲便，乃歌之云。

廉叔度，來何暮。不禁火，民安作。平生無襦今五袴。「民安作」《東觀記》作「人安堵」。「平生無襦今五袴」《華陽國志》作「來時我單衣，去時重五袴」，又一作「昔無襦，今五袴」。

喻猛歌

和帝時，蒼梧太守以清白爲治，郡頌之曰。

於惟蒼梧，交阯之域。大漢唯宗，遠以仁德。

陳紀山歌

《華陽國志》曰：巴郡陳紀山爲漢司隸校尉，嚴明正直。西虜獻眩工，廷試之，分公卿以爲嬉，紀山獨不視。京師稱之，巴人歌曰。紀山，陳禪字。

築室載直梁，國人以貞貞。邪娱不揚目，枉行不動身。姦軌僻乎遠，理義協乎民。

黎陽令張公頌

見《故迹遺文》。

公與守相駕蜚魚，往來倏忽遠熹娱，慰此屯民寧厥居。

魏郡輿人歌

岑熙爲魏郡太守，招聘隱逸，與參政事，無爲而化。視事二年，輿人歌之。

我有枳棘，岑君伐之。我有蟊賊，岑君遏之。狗吠不驚，足下生氂。含哺鼓腹〔一〕，焉知凶災。我喜我生，獨丁斯時。美矣岑君，於戲休兹。

吴資歌 吴資

常璩《華陽國志》曰：太山吴資，字元約，孝順帝永建中爲巴郡太守。屢獲豐年，人歌之曰云云。及資遷去，人思資，又歌曰。

習習晨風動，澍雨潤禾苗。我后恤時務，我人以優饒。

望遠忽不見，惆悵當徘徊。恩澤實難忘，悠悠心永懷。

范史雲歌

《後漢書》曰：范冉字史雲，桓帝時爲萊蕪長。遭母喪，不到官。後遁身於梁、沛之間，徒行敝服，賣卜於市。遭黨人禁錮，遂推鹿車載妻子，捃拾自資。所止单陋，有時絶粒，窮居自若，言貌無改。閭里歌之。「冉」，袁山松《後漢書》作「丹」。

甑中生塵范史雲，釜中生魚范萊蕪。

陳臨歌

謝承《後漢書》曰：陳臨字子然，爲蒼梧太守。人遺腹子報父怨，捕得繫獄，傷其無子，令其妻入獄，遂産得男。人歌曰。

蒼梧陳君恩廣大，令死罪囚有後代，德參古賢天報施。

又

蒼梧府君惠及死，能令死人不絶嗣。

劉君歌

《後漢書》曰：劉陶字子奇，潁川潁陰人，濟北貞王勃之後。桓帝時，舉孝廉，除順陽長。縣多姦猾，陶到官，宣募吏民有氣力勇猛能以死易生者，得數百人，皆嚴兵待命。於是覆案姦軌，所按發若神。以病免，吏民思而歌之。

邑然不樂，思我劉君。何時復來，安此下民。

賈父歌

《後漢書》曰：中平元年，交阯屯兵執刺史及合浦太守。靈帝敕三府精選能吏，有司舉賈琮爲交阯刺史。琮到部，訊其反狀，咸言賦斂過重，民不聊生，故聚爲盜。琮即移書告示，各使安其資業，招撫荒散，蠲復徭役。誅斬渠帥爲大害者，簡選良吏，試守諸縣。百姓以安，巷路爲之歌。

賈父來晚，使我先反。今見清平，吏不敢飯。

皇甫嵩歌

《後漢書》曰：皇甫嵩字義真，安定朝那人。靈帝時，黄巾作亂，以嵩爲左中郎將，討賊數有功，拜左車騎將軍，領冀州牧，封槐里侯。嵩請冀州一年田租，以贍飢民。百姓歌曰。

天下大亂兮市爲墟，母不保子兮妻失夫，賴得皇甫兮復安居。

董逃歌

一作《靈帝中平中京都歌》。《後漢書·五行志》曰：按董謂董卓也。言雖拔扈，縱其殘暴，終歸逃竄，至於滅族也。《風俗通》云：卓以《董逃》之歌主爲己發，大禁絶之。楊孚《董卓傳》曰：卓改「董逃」爲「董安」。

承樂世，董逃。遊四郭，董逃。蒙天恩，董逃。帶金紫，董逃。行謝恩，董逃。整車騎，董逃。垂欲發，董逃。與中辭，董逃。出西門，董逃。瞻宫殿，董逃。望京城，董逃。日夜絶，董逃。心摧傷，董逃。

布歌

華嶠《後漢書》曰：王允與吕布及士孫瑞謀董卓，有人書「回」字於布上，負而行於市，歌曰云云。有告卓者，卓不悟。《獻帝春秋》曰：有書三尺布幡上，作兩「口」相銜之字。及布殺卓，負布者不復見。

布乎布乎。

洛陽令歌

《長沙耆舊傳》曰：祝良字石卿，爲洛陽令。歲時亢旱，天子祈雨不得。良乃暴身階庭，告誠引罪，自晨至申。紫雲沓起，甘雨登降，人爲之歌。

天久不雨，烝人失所。天王自出，祝令特苦。精符感應，滂沱下雨。

崔瑗歌

《崔氏家傳》曰：崔瑗爲汲令，開溝造稻田。蒲鹵之地，更爲沃壤，民賴其利。長老歌之曰。

上天降神明，錫我仁慈父。臨民布德澤，恩惠施以序。穿溝廣溉灌，決渠作甘雨。

爰珍歌

《陳留耆舊傳》曰：爰珍除六令，吏人訟息，教誨其子弟。歌之曰。

我有田疇，爰父殖置。我有子弟，爰父教誨。

高孝甫歌

《陳留耆舊傳》曰：高慎字孝甫，敦質少華，嘿而好沈深之謀。爲從事，號曰卧虎。故人謂之曰。

嶷然不語，名高孝甫。

襄陽太守歌

《襄陽耆舊傳》曰：襄陽太守胡烈，有惠化，百姓歌曰。

美哉明后，雋哲惟嶷。陶廣乾坤，周孔是則。文武播暢，威振遐域。

兩黄歌

《襄陽耆舊記》曰：黄穆字伯開，博學，養門徒。爲山陽太守，有德政，致甘露、白兔、神雀、白鳩之瑞。弟奂，字仲開，爲武陵太守，貪穢無行。武陵人歌曰云云，言不同也。

天有冬夏，人有兩黄。

樊惠渠歌 蔡邕

并序

陽陵縣東，其地衍隩，土氣辛螫，嘉穀不植，而涇水長流。光和五年，京兆尹樊君勤恤民隱，乃立新渠。曩之鹵田，化爲甘壤。農民怡悦，相與謳談疆畔，斐然成章，謂之樊惠渠云。

我有長流，莫或閼之。我有溝澮，莫或達之。田疇斥鹵，莫修莫釐。饑饉困悴，莫恤莫思。乃有樊君，作人父母。立我畎畒，黄潦膏凝。多稼茂止，惠乃無疆。如何勿喜？我壤既營，我疆斯成。泯泯我人，既富且盈。爲酒爲醲，蒸彼祖靈。貽福惠君，壽考且寧。

茅山父老歌

見《雲笈七籤》。《外編》作大茅君，誤。《茅君内傳》曰：茅盈，咸陽人也。得道隱句曲，鄉人因改句曲爲茅君之山。時盈二弟俱貴，衷爲五官大夫、西河太守，固爲執金吾，各棄官渡江，求兄於東山，後咸得仙道。太上命固治丹陽句曲山，衷治常良之山，盈爲司命真君東嶽上卿。於是盈與二弟訣别俱去，固、衷留治此山，漢平帝元壽二年也。内法既融，外教坦平，爾乃風雨以時，五禾成熟，疾癘不起，暴害不行。父老歌曰。

茅山連金陵，江湖據下流。三神乘白鶴，各在一山頭。佳雨灌畦稻，陸田亦復周。妻子保堂室，使我無百憂。白鶴翔青天，何時復來遊。「在」一作「治」。「青天」一作「金穴」。此本《僊詩舊編·靈寶巴謡》入古，此從附漢。

蜀國風

《華陽國志》曰：漢安帝時，巴郡太守連失道，國人風之曰。按此下二篇，《志》不云爲歌謡，然亦不明云詩，下篇頗類樂府，今附于後。

明明上天，下土是觀。帝選元后，求定民安。孰可不念，禍福由人。願君奉詔，惟德日親。

蜀國刺

《華陽國志》曰：孝桓帝時，河南李盛仲和爲郡守，貪財重賦，國人刺之曰。

狗吠何諠諠，有吏來在門。披衣出門應，府記欲得錢。語窮及請期，吏怒反見尤。旋步顧家中，家中無可與。思往往鄰貸，鄰人以言遺。錢錢何難得，令我獨憔悴。

隴頭歌

《秦川記》曰：隴西郡隴山，其上懸巖吐溜，於中嶺泉渟，因名萬石泉。泉溢，漫散而下，溝澮皆注。故北人升此而歌曰「隴頭」。按漢横吹曲有《隴頭》而亡其辭，此或其遺也。梁鼓角横吹亦載此，與匈奴歌舊編在漢，今附從。

隴頭流水，流離四下。念我行役，飄然曠野。登高望遠，涕零雙墮。

又歌

隴頭流水，鳴聲幽咽。遥望秦川，肝腸斷絶。

匈奴歌

《十道志》曰：焉支、祁連二山，皆美水草。匈奴失之，乃作此歌。

失我焉支山，令我婦女無顔色。失我祁連山，使我六畜不蕃息。亦載《西河舊事》，「失我祁連山」二句在前。

【校勘記】

〔一〕哺，原作「脯」，據《四庫》本改。

古樂苑卷第四十五

雜歌謠辭 漢謠

武帝太初中謠

《拾遺記》曰：太初二年，大月氏國貢雙頭雞，四足一尾，鳴則俱鳴。武帝置於甘泉故館，更以餘雞混之，得其種類，而不能鳴。諫者曰：《詩》云「牝雞無晨」，今雄類不鳴，非吉祥也。帝乃送還西域，行至西關，雞反顧漢宮而哀鳴。故謠言曰「三七」。至王莽篡位，將軍有九虎之號，其後喪亂彌多，宮掖中生蒿棘，家無雞鳴犬吠。

三七末世，雞不鳴，犬不吠，宮中荆棘亂相繫，當有九虎争爲帝。

元帝時童謠

《漢書·五行志》曰：元帝時童謠。至成帝建始二年，三月戊子，北宮中井泉稍上，溢出南流。

井水，陰也，竈烟，陽也；玉堂金門，至尊之居。象陰盛而滅陽，竊有宫室之應也。王莽生於元帝初元四年，至成帝封侯，爲三公，輔政，因以篡位也。

井水溢，滅竈煙，灌玉堂，流金門。

長安謡

《漢書·佞幸傳》曰：成帝初，丞相、御史條奏石顯舊惡，及其黨牢梁、陳順，皆免官。顯與妻子徙歸故郡，憂懣不食，道病死。諸所交結，以顯爲官，皆廢罷。少府五鹿充宗左遷玄菟太守，御史中丞伊嘉爲鴈門都尉。長安謡云。

伊徙鴈，鹿徙菟，去牢與陳實無賈。讀曰價。一作「石無徒」。

成帝時燕燕童謡

《漢書·五行志》曰：成帝時童謡。後帝爲微行出遊，常與富平侯張放俱，稱富平侯家人。過平陽主，作樂，見舞者趙飛燕而幸之。故曰「燕燕，尾涎涎」，美好貌也。張公子，謂富平侯也。木門倉琅根，爲宫門銅鍰，言將尊貴也。後遂爲皇后，弟昭儀賊害後宫皇子，卒皆伏辜，所謂「燕飛來，啄皇孫。皇孫死，燕啄矢」者也。

燕燕，尾涏涏。張公子，時相見。木門倉琅根，燕飛來，啄皇孫。皇孫死，燕啄矢。涏，徒見反。

成帝時歌謡

《漢書·五行志》曰：成帝時歌謡也。桂赤色，漢家象。華不實，無繼嗣也。王莽自謂黄象，黄爵巢其顛也。

邪徑敗良田，讒口亂善人。桂樹華不實，黄爵巢其顛。昔爲人所羡，今爲人所憐。

鴻隙陂童謡

一作《王莽時汝南童謡》。《漢書》曰：汝南舊有鴻隙大陂，郡以爲饒。成帝時，關東數水，陂溢爲害，翟方進爲相，與御史大夫孔光共遣掾行視，以爲決去陂水，其地肥美，省隄防費而無水憂，遂奏罷之。及翟氏滅，鄉里歸惡，言方進請陂下良田不得而奏罷陂云。王莽時常枯旱，郡中追怨方進，時有童謡。子威，方進字也。

壞陂誰，翟子威，飯我豆食羹芋魁。反乎覆，陂當復。誰云者，兩黄鵠。一云「敗我陂者翟子威，飴我大豆，烹我芋魁」。

王莽末天水童謡

《後漢書·五行志》曰：時隗囂初起兵於天水，後意稍廣，欲爲天子，遂被滅。囂少病蹇。吴門，冀郭門名也。緹羣，山名也。

出吴門，望緹羣。見一蹇人，言欲上天。令天可上，地上安得民。

王莽誅童謡

劉謙之《晉紀》：王莽誅，童謡云。

昔年食麥屑，今年食豋豆。豋豆不可食，使我枯嚨喉。

更始時南陽童謡

《後漢書·五行志》曰：更始時，南陽有童謡。是時更始在長安，世祖爲大司馬，平定河北。更始大臣並僭專權，故謡妖作也。後更始遂爲赤眉所殺，是更始之不諧在赤眉也，世祖自河北興。

諧不諧，在赤眉。得不得，在河北。

後漢時蜀中童謡

《後漢書·五行志》曰：世祖建武六年，蜀中童謡。是時公孫述僭號於蜀，時人竊言。王莽稱黄，述欲繼之，故稱白。五銖，漢家貨。明當復也，述遂誅滅。

黄牛白腹，五銖當復。

城中謡

《玉臺》作《童謡歌》。《漢書》曰：馬后履行節儉，事從簡約。馬廖慮以美業難終，上疏長樂宫，以勸成德政：長安語曰云云，斯言如戲，有切事實。

城中好高髻，四方高一尺。城中好廣眉，四方且半額。城中好大袖，四方全匹帛。《風俗通》曰：趙王好大眉，民間闊半額。楚王好廣領，國人衣没頸。齊王好細腰，後宫有餓死者。

會稽童謡

《後漢書》曰：張霸，永元中爲會稽太守。時賊未解，郡界不寧。乃移書開購，明用信賞，賊遂束手歸附，不煩士卒之力。童謡歌。

棄我戟，捐我矛，盜賊盡，吏皆休。「我」一作「若」。

又謡

《益部耆舊傳》曰：張霸爲會稽太守，舉賢士，勸教講授，一郡慕化，但聞誦聲。又野無遺寇，民謡曰。

城上烏鳴哺父母，府中諸吏皆孝友。

河内謡

《東觀漢記》曰：王涣除河内温令，商賈露宿，人開門卧。人爲作謡曰。

王稚子，代未有。平徭役，百姓喜。

順帝末京都童謡

《後漢書·五行志》曰：按順帝即世，孝質短祚。大將軍梁冀貪樹疏幼，以爲己功，專國號令，以贍其私。太尉李固以爲清河王雅性聰明，敦詩悦禮，加以屬親，立長則順，置善則固。而冀建白太后，策免固，徵蠡吾侯，遂即至尊。固是月幽斃于獄，暴屍道路，而太尉胡廣封安樂鄉侯，司徒趙戒厨亭侯，司空袁湯安國亭侯云。

直如弦，死道邊。曲如鈎，反封侯。「反」一作「乃」。

桓帝初小麥童謡

《後漢書·五行志》曰：桓帝之初，天下童謡。按元嘉中，涼州諸羌一時俱反，南入蜀漢，東抄三輔，延及并、冀，大爲民害。命將出衆，每戰常負，中國益發軍卒，麥多委棄，但有婦女穫刈之也。「吏買馬，君具車」者，言調發重及有秩者也。「請爲諸君鼓嚨胡」者，不敢公言，私咽語也。

小麥青青大麥枯，誰當穫者婦與姑，丈夫何在西擊胡。吏買馬，君具車，請爲諸君鼓嚨胡。

城上烏童謡

《後漢書·五行志》曰：桓帝之初，京師童謡。按此皆爲政貪也。「城上烏，尾畢逋」者，處高利獨食，不與下共，謂人主多聚斂也。「公爲吏，子爲徒」者，言蠻夷將畔逆，父既爲軍吏，而其子又爲卒徒往擊之也。「一徒死，百乘車」者，言前一人往討胡既死矣，後又遣百乘車往。「車班班，入河間」者，言桓帝將崩，乘輿班班，入河間迎靈帝也。「河間姹女工數錢，以錢爲室金爲堂」者，靈帝既立，其母永樂太后好聚金以爲堂也。「石上慊慊春黄粱」，言永樂唯積金錢，慊慊常若不足，吏民春黄粱而食之也。「梁下有懸鼓，我欲擊之丞卿怒」者，言永樂主教靈帝使賣官受錢，所禄非其人，天下忠篤之士怨望，欲擊懸鼓以求見，丞卿主鼓者亦復諂順，怒而止我也。

城上烏，尾畢逋。公爲吏，子爲徒。一徒死，百乘車。車班班，入河間，河間姹女工數錢。以錢爲室金爲堂，石上慊慊春黄糧。梁下有懸鼓，我欲擊之丞卿怒。

桓帝初京都童謡

《五行志》曰：延熹末，鄧皇后以譴自殺，乃以竇貴人代之。其父名武，字游平，拜城門校尉。及太后攝政，爲大將軍，與太傅陳蕃合心戮力，惟德是建。印綬所加，咸得其人，豪賢大姓，皆絶望矣。

游平賣印自有平，不辟豪賢及大姓。

鄉人謡

初，桓帝爲侯時，受學於甘陵周福。及後即位，擢爲尚書，時同郡房植有名，謡云。

天下規矩房伯武，因師獲印周仲進。伯武，植字。仲進，福字。

任安二謡

《後漢書》曰：任安字定祖，廣漢綿竹人。少遊太學，受《孟氏易》，兼通數經，又從同郡楊厚學圖讖，窮極其術，時人稱曰。

欲知仲桓問任安。

又

居今行古任定祖。

二郡謡

《後漢書》曰：汝南太守宗資任功曹范滂，南陽太守成瑨亦委功曹岑晊。范滂字孟博，岑晊字公孝。二郡爲謡。

汝南太守范孟博，南陽宗資主畫諾。南陽太守岑公孝，弘農成瑨但坐嘯。

太學中謡

見《陶淵明集》。袁山松《後漢書》曰：桓帝時，朝廷日亂，李膺風格秀整，高自標尚，後進之士升其堂者，以爲登龍門。太學生三萬餘人，牓天下士，上稱三君，次八俊，次八顧，次八及，次八厨，猶古之八元八凱也。因爲七言謡曰。

天下忠誠竇游平。大將軍、槐里侯，扶風平陵竇武字游平。天下義府陳仲舉。太傅、高陽鄉侯，汝南平輿陳蕃字仲舉。天下德弘劉仲承。侍中，河間樂成劉淑字仲承。

右三君

一云「不畏强禦陳仲舉，九卿直言有陳蕃」。

天下模楷李元禮。少傅，潁川襄城李膺字元禮。天下英秀王叔茂。司空，山陽高平王暢字叔茂。天下良輔杜周甫。太僕，潁川陽城杜密字周甫。天下冰凌朱季陵。司隸校尉，沛國朱寓字季陵。天下忠貞魏少英。尚書，會稽上虞魏朗字少英。天下好交荀伯條。沛國潁陰荀昱字伯條。天下稽古劉伯祖大司農，博陵安平劉祐字伯祖。天下才英趙仲經太常，蜀郡成都趙典字仲經。

右八俊

天下和雍郭林宗。有道，太原介休郭泰字林宗。天下慕恃夏子治。太常，陳留圉夏馥字子治。天下英藩尹伯元。尚書令，河南鞏尹勳字伯元。天下清苦羊嗣祖。河南尹，太山平陽羊陟字嗣祖。天下琁金劉叔林。議郎，東郡發劉儒字叔林。天下雅志蔡孟喜。冀州刺史，陳國項蔡衍字孟喜。天下臥虎巴恭祖。潁川太守，渤海東城巴肅字恭祖。天下通儒宗孝初。議郎，南陽安衆宗慈字孝初。

右八顧

《後漢書》無劉儒，有范滂。

海內貴珍陳子鱗。御史中丞，汝南召陵陳翔字子鱗。海內忠烈張元節。太尉，山陽高平張儉字元節。海內謇諤范孟博。太尉掾，汝南細陽范滂字孟博。海內通士檀文友。蒙令，山陽高平檀敷字文友。海內才珍孔世元。洛陽令，魯國孔昱字世元。《後漢書》云字元世。海內彬彬范仲真、太山太守，渤海重合范康字仲真。海内珍好岑公孝。太尉掾，南陽棘陽岑晊字公孝。海内所稱劉景升。鎮南將軍，荆州牧，武城侯，山陽高平劉表字景升。

右八及

《後漢書》無范滂，有翟超。

海内賢智王伯義。少府，東萊曲城王商字伯義。《後漢書》作王章。海内修整蕃嘉景。郎中，魯國蕃嚮字嘉景。海内貞良秦平王。北海相，陳留巳吾秦周字平王。海内珍奇胡毋季皮。待御史，太山奉高胡毋班字季皮。海内光光劉子相。太尉掾，潁川陰劉翊字子相。海内依怙王文祖。冀州刺史，東平壽張王考字文祖。海内嚴恪張孟卓。陳留相，東平壽張張邈字孟卓。海内清明度博平。荆州刺史，山陽湖陸度尚字博平。

右八廚

《後漢書》無劉翊，有劉儒。

桓帝末京都童謡

《後漢書·五行志》曰：桓帝之末，京都童謡。按解犢亭屬饒陽河間縣也。居無幾何，而桓帝崩，使者與解犢侯皆白蓋車從河間來。延延，衆貌。是時御史劉儵建議立靈帝，以儵爲侍中，中常侍侯覽畏其親近必當間己，白拜儵泰山太守，因令司隸迫促殺之。朝廷少長思其功效，乃拔用其弟部，致位司徒，此爲合諧也。

白蓋小車何延延，河間來合諧，河間來合諧。

桓帝末京都童謡

《後漢書・五行志》曰：按《易》曰：「拔茅連茹以其彙，征吉。」茅喻羣賢也，井者法也。于時中常侍管霸、蘇康憎疾海内英哲，與長樂少府劉囂，太常許永，尚書柳分、尋穆、史佟，司隸唐珍等，代作脣齒。河内牢川詣闕上書：汝、潁、南陽，上采虚譽，專作威福。甘陵有南北二部，三輔尤甚。由是博考黄門北寺，始見廢閣。茅田一頃者，言羣賢多也。中有井者，言雖阨窮不失其法度也。四方纖纖不可整者，言姦慝大熾，不可整理。嚼復嚼者，京都飲酒相强之辭也，言食肉者鄙，不恤王政，徒躭宴飲歌呼而已也。今年尚可者，言但禁錮也。後年鐃者，陳、竇被誅，天下大壞。

茅田一頃中有井，四方纖纖不可整。嚼復嚼，今年尚可後年鐃。《風俗通》作「譊」。

桓靈時童謡

《後漢書》曰：桓帝之世，更相濫舉，人爲之謡。

舉秀才，不知書。察孝廉，父别居。

又

見《抱朴子》。

舉秀才，不知書。舉孝廉，父别居。寒素清白濁如泥，高第良將怯如黽。《譚苑醍醐》云：泥音涅，黽音篾，黽或音密，則泥當音匿，古音例無定也。《晉書》作「怯如雞」，蓋不得其音而改之。

靈帝末京都童謡

《後漢書·五行志》曰：靈帝之末京都童謡。至中平六年，少帝登躡至尊，獻帝未有爵號，爲中常侍段珪等所執，公卿百官皆隨其後到河上，乃得來還。此爲「非侯非王上北芒」者也。

侯非侯，王非王，千乘萬騎上北芒。張璠《漢記》「走北邙」。

羊續謡

《古今善言》曰：續字興祖，太山人。靈帝時，欲用爲三司，而中官求其賂，續出黄紙補袍，以示使者，時人謡曰。

天下清苦羊興祖。「八顧」中有云「天下清苦羊嗣祖」，乃羊陟也。

京兆謡

《續漢書》曰：李燮拜京兆，詔發西園錢，燮上封事，遂止不發。吏民愛敬，乃爲此謡。

我府君，道教舉。恩如春，威如虎。剛不吐，柔不茹。愛如母，訓如父。

獻帝初童謡

《後漢書·五行志》曰：獻帝初童謡。公孫瓚以爲易地當之，遂徙鎮焉。乃修城積穀，以待天下之變。建安三年，袁紹攻瓚，瓚大敗，縊其姊妹妻子，引火自焚。紹兵趣登臺斬之。初，瓚破黄巾，殺劉虞，乘勝南下，侵據齊地，雄威大震。而不能開廓遠圖，欲以堅城觀時，坐聽圍戮，斯亦自易地而去世也。

燕南垂，趙北際，中央不合大如礪，唯有此中可避世。

獻帝初京都童謡

《後漢書·五行志》曰：獻帝元初京都童謡，按千里草爲董，十日卜爲卓。凡別字之體，皆從上起，左右離合，無有從下發端者也。今二字如此者，天意若曰卓自下摩上，以臣陵君也。青青，暴盛之貌。不得生者，亦旋破亡。

千里草，何青青？十日卜，不得生。《英雄記》作「猶不生」。

興平中吴中童謡

《吴志》曰：初，興平中吴中童謡。閶門，吴西郭門。後孫權即位，稱吴。

黄金車，班蘭耳。開閶門，出天子。「開」一作「闓」。

建安初荆州童謡

《後漢書·五行志》曰：言自中興以來，荆州無破亂。及劉表爲牧，又豐樂，至此逮八九年。當「始衰」者，謂劉表妻當死，諸將並零落也。「十三年無孑遺」者，言十三年表又當死，民當移詣冀州也。

八九年間始欲衰，至十三年無孑遺。

恒農童謡

《陳留耆舊傳》曰：吴祐爲恒農令，勸善懲姦，貪濁出境。甘露降，年穀豐。童謡曰。

君不我憂，人何以休。不行界署，焉知人處。

閬君謡

《華陽國志》曰：閬盧字孟度，爲綿竹令。以禮讓爲本。童謡曰。

閬君賦政，既明且昶。去苛去辟，動以禮讓。一云「閬君賦政明且昶，蠲苛去碎以禮讓」。

京師謡

《後漢·黄琬傳》曰：舊制光禄三四省郎，以高功久次才德尤異者爲茂才異行。時權富子弟以人事得舉，而貧約守志者以窮迫見遺。京師爲之謡曰。

欲得不能，光禄茂才。「能」，乃來切。

少林

《益都耆舊傳》曰：王忳字少林，詣京師。於客邸見諸生病甚困，生謂忳曰：腰下有金十斤，願以相與，乞收藏尸骸。未問姓名，呼吸因絶。忳賣金一斤以給棺絮，九斤置生腰下。後署大度亭長，到亭日，有馬一匹至亭中。其日大風，有一繡被隨風來。後忳騎馬突入它舍，主人見曰：得真盜矣。忳説得狀，又取被視之，彦父悵然曰：被、馬俱止卿，有何陰德？忳具説葬諸生事。彦父曰：此吾子也，姓金名彦。遣迎彦喪，餘金具存。民謡之曰。

信哉少林世爲遇，飛被走馬與鬼遇。

石里

《商氏世傳》曰：商亮字子華，舉孝廉。到陽城，遇兩虎争一羊，亮按劍直前，斬羊、虎，乃各以其一半去。時人爲之謡曰。

石里之勇商子華，暴虎見之藏爪牙。「藏」一作「合」。

漢末謡

《地理志》曰：武康縣，本烏程之餘不鄉也。漢末童謡云云，吴乃改會稽之餘暨爲永興，分餘不爲永安，以協謡言。

天子當興東南三餘之間。

古樂苑卷第四十六

雜歌謠辭 漢 諺語

楚人諺

《漢書》云：季布爲任俠有名，楚人諺曰。

得黄金百，不如得季布諾。

韓信引人言

《史記》曰：漢六年，人有上書告楚王信反。高祖令武士縛信，信曰：果若人言。

狡兔死，良狗烹。高鳥盡，良弓藏。敵國破，謀臣亡。「良」《書》作「走」。「高」作「飛」。

淮陽語

《河南志》：應曜隱於淮陽山中，與四皓俱徵，獨不至。時人語曰。

商山四皓，不如淮陽一老。

鄙語

《史記·世家》曰：嬃常以前陳平爲高帝謀執樊噲，數讒曰：陳平爲相，非治事，日飲醇酒，戲婦女。吕太后聞之，私獨喜。面質吕嬃於陳平曰：鄙語曰云云。顧我於君何如耳。無畏吕嬃之讒可。

兒婦人口不可用。

賈誼疏引諺

誼上疏曰：夫三代之所以長久者，以其輔翼太子有此具也。及秦而不然，彼其所以道之者非其理故也。鄙諺曰云云。又曰云云。

不習爲吏，視已成事。《大戴禮》：不習爲吏，如視已事。

前車覆，後車誡。

里諺

賈誼疏曰：里諺曰云云〔一〕。此善諭也。鼠近於器，尚憚不投，況於貴臣之近主乎〔二〕？故有賜死而亡戮辱。又云：臣聞之，履雖鮮不以加枕，冠雖敝不以苴履。

欲投鼠而忌器。

袁盎引語

《史記》曰：文帝從霸陵上，欲西馳下峻阪。袁盎騎，並車擥轡。上曰：將軍怯邪？盎曰：臣聞云云，亦不云語。

千金之子坐不垂堂，百金之子不騎衡。服虔曰：措身不倚衡也。如淳曰：衡，樓殿邊欄楯也。

晁錯傳引語

《史記》：太史公曰：晁錯爲家令時，數言事不用；後擅權，多所變更，反以亡軀。語曰云云，豈錯等謂邪！

變古亂常，不死則亡。

韓安國引語

《史記》曰：公孫詭、羊勝説孝王求爲帝太子及益地事，景帝乃遣使捕詭、勝。至梁，安國入見王而泣曰：治天下終不以私亂公。語曰云云。今大王悦一邪臣浮説，犯上禁，撓明法。有如太后宫車即晏駕，大王尚誰攀乎？詭、勝自殺。

雖有親父，安知其不爲虎？雖有親兄，安知其不爲狼？《漢書》並無「其」字。按《安國傳》安國與王恢論伐匈奴，以爲勿擊便，曰：强弩之極，矢不能穿魯縞。衝風之末，力不能漂鴻毛。不云何語。惟《漢書》臣聞之，衝風之衰，不能入魯縞。亦不云語也。且此傳中臣聞之類頗多。

語

《漢書》：漢廷臣方議削吳，吳王恐削地無已，因發謀舉事。聞膠西王勇好兵，諸侯皆畏憚之，於是廼使中大夫應高口説膠西王曰：今者主上任用邪臣，聽信讒賊，變更律令，侵削諸侯，徵求滋多，誅罰良重，日以益甚。語有之曰云云。吳與膠西知名諸侯也，一時見察，不得安肆矣。大王誠幸而許之，一言則天下可并，兩主分割，不亦可乎？王曰：善。

猪穅及米。「猪」古「䴵」字。

諺

《外戚世家》：漢武帝夫人尹婕妤見邢夫人，低頭俛而泣，自痛其不如也。諺曰云云。

美女入室，惡女之仇。

引傳

《三王世家》引傳曰。《魯子書》作諺曰。

蓬生麻中，不扶自直。白沙在泥，與之皆黑。

李廣傳引諺

《史記》：太史公曰：余睹李將軍悛悛如鄙人，口不能道辭。及死之日，天下知與不知，皆爲盡哀。彼其忠實心誠信於士大夫也。諺曰。

桃李不言，下自成蹊。

諫獵疏引諺

《司馬相如傳》曰：常從上至長楊獵。是時天子方好自擊熊彘，馳逐野獸，相如上疏諫，引鄙諺曰云云：此言雖小，可以喻大。

家絫千金，坐不垂堂。

郭解傳引諺

《史記》：太史公曰：吾觀郭解，狀貌不及中人，言語不足采者。然天下無賢與不肖，知與不知，皆慕其聲，言俠者皆引以爲名。諺曰云云。

人貌榮名，豈有既乎！徐廣曰：人以顏狀爲貌者，則貌有衰落矣。唯用榮名爲飾表，則稱譽無極也。

司馬遷引語

《漢書》曰：遷既被刑之後，爲中書令。任安與遷書，責以古賢臣之義，遷報書曰：顧自以爲身殘處穢，動而見尤，欲益反損，是以抑鬱而無誰語。語曰。

誰爲爲之？孰令聽之？

紫宫諺

《漢書》曰：李延年善歌，能爲新聲，與女弟俱幸武帝。時人語曰。

一雌復一雄，雙飛入紫宫。

逐彈丸

《西京雜記》曰：韓嫣好彈，以金爲丸，一日所失者十餘，長安爲之語曰「逐彈」。京師兒童每聞嫣出彈，輒隨之，望丸所落，便拾取焉。

苦饑寒，逐彈丸。

馬肝石語

郭憲《别國洞冥記》曰：元鼎五年，郅支國貢馬肝石百斤，常以水銀養之，内玉櫝中，金泥封其上。國人長四尺，惟餌此石而已，半青半白，如今之馬肝。舂碎，以和九轉之丹。服之，彌年不饑渴也。以之拂髪，白者皆黑。帝坐羣臣於甘泉殿，有髪白者，以石拂之，應手皆黑。是時公卿語曰。

不用作方伯，惟須馬肝石。

黄虵珠語

《别國洞冥記》曰：有鳳葵草，色丹，葉長四寸，味甘，久食令人身輕肌滑。赤松子餌之三歲，乘黄虵入水，得黄珠一枝，色如真金，或言是黄虵之卵，故名虵珠，亦名銷疾珠。語曰。

寧失千里駒，不失黄虵珠。

聲風木語

《别國洞冥記》曰：太初二年，東方朔從西那汗國歸，得聲風木十枝獻帝。長九尺，大如指。此木臨因桓之水，則《禹貢》所謂因桓是也。其源出甜波，樹上有紫燕、黄鵠集其間。實如油麻，風吹枝如玉聲，因以爲名。帝以枝遍賜尊臣。臣有凶者，枝則汗；臣有死者，枝則折。昔老聃在於周世，年七百歲，枝竟未汗。偓佺生於堯時，年三千歲，枝竟未一折。帝乃以枝問朔，朔曰：臣已見此枝三過枯死而復生，豈汗折而已哉！里語曰。

年未半，枝不汗。此木五千年一濕，萬歲不枯。

龍爪薤語

《别國洞冥記》曰：烏哀國有龍爪薤，長九尺，色如玉。煎之有膏，以和紫桂爲丸，服一粒，千歲不饑。故語曰。

薤和膏，身生毛。

黿黄語

《别國洞冥記》曰：影娥池中有鼉黿，望其羣出岸上如連璧，弄於沙岸也。故語曰。

夜未央，待黿黄。

路温舒引諺

《漢書》：初，孝武之世，張湯、趙禹條定法令，禁網寖密。宣帝時，廷尉史路温舒上書，引諺曰。

畫地爲獄，議不入。刻木爲吏，期不對。

東家棗

《漢書》曰：王吉少時，居長安。其東家有棗樹，垂吉庭中，吉婦取以啖吉，吉知而去婦。東家聞，欲伐其樹，鄰里止之，因請吉還婦。爲之語曰「東家」。吉字子陽，琅琊臯虞人，昭帝時爲博士、諫大夫。

東家棗樹，王陽婦去。東家棗完，去婦復還。

鄒魯諺

《漢書》曰：韋賢少子玄成，復以明經歷位至丞相，故鄒魯諺曰。

遺子黃金滿籯，不如一經。

諸葛豐

《漢書》曰：諸葛豐，元帝擢爲司隸校尉，刺舉無所避，京師語曰。

間何闊，逢諸葛。言間者何久闊不相見，以逢諸葛故也。

三王

《漢書》曰：成帝時，王吉子駿爲京兆尹，試以政事。先是，京兆有趙廣漢、張敞、王尊、王章、王駿，皆有能名，故京師稱曰。

前有趙張，後有三王。

五鹿

《漢書》曰：少府五鹿充宗貴幸，爲《梁丘易》。元帝好之，欲考其異同，令與諸《易》家論。充宗辨口，諸儒莫能抗。有薦朱雲者，召入，攝齊登堂，抗首而請。既論難，連折五鹿君，故諸儒爲之語曰。

五鹿嶽嶽，朱雲折其角。

谷樓

《漢書》曰：樓護，字君卿。精辯論議，常依名節，聽之者皆竦。與谷永俱爲五侯上客，長安號曰「谷樓」，言其見信用也。

谷子雲之筆札，樓君卿之喉舌。

張文

《漢書》曰：成帝爲太子，及即位，以張禹《論語》爲師，以上難數對己問經，爲《論語章句》獻之。諸儒爲之語曰「張文」。由是學者多從張氏，餘家寖微。

不欲爲《論》，念張文。

里語

《漢書》：成帝欲立趙倢伃爲皇后，諫大夫劉輔上書，引里語曰云云。書奏，上使侍御史收縛輔繫獄。

腐木不可以爲柱，卑人不可以爲主。

里諺

《漢書》：成帝益封董賢二千户，賜三侯國。王嘉上封事諫曰：往古以來，貴臣未嘗有此。流聞四方，皆同怨之。里諺曰云云。

千人所指，無病而死。

蕭朱

《漢書》曰：蕭育少與陳咸、朱博爲友，著聞當世。往者有王、貢，故長安人語曰云云。言其相薦達也。始育以公卿子顯名，咸最先進，爲御史中丞，時朱博尚爲陵亭長，爲咸、育所舉拔，而博先至將軍上卿，歷位多於咸、育，遂至丞相。育與博後有隙，不能終，故世以友爲難也。王、貢謂王陽、貢禹。

蕭朱結綬，王貢彈冠。

王陽語

應劭《風俗通》曰：《漢書》説王陽雖儒生，自寒賤，然好車馬衣服，極爲鮮好。及遷徙去處，所載不過囊衣。去位家居，亦布衣蔬食。天下服其廉而怪其奢，故俗傳王陽爲能作黄金。語曰云云。王陽居官食禄，雖爲鮮明，車馬衣服，亦能幾所，何足怪之？乃傳俗説。班固之論，陋於是矣。

金不可作，世不可度。一云「金可作，世可度」。

杜陵蔣翁

嵇康《高士傳》云：蔣詡字元卿，杜陵人，爲兖州刺史。王莽爲宰衡，詡奏事到灞上，稱病不進。歸杜陵，荆棘塞門。舍中三逕，終身不出。時人諺曰。

楚國二龔，不如杜陵蔣翁。

王君公

《後漢書》曰：逢萌與同郡徐房、平原李子雲、王君公相友善，並曉達陰陽，懷德穢行。房與子雲養徒各千人，君公遭亂獨不去，儈牛自隱。時人語曰。

避世牆東王君公。《語林》亦載。

幘如屋

蔡邕《獨斷》曰：古幘無巾，王莽頭秃，乃始施巾。故語曰。

莽頭秃，幘如屋。應劭《漢官儀》亦載里語曰：王莽頭秃，施幘屋。

投閣

《漢書》曰：王莽篡位後，復上符命者，莽盡誅之。時揚雄校書天禄閣，使者欲收雄，雄恐，乃從閣自投，幾死。京師爲之語曰。

惟寂惟莫，自投于閣。爰清爰静，無作符命。

南陽舊語

《三輔決録》曰：南陽舊語云云。言其節儉也。

前隊大夫范仲公，鹽豉蒜果共一筩。「公」一作「翁」。王莽時官有前隊之名。

竈下養

《東觀漢記》曰：更始所授官爵，皆羣小賈豎，或有膳夫庖人。長安中爲之語曰。

竈下養，中郎將。爛羊胃，騎都尉。爛羊頭，關内侯。

郭氏語

《拾遺記》曰：郭況者，光武皇后弟也。累金數億，錯拾寶以飾臺榭，懸明珠於四垂，晝視之如星，夜望之如日。里語曰。

洛陽多錢郭氏室，夜日晝星富無匹。

喭

《後漢書》曰：光武姊湖陽公主新寡，帝與共論朝臣，微觀其意，主曰：宋公威容德器，羣臣莫及。帝曰：方且圖之。後宋弘被引見，帝令主坐屏風後，因謂弘曰：諺言云云，人情乎？弘曰：

臣聞貧賤之交不可忘，糟糠之妻不下堂。帝顧主曰：事不諧矣。

貴易交，富易妻。

南陽諺

《後漢書》曰：南陽太守杜詩，政治清平，百姓便之，時人以方召信臣，南陽爲之語曰。

前有召父，後有杜母。

戴侍中

謝承《後漢書》云：戴憑徵博士，詔公卿大會，令與諸儒難説，帝善之。後正旦朝賀，羣臣説經，更相難詰，義有不通，輒奪其席以益通者。憑遂重坐五十餘席，故京師語曰。

解經不窮戴侍中。一曰「説不窮，戴侍中」。

井大春

《嵇康傳》曰：井丹字大春，扶風郿人。博學高論，京師爲之語曰。

五經紛綸井大春。

馮仲文

《東觀漢記》曰：豹字仲文，好儒學，以《詩傳》教授，鄉里爲之語。《三輔決録》曰：馮豹字仲文，後母遇之甚酷，豹事之愈謹。時人爲之語。

道德斌斌馮仲文。

賈長頭

《東觀漢記》曰：賈逵字景伯，能講《左氏》及《五經》本文，以《夏侯尚書》教授。諸儒爲之語曰。

問事不休賈長頭。《後漢書》：逵身長八尺二寸。

諺

《漢書》：曹褒拜博士，上疏具陳禮樂。班固謂宜廣集諸儒，共議得失，帝曰諺言云云。

作舍道傍，三年不成。《苻子》載左丘明曰：「古諺有之，築室道傍，三年不成。」按晉苻朗撰《苻子》。

俗語

《東觀漢記》：明德馬太后，時上欲封諸舅，外間白太后，曰：吾自念親屬皆無柱石之功，俗語曰。

時無赭，澆黃土。

邵伯春

《東觀漢記》曰：邵訓，字伯春，鄉里號之曰。

德行恂恂邵伯春。

江夏黃童

《後漢書》曰：黄香，字文彊，江夏人。博學經典，究精道術。京師號曰。

天下無雙，江夏黃童。

虞詡引諺

《漢書》曰：永初四年，羌胡反亂，殘破并、涼。大將軍鄧隲欲棄涼州，詡説太尉李脩，以爲不可，引諺云。

關東出相，關西出將。《前書》云：秦漢以來，山東出相，山西出將。

陳忠疏稱語

《東觀漢記》曰：陳忠上疏，稱語曰。

迎新千里，送故不出門。

楊伯起

《東觀漢記》曰：楊震少嘗受《歐陽尚書》於太常桓郁，經明博覽，無不窮究。諸儒爲之語曰。

關西孔子楊伯起。震字伯起。

諺

陸方賢《楚國先賢傳》，見《太平御覽》。

黄尚爲司隸，奸慝自弭。左雄爲尚書令，天下慎選舉。

邊延

《後漢書》曰：延篤字叔固，及邊鳳皆爲京兆尹，並有能名。語曰。張趙即趙廣漢及張敞也。

前有張趙，後有邊延。

李固引語

《後漢書·黄瓊傳》：公車徵瓊，至綸氏，稱疾不進。先是，徵聘處士多不稱望，李固以書逆遺之曰，嘗聞語曰云云。

嶢嶢者易缺，皦皦者易污。陽春之曲，和者必寡。盛名之下，其實難副。

胡伯始

《後漢書》曰：太傅胡廣，周流四方三十餘年。歷仕六帝，禮任極優。練達故事，明解朝章。雖無謇謇直言之風，屢有補闕之益，故京師諺曰。

萬事不理問伯始，天下中庸有胡公。廣字伯始。

周宣光

《東觀漢記》曰：周舉字宣光，姿貌短陋，而博學洽聞，爲儒者所宗。京師語曰。

五經縱横周宣光。

京師語

袁山松《後漢書》：桓帝時，京師稱曰。

李元禮巖巖如玉山，陳仲舉軒軒如千里驥。

南陽語

袁山松《後漢書》曰：桓帝時南陽語曰。

朱公叔肅肅如松柏下風。

四侯

《後漢書》曰：單超、王緄、徐璜、具瑗、唐衡，桓帝時，共誅梁冀，同日封侯，謂之五侯。於是朝廷日亂。超薨之後，其四侯轉横，天下爲之語曰。

左迴天，具獨坐，徐卧虎，唐兩墮。一作「雨墮」。又作「應聲」。

考城諺

《後漢書》曰：仇覽字季智，一名香，陳留考城人。爲蒲亭長。初到亭，有陳元之母詣覽，告元不孝。覽以善言勸慰之，母聞感悔，涕泣而去。覽乃親到元家，與其母子飲，因爲陳人倫孝行，譬以禍福。元卒成孝子。鄉邑爲之諺曰。

父母何在在我庭，化我鵙梟哺所生。

孤犢諺

謝承《後漢書》曰：仇覽字季智，一名香，陳留考城人也。爲縣陽遂亭長。有羊元者凶惡不孝，其母詣覽告之。覽呼元，責誚元以子道，與《孝經》一卷，使誦讀之。元深改悔，至母前謝罪曰。諺曰云云，乞今自改。卒成佳士。

孤犢觸乳，驕子罵母。「罵」一作「詈」。

赦諺

崔寔《政論》曰：孝文皇帝即位二十三年乃赦，示不廢舊章而已。近永平、建初之際，亦六七年乃赦。亡命之子皆老於草野，窮困懲艾。頃間以來，歲且赦，百姓輕爲姦非，前年一朞之中，大小四赦，諺曰云云。況不軌之民，孰不肆意？遂以赦爲常俗，赦以趣赦，轉相駈踧，而不得息，雖日赦之，亂彌繁也。

一歲再赦，奴兒喑啞。

崔寔引里語

《政論》曰：每詔書所欲禁絶，雖重懇惻，駡詈極筆，猶復廢捨，終無悛意。故里語曰。

州郡記，如霹靂。得詔書，但掛壁。

朱伯厚

《後漢書》曰：朱震字伯厚，爲州從事，奏濟陰太守贓罪之數。諺曰。

車如雞棲馬如狗，疾惡如風朱伯厚。

太常妻

應劭《漢官儀》：北海周澤爲太常，恒齋，其妻憐其年老疲病，窺内問之。澤大怒，以爲干齋，掾吏叩頭争之，不聽，遂收送詔獄，并自劾。論者非其激發，諺曰。

居世不諧，爲太常妻。一歲三百六十日，三百五十九日齋，一日不齋醉如泥。既作事，復低迷。「居世」一作「生代」。《後漢書》無後二句。

縫掖

《續漢書》曰：皇甫規，安定鄉人。有以貨買鴈門太守者，亦還家，書刺謁規，規臥不迎。有頃，曰：王符在門。規驚遽而起，屣履出迎。時人爲之語曰。

徒見二千石，不如一縫掖。

荀氏八龍

《續漢書》曰：荀爽字慈明，幼而好學，躭思經書，慶弔不行，徵命不應。潁川爲之語曰。

荀氏八龍，慈明無雙。

公沙六龍

袁山松《後漢書》曰：公沙穆有六子，時人號曰。

公沙六龍，天下無雙。

賈偉節

《三輔决録》曰：賈彪兄弟三人，並有高名，彪最優，故天下稱曰。

賈氏三虎，偉節最怒。

雷陳

《後漢書》曰：雷義字仲公，豫章鄱陽人。舉茂才，讓于陳重，刺史不聽，義遂佯狂，走不應命。鄉里爲之語曰。

膠漆自謂堅，不如雷與陳。

作奏

邯鄲氏《笑林》曰：桓帝時，有人辟公府掾者，倩人作奏記文，人不能爲作，因語曰：梁國葛龔者，先善爲記文，自可爲用，不煩更作。遂從人言寫記文，不去龔名姓。府公大驚，不答而罷歸。時人語曰。按《後漢書》，葛龔，和帝時以文記知名。

作奏雖工，宜去葛龔。

避驄

《後漢書》曰：桓典字公雅，靈帝時爲侍御史。是時宦官秉政，典執正無所迴避，常乘驄馬，京師畏憚，爲之語曰。

行行且止，避驄馬御史。

李德公語

《華陽國志》曰：李固爲太尉，質帝崩，梁冀召議所立，僉舉清河王蒜，冀然之，奏御太后。中常侍曹騰私恨蒜，説冀，明日更議，固與杜喬必争蒜宜立，冀不聽，策免固、喬。歲餘，徵下獄，自殺。子燮字德公，拜東平相國，王爲黄巾所没，得出，天子復封之，燮以爲不可，果敗。時人爲之語曰。

李德公，父不欲立帝，子不欲立王。

郭君

《江表傳》曰：郭典字君業，爲鉅鹿太守，與中郎將董卓攻黄巾賊張寶於曲陽。典作圍塹，卓不肯，典獨於西當賊之衝，晝夜進攻，寶由是城守，不敢出。時人爲之語曰：

郭君圍塹，董將不許。幾令狐狸，化爲豺虎。賴我郭君，不畏强禦。轉機之間，敵爲窮虜。猗猗惠君，保完疆土。

袁文開

《英雄記》曰：袁紹父成，字文開，貴戚自梁冀以下皆與交，言無不從。京師諺曰：

事不諧，詣文開。「詣」一作「問」。

飢人語

袁紹在冀州時，滿市黄金而無斗粟，餓死者相食。人爲之語：

虎豹之口，不如飢人。

時人語

《曹操别傳》曰：吕布驍勇，且有駿馬名赤兔，常騎乘之。時人爲之語曰。

人中有吕布，馬中有赤兔。

里語

《風俗通》曰：頃者，廷尉多墻面苟充兹位，持書侍御史不復平議，瀸當糺紛，豈一哉！里語曰。

縣官漫漫，寃死者半。

狐渡語

《風俗通》曰：九江多虎，百姓苦之。前將募民捕取，武吏以除賦課，郡境界皆設陷穽。後太守宋均到官，乃移記屬縣，壞檻穽，勿復課録，退奸殘，進忠良，後虎悉東渡江。俚語云云。舟人楫櫂，猶尚畏怖，不敢迎上，與之周旋。云悉東渡，誰指見者？

狐欲渡河，無奈尾何。

俚語

《風俗通》曰：山陽太守汝南薛恭祖，喪其妻，不哭。謹按《禮》爲嫡妻杖，重於宗也。終始永絶，而烏無惻容？俚語云云，豈不悖哉。

婦死腹悲，唯身知之。

陳茂語

《風俗通》曰：汝南陳茂君因，爲荆州刺史，時南陽太守灌恂，本名清能，茂不入宛城，引車到城東，爲友人衛修母拜，到州。恂先是茂客，仕蒼梧還，到修家，説修坐事繫獄當死，因詣府門，移辭乞恩，隨輩露首，入坊中。太守大驚，立賜巾延請，即爲出修。南陽士大夫謂恂能救解修。茂彈繩不撓，修竟極罪，恂亦以它事去。南陽疾惡殺修，爲之語曰。

衛修有事，陳茂治之。衛修無事，陳茂殺之。

麗儉

《風俗通》曰：麗儉父先逃走，隨母流宕。後居鄉里，鑿井得銅，遂溫富。買奴，曰：堂上者我婦也。問其故，奴曰：我婦姓艾，字阿宏，足下有黑子，腋下有赤志。母曰：我翁也。遂爲夫婦。時人曰。

鑿井得銅，買奴得翁。

劉太常

華嶠《後漢書》曰：劉愷爲太常，論議常引正大義，諸儒爲之語曰。

難經伉伉劉太常。

楊子行

《東觀漢記》曰：楊政字子行，治《梁丘易》，與祁聖元同好，俱名善説。京師號曰。

説經鏗鏗楊子行，論難僠僠祁聖元。《續漢書》無下句。

許叔重

《後漢書》曰：許慎字叔重，少博學經籍，馬融常推敬之，時人爲之語。《續漢書》：慎以五經傳説，臧否不同，撰《五經異義》傳于世。

五經無雙許叔重。

陳君期

《東觀漢記》曰：陳囂字君期，善説《詩》。語曰。

關東説詩陳君期。

魯叔陵

《東觀漢記》曰：魯平字叔陵，兼通五經，拜趙相。雖居官，不廢教授。關東號曰。

五經復興魯叔陵。

繆文雅

皇甫謐《達士傳》曰：繆斐字文雅，代修儒學，經術修明，學士稱之。時人爲之語曰。

素車白馬繆文雅。

許偉君

《陳留風俗傳》曰：許晏字偉君，授《魯詩》於瑯琊王，改學曰許氏章句，列在儒林。故諺曰。

殿上成羣許偉君。

柳伯騫

《江表傳》曰：柳琮字伯騫，所拔進皆爲時所稱，致位牧守。鄉里爲諺曰。

得黄金一笥，不如爲柳伯騫所識。

白眉

《襄陽耆舊傳》曰：蜀馬良字季常，宜城人也。兄弟五人，並有才名，鄉里爲之諺。良眉中有白毛。故以稱之。

馬氏五常，白眉最良。《荆州先賢傳》作「頌」。

五門

《三輔決録》曰：五門子孫，凡民之五門，今在河南西四十里，澗、穀、洛三水之交。傳聞馬氏兄弟五人共居此地，作五門客舍，因以爲名。主養猪賣豚，故民爲之語曰。

苑中三公，館下二卿。五門嚾嚾，但聞豚聲。

魯國孔氏

《孔叢子》曰：子和二子，長曰長彦，次曰季彦。甘貧味道，研精墳典。十餘年間，會徒數百。故時人爲之語曰。

魯國孔氏好讀經，兄弟講誦皆可聽。學士來者有聲名，不過孔氏那得成。

相里諺

《文士傳》云：留侯七世孫張讚，字子卿，初居吴縣相人里，時人諺曰。

相里張，多賢良。積善應，子孫昌。

時人語

《華陽國志》曰：趙祉遣吏先尼和拜檄巴蜀守，過成瑞灘死，子賢求喪不得。女絡年二十五，適分金珠作二錦囊，繫兒下。至二年二月十五日，女絡乃乘小船至父没所，哀哭自沈。見夢告賢曰：至二十一日與父尸俱出。至日，父子浮出，縣言郡太守蕭登，高之，尚書遣户曹掾爲之立碑。黄帛，僰道人張貞妻也。貞受《易》於韓子，方去家三十里，船覆死。貞弟求喪，經月不得，帛乃自往没處躬訪，不得，遂自投水中，大小驚睨。積十四日，持夫手浮出。時人爲語曰。先尼和，符人。「黄」一作「張」。

符有先絡，僰道黄帛。求其夫，天下無有其偶。

折氏諺

《華陽國志》曰：折象字伯式，雒人也。其先張江爲武威太守，封南陽折侯，因氏焉。事東平虞叔雅，以道教授門人，朋友自遠而至。時人爲諺曰。

折氏客誰，朱雲卿，段節英，中有佃子趙仲平，但説天文論五經。

四珍語

《華陽國志》曰：泰瑛，南鄭楊拒妻，大鴻臚劉巨公女也。有四男二女。拒亡，教訓六子，動有法矩。四男才官，隆於先人。故時人爲語曰。

三苗□止，四珍復起。

游幼齊

《三輔決録》曰：游殷，字幼齊，爲胡軫所害。歲餘，軫得病，但言伏伏，游幼齊將鬼來。於是遽死。關中諺曰。

生有知人之明，死有責人之靈。

封使君

《述異記》曰：漢宣城守封劭化爲虎，食郡民，民呼曰封使君，因去不復來。時人語曰。

無作封使君，生不治民死食民。

邴君

《邴原别傳》曰：原避地遼東，以虎爲患，自原之落，獨無虎患。嘗行而得遺錢，拾以繫樹枝，此錢不見取，繫錢者逾多。原問其故，答者謂之社樹。原惡其由己而成妄祀，乃辨之，於是里中遂斂其錢，以爲社供。里長老爲之誦曰。

邴君行仁，落邑無虎。邴君行廉，路樹成社。

貨殖傳引諺

富者得勢益彰，失勢則客無所之，以而不樂。諺曰云云，此非空言也。

千金之子，不死於市。《尉繚子》：千金不死，百金不刑。

百里不販樵，千里不販糴。

以貧求富，農不如工，工不如商。刺繡文，不如倚市門。

藝文志引諺

經方論曰：以熱益熱，以寒益寒，是所獨失也。故諺曰。

有病不治，常得中醫。「治」平聲。

殽語

《風俗通》曰：殽有二陵，在弘農澠池縣。其語曰。

東殽西殽，澠池所高。

洛陽語

陸機《洛陽記》曰：洛陽有銅駞街，漢鑄銅駞二枚，在宮南西會道相對。俗語曰。

金馬門外集衆賢，銅駞陌上集少年。此或晉時語。

【校勘記】

〔一〕云云，原殘，據《四庫》本補。

〔二〕臣之，原殘，據《四庫》本補。

古樂苑卷第四十七

雜歌謡辭三國

蜀漢

諺 孔明諺

《襄陽耆舊傳》曰：黄彦承高爽開朗，爲沔南名士。謂孔明曰：聞君擇婦，身有醜女，黄頭黑面，才堪相配。孔明許，即載送之。鄉里爲之諺曰。

莫學孔明擇婦，正得阿承醜女。

李鱗甲

《江表傳》曰：諸葛亮表都尉李嚴。少爲郡吏，用性深尅，苟利其身。鄉里爲嚴諺曰。

難可狎，李鱗甲。

諸葛諺

《晉漢春秋》曰：諸葛亮卒，楊儀整軍而出，宣王不逼。百姓諺曰。

死諸葛走生仲達。

何隨語

《華陽國志》曰：何隨字季業，蜀郡郫人也。除安漢令，蜀亡去官。時巴土饑荒，所在無穀，送吏行乏，輒取道側民芋。隨以綿繫其處，使足所取直。民視芋，見綿在，語曰：聞何安漢清廉，行過，從者無糧，必能爾耳。持綿追還之，終不受。因爲語曰。

安漢吏取糧，令爲之償。

蜀語

《華陽國志》曰：巴西郡，二主之世，稱美荊楚。先漢以來，馮車騎、范鎮南皆植斯鄉。故曰。

巴有將，蜀有相。

假鬼教

《華陽國志》曰：先主薨後，雍闓殺益州太守正昂，更以蜀郡張裔爲太守。闓假鬼教曰云云。按《蜀書》云張府君如瓠壺，外雖澤而内實粗，不足殺，令送與吴。似不當附語。

張裔府君如瓠壺，殺之不可送與吴。

魏

徐州歌

《晉書》曰：王祥隱居廬江三十餘年，不應州郡之命，徐州刺史呂虔檄爲别駕。于時寇盜充斥，祥率勵兵士，頻討破之，州界清静，政化大行。時人歌之。按《魏志》：呂虔，文帝時遷徐州刺史，請琅琊王祥爲别駕。

海沂之康，實賴王祥。邦國不空，别駕之功。

滎陽令歌

《殷氏世傳》曰：殷褒爲滎陽令，廣築學館，會集朋徒，民知禮讓，乃歌之云。

滎陽令，有異政。修立學校人易性，令我子弟耻鬭訟。《樂府》作「訟争」。

行者歌

《選詩拾遺》作魏時童謡歌，云見《五行志》。王子年《拾遺記》曰：文帝所愛美人薛靈芸，常山人也。年十五，容貌絶世。咸熙中，文帝選良家子女以入六宫，常山太守習谷以千金寶賂聘之以獻。至京師，帝以文車十乘迎之，道側燒石葉之香。未至數十里，膏燭之光相續不滅，車徒咽路，塵起蔽於星月。又築土爲臺，基高三十丈，列燭於臺下，遠望如列星之墜地。又於大道之傍，一里一銅表，高五尺，以誌里數。故行者歌曰。

青槐夾道多塵埃，龍樓鳳闕望崔嵬。清風細雨雜香來，土上出金火照臺。此七字是妖辭也。銅表誌道，是土上出金之義；以燭置臺下，則火在土下之義。漢火德王，魏土德王，火伏而土興，土上出金，是魏滅而晉興之兆，晉以金王也。

兜鈴曹子歌

《晉書》曰：明帝太和中，京師歌《兜鈴曹子》，其唱曰云云。此詩妖也，其後曹爽見誅，曹氏遂廢。

其奈汝曹何。

明帝景初中童謠 謡

《宋書·五行志》曰：魏明帝景初中童謡。及宣王平遼東，歸至白屋，當還鎮長安，會帝篤疾，急召之，乃乘追鋒車東渡河，終翦魏室，如童謡之言也。

阿公阿公駕馬車，不意阿公東渡河。阿公東還當奈何。「東」《晉書》作「來」。

齊王嘉平中謡

《宋書·五行志》曰：魏齊王嘉平中謡。按朱虎者，楚王彪小字也。王淩、令狐愚聞此謡，謀立彪，事發，淩等伏誅，彪賜死。

白馬素羈西南馳，其誰乘者朱虎騎。

謡言

《魏略》：護軍總統諸將，任主武官選舉，前後當此官者，不能止貨賂。故蔣濟爲護軍時有謡言。

欲求牙門，當得千匹。百人督，五百匹。

諺言

諺

太祖爲魏王，中尉崔琰取表草視之，與楊訓書曰：省表，事佳耳。時乎時乎，會當有變。時琰本意譏論者好譴呵而不尋情理也。有白琰此書傲世怨謗者，太祖怒曰，諺言云云。會當有變時，意指不遜。遂賜琰死。

生女耳，耳非佳語。

夏侯語

《魏書》曰：夏侯淵爲將，赴急疾，常出敵不意，故軍中語曰。

典軍校尉夏侯淵，三日五百，六日一千。《詩紀》作「六十千」，誤。淵從太祖征伐，封博昌亭侯。

軍中語

《魏略》曰：太祖使盧洪、趙達撫軍，主刺舉。軍中語曰。

不畏曹公，但畏盧洪。曹公尚可，趙達殺我。

帳下語

《江表傳》曰：典韋容貌魁傑，名冠三軍，其所持手戟長幾一尋，軍中爲之語曰。

帳下壯士有典君，手把雙戟八十斤。《魏志》云「曹公帳下有典君，提一雙戟八十斤」。

邢子昂語

《魏志》曰：邢顒，太祖辟爲冀州從事，時人稱之。

德行堂堂邢子昂。

白鶴

王子年《拾遺記》曰：曹洪與魏武帝所乘之馬名曰白鶴，時人諺曰。

憑空虛躍，曹家白鶴。

諺

《傅子》曰：劉曄仕明皇帝，能應變，持兩端。帝後得其情，遂疏焉，曄遂發狂憂死。諺曰。

巧詐不如拙誠。

語

《魏氏春秋》：宗室曹冏上書，請廣建同姓，褒異宗室，撰合所聞，聚論成敗。引語曰。

百足之蟲，至死不僵。以扶之者衆也。

鴻臚語

《魏略》曰：韓宣字景然，爲大鴻臚。始南陽曲阜韓暨以宿德在宣前爲大鴻臚，及宣在官亦稱職，故鴻臚中爲之語曰。

大鴻臚，小鴻臚，前後治行相曷如。

州中語

《魏略》曰：賈洪字叔業，馮翊敬危材學最高。故衆人爲之語曰。

州中曄曄賈叔業，辨論洶洶敬文通。一作嚴苞字文通。

京師語

《魏書》：鄧颺字玄茂，歷遷侍中、尚書。颺爲人好貨，前在内職，許臧艾授以顯官，艾以父妾與颺，故京師爲之語曰。

以官易富鄧玄茂。

語

《任嘏别傳》曰：嘏，樂安博昌人，夙智早成，故鄉人爲之語曰。

蔣氏翁，任氏童。

楊阿若

《魏志》注曰：楊阿若後名豐，字伯陽。少遊俠，常以報仇解怨爲事，故時人爲之號曰。

東市相斫楊阿若，西市相斫楊阿若。

諺

魏武《選令》曰：諺曰云云。昔季闓在白馬，有受金取婢之罪，棄而弗問，後以爲濟北相，以其能故。

失晨之雞，思補更鳴。

諺

曹植《令》曰：諺云云。夫相者文德昭，將者武功烈。

相門有相，將門有將。

諺

梁祚《魏國統》曰：王昶字文舒，戒子書引諺曰云云。

如不知足，則失所欲。

救寒無若重裘，止謗莫如自脩。

諺

王朗貧寠，語曰諺曰。

魯班雖巧，不能爲乞丐者顔。

謗書

《魏略》曰：李豐字安國，爲侍中、僕射，在臺閣，常托疾。時臺制滿百日當解禄，豐未滿百日蹔起，已而復赴，如是數歲。及太傅宣王久病，曹爽攝政，豐依違二公間。故時人有謗書曰。

曹爽之勢熱如火，太傅父子冷如漿，李豐兄弟如遊光。其意以爲豐雖外示清淨，而内圖事機，有似遊光。

謗書

《魏略》曰：丁謐外似疏濫而内明慧，雖與何晏、鄧颺等同列，而皆少之，唯以聲勢屈於曹爽，爽亦敬之，言無不從。故于時謗書云。

臺中有三狗。二狗崖柴不可當，一狗憑默作疽囊。三狗謂何、鄧、丁也。默者爽小字也。意言三狗皆欲嚙人，而謐尤疽囊也。《魏志》「默」作「黠」，「疽」作「瘟」。

管輅言

《華陽國志》曰：先主進攻漢中，至定軍，黄忠奪登山，魏夏侯淵搦戰，忠與法正定計斬淵。先是，神卜管輅曾言於操曰云云。操至是服其言。此本非謠諺而近讖，且有韻，故附。

三八縱横，黄豬遇虎。定軍之南，傷折一股。乃建安二十四年己亥正月。定軍在沔縣南，淵與操爲弟兄，猶手足也。

吴

王世容歌

《吴録》曰：王鐔字世容，爲武城令，民服德化，宿惡奔迸，父老歌之。「鐔」《藝文類聚》作「譚」。〔一〕

王世容，政無雙。省徭役，盗賊空。

彭子陽歌

《吴録》曰：彭循字子陽，毗陵人。建國二年，海賊丁儀等萬人據吴，太守秋君聞循勇謀，以守令，循與儀相見，陳説利害，應時散去。民歌之曰。

時歲倉卒賊縱横，大戟强弩不可當，賴遇賢令彭子陽。

謡黄龍中童謡

周處《風土記》曰：吴黄龍中童謡。後孫權征公孫淵，浮海乘舶，舶白也。

行白者君，追汝句驪馬。

孫亮初童謡

《晉書·五行志》曰：孫亮初童謡。按揚子閣者，反語石子堈也。鉤絡，鉤帶也。及諸葛恪死，果以葦席裹身，篾束其腰，投之石堈。後聽恪故吏收葬，求之此堈云云。

吁汝恪，何若若。蘆葦單衣，篾鉤絡。於何相求，揚子閣。「揚」《晉書》作「常」。

孫亮初白鼉鳴童謡

《晉書·五行志》曰：吴孫亮初，公安有「白鼉鳴」童謡。按「南郡城，可長生」者，有急易以逃也。明年，諸葛恪敗，弟融鎮公安，亦見襲，融刮金印龜，服之而死。鼉有鱗介，甲兵之象也。

白鼉鳴，龜背平，南郡城中可長生，守死不去義無成。

會稽謡

《吴書》：吴主亮被廢，爲會稽王。孫休即位三年，會稽近謡言云云。而亮宫人告亮使巫禱祠，有惡言，黜爲候官侯，自殺。

王亮當還爲天子。

建業謡

《吴書》：孫休時，張布與丁奉謀於會殺孫綝。永安元年十二月丁卯，建業中謡言云云。戊辰，獵會，綝入見殺。

明會有變。

孫皓初童謡

《文選補遺》作《揚州歌》。《晉書·五行志》曰：吴孫皓初童謡。按皓尋遷都武昌，民泝流供給，咸怨毒焉。按《武昌記》曰：大帝築城江夏，以程普爲太守，遂欲都鄂州，改爲武昌郡。其民謡曰：寧飲建業水，不食武昌魚。寧歸建業死，不向武昌居。繇是徙都建業。則此又非孫皓初矣。

寧飲建鄴水，不食武昌魚。寧還建業死，不止武昌居。

壽春童謡

《江表傳》曰：初，丹陽刁玄使蜀，得司馬徽與劉廙論運命曆數事。玄詐增其文以誑國人曰：黄旗紫蓋見於東南，終有天下者，荆、揚之君乎！又得國中降人，言壽春下有童謡云云。孫皓聞之喜，即載其母、妻、子及後宫數千人，從牛渚陸道西上，云青蓋入洛陽，以順天命。

吴天子當上。

孫皓天紀中童謡

《晉書·五行志》曰：吴孫皓天紀中童謡。晉武帝聞之，加王濬龍驤將軍。及征吴，江西衆軍無過者，而王濬先定秣陵。《羊祜别傳》曰：先時吴童謡云云。祜聞之，曰：此必水軍有功，但當思應其名者耳。即表濬爲龍驤將軍，濬小字阿童。

阿童復阿童，銜刀游渡江。不畏岸上虎，但畏水中龍。

吴謡

《吴志》曰：周瑜少精意於音樂，唯三爵之後，其有闕誤，瑜必知之，知之必顧。故時人謡云。

曲有誤，周郎顧。「有」一作「復」。

廣陵諺 諺

張勃《吴録》曰：陸稠字伯嬴，爲廣陵太守，姦吏斂手。廣陵諺曰。

解結理煩，我國陸君。

時人語

《高僧傳》曰：孫權已制江左，而佛教未行，有支謙者，本月支人，來遊漢境。博覽經籍，莫不精究，遍學異書，通六國語。其爲人細長黑瘦，眼多白而睛黄，時人爲之語曰。

支郎眼中黄，形軀雖細是智囊。

異小兒言

《晉書・五行志》曰：孫休永安三年，將守質子羣聚嬉戲，有異小兒忽來言曰云云。又曰：我非人，熒惑星也。言畢上昇，仰視若曳一匹練，有頃没。干寶曰：後四年而蜀亡，六年而魏廢，二十一年而吴平。於是九服歸晉。魏與吴、蜀並戰國，「三公鋤，司馬如」之謂也。

三公鋤，司馬如。

題門語

《世説新語》曰：賀邵，會稽山陰人。歷散騎常侍，出爲吴郡太守。初不出門，吴中諸强族輕之，乃題府門云。

會稽雞，不能啼。

賀聞，故出行，至門反顧，索筆足之云。於是至諸屯邸，檢校諸顧、陸役使官兵及藏逋亡，悉以事言上，罪者甚衆。陸抗時爲江陵都督，故下請孫皓，然後得釋。

不可啼，殺吴兒。

孫皓時詩妖

《晉書·五行志》曰：孫皓遣使者祭石印山下妖祠，使者因以丹書巖口云云。皓聞之曰：從大皇帝至朕四世，太平之主，非朕復誰？恣虐踰甚，尋以降亡。近詩妖也。

楚九州渚，吴九州都。揚州士，作天子。四世治，太平矣。

【校勘記】

〔一〕「救寒無若重裘」至此，原闕，據《四庫》本補。

古樂苑卷第四十八

雜歌謠辭 晉 諸國附

歌

束晳歌

《晉書》曰：束晳，陽平元城人。太康中，郡界大旱，晳爲邑人請雨，三日而雨注，衆爲作歌。

束先生，通神明，請天三日甘雨零。我黍以育，我稷以生。何以疇之，報束長生。「育」一作「萌」。

徐聖通歌

《藝文》列晉人中。《會稽典録》曰：徐弘字聖通，爲汝陰令，誅鉏姦桀，道不拾遺，民乃歌之。

徐聖通，政無雙。平刑罰，姦宄空。

醇酒歌

《拾遺記》曰：張華爲九醖酒，以三薇漬麴糵。糵出西羌，麴出北胡。胡中有指星麥，四月火星出，麥熟穫之。糵用水漬麥，三夕而萌芽，雞鳴而用之，俗呼爲雞鳴麥。釀酒醇美，久含令人齒動。若大醉，不叫笑摇蕩，令人肝腸消爛，俗人謂爲消腸酒，或云醇酒，可爲長宵之樂。閭里歌曰。

寧得醇酒消腸，不與日月争光。

應詹歌

《晉書》曰：王澄，惠帝末爲荆州牧，假應詹督南平、天門、武陵三郡軍事。天下大亂，詹境獨全。百姓歌之。

亂離既普，殆爲灰朽。僥倖之運，賴兹應后。歲寒不凋，孤境獨守。拯我塗炭，惠隆丘阜。潤同江海，恩猶父母。

并州歌

見《趙書》。《樂府廣題》曰：晉汲桑，清河貝丘人。力能扛鼎，殘忍少恩。六月盛暑，重裘累祻，使十餘人扇之，忽不清涼，便斬扇者。并州大姓田蘭、薄盛斬於平原，士女慶賀，奔走道路而歌之。

士爲將軍何可羞，六月重茵被狐裘，不識寒暑斷人頭。雄兒田蘭爲報讎，中夜斬首謝并州。「狐」一作「豹」。

襄陽兒童歌

《晉書》曰：山簡字季倫，永嘉初爲南征將軍，出鎮襄陽。于時四方寇亂，朝野危懼，簡優游卒歲，惟酒是躭。諸習氏者，荆土豪族，有佳園池，簡每出嬉遊，多之池上，置酒輒醉，名之曰高陽池。時有兒童歌曰。

山公出何許，往至高陽池。日夕倒載歸，酩酊無所知。時時能騎馬，倒着白接羅。舉鞭向葛彊，何如并州兒。彊家在并州，簡愛將也。

吴人歌

《晉書》曰：鄧攸，元帝時爲吴郡太守。刑政清明，百姓歡悦。後稱疾去，百姓數千人留牽攸船，不得進，攸乃少停，夜中發去。吴人歌之。

紞如打五鼓，鷄鳴天欲曙。鄧侯挽不留，謝令推不去。

豫州歌

《晉書》曰：祖逖，元帝時爲豫州刺史。躬自儉約，督課農桑，克己務施，不畜資産，子弟耕耘，負擔樵薪。又收葬枯骨，爲之祭醊，百姓感悦。嘗置酒大會，耆老中坐流涕曰：「吾等老矣，更得父母，死將何恨！」乃歌曰。《祖逖别傳》作《童謡》附後。

幸哉遺黎免俘虜，三辰既朗遇慈父。玄酒忘勞甘瓠脯，何以詠思歌且舞。「幸哉遺民免豺虎，三辰既朗遇慈父。玄酒清醪甘瓠脯，亦何報恩歌且舞。」

幸宣城歌

《晉書》：陶汪，咸康中爲宣城内史。招隱逸，廣學舍，士民知嚮方者辟爲掾史，百姓歌之。

人當勤學得主簿，誰復爲之陶明府。

三明歌

《中興書》曰：諸葛恢字道明，避難過江，與潁川荀道明闓、陳留蔡道明謨俱有名譽，號曰中興三明。時人歌之曰。

京都三明各有名，蔡氏儒雅荀葛清。「都」一作「師」，《晉書》作「語」。

庾公歌

二首。《晉書·五行志》曰：庾亮初鎮武昌，出至石頭，百姓於岸上歌之。後連徵不入，及薨於鎮，以喪還都葬，皆如謡言。

庾公上武昌，翩翩如飛鳥。庾公還揚州，白馬牽旐旒。

庾公初上時，翩翩如飛鳥。庾公還揚州，白馬牽流蘇。一作「旒車」。

阿子聞歌

《晉書·五行志》曰：穆帝升平中，童兒輩忽歌於道，曰《阿子聞》，曲終輒云云。無幾而帝崩，太后哭之曰：「阿子汝聞不。」

阿子汝聞不。

廉歌

《晉書·五行志》曰：升平末，俗間忽作《廉歌》。有扈謙者聞之曰：廉者臨也。歌云云，内外悉臨，國家其大諱乎？少時而穆帝晏駕。

白門廉，宮庭廉。

郗王歌

《世説》曰：郗超、王珣並以俊才爲桓大司馬所眷。珣爲主簿，超爲記室參軍。超爲人多鬚，珣形狀短小。時人爲之歌曰。

髯參軍，短主簿。能令公喜，能令公怒。《晉書》作《府中語》。

御路楊歌

《晉書·五行志》曰：晉海西公太和中，民爲此歌。白者金行，馬者國族，紫爲奪正之色，明以紫間朱也。海西公尋廢，三子非海西公之子，縊以馬韁。死之明日，南方獻甘露。

青青御路楊，白馬紫游韁。汝非皇太子，那得甘露漿。

鳳皇歌

《晉書·五行志》曰：晉海西公生皇子，百姓歌之，其歌甚美，其旨甚微。海西公不男，使左右向龍與内侍接，生子，以爲己子。一言桓温將廢海西，使爲此歌。

鳳皇生一雛，天下莫不喜。本言是馬駒，今定成龍子。

黄曇歌

《晉書》曰：桓石民爲荆州，鎮上明，百姓忽歌曰「黄曇子」，曲終又曰云云。頃之而桓石民死，王忱爲荆州。黄曇子乃是王忱字也。忱小字佛大，是大佛來上明也。

黄曇英，揚州大佛來上明。

歷陽歌

《晉書·五行志》曰：庾楷鎮歷陽，百姓歌之。後楷南奔桓玄，爲玄所殺。

重羅黎，重羅黎，使君南上無還時。

樊氏陂歌

樊氏陂，庾氏取之，時人歌曰。

陂汪汪，下田良，樊子失業庾公昌。

桓玄時小兒歌

吴均《續齊諧記》曰：桓玄簒位後，朱雀門中忽見兩小兒，通身如墨，相和作籠歌云云。路邊小兒從而和之者數十人，聲甚哀楚。日既夕，二小兒入建康縣，至閤下，遂成雙漆鼓槌。明年春而桓敗。「車無軸，倚孤木」，桓字也。荆州送玄首，用敗籠茵包之。又芒繩束縛其屍，沉諸江中。悉如所歌焉。

芒籠茵，繩縛腹。車無軸，倚孤木。

從者歌

《續安帝紀》曰：司馬休之兄尚，爲桓玄所敗。休之奔淮泗，頗得彼之人心，從者爲之歌。

可憐司馬公，作性甚温良。憶昔水邊戲，使我不能忘。

懊憹歌

《晉書·五行志》曰：安帝隆安中，百姓忽作《懊憹》之歌。其曲曰云云。尋而桓玄簒位，義旗以三月二日埽定京都，誅之。玄之宫女及逆黨之家子女妓妾悉爲軍賞，東及甌越，北流淮泗，皆人有所獲。故言時則草可結，事則女可擷也。

草生可攬結，女兒可攬擷。

歌三首 王嘉

《晉書》本傳曰：嘉死之日，人有隴上見之，其所造三章歌讖，事過皆驗。《金陵志》曰：初，王子年著讖，至安帝，果爲劉氏所代。

帝諱昌明運當極，特申一期延其息。諸馬渡江百年中，當值卯金折其鋒。

欲知其姓草肅肅，穀中最細低頭熟，鱗身甲體永興福。《南史》曰：齊太祖高皇帝諱道成，姓蕭氏。未受命時，王子年作此歌。按穀中精細者稻也，即道也，熟猶成也。

金刀利刃齊刈之。金刀劉字。刈猶剪也。

涼州大馬歌

《晉書》曰：張軌，永寧初爲涼州刺史。王彌寇洛陽，軌遣北宫純、張纂、馬魴、陰濬等率州軍擊破之，又敗劉聰于河東。京師歌之曰。

涼州大馬，横行天下。涼州鴟苕，寇賊消。鴟苕翩翩，怖殺人。

麴游歌

《晉紀》曰：麴允，金城人也，與游氏世爲豪族，西州爲之歌曰。

麴與游，牛羊不數頭。南開朱門，北望青樓。《晉書》作《語》。

隴上歌

《晉書・載記》曰：劉曜圍陳安于隴城，安敗，南走陜中。曜使將軍平先、丘中伯率勁騎追安，安與壯士十餘騎於陜中格戰。安左手奮七尺大刀，右手執丈八蛇矛，近交則刀矛俱發，輒害五六：，遠則雙帶鞬服，左右馳射而走。平先亦壯健絶人，與安摶戰，三交，奪其蛇矛而退，遂追斬于澗曲。安善於撫綏，吉凶夷險，與衆同之，及其死，隴上爲之歌。曜聞而嘉傷，命樂府歌之。

隴上壯士有陳安，軀幹雖小腹中寬，愛養壯士同心肝。驫驄父馬鐵鍜鞍，七尺大刀奮如湍，丈八蛇矛左右盤，十盪十決無當前。戰始三交失蛇矛，棄我驫驄竄巖幽，爲我外援而懸頭。西流之水東流河，一去不還奈子何！

隴上健兒曰陳安，軀幹雖小腹中寬，愛養壯士同心肝。騄驄駿馬鐵鍜鞍，七尺大刀配齊鐶，丈八蛇矛左右盤，十盪十決無當前。百騎俱出如雲浮，追者千萬騎悠悠。戰始三交失蛇矛，十騎俱盪九騎留。棄我騄驄攀巖幽，天非降雨迨者休。阿呵嗚呼奈子何，嗚呼阿呵奈子何！《趙書》曰：劉曜討陳安於隴城，安下小將多堅戍，不下，城内得安死力。謡曰云云，與前小異。

關隴歌

《拾遺》作《苻秦時童謡》。《晉書》曰：苻堅時，關隴清宴，百姓豐樂。自長安至於諸州，皆夾路樹槐柳，二十里一亭，四十里一驛，旅行者取給於途，工商貿販於道，百姓歌之。崔鴻《前秦録》曰：王猛化洽六州，人移風變，百姓歌之曰。

長安大街，夾樹楊槐。下走朱輪，上有鸞栖。英彦雲集，誨我萌黎。

苻秦鳳皇歌

崔鴻《前秦録》曰：永興三年，九月，鳳皇翔于東郊。民因歌之。

鳳皇于飛，其羽翼翼。淵哉聖后，饗齡萬億。一作「翊我聖后，其齡萬億」。

苻堅時長安歌

《晉書·載記》曰：苻堅既滅燕，慕容沖姊僞清河公主年十四，有殊色，堅納之，寵冠後庭。沖年十二，亦有龍陽之姿，堅又幸之。姊弟專寵，宮人莫進。長安歌之，咸懼爲亂，王猛切諫，堅乃出沖。後竟爲沖所敗。

一雌復一雄，雙飛入紫宮。此本漢紫宫諺。

索稜歌

崔鴻《十六國春秋·前秦録》曰：索稜字孟則，燉煌人。好學博聞，姚萇甚重之，委以機密。

文章詔檄，皆稜之文也。後爲平原太守，以德化民，民畏而愛之。歌曰。

懿矣明守，庶績允釐。剖符作宰，實獲我思。

泰始中謡 謡

《晉書》曰：泰始中，人爲賈充等謡，言亡魏而成晉也。

賈裴王，亂紀綱。王裴賈，濟天下。賈充、裴秀、王沈。

南土謡

《晉書》曰：杜預都督荆州。舊水道惟沔漢達江陵，千數百里無通路。又巴丘湖沅、湘之會，表裏山川，實爲險固，荆蠻之所恃也。預乃開揚口〔一〕，起夏口，水道洪洞達巴陵千餘里，内瀉長江之險，外通零桂之漕，南土美而謡曰。

後世無叛由杜翁，孰識智名與勇功。

軍中謡

《晉書》曰：杜預遣周旨、伍巢等伏兵樂鄉城外，孫歆遣軍出拒，旨等發伏兵，隨歆軍而入，直至帳下，虜歆而還。故軍中爲之謡曰。

以計代戰一當萬。

閣道謡

《晉書》曰：潘岳才名冠世，爲衆所疾。泰始十年，出爲河陽令，而鬱鬱不得志。時尚書僕射山濤領吏部，王濟、裴楷等並爲帝所親遇，岳内非之，乃題閣道爲謡。

閣道東，有大牛。王濟鞅，裴楷鞧，和嶠刺促不得休。

閣東有大牛。和嶠鞅，裴楷鞦，王濟剔嬲不得休。《世説》曰：山公以器重朝望，年踰七十，猶知管時任。貴勝年少若和、裴、王之徒並共宗詠。有署閣柱云云，或云潘尼作之。《竹林七賢論》曰：濤之處選，非望路絶，故貽是言。

蜀民謡

許遜，晉武帝太康初爲蜀郡旌陽縣令。屬歲大疫，死者十七八，遜以所授神方拯治之，符呪所及，登時而愈。蜀民爲之謡曰。

人無盜竊，吏無奸欺。我君活人，病無能爲。

童謠

《晉書》曰：石苞既定壽春，以威惠服物。淮南監軍王環輕苞素微，又聞童謠，因是密表苞與吳人交通。

宫中大馬幾作驢，大石壓之不得舒。

武帝平吳後童謠

三首。《宋書·五行志》曰：武帝太康後江南童謠。于時吳人皆謂在孫氏子孫，故竊發爲亂者相繼。按「横目」者「四」字。自吳亡至晉元帝興，幾四十年，皆如童謠之言。元帝懦而少斷，「局縮肉」，直斥之也。

局縮肉，數横目，中國當敗吳當復。

宫門柱，且莫朽，吳當復，在三十年後。

雞鳴不拊翼，吳復不用力。

惠帝時兒童謠

《襄陽耆舊傳》曰：晉惠帝即位，兒童謠曰云云。又河内温縣有人如狂，造書曰云云。楊濟以問蒯欽，欽垂泣曰：皇太后諱季蘭。兩火，武皇帝諱炎字也。此言武皇崩而太皇失尊，罹大禍辱，終始不以道，不得附山陵，乃歸於非所也。及太后之見滅，葬於街郵亭，皆如其言。《晉書·志》曰：楊駿居内府，以戟爲衛，死時又爲戟所害傷。楊后被廢，賈后絶其膳，八日而崩，崩葬街郵亭，百姓哀之也。

兩火没地，哀哉秋蘭。歸形街郵，終爲人歎。《晉書》並作《温縣狂書》。

温縣狂書

光光文長，以戟爲墻。毒藥雖行，戟還自傷。「以」一作「大」。「雖」一作「即」。「戟」一作「刃」。

惠帝永熙中童謠

《晉書·五行志》曰：惠帝永熙中童謠。時楊駿專權，楚王用事，故言荆筆楊版。二人不誅，則君臣禮悖，故云幾作驢也。

二月末，三月初，荆筆楊版行詔書，宫中大馬幾作驢。「大」一作「人」。王隱《晉書》云：「二月盡，三月初，桑生□雪柳葉舒。」下同。

惠帝元康中京洛童謡

二首。《晉書·五行志》曰：惠帝元康中，京洛童謡。南風，賈后字也。白，晉行也。沙門，太子小字也。魯，賈謐國也。言賈后將與謐爲亂，以危太子，而趙王因釁咀嚼豪賢，以成篡奪，不得其死之應也。

南風起兮吹白沙，遥望魯國何嵯峨，千歲髑髏生齒牙。一無「兮」字。

南風烈烈吹黄沙，遥望魯國鬱嵯峨，前至三月滅汝家。《賈后傳》有此謡，與《五行志》所載不同。其後賈謐既誅，賈后尋亦廢死。《宋書·五行志》：是時愍懷頗失衆望，卒以廢黜，不得其死焉。

城東馬子莫嚨哅，比至來年纏汝鬉。

東宫馬子莫聾空，前至臘月纏汝鬉。《愍懷太子傳》紀此謡。

惠帝大安中童謡

《晉書·五行志》曰：晉惠帝大安中童謡。其後中原大亂，宗藩多絶，唯瑯琊、汝南、西陽、南頓、彭城同至江東，而元帝嗣統矣。

五馬浮渡江，一馬化爲龍。「浮」《宋書》作「游」。

元康中童謡

《晉書·五行志》曰：元康中，天下商農通著大鄣日，時童謡曰云云。及趙王倫篡位，其目實眇焉。

屠蘇鄣日覆兩耳，當見瞎兒作天子。

元康中洛中童謡

《晉書·五行志》曰：晉元康中，趙王倫既篡，洛中有童謡。數月而齊王、成都、河間義兵同會誅倫。按成都西藩而在鄴，故曰虎從北來。齊東藩而在許，故曰龍從南來。河間水區而在關中，故曰水從西來。齊留輔政，居于宮西，有無君之心，故曰登城看也。

虎從北來鼻頭汗，龍從南來登城看，水從西來河灌灌。

著布謡

《晉書》曰：齊王冏字景治，趙王倫篡位，冏起義兵誅之。拜大司馬，加九錫，政皆決之，而恣用羣小，不復朝覲。時人謡曰云云。遂爲長沙王所誅。

著布袙腹，爲齊持服。

洛下謡

《晉書》曰：長沙王乂，武帝第六子也。三王舉義，乂率國應之。後見冏專權，奉天子攻冏，斬之。河間王顒與成都王穎同伐京師，詔以乂爲大都督以距顒。相持數月，東海王越慮事不濟，潛收乂送金墉城，密告張方，方遣兵就金墉收乂炙殺之。初乂執權之始，洛下謡曰云云。以正月二十五日廢，後二日死，如謡言。

草木萌牙，殺長沙。

惠帝時洛陽童謡

《晉書》曰：惠帝時洛陽童謡。明年而胡賊石勒、劉羽反。

鄴中女子莫千妖，前至三月抱胡腰。

蜀郡童謡

元康三年正月，歘一夜有火光，地仍震。童謡曰。

郫城堅，盎底穿，郫中細子李特細。

又

江橋頭，闕下市，成都北門十八字。

又

及羅尚在巴郡也，又曰。尚，梁州刺史。

巴郡葛，當下美巴郡。字疑有悮。

又

皮素之西上也，又曰。素，益州刺史。

有客有客，來侵門陌，其氣欲索。

蜀人謡

二首。《晉書》曰：羅尚字敬之，一名仲。太康末爲荆州刺史，及趙廞反于蜀，乃假尚節爲平西將軍、益州刺史。尚性貪，少斷，蜀人謡曰。

尚之所愛，非邪則佞。尚之所憎，非忠則正。富擬魯衛，家成市里。貪如豺狼，無復極已。

《晉書》作蜀人言曰。

蜀賊尚可，羅尚殺我。

懷帝永嘉初童謡

《晉書·五行志》曰：司馬越還洛時童謡也。按列傳，越既與苟晞搆怨，尋詔越爲丞相，領兖州牧，督兖、豫、司、冀、幽、并六州。越辭丞相不受，自許遷于鄄城，移屯濮陽，又遷于滎陽，後自滎陽還洛。《懷帝紀》曰「永嘉三年，三月丁巳，東海王越歸京師」是也。

洛中大鼠長尺二，若不早去天狗至。「天」《宋書》作「大」。

同前

《晉書・五行志》曰：苟晞將破汲桑，時有此謠。司馬越由是惡晞，奪其兗州，隙難遂搆焉。按列傳，東海孝獻王越字元超，懷帝永嘉初出鎮許昌。自許昌率苟晞及冀州刺史丁邵討汲桑，破之。越還于許，長史潘滔説之曰：「兗州天下樞要，公宜自牧。」乃轉苟晞爲青州刺史，由是與晞有隙。

元超兄弟大洛度，上桑打椹爲苟作。

王彭祖謠

《晉書》曰：王浚永嘉中進大司馬、侍中、大都督，督幽、冀諸軍事。會京洛傾覆，浚大樹威令，專權横恣。時童謡曰：

幽州城門似藏户，中有伏尸王彭祖。有狐踞府門，翟雉入聽事。

棗郎謡

見《王浚傳》。棗嵩，浚之子婿。浚聞，責嵩而不能罪之也。

十囊五囊入棗郎。

愍帝初童謡

《晉書·五行志》曰：愍帝初童謡。至建興四年，帝降劉曜在城東豆田壁中。

天子何在豆田中。一作「天子在何許，近在豆田中」。王浚在幽州，以豆有藿，殺隱士霍原。

建興中江南謡

《晉書·五行志》曰：建興中，江南謡歌。按白者，晉行。坑器有口屬瓮，瓦瓮質剛，亦金之類也。「訇如白坑破」者，言二都傾覆，王室大壞也。「合集持作甒」者，元帝鳩集遺餘，以主社稷，未能尅復中原，但偏王江南，故其喻也。及石頭之事，六軍大潰，兵人抄掠京邑，爰及二宫。其後三年，錢鳳復攻京邑，阻水而守，相持月餘日，焚燒城邑，井堙木刊矣。鳳等敗退，沈充將其黨還吴興，官軍踵之，蹈藉郡縣，充父子授首，黨與誅者以百數。所謂「揚州破换敗，吴興覆瓿甊」。瓿甊瓦器，又小於甒也。

訇如白坑破，合集持作甒。揚州破换敗，吴興覆瓿甊。訇，呼宏反。「坑」《宋書》作「阬」。甒，音武。

瓿，音部。甎，盧斗反。

童謡

《晉書》曰：温嶠滅王敦。先是童謡云云。以爲賊如韭柳，尋得復生也。

剪韭剪韭，斷楊柳。河東小子，令我與子。

明帝太寧初童謡

《晉書·五行志》曰：明帝太寧初童謡。及明帝崩，成帝幼，爲蘇峻所逼，遷于石頭，御膳不足。此「大馬死，小馬餓」也。高山，峻也，言峻尋死。石，峻弟蘇石也。峻死後，石據石頭，尋爲諸公所破，是亦「山崩石破」之應也。

惻惻力力，放馬山側。大馬死，小馬餓。高山崩，石自破。

成帝末童謡

《晉書·五行志》曰：成帝之末童謡。少日而宫車晏駕。

礚礚何隆隆，駕車入梓宫。

咸康二年童謡

《晉書·五行志》曰：咸康二年，十二月，河北謡言。後如其言。

麥入土，殺石虎。《晉起居注》作「麥如土」。「虎」《晉書》作「武」。

吴中童謡

《宋書·五行志》曰：晉庾義在吴郡時吴中童謡。無幾而庾義、王洽相繼亡。按晉史，穆帝時庾義爲吴興内史，王洽爲吴郡内史，徵拜領軍，後皆卒於官。義疑即羲也。

寧食下湖荇，不食湖上蓴。庾吴没命喪，復殺王領軍。

哀帝隆和初童謡

《晉書·五行志》曰：哀帝隆和初童謡。朝廷聞而惡之，改年曰興寧，民復歌曰云云。哀帝尋崩。升平五年而穆帝崩。「不滿斗」，不至十年也。

升平不滿斗，隆和那得久。桓公入石頭，陛下徒跣走。雖復改興寧，亦復無聊生。

太和末童謡

《晉書·五行志》曰：太和末童謡。及海西公被廢，百姓耕其門以種小麥。

犂牛耕御路，白門種小麥。

京口民間謡

二首。《晉書·五行志》曰：王恭在京口，民間忽有此謡。按黄字上恭字頭也，小字恭字下也。尋如謡言。

黄頭小兒欲作賊，阿公在城下，指縛得。

黄頭小人欲作亂，賴得金刀作蕃扞。

京口謡

《晉書·五行志》曰：王恭鎮京口，誅王國寶，百姓爲此謡。按「昔年食白飯」，言得志也。

「今年食麥䴷」，麥䴷麤穢，其精已去，明將敗也。天公將加譴謫而誅之也。「捻嚨喉」，氣不通，死之祥也。「敗復敗」，丁寧之辭也。恭尋死，京都人行咳疾，而喉並喝焉。

昔年食白飯，今年食麥䴷。天公誅謫汝，教汝捻嚨喉。嚨喉喝復喝，京口敗復敗。

孝武帝太元末京口謡

《晉書・五行志》曰：孝武帝太元末京口謡。尋王恭起兵誅王國寶，旋爲劉牢之所敗，故言「拉颯棲也」。

黄雌雞，莫作雄父啼。一旦去毛衣，衣被拉颯棲。

荆州童謡

《晉書・五行志》曰：殷仲堪在荆州時童謡。未幾而仲堪敗，桓玄遂有荆州。

芒籠目，繩縛腹。殷當敗，桓當復。桓玄時小兒歌，首二句同。

安帝元興初童謡

《宋書・五行志》曰：晉桓玄既篡，有此童謡。及玄敗走至江陵，五月中誅，如其期焉。《安帝紀》：桓玄篡位，在安帝元興二年十二月也。

草生及馬腹，烏啄桓玄目。

民謡

《志》曰：時又有民謡云。征鐘，至穢之服。桓，四體之下稱。玄自下居上，猶征鐘之厠歌謡，下體之詠民口也。而云「落地」，墜地之祥，迸走之言，其驗明矣。

征鐘落地桓迸走。

安帝元興中童謡

《宋書·五行志》曰：晉安帝元興中，桓玄既得志，而有童謡。及玄敗走，諸桓悉誅焉。郎君，司馬元顯也。

長干巷，巷長干。今年殺郎君，明年斬諸桓。此歌亦見《晉書·桓玄傳》。「明」字作「後」。

司馬元顯時民謡

二首。《宋書·五行志》曰《司馬元顯時民謡詩》。此詩云襄陽道人竺曇林所作，多所道，行於世。孟顗釋之曰：十一口者，玄字象也。木亘，桓也。桓氏當悉走入關洛，故云浩浩鄉也。金刀，劉也，倡義諸公多姓劉。娓娓，美盛貌也。

當有十一口，當爲兵所傷。木亘當北度，走入浩浩鄉。金刀既以刻，娓娓金城中。

安帝義熙初童謡

《晉書·五行志》曰：安帝義熙初童謡。時官養盧龍，寵以金紫，奉以名州，養之已極，而龍不能懷我好音，舉兵内伐，遂成讐敵也。及敗，斬伐其黨，如草木之成積焉。按列傳，盧循小字元龍。元興二年，寇廣州，逐刺史吴隱之，攝州事，號平南將軍。安帝乃假循征虜將軍、廣州刺史。義熙中，劉裕破循于豫章，循走交州，爲刺史杜慧度所殺。

官家養蘆化成荻，蘆生不止自成積。

安帝義熙初謡

二首。《晉書·五行志》曰：盧龍據有廣州，民間有謡云云。後擁上流數州之地，内逼京輦，應「天半」之言。時復有謡言云云，龍後果敗，不得入石頭。

蘆生漫漫竟天半。

蘆橙橙，逐水流，東風忽如起，那得入石頭。

永嘉中長安謡

《晉書》曰：張寔，軌之子也。軌卒，授寔涼州刺史，進大都督。劉曜逼遷天子，寔遣太府司馬韓璞東赴國難。璞次南安，諸羌斷軍路，寔擊破之，斬級數千。時焦崧、陳安寇隴右，東與劉曜相持，雍秦之人死者十八九。初永嘉中，長安語曰云云，至是驗矣。

秦川中，血没腕，唯有涼川倚柱觀。「腕」一作「踠」。「觀」一作「看」。

西土謡

《晉書》曰：張茂，寔之弟。太興三年，寔既遇害，州人推茂平西將軍、涼州牧。涼州大姓賈摹，寔之妻弟也，勢傾西土。先是，謡曰云云。茂以爲信，誘而殺之。於是豪右屏迹，威行涼域。

手莫頭，圖涼州。

姑臧謡

《晉書》曰：張駿，寔之子。茂卒，駿嗣位大都督、大將軍、涼州牧、西平公。駿之立也，姑臧謡曰云云。至是而收復河南之地。

鴻從南來雀不驚，誰謂孤雛尾翅生，高舉六翮鳳皇鳴。

張沖謡

崔鴻《前涼録》曰：張沖字長思，燉煌人。家財巨萬，施之鄉閭。時人爲之謡曰。

推財不疑張長思。

麗世謡

《趙書》曰：燕人麗世爲光禄勳，奏案豪强，苛尅人物，咸懼疾之。及卒，門無弔客。時人爲之謡曰。

麗家之巷，車馬鱗鱗，泥丸之日無弔賓。弔賓不來何所因，由性苛尅寡所親。

張樓謡

崔鴻《後趙録》曰：張樓爲臨水長，嚴政酷刑，殘忍無惠。人謡之曰。

陽平張樓頭如箱，見人切齒劇虎狼。

洪水謡

亦見崔鴻《前秦録》。《晉書》曰：苻洪字廣世，略陽臨渭氐人也。先是，隴右大雨，百姓苦之，謡曰云云。故因名洪，自稱大單于、三秦王。死，僞謚惠武帝。

雨若不止，洪水必起。

苻生時長安謡

二首。《晉書》曰：苻生，洪之孫，嗣父健位，僭稱帝。初生，夢大魚食蒲，又長安謡曰云云。東海，苻堅封也，時爲龍驤將軍，第在洛門之東。生不知是堅，以謡言之故，誅其侍中魚遵及其子孫。時又謡曰云云，於是悉壞空城以禳之。

東海大魚化爲龍，男便爲王女爲公，問在何所洛門東。

百里望空城，鬱鬱何青青。瞎兒不知法，仰不見天星。生闕一目。

苻堅時長安謡

《晉書·載記》曰：苻堅時，長安有此謡。堅以鳳皇非梧桐不棲，非竹實不食，乃植桐、竹數十萬株于阿房城以待之。沖小字鳳皇，至是終爲堅賊，入止阿房城焉。

鳳皇鳳皇止阿房。

苻堅時長安謡

《晉書》曰：秦之末亂也，長安謡曰云云。秦人呼鮮卑爲白虜，慕容垂之起于關東，歲在癸未。

長鞘馬鞭擊左股，太歲南行當復虜。「復」一作「避」。

苻堅初童謡

《晉書·五行志》：及堅敗於淝水，爲姚萇所殺，在僞位凡三十年。

阿堅連牽三十年，後若欲敗時，當在江湖邊。《傳》作「江淮間」。

苻堅時童謡

《晉書·載記》曰：苻堅彊盛之時，國有童謡云云。堅聞而惡之，每征伐，戒軍候云：「地有名新城者避之。」後因壽陽之敗，其國大亂，竟死於新城佛寺。

河水清復清，苻詔死新城。「復」一作「且」。秦人稱其君曰詔。

鮮卑謡

《晉書·五行志》曰：時復有謡歌云。識者以爲魚羊鮮也，田斗卑也，堅自號秦，言滅之者鮮卑矣。其羣臣諫堅，令盡誅鮮卑，堅不從。及淮南初爲慕容沖所攻，又爲姚萇所殺，身死國滅。

魚羊田斗當滅秦。

國中謡

《晉書》：桓豁聞苻堅國中謡，有子二十人，皆名石應之。及堅敗淝水，謝石爲都督。

誰謂爾堅石打碎。

謠言

《魏書》：苻堅南伐，至項城，弟陽平公融攻壽春，克之，馳使白堅，宜速進軍。堅捨大軍於項城，兼道赴之，遂大敗，單騎遁還淮北。初，謠言曰云云，羣臣勸堅停項，爲六軍聲鎮，堅不從。

堅不出項

將謠

《魏書》：姚萇與慕容沖合攻苻堅於長安。先是，謠曰云云。堅大信之，至五將山，姚萇執而縊殺之。

堅入五將山萇得。

朔馬謠

《晉書》：苻堅故將吕光僭即三河王位。光徙西海郡人於諸郡，謠曰云云，復徙之西河。

朔馬心何悲，念舊中心勞。燕雀何徘徊，意欲還故巢。

關東謡

《晉書》：初，關東謡曰云云。鞅，慕容垂之本名，與苻丕相持經年，百姓死幾絶。

幽州鞅，生當滅。若不滅，百姓絶。

燕童謡

《晉書》曰：慕容熙爲政暴虐，其將馮跋、張興皆坐事奔亡，結盟推慕容雲爲主。因熙出城，閉門距守。熙夜至龍城，攻北門不尅，爲雲所執，弑之。時義熙二年也。初，童謡曰云云。藁字上有草，下有禾，兩頭然，則禾草俱盡而成高字。雲父名拔，小字禿頭，三子，而雲季也。熙竟爲雲所滅。

一束藁，兩頭然，禿頭小兒來滅燕。

大風謡

《晉書·載記》曰：慕容寶嗣位，以慕容德爲都督冀、兗六州諸軍事，鎮鄴。會魏師入中山，寶出奔于薊，時有謡曰云云，於是德之羣臣勸德僭號稱元。

大風蓬勃揚塵埃，八井三刀卒起來。四海鼎沸中山頹，惟有德人據三臺。

諺

王公語

《王祥别傳》曰：晉受禪時，廊廟之士莫不歡容，而祥色不加怡，時人爲之語曰。

王公悢悢，有送故之情也。

裴秀語

虞預《晉書》曰：秀字季彦，河東聞喜人。父潛，魏太常。秀有風操，八歲能著文。叔父徽有聲名，秀年十餘歲，有賓客詣徽，出則過秀，時人爲之語曰。

後進領袖有裴秀。「進」一作「來」。

石仲容

《晉書》曰：石苞字仲容，渤海南皮人也。雅曠有知局，容儀偉麗，故時人爲之語曰。

石仲容，姣無雙。

渤海

《晉書》曰：歐陽建字堅石，世爲冀方碩族。雅有理思，才藻美贍，擅名北州。人爲之語曰。

渤海赫赫，歐陽堅石。

劉功曹

王隱《晉書》曰：劉毅字仲雄，僑居平陽。太守杜恕逼迫，舉毅爲功曹。月餘日，沙汰郡吏百餘人。三魏稱焉，爲之語曰。

但聞劉功曹，不聞杜府君。

諺

《晉書》：陳留相樂安孫尹表曰：劉毅前爲司隸，直法不撓。當朝之臣，多所按劾。諺曰。

受堯之誅，不能稱堯。

語

《晉書》：劉頌字子雅，廣陵人，漢廣陵厲王胥之後也，世爲名族。同郡有雷、蔣、穀、魯四姓，皆出其下。時人爲之語曰。

雷蔣穀魯，劉最爲祖。

崔左丞語

《晉書》曰：崔洪字伯良，博陵安平人，以清厲顯名。武帝世，爲御史治書，朝廷憚之。尋爲尚書左丞，時人爲之語曰。

叢生棘刺，來自博陵。在南爲鷂，在北爲鷹。舊作《歌》。

諺

《晉書》：元康之後，魯褒傷時貪鄙，乃著《錢神論》，引諺曰。

錢無耳，可闇使。成公綏亦有《錢神論》，引諺曰「錢無耳，可使鬼」。

貂不足

《晉書》曰：趙王倫僭位，諸黨皆登卿相，並列大封。其餘同謀者咸超階越序，不可勝紀，至於奴卒厮役亦加爵位。每朝會，貂蟬盈坐，時人諺曰。

貂不足，狗尾續。

四部司馬

《魏略》曰：成都王潁伐長沙王乂，募免奴爲軍，自稱四部司馬。市郭人素謬，語奴爲尚，故里語曰。

三部司馬階下兵，四部司馬尚長明，欲知太平須石鼈鳴。

江應元

《晉書》曰：江統字應元，陳留圉人也。静默有遠志，時人爲之語曰。

嶷然稀言江應元。

二王

《晉書·羊祜傳》曰：王衍嘗詣祜陳事，辭甚俊辨，祜不然之，衍拂衣而起。祜顧謂賓客曰：「王夷甫方以盛名處大位，然敗俗傷化，必此人也。」步闡之役，祜以軍法將斬王戎，故戎、衍並憾之，每言論多毁祜，時人爲之語曰。

二王當國，羊公無德。

衛玠

《晉書》曰：瑯琊王澄有高名，少所推服，每聞衛玠言，輒歎息絶倒。故時人爲之語曰。

衛玠談道，平子絶倒。《玠别傳》：前後三聞，爲之三倒。時人語曰：「衛君談道，平子三倒。」

慶孫越石

《晉書》曰：劉輿字慶孫，雋朗有才局，與弟琨名著當時。京都爲之語曰。

洛中奕奕，慶孫越石。越石，琨字。

洛中諺

三首。

洛中雅雅有三嘏。《世説》曰：劉粹字純嘏，宏字終嘏，漠字沖嘏。是親兄弟，王安豐甥，並是王安豐女壻。宏，真長祖也。

洛中錚錚馮惠卿。惠卿名蓀，是播子。蓀與邢喬俱司徒李胤外孫，及胤子順並知名。時稱「馮才清，李才明，純粹邢」。

洛中英英荀道明。《晉書》曰：荀闓字道明，有名稱。京都爲之語。「英英」，《晉中興書》作「奕奕」。

王與馬

《晉書》曰：元帝以王敦爲揚州刺史，加廣武將軍，尋進左將軍，都督征討諸軍事，假節。帝初鎮江東，威名未著，敦與從弟導同心翼戴，以隆中興，時人爲之語曰。

王與馬，共天下。

幼輿語

《晉書》列傳曰：謝鯤字幼輿，通簡有高識，任達不拘。鄰家高氏女有美色，鯤嘗挑之，女投梭，折其兩齒。時人爲之語曰云云。鯤聞之，慠然長嘯，曰：「猶不廢我嘯歌。」

任達不已，幼輿折齒。

郗王語

《晉書》曰：王坦之字文度，弱冠與郗超俱有重名。時人爲之語曰云云。嘉賓，超小字也。

盛德絶倫郗嘉賓，江東獨步王文度。一作「揚州獨步王文度，後來出人郗嘉賓」。

大才槃槃謝家安，江東獨步王文度，盛德日新郗嘉賓。

王羊語

沈約云：羊敬元尤長隸書，子敬之後，可以獨步。時人語曰。敬元，羊欣字。

買王得羊，不失所望。

王僧珍

《晉書》曰：王珉字季琰，少有才藝，善行書，與兄珣並有名聲，出珣右。故時人爲之語曰。

法護非不佳，僧珍難爲兄。法護，珣小字。僧珍，珉小字。

殷往嗣

殷典《通語》曰：殷禮字往嗣，七歲就官學書，在師未嘗戲弄。行在舟車，手不釋卷。從曲阿往返，遂不知隄瀆廣狹，及行旅喧鬧，時人語曰。

奇才强記殷往嗣。

諺

《晉書》：涼從事中郎張顯上疏，諫後主歆，引諺曰云云。今狐上南門，亦災之大也。又狐者胡也，天意若曰將有胡人居於此城，南面而居者也。

野獸入家，主人將去。

五龍一門

崔鴻《前涼録》曰：辛攀字懷遠，隴西狄道人。父奭，尚書郎。兄鑒曠，弟寶迅，皆以才識知名。秦雍爲之語曰。

五龍一門，金友玉昆。

長安語

《魏書》：初，堅之末亂也，關中土然，無火而煙氣大起，方數十里，月餘不滅。堅每臨聽訟觀，令民有怨者，舉煙於城北，觀而録之。長安爲之語曰。

欲得必存當舉煙。

二梁

崔鴻《前秦録》曰：梁讜字伯言，博學有儁才，與弟熙俱以文藻清麗見重一時。人爲之語曰。

關東堂堂，二申兩房。未若二梁，環文綺章。

苻雅語

《秦書》曰：尚書令苻雅爲人樂施，乞人填門。嘗曰：「天下物何常？吾今日富，後日貧耳。」忽一日不施，則意不泰，時人爲之語曰。

不爲權異富，寧作苻雅貧。

五樓

《晉書·載記》曰：慕容越時，公孫五樓爲侍中、尚書，專總朝政，王公内外，無不憚之。尚書都令史王儼諂事五樓，遷尚書郎，出爲濟南太守，入爲尚書左丞。時人爲之語曰。

欲得侯，事五樓。

太保語

崔洪《蜀李雄録》曰：雄異母兄始，字伯敬，爲太保，善撫士衆，衆多歸之。時人爲之語曰。

欲養老，屬太保。

書版語

《蜀書》：咸熙二年夏，巴郡文立從洛陽還蜀，見譙周。周語次，因書版示立曰云云。典午者，謂司馬也。月酉者，謂八月也。至八月而文王果崩。

典午忽兮，月酉没兮。

讖

《晉書》：初，元明世，郭璞爲讖曰云云。謂成帝有子，而以國祚傳弟。

君非無嗣，兄弟代禪。

又

有人姓李，兒專征戰。譬如車軸，脱在一面。兒者子也，李去子木存，車去軸爲亘，合成「桓」字也。

又

爾來爾來，河内大縣。爾來謂自爾已來爲元始。温字元子也；故河内大縣，温也。成康既崩，桓氏始大，故連言之。

又

賴子之薨，延我國祚。痛子之隕，皇運其暮。二子者，元子、道子也。温志在篡奪，事未成而死，幸之也。會稽王道子雖首亂晉國，而其死亦晉衰之由也，故云痛也。

父老書

《魏書》：世祖以沮遜牧健在涼州雖稱蕃致貢，而内多乖戾，於是親征。城敗，釋之。初，太延中，有一父老投書於敦煌城東門，忽然不見，其書一紙八字，文曰云云。又於震電之所得石，丹書曰云云。牧健立，果七年而滅。

涼王三十年，若七年。

河西，河西三十年。破帶石，樂七年。帶石，山名，在姑臧南山祀傍。

玉版文

《晉書》：慕容儁以永和八年僭即皇帝位。初，石季龍使人探策於華山，得玉版文云云。及此，燕人咸以爲儁之應也。

歲在申酉，不絶如綫。歲在壬子，真人乃見。

讖文

《晉書》：姚興太史令高魯遣其甥王景暉送玉璽一紐，并圖讖秘文與慕容德，羣臣因勸德即尊號。

有德者昌，無德者亡。德受天命，柔而復剛。

譙周讖

《魏書》：賨人李特與弟流據蜀，自稱大都督。特少子雄，僭稱帝。傳至勢，爲晉桓温所滅。先是，譙周云：「我死後三十年，當有異人入蜀，由之而亡。」蜀亡之歲，去周亡三十二年。周又著讖曰云云，卒如其言。

廣漢城北有大賊，曰流曰特攻難得，歲在玄宫自相尅。

時人語

《高僧傳》曰：釋道温，姓皇甫，安定朝那人，高士謐之後也。年十六，入廬山，依遠公受學。大明中，敕爲都邑僧主。累當講任，稟味之賓，填委相屬，精勤導物，數感神異。帝悦之，賜錢五十萬。時人爲之語曰。按大明是宋孝武帝，《詩紀》附晉，疑誤。

帝王傾財，温公率則。上天懷感，神靈降德。

時人語

又曰：釋慧静姓王，東阿人。少游學伊、洛之間，晚歷徐、兖，容甚黑，而識悟清遠。時洛中有沙門道經，亦解邁當世，與静齊名，而耳甚長大。故時人語曰。

洛下長大耳，東阿黑如墨。有問無不酬，有酬無不答。《詩紀》附晉。

【校勘記】

〔一〕揚，原作「楊」，據《四庫》本改。

古樂苑卷第四十九

雜歌謠辭 諺語附 南北朝

宋

歌 檀道濟歌

《異苑》曰：檀道濟，元嘉中鎮尋陽。十二年，入朝。與家分別，顧瞻城闕，歔欷逾深。識者是知道濟之不南旋也，故時人爲其歌。以十三年三月伏誅。

主人作死別，荼毒當奈何。

宋人歌

檀道濟，宋之良將，有威名，爲敵所畏。宋主疑而殺之，時人哀而作歌曰。

可憐白浮鳩，枉殺檀江州。

謡 跋扈謡

《宋書·武帝紀》曰：諸葛長民貪淫驕縱，帝每優容之。劉毅既誅，長民懼禍及，將謀作亂。帝自江陵還，長民到門，引前，却人閑語，帝已密命左右丁旿自幔後於坐拉焉，死牀側，輿屍付廷尉。旿驍勇有力，時人語曰。

勿跋扈，付丁旿。

謝靈運謡

《宋書·五行志》曰：陳郡謝靈運有逸才，每出入，自扶接者常數人。民間謡曰。

四人挈衣裾，三人捉坐席。

元嘉中魏地童謡

《南史》曰：宋元嘉二十七年，魏太武帝圍汝南戍。文帝遣臧質北救，至盱眙。太武已過淮，自廣陵返攻盱眙，就質求酒。質封溲便與之，且報書云：不聞童謡言邪？「虜馬飲江水，佛狸死卯年。」冥期使然，非復人事。爾智識及衆豈能勝苻堅邪？頃年展爾陸梁者，是爾未飲江、太歲未卯耳。時魏地有童謡，故質引之云。

軺車北來如穿雉，不意虜馬飲江水。虜主北歸石濟死，虜欲渡江天不徙。

大明中謡

《南史》曰：大明中，有奚顯度者，爲員外散騎侍郎。孝武嘗使主領人功，而苛虐無道，動加捶撻，暑雨寒雪，不聽暫休，人不堪命。時建康縣考囚，或用方材壓額及踝脛，故民間有此謡。又相戲：「易反顧，付奚度。」其暴酷如此。

寧得建康壓額，不能受奚度拍。

王張謡

《南史》曰：明帝以王景文外戚貴盛，張永累經軍旅，疑其將來難信，乃自爲謡言。

一士不可親，弓長射殺人。

泰始中童謡

《南齊書・五行志》曰：明帝殺建安王休仁，蘇偘云。後從帝自東城即位。

東城出天子。武進縣，上所居東城里也。

禾絹謡

《南史》曰：宋明帝時，阮佃夫、楊運長、王道隆皆擅威權，言爲詔敕，郡守令長一缺十除，内外混然，官以賄命。王、阮家富於宫室，中書舍人胡母顥專權，奏無不可，時人語曰云云。禾絹，謂上也。

禾絹閉眼諾，胡母大張橐。

元徽中童謡

《齊書・五行志》曰：元徽中童謡。後沈攸之反，雍州刺史張敬兒襲江陵，殺攸之子元填等。

襄陽白銅蹄，郎殺荆州兒。

童謡

《南史》曰：齊高帝輔政，袁粲、劉彦節、王藴等皆不同，而沈攸之又稱兵反。粲、藴雖敗，攸之尚存。卞彬意猶以高帝事無所成，乃謂帝曰：比聞謡云云，公頗聞不？時藴居父憂，與粲同死，故云「尸著服」也。服，衣也。「孝子不在日代哭」者，褚字也。彬謂沈攸之得志，褚彦回當敗，故言哭也。「列管」，謂簫也。高帝不悦，及彬退，曰：「彬自作此。」

可憐可念尸著服，孝子不在日代哭，列管暫鳴死滅族。

宋時謡

《南史》曰：宋時用人乖實，有謡云。《通典》：齊梁之末多以貴遊子弟爲之。當時諺曰。

上車不落爲著作，體中何如作秘書。《隋書》作梁世諺。「爲」字一並作「則」。

諺語

《南史》：入關之功，鎮惡爲首。沈田子與鎮惡争功，武帝將歸，留田子與鎮惡，私謂田子：語曰云云。卿等十餘人，何懼王鎮惡？故二人常有猜心。

猛獸不如羣狐。

京邑語

《宋書》：安成公何勗、臨汝公孟靈休並各奢豪，以肴膳器服車馬相尚。京邑語曰。

安成食，臨汝飾。

諺

《宋書》：顔延之爲庭誥之文，引諺曰。

富則盛，貧則病。

顔竣

《宋書》曰：顔竣爲吏部尚書，留心選舉，任遇既隆，奏無不可。後謝莊代竣，意多不行。竣容貌嚴毅，莊風姿甚美，賓客喧訴，常懽笑答之。時人語曰。

顏竣嗔而與人官，謝莊笑而不與人官。

將士語

《宋書·王玄謨傳》曰：玄謨性嚴剋少恩，而將軍宗越御下更苛酷，軍士爲之語曰。

寧作五年徒，不逢王玄謨。玄謨猶自可，宗越更殺我。

鬬場語

《南史》曰：有惠嚴、惠議道人並住東安寺，學行精整，爲道俗所推。時鬬場寺多禪師，都下爲之語曰。

鬬場禪師窟，東安談議林。

石城語

《南史》曰：袁粲謀舉兵誅齊高帝，褚淵發其謀，粲兵敗遇害，淵獨輔政。百姓語曰。

可憐石頭城，寧爲袁粲死，不作褚淵生。《南史》本傳「褚淵」作「彥回」。

二王語

《南史》曰：宋德既衰，齊高帝輔政，朝野之人，情懷彼此。吏部尚書王延之、尚書令王僧虔中立無所去就，時人語曰。

二王居平，不送不迎。「居」《齊書》作「持」。

王遠

蕭子顯《齊書》曰：王孫祐父遠，爲光禄勳，宋世爲之語曰。

王遠如屏風，屈曲從俗，能蔽風露。

讖

《南史·宋武帝紀》：雍州刺史魯宗之，負力好亂，且慮不爲帝容，常爲讖曰云云。

魚登日，輔帝室。

讖

《宋書·符瑞志》。

二口建戈不能方，兩金相刻凝神鋒，空穴無主奇入中，女子獨立又爲雙。《老子河洛讖》。二口建戈，劉字也。晉氏金行，劉姓又有金，故曰兩金相刻。空穴無主奇入中，爲寄字。女子獨立又爲雙，奴字。按宋武帝姓劉，小字寄奴。

上五盡寄致太平，草付合成集羣英。《劉向讖》。武帝小諱寄奴，太子諱義符。

金雌詩

大火有心水抱之，悠悠百年是其時。火，宋之分野。水，宋之德也。

雲出而雨漸欲舉，短如之何乃相岨，交哉亂也當何所，唯有隱巖殖禾黍，西南之朋困桓父。雨雲，玄字也。短者，云胙短也。巖隱不見，唯應見谷，殖禾黍邊，則聖諱炳明也。《易》曰：「西南得朋。」故能困桓父也。武帝名裕，起兵討桓玄，誅之。

齊

歌

永明初歌

《齊書·五行志》曰：永明初百姓歌。後句閒云「陶郎來」。白者金色，馬者兵事。三年，妖賊唐寓之起，言唐來勞也。

白馬向城啼，欲得城邊草。

東昏時百姓歌

《金陵志》曰：齊東昏侯即臺城閱武堂爲芳樂苑，山石皆塗以彩色，跨池水立紫閣諸樓觀。又於苑中立店肆，以潘妃爲市令。于時百姓歌云。

閱武堂，種楊柳。至尊屠肉，潘妃沽酒。

蘇小小歌

一曰《錢塘蘇小小歌》。《樂府廣題》曰：蘇小小，錢塘名倡也，蓋南齊時人。西陵在錢塘江之西，歌云「西陵松柏下」是也。

妾乘油壁車，郎騎青驄馬。何處結同心，西陵松柏下。

永明中虜中童謡 謡

《南齊書·五行志》曰：尋而京師人家忽生火，赤於常火，熱小微，貴賤争取以治病。後梁以火德興。

黑水流北，赤火入齊。《南史》載魏地謡言云：「赤火南流喪南國。」是歲有沙門從北齎此火而至。

永元元年童謡

《齊書·五行志》曰：永元元年童謡。千里流者，江祐也。東城，遥光也。遥光夜舉事，垣歷生者烏皮袴褶往奔之。跛脚，亦遥光。老姥子，孝字之象，徐孝嗣也。

洋洋千里流，流翣東城頭。烏馬烏皮袴，三更相告訴。脚跛不得起，誤殺老姥子。

永元中童謡

《齊·五行志》曰：永元中，童謡云云。識者解云「陳顯達屬豬，崔慧景屬馬」，非也。東昏侯屬豬，馬子未詳，梁王屬龍，蕭穎胄屬虎。崔慧景攻臺，頓廣莫門死，時年六十三。烏集傳舍，即所謂「瞻烏爰止，于誰之屋」。三八二十四，起建元元年，至中興二年，二十四年也。摧折景陽樓，亦高臺傾之意也。言天下將去，乃得休息。

野豬雖嗃嗃，馬子空閭渠。不知龍與虎，飲食江南墟。七九六十三，廣莫人無餘。烏集傳舍頭，今汝得寬休。但看三八後，摧折景陽樓。

楊婆兒謡

《魏書》：齊主昭業令女巫楊氏禱祝，速求天位。楊氏子珉，亦有美貌，何氏尤愛悦之。昭業呼楊氏爲婆。劉氏以來，民間作《楊婆兒歌》，蓋爲此也。《唐書·樂志》：《楊叛兒》本童謡，歌齊隆昌時女巫之子楊旻，隨母入内，爲何后寵。童謡云「楊婆兒」，語訛，遂成「楊叛兒」。

楊婆兒，共戲來所歡。

鄉里謠

《南史》：齊受禪，張敬兒歷遷車騎將軍。心自疑畏，誘説部曲，自云貴不可言，又使於鄉里爲謠言，使小兒輩歌云云。武帝疑有異志，誅之。敬兒家在冠軍里，宅前地名赤谷。

天子在何處，宅在赤谷口。天子是阿誰，非猪如是狗。

山陰謠

《南史》曰：丘仲孚爲山陰令，居職甚有聲稱，百姓爲此謠。前世傅琰父子、沈憲、劉玄明相繼宰山陰，並有政績。

二傅沈劉，不如一丘。

時人語 諺

《南齊書》：上嘉荀伯玉盡心，愈見親信。軍國密事，多委使之。時人爲之語曰。

十敕五令，不如荀伯玉命。

夢語

《南齊書》：初，太祖在淮南，荀伯玉假還廣陵。夢上廣陵城南樓，上有二青衣小兒，語伯玉云云，伯玉視城下人頭上皆有草。

草中肅，九五相追逐。

桓康語

《南史》曰：桓康，蘭陵人也。隨武帝起兵，摧堅陷陣，膂力絶人，江南人畏之。高帝鎮東府，除武陵王中兵、寧朔將軍，常侍衛左右。帝誅黄回，使康數回罪，然後殺之。時人語曰。

欲侜張，問桓康。

長沙王語

《南史》曰：長沙威王晃，高帝四子也。少有武力，昇明中，爲淮南、宣城二郡太守。晃便弓馬，初沈攸之事起，長沙威王晃多從武容，赫奕都街，時人爲之語曰。

焕焕蕭四織。

時人語

《南齊書》：永明末，京邑人士盛爲文章談義，皆湊竟陵王西邸，劉繪爲後進領袖。時張融音旨緩韻，周顒辭致綺捷，繪言吐又頓挫有風氣。時人爲之語曰云云，言在二家之中也。

劉繪貼宅，別開一門。

都人語

《南史》曰：永明末，都下人士盛爲文章談義，皆湊竟陵西邸，劉繪後進領袖。時張融言辭辯捷，周顒彌爲清綺，而繪音采贍麗，雅有風則。時人爲之語，言繪處二人間也。

三人共宅夾清漳，張南周北劉中央。

俗諺

《南齊書》：顧憲之上疏，言永興、諸暨公私殘盡，儻值水旱，實不易念。俗諺云云。會稽舊稱沃壤，今猶若此；吴興本是堉土〔一〕，因循餘弊，誠宜改張。

會稽打鼓送邮，吴興步擔令史。

諺

《南史》：齊卞彬仕既不遂，作《蚤蝨賦》，序曰：蝨有諺言。

朝生暮孫。

都下語

《南史》：齊東昏時，左右應敕捉刀之徒並專國命，人間謂之刀敕。都下爲之語曰。

欲求貴職依刀敕，須得富豪事御刀。

差山語

《南史》曰：沈麟士隱居餘不吴差山〔二〕，講經教授，從學士數十百人，各營屋宇，依止其側。時人爲之語曰。

差山中有賢士，開門教授居城市。一有「吴」字。

老子河洛讖

四首。

年曆七七水滅緒，風雲俱起龍蚍舉。《南齊書·祥瑞志》曰：宋，水德王。義熙十四年，元熙二年，永初三年，景平二年，元嘉三十年，孝建三年，大明八年，永光二年，泰始七年，泰豫元年，元徽、昇明三年，凡七十七年，故曰七七也。

肅草成，道德懷書備出身，形法治吴出南京。上即姓諱也。南京，南徐州治京口也。

墱堨河梁塞龍淵，消除水災泄山川。墱堨河梁，爲路也，路即道也。淵塞者，譬路成也。即太祖諱也。消水災，言除宋氏患難也。

上參南斗第一星，下立草屋爲紫庭。迎龍之岡梧桐生，鳳鳥舒翼翔且鳴。南斗第一星，吴分也。草屋，蕭字也。又簫管之器，像鳳鳥翼也。

天子何在草中宿。宿，肅也。

王子年歌

三首。後二首書其屋壁。

金刀治世後遂苦，帝王昏亂天神怒，災異屢見戒人主，三分二叛失州主，三王九江一在吳，餘悉稚小早少孤，一國二主天所驅。金刀，劉也。三分二叛，宋明帝世也。三王九江者，孝武于九江興，晉安王亦稱大號，世祖又於九江基霸跡。一在吳，謂齊氏桑梓，寄治南吳。一國二主，謂太祖符運潛興，爲宋氏驅除寇難。三禾摻摻林茂孳，金刀利刃齊刈之。金刀，劉氏。刈，剪也。欲知其姓草肅肅，穀中最細低頭熟，鱗身甲體永興福。穀道，熟成，又諱也。太祖體有龍鱗，斑駁成文，始謂是黑歷，治之甚至，而文愈明。

金雄記

二首。

鑠金作刀在龍里，占睡上人相須起。

當復有作肅入草。蕭字也。《記》又云：「草門可憐乃當入〔三〕，建號不成易運沸。」

梁

洛陽歌

《南史》曰：大通初，武帝遺飈勇將軍陳慶之送魏北海王元顥還北主，轉戰而前，連破魏軍。

慶之麾下悉着白袍，所向披靡。先是，洛陽人歌云，後果驗。

名軍大將莫自勞，千兵萬馬避白袍。《梁書》云洛陽童謡。「軍」作「師」。「勞」作「牢」。

始興王歌

《南史》曰：梁始興忠武王憺爲都督、荆州刺史。時天監初，軍旅之後，公私匱乏。憺厲精爲政，廣闢屯田，減省力役，供其窮困，辭訟者皆立待符教，决於俄頃，曹無留事，下無滯獄。後徵還朝，而民歌之。荆土方言謂爹爲父，故云。

始興王，人之爹。赴人急，如水火。何時復來哺乳我。爹，徒我反。

北軍歌

《南史》曰：梁臨川靜惠王宏爲揚州刺史。天監中，武帝詔都督諸軍侵魏，所領皆器甲精新，軍容甚盛。軍次洛口，前軍尅梁城。宏聞魏援近，畏懦不敢進，欲議還師，呂僧珍曰：知難而退，不亦善乎？柳玭等不從。魏人知其不武，遺以巾幗，北軍乃歌云云。

不畏蕭娘與呂姥，但畏合肥有韋武。韋武，叡也。

雍州歌

《南史》：南平王偉子恪爲雍州刺史。年少未閑庶務，百姓每通一辭，數處輸錢，方得聞徹。賓客江仲舉、蔡薳、王臺卿、庾仲容並有蓄積，民間歌之。後達武帝，帝因接末句云。

江千萬，蔡五百。王新車，庾大宅。主人憒憒不如客。

夏侯歌

《梁書》曰：夏侯夔爲豫州刺史，於蒼陵立堰，溉田千餘頃，境内賴之。夔兄亶先居此任，兄弟並有恩惠。百姓歌之。

我之有州，賴彼夏侯。前兄後弟，布政優優。「彼」一作「得」。「賴彼」一作「頻仍」。

鄱陽歌

《南史》曰：陸襄，吴郡人，爲鄱陽内史。先是，郡人鮮于琮反，攻郡，襄遣兵破之，生獲琮。時鄰郡按琮黨與，因求貨賄，皆不得其實，或有善人盡室罹禍，唯襄郡枉直無濫，人歌之曰。

鮮于抄後善惡分，人無橫死賴陸君。《梁書》：「民無橫死，賴有陸君」。「抄」一作「平」。

同前

《南史》曰：郡人有彭、李二家，先用忿争，遂相誣告。襄引入内室，不加責誚，但和言解喻之。二人感恩，深自悔咎。乃爲設酒食，令其盡歡。酒罷，同載而還，因相親厚。人又歌曰。

陸君政，無怨家。鬭既罷，讐共車。

瞿塘行人歌

《南史》曰：庾子輿，新野人，有孝性。丁母憂，哀至輒嘔血。父卒於蜀，子輿哀痛將絶。奉喪還鄉，秋水猶壯。巴東有淫預石，高出二十許丈，及秋至，則纔如見，次有瞿塘大灘，行旅忌之。部伍至此，石猶不見，子輿撫心長叫，其夜五更，水忽退減，安流南下。及度，水復舊，行人爲之歌曰。

淫預如幞本不通，瞿塘水退爲庾公〔四〕。一作《語》。

北方童謡 謡

《南史》曰：梁武帝時，魏降人王足陳計，求堰淮水以灌壽陽。足引北方童謡曰云云。帝發淮陽户丁及戰士二十萬築之，以康絢督其事，南起浮山，北抵巉石。堰成，長九里，高二十丈，夾堤并樹杞柳，軍人安堵其上。魏軍竟潰而歸，水之所及，方數百里，魏壽陽城戍稍徙頓八公山。

荆山爲上格，浮山爲下格。潼沱爲激溝，併灌鉅野澤。

梁武帝時謡

《南史》曰：梁武帝天監元年，十一月，立長子統爲皇太子，時民間有謡。按「鹿子開」者，反語爲來子哭也，後太子果薨。是時長子歡爲徐州刺史，以嫡孫次應嗣位，而帝意在晉安王，猶豫未決。及立晉安王爲皇太子，而歡止封豫章郡王還任。謡言「心徘徊」者，未定也；「城中諸少年，逐歡歸去來」者，復還徐方之象也。統即昭明太子也。

鹿子開城門，城門鹿子開，當開復未開，使我心徘徊。城中諸少年，逐歡歸去來。

雍州童謡

《南史》：蕭範，武帝從子，都督、雍州刺史。時論範欲爲賊，又童謡云，然卒無驗。

莫忽忽，且寬公，誰當作天子，草覆車邊已。

大同中童謠

《南史》曰：侯景渦陽之敗，遣人求錦，朝廷給之青布，其後皆用爲袍，色尚青。景乘白馬，青絲爲轡，欲以應謡。

青絲白馬壽陽來。

侯景時童謠

《南史》曰：侯景既尅建鄴，脩飾臺城及朱雀、宣陽等門，童謡曰。

的脰烏，拂朱雀，還與吴。《三國典略》作「白頭烏」。

脱青袍，著芒屩，荆州天子挺應着。侯景即位，童謡曰。

江陵謡

《南史》曰：侯景既誅，傳首至江陵。元帝命梟於市三日，然後煮而漆之，以付武庫。先是，江陵謡言，景首既至，元帝付李季長宅，宅東即苦竹町也。既加鼎鑊，即用市南水焉。

苦竹町，市南有好井。荆州軍，殺侯景。

梁童謡

《南史》曰：臨賀王正德與侯景同逆，百姓至聞臨賀郡名亦不欲道。童謡云云。

寧逢五虎入市，不欲見臨賀父子。

北童謡

《南史》曰：齊遣柳達摩領兵侵梁，陳霸先命侯安都敗之。達摩謂衆曰：頃在北，童謡云云。侯景服青，已倒于此，今吾徒衣黄，豈謡言驗邪？

石頭擣兩襠，擣青復擣黄。

童謡

《南史》曰：梁兵既勝齊，兵中以賞俘貿酒者，一人裁得一醉。先是童謡。

虜萬夫，入五湖，城南酒家使虜奴。

梁末童謡

《南史》曰：梁末有童謡。及王僧辨滅，説者以爲僧辨本乘巴馬以擊侯景，馬上郎，王字也，塵謂陳也；江東謂羖羊角爲皁莢，隋氏姓楊，楊，羊也，言陳終滅於隋也。

可憐巴馬子，一日行千里。不見馬上郎，但有黄塵起。黄塵汚人衣，皁莢相料理。

府中謡

《南史》：徐君蒨爲梁湘東王鎮西諮議參軍，頗好聲色。侍妾數十，皆佩金翠，曳羅綺，時襄陽魚弘亦以豪侈稱，於是府中謡曰。

北路魚，南路徐。

南州語諺

《南史》曰：江革爲尋陽太守，清嚴，爲屬城所憚。正直自居，不與典籤趙道智坐。道智還都啓事，誣奏革墮事好酒，以瑯琊王曇聰代爲行事。南州士庶爲之語曰。

故人不道智，新人佞散騎，莫知度不度，新人不如故。

省中語

《南史》曰：賀琛領尚書左丞，參禮儀事。每進見，武帝與語，常移晷刻。故省中語云。

上殿不下有賀雅。琛容止閒雅，故時人呼之。

王彬語

《南史》曰：王彬好文章，習篆隸，與志齊名，時人爲之語曰。

三真六草，爲天下寶。

湘東王

梁元帝《金樓子》曰：余後爲江州，副君賜報曰：京師有語云。

論議當如湘東王，士宦當如王克。克時始爲僕射領選也。

時人語

《梁書》：王筠與從兄泰齊名，陳郡謝覽、覽弟舉亦有重譽，時人爲之語曰。

謝有覽舉，王有養炬。炬是泰，養即筠，並小字也。

三何語

二首。《南史》曰：何思澄與宗人遜及子朗俱擅文名，時人語曰云云。思澄聞之，曰：「此言誤耳。如不然，固當歸遜。」思澄意謂宜在己也。

東海三何，子朗最多。

人中爽爽有子朗。子朗字世明，有才思。

兩雋語

《南史》曰：何妥少聰明，時蘭陵蕭脅亦雋才，住青陽巷，妥住白楊頭。時人爲之語。

世有兩雋。白楊何妥，青陽蕭脅。

鮑佐語

《南史》曰：鮑正爲湘東王五佐，好交遊，無日不適人。人爲之語曰。

無處不逢烏噪，無處不逢鮑佐。

讖詩

《隋書·五行志》曰：梁天監三年，六月八日，武帝講於重雲殿，沙門誌公忽然起儛歌樂，須臾悲泣，賦五言詩。梁自天監至于大同，三十餘年，江表無事。至太清二年，臺城陷，帝享國四十八年，所言「五十裏」也。太清元年，八月十三，而侯景自懸弧來降，在丹陽之北，子地。帝惑朱异之言以納景。景之作亂，始自戊辰之歲，至午年，帝憂崩。

樂哉三十餘，悲哉五十裏。但看八十三，子地妖災起。佞臣作欺妄，賊臣滅君子。若不信吾言，龍時侯賊起。且至馬中間，銜悲不見喜。

又

《南史·梁武帝紀》曰：天監中，沙門釋寶誌爲詩，帝使周捨封記之。及中大同元年，同泰寺災，帝啓封見捨手迹，爲之流涕。帝生于甲辰，三十八，尅建鄴之年也。遇災歲實丙寅，八十三矣。四月十四日而火起，始自浮屠第三層。三者，帝之昆季次也。

昔年三十八，今年八十三。四中復有四，城北火酣酣。

又二首

《南史》曰：天監十年，四月八日，誌公於大會中作詩。狗子，景小字，山家小兒，猴狀。景遂覆陷都邑。初自懸弧來降，即昔之汝南也。巴陵有地名三湘，景奔敗處，其言皆驗。

掘尾狗子自發狂，當死未死齧人傷，須臾之間自滅亡，起自汝陰死三湘。「陰」一作「際」。

兀尾狗子始著狂，欲死不死齧人傷，須臾之間自滅亡，患在汝陰死三湘，橫尸一旦無人藏。見《隋書·五行》，與前小異。

山家小兒果攘臂，太極殿前作虎視。

詩讖

《隋書·五行志》曰：天監中，茅山隱士陶弘景爲五言詩云云。及大同之季，公卿唯以談玄爲務。夷甫、平叔，朝賢也。侯景作亂，遂居昭陽殿。

夷甫任散誕，平叔坐談空。不言昭陽殿，忽作單于宫。

陳

歌 齊雲觀歌

《隋書》曰：陳後主造齊雲觀，國人歌之，功未畢而爲隋師所虜。

齊雲觀，寇來無際畔。

謡 陳初童謡

見李商隱《梁詞人麗句》。

御路種竹篠，蕭蕭已復起。合盤貯蓬塊，無復揚塵已。

陳初謡言

見《梁詞人麗句》。

日西夜烏飛，拔劒倚梁柱。歸去來兮，歸山下。

江東謡

《陳書》曰：初，有童謡云云，其後陳主果爲韓擒虎所敗。擒本名擒虎，黄斑之謂也。破建康之始，復乘青驄馬，往反時節皆相應。

黄斑青驄馬，發自壽陽涘。來時冬氣末，去日春風始。

張種語 諺

《陳書》曰：張種少恬静，居處雅正，不妄交遊，傍無造請。時人爲之語曰：

宋稱敷演，梁則卷充。清虚學尚，種有其風。

二賀歌

《唐書》曰：賀臨仁，越州山陰人。在陳與兄德基師事周弘正，以文辭稱，人爲語曰。

學行可師賀德基，文質彬彬賀德仁。

北魏

歌

咸陽王歌

《北史》曰：後魏景明中，咸陽王禧謀逆伏誅，後宮人爲之歌，其歌遂流於江表。北人之在南者聞弦管奏之，莫不灑泣。

可憐咸陽王，奈何作事誤。金牀玉几不能眠，夜踏霜與露。洛水湛湛彌岸長，行人那得渡。「夜踏霜與露」一作「夜起踏霜露」。

裴公歌

《北史》曰：裴俠，大統中爲河北郡守。躬履儉素，愛民如子。郡舊有漁獵夫三十人，以供郡守。俠曰：「以口腹役人，吾所不爲也。」悉罷之。又有丁三十人，供郡守役，俠亦不私，並收庸爲市官馬。歲時既積，馬遂成羣。去職之日，一無所取。民歌之云。

肥鮮不食，丁庸不取，裴公貞惠，爲世規矩。

虜中謡 謡

《宋書》：虜中謡言。魏主燾甚惡之。瀘水人蓋吴，於杏城天台舉兵反，遣擊之，輒敗。

滅虜者吴也。

趙郡謡

《北史》曰：後魏李曾，道武時爲趙郡太守，令行禁止。并州丁零數爲山東害，知曾能得百姓死力，不敢入境。賊於常山界得一死鹿，賊長謂趙郡地也，責之還，令送鹿故處，其見憚如此。郡人爲之謡。

詐作趙郡鹿，猶勝常山粟。

二拔謡

《北史》曰：永熙二年，竇泰破爾朱榮。神武入洛，爾朱仲部下都督張子期自滑臺歸命，神武斬之。斛斯椿由是不安，乃與南陽王寶炬等搆神武於魏帝，故魏帝心貳於賀拔岳。初孝明之時，洛下以兩拔相擊謡言云云，好事者以二拔謂拓拔、賀拔，言俱將衰之兆。

銅拔打鐵拔，元家世將末。

曲堤謡

二首。《北史》曰：後魏宋世良，孝莊時爲清河太守。才識閑明，尤善政術。郡東南有曲堤，成公一姓阻而居之，羣盗多萃于此，人爲之語曰云云。世良施八條之制，盗奔他境。人又謡曰云云。

寧度東吴會稽，不歷成公曲堤。

曲堤雖險賊何益，但有宋公自屏跡。

河東謡

《北史》：元淑，魏宗室，爲河東太守。俗多商賈，罕事農桑，淑下車勸課。謡曰。

秦州河中，杍柚代春。元公至止，田疇始理。

洛中童謡

二首。《北史》曰：爾朱彦伯，節閔帝時封博陵郡王，位侍中。及張勸等掩襲爾朱世隆，神武執彦伯，與世龍同斬於閶闔門外，懸首於斛斯椿門樹。先是，洛中謡曰云云，至是並驗。

三月末，四月初，楊灰簸土覓真珠。

頭去項，脚根齊，驅上樹，不須梯。

後魏宣武孝明時謡

《北史》曰：孝武帝永熙三年遇酖而崩。初宣武、孝明間謡曰云云。識者以爲索謂魏本索髮，焦梨狗子指宇文泰，泰小字黑獺也。

狐非狐，貉非貉，焦梨狗子齧斷索。

東魏童謡

《魏紀》曰：孝武帝既入關，渤海王高歡議立清河王子善見，以奉明帝之後，是爲孝静皇帝。遷都於鄴，爲東魏。自是軍國政務皆歸相府。先是，童謡曰云云。按青雀子，謂静帝實清河王之世子。鸚鵡謂齊神武，即高歡也。後竟爲齊所滅。

可憐青雀子，飛來鄴城裏。羽翮垂欲成，化作鸚鵡子。

東魏鄴都謡

《隋書・五行志》曰：魏孝静帝始移都于鄴，時有童謡。按孝静帝，清河王之子也，后則齊神武之女。鄴都宫室未備，即逢禪代，作窠未成之效也〔五〕。孝静尋崩，文宣以后爲太原長公主，降於楊愔，時神武妻后尚在，故言寄書於婦母。新婦子，斥后也。

可憐青雀子，飛入鄴城裏。作窠猶未成，舉頭失鄉里。寄書與婦母，好看新婦子。

東魏武定中童謡

《隋書·五行志》曰：武定中，有童謡。按高者，齊姓也。澄，文襄名。五年，神武崩，摧折之應。七年，文襄爲盜所害，澄滅之徵也。

百尺高竿摧折，水底然燈澄滅。

東魏末童謡

《北史·齊本紀》曰：後魏末，文宣未受禪時，有童謡。按藁然兩頭，於文爲高。河邊羖䍽爲水邊羊，指帝名也。於是徐之才勸帝受禪。

一束藁，兩頭然，河邊羖䍽飛上天。

謡言

《北史》：蕭寶夤，本齊明帝子，奔魏，歷雍州刺史。將有異圖，問柳楷，楷引謡言，遂反，被誅。

鸞生十子九子殂，一子不殂關中亂。明帝名子鸞。

府君頌

《北史》曰：吕顯字子明，皇始初，拜鉅鹿太守。清身奉公，百姓頌之。

時惟府君，克清克明。緝我荒土，人胥樂生。願壽無疆，以享長齡。

詰汾諺

《北史》曰：北魏聖武皇帝諱詰汾，嘗田於山澤，欻見輜軿自天而下。既至，見美婦人自稱天女，受命相偶。旦日請還，期年復會于此，言終而别。及朞，帝至先田處，果見天女，以所生男授帝，曰：「此君之子也，當世爲帝王。」即始祖神元皇帝也。故時人諺曰。

詰汾皇帝無婦家，力微皇帝無舅家。神元諱力微。

百姓語

《北史》：太武將北征，發驢運糧，使軌部詣雍州。軌令驢主皆加絹一匹。民語曰。

驢無彊弱，輔脊自壯。

皇宗語

《魏書》曰：陽平王子欽，字思若。少好學，早有令譽，時人語曰。

皇宗略略，壽安思若。兄頤初名安壽，衍字安樂。

諺

《魏書》曰：李彪領御史中丞，解著作事。後因求復舊職，乃表修魏史，引諺曰。

一日不書，百事荒蕪。

三王語

《後魏書》曰：濟南王元彧，與從兄安豐王延明、中山王熙齊名。時人爲之語曰。

三王楚楚盡琳琅，未若濟南備圓方。

王家語

《魏書》曰：崔光爲肅宗講《孝經》，王道業預講，安豐王延明録義。時人語曰。

英英濟濟，王家兄弟。

崔楷語

《魏書》曰：楷字季則，仕歷中郎將，性嚴烈，能摧挫豪强，故時人語曰。

莫猵獬，付崔楷。

鄉里語

《北史》：房景伯弟亡，蔬食終喪，朞不內御。次弟景先亡，幼弟景遠亦不內寢。鄉里語曰。

有義有禮，房家兄弟。

鄴下語

《北史》：李渾與弟繪、緯俱爲聘使主。緯位中散大夫，聘梁，頗爲稱職。鄴下語曰。

學則渾繪緯，口則繪緯渾。

俗語

《北史》：邢巒仕安東將軍，宣武詔巒攻鍾離，巒以爲必無克狀，且俗語云云。

耕則問田奴，絹則問織婢。

貪人語

《後魏書》曰：靈太后幸左藏，賜布絹。儀同陳留公李崇、章武王融並以所負多，顛仆於地，崇乃傷腰，融至損脚。時人爲之語曰。

陳留章武，傷腰折股。貪人敗類，穢我明主。

李波小妹語

《魏書》曰：廣平人李波，宗族彊盛，殘掠不已，公私咸患。百姓爲之語曰。

李波小妹字雍容，褰裙逐馬如卷蓬，左射右射必疊雙。婦女尚如此，男子安可逢。刺史李安世設方略誘波等殺之，州内肅然。

楊公語

《魏書》曰：楊津行定州事，賊每來攻，津於城中置爐鑄鐵，持以灌賊，賊相語曰。

不畏利槊堅城，惟畏楊公鐵星。

袁祖語

《北史》曰：祖瑩與陳郡袁翻齊名秀出，時人爲之語曰。

京師楚楚袁與祖，洛陽翩翩祖與袁。

李謐語

《北史》曰：李謐初師事小學博士孔璠，數年後璠還就謐請業，同門生爲之語曰。

青成藍〔六〕，藍謝青。師何常，在明經。

中郎語

《三國典略》曰：東魏崔暹子達拏年十三，暹令儒者教其説《周易》兩字，乃集朝貴名流，達拏升高坐開講。趙羣睚仲讓陽屈服之，暹大悦，擢仲讓爲司徒中郎。鄴下爲之語。

解義兩行得中郎。

唐將語

《北史》曰：唐永有將帥才，正光中，爲北地太守，與賊數十戰，未嘗敗北。時人語曰。

莫陸梁，恐爾逢唐將。

時人語

《北史》：大統初，馮翊王元季海、領軍獨孤信鎮洛陽。于時人物唯柳虯在陽城，裴諏在潁川。乃俱徵之，以虯爲行臺郎中，諏爲北府屬，並掌文翰。時人爲之語曰。

北府裴諏，南府柳虯。

瑶光寺語

《洛陽伽藍記》曰：瑶光寺，世宗宣武皇帝所立。永安三年中，爾朱兆入洛陽，縱兵大掠，時有秀容胡騎數十人入寺淫穢，自此後頗獲譏誚。京師語曰。

洛陽女兒急作髻，瑶光寺尼奪女壻。下四條並《伽藍記》。

白墮語

河東有劉白墮善釀，飲之香美，而醉經月不醒。永熙中，南青州刺史毛鴻賓齎酒之蕃，路逢賊盜，飲之即醉，皆被擒獲。游俠語曰。

不畏張弓挾刀，唯畏白墮春醪。

伊洛語

洛水南四通市，伊、洛之魚，多於此賣，士庶須膾，皆詣取之，魚味甚美。京師語曰。

伊洛鯉魴，貴於牛羊。

上高里語

洛陽城東北有上高里，殷之頑民所居處也。高祖名聞義里。遷京之始，朝士住其中，迭相譏刺，竟皆去之。唯有造瓦者止其内，京師瓦器出焉。世人語曰。

洛城東北上高里，殷之頑民昔所止。今日百姓造甕子，人皆棄去住者恥。

京師語

白馬寺，漢浮屠前柰林葡萄異於餘處，味並殊美。帝熟時常詣取之。京師語曰。

白馬甜榴，一實直牛。

老嫗語

河間王琛婢朝雲善吹篪，能爲《團扇歌》《隴上聲》。琛爲秦州刺史，羌叛，屢討不勝，令朝雲假爲貧女，吹篪而乞，羌聞之流涕，曰：何故捨墳井，在山谷爲寇耶？即降。秦民語曰。

快馬健兒，不如老嫗吹篪。

北齊

鄭公歌 歌

《北史》：鄭述祖天保中爲兗州刺史，述祖之父道昭嘗爲兗州刺史，故百姓歌之。

大鄭公，小鄭公，相去五十載，風教猶尚同。

邯鄲郭公歌

《樂府廣題》曰：北齊後主高緯，雅好傀儡，謂之郭公。時人戲爲《郭公歌》。及將敗，果營邯鄲。高、郭聲相近。九十九，末數也。滕口，鄧林也。大兒謂周帝，太祖子也。高岡，後主姓也。雉雞類，武成小字也。後敗於鄧林，盡如歌言，蓋語妖也。

邯鄲郭公九十九，技兩漸盡入滕口。大兒緣高崗，雉子東南走。不信吾言時，當看歲在酉。

崔府君歌

《北齊書》：崔伯謙除濟北太守，乃改鞭用熟皮爲之。有朝貴過郡境，問人太守治政，對曰：「府君恩化。」因誦民爲歌。客曰：「既稱恩化，何由復威？」曰：「長吏憚威，民庶蒙惠」。

崔府君，能治政，易鞭鞭，布威德，民無争。

惠化謡 謡

《北齊書》：神武西討，竇泰自潼關入，爲周文帝所殺。初，泰將發鄴，有惠化尼謡云。

竇行臺，去不回。泰爲御史中尉。

童謡

《北齊書》：武明太后病，内史令呼太后爲石婆，蓋有俗忌，故改名。初，童謡云云，徐之才曰：「跂求伽，胡言去已。豹祠嫁石婆，豈有好事？斬冢作媒人，但令合葬，自斬冢。唯得紫綎靴者，紫之爲字，此下系，綎者熟，當四月中。靴者革旁化，寧是久物？」至四月一日，后崩。

周里跂求伽，豹祠嫁石婆，斬冢作媒人，唯得一量紫綖靴。

北齊文宣時謡

《北史·本紀》曰：文宣時謡。按帝以午年生，故曰「馬子」。三臺，石季龍舊居，故曰「石室」。三千六百日，十年也。文宣在位十年，果如謡言。

馬子入石室，三千六百日。

北齊廢帝時童謡

三首。《北史》曰：楊愔，齊文宣時尚太原公主，位至驃騎大將軍。文宣大漸，愔與侍中燕子獻、黄門侍郎鄭子默並受遺詔。時常山、長廣二王位地親逼，愔等與可朱渾天和深相疎忌，並爲所害。先是，童謡云。羊爲愔也，「角」文爲用刀，「道人」謂廢帝小名，太原公主嘗作尼，故曰「阿麽姑」，愔、子獻、天和皆尚帝姑，故曰道人姑夫云。

白羊頭毣秃，羖䍽頭生角。

羊羊喫野草，不喫野草遠我道，不遠打爾腦。

阿麽姑禍也，道人姑夫死也。

白鳧謡

《北史》曰：初孝昭之誅楊愔也，謂武成云：「事成以汝爲皇太弟。」及立子百年爲皇太子，武成不平，欲有異謀。先是，童謡云云。時丞相府在北城中，即舊中興寺也。鳧翁謂雄雞，蓋指武成小字步落稽也。道人，濟南王小名也。打鐘，言將被擊也。孝昭尋崩，武帝即位。

中興寺内白鳧翁，四方側聽聲雍雍，道人聞之夜打鐘。

童謡

《北齊書》曰：神武婁太后凡孕六男二女，皆感夢。孕文襄則夢一斷龍；孕文宣則夢大龍，首尾屬天地〔七〕，張口動目，勢狀驚人；孕孝昭則夢蠕龍于地；孕武成則夢龍浴于海。孕魏二后並夢月入懷。孕襄城、博陵二王夢鼠入衣下。后未崩，有童謡云云。及后崩，武成緋袍如故。未幾，登三臺，置酒作樂，帝女進白袍，帝怒，投諸臺下。帝于昆季次實九，蓋其徵驗也。

九龍母死不作孝。

魏世謡

《北齊書》曰：河間王孝琬，武成時和士開、祖珽譖之。帝初，魏世謡言云云，珽説曰：「河南河北，河間也。金雞鳴，孝琬將建金雞而大赦。」帝頗惑之，後竟殺焉。

河南種穀河北生，白楊樹頭金雞鳴。

謡言

《北齊書》：陽子術曰：「謡言云云。四八天之大數，主上之祚恐不過此。」武成崩，年三十二。

盧十六，稚十四，犍子拍頭三十二。

武成後謡

《三國典略》曰：周平齊，齊幼主、胡太后並歸于長安。初，武成殂後，有童謡云，調甚悲苦，至是應焉。一云北齊太上時童謡，「果」作「藥」，「券」作「家」。

千錢買果園，中有芙蓉樹。破券不分明，蓮子隨他去。

北齊後主武平初童謡

《隋書·五行志》曰：武平元年童謡。按其年四月，隴東王胡長仁謀遣刺客殺和士開〔八〕，事露，反爲士開所譖而死。

狐截尾，你欲除我我除你。

武平中童謡

《隋書·五行志》曰：武平二年童謡。小兒唱訖，一時拍手云「殺却」。至七月二十五日，御史中丞瑯琊王儼執士開，送於南臺而斬之。

和士開，七月三十日，將你向南臺。

又謡

《隋書·五行志》曰：是歲又有童謡。七月，士開被誅。九月，琅琊王遇害。十一月，趙彦深出爲西州刺史。《北史》：彦深引綦連猛知機事，祖珽奏言前推瑯邪王有意。出猛定州，彦深西兗州。

七月刈禾傷早，九月噉餻正好。十月洗蕩飯瓮，十一月出却趙老。《北史》云：「七月刈禾太早，九月噉糕未好。本欲尋山射虎，激箭旁中趙老。」

後主時謡

《北齊書》曰：斛律光爲當時名將，與祖珽、穆提婆積怨。周將韋孝寬忌光英勇，乃作謡言，令間諜漏其文於鄴，曰百升云云。又曰高山云云。珽因續之曰盲老公云云。穆提婆聞之，告其母陸令萱，遂相與協謀，以謡言啓後主誅光。周武帝始有滅齊之志，竟平其國。按「百升」者斛也，「明月」光字也，「高山」謂齊，齊姓高也，「盲老公」謂珽，珽先因罪失明也，「饒舌老母」謂令萱，即後主乳母。

百升飛上天，明月照長安。高山不推自崩，槲木不扶自豎。盲老公背上下大斧，饒舌老母不得語。「升」一作「斗」。「推」一作「摧」。

高山崩，槲樹舉。盲老公背上下大斧，多事老母不得語。《北齊書·祖珽傳》載此。

鄴下童謠

《北史》：先是，鄴下童謠云云。和士開謂入上臺，後瑯琊王送士開就臺斬之。至是果驗。

和士開，當入臺。

武平末童謠

《隋書·五行志》曰：武平末有童謠，時穆后母子淫辟，干預朝政，時人患之。穆后小字黄花，尋逢齊亡，欲落之應也。

黄花勢欲落，清尊但滿酌。《南史》作「滿杯酌」。後主自立穆后，昏飲無度，故云。

北齊末鄴中童謠

《隋書·五行志》曰：北齊末，鄴中有童謠。未幾，齊爲周所滅。周都關中，故云西家也。

金作掃帚玉作把，浄掃殿屋迎西家。

時人語 諺

《北史》：齊文襄入輔，居鄴下，崔暹、崔季舒、崔昂等並被任用，張亮、張徽纂並爲神武待遇，然皆出陳元康下。時人爲之語曰。

三崔二張，不如一康。

訛言

《北齊書》：蘭京子欽害齊王高澄，王自投傷足，入于床下，賊黨去床，因而見殺。先是，訛言曰。

軟脱帽，床底喘。

鳳池語

《北史》曰：趙彦深諷朝廷以子叔堅爲中書侍郎，頗招物議。時馮子琮子慈明、祖珽子君信並相繼居中書。故時語云。

馮祖及趙，穢我鳳池。

時人言

《北史》：北齊武成時，唐邕、白建方貴，時人言云。

并州赫赫唐與白。

鄙諺

《北齊書》曰：瑯琊王儼執和士開送御史臺斬之，遂率京畿軍士屯千秋門。帝率宿衛者將出戰，斛律光曰：小兒輩弄兵，與交手即亂。鄙諺云云。至尊宜自至千秋門，瑯琊必不敢動。後主從之。

奴見大家心死。

親表語

《北史》：胡長粲仕趙州刺史，性好内。有一侍婢，其妻王驕妬，手刺殺之，爲此忿恨，數年不見。親表爲之語曰。

自我不見，于今三年。此本《詩》語。

臺中語

《北齊書》曰：宋遊道，廣平人，爲殿中侍御史，臺中語曰。

見賊能討宋遊道。

陰生語

《北齊書》曰：賈思伯遷南青州刺史。初，思伯與弟思休師事北海陰鳳，受業竟，無資酬之，鳳遂質其衣服，時人爲之語。及思伯之部，送遺鳳，因具車馬迎之，時人稱歎焉。

陰生讀書不免癡，不識雙鳳脱人衣。

蘇宋語

《北史》曰：宋世軌，齊天保中爲大理少卿。執獄寬平，多所全濟。大理正蘇珍之以平幹知名。時人以爲二絶，寺中語曰。

決定嫌疑蘇珍之，視表見裏宋世軌。

蘇珍之

《北齊書》：蘇瓊字珍之，爲廷尉正，京師爲之語曰。

斷決無疑蘇珍之。

陸乂語

《北史》：陸乂於五經最精熟，館中謂之石經。人語曰。

五經無對有陸乂。

時人語

《北史》：北齊裴讓之與弟諏之，及皇甫和、弟亮，並知名於洛下，時人語曰。

諏勝於讓，和不如亮。

祖裴語

《三國典略》曰：裴讓之十七舉秀才，爲屯田郎中，與祖珽俱聘宋。邢卲省中語曰。

多奇多能祖孝徵，能賦能詩裴讓之。

裴讓之

《北史》：讓之，魏天平中舉秀才，累遷屯田主客郎中。省中語曰。

能賦詩，裴讓之。陽休之好學，愛文藻，時人爲之語曰：「能賦詩，陽休之。」

崔李語

《隋書》曰：武城崔儦與頓丘李若俱見稱重，時人爲之語曰。　齊人，後入隋。

京師灼灼，崔儦李若。

讖詩

二首。《北史》陸法和本傳曰：法和書其所居屋壁而塗之。及剥落，有文二首。

十年天子爲尚可，百日天子急如火，周年天子迭代坐。《隋書·五行志》曰：時文宣帝享國十年而崩；廢帝嗣立百餘日，用替厥位；孝昭即位一年而崩，此其效也〔九〕。

一母生，三天兩天共五年。婁太后生三天子，自孝昭即位，至武成傳位後主，共五年。

北周

周宫歌 歌

《隋書·五行志》曰：周宣帝與宫人夜中連臂蹋蹀而歌云云。帝即位二年崩。

自知身命促，秉燭夜行遊。

周初童謡 謡

《隋書·五行志》曰：周初有童謡。按静帝隋氏之甥，既遜位而崩，諸舅强盛。

白楊樹頭金雞鳴，秖有阿舅無外甥。「秖」一作「裁」。

玉漿泉謠

《隋書》曰：豆盧勣，周武帝時爲渭州刺史。有惠政，華夷悦服，大致祥瑞。鳥鼠山俗呼爲高武隴，其山絶壁千尋，由來乏水，諸羌苦之，勣馬足所踐，忽飛泉湧出；有白烏翔止廳前，乳子而後去，民爲之謡。後因號其泉曰玉漿泉。

我有丹陽，山出玉漿。濟我民夷，神烏來翔。「民夷」一作「夷人」。「翔」一作「出」。

裴漢語 諺

《周書》：裴漢補墨曹參軍。漢善尺牘，尤便簿領。理識明贍，決斷如流。相府爲之語曰。

日下粲爛有裴漢。

于公語

《隋書》曰：于仲文字次武，北周時爲遷安太守。州刺史屈突尚，宇文護之黨也，先坐事下獄，無敢繩者，仲文至郡窮治，遂竟其獄。蜀中爲之語曰。

明斷無雙有于公，不避强禦有次武。

隋

枯樹歌 歌

《北史》曰：王劭，隋文帝時爲著作郎。上表言符命，曰：陳留老子祠有枯柏，世傳云老子將度世，云待枯柏生東南枝迴指，當有聖人出，吾道復行。至齊，枯柏從下生枝，東南上指。夜有三童子相與歌曰云云。及至尊牧亳州，親至祠樹之下。自是柏枝回抱，其枯枝漸指西北，道教果行。考校衆事，太平主出於亳州陳留之地，皆如所言。

老子廟前古枯樹，東南枝如繖，聖主從此去。「枝」《隋書》作「狀」。

長白山歌

《北史》曰：來整，榮國公護兒之子也。尤驍勇，善撫御。射擊羣賊，所向皆捷。諸賊歌之。

長白山頭百戰場，十十五五把長鎗。不畏官軍十萬衆，只怕榮公第六郎。「十」一作「千」。

挽舟者歌

《海山記》曰：煬帝御龍舟，夜半聞歌者甚悲。帝遣人求之，不得。

我兒征遼東，餓死青山下。今我挽龍舟，又困隋堤道。方今天下飢，路糧無些小。前去三千程，此身安可保。寒骨枕荒沙，幽魂泣煙草。悲損門内妻，望斷吾家老。安得義男兒，爛此無主屍。引其孤魂回，負其白骨歸。

送别詩

崔瓊《東虚記》曰：此詩作於大業末年。實指煬帝巡游無度，縉紳瘁悦已甚，下逮閭閻，而佞人曲士，播弄威福，欺君上以取榮貴，上二句盡之。又謂民財窮窘，至是方有五子之歌之憂，而望其返國也。

楊柳青青着地垂，楊花漫漫攪天飛。柳條折盡花飛盡，借問行人歸不歸。

煬帝時并州童謡

《北史》曰：漢王諒反，爲楊素所敗，幽死。先是，童謡曰云云。時僞署官告身皆一紙，别授則二紙。諒聞謡喜，曰：「我幼字阿客，量與諒同音，吾于皇家最小。」以爲應之。

一張紙，兩張紙，客量小兒作天子。

大業中童謡

《隋書·五行志》曰：煬帝大業中童謡。其後李密坐楊玄感之逆，爲吏所拘，在路逃叛。潛結羣盜，自陽城山而來，襲破洛口倉，後復屯兵苑内。「莫浪語」，密也。宇文化及自號許國，尋亦破滅。「誰道許」者，蓋驚疑之辭也。

桃李子，鴻鵠遶陽山，宛轉花林裏。莫浪語，誰道許。

杞州謡

《北史》：隋侍御史柳彧上表，論上柱國和于子前在趙州，闇於職務，政由羣小，賄賂公行。百姓吁嗟，歌謡滿道，乃云。

老禾不早殺，餘種穢良田。

童謡

《北史》：梁主蕭琮，自江陵徵入朝，拜柱國。後有童謡云云。煬帝忌之，遂廢於家。

蕭蕭亦復起。

長安語 諺

《北史》曰：崔弘度，隋仁壽中爲太府卿。性嚴酷，官屬百工，莫敢欺隱。時有屈突蓋，爲武侯車騎，亦嚴刻，長安爲之語曰。

寧飲三斗醋，不見崔弘度。寧炙三斗艾，不逢屈突蓋。

樊安定語

《隋書》曰：樊叔略，陳留人，仕周封清鄉縣公。隋受禪，進爵安定郡公、相州刺史。政爲當時第一，百姓爲之語曰。

智無窮，清鄉公。上下正，樊安定。

貝州語

《隋書》：庫狄士文授貝州刺史，法令嚴肅，吏人股戰。有京兆韋焜爲貝州司馬，河東趙達爲清河令，二人並苛刻，唯長史有惠政。時人爲之語曰云云。上聞而歎曰：「士文之暴，過於猛獸。」竟坐死。

刺史羅刹政，司馬蝮蛇瞋。長史含笑判，清河生喫人。

諸生語

《北史》：呂思禮，東平壽張人。年十四，受學於徐遵明，長於論難，諸生爲之語曰。

講書論易鋒難敵。

釋奴龍子

《隋書》曰：盧昌衡小字龍子，風神澹雅，容止可法。博涉經史，工草行書。從弟思道，小字釋奴，宗中俱稱英妙。故幽州爲之語曰。

盧家千里，釋奴龍子。

鄙諺

《隋書》曰：長孫平爲工部尚書，時有人告大都督邴紹非毁朝廷者。上怒，將斬之。平進諫曰：鄙諺曰云云。此言雖小，可以喻大。上於是赦紹。

不癡不聾，未堪作大家翁。《北史》作「不堪」。

前諺

《隋書》：冀州俗重氣俠，好結朋黨，故班《志》述其土風，悲歌慷慨，椎剽掘冢，亦自古之所患焉。前諺云。

仕宦不偶遇冀部。

語

《隋書》：魏郡，鄴都所在，浮巧成俗。雕刻之工，特云精妙。士女被服，咸以奢麗相高。其所尚習，得京、洛之風矣。語曰云云，斯皆輕狡所致。

魏郡清河，天公無奈何。

【校勘記】

〔一〕土，原作「亡」，據《四庫》本改。

〔二〕沈，原字殘，據《四庫》本補

〔三〕入，原闕，據《四庫》本補。

〔四〕瞿，原作「衢」，據《四庫》本改。

〔五〕效，《四庫》本作「驗」。

〔六〕成，《四庫》本作「出」。

〔七〕首，原闕，據《四庫》本補。

〔八〕土，原闕，據《四庫》本補。

〔九〕效，《四庫》本作「驗」。

古樂苑卷第五十

雜曲歌辭 歌謡 語附

此既不屬諸調，且世代莫詳，亦無名氏，都爲一卷，附志闕疑。

古艷歌

《詩紀》題云《古詩》，收漢。

行行隨道，經歷山陂。馬啖柏葉，人啖柏脂。不可長飽，聊可遏飢。

古艷歌

孔雀東飛，苦寒無衣。爲君作妻，中心惻悲。夜夜織作，不得下機。三日載疋，尚言吾遲。

鷄鳴歌

《樂府廣題》曰：漢有雞鳴衛士，主鷄唱宫外。《舊儀》：宫中與臺並不得畜雞。晝漏盡，夜漏起，中黄門持五夜，甲夜畢傳乙，乙夜畢傳丙，丙夜畢傳丁，丁夜畢傳戊，戊夜是爲五更。未明三刻，雞鳴衛士起唱。《漢書》曰：高帝圍項羽垓下，羽是夜聞漢軍四面皆楚歌。應劭曰：楚歌者，雞鳴歌也。晉《太康地記》曰：後漢固始、鮦陽、公安、細陽四縣衛士習此曲，於闕下歌之，今鷄鳴歌也。然則此歌蓋漢歌也。按《周禮·鷄人》「掌大祭祀，夜嘑旦以嘂百官」。則所起亦遠矣。

東方欲明星爛爛，汝南晨雞登壇喚。曲終漏盡嚴具陳，月没星稀天下旦。千門萬户遞魚鑰，宫中城上飛烏鵲。

黄門倡歌

《漢書·禮樂志》曰：成帝時，鄭聲尤甚。黄門名倡丙彊、景武之屬，富顯於世。《隋書·樂志》曰：漢樂有黄門鼓吹，天子宴羣臣之所用也。

佳人俱絶世，握手上春樓。點黛方初月，縫裙學石榴。君王入朝罷，争競理衣裘。此似齊、梁間語。

樂辭

祝穆曰：窮袴，襦也，蓋漢人語。吴兢編此在十九首後，《詩紀》此與《西洲》《長干》《休洗紅》附晉。

繡幙圍香風，耳節朱絲桐。不知理何事，淺立經營中。愛惜加窮袴，防閑託守宫。今日牛羊上丘隴，當年近前面發紅。

西洲曲

《樂府》作古辭。《玉臺》新本作江淹，非。

憶梅下西洲，折梅寄江北。單衫杏子紅，雙鬢鴉雛色。西洲在何處，兩槳橋頭渡。日暮伯勞飛，風吹烏臼樹。樹下即門前，門中露翠鈿。開門郎不至，出門採紅蓮。採蓮南塘秋，蓮花過人頭。低頭弄蓮子，蓮子青如水。置蓮懷袖中，蓮心徹底紅。憶郎郎不至，仰首望飛鴻。鴻飛滿西洲，望郎上青樓。樓高望不見，盡日欄干頭。闌干十二曲，垂手明如玉。

卷簾天自高，海水摇空緑。海水夢悠悠，君愁我亦愁。南風知我意，吹夢到西洲。

長干曲

逆浪故相邀，菱舟不怕摇。妾家揚子住，便弄廣陵潮。

于闐採花

于闐，古于闐國居葱嶺北二百餘里，漢唐以來皆入貢。

山川雖異所，草木尚同春。亦如溱洧地，自有採花人。

沐浴子

澡身經蘭氾，濯髮傃芳洲。折榮聊躑躅，攀桂且淹留。

澤雉

《古今樂録》曰：《鳳將雛》以《澤雉》送曲。

擅場延繡頸，朝飛弄綺翼。飲啄常自在，驚雄恒不息。

舍利佛

金繩界寶地，珍木蔭瑶池。雲間妙音奏，天際法蠡吹。

摩多樓子

從戎向邊北，遠行醉密親。借問陰山候，還知塞上人。

休洗紅

二首。

休洗紅，洗多紅色淡。不惜故縫衣，記得初按茜。人壽百年能幾何，後來新婦今爲婆。

休洗紅，洗多紅在水。新紅裁作衣，舊紅番作裏。迴黄轉緑無定期，世事返復君所知。

歎疆場

《樂苑》曰：《歎疆場》，宫調曲也。《詩紀》云：此下三首，考《樂府》前後皆唐人之詩，或唐作也。

聞道行人至，粧梳對鏡臺。淚痕猶尚在，笑靨自然開。

塞姑

昨日盧梅塞口，整見諸人鎮守。都護三年不歸，折盡江邊楊柳。

回紇曲

《樂苑》曰：《回紇》，商調曲也。楊慎云：其辭纏緜含蓄，有長歌之哀過於痛哭之意。惜不見作者名氏，必陳、隋、初唐之作也。

陰山瀚海信難通，幽閨少婦罷裁縫。緬想邊庭征戰苦，誰能對鏡冶愁容。久戍人將老，須臾變作白頭翁。第二句闕二字。「信」一作「使」。「冶」一作「治」。

石州辭

自從君去遠巡邊，終日羅帷獨自眠。看花情轉切，攬涕淚如泉。一自離君後，啼多雙臉穿。何時狂虜滅，免得更留連。

滛豫歌

此下至《棘道謡》並雜歌謡。《詩紀》附在晉後，云世代莫詳。《古今樂録》曰：晉、宋以後有《滛預歌》。酈道元《水經注》曰：白帝山城水門之西，江中有孤石，名滛預石，冬出水二十餘丈，夏則没，亦有裁出焉。江水東逕廣溪峽，乃三峽之首也。峽中有瞿塘、黄龕二灘，夏水回復，沿泝所忌。《國史補》曰：蜀之三峽，最號峻急，四月五月尤險。故行者歌之。滛豫或作艷豫。

灧澦大如馬，瞿塘不可下。

灧澦大如牛，瞿塘不可流。

同前

滟預大如馬，瞿唐不可下。滟預大如象，瞿唐不可上。

同前

灩預大如襆，瞿唐不可觸。金沙浮轉多，桂浦忌經過。《升菴詩話》曰：此舟人商估刺水行舟之歌，《樂府》以爲梁簡文所作，非也。蜀江有瞿唐之患，桂江有桂浦之險，故涉瞿唐者則準灩襆，涉桂浦者則準金沙。今《樂府》「桂浦」作「桂楫」，非也。按《樂府》本爲「桂浦」，上説原載《通志》。

巴東三峽歌

二首。酈道元《水經注》曰：巴東三峽，謂廣溪峽、巫峽、西陵峽也。三峽七百里中，兩岸連山，略無闕處。重巖疊嶂，隱蔽天日。非亭午夜分，不見日月。《宜都山川記》曰：自黄牛灘東入西陵界，至峽口，一百許里，山水紆曲，林木高茂，猿鳴至清，山谷傳響，泠泠不絶。行者聞之，莫不懷土。故漁者歌曰。

巴東三峽巫峽長，猿鳴三聲淚沾裳。

巴東三峽猿鳴悲，猿鳴三聲淚沾衣。

同前

見《水經注》。

灘頭白勃堅相持，倏忽淪没别無期。

武陵人歌

黄閔《武陵記》曰：有緑羅山，側巖垂水，懸蘿百里許，得明月池。碧潭鏡澈，百尺見底，素巖若雪，松如插翠。流風叩阿，有絲桐之韻。土人爲之歌曰。

仰兹山兮迢迢，層石構兮嵯峨。朝日麗兮陽巖，落景梁兮陰阿。鄣壑兮生音，吟籟兮相和。敷芳兮緑林，恬淡兮潤波。樂兹潭兮安流，緩爾櫂兮詠歌。「梁」一作「陽」。

綿州巴歌

豆子山，打瓦皷。揚平山，撒白雨。下白雨，取龍女。織得絹，二丈五。一半屬羅江，一半屬玄武。

三峽謡

《水經注》曰：峽中有灘，名曰黄牛灘。南岸重嶺疊起，最外高崖間有色，如人負刀牽牛，人黑牛黄，既人跡所絶，莫得究焉。此巖既高，加湍江紆迴，雖途逕信宿，猶望見此物。故行者謡曰云云，言水路行深，迴望如一矣。

朝見黄牛，暮見黄牛。三朝三暮，黄牛如故。《水經注》作「朝發黄牛，暮宿黄牛」。

僰道謡

《益州記》曰：瀘水源出曲羅雨峯，有殺氣，暑月舊不行，故武侯以夏渡爲艱。瀘水又下合諸水，而總其目焉，故有瀘江之名矣。自朱提至僰道有水步道，有黑水、羊官水，至嶮難。三津之阻，行者苦之。故俗爲之語曰。

楢溪赤木〔一〕，盤蛇七曲。盤羊烏櫳，氣與天通。

三秦記民謡

武功太白，去天三百。孤雲兩角，去天一握。山水險阻，黄金子午。蛇盤烏櫳，勢與天通。

《華陽國志注》：黄金谷，在洋縣，本漢黄金戍，張魯築。西魏置黄金縣。子午道，在洋縣東百六十里，舊在金州，梁王神念别開此道。諺云「山水險阻，黄金子午」。

隴西謡

郎樞女樞，十馬九駒。安陽大角，十牛九犢。四地名，皆在隴西，言宜畜牧也。

紇其語

《郡國志》云：望之數百里内，夏恒積雪，故彼人語曰云云。又有神泉，人歌曰云云。

紇其山頭凍死雀，何不飛去生處樂。

紇其山頭有神井，入地千尺絶骨冷。

【校勘記】

〔一〕木，《四庫》本作「水」。

古樂苑卷第五十一

僊歌曲辭 謡諺附

霞唱雲謡，丹圖緑字，列仙真誥，具有其文。即不無後世依托，而其指緣秘檢。語率玄超，亦被筦弦，是名天樂。今其爲歌吟者，附録于斯。若彼神仙步虚、鳳簫龍笛之屬，代多作者，前已類次。

方回語

《列仙傳》曰：方回，堯時隱人也。堯聘以爲閭士，練食雲母，亦與民人有病者，隱於五柞山中。夏啓末爲宦士，爲人所劫，閉之室中從求道，因化而得去，更以方回掩封其户。時人曰。夏啓一作夏桀時。

得方回一丸泥塗門户，終不可開。

綏山謡

《列仙傳》曰：葛由者，羌人也。周成王時，好刻木羊賣之。一旦，騎羊而入西蜀，蜀中王侯貴人追之上綏山，隨之者不復還，皆得仙道。故里諺曰。

得綏山一桃，雖不得仙，亦足以豪。

周宣王時採薪人歌

《列仙傳》曰：周宣王時，郊聞採薪之人行歌，時人莫能知之。老君曰：此活國中人，其語秘矣。斯皆修習無上真正之道也。

巾金巾，入天門。呼長精，歙玄泉。鳴天鼓，養泥丸。《真仙通鑑》曰：長桑公子者，常散髮行歌曰：「巾金巾，入天門。呼長精，吸玄泉。鳴天鼓，養丹田。」柱下史聞之，曰：「彼長桑公子所歌之詞，得服五星、守洞房之道。」

乞食公歌

《三一經》曰：楚莊公時，市長宋來子常灑掃一市，時有乞食公入市，經日乞而歌。一市人無解歌者，獨來子忽悟，疑是仙人，乃師乞食公，棄官追逐，積十三年，公遂授以中仙之道。來子今在中嶽，乞食公者，西嶽真人馮延壽，周宣王時史官也。手爲天馬，鼻下爲山源。

漢初童謡

天庭發雙華，山源障陰邪。清晨按天馬，來詣太真家。真人無郁隱，又以滅百魔。天庭是兩眉之間眉之角也。山源是鼻下人中之本側，在鼻下小入谷中也。華庭在兩眉之下，是徹視之津梁。天真是引靈之上房。旦、中、暮恒咽液三九過，急以手三九陰按之，以爲常。令致靈徹視，杜遏萬邪之道也。

《雲笈七籤・西王母傳》曰：漢初，有四五小兒戲於路，中一兒歌曰云云。時人莫知，唯張子房知之，乃往拜焉，曰：「此乃東玉公之玉童也。」仙人得道昇天，當揖金母而拜木公也。自非沖虚登真之子，莫知其津矣。

著青裙，入天門。揖金母，拜木公。

赤雀辭

《列仙傳》曰：陶安公者，六安鑄冶師也。數行火，火一旦散上行，紫色衝天，安公伏冶下求哀。須臾，朱雀止冶上，曰云云。至期，赤龍到，大雨，而安公騎之，東南上。

安公安公，冶與天通。七月七日，迎汝以赤龍。

長安中謡

《列仙傳》曰：陰長生者，長安中渭橋下乞兒也。常止於市中乞，市人厭苦，以糞灑之，旋復在里中，衣不見污。長吏知之，械收繫著桎梏，而續在市中乞。又械欲殺之，乃去。灑者之家室自壞，殺十餘人。故長安中謡曰。

見乞兒，與美酒，以免破屋之咎。

西王母宴漢武帝命法嬰歌玄靈之曲

二首。《漢武帝内傳》曰：元封元年，七月七日，西王母降于漢宫。王母自設天厨，精妙非常。酒觴數遍，王母命諸侍玉女作樂，命法嬰歌玄靈之曲，乃遣侍女招上元夫人。夫人至，自彈雲琳之琴，歌《步玄之曲》。

大象雖廓廖，我把天地户。披雲沈靈輿，倏忽適下土。空洞成玄音，至靈不容冶。太真噓中唱，始知風塵苦。頤神三田中，納精六闕下〔一〕。遂乘萬龍椿，馳騁盼九野。

玄圃遏北臺，五城焕嵯峨。啓彼無涯津，汎此織女河。仰止升絳庭，下遊月窟阿。顧盼八落外，指招九雲遐。忽不覺心榮，豈吾少與多。撫璈命衆女，詠歌發中和。妙暢自然樂，爲此玄雲歌。韶盡至韻存，真音辭無邪。

上元夫人歌步玄之曲

上元夫人，道君弟子也。亦玄古以來得道，總統其真籍，亞於龜臺金母。所降之處，多使侍女相聞，以爲賓侶焉。

昔涉玄真道，騰步登太霞。負笈造天關，借問太上家。忽過紫微垣，真人列如麻。渌景清飈起，雲蓋映朱葩。蘭宫敞朱闕，碧空起璚沙。丹臺結空構，暐曄生光華。飛鳳踶甍峙，燭龍倚委虵。玉胎來絳芝，九色紛相拏。挹景練仙骸，萬劫方童牙。唯言壽有終，扶桑不爲查。「空起」《藝文》作「室啓」。

西王母又命侍女田四妃答歌

晨登太霞宫，挹洮把玉蘭。夕入玄元闕，采蘂掇琅玕。濯足匏瓜河，織女立津盤。吐納挹景雲，味之當一餐。紫微何濟濟，璚輪服朱丹。朝發汗漫府，暮宿勾陳垣。去去道不同，且吝體所安。二儀設猶存，奚疑億萬椿。莫與世人説，行尸言此難。

漢武帝車子侯歌

《洞仙傳》曰：車子侯者，扶風人。漢武帝愛其清浄，稍遷其位至侍中。一朝語家云：「我今補仙官，此春應去，至夏中當暫還，還少時復去。」如其言。武帝思之，乃作歌。《漢武帝集》曰：奉車子侯暴病一日死，上甚悼之，乃自爲歌詩。《藝苑巵言》曰：幽蘭秀蕈，的爲傳語。

嘉幽蘭兮延秀，蕈妖婬兮中溏。華斐斐兮麗景，風裒回兮流芳。皇天兮無慧，至人逝兮仙鄉。天路遠兮無期，不覺涕下兮霑裳。

蘇耽歌

蘇耽，桂陽人。少以至孝著稱。一日白母：道果已圓，升舉有日。母曰：吾獨恃爾，爾去吾何依？耽乃留一櫃，封鑰甚固，若有所需，告之如所願也。預爲植橘鑿井，及郡人大疫，但食一橘葉、飲一泉水即愈。而後一鶴降郡屋，久而不去，郡僚子弟彈之，鶴乃舉足畫屋，若書字焉，辭云。

鄉原一别，重來事非。甲子不記，陵谷遷移。白骨蔽野，青山舊時。翹足高屋，下見羣兒。我是蘇仙，彈我何爲？翻身雲外，却返吾居。一云「耽騎白鶴，來止郡城東北樓上。人或挾彈彈之，鶴以爪攫樓板似漆書，云『城郭雖是人民非，三百甲子一來歸。我是蘇仙，彈我何爲』」。

丁令威歌

見《雲笈七籤》。《搜神記》曰：遼東城門有華表柱，忽有一白鶴集柱頭。時有少年舉弓欲射之，鶴乃飛，裵回空中而言，遂高上沖天。今遼東諸丁云其先世有昇仙者，不知名字。

有鳥有鳥丁令威，去家千歲今來歸，城郭如故人民非。何不學仙塚壘壘。《洞仙傳》曰：丁令威者，遼東人。少隨師學得仙道分身，任意所欲。嘗暫歸，化爲白鶴，集郡城門華表柱頭，言曰：「我是丁令威，去家千歲今來歸，城郭如舊人民非。何不學仙離塚纍。」遼東諸丁譜載令威漢初學道得仙修文殿。《御覽》所引云「城郭是，人民非。何不學仙去，空伴塚纍纍」。

張麗英石鼓歌

《金精山記》曰：漢時張芒女名麗英，面有奇光，不照鏡，但對白紈扇如鑑焉。長沙王吴芮聞其異質，領兵來聘。女時年十五，聞芮來，乃登此山仰卧，披髮覆于石鼓之下，人謂之死。芮使人往視之，忽見紫雲鬱起，遂失女所在。石上留歌一首，至今石鼓一處黑色直下，狀女垂髮，時人號爲張女髮。

石鼓石鼓，悲哉下土。自我來觀，民生實苦。哀哉世事，悠悠我意。我意不可辱兮，王威不可奪余志。有鸞有鳳，自歌自舞。凌雲歷漢，遠絶塵羅。世人之子，其如我何？暫來期會，運往即乖。父兮母兮，無傷我懷。「歌」「舞」二字疑倒。

衛羅國王女配瑛靈鳳歌

《洞玄本行經》曰：西方衛羅國王有女，字曰配瑛。與鳳共處，於是靈鳳常以羽翼扇女面。後十二年中，女忽有胎，王意怪之，因斬鳳頭，埋著長林丘中。女後生女，名曰皇妃，王女思靈鳳之遊好，駕而臨之長林丘中，歌曰云云。是鳳鬱然而生，抱女俱飛，逕入雲中。

杳杳靈鳳，綿綿長歸。悠悠我思，永與願違。萬劫無期，何時來飛。

葛仙公歌

三首。《真仙通鑑》：仙公諱玄，字孝先，句容人。生而秀頴，天才超軼，名振江左。州郡辟爲掾，固辭，乃入赤城山，精思學道。赤烏七歲八月十五日，白日昇天。弟子鄉朋，攀戀不已。於是仙公駐駕空中，賦五言歌詩三篇，降付鄉朋，普令歌誦，開悟方來。

真人昔遺教，慇念孤癡子。嬖邪不信道，禍亂由斯起。身隨朝露晞，悔恨何有已。罪大不可掩，流毒將誰理。冥冥未出期，劫盡方當止。轉輪貧賤家，仍復爲役使。四體或不完，蹩躠行乞市。不知積罪報，怨天神不恃。大道常無爲，弘之由善始。吾今獲輕舉，脩行立功爾。三界盡稽首，從容紫宫裏。停駕虚元中，人生若流水。臨别屬素翰，粗標靈妙紀。

我今便昇天，慇念諸儒英。大道體虚無，寂寂中有精。視之若冥昧，窈窈中昭明。莫言道虚誕，所患不至誠。奚不登名山，誦是洞真經？一諷而一詠，玄音徹太清。太上輝金容，衆仙齊應聲。十方散香花，燔煙栴檀馨。皇娥奏九韶，鸞鳳諧和鳴。龍駕翳空迎，華蓋曜杳冥。倐閑劫仞臺，帝釋欻降庭。八王奉丹液，挹漱身騰輕。逍遥有無間，流朗絶形名。神童俠侍側，自然朝萬靈。飄飄八景輿，遊衍白玉京。七祖昇福堂，先亡悉超生。王侯能篤信，必爲天下貞。大人體至德，一切蒙其成。

散誕遊山水，吐納靈和津。鍊氣同希夷，静詠道德篇。至心宗玄一，冥感今乃宣。飛駕御九龍，飄飄乘紫煙。華景曜空衢，紅雲擁帝前。暫过蓬萊宫，倏忽已賓天。偉偉衆真會，渺渺淩重玄。體固無終劫，金顔隨日鮮。歡樂太上境，悲念一切頑。誰能離死壞，結是冥中緣。悠悠成至道，無有入無間。微妙良難測，智者謂我賢。若能弘衆妙，輕舉昇神仙。

「太」一作「亡」。「頑」一作「人」。

四真人降魏夫人歌

《真仙通鑑》曰：魏夫人齋于别寢，忽有太極真人、方諸青童、扶桑神王、清虚真人來降，授夫人《八索》《隱書》《黄庭》等經。於是四真吟唱，各命玉女彈琴，擊鐘吹簫，合節而發。太極發排空之歌，青童吟太霞之曲，神王諷晨啓之章，清虚詠駕欻之辭。

太極真人歌

丹明焕上清，八風鼓太霞。迴我神霄輦，遂造玉嶺阿。咄嗟天地外，九圍皆吾家。上採日中精，下飲黄月華。靈觀空無中，鵬路無間邪。顧見魏賢安，濁氣傷爾和。勤研玄中思，道成更相過。「九圍」一作「圉圉」。賢安，夫人字。「更」一作「矢」。

方諸青童歌

太霞扇晨暉，九氣無常形。玄轡飛霄外，八景乘高清。手把玉皇袂，攜我晨中生。眄觀七曜房，朗朗亦冥冥。超哉魏氏子，有心復有精。玄挺自嘉會，金書東華名。賢安密所研，相期暘谷汧。「太霞扇晨暉」一作「七霞扇晨曜」。「暘谷汧」一作「洛陽宫」。

扶桑神王歌

晨啓太帝室，夕越匏瓜水。碧海飛翠波，連峯亦嶽峙。浮輪雲濤際，九龍同轡起。虎旗鬱霞津，靈風幡然理。華存久樂道，遂致高神擬。拔徙三緣外，感會乃方始。相期陽洛宫，道成携魏子。「虎」一作「羽」。華存，夫人名。

清虚真人歌

二首。

欻駕控清虚，裵回西華館。瓊林既神杪，虎旂逐煙散。慧風振丹旍，明燭朗八焕。解襟墉房裏，神鈴鳴蒨粲。棲景若林柯，九絃玄中彈。遺我積世憂，釋此千年歎。怡眄無極已〔二〕，於夜復待旦。「瓊林既神杪」一作「華館璞輪張」。「墉」一作「仙」〔三〕。「柯」一作「阿」。「絃」一作「氣」。

紫霞儛玄空，神風無綱領。欻然滿八區，佻爾豁靈境。八窻無常朗，有冥亦有炅。洞觀三丹田，寂寂生形景。凝神泥丸内，紫房何蔚炳。大帝命我來，有以應神挺。相遇女弟子，雲姿卓鑠整。愧無郢石運，益彼自然潁。勤密攝生道，泄替結災眚。靈期自有時，攜袂陟松嶺。「風」一作「方」。「侊」一作「祝」。「靈境」一作「虛静」。「丹」一作「景」。

王母贈魏夫人歌

《西王母傳》曰：紫虛元君魏華存夫人清齋於陽洛隱元之臺，西王母與金闕聖君降於臺中，乘八景輿，同詣清虛上宫，傳《玉清隱書》四卷授華存。是時三元夫人馮雙禮珠、紫陽左仙石路成、太極高仙伯延蓋公子、西成真人王方平、太虛真人南嶽赤松子、桐柏真人王子喬等並降夫人小有清虛上宫絳房之中。時夫人與王君爲賓主焉，設瓊酥緑酒，金觴四奏，各命侍女陳曲成之鈞，於是王母擊節而歌。

駕我八景輿，欻然入玉清。龍旌拂霄漢，虎旂攝朱兵。逍遥玄津際，萬流無暫停。哀此去留會，劫盡天地傾。當盡無中景，不死亦不生。體彼自然道，寂觀合太冥。南嶽挺真幹，玉映輝頴精。有任靡期事，虛心自受靈。嘉會絳河曲，相與樂未央。「漢」一作「上」。「精」一作□。「期」一作「其」。

雙禮珠彈雲璈而答歌

玉清出九天，神館飛霞外。霄臺焕嵯峨，靈夏秀蔚翳。五華興翠華，八風扇緑氣。仰吟消魔詠，俯研智與慧。萬真啓晨景，唱期絳房會。挺顖德音子，神映乃拂沛。天嶽凌空椂，洞臺深幽遂。遊海悟井隘，履真覺世穢。儛輪宴重空，筌魚自然廢。迴我大椿羅，長謝朝生世。

高仙盼遊洞靈之曲

玉皇又命歘生入隱室見上清元君、龜山君，於是二真乃各命侍女王延賢、于廣運等彈雲林琅玕之璈，安德音、范四珠擊昆明之筑，左抱容、韓賢賓吹鳳鸞之簫，趙運子、李慶玉拊流金之石，辛白鵠、鄭辟方、燕婉來、田雙連等四人合歌。

玉室焕東霞，紫輦浮絳晨。華臺何盻目，此宴飛天元。清静太無中，眇眇躡景遷。吟詠大洞章，唱此三九篇。曲寢大漠内，神王方寸間。寂室思靈暉，何事苦林山。須臾變衰翁，迴爲孩中顔。

太上宮中歌

此歌正言耳目之經也，南嶽夫人喻許長史。

手把八雲氣，英明守二童。太真握明鏡，鑒合日月鋒。雲儀拂高闕，驕女坐玄房。愈行愈鮮盛，英靈自爾通。

雲林與衆真吟詩十首

《真誥翼真檢》曰：併衿接景，楊安以灼然顯説。凡所興「有待」「無待」諸詩及辭喻諷旨，皆是雲林應降嬪儷侯事義，並亦表著。而南真自是訓授之師，紫微則下教之匠，並不關儔結之例，但中侯、昭靈亦似別有所在，既事未一時，故不正的的爾。其餘男真，或陪從所引，或職司所任，至如二君，最爲領據之主。今人讀此辭事，若不悟斯理者，永不領其旨。故略標大意，宜共密之。

駕欻敖八虛，佪宴東華房。阿母延軒觀，朗嘯躡靈風。我爲有待來，故乃越滄浪。

右英王夫人歌

乘飈遡九天，自駕三秀嶺。有待裹回眄，無待故當淨。滄浪奚足勞，孰若越玄井。

右紫微夫人答英歌

寫我金庭館，鮮駕三秀畿。夜芝披華鋒，咀嚼充長饑。高唱無逍遥，各興無待歌。空同酬靈音，無待將如何。「鋒」謂應作「峰」字。

右桐柏山真人歌 王子喬

朝遊鬱絶山，夕偃高暉堂。振轡步靈鋒，無近於滄浪。玄井三仞際，我馬無津梁。儵歘九萬間，八維已相望。有待非至無，靈音有所喪。「鋒」謂應作「峰」字。

右清靈真人歌 裴玄仁

龍旂舞太虛，飛輪五嶽阿。所在皆逍遥，有感興冥歌。無待愈有待，相遇故得和。滄浪奚足遼，玄井不爲多。鬱絶尋步間，俱會四海羅。豈若絶明外，三劫方一過。

右中侯夫人歌

縱酒觀羣惠，儵忽四落周。不覺所以然，實非有待遊。相遇皆歡樂，不遇亦不憂。衆影玄空中，兩會自然疇。

右昭靈李夫人歌

駕歘發西華，無待有待間。或眄五岳峰，或濯天河津。釋輪尋虛舟，所在皆纏綿。芥子忽萬頃，中有須彌山。小大固無殊，遠近同一緣。彼作有待來，我作無待親。

右九華安妃歌

無待太無中，有待大有際。大小同一波，遠近齊一會。鳴絃玄霄顛，吟嘯運八氣。奚不酣靈液，眄目娛九裔。有無得玄運，二待亦相益。

右太虚南岳真人歌 赤松子

偃息東華静，揚輧運八方。俯眄丘垤間，莫覺五岳崇。靈阜齊淵泉，大小互相從。長短無少多，大椿須臾終。奚不委天順，縱神任空同。

右方諸青童君歌

控飈扇太虚，八景飛高清。仰浮紫宸外，俯看絶落冥。玄心空同間，上下弗流停。無待兩際中，有待無所營。體無則能死，體有則攝生。東賓會高唱，二待奚足争。命駕玉錦輪，儛轡仰裴回。朝遊朱火宫，夕宴夜光池。浮景清霞杪，八龍正參差。我作無待遊，有待輒見隨。高會佳人寢，二待互是非。有無非有定，待待各自歸。東賓，東嶽上卿大茅君也。

右南極紫元夫人歌

紫微夫人歌

《真誥翼真檢》曰：紫微夫人名青娥，字愈音，王母第二十女也。晉興寧三年，降楊羲之家。按紫微夫人詩共十七首，而此下三首爲歌，故聊摘入。

龜闕鬱巍巍，墉臺落月珠。列坐九靈房，叩璈吟太無。玉簫和我神，金醴釋我憂。九月三日。

又

宴酣東華内，陳鈞千百聲。青君呼我起，折腰希林庭。羽帔扇翠暉，玉佩何鏗零。俱指高晨寢，相期象中冥。紫微歌此二篇。

紫微夫人歌此

考《真誥》當是丙寅二月三十日，此亦叙方諸東華之勝也。

褰裳濟渌河，遂見扶桑公。高會太林墟，賞宴玄華宫。信道苟淳篤，何不棲東峰。

四月十四日夕右英夫人吟歌此曲

雲林右英夫人名媚蘭，字申林，王母第十三女，受書爲雲林宫右英夫人。晉興寧三年，諸真同降於楊君。按共詩二十五首，今亦堇取爲歌者。

玄波振滄濤，洪津鼓萬流。駕景眄六虚，思與佳人遊。妙唱不我對，清音與誰投。雲中騁瓊輪，何爲塵中趨。

方諸宫東華上房靈妃歌曲

《楊君記》云：東方赤氣中有言曰：「小鮮未烹鼎，言我巖下悲。」當以此事諮啓司命，故答稱此詩，仍及下篇也。

紫桂植瑶園，朱華聲悽悽。月宫生蕊淵，日中有瓊池。左拔員靈曜，右掣丹霞暉。流金焕絳庭，八景絶煙迴。緑蓋浮明朗，控節命太微。鳳精童華顔，琳腴充長饑。控晨揖太素，乘欻翔玉墀。吐納六虚氣，玉嬪把巾隨。彈璈南雲扇，香風鼓錦披。叩商百獸舞，六天攝神威。倏欻億萬椿〔四〕，齡紀鬱巍巍。小鮮未烹鼎，言我巖下悲。

太微玄清左夫人北停宫中歌曲

「停」一作「渟」。晉興寧三年乙丑十二月十七日夜，太元真人司命君書出此詩，云是青童宫中内房曲，恒吟讚此和神。

鬱藹非真墟，太無爲我館。玄公豈有懷，縈蒙孤所難。落鳳控紫霞，矯轡登晨岸。寂寂無濠涯，暉暉空中觀。隱芝秀鳳丘，逡巡瑶林畔。龍胎嬰爾形，八瓊迴素旦。琅華繁玉宫，結葩凌巖粲。鵬扇絶億領，拊翮扶霄翰。西庭命長歌，雲璈乘虚彈。八風纏緑宇，叢煙豁然散。靈童擲流金，太微啓璧案。三元折腰舞，紫皇揮袂讚。朗朗扇景曜，曄曄長庚焕。超軿聳明刃，下眄使我惋。顧哀地仙輩，何爲棲林澗。「庭」一作「度」。

杜廣平常喜歌

一章。杜契字廣平，京兆杜陵人。建安初渡江，依孫策。黄武二年，學道隱居華陽。

渟景翳廣林，曖日東霞升。晨風舞六煙，勃鬱八道騰。五嶽何必秀，名山亦足陵。矯首躡洞阜，棲心潛中興。吐納胎精氣，玄白誰能勝。保命君告許虎牙。保命者，三官保命司茅思和。

敬玄子歌

《洞仙傳》曰：敬玄子者，脩行中部之道，存道守三一。常歌曰。

遥望崑崙山，下有三頃田。借問田者誰，赤子字元先。上生烏靈木，雙闕夾兩邊。日月互相照，神路帶中間。採藥三微嶺，飲漱華池泉。遨遊十二樓，偃蹇步中原。意欲觀絳宮，正值子丹眠。金樓凭玉几，華蓋與相連。顧見雙使者，博著太行山。長谷何崢嶸，齊城相接鄰。縱我飛龍轡，忽臨無極淵。黄精生泉底，芝草披岐川。我欲將黄精，流丹在眼前。徘徊飲流丹，羽翼奮迅鮮。意猶未策外，子喬提臂牽。所經信自險，所貴得神仙。「烏」一作「二」。「間」一作「天」。

郭四朝扣船歌

四首。苻秦時人，見《雲笈七籤》。《洞仙傳》曰：郭四朝者，燕人也。秦時得道，來句曲山南，所住處作塘，遏澗水令深。基墌垣墻，今猶有可識處。四朝乘小船遊戲其中，每扣船歌曰。

清池帶靈岫，長林鬱青葱。玄烏翔幽野，悟言出從容。鼓檝乘神波，稽首希晨風。未獲解脱期，逍遥丘林中。「晨風」謂上清玉晨之風，非毛詩所稱「鴥彼晨風」之鳥也。浪神九陔外，研道逐全真。戢此靈鳳羽，藏我華龍鱗。高舉方寸物，萬吹皆垢塵。顧哀朝生蟪，孰盡汝車輪。女寵不蔽席，男愛不盡輪，朝生，蜉蝣也，以喻人之在世，易致消歇。「蟪」一作「蜚」。遊空落飛飈，靈步無形方。圓景焕明霞，九鳳唱朝陽。揮翮扇天津，晻藹慶雲翔。遂造太微宇，挹此金梨漿。逍遥玄陔表，不存亦不亡。玄陔，九陔也，皆八極之外，九霞之頂名也。飛登木星，亦云朗東陽之陔。故若士語盧敖云：與汗漫期於九陔之上也。駕欻舞神霄，披霞帶九日。高皇齊龍輪，遂造九華室。神虎洞瓊林，風雲合成一。開闔幽冥户，靈變玄跡滅。四朝爲玉臺執蓋郎，故云「高皇齊龍輪」。「風雲」一作「香風」。

李仙君歌

見《桓真人昇仙記》：蜀華蓋山李桓仙君授道桓凱真人，仙君一日謂凱曰：金丹大藥，子得之矣。飛步隱身諸訣，汝皆洞曉，但未聞大道耳。遂歌曰。

金鼎天門開，反童復嬰孩。日月照崑崙，真君自然來。三年結黄雲，千日成聖胎。九年登金闕，一紀升三台。龍虎自然交，上帝安金臺。衆神仰天表，忻慕心裵回。子今受靈文，專心如死灰。積功十二年，功畢登雲梯。白光生圓象，紫氣冲雲霓。端虚念太乙，浩劫天地齊。

桓真人唱詩

《桓真人昇仙記》曰：陶隱居先生謂弟子曰：「予夜夢神光滿室，彩雲連霄，有金甲神人謂予曰：明日有異人至，汝當掃門待之。」日午，桓凱真人果至，披髮跣足，唱詩曰。

黄花生紫雲，日月周天輪。混混太虚中，不與衆生羣。崑崙十二峰，上帝朝萬巡。一日功行滿，升空謁元君。

武夷君人間可哀之曲

陸鴻漸《武夷山記》云：武夷君，地官也。相傳每於八月十五日，大會村人。於武夷山上置幔亭，化虹橋，通山下。村人既往，是日太極玉皇、太姥魏真人、武夷君三座空中。告呼村人爲曾孫，汝等若男若女呼坐。乃命鼓師張安凌等作樂，行酒令，歌師彭令昭唱《人間可哀》之曲。其詞曰。

天上人間兮，會合疏稀。日落西山兮，夕鳥歸飛。百年一餉兮，志與願違。天宫咫尺兮，恨不相隨。

内經真誥

子欲夜書，當脩常居。眉後小穴中，爲上元六合之府，主化生眼暉，和瑩精光，長珠徹童，保鍊目神，是真人坐起之上道，一名曰真人常居。

長生誥

《真誥》曰：楊羲夢遊蓬萊山，會蓬萊仙公洛廣休。既下山半，見許主簿，相逢於夾石之間。公語主簿曰：吾爲汝置酒四升在山上，可往飲之。此太平家酒，治人腸也。誥曰。

欲得長生飲太平。

【校勘記】

〔一〕闕，《四庫》本作「關」。

〔二〕盻，《四庫》本作「盻」。

〔三〕仙，原闕，據《四庫》本補。

〔四〕儵欻，《四庫》本作「倏忽」。

古樂苑卷第五十二

鬼歌曲辭 謡語附

鬼歌詩者，斯爲志怪述異耳。彼其取精已多，游魂爲變，著于聲響，覃及歌吟，寓宙大矣，抑豈必盡誣誕哉！今亦摘録，以庶夫存而不論焉。

紫玉歌

《搜神記》曰：吴王夫差小女名玉，悦童子韓重，欲嫁之不得，乃結氣而死。重游學歸，往弔之，玉形見於墓側，顧重延頸而歌曰。

南山有鳥，北山張羅。意欲從君，讒言孔多。悲結成疹，没命黄壚。命之不造，寃如之何。羽族之長，名爲鳳皇。一日失雄，三年感傷。雖有衆鳥，不爲匹雙。故見鄙姿，逢君輝光。身遠心近，何曾暫忘。「意欲」一作「志願」。「命」一作「身」。見，去聲。「近」一作「邇」。「曾」

一作「當」。

郭長生吹笛歌

《幽明録》曰：永嘉中，太山民巢氏先爲相縣令，居在晉陵。家婢採薪，忽有一人追隨婢還家，不使人見，與婢宴飲，輒吹笛而歌，歌云。

閑夜寂已清，長笛亮且鳴。若欲知我者，姓郭字長生。

王敬伯宛轉歌

《晉書》曰：王敬伯，會稽餘姚人，爲衛佐。休假還鄉，過吴，維舟渚中，昇亭而宿。是夜月華露輕，敬伯鼓琴，感劉惠明亡女告敬伯，就體如平生。敬伯撫琴而歌，女乃和之。

低露下深幕，垂月照孤琴。空絃益霄淚，誰憐此夜心。

歌宛轉，情復哀。願爲煙與霧，氛氲同共懷。亦見《續齊諧記》。已載前琴歌中，無王敬伯前歌，女歌小異，今復載此。

青溪小姑歌

二首。吴均《續齊諧記》曰：會稽趙文韶，宋元嘉中爲東扶侍，廨在青溪中橋。秋夜步月，悵焉思歸，乃倚門唱《烏飛曲》。忽有青衣年十五六許，詣門曰：女郎聞歌聲有悦人者，逐月遊戲，故遣相問。文韶都不之疑，遂邀暫過。須臾，女郎至，年可十八九許，容色絶妙，謂文韶曰：聞君善歌，能爲作一曲否？文韶即爲歌「草生磐石下」，聲甚清美。女郎顧青衣，取箜篌鼓之，泠泠似楚曲。又令侍婢歌「繁霜」，自脱金簪扣箜篌和之。婢乃歌曰云云。留連宴寢，將旦别去，以金簪遺文韶，文韶亦贈以銀盌及瑠璃匕。明日於青溪廟中得之，乃知昨所見青溪神女也。按干寶《搜神記》曰：廣陵蔣子文嘗爲秣陵尉，因擊賊傷而死，吴孫權時封中都侯，立廟鍾山。《異苑》曰：青溪小姑，蔣侯第三妹也。

日暮風吹，葉落依枝。丹心寸意，愁君未知。

歌闋夜已久，繁霜侵曉幕。何意空相守，坐待繁霜落。

廬山夫人女婉撫琴歌

祖台之《志怪》曰：建康小吏曹著見廬山夫人，夫人命女婉與著相見，婉見著欣悦，命婢瓊林取琴出，婉撫琴歌曰云云。歌畢，婉便還去。

登廬山兮鬱嵯峨，晞陽風兮拂紫霞。招若人兮濯靈波，欣良運兮暢雲柯。彈鳴琴兮樂莫過，雲龍會兮樂太和。

陳阿登彈琴歌

《幽明録》曰：句章人至東野，還，暮不至門，見路傍有小屋燈火，因投寄止宿。有一小女不欲與丈夫共宿，呼鄰家女自伴，夜共彈琴箜篌。至曉，此人謝去，問其姓字，女不答，彈琴而歌曰云云。明至東郭外，有賣食母在市中，此人寄坐，因説昨所見，母聞驚曰：是我女，近死，葬於郭外。

連綿葛上藤，一綏復一絚。欲知我名姓，姓陳名阿登。

陵欣歌

《異苑》曰：建康陵欣，景平中，死於揚州。作部尅辰當葬，作部督夢欣云：「今爲獄公姥，祖夕有期，莫由自反，勞君解謝，令得放遣。」督不信，夜後又夢，言辭轉切，因歌一曲云。督覺爲謝，從此便絶。

生時世上人，死作獄中鬼。不得還墳墓，死没有餘罪。

聶包鬼歌

劉叔敬《異苑》曰：臨川聶包，死數年，忽詣南豐相沈道襲共飲，其歌笑甚有倫次，每歌云。

花盈盈，正聞行，當歸不聞死復生。

鬼仙歌謡

出《異苑》。

登阿儂孔雀樓，遥聞鳳皇鼓。下我鄒山頭，彷佛見梁魯。

燉煌父老夢語

《晉書》曰：涼後主歆，字士業，嗣父盛爲涼公，領涼州牧、護羌校尉。士業立而宋受禪，聞沮渠蒙遜南伐秃髮傉檀，士業率步騎三萬攻張掖，與蒙遜距戰，爲蒙遜所害。先是，有燉煌父老令狐熾夢白頭公衣帢而謂熾曰云云。言訖，忽不見。士業小字桐椎，至是而亡。

南風動，吹長木，胡桐椎，不中轂。

窻呼祁孔賓

《晉書》曰：祁嘉字孔賓，酒泉人。少清貧，好學。年二十餘，夜牕中有聲呼曰云云。旦而逃去，西至燉煌，依學官誦書，遂博通經傳，精究大義。西遊海渚，教授門生。張重華徵爲儒林祭酒，在朝卿士、郡縣守令受業者二千餘人，竟以壽終。

祁孔賓，祁孔賓，隱去來，隱去來。脩飾人世，甚苦不可諧。所得未毛銖，所喪如山崖。

相輪鈴音

《晉書》曰：劉曜自攻洛陽，石勒將救之，羣下咸諫，以爲不可。勒以訪佛圖澄，澄曰：相輪鈴音云云。此偈語也。秀支，軍也。替戾岡，出也。僕谷，劉曜胡位也。劬秃當，捉也。此言軍出捉得曜也。勒遂赴洛拒曜，生擒之。

秀支替戾岡，僕谷劬秃當。

鬼謡

《異苑》曰：句章吴平門前，忽生一株青桐樹，上有謡歌之聲，平惡而砍殺。平隨軍北虜，首尾三載，死桐欻自還立於故根上，又聞樹巔空中歌曰云云。平尋歸，如鬼謡。

死樹今更青，吴平尋當歸。適聞殺此樹，已復有光輝。

鐵臼歌

顔之推《寃魂志》。

桃李花，嚴霜當奈何。桃李子，嚴霜落已。

犬妖歌

《述異記》曰：嘉興縣朱休之有一弟。宋元嘉中，兄弟對坐，家有一犬來，向休之蹲，遍視二人，遂摇頭而笑曰云云。其家驚懼斬犬，榜首路側。至來歲梅花時，兄弟相鬭，弟奮戰傷兄，官收治，並被囚繫，經歲得免。至夏，舉家時疾，母及兄弟皆死。

言我不能歌，聽我歌梅花。今年故復可，奈汝明年何。

鳥妖詩

《南史》曰：陳之將亡，有鳥一足，集其殿庭，以觜畫地成文，曰云云。解者以爲獨足蓋指後主獨行無衆，茂草言荒穢也，隋承火運，草得火而後灰。及後主至長安，館於都水臺，所謂「上高臺」「當水開」者，其言皆驗。

獨足上高臺，茂草變爲灰。欲知我家處，朱門當水開。

古樂苑衍録卷一

總論

樂府　文心雕龍　梁劉勰

樂府者，聲依永，律和聲也。鈞天九奏，既其上帝；葛天八闋，爰乃皇時。自《咸》《英》以降，亦無得而論矣。至於塗山歌於候人，始爲南音；有娀謡乎飛燕，始爲北聲；夏甲歎於東陽，東音以發；殷氂思于西河，西音以興；音聲推移，亦不一概矣。及夫庶婦，謳吟土風，詩官採言，樂盲被律，志感絲篁，氣變金石。是以師曠覘風於盛衰，季札鑒微於興廢，精之至也。夫樂本心術，故響浹肌髓，先王慎焉，務塞淫濫。敷訓胄子，必歌九德，故能情感七始，化動八風。自雅聲浸微，溺音騰沸，秦燔樂經，漢初紹復，制氏紀其鏗鏘，叔孫定其容與。於是武德興乎高祖，四時廣於孝文。雖摹《韶》《夏》，而頗襲秦舊，中和之響，闃其不還。暨武帝崇禮，始立樂府，總趙、代之音，撮齊、楚之氣，延年以曼聲協律，朱、馬以騷體製歌。《桂華》雜曲，麗而不經；《赤鴈》羣篇，靡而非典；河間薦雅而罕御，故汲黯致譏於《天馬》也。至宣帝雅頌，詩效《鹿鳴》，邇及元成，稍廣滛樂。正音乖俗，其難也如此。暨後郊廟，惟雜雅章，辭雖典文，而律非夔、曠。至于魏之三祖，氣爽才麗，宰割辭調，音靡節平。觀其《北上》衆引，《秋風》列篇，或述酣宴，或傷羈戍，志不出於淫蕩，辭不離於哀思，雖三調之正聲，實《韶》《夏》之鄭曲也。逮於晉世，則傅玄曉音，創定雅歌，以詠祖宗；張華新篇，亦充庭萬。然杜夔調律，音奏舒雅；荀勗改懸，聲節哀急，故阮咸譏其離聲，後人驗其銅尺，和樂精妙，固表裏而相資矣。故知詩爲樂心，聲爲樂體。樂體在聲，瞽師務調其器；樂心在詩，君子宜正其文。好樂無荒，晉風所以稱遠；伊其相謔，鄭國所以云亡。故知季札觀辭，不直聽聲而已。若夫艷歌婉孌，怨志詄絶，淫辭在曲，正響焉生？然俗聽飛馳，職競新異，雅詠温恭，必欠伸魚睨；奇辭切至，則拊髀雀躍；詩聲俱鄭，自此階矣。凡樂辭曰詩，詩聲曰歌，聲來被辭，辭繁難節；故陳思稱李延年閑於增損古辭，多者則宜減之，明貴約也。觀高祖之詠《大風》，孝武之歎《來遲》，歌童被聲，莫敢不協；子建士衡，咸有佳篇，並無詔伶人，故事謝絲管，俗稱乖調，蓋未思也。至於斬疑軒伎鼓吹，漢世鐃挽，雖戎喪殊事，而並總入樂府。繆襲所致，亦有可算焉。昔子政品文，詩與歌别，故略具樂篇，以標區界。

樂府總序 通志 宋鄭樵

古之達禮三。一曰燕，二曰享，三曰祀。所謂吉、凶、軍、賓、嘉，皆主此三者以成禮。古之達樂三。一曰風，二曰雅，三曰頌。所謂金、石、絲、竹、匏、土、革、木，皆主此三者以成樂。禮樂相須以爲用，禮非樂不行，樂非禮不舉。自后夔以來，樂以詩爲本，詩以聲爲用，八音六律爲之羽翼耳。仲尼編《詩》，爲燕享祀之時用以歌，而非用以説義也。古之詩，今之辭曲也，若不能歌之，但能誦其文而説其義，可乎？不幸腐儒之説起，齊、魯、韓、毛四家，各爲序訓，而以説相高，漢朝又立之學官，以義理相授，遂使聲歌之音湮没無聞。然當漢之初，去三代未遠，雖經生學者不識《詩》，而太樂氏以聲歌肄業，往往仲尼三百篇，瞽史之徒例能歌也。奈義理之説既勝，則聲歌之學日微，東漢之末，禮樂蕭條，雖東觀、石渠議論紛紜，無補於事。曹孟德平劉表，得漢雅樂郎杜夔，夔老矣，久不肄習，所得於三百篇者，惟

《鹿鳴》《騶虞》《伐檀》《文王》四篇而已，餘聲不傳。太和末，又失其三，左延年所得惟《鹿鳴》一篇，每正旦大會，太尉奉璧，羣臣行禮，東廂雅樂常作者是也。古者歌《鹿鳴》必歌《四牡》《皇皇者華》，三詩同節，故曰工歌《鹿鳴》之三，而用《南陔》《白華》《華黍》三笙以贊之，然後首尾相承，節奏有屬。今得一詩而如此用，可乎？應知古詩之聲爲可貴也。至晉室，《鹿鳴》一篇又無傳矣。自《鹿鳴》一篇絶，後世不復聞《詩》矣。然詩者，人心之樂也，不以世之汙隆而存亡，豈三代之時，人有是心，心有是樂，三代之後，人無是心，心無是樂乎？繼三代之作者，樂府也。樂府之作，宛同《風》《雅》，但其聲散佚無所紀繫，所以不得嗣續《風》《雅》而爲流通也。按三百篇在成周之時，亦無所紀繫，有季札之賢而不別國風所在，有仲尼之聖而不知雅頌之分。仲尼爲此患，故自衛返也，問於太師氏，然後取而正焉。列十五國風，以明風土之音不同；分大小二雅，以明朝廷之音有間；陳周、魯、商三頌之音，所以侑祭也。定《南陔》《白華》《華黍》《崇丘》《由庚》《由儀》六笙之音，所以叶歌也。得詩而得聲者三百篇，則繫於風、雅、頌，得詩而不得聲者則置之，謂之逸詩，如《河水》《祈招》之類，無所繫也。今樂府之行於世者，章句雖存，聲樂無用。崔豹之徒，以義説名；吴兢之徒，以事解目，蓋聲失則義起，其與齊、魯、韓、毛之言詩，無以異也，樂府之道或幾乎息矣。臣今取而繫之，千載之下，庶無絶紐。一曰短簫鐃歌，二十二曲。二曰鞞舞歌，五曲。三曰拂舞歌，五曲。四曰鼓角横吹，十五曲。五曰胡角，十曲。六曰相和歌，三十曲。七曰吟歎，四曲。八曰四絃，一曲。九曰平調，七曲。十曰瑟調，三十八曲。十一曰楚調，十曲。十二曰大曲，十五曲。十三曰白紵歌，五曲。十四曰清商，八十四曲。凡二百五十一曲，繫之正聲，即風雅之聲也。一曰郊祀，十九章。二曰東都五詩。三曰梁十二雅。四曰唐十二和。凡四十八曲，繫之正聲，即頌聲也。一曰漢三侯之詩，一章。二曰漢房中之樂，十七章。三曰隋房内，二曲。四曰梁，十曲。五曰陳，四曲。六曰北齊，二曲。七曰唐，五十五曲。凡九十一曲，繫之别聲，而非正樂之用也。正聲之餘則有琴，琴五十七曲，别聲之餘則有舞，舞二十三曲。古者絲竹與歌相和，故有譜無辭，所以六詩在三百篇中，但存名耳。漢儒不知，謂爲六亡詩也。琴之九操十二引，以音相授，並不著辭。琴之有辭，自梁始。舞與歌相應，歌主聲，舞主形，自六代之舞，至于漢魏，並不著辭也。舞之有辭，自晉始。今之所繫，以詩繫於聲，以聲繫於樂，舉三達樂，行三達禮，庶不失乎古之道也。古調二十四曲，征戍十五曲，遊俠二十一曲，行樂十八曲，佳麗四十七曲，别離十八曲，怨思二十五曲，歌舞二十一曲，絲竹十一曲，觴酌七曲，宫苑十九曲，都邑三十四曲，道路六曲，時景二十五曲，人生四曲，人物十曲，神仙二十二曲，梵竺四曲，蕃胡四曲，山水二十四曲，草木二十一曲，車馬六曲，魚龍六曲，鳥獸二十一曲，雜體六曲。總四百十九曲，不得其聲，則以義類相屬，分爲二十五門，曰遺聲。遺聲者，逸詩之流也，庶幾來者復得其聲，則不失其所繫矣。然三代既没，漢魏嗣興，禮樂之來，陵夷有漸，始則風雅不分，次則雅頌無別，次則頌亡，次則禮亡。按《上之回》《聖人出》，君子之作也，雅也；《艾如張》《雉子班》，野人之作也，風也，合而爲鼓吹曲。《燕歌行》，其音本幽薊，則列國之風也；《煌煌京洛行》，其音本京華，則都人之雅也，合而爲相和歌。風者鄉人之用，雅者朝廷之用，合而用之，是爲風雅不分。然享大禮也，燕，私禮也。享則上兼用下樂，燕則下得用上樂，是則風雅之音雖異，而享燕之用則通。及明帝定四品：一曰大予樂，郊、廟、上陵用之。二曰雅頌樂，辟雍、享、射用之。三曰黄門鼓吹樂，天子宴羣臣用之。四曰短簫鐃歌樂，軍中用之。古者雅用於人，頌用於神。武帝之立樂府采詩，雖不辨風雅，至於郊祀、房中之章，未嘗用於人事，以明神人不可以同事也。今辟雍、享、射，雅、頌無分，應用頌者而改用大予，應用雅者而改用黄門，不知黄門、大予於古爲何樂乎？風雅通歌，猶可以通也，雅頌通歌，不可以通也。曹魏準《鹿鳴》作《於赫》篇，以祀武帝，準《騶虞》作《巍巍》篇，以祀文帝；準《文王》作《洋洋》篇，以祀明帝。且《清廟》祀文王，《執競》祀武主，莫非頌聲，今魏家三廟純用風雅，此頌之所以亡也。頌亡則樂亡矣。是時樂雖亡，禮猶存，宗廟之禮不用之天，明有尊親也，鬼神之禮不用之人，知有幽明也。梁武帝作十二《雅》，郊、廟、明堂、三朝之禮，展轉用之，天地之事，宗廟之事，君臣之事，同其事矣。樂之失也自漢武始，其亡也自魏始。禮之失也自漢明始，其亡也自梁始。禮樂淪亡之所由，不可不知也。

正聲序論

古之詩曰歌行，後之詩曰古近二體。歌行主聲，二體主文。詩爲聲也，不爲文也。浩歌長嘯，古人之深趣。今人既不尚嘯，而又失其歌詩之旨，所以無樂事也。凡律其辭則謂之詩，聲其詩則謂之歌，作詩未有不歌者也。詩者樂章也，或形之歌詠，或散之律呂，各隨所主而命。主於人之聲者，則有行有曲。散歌謂之行，入樂謂之曲。主於絲竹之音者，則有引，有操，有吟，有弄。各有調以主之，攝其音謂之調，總其調亦謂之曲。凡歌、行雖主人聲，其中調者皆可以被之絲竹。凡引、操、吟、弄雖主絲竹，其有辭者皆可以形之歌詠。蓋主於人者，有聲必有辭；主於絲竹者，取音而已，不必有辭，其有辭者，通可歌也。近世論歌行者，求名以義，彊生分別，正猶漢儒不識風雅頌之聲，而以義論詩也。且古有《長歌行》《短歌行》者，謂其聲歌之短長耳，崔豹、吴兢，大儒也，皆謂人壽命之短長，當其時已有此説，今之人何獨不然？嗚呼！詩在於聲，不在於義，猶今都邑有新聲，巷陌競歌之，豈爲其辭義之美哉，直爲其聲新耳！禮失則求諸野，正爲此也。孔子曰：吾自衛反魯，然後樂正，雅頌各得其所。亦謂雅頌之聲有別，然後可以正樂。又曰：《關雎》樂而不淫，哀而不傷。亦謂《關雎》之聲和平，聞之者能令人感發而不失其度。若誦其文，習其理，能有哀樂之事乎？二體之作，失其詩矣。縱者謂之古，拘者謂之律，一言一句，窮極物情，工則工矣，將如樂何？樂府在漢初雖有其官，然采詩入樂，自漢武始。武帝定郊祀，廼立樂府，采詩夜誦，則有趙、代、秦、楚之謳，莫不以聲爲主。是時去三代未遠，猶有雅頌之遺風。及後人泥於名義，是以失其傳。故吴兢譏其不覩本章，便斷題取義。贈利涉則述《公無渡河》，慶載誕乃引《烏生八九子》，賦《雉子班》者但美繡頸錦臆，歌《天馬》者惟叙驕馳亂蹋，其間有如劉猛、李餘輩，賦《出門行》不言離別，《將進酒》乃叙烈女，事用古題，不用古義，知此意者蓋鮮矣！然使得其聲，則義之同異又不足道也。自永嘉之亂，禮樂日微日替。暨隋平陳，得其一二，則樂府之清商也。文帝聽而善之，曰：「此華夏正聲也。」乃置清商府，博采舊章，以爲樂之所本在此。自隋之後，復無正聲。至唐，能合于管絃者，《明君》《楊叛兒》《驍壺》《春歌》《秋歌》《白雪》《堂堂》《春江花月夜》，八曲而已，不幾於亡乎？臣謹考摭古今，編繫節奏，庶正聲不墜於地矣。

漢短簫鐃歌二十二曲

亦曰鼓吹曲。按漢、晉謂之短簫鐃歌，南北朝謂之鼓吹曲。觀李白作《鼓吹入朝曲》，亦曰「鐃歌列騎次，颯沓引公卿」，則知唐時猶有遺音，但大樂氏失職耳。

《朱鷺》。鷺惟白色，漢有朱鷺之祥，因而爲詩。梁元帝《放生碑》云：玄龜夜夢，終見取於宋王；朱鷺晨飛，尚張羅於漢后。謂此也。魏曰《楚之平》。吳曰《炎精缺》。晉曰《靈之祥》。梁曰《木紀謝》。北齊曰《水德謝》，言魏謝齊興也。後周曰《玄精季》，言魏道陵遲太祖肇開王業也。《思悲翁》。魏曰《戰滎陽》。吳曰《漢之季》。晉曰《宣受命》。梁曰《賢首山》。北齊曰《出山東》，言神武戰廣阿，破爾朱兆也。後周曰《征隴西》，言太祖誅侯莫陳悦，掃清隴右也。《艾如張》。魏曰《獲吕布》。吳曰《攄武師》。晉曰《征遼東》。梁曰《桐柏山》。北齊曰《戰韓陵》，言神武滅四胡，定京洛也。後周曰《迎魏帝》，言武帝西幸，太祖奉迎宅關中也。《上之回》。魏曰《克官渡》。吳曰《烏林》。晉曰

《宣輔政》。梁曰《道亡極》〔一一〕。北齊曰《殄關隴》，言神武遣侯莫陳悦誅賀拔岳，定關隴也。後周曰《平竇泰》，言太祖計平竇泰也。擁離魏曰《舊邦》。吴曰《秋風》。晉曰《時運多難》。梁曰《抗威》。北齊曰《滅山胡》，言神武屠蠡升高車，而蠕蠕向化也。後周曰《復弘農》，言太祖收復陝城，關東震懼也。《戰城南》。魏曰《定武功》。吴曰《克皖城》。晉曰《景龍飛》。梁曰《漢東流》。北齊曰《立武定》，言神武立魏主，遷都於鄴，而定天下也。後周曰《克沙苑》，言太祖俘齊軍十萬於沙苑，神武脱身遁也。《巫山高》。魏曰《屠柳城》。吴曰《關背德》。晉曰《平玉衡》。梁曰《鶴樓峻》。北齊曰《戰芒山》，言神武克周師也。後周曰《戰河陰》，言太祖破神武於河上，斬其三將也。《上陵》。漢章帝元和三年，帝自作詩四篇。一曰《思齊姚皇》，二曰《六麒麟》，三曰《竭肅雝》，四曰《陟屺》，與《鹿鳴》《承元氣》二曲爲宗廟食舉，又以《重來》《上陵》二曲合八曲，爲上陵食舉。據此所言，則《上陵》自是八曲之一名，或作于章帝之前，亦不可知，蓋因上陵而爲之也。魏曰《平南荆》。吴曰《通荆州》。晉曰《文皇統百揆》。梁曰《昏主恣淫慝》。北齊曰《禽蕭明》，言梁遣明來寇，爲清河王岳所禽也。後周曰《平漢東》，言太祖命將平隨郡安陸也。《將進酒》。魏曰《平關中》。吴曰《章洪德》。晉曰《因時運》。梁曰《石首篇》。北齊曰《破侯景》，言清河王岳破侯景，復河南也。後周曰《取巴蜀》，言太祖遣軍平定蜀地也。《有所思》，亦曰《嗟佳人》。漢太樂食舉十三曲，第七曰「有所思」，漢人亦以此樂侑食。魏曰《應帝期》。吴曰《順曆數》。晉曰《惟庸蜀》。梁曰《期運集》。北齊曰《嗣丕基》，言文宣帝也。後周曰《拔江陵》，言太祖命將禽蕭繹，平南土也。《芳樹》。魏曰《邕熙》。吴曰《承天命》。晉曰《天序》。梁曰《於穆》。北齊曰《克淮南》，言文宣遣清河王岳禽梁司徒陸法和，克壽春，盡取江北之地也。後周曰《受魏禪》，言閔帝受魏禪，作周也。《上邪》。魏曰《太和》。吴曰《元化》。晉曰《大晉承運期》。梁曰《惟大梁》。北齊曰《平瀚海》，言文宣命將滅蠕蠕國也。後周曰《宣重光》，言明帝入承大統也。《君馬黃》。晉曰《金靈運》。北齊曰《定汝潁》，言文襄遣清河王岳禽周將王思政於長葛，汝潁悉平也。後周曰《哲皇出》，言高祖之聖德也。如張正見、蔡知君之流，只言馬而已。按謝燮云：「或聽鐃歌曲，惟吟君馬黃。」古人知音別曲，見於賦詠者如此，後世只於言語上計較，此道無聞。《雉子班》。晉曰《於穆我皇》。北齊曰《聖道洽》，言文宣之德，無思不服也。後周曰《平東夏》，言高祖禽齊王於青州，一舉定山東也。按吴兢所引古辭云：「雉子高飛北，黃鵠高飛已千里，雄來飛從雌。」視以爲始作之辭。然樂府之題亦如古詩題，所謂《關雎》《葛覃》之類，只取篇中一二字以命詩，初無義也，後人即物即事而賦，故於題有義。據此古詞無「雉子班」之語，往往「雉子班」之作復在此古辭之前，吴兢未之見也。如吴均「可憐雉子班」，又後人所作也。《聖人出》。晉曰《仲春振旅》。北齊曰《受魏禪》，言文宣受禪，應天順人。後周曰《禽明徹》，言高祖遣將克陳將吴明徹而俘之也。《臨高臺》。晉曰《夏苗田》。北齊曰《服江南》，言梁主蕭繹來附化也。《遠如期》，亦曰《遠期》。漢太樂食舉十三曲，一曰《鹿鳴》，二曰《重來》，三曰《初造》，四曰《俠安》，五曰《來歸》，六曰《遠期》，七曰《有所思》，八曰《明星》，九曰《清涼》，十曰《涉大海》，十一曰《大置》，十二曰《承元氣》，十三曰《海淡淡》。魏時以《遠期》《承元氣》《海淡淡》三曲多不通利，故省之。及晉荀勗、傅玄之流，並爲歌辭。晉曰《仲秋獮田》。北齊曰《刑罰中》，言孝昭舉直措枉，獄訟無怨也。《石留》。晉曰《順天道》。北齊曰《遠夷至》，言至海外西夷諸國遣使朝貢也。《務成》。晉曰《唐堯》。北齊曰《嘉瑞臻》，言聖王應期，河清龍見，符瑞總至也。《玄雲》。北齊曰《成禮樂》，言功成化洽，制禮作樂也。《黃爵行》。晉曰《伯益》。《釣竿篇》。伯常子避仇河濱，爲漁父。其妻思之，而爲《釣竿篇》〔二〕。每至河側，輒歌之。後司馬相如作《釣竿詩》，遂傳以爲樂曲。

漢鞞舞歌五曲

《關中一作「東」。有賢女》。魏曰《明明魏皇帝》。晉曰《洪業篇》。《章和二年中》。漢章帝所造。魏曰《太和有聖帝》。晉曰《天命篇》。《樂久長》。魏曰《魏曆長》。晉曰《景皇篇》。《四方皇》。魏曰《天生烝民》。晉曰《大晉篇》。《殿前生桂樹》。魏曰《爲君既不易》。晉曰《明君篇》。

拂舞歌五曲

《白鳩篇》。亦曰《白鳧舞》，以其歌且舞也。亦入清商曲。《濟濟篇》。《獨禄篇》。李白作「獨鹿〔三〕」。《碣石篇》。晉樂奏魏武帝分爲四篇。一曰《觀滄海》，二曰《冬十月》，三曰《土不同》，四曰《龜雖壽》。《淮南王篇》。舊説淮南王安求仙，遂與八公相攜而去，其家臣小山之徒思戀不已，乃作是歌。此則恢誕家爲此説耳，不然亦是後人附會也。

按拂舞五篇，並晉人採集三國之前所作，惟《白鳧》不用吴舊歌而更作之，命以《白鳩》焉。

鼓角横吹十五曲

《黄鵠一作「鶴」。吟》。《隴頭吟》，亦曰《隴頭水》。《望行人》。《折楊柳》。《關山月》。《洛陽道》。《長安道》。《豪俠行》。亦曰《俠客行》。《梅花落》。胡笳曲。《紫騮馬》。《驄馬》。復有《驄馬驅》，非横吹曲。《雨雪》。《劉生》。《古劍行》。《洛陽公子行》。

按此有十五曲，後之角工所傳者只得《梅花》耳。今太常所試樂工第三等五十曲，抽試十五曲，及鳴角人習到《大梅花》《小梅花》《可汗曲》，是《梅花》又有小大之别也。然角之制始於胡，中國所用鼓角，蓋習胡角而爲也。黄帝之説多是謬悠，況鼓角與胡角聲類既同，故其曲亦相參用，而《梅花》之辭本於胡笳，今人謂角鳴爲邊聲，初由邊徼所傳也。《關山月》《洛陽道》《長安道》《豪俠行》《梅花落》《紫騮馬》《驄馬》八曲，後代所加也。

胡角十曲

《黄鵠吟》。《隴頭角吟》，亦曰《隴頭水》。《出關》。《入關》。《出塞》。《入塞》。《折楊柳》。《黄覃子》。《赤之楊》。《望行人》。

右胡角者，本以應胡笳之聲，後漸用之，故横吹有雙角，即胡樂也。漢博望侯張騫入西域，傳其法，惟得《摩訶》《兜勒》二曲，是爲胡曲之本。摩訶、兜勒，皆胡語也。協律校尉李延年因胡曲更新聲，二十八解其法，乘輿以爲武樂。後漢以給邊將。魏、晉以來，二十八解不復具存，但用十曲而已。鼓角之本，出於胡角。

相和歌三十曲

《江南曲》。《度關山》，亦曰《度關曲》。《長歌行》。《薤露歌》，亦曰《薤露行》，亦曰《天地喪歌》，亦曰《挽柩歌》。《蒿里傳》，亦曰《蒿里行》，亦曰《泰山吟行》。《雞鳴》，亦曰《雞鳴高樹巔》。《對酒行》。《烏生八九子》。《平陵東》。《陌上桑》，亦曰《艷歌羅敷行》，亦曰《日出東南隅行》，亦曰《日出行》，亦曰《採桑曲》，曹魏改曰《望雲曲》。《短歌行》，亦曰《鰕䱇》。《燕歌行》。《秋胡行》，亦曰《陌上桑》，亦曰《採桑》，亦曰《在昔》。《苦寒行》，亦曰《吁嗟》。《董逃行》。《塘上行》，亦曰《塘上辛苦行》。《善哉行》，亦曰《日苦短》。《東門行》。《西門行》。《煌煌京洛行》。《艷歌何嘗行》，亦曰《飛鵠行》。

《步出夏東門行》，亦曰《隴西行》。《野田黄雀行》。《滿歌行》。《櫂歌行》。《鴈門太守行》。《白頭吟》。《氣出唱》。《精列》。《東光》。

右漢舊歌也。曰相和歌者，並漢世街陌謳謡之辭，絲竹更相和合，執節者歌之。按詩《南陔》之三笙，以和《鹿鳴》之三雅；《由庚》之三笙，以和《魚麗》之三雅者，相和歌之道也。本一部，魏明帝分爲二部，更遞夜宿。始十七曲，魏、晉之世，朱生、善琵琶。宋識、善擊節。列和善吹曲。等復爲十三曲。自《短歌行》以下，晉荀勗採撰舊詩施用，以代漢、魏，故其數廣焉。

相和歌吟嘆四曲

《大雅吟》。《王昭君》。《楚妃歎》。《王子喬》。

右張永《元嘉技録》四曲。

相和曲四絃一曲

《蜀國四絃》。

右張永《元嘉技録》有四弦一曲。

相和歌平調七曲

《長歌行》。《短歌行》，亦曰《鰕䱇》。《猛虎行》。《君子行》。《燕歌行》。《從軍行》。《鞠歌行》。

右宋王僧虔《大明三年宴樂技録》。

相和歌清調六曲《三婦艷詩》一曲附。

《苦寒行》。《豫章行》。《董逃行》。《相逢狹路閒行》，亦曰《長安有狹斜行》，亦曰《相逢行》。《三婦艷詩》，亦曰《大婦織綺羅中婦織流黃》。《塘上行》。《秋胡行》。

右王僧虔《技録》清調六曲也。其《三婦艷詩》，《技録》不載，張氏云非管弦音聲所寄，似是命笛理弦之餘。

相和歌瑟調三十八曲

《善哉行》，亦曰《日苦短》。《步出夏門行》，亦曰《隴西行》。《折楊柳》。《西門行》。《東門行》。《東西門行》。《却東西門行》。《順東西門行》。《飲馬長城窟行》，亦曰《飲馬行》。《上留田行》。《新城安樂宫行》。《婦病行》。《孤子生行》，亦曰《孤兒行》，亦曰《放歌行》。《大牆上蒿行》。《野田黄雀行》。《釣竿行》。《臨高臺行》。《長安城西行》。《武舍之中行》。《鴈門太守行》。《艷歌何嘗行》，亦曰《飛鵠行》。《艷歌福鍾行》。《艷歌雙鴻行》。《煌煌京洛行》。《帝王所居行》。《門有車馬客行》。《牆上難爲趨行》。《日重光行》。《月重輪行》。《蜀道難》。《櫂歌行》。《有所思行》。《蒲坂行》。《採梨橘行》。《白楊行》。《胡無人行》。《青龍行》。《公無渡河行》，亦曰《箜篌行》。

右王僧虔《技録》。

相和歌楚調十曲

《白頭吟行》。《泰山吟行》。《梁甫吟行》。《東武吟》，亦曰《東武琵琶吟行》。《怨詩行》，亦曰《怨歌行》，亦曰《明月照高樓》。《長門怨》，亦曰《阿嬌怨》。《班婕妤》，亦曰

《婕妤怨》。《娥眉怨》。《玉階怨》。《雜怨》。

右王僧虔《技録》五曲，自《長門怨》以下五曲續附。

大曲十五曲

《東門》。《東門行》。《西山》。《折楊柳行》。《羅敷》。《艷歌羅敷行》。《西門》。《西門行》。《默默》。《折楊柳行》。《園桃》《煌煌京洛行》。《白鵠》。《艷歌何嘗行》。《碣石》。《步出夏門行》。《何嘗》。《艷歌何嘗行》。《置酒》。《野田黄爵行》。《爲樂》。《滿歌行》。《夏門》。《步出夏門行》。《王者布大化》。《櫂歌行》。《洛陽令》。《雁門太守行》。《白頭吟》。

白紵歌一曲，古辭。梁武改爲《子夜吴聲四時歌》四曲，共五曲。

《白紵歌》。《白紵歌》有《白紵舞》，《白鳧歌》有《白鳧舞》，並吴人之歌舞也。吴地出紵，又江鄉水國，自多鳧鷖，故興其所見以寓意焉。始則田野之作，後乃大樂氏用焉。其音入清商調，故清商七曲有《子夜》者，即《白紵》也。在吴歌爲《白紵》，在雅歌爲《子夜》，梁武令沈約更制其辭焉。

右《白紵》，與《子夜》一曲也。在吴爲《白紵》，在晉爲《子夜》，故梁武本《白紵》而爲《子夜四時歌》。後之爲此歌者曰《白紵》則一曲，曰《子夜》則四曲。今取《白紵》於《白紵》，取《四時歌》於《子夜》，其實一也。

清商曲七曲

附五十曲，並夷樂四十一曲，除内七曲同，實計八十四曲。

《子夜》，亦曰《子夜吴聲四時歌》，亦曰《子夜吴歌》。《子夜》之音，同於《白紵》，皆清商調也。故梁武本《白紵》而爲《子夜吴聲四時歌》，明此《子夜》亦有晉聲者，其實不離清商。《前溪》。晉車騎將軍沈玩所作，舞曲。《烏夜啼》。宋臨川王義慶所作，蓋詠其妾也。《石城樂》。宋臧質所作，石城在景陵。《莫愁樂》。出於石城之作。古又有莫愁，洛陽女，非此。《襄陽樂》。宋隨王誕始爲襄陽郡，元嘉末，仍爲雍州，夜聞諸女歌謡，因爲之辭焉。宋劉道彦爲雍州，有惠化，百姓歌之，謂之《襄陽樂》，非此也。《王昭君》，亦曰《王嫱》，亦曰《王明君》。若以爲延壽畫圖之説，則委巷之談，流入風騷人口中，故供其賦詠，至今不絶。

右按，清商曲亦謂之清樂，出於清商三調，所謂平調、清調、瑟調是也。三調者，乃周房中樂之遺聲，漢、魏相繼，至晉不絶。永嘉之亂，中朝舊曲散落江右，而清商舊樂猶傳江左，所謂梁、宋新聲是也。元魏孝文纂漢，收其所獲南音，謂之清商樂，即此等是也。隋平陳，因置清商府，傳採舊曲，若《巴渝》《白紵》等曲皆在焉。自此漸廣，雖經喪亂，至唐武后時猶存六十三曲，其傳者有焉。

《白雪》。楚曲也，或云周曲。唐顯慶二年十月，太常寺奏：「按張華《博物志》云，《白雪》是黄帝使素女鼓五十絃瑟曲名，以其調高，人和遂寡，自宋玉以來，迄今千祀，未有能歌《白雪》者。臣今准敕，依琴中舊曲，定其宫商，然後教習，並合於歌，輒以御製《雪詩》爲《白雪》歌辭。又樂府奏正曲之後，皆有送聲，君唱臣和，事彰前史，輒取侍中許敬宗等奏和雪詩十六首，以爲送聲，各十六節。」上善之，乃付太常，編於樂府。《公莫舞》。即巾舞也。《巴渝》。本舞名，即鞞舞也。《明君》。《明之君》。漢鞞舞曲，梁武改其曲辭，以歌君德。《鐸舞》。漢曲。《白鳩》。吴拂舞曲。《白紵》。吴舞。《子夜》。晉曲。《吴聲四時歌》。梁曲。《前溪》。晉曲。《阿子歌》，亦曰《歡聞歌》。晉穆帝升平初，童子輩或歌於道，歌畢輒呼「阿子汝聞否」，又呼「歡聞否」，以爲送聲。後人演其聲爲二曲。宋、齊間用「莎乙子」之語，稍訛異也。《團扇郎》。《懊儂》。儂亦作惱，齊高帝謂之中朝歌。《長史變》。晉司徒左長史王廞臨敗所作。《丁督護》。亦曰《丁都護》，亦曰《督户歌》。《讀曲》。《烏夜啼》。宋臨川王義慶作。《估客樂》。齊武帝所作也。《石城樂》。宋臧質作。《莫愁》。出於石城。《襄陽》。亦曰《襄陽樂》，宋隨王誕作。《烏夜飛》。亦曰《棲烏夜飛》，宋荆州刺史沈攸之所作。《楊叛兒》，亦曰《西曲楊叛兒》。本童謡也。《雅歌》。未詳所起。《驍壺》。投壺樂也。隋煬帝所造，以投壺有躍矢爲驍壺，今謂之驍壺，是。《常林歡》。常林，即長林也，今之荆門長林縣是也。樂人誤以長爲常。此則梁、宋間曲也。宋代以荆雍爲南方重鎮，皆王子爲之牧，江左辭詠，莫不稱之，以爲樂土。故宋隨王誕作《襄陽樂》，齊武追憶樊鄧，作《估客樂》是也。《三洲》。商人之歌也。《採桑度》。《三洲曲》所出也〔四〕，與《羅敷》《秋胡行》所謂採桑者異矣。《玉樹後庭花》。《堂堂》。陳後主所作者，唐高宗朝常歌之。《汎龍舟》。隋煬帝幸江都宫作。《春江花月夜》。隋煬帝所作。

右三十三曲，《明之君》《雅歌》各二首，《四時歌》四首，凡三十八曲。又有四曲，《上林》《鳳雛》《平折》《命嘯》，其聲與辭皆訛失。又有三曲，曰平調、清調、瑟調，有聲無辭。又蔡邕云：「清商曲，其詩不足採，有《出郭西門》《陸地行車》《俠鐘》《朱堂寢》《奉法》五曲往往在。」漢時所謂清商者，但尚其音爾，晉、宋間始尚辭。觀吴兢所纂七曲，皆晉、宋間曲也，故知梁、宋新聲，有自來矣。因隋文帝篤好清樂，以爲華夏正聲，故特盛於隋焉。大業中，煬帝乃定清樂、西涼、龜茲、天竺、康國、疏勒、安國、高麗、禮畢，以爲九部。

西涼五曲。《楊澤新聲》。《神白馬》。《永世樂》。《萬世豐解》。《于闐佛舞》。龜茲。《萬歲樂》。《藏鉤樂》。《七夕相逢樂》。《玉女行觴》。《神仙留客》。《擲磚續命》。《投壺樂》。《舞席同心髻》。《汎龍舟》。《鬬雞子》。《鬬百草》。《善善》。《還舊宮》。《長樂花》。《十二時曲》。《摩尼解》。《婆伽兒舞》。《小天舞》。《聖明樂》。《疏勒鹽》。天竺二曲。《沙石彊歌》。《天曲樂舞》。康國四曲。《戢殿農和正歌》《末奚波地舞曲》《前扳地舞曲》《惠地舞曲》。疏勒三曲。《亢利死遂歌》。《遠服舞》。《監曲解》。安國三曲。《附薩單時歌》《居和祇解》《末奚舞》。高麗二曲。《芝栖歌》。《芝栖舞》。禮畢二曲。《單交路行》。《散花舞》。

《禮畢》者，九部樂終則陳之。唐高祖即位，仍隋制，亦設九部樂，曰燕樂伎，曰清商伎，曰西涼伎，曰天竺伎，曰高麗伎，曰龜茲伎，曰安國伎，曰疏勒伎，曰康國伎，其實皆主於清商焉。

琴操五十七曲

九引　十二操　三十六雜曲

《思歸引》，亦曰《離拘操》。舊説衛賢女之所作也。但有聲，至晉石崇始作辭，但述其思歸河陽所居而已。劉孝威「胡地憑良馬」亦只言思歸之狀。《走馬引》。樗里牧恭所作也。又張敞爲京兆尹，無威儀，時罷朝會，走馬章臺街，時人鄙笑之，有「毆君馬者路傍兒」之語，故張率詩曰：「吾畏路傍兒。」《霹靂引》，亦曰《吟白虎》，亦曰《舞玄鶴》。楚商梁所作。商梁出游九皐之澤，遇風靁霹靂，懼而歸，作此引。又晉平公召師曠，援琴而鼓，清徵一奏，有玄鶴二八來集，再奏而列；三奏延頸而鳴，舒翼而舞。所謂《舞玄鶴》者，蓋本於此。往往其音不殊，故合爲一，不然則本《舞玄鶴》之聲，而爲《霹靂引》。《列女引》。亦曰操，楚樊姬作也。《伯妃引》。魯伯妃作。《琴引》。秦時屠高門作。《楚引》，亦曰《龍丘引》。楚龍丘子高作。《貞女引》。魯女所作。《箜篌引》，亦曰《公無渡河》，亦曰《箜篌謡》。朝鮮津卒霍里子高妻麗玉所作。麗玉以其聲傳鄰女麗容，名曰《箜篌引》。舊史稱漢武帝滅南粤，祠太一后土，令樂人侯暉依琴造坎侯。坎者聲也，侯者工人姓也，後語坎訛爲空。然以臣所見，今大樂有箜篌器，何得如此説。

右九引

《將歸操》。世言孔子作。《猗蘭操》，亦曰《幽蘭操》。世言孔子作。今此操只言猗蘭，蓋省辭也。《龜山操》。世言孔子作。《越裳操》。世言周公作。《拘幽操》。世言文王拘於羑里而作。《岐山操》。世言周公爲太王作，述古豳公之績，患時黷武也。或云周人爲文王所作。《履霜操》。世言尹吉甫子伯奇作。《雉朝飛操》。世言齊宣王時處士犢牧子作。魏武帝有宫人盧女者，陰叔之妹，七歲入漢宫，學鼓琴，琴特鳴異，爲新聲，能傳此曲。至魏明帝崩，出降爲尹更生妻，故得此聲不絶。按揚雄《琴清英》曰：《雉朝飛操》者，衛女傅母之所作也。據雄所記，大概與《思歸操》之言相類，恐是訛易。《别鶴操》。商陵牧子作此曲。或云其時亦有雙鶴悲鳴，故因以命操。《殘形操》。世言曾子夢一狸。不見其首，以爲不祥，而作此曲。《水仙操》。世言伯牙所作。《懷陵操》。世言伯牙所作。

右十二操，韓愈取十操，以爲文王、周公、孔子、曾子、伯奇、犢牧子所作，則聖賢之事也，故取之。《水僊》《懷陵》二操，皆伯牙所作，則工技之爲也，故削之。嗚呼，尋聲狥迹，不識其所由者如此。九流之學皆有義，所述者無非聖賢之事，然而君子不取焉者，爲多誣言飾事以實其意。所貴乎儒者，爲能通今古、審是非，胷中了然，異端邪説無得而惑也。退之平日所以自待爲如何？所以作十操以貽訓後世者爲如何？臣有以知其爲邪説異端所襲，愚師瞽史所移也。琴操所言者何嘗有是事！琴之始也，有聲無辭，但善音之人欲寫其幽懷隱思而無所憑依，故取古之人悲憂不遇之事，而以命操。或有其人而無其事，或有其事又非其人，或得古人之影響又從而滋蔓之。君子之所取者，但取其聲而已，取其聲之義而非取其事之義。君子之於世多不遇，小人之於世多得志，故君子之於琴瑟，取其聲而寫所寓焉，豈尚於事辭哉！若以事辭爲尚，則自有六經聖人所説之言，而何取於工伎所志之事哉！琴工之爲是説者，亦不敢鑿空以厚誣於人，但借古人姓名而引其所寓耳，何獨琴哉！百家九流，皆有如此，惟儒家開大道，紀實事，爲天下後世所取正也。蓋百家九流之書皆載理，無所繫着，則取古之聖賢之名，而以己意納之於其事之域也。且以卜筮家論之，最與此相近也。如以文王拘羑里而得《明夷》，文王拘羑里或有之，何嘗有《明夷》乎？又何嘗有箕子遇害之事乎？孔子問伯牛而得益，孔子問伯牛實有之，何嘗有益乎？又何嘗有過其祖之語乎？《琴操》之所紀者，皆此類也。又如稗官之流，其理只在脣舌間，而其事亦有紀載。虞舜之父，杞梁之妻，於經傳所言者數十言耳，彼則演成萬千言。東方朔三山之求，諸葛亮九曲之勢，於史籍無其事，彼則肆爲出入。《琴操》之所紀者，又此類也。顧彼亦豈欲爲此誣罔之事乎？正爲彼之意向如此，不得不如此，不説無以暢其胷中也。又如兔園之學，其來已久，其所言者無非周孔之事，而不得爲正學，不爲學者所取信者，以意卑淺而言陋俗也。今觀琴曲之言，正兔園之流也。但其遺聲流雅，不與他樂並肩，故君子所尚焉。或曰：退之之意，不爲其事而作也，爲時事而作也。曰：如此所言，則白樂天之諷諭是矣。若懲古事以爲言，則《隋堤柳》可以戒亡國，若指今事以爲言，則《井底引銀瓶》可以止淫奔，何必取異端邪説、街談巷語以寓其意乎？同是誕言，同是飾説，伯牙何誅焉。臣今論此，非好攻古人也，正欲憑此開學者見識之門，使是非不雜揉其間。故所得則精，所見則明，無古無今，無愚無智，無是無非，無彼無已，無異無同，概之以正道，爍爍乎如太陽正照，妖氛邪氣不可干也。

《河間雜弄》，二十一章。《蔡氏五弄》。《雙鳳》。《雜鸞》。《歸風》。《送遠》。《幽蘭》。《白雪》。太常丞吕才以唐高宗《雪詩》爲《白雪歌》，被之以琴。《長清》。《短清》。《長側》。《短側》。《清調》。《大遊》。《小遊》。《明君》。《胡笳》。《白魚歎》。《廣陵散》。嵇康死後，此曲遂絶。往往後人本舊名而别出新聲也。《楚妃歎》。《風入松》。《烏夜啼》。《楚明光》。《石上流泉》。《臨汝侯子安之》。《流澌涸》。《雙燕離》。《陽春弄》。《悦人弄》。《連珠弄》。《中揮清》。《暢志清》。《蠏行清》。《看客清》。《便僻清》。《婉轉清》。

右三十六雜曲

遺聲序論

遺聲者，逸詩之流也。今以義類相從，分二十五正門，二十附門，總四百十八曲，無非雅言幽思，當採其目，以俟可考。今採其詩，以入系聲樂府。

古調二十四曲

《古辭十九曲》。無名氏。《擬行行重行行》。陸機。《古意》。李白。《滛思古意》。顔竣。《古樂府》。權德輿。

征戍十五曲 將帥　城塞　校獵

《戎行曲》。《遠征人》。《南征曲》。《老將行》。《將軍行》。《霍將軍行》。《司馬將軍歌》。《長城》。《築城》。《古築城曲》。《塞上曲》。《塞下曲》。《古塞曲》。《邊思》。《校獵曲》。

游俠二十一曲

《遊俠篇》。《俠客行》。《博陵王宫俠曲》。《臨江王節士歌》。《少年子》。《少年行》。《刺少年》。《邯鄲少年行》。《長安少年行》。《羽林郎》。《輕薄篇》。《劒客》。《結客》。《結客少年塲》。《沐浴子》。《結襪子》。《結援子》。《壯士吟》。《公子行》。《燉煌子》。

《扶風豪士歌》。

行樂十八曲

《遊子移》。《遊子吟》。《嘉遊》，亦曰《喜春遊》。《王孫遊》。《棗下何纂纂》。《攜手曲》。《樂未央》。《永明樂》。《今樂歌》。《吾生作宴樂》。《今日樂相樂》。《苦樂相倚曲》。唐元稹作。《合歡詩》。晉楊方作。《定情篇》。漢繁欽作。《還臺樂》。《河曲遊》。《行幸甘泉宫》。《中行樂》。

佳麗四十七曲 女功　才慧　貞節

《美女篇》，亦曰《齊瑟行》，亦曰《齊吟》。《美人》。《織女辭》。《錦石擣流黄》。《丹陽孟珠歌》。《錢塘蘇小小歌》。《孫綽情人碧玉歌》。《中山王孺子妾歌》。《吴王夫差女紫玉歌》。《董嬌嬈》。《烏孫公主》。《情人桃葉歌》，亦曰《千金意》。桃葉者，王獻之妾名，緣於篤愛，所以作歌。或云童謡。《李夫人》。漢武帝喪李夫人，令寫真甘泉殿，又令方士合靈藥曰反魂香，以降夫人之魂，髣髴其狀，背燈隔帳，不得語。《楚妃吟》。《楚妃歎》。《楚明妃曲》。《杜秋娘》。金陵女，年十五爲李錡妾。錡叛滅，籍之入宫，有寵於景陵。穆宗立，命爲皇子傅母。皇子封漳王，鄭注事被罪，放還故鄉。其辭云：「勸君莫惜金縷衣，勸君須惜少年時。花開堪折直須折，莫待無花空折枝。」《女秋蘭》。《木蘭辭》。《昭君歎》。《劉勳妻》。《焦仲卿妻》。《杞梁妻歌》。杞殖妻之妹朝日所作。《湘夫人》，亦曰《湘君》，亦曰《湘妃》。《未央才人歌》。《邯鄲才人嫁爲厮卒婦》。《愛妾換馬》。《胡姬年十五》。《黄門倡》。《舞媚娘》。「舞」亦作「武」。唐則天朝常歌此曲。《五媚娘》。《妾薄命》，亦曰《惟日月》。《妾安所居》。《皚如山上雪》。《燕美人》。《映水曲》。《蠶絲歌》。《貞女》。《孀婦吟》。《麗人行》。《上陽白髮人》。唐天寶五載已後，楊貴妃專寵，後宮人稀復進幸矣。六宮有美色者，輒置別所，上陽是其一也，貞元中尚存焉。《繚綾》。《時世粧》。《王家少婦》。《委舊命》。《秦王卷衣》。《静女辭》。

別離十九曲 迎客

《生別離》。《離歌》。《長別離》。《河梁別》。《春別曲》。《自君之出矣》。《送歸曲》。《思歸篇》。《送遠曲》。《母別子》。《寄衣曲》。《迎客曲》。《送客曲》。《遠別離》。《久別離》。《古離別》。《怨別》。《離怨》。一作《雜怨》。《井底引銀瓶》。

怨思二十五曲

《傷歌行》。《怨辭》。《青樓怨》。《春女怨》。《秋閨怨》。《閨怨》。《寒夜怨》。《征婦怨》。《綵書怨》。《鳳樓怨》。《緑墀怨》。《四愁》。《七哀》。《長相思》。《憂且吟》。《獨處愁》。《思公子》。《思君去時行》。《洛陽夫七思詩》。《湘妃怨》。《娼樓怨》。《西宫秋怨》。《西宫春怨》。《遺所思》。《獨不見》。

歌舞二十一曲 技能

《浩歌行》。《緩歌行》。《前緩聲歌》。《會吟行》。《同聲歌》。《勞歌》。《悲歌行》。《上聲歌》。此因上聲促柱得名，或用一調，或用無調名，如古歌辭所謂哀思之音，不合中和。梁武因之改辭，無復雅句。《大垂手》。舞而垂手也。《小垂手》《獨摇手》亦然。《小垂手》。《鈞天曲》。《艷歌行》。古辭有「翩翩堂前燕，冬藏夏來見」，言兄弟流宕他之。或言魏武始作。《童謡》。《入朝曲》。《清歌發》。《獨舞調嘯辭》。急聲也，至今猶存。《正古樂》。《三臺辭》。舞辭也，今猶存。《齊謳行》。《吴趨曲》。齊謳者，齊人之歌。吴趨者，吴人之舞。故陸機所引牛山，陸厥所言稷下，皆齊地。閶門乃吴門，闔閭所行，亦名破楚門。千載而下，欲爲齊謳者必本齊音，欲爲吴趨者必本吴調。

絲竹十一曲

《挾琴歌》。《相如琴》。《薄暮動絃歌》。《鼓瑟有所思》。《趙琴》。《秦箏》。《龍笛曲》。《短簫》。《鳳笙》。《華原磬》。唐天寶中始廢泗濱磬，用華原石代之。詢諸磬人，則曰：故老云泗濱磬石調之不能和，得華原石，考之乃和。由是不改。《五絃彈》。

觴酌七曲

《羽觴飛上苑》。《前有一樽酒》。《城南隅燕》。《當置酒》。《當壚》。《獨酌謡》。《山人勸酒》。

宫苑十九曲 樓臺　門闕

《魏宫辭》。《玉華宫》。《長信宫》。《連昌宫》。《楚宫行》。《雍臺》。《凌雲臺》。《新成長樂宫》。《登樓曲》。《青樓曲》。《建興苑》。《芳林篇》。《上林》。《閶闔篇》。《駕言出北闕》。《坐玉堂》。《内殿賦新詩》。《西園遊上才》。《春宫曲》。

都邑三十四曲

《名都篇》，亦曰《齊瑟行》。《京兆歌》。《左馮翊歌》。《扶風歌》。《荆州樂》。《燉煌樂》。涼州之地也。《青陽樂》。今青州。《潯陽樂》。今江州。《壽陽樂》。南平穆王爲荆河州作。《涼州樂》。今屬西夏。

按今之樂有伊州、涼州、甘州、渭州之類，皆西地也。又按隋煬帝所定九部夷樂，西涼、龜兹、天竺、康居之類，皆西夷也。觀《詩》之雅頌，亦自西周始。凡是清歌妙舞，未有不從西出者。八音之音，以金爲主，五方之樂，惟西是承。雖曰人爲，亦莫非稟五行之精氣而然。

《邯鄲歌》。今趙州。《長平行》。秦白起所坑趙降兵處。《故絳行》。晉雖遷新田，以舊地爲故絳。《西長安行》。《臨碣石》。平州之地臨北海，禹所導河從此入海，故曰「碣石送反潮」。《白銅鞮歌》，亦曰《襄陽蹋銅鞮》。《南郡歌》。今南陽也。《荆州歌》。今荆南府。《陳歌》。《吴歌》。《鄴都引》。《蔡歌行》。《越城曲》。《越謡》。《孟門行》。《燕支行》。《汾陰行》。《新昌里》。《洛陽陌》。《大堤曲》。《出自薊北門行》。《江南行》。《江南思》。《長干行》。

道路六曲

《陰山道》。《太行路》。《行路難》。《變行路難》。《沙路曲》。《沙隄行》。

時景二十五曲

《陽春歌》。楚曲。《青陽歌》。《春日行》。《秋風辭》。《北風行》。《苦熱行》。《秋歌》。《朝歌》。《晨風歌》。《朝來曲》。《夜夜曲》。《夜坐吟》。《遥夜吟》。《春旦有所思》。《玄雲》。《朝雲》。《雷歌》。《驚雷歌》。《雪歌》。《胥臺露》。《白日歌》。《明月篇》。《明月子》。《日出行》。《日與月》。

人生四曲

《百年歌》。陸機作，十年爲一章，共十章，言句汎濫，無可採。《人生》。《老年行》。《老詩》。

人物九曲

《大禹》。《成連》。《湘東王》。《祖龍行》。《百里奚》。《項王》，亦曰《蓋世》。《楚王曲》。《安定侯曲》。《李延年曲歌》。

神仙二十二曲 隱逸 漁父

《步虛詞》。《神仙篇》。《外仙篇》。《升仙歌》。《升天行》。《仙人篇》。《遊仙篇》。《仙人覽六著篇》。《海漫漫》。《桃源行》。《上雲樂》，亦曰《洛濱曲》。《武溪深行》。一曰《武陵深行》。《招隱》。本楚辭，漢淮南王安小山所作，言山中不可久留，或言即安所作也。後人改爲五言，若晉左思「杖策」《招隱》數篇是也。晉王康琚又作《反招隱》。舊説《淮南書》有小山，亦有大山，亦猶詩有小雅，有大雅。《反招隱》。《四皓》。《蕭史曲》。《方諸曲》。《王喬歌》。《元丹丘歌》。《紫溪翁歌》。序云：紫溪翁過甪里先生，舉酒相屬，醉而歌。《漁父》。《歸去來引》。

梵竺四曲

《舍利弗》。《法壽樂》。《阿那瓌》。《摩多樓子》。

蕃胡四曲

《于闐採花》。《高句麗》。《紀遼東》。隋煬帝爲遼東之役而作是詩。《出蕃曲》。

山水二十四曲 登臨 汎渡

《桐柏山》。山在唐州桐柏縣，淮水發源之處。《華陰山》。在華州西嶽。《巴東三峽歌》。《滛豫歌》，亦曰《灔豫歌》。其辭云：「滛豫大如幞〔五〕，瞿唐不可觸。金沙浮轉多，桂浦忌經過。」此舟人商客刺水行舟之歌，亦非簡文所作也。蜀江有瞿唐之患，桂江有桂浦之難，故過瞿唐者則準灔豫，涉桂浦者則準金沙。又有「灔豫如馬，瞿唐莫下。灔豫如象，瞿唐莫上」之語，是單言瞿唐也。《河中之水歌》。《曲池之水歌》。《東海》。《小臨海歌》。《江上曲》。《江臯曲》。《方塘含白水歌》。《日暮望涇水》。《曲江登山曲》。《巫山》。《中流曲》。《濟黄河》。《渡易水曲》。《桂楫汎河中》。《登名山行》。《昆明春水滿》。此唐貞元中作也。自唐後不都長安，昆明池遂爲民田矣。《半路溪》。《汎水曲》。《幽澗泉》。

草木二十一曲 採種 花菓

《赤白桃李花》，亦曰《桃李》。唐高祖時歌。《秋蘭篇》。《芙蓉花》。《採蓮曲》。《採菱曲》。

《採菊》。《茱萸篇》。《蒲生歌》。《城上麻》。《夾樹》。《夾樹有緑竹》。《緑竹》。《樹中草》。《冉冉孤生竹》。取古詩第一句作題。按何偃作此詩，所言者婚姻之事。《楊花曲》。《桃花曲》。《隋堤柳》。《種葛》。《江蘺生幽渚》。《浮萍篇》。《桑條》。太史迦葉志忠上《桑條歌》十二篇，言韋后當受命。

車馬六曲 蟲豸

《車遥遥篇》。《高軒過》。《白馬篇》，亦曰《齊瑟行》。《驅車》。《天馬歌》。《八駿圖》。

魚龍六曲

《尺蠖》。《應龍篇》。《飛龍篇》。《飛龍引》。《枯魚》。《捕蝗》。

鳥獸二十一曲

《白虎行》。《烏栖曲》。《東飛伯勞歌》。《擬東飛伯勞》。《雙燕》。《燕燕于飛》。《澤雉》。《滄海雀》。《空城雀》。《雀乳空井中》。《鬭雞》。《晨雞高樹鳴》。《鴛鴦》。《鳴雁行》。《鴻雁生塞北行》。《黄鸝飛上苑》。《飛來雙白鶴》。《雙翼》。《隻翼》。《鳳凰曲》。《秦吉了》。

雜體六曲 隱語

《雜曲》。《五雜俎曲》〔六〕。《寓言》。《雜體》。《藁砧》，亦曰《藁砧今何在》。《兩頭纖纖》。

祀饗正聲序論

仲尼所以爲樂者，在詩而已。漢儒不知聲歌之所在，而以義理求詩，別撰樂詩以合樂。殊不知樂以詩爲本，詩以雅頌爲正。仲尼識雅頌之旨，然後取三百篇以正樂，樂爲聲也，不爲義也。漢儒謂雅樂之聲世在太樂，樂工能紀其鏗鏘鼓舞，而不能言其義，以臣所見，正不然。有聲斯有義，與其達義不達聲，無寧達聲不達義。若爲樂工者不識鏗鏘鼓舞，但能言其義，可乎？譚河安能止渴，畫餅豈可充飢？無用之言，聖人所不取。或曰：郊祀大事也，神事也；燕饗常事也，人事也，舊樂章莫不先郊祀而後燕饗，今所采樂府反以郊祀爲後，何也？曰：積風而雅，積雅而頌，猶積小而大，積卑而高也。所積之序如此，史家編次，失古意矣，安得不爲之釐正乎？

漢武帝郊祀之歌十九章

《練時日》，一。《帝臨》，二。《青陽》，三。《朱明》，四。《西顥》，五。《玄冥》，六。《惟泰元》，七。《天地》，八。《日出入》，九。《天馬》，十。《天門》，十一。《景星》，十二。《齊房》，十三。《皇后》，十四。《華爗爗》，十五。《五神》，十六。《朝隴首》，十七。《象載瑜》，十八。《赤蛟》，十九。

班固東都五詩

《明堂》。《辟雍》。《靈臺》。《寶鼎》。《白雉》。

臣謹按，古詩《風》《雅》皆無序，惟《頌》有序者，以《風》《雅》者所采之詩也，不得其始，兼所用之時，隨其事宜，亦無定著。或於一篇之中，但取一二句以見意而已，不必序也。《頌》者係乎所作，而獨用之廟樂，不可用於郊天柴望，不可用於講武，所以蔡邕《獨斷》惟載《頌》序，以爲祀典，而《風》《雅》本無序也。自齊、魯、韓、毛四家之説起，各爲《風》《雅》之序，度其初意，只欲放《頌》詩之序而爲之。其實不知《風》《雅》無用於序，有序適足以惑《頌》聲也。今觀漢武十九章郊祀歌，即詩可見者則無序，非憑詩可見者必言所作之始，可謂得古《頌》詩之意矣。《風》《雅》之詩皆不得其始，其間有得於《甘棠》之美召伯、《常棣》之思周公，豈無一二以用之？不繫於其始，不必序也。樂府之詩，亦皆不得其始，其間有得於採桑之女子、渡河之狂夫，豈無一二亦以用之？不繫於其始，不必序焉。觀《頌》詩與郊祀之詩，皆言所作之始，《風》《雅》詩與樂府所採之詩，不言其始之作，則可以知漢人之迹近於三代，故詩章相襲，自然相應如此。後之人則遠矣。按郊祀十九章，皆因一時之盛事爲可歌也，而作是詩。各有其名，然後隨其所用，故其詩可采。魏、晉則不然，但即事而歌，如夕牲之時則有夕牲歌，降神之時則有降神歌，既無偉績之可陳，又無題命之可紀，故其詩不可得而採。如隋廟立舞，酌獻登歌，各逐時代，而匪流通，亦不可得而援也。惟梁武帝本周九《夏》之名，以作十二《雅》，庶可備編采之後。

梁武帝雅樂十二曲

《俊雅》。《皇雅》。《胤雅》。《寅雅》。《介雅》。《需雅》。《雍雅》。《滌雅》。《牷雅》。《諴雅》。《獻雅》。《禋雅》。

有宗廟之樂，有天地之樂，有君臣之樂。尊親異制，不可以不分；幽明異位，不可以無別。按漢叔孫通始定廟樂，有降神、納俎、登歌、薦裸等曲。武帝始定郊祀之樂，有十九章之歌。明帝始定黄門鼓吹之樂，天子所以宴羣臣也。嗚呼，風雅頌三者不同聲，天地、宗廟、君臣三者不同禮，自漢之失，合雅而風，合頌而雅，其樂已失，而其禮猶存。至梁武十二曲成，則郊、廟、明堂三朝之禮展轉用之，天地、宗廟、君臣之事同其事矣，此禮之所以亡也。雖曰本周九《夏》而爲十二《雅》，然九《夏》自是樂奏，亦如《九淵》《九莖》可以播之絲竹，有譜無辭，而非《雅》《頌》之流也。

唐雅樂十二和曲

《豫和》。《順和》。《永和》。《肅和》。《雍和》。《壽和》。《太和》。《舒和》。《昭和》。

《休和》。《正和》。《承和》。

祖孝孫本梁十二《雅》以作十二《和》，故可采也。周太祖迎魏帝入關，平荆州，大獲梁氏之樂，乃更爲九《夏》之奏。皇帝出入奏《皇夏》，賓出入奏《昭夏》，蕃國客出入奏《納夏》，有功臣出入奏《章夏》，皇后進羞奏《齊夏》，宗室會聚奏《族夏》，上酒宴樂奏《陔夏》，諸侯相見奏《驁夏》。雖曰本於成周賓揆之樂，抑亦取於梁氏十二《雅》，有其議而未能行，後復變更。大抵自兩朝以來，祀饗之章，隨時改易，任理不任音，任情不任樂，明樂之人不能主樂，主樂之司未必明樂，所行非所作，所作非所行。惟梁武帝自曉音律，又詔百司各陳所聞，帝自糾擿前違，裁成十二《雅》，付之大樂，自此始定。雖制作非古，而音聲有倫，準十二律，以法天之成數，故世世因之，而不能易也。

祀饗别聲序論

正聲者，常祀饗之樂也。别聲者，非常祀饗之樂也。出於一時之事，爲可歌也，故備於正聲之後。

漢三侯之章

《大風歌》，亦曰《風起之詩》。

右高祖既定天下，過沛，與故人父老飲，極歡哀之情，而作是詩，令沛中童兒百二十人，習而歌之。至孝惠時，以沛宫爲原廟，令歌兒習吹以相和，得以四時歌舞於廟，常以百二十人爲之。文、景之間，禮官亦肄業。

漢房中祠樂十七章

《房中樂》本周樂，秦改曰《壽人》，漢惠改曰《安世樂》。

右房中樂者，婦人禱祠於房中也，故宫中用之。漢房中祠樂，乃高祖唐山夫人所作也。高祖好楚聲，故房中樂楚聲也。孝惠二年，使樂府令夏侯寬備其簫管，更名曰《安世樂》。

隋房内曲二首

《地厚》。《天高》。

右高祖龍潛時，頗好音樂，嘗倚琵琶作歌二首，名曰《地厚》《天高》，託言夫婦之義，因即取之爲皇后房内曲，命婦人并登歌、上壽並用之。

梁武帝述佛法十曲

《善哉》。《大樂》。《大歡》。《天道》。《仙道》。《神王》。《龍王》。《滅過惡》。《除愛水》。《斷苦轉》。

陳後主四曲

《黄鸝留》。《玉樹後庭花》。《金釵兩臂垂》。或言隋煬帝作。《堂堂》。

北齊後主二曲

《無愁》。《伴侣》。

唐七朝五十五曲 舞曲夷樂並不在此。

《傾盃曲》。《樂社樂曲》。《英雄樂曲》。《黄驄疊曲》。

右四曲，太宗因内宴，詔無忌等作之，皆宫調也。

《景雲河清歌》。《慶善樂》。《破陣樂》。《承天樂》。《一戎大定樂》。《八紘同軌樂》。《夷美賓曲》。

右七曲，高宗朝所作也。

立部伎八曲

一，《安舞》。二，《太平樂》。三，《破陣樂》。四，《慶善樂》。五，《大定樂》。六，《上元樂》。七，《聖壽樂》。八，《光聖樂》。

坐部伎六曲

一，《燕樂》。二，《長壽樂》。三，《天授樂》。四，《鳥歌萬歲樂》。五，《龍池樂》。六，《小破陣樂》。《夜半樂》。《還京樂》。《文成曲》。《霓裳羽衣曲》。《玄真道曲》。《大羅天曲》。《紫清上聖道曲》。《景雲》。《九真》。《紫極》。《小長壽》。《承天樂》。《順天樂》。《君臣相遇樂曲》。《荔枝香》。《黎園法曲》。《涼州》。《伊州》。《甘州》。《千秋節》。

右三十四曲，並明皇朝所作也。

《寶應長寧樂》。《廣平太一樂》。

右二曲，代宗朝所作也

《定難曲》。《中和樂》。《繼天誕聖樂》。《孫武順聖樂》。

右四曲，德宗朝所作也。

《雲韶法曲》。《霓裳羽衣舞曲》。

右二曲，文宗詔太常卿馮定采開元雅樂作也。臣下功高者賜之樂，又改法曲爲仙韶曲。

《萬斯年曲》。

右一曲，武宗朝李德裕命樂工作《萬斯年》以獻。

《播皇猷曲》

右一曲，宣宗每宴羣臣，備百戲，帝自製新曲，故有《播皇猷》之作。

文武舞序論

古有六舞，後世所用者《韶》《武》二舞而已。後世之舞，亦隨代皆有制作，每室各有形容，然究其所常用，及其制作之宜，不離是文、武二舞也。臣疑三代之前，雖有六舞之名，往往其事所用者亦無非是文、武二舞，故孔子謂《韶》盡美矣，又盡善也，《武》盡美矣，未盡善也，不及其他。誠以舞者聲音之形容也，形容之所感發，惟二端而已。自古制治不同，而治具亦不離文、武之事也。然《雲門》《大咸》《大韶》《大夏》《大濩》《大武》凡六舞之名，《南陔》《白華》《華黍》《崇丘》《由庚》《由儀》凡六笙之名，當時皆無辭，故簡籍不傳，惟師工以譜奏相授耳。古之樂惟歌詩則有辭，笙舞皆無辭，故《大武》之舞，秦始皇改曰《五行》之舞。《大韶》之舞，漢高帝改曰《文始》之舞。魏文帝復《文始》曰《大韶》舞，《五行》舞曰《大武》舞，並有譜無辭，雖東平王蒼有《武德舞》之歌，未必用之。大抵漢、魏之世，舞詩無聞。至晉武帝泰始九年，荀勗曾典樂，更文舞曰《正德》，武舞曰《大豫》，使郭夏、宋識爲其舞節，而張華爲之樂章。自此以來，舞始有辭，舞而有辭，失古道矣。

文武舞二十曲

晉，文舞曰《正德舞》，武舞曰《大豫舞》。宋，文舞曰《前舞》，武舞曰《後舞》。梁，武舞曰《大壯舞》，文舞曰《大觀舞》。隋，《文舞》《武舞》。唐，文舞曰《治康舞》，武舞曰《凱安舞》。

唐三大舞

《七德舞》。《九功舞》。《上元舞》。

右三大舞，唐之盛樂也，然後世所行者，亦惟二舞而已。《神功破陣樂》有武事之象，《功成慶善樂》有文事之象。五代因之。晉用《九功舞》，改曰《觀象舞》；用《七德舞》，改曰《講功舞》。周用《觀象》，改爲《崇德舞》；用《講功》，改爲《象成舞》。按唐人降神用文舞，送神用武舞，其餘即奏十二《和》之樂。每室酌獻一曲，則别立舞名，至今不替焉。然每室之舞，蓋本於梁，自梁以來，紛然出於私意，莫得而紀。

【校勘記】

〔一〕極，原闕，據《四庫》本補。

〔二〕篇，原作「歌」，據《四庫》本改。

〔三〕鹿，《四庫》本作「漉」。

〔四〕洲，原作「州」，據上文及《四庫》本改。

〔五〕幞，原作「服」，據《四庫》本改。

〔六〕俎，原作「鉏」，據《四庫》本改。

古樂苑衍録卷二

總論 原古　體例　名義　聲律　品藻

九代詠歌，志合文則。黄歌「斷竹」，質之至也；唐歌「在昔」，則廣於黄世；虞歌「卿雲」，文於唐時；夏歌「雕墻」，縟於虞代；商周篇什，麗於夏年。至於序志述時，其揆一也。《文心雕龍》。以下《原古》。

昔在陶唐，德盛化鈞，野老吐「何力」之談，郊童含「不識」之歌。有虞繼作，政阜民安，《南風》詩於元后，《爛雲》歌於列臣，盡其美者何？乃心樂而聲泰也。同上。

《卿雲》《江水》，開《雅》《頌》之源；《烝民》《麥秀》，建《國風》之始。覽其事迹，興廢如存，占彼民情，困舒在目。則知詩者，所以宣玄鬱之思，光神妙之化者也。先王協之於宫徵，被之於簧絃，奏之於郊社，頌之於宗廟，歌之於燕會，諷之於房中，蓋以之可以格天地、感鬼神、揚風教、通庶情，此古詩之大約也。漢祚鴻朗，文章作新，《安世》楚聲，温純厚雅；孝武樂府，壯麗宏奇，縉紳先生，咸從附作。雖規迹古風，各懷剞劂。美哉歌詠，漢德雍揚，可爲《雅》《頌》之嗣也。及夫興懷觸感，民各有情，賢人逸士，呻吟於下里，棄妻思婦，歎詠於中閨。鼓吹奏乎軍曲，童謡發於閭巷，亦十五《國風》之次也。東京繼軌，大演五言，而歌詩之聲微矣。至於含氣布詞，質而不采，七情雜遣，並自悠圓。或間有微疵，終難毁玉。兩京詩法，譬之伯仲塤篪，所以相成其音調也。魏氏之學，獨專其盛，然國運風移，古朴易解。曹、王數子，才氣慷慨，不詭風人，而特立之功，卒亦未至，故時與之闇化矣。徐禎卿《談藝録》。

虞之《賡歌》，夏《五子之歌》，此三百篇之權輿也。《困學紀聞》。

夏侯太初《辯樂論》：「伏羲有《網罟》之歌，神農有《豐年》之詠，黄帝有《龍衮》之頌。」元次山補樂歌，有《網罟》《豐年》二篇。《文心雕龍》云：「二言肇於黄世，《竹彈》之謡是也。」同上。

劉勰云：「鈞天九奏，既其上帝。葛天八闋，爰乃皇時。《咸》《英》以降，塗山歌於候人，始爲南音。有娀謡乎飛燕，始爲北音。夏甲歎於東陽，東音攸發。殷釐思于西河，西音以興。」又甯封《南風》《沙瀾》《方回》諸篇，皆音樂之祖也。仲尼學文王、伯牙，作《水仙操》，亦不始於漢魏矣。《解頤新語》。

古詩三百，可以博其源。遺篇十九，可以約其趣。樂府雄高，可以厲其氣。《離騷》深永，可以裨其思。《談藝録》。

以時而論，則有建安體，漢末年號，曹子建父子及鄴中七子之詩。黄初體，魏年號，與建安相接，其體一也。正始體，魏年號，嵇、阮諸公之詩。太康體，晉年號，左思、潘岳、二張、二陸諸公之詩。元嘉體，宋年號，顔、鮑、謝諸公之詩。永明體，齊年號。齊諸公之詩。齊梁體，通兩朝而言之。南北朝體，通魏、周而言之，與齊梁體一也。陶體，淵明也。謝體，靈運也。徐庾體，徐陵、庾信也。又有所謂選體，選詩，時代不同，體制隨異。今人例用五言古詩爲選體，非也。柏梁體，漢武帝與羣臣共賦七言，每句用韻，後人謂此體爲柏梁體。玉臺體，《玉臺集》，乃徐陵所序，漢魏六朝之詩皆有之，或者但謂纖艷者爲玉臺體，其實則不然。宫體。梁簡文傷於輕靡，時號宫體，其他體製尚或不一，然大概不出此耳。有三句之歌，高祖《大風歌》是也。古《華山畿》二十五首，多三句之詩，其他古人詩多如此者。有兩句之歌，荆卿《易水歌》是也。又古詩《青驄》《白馬》《共戲樂》《女兒子》之類，皆兩句之嗣也。有一句之歌。《漢書》「枹鼓不鳴董少平」，一句之歌也。又漢童謡「千乘萬騎上北邙」，梁童謡「青絲白馬壽陽來」，皆一句也。有歌行，古有《鞠龍行》《放歌行》《長歌行》《短歌行》，又有單以歌名者，不可枚述。有樂府，漢武帝定郊祀，立樂府，採齊楚趙魏之聲以入樂府，以其音詞可被於絃歌也。樂府俱備衆體，兼統衆名也。有楚辭，屈原以下倣楚詞者，皆謂之楚詞。有琴操，古有《水仙操》，辛德源所作。《別鶴操》，高陵牧子所作。有謡。

沈炯有《獨酌謡》。王昌齡有《箜篌謡》。《穆天子傳》有《白雲謡》也。曰吟，古辭有《隴頭吟》。孔明有《梁父吟》。相如有《白頭吟》。曰辭，《選》有漢武《秋風辭》。《樂府》有《木蘭辭》。曰引，古曲有《霹靂引》《走馬引》《飛龍引》。曰詠，《選》有《五君詠》。唐儲光羲有《羣鳩詠》。曰曲，古有《大堤曲》。梁簡文有《烏棲曲》。曰篇，《選》有《名都篇》《京洛篇》《白馬篇》。曰唱，魏明帝有《氣出唱》。曰弄。古樂府有《江南弄》。又有以歎名者，古辭有《楚妃歎》《明君歎》。以愁名者，《文選》有《四愁》。《樂府》有《獨處愁》。以哀名者，《選》有《七哀》。少陵有《八哀》。以怨名者，古詞有《寒夜怨》《玉階怨》。以思名者，太白有《静夜思》。以樂名者。齊武帝有《估客樂》。宋臧質有《石城樂》。有古詩一韻兩用者，《文選》曹子建《美女篇》有兩「難」字。謝康樂《述祖德詩》有兩「人」字。其後多有之。有古詩一韻三用者。《文選》任彦昇《哭范僕射詩》三用「情」字也。有古詩三韻六七用者，《古焦仲卿妻》是也。有古詩重用二十許韻者，《焦仲卿妻》詩是也。有古詩旁取六七許韻者，韓退之《此日足可惜》篇是也，凡雜用東、冬、江、陽、庚、青六韻。歐陽公謂退之遇寬韻則故旁入他韻，非也，此乃用古韻耳，於《集韻》自見之。有古詩全不押韻者。古《採蓮曲》是也。論雜體則有風人，上句述一語，下句釋其義，如古《子夜歌》《讀曲歌》之類，則多用此體。藁砧，古樂府「藁砧今何在，山上復安山〔一〕。何當大刀頭，破鏡飛上天」。僻辭隱語也。五雜俎，見《樂府》。兩頭纖纖。亦見《樂府》。《滄浪·詩法》。以下《體例》。

尋二言肇於黄世，《竹彈》之謡是也。三言興於虞時，《元首》之詩是也。四言廣於夏年，

《洛汭》之歌是也。五言見於周代，《行露》之章是也。六言、七言，雜出《詩》《騷》，而體之篇成於兩漢。《文心雕龍》。

黄帝《彈歌》：斷竹，厈木，飛土，逐肉。二言之始也。《詩·頌》：振振鷺，鷺于飛。鼓咽咽，醉言歸。三言之始也。鬱陶乎予心，顔厚有忸怩。五言之始也。《詩·雅》：我不敢效我友自逸。八言之始也。杜詩：男兒生不成名身已老。九言也。李太白「黄帝鑄鼎於荆山鍊丹砂，丹成騎龍飛上太清家」，十言也。東坡詩：山中故人應有招我歸來篇。十一言也。我不敢效我友自逸，亦可作兩句，若長吉「酒不到劉伶墳上土」，八言一句渾全。《升菴集》。

又曰：《江有汜》，乃三言之始。迨《天馬歌》，體製備矣。嚴滄浪謂創自夏侯湛，蓋泥於白氏《六帖》。《困學紀聞》。馮惟訥曰：按三言始《天馬》似矣。《江有汜》亦非純體，曷謂始耶？

又曰：四言體始於《康衢》歌，滄浪謂起於韋孟，誤矣。同上。馮惟訥曰：按四言詩，三百五篇在前，而嚴云起於韋孟，蓋其叙事布辭，自爲一體。漢魏以來，遞相師法，故云始於韋，非徒言也。或又引《康衢》，以爲權輿，又烏知《康衢》之謡非列子因《雅》《頌》而爲之者邪？然明良《五子之歌》載在典謨，可徵也。

漢初四言，韋孟首唱，匡諫之義，繼軌周人。孝武愛文，柏梁列韻，嚴、馬之徒，屬辭無方。至成帝品録，三百餘篇，朝章國采，亦云周備；而辭人遺翰，莫見五言，所以李陵、班婕好見疑於後代也。按《召南・行露》，始肇半章；孺子《滄浪》，亦有全曲；暇豫優歌，遠見《春秋》；《邪徑》童謡，近在成世；閲時取證，則五言久矣。《文心雕龍》。《文選注》：五言自李陵始。

《塵史》曰：王得仁謂七言始於《垓下歌》，《柏梁篇》祖之。劉氏以「交交黄鳥止於桑」爲七言之始〔二〕，合兩句爲一，誤矣。《大雅》曰：維昔之富不如時。《頌》曰：學有緝熙於光明。此七言之始。王氏亦誤矣。蓋始於《擊壤歌》「帝力於我何有哉」。《雅》《頌》之後，有《南山歌》《子産歌》《採葛婦歌》《易水歌》，皆有七言而未成篇，及《大招》百句，《小招》七十句，七言已盛於楚矣。《詩家直説》。馮惟訥曰：按諸家所論七言詩始，惟《垓下》爲近之，他皆雜出一二言，未爲全體，至於如甯戚扣牛所歌，高誘注《國語》以爲碩鼠之詩，雖未必然，亦足以明「南山白石」之篇，誘時未嘗有也。他如《列子》擊壤，《孔叢子》大道歌，《續博物志》狄水歌，《拾遺記》甯封子詩、皇娥歌、白帝子答歌，皆出於著書者之手，其文義各自爲體，而辭義深淺居然有別。至《吳越春秋》所載窮劫之曲、采葛婦歌、河梁之詩，尤淺劣不足道，而近時論詩者遂引以爲據，辨七言不始於柏梁，亦何以稱知言也！

胡致堂云：古樂府者，詩之旁行也。辭曲者，古樂府之末造也。《困學紀聞》。

陸務觀云：倚聲製詞，起於唐之季世。同上。

古今詩體不一，太師之職，掌教六詩，風雅頌賦比興備焉。三代而下，雜體互出，漢唐以來，鐃歌、鼓吹、拂舞、矛俞，因斯而興。晉宋以降，又有回文反復，寓憂思輾轉之情；雙聲疊韻，狀連駢嬉戲之態；郡縣藥石名六甲八卦之屬，不勝其變。古有采詩官，命曰風人，以見風俗喜怒好惡。皮日休云：疎杉低通灘，冷鷺立亂浪。此雙聲也。陸龜蒙嘗曰：膚愉吴都姝，眷戀便殿宴。此疊韻也。劉禹錫曰：東邊日出西邊雨，道是無情却有情。杜詩曰：俱飛蛺蝶元相逐，並蒂芙蓉本自雙。又曰：滿目飛明鏡，歸心折大刀。此皆風人類也。《珊瑚鉤詩話》。

《詩》曰：我歌且謡。《樂府》載歌謡而不及諺語，如夏諺齊語，皆有聲韻。三字如「爰清静，作符命」「能賦詩，裴讓之」；四字如「雖有智慧，不如乘勢」「寧爲雞口，亡爲牛後」之類；五字如「城中好高髻，四方高一尺。城中好廣眉，四方且半額。城中好大袖，四方全匹帛」之類；七字如「嘉言逆耳利於行，良藥苦口利於病」「欲之仲桓問任安，居今行古任定祖」「甑中生塵范史雲，釜中生魚范萊蕪」之類，並詩之流也。《解頤新語》。

釋家者流，東國結韻以成詠，西方作偈以和聲。奏歌於金石則謂之爲樂，讚法於管絃則稱之爲唄。曹子建既通般遮之瑞響，復感漁山之神製。厥後玄師梵唱，赤鷹愛而不移；比丘流響，青鳥悦而忘翥。曇憑動韻，猶令象馬蹉跼；僧辨折調，尚使鴻鶴停飛。又若道家鈞天之奏，瓊笈之章，詞著步虛，歌成遍疊，皆詩之餘也。同上。

《詩》迄于周，《離騷》迄于楚，是後之流爲二十四名。賦、頌、銘、贊、誄、箴、詩、行、詠、吟、題、怨、歌、章、篇、操、引、謠、謳、歌、曲、詞、調，皆詩人六義之餘。劉補闕云：樂府肇於漢魏。按仲尼學《文王操》，伯牙作《水仙操》，則不於漢魏而後始，亦以明矣。元稹《自序樂府》。馮惟訥曰：按琴操肇於上古，如《神人暢》《南風歌》之類，又在仲尼前，但今所傳之曲未必盡出於古耳。樂府之名自興於漢，何得以此相掩耶？以下《名義》。

守法度曰詩，載始末曰引，體如行書曰行，放情曰歌，行間之曰歌行，悲如蟲螿曰吟，通乎俚俗曰謠，委曲盡情曰曲。《白石詩説》。

詩家名號，區別種種，原其大義，固自同歸。歌聲雜而無方，行體疏而不滯，吟以呻其鬱，曲以導其微，引以抽其意，詩以言其情，故名因昭象。合是而觀，則情之體備矣。夫情既異其形，故辭當因其勢。譬如寫物繪色，倩盼各以其狀；隨規逐矩，圓方巧獲其則。此乃因情立格，持守圜環之大略也。若夫神工哲匠，顛倒經樞，思若連絲，應之杼軸，文如鑄冶，逐手而遷，從衡參互，恒度自若。此心之伏機，不可彊能也。《談藝録》。

刺美風化，緩而不迫，謂之風。采摭事物，摛華布體，謂之賦。推明政治，莊語得失，謂之雅。形容盛德，揚厲休功，謂之頌。幽憂憤悱，寓之比興，謂之騷。感觸事物，託於文章，謂之辭。程事較功，考實定名，謂之銘。援古刺今，箴戒得失，謂之箴。猗迂抑揚，永言謂之歌。非鼓非鐘，徒歌謂之謡。步驟馳騁，斐然成章，謂之行。品秩先後，叙而推之，謂之引。聲音雜比，高下短長，謂之曲。吁嗟慨歎，悲憂深思，謂之吟。吟詠情性，總而言志，謂之詩。蘇、李而上，高簡古澹，謂之古。沈、宋而下，法律精切，謂之律。此詩之衆體也。《珊瑚鈎詩話》。

由操而下八名，引、謡、謳、歌、曲、辭、調，皆起於郊祭、軍賓、吉凶、苦樂之際。審聲以度詞，審調以節唱；句度長短之數，聲律平上之差，莫不由之準度而又區别。其在琴瑟者爲操引；採民甿者爲謳謡；備曲度者總爲之新曲詞調。斯皆由樂以定詞，非選詞以配樂也。由詩而下九名，行、詠、吟、題、怨、歎、章、篇，皆屬事而作，雖題號不同，悉謂之詩可也。後之審樂者，往往採取其詞，度爲新曲，蓋選詞以配樂，非由樂以定詞也，纂撰者盡編爲樂府。《解頤新語》。

梁元帝《賦得蘭澤多芳草詩》，古詩爲題，見於此。《困學紀聞》。馮惟訥曰：今按劉琨有「胡姬年十五」，沈約有「江蘺生幽渚」，皆在元帝前。

擬古題，如「西北有高樓」「青青河畔草」之類。樂府題，「冉冉孤生竹」「棗下何纂纂」之類。省試題，用事如「吴宫教戰」「湘靈鼓瑟」之類；用句如「風動萬年枝」「玉水記方流」

之類；即景如「御溝新柳」「龍池春早」之類。又如薛道衡《昔昔鹽》、沈休文《東陽八詠》，後人每句賦之矣。《解頤新語》。

樂府則郊廟、燕射、鼓吹、横吹。樂則有雅樂、凱樂、散樂、俳樂，舞則有文舞、武舞、雅舞、雜舞。又鼙鐸、羽籥、巾帗、干旄、白紵、皇人之舞。歌則有倚歌、雜歌、艷歌、踏歌、相和之歌。曲則有今曲、舞曲、文曲、清商。調則有平調、側調、清調、商調、楚調、瑟調。聲則有正聲、送聲、間絃、契注。同上。

《古今樂録》曰：傖歌以一句爲一解，中國以一章爲一解。王僧虔啓曰：古曰章，今曰解。解有多少，當是先詩而後聲。詩叙事，聲成文，必使志盡於詩，音盡於曲。是以作詩有豐約，制解有多少。又諸曲調皆有辭有聲，而大曲又有艷、有趨、有亂辭者，其歌，詩也；聲者，若「羊吾夷」「伊那何」之類也。艷在曲之前，趨與亂在曲之後。亦有吴聲西曲，前有和，後有送也。楊慎曰：按艷在曲之前，與吴聲之和，若今之引子。趨與亂在曲之後，與吴聲之送，若今之尾聲。「羊吾夷」「伊那何」皆聲之餘音嫋嫋，有聲無字，雖借字作譜，而無義。若今之「哩囉嗹」「唵唵吽」也。知此可以讀古樂府矣。

古者詩頌皆被之金竹，故非調五音，無以諧會。若「置酒高堂上」「明月照高樓」，爲韻之首。三祖之詞，文或不工，而韻入歌唱，此重音韻之義也，與世之言宫商異矣。今既不被管絃，亦何取於聲律耶？齊有王元長者，嘗謂余云：「宮商與二儀俱生，自古辭人不知之。唯顔憲子乃云律吕音調，而其實大謬。唯見范曄、謝莊頗識之耳。嘗欲進《知音論》，未就。」王元長創其首，謝朓、沈約揚其波。三賢或貴公子孫，幼有文辯，於是士流景慕，務爲精密，襞積細微，專相凌架，故使文多拘忌，傷其真美。余謂文製本須諷讀，不可蹇礙，但令清濁通流，口吻調利，斯爲足矣。《詩品·序》。

鄭漁仲謂樂以詩爲本，詩以聲爲用。又謂古之詩，今之辭曲也，若不能歌之，但能誦其文而説其義，可乎？不幸世儒義理之説日勝，而聲歌之學日微。馬貴與則謂義理布在方册，聲則湮没無聞。其言皆有見。而朱文公亦謂聲氣之和有不可得而聞者，此讀詩之所以難也。夫樂之義理，詩詞是也，聲歌猶後世之腔調也，兩者俱詣，乃爲大成。漁仲又謂樂之失自漢武始，蓋言亡其聲耳。漢世樂府如《朱鷺》《君馬黄》《雉子班》等曲，其辭皆存，而不可讀，想當時自有節拍，短長高下，故可合于律吕。後來擬作者，但詠其名物，詞雖有倫，恐非樂府之全也。且唐世之樂章，即今之律詩，而李太白立進《清平調》，與王維之《陽關曲》，于今皆在，不知何以被之弦索。宋之小詞，今人亦不能歌矣。今人能歌元曲，南北詞皆有腔拍，如《月兒高》《黄鶯兒》之類，亦有律吕可按，一入于耳即能辯之，恐後世一失其聲，亦但詠月詠鶯而已。此樂之所以難也。求元審聲宿悟神解者，世合有異材耳。《陸文裕公外集》。

《周官》鞮鞻氏，掌四夷之樂與其聲歌。東方曰靺，南方曰任，西方曰株離，北方曰禁。《文心雕龍》云：塗山歌於候人，始爲南音。有娀謠乎飛燕，始爲北聲。夏甲歎於東陽，東音以發。殷龕思於西河，西音以興。是四方皆有音也。今歌曲但統爲南北二音，如《伊州》《涼州》《甘州》《渭州》，本是西音，今並以爲北曲。由是觀之，則《擊壤》《康衢》《卿雲》《南風》《白雲》《黄澤》之類，《詩》之篇什，漢之樂府，下逮關、鄭、白、馬之撰，雖詞有雅鄭，並北音也。若南音則《孺子》《接輿》《越人》《紫玉》《吴歈》《楚艷》，以及今之戲文皆是。然三百篇無南音，《周南》《召南》皆北方也。《真珠船》。

漢樂府真情自然，但不能中節爾。累度乃是好景。《詩譜》。以下《品藻》。

三國六朝樂府，猶有真意，勝於當時文人之詩。同上。

古辭之不可讀者，莫如巾舞歌，文義漫不可解。又古《將進酒》《芳樹》《石流》《豫章行》等篇，皆使人讀之茫然。又《朱鷺》《雉子班》《艾如張》《思悲翁》《上之回》等只二三句可解。豈非歲久文字舛訛而然耶？《晉書·樂志》。

古辭《紫騮馬歌》曰：「燒火燒野田，野鴨飛上天。」《折楊柳行》曰：「默默施行違，厥罰隨事來。」魏武帝《陌上桑》曰：「駕虹霓，乘赤雲，登彼九疑，歷玉門。」嵇康《秋胡行》曰：「思與王喬，乘雲遊八極。」古人命題措辭如此。歐陽公曰：《小雅·雨無正》之名，據序所言，與詩絶異，當闕其所疑。《詩家直説》。

齊、梁以來，文士喜爲樂府辭。然沿襲之久，往往失其命題本意。《烏將八九子》，但詠烏；《雉朝飛》，但詠雉；《鷄鳴高樹巔》，但詠鷄，大抵類此。而甚有併其題失之者，如「相府蓮」訛爲「想夫憐」，「楊婆兒」訛爲「楊叛兒」之類是也。蓋辭人例多事語言，不復詳研考，雖李白亦不免此。惟老杜《兵車行》《悲青坂》《無家别》等數篇，皆因事自出己意立題，略不更蹈前人陳迹，真豪傑也。同上。

魏文帝曰：「梧桐攀鳳翼，雲雨散洪池。」曹子建曰：「遊魚潛緑水，翔鳥薄天飛。」阮籍曰：「存亡有變化，日月有浮沉。」張華曰：「洪鈞陶萬類，大塊禀羣生。」左思曰：「皓天舒白日，靈景耀神州。」張協曰：「金風扇素節，丹霞啓陰期。」潘岳曰：「南陸迎脩景，朱明送末垂。」陸機曰：「逝矣經天日，悲哉帶地川。」以上雖爲律句，全篇高古。及靈運古律相半，至謝朓全爲律矣。《升菴詩話》。

五言律起句最難。六朝人稱謝朓工於發端，如「大江流日夜，客心悲未央」，雄壓千古矣。

唐人多以對偶起，雖森嚴而乏高古。宋周伯弜選唐三體詩，取起句之工者二：「酒渴愛江清，餘酣漱晚汀」，又「江天清更愁，風柳入江樓」是也，語誠工而氣衰颯。余愛柳惲「汀洲采白蘋，日落江南春」，吴均「咸陽春草芳，秦帝捲衣裳」，又「春從何處來，拂水復驚梅」，梁元帝「山高巫峽長，垂柳復垂楊」，唐蘇頲「北風吹早雁，日日渡河飛」，張柬之「淮南有小山，嬴女隱其間」，王維「風勁角弓鳴，將軍獵渭城」，杜子美「將軍膽氣雄，臂懸兩角弓」，孟浩然「八月湖水平，涵虚混太清」。雖律也而含古意，皆起句之妙，可以爲法，何必效晚唐哉！伯弜之見，誠小兒也。同上。

古今詩人以詩名世者，或只一句，或只一聯，或只一篇。雖其餘別有好詩，不專在此，然播傳後世，膾炙於人口者，終不出此。夫豈在多哉！如「池塘生春草」，則謝康樂也。「澄江静如練」，則謝宣城也。「壠首秋雲飛」，則柳吴興也。「風定花猶落」，則謝元正也。「鳥鳴山更幽」，則王文海也。「空梁落燕泥」，則薛道衡也。「楓落吴江冷」，則崔信明也。「庭草無人隨意緑」，則王胄也。凡此皆以一句名世者。《苕溪漁隱叢話》。

古樂府「暫出白門前，楊柳可藏烏」，「歡作沉水香，儂作博山鑪」，李白用其意衍爲《楊叛兒歌》曰：「君歌楊叛兒，妾勸新豐酒。何許最關情，烏啼白門柳。烏啼隱楊花，君醉留妾家。博山鑪中沉香火，雙煙一氣凌紫霞。」古樂府「朝見黄牛，暮見黄牛。三朝三暮，黄牛如故」。李白則云：「三朝見黄牛，三暮行太遲。三朝又三暮，不覺鬢成絲。」古樂府云：「郎今欲渡畏風波。」李白云：「郎今欲渡緣何事，如此風波不可行。」古樂府云：「春風復多情，吹我羅裳開。」李反其意云：「春風復無情，吹我夢魂散。」古人謂李詩出自樂府古選，信矣！其《楊叛兒》一篇，即「暫出白門前」之鄭箋也。因其拈用，而古樂府之意益顯其妙，益見如李光弼將子儀軍，旗幟益精明；又如神僧拈佛祖語，信口無非妙道，豈若後世生吞義山、拆洗杜詩者比乎！《升菴詩話》。

古樂府如「護惜加窮袴，防閑托守宫」，「朔氣傳金柝，寒光透鐵衣」，「殺氣朝朝衝塞門，胡風夜夜吹邊月」，全是唐律。《藝苑卮言》。

「上山採蘼蕪」，「四坐且莫喧」，「悲與親友别」，「穆穆清風至」，「橘柚垂華實」，「十五從軍征」，「青青園中葵」，「雞鳴高樹顛」，「日出東南隅」，「相逢狹路間」，「昭昭素明月」，「昔有霍家奴」，「洛陽城東路」，「飛來雙白鵠」，「翩翩堂前燕」，「青青河邊草」，《悲歌》《緩聲》《八變》《艷歌》《紈扇篇》《白頭吟》，是兩漢五言神境，可與十九首、蘇李並驅。同上。

次有輕薄之徒，笑曹、劉爲古拙，謂鮑照羲皇上人，謝朓今古獨步。而師鮑照，終不及「日中市朝滿」，鮑照《結客少年場行》。學謝朓，劣得「黃鳥度青枝」。虞炎《玉階怨》。徒自棄於高聽，無涉於文流矣。《詩品》。

擬古樂府，如《郊祀》《房中》，須極古雅，發以峭峻。《鐃歌》諸曲，勿便可解，勿遂不可解，須斟酌淺深質文之間。漢、魏之辭，務尋古色。《相和》《瑟曲》諸小調，係北朝者，勿使勝質；齊、梁以後，勿使勝文。近事毋俗，近情毋纖。拙不露態，巧不露痕。寧近無遠，寧朴無虛。有分格，有來委，有實境，一涉議論，便是鬼道。《藝苑卮言》。

七言歌行，靡非樂府，然至唐始暢。其發也，如千鈞之弩，一舉透革。縱之則文漪落霞，舒卷絢爛。一入促節，則淒風急雨，窈冥變幻，轉折頓挫，如天驥下坂，明珠走盤。收之則如櫜聲一擊，萬騎忽斂，寂然無聲。

古樂府、《選》體歌行有可入律者，有不可入律者，句法字法皆然。惟近體必不可入古耳。同上。

剽竊模擬，詩之大病。亦有神與境觸，師心獨造，偶合古語者。如「客從遠方來」，「白楊多悲風」，「春水船如天上坐」，不妨俱美，定非竊也。其次裒覽既富，機鋒亦圓，古語口吻間，若不自覺。如鮑明遠「客行有苦樂，但問客何行」之於王仲宣「從軍有苦樂，但問所從誰」；陶淵明「雞鳴桑樹顛，狗吠深巷中」之於古樂府「雞鳴高樹顛，狗吠深宮中」；王摩詰「白鷺」「黄鸝」。近世獻吉、用脩亦時失之，然尚可言。又有全取古文，小加裁剪，如黄魯直《宜州》用白樂天諸絶句，王半山「山中十日雨，雨晴門始開。坐看蒼苔色，欲上人衣來」，後二句全用《輞川》，已是下乘，然猶彼我趣合，未致足厭。乃至割綴古語，用文已漏，痕跡宛然，如「河分岡勢」「春入燒痕」之類，斯醜方極。模擬之妙者，分岐逞力，窮勢盡態，不唯敵手，兼之無跡，方爲得耳。若陸機《辨亡》、傅玄《秋胡》，近日獻吉「打鼓鳴鑼何處船」語，令人一見匿笑，再見嘔噦，皆不免爲盜跖、優孟所訾。同上。

【校勘記】

〔一〕安，《四庫》本作「有」。

〔二〕氏，原闕，據《四庫》本補。止，原作「至」，據《四庫》本改。

古樂苑衍録卷三

歷代名氏 評論 辯解

上古〔一〕

白帝子

皇娥

唐

堯

被衣

許由

虞

舜

皐陶
八伯
夏
禹
五子
關龍逢
殷
微子
箕子
伯夷
周
太王
季歷
文王

武王

成王

穆王

周公旦

尹伯奇

商陵牧子琴操舊附，今從之。

魯

孔子

曾參

陶嬰

伯姬保母

次室女

衛

衛女

優施

介子推

舟之僑

女娟

燕

荆軻

楚

優孟

申包胥

漁父

扈子

商梁

卞和

接輿

吴

越

秦

西楚

項籍《垓下》之歌，出自流離；「煮豆」之詩，成於草率。命辭慷慨，並自奇工。《談藝録》。

虞美人

伯牙 以下世次未詳。

樗里牧恭

祝牧

漢 西漢 東漢 蜀漢附

高帝 姓劉氏，諱邦，字季，沛豐邑中陽里人。初爲亭長，起兵破秦滅楚，平定天下。由漢王即皇帝位，國號曰漢。十二年，崩。羣臣尊號曰高皇帝。

高祖尚武，戲儒簡學。雖禮律草創，詩書未遑。然《大風》《鴻鵠》之歌，亦天縱之英作也。《文心雕龍》。

《大風》安不忘危，其霸心之存乎？《秋風》樂極悲來，其悔心之萌乎？《文中子》。《藝苑卮言》云：二語去孔子不遠。

高祖《大風》之歌，雖止於二十三字，而志氣慷慨，規模宏達，凜凜乎已有四百年基業之氣。《史記·樂書》謂之三侯章。令沛得以四時歌舞宗廟，蓋欲使後之子孫知其祖創業之勤，不可怠於守成爾。

武帝《秋風辭》《瓠子歌》已無足道，及爲賦以傷悼李夫人，反覆數百言，綢繆眷戀於一女子，其視高祖，豈不愧哉！《丹陽集》

漢高帝《大風歌》，不特華藻，而氣槩遠大，真英主也。至武帝《秋風辭》，言固雄偉，而終有感慨之語，故其末年幾至於變。魏武、魏文父子，橫槊賦詩，雖遒壯抑揚，而乏帝王之度。六朝以後人主，言非不工，而纖麗不逞，無足言也。《庚溪詩話》。

《大風》三言，氣籠宇宙。張千古帝王赤幟，高帝哉！《藝苑巵言》。

武帝 諱徹，景帝子，在位五十四年。

孝武崇儒，潤色鴻業。禮樂争輝，辭藻競鶩。柏梁展朝讌之詩，金堤製恤民之詠。《文心雕龍》。

「秋風起兮白雲飛」，出自「大風起兮雲飛揚」。「蘭有秀兮菊有芳，懷佳人兮不能忘」，出自「沅有芷兮澧有蘭，思公子兮未敢言」。漢武讀書，故有沿襲；漢高不讀書，多出己意。《詩家直說》。

《李夫人詩》「是邪非邪，立而望之偏」，僕因曰：此則退之「走馬來看立不正」之所祖述也。《許彦周詩話》。

漢武故是詞人。《秋風》一章，幾於《九歌》矣。《思李夫人賦》，長卿下、子雲上。「是邪非邪」，三言精絶。《落葉哀蟬》，疑是贋作。幽蘭秀蕈，的爲傳語。《藝苑巵言》。

昭帝 諱弗陵，武帝子，在位十三年。

趙幽王友 高帝子，初封淮陽王，吕太后殺趙王如意，徙友爲趙王。

朱虚侯章　齊悼惠王次子。吕太后元年，入宿衛封。文帝二年，以誅諸吕功，封城陽王。

淮南王安　厲王長子。文帝時，封爲淮南王。好書鼓琴，招致賓客方術之士。後爲反謀，事覺，帝使宗正以符節治安，未至，安自刑。

燕剌王旦　武帝第四子，李姬生。

廣陵厲王胥　武帝第五子，李姬生。

廣川王去　繆王齊太子，罪徙，國除。《西京雜記》作「去疾」。

四皓　皇甫謐《高士傳》曰：四皓者，皆河内軹人，或在汲。一曰東園公，二曰角里先生，三曰綺里季，四曰夏黄公。《陳留志》云：園公姓唐，字宣明，居園中，因以爲號。夏黄公姓崔，名廣，字少通，齊人，隱居夏里修道，故號曰夏黄公。角里先生，河内軹人，太伯之後，姓周，名術，字元道。京師號曰霸上先生，一曰角里先生。《孔父祕記》作「禄里」。《會稽續志》：黄公乃里人。晉夏統言黄公爲鄞越人。「廣」一作「廓」。園公一作名秉，襄邑人。綺里一作姓朱名暉，字文季。《姓氏書》：綺里，姓。季，字。又一作「綺李」。

霍去病　大將軍衛青姊子。善騎射，再從大將軍，爲票姚校尉，封冠軍侯。後爲驃騎將軍、大司馬。

東方朔　字曼倩，平原厭次人，事孝武帝爲郎。

司馬相如　字長卿，成都人，以訾爲郎。事孝景帝，爲武騎常侍。後武帝召爲郎，以辭賦得幸。常有消渴病，既免，家居茂陵。史稱其多識博物，蔚爲辭宗，賦頌之首。

李陵字少卿，爲騎都尉。天漢中，將步卒五千擊匈奴，轉鬬矢盡，遂降。虜以女妻之，立爲右校王，在匈奴卒。

李延年中山人，故倡也。坐法腐刑，給事狗監中。善歌，爲新變聲，所造詩謂之新聲曲。女弟李夫人得幸於武帝，延年由是貴爲協律都尉。

楊惲字子幼，宣帝時人，以兄忠任爲郎。霍氏謀反，惲先以聞，封平通侯，遷中郎將。與太僕戴長樂相失，長樂上書告惲罪，免爲庶人，後坐怨望誅。

楊惲《報孫會宗書》初無甚怨怒之語，其詩曰：田彼南山，蕪穢不治。種一頃豆，落而爲萁。張晏釋以爲言朝廷荒亂，百官諂諛，可謂穿鑿。而廷尉當以大逆無道，刑及妻子。予熟味其辭，獨有所謂「君父至尊親，送其終也，有時而既」，蓋宣帝惡其君喪送終之喻耳。莊助論汲黯輔少主守成，武帝不怒，實係於一時禍福云。賈誼、劉向論説，痛切無忌諱，文、成二帝未嘗問焉。《容齋四筆》。

唐山夫人高帝姬，唐山姓。

西漢樂章，可齊三代。舊見《漢・禮樂志》。房中樂十七章，格韻高嚴，規模簡古，駸駸乎商、周之頌。縱使《竹竿》《載馳》，方之陋矣。劉元城《語録》。

《安世歌》質古文雅。《詩譜》。

或曰：唐山夫人房中樂歌何如？曰：是直可以繼《關雎》，不當以章句摘也。曰：曹孟德「月明星稀」，嵇叔夜「目送歸鴻」何如？曰：此直後世四言耳。工則工矣，比之三百篇尚隔尋丈也。《丹鉛餘録》。

唐山夫人雅歌之流，調短弱未舒耳。《藝苑卮言》。

《漢書·律曆志》引古文《尚書》：「予欲聞六律、五聲、八音、七始詠，以出納五言。」今文「七始詠」作「在治忽」。史繩祖據漢郊祀歌「七始華始，肅倡和聲」，而以今文「在治忽」近於傅會。以予考之，此言聲律音詠，是一類事，但《漢書注》不注「七始」之義，今之切韻，宫、商、角、徵、羽之外，又有半商、半徵，蓋牙齒舌喉脣之外，有深喉、淺喉二音。此即所謂七始詠，詠即韻也。《汗簡》隸古七始作夾始，蓋古文七作桼，桼與夾相近而誤，尤可驗史氏之説爲是。由此言之，切韻之法，自舜世已然，不起于西域胡僧又可知，予特表出之。孟康云：七始者，天、地、四時、人也。此説乃意料之言。《丹鉛閏録》。《正楊》云：本《志》自明，謂注無七始之義，孟康意料之言，俱誤。七始華始，安世房中歌也，云郊祀歌，又誤。

戚夫人 高帝夫人。

烏孫公主 名細君，江都王建女。

華容夫人 燕王夫人。

趙飛燕　本長安宮人，屬陽阿主家。學歌舞，號曰飛燕。成帝過主作樂，見而説之。召入大幸，爲倢伃，後立爲后，顓寵十餘年，卒。

班倢伃　左曹越騎校尉況之女。少有才學，成帝選入宮，以爲倢伃。後趙飛燕譖其咒詛，考問之，上善其對。遂求供養太后長信宮。帝崩，充奉園陵。薨，因葬園中。

倢伃詩，其源出于李陵。《團扇》短章，辭旨清捷，怨深文綺，得匹婦之致。「侏儒」一節，可以知其工矣。《詩品》。

《團扇》二篇。江則假象見意，班則貌題直書。至如「出入君懷袖，動摇微風發。常恐秋節至，涼飈奪炎熱」，旨婉詞正，有潔婦之節。但此兩對，亦可以掩映江生。江生詩曰：「畫作秦王女，乘鸞向煙霧。」興生於中，無有古事。假使佳人翫之在手，乘鸞之意，飄然莫偕。雖蕩如夏姬，自忘情改節。吾許江生情逸詞麗，方之班女，亦未可減價。皎然《詩評》。

王昭君　名嬙，漢宮人。元帝時，匈奴入朝，以嬙配之，號寧胡閼氏。

韋孟詩，雅之變也。昭君歌，風之變也。三百篇後，二作得體。梁太子不取昭君，何哉？《詩家直説》。

卓文君　司馬相如妻。

靈帝　諱宏，河間孝王曾孫。先封解瀆亭侯，桓帝薨，竇武迎立。在位二十二年。

東平憲王蒼　光武子。少好經書，嘗與公卿共議定制度及廟歌佾舞。

弘農王辯靈帝子，立爲帝。爲董卓所廢，鴆死。

馬援字文淵，扶風茂陵人。建武時，爲伏波將軍，征交趾，封新息侯。後征武陵蠻，卒于軍。

梁鴻字伯鸞，平陵人。家貧而尚節介，與其妻孟光隱居霸陵山中。因東出關，適吴，依大家皋伯通，著書十。

王吉虎賁郎。

班固字孟堅。顯宗時，除蘭臺令史，遷爲郎。後遷玄武司馬，以母憂去官。永元初，大將軍憲黨，捕死獄中。

傅毅字仲武，扶風茂陵人。爲蘭臺令史，拜郎中，與班固、賈逵共典校書。

張衡字平子，南陽西鄂人。拜爲郎中，遷太史令、侍中。宦官懼其毀己，共譏之，出爲河間王相。徵拜尚書，卒。

陶淵明《閒情賦》必有所自，乃出張衡《同聲歌》云：「邂逅承際會，偶得充後房。情好新交接，飂慓若探湯。願思爲莞席，在下蔽匡牀。願爲羅衾幬，在上衛風霜。」《西溪叢語》。

邊讓《章華臺賦》：歸乎生風之廣厦兮，脩黄軒之要道。携西子之弱腕，援毛嫱之素肘。注云：黄帝軒轅氏得房中之術於素女。握固吸氣，還精補腦，留年益齡，長生忘老。張平子詩：「明燈巾粉卸，設圖衾枕張。素女爲我師，天老教軒皇。」《升菴集》。下同。

張衡《同聲歌》「灑掃清枕席，鞮芬以狄香」。鞮，履也。狄香，外國之香也。謂以香薰履也。近刻「狄香」作「秋香」，謬。

李尤字伯仁，廣漢雒人。官諫議大夫、樂安相。

王逸字叔師，南郡宜城人。爲校書郎，終侍中。

蔡邕字伯喈，陳留人。建寧中，辟司徒橋玄府，出補河平長。召拜郎中，校書東觀，遷議郎。靈帝崩，董卓爲司空，辟邕，遷尚書、侍中。及卓被誅，王允收付廷尉，死獄中。

唐妃 弘農王妃。

蔡琰 字文姬，邕之女也。博學有才辨，適河東衛仲道，夫亡無子。興平中，天下喪亂，姬爲胡騎所獲，没於南匈奴左賢王。在胡中十二年，生二子。曹操痛邕無嗣，乃遣使者以金璧贖之，重嫁陳留董祀。

竇玄妻

辛延年

宋子侯

孟集有「到得重陽日，還來就菊花」之句。刻本脱一「就」字，有擬補者，或作「醉」，或作「賞」，或作「汎」，或作「對」，皆不同。後得善本，是「就」字，乃知其妙。唐詩亦有之。崔顥「玉壺清酒就君家」，李郢詩「聞説故園香稻熟，片帆歸去就鱸魚」，杜工部詩題有「秋日汎江就黄家命子」。而古樂府《馮子都》詩有「就我求清酒，青絲係玉壺。就我求珍肴，金盤鱠鯉魚」。則前人已道破矣。《升菴集》。

白狼王唐菆

諸葛亮字孔明，瑯琊人。從先主爲軍師。後爲丞相，封武鄉侯。建興十二年北征，卒于渭濱。

李善陸詩注：蔡邕《琴頌》云：「梁父悲吟。」不知名爲《梁父吟》何義。張衡《四愁詩》云：「欲往從之梁父艱。」注云：泰山，東嶽也。君有德，則封此山。願輔佐君王，致於有德，而爲小人讒邪之所阻。梁父，泰山下小山名。諸葛亮好爲《梁父吟》，恐取此意。《西溪叢語》。

龐德公南郡襄陽人，隱居峴山之南，未嘗入城府。司馬德操年小十歲，兄事之，故呼龐德公。

魏

武帝名操，字孟德，沛國譙人。漢舉孝廉，爲郎。歷位丞相，封魏王，後其子丕代漢，追謚曰武皇帝，廟號太祖。《魏書》云：太祖創造大業，文武並施。御軍三十餘年，手不釋書。晝則講武策，夜則思經傳。登高必賦，及造新聲，被之管絃，皆成樂章。

曹公古直，甚有悲涼之句。睿不如丕，亦稱三祖。《詩品》。

魏武、魏文父子，橫槊賦詩，雖遒壯抑揚，而乏帝王之度。《庚溪詩話》。

曹孟德樂府如《苦寒行》《猛虎行》《短歌行》，膾炙人口久矣。其希僻罕傳者若「不戚年往，憂世不治。存亡有命，慮之爲蚩」，又云「壯盛智慧，殊不再來。愛時進趣，將以惠誰」，不惟句法高邁，識趣近於有道。《升菴詩話》。

王處仲每酒後，輒詠「老驥伏櫪，志在千里。烈士暮年，壯心不已」，以如意打唾壺，口盡缺。《世説新語》。

古人語自有稚拙不可掩者，樂府曰：「何以銷憂，惟有杜康。」《宋景文公筆記》。

魏武帝《短歌行》全用「鹿鳴」四句，不如蘇武「鹿鳴思野草，可以喻佳賓」點化爲妙。「沈吟至今」可接「明明如月」，何必《小雅》哉！蓋以養賢自任，而牢籠天下也。真西山不取此篇，當矣！《詩家直説》。

魏武帝《善哉行》七解，魏文帝《煌煌京洛行》五解，全用古人事實，不可泥於詩法論之。《詩家直説》。

魏武帝樂府《精列篇》云：「造化之陶物，莫不有終期。聖賢不能免，何爲懷此憂。願螭龍之駕，思想崑崙居。見欺於迂怪，志意在蓬萊。周孔聖徂落，會稽以墳丘。陶陶誰能度，君子以弗憂。」魏文帝《折楊柳歌》云：「彭祖稱七百，悠悠安可原。老聃適西戎，於今竟不還。王僑假虚辭，赤松乘空言。達人識真僞，愚夫好妄傳。追念往古事，憒憒千萬端。百家多迂怪，聖道我所觀。」二詩不信仙術，闢其怪誕，誠知道守正之言也。《丹鉛餘録》。

魏武帝樂府：「東臨碣石，以觀滄海。水何澹澹，山島竦峙。秋風蕭瑟，洪波湧起。日月之行，若出其中。星漢燦爛，若出其裹。」其辭亦有本。相如《上林》云：「視之無端，察之無涯。日出東沼，月生西陂。」馬融《廣城》云：天地虹洞，因無端涯。大明出東，月生西陂。」揚雄《校獵》云：「出入日月，天與地沓。」然覺揚語奇，武帝語壯。又「月生西陂」語有何致？而馬融復襲之。《藝苑卮言》。

文帝諱丕，字子桓，太祖長子。八歲能屬文，爲五官中郎將，立爲魏太子。太祖薨，嗣位爲丞相、魏王。稱受漢禪，即帝位。

魏文之才，洋洋清綺。舊談抑之，謂去植千里。然子建思捷而才儁，詩麗而表逸；子桓慮詳而力緩，故不競於先鳴。而樂府清越，《典論》辯要，迭用短長，亦無懵焉。但俗情抑揚，雷同一響，遂令文帝以位尊減才，思王以勢窘益價。未爲篤論也。《文心雕龍》。

子桓小藻，自是樂府本色。《藝苑卮言》。

明帝名叡，文帝子。

魏明帝樂府：「晝作不停手，猛燭繼望舒。」晉庾闡《藏鬮賦》：「督猛炬以增明，從因朗而心隔。」猛炬、猛燭，蓋大燭、大炬也。《周禮》所謂墳燭，《楚辭》所云懸火也。杜詩「銅盤燒蠟光吐日」，其猛蠟乎？《譚苑醍醐》。

陳思王植字子建，太祖子。十歲餘，誦讀詩論及辭賦數十萬言，善屬文。建安十六年，封平原侯，尋徙封臨菑。文帝即位，立爲鄄城王。明帝太和中，徙東阿，加封陳王。薨，謚曰思。

子建才敏於父兄，然不如其父兄質。漢樂府之變，自子建始。《藝苑卮言》。

謝安壻王國寶，專利無檢行，安惡其人，每抑之。武帝末年，寶讒諛之計稍行，嫌隙遂成。帝召桓伊飲讌，謝安侍坐。帝令伊吹笛，伊神色無迕，乃放笛云：「臣於箏分乃不及笛。臣有一奴，善相便串。」乃許召之。奴既吹笛，伊便撫箏而歌，曰：「爲君既不易，爲臣良獨難。忠信事不顯，乃有見疑患。周旦佐文武，《金縢》功不刊。爲心輔王政，二叔反流言。」其聲慷慨，俯仰可觀。安泣下沾衿，乃越席而就之，捋其鬚曰：「使君於此不凡。」帝甚有愧色。《晉書》。

詩不能受瑕。工拙之間，相去無幾，頓自絶殊。如《塘上行》云：「莫以賢豪故，棄捐素所愛。莫以魚肉賤，棄捐葱與薤。莫以麻枲賤，棄捐菅與蒯。」《浮萍篇》則曰：「茱萸自有芳，不若桂與蘭。新人雖可愛，無若故所歡。」本自倫語，然佳不如《塘上行》。《談藝録》。

《洛神賦》，王右軍、大令各書數十本，當是晉人極推之耳。清徹圓麗，《神女》之流。陳王諸賦，皆《小言》無及者。然此賦始名《感甄》，又以《蒲生》當其《塘上》。際此忌兄，而不自匿諱，何也？《蒲生》實不如《塘上》，令洛神見之，未免笑子建傖父耳。《藝苑卮言》。

《七哀詩》起曹子建，其次則王仲宣、張孟陽也。釋詩者謂病而哀、義而哀、感而哀、悲而哀、耳目聞見而哀、口歎而哀、鼻酸而哀，謂一事而七者具也。子建之七哀，哀在於獨棲之思婦〔二〕。仲宣之七哀，哀在於棄子之婦人。張孟陽之七哀，哀在於已毀之園寢。唐雍陶亦有《七哀詩》，所謂「君若無定雲，妾作不動山。雲行出山易，山逐雲去難。」是皆以一哀而七者具也。《韻語陽秋》。

曹植詩：「鬭雞東郊道，走馬長楸間。」陳沈炯《邊馬有歸心詩》：「彌意長楸道，金鞍背落暉。」杜子美《玉腕騧詩》：「頓駿飄赤汗，跼蹐顧長楸。」《畫馬圖詩》：「霜蹄蹴踏長楸間。」《苕溪漁隱》云：《文選注》：「古人種楸於道，故曰長楸間。」《復齋謾録》。

歷陽郭次象多聞，嘗與僕論唐酒價。郭謂前輩引老杜詩「速令相就飲，一斗恰有三百青銅錢」，以此知當時酒價。然白樂天《與劉夢得沽酒閒飲》詩曰：「共把十千沽一斗，相看七十欠三年。」當劉、白之時，酒價何太不廉哉！僕謂不然。十千一斗，乃詩人寓言，此曹子建樂府中語耳。唐人引此甚多，如李白詩曰：「金樽沽酒斗十千。」王維詩曰：「新豐美酒斗十千。」崔輔國詩云：「與沽一斗酒，恰用十千錢。」許渾詩云：「十千沽酒留君醉。」權德輿詩云：「十千斗酒不知貴。」陸龜蒙詩云：「若得奉君歡，十千沽一斗。」唐人言十千一斗類然，一斗三百錢獨見子美所云，故引以定當時之價。然詩人所言出於一時，又未知果否一斗三百，別無可據。唐《食貨志》云：德宗建平三年，禁民酤以佐軍費，置四釀酒，斛收直三千。此可驗乎？又觀楊松玠《談藪》，北齊盧道嘗云長安酒賤，斗價三百，杜詩引此，亦未可知。僕因謂郭曰：曾知漢酒價否？郭無以應。僕謂漢酒價每斗一千，郭謂：「出於何書？」僕曰：此見《典論》，云「孝靈帝末年，百司湎酒，一斗直千文」。此可證也。王楙《野客叢書》

古書不可妄改，聊舉一端。如曹子建《名都篇》「膾鯉臇胎鰕，寒鼈炙熊膰」，此舊本也，五臣妄改作「炰鼈」。《文選》李善注云：「今之時餉謂之寒，蓋韓國饌用此法。」《鹽鐵論》「羊淹雞寒」。《崔駰傳》亦有「雞寒」。曹植文：「寒鵠蒸麑。」劉熙《釋名》：「韓雞爲正。」古字「韓」與「寒」通也。《丹鉛餘録》。按《丹鉛》此論，誠爲有據，然《詩》有云「炰鼈膾鯉」，炰亦通。

曹子建詩：「明珠交玉體，珊瑚間木難。」注引《南越志》云：「木難，金翅鳥沫所成碧色珠也，大秦國珍之。」按其形色，則今夷方所謂祖母緑也。《升菴集》。

王粲字仲宣，山陽高平人，有異才。漢獻帝西遷，因徙居長安。後之荆州，依劉表。表卒，曹操辟爲丞相掾，賜爵關内侯，拜侍中。

王仲宣《從軍詩》：「館宇充廛里，士女滿莊馗。自非聖賢國，誰能享茲休。」馗音求，九交之道也。字從九從首爲是。《升菴詩話》。

陳琳字孔璋，廣陵人。避難冀州，袁紹使典文章。後歸太祖，與阮瑀並爲司空軍謀祭酒，管記室，軍國書檄，多琳、瑀所作也。

阮瑀字元瑜，陳留人。少受學于蔡邕，曹操辟爲司空軍謀祭酒，管記室，後爲倉曹掾屬。建安十七年卒。

樂府往往叙事，故與詩殊。蓋叙事辭緩則冗不精，「翩翩堂前燕」，疊字極促，乃佳。阮瑀《駕出北郭門》視《孤兒行》大緩弱不逮矣。《談藝録》。

劉楨字公幹，東平人。太祖辟爲丞相掾屬，太子嘗宴諸文學，酒酣，命夫人甄氏出拜，坐中咸伏，楨獨平視，太祖聞之，乃收治罪。減死，輸作署吏。建安二十二年卒。

應瑒字德璉，汝南人，漢泰山太守劭之從子也。魏太祖辟爲丞相掾屬，轉平原侯庶子，後爲五官中郎將文學。建安二十二年卒。

繁欽字休伯，潁川人。文才機辨，長於書記。又善爲詩賦，爲丞相主簿。建安二十三年卒。

繆襲字熙伯，東海蘭陵人。有才學，官至侍中、尚書、光禄勳，歷魏四世。

左延年《晉書·樂志》曰：黄初中，左延年以新聲被寵。

焦先字孝然，河東人也。常食白石，以分與人，熟煮如芋食之。日日出山伐薪以施人。及魏受禪，眉河之湄結草爲菴，獨止其中。太守董經往視之，不肯語，經益以爲賢。或忽老忽少，後與人别去，不知所適。

嵇康字叔夜，譙郡銍人。好言老莊，而尚奇任俠。寓居山陽，貧，鍛以自給。拜中散大夫。山濤爲吏部，舉康自代，康答書言不堪流俗，非薄湯武。大將軍司馬昭聞之而怒，以鍾會譖，殺之。

阮籍字嗣宗，陳留尉氏人，司空記室瑀之子。容貌瓌傑，志氣宏放，初辟太尉掾，進散騎常侍。大將軍司馬昭欲爲其子炎求婚，籍乃醉六十日，不得言而止。後引爲從事中郎，籍聞步兵厨多美酒，遂求爲步兵校尉，縱酒昏酣，遺落世事，又對人能爲青白眼，由是禮法之士深所讐疾，大將軍常保持之。

甄皇后 魏文帝后，餘詳《塘上行》注。

《塘上》之作，樸茂真至，可與《紈扇》《白頭》姨姒。甄既摧折，而芳譽不稱，良爲可歎。《藝苑巵言》。

「莫以豪賢故，棄捐素所愛。莫以魚肉賤，棄捐葱與薤。莫以麻枲賤，棄捐菅與蒯。」其語意妙絶，千古稱之，然《左傳》逸詩已先道矣。云「雖有絲麻，無棄菅蒯。雖有姬姜，無棄蕉萃」。《藝苑卮言》。

「蹶船常苦没。」黄河中行舟，常有此患，俗云着淺。《説文》：艘，船著沙不行也。《尚書大傳》云：三艘，國名，亦在黄河側。甄后此句，正北方之語，特表出之。搜音颼，古本《楚辭》：「風颯颯兮木搜搜。」今本作「蕭」，音亦叶颼。故此詩亦作「蕭蕭」，又作「翛翛」，總不若「搜搜」字之古也。甄后中山無極人，爲魏文帝后。其後爲郭嬪譖，賜死，臨終作此詩。魏明帝初爲王時，納虞氏爲妃，及即位，毛氏有寵，而黜虞氏。卞太后慰勉之，虞氏曰：「曹氏自好立賤，未有能以令終，殆必由此亡國矣。」其後郭夫人有寵，毛后愛弛，亦賜死。魏之兩世，家法如此，虞氏亡國之言良是。詩可以觀，不獨三百篇也。元人傳奇以明帝爲跳槽，俗語本此。《升菴詩話》。

吴

孫皓字元宗，一名彭祖，大皇帝孫也。景帝崩，皓嗣位，爲晉所滅，封歸命侯。

韋昭字弘嗣，吴郡雲陽人。本名昭史，爲晉諱改名曜。少好學，能屬文，仕孫吴，官至中書僕射。職省，爲侍中，常領左國史，撰《吴書》。皓欲父和作紀，曜執以和不登帝位，宜爲傳，皓以此責怒，收曜付獄誅之。

晉　僭國附

宣帝姓司馬，諱懿，字仲達，河内温縣人。仕魏，歷事武帝、文帝、明帝，後輔齊王，爲太傅、相國，封公。孫炎，受魏禪，追尊爲宣帝，廟號高祖。

荀勗字公曾，潁川人。初辟大將軍曹爽掾，武帝受禪，封濟北郡公，領著作秘書監。太康中，遷尚書令。

張華字茂先，范陽人。晉武帝受禪，以爲黄門侍郎，贊伐吴有功，封廣武侯，遷尚書。後進爲侍中、中書監，加封公。元康六年，拜司空。與趙王倫孫秀有隙，爲所害。

成公綏字子安，東郡白馬人也。少有俊才，詞賦甚麗。張華雅重綏，薦爲太常博士。歷秘書郎，遷中書郎。每與華受詔，並爲詩賦。泰始九年卒。

傅玄字休奕，北地泥陽人。博學善屬文，舉秀才。晉王時爲常侍，及受禪，進爵爲子。武帝初置諫官，以玄爲之，遷侍中，轉司隸校尉。免官，卒於家，追封清泉侯，謚曰剛。

傅玄《艷歌行》全襲《陌上桑》，但曰「天地正厥位，願君改其圖」，蓋欲辭嚴義正，以裨風教，然「使君自有婦，羅敷自有夫」已含此意，不失樂府本色。《詩家直説》。

玄又有《日出東南隅》一篇，汰去精英，竊其常語，尤有可厭者。本詞「使君自有婦，羅敷自有夫」於意已足，綽有餘味，今復益以「天地正位」之語，正如低措大記舊文不全時，以己意續貂，罰飲墨水一斗可也。《藝苑卮言》。

皇甫謐字士安，安定朝那人。博綜典籍，沉静寡欲，有高尚之志。以著述爲務，自號玄晏先生。郡國舉辟，皆不行，武帝頻下詔敦逼之，謐上表辭。太康三年卒。

陸機字士衡，吴郡人，大司馬抗之子也。少有奇才，領父兵爲牙門將。吴亡入洛，太傅楊駿辟爲祭酒，累遷太子洗馬〔三〕、著作郎，出補吴王郎中令，入爲尚書郎。趙王倫輔政，引爲參軍。大安初，成都王穎等起兵討長沙王乂，授機後將軍、河北大都督，因戰敗績，爲孟玖譖殺。

陸機、謝靈運之詩並祖曹子建，故其森蔚璀璋，大率相似。自今觀之，陸於謝稍爲平正，他不多辨，讀《鞠歌行》見矣。謝云「德不孤兮必有鄰，唱和之契冥相因。譬如虬虎兮來風雲，亦如形聲影響陳。心歡賞兮歲易淪，隱玉藏彩疇識真。叔牙顯，夷吾親。郢既没，匠寢斤。覽古籍，信伊人，永言知己感良辰」。陸云：「朝雲升，應龍攀，乘風遠遊騰雲端。鼓鐘歇，豈自歡，急弦高張思和彈。時希值，年夙愆，循己雖易人知難。王陽登，貢公歡，罕生既没國子歎。嗟千載，豈虚言，邈矣遠念情悄然。」鍾嶸《詩品》謂陸尚規矩，不貴綺錯；謝尚巧似，逸蕩過陳思，蓋得之矣。學者才不逮謝，亦惟仰法乎陸，庶乎厭飫膏澤，固不失於張公之歎大才也。《蘭莊詩話》。

凡詩人之作，刺箴美頌，各有源流，未嘗混雜，善惡同篇也。陸機爲《齊謳篇》，前敘山川物産風教之盛，後章忽鄙山川之情，殊失厥體。其爲《吴趨行》，何不陳子光、夫差乎？《京洛行》，何不述赧王、靈帝乎？《顔氏家訓》。

潘尼字正叔，少與從父岳俱以文章知名。舉秀才，爲太常博士。累拜太子舍人，出爲宛令，入補尚書郎。齊王冏起義兵，引爲參軍，事平，封安昌公，歷中書令。永嘉中，遷太常卿。

左思字太沖，齊臨淄人也。徵爲秘書郎，齊王冏命爲記室，辭疾不就，以疾終。

張翰字季鷹，吴郡人。有清才，縱任不拘，時人號爲江東步兵，齊王冏辟爲東曹掾。

夏侯湛字孝若，譙國人。幼有盛才，文章宏富，善搆新詞。泰始中，舉賢良，拜郎中，後轉尚書郎，出爲野王令。惠帝即位，爲散騎常侍，元康初卒。

石崇字季倫，渤海人。年二十餘，爲城陽太守。伐吴有功，封安陽鄉侯。累遷侍中，出爲南中郎將、荆州刺史，領南蠻校尉，致富不貲。後拜太僕、衛尉，有愛妓緑珠，孫秀使人求之，不得，遂勸趙王倫誅族其家。

石季倫《王明君辭》云：「延我於穹廬，加我閼氏名。」閼氏，單于妻也，上烏前切，下章移切。《前漢・匈奴傳》曰：「冒頓後有愛閼氏，生少子顔。」注：閼氏，匈奴皇后號。劉貢父云：匈奴單于號其妻閼氏耳，顔便以皇后解之，大俚俗也。《西河舊事》云：「失我祁連嶺，使我六畜不蕃息。失我焉支山，使我婦女無顔色。」蓋北方有焉支山，山多紅藍，北人採其花染緋，取其英鮮者作臙脂，婦人粧時用作頰色，殊鮮明可愛。匈奴名妻閼氏，言可愛如臙脂也。錢昭度作《王昭君》詩云：「閼氏纔聞易妻名，歸期長似俟河清。」誤讀氏字爲姓氏之氏矣。《藝苑雌黄》。

孫楚字子荆，太原中都人。少負才氣，多陵傲。初爲石苞驃騎參軍，初至，長揖曰：「天子命我參卿軍事。」因此搆隙，湮廢積年。後扶風王駿起爲征西參軍，遷衛軍司馬。惠帝初，拜馮翊太守，卒。

劉琨字越石，中山人。少以雄豪著名。永嘉初，爲并州刺史。建興二年，加大將軍，都督并州。三年，進司空。四年，其長史以并州叛降石勒，琨遂奔薊段匹磾，因與結婚約，以共戴晉室。元帝渡江，復加太尉，封廣武侯。後其子羣與匹磾有隙，遂被害，謚曰愍。

楊方字公回，少好學，有異才。司徒王導辟爲掾，轉東安太守，遷司徒參軍事，補高梁太守。

熊甫王敦參軍。

梅陶明帝時爲尚書。

謝尚字仁祖，陳郡人。累遷尚書僕射，出督江淮、歷陽、揚、豫諸軍事，進號鎮西將軍。卒於歷陽。

孫綽字興公，統之弟。博學善屬文，爲著作佐郎，累遷散騎常侍，轉廷尉卿，領著作，卒。

王獻之字子敬，羲之子。少有盛名，而高邁不羈，風流爲一時之冠。起家州主簿，秘書丞，拜中書令，卒。

王珣字元琳，導之孫。桓温辟爲主簿，累遷尚書令。

曹毗字輔佐，譙國人。善屬詞賦，累遷至光禄勳。

王廞司徒左長史。

沈玩車騎將軍。

陶淵明字元亮，入宋名潛，潯陽柴桑人，太尉長沙公侃之曾孫。少有高趣，親老家貧，起爲州祭酒，不堪吏職，解歸，躬耕自資。隆安中，爲鎮軍參軍。義熙元年，遷建威參軍。未幾，求爲彭澤令，在縣八十餘日解歸。暨入宋，終身不仕。顔延年誄之，謚曰靖節徵士。

不立文字，見性成佛之宗，達磨西來方有之，陶淵明時未有也。觀其《自祭文》則曰：「陶子將辭逆旅之館，永歸於本宅。」其《擬挽詩》則曰：「有生必有死，早終非命促。」其作《飲酒詩》則曰：「採菊東籬下，悠然見南山。此中有真意，欲辯已忘言。〔四〕」其《形影神》三詩皆寓意高遠，蓋第一達磨也。而老杜乃謂「淵明避俗翁，未必能達道」，何耶？東坡《諗陶子自祭文》云：「出妙語於纊息之餘，豈涉生死之流哉！」蓋深知淵明者。《韻語陽秋》。

詩曰：「覯閔既多，受侮不少。」此無意於對也。十九首云：「胡馬嘶北風，越鳥巢南枝。」屬對雖切，亦自古老。六朝惟淵明得之，若「荒草何茫茫，白楊亦蕭蕭」是也。《詩家直説》。

王嘉字子年，隴西安陽人。清虚服氣，不與世人交遊。石季龍之末，至長安，潛隱於終南山。苻堅累徵不赴，公侯已下咸躬往參詣。及姚萇入長安，禮嘉如苻堅故事，後因事爲萇所害。苻登聞嘉死，設壇哭之，贈太師，謚文定公。

湛方生

張駿字公庭，西涼牧張寔之世子。幼而奇偉，十歲能屬文。後嗣位大都督、大將軍、涼州牧、西平公。

趙整字文業，一名正，雒陽清水人，或曰濟陰人。年十八，仕僞秦，遷黄門侍郎，武威太守。後出家，更名道整。

張奴詳歌下。

緑珠石崇妾。

翔風石崇婢。

謝芳姿

桃葉王獻之妾。

宋

孝武帝姓劉，諱駿，字休龍。文帝第三子，封武陵王。元凶劭弑逆，舉兵誅劭，遂即大位，在位十一年。

宋武帝《丁都護歌》云：「都護北征時，儂亦惡聞許。願作石尤風，四面斷行旅。」又云：「都護北征去，相送落星墟。帆檣如芒檉，都護今何渠。」唐人用丁都護及石尤風事皆本此，二辭絶妙。宋武帝征伐武略，一代英雄，而復風致如此，其殆全才乎！楊升菴《詞品》。

郎士元《留盧秦卿》詩云：「知有前期在，難分此夜中。無將故人酒，不及石尤風。」打頭逆風也，行舟遇之則不行，此詩意謂行舟遇逆風則住，故人置酒，而以前期爲辭，是故人酒不及石尤風矣。語意甚工。近日吴中刻唐詩，不解「石尤風」爲何語，遂改作「古淳風」，可笑又可恨也。《升菴詩話》。《正楊》云：宋武帝《丁都護歌》云「願作石尤風，四面斷行旅」，似非打頭風也。

徐幹《室思》曰：「浮雲何洋洋，願因通我辭。一逝不可歸，嘯歌久踟躕。人離皆復會，我獨無反期。自君之出矣，明鏡闇不治。思君如流水，何有窮已時。」宋孝武帝擬之曰：「自君之出矣，金翠暗無精。思君如日月，迴環晝夜生。」一時諸賢共賦，遂以爲題。楊仲弘謂五言絶乃古詩末四句，所以意味悠長，蓋本於此。《詩家直説》。

明帝　諱彧，文帝第十一子。歷封湘東王，殺廢帝而自立。

江夏王義恭　武帝桓美人所生也。元嘉中，爲司徒。建武三年，爲太宰，爲廢帝所殺，後謚曰文獻。

南平王鑠　字休玄，文帝第四子。未弱冠，擬古三十餘首，時人以爲亞迹陸機。然負才狡競，孝武殺之。

汝南王

隨王誕

王韶之　字休泰，偉之之子。晉義熙中，除著作郎，復補通直郎，領西省事。武帝受命，加驍騎將軍，少帝時，出爲吴郡太守，徵爲祠部尚書，加給事中。

何承天　東海郯人，博通古今，尤精曆數。仕宋，領著作郎，官至御史中丞。

顔延之　字延年，瑯琊臨沂人。性疏淡，不護細行，而文章冠絶當時。初爲宋公豫章世子參軍，及公即帝位，補太子舍人，廬陵王待之甚厚。執政以其搆扇異同，因帝崩，出爲始安太守。文帝元嘉三年，徵爲中書侍郎。未幾，復出守永嘉。孝武登祚，以爲金紫光禄大夫。卒，贈特進，謚曰憲。

延之與陳郡謝靈運俱以辭采齊名，而遲速懸絶。文帝嘗各敕擬樂府《北上篇》，延之受詔便成，靈運久之乃就。《南史》本傳。

謝莊　字希逸，弘微之子。仕文帝時，爲隨王誕記室，遷太子中庶子。孝武立，除侍中，歷吏部都官尚書、左衛將軍，加給事中，又領參軍將軍。明帝時，加金紫光禄大夫。

謝靈運　陳郡陽夏人，以祖、父並葬始寧縣，遂移籍會稽。晉孝武時，襲封康樂公，累遷黄門侍郎。時宋公位相國，以爲從事中郎，遷世子左衛率。及宋受禪，降爵爲侯，起爲散騎常侍，轉太子左衛率。武帝崩，出爲永嘉太守，在郡辭歸始寧。文帝登祚，徵爲秘書監，遷侍中，未幾，復稱疾歸。好尋山陟險，會稽太守孟顗表其有異志，帝惜其才，授臨川内史。復爲有司所糾，徙廣州，尋以事詔就廣州棄市。年四十九。

謝靈運樂府皆模放陸平原而作，源流見矣。李空同。

謝惠連　丹陽尹方明之子。十歲能屬文。元嘉元年，爲彭城王法曹參軍，年三十七卒。

鮑照　一作昭，字明遠，東海人。文詞贍逸，尤長於樂府。始謁臨川王義慶，貢詩言志，擢爲國侍郎，遷秣陵令。文帝選爲中書舍人，上方以文章自高，頗多忌，由是賦述不敢盡其才。後臨海王子頊鎮荆州，以爲前軍參軍，時江外諸王皆拒命，子頊敗，遂遇害。

鮑明遠才健，其詩乃《選》之變體，李太白專學之。如「腰鎌刈葵藿，倚杖牧雞豚」，分明説出箇倔强不肯甘心之意。如「疾風衝塞起，砂礫自飄揚。馬毛縮如蝟，角弓不可張」，分明説出邊塞之狀，語又俊健。朱文公。

明遠《行路難》壯麗豪放，若決江河，詩中不可比擬，大似賈誼《過秦論》。《許彦周詩話》。

鮑照詩「秋霜曉驅鴈，春雨暗成虹」，佳句也。杜子美詩「朔風驅胡鴈，慘淡帶沙礫」之句本此。又楊休之《洛陽伽藍記》有「北風驅鴈，千里飛雲」之語，庾信詩「秋風驅亂螢」句，亦奇甚。《升菴集》。

鮑照《苦熱行》「含沙射流影，吹蠱痛行暉」。南中畜蠱之家，蠱昏夜飛出，飲水之光如曳彗，所謂行暉也。《文選》注行暉行旅之暉，非也。《升菴集》。

吴邁遠好爲篇章，宋文帝聞而召之，及見，曰：「此人聯絶之外，無所復有。」好自誇而蚩鄙他人，每作詩得稱意語，輒擲地呼曰：「曹子建何足數哉！」

孔甯子仕文帝時，爲鎮西諮議參軍，以文義見賞。後遷黄門侍郎，領步兵校尉。

袁淑字陽源，陳郡陽夏人。少有風氣，博涉多通。元嘉中，彭城王起爲祭酒，累遷尚書吏部郎，轉御史中丞，再遷太子左衛率。元兇將行弑逆，呼淑，與蕭斌同力諫，不從，遂遇害。孝武立，贈侍中、太尉，謚曰忠獻。

顔師伯竣族兄也。初隨孝武爲徐州主簿，帝踐祚，累遷侍中、吏部尚書。廢帝立，與柳元景謀廢立，伏誅。

顔竣字士遜，延之之子也。初隨孝武爲撫軍主簿，及踐祚，累遷吏部尚書。諫諍懇切，下獄賜死。

臧質字含文，東筦莒人。歷江州刺史，以生擒元兇，封始興郡公。後與南譙王義宣謀反，兵敗被誅。

何偃字仲弘，廬江人。元嘉中，位太子中庶子。孝武時，累遷吏部尚書，遷侍中，卒。

荀昶字茂祖，元嘉初，以文義至中書郎。

殷淡字夷遠，陳郡長平人。歷黄門吏部郎，太子中庶子，步兵校尉。大明中，以文章見知，爲當時才士。

虞龢餘姚人，少居貧好學。明帝時，歷中書令。

湯惠休字茂遠，初入沙門名惠休。孝武命使還俗，本姓湯，位至揚州刺史。

沈攸之字仲達，吴興武康人。仕歷都督荆州刺史，順帝時舉兵反，敗誅。

孔欣以下爵里無考。

南朝孔欣樂府云：「相逢狹路間，道狹正踟躕。輟步相與言，君行欲焉如。淳樸久已散，榮利迭相驅。流落尚風波，人情多遷渝。勢集堂必滿，運去庭亦虚。競趨嘗不暇，誰肯顧桑樞。未若及初九，攜手歸田廬。躬耕東山畔，樂道讀玄書。狹路安足遊，方外可寄娱。」此詩高趣，可並淵明。欣早歲辭榮，不負其言矣。《升菴詩話》。

伍緝之

袁伯文

許瑶《詩品》有齊朝許瑶之，又云許長於短句詠物，或即此也。

王歆之

尋陽漁父

鮑令暉《詩品》曰：齊鮑令暉歌詩，往往嶄絶清巧，《擬古》猶勝，唯《百願》淫矣。昭嘗答孝武云：「臣妹才自亞於左芬，臣才不及太沖爾。」

華山畿女

齊

高帝姓蕭氏，諱道成，字紹伯。仕宋，封齊王，廢宋自立。

武帝諱賾，字宣遠，高帝長子。初仕宋爲江州刺史，輔高帝受禪，功參佐命，後嗣位。

《估客樂》，齊武帝之所作也。其辭曰：「昔經樊鄧役，阻潮梅根渚。感意追往事，意滿辭不叙。」「阻潮」一本作「假楫」。武帝作此曲，令釋寶月被之管絃，帝遂數乘龍舟遊江中，以紅越布爲帆，緑絲爲帆縴，鍮石爲篙足，篙傍者悉着鬱林布作淡黄袴，舞此曲，用十六人云。按史稱齊武帝節儉，常自言「朕治天下十年，當使黄金與土同價」，然其從流忘返之奢如此，貽厥孫謀，何怪乎金蓮布地也！

褚淵字彦回，河南陽翟人。仕宋，歷中書監、司空。齊高帝立，以佐命功，進位司徒、侍中，封南康郡公。

王儉字仲寶，瑯琊臨沂人。仕宋，歷吏部郎、侍中。齊高帝立，改封南昌縣公。累遷中書令、國子祭酒。

謚文憲。

徐孝嗣字始昌，東海郯人也。尚宋康樂公主，拜駙馬都尉。入齊，累遷侍中，封枝江縣公。東昏失德，將謀廢立，事覺，召入華林省，飲藥死。

王融字元長，瑯琊人，僧達之孫也。少警慧，博涉多通。仕齊，武帝遷秘書丞，歷中書郎。竟陵王子良板爲寧朔將軍。武帝大漸，謀立子良，及鬱林即位，下獄賜死。

王融《巫山高》：「煙華乍卷舒，行芳時斷續。」今本「行芳」作「猿鳥」，「猿鳥」字遠不及「行芳」也。《升菴詩話》。

謝朓字玄暉，宋僕射景仁之從孫。少有美名，齊隨王子隆鎮荆州，以爲文學。未幾，求還都。除新安王記室，尋兼尚書殿中郎。宣城王鸞輔政，以爲驃騎諮議，掌中書詔誥，轉中書郎。出補宣城太守，後遷至吏部郎兼衛尉。永元初，江祏謀立始安王遥光，引以爲黨，不從，下獄死。

謝玄暉《鼓吹曲》：「凝笳翼高蓋，疊鼓送華輈。」李善注：「徐引聲謂之凝，小擊鼓謂之疊。」岑參《凱歌》：「鳴笳擂鼓擁回軍。」急引聲謂之鳴，疾擊鼓謂之擂。凝笳疊鼓，吉行之文儀也。鳴笳擂鼓，師行之武備也。詩人之用字不苟如此，觀者不可草草。《升菴詩話》。

劉繪字士章，彭城人，雅麗有風則。初爲齊高帝行參軍，歷位中書郎。竟陵王開西邸，繪爲後進領袖。梁武起兵，朝廷以繪持節督四州軍事。東昏殞城内，遣繪及范雲送首詣梁王。轉大司馬從事中郎，卒。

虞炎會稽人。永明中，以文學與沈約俱爲文惠太子所遇，意昐殊常，官至驃騎將軍。

檀約秀才。以下四人附見《謝朓集》。

江奂朝請。

陶功曹失名。

朱孝廉失名。

謝超宗陳郡陽夏人，靈運之孫。好學有文辭，盛得名譽。仕宋，歷通直常侍。齊太祖拔爲驃騎諮議，及即位，轉黄門郎。有司奏立郊廟歌，詔司徒褚淵等十人並作，超宗辭獨見用。世祖初，詔徙廣州，至豫章自盡。

張融字思光，吴郡人。仕宋，至儀曹郎。入齊，累遷司徒，兼右長史，卒。

孔稚珪字德章，會稽山陰人。少學涉有美譽。高帝爲驃騎，取爲記室參軍。建武初遷冠軍將軍。遷太子詹事，散騎常侍，卒。稚珪風韻清疎，好文詠，與外兄張融情趣相得。居宅盛營山水，憑几獨酌，傍無雜事，門庭之内，草茅不剪。

陸厥字韓卿，吴郡人，慧曉仲孫也。少有風槩，好屬文，五言詩體甚新。州舉秀才，少傅主簿，遷行參軍。永元元年，始安王反，厥父閑被誅，感慟而卒。

朱碩仙

朱子尚

釋寶月

梁

武帝姓蕭氏，諱衍，字叔達。初仕齊，累遷隨王鎮西諮議參軍。後討東昏而自立，四傳五十五年。

梁氏帝王，武帝、簡文爲勝，湘東次之。武帝之《莫愁》，簡文之《烏棲》，大有可諷，餘篇未免割裂，且佻浮淺卞，建業、江陵之難，故不虛也。昭明鑒裁有餘，自運不足。《藝苑卮言》。

梁武帝作《白紵舞辭》四句，令沈約改其辭爲《四時白紵之歌》。帝辭云：「朱絃玉柱羅象筵，飛管促節舞少年。短歌留目未肯前，含笑一轉私自憐。」嗟乎麗矣，古今當爲第一也！《許彦周詩話》。

梁武帝《江南弄》云：「衆花雜色滿上林，舒芳耀彩垂輕陰，連手躞蹀舞春心。舞春心，臨歲腴。中人望，獨踟躕。」此辭絶妙。填辭起於唐人，而六朝已濫觴矣。其餘若《美人聯錦》《江南稚女》諸篇皆是，樂府具載，不盡録也。升菴《詞品》。

昭明太子諱統，字德施，武帝長子也。生而聰睿，讀書數行並下。每遊宴祖道賦詩，皆屬思便成，無所點易。寬和容衆，接引才俊，喜文章，聚書至三萬餘卷，著述甚多。年三十一薨。

簡文帝諱綱，字世纘。武帝第三子也。六歲能屬文，讀書十行俱下。辭藻艶發，雅好賦詩，然文傷輕靡，時號宫體。初封晉安王、雲麾將軍、丹陽尹，歷兖、荆、南徐、雍、益五州刺史。昭明太子薨，立爲皇太子。及嗣位之後，侯景制命，期年遇弑。

元帝諱繹，字世誠，武帝第七子也。初封湘東王，爲會稽太守。入爲侍中，丹陽尹，出爲使持節都督荆州刺史、鎮西將軍。侯景反逆，遣王僧辯討誅之，遂即位於江陵。西魏見伐，兵敗出降，爲梁王詧所害。

邵陵王綸 武帝第六子也。聰穎博學，尤長尺牘。爲穎州刺史，侯景搆逆，加征討大都督，率衆討景不克，死。

武陵王紀 字世詢，一字大智，武帝第八子也。少勤學，有文才，屬辭不好輕華，甚有骨氣。天監中，封武陵郡王、揚州刺史，轉益州刺史。侯景亂紀，不赴援，僭號於蜀，改元天正。明年，衆潰，爲元帝將樊猛所殺。

沈約 字休文，吴興武康人。宋泰始中，蔡興宗引爲安西記室參軍。入齊，爲太子家令，累遷吏部郎，出爲東陽太守，明帝徵爲五兵尚書。及梁武受禪，以佐命功除僕射，歷尚書令，侍中，封建昌侯，加特進。卒，謚曰隱。

江淹 字文通，濟陽考城人。弱冠以五經授宋始安王劉子真，爲南徐州新安王從事，奉朝請。始安薨，舉南徐州桂陽王秀才，轉建平王主簿，雅以文章見遇。及王移鎮朱方，又爲鎮軍參軍，領東海郡丞。王欲舉兵，淹以爲諷，乃黜爲吴興令。齊高帝始置史館，命淹掌之，累遷御史中丞。明帝時，出爲宣城太守。還爲秘書監，兼衛尉。入梁，爲散騎常侍，遷金紫光禄大夫。卒，謚曰憲。

范雲字彦龍，南鄉舞陰人。初爲齊竟陵王府主簿，歷始興内史，遷廣州刺史，免官。少與梁武帝友善，及武帝平建業，以雲爲黄門郎，與約同心翊贊。遷散騎常侍，吏部尚書。卒，謚曰文。

任昉字彦昇，樂安博昌人。雅善屬文，尤長載筆。沈約一代詞宗，深所推挹。仕齊，爲竟陵王記室參軍，司徒長史。武帝踐祚，拜黄門侍郎，掌著作。出爲義興太守，轉御史中丞，出爲新安太守。爲政清省，吏民便之。

丘遲字希範，烏程人，靈鞠之子。在齊以秀才累遷殿中郎，梁武帝平建業，引爲主簿。及踐祚，遷中書郎，出爲永嘉太守，還拜中書侍郎。後遷司空從事中郎。

張率字士簡，吴郡人。年十二能屬文，稍進作賦頌，至年十六，向二千許首。起家齊著作佐郎，遷尚書殿中郎，太子洗馬。武帝霸府建，引爲相國主簿。甞爲《待詔賦》，武帝手敕曰：「相如工而不敏，枚皐速而不工。卿兼之矣。」遂遷秘書丞。後遷黄門侍郎，出爲新安太守，卒。《孝經緯》曰：「酒者乳也。」梁張率《對酒》詩：「如花良可貴，似乳更堪珍。」杜子美「山城乳酒下青雲」本此。

柳惲字文暢，河東解人也。少有志學，工爲詩，善尺牘。齊竟陵王引爲法曹參軍，累遷太子洗馬，試守鄱陽相，還除驃騎從事中郎。武帝至京邑，惲候謁石頭，以爲冠軍征東府司馬。天監初除長史，累遷左民尚書，廣州刺史，徵爲秘書監，復爲吴興太守。爲政清静，民吏懷之。感疾卒。

王僧孺 東海郯人。七歲能讀十萬言，家貧，嘗傭書以養母，寫畢即諷誦。仕齊，爲太學博士，累遷尚書左部郎，出爲南康王長史，蘭陵太守。

王錫 字公嘏，瑯琊人。梁武令與張纘入宫，與昭明爲師友，累遷吏部郎中。

王規 字威明，瑯琊人，儉之孫，騫之子。在武帝時，累遷太子中庶子，領步兵校尉〔五〕。

張纘 字伯緒，弘策子。仕秘書郎，遷太子舍人，歷寧蠻校尉，爲岳陽王詧所執，兵敗害之。

殷鈞 一作均，字季和，陳郡長平人。歷東宫學士，國子祭酒。

庾肩吾 字子慎，新野人。八歲能賦詩，初爲晉安王常侍，王爲太子，兼通事舍人。除安西、湘東二王録事參軍，累遷中庶子。初簡文帝在藩，雅好文士，肩吾亦預其選。簡文即位，肩吾爲度支尚書。侯景矯詔，遣肩吾喻當陽公大心，尋舉州降，肩吾因逃赴江陵。未幾，歷江州刺史，領義陽太守，卒。

吴均 字叔庠，吴興故章人也。好學，有俊才。天監初，柳惲爲吴興，召補主簿，日引與賦詩。均文體清拔有古氣，好事者效之，謂爲吴均體。建安王引爲記室，尋爲國侍郎，還除奉朝請。奉詔撰通史，未就而卒。

何遜 字仲言，東海郯人，承天曾孫也。天監中，起家奉朝請，遷建安王水曹參軍。王愛文學，日與宴遊。及遷江州，遜猶掌書記。復爲安西、安成二王參軍事，兼尚書水部郎，除廬陵王記室，復隨府江州，未幾而卒。

《銅爵妓》云：「曲終相顧起，日暮松柏聲。」句殊雄古，而顔黄門謂其每病辛苦，饒貧寒氣，無乃太貶乎？《東觀餘論》。

蕭子範字景則，齊高帝之孫，豫章王嶷之子。永明中，封岐陽侯，拜太子洗馬。梁天監初，位司徒主簿，累遷南平王從事中郎，復爲臨賀王長史。簡文即位，召爲光禄大夫。

蕭子顯字景暢，子範弟。好學，工屬文。七歲封定都縣侯。梁天監初，遷邵陵王友，除黄門郎，兼侍中，國子祭酒。武帝愛其才，以爲吏部尚書，爲吴興太守。

蕭子雲字景喬，子顯弟。齊建武四年，封新浦縣侯。梁天監初，遷丹陽郡丞。大通三年，復遷臨川内史，還除散騎常侍。歷侍中，國子祭酒，出爲東陽太守。性沉静，不樂仕進。風神閑曠，任性不羣。侯景亂，奔晉陵，卒。

王籍字文海，瑯琊臨沂人。博涉有才氣，爲任昉、沈約所稱賞。天監中，除安成王主簿，歷餘姚、錢塘令，並以放免。除湘東王參軍，隨府會稽郡，還爲中散大夫。

王訓字懷範，暕長子。幼聰警，有識量。文章之美，爲後進領袖。爲宣城王文學，官至侍中。

王泰字仲通，瑯琊人，僧虔之孫，慈之子。梁天監中，爲秘書丞。歷中書侍郎，又爲廷尉卿，遷吏部尚書。

王筠字元禮，一字德柔，瑯琊人，僧虔之孫，楫之子。幼清静好學，與從兄泰齊名。歷仕尚書殿中郎，累遷太子洗馬，中書舍人，與殷鈞並以方雅爲昭明太子所禮。

王筠《楚妃吟》句法極異，其辭云：「牕中曙，花早飛。林中明，鳥早歸。庭中日，暖春閨。香氣亦霏霏。香氣漂，當軒清唱調。獨顧慕，含怨復含嬌。蝶飛蘭復熏，裊裊輕風入翠裙。春可遊，歌聲梁上浮。春遊方有樂，沈沈下羅幕。」大率六朝人詩，風華情致，若作長短句，即是辭也。宋人長短句雖盛，而其究皆有曲詩、曲論之弊，終非辭之本色。升菴《詞品》。

王筠《詠征婦裁衣行路難》其略云：「裲襠雙心共一抹，袙腹兩邊作八撮。襻帶雖安不忍縫，開孔纔穿猶未達。胷前却月兩相連，本照君心不照天。」數句叙裁衣曲折，纖微如出縫婦之口，詩至此可謂細密矣。《詩話補遺》。

段成式《漢上題襟集》與温庭筠倡和詩章，皆務用僻事。其中一絶云：「柳煙梅雪隱青樓，殘日黄鸝語未休。見説自能裁袙腹，不知誰更着帩頭」。按梁王筠詩《詠裁衣》有云：「裲襠雙心共一抹，袙腹兩邊作八撮。襻帶雖安不忍縫，開孔裁穿猶未達。」袙腹者，今之裏肚也。《羅敷行》云：「少年見羅敷，脱帽著帩頭。」《升菴集》。

劉孝綽字孝綽，本名冉，彭城人。七歲能屬文。梁天監初，起家爲著作佐郎，遷秘書丞，甚爲武帝及昭明所禮。累遷尚書吏部郎，坐事左遷臨賀王長史，卒。孝綽雖負才陵忽，前後五免，然辭藻爲後進所宗也。

劉孝儀字子儀，本名潛，字孝儀，孝綽之弟。寬厚有内行。舉秀才，累遷尚書殿中郎，補太子洗馬，陽羨令，甚有稱績。累官御史中丞，出爲臨海太守，遷都官尚書，復爲豫州内史。侯景逼建業，孝儀遣子勵率兵入援，及宫城不守，失郡，卒。

劉孝勝孝儀之弟。歷官邵陵王法曹，湘東王記室，武陵王長史，信義、蜀郡太守。武陵王僭號，以爲尚書僕射。兵敗被執，元帝宥之，起爲司徒右長史。

劉孝威字孝威，孝勝之弟。氣調爽逸。初爲晉安王法曹，太清中，遷太子中庶子，通事舍人。侯景亂，孝威於圍中得出，西上至安陸，卒。

劉孝標本名峻，平原人。年八歲，與母没於魏。齊永明中，奔江南，爲蕭遥欣刑獄。梁天監初，召入西省，典校秘閣。普通三年，卒。門人謚曰玄静先生。

劉遵字孝陵，孺之弟也。清雅有學行，工屬文。爲晉安王宣德、雲麾二府記室，甚見賓禮。王入爲皇太子，除中庶子，卒。

劉邈彭城人。曾爲侯景所得，景攻臺城不克，邈勸景乞和全師，景然之。

陶弘景字通明，丹陽秣陵人。弱冠，齊高帝引爲諸王侍讀。永明十年，上表辭禄，止於句曲山，自號華陽隱居。梁武帝即位，屢加禮聘，不出，卒，謚曰貞白先生。

宗夬字明敭，南陽涅陽人，世居江陵。齊竟陵王集學士於西邸，並見圖畫，夬與焉。明帝即位，以爲郢州刺史。仕梁，至五兵尚書。

周捨字昇逸，汝南安成人。起家齊太學博士，累遷至太常丞。武帝即位，拜尚書祠部郎，遷吏部郎，太子詹事，卒。

徐勉字脩仁，東海郯人。仕齊，累遷領軍長史。梁武帝即位，累官吏部尚書，加中書令。雖居顯職，不營産業。大通中，復授侍中，中衛將軍，卒，謚曰簡肅。

徐勉《迎客曲》云：「絲管列，舞曲陳，含聲未奏待嘉賓。羅絲管，陳舞席，斂袖嘿脣迎上客。」《送客曲》云：「袖繽紛，聲委咽，餘曲未終高駕別。爵無筭，景已流，空紆長袖客不留。」徐勉在梁爲賢臣，其爲吏部日宴客，酒酣，有求詹事者，勉曰：「今宵且可談風月。」其嚴正而又藴藉如此。江左風流宰相，豈獨謝安、王儉邪！《升菴文集》。

徐悱字敬業，勉之第二子也。聰敏能屬文，位太子舍人，累遷洗馬。出爲湘東王友，遷晉安内史，先勉卒。

徐防侍晉安王，隨府在雍州，號高齋學士。

徐摛字士績，東海郯人。初爲晉安王侍讀，及王爲皇太子，轉家令。出爲新安太守，遷太子左衛率。簡文嗣位，進授左衛將軍，固辭不受〔六〕。簡文被閉，摛不獲朝謁，感氣而卒。摛文體既别，春宮盡學之，宫體之號，自斯而起。

劉緩　按劉緩平原人，爲湘東王記室，未知是否。史云劉緩性虚遠，有氣調，風流迭宕，名高一府。
陸罩　字洞元，吴郡人。仕梁，爲太子中庶子，掌管記。大同十年，以母老求去，母殁，後位終光禄卿。
江從簡　濟陽考城人，革之子。少有文名，位司徒從事中郎。侯景亂，爲任約所害。
虞羲　按本集序曰字子陽，會稽人。七歲能屬文，齊始安王引爲侍郎，尋兼建安征虜府主簿功曹，又兼記室參軍事。天監中，卒。《南史》云羲字士光，餘姚人。有才藻，卒於晉安王侍郎。
江洪　濟陽人。工屬文，爲建陽令，坐事死。《詩品》曰：洪詩雖無多，亦能自迥出。
謝徵《梁書》作謝徵，字玄度，陳郡陽夏人。好學善屬文，初爲安成王法曹，累遷中書鴻臚。出爲豫章王長史，蘭陵太守。
謝舉　字言揚，陳郡陽夏人，莊之孫。幼好學，與兄覽齊名。仕武帝時，累遷尚書令。
何思澄　字元静，東海郯人。少勤學，工文辭。爲安成王記室，遷治書侍御史，通事舍人，武陵王參軍。
孔翁歸　會稽人。工爲詩，爲南平王記室。
費昶　江夏人，善爲樂府。嘗作《鼓吹曲》，武帝重之，敕曰：「才氣新拔，有足嘉異。」賜絹十疋。
鮑機《北史·鮑宏傳》：父機以才學知名，仕梁，位侍書御史。
紀少瑜　字幼瑒，秣陵人。爲晉安國中尉。大同七年，升爲東宫學士，復除武陵王記室參軍。
褚翔　字世舉，河南陽翟人。終武帝世，累遷吏部尚書。母喪，以毁卒。

張嵊 字四山，吴郡人。起家秘書郎，累遷爲吴興太守，死於侯景之難。

朱异 字彦和，吴郡錢塘人。始爲揚州議曹從事，召直西省，累遷中領軍。勸納侯景降，及侯景反，城内文武咸尤之，因慙憤發病，卒。

王臺卿 梁南平王世子恪除雍州刺史，賓客有江仲舉、蔡薳、王臺卿、庾仲容四人，俱被接遇。按臺卿詩多與簡文倡和。《廣弘明集》曰：州民前臣刑獄參軍王臺卿。

王冏 以下爵里未詳。

朱超 朱超、朱超道、朱越，各詩集所載，名多互見，疑是一人之作。

戴暠

戴暠《從軍行》云：「長安夜刺閨，胡騎犯銅鞮。」刺閨，夜有急報，投刺於宫門也。《南史》：陳文帝每夜刺閨，取外事分判者，前後相續，敕雞人司漏，傳籤於殿中，令投籤於階石上，蹌然有聲。隋煬帝詩：「投籤初報曉。」隋時此制猶存也。升菴《詩話》。

沈君攸 後梁人。

施榮泰《玉臺》作施泰榮。

高允生《樂府》列梁人中。

王循

房篆

裴憲伯

庾成師

車敫

姚翻

阮研　一作妍

吴孜

鄧鏗

釋寶誌　不知何許人。有人於宋太始中見之，齊、宋之交，稍顯靈跡。被髮徒跣，語默不倫，預言未兆，言多玄驗。梁武帝尤深敬事。天監十三年卒。

王金珠

包明月

王叔英妻劉氏　叔英，瑯琊人。妻劉氏，繪之女，孝綽之妹。孝綽三妹，並有才學。一適張嵊，一適徐悱。

徐悱妻劉氏　孝綽之妹，稱劉三娘。姊妹三人，並有才學，悱妻文尤清拔。悱爲晉安郡，卒。喪還建鄴，劉爲祭文，辭甚悽愴。

范静妻沈氏 唐《藝文志》有范静妻《沈滿願集》三卷。

陳

後主 諱叔寶，字元秀，宣帝子。即位之後，荒于酒色，不恤政事，而盛修宫室，刑罰酷濫。隋文帝命將南征，兵敗入隋，見宥，給賜甚厚。仁壽四年，終於洛陽。

陳後主於清樂中造《黄驪留》及《玉樹後庭花》《金釵兩鬢垂》等曲，與幸臣等製其歌詞，綺艷相高，極於輕蕩，男女唱和，其音甚哀。《隋書·樂志》。

陰鏗 字子堅，武威人。五歲能誦詩賦，日千言。尤善五言詩，爲當時所重。仕梁，爲湘東王法曹行參軍。陳大嘉中，爲始興王軍録事參軍，累遷晉陵太守，員外散騎常侍，卒。

徐陵 字孝穆，東海郯人，摛之子。初爲梁晉安王參軍，累遷至散騎常侍。仕陳，歷侍中，安右將軍，光禄大夫，太子少傅，南徐州大中正，建昌縣開國侯。氣局深遠，清簡寡欲，爲一代文宗。

徐陵《長相思》云：「長相思，好春節，夢裏恒啼悲不洩。帳中起，牕前咽。柳絮飛還聚，遊絲斷復結。欲見洛陽花，如君隴頭雪。」蕭淳和之云：「長相思，久離别，新燕參差條可結。狐關遠，雁書絶。對雲恒憶陣，看花復愁雪。猶有望歸心，流黄未剪截。」二辭可謂勍敵。《升菴集》

沈烱 字初明，吴興武康人，約之後。有雋才，仕梁，爲吴令。侯景之亂，景將宋子仙據吴興，逼令掌書記。及景東奔，炯妻子皆爲景害。元帝立，封原鄉侯，領尚書左丞。魏尅荆州，被虜，授儀同。以母在東，求歸，陳武帝以爲御史中丞。文帝立，加明威將軍。

周弘讓弘正之弟。隱居茅山，晚仕侯景爲中書侍郎。承聖初，爲國子祭酒。陳天嘉中，領太常卿。

陸瓊字伯玉，吴郡人。幼聰慧有思理，仕陳，累官吏部尚書。性謙儉，不自封殖。以母憂去職，哀慕過毀，卒。

陸瑜字幹玉，吴郡人，瓊之從父弟也。仕陳，累官太子洗馬，中舍人，與兄琰並以才學侍東宫，時人比之二應。

張正見字見賾，清河東武城人。幼好學，有清才。梁太清初，射策高第，除邵陵王國常侍。梁元帝立，拜通直散騎侍郎，遷彭澤令。屬亂，避地匡俗山。陳武受禪，除鄱陽王參軍，衡陽王長史，累遷散騎侍郎。太建中，卒。

江總字總持，濟陽考城人。初仕梁，累官至尚書僕射。陳天嘉中，轉太子詹事。後主嗣位，歷任尚書令。不持政務，但日與後主隨宴後庭，多爲艷詩，國政日頽，君臣昏亂。陳亡入隋，拜上開府。開皇中，卒。

江總《折楊柳》云：「塞北寒膠折，江南楊柳結。不悟倡園花，遥同葱嶺雪。春心既駘蕩，春樹聊攀折。共此依依情，無奈年年别。」唐張説詩亦云：「塞上綿應折，江南草可結。欲持梅嶺花，遠競榆關雪。」微變數字，不妨雙美。沈滿願詩：「征人久離別，故國音塵絶。夢裏洛陽花，覺來葱嶺雪。」劉方平《梅》詩：「歳晚芳梅樹，繁苞四面同。春風吹漸落，一夜幾枝空。小婦今如此，長城恨不同。莫將遼海雪，來此後庭中。」《升菴集》。

《何彼穠矣》之詩，美王姬而作也。周姬姓，故皇女皆稱姬，如陳嬀、楚芈、齊姜之類是也。後世凡婦人皆稱姬，誤矣。南朝人士皆謂姬人，如蕭綸《見姬人詩》所謂「狂夫不妬妾，隨意晚還家」，劉孝綽《詠姬人未出詩》所謂「帷開見釵影，簾動聞釧聲」，王僧孺《爲姬人怨詩》所謂「還君與妾扇，歸妾與君裘」，江總《爲姬人怨服藥詩》所謂「妾家邯鄲好輕薄，特忿仙童一丸藥」是也。《韻語陽秋》按稱姬不始於南朝，如蔡文姬之類。

顧野王字希馮，吴郡吴人也。少以篤學至性知名。梁大通初，除太學博士，歷臨賀、宣城、瑯琊三王官。入陳，歷撰史學士，後主東宫管記，光禄卿。

宗懍《春望》詩曰：「日暮春臺望，徙倚愛餘光。都尉新移棗，司空始種楊。一枝猶桂馥，十步有蘭香。望望無萱草，沈憂竟不忘。」顧野王《芳樹》詩曰：「上林通建章，雜樹偏林芳。日影桃蹊色，風吹梅徑香。幽山桂葉落，馳道柳條長。折榮疑路遠，用表莫相忘。」二詩前首五用草木名，後首四用草木名，在後人則不勝其贅矣，而清麗脱灑如此。宗詩前聯「都尉移棗」，蓋用《漢・藝文志》有尹都尉移植棗杏梅李法。「司空種楊」，則用《淮南子・時則訓》「正月，其官司空，其樹楊」也。用事頗僻，故須詮詁，始見其妙。《升菴集》。

傅縡字宜事，北地靈州人。梁太清末，攜母南奔避亂。王琳引爲記室。琳亡，陳文帝召爲撰史學士。後主立，累遷秘書監，右衛將軍，兼中書通事舍人。性木强，負才使氣。施文慶等譖之，後主收下獄，縡憤恚，於獄中上書極諫，後主怒，賜死。

褚玠字温理，河南陽翟人。起家王府法曹，爲山陰令。去官之日，貧不堪自致，皇太子賜粟米二百斛，得還都。令入直殿省，累遷御史中丞。

岑之敬字思禮，南陽人。年十六，對策擢高第。累遷晉安王中記室。陳太建初，授東宫學士，轉南臺侍御史，征南府諮議參軍。性謙謹，士君子以篤行稱之。

古有三句之詩，意足詞贍，盤屈於二十一字之中，最爲難工。徧檢前賢詩，不過四五首而已。岑之敬《當壚曲》云：「明月二八照花新，當壚十五晚留賓，回眸百萬横自陳。」最爲絶倡。《詩話補遺》。

徐伯陽字隱忍，東海人。大同中爲侯官令，甚得人和。陳天嘉中，爲侯安都記室參軍，累遷鎮安、新安王府諮議參軍。

蔡君知凝之子，頗知名。

阮卓陳留尉氏人。幼聰敏，篤志經籍，尤工五言。性至孝，有廉節。仕陳，爲新安王府記室，累遷德教殿學士。聘隋，還除南海王府諮議參軍。陳亡入隋。

陳昭義興國山人。慶之之子。慶之在梁，以軍功封永興侯，卒，昭嗣位。

陳暄 昭之弟。學不師受，而文才俊逸。後主在東宫，引爲學士。及即位，遷通直散騎常侍，與王叔達、孔範等入禁中陪宴，號爲狎客。暄通脱，以俳優自居，爲後主侮虐，悸死。

祖孫登 仕爲陳記室，侯安都引以爲客。

謝燮《陳書》：太建十二年，吏部侍郎缺，所司屢舉謝燮等，宣帝不用，乃中召用蕭引。

蕭詮《南史》：蕭詮仕陳，爲黄門郎。

賀徹 仕陳，爲左户郎。

李爽 仕陳，爲中記室。

蕭賁 字文奂，齊竟陵王子良之孫。神識耿介，幼好學，有文才。起家梁湘東王法曹參軍。

王瑳 與江總、孔範等並爲狎客，刻薄貪鄙，忌害才能。陳亡入隋，被流遠裔。

蘇子卿

陽縉

賀力牧

伏知道

陳伏知道《從軍五更轉》，隋煬帝效之，作《龍舟五更轉》。《升菴集》

毛處約

陸系

獨孤嗣宗

江暉

李燮

何楫

蕭淳

孔仲智

徐堪 一作徐湛。

吳思玄

殷謀

賈馮吉

北魏

胡武靈后 安定臨涇人，司徒國珍女。宣武召入，爲承華世婦，生明帝，尊爲皇太后。後爾朱榮沉于河。

楊華既奔梁，元魏胡武靈后作《楊白花歌》，令宮人連臂踏之，聲甚悽斷。柳子厚樂府云：「楊白華，風吹渡江水，坐令宫樹無顔色。摇蕩春心幾千里，回看落日下長楸，哀歌未斷城烏起。」言婉而情深，古今絶唱也。魏舊歌云：「陽春二三月，楊柳齊作花。春風一夜入閨闥，楊花飄落入南家。含情出户脚無力，拾得楊花淚霑臆。秋去春來雙燕子，願銜楊花入窠裏。」此辭亦自奇麗，録之以存古。出《樂府廣題》云。《許彦周詩話》。

蕭綜字世謙，梁武帝第二子，封豫章王。普同初，爲都督南兖州刺史，鎮彭城。奔魏，歷司徒、太尉，尚壽陽公主。在魏不得志，嘗作《聽鐘鳴》《悲落葉》以申其志。

高允字伯恭，渤海蓨人。少好學，博通經史。神麚初，參樂平王軍事。獻文末，授懷州刺史。太和二年，拜鎮軍大將軍，領中秘書事，加光禄大夫。歷事五帝，出入三省五十餘年，初無譴咎。

王肅字恭懿，瑯琊臨沂人。仕齊，爲秘書丞。父奂及兄弟並爲南齊武帝所殺。太和中，奔魏，孝文虚衿待之，累遷尚書令。宣武時，尚陳留公主。後以破齊，進位開府儀同三司，封昌國縣侯，揚州刺史。

祖瑩字元珍，范陽遒人。孝文時，拜太學博士。累遷國子祭酒，領給事黄門侍郎。孝武登祚，封文安縣子。天平初，進爵爲伯。

温子昇字鵬舉，其先太原人。祖避難，家於濟陰。博覽百家，文章清婉。熙平初，舉高第，擢御史。孝莊即位，補南主客郎中，遷散騎常侍，侍中，大將軍，領本州大中正。齊文襄引爲諮議，後以事下晉陽獄死。

高孝緯

王容

祖叔辨

北齊

邢邵字子才，河間鄚人。十歲能屬文，日誦萬餘言。文章典麗，既贍且速。釋巾爲魏武挽郎，累除國子祭酒。齊宣武輔政，徵爲賓客，除黄門侍郎，遷太常卿，授特進。邵率情簡素，博覽墳籍，公私諮稟，爲世指南焉。

魏收字伯起，鉅鹿下曲陽人。仕魏，典起居注，兼中書舍人，與温子昇、邢子才齊名，世號三才。天保初，除中書令，兼著作郎，後除光禄大夫，尚書右僕射，特進。謚文貞。收有才無行，在京洛輕薄尤甚，人號爲驚蛺蝶。

祖珽字孝徵，瑩之子。神清機警，詞藻遒逸。少馳令譽，爲當世所推。起家秘書郎，後主時，佞于陸媪，拜尚書左僕射，封燕國公，專主機衡。後以罪出爲北徐州刺史。

裴讓之字士禮，河東聞喜人。少好學，有文情。魏天平中，舉秀才，遷主客郎。歷中書舍人，散騎常侍。及齊受禪，封宜都縣男。尋除清和太守，後被罪賜死。

劉逖字子長，彭城人。齊文襄以爲永安公參軍，至武成時，遷散騎常侍。未幾，與崔季舒等同戮。

盧詢名見《顔氏家訓》，云范陽盧詢。即疑盧詢祖也。《樂府》作陳人。

高昂字敖曹，北海蓨人。齊神武起，因成霸業，除侍中，司徒，兼西南道都督。酷好爲詩，雅有情致，時人稱焉。

荀仲舉字士高，潁川人，世江南。仕梁，爲南沙令。後至北齊，入文林館。以年老家貧，出爲義寧太守。《樂府》《玉臺》俱作陳人。

蕭慤字仁祖，蘭陵人，梁宗室，上黄侯曄之子。太保中，入齊。武定中，爲太子洗馬。後主時，爲齊州録事參軍，待詔文林館。後入隋。

蕭轂《樂府》《英華》並作蕭轂，《苑詩類選》作「蕭慤」。

陸卬字雲駒，齊之郊廟諸歌，多卬所制。

顔之推字介卿，瑯琊臨沂人。初爲梁湘東王常侍，元帝即位，以爲散騎侍郎。後爲周軍所破，奔齊，累官黄門侍郎，平原太守。齊人入周，爲御史上士。隋開皇中，太子召爲文學，以疾終。

陸法和不知何許人。隱於江陵百里洲，妙解神術，預見萌兆，再爲元帝破賊。帝以法和爲都督、郢州刺史，封江乘縣公。元帝敗，入齊，文宣以爲大都督、荆州刺史、湘郡公。無病而終。

北周

盧士深妻崔氏

趙王招字豆盧突，文帝第七子。幼聰穎，博涉羣書，好屬文，學庾信體。武成初，封趙國公。歷大司馬，進爵爲王。隋文將遷周鼎，招欲圖之，會謀泄，隋文陷以謀反，見害，國除。

蕭撝字智遐，梁安成王秀之子。封永豐侯，歷黄門侍郎。及侯景作亂，從武陵王紀，爲征西大將軍，守成都。以周文帝見討，遂歸西魏，授侍中。武帝時，爲文學博士，歷少傅，改封蔡陽郡公。

徐謙

王襃字子深，瑯琊臨沂人，儉之曾孫，規之子也。仕梁，歷吏部尚書，右僕射。荆州破，入長安，爲車騎大將軍。明帝即位，特加親待，尋加開府儀同三司。武帝時，爲太子少保，遷少司空，出爲宜州刺史。

庾信字子山，新野人。幼而俊邁，博覽羣書。父肩吾，爲梁太子中庶子。東海徐摛爲左衛率，摛子陵及信並爲抄撰學士。父子東宮，出入禁闥，既文並綺艷，故世號爲徐庾體焉。累遷通直散騎常侍，聘于東魏，文章辭令，甚爲鄴下所稱。梁元帝稱制，除御史中丞。及即位，轉右衛將軍。江陵平，累遷開府儀同三司。

庾信之作，如玉臺九成，瓊樓數仞，規模崇麗，氣象清新。步虚諸什，並懸絶塵境。《竹林詩評》。

尚法師

隋

煬帝諱廣，隋文皇第二子，立爲晉王。後陰謀得爲太子，弑父自立。在位十二年，荒淫暴虐，爲宇文化及所弑。《隋書·文苑傳叙》曰：煬帝初習藝文，有非輕側之論。暨乎即位，一變其體。《與越公書》《建東都詔》《冬至受朝詩》及《擬飲馬長城窟》，並存雅體，歸於典制。雖意在驕淫，而詞無浮蕩。故當時綴文之士，遂得依而取正焉。

蕭岑字智遠，梁宣帝第八子。封河間王，改吴郡王，位至太尉。及琮嗣位，自以望重屬尊，頗有不法。隋文帝徵入朝，拜大將軍，封懷義郡公，遂留不遣。

王通字仲淹，河汾人。既冠，西見隋文帝，獻太平十二策，不用，東歸。其後累徵不起，講道河汾之上。卒，謚曰文中子。

牛弘字里仁，安定鶉觚人。仕周，歷内史，下大夫。入隋，進封奇章郡公。大業初，歷右光禄大夫，從幸江東，卒。

李德林字公輔，博陵安平人。初仕齊，儀同三司。及周武帝克齊，授内史上士。宣帝大漸，屬隋高祖受顧命。德林叶贊謀猷，禪代之文，皆德林辭也。初受内史令、安平縣公，出爲湖州刺史。

楊素字處道，弘農華陰人。仕周，以平齊加上開府，封成安縣公。隋高祖受禪，加上柱國，進封越國公，累官右僕射。晉王廣弑立，素之謀也。大業初，遷尚書令，拜太師，改封楚公，卒。

何妥字栖鳳，西城人。少機敏，以技巧事梁湘東王。江陵陷，周武帝尤重之。隋高祖受禪，奉詔考正鍾律，累遷國子祭酒。

盧思道字子行，范陽人，才學兼著。齊天保中，直中書省，待詔文林館。周武帝平齊，授儀同三司。隋開皇間，爲散騎侍郎。

薛道衡字玄卿，河東汾陰人。專精好學，甚著才名。爲齊尚書左外兵郎。齊亡，周武引用爲御史二命士。隋受禪，除内史，累遷上儀同三司，出檢校襄州。煬帝嗣位，道衡上《文皇帝頌》，帝覽之不悦。尋以論時政見害。

李孝貞字元操，以字行，趙郡人。齊黄門侍郎。周平齊，轉下大夫。隋開皇初，參典文翰，歷金州刺史。

辛德源字孝基，隴西狄道人。仕北齊，歷遷郎中。齊滅，仕周。隋受禪，隱林慮山中，著《幽居賦》。刺史崔彦武奏之，謫從軍討南寧。還，牛弘薦修國史，轉諮議參軍，卒。

柳䛒字顧言，襄陽人。初仕梁。梁亡入隋，爲東宫學士。俊辨嗜酒，言雜俳諧，爲太子所親狎。煬帝嗣位，拜秘書監，從幸江都，卒。

虞世基字茂世，會稽餘姚人，博學有高才。仕陳，歷尚書左丞。入隋，爲通直郎，直内史省。煬帝顧遇彌隆，幸江都，時天下大亂，世基唯諾取容。郡縣兵敗，不敢以聞。及宇文化及弑逆，亦遇害。

虞茂隋史無虞茂，虞世基字茂世，諸集多以二名互載。

虞世南字伯施，世基弟。文章婉縟。陳至德初，除西陽王友。陳滅，與兄世基同入隋，時人以方二陸。

累至秘書郎。煬帝雅愛其才，然疾峭正，十年不徙。後入唐，累官秘書監。

諸葛穎字漢，丹陽建康人。起家梁邵陵王參軍。侯景之亂，奔齊，遷太子舍人。入隋，晉王廣引爲參軍。及即帝位，遷著作郎，從駕北巡，卒。

王胄字承基，少有逸才。仕陳，鄱陽王法曹參軍，太子舍人，東陽王文學。陳滅，晉王引爲學士。大業初，爲著作佐郎。楊玄感敗，胄坐交游徙邊，亡匿江左，捕誅。

孔紹安大業末，爲監察御史。入唐，拜内史舍人，秘書監。

岑德潤南陽人，之敬子，有父風。位中軍吴興王記室。

陳子良吴人。在隋未有考，入唐爲太子學士，貞觀中卒。

陳良

庾抱仕隋，爲元德太子學士。入唐，貞觀初徙趙王友。

袁朗雍州長安人。在陳爲秘書郎，累遷太子洗馬，德教殿學士。入隋，歷尚書儀曹郎。後入唐，轉給事中。

明餘慶平原鬲人，官至司門郎。越王侗稱制，爲國子祭酒。

柳莊字思敬，河東解人。事梁主，累遷太府卿。梁廢，入隋，授開府儀同，除給事黄門侍郎。《樂府》作陳人。

李巨仁

弘執恭

王由禮《徐伯陽傳》：伯陽太建初與中記室李爽、記室張正見、左户郎賀徹、學士阮卓、黄門郎蕭銓、三公郎王由禮、處士馬樞、記室祖孫登、比部郎賀循、長史劉删等爲文會友。

魯范

殷英童

僧法宣《續高僧傳》云：常州弘業寺沙門法宣，隋人，後入唐。

釋慧浄

沸大見《禪藻集》。

杭静 江都宫人。

丁六娘

羅愛愛

僊

西王母 法嬰　上元夫人　田四妃　三元夫人馮雙禮

雲林右英夫人媚蘭

紫微夫人青娥　英王夫人　中候夫人　昭靈李夫人　南極紫元夫人　九華安妃

東華上房靈妃

太微玄清左夫人

張麗英

衛羅女配瑛

東王公玉童

太極真人

方諸青童

扶桑神王

清虚真人

周採薪人

赤松子

王子喬

蘇躭

丁令威
車子侯
裴玄成
杜廣平
敬玄子
郭四朝
李桓
桓凱
武夷君

鬼

郭長生
劉惠明女
青溪小姑蔣氏
廬山夫人女婉

陳阿登

陵欣

聶包

【校勘記】

〔一〕上古，原闕，據《四庫》本補。

〔二〕哀，原闕，據《四庫》本補。

〔三〕馬，原作「兵」，據《四庫》本改。

〔四〕辯，《四庫》本作「辨」。

〔五〕步，原作「柬」，據《四庫》本改。

〔六〕受，原作「授」，據《四庫》本改。

古樂苑衍録卷四

雜紀 評解　駁異

古歌

《説苑》載孔子曰：違山十里，蟪蛄之聲，猶尚在耳。言政事之惡譁而喜肅也。夫蟪蛄之聲，必在山林之地，違山十里，則朝市矣。市有蟪蛄之聲，則朝有蜩螗之沸，政之譁也甚矣。《史記》云：魯之衰也，洙泗之間，齗齗如也。齗齗，交争之意，即孔子之所謂譁也。《丹鉛續録》。

郊祀歌

「天馬徠，歷無草」。草即皁字，从艸从早。艸字可染皁也，後借爲皂隸之皂。歷解爲槽櫪之歷，言其性安馴不煩控制也。師古解爲水草之草，失之。《丹鉛餘録》。

《正楊》云：漢《志》：「天馬來，歷無草。徑千里，循東道。」張晏曰：馬從西而來東也。師古曰：言馬從西來，經行磧鹵之地無草者凡千里，而至東道。據歌中上下文意，馬尚未至，安得即説槽櫪，且染皂何施？又云皂隸之皂，將用以控此馬乎？殊不可曉。

《象載瑜》「白集西」。顔師古曰：象載瑜，言山出象輿，瑞應車也。《赤蛟》章云「象輿轙」，即此也。而《景星》章云「象載昭庭」，師古曰：象謂縣象也，縣象秘事，昭顯於庭也。二字同出一處，而自爲兩説。按樂章詞意，正指瑞應車，言昭列於庭下耳。三劉《漢釋》之説亦得之，而謂「白集西」爲西雍之麟，此則不然。蓋歌詩凡十九章，皆書其名於後，《象載瑜》前一行云「行幸雍，獲白麟作」，自爲前篇「朝隴首，覽西垠」之章，不應又於下篇贅出之也。《容齋三筆》。

漢鼓吹鐃歌

十九章煅意刻酷，煉字神奇。《詩譜》。《藝苑巵言》云：信哉！然失之太峻，有《秦風·小戎》之遺，非頌詩比也。

温裕純雅，古詩得之。遒深勁絶，不若漢鐃歌樂府詞。《談藝録》。古詩句格自質，然太入工。《唐風·山有樞》云：「何不日鼓瑟。」鐃歌辭曰「臨高臺以軒」，可以當之。又「江有香草目以蘭，黄鵠高飛離哉翻」，絶工美，可爲七言宗也。《談藝録》。

晉凱歌

張華勞還師歌曰：「昔往冒隆暑，今來白雪霏。」劉禹錫曰：「昔看黄菊與君别，今見玄蟬我去回。」權德輿曰：「去時樓上清明夜，月照樓前撩亂花。今日成陰復成子，可憐春盡未歸家。」皆紀時也。此祖《詩》「昔我往矣，楊柳依依。今我來思，雨雪霏霏」之意。方干詩曰：「去時初種庭前樹，樹已勝巢人未歸。」《野客叢書》。

漢横吹曲

江總《折楊柳》云：「塞北寒膠折，江南楊柳結。不悟倡園花，遥同葱嶺雪。春心既駘蕩，春樹聊攀折。共此依依情，無奈年年别。」唐張説詩亦云：「塞上綿應折，江南草可結。欲持梅嶺花，遠競榆關雪。」微變數字，不妨雙美。沈滿願詩：「征人久離别，故國音塵絶。

夢裏洛陽花，覺來葱嶺雪。」劉方平《梅》詩：「歲晚芳梅樹，繁苞四面同。春風吹漸落，一夜幾枝空。小婦今如此，長城恨不同。莫將遼海雪，來此後庭中。」《升菴集》。

梁橫吹曲

岑參《凱歌》：「鳴笳擂鼓擁回軍。」今本「擂」作「疊」，非。近制，啓明定昏鼓三通，曰發擂，當用此字。俗作㨤，非。擂亦俗字，然差善於㨤。古樂府「官家出遊雷大鼓」，雷轉作去聲用。《升菴集》。

木蘭詩

《木蘭》歌最古，然「朔氣傳金柝，寒光照鐵衣」之類，已似太白，必非漢魏人詩也。《滄浪詩評》。《詩家直説》云：嚴滄浪曰：《木蘭歌》「朔氣傳金柝，寒光照鐵衣」酷似太白，非漢魏人語。左舜齊曰：況有「可汗大點兵」之句，乃唐人無疑。魏太武時，柔然已號可汗，非始於唐也。通篇較之太白，殊不相類。

《木蘭詩》，唐人所作也。樂府中惟此詩與《焦仲卿》詩作叙事體，有始有卒。雖辭多質俚，然有古意。劉後村。

杜子美祖《木蘭詩》。《唐子西文録》。

《木蘭辭》「願借明駝千里足，送兒還故鄉」，今本或改「明」作「鳴」，非也。駝卧腹不帖地，屈足漏明，則走千里，故曰明駝。唐制，驛置有明駝，使非邊塞軍機，不得擅發。楊妃私發明駝，使賜安禄山荔枝，見《小説》。《升菴集》。

《正楊》云：後魏書曰：高祖不飲洛水，常以千里足明駝更互回恒州取水，以供贍焉。木蘭，朱氏女子，代父從征。今黄州黄陂縣北七十里，有木蘭縣、木蘭山、將軍冢、忠烈廟。《焦氏筆乘》。

相和曲

樂府《烏生八九子》《東門行》等篇，如淮南小山之賦，氣韻絶峻。下可與孟德道之，王、劉文學，皆當内手爾。《談藝録》。

《日出東南隅行》古辭曰：「日出東南隅，照我秦氏樓。」舊説邯鄲女子姓秦名羅敷，爲邑人千乘王仁妻。仁爲趙王家令，羅敷出，採桑陌上，趙王登樓，見而悦之，置酒，欲奪焉。

羅敷彈箏作《陌上桑》以自明不從。今其辭乃羅敷採桑陌上，爲使君所邀，羅敷底誇其夫爲侍郎以拒之。論者病其不同。大抵詩人感詠，隨所命意，不必盡當其事，所謂不以辭害意也。且發乎情，止乎禮義，古詩之風也。今次是詩，益將體原其蹟，而以辨麗是逞，約之以義，殆有所未合。而盧思道、傅縡、張正見復不究明，更爲祖述，使若其夫不有東方騎，不爲侍中郎，不作專城居，乃得從使君之載歟？如劉邈、王筠之作，蠶不飢，日未暮，亦安得徬徨爲使君留哉！蕭撝、殷謀曾不足道，而沈君攸所謂「看金怯舉意，求心自可知」也，庶幾焉。故秋胡婦曰：婦人當採桑力作以養舅姑，亦不願人之金。此真烈婦之辭耳。《樂府集》。

吟歎曲

《史記·封禪書》注引裴秀《冀州記》云：緱氏仙人廟者，昔有王僑，犍爲武陽人，爲柏人令，於此登仙，非王子喬也。唐詩「王子求仙月滿臺」，又云「可憐緱嶺登仙子，猶自吹笙醉碧桃」，誤也久矣。

平調曲

梁戴暠《從軍行》云：「長安夜刺閨，胡騎犯銅鞮。」刺閨，夜有急報，投刺於宫門也。《南史》：陳文帝每夜刺閨，取外事分判者，前後相續，敕雞人司漏，傳籤於殿中，令投籤於階石上，蹌然有聲。隋煬帝詩：「投籤初報曉。」隋時此制猶存也。《升菴集》。《焦氏筆乘》云：非也。刺即鑽刺之刺，如云穴門以入耳。《南史》陳文帝一夜内刺閨取外事分判者，前後相續，豈亦可以投刺爲解耶？

明皇自蜀回，登勤政樓，歌曰：「庭前琪樹已堪攀，塞北征人竟未還。」此盧思道歌詞也。《歷代吟譜》。

清調曲

《豫章行》，豫章，邑名，漢南昌縣。隋爲豫章，有豫章江，江連九江，有釣磯。陶侃少時嘗宿此，夜聞人唱，聲如量米者，訪之，吴時有度支於此亡。今考傅玄、陸士衡輩所作，多叙別離怨恨思，即知豫章昔爲華艷盛麗之區耳。至唐杜牧詩尚過稱其侈靡焉。

《董桃行》言神仙事。傅休奕《九秋篇》十二章，乃叙夫婦别離之思。梁簡文《賦行幸甘泉宫歌》復云「董桃律金紫，賢妻侍禁中」，疑若引董賢及子瑕殘桃事，終云「不羨神仙侣，排煙逐駕鴻」，皆所未詳。按《漢武内傳》王母觴帝，命侍女索桃，剩桃七枚，大如鴨子，形色正青。以四枚啗帝，因自食其三。帝收餘核，王母問何爲，帝曰欲種之，王母曰：此桃三千歲一生實，奈何？帝乃止。於是數過，命侍女董雙成吹雲和笙觴。作者取諸此耶？並《樂府集》。

古樂府歌辭先述三子，次及三婦，三婦是對舅姑之稱。其末章云「丈人且安坐，調弦未遽央」。古者子婦供事舅姑，旦夕在側，與兒女無異，故有此言。丈人亦長老之目，今世俗猶呼其祖考爲先亡丈人。又疑「丈」當爲「大」，北間風俗，婦呼舅爲大人公，丈之與大易爲誤耳。近代文士頗作三婦詩，乃爲匹嫡並耦己之羣妻之意，又加鄭衛之辭，大雅君子，何其謬乎！《顔氏家訓》。

康翊仁《鮫人潛織詩》：「三日丈人嫌。」樂府《焦仲卿妻》：「三日斷五匹，大人故嫌遲。」後漢范滂謂母爲大人，而《史記索隱》注韋昭云：古者名男子爲丈人，尊父嫗爲丈人，故《漢書》宣元六王傳所云丈人，謂淮陽憲王外王母，即張博母也。故古詩云「三日斷五匹，丈人故嫌遲」也。《吟牕雜録》。

《蔡寬夫詩話》曰：詩人用事，有乘語意到，輒從其方言爲之者，亦自一體，但不可爲常耳。吴人以「作」爲「佐」音，退之詩「非閣復非船，可居兼可過。君欲問方橋，方橋如此作」，乃用「佐」音，不知當時所呼通爾，或是戲語也。僕按《廣韻》作字有三音。一則洛切，二臧路切，三則邏切。退之詩韻正叶則邏切，音「佐」耳。又《後漢·廉范傳》云：廉叔度，來何暮。不禁火，民安作。昔無襦，今五袴。此「作」字臧路切，音「措」耳。又《苕谿漁隱》引老杜「主人送客何所作」，以謂此語已先於退之用矣。僕謂何止老杜，與杜同時，如岑參詩「歸夢秋能作，鄉書醉懶題」，在杜之先，如安東平《古調》「微物雖輕，拙手所作。餘有三丈，爲郎别厝」。此類甚多，在退之之前，不但杜用此語也。古詞所叶，正與廉歌一同。《明道雜志》引皮日休詩「共君作箇生涯」之語，謂「作」讀爲「佐」不止退之一詩。僕謂張右史亦失記杜、岑之作爾。權德輿詩：「小婦無所作。」自注音「佐」。僕考「小婦無所作」，乃古樂府中語，以「作」爲「佐」，知自古已然矣。《毛詩》「侯祝侯作」字作「詛」字讀。《野客叢書》。

今人詩句多用未渠央事，往往不究來處。渠字作平聲用。按《庭燎》詩「夜未央」注云：夜未渠央。渠，其據切。當呼遽，只此一音，謂夜未遽盡也。古樂府王融《三婦艷》詩曰：「丈人且安坐，調絃未遽央。」又《長安狹斜行》曰：「丈夫且徐徐，調絃詎未央。」淵明詩曰：「壽考豈渠央。」魯直詩曰：「木穿石磐未渠透。」並合呼「遽」。《史記》尉佗曰：「使我居中國，何渠不若漢？」班史作「何遽不若漢」，蓋可驗也。《野客叢書》。

今文語辭「朅來」「聿來」，不知所始。按《楚辭》「車既駕兮朅而歸，不得見兮心傷悲」。舊注：朅，去也。又按《呂氏春秋》：膠鬲見武王於鮪水，曰：「西伯朅來，無欺我也。」武王曰：「不子欺，將伐殷也。」膠鬲曰：「朅至？」武王曰：「將以甲子日至。」注：朅，何也。若然則朅之爲言盇也。若以解《楚辭》，則謂車既駕矣，盇而歸乎？以不得見而心傷悲也。意尤婉至。則今文所襲用「朅來」者，亦謂盇來也，非是發語之辭矣。《文選》注劉向《七言》曰「朅來歸耕永自疎」、顏延年《秋胡妻》詩曰「朅來空復辭」，皆謂盇字始通。《升菴集》。

瑟調曲

杜詩「大家東征逐子回」，劉須溪云：「逐」字不佳。予思之，杜詩無一字無來處，所以佳；此「逐」字無來處，所以不佳也。今稱人之母隨子就養曰「逐子」，可乎？然亦未有他好字易之。近有語予以「將」字易之，《詩》云「不遑將母」，蓋反言見義。若《春秋》杞伯姬以其子來朝，而書「杞伯姬來朝其子」之例也。爲文富於萬篇，貧於一字，其難如此。古樂府有「一母將九雛」之句，則「將」字甚愜。當試與知音訂之。《升菴集》。

「生年不滿百」四語，《西門行》亦掇之，古人不諱重襲，若相援爾。覽《西門》終篇，固咸自鑠古詩，然首尾語精美，可二也。《談藝録》。

晏元獻守汝陰，梅聖俞往見之，置酒潁川上。晏言古人章句中全用平聲，製字穩帖，如「枯桑知天風」是也。《西清詩話》。

古詩有「客從遠方來，遺我雙鯉魚。呼童烹鯉魚，中有尺素書」。魚腹中安得有書？古人以喻隱密也。魚，沉潛之物，故云。《夷白齋詩話》。

古樂府詩「尺素如殘雪，結成雙鯉魚。要知心裏事，看取腹中書」。據此詩，古人尺素結爲鯉魚形，即緘也，非如今人用蠟。《文選》「客從遠方來，遺我雙鯉魚」，即此事也。下云烹魚得書，亦譬況之言耳。五臣及劉履謂古人多於魚腹寄書，引陳涉罩魚倡禍事証之，何異痴人説夢邪！《丹鉛餘録》。

大曲

任昉云：六言詩始於谷永慎。按《文選》注引董仲舒《琴歌》二句，亦六言，不始於谷永明矣。樂府《滿歌行》尾一解「命如鑿石見火，居世竟能幾時」，亦六言也《升菴集》。

清商曲 吴聲歌曲　西曲歌

古辭曰：「黄蘗向春生，苦心隨日長。」又曰：「霧露隱芙蓉，見蓮不分明。」又曰：「石闕生口中，銜碑不得語。」又曰：「菖蒲花可憐，聞名不相識。」又曰：「桑蠶不作繭，晝夜長懸絲。」又曰：「理絲入殘機，何悟不成匹。」又曰：「桐樹不結花，何由得梧子。」又曰：「殺荷不斷藕，蓮心已復生。」此皆吴格，指物借意。《樂府解題》以此爲風人詩，取陳詩以觀民風，示不顯言之意。《韻語陽秋》。

古樂府云：「金銅作蓮花，蓮子何其貴。」「攤門不安鎖，無復相關意。」「石闕生口中，含悲不得語。」石闕，古漢時碑名，故云。《夷白齋詩話》。

尤延之《詩話》云：《會真記》「隔牆花影動，疑是玉人來」，本于李益「開門風動竹，疑是故人來」。然古樂府「風吹牕簾動，疑是所歡來」，其詞乃齊、梁人語，又在益先矣。《升菴集》。

《鳳將雛》曲，吴兢《樂府題要》云：漢世樂曲名也。而郭茂倩《樂府詩集》中無此詞，獨《通典》載應璩《百一詩》「爲作陌上桑，反言鳳將雛」，張正見《置酒高樓上》云「琴挑鳳將雛」。當是用相如鼓琴挑云「鳳兮歸故鄉，遨遊四海求其凰」之義，則此曲其來久矣。按《晉書·樂志》，吴聲十曲。一曰子夜，二曰上柱，三曰鳳將雛。此三曲自漢至梁有歌，今不傳矣。《葛常之詩話》。

晉沈玩《前溪歌》二首：「前溪滄浪映，通波澄緑清。聲弦傳不絶，寄汝千載名，永使天地并。」「黄葛結蒙蘢，生在洛溪邊。花落隨水去，何當順流還，還亦不復鮮。」五言五句之詩，古今惟此。此外梁宫人包明月亦作《前溪歌》：「當曙與未曙，百鳥啼前窻。獨眠抱被嘆，憶我懷中儂，單情何時雙。」窻，粗叢切。雙，疎工切。用韻甚古。《焦氏筆乘》。

宋高祖每欲除異己〔二〕，必令壯士丁旿拉殺，旿即樂府所謂丁都護者也。時人爲之語曰：「莫跋扈，付丁旿。」蕭齊主道成亦然，其所任者桓康也。時人亦語曰：「莫輈張，付桓康。」二事既同，而字亦對，又皆協韻，甚奇。晉史載謝安石語亦有韻，曰：「天子有道，守在四鄰。明公何須屋後着人？」正可破此二主。《藝苑巵言》。

古樂府《青溪小姑曲》云：「開門白水，側近橋梁。小姑所居，獨處無郎。」唐李義山詩：「神女生涯元是夢，小姑居處本無郎。」小姑，蔣子文第三妹也。楊烱《少姨廟碑》云：「虞帝二妃，湘水之波瀾未歇；蔣侯三妹，青溪之軌跡可尋。」《升菴詩話》。

《録異傳》云：建安中，劉照爲河間太守。婦亡，埋棺於府園中。遭黄巾賊，照委郡走。後太守至，夢見一婦人往就之，後又遺一雙鎖。太守不能名，婦曰：「此葳蕤鎖也。以金鏤相連，屈伸在人，實寶物。吾方當去，故以相别，慎勿告人。」後二十日，照遣兒迎喪，守乃悟，云云。兒見鎖，悲痛不能自勝。古樂府《烏夜啼》云：「歡下葳蕤籥，交儂那得住。」《正楊》。

六朝樂府《雙行纏》，其辭云：「新羅繡行纏，足趺如春妍。他人不言好，獨我知可憐。」唐杜牧詩云：「鈿尺裁量減四分，碧琉璃滑裹春雲。五陵年少欺他醉，笑把花前出畫裙。」段成式詩云：「醉袂幾侵魚子纈，彯纓長戛鳳皇釵。知君欲作閑情賦，應願將身脱錦鞋。」《花間集》詞云：「慢移弓底繡羅鞋。」則此飾不始於五代也明矣，或謂起於妲己，亦非。《升菴集》。

古樂府：「暫出白門前，楊柳可藏烏。歡作沉水香，儂作博山鑪。」李白用其意衍爲

《楊叛兒歌》曰：「君歌楊叛兒，妾勸新豐酒。何許最關情，烏啼白門柳。烏啼隱楊花，君醉留妾家。博山鑪中沉香火，雙煙一氣凌紫霞。」古樂府：「朝見黄牛，暮見黄牛。三朝三暮，黄牛如故。」李白則云：「三朝見黄牛，三暮行太遲。三朝又三暮，不覺鬢成絲。」古樂府：「郎今欲渡畏風波。」李白則衍云：「郎今欲渡緣何事，如此風波不可行。」古樂府云：「春風復多情，吹我羅裳開。」李反其意，云：「春風復無情，吹我夢魂散。」古人謂李詩出自樂府古選，信矣。其《楊叛兒》一篇，即「暫出白門前」之鄭箋也。因其拈用而古樂府之意益顯其妙，益見如李光弼將子儀軍，旗幟益精明；又如神僧拈佛祖語，信口無非妙道，豈生吞義山、拆洗杜詩者比乎？《升菴集》。

晉武帝《炎報帖》末云：「故遣信還。」《南史》：「晨起出陌頭，屬與信會。」古者謂使者曰信。《真誥》云：「公至山下，又遣一信見告。」《謝宣城傳》云：「荆州信去倚待。」陶隱居帖云：「明旦信還仍過取反。」虞永興帖云：「事以信人口具。」凡言信者，皆謂使者也。今之流俗遂以遺書饋物爲信，故謂之書信。王右軍《十七帖》有云：「往得其書，信遂不取答。」謂昔嘗得其來書，而信人竟不取回書耳。而世俗遂誤讀「往得其書信」爲一句，「遂不取答」爲一句，誤矣。古樂府云：「有信數寄書，無信心相憶。莫作瓶墜井，一去無消息。」包佶詩：「去札頻逢信，迴帆早挂空。」此二詩尤可證。《後漢·申屠剛傳》：「遺信人馳至長安。」《劉虞傳》：「道路壅塞，信命竟不得通。」其曰信人，可信任之人，減去人字，猶可通也。晉人言尚簡約，竟以信爲使者。並《升菴集》。

雜舞

鐸舞、巾舞歌，俳歌，政如今之琴譜，及樂聲「車公車」之類，絶無意義，不足存也。《藝苑卮言》。

晉拂舞歌《白鳩》《獨漉》，得孟德父子遺韻。《白紵舞歌》已開齊、梁妙境，有子桓《燕歌》之風。同上。

《宋書·樂志》有白紵舞。《樂府解題》譽白紵曰：「質如輕雲色如銀，製以爲袍餘作巾，袍以光軀巾拂塵。」王建云：「新縫白紵舞衣成，來時邀得吴王迎。」元稹云：「西施自舞王自管，白紵翻翻鶴翎散。」則白紵舞衣也。王建云：「新换霓裳月色裙。」豈霓裳羽衣舞亦用白耶？《韻語陽秋》。

琴操

余讀《琴操》所稱記舜、禹、孔子詩，咸淺易不足道。《拘幽》，文王在繫也，而曰：「殷道圂圂，侵濁煩。朱紫相合，不別分。迷亂聲色，信讒言。」即無論其詞已，内文明，外柔順，蒙難者固如是乎？「瞻天按圖，殷將亡。」豈三分服事至德人語？「望來羊」固因眼如望羊傳也。他如《獻玉退怨歌》，謂楚懷王子平王。夫平王，靈王弟也，歷數百年而始至懷王。至乃謂玉人爲樂正子，何其俚也。《窮劫曲》言楚王乖劣，任用無忌，誅夷白氏，三戰破郢，王出奔。用無忌者，平王也。奔者，昭王也。太子建已死，有子勝，後封白公，非白氏也。其辭曰：「留兵縱騎虜京闕。」時未有騎戰也。《河梁歌》：「舉兵所伐攻秦王。」句踐時秦未稱王也，句踐又無攻秦。夫僞爲古而傳者，未有不通於古者也。不通古而傳，是豈僞者之罪哉！《藝苑巵言》。

詩有可解，不可解，不必解。若水月鏡花，勿泥其迹可也。《越裳操》止三句，不言白雉，而意自見，所謂大樂必易是也。及班固《白雉詩》加之形容，古體變矣。《詩家直説》。

《走馬引》，樗里牧恭所作也。爲父報怨殺人，亡匿山下。有天馬夜降，圍其室而鳴。

覺聞其聲，以爲吏追，乃奔去。旦觀，乃天馬跡，因惕然大悟，曰：「吾之所處將邑乎？」遂荷杖去，入沂澤中，援琴而鼓之，爲天馬聲，曰「走馬引」。而張敞爲京兆尹，無威儀，時罷朝會，過走馬章臺街。風俗曰「殺君馬者路傍兒」也，言長吏馬肥，觀者快之，乘者喜其言，驅馳不已，至於死。故張率作此引曰：「斂轡且歸去，吾畏路傍兒。」《樂府集》。

雜曲歌辭

古樂府：「悲歌可以當泣，遠望可以當歸。」二語妙絶。老杜「玉珮仍當歌」，「當」字出此，然不甚合作，可與知者道也。用修引孟德「對酒當歌」，云子美一闡明之，不然讀者以爲「該當」之「當」矣。大噴噴可笑。孟德正謂遇酒即當歌也，下云「人生幾何」可見矣。若以「對酒當歌」作去聲，有何趣味？《藝苑卮言》。《焦氏筆乘》云：元美此言，誤會用修之意矣。用修正讀「當」爲平聲，如「當時」之「當」，言人生對酒與當歌之時無幾耳。何嘗作去聲如「當泣」「當歸」之「當」哉！子美詩「當」亦作平聲，若如元美讀，不成詩矣。

作詩繁簡，各有其宜。譬諸衆星麗天，孤雲捧日，無不可觀。若《孔雀東南飛》《南山有鳥》是也。《孔雀東南飛》質而不俚，亂而能整，叙事如畫，叙情若訴，長篇之聖也。人不易曉，至以《木蘭》並稱。《木蘭》不必用「可汗」爲疑，「朔氣」「寒光」致貶，要其本色，自是梁、陳及唐人手段。《胡笳十八拍》輭語似出閨襜，而中雜唐調，非文姬筆也，與《木蘭》頗類。《藝苑卮言》。

古樂府：「井公能六博，玉女善投壺。」蓋因井星形如博局而附會之，亦詩人北斗挹酒漿之意也。曹子建詩：「仙人攬六着，對博泰山隅。」齊陸瑜詩：「九仙會歡賞，六博具娛神。戲谷聞餘地，銘山憶舊秦。」周王子淵詩：「誰能攬六着，還須訪井公。」庾子山詩：「藏書凡幾代，看博已千年。」陳張正見詩：「已見玉女笑投壺，復覩仙童欣六博。」《升菴集》。按「井公能六著，玉女善投壺」，陳謝爕《方諸曲》同。

古詩云：「博山爐中百和香，鬱金蘇合及都梁。」又云：「氍毹五木香，迷迭及都梁。」按《廣誌》，都梁香出交廣，形如藿香。迷迭出西域。魏文帝有《迷迭賦》。信乎，不行一萬里，不讀萬卷書，不可看老杜詩也。《王直方詩話》。

《迷迭賦》，當時如曹植、王粲、應瑒、陳琳之徒皆有作，不但魏文帝一人而已。故梁元帝志蕭琛曰「迷迭成章」，江總表曰「迷迭之文」云云。《野客叢書》。

古辭云：「藁砧今何在，山上復有山。何當大刀頭，破鏡飛上天。」藁砧，𫓧也，謂夫也。山上有山，出也。大刀頭，刀上鐶也。破鏡，言半月當還也。此詩格非當時有釋之者，後人豈能曉哉？古辭又云：「團甚燒敗襖，著子故依然。」陸龜蒙、皮日休固嘗擬之，陸云「旦日思雙履，明時願早諧」，皮云「莫言春繭薄，猶有萬重思」，是皆以下句釋上句，與藁砧異矣。《樂府解題》以此格爲風人詩，取陳詩以觀民風，示不顯言之意。至東坡《無題》詩云「蓮子擘開須見薏，秋枰着盡更無棊。破衫却有重縫處，一飯何曾忘却匙」，是文與釋並見於一句中，與風人詩又小異矣。《葛常之詩話》。

古樂府：「山上復有山，何當大刀頭。」此虎謎之祖。子美「歸心折大刀」明用此意。《過庭詩話》。

古樂府：「蘭草自然香，生於大道傍。腰鎌八九月，俱在束薪中。」孟郊詩：「昧者理芳草，蒿蘭同一鋤。」實本古樂府意。《升菴詩話》。

袜，女人脇衣也。隋煬帝詩「錦袖淮南舞，寶袜楚宫腰」，盧照鄰詩「倡家寶袜蛟龍被」是也。或謂起自楊妃，出於小説僞書，不可信也。崔豹《古今注》謂之腰綵，注引《左傳》「衵服」，謂日日近身衣也。是春秋之世已有之，豈始於唐乎？沈約詩：「領上蒲桃繡，腰中合歡綺。」謝偃詩：「細風吹寶袜，輕露濕紅紗。」《升菴詩話》。

劉禹錫《再遊玄都觀》詩序云：「唯兔葵燕麥，動摇春風耳。」今人多引用之。予讀《北史·邢劭傳》載劭一書，云：「國子雖有學官之名，而無教授之實，何異兔葵燕麥、南箕北斗哉！」然則此語由來久矣。《爾雅》曰：莃，兔葵。蘥，雀麥。郭璞注曰：頗似葵而葉小，狀如藜。雀麥即燕麥，有毛。《廣志》曰：兔葵爚之可食。古歌曰：「田中兔絲，何嘗可絡。道邊燕麥，何嘗可穫。」皆見於《太平御覽》。《上林賦》：「箴析苞荔。」張揖注曰：「析似燕麥，音斯。」葉庭珪《海録碎事》云：「兔葵苗如龍芮，花白莖紫。燕麥草似麥，亦曰雀麥。」但未詳出於何書。《容齋三筆》。

古樂府云：「道傍兔絲，何嘗可絡。田中燕麥，何嘗可穫。」言虛名無用也。蓋兔絲非絲，而有絲之名。劉禹錫文作「兔葵燕麥」，非也。今按兔絲虛名是也，燕麥滇南雲蓋一路有之，土人以爲朝夕常食，非虛名也。或者古昔雲南未通中國，但有燕麥之名，未見其實乎？《升菴集》。

古《采蓮曲》《隴頭流水歌》皆不協聲韻，而有《清廟》遺意。《詩家直説》。

張良對高祖言長安形勝，曰：「南有巴蜀之饒，北有胡苑之利。」《史記》《漢書》皆不解「胡苑」之義，後人或以「苑」作「戎」，非也。按《漢官儀》引郎中侯應之言曰：「陰中東西千餘里，單于之苑囿也。」又胡人歌曰：「失我燕支山，令我婦女無顏色。失我祁連山，令我六畜不蕃息。」所謂胡苑之利，當是此義。《正楊》云：《史記》注索隱云：苑馬牧外，接胡地馬，生於胡，故云胡苑之利。正義曰：《博物志》云：「北有胡苑之塞。」按上郡北地之北，與胡接，可以牧養禽獸，又多致胡馬，故謂胡苑之利也。今云無解，誤。其歌引《西河故事》之誤，姑勿及也。

古樂府曰：「繡幕圍春風，耳節朱絲桐。不知理何事，淺立經營中。護惜加窮袴，隄防託守宮。今日牛羊上丘壠，當時近前面發紅。」前輩多全用其語，老杜曰：「意匠慘淡經營中。」李長吉曰：「羅屏繡幕圍春風。」黄魯直曰：「今日牛羊上丘壠，當時近前左右瞋。」窮袴，漢時語也，今襠袴也。《冷齋夜話》。

齊、梁間樂府詩：「護惜加窮袴，防閑託守宮。今日牛羊上空壠，當時近前面發紅。」老杜作《麗人行》「賜名大國虢與秦」，其卒曰：「輒勿近前丞相嗔。」虢國、秦國何預國忠事，而近前即嗔耶？東坡言老杜似司馬遷，蓋深知之。《許彦周詩話》。

余於蜀棧古壁，見無名氏號硯沼者書古樂府一首。云：「休洗紅，洗多紅在水。新紅裁作衣，舊紅番作裏。回黄轉緑無定期，世事反覆君所知。」此詩古雅，宋郭茂倩《樂府》亦不載。李賀詩云：「休洗紅，洗多顔色淡。卿卿騁少年，昨夜殷橋見。封侯早歸來，莫作弦上箭。」視前詩何啻千里乎！《升菴集》。下同。

樂府有《穆護砂》，隋朝曲也，與水調《河傳》同時，皆隋開汴河時辭人所製勞歌也。其聲犯角，其後至今，訛砂爲煞云。予嘗有詩云：「桃根桃葉最夭斜，水調河傳穆護砂。無限江南新樂府，陳朝獨賞後庭花。」

雜歌謡辭

宋世寒食有抛墒之戲，兒童飛瓦石之戲，若今之打瓦也。梅都官《禁煙》詩：「窈窕踏歌相把袂，輕浮賭勝各飛墒。」墒，七禾切。或云起於堯民之擊壤。《丹鉛總録》。

《漢武内傳》：上元夫人彈雲林之瑟，歌步玄之曲，曰：「緑景清飈起，雲蓋映朱葩。蘭房闢琳闕，碧石起瓊砂。」此歌華麗無味，必六朝贋作。西王母《白雲謡》曰：「白雲在天，丘陵自出。道路悠遠，山川間之。將子無死，尚能復來。」辭簡意盡，高古莫及。《詩家直説》。

余疑《穆天子傳》西王母歌辭出後人粉飾。《山海經》載王母虎首鳥爪，形既殊異，亦音不同，何其悉似《國風》乎？《丹鉛閏録》。

《詩·衛風·淇澳》篇曰：「猗重較兮。」毛萇曰：「重較，卿士之車。」孔穎達曰：倚此重較之車，實爾其德也。《周禮·輿人》云：「較，兩輢上出軾者。」今之平隔也。《詩詁》云：「車廣六尺四寸，深四尺，軾去輿高三尺三寸，較去式又高二尺二寸，較式通高五尺五寸。」蓋古人乘車立乘，非如今人之坐也。《論語》曰：「升車必正立。」《列女傳》曰：「立輜無軿。」是其明証。故乘車平常則憑較，若應爲敬則落手憑下式，而頭得俯。較在式上，若兩較然，故曰重較。輢是兩邊植木，較横輢上，輢兩而較一。《説文》：車輢上曲銅也。蓋較在軾上，恐其墜，故以曲銅闗之。古謂較爲車耳。古諺云：「仕宦不止，車生耳。」《三國志》吴童謡云：「黄金車，班蘭耳。閶闔門，見天子。」符曲銅之説矣。《升菴集》。

「灧澦大如襆，瞿塘不可觸。」太白詩：「五月不可觸，猿鳴天上哀。」又詩：「瞿塘五月誰敢過？灧澦大如馬，瞿塘不可下。」杜子美詩：「沈牛荅雲雨，如馬戒舟航。」灧澦大如象，瞿塘不可上。灧澦大如鼈，瞿塘行舟絶。灧澦大如龜，瞿塘不可窺。」《南史》：「灧澦如襆本不通，瞿塘水退爲庾公。」《升菴集》。

《灧澦歌》云：「灧澦大如襆，瞿塘不可觸。金沙浮轉多，桂浦忌經過。」此舟人商估剌水行舟之歌，《樂府》以爲梁簡文所作，非也。蜀江有瞿塘之患，桂江有桂浦之險，故涉瞿塘者則準灧襆，涉桂浦者則準金沙。今《樂府》「桂浦」作「桂楫」，非也。《升菴詩話》。《正楊》云：此引《通志》而誤者。《水經注》云：白帝山城水門之西，江中有孤石，名淫豫石。

江水東逕廣峽峽，乃三峽之首也。峽中有瞿塘、黄龕二灘，夏水回復，沿泝所忌。《國史補》曰：蜀之三峽，最號峻急。四月五月尤險，故行者歌之。此《樂府》所載，未嘗以爲簡文作，「桂浦」亦非作「桂楫」也，俱誤。

《水經注》所載事，多他書傳未有者。其叙山水奇勝，文藻辨麗。予嘗欲抄出爲一帖，以洗宋人卧遊録之陋，未暇也。又其中載古歌謡，如《三峽歌》云「巴東三峽巫峽長，猿啼三聲淚沾裳」，又云「朝見黄牛，暮見黄牛。三朝三暮，黄牛如故」，又云「灘頭白勃堅相持，倏忽淪没别無期」，記僰道謡云「楢溪赤木，盤蛇七曲。盤羊烏櫳，勢與天通」，皆可以入詩材。《丹鉛餘録》。

《峽州記》：行者歌曰：「巴東三峽猿鳴悲，猿啼三聲淚沾衣。」故古樂府有「巴東三峽巫峽長，猿鳴三聲淚沾裳」，陳蕭詮《夜猿啼》詩「别有三聲淚，沾裳竟不窮」，杜子美「聽猿實下三聲淚」。《復齋漫録》。苕溪漁隱曰：古樂府梁簡文《巴東三峽歌》云：「巴東三峽巫峽長，猿鳴三聲淚沾裳。」魯直《竹枝詞》注引此兩句爲証。復齋所記峽州行者歌，乃異韻而同詞，必誤也。馮惟訥云：按前歌樂府古辭，非梁簡文作也，復齋所記是矣。苕溪何所據而駁之也？

古人詩句，不知其用意用字，妄改一字，便不成文。牛嶠《楊柳枝詞》：「吴王宫裏色偏深，一簇煙條萬縷金。不分錢塘蘇小小，引郎松下結同心。」按古樂府《小小歌》有云：「妾乘油壁車，郎乘青驄馬。何處結同心，西陵松柏下。」牛詩此意，詠柳而貶松，唐人所謂尊題格也，後人改「松下」作「枝下」，語意索然矣。

《三國典略》曰：侯景篡位，令飾朱雀門。其日有白頭烏萬許，集於門樓。童謡曰：「白頭烏，拂朱雀，還與吴。」杜工部詩：「長安城頭頭白烏，夜上延秋門上呼。」蓋用其事，以侯景比禄山也，而千家注不知引此。

北齊時童謡云：「千金買藥園，中有芙蓉樹。破家不分明，蓮子隨他去。」予嘗有詩云：「偃月堂空罷舞塵，靖安坊冷怨佳人。芙蓉蓮子隨他去，不及當年石季倫。」蓋用此事。

《史記·五宗世家》：程姬有所避，不願進。注引《釋名》云：天子諸侯，羣妾以次進御。有月事者，更不口説，故以丹注面的爲識，令女史見之。又馬之當額亦曰的。《易·説卦》：「爲的顙。」《三國志》有的盧。又烏脰亦曰的。《南史》：侯景陷臺城，童謡云：「的脰烏，拂朱雀，還與吴。」並《升菴集》。《正楊》云：《易》：「爲的顙。」解曰：的，白也。

《三國志》注：先主馬名的盧。《爾雅》：「的顙白顛。」今之戴星馬也。額有白毛，謂之的。《相馬經》曰：馬白額入口至齒者，名曰榆鴈，一名的盧。奴乘客死，主乘棄市。《三國典略》曰：侯景令飾朱雀門，其日有白頭烏萬許集門樓。童謡曰：「白頭烏，拂朱雀，還與吳。」《南史》作「的胆」。今以馬額烏胆爲的，誤。若如其説，則《幽明録》云華隆犬號的尾，是的又可爲犬尾矣。

「斠若畫一」，《通鑑》改「斠」作「較」，不知斠勘斗斛也。較，車耳也，其義殊遠。《丹鉛閏録》。《正楊》云：《史記》：「蕭何爲法，顜若畫一。」徐廣曰：顜，古頃反，一音較。《索隱》曰：《漢書》「顜」作「講」，「講」一作「顜」。小顏曰：顜，和也。未見斠字。

《莊子》：「人貌而天。」《史記·郭解贊》：「人貌榮名。」《唐·楊妃傳》「命工貌妃於別殿。」皆作入聲讀。杜詩「畫工如山貌不同」，又「曾貌先帝照夜白」，又「屢貌尋常行路人」。梅聖俞詩「妙娥貌玉輕邯鄲」自注：音墨。《丹鉛總録》。《正楊》云：《田子方》篇注云：雖貌與人同，而獨任自然。《史·游俠傳》云：諺云：「人貌榮名，豈有既乎！」徐廣云：人以顔狀爲貌者，則貌有衰落矣。惟用榮名爲飾表，則稱譽無極也。二書俱無入音。

鬼歌

《詩》：「行道遲遲，中心有違。」思致微婉。《紫玉歌》所謂「身遠心邇」，《洛神賦》所謂「足往神留」，皆祖其意。《升菴詩話》。

【校勘記】

〔一〕祖，原作「宗」，據《四庫》本改。

附録　古今樂録

序録

《隋志》：陳沙門智匠撰《古今樂録》十二卷。《唐志》十三卷。

《玉海》：《中興書目》曰：「陳光大二年，僧智匠撰《古今樂録》，起漢訖陳。」

謨案：《玉海》又引後周王朴上疏「請示《古今樂録》，令臣討論」；證以《中興書目》，當後五代及宋世此書猶存，至《文獻通考》遂不著録，則其書亡矣。再考宋人郭茂倩所編次《樂府詩集》一百卷，分十二門，包括傳記辭曲，略無遺軼，大率據此書及吴兢《樂府解題》爲多，而此書又多引張永、王僧虔二家《技録》，此其大略可考者也。今並鈔出，郭氏《樂府》一百三十二條，又《御覽》十三條，《初學記》七條，《書鈔》一條，《白帖》一條，《事類賦注》六條，《後漢書注》一條。

古今樂録

昔炎帝時，有娀之女覆以玉筐，少選，視之，鷰遺二卵，五色，北飛，逐之不及。二女作歌，始作北音。夏孔甲田於東陽，迷入民室。主人方乳，曰：「后來，大吉。」或曰：「不勝之子，必有殃。」孔甲取其子歸，曰：「爲余子，誰敢殃之？」及成人，幕動坼橑，斧斫，斬其足。孔甲爲作《破斧》之歌，始爲東音。周昭王征荆，辛余靡長且多力，爲王右。涉漢，梁敗，王及祭公殞於漢中。辛余靡振王北濟，又反振祭公〔一〕。周公侯之於西翟，實爲長公。殷愸徙宅西河，追思故處，始作西音，長公繼是音以處西山。蓋四方之歌也。

《神人暘》，帝堯所作。堯郊天地，祭神如在。座上有響，誨堯曰：「水方至爲害，命子救之。」堯乃作歌曰：「清廟穆兮承予宗，百寮肅兮于寢堂。醊禱進福求年豐，有響在坐，勑予爲害在玄中。欽哉昊天德不隆，承命任禹寫中宫。」

許由者，古之貞固之士也。堯時爲布衣，徒步不與遠方交通，衣食財得自足。夏則巢居，冬則穴處。無杯杅，每以手捧水而飲之，人有見其飲無杯，以瓢遺之。許由受以操飲，畢輒掛於樹枝。風吹樹，瓢摇動歷歷有聲，許由尚以爲繁擾，取而棄之。以清節聞於堯，堯大其志，乃遣使以符璽禪爲天子。於是許由喟然嘆曰：「匹夫結志，固如盤石。采山飲河，所以養性，非以求禄位也；放髪優游，所以安己不懼，非以貪天下也。」使者有愧，還以狀報堯。堯知由不可動，亦已矣。於是許由以使者言爲不善，乃臨河洗耳。樊堅見由方且洗耳，問之：「耳有何垢乎？」由曰：「無垢。聞惡語耳。」堅曰：「何等語者？」由曰：「堯聘吾爲天子。」堅曰：「尊位何爲惡之？」由曰：「吾志在青雲，何乃劣劣當作九州伍長乎？」於是樊堅方且飲牛，聞其言而去，耻飲於下流。於是許由名布四海。堯既殂落，乃作箕山之歌曰：「登彼箕山兮，瞻望天下。山川麗崎，萬物還普。日月運照，靡不記睹。游放其間，何所却慮？嘆彼唐堯，獨自愁苦。勞心九州，憂勤后土。謂余欽明，傳禪易祖。我樂如何〔二〕？蓋不盻顧。河水流兮緣高山，甘瓜施兮葉綿蠻。高林肅兮相錯連，居此之處傲堯君。」其後許由死，遂葬於箕山。

帝堯之世，民樂無事。擊壤之歡，慶雲之瑞，因以作歌。

周大伯者，周大王古公之長子也。古公有子三人：長者大伯，次者虞仲，少者季歷。季歷之子昌，昌即文王也。古公寢疾，將死，國當有傳，心欲以傳季歷，乃呼三子，謂曰：

「我不起此病，繼體興者，其在昌乎？」大伯見大王傳季歷，於是大伯與虞仲俱去，被髮文身以變形，託爲王採藥。後聞古公卒，乃還奔喪，哭於門外，示夷狄之人不得入王庭。於是季歷謂：「大伯，長子也。伯當立，何不就？」大伯曰：「吾生不供養，死不飯含，哭不臨棺，不孝之子，焉得繼父乎？斷髮文身，刑餘之人也，戎狄之民也。三者除焉，何可爲君矣。」季歷垂涕而留之，終不肯止，遂委而去。到江海之涯，吟咏優游，仰覽俯觀，求膏腴之處，適于吴，率以仁義，化以道德〔三〕。荆越之人，移風易俗，成集《韶》《夏》，取象中國，乃大伯之化也。是後季歷作哀慕之歌章，曰：「先王既徂，長賓異都〔四〕。哀喪腹心，未寫中懷。追念伯仲，我季何如〔五〕。梧桐萋萋，生于道周。宫館徘徊，臺閣既除。何爲遠去，使此空虚。支骨離别，垂思南隅〔六〕。瞻望荆越，涕泗交流〔七〕。伯兮仲兮，逝彼來遊。自非二人，誰訴此憂。」

周文王時，鳳凰銜書而至，文王乃作歌。

拘羑里者，謂紂拘文王於羑里也。文王未爲政時，備修道德〔八〕，百民親附。文王有子，其二子皆聖〔九〕。於是時崇侯虎與文王列爲諸侯，德不及文王，常疾之，乃譖文王於紂曰：「西伯昌，聖人也。長子發，仲子旦，皆聖。三聖合謀，將不利於君。君其慮之〔一〇〕。」

紂曰：「冠雖敝，宜加于上。履雖新，宜處於下。岐侯雖聖，安可尅我？」崇侯譖文王至十，紂用其言，乃徙文王於羑里，欲殺之。於是文王四臣太顛、閎夭、散宜生、南宮适之屬往見文王，文王爲矉反目者，紂之好色也；拊桴其腹者，言欲得奇寶也；蹀躞其足者，使疾迅也。於是乃周流海内，經歷風土，得美女二人、水中大寶、白馬朱鬣以獻於紂，陳其中庭。紂見之，仰天而嘆曰：「嘻哉！此誰寶？」散宜生趨而進曰：「是西伯之寶，以贖刑罪。」紂曰：「於寡人何其厚也！」立出西伯，紂謂宜生〔一一〕：「譖岐侯者，長鼻決耳也。」宜生還，以狀告文王〔一二〕，乃知崇侯虎譖之。文王在羑里時，演八卦以爲六十四，作鬱戹之辭，據于石，困于蒺藜，乃申憤作歌章曰：「殷道溷溷，浸濁煩兮。丹紫相合，不別分兮。迷亂聲色，信讒言兮。閶闔之虎，使我騫兮。幽閉牢獄，誰共言兮〔一三〕。無辜桎梏，誰所宣兮。遘我四人，皆憂勤兮。得此珍玩，且解大患兮。倉皇迄命，遺後皇兮〔一四〕。作此象變，兆在昌兮。欽承祖命，天下不喪兮。遂臨下土，在聖明兮〔一五〕。討暴除亂，誅逆王兮。」

莊周者，齊人也。明篤學術，多所博達。進見方來，却睹未發。是時齊湣王好爲兵事，習用干戈，莊周儒生〔一六〕，不合於時。自以不用，行欲避亂，自隱於山岳。後有達莊周於湣王，遣使齎金百鎰，以聘相位。周不就，使者曰：「金，至寶。相，尊官。何辭之爲？」周曰：「君不見夫郊祀之牛？衣之以朱綵，食之以禾粟，非不樂也。及其用時，鼎鑊在前，刀俎列後。當此之時〔一七〕雖欲還就孤犢〔一八〕，寧可得乎？周所以飢不求食，渴不求飲者，但欲全身遠害耳。」於是重謝，使者不得已而去。後引聲歌曰：「天地之道，近在胸臆。呼吸精神，以養九德。渴不求飲，飢不索食。避世候道〔一九〕，志潔如玉。卿相之位，難可直當〔二〇〕。岩岩之石，幽而清涼。枕塊寢處，樂在未央。寒涼回固，可以久長。」

秦始皇祠水神。有黑頭公自河中出〔二一〕，呼始皇曰：「來，受天寶。」乃與羣臣作歌。

明帝《休成》之樂歌曰：「玉鑣息節，金輅懷音。」

「白日落西山」歌者，沈攸之發荆州，未敗之前，思歸京師所作歌也。

《莫愁樂》者，亦因《石城樂》而有此歌。石城西有女子名莫愁，善歌謡，且《石城樂》和中有「忘愁」聲，因有此歌。上並《御覽》。

吴王夫差移於建康之宫，南門有雙鶴《白帖》作「雙白鷺。」從鼓中而飛上入雲中。

《白紵舞》，案辭有「巾袍」之言〔二二〕。紵本吴地所出，宜是吴舞也。晉《徘徊歌》曰：「交交白緒，節節爲雙。」吴音呼「緒」爲「紵」，疑「白緒」即「白紵」也〔二三〕。

《大壯》之舞曰武舞，《大觀》之舞曰文舞。

金爲鐘、鎛、鐲、鐃，石爲磬，絲爲琴、瑟、箜篌、箏、筑、琵琶，竹爲篪、笛、籥、簫、管，匏爲笙、簧、竽，土爲塤、缶，革爲鼓，木爲柷、敔也。

凡金爲樂器有六，皆鐘之類也。曰鐘，曰鎛，曰錞〔二四〕，曰鐲，曰鐃，曰鐸。鎛如鐘而大。錞，錞于也，圓如椎頭，上大下小，所謂金錞和鼓也。鐲，鉦也，形如小鐘，軍行，爲鼓節。鐃如鈴而無舌〔二五〕，有柄而執之。鐸如大鈴。古鐘名，有大林之鐘、景鐘、九龍之鐘、十龍之鐘、千石之鐘。並《初學記》。

鎛師掌金奏之鼓。謂主擊晉鼓，以奏其鎛鍾〔二六〕。又卒長執鐃，兩司馬執鐸，公司馬執鐲。又以金鐃止鼓，以金鐸通鼓，以金鐲節鼓。以鐘鼓者，前擊鐘，次擊鼓也。

高廟中四鐘〔二七〕，皆秦時廟鐘也，重千二百斤〔二八〕，明帝徙二鐘於南宮〔二九〕。並《御覽》。

琴五絃，文王加一，武王加一，今稱二絃爲文、武絃。《初學記》。

大琴二十七絃。《路史·後紀》卷一羅苹注〔三〇〕。

琵琶出於絃鞉，古之善彈琵琶曲者有朱生、阮咸、孫放、孔偉〔三一〕。《初學記》。

鞉如鼓而小，執其柄搖，其耳傍邊自相擊而鳴。《書鈔》。

鼓，動也。冬至之陰，萬物含陽而動也。

齊鼓，如漆桶，大一頭，設齊於鼓面如麝臍，故曰齊鼓。

鷄婁鼓，正圓，而首尾可擊之處平可數寸。

都曇鼓，似腰鼓而小，小椎擊之也。

答臘鼓，制廣於羯鼓而短，以指揩之〔三二〕，其聲甚震，俗謂之揩鼓。馬上之鼓曰提鼓，有不可提執，施之於朝，則登聞鼓、敢諫鼓也。

《陽春》《白雪》《流風》《激楚》《陽阿》皆曲名也。

舞有大、小《垂手》。並《事類賦注》。

北齊神武霸府田曹參軍信都芳，代號知音，能以管候氣，觀雲色。嘗與人對語，即指天曰：「孟春之氣至矣。」人往驗之，管之飛灰已應。每月所候，言皆無爽。又爲輪扇二十四，埋地中，以測二十四氣。每一氣感，則一扇動〔三三〕，並與管灰相應，若合符契焉。

隋文帝遣毛爽及蔡子元、晉明等以候節氣，依古，於三重密室之内，以木爲案，十有二具。每取律吕之管〔三四〕，隨十二辰，置於案上，而以土埋之，上平於地，中實葭莩之灰，以輕緹素覆律口〔三五〕。每地氣至，與律冥符則飛灰衝素〔三六〕，散出於外。而氣應有早晚，灰飛有多少。或初入月其氣即應〔三七〕，或至中下旬間氣始應者；或灰飛出三五夜而盡，或終一月才飛少許者。帝異之，問牛弘，對曰：「灰飛半出爲和氣，灰全出爲猛氣，吹灰不能出爲衰氣〔三八〕。和氣應者其政平，猛氣應者其臣縱，衰氣應者其君暴〔三九〕。」帝駁之曰：「臣縱君暴，其政不和，非月別暴也〔四〇〕。今十二月律，於一歲内，應並不同〔四一〕，安得暴君縱臣，若斯之甚也？」弘不能對。並《御覽》。

梁何佟之、周捨等議，以爲《周禮》牲出入奏《昭夏》，而齊氏仍宋儀注，迎神奏《昭夏》，牲出更奏引牲樂，乃以牲牢之樂用接祖宗之靈，宋季之失禮也。

漢故事，上壽用《四會曲》。魏明帝青龍二年，以長笛食舉第十一古《大置酒曲》代《四會》，又易古詩名曰《羽觴行》，用爲上壽曲，施用最在前。《鹿鳴》以下十二曲名食舉樂，而《四會》之曲遂廢。

按《周禮》云：王出入，奏《王夏》。賓出入，奏《肆夏》。《肆夏》本施之於賓，帝王出入，則不當奏《肆夏》也。

傖歌以一曲爲一解，中國以一章爲一解。王僧虔啓云：古曰章，今曰解。解有多少。當時先詩而後聲，詩叙事，聲成文，必使志盡於詩，音盡於曲。是以作詩有豐約，制解有多少。猶詩「君子陽陽」兩解，「南山有臺」五解之類也。又諸調曲皆有辭有聲，而大曲又有艷，有趨，有亂。辭者其歌詩也，聲者若「羊吾夷」「伊那阿」之類也。艷在曲之前，趨與亂在曲之後，亦猶吴聲、西曲前有和，後有送也。又大曲十五曲，沈約並列於瑟調。今依張永《元嘉正聲技録》分於諸調，又别叙大曲於其後，惟《滿歌行》一曲，諸調不載，故附見於大曲之下。其曲調先後，亦準《技録》爲次云。

張永《技録》：相和有四引。一曰《箜篌引》，二曰《商引》，三曰《徵引》，四曰《羽引》。《箜篌引》歌瑟調，東阿王辭。《門有車馬客行》《置酒篇》，並晉、宋、齊奏之。古有六引，其《宫引》、《角引》二曲闕，宋唯《箜篌引》有辭，三引有歌聲，而辭不傳。梁具五引，有歌有辭。凡相和，其器有笙、笛、節歌、琴、瑟、琵琶、箏七種。

張永《元嘉技録》：相和有十五曲。一曰《氣出唱》，二曰《精列》，三曰《江南》，四曰《度關山》，五曰《東光》，六曰《十五》，七曰《薤露》，八曰《蒿里》，九曰《覲歌》，十曰《對酒》，十一曰《鷄鳴》，十二曰《烏生》，十三曰《平陵東》，十四曰《東門》，十五曰《陌上桑》。十三曲有辭，《氣出唱》《精列》《度關山》《薤露》《蒿里》《對酒》並魏武帝辭，《十五》文帝辭，《江南》《東光》《鷄鳴》《烏生》《平陵東》《陌上桑》並古辭是也。二曲無辭，《覲歌》《東門》是也。《陌上桑》歌瑟調，古辭《艷歌羅敷行》「日出東南隅」篇。《覲歌》，張《録》

云無辭，而武帝有「往古」篇。《東門》，張《録》云無辭，而武帝有「陽春」篇〔四二〕。或云歌瑟調古辭《東門行》「入門悵欲悲」也。古有十七曲，其《武陵》《鵾鷄》二曲亡。按《宋書・樂志》，《陌上桑》又有文帝「棄故鄉」一曲，亦在瑟調。《東西門行》及《楚辭鈔》「今有人」，武帝「駕虹蜺」二曲，皆張《録》所不載也。張永《元嘉技録》云：《東光》舊但絃無音，宋識造其聲歌。《十五》，歌文帝辭，後解歌瑟調「西山一何高」「彭祖稱七百」篇。辭在瑟調。

張永《元嘉技録》有吟歎四曲。一曰《大雅吟》，二曰《王明君》，三曰《楚妃歎》，四曰《王子喬》。《大雅吟》《王明君》《楚妃歎》並石崇辭。《王子喬》，古辭。《王明君》一曲，今有歌。《大雅吟》《楚妃歎》二曲，今無能歌者。古有八曲，其《小雅吟》《蜀琴頭》《楚王吟》《東武吟》四曲闕。

《明君》歌舞者，晉太康中季倫所作也。王明君本名昭君，以觸文帝諱，故晉人謂之明君。匈奴盛請婚於漢元帝，以後宮良家子明君配焉。初，武帝以江都王建女細君爲公主，嫁烏孫王昆莫，令琵琶馬上作樂，以慰其道路之思，送明君亦然也。其造新之曲，多哀怨之聲。晉、宋以來，《明君》止以絃隸少許爲上舞而已。梁天監中，斯宣達爲樂府令，與諸樂工以清商兩相閒絃爲《明君》上舞，傳之至今。王僧虔《技録》云：《明君》有閒絃及契注聲，又有送聲。

張永《元嘉技録》有四絃一曲，《蜀國四絃》是也，居相和之末，三調之首。古有四曲，其《張女四絃》《李延年四絃》《嚴卯四絃》三曲闕。《蜀國四絃》節家舊有六解，宋歌有五解，今亦闕。

王僧虔《大明三年宴樂技録》：平調有七曲。一曰《長歌行》，二曰《短歌行》〔四三〕，三曰《猛虎行》，四曰《君子行》，五曰《燕歌行》，六曰《從軍行》，七曰《鞠歌行》。荀氏《録》所載十二曲，傳者五曲。武帝「周西」「對酒」，文帝「仰瞻」，並《短歌行》，文帝「秋風」「別日」，並《燕歌行》是也。其七曲今不傳。文帝「功名」，明帝「青青」，並《長歌行》，武帝「吾年」，明帝「雙桐」，並《猛虎行》，「燕趙」《君子行》，左延年「苦哉」《從軍行》，「雉朝飛」《短歌行》是也〔四四〕。其器有笙、笛、筑、瑟、琴、箏、琵琶七種，歌弦六部。張永《録》曰：未歌之前，有八部弦、四器，俱作在高下遊弄之後。凡三調，歌弦一部，竟輒作送，歌弦今用器。又有《大歌弦》一曲，歌「大婦織綺羅」，不在歌數，唯平調有之，即清調「相逢狹路間，道隘不容車」篇。後章有「大婦織綺羅，中婦織流黃」是也。張《録》云：「非管弦音聲所寄，似是命笛理弦之餘。」王《録》所無也，亦謂之《三婦艶》詩。

王僧虔《技録》云：「《短歌行》「仰瞻」一曲，魏氏遺令使節朔奏樂，魏文製此辭，自撫筝和歌。歌者云：「貴官彈筝。」貴官即魏文也。此曲聲制最美，辭不可入宴樂。

《猛虎行》，王僧虔《技録》曰：「荀《録》所載，明帝「雙桐」一篇，今不傳。」

《從軍行》，王僧虔云：「荀《録》所載左延年「苦哉」一篇，今不傳。」

王僧虔《技録》：平調又有《鞠歌行》，今無歌者。

王僧虔《技録》：清調有六曲。一《苦寒行》，二《豫章行》，三《董逃行》，四《相逢狹路間行》〔四五〕，五《塘上行》，六《秋胡行》。荀氏《録》所載九曲，傳者五曲。晉、宋、齊所歌，今不歌。武帝「北上」《苦寒行》，「上謁」《董逃行》，「蒲生」《塘上行》〔四六〕，「晨上」「願登」並《秋胡行》是也。其四曲今不傳。明帝「悠悠」《苦寒行》，古辭「白楊」《豫章行》，武帝「白日」《董逃行》，古辭《相逢狹路間行》是也。其器有笙、笛（下聲弄、高弄、遊弄）、箎、節、琴、瑟、筝、琵琶八種。歌弦四弦。張永《録》云：「未歌之前，有五部弦，又在弄後。晉、宋、齊止四器也。」

《豫章行》，王僧虔云：「荀《録》所載古「白楊」一篇，今不傳。」

王僧虔《技録》：瑟調曲有《善哉行》《隴西行》《折楊柳行》《東門行》《東西門行》《順

東西門行》《飲馬行》《上留田行》《新城安樂宫行》《婦病行》《孤子生行》《放歌行》《大墻上蒿行》《野田黄爵行》《釣竿行》《臨高臺行》《長安城西行》《武舍之中行》《雁門太守行》《艶歌何嘗行》《艶歌福鍾行》《艶歌雙鴻行》《煌煌京洛行》《帝王所居行》《門有車馬客行》《牆上難用趨行》《日重光行》《蜀道難行》《櫂歌行》《有所思行》《蒲坂行》《採梨橘行》《白楊行》《胡無人行》《青龍行》《公無渡河行》。荀氏《録》所載十五曲,傳者九曲。武帝「朝日」「自惜」「古公」,文帝「朝遊」「上山」,明帝「赫赫」「我徂」,古辭「來日」,並《善哉》,古辭《羅敷艶歌行》是也。其六曲今不傳。「五嶽」《善哉行》,武帝「鴻雁」《却東西門行》,「長安」《長安城西行》,「雙鴻」「福鍾」並《艶歌》,「牆上」《牆上難用趨行》是也。其器有笙、笛、節、琴、瑟、箏、琵琶七種,歌弦六部。張永《録》云:「未歌之前有七部,弦又在弄後。晉、宋、齊止四器也。

王僧虔《技録》云:《折楊柳行》,歌文帝「西山」、古「默默」二篇,今不歌。

王僧虔《技録》:《西門行》,歌古「西門」一篇,今不傳。

王僧虔《技録》云:《東門行》,歌古「東門」一篇,今不歌。

王僧虔《技録》云:《却東西門行》,荀《録》所載武帝「鴻雁」一篇,今不傳。

王僧虔《技録》云：《順東西門行》，今不歌。

王僧虔《技録》云：《飲馬行》，今不歌。

王僧虔《技録》有《上留田行》，今不歌。

王僧虔《技録》有《新城安樂宫行》，今不歌。

王僧虔《技録》有《大牆上蒿行》，今不歌。

王僧虔《技録》有《野田黄雀行》，今不歌。

王僧虔《技録》云：《雁門太守行》，歌古「洛陽令」一篇。

王僧虔《技録》云：《艷歌何嘗行》，歌文帝「何嘗」、古「白鵠」二篇。

《艷歌行》非一，有直云《艷歌》，即艷歌行是也。若《羅敷》《何嘗》《雙鴻》《福鍾》等行亦皆艷歌。王僧虔《技録》云：《艷歌雙鴻行》，荀《録》所載《雙鴻》一篇，艷歌。《福鍾行》，《荀録》所載《福鍾》一篇，今皆不傳。《艷歌羅敷行》「日出東南隅」篇，《荀録》所載。《羅敷》一篇，相和中歌之，今不歌。

王僧虔《技録》云：《煌煌京洛行》，歌文帝「園桃」一篇。

王僧虔《技録》云：《門有車馬客行》，歌東阿王「置酒」一篇。

王僧虔《技録》云：《牆上難用趨行》，《荀録》所載「牆上」一篇，今不傳。

王僧虔《技録》有《日重光行》，今不傳。

王僧虔《技録》有《蜀道難行》，今不歌。

王僧虔《技録》云：《櫂歌行》歌明帝「王者布大化」一篇，或云左延年作，今不歌。梁簡文帝在東宫更製歌，少異此也。

王僧虔《技録》有《蒲坂行》，今不歌。

王僧虔《技録》：楚調曲有《白頭吟行》《泰山吟行》《梁甫吟行》《東武琵琶吟行》《怨詩行》。其器有笙、笛弄、節、琴、箏、琵琶、瑟七種。張《録》云：未歌之前，有一部弦，又在弄後，又有但曲七曲。《廣陵散》《黄老彈飛引》《大胡笳鳴》《小胡笳鳴》《鵾雞游弦》《流楚》《窈窕》，並琴、箏、笙、筑之曲，王《録》所無也。其《廣陵散》一曲，今不傳。

王僧虔《技録》曰：《白頭吟行》，歌古「皚如山上雪」篇。

王僧虔《技録》有《泰山吟行》，今不歌。

王僧虔《技録》有《梁甫吟行》，今不歌。

王僧虔《技録》有《東武吟行》，今不歌。

《怨詩行》，歌東阿王「明月照高樓」一篇。王僧虔《技録》曰：荀《録》所載古「爲君」一篇，今不傳。

凡諸大曲竟，《黄老彈》獨出舞，無辭。按王僧虔《技録》：《櫂歌行》在瑟調，《白頭吟》在楚調，而沈約云同調。未知孰是。

吴聲歌，舊器有箎、箜篌、琵琶，今有笙、箏。其曲有《命嘯》吴聲游曲半折、六變、八解，《命嘯》十解。存者有《烏噪林》《浮雲驅》《雁歸湖》《馬讓》，餘皆不傳。吴聲十曲：一曰《子夜》，二曰《上柱》，三曰《鳳將雛》，四曰《上聲》，五曰《歡聞》，六曰《歡聞變》，七曰《前溪》，八曰《阿子》，九曰《丁督護》，十曰《團扇郎》，並梁所用曲。《鳳將雛》已上三曲，古有歌，自漢至梁不改，今不傳。《上聲》已下七曲，内人包明月按後鮑照與王金珠辭並列，包明月當是鮑明遠。製舞《前溪》一曲，餘並王金珠所製也。半折、六變、八解，漢世已來有之。八解者，古彈、上柱古彈、鄭干、新蔡、大治、小治、當男、盛當，梁太清中猶有得者，今不傳。又有《七日夜》《女歌》《長史變》《黄鵠》《碧玉》《桃葉》《長樂佳》《歡好》《懊惱》《讀曲》，亦皆吴聲歌曲也。

凡歌曲終，皆有送聲。《子夜》以「持子」送曲，《鳳將雛》以「澤雉」送曲。

《子夜變歌》前作「持子」送，後作「歡娱我」送。《子夜警歌》無送聲，仍作變，故呼爲變頭，謂六變之首也。

《上聲》歌者，此因上聲促柱得名。或用一調，或用無調，名如古歌辭所言，謂哀思之音，不及中和。梁武因之改辭，無復雅句。

《歡聞歌》者，晉穆帝升平初歌，畢輒呼「歡聞不」，以爲送聲，後因此爲曲名。今世用「莎持乙子」代之，語稍訛異也。

《歡聞變歌》者，晉穆帝升平中〔四七〕，童子輩忽歌於道，曰《阿子聞》。曲終輒云：「阿子汝聞不？」無幾而穆帝崩，褚太后哭：「阿子汝聞不？」聲既悽苦，因以名之。

《團扇郎歌》者，晉中書令王珉捉白團扇，與嫂婢謝芳姿有愛，情好甚篤。嫂捶撻婢過苦，王東亭聞而止之。芳姿素善歌，嫂令歌一曲，當赦之。應聲歌曰：「白團扇，辛苦五流連，是郎眼所見。」珉聞，更問之：「汝歌何遺？」芳姿即改云：「白團扇，顦顇非昔容，羞與郎相見。」後人因而歌之。

《桃葉歌》者，晉王子敬之所作也。桃葉，子敬妾名，緣於篤愛，所以歌之。

《懊儂歌》者，晉石崇緑珠所作，「唯絲布，澀難縫」一曲而已，後皆隆安初民間訛謡之曲。宋少帝更製新歌三十六曲，齊太祖常謂之《中朝曲》，梁天監十一年，武帝敕法雲改爲《相思曲》。

《華山畿》者，宋少帝時《懊惱》一曲，亦變曲也。少帝時，南徐一士子從華山畿往雲陽。見客舍有女子年十八九，悦之無因，遂感心疾。母問其故，具以啓母。母爲至華山尋訪，見女，具説。聞感之，因脱蔽膝，令母密置其席下卧之，當已。少日果差。忽舉席〔四八〕，見蔽膝而抱持，遂吞食而死。氣欲絶，謂母曰：「葬時車載從華山度。」母從其意。比至女門，牛不肯前，打拍不動。女曰：「且待須臾。」妝點沐浴，既而出，歌曰：「華山畿，君既爲儂死，獨活爲誰施？歡若見憐時，棺木爲儂開。」棺應聲開，女透入棺，家人叩打，無如之何，乃合葬，呼曰神女冢。

《讀曲歌》者，元嘉十七年，袁后崩，百官不敢作聲歌，或因酒讌，止竊聲讀曲細吟而已，以此爲名。按義康被徙亦是十七年。南齊時，朱碩仙善歌吴聲讀曲。武帝出遊鍾山，幸何美人墓，碩仙歌曰：「一憶所歡時，緣山被芿荏。山神感儂意，盤石鋭鋒動。」帝神色不悦，曰：「小人弄我。」時朱子尚亦善歌，復爲一曲，云：「暖暖日欲冥，觀騎立踟躕。太陽猶尚可，且願停須臾。」於是俱蒙厚賚。

《神弦歌》十一曲。一曰《宿阿》，二曰《道君》，三曰《聖郎》，四曰《嬌女》，五曰《白石郎》，六曰《青溪小姑》，七曰《湖就姑》，八曰《姑恩》，九曰《採菱童》，十曰《明下童》，十一曰《同生》。

西曲歌有《石城樂》《烏夜啼》《莫愁樂》《估客樂》《襄陽樂》《三洲》《襄陽蹋銅蹄》《採桑度》《江陵樂》《青陽度》《青驄白馬》《共戲樂》《安東平》《女兒子》《來羅》《那呵灘》《孟珠》《翳樂》《夜度娘》《長松標》《雙行纏》《黄督》《黄纓》《平西樂》《攀楊枝》《尋陽樂》《白附鳩》《拔蒲》《壽陽樂》《作蠶絲》《楊叛兒》《西烏夜飛》《月節折楊柳歌》三十四曲。《石城樂》《烏夜啼》《莫愁樂》《估客樂》《襄陽樂》《三洲》《襄陽蹋銅蹄》《採桑度》《江陵樂》《青驄白馬》《共戲樂》《安東平》《那呵灘》《孟珠》《翳樂》《壽陽樂》並舞曲。《青陽度》《女兒子》《來羅》《夜黄》《夜度娘》《長松標》《雙行纏》《黄督》《黄纓》《平西樂》《攀楊枝》《尋陽樂》《白附鳩》《拔蒲》《作蠶絲》並倚歌。《孟珠》《翳樂》亦倚歌。按西曲歌出於荆、郢、樊、鄧之間，而其聲節送和與吴歌亦異，故其方俗而謂之西曲云。

《石城樂》，舊舞十六人。

《烏夜啼》，舊舞十六人。

《莫愁樂》，亦云《蠻樂》，舊舞十六人。

《估客樂》者，齊武帝之所製也。帝布衣時，嘗遊樊、鄧。登祚以後，追憶往事而作歌，使樂府令劉瑶管弦被之，教習，卒遂無成。有人啓釋寶月善解音律，帝使奏之，旬日之間，便就諧合敕。歌者常重爲感憶之聲，猶行於世。寶月又上兩曲，帝數乘龍舟，遊五城江中放觀。以紅越布爲帆，緑絲爲帆綍，鍮石爲篙足，篙榜者悉著鬱林布作淡黄袴，列開，使江中衣出。五城，殿猶在。齊舞十六人，梁八人。

《襄陽樂》者，宋隨王誕之所作也。誕始爲襄陽郡，元嘉二十六年，仍爲雍州刺史，夜聞諸女歌謡，因而作之，所以歌和中有「襄陽來夜樂」之語也。舊舞十六人，梁八人。又有《大堤曲》，亦出於此。簡文帝雍州十曲，有《大堤》《南湖》《北渚》等曲。

《三洲歌》者，商客數遊巴陵三江口往還，因共作此歌。其舊辭云：「啼將別共來。」梁天監十一年，武帝於樂壽殿道義竟，留十大德法師設樂，敕人人有問，引經奉答。次問法雲：「聞法師善解音律，此歌何如？」法雲奉答：「天樂絶妙，非膚淺所聞。愚謂古辭過質，未審可改以不？」敕云：「如法師語音。」[四九]法雲曰：「應歡會而有別離，啼將別可改爲歡將樂。」故歌和云：「三洲斷江口，水從窈窕河傍流。歡將樂，共來長相思。」舊舞十六人，梁八人。

《襄陽蹋銅蹄》者，梁武西下所製也。《書鈔》引《古今樂録》，《襄陽銅鞮歌》曰：「龍馬紫金鞍，翠毛白玉羈。照耀雙𨺗下，知是襄陽兒。」沈約又作，其和云：「襄陽白銅蹄，聖德應乾來。」天監初，舞十六人，後八人。《採桑度》，舊舞十六人，梁八人，即非梁時作矣。

《江陵樂》，舊舞十六人，梁八人。

《青陽度》，倚歌。凡倚歌，悉用鈴鼓，無弦有吹。

《青驄白馬》，舊舞十六人。

《共戲樂》，舊舞十六人，梁八人。

《安東平》，舊舞十六人，梁八人。

《女兒子》，倚歌也。

《來羅》，倚歌也。

《那呵灘》，舊舞十六人，梁八人。其和云：「郎去何當還。」多叙江陵及揚州事。那呵，蓋灘名也。

《孟珠》十曲。二曲倚歌。八曲舊舞十六人，梁八人。

《翳樂》，一曲倚歌。二曲舊舞十六人〔五〇〕，梁八人。
《夜黄》，倚歌也。
《夜度娘》，倚歌也。
《長松標》，倚歌也。
《雙行纏》，倚歌也。
《黄督》，倚歌也。
《平西樂》，倚歌也。
《攀楊枝》，倚歌也。
《尋陽樂》，倚歌也。
《白附鳩》，倚歌，亦曰《白浮鳩》，本拂舞歌也。
《拔蒲》，倚歌也。
《壽陽樂》者，宋南平穆王爲豫州所作也。舊舞十六人，梁八人。按其歌辭，蓋叙傷别望歸之思。
《作蠶絲》，倚歌也。

《楊叛兒》，送聲云：「叛兒教儂不復相思。」

《西烏夜飛》者，宋元徽五年，荆州刺史沈攸之所作也。攸之舉兵發荆州東下，未敗之前，思歸京師，所以歌和云：「白日落西山，還去來。」送聲云：「折翅烏，飛何處？被彈歸。」

梁天監十一年，武帝改西曲，製《江南上雲樂》十四曲。《江南弄》七曲：一曰《江南弄》，二曰《龍笛曲》，三曰《採蓮曲》，四曰《鳳笙曲》，五曰《採菱曲》，六曰《遊女曲》，七曰《朝雲曲》。又沈約作四曲：一曰《趙瑟曲》，二曰《秦箏曲》，三曰《陽春曲》，四曰《朝雲曲》。亦謂之《江南弄》云。

《江南弄》三洲韻。和云：「陽春路，娉婷出綺羅。」

《龍笛曲》和云：「江南音，一唱直千金。」

《採蓮曲》和云：「採蓮渚，窈窕舞佳人。」

《鳳笙曲》和云：「弦吹席，長袖善留客。」

《採菱曲》和云：「菱歌女，解佩戲江陽。」

《遊女曲》和云：「當年少，歌舞承酒笑。」

《朝雲曲》和云：「徙倚折耀華。」

《上雲樂》七曲，梁武帝製以代西曲。一曰《鳳臺曲》，二曰《桐柏曲》，三曰《方丈曲》，四曰《方諸曲》，五曰《玉龜曲》，六曰《金丹曲》，七曰《金陵曲》。按《上雲樂》又有老胡文康辭，周捨作，或云范雲。

《桐柏曲》和云：「可憐真人遊。」

《鳳臺曲》和云：「上雲真，樂萬春。」

《方諸曲》三洲韻，和云：「方諸上，可憐歡樂長相思。」

《玉龜曲》和云〔五二〕：「可憐遊戲來。」

《金丹曲》和云：「金丹會，可憐乘白雲。」

梁有雅歌五曲：一曰《應王受圖曲》，二曰《臣道篇》，三曰《積惡篇》，四曰《積善篇》，五曰《宴酒篇》。三朝樂第十五奏之。

自周以來，唯改其辭，示不相襲，未有變其舞者也。然自《雲門》而下，皆有其名而亡其容，獨《大武》之制存而可考。

何承天云：「今舞出樂，謂之階步。」蕤賓廂作。尋《儀禮》燕、飲、射三樂，皆云席工於西階上，大師升自西階，北面東上，相者坐受瑟，乃降，笙入，立于縣中北面，乃合樂工，歌

《鹿鳴》《四牡》《周南》。今直謂之階步，而承天又以爲出樂，俱失之矣。

宋孝武改《前舞》爲《凱容》之舞，《後舞》爲《宣烈》之舞。何承天《三代樂序》云：「晉《正德》《大豫》舞，蓋出於漢《昭容》《禮容》樂，然則其聲節有古之遺音焉。」晉使郭瓊、宋識等造《正德》《大豫》舞，初不言因革，《昭業》等兩舞，承天謂二容，竟自無據。按《正德》《大豫》二舞，即出《宣武》、《宣文》、魏《大武》三舞也。《宣武》，魏《昭武》舞也。《宣文》，魏《武始》舞也。魏改《巴渝》爲《昭武》，《五行》曰《大武》。今《凱容》舞執籥秉翟，即魏《武始》舞也。《宣烈》舞有矛弩，有干戚。矛弩，漢《巴渝》舞也，干戚，周《武舞》也。宋世止革其辭與名，不變其舞。舞相傳習，至今不改。瓊、識所造，正是雜用二舞，以爲《大豫》爾。夷蠻之樂雖陳宗廟，不應雜以周舞也。

梁改《宣烈》爲《大壯》，即周《武舞》也。改《凱容》爲《大觀》，即舜《韶舞》也。陳以《凱容》樂舞用之郊廟，而《大壯》《大觀》猶同梁舞，所謂祠用宋曲，宴準梁樂，蓋取人神不雜也。

《大壯》《大觀》二舞，以大爲名。《老子》云：「域中有四大。」《論》云：「惟天爲大。」今制「大壯」「大觀」之名，亦因斯而立義焉。

《鞞舞》，梁謂之《鞞扇舞》，即《巴渝》是也。鞞扇，器名也。鞞扇上舞作《巴渝弄》，至《鞞舞》竟，豈非《巴渝》一舞二名，何異《公莫》亦名《巾舞》也。漢曲五篇：一曰《關東有賢女》，二曰《章和二年中》，三曰《樂久長》，四曰《四方皇》，五曰《殿前生桂樹》，並章帝造。魏曲五篇：一《明明魏皇帝》，二《大和有聖帝》，三《魏曆長》，四《天生烝民》，五《爲君既不易》，並明帝造，以代漢曲。其辭並亡。陳思王又有五篇：一《聖皇篇》，以當《章和二年中》；二《靈芝篇》，以當《殿前生桂樹》；三《大魏篇》，以當《漢吉昌》；四《精微篇》，以當《關中有賢女》；五《孟冬篇》，以當《狡兔》。按漢曲無《漢吉昌》《狡兔》二篇，疑《樂久長》《四方皇》是也。

晉鼙舞歌五篇：一曰《洪業篇》，當魏曲《明明魏皇帝》、古曲《關東有賢女》；二曰《天命篇》，當魏曲《大和有聖帝》、古曲《章和二年中》；三曰《景皇篇》，當魏曲《魏曆長》、古曲《樂久長》；四曰《大晉篇》，當魏曲《天生烝民》、古曲《四方皇》；五曰《明君篇》，當魏曲《爲君既不易》、古曲《殿前生桂樹》。按曹植《怨歌行》云：「爲君既不易，爲臣良獨難。」不知與此同否。

鐸，舞者所持也。木鐸制法度以號令天下，故取以爲名。今謂漢世諸舞，鞞、巾二舞是漢事，鐸、拂二舞以象時。古鐸舞曲有《聖人制禮樂》一篇，聲辭雜寫，不復可辨，相傳如此。魏曲有《太和時》；晉曲有《雲門篇》，傅玄造，以當魏曲，齊因之。梁周捨改其篇。巾舞，古有歌辭，訛異不可解。江左以來，有歌舞辭。沈約疑是《公無渡河》曲。今三調中自有《公無渡河》，其聲哀切，故入瑟調，不容以瑟調離於舞曲。惟《公無渡河》古有歌有弦，無舞也。

梁拂舞，歌並用晉辭。

梁三朝樂第十九，設拂舞。鞞、鐸、巾、拂四舞，梁並夷則格，鐘磬鳩拂和，故白擬之，爲《夷則格上白鳩拂舞辭》云。

梁三朝樂第二十，設《巾舞》，並《白紵》，蓋《巾舞》以《白紵》四歌送也。

《四時白紵歌》，沈約云：《白紵》五章，敕臣約造。武帝造後兩句。

宋泰始歌舞十二曲。一曰《皇業頌》，歌自堯至楚元王、高祖，世載聖德。二曰《聖祖頌》。三曰《明君大雅》。四曰《通國風》。五曰《天符頌》。六曰《明德頌》。七曰《帝圖頌》。八曰《龍躍大雅》。九曰《淮祥風》。十曰《宋世大雅》。十一曰《治兵大雅》。十二曰《白紵篇大雅》。

梁三朝樂第十六，設俳技。技兒以青布囊盛竹篋，貯兩踒子，負束寫地歌舞。小兒二人，提沓踒子頭，讀俳云：「見俳不語，言俳澀所。俳作一起，四坐敬止。馬無懸蹄，牛無上齒。駱駝無角，奮迅兩耳。半拆薦博，四角恭跱。」

舜彈五弦之琴，歌《南風》之詩。

《思親操》，舜遊歷山，見鳥飛，思親而作此歌。

《襄陵操》，禹治洪水，上會稽山，顧而作此歌。

《箕子操》，紂時，箕子佯狂，痛宗廟之爲墟，乃作此歌，後傳以爲操。

《尅商操》，武王伐紂，而作此歌。

《越裳操》，越裳獻白雉，周公作歌，遂傳之爲《越裳操》。

《神鳳操》，周成王時，鳳凰翔舞，成王作此歌。

《猗蘭操》，孔子自衛反魯，見香蘭而作此歌。

《處女吟》，魯處女見女貞木而作歌，亦謂之《女貞木歌》。

《採芝操》，南山四皓隱居，高祖聘之，四皓不甘，仰天歎而作歌。

《八公操》，淮南王好道，正月上辛，八公來降，王作此歌。

《琴歌》，霍將軍去病益封萬五千户，秩禄與大將軍等，於是志得意歡，而作此歌。

築城相杵者，出自漢梁孝王。孝王築睢陽城，方十二里。造唱聲，以小鼓爲節，築者下杵以和之。後世謂此聲爲《睢陽曲》。

清商西曲《襄陽樂》：「朝發襄陽城，暮至大堤宿。大堤諸女兒，花艷驚郎目。」梁簡文帝由是有《大堤曲》，《堤上行》又因《大堤曲》而作也。上並《樂府》。

横吹，胡樂也。張騫入西域，傳其法於長安，唯得《摩訶兜勒》一曲。李延年因之，更造新聲二十八解，乘輿以爲武樂。後漢以給邊將，萬人將軍得之。在俗用者，有《黄鵠》《隴頭》《出關》《入關》《出塞》《入塞》《折楊柳》《黄覃子》《赤之揚》《望行人》十曲〔五二〕。後漢書・班超傳》章懷太子注。〔五三〕

鼓吹有龍頭大棡、中鼓、獨揭小鼓，皆有品秩。天子以賜臣下及軍旅用也。《白帖》

《雞鳴高樹巔》，古辭。《文選》卷二十三阮嗣宗《咏懷詩》李善注。又卷二十六陸士衡《赴洛道中詩》注。〔五四〕

晉、宋以後歌曲，有《淫豫歌》《楊叛兒歌》。南齊有楊旻母爲師入宮，童謡呼爲「楊婆兒」，「婆」轉爲「叛」。《扶風歌》，晉劉琨作。《百年歌》，晉王道沖、陸機並作。《白日歌》，宋沈攸之發荆州，未敗之前，思歸京師所作歌也，亦曰《落日歌》。其歌曰：「白日落西山。」

按《御覽》卷五百七十一引《白日落西山》歌者，沈攸之發荆州，未敗前思歸京師之所作歌也。與《初學》十五引同。此復引《白日歌》者，宋沈攸之所作，亦曰《落日歌》云云。兩引互異，参訂校正。《九曲歌》，宋何承天作。《採葛婦歌》，古越人作。《同聲歌》，漢張衡作。《碧玉歌》，晉孫綽作。《四時歌》，出於《子夜》。《子夜歌》，古有女名子夜，造此歌。《上聲歌》亦名《捉住》，哀悲之古曲。《白紵歌》起於吳孫皓時作。《襄陽白銅鞮歌》《前溪歌》，晉車騎將軍沈玩所作。《太平御覽》卷五百七十三。〔五五〕

磬，叔所造。《太平御覽》卷九百二十五。〔五六〕

【校勘記】

〔一〕祭，原作「蔡」，據下文及《玉函》本改。

〔二〕如何，《玉函》本作「何如」。

〔三〕以，原作「爲」，據《玉函》本改。

〔四〕賁，原作「賢」，據《玉函》本改。

〔五〕我季，《玉函》本作「歷我」。

〔六〕思，原作「恩」，據《玉函》本改。

〔七〕泗，《玉函》本作「淚」。

〔八〕末爲政時備修道德，《玉函》本作「本能政候時修道德」。

〔九〕聖，《玉函》本作「賢」。
〔一〇〕其，《玉函》本作「宜」
〔一一〕紂，據《玉函》本補。
〔一二〕王，據《玉函》本補。
〔一三〕共，原作「其」，據《玉函》本改。
〔一四〕皇，《玉函》本作「昆」。
〔一五〕明，原作「朝」，據《玉函》本改。
〔一六〕生，《玉函》本作「士」。
〔一七〕當此之時，據《玉函》本補。
〔一八〕孤，原作「狐」，據《玉函》本改。
〔一九〕候，《玉函》本作「俟」。
〔二〇〕直，原作「宜」，據《玉函》本改。
〔二一〕自，《玉函》本作「從」。
〔二二〕案，原作「安」，據《玉函》本改。
〔二三〕「晉徘徊歌」以下文字，據《玉函》本補。
〔二四〕錞，原作「鍏」，據《玉函》本改。

〔二五〕「無」字前《玉函》本有「衍」字。

〔二六〕小字注，據《玉函》本補。

〔二七〕廟，原作「廣」，據《玉函》本改。

〔二八〕千二百，《玉函》本作「十二萬」。

〔二九〕於，據《玉函》本補。

〔三〇〕此條據《玉函》本補。

〔三一〕此句《玉函》本作「杜摯以爲興之秦末，蓋苦長城役，百姓絃鞉而鼓」。

〔三二〕指，原作「指」，據《玉函》本改。

〔三三〕動，原作「住」，據《玉函》本改。

〔三四〕取，原作「以」，據《玉函》本改。

〔三五〕口，原作「吕」，據《玉函》本改。

〔三六〕與，原闕，據《玉函》本補。

〔三七〕入月其，原作「八日天」，據《玉函》本改。

〔三八〕衰，原作「哀」，據《玉函》本改。

〔三九〕衰，原作「哀」，據《玉函》本改。

〔四〇〕別，原作「則」，據《玉函》本改。

〔四一〕應，《玉函》本作「並不應」。
〔四二〕帝，據下文補。
〔四三〕行，據下文補。
〔四四〕歌，據上文補。
〔四五〕間，原作「門」，據下文改。
〔四六〕塘，據上文補。
〔四七〕帝，據文意補。
〔四八〕「忽」後原衍「見」字，據文意删。
〔四九〕如，據文意補。
〔五〇〕舊，據文意補。
〔五一〕玉，原作「王」，據前文改。
〔五二〕「在俗用者」以下文字，據《玉函》本補。
〔五三〕小字注原作「玉海」，據《玉函》本改。
〔五四〕此條據《玉函》本補。
〔五五〕此條據《玉函》本補。
〔五六〕此條據《玉函》本補，疑文字有闕。

篇名索引

四畫

五畫

七畫

八畫

九畫

十畫

十一畫

十二畫

十三畫

十四畫

十六畫

十七畫

十八畫

二十五畫

二十九畫

〔明〕梅鼎祚 編
張耕 點校

古樂苑

上册

中華書局

圖書在版編目(CIP)數據

古樂苑/(明)梅鼎祚編;張耕點校. —北京:中華書局,2022.8
ISBN 978-7-101-15581-5

Ⅰ.古… Ⅱ.①梅…②張… Ⅲ.樂府詩-詩集-中國-古代 Ⅳ.I222.6

中國版本圖書館 CIP 數據核字(2022)第 016259 號

責任編輯:許慶江
責任印製:管 斌

古樂苑
(全二册)
〔明〕梅鼎祚 編
張 耕 點校
*
中華書局出版發行
(北京市豐臺區太平橋西里 38 號 100073)
http://www.zhbc.com.cn
E-mail:zhbc@zhbc.com.cn
三河市宏達印刷有限公司印刷
*
850×1168 毫米 1/32 · 55⅛印張 · 4 插頁 · 970 千字
2022 年 8 月第 1 版 2022 年 8 月第 1 次印刷
印數:1-3000 册 定價:298.00 元

ISBN 978-7-101-15581-5

點校説明

《古樂苑》是明代梅鼎祚編纂的一部唐以前樂府詩總集，由於它對《樂府詩集》做了較全面的覆覈、補正，所以也可以看作是《樂府詩集》的深度整理本。

樂府本爲秦政府機構名稱，漢代襲用，其主要職能是採集、改編、創作音樂作品，施用於宫廷各種禮儀性場合，是中國古代國家制度建設和文化建設的重要内容。這些音樂作品中除曲、舞以外，還包含不少歌辭、謡諺，後代也將其稱爲樂府或樂府詩。由於這些樂府詩内容豐富，體裁多樣，對當時和後世的文學創作産生過直接而重要的影響，因此成爲《詩經》《楚辭》以外中國古典詩歌的第三個源頭。不過，由於這些作品散見於各代公私樂志、伎録以及總集、别集中，缺乏整理，要想系統地瞭解、研究樂府詩並不是一件容易的事。這種情形直到宋郭茂倩《樂府詩集》的出現才有所改變。郭氏利用各種公私載籍，將宋以前的樂府詩（包括文人擬作）五千多首，根據其音樂歸屬和時間先後分繫於十二個門類之下，又採集歷代典籍中的相關記載作題解，經他這番整理，樂府詩的整體面貌才較爲清晰地呈現出來。《樂府詩集》成書流傳後，由於它的系統性與科學性，成爲樂府學中的經典，得到廣泛使用。在長期使用的過程中，人們也發現了《樂府詩集》的一些誤漏與不足，從元代左克明《古樂府》，到明代楊慎的《風雅逸篇》、馮惟訥《詩紀》，對《樂府詩集》都有所指摘與修正，但直到梅鼎祚的《古樂苑》出版，才算是正面對《樂府詩集》作了較完整的整理。

梅鼎祚（一五四九—一六一五），字禹金，號勝樂道人，宣城（今屬安徽）人，明代文學家、戲曲家。梅鼎祚雖然出身於官僚家庭，卻對傳統的讀書應舉興趣不大，而以古學自任。他生平刻書很多，據《（道光）安徽通志》記載，除《古樂苑》外，還有《唐樂苑》《歷代文紀》《漢魏六朝詩乘》等，約數百卷。《古樂苑》共五十七卷，包括前卷一，正卷五十二，衍録四。其對《樂府詩集》「補其闕佚，正其譌舛」（《凡例》）的補正，主要涉及以下幾個方面：

一、題解。郭氏題解中引用的歷代樂志部分多非直引，而是撮述，難免誤漏，《古樂苑》則據原文完整引用，文字更爲準確。不少題解，郭氏闕略，《古樂苑》則採摭相關典籍内容，予以補充和完善。如漢郊祀歌，郭氏無題解，《古樂苑》引《漢書·禮樂志》和《宋書・樂志》予以説明；晉郊祀歌，郭氏只引《晉書・樂志》寥寥數語，《古樂苑》則併引《晉書・樂志》和《宋書・樂志》相關内容，文字數倍於郭氏。也有個别題解如雜歌謡辭，郭氏的撮述不愜人意，《古樂苑》裒集文獻，另撰新篇。具體篇目的題解，郭氏有不少是一同鈔入門類題解之内的，《古樂苑》則據樂志一一復原，分别列於篇目名稱之下，一目了然，更便參酌。除郭氏引書外，《古樂苑》題解中還利用了多种典籍，以及後代學者如宋鄭樵，元劉履、左克明，楊維楨，明王世貞、楊慎、馮惟訥等不少研究成果，資料更加豐富，解説更爲詳洽。

二、正文部分。本爲詩題（非樂府類），郭氏誤收闌入樂府者，標注題下。作者爲無名氏而其事可證明者，直接補出。某些樂府詩本應列入正文卻誤入附録的，予以改正。新輯出的樂府詩，如魏明帝《猛虎行》《堂上行》，齊江淹《齊南郊歌辭》，梁蕭綜《聽鐘鳴》《悲落葉》，各隨類别補入。凡典籍中所載樂府詩題、句、字、作者有異者，兩存之，並加注明。

三、大量增補雜歌謡辭。大量增補並重編琴曲歌辭。

四、增編上古歌辭，仙、鬼歌曲辭。

五、增編附録（衍録），包括歷代樂府詩作者小傳及歷代名賢有關樂府的論述。

可以看出，《古樂苑》對《樂府詩集》的整理是比較全面細緻的，對我們今天研習樂府詩以及正確利用和重新整理《樂府詩集》有較高的參考價值。汪道昆在序中稱道此書「密於郭（茂倩），張於左（克明），拓於楊（慎），核於馮（惟訥）」，雖不無過譽，但也道明了它的特點。需要説明的是，梅鼎祚遵從元代學者左克明的觀點，認爲隋代以後的樂府詩，從形制到性質都發生了很大變化，不宜與前代混編，所以郭茂倩《樂府詩集》中「近代曲辭」和「新樂府辭」兩類内容没有入編本書，而是編入他的另一部樂府類著作《唐樂苑》中。

《古樂苑》今有明萬曆十九年（一五九一）刻本（以下簡稱萬曆本）和文淵閣四庫全書本（以下簡稱四庫本）。萬曆本前有汪道昆序，手書上板；序後爲全書凡例，共二十八項；正文各卷下鐫「西吴梅鼎祚補正，東越吕胤昌校閲」。此本校刻精良，惟闕卷七第十一葉，及卷四十七第五葉後半葉、第六葉前半葉，現藏美國哈佛大學圖書館。四庫本删去了汪序和凡例，而以提要代之。該本文字訛誤較多，除如「舞」「無」「隆」「降」「惟」「淮」「恒」「桓」等因形近鈔寫致誤外，據其價值觀妄改文字處也不少，如改「虜羽」爲「蜀將」，改劉備爲「劉氏」，改「討虜」爲「討遠」，改「夷虜」爲「閭巷」等；内容亦有殘闕，卷二十一闕《胡無人行》古辭及梁徐摛、吴均的同題擬作；卷二十九闕《白紵舞歌詩》題、題解及

《晉白紵舞歌詩》三首中的前二首。

《古今樂録》是另一部樂府學著名文獻，編撰者爲南朝陳代的釋智匠。因爲它保存了不少已經亡佚古書中的音樂史資料，對後人瞭解、研究隋以前的樂府有非常寶貴的價值，所以廣受重視。宋郭茂倩的《樂府詩集》就大量採摭了其中的内容，用以説明樂府曲調、題目的來源、沿革及具體的表演形式等。釋智匠的生平已不可考，這部重要典籍宋以後亦亡佚，目前存世的只有清代王謨《漢魏遺書鈔》（以下簡稱《遺書》）和馬國翰《玉函山房輯佚書》（以下簡稱《玉函》）中的兩個輯本。其中《遺書》本收録的條目較多，除《樂府詩集》外，還從《太平御覽》《北堂書鈔》《初學記》《事類賦注》等書中輯出若干，共一百六十一條；《玉函》本雖然後出，但因排除了《樂府詩集》這部徵引《古今樂録》最多的典籍，所以輯出的内容非常有限，僅有三十餘條。不過，《玉函》本也有明顯的優點，校刻較《遺書》本精良，訛漏字較少。

本次點校整理《古樂苑》，以萬曆本爲底本，校以四庫本。《古今樂録》以《遺書》嘉慶三年（一七九八）刻本爲底本，校以《玉函》光緒九年（一八八三）刻本。《古今樂録》因爲是後人輯本，内容又較少，故附於《古樂苑》之後。點校遵從古籍整理的一般做法：凡避並在校記中説明；底本與校本文字雖異而可兩存者，在校記中説明。樂府涉及禮制、音樂、文學等衆多領域，學術討論熱烈，許多意見富有啓發性，整理者在點校的過程中對這些意見有所參考，獲益良多。二書係首次整理，整理者學力有限，難免有疏失之處，希望讀者批評指正。

張耕

二〇二一年二月

目録

上册

古樂苑卷第一

古樂苑卷第二

古樂苑卷第三

古樂苑卷第四

古樂苑卷第五

古樂苑卷第六

古樂苑卷第七

古樂苑卷第八

古樂苑卷第九

古樂苑卷第十

古樂苑卷第十一

古樂苑卷第十二

古樂苑卷第十三

古樂苑卷第十四

古樂苑卷第十五

古樂苑卷第十六

古樂苑卷第十七

古樂苑卷第十八

古樂苑卷第十九

古樂苑卷第二十

古樂苑卷第二十一

古樂苑卷第二十三

古樂苑卷第二十四

古樂苑卷第二十五

古樂苑卷第二十六

古樂苑卷第二十七

古樂苑卷第二十八

古樂苑卷第二十九

古樂苑卷第三十

下册

古樂苑卷第三十一

古樂苑卷第三十二

古樂苑卷第三十三

古樂苑卷第三十四

古樂苑卷第三十五

古樂苑卷第三十六

古樂苑卷第三十七

古樂苑卷第三十八

古樂苑卷第三十九

古樂苑卷第四十

古樂苑卷第四十一

古樂苑卷第四十二

古樂苑卷第四十三

古樂苑卷第四十四

古樂苑卷第四十五

古樂苑卷第四十六

古樂苑卷第四十七

古樂苑卷第四十八

古樂苑卷第四十九

古樂苑卷第五十

古樂苑卷第五十一

古樂苑卷五十二

古樂苑衍録卷一

古樂苑衍録卷二

古樂苑衍録卷三

古樂苑衍録卷四

附録 古今樂録

篇名索引

古樂苑序

新都汪道昆撰

昔虞命典樂，求端于詩。詩三百，其皆樂乎？魯仲尼正之矣。上之遺佚雜出，不肆樂官；下之靡靡波流，往而不反。漢猶近古，衍之爲郊廟、燕射、鼓吹、横吹、相和、清商之辭，五帝三代之遺音，堇有存者。六朝同源異委，去漢徑庭，唐以輓近傳之，去古燕郢。要以由前則主事，由後則主辭。主事則質有其文，主辭則以文滅質。此其大較也。《樂府》出郭茂倩，務博綜以求全。《古樂府》出左克明，務典要而近古。各有所當，殊途同歸。《風雅逸》出楊用修，比於樂麈麈耳。至馮汝言《詩紀》出，傾九府而縱觀，始帝世而終六朝，悉在司會。方之茂倩，則無不該；擬之克明，唐亦無預。溢目盈耳，業已足多。第載樂府什三，聲詩什七，脱非易牙爲政，孰辨澠淄？《古樂苑》出梅禹金，斐然博雅君子，居常操《七略》，擘百家，不佞願爲多財宰矣。乃今所輯，密於郭，張於左，拓於楊，核於馮。蓋自土鼓蕢桴，椌楬柷敔，以至齊竽秦缶，甯角緱笙，百部具陳，不遺一吷。由唐下達，姑俟更端合之。綱舉目張，金聲玉振，猶決析津窮瀛海，豈不洋洋乎哉！即楚左史、鄭公孫不加博矣。司理呂玉繩相視莫逆，校而版之宛陵。猥云不佞由禮樂起家，則過新都問序。不佞且老，逡逡退讓未皇。禹金有事澤宮，將報命執秩，一介三至，申之以疇昔之言。顧不佞不能詩，又惡知樂？竊惟説詩易，説樂難。詩猶解頤，樂則恐卧。非説樂之難也，論其世則難，盡其變則尤難。自其異者觀之，有族有祖，惡乎異？自其同者觀之，曰采曰流，惡乎同？浸假顧名思義，或合或離；審聲知音，若遠若近。藉第令取節，寧詎能待舂容盡條貫哉！説者求之著與不著之間，則景之罔兩也。求之合與不合之間，則九方皋之牝牡驪黄也。求之解與不解之間，則鷦鵬之雷聲，象罔之玄珠也。如其文辭而已矣，將無害乎？雖然，皮之不存，毛將安傅，惡能去辭？千金之裘，非一狐之腋，寧不求備？即求備宜莫如禹金。蓋府言藏，苑言積，禹金之苑，其上林乎？不佞非司馬材，何敢以前茅進？於時胡元瑞見客，既卒業，而多禹金廣大精微無遺憾矣。明公尚古而右漢，先得我心與！漢代興，則王長公在豐沛以降，此其堀起者與？元瑞深於詩，固宜知樂。元美已矣，昔嘗推轂禹金，安得起之九原？是爲玄晏，不佞且避席矣。禹金又言玉繩既召，鼎祚亦有所攖心，幸而蕭守君、吴相君、朱相君相與程督之，始告成事。今而後乃知中和樂職不在益部，而在宛陵。盛矣，美矣！歲辛卯月辛卯日辛卯時辛卯，書於太函。

古樂苑凡例

一　是編本據郭茂倩《樂府詩集》，補其闕佚，正其譌舛。始自黄虞，訖于隋代，則倣左氏克明。舊有《樂苑》，其名近雅，因名之曰《古樂苑》，不必創異，無敢貪功。

一　樂府名始西漢，饗祀郊廟，咸有其文。故郭氏志樂，郊廟居首，而上古歌辭，乃闐焉無聞。今都爲一卷，特置在前。既肇聲氣之元，亦昭升降之序。歌謡仍各從類。

一　郊廟、燕射樂歌，史各臚列，宜從本文，如沈約《宋書》遠在唐御撰《晉書》前，則晉歌亦復遵宋，字或小異，分類附注。若易虎爲獸、淵爲泉之屬，以避諱故，今悉釐正。其歷代樂志因革具陳，條貫有次，郭本引述頗略，兹采而詳，亦不汎引。

一　鼓吹、横吹、相和、清商諸調，並依舊次。其緣本古辭擷句爲題者，亦依舊附後。間有更定，用便考覽，别無異同，以致衡決。

一　舞曲，郊廟、朝饗所奏，是爲雅舞。諸史舊載，各以類從。郭氏併鞞、鐸、巾、拂顓設一目，實有倫紀，今如之。

一　琴曲，郭氏頗多放遺，又苦蓁錯。今繇唐虞迄西楚爲一卷，漢迄隋爲一卷，其世次無考者，以時附見。

一　雜曲歌辭，以其本不關于正典，復不屬之各調而名之也。郭氏大校依鄭樵《樂府遺聲》，略見類從，闕互更著，今編代爲一卷，人益之。

一　歌謡，載馮氏《詩紀》者，以較郭本，三倍猶繁，至所挂漏，正自不免，今並補録。它若諺語，本屬體歌謡，郭全不載，仍依《詩紀》附焉。間多語作歌謡者，並考正。

一　頌主容告，讖本緯文，各有體裁，無關音樂。廼若原田裘鞞，則野誦之變體；鱗身狗尾，亦被歌以成文。掇其似玆，附屬謡諺。

一　郭氏意務博擥，間有詩題，慁列樂府。如《採桑》則劉邈《萬山見採桑人》，《從軍行》則王粲《從軍詩》、梁元帝《同王僧辯從軍》、江淹《擬李都尉從軍》、張正見《星名從軍詩》、庾信《同盧記室從軍》之類。有取詩首一二語，竄入前題，如「自君之出矣」，則鮑令暉《題詩後寄行人》，「長安少年行」則何遜《學古詩長安美少年》之類。有辭類前題，原未名爲歌曲，如《苦熱行》，任昉、何遜但云苦熱；《鬬雞篇》，梁簡文但云鬬雞之類。有賦詩爲題，而其本辭實非樂府，若張正見《晨雞高樹鳴》，本阮籍《詠懷詩》

「晨雞鳴高樹，命駕起旋歸」；張率《雀乳空井中》，本傅玄《雜詩》「鵲巢丘城側，雀乳空井中」之類。亦有全不相蒙，如《善哉行》，則江淹《擬魏文遊宴》；《秋風》，則吴邁遠《古意贈今人》之類。有一題數篇，半爲牽合，如楊方《合歡詩》後三首爲《雜詩》；《採蓮曲》則梁簡文後一首本《蓮花賦》中歌之類。並當删正，今但明注題下，而于目亦注宜删，不即輕削，疑者如例。

一　樂府作者非一，傳之逾遠，甚至離去本指，獨創新裁。若《箜篌引》謂「公無渡河」，而陳思曰「置酒高殿上」；《陌上桑》謂秦羅敷，而魏武帝「駕虹蜺」託言求仙，文帝「棄故鄉」轉傷征旅。又或緣題立意，挹流迷源，若《雞鳴》本言天下太平，飲酒作樂，終喻兄弟當相爲表裏，而劉孝威「埘雞識將曙」、岑德潤「鐘響應繁霜」特爲雞詠。若《櫂歌行》本言王者布大化，而陸機「遲遲暮春日」、孔甯子「君子樂和節」頗美舟游。凡斯統覽首尾自明，舊注其云某但言某事而已，别無一義者省，儻旁多摭引，足相鉤校者存。

一　古辭舊傳爲漢者，或亦有據。《出塞》古辭一首疑必非漢。清商一部無名氏者，馮氏悉以屬晉，蓋謂清商始晉也。樂府舊注或云晉宋齊辭，或云晉宋梁辭，今但仍舊，其無名氏而事可證明，若沈玩、王歋、隨王誕、汝南王、桃葉等類，即加直書。

一　樂府《猛虎行》《飢不從猛虎食》《咄唶歌》《棗下何攢攢》《上留田行》《里中有啼兒》，曹植《苦熱行》等，舊止附注，今爲正載。

一　舊録所載，其辭云亡，而實有可討，又本辭之外，猶有遺篇，如魏明帝《猛虎行》《堂上行》，陸機、顏延之《挽歌》之類，雖系闕簡，尚復成章，今並裒録。

一　歌辭有兩屬，如《羅敷》《東門》《西門》《折楊柳行》、《白頭吟》諸曲，本屬相和瑟調、楚調，亦屬大曲，例不複載，義見《宋書》。舞曲、琴曲亦同。琴曲《昭君怨》王嬙本辭及劉令嫺、陳後主二篇，而石崇《王明君》以下諸辭，又載相和歌之吟歎曲，不可曉，今依舊録。

一　子政品文，詩與歌别；彦和著論，樂府特銓。故今自郊廟燕射諸調琴舞而外，自漢而隋，凡稱歌者，並所不遺，篇吟謳引，亦歌之流，總歸雜部。

一　歌曲無所分屬，又莫詳世代，如《西洲》《長干》諸曲，《三峽》《僰道》諸歌謡，《詩紀》附晉，亦未明確，凡今斯屬，别爲一卷。

一　仙歌鬼詩，《詩紀》有載，今但就中録其爲歌曲者，副之編末，聊取備焉。

一　詩歌自經史及各集所載外，其有散見諸子，如《莊》《列》《淮南》《孔叢》等，稗官偏記，如

一　《越絶》《吴越春秋》《江表傳》《襄陽耆舊記》《十六國春秋》《華陽國志》《洞冥》《拾遺》《搜神》《異苑》《齊諧》《水經注》《語林》《世説》《海山記》等，或有僞託，亦在兼收。《樂府》每取《古今樂録》《解題》《廣題》等，附注各題。今依此例，凡他篇籍轉相援引，悉爲綴拾，辨其異同，証其出處，比舊特詳。

一　一篇而或異題，或異句，或異字，或作者異人，其籍可証據，義有微長者，從之，而仍某作某，以志兩存。其一篇而別籍各載，或二見，或三四見者，亦並存之。

一　篇有斷句，句有闕字，字有繆義，一切傳疑，不能臆測。

一　各題數篇，篇以次代，代以次人，人則以帝王、諸家、方外、閨秀爲次。

一　郭本作者無名氏，而次某某後，如《箜篌謡》次劉孝威，《越城曲》次沈氏《登樓曲》，《詩紀》即附歸其人，今止從舊。

一　是編惟載正文，訓故音叶，原不暇及，或因辭義難曉，間參一二，固非通例。

一　名賢論著品藻，凡有涉樂府，及作者名氏、行履，略具始末，總爲《衍録》四卷。而名氏之左，評駁辨解，人即類從，歷數朝者，以所終爲定。亦有其作在前者，注明隋唐間人。若虞世南、袁朗、陳子良輩，作自何時，未可踰度，因姑附隋。虞世南等樂府皆擬古題，非比詩可知爲在隋在唐作也。今故亦録。

一《樂府詩集》《樂苑》下逮有唐，辭頗稱備。竊意三唐之于六代，體要且殊，風軌自別，故今斷從左氏。是編既成，當即爲唐樂苑，用繼其緒，務舉其全。

一是編緣習前聞，旁通廣涉，亦云具體。顧惟載籍極博，獨力難周，詎若渡河，喻同掃葉。請竢來喆，補闕訂疑。

右凡二十八則，每舉一隅，他可例見。兹所未盡，附載各題。

古樂苑前卷

古歌辭

昔葛天八闋，爰乃皇時。黃帝《雲門》，理不空綺。堯有《大唐》之詠，舜造《南風》之詩。大禹成功，九叙惟歌。太康敗德，五子咸怨。其來久矣。逮夫漢武崇禮，樂府始興，自後郊廟燕射，悉著篇章；諸調雜舞，多被絲管。雖新聲代變，厥有繇然。今故特録古歌，庸置首簡，其他琴曲歌謡，後各類次，不復繁茲。若夫塗山歌於候人，有娀謡乎飛燕，夏甲歎於東陽，殷麾思于西河，凡斯之屬，名存辭佚，亦具紀焉。

彈歌

《吴越春秋》曰：越王欲謀復吴，范蠡進善射者陳音。音楚人也，越王請音而問曰：孤聞子善射，道何所生？音曰：臣聞弩生于弓，弓生於彈，彈起于古之孝子不忍見父母爲禽獸所食，故作彈以守之，乃歌曰。　劉勰云：黃歌《斷竹》，質之至也。又曰：《斷竹》黃歌，乃二言之始。

斷竹，續竹。飛土，逐宍。續一作屬。宍，古肉字。今《吴越春秋》作「害」，非。

皇娥歌 皇娥

王子年《拾遺記》曰：少昊以金德王。母曰皇娥，處璇宫而夜織，或乘桴木而晝遊，經歷窮桑滄茫之浦，時有神童容貌絶俗，稱爲白帝之子，即太白之精，降乎水際，與皇娥讌戲並坐，撫桐峯梓瑟。皇娥倚瑟而清歌云云。白帝子答歌云云。及皇娥生少昊，號曰窮桑氏。

天清地曠浩茫茫，萬象迴薄化無方，浛天蕩蕩望滄滄。乘桴輕漾著日傍，當期何所至窮桑，心知和樂悦未央。

白帝子歌 白帝子

四維八埏眇難極，驅光逐影窮水域，璇宫夜静當軒織。桐峰文梓千尋直，伐梓作器成琴瑟，清歌流暢樂難極，滄湄海浦來棲息。楊慎云：《拾遺記》全無憑證，直構虚空。首謂少昊母有桑中之行，尤爲悖亂〔一〕。

被衣歌 被衣

《莊子》曰：齧缺問道乎被衣，被衣曰：若止汝形，一汝視，天和將至。攝汝知，一汝度，神將來舍。神將爲汝美，道將爲汝居，汝瞳焉如新生之犢，而無求其故。其言未卒，齧缺睡寐，被衣大説，行歌而去之。

形若槁骸，心若死灰。真其實知，不以故自持。媒媒晦晦，無心而不可與謀。彼何人哉！

謀，叶蒲杯反。哉，叶戕西反。故，事也。物不入於心，故曰不以故自持。媒媒晦晦，芒忽無見也。

箕山歌 許由

《古今樂録》曰：許由者，古之貞固之士也，堯時爲布衣，以清節約聞於堯。堯乃遣使禪爲天子，由喟然歎曰：匹夫結志，固如磐石。採山飲河，所以養性，非以貪天下也。堯既殂落，乃作箕山之歌。《博物志》曰：司馬遷云無堯以天下讓許由事。楊雄亦云誇大者爲之。

登彼箕山兮，瞻望天下。山川麗崎，萬物還普。日月運照，靡不記睹。遊放其間，何所却慮？歎彼唐堯，獨自愁苦。勞心九州，憂勤后土。謂予欽明，傳禪易祖。我樂何如，蓋不盻顧[二]。河水流兮緣高山，甘瓜施兮葉綿蠻。高林肅兮相錯連，居此之處傲堯君。下，古音虎。慮、山、蠻、君並叶。

賡歌 虞舜

三章。《虞書》：帝庸作歌曰：敕天之命，惟時惟幾。乃歌曰云云。皋陶拜手稽首颺言曰：念哉！率作興事，慎乃憲，欽哉！屢省乃成，欽哉！乃賡載歌曰云云。皋陶又歌曰云云。《史記》「敕天之命」二句作《歌》。乃者，繼事之辭，歌已復歌曰乃。

股肱喜哉，元首起哉，百工熙哉！

皋陶歌

元首明哉，股肱良哉，庶事康哉！

元首叢脞哉，股肱惰哉，萬事墮哉！

卿雲歌 虞舜

三章。《樂府集》載《尚書大傳》曰：舜將禪禹，於是俊乂百工相和而歌《卿雲》。帝唱之，八伯咸進，稽首而和。帝乃再歌。《尚書大傳》曰：維五祀，奏鐘石，論人聲，乃及鳥獸，咸變於前。秋養耆老，春食孤子，乃浡然《招》樂興於大麓之野。報事還歸一年，談然乃作《大唐》之歌。歌者二年，昭然乃知乎王世，明有不世之義。《招》爲賓客，而《雍》爲主人。始奏《肆夏》，納以《孝成》，舜爲賓客，而禹爲主人。樂正進贊曰：尚考大室之義，唐爲虞賓，至今衍於四海，成禹之變，垂於萬世之後。帝乃唱之曰云云。八伯咸進稽首曰云云。帝乃載歌曰云云。於時八風循道，卿雲蘽蓌，蟠龍憤信於其藏，蛟龍躍踊於其淵，龜龍咸出於其穴，遷虞而事夏也。《史記·天官書》曰：若煙非煙，若雲非雲。郁郁紛紛，蕭索輪囷。是謂慶雲，蓋和氣也。舜時有之。故美之而作歌。

八伯歌

卿雲爛兮，糺縵縵兮。日月光華，旦復旦兮。糺，諸本作禮，誤。復，一作或。

明明上天，爛然星陳。日月光華，弘于一人。天，叶。弘于，《樂書》作宏予。

帝載歌

日月有常，星辰有行。四時順經，萬姓允誠。於予論樂，配天之靈。遷于賢善，莫不咸聽。鼚乎鼓之，軒乎舞之。菁華已竭，褰裳去之。行、經、誠、靈、聽並叶。善，一作聖。去，叶上聲。

候人歌 塗山氏

《吕氏春秋》曰：禹行功，見塗山之女，禹未之遇而巡省南土，塗山氏之女乃令其妾待禹於塗山之陽，女乃作歌曰。

候人兮猗！

塗山歌

《吴越春秋》曰：禹年三十未娶，行塗山，恐時之暮，失其度制，乃辭云：吾娶也，必有應矣。乃有白狐九尾，造於禹，禹曰：白者吾之服也，九尾者王之證也。於是塗山之人歌之，禹因娶塗山，謂之女嬌。《吕氏春秋》曰：禹年三十未娶，行塗山，有白狐九尾造禹，塗山人歌曰：綏綏白狐，九尾龐龐。成子家室，乃都攸昌。禹遂娶之。

綏綏白狐，九尾龐龐。我家嘉夷，來賓爲王。成子室家，我都攸昌。天人之際，於兹則行。明矣哉！「成子室家，我都攸昌」一作「成家成室，我造彼昌」。行、明並叶。

五子歌 夏五子

五章。《夏書》：太康尸位，以逸豫滅厥德，黎民咸貳。乃盤游無度，畋于有洛之表。有窮后羿因民弗忍，距于河。厥弟五人，御其母以從，徯于洛之汭。五子咸怨，述大禹之戒以作歌。

皇祖有訓，民可近，不可下。民惟邦本，本固邦寧。予視天下愚夫愚婦，一能勝予。一人三失，怨豈在明，不見是圖。予臨兆民，懔乎若朽索之馭六馬。爲人上者奈何不敬？訓有之：內作色荒，外作禽荒。甘酒嗜音，峻宇雕墻。有一于此，未或不亡。

惟彼陶唐，有此冀方。今失厥道，亂其紀綱，乃底滅亡。楊慎云：《左傳》引《書》五子之歌「有此冀方，今失其行」，「其行」今文作「厥道」。按古文衍從行，中人，又音道。《石鼓文》：我水既静，伐衍既平。五子歌以衍叶方、綱，當從平音。道路之行、如景行字作衍；人之雁行、足行當作胻。見《龜筴傳》。陳耀文《正楊》云：《龜筴傳》：聖人剖其心，壯士斬其胻。注：胻音衡，脚脛也。亦非胻字，胻可直謂之行乎？

明明我祖，萬邦之君。有典有則，貽厥子孫。關石和鈞，王府則有。荒墜厥緒，覆宗絶祀。孫，叶。祀，叶養里反。

嗚呼曷歸，予懷之悲。萬姓仇予，予將疇依？鬱陶乎予心，顔厚有忸怩。弗慎厥德，雖悔可追。

炮烙歌 關龍逢

《符子》曰：桀觀炮烙於瑶臺，謂龍逢曰：樂乎？龍逢曰：樂。又曰：觀刑樂乎？龍逢曰：天下苦之，而君爲樂，臣觀君冕非冕也，冕危石也；臣觀君履非履也，履春冰也。未有冠危石而不壓，履春冰而不陷者。桀歎曰：子知我之亡，而不自知其亡。子就炮烙之刑，吾觀子亡，我不亡。龍行歌曰。

造化勞我以生，休我以炮烙乎？《路史》辨云：夫危石春冰，言之不倫，顧豈逢之語？而炮烙之事，考之《書》則紂之行，不聞其爲桀也。吾不敢盡信。

哀慕歌 周季歷

《古今樂録》曰：周太伯者，太王之長子也。太王有子三人：太伯、虞仲、季歷。季歷之子昌，即文王也。太王寢疾，欲傳季歷，以及昌，於是太伯與虞仲去，被髪文身，託爲王採藥。後聞太王卒，還奔喪，哭於門，示夷狄之人不得入王庭。季歷謂太伯長子也，當立，垂涕而留之，終不肯止，遂委而去，適於吴。季歷作哀慕之章。

先王既殂，長賓異都。哀喪腹心，未寫中懷。追念伯仲，我季如何？梧桐萋萋，生于道周。

宮館徘徊，臺閣既除。何爲遠去，使此空虛？·支骨離別，垂思南隅。瞻望荆越，涕淚交流。伯兮仲兮，逝肯來遊。自非二人，誰訴此憂？·霣音允。懷音窠。《衡波傳》：人知其一，不知其他。子生三年，然後免於父母之懷。周，淳于切。《三國志》李興《表孔明閭文》：漢高歸魂于豐沛，太公五世而反周。想魍魎之彷佛，冀形響之有餘。館，《風雅逸篇》作「舒」，云「舒」古「榭」字。一作「觀」。

夢歌 魯聲伯

一作《瓊瑰歌》。《左傳》曰：聲伯夢涉洹，或與己瓊瑰，食之，泣而爲瓊瑰，盈其懷，從而歌之云云。懼，不敢占也。還自鄭，至於貍脤而占之，曰：余恐死，故不敢占。今衆繁而從余三年矣，無傷也。言之之暮而卒。

濟洹之水，贈我以瓊瑰。歸乎歸乎，瓊瑰盈吾懷乎！懷，叶。

去魯歌 魯孔子下同

一作《師己歌》。《史記》曰：孔子相魯，齊人遺女樂，季桓子受之，三日不聽政。郊，又不致膰俎於大夫。孔子遂行，宿乎屯，而師己送，曰：夫子則非罪。孔子曰：吾歌可夫？歌曰云云。桓子聞之，曰：夫子罪我，以羣婢故也。《史記》：仲尼正樂以誘世，作五章以刺時。索隱曰：「優哉遊哉，聊以卒歲。」此五章之刺〔三〕。楊慎云：《楊子·五百篇》：「孔子因女樂去魯，曰：不聽政，諫不用，雉噫。」注：雉噫，猶歌歎之聲，梁鴻《五噫》之類。《琴操》「彼婦」云云，此即雉噫之歌也。《衝波傳》云云。楊子所云雉噫者指此。唐人碑文「聆鳳衰於南楚，歌雉噫於東魯」，亦用《楊子》。

彼婦之口，可以出走。彼婦之謁，可以死敗。蓋優哉游哉，維以卒歲。敗，叶蒲昧反。《家語》無「蓋」字，「維」《家語》作「聊」。王肅曰：言婦人之口請謁，足以憂使人死敗，故可以出走也。仕不遇，姑且優游以終歲〔四〕。

《衝波傳》曰：孔子相魯，齊人懼，而欲敗其政。選齊國好女八十人，皆衣文衣而舞《容璣》。季桓子語魯君，爲周道游館〔五〕。孔子乃行，覩雉之飛鳴，歎曰：山梁雌雉，時哉時哉。色斯舉矣，翔而後集。因爲雉噫之歌曰。

彼婦之叩，可以出奏。彼婦之謁，可以死北。優哉游哉，聊以卒歲。

楚聘歌

一作《大道歌》。《孔叢子》曰：楚王使使奉金幣聘夫子，宰予、冉有曰：夫子之道至是行矣。遂請見，問曰：太公勤身苦志，八十而遇文王，孰與許由之賢？子曰：許由獨善其身者也，太公兼利天下者也。然今世無文王，雖有太公，孰能識之？乃歌曰。

大道隱兮禮爲基，賢人竄兮將待時，天下如一兮欲何之？

丘陵歌

陸賈《新語》作丘公陵歌。《孔叢子》曰：哀公使以幣如衛迎夫子，而不能賞，故夫子作丘陵之歌。注：言昏主之道難且險，若丘陵然。故作是歌以託意。

登彼丘陵，峛崺其阪。仁道在邇，求之若遠。遂迷不復，自嬰屯蹇。喟然迴慮，題彼泰山。鬱確其高，梁甫迴連。枳棘充路，陟之無緣。將伐無柯，患兹蔓延。惟以永歎，涕霣潺湲。峛崺，崎嶇也。丘陵既高且險，其阪又崎嶇相屬。丘陵謂王室也，阪指諸侯，題顧也，泰山謂魯也。言歷諸國既無所用，復顧魯鬱確其高，言公室既鬱確而險，大夫又亂如枳棘，欲伐去又無斧柯。梁甫，太山之下小山，指三桓也。邇一作近。

蟪蛄歌

《詩含神霧》曰：孔子歌曰云云。政尚静而惡譁也。

違山十里，螻蛄之聲猶尚在耳。

鶬鴰歌

《韓詩内傳》曰：孔子渡江，見鶬鴰，異之，衆莫能名。孔子曰：嘗聞河上人歌云。《大戴禮》注引《韓詩内傳》云：鶬鴰胎生，孔子渡江，見而異之。《白澤圖》云：昔孔子、子夏所見，故歌之。其頭九首，今呼爲九頭鳥也。《文選·江賦》：龍鯉一角，奇鶬九頭。注：劉駒駼《玄根賦》云：一足之夔，九頭之鶬。《酉陽雜俎》云：《白澤圖》謂之鶬鸕，《帝鵠書》謂之逆鶬。裴瑜所注《爾雅》言鶬，麋鴰，是九頭鳥也。《小説》：周公居東周，惡聞此鳥，命庭氏射之。血其一首，餘猶九首。按孔子鶬歌「逆毛鶬兮，一身九尾長兮」。只言九尾，不言九頭。

鴰兮鶬兮〔六〕，逆毛衰兮，一身九尾長兮。

《衝波傳》：有鳥九尾，孔子與子夏見之。人以問孔子，曰：鶬也。子夏曰：何以知之？孔子曰：河上之歌云。

鶬兮鴰兮，逆毛衰兮，一身九尾長兮。

孤鵫歌

《類要》曰：孔子遊于隅山，見取薪而哭，長梓上有孤鵫，乃承而歌之。

鴝彼鳴鵫，在巖山之唫。叶其淹反。

獲麟歌

《孔叢子》曰：叔孫氏之車子鉏商，樵於野，而獲麟焉。衆莫之識，以爲不祥，棄之五父之衢。冉有告曰：麕身而肉角。豈天之妖乎？夫子往觀焉，泣曰：麟也。麟出而死，吾道窮矣。乃歌云。

唐虞世兮麟鳳遊，今非其時來何求？麟兮麟兮我心憂。

原壤歌

《禮記·檀弓》曰：孔子之故人曰原壤，其母死，夫子助之沐椁。原壤登木曰：久矣，予之不託於音也！歌曰云云。夫子爲弗聞也而過之。或曰此即《射義》所謂「貍首」逸詩也。

貍首之斑然，執女手之卷然。貍首之斑，言木文之華也。卷與拳同。如執女手之拳，言沐椁之滑膩也。斑，叶卑連反。

曳杖歌

一作夢奠歌。亦見《家語》。《檀弓》曰：孔子蚤作，負手曳杖，消摇於門，歌曰云云。既歌而入，當户而坐。子貢聞之，曰：泰山其頽，則吾將安仰？梁木其壞，哲人其萎，則吾將安放？遂趨而入。夫子曰：予疇昔之夜，夢奠於兩楹之間。夫明王不興，而天下其孰能宗予？予殆將死也。蓋寢疾七日而終。

泰山其頽乎，梁木其壞乎，哲人其萎乎？壞叶。

黄鵠歌　陶嬰

《列女傳》曰：魯陶嬰者，陶明之女也。少寡，養幼孤，無彊昆弟，紡績爲産。魯人或聞其義，將求焉。嬰聞之，恐不得免，乃作歌明己之不更二庭也。魯人聞之，遂不敢復求。

悲夫黄鵠之早寡兮，七年不雙。宛頸獨宿兮，不與衆同。夜半悲鳴兮，想其故雄。天命早寡兮，獨宿何傷。寡婦念此兮，泣下數行。嗚呼哀哉兮，死者不可忘。飛鳥尚然兮，況於貞良。雖有賢雄兮，終不同行。雙、行並叶。

烏鵲歌 宋韓憑妻何氏

韓憑戰國時爲宋康王舍人，妻何氏美。王欲之，捕舍人，築青陵臺，何氏作《烏鵲歌》以見志，遂自縊死。二首見《彤管集》。一作《青陵臺歌》，見《九域志》，止前一首。

南山有烏，北山張羅。烏自高飛，羅當奈何。

烏鵲雙飛，不樂鳳皇。妾是庶人，不樂宋王。

答夫歌

其雨淫淫，河大水深，日出當心。康王得書，以問蘇賀，賀曰：雨淫淫，愁且思也；河水深，不得往來也；日當心，有死志也。俄而憑自殺，妻亦死。

飯牛歌 齊甯戚

《淮南子》曰：甯越欲干齊桓公，困窮無以自達，於是爲商旅，將任車以商於齊，莫宿於郭門外。桓公郊迎客，夜開門辟任車，爝火甚衆，越飯牛車下，擊牛角而疾商歌。桓公聞之，曰：異哉，非常人也！命後車載之，因授以政。越一作戚。《蜩笑外稿》云：此歌不類春秋時人語，蓋後世所擬者。高誘注《吕氏春秋》，謂戚所歌乃《詩·碩鼠》之辭，雖未見所據，亦可驗「南山白石」之歌誘未之見也。然其辭亦激烈，足以動人。

南山矸，白石爛，生不逢堯與舜禪。短布單衣適至骭，從昏飯牛薄夜半，長夜漫漫何時旦！矸音岸，叶魚戰反。爛，叶郎甸反。骭音幹，叶同矸。半，叶彼卷反。旦，叶都卷反。滄浪之水白石粲，中有鯉魚長尺半。弊布單衣裁至骭，清朝飯牛至夜半。黄犢上阪且休息，吾將捨汝相齊國。出東門兮厲石斑，上有松柏青且闌。麤布衣兮緼縷，時不遇兮堯舜主。牛兮努力食細草，大臣在爾側，吾當與爾適楚國。草，叶脞五反。此首見劉向《别録》。楊慎云：甯戚《飯牛歌》「康浪之水白石爛」，康浪水在今山東，見《一統志》，可考。《樂府》誤作「滄浪之水」，滄在楚，與齊何涉？駱賓王文云：觀梁父之曲，識卧龍於孔明；聽康浪之歌，得飯牛於甯戚。此可以證。近刻駱集，又妄改康浪作康衢，自是堯時事。

狐裘歌　晉士蔿

一作狐裘詩。《左傳》：晉侯使士蔿爲二公子築蒲與屈，不慎，置薪焉，夷吾訴之，公使讓之，士蔿對曰：臣聞之，無喪而慼，憂必讐焉。無戎而城，讐必保焉。寇讐之保，又何慎焉。《詩》曰：「懷德惟寧，宗子維城。」君其脩德而固宗子，何城如之？三年將尋師焉，焉用慎？退而賦曰。

狐裘尨茸，一國三公，吾誰適從？尨茸，亂貌，言貴服多也，公與二子爲三。適，專主也。言城不堅則爲公子所訴，爲公所讓；堅之則爲固讎，不忠，故不知所從。

暇豫歌 優施

《國語》曰：晉優施通于驪姬，姬欲害申生，而難里克。優施乃飲里克酒，中飲，優施起舞，曰云云。里克笑曰：何謂菀，何謂枯？優施曰：其母爲夫人，其子爲君，可不謂菀乎？其母既死，其子又有謗，可不謂枯乎？枯且有傷。里克懼，乃定中立之計。

暇豫之吾吾，不如鳥烏。人皆集於菀，己獨集於枯。暇，閑。豫，樂也。吾吾，不敢自親之貌。言里克欲爲暇豫事君之道，反不敢自親吾吾然，其智曾不如鳥烏。菀，茂木也。己，里克也。喻人皆與奚齊，克獨與申生也。吾，讀如魚。

舟之僑歌 舟之僑

《説苑》曰：晉文公出亡，舟之僑去虞而從焉。文公反國，擢可爵者而爵之，擢可禄者而禄之，舟之僑獨不與。文公酌諸大夫酒，酒酣，文公曰：二三子，盍爲寡人賦乎？僑曰：君子爲賦，小人請陳其辭。遂歷階而去，文公求之，不得。

有龍矯矯，頃失其所。一蛇從之，周流天下。龍反其淵，安寧其處。一蛇耆乾，獨不得其所。此與介子推事同。

河激歌 女娟

《列女傳》曰：女娟者，趙河津吏之女也。簡子南擊楚，津吏醉卧，不能渡，簡子怒，欲殺之，娟懼，持檝走前，曰：願以微軀，易父之死。簡子遂釋不誅。將渡，用檝者少一人，娟攘拳操檝而請，簡子遂與渡。中流，爲簡子發河激之歌。簡子歸，納爲夫人。

升彼河兮而觀清，水揚波兮冒冥冥。禱求福兮醉不醒，誅將加兮妾心驚，罰既釋兮瀆乃清。妾持檝兮操其維，蛟龍助兮主將歸，呼來櫂兮行勿疑。

優孟歌 楚優孟

《史記·滑稽傳》：楚相孫叔敖病且死，屬其子曰：若貧困，若往見優孟。居數年，其子窮困負薪，逢優孟，曰：我孫叔敖子也。父死時，屬我貧困往見優孟。孟即爲孫叔敖衣冠，抵掌談語。歲餘，像孫叔敖。楚王置酒，優孟前爲壽，莊王大驚，以爲孫叔敖復生也，欲以爲相。優孟曰：楚相不足爲也。孫叔敖爲楚相，盡忠爲廉，王得以伯。今死，其子貧困負薪，以自飲食。必如孫叔敖，不如自殺。因歌曰云云。莊王乃召孫叔敖子，而封之寢丘。

山居耕田苦，難以得食。起而爲吏，貪鄙者餘財，不顧耻辱。身死家室富，又恐受賕枉法，爲姦觸大罪，身死而家滅。貪吏安可爲也！念爲廉吏，奉法守職，竟死不敢爲非。廉吏安可爲也！《風雅逸篇》曰：按此無音韻章句，而史以爲歌，曰不可曉，豈當時隱括轉换，借歌聲以成之歟？史不能述其音，但記其義也。又曰：劉子玄譏此事之妄幻，然此傳以滑稽名，乃優孟自爲寓言爾。

忼慨歌

一作楚商歌。《文章流别》：孫叔敖碑曰：叔敖臨卒，將無棺槨，令其子曰：優孟曾許千金貸吾。孟，故楚之樂長，與相君相善，雖言千金，實不貸也。卒後數年，莊王置酒以爲樂，優孟乃言孫君相楚之功。既忼慷高歌，涕泣數行下，若投首王。王心感動覺悟，問孟，孟具列對，即來其子而加封焉〔七〕。

貪吏而可爲而不可爲，廉吏而可爲而不可爲。貪吏而不可爲者，當時有污名；而可爲者，子孫以家成。廉吏而可爲者，當時有清名；而不可爲者，子孫困窮，被褐而負薪。貪吏常苦富，廉吏長苦貧。獨不見楚相孫叔敖，廉潔不受錢！貧，叶類眠反。

申包胥歌　申包胥

《吴越春秋》曰：子胥以吴兵伐楚，入郢，昭王出奔。申包胥乃之秦求救，倚哭於秦庭。七日七夜，口不絶聲。哭已，歌曰云云。桓公大驚，曰：楚有賢臣若此，吴猶欲滅之，寡人無臣若斯者，其亡無日矣。爲賦《無衣》之詩，出師而送之。桓當作哀。

吴爲無道，封豕長蛇，以食上國。欲有天下，政從楚起。寡君出在草澤，使來告急。澤，叶直抧反。

《左傳》亦載，不云歌。

漁父歌　楚漁父

一作渡伍員歌。《吴越春秋》曰：伍子胥逃楚，與楚太子建奔鄭。晉頃公欲因太子謀鄭，鄭知之，殺太子建。伍員奔吴，追者在後，至江，江中有漁父，子胥呼之，漁父欲渡，因歌曰云云。子胥止蘆之漪，漁父又歌曰云云。既渡，漁父視之有饑色，曰：爲子取餉。漁父去，子胥疑之，乃潛深葦之中。父來，持麥飯鮑魚羹盎漿，求之不見，因歌而呼之曰云云。子胥出，飲食畢，解百金之劍以贈，漁父不受，問其姓名，不答。子胥誡漁父曰：掩子之盎漿，無令其露。漁父諾。胥行數步，漁者覆船，自沉於江。

日月昭昭乎寢已馳，與子期乎蘆之漪。乎一作兮。《越絶》載漁父歌云：日昭昭侵以施，與子期甫蘆之碕。《越絶》漁父歌「日昭昭浸以暆」。暆，日斜也。遼左東暆縣。賈誼賦：日斜庚子。斜音移。右一。

日已夕兮，予心憂悲。月已馳兮，何不渡爲？事寖急兮將奈何？右二。

蘆中人，蘆中人，豈非窮士乎？合上章爲爲韻。右三。

接輿歌 陸通

《論語》：楚狂接輿，歌而過孔子，曰云云。《列仙傳》曰：陸通者，楚狂接輿也。好養生，遊諸名山，嘗遇孔子而歌。

鳳兮鳳兮，何德之衰！往者不可諫，來者猶可追。已而已而，今之從政者殆而。殆，叶養里切。

《莊子》曰：孔子適楚，楚狂接輿遊其門曰。

鳳兮鳳兮，何如德之衰也！來世不可待，往世不可追也。天下有道，聖人成焉。天下無道，聖人生焉。方今之時，僅免刑焉。福輕乎羽，莫之知載。禍重乎地，莫之知避。已乎已乎，臨人以德。殆乎殆乎，畫地而趨。迷陽迷陽，無傷吾行。吾行郤曲，無傷吾足。成謂可以成功，生全生而已。《困學紀聞》曰：胡明仲云：荆楚有草，叢生脩條，野人呼爲迷陽，其膚多刺，故曰無傷吾行，無傷吾足。　羽，叶羽軌反。已，止也。德，叶都木反。以德自尊而臨人也。趨，古音促。言自拘束。《高士傳》所載「無傷吾足」之後有云：山木自寇也，膏火自煎也。桂可食，故伐之。漆可用，故割之。人皆知有用之用，而不知無用之用也。按此亦不云歌。

孺子歌　孺子

《孟子》曰：有孺子歌曰云云。孔子曰：小子聽之。清斯濯纓，濁斯濯足矣。自取之也。《文章正宗》作《滄浪歌》。

滄浪之水清兮，可以濯我纓。滄浪之水濁兮，可以濯我足。濁，叶厨主反。　此亦載《楚辭·漁父》，「我」並作「吾」。

混混之水濁，可以濯吾足乎！泠泠之水清，可以濯吾纓乎！《文子》載《滄浪歌》。

王子思歸歌　王子

楚之王子質于秦作。

洞庭兮木秋，涔陽兮草衰。去千乘之家國，作咸陽之布衣。《怨録》。

越人歌

劉向《説苑》曰：鄂君子晳汎舟於新波之中，乘青翰之舟，張翠蓋。會鐘鼓之音畢，榜枻越人擁楫而歌，於是鄂君乃揄脩袂，行而擁之，舉繡被而覆之。鄂君，楚王母弟也。

今夕何夕兮，搴洲中流。今日何日兮，得與王子同舟。蒙羞被好兮，不訾詬耻。心幾煩而不絶兮，得知王子。山有木兮木有枝，心説君兮君不知。

庚癸歌 吴申叔儀

《左傳》：魯哀公十三年，公會單平公、晉定公、吴夫差于黄池。吴申叔儀作歌，乞糧於公孫有山氏，有山氏對曰：粱則無矣，粗則有之。若登首山以呼曰：「庚癸乎！」則諾。注：軍中不得出糧，故爲私隱。庚西方，主穀；癸北方，主水。傳言吴子不與士共饑渴，所以取亡也。

佩玉縈兮，余無所繫之。旨酒一盛兮，余與褐之父睨之。縈然，服飾備也。已獨無以爲繫佩。言吴王不恤下。一盛，一器也。褐，寒賤之人。言但視不得飲。睨，去聲。

河上歌

《吴越春秋》曰：楚白喜奔吴，吴王闔閭以爲大夫，與謀國事。吴大夫被離問子胥曰：何見而信喜？子胥曰：吾之怨與喜同。子不聞河上歌乎？

同病相憐，同憂相救。驚翔之鳥，相隨而集。瀨下之水，因復俱流。胡馬望北風而立，越鷰向日而熙。誰不愛其所近，悲其所思者乎？

烏鳶歌 越王夫人

二首。《吴越春秋》曰：越王將入吴，與諸大夫别於浙江之上，羣臣垂泣，越王夫人顧烏鵲啄江渚之蝦，飛去復來，因歌曰。

仰飛鳥兮烏鳶，凌玄虚兮號翩，集洲渚兮優恣，啄蝦矯翮兮雲間，任厥性兮往還。妾無罪兮負地，有何辜兮譴天。颿獨兮西往，孰知返兮何年。心惙惙兮若割，淚泫泫兮雙懸。還，音旋。

彼飛鳥兮鳶烏，已迴翔兮翕蘇，心在專兮素蝦，何居食兮江湖，徊復翔兮游颺，去復返兮於乎。始事君兮去家，終我命兮君都，終來遇兮何辜，離我國兮去吴。妻衣褐兮爲婢，夫去冕兮爲奴。歲遥遥兮難極，寃悲痛兮心惻，腸千結兮服膺，於乎哀兮忘食。願我身兮如鳥，身翱翔兮矯翼，去我國兮心遥，情憤惋兮誰識。《風雅逸篇》注曰：《吴越春秋》作於後漢人，所載事多不實，此歌依託無疑。

采葛婦歌 采葛婦

《吴越春秋》曰：越王自吴還國，勞身苦心，懸膽於户，出入嘗之。知吴王好服之被體，使國中男女入山采葛，作黄絲之布以獻之。吴王乃增越之封，賜羽毛之飾、机杖、諸侯之服，越國大悦。采葛之婦傷越王用心之苦，乃作若之何詩曰。

葛不連蔓棻台台，我君心苦命更之。嘗膽不苦甘如飴，令我采葛以作絲。女工織兮不敢遲，弱於羅兮輕霏霏，號絺素兮將獻之。越王悦兮忘罪除，吴王歡兮飛尺書。增封益地賜羽奇，机杖茵蓐諸侯儀。羣臣拜舞天顔舒，我王何憂能不移。連，一作延。除，叶魚羈反。書，叶商之反。舒，叶同書。

若何歌

一作采葛婦歌。

嘗膽不苦味若飴，今我采葛以作絲。

離别相去辭

《吴越春秋》曰：越王伐吴，國人各送其子弟於郊境之上，作離别相去之辭。

躒躁催長恧兮，擢戟馭殳。所離不降兮，以泄我王氣蘇。三軍一飛降兮，所向皆殂。一士判死兮，而當百夫。道祐有德兮，吴卒自屠。雪我王宿耻兮，威振八都。軍伍難更兮，勢如貔貙。行行各努力兮，於乎於乎！

河梁歌

《吴越春秋》曰：越勾踐既滅吴，霸諸侯，號令於齊、楚、秦、晉，皆輔周室。秦厲公不如命，勾踐乃選吴越將士，西渡河以攻秦。秦人懼，自引咎，越乃還軍。軍人悦樂，作河梁之詩曰。

渡河梁兮渡河梁，舉兵所伐攻秦王。孟冬十月多雪霜，隆寒道路誠難當。陳兵未濟秦師降，諸侯怖懼皆恐惶，聲傳海内威遠邦，稱伯穆桓齊楚莊。天下安寧壽考長，悲去歸兮河無梁。降，胡江反。

彈鋏歌 田齊馮驩

三章。《史記·孟嘗君傳》：馮驩見孟嘗君，居傳舍十日，孟嘗君問傳舍長曰：客何所爲？答曰：馮先生甚貧，惟有一劍耳，又蒯緱。彈其劍而歌曰云云。孟嘗君遷之幸舍，食有魚矣。五日又問傳舍長，答曰：客復彈劍而歌曰云云。孟嘗君遷之代舍。五日孟嘗君復問傳舍長，答曰：先生又嘗彈劍而歌曰云云。于是孟嘗君不悦。

長鋏歸來乎，食無魚。右一

長鋏歸來乎，出無車。右二

長鋏歸來乎，無以爲家。右三

楊朱歌 楊朱

《莊子》：楊朱之友曰季梁，疾，大漸，其子環而泣之，請醫。季梁謂楊朱曰：汝奚不爲我歌以曉之？楊朱歌曰云云。俄而季梁之疾自瘳。

天其弗識，人胡能覺？匪祐自天，弗孽由人。我乎汝乎，其弗知乎？醫乎巫乎，其知之乎？識，叶施灼反。

引聲歌 莊周

《古今樂録》曰：莊周者，齊人也，隱於山岳。湣王遣使齎金百鎰，聘以相位，周謝，使者去，引聲歌曰。

天地之道，近在胸臆。呼噏精神，以養九德。渴不求飲，饑不索食。避世守道，志潔如玉。卿相之位，難可直當。巖巖之石，幽而清涼。枕塊寢處，樂在其央。寒涼回固，可以久長。玉，叶魚律反。固，一作周。

祠洛水歌 秦始皇

一作秦始皇歌。《古今樂録》曰：秦始皇祠洛水，有黑頭公從河中出，呼始皇曰：來，受天之寶。乃與羣臣作歌。

洛陽之水，其色蒼蒼。祠祭大澤，倏忽南臨。洛濱醊禱，色連三光。

【校勘記】

〔一〕尤，原作「猶」，據《四庫》本改。

〔二〕盻，《四庫》本作「眄」。

〔三〕剌，原作「次」，據《四庫》本改。

〔四〕姑且，《四庫》本作「故可」。

〔五〕館，《四庫》本作「觀」。

〔六〕鵾兮鶻兮，《四庫》本作「鶻兮鵾兮」。

〔七〕來，《四庫》本作「求」。

古樂苑卷第一

郊廟歌辭

《樂記》曰：王者功成作樂，治定制禮，是以五帝殊時，不相沿樂，三王異世，不相襲禮，明其有損益也。然自黄帝以來，至於三代，千有餘年，而其禮樂之備，可以考而知者，唯周而已。周「昊天有成命」乃郊祀天地之樂歌也，《清廟》祀太廟之樂歌也，《我將》祀明堂之樂歌也，《載芟》《良耜》藉田社稷之樂歌也，然則祭樂之有歌，其來尚矣。兩漢已後，世有制作，其所以用於郊廟朝廷，以接神人之歡者，其金石之響、歌舞之容，亦各因其功業治亂之所起，而本其風俗之所由。武帝時，詔司馬相如等造《郊祀歌》詩十九章，五郊互奏之。又作《安世歌》詩十七章，薦之宗廟。至明帝，乃分樂爲四品〔一〕：一曰《大予樂》，典郊廟上陵之樂。郊樂者，《易》所謂「先王以作樂崇德，殷薦上帝」。宗廟樂者，《虞書》所謂「琴瑟以詠，祖考來格」，《詩》云「肅雍和鳴，先祖是聽」也。二曰雅頌樂，典六宗社稷之樂。社稷樂者，《詩》所謂「琴瑟擊鼓，以御田祖」，《禮記》曰「樂施於金石，越於音聲，用乎宗廟社稷，事乎山川鬼神」是也。永平三年，東平王蒼造光武廟登歌一章，稱述功德，而郊祀同用漢歌。魏歌辭不見，疑亦用漢辭也。武帝始命杜夔創定雅樂，時有鄧静、尹商善訓雅歌，歌師尹胡能習宗廟郊祀之曲，舞師馮肅、服養曉知先代諸舞，夔總領之。魏復先代古樂，自夔始也。晉武受命，百度草創。泰始二年，詔郊廟明堂禮樂權用魏儀，遵周室肇稱殷禮之義，但使傅玄改其樂章而已。永嘉之亂，舊典不存。賀循爲太常，始有登歌食舉之樂。明帝太寧末，又詔阮孚增益之。至孝武太元之世，郊祀遂不設樂。宋文帝元嘉中，南郊始設登歌，廟舞猶闕。乃詔顔延之造天地郊登歌三篇，大抵依倣晉曲。南齊、梁、陳，初皆沿襲，後更創制，以爲一代之典。元魏、宇文繼有朔漢，宣武已後，雅好胡曲，郊廟之樂，徒有其名。隋文平陳，始獲江左舊樂。乃調五音爲五夏、二舞、登歌、房中等十四調，賓、祭用之。唐高祖受禪，未遑改造，樂府尚用前世舊文。武德九年，乃命祖孝孫脩定雅樂，而梁、陳盡吴、楚之音，周、齊雜胡戎之伎。於是斟酌南北，考以古音，作爲唐樂。

漢郊祀歌

《漢書·禮樂志》曰：武帝定郊祀之禮，祠太一於甘泉，就乾位也。祭后土於汾陰，澤中方丘也。乃立樂府，采詩夜誦，有趙代秦楚之謳。以李延年爲協律都尉，多舉司馬相如等數十人造爲詩賦，略論律吕，以合八音之調，作十九章之歌。以正月上辛用事甘泉圜丘，使童男女七十人倶歌，昏祠至明。夜嘗有神光如流星止集於祠壇，天子自竹宫而望拜，百官侍祠者數百人皆肅然動心焉。其餘巡狩福應之事，不序郊廟。是時河間獻王獻所集雅樂，天子下太樂官，常存肄之，歲時以備數，然不常御，常御及郊廟皆非雅聲。今漢郊廟詩歌，未有祖宗之事，八音調均，又不協于鍾律，而内有掖庭材人，外有上林樂府，皆以鄭聲施于朝廷。哀帝即位，下詔罷樂府官，郊祭樂及古兵法武樂，在經非鄭衛之樂者，條奏，别屬他官。丞相孔光、大司空何武奏：郊祭樂六十二人，給祠南北郊。《宋書·樂志》曰：漢武頗造新歌，然不以光揚祖考，崇述正德，但多詠祭祀及祥瑞而已。今按其首《練時日》曰「靈之來」「靈之至」，迎神也。《帝臨》五章，歌五帝也。《泰元》三章，統頌天地。而《日出入》言人命不能安固，武帝願乘黄之徠下，如黄帝之升而仙也。其後或紀瑞應，或祝神釐。《赤蛟》曰「禮樂成，靈將歸」，則送神之曲也。後代郊祀，樂府多倣之，大都本《騷》《九歌》《招魂》，故其詞幽深峻絶。

練時日

練時日，侯有望，焫膋蕭，延四方。九重開，靈之斿，垂惠恩，鴻祜休。靈之車，結玄雲，駕飛龍，羽旄紛。靈之下，若風馬，左倉龍，右白虎。靈之來，神哉沛，先以雨，般裔裔。靈之至，慶陰陰，相放怫，震澹心。靈已坐，五音飭，虞至旦，承靈億。牲繭栗，粢盛香，尊桂酒，賓八鄉。靈安留，吟青黄，徧觀此，眺瑶堂。衆嫭並，綽奇麗，顔如荼，兆逐靡。被華文，厠霧縠，曳阿錫，被珠玉。俠嘉夜，茝蘭芳，澹容與，獻嘉觴。般與班同，放怫音昉弗。俠與挾同。

帝臨

張晏云：此后土之歌也。土數五，故稱數以五。坤爲母，故稱媪。土色黄，故稱上黄。劉攽云：帝指武帝，改服色尚黄，數用五。富媪者，由漢以土德王也。按青陽四歌，則后土當在中壇，張説是矣。

帝臨中壇，四方承宇，繩繩意變，備得其所。清和六合，制數以五。海内安寧，興文匽武。后土富媪，昭明三光。穆穆優游，嘉服上黄。媪一云當作煴，如作煴則坤母之説鑿矣。

青陽

《史記·樂書》曰：春歌青陽，夏歌朱明，秋歌西顥，冬歌玄冥。四首《漢書》並云鄒子樂。

青陽開動，根荄以遂，膏潤并愛，跂行畢逮。霆聲發榮，壧處頃聽，枯槀復産，迺成厥命。衆庶熙熙，施及夭胎，羣生啿啿，惟春之祺。頃讀如傾。啿音湛。

朱明

朱明盛長，旉與萬物，桐生茂豫，靡有所詘。敷華就實，既阜既昌，登成甫田，百鬼迪嘗。廣大建祀，肅雍不忘，神若宥之，傳世無疆。顔師古云：桐讀爲通。劉攽云：桐，幼穉也。

西顥

西顥沆碭，秋氣肅殺，含秀垂穎，續舊不廢。姦僞不萌，祅孽伏息，隅辟越遠，四貉咸服。

既畏兹威，惟慕純德，附而不驕，正心翊翊。廢，叶音發。

玄冥

玄冥陵陰，蟄蟲蓋臧，中木零落，抵冬降霜。易亂除邪，革正易俗，兆民反本，抱素懷樸。條理信義，望禮五嶽。籍斂之時，掩收嘉穀。

惟泰元

《漢書·禮樂志》曰：建始元年，丞相匡衡奏罷「鸞路龍鱗」，更定詩曰「涓選休成」。

惟泰元尊，媼神蕃釐，經緯天地，作成四時。精建日月，星辰度理，陰陽五行，周而復始。雲風靁電，降甘露雨，百姓蕃滋，咸循厥緒。繼統共勤，順皇之德，鸞路龍鱗，罔不肸飾。嘉籩列陳，庶幾宴享，滅除凶災，烈騰八荒。鐘鼓竽笙，雲舞翔翔，招摇靈旗，九夷賓將。釐讀如僖。共讀如恭。享，叶音鄉。

天地

匡衡奏罷「黻繡周張」，更定詩曰「肅若舊典」。

天地並況，惟予有慕，爰熙紫壇，思求厥路。恭承禋祀，緼豫爲紛，黼繡周張，承神至尊。千童羅舞成八溢，合好效歡虞泰一。九歌畢奏斐然殊，鳴琴竽瑟會軒朱。璆磬金鼓，靈其有喜，百官濟濟，各敬厥事。盛牲實俎進聞膏，神奄留，臨須搖。長麗前掞光耀明，寒暑不忒況皇章。展詩應律鋗玉鳴，含宮吐角激徵清。發梁揚羽申以商，造茲新音永久長。聲氣遠條鳳鳥鴹〔二〕，神夕奄虞蓋孔享。溢與佾同。軒朱即朱軒。鴹，古翔字。明、章以後叶音。

日出入

日出入安窮？時世不與人同。故春非我春，夏非我夏，秋非我秋，冬非我冬。泊如四海之池，徧觀是耶謂何？吾知所樂，獨樂六龍，六龍之調，使我心若。訾黄其何不徠下！

天馬

《漢書·武帝紀》曰：元鼎四年秋，馬生渥洼水中，作天馬之歌。《禮樂志》作元狩三年。李斐曰：南陽新野有暴利長，武帝時遭刑，屯田燉煌界，數於渥洼水旁見羣野馬，中有奇者，與凡馬異，來飲此水。利長先作土偶持勒靽於水傍，馬玩習久之，代土偶持勒靽收得，獻之。欲神異之，云從水中出也。太初四年春，貳師將軍李廣利斬大宛王首，獲汗血馬來，作西極天馬之歌。《西域傳》曰：大宛國多善馬，馬汗血，言其先天馬子也。應劭曰：大宛有天馬種，蹏蹋石汗血。蹋石者，謂蹋石而有跡，言其蹏堅利。汗血者，謂汗從前肩髆出如血。號一日千里也。《張騫傳》曰：漢武帝初發書《易》，曰：神馬當從西北來。得烏孫馬好，名曰天馬。及得宛馬汗血，益壯，更名烏孫馬曰西域馬，宛馬曰天馬云。《史記·樂書》別有二歌，與此小異，今載于後。

太一況，天馬下。霑赤汗，沬流赭。志俶儻，精權奇。籋浮雲，晻上馳。體容與，迣萬里。今安匹？龍爲友。天馬歌。　籋音躡。迣音逝，古迾字。師古云：迣與厲同。

天馬徠，從西極，涉流沙，九夷服。天馬徠，出泉水，虎脊兩，化爲鬼。天馬徠，歷無草，徑千里，循東道。天馬徠，執徐時，將摇舉，誰與期？天馬徠，開遠門，竦予身，逝昆侖。天馬徠，龍之媒，游閶闔，觀玉臺。西極天馬歌。　應邵云：辰曰執徐，言得天馬時歲在辰也。

天門

天門開，詄蕩蕩，穆並聘，以臨饗。光夜燭，德信著，靈寖平，而鴻長生豫。大朱涂廣，夷石爲堂，飾玉梢以舞歌，體招摇若永望。星留俞，塞隕光，照紫幄，珠熉黄。幡比㺌回集，貳雙飛常羊。月穆穆以金波，日華燿以宣明。假清風軋忽，激長至重觴。神裵徊若留放，殣冀親以肆章。函蒙祉福常若期，寂漻上天知厥時。汎汎滇滇從高斿，殷勤此路臚所求。佻正嘉吉弘以昌，休嘉砰隱溢四方。專精厲意逝九閡，紛云六幕浮大海。詄讀如迭。碓音覲。閡，叶音改。

景星

一曰寶鼎歌。《漢書·武帝紀》曰：元鼎四年，夏六月，得寶鼎后土祠旁，作寶鼎之歌。《禮樂志》曰：景星，元鼎五年得鼎汾陰作。

景星顯見，信星彪列，象載昭庭，日親以察。參侔開闔，爰推本紀，汾脽出鼎，皇祐元始。五音六律，依韋饗昭，雜變並會，雅聲遠姚。空桑琴瑟結信成，四興遞代八風生。殷殷鐘石羽籥鳴，河龍供鯉醇犧牲。百末旨酒布蘭生，泰尊柘漿析朝酲。微感心攸通修名，周流常羊思所并。穰穰復正直往甯，馮蠵切和疏寫平。上天布施后土成，穰穰豐年四時榮。脽音誰。甯，叶音寧。

齊房

一曰芝房歌。《漢書·武帝紀》曰：元封二年，夏六月，甘泉宫内中産芝，九莖連葉，作芝房之歌。故詔書曰「上帝溥臨，不異下房，賜朕弘休」是也。《禮樂志》曰：《齊房》，元封二年，芝生甘泉齊房作。古辭別有靈芝歌一首，載後。

齊房産草，九莖連葉，宮童效異，披圖按諜。玄氣之精，回復此都，蔓蔓日茂，芝成靈華。

后皇

后皇嘉壇，立玄黄服，物發冀州，兆蒙祉福。沇沇四塞，假狄合處，經營萬億，咸遂厥宇。沇音兖。假即遐。

華爗爗

華爗爗，固靈根。神之斿，過天門，上千乘，敦昆侖。神之出，排玉房，周流雜，拔蘭堂。神之行，旌容容，騎沓沓，般縱縱。神之徠，汎翊翊，甘露降，慶雲集。神之揄，臨壇宇，九疑賓，夔龍舞。神安坐，鴹吉時，共翊翊，合所思。神嘉虞，申貳觴，福滂洋，邁延長。沛施祐，汾之阿，揚金光，横泰河，莽若雲，增揚波。徧臚驩，騰天歌。敦讀如屯。

五神

五神相，包四鄰，土地廣，揚浮雲。扢嘉壇，椒蘭芳，璧玉精，垂華光。益億年，美始興，交於神，若有承。廣宣延，咸畢觴，靈輿位，偃蹇驤。卉汩臚，析奚遺？淫淥澤，渼然歸。

朝隴首

一曰白麟歌。《漢書·武帝紀》曰：元狩元年，冬十月，行幸雍，獲白麟作。

朝隴首，覽西垠，雷電尞，獲白麟。爰五止，顯黄德，圖匈虐，熏鬻殛。闢流離，抑不詳，賓百僚，山河饗。掩回轅，鬗長馳，騰雨師，灑路陂。流星隕，感惟風，籋歸雲，撫懷心。尞，古燎字。

象載瑜

一曰赤鴈歌。《漢書·禮樂志》曰：太始三年，行幸東海，獲赤鴈作。

象載瑜，白集西，食甘露，飲榮泉。赤鴈集，六紛員，殊翁雜，五采文。神所見，施祉福，登蓬萊，結無極。西，叶音先。

赤蛟

赤蛟綏，黄華蓋，露夜零，晝晻濭。百君禮，六龍位，勺椒漿，靈已醉。靈既享，錫吉祥，芒芒極，降嘉觴。靈殷殷，爛揚光，延壽命，永未央。杳冥冥，塞六合，澤汪濊，輯萬國。靈禗禗，象輿轙，票然逝，旗逶蛇。禮樂成，靈將歸，託玄德，長無衰。

太一歌

《史記·樂書》曰：武帝得神馬渥洼水中，次以爲太一之歌。後伐大宛，得千里馬，馬名蒲梢，次作以爲歌。中尉汲黯進曰：凡王者作樂，上以承祖宗，下以化兆民。今陛下得馬，詩以爲歌，協於宗廟，先帝、百姓豈能知其音邪？上默然不説。

太一貢兮天馬下，霑赤汗兮沫流赭。騁容與兮跇萬里，今安匹兮龍與友。

蒲梢歌

天馬徠兮從西極，經萬里兮歸有德。承靈威兮降外國，涉流沙兮四夷服。

靈芝歌 古辭

《太平御覽》作班固郊祀靈芝歌。

因露寢兮産靈芝。象三德兮瑞應圖，延壽命兮光此都。配上帝兮象太微，參日月兮揚光輝。瑞應一作應瑞。

【校勘記】

〔一〕此處雖云四品，以下文内容關係，僅列二品，《樂府詩集》同。餘二品分别爲《黄門鼓吹樂》與《短簫鐃歌樂》，見《隋書·音樂志》。

〔二〕條，《四庫》本作「調」。

古樂苑卷第二

郊廟歌辭郊祀　晉　宋　齊

晉郊祀歌

《晉書·樂志》曰：漢自東京大亂，絶無金石之樂，樂章亡缺，不可復知。及魏武平荆州，獲漢雅樂郎河南杜夔，能識舊法，以爲軍謀祭酒，使創定雅樂。時又有散騎侍郎鄧静、尹商善訓雅樂，歌師尹胡能歌宗廟郊祀之曲，舞師馮肅、服養曉知先代諸舞。夔悉總領之。遠詳經籍，近採故事，考會古樂，始設軒懸鐘磬。而黄初中柴玉、左延年之徒，復以新聲被寵，改其聲韻。及武帝受命之初，百度草創。泰始二年，詔郊祀明堂禮樂權用魏儀，遵周室肇稱殷禮之義，但改樂章而已，使傅玄爲之辭云。《宋書·樂志》曰：晉氏泰始之初，傅玄作晉郊廟歌詩三十二篇。又建平王宏議：宋及東晉，太祝惟送神而不迎神。或云廟以居神，恒如在也，不應有郊送之事，傅玄有迎神、送神歌辭，明江左不迎，非舊典也。

天地五郊夕牲歌 傅玄下同五篇

天命有晉，穆穆明明。我其夙夜，祗事上靈。常于時假，迄用有成。於薦玄牡，進夕其牲。崇德作樂，神祇是聽。「有」《晉書》作「其」。

迎送神歌

宣文蒸哉，日靖四方。永言保之，夙夜匪康。光天之命，上帝是皇。嘉樂殷薦，靈祚景祥。神祇降假，享福無疆。

饗神歌

天祚有晉，其命維新。受終于魏，奄有兆民。燕及皇天，懷柔百神。不顯遺烈，之德之純。享其玄牡，式用肇禋。神祇來格，福禄是臻。「兆」《晉書》作「黎」。

時邁其猶，昊天子之。祐享有晉，兆民戴之〔一〕。畏天之威，敬授民時。丕顯丕承，於猶繹思。皇極斯建，庶績咸熙。庶幾夙夜，惟晉之祺。「民」《晉書》作「庶」。「民」《晉書》作「人」。宣文惟后，克配彼天。撫寧四海，保有康年。於乎緝熙，肆用靖民。爰立典制，爰修禮紀。作民之極，莫匪資始。克昌厥後，永言保之。

前所作天地郊明堂夕牲歌 傅玄 下同五篇

皇矣有晉，時邁其德。受終于天，光濟萬國。萬國既光，神定厥祥。虔于郊祀，祗事上皇。祗事上皇，百禄是臻。巍巍祖考，克配彼天。嘉牲匪歆，德馨惟饗。受天之祚，神和四暢。「禄」《晉書》作「福」。「祚」《晉書》作「祐」。「神和四暢」《晉書》作「神化四方」。

降神歌

於赫大晉，膺天景祥。二帝邁德，宣兹重光。我皇受命，奄有萬方。郊祀配享，禮樂孔章。神祇嘉饗，祖考是皇。克昌厥後，保胙無疆。

天郊饗神歌

整泰壇，祀皇神。精氣感，百靈賓。蘊朱火，燎芳薪。紫煙遊，冠青雲。神之體，靡象形。

曠無方，幽以清。神之來，光景照。聽無聞，視無兆。神之至，舉歆歆。靈爽協，動余心。神之坐，同歡娱。澤雲翔，化風舒。嘉樂奏，文中聲。八音諧，神是聽。咸潔齊，並芬芳。烹牲牷，享玉觴。神悦饗，歆禋祀。祐大晉，降繁祉。胙京邑，行四海。保天年，窮地紀。

「祀」《晉書》作「禮」。「遊」作「起」。「牲牷」作「牷牲」。「胙」作「作」。「行」作「廣」。

地郊饗神歌

《初學記》載一首，注後。

整泰圻，竢皇祇。衆神感，羣靈儀。陰祀設，吉禮施。夜將極，時未移。祇之體，無形象。潛泰幽，洞忽荒。祇之出，薆若有。靈無遠，天下母。祇之來，遺光景。昭若存，終冥冥。祇之至，舉欣欣。舞象德，歌成文。祇之坐，同歡豫。澤雨施，化雲布。樂八變，聲教敷。物咸享〔二〕，祇是娱。齊既潔，侍者肅。玉觴進，咸穆穆。享嘉豢，歆德馨。胙有晉，暨羣生。溢九壤，格天庭。保萬壽，延億齡。結方丘，祇國琛。樽既享，俎既歆。斂檢玉，具屢琛。梾百福，底自古。錫萬壽，迄在今。〔三〕

明堂饗神歌

經始明堂，享祀匪懈。於皇烈考，光配上帝。赫赫上帝，既高既崇。聖考是配，明德顯融。率土敬職，萬方來祭。常于時假，保胙永世。

宋郊祀歌

《宋書·樂志》曰：文帝元嘉十八年九月，有司奏：「二郊宜奏登歌。」二十二年，南郊，始設登歌，詔御史中丞顔延之造歌詩，廟樂尚闕。孝建二年九月，有司奏：「前殿中曹郎荀萬秋議，謂郊廟宜設備樂。」竟陵王誕等五十一人並同萬秋議。丹陽尹顔竣以郊祀有樂未見明証，建平王宏以萬秋謂郊宜有樂事有典據，時衆議並同宏。祠南郊，迎神，奏《肆夏》。皇帝初登壇，奏登歌。初獻，奏《凱容》《宣烈》之舞。送神，奏《肆夏》。祠廟，迎神，奏《肆夏》。皇帝入廟門，奏《永至》。皇帝詣東壁，奏登歌。初獻，奏《凱容》《宣烈》之舞。終獻，奏《永安》。送神，奏《肆夏》。詔可。

夕牲歌 顔延之下同

肅威寶命，嚴恭帝祖。表海炳岱，系唐胄楚。靈鑒濬文，民屬叡武。奄受敷錫，宅中拓宇。亘地稱皇，罄天作主。月竁來賓，日際奉土。開元首正，禮交樂舉。六典聯事，九官列序。有牷在滌，有潔在俎。以薦王衷，以答神祜。「表海炳岱」一作「炳海表岱」。

迎送神歌

維聖饗帝，維孝饗親。皇乎備矣，有事上春。禮行宗祀，敬達郊禋。金枝中樹，廣樂四陳。陟配在京，降德在民。奔精照夜，高燎煬晨。陰明浮爍，沈禜深淪。告成大報，受釐元神。月御按節，星驅扶輪。遥興遠駕，曜曜振振。「饗」郭本作「養」。「駕」郭本作「舉」。

饗神歌

營泰畤，定天衷。思心睿，謀筮從。建表蕝，設郊宫。田燭置，爟火通。曆元旬，律首吉。飾紫壇，坎列室。中星兆，六宗秩。乾宇晏，地區謐。大孝昭，祭禮供。牲日展，盛自躬。具陳器，備禮容。形僸綴，被歌鐘。望帝闔，聳神蹕。靈之來，辰光溢。潔粢酌，娛太一。明輝夜，華晢日。祼既始，獻又終。煙薌𩱼，報清穹。饗宋德，胙王功。休命永，福履充。

明堂歌

《南齊書·樂志》曰：明堂，祠五帝。漢郊祀歌皆四言，宋孝武使謝莊造辭，莊依五行數，木用三，火用七，土用五，金用九，水用六。按《鴻範》五行，一水，二火，三木，四金，五土。《月令》木八，火七，土五，金九，水六。蔡邕云：東方木三土五，故八。南方火二土五，故七。西方金四土五，故九。北方水一土五，故六。又納音數，一言土，三言火，五言水，七言金，九言木。若依《鴻範》木數用三，則應水一火二金四也。若依《月令》金九水六，則應木八火七也。當以《鴻範》一二之數，言不成文，故有取捨，而使兩義並違，未詳以數立文爲何依據。

迎神歌 謝莊下同

《宋書·樂志》曰：迎送神歌。依漢郊祀，三言，四句一轉韻。

地紐謐，乾樞回。華蓋動，紫微開。旌蔽日，車若雲。駕六氣，乘絪緼。曄帝京，輝天邑。聖祖降，五靈集。構瑶戺，聳珠簾。漢拂幌，月棲檐。舞綴暢，鐘石融。駐飛景，鬱行風。懋粢盛，潔牲牷。百禮肅，羣司虔。皇德遠，大孝昌。貫九幽，洞三光。神之安，解玉鑾。景福至，萬寓歡。「氣」郭本作「龍」。

登歌

舊四言詩。

雍臺辨朔，澤宫練辰。潔火夕照，明水朝陳。六瑚賁室，八羽華庭。昭事先聖，懷濡上靈。肆夏戒敬，升歌發德。永固鴻基，以綏萬國。「辰」郭本作「服」，誤。

歌太祖文皇帝

依《周頌》體。《齊書・樂志》曰：《周頌・我將》，祀文王，言皆四，其一句五，一句七。莊歌太祖亦無定句。

維天爲大，維聖祖是則。辰居萬寓，綴旒下國。内靈八輔，外光四瀛。蒿宫仰蓋，日館希旌。複殿留景，重檐結風。刮楹接緯，達嚮承虹。設業設簴在王庭。肇禋祀，克配乎靈。我將我享，維孟之春。以孝以敬，以立我烝民。

歌青帝

三言，依木數。

參映夕，駟照晨。靈乘震，司青春。鴈將向，桐始蕤。柔風舞，暄光遲。萌動達，萬品新。潤無際，澤無垠。

歌赤帝

七言，依火數。

龍精初見大火中，朱光北至圭景同。帝在在離寔司衡，水雨方降木槿榮。庶物盛長咸殷阜，恩覃四冥被九有。

歌黄帝

五言，依土數。

履艮宅中寓，司繩御四方。裁化遍寒燠，布政周炎涼。景麗條可結，霜明冰可折。凱風扇朱辰，白雲流素節。分至乘結晷，啓閉集恒度。帝運緝萬有，皇靈澄國步。「御」一作「總」。「結」一作「涇」。

歌白帝

九言，依金數。

百川如鏡，天地爽且明。雲沖氣舉，德盛在素精。木葉初下，洞庭始揚波。夜光徹地，翻霜照懸河。庶類收成，歲功行欲寧。浹地奉渥，罄宇承秋靈。「秋」一作「帝」。

歌黑帝

六言，依水數。

歲月既宴方馳。靈乘坎，德司規。玄雲合，晦鳥路。白雲繁，亘天涯。雷在地，時未光。飾國典，閉關梁。四節遍，萬物殿。福九域，祚八鄉。晨晷促，夕漏延。太陰極，微陽宣。鵲將巢，冰已解。氣濡水，風動泉。「鳥」一作「歸」。「雲」一作「雪」。

送神歌

依漢郊祀，送神亦三言，即《赤蛟》也。

蘊禮容，餘樂度。靈方留，景欲暮。開九重，肅五達。鳳參差，龍已沬。雲既動，河既梁。萬里照，四空香。神之車，歸清都。琁庭寂，玉殿虚。睿化凝，孝風熾。顧靈心，結皇思。

齊南郊樂歌辭

《南齊書·樂志》曰：武帝建元二年，有司奏，郊廟雅樂歌辭舊使學士博士撰，搜簡採用，請敕外，凡義學者普令製立。參議：太廟登歌宜用司徒褚淵，餘悉用黄門郎謝超宗辭。超宗所撰，多删顔延之、謝莊辭以爲新曲，備改樂名。永明二年，太子步兵校尉伏曼容上表，宜集英儒，删纂雅樂。詔付外詳，竟不行。永明二年，又詔王儉造太廟二室及郊配辭。《隋書·樂志》曰：梁天監初，北中郎司馬何佟之上言：按《周禮》「王出入則奏《王夏》，尸出入則奏《肆夏》，牲出入則奏《昭夏》。今樂府之《夏》，唯變《王夏》爲《皇夏》，蓋緣秦、漢已來稱皇故也。而齊氏仍宋儀注，迎神奏《昭夏》，皇帝出入奏《永至》，牲出入更奏引牲之樂。其爲舛謬，莫斯之甚。又曰：陳文帝天嘉五年，詔尚書左丞劉平、儀曹郎張崔，定南北郊及明堂儀注。改所用齊樂，以「韶」爲名。餘詳志中。

肅咸樂 謝超宗下同

羣臣出入奏。

夤承寶命，嚴恭帝緒。奄受敷錫，升中拓宇。亘地稱皇，罄天作主。月域來賓，日際奉土。開元首正，禮交樂舉。六典聯事，九官列序。顔延之《夕牲歌》删定。此下除四句，皆顔辭。

引牲樂

牲出入奏。

皇乎敬矣，恭事上靈。昭教國祀，肅肅明明。有牲在滌，有潔在俎。以薦王衷，以答神祜。
陟配在京，降德在民。奔精望夜，高燎佇晨。顏延之《夕牲歌》合《迎送神歌》删定。

嘉薦樂

薦豆呈毛血奏。

我恭我享，惟孟之春。以孝以敬，立我烝民。青壇奄靄，翠幕端凝。嘉俎重薦，兼籍再升。
設業設簴，展容玉庭。肇禋配祀，克對上靈。謝莊歌太祖辭增損。右《夕牲歌》並重奏。

昭夏樂

迎神奏。

惟聖饗帝，惟孝饗親。禮行宗祀，敬達郊禋。金枝中樹，廣樂四陳。月御案節，星驅扶輪。
遥興遠駕，曜曜振振。告成大報，受釐元神。延之《迎送神歌》删定。

永至樂

皇帝入壇東門奏。

紫壇望靈，翠幕佇神。率天奉贄，罄地來賓。神貺並介，泯祇合祉。恭昭鑒享，肅光孝祀。威蕤四靈，洞曜三光。皇德全被，大禮流昌。

登歌

皇帝升壇奏。

報惟事天，祭實尊靈。史正嘉兆，神宅崇禎。五時昭鬯，六宗彝序。介丘望塵，皇軒肅舉。

文德宣烈樂

皇帝初獻奏。

營泰時，定天衷。思心緒，謀筮從。田燭置，爟火通。大孝昭，國禮融。延之《饗神歌》删定。

武德宣烈樂

次奏。

功燭上宙，德耀中天。風移九域，禮飾八埏。四靈晨炳，五緯宵明。膺曆締運，道茂前聲。

高德宣烈樂 王儉

太祖高皇帝配饗奏。此章永明二年造，尚書令王儉辭。

饗帝嚴親，則天光大。舄奕前古，榮鏡無外。日月宣華，卿雲流靄。五漢同休，六幽咸泰。

嘉胙樂 謝超宗下同〔四〕

皇帝飲福酒奏。

鬯嘉禮，承休錫。盛德符景緯，昌華應帝策。聖藹耀昌基，融祉暉世曆。聲正涵月軌，書文騰日迹。寶瑞昭神圖，靈貺流瑞液。我皇崇暉祚，重芬冠往籍。「騰」一作「同」。

昭夏樂

送神奏。

薦饗洽，禮樂該。神娭展，辰斾回。洞雲路，拂琁階。紫雰靄，青霄開。睠皇都，顧玉臺。留昌德，結聖懷。

昭遠樂

皇帝就燎位奏。

天以德降，帝以禮報。牲尊俯陳，柴幣仰燎。事展司采，敬達瑄薌。烟贄青昊，震颺紫場。陳馨示策，肅志宗禋。禮非物備，福唯誠陳。

休成樂

皇帝還便殿奏。

昭事上祀，饗薦具陳。迴鑾轉翠，拂景翔宸。綴縣敷暢，鍾石昭融。羽炫深晷，籥嘻行風。

肆序輟度，肅禮停文。四金聳衛，六馭齊輪。

附

江淹造三章，正史及本集、郭氏《樂府》並不載。按齊永明初，嘗詔淹造《籍田歌》，且齊郊祀有《宣烈》之樂，梁樂無是。《詩紀》云未詳所用。今按辭中「薦通蒼祇，殷崇配天」之語，爲南郊近是。

牲出入歌辭 江淹下同。並見《初學記》。

祝詳史具，禮備樂薦。有牲在陳，有鼓在縣。騰燭象星，奔水類電。郊燎夙戒，馳彼乘騵。以伺質明，以伸神宴。

薦豆呈毛血歌辭

時恭時祀，有物有則。伊我上聖，實抱明德。犧象交陳，鬱樽四塞。黍惟嘉穀，酒惟玄默。

薦通蒼祇，慶覃黎黑。願靈之降，祚家祐國。

奏宣烈之樂歌辭

殷崇配天，周尊明祀。瑞合汾陰，慶同泰畤。青幕雲舒，丹殿霞起。二曜惟新，五精告始。于以饗之，景福是履。

北郊樂歌

《南齊書·樂志》曰：按《周頌·昊天有成命》，郊祀天地也。是則周、漢以來，祭天地皆同辭矣。宋顏延之《饗地神辭》一篇，餘與南郊同。齊北郊羣臣入奏《肅咸》，牲入奏《引牲》，薦豆呈毛血奏《嘉薦》，皇帝入壇東門奏《永至》，飲福酒奏《嘉胙》，還便殿奏《休成》，辭並與南郊同。迎送神《昭夏》登歌異。《隋書·樂志》曰：陳初，武帝詔求宋、齊故事。太常卿周弘讓奏曰：齊氏承宋，咸用元徽舊式，宗祀朝饗，奏樂俱同，唯北郊之禮，頗有增益。皇帝入壝門，奏《永至》；飲福酒，奏《嘉胙》；太尉亞獻，奏《凱容》；埋牲，奏《隸幽》；帝還便殿，奏《休成》；衆官並出，奏《肅成》。此乃元徽所闕，永明六年之所加也。唯送神之樂，宋孝建二年秋《起居注》云「奏《肆夏》」，永明中改奏《昭夏》。帝遂依之。

昭夏樂 謝超宗下同

迎地神奏。

詔禮崇營，敬饗玄畤。靈正丹帷，月肅紫墀。展薦登華，風縣凝鏘。神惟戾止，鬱葆遥莊。昭望歲芬，環游辰太。穆哉尚禮，横光秉藹。

登歌

皇帝升壇奏。

佇靈敬享，禋肅彝文。縣動聲儀，薦潔牲芬。陰祇以貺，昭祀式慶。九服熙度，六農祥正。

地德凱容歌

初獻。

繕方丘，端國陰。掩珪瞖，仰靈心。詔源委，遍丘林。禮獻物，樂薦音。顏延之辭刪定。

昭德凱容樂

皇帝次奏。

慶圖濬邈，蘊祥祕瑶。俔天炳月，嬪光紫霄。邦化靈懋，閫則風調。儷德方儀，徽載以昭。

昭夏樂

送神奏。

薦神升，享序楙。淹玉俎，停金奏。賨旆轉，旒駕旋。溢素景，鬱紫躔。靈心顧，留宸睠。洽外瀛，瑞中縣。

隸幽樂

瘞埋奏。

后皇嘉慶，定祇玄畤。承帝休圖，祇敷靈祉。篚幂周序，軒朱凝會。牲幣芬壇，精明佇蓋。

調川瑞昌，警嶽祥泰。

明堂樂歌

《南齊書·樂志》曰：武帝建元初，詔黄門郎謝超宗造明堂夕牲等歌，并採用莊辭。並建元、永明中奏。其《凱容宣烈樂》《嘉胙樂》，太廟同用。

肅咸樂 謝超宗下同

賓出入奏。二首。

彝承孝典，恭事嚴聖。浹天奉賚，罄壤齊慶。司儀具序，羽容夙章。芬枝揚烈，黼構周張。

助寶奠軒，酎珍充庭。璆縣凝會，琄朱竚聲。先期選禮，肅若有承。祇對靈祉，皇慶昭膺。

尊事威儀，輝容昭序。迅恭明神，潔盛牲俎。肅肅嚴宫，藹藹崇基。皇靈降止，百祇具司。

戒成望夜，端烈承朝。依微昭旦，物色輕宵。並宋殷淡《章聖廟肅咸樂》，末除四句，《南齊書》未注明。

引牲樂

牲出入。

惟誠潔饗，惟孝尊靈。敬芳黍稷，敬滌犧牲。騂繭在豢，載溢載豐。以承宗祀，以肅皇衷。
蕭芳四舉，華火周傳。神鑒孔昭，嘉足參牷。宋殷淡《章聖廟引神樂》。

嘉薦樂

薦豆呈毛血奏。二首。

肇禋戒祀，禮容咸舉。六典飾文，九司炤序。牲柔既昭，犧剛既陳。恭滌惟清，敬事惟神。
加籩再御，兼俎重薦。節動軒越，聲流金縣。
奕奕閟幄，亹亹嚴闈。潔誠夕鑒，端服晨暉。聖靈戾止，翊我皇則。上綏四寓，下洋萬國。
永言孝饗，孝饗有容。儐僚贊列，肅肅雍雍。並宋殷淡《章聖廟嘉薦樂》。

昭夏樂

迎神奏。

地紐謐，乾樞回。華蓋動，紫微開。旌蔽日，車若雲。駕六龍，乘煙熅。燁帝景，燿天邑。聖祖降，五雲集。懋粢盛，潔牲牷。百禮肅，羣司虔。皇德遠，大孝昌。貫九幽，洞三光。神之安，解玉鑾。景福至，萬寓歡。删謝莊辭。

登歌

皇帝升明堂奏。

雍臺辨朔，澤宮選辰。潔火夕炤，明水朝陳。六瑚賁室，八羽華庭。昭事先聖，懷濡上靈。《肆夏》式敬，升歌發德。永固洪基，以綏萬國。並謝莊辭。

凱容宣烈樂

初獻奏。

釃醴具登，嘉俎咸薦。饗洽誠陳，禮周樂徧。祝辭罷祼，序容輟縣。蹕動端庭，鑾回嚴殿。神儀駐景，華漢亭虛。八靈案衛，三祇解途。翠蓋耀澄，畢𦅼凝晨。玉鑣息節，金輅懷音。式誠達孝，底心肅感。追憑皇鑒，思承淵範。神錫懋祉，四緯昭明。仰福帝徽，俯齊庶生。殷淡辭。「式」一作「戒」。

青帝歌

參映夕，駟昭晨。靈乘震，司青春。鴈將向，桐始蕤。和風舞，暄光遲。萌動達，萬品親。潤無際，澤無垠。謝莊辭，改「柔」爲「和」。

赤帝歌

龍精初見大火中，朱光北至圭景同。帝在在離寔司衡，雨水方降木槿榮。庶物盛長咸殷阜，恩澤四溟被九有。謝莊辭，改「恩厚」四句。

黄帝歌

履艮宅中宇，司繩總四方。裁化徧寒燠，布政司炎涼。至分乘經晷，閉啓集恒度。帝暉緝萬有，皇靈澄國步。謝莊辭，删中四句。

白帝歌

百川若鏡，天地爽且明。雲沖氣舉，盛德在素精。庶類收成，歲功行欲寧。浹地奉渥，罄宇承帝靈。謝莊辭，删中四句。

黑帝歌

歲既暮，日方馳。靈乘坎，德司規。玄雲合，晦鳥蹊。白雪繁，亘天涯。晨晷促，夕漏延。太陰極，微陽宣。删謝莊辭。

嘉胙樂

還東壁，受福酒奏。大席同用。

禮薦洽，福胙昌。聖皇膺嘉祐，帝業凝休祥。居極乘景運，宅德瑞中王。澄明臨四奥，精華延八鄉。洞海同聲憓，澈宇麗乾光。靈慶纏世祉，鴻烈永無疆。

昭夏樂

送神奏。

蘊禮容，餘樂度。靈方留，景欲暮。開九重，肅五達。鳳參差，龍已沬。雲既動，河既梁。萬里照，四空香。神之車，歸青都。琁庭寂，玉殿虚。鴻化凝，孝風熾。顧靈心，結皇思。鴻慶遐鬯，嘉薦令芳。翊帝明德，永祚深光。謝莊辭，末增四句。

雩祭樂歌

《南齊書·樂志》曰：建武二年，雩祭明堂，謝朓造辭，一依謝莊，唯世祖四言。

迎神歌 謝朓下同

依漢郊祀歌，三言。宋明堂迎神，八解。

清明暢，禮樂新。候龍景，練貞辰。一解。陽律亢，陰晷伏。耕下土，荐穜稑。二解。宸儀警，王度乾。嗟雲漢，望昊天。三解。張盛樂，奏雲儛。集五精，延帝祖。四解。雩有諷，禜有秩。膋鬯芬，圭瓚跐。五解。靈之來，帝閽開。車煜燿，吹徘徊。六解。停龍輚，徧觀此。凍雨飛，祥雲靡。七解。壇可臨，奠可歆。對盱祉，鑒皇心。八解。

歌世祖武皇帝

依廟歌，四言。以下一各分解。

濬哲維祖，長發其武。帝出自震，重光御寓。七德攸宣，九疇咸叙。静難荆衡，凝威蠡浦。昧旦丕承，夕惕刑政。化壹車書，德馨粢盛。昭星夜景，非雲曉慶。衢室成陰，壁水如鏡。禮充玉帛，樂被匏絃。於鑠在詠，陟配于天。自宫徂兆，靡愛牲牷。我將我享，永祚豐年〔五〕。「衡」一作「舒」。「匏」一作「管」。

歌青帝

木生數三。

營翼日，鳥殷宵。凝冰泮，玄蟄昭。景陽陽，風習習。女夷歌，東皇集。奠春酒，秉青圭。

命田祖，渥羣黎。

歌赤帝

火成數七。

惟此夏德德恢台，兩龍在御炎精來。火景方中南譌秩〔六〕，靡草云黄含桃實。族雲蓊鬱温風扇，興雨祁祁黍苗徧。

歌黄帝

土成數五。

稟火自高明，毓金挺剛克。涼燠資成化，羣芳載厚德。陽季勾萌達，炎徂溽暑融。商暮百工止，歲極凌陰沖。泉流疏已清，原隰甸已平。咸言祚惟億，敦民保高京。

歌白帝

金成數九。

帝説于兑，執矩固司藏。百川收潦，精景應徂商。嘉樹離披，榆關命賓鳥。夜月如霜，秋風方嫋嫋。商陰肅殺，萬寶咸已遒。勞哉望歲，場功冀可收。「徂商」《集》作「金方」。「秋」作「金」。

歌黑帝

水成數六。

白日短，玄夜深。招摇轉，移太陰。霜鐘鳴，冥陵起。星回天，月窮紀。聽嚴風，來不息。望玄雲，黝無色。曾冰洌，積羽幽。飛雪至，天山側。關梁閉，方不巡。合國吹，饗蜡賓。統微陽，究終始。百禮洽，萬祚臻。

送神歌

三言。

敬如在，禮將周。神之駕，不少留。躡龍鑣，轉金蓋。紛上馳，雲之外。警七曜，詔八神。排閶闔，渡天津。有渰興，膚寸積。雨冥冥，又終夕。俾棲糧，維萬箱。皇情暢，景命昌。

籍田樂歌

《南齊書・樂志》曰：漢章帝元和元年，玄武司馬班固奏用《商頌・載芟》祠先農。晉傅玄作《祀先農先蠶夕牲歌詩》一篇八句；《迎送神》一篇；《饗社稷先農先聖先蠶歌詩》三篇，前一篇十二句，中一篇十六句，後一篇十二句。辭皆叙田農事。胡道安《先農饗神詩》一篇，並八句。樂府相傳舊歌三章。永明四年籍田，詔驍騎將軍江淹造《籍田歌》，淹製二章，不依胡、傅，世祖口勑付太樂歌之。

祀先農迎送神升歌 江淹下同

羽鑾從動，金駕時遊。教騰義鏡，樂綴禮修。率先丹耦，躬遵緑疇。靈之聖之，歲殷澤柔。

饗神歌

瓊笲既飾，繡簋以陳。方燮嘉種，永毓宵民。

【校勘記】

〔一〕兆，原作「肈」，據《四庫》本改。

〔二〕亭，《四庫》本作「亨」。

〔三〕《四庫》本注失載。

〔四〕下同，據《四庫》本補。

〔五〕豐年，《四庫》本作「無疆」。

〔六〕景，《四庫》本作「星」。

古樂苑卷第三

郊廟歌辭

郊祀　梁　北齊　北周　隋

梁雅樂歌

《隋書·樂志》曰：梁初，郊禋宗廟及三朝之樂，並用宋、齊元徽、永明儀注，唯改《嘉祚》爲《永祚》，又去《永至》之樂。何佟之、周捨議：按《周禮》，王出入奏《王夏》，大祭祀與朝會同。而漢制，皇帝在廟奏《永至》，朝會别奏《皇夏》。二樂有異，於禮爲乖。乃除《永至》，還用《皇夏》。及武帝定國樂，並以「雅」爲稱，取《詩序》云「言天下之事，形四方之風，謂之雅」。雅止乎十二，則天數也。乃至階步之樂，增撤食之雅焉。其辭並沈約所製。普通中，薦蔬之後，改諸雅歌，敕蕭子雲製辭。既無牲牢，遂省《滌雅》《牷雅》云。《南史》曰：梁初，郊廟未革牲牷，樂辭皆沈約撰，至是承用。子雲啓宜改之，敕答曰：此是主者守株，宜急改也。仍使子雲撰定。敕曰：郊廟歌辭，應須典誥大語，不得雜用子史文章淺言。而沈約所撰，亦多舛謬。子雲作成，敕並施用。《隋書·樂志》曰：梁天監初，時議又以爲《周禮》云：「若樂六變，天神皆降。」神居上玄，去還怳忽，降則自至，迎則無所。可改迎爲降，而送依前式。又《周禮》云：「若樂八變，則地祇皆出，可得而禮。」地宜依舊爲迎神，從之。

皇雅 沈約下同十一首

三曲。五言。皇帝出入奏。《隋書·樂志》曰：宋孝建《起居注》奏《永至》，至是改爲《皇雅》，取《詩》「皇矣上帝，臨下有赫」也。二郊、太廟同用。

帝德實廣運，車書靡不賓。執瑁朝羣后，垂旒御百神。八荒重譯至，萬國婉來親。
華蓋拂紫微，勾陳繞太一。容裔被緹組，參差羅罕畢。星回昭以爛，天行徐且謐。
清蹕朝萬寓，端冕臨正陽。青絇黄金繶，袞衣文繡裳。既散華蟲采，復流日月光。

滌雅

一曲。四言。牲出入。宋元徽《儀注》奏《引牲》，至是改爲《滌雅》，取《禮記》「帝牛必在滌三月」也。二郊、明堂、太廟同用。

將修盛禮，其儀孔熾。有腯斯牲，國門是置。不黎不瘠，靡傳靡忌。呈肌獻體，永言昭事。俯休皇德，仰綏靈志。百福具膺，嘉祥允洎。駿奔伊在，慶覃遐嗣。

牷雅

一曲。四言。薦毛血。宋元徽三年《儀注》奏《嘉薦》，至是改爲《牷雅》，取《春秋左氏傳》「牲牷肥腯」也。二郊、明堂、太廟同用。

反本興敬，復古昭誠。禮容宿設，祀事孔明。華俎待獻，崇碑麗牲。充哉繭握，肅矣簪纓。其膋既啓，我豆既盈。庖丁遊刃，葛盧驗聲。多祉攸集，景福來并。

諴雅

一曲。三言。南郊降神用。宋元徽《儀注》奏《昭夏》，至是改爲《諴雅》，取《尚書》「至諴感神」也。

懷忽慌，瞻浩蕩。盡誠潔，致虔想。出杳冥，降無象。皇情肅，具僚仰。人禮盛，神途敞。

僾明靈，申敬享。感蒼極，洞玄象。

誠雅

一曲。三言。北郊迎神用。

地德溥，崑丘峻。揚羽翟，鼓應輮。出尊祇，展誠信。招海瀆，羅嶽鎮。惟福祉，咸昭晉。

誠雅

一曲。四言。南北郊、明堂、太廟送神同用。

我有明德，馨非稷黍。牲玉孔備，嘉薦惟旅。金懸宿設，和樂具舉。禮達幽明，敬行尊俎。鼓鐘云送，遐福是與。

獻雅

一曲。四言。皇帝飲福酒。宋元徽《儀注》奏《嘉祚》，梁初改爲《永祚》，至是改爲《獻雅》，取《禮記·祭統》「尸飲五，洗玉爵獻卿」。今之福酒，亦古獻之義也。二郊、明堂同用。

神宮肅肅，天儀穆穆。禮獻既同，膺兹釐福。我有馨明，無愧史祝。

瘞雅

一曲。四言。就燎位用。宋元徽《儀注》奏《昭遠》；就埋位，齊永明《儀注》奏《隸幽》，至是燎埋俱奏《瘞雅》，取《周禮·大宗伯》「以瘞祀祀昊天上帝」也。

紫宫昭焕，太一微玄。降臨下土，尊高上天。載陳珪幣，式備牲牷。雲孤清引，栒簴高懸。

俯昭象物，仰致高煙。肅彼靈祉，咸達皇虔。

瘞雅

一曲。四言。就埋用。

盛樂斯舉，協徵調宫。靈饗慶洽，祉積化融。八變有序，三獻已終。坎牲瘞玉，酬德報功。

振垂成吕，投壤生風。道無虚致，事由感通。於皇盛烈，比祚華嵩。

二郊登歌

《隋書·樂志》曰：《大戴》云：「清廟之歌，懸一磬而尚搏拊。」在漢之世，獨有登歌。近代已來，始用絲竹。舊三朝設樂，皆有登歌。梁武以爲登歌者，頌祖宗功業，非元日所奏，於是去之。後以其説非通，復用於嘉慶。梁二郊、宗廟、皇帝初獻及明堂，徧歌五帝德，並奏登歌。又曰：南郊，舞奏黄鍾，取陽始化也。北郊，舞奏林鍾，取陰始化也。明堂宗廟，所尚者敬，蕤賓是爲敬之名，復有陰主之義，故同奏焉。其南北郊、明堂、宗廟之禮，加有登歌。

南郊登歌　沈約

二曲。三言。皇帝初獻奏。

暾既明，禮告成。惟聖祖，主上靈。爵已獻，罍又盈。息羽籥，展歌聲。僾如在，結皇情。

禮容盛，尊俎列。玄酒陳，陶匏設。獻清旨，致虔潔。工既升，樂已闋。降蒼昊，垂芳烈。

北郊登歌 沈約

二曲。四言。皇帝初獻奏。

方壇既坎，地祇已出。盛典弗諐，羣望咸秩。乃升乃獻，敬成禮卒。靈降無兆，神饗載謐。允矣嘉祚，其升如日。至哉坤元，實惟厚載。躬兹奠饗，誠交顯晦。或升或降，摇珠動佩。德表成物，慶流皇代。純嘏不諐，祺福是賚。「成物」郭作「萬物」。

明堂登歌

五曲。四言。

《隋書·樂志》曰：梁天監初，明堂設樂，大略與南郊不殊，惟壇堂異名，而無就燎之位。明堂則偏歌五帝，其餘同於郊式焉。

歌青帝 沈約下同

帝居在震，龍德司春。開元布澤，含和尚仁。羣居既散，歲云陽止。飭農分地，民粒惟始。雕梁繡栱，丹楹玉墀。靈威以降，百福來綏。「民」《隋書》作「人」。

歌赤帝

炎光在離，火爲威德。執禮昭訓，持衡受則。靡草既凋，温風以至。嘉薦惟旅，時羞孔備。齊緹在堂，笙鏞在下。匪惟七百，無絶終始。

歌黄帝

鬱彼中壇，含靈闡化。迴環氣象，輪無輟駕。布德焉在，四序將收。音宫數五，飯稷驂駵。宅屏居中，旁臨外宇。升爲帝尊，降爲神主。

歌白帝

神在秋方，帝居西皓。允茲金德，裁成萬寶。鴻來雀化，參見火斜。幕無玄烏，菊有黄華。載列笙磬，式陳彝俎。靈罔常懷，惟德是與。

歌黑帝

德盛乎水，玄冥紀節。陰降陽騰，氣凝象閟。司智莅坎，駕鐵衣玄。祁寒拆地，晷度迴天。悠悠四海，駿奔奉職。祚我無疆，永隆民極。「閟」《隋書》作「閉」。「民」《隋書》作「人」。

北齊大禘圜丘歌

《隋書·樂志》曰：齊武成時，始定四郊宗廟三朝之樂，大禘圜丘及北郊並同。祀感帝用圜丘樂。

肆夏樂 陸卬等奉詔撰

夕牲、羣臣入門奏。

肇應靈序，奄字黎民。乃朝萬國，爰徵百神。祇展方望，幽顯咸臻。禮崇聲協，贊列珪陳。翼差鱗次，端笏垂紳。來趨動色，式贊天人。「民」《隋書》作「人」。「笏」郭作「拱」。

高明樂

迎神奏。登歌辭同。

惟神鑒矣，皇靈肅止。圓璧展事，成文即始。士備八能，樂合六變。風湊伊雅，光華襲薦。宸衛騰景，靈駕霏煙。嚴壇生白，綺席凝玄。

昭夏樂

牲出入並奏。

剛柔設位，惟皇配之。言肅其禮，念暢在兹。餝牲舉獸，載歌且舞。既設伊腯，致精靈府。

物色惟典，齋沐加恭。宗族咸暨，罔不率從。

昭夏樂

薦毛血奏。

展禮上月，肅事應時。藾栗爲用，交暢有期。弓矢斯發，盆簝將事。圓神致祀，率由先志。和以鑾刀，臭以血膋。至哉敬矣，厥義孔高。羣臣出，進熟，羣臣入，並奏《肆夏》，辭同初入。

皇夏樂

初入、進熟、皇帝入門奏。

帝敬昭宣，皇誠肅致。玉帛齊軌，屏攝咸次。三垓上列，四陛旁升。龍陳萬騎，鳳動千乘。神儀天藹，晬容離曜。金根停軫，奉光先導。

皇夏樂

皇帝升丘奏。壇上登歌辭同。

紫壇雲曖，紺幄霞褰。我其陟止，載致其虔。百靈竦聽，萬國咸仰。人神咫尺，玄應肹蠁。

高明樂

皇帝初獻奏。

上下眷，旁午從。爵以質，獻以恭。咸斯暢，樂惟雍。孝敬闡，臨萬邦。

高明樂

皇帝奠爵訖，奏《高明樂》《覆幬》之舞辭。

自天子之，會昌神道。丘陵肅事，克光天保。九關洞開，百靈環列。八尊呈備，五聲投節。

武德樂

皇帝獻太祖配饗神座，奏《武德》之樂、《昭烈》之舞辭。

配神登聖，主極尊靈。敬宣昭燭，咸達窅冥。禮弘化定，樂贊功成。穰穰介福，下被羣生。

皇帝小退，當昊天上帝靈座前，奏《皇夏》。

皇夏樂

皇帝飲福酒奏。

皇心緬且感，吉蠲奉至誠。赫哉光盛德，乾巛詔百靈。報福歸昌運，承祐播休明。風雲馳九域，龍蛟躍四溟。浮幕呈光氣，儷象燭華精。《濩》《武》方知耻，《韶》《夏》僅同聲。皇帝詣東陛，還便座，又奏《皇夏》，辭同初入。

高明樂

送神、降丘、南陛奏。

獻享畢，懸佾周。神之駕，將上遊。超斗極，絶河流。懷萬國，寧九州。欣帝道，心顧留。帀上下，荷皇休。皇帝之望燎位，奏《皇夏》，辭同上。

昭夏樂

紫壇既燎奏。

玄黄覆載，元首照臨。合德致禮，有契其心。敬申事闋，潔誠云報。玉帛載升，棫樸斯燎。寥廓幽曖，播以馨香。皇靈惟監，降福無疆。皇帝自望燎位還本位，奏《皇夏》，辭同上。「云」一作「共」。

皇夏樂

皇帝還便殿奏。

天大親嚴，匪敬伊孝。永言肆饗，宸明增耀。陽丘既暢，大典逾光。乃安斯息，欽若舊章。天迴地旋，鳴鑾引警。且萬且億，皇曆惟永。羣臣出，奏《肆夏》，辭同上。

北郊樂歌八首。

《隋書·樂志》曰：齊北郊，迎神奏《高明樂》，登歌辭同。薦毛血，奏《昭夏》。進熟，皇帝入門，及升丘，並奏《皇夏》。奠爵訖，奏《高明樂》《覆幬舞》。送神、降丘、南陛，奏《高明樂》。既瘞，奏《昭夏》。還便殿，奏《皇夏》。餘並同南郊。按《隋書》南北樂合載，其文異者，即注句下。今從郭本分列。

高明樂

惟祇監矣，皇靈肅止。方琮展事，即陰成理。士備八能，樂合八變。風湊伊雅，光華襲薦。
象衛騰景，靈駕霏煙。嚴壇生白，綺席凝玄。

昭夏樂

展禮上月，肅事應時。藾栗爲用，交暢有期。弓矢斯發，瓫簝將事。方祇致祀，率由先志。
和以鑾刀，臭以血膋。至哉敬矣，厥義孔高。

皇夏樂

帝敬昭宣，皇誠肅致。玉帛齊軌，屏攝咸次。重垓上列，分陛旁升。龍陳萬騎，鳳動千乘。
神儀天藹，晬容離曜。金根停軫，奉光先導。

皇夏樂

層壇雲曖，嚴幄霞褰。我其陟止，載致其虔。百靈竦聽，萬國咸仰。人神咫尺，玄應肹蠁。

高明樂

自天子之，會昌神道。方澤祇事，克光天保。九關洞開，百靈環列。八尊呈備，五聲投節。

高明樂

獻享畢，懸佾周。神之駕，將下遊。超荒極，憩崑丘。懷萬國，寧九州。欣帝道，心顧留。帀上下，荷皇休。

昭夏樂

玄黄覆載，元首照臨。合德致禮，有契其心。敬申事閟，潔誠云報。牲玉載陳，棫樸斯燎。寥廓幽曖，播以馨香。皇靈惟鑒，降福無疆。

皇夏樂

天大親嚴，匪敬伊孝。永言肆饗，宸明增耀。陰澤云暢，大典逾光。乃安斯息，欽若舊章。天迴地旋，鳴鑾引警。且萬且億，皇曆惟永。

五郊樂歌

《隋書·樂志》曰：齊五郊、迎氣、降神並奏《高明樂》。又禮五方上帝，並奏《高明》之樂，爲《覆幬》之舞。按此五歌，亦如宋謝莊用五行數。

青帝高明樂 以下《詩彙》作祖珽撰

三言。

歲云獻，谷風歸。斗東指，鴈北飛。電鞭激，雷車遽。虹旌靡，青龍馭。和氣洽，具物滋。翻降止，應帝期。

赤帝高明樂

七言。

婺女司旦中呂宣，朱精御節離景延。根荄俊茂温風發，柘火風水應炎月。執衡長物德孔昭，赤旂霞曳會今朝。「霞」郭本作「電」。

黄帝高明樂

五言。

居中帀五運，乘衡畢四時。含養滋羣物，協德固皇基。嘽緩契王風，持載符君德。良辰動靈駕，承祀昌邦國。

白帝高明樂

九言。

風涼露降，馳景颺寒精。山川摇落，平秩在西成。蓋藏成積，烝民被嘉祉。從享來儀，鴻休溢千祀。「民」《隋書》作「人」。

黑帝高明樂

六言。

虹藏雉化，告寒。冰壯地坼，年殫。日次月紀，方極。九州萬邦，獻力。叶光是紀，歲窮。微陽潛兆，方融。天子赫赫，明聖。享神降福，惟敬。

祠五帝於明堂樂歌辭

肆夏樂 以下《詩彙》作祖珽撰。

先一日，夕牲，羣臣入門，奏。羣臣出，奏。進熟，羣臣入，並奏《肆夏》，辭同。

國陽崇祀，嚴恭有聞。荒華胥曁，樂我大君。冕瑞有列，禽帛恭叙。羣后師師，威儀容與。執禮辨物，司樂考章。率由靡墜，休有烈光。「恭叙」一作「載叙」。

高明樂

太祝令迎神，奏《高明樂》、《覆幬舞》辭。

祖德光，國圖昌。祇上帝，禮四方。闢紫宫，動華闕。龍虎奮，風雲發。飛朱雀，從玄武。攜日月，帶雷雨。耀宇内，溢區中。眷帝道，感皇風。帝道康，皇風扇。粢盛列，椒醑薦。神且寧，會五精。歸福禄，幸閶亭。「虎」《隋書》作「獸」。

武德樂

太祖配饗，奏《武德樂》《昭烈舞》辭。五方天帝，奏《高明》之樂、《覆幬》之舞，辭同迎氣。

我惟我祖〔一〕，自天之命。道被歸仁，時屯啓聖。運鍾千祀，授手萬姓。夷兇掩虐，匡頹翼正。載經載營，庶士咸寧。九功以洽，七德兼盈。丹書入告，玄玉來呈。露甘泉白，雲郁河清。聲教咸往，舟車畢會。仁加有形，化浹無外。嚴親惟重，陟配惟大。既祐斯歌，率土攸賴。

昭夏樂

牲出入奏。

孝享不匱，精潔臨年。滌牢委溢，形色博牷。于以用之，言承歆祀。肅肅威儀，敢不敬止。

載飭載省，惟牛惟羊。明神有察，保茲萬方。

昭夏樂

薦毛血奏。

我將宗祀，夤獻厥誠。鞠躬如在，側聽無聲。薦色斯純，呈氣斯臭。有滌有濯，惟神其祐。

五方來格，一人多祉。明德惟馨，於穆不已。

皇夏樂

進熟、皇帝入門奏。皇帝升壇，奏《皇夏》，辭同。

象乾上構，儀坤下基。集靈崇祖，永言孝思。室陳簠豆，庭羅懸佾。夙夜畏威，保茲貞吉。

舞貴其夜，歌重其升。降斯百禄，惟饗惟應。

高明樂

皇帝初獻，奏《高明樂》、《覆幬舞》辭。

度几筵，闢牖户。禮上帝，感皇祖。酌惟潔，滌以清。薦心歆，達神明。

高明樂

皇帝祼獻，奏《高明樂》、《覆幬舞》辭。

帝精來降，應我明德。禮殫義展，流祉邦國。既受多祉，實資孝敬。祀謁其誠〔二〕，荷天休命。

皇夏樂

皇帝飲福酒奏。

恭祀洽，盛禮宣。英猷爛層景，廣澤同深泉。上靈鍾百福，羣神歸萬年。月軌咸梯岫，日域盡浮川。瑞烏飛玄扈，潛鱗躍翠漣。皇家膺寶曆，兩地復參天。

高明樂

太祝送神，奏《高明樂》、《覆幬舞》辭。

青陽奏，發朱明。歌西皓，唱玄冥。大禮罄，廣樂成。神心懌，將遠征。飾龍駕，矯鳳旍。指閶闔，憩層城。出温谷，邁炎庭。跨西汜，過北溟。忽萬億，耀光精。比電騖，與雷行。嗟皇道，懷萬靈。固王業，震天聲。

皇夏樂

皇帝還便殿奏。

文物備矣，聲明有章。登薦惟肅，禮邈前王。眾齊云終，折旋告罄。穆穆旒冕，藴誠畢敬。屯衛按部，鑾蹕迴途。暫留紫殿，將及清都。

周祀圓丘歌

《隋書·樂志》曰：周太祖迎魏武入關，樂聲皆闕。恭帝元年，平荆州，大獲梁氏樂器，以屬有司。及閔帝受禪，居位日淺。明帝踐阼，雖革魏氏之樂，而未臻雅正。天和元年，武帝初造《山雲舞》，以備六代。南北郊、雩壇、太廟、禘祫，俱用六舞。建德二年十月甲辰，六代樂成，奏於崇信殿。於是正定雅音，爲郊廟樂。創造鍾律，頗得其宜。宣帝嗣位，郊廟皆循用之，無所改作。

昭夏 庾信下同

降神奏。

重陽禋祀，大報天。丙午封壇，肅且圜。孤竹之管，雲和弦。神光未下，風肅然。王城七里，通天臺。紫微斜照，影徘徊。連珠合璧，重光來。天策暫轉，鉤陳開。「丙」《隋書》作「景」。

「未」郭本作「來」。

皇夏

皇帝將入門奏。

旌迴外壝，蹕静郊門。千乘按轡，萬騎雲屯。藉茅無咎，掃地惟尊。揖讓展禮，衡璜節步。星漢就列，風雲相顧。取法於天，降其永祚。

昭夏

俎入奏。

日至大禮，豐犧上辰。牲牢脩牧，繭栗毛純。俎豆斯立，陶匏以陳。大報反命，居陽兆日。六變鼓鍾，三和琴瑟。俎奇豆偶，惟誠惟質。

昭夏

奠玉帛奏。

圓玉已奠，蒼幣斯陳。瑞形成象，璧氣含春。禮從天數，智總圓神。爲祈爲祀，至敬咸遵。

皇夏

皇帝升壇奏。

七星是仰，八陛有憑。就陽之位，如日之升。思虔肅肅，施敬繩繩。祝史陳信，玄象斯格。惟類之典，惟靈之澤。幽顯對揚，人神咫尺。「星」郭本作「里」。「施」郭本作「致」。

雲門舞

皇帝初獻奏。

獻以誠，鬱以清。山罍舉，沈齊傾。惟尚饗，洽皇情。降景福，通神明。

雲門舞

皇帝初獻配帝奏。

長丘遠歷，大電遥源。弓藏高隴，鼎没寒門。人生于祖，物本於天。尊神配德，迄用康年。

「尊」郭本作「奠」。

登歌

皇帝初獻及獻配帝畢奏。

歲之祥，國之陽。蒼靈敬，翠雲長。象爲飾，龍爲章。乘長日，坏蟄户。列雲漢，迎風雨。六吕歌，《雲門舞》。省滌濯，奠牲牷。鬱金酒，鳳凰尊。迴天睠，顧中原。「列」一作「烈」。

皇夏

皇帝飲福酒奏。

國命在禮，君命在天。陳誠惟肅，飲福惟虔。洽斯百禮，福以千年。鉤陳掩映，天駟徘徊。彫禾飾斝，翠羽承罍。受斯茂祉，從天之來。

雍樂

撤奠奏。

禮將畢，樂將闌。迴日轡，動天關。翠鳳摇，和鑾響。五雲飛，三步上。風爲馭，雷爲車。

無轍迹，有煙霞。暢皇情，休靈命。雨留甘，雲餘慶。

皇夏

帝就望燎位奏。

六典聯事，九司咸則。率由舊章，於焉允塞。掌禮移次，燔柴在焉。煙升玉帛，氣歛牲牷。休氣馨香，膋芳昭晰。翼翼虔心，明明上徹。

皇夏

帝還便座奏。

玉帛禮畢，人神事分。嚴承乃睠，瞻仰迴雲。輦路千門，王城九軌。式道移候，司方迴指。得一惟清，於萬斯寧。受兹景命，于天告成。

祀方澤歌

昭夏 庾信下同

降神奏。

報功陰澤，展禮玄郊。平琮鎮瑞，方鼎升庖。調歌絲竹，縮酒江茅。聲舒鐘鼓，器質陶匏。列燿秀華，凝芳都荔。川澤茂祉，丘陵容衛。雲飾山罍，蘭浮汎齊。日至之禮，歆兹大祭。

昭夏

奠玉帛奏。

曰若厚載，欽明方澤。敢以敬恭，陳之玉帛。德包含養，功藏靈迹。斯箱既千，子孫則百。

登歌

初獻奏。舞辭同圜丘。

質明孝敬，求陰順陽。壇有四陛，琮爲八方。牲牷蕩滌，蕭合馨香。和鑾戾止，振鷺來翔。威儀簡簡，鐘鼓喤喤。聲和孤竹，韻入空桑。封中雲氣，坎上神光。下元之主，功深蓋藏。

「爲」郭本作「分」。

皇夏

望坎位奏。

司筵撤席，掌禮移次。迴顧封壇，恭臨坎位。瘞玉埋俎，藏芬斂氣。是曰就幽，成斯地意。

「斯」郭本作「此」。

祀五帝歌

皇夏 庾信下同

奠玉帛奏。

嘉玉惟芳，嘉幣惟量。成形依禮，稟色隨方。神班有次，歲禮惟常。威儀抑抑，率由舊章。

「依」郭作「惟」。「有」郭作「其」。

皇夏

初獻奏。

惟令之月，惟嘉之辰。司壇宿設，掌史誠陳。敢用明禮，言功上神。鉤陳旦闢，閶闔朝分。旒垂象冕，樂奏山雲。將迴霆策，暫轉天文。五運周環，四時代序。鱗次玉帛，循迴樽俎。神其降之，介福斯許。「掌」郭作「長」。

青帝雲門舞

皇帝初獻奏。下並同。

甲在日，鳥中星。禮東后，奠蒼靈。樹春旗，命青史。候鴈還，東風起。歌木德，舞震宮。泗濱石，龍門桐。孟之月，陽之天。億斯慶，兆斯年。

配帝舞

帝出于震，蒼德於神。其明在日，其位居春。勞以定國，功以施人。言從配祀，近取諸身。

赤帝雲門舞

招搖指午，對南宫。日月相會，實沈中。離光布政，動温風。純陽之月，樂炎精。赤雀丹書，飛送迎。朱絃絳鼓，罄虔誠。萬物含養，各長生。

配帝舞

以炎爲政，以火爲官。位司南陸，享配離壇。三和實俎，百味浮蘭。神其茂豫，天步艱難。

黄帝雲門舞

三光儀表正，四氣風雲同。戊己行初曆，黄鍾始變宫。平琮禮内鎮，陰管奏司中。齊壇芝曄曄，清野桂馮馮。夕牢芬六鼎，安歌韻八風。神光乃超忽，嘉氣恒葱葱。

配帝舞

四時咸一德，五氣或同論。猶吹鳳皇管，尚對梧桐園。器圜居土厚，位總配神尊。始知今奏樂，還用我雲門。

白帝雲門舞

肅靈兑景，承配秋壇。雲高火落，露白蟬寒。帝律登年，金精行令。瑞獸霜輝，祥禽雪映。司藏肅殺，萬寶咸宜。厥田上上，收功在斯。「輝」郭作「耀」。

配帝舞

金行秋令，白帝朱宣。司正五雉，歌庸九川。執文之德，對越彼天。介以福祉，君子萬年。

黑帝雲門舞

北辰爲政玄壇，北陸之祀員官。宿設玄璜浴蘭，坎德陰風御寒。次律將迴窮紀，微陽欲動細泉。管猶調於陰竹，聲未入於春絃。待歸餘於送曆，方履慶於斯年。

配帝舞

地始坼，虹始藏。服玄玉，居玄堂。沐蕙氣，浴蘭湯。匏器潔，水泉香。陟配彼，福無疆。君欣欣，此樂康。

隋圜丘歌

《隋書・樂志》曰：文帝開皇中，詔秘書監牛弘、秘書丞姚察、虞部侍郎許善心、兼内史舍人虞世基、東宫學士劉臻等詳定雅樂。十四年三月，樂定。弘等奏曰：伏奉明詔，詳定雅樂。博訪知音，旁求儒彦，研校是非，定其去就，取爲一代正樂，具在本司。於是并撰歌辭三十首，詔並令施用，見行者皆停之。其人間音樂，流僻日久，棄其舊體者，並加禁約，務存其本。《牛弘傳》曰：開皇九年，奉詔改定雅樂，又作樂府歌辭，撰定圜丘五帝凱樂。仁壽元年，詔牛弘、柳顧言、許善心、虞世基、蔡徵等，更詳故實，創制雅樂歌辭。其祠圜丘，皇帝入，至版位定，奏《昭夏》之樂，以降天神。升壇，奏《皇夏》之樂。受玉帛，登歌，奏《昭夏》之樂。皇帝降南陛，詣罍洗，洗爵訖，升壇，並奏《皇夏》。初升壇，俎入，奏《昭夏》之樂。皇帝初獻，奏《諴夏》之樂。皇帝既獻，作文舞之舞。皇帝飲福酒，作《需夏》之樂。皇帝反爵於坫，還本位，奏《皇夏》之樂。武舞出，作《肆夏》之樂。送神，作《昭夏》之樂。就燎位，還大次，並奏《皇夏》。

昭夏

降神奏。

肅祭典，協良辰。具嘉薦，俟皇臻。禮方成，樂已變。感靈心，迴天睠。闢華闕，下乾宮。乘精氣，御祥風。望爟火，通田燭。膺介圭，受瑄玉。神之臨，慶陰陰。煙衢洞，宸路深。善既福，德斯輔。流鴻祚，徧區宇。

皇夏

皇帝升壇奏。

於穆我君，昭明有融。道濟區域，功格玄穹。百神警衛，萬國承風。仁深德厚，信洽義豐。明發思政，勤憂在躬。鴻基惟永，福祚長隆。「君」一作「后」。

登歌

德深禮大，道高饗穆。就陽斯恭，陟配惟肅。血膋升氣，冕裘標服。誠感清玄，信陳史祝。祇承靈貺，載膺多福。

誠夏

皇帝初獻奏。

肇禋崇祀，大報尊靈。因高盡敬，掃地推誠。六宗隨兆，五緯陪營。雲和發韻，孤竹揚清。我粢既潔，我酌惟明。五神是鑒，百禄來成。「大報」一作「式奉」。「盡」郭作「就」。「清」一作「聲」。

文舞

皇帝既獻奏。

皇矣上帝，受命自天。睿圖作極，文教遐宣。四方監觀，萬國陶甄。有苗斯格，無得稱焉。天地之經，和樂具舉。休徵咸萃，要荒式序。正位履端，秋霜春雨。

需夏

皇帝飲福酒奏。

禮以恭事，薦以饗時。載清玄酒，備潔薌萁。迴旒分爵，思媚軒墀。惠均撤俎，祥降受釐。十倫以具，百福斯滋。克昌厥德，永祚鴻基。

武舞

御曆膺期，乘乾表則。成功戡亂，順時經國。兵暢五材，武弘七德。憬彼遐裔，化行充塞。三道備舉，二儀交泰。情發自中，義均莫大。祀敬恭肅，鐘鼓繁會。萬國斯歡，兆民斯賴。享茲介福，康哉元首。惠我無疆，天長地久。「民」《隋書》作「人」。

昭夏

送神奏。

享序洽，祀禮施。神之駕，嚴將馳。奔精驅，長離耀。牲煙達，潔誠照。騰日馭，鼓電鞭。

辭下土，升上玄。瞻寥廓，杳無際。澹羣心，留餘惠。

五郊歌

《隋書·樂志》曰：五郊歌辭，青郊奏角音，赤郊奏徵音，黄郊奏宫音，白郊奏商音，黑郊奏羽音。迎送神、登歌與圜丘同。

青帝歌角音

震宫初動，木德惟仁。龍精戒旦，鳥曆司春。陽光煦物，温風先導。巘處載驚，膏田已冒。犧牲豐潔，金石和聲。懷柔備禮，明德惟馨。

赤帝歌徵音

長嬴開序，炎上爲德。執禮司萌，持衡御國。重離得位，芒種在時。含櫻薦實，木槿垂蕤。慶賞既行，高明可處。順時立祭，事昭福舉。

黄帝歌宫音

爰稼作土，順位稱坤。孕金成德，履艮爲尊。黄本内色，宫實聲始。萬物資生，四時咸紀。

靈壇汛掃，盛樂高張。威儀孔備，福履無疆。

白帝歌商音

西成肇節，盛德在秋。三農稍已，九穀行收。金氣肅殺，商威飂戾。嚴風鼓莖，繁霜隕蔕。

厲兵詰暴，敕法慎刑。明神降嘏，國步惟寧。

黑帝歌羽音

玄英啓候，冥陵初起。虹藏於天，雉化於水。嚴關重閉，星迴日窮。黄鍾動律，廣莫生風。

玄樽示本，天産惟質。恩覃外區，福流京室。「京」《隋書》作「景」。

感帝歌

《隋書·樂志》曰：祀感帝奏《諴夏》，迎送神、登歌，與圓丘同。

諴夏

禘祖垂典，郊天有章。以春之孟，於國之陽。繭栗惟誠，陶匏斯尚。人神接禮，明幽交暢。火靈降祚，火曆載隆。烝哉帝道，赫矣皇風。「以春之孟」郭作「以孟之春」。

雩祭歌

《隋書·樂志》曰：雩祭、蜡祭、朝日、夕月，並奏《諴夏》，其迎送神、登歌，並與圓丘同。

諴夏

朱明啓候，時載陽。肅若舊典，延五方。嘉薦以陳，盛樂奏。氣序和平，資靈祐。公田既雨，私亦濡。民殷俗富，政化敷。「民」《隋書》作「人」。

蜡祭歌

諴夏

四方有祀，八蜡酬功。收藏既畢，榛葛送終。使之必報，祭之斯索。三時告勞，一日爲澤。神祇必來，鱗羽咸致。惟義之盡，惟仁之至。年成物阜，罷役息民。皇恩已洽，靈慶無垠。「民」《隋書》作「人」。

朝日夕月歌

朝日諴夏

扶木上朝暾，嵫山沈暮景。寒來遊晷促，暑至馳輝永。時和合璧耀，俗泰重輪明。執圭盡昭事，服冕罄虔誠。

夕月誠夏

澄輝燭地域，流耀鏡天儀。曆草隨弦長，珠胎逐望虧。成形表蟾兔，竊藥資王母。西郊禮既成，幽壇福惟厚。

方丘歌

《隋書・樂志》曰：祭方丘，惟此四首異，餘並同圓丘。

昭夏

迎神奏。

柔功暢，陰德昭。陳瘞典，盛玄郊。篚幂清，膋鬯馥。皇情虔，具寮肅。笙頌合，鼓鼗會。出桂旗，屯孔蓋。敬如在，肅有承。神胥樂，慶福膺。「旗」郭本作「旍」。

登歌

奠玉帛奏。

道惟生育，器乃包藏。報功稱範，殷薦有常。六瑚已饋，五齊流香。貴誠尚質，敬洽義章。神祚惟永，帝業增昌。

誠夏

獻皇地祇奏。

厚載垂德，崑丘主神。陰壇吉禮，北至良辰。鑒水呈潔，牲栗表純。樽壺夕視，幣玉朝陳。羣望咸秩，精靈畢臻。祚流於國，祉被於人。

昭夏

送神奏。

奠既徹，獻已周。竦靈駕，逝遠遊。洞四極，帀九縣。慶方流，祉恒遍。埋玉氣，掩牲芬。

晰神理，顯國文。

神州歌

《隋書·樂志》曰：祭神州奏。社稷、先農並奏《諴夏》，其迎送神、登歌並與方丘同。

諴夏

四海之内，一和之壤。地曰神州，物賴生長。咸池既降，泰圻斯饗。牲牷尚黑，珪玉寔兩。九寓載寧，神功克廣。

社稷歌

四首。

春祈社誠夏

厚地開靈，方壇崇祀。達以風露，樹之松梓。勾萌既申，芟柞伊始。恭祈粢盛，載膺休祉。

春祈稷誠夏

粒食興教，播厥有先。尊神致潔，報本惟虔。瞻榆束耒，望杏開田。方憑戩福，佇詠豐年。

秋報社誠夏

北墉申禮，單出表誠。豐犧入薦，華樂在庭。原隰既平，泉流又清。如雲已望，高廪斯盈。

秋報稷誠夏

民天務急，農亦勤止。或蓘或蔗，惟藿惟芑。涼風戒時，歲云秋矣。物成則報，功施必祀。

「民」《隋書》作「人」。

先農歌

誠夏

農祥晨晰，土膏初起。春原俶載，青壇致祀。斂蹕長阡，迴旃外壝。房俎飾薦，山罍沈滓。親事朱弦，躬持黛耜。恭神務穡，受禧降祉。

先聖先師歌

誠夏

經國立訓，學重教先。《三墳》肇冊，《五典》留篇。開鑿理著，陶鑄功宣。東膠西序，春誦夏弦。芳塵載仰，祀典無騫。

【校勘記】

〔一〕我，《四庫》本作「於」。

〔二〕謁，《四庫》本作「致」。

古樂苑卷第四

郊廟歌辭 廟祀。漢　魏　晉　宋

漢安世房中歌 唐山夫人

《儀禮》曰：燕歌鄉樂，《周南·關雎》《葛覃》《卷耳》，《召南·鵲巢》《采蘩》《采蘋》。鄭康成云：王后國君夫人房中之樂歌也。《周南》《召南》風化之本，故謂之鄉樂，用之房中，以及朝廷饗燕、鄉射飲酒也。《周官》磬師掌教燕樂之鐘磬。傳云：燕樂，房中之樂，所謂陰聲也。《詩傳》曰：國君有房中之樂，天子以《周南》，諸侯以《召南》。《漢書》曰：房中祠樂，高祖唐山夫人所作也。周有房中樂，至秦名曰《壽人》。凡樂，樂其所生，禮不忘本。高祖樂楚聲，故房中樂楚聲也。孝惠二年，使樂府令夏侯寬備其簫管，更名安世樂。《宋書·樂志》曰：魏文帝黃初二年，議者以房中歌后妃之德，所以風天下，正夫婦，乃改爲正始之樂。明帝太和初，繆襲奏魏國初建，王粲所作登歌、安世詩，專以思詠神靈，及説神靈鑒享之意。《晉書·樂志》曰：魏明帝時，侍中繆襲奏：漢安世歌詠，亦説「高張四縣，神來燕享，嘉薦令儀，永受厥福」，無有《二南》后妃風化天下之言。今思惟往者謂房中爲后妃之歌，恐失其意。方祭祀娛神，登堂歌先祖功德，下堂歌詠燕享，無事歌后妃之化也。於是改安世樂曰享神歌。《唐書·禮樂志》曰：平調、清調、瑟調，皆周房中之遺聲。按《漢書》云房中歌十七章，然止列爲九章。宋劉敞注云：疑本十二章，誤爲十七章。因分列爲十七章之數。馬端臨《文獻通考》亦同。而郭茂倩《樂府》作十六章。今從劉氏爲正文，《漢書》、郭本分列于下。

大孝備矣，休德昭清。高張四縣，樂充宮庭。芬樹羽林，雲景杳冥。金支秀華，庶旄翠旌。

劉敞云：「大孝備矣」一章八句。

七始華始，肅倡和聲。神來宴娭，庶幾是聽。粥粥音送，細鳧人情。忽乘青玄，熙事備成。清思眑眑，經緯冥冥。「七始華始」一章十句。《漢書》、郭本「粥粥」至「冥冥」一章。

我定歷數，人告其心。敕身齊戒，施教申申。乃立祖廟，敬明尊親。大矣孝熙，四極爰轃。「我定歷數」一章十句。郭本同《漢書》，至「樂民人」爲一章。「轃」與「臻」字同。

王侯秉德，其鄰翼翼，顯明昭式。清明鬯矣，皇帝孝德。竟全大功，撫安四極。「王侯秉德」一章七句，郭本同。

海内有姦，紛亂東北。詔撫成師，武臣承德。行樂交逆，《簫》《勺》羣慝。肅爲濟哉，蓋定燕國。「海内有姦」一章八句。郭本同。簫，舜樂。勺，周樂。勺讀曰酌。

大海蕩蕩水所歸，高賢愉愉民所懷。大山崔，百卉殖。民何貴，貴有德。「大海蕩蕩」一章六句，郭本同。

安其所，樂終産。樂終産，世繼緒。飛龍秋，遊上天。高賢愉，樂民人。「安其所」一章八句。郭本同。蘇林曰：秋，飛貌也。師古曰：莊子有秋駕之法者，亦言駕馬騰驤，秋秋然也。楊雄賦曰：秋秋蹌蹌入西園。其義亦同。讀者不曉秋義，或改此秋字爲秌稷之秌，失之遠矣。

豐草葽，女羅施。譱何如，誰能回。大莫大，成教德。長莫長，被無極。「豐草葽」一章八句。《漢書》、郭本並同。

靁震震，電燿燿。明德鄉，治本約。治本約，澤弘大。加被寵，咸相保。施德大，世曼壽。「靁震震」一章十句。《漢書》、郭本並同。

都荔遂芳，窅窊桂華。孝奏天儀，若日月光。乘玄四龍，回馳北行。羽旄殷盛，芬哉芒芒。孝道隨世，我署文章。「桂華」一章十句。孟康曰：窅，出。窊，入。都良薜荔之香鼓動桂華也。晉灼曰：桂華，殿名。樹此香草以潔齊其芳氣，達於宮殿也。臣瓚曰：《茂陵中書》歌《都孋》《桂英》《美芳》《鼓行》，不得爲殿。師古曰：都良薜荔俱有芬芳，桂華之形窅窱然也。

桂華 馮馮翼翼，承天之則。吾易久遠，燭明四極。慈惠所愛，美若休德。杳杳冥冥，克綽永福。「桂華」一章十句。劉敞曰：馮馮翼翼，此桂華前章之名也。古詩皆有篇名，今此獨兩章存。郭本至「山則」一章。

美芳 磑磑即即，師象山則。嗚呼孝哉，案撫戎國。蠻夷竭歡，象來致福。兼臨是愛，終無兵革。「美芳」一章八句。郭本「嗚呼」至「兵革」一章。《漢書》《桂華》「馮馮翼翼」至「兵革」爲一章。劉奉世曰：《桂華》《美芳》皆二詩章名，本側注在前篇之末，傳寫之誤，遂以冠後。後詞無「美芳」，亦當作「美若」矣。

嘉薦芳矣，告靈饗矣。告靈既饗，德音孔臧。惟德之臧，建侯之常。承保天休，令問不忘。「嘉薦芳矣」一章八句。《漢書》、郭本並同。

皇皇鴻明，蕩侯休德。嘉承天和，伊樂厥福。在樂不荒，惟民之則。「皇皇鴻明」一章六句。

浚則師德，下民咸殖。令聞在舊，孔容翼翼。「浚則師德」一章四句。郭本「皇皇」至「翼翼」爲一章。

孔容之常，承帝之明。下民之樂，子孫保光。承順溫良，受帝之光。嘉薦令芳，壽考不忘。「孔容之常」一章八句。郭本同。

承帝明德，師象山則。雲施稱民，永受厥福。承容之常，承帝之明。下民安樂，受福無疆。「承帝明德」一章八句。郭本同。《漢書》「皇皇鴻明」至「受福無疆」爲一章。

魏太廟頌 王粲

三章。

建安十八年，曹操爲魏公，加九錫，始立宗廟，令粲作此頌，以享其先。始名曰顯廟頌，後人更今名。

思皇烈祖，時邁其德。肇啓洪源，貽燕我則。我休厥成，聿先厥道。丕顯丕欽，允時祖考。

綏庶邦，和四宇。九功備，彝樂序。建崇牙，設璧羽。六佾奏，八音舉。昭大孝，衎妣祖。

念武功，收純祜。

於穆清廟，翼翼休徵。祁祁髦士，厥德允升。懷想成位，咸犇在宮。無思不若，允觀厥崇。

晉祠廟歌

《南齊書·樂志》曰：晉泰始中，傅玄造。玄云：登歌歌盛德之功烈，故廟異其文。

饗神猶《周頌》之《有瞽》及《雝》，但説祭饗神明禮樂之盛，七廟皆用之。夏侯湛又造宗廟歌十三篇。《宋書·樂志》曰：元康中，荀藩受詔成父勗業，金石四縣，用之郊廟。

夕牲歌 傅玄下同十一首

我夕我牲，猗歟敬止。嘉豢孔時，供兹享祀。神鑒厥誠，博碩斯歆。祖考降饗，以虞孝孫之心。

迎送神歌

嗚呼悠哉，日鑒在兹。以時享祀，神明降之。神明斯降，既祐饗之。胙我無疆，受天之祜。赫赫太上，巍巍聖祖。明明烈考，丕承繼序。

征西將軍登歌

經始宗廟，神明戾止。申錫無疆，祗承享祀。假哉皇祖，綏予孫子。燕及後昆，錫兹繁祉。

豫章府君登歌

嘉樂肆庭，薦祀在堂。皇皇宗廟，乃祖先皇。濟濟辟公，相予烝嘗。享祀不忒，降福穰穰。

「肆」郭本作「在」。「庭」《晉書》作「筵」。「先」《晉書》作「乃」。「辟」一作「羣」。

潁川府君登歌

於邈先后，實司于天。顯矣皇祖，帝祉肇臻。本支克昌，資始開元。惠我無疆，享祀永年。

「祀」《晉書》作「祚」。

京兆府君登歌

於惟曾皇，顯顯令德。高明清亮，匪兢柔克。保乂命祜，基命惟則。篤生聖祖，光濟四國。

「祜」《晉書》作「祐」。

宣皇帝登歌

於鑠皇祖，聖德欽明。勤施四方，夙夜敬止。載敷文教，載揚武烈。匡定社稷，龔行天罰。

經始大業，造創帝基。畏天之命，于時保之。

景皇帝登歌

執兢景皇〔一〕，克明克哲。旁作穆穆，惟祇惟畏。纂宣之緒，耆定厥功。登此俊乂，糾彼羣凶。業業在位，帝既勤止。維天之命，於穆不已。

文皇帝登歌

於穆時晉，允文文皇。聰明叡智，聖敬神武。萬幾莫綜，皇斯清之。虎兕放命，皇斯平之。柔遠能邇，簡授英賢。創業垂統，勳格皇天。「虎兕」《晉書》作「蛇豕」。

饗神歌

二篇。

曰晉是常，享祀時序。宗廟致敬，禮樂具舉。惟其來祭，普天率土。犧樽既奠，清酤既載。亦有和羹，薦羞斯備。烝烝永慕，感時興思。登歌奏舞，神樂其和。祖考來格，祐我邦家。

敷天之下，罔不休嘉。「敷天」《晉書》作「溥天」。肅肅在位，濟濟臣工。四海來格，禮儀有容。鐘鼓振，管絃理。舞開元，歌永始。神胥樂兮。肅肅在位，臣工濟濟。小大咸敬，上下有禮。理管絃，振鼓鐘。舞象德，歌詠功。神胥樂兮。肅肅在位，有來雍雍。穆穆天子，相維辟公。禮有儀，樂有則。舞象功，歌詠德。神胥樂兮。

江左宗廟歌

《晉書·樂志》曰：永嘉之亂，海内分崩，伶官、樂器皆没於劉、石。江左初立宗廟，尚書下太常祭祀所用樂名，太常賀循答云：魏氏增損漢樂，以爲一代之禮，未審大晉樂名所以爲異。遭離喪亂，舊典不存。然此諸樂皆和之以鍾律，文之以五聲，詠之以歌亂，陳之於舞列。宫懸在庭，琴瑟在堂，八音迭奏，雅樂並作，登歌下管，各有常詠，周人之舊也。自漢氏已來，依倣此禮，自造新詩而已。舊京荒廢，今既散亡，音韻曲折，又無識者，則於今難以意言。于時以無雅樂器及伶人，省太樂并鼓吹令。是後頗得登歌，食舉之樂，猶有未備。太寧末，明帝又詔阮孚等增益之。咸和中，成帝乃復置太樂官，鳩集遺逸，而尚未有金石也。庾亮爲荆州，與謝尚循復雅樂，未具而亮薨。庾翼、桓温專事軍旅，樂器在庫，遂至朽壞焉。及慕容儁平冉閔，兵戈之際，而鄴下樂人亦頗有來者。永嘉十一年，謝尚鎮壽陽，於是採拾樂人，以備太樂，并制石磬，雅樂始頗具。而王猛平鄴，慕容氏所得樂聲又入關右。太元中，破苻堅，又獲其樂工揚蜀等，閑習舊樂，於是四箱金石始備焉。乃使曹毗、王珣等增造宗廟歌詩，然郊祀遂不設樂。《隋書·樂志》曰：，梁武帝云：：著晉、宋史者，皆言太元、元嘉四年，四箱金石大備。今檢樂府，止有黄鍾、姑洗、蕤賓、太簇四格而已。六律不具，何謂四箱？備樂之文，其義焉在？

歌高祖宣皇帝 曹毗下同十首

於赫高祖，德協靈符。應運撥亂，釐整天衢。勳格宇宙，化動八區。肅以典刑，陶以玄珠。

神石吐瑞，靈芝自敷。肇基天命，道均唐虞。

歌世宗景皇帝

景皇承運，纂隆洪緒。皇維重抗，天暉再舉。蠢矣二寇，擾我揚楚。乃整元戎，以膏齊斧。亹亹神筭，赫赫王旅。鯨鯢既平，功冠帝宇。

歌太祖文皇帝

太祖齊聖，王猷誕融。仁教四塞，天基累崇。皇室多難，嚴清紫宫。威厲秋霜，惠過春風。平蜀夷楚，以文以戎。奄有參墟，聲流無窮。

歌世祖武皇帝

於穆武皇，允龔欽明。應期登禪，龍飛紫庭。百揆時序，聽斷以情。殊域既賓，僞吴亦平。晨流甘露，宵暎朗星。野有擊壤，路垂頌聲。

歌中宗元皇帝

運屯百六，天羅解貫。元皇勃興，網籠江漢。仰齊七政，俯平禍亂。化若風行，澤猶雨散。淪光更耀，金輝復煥。德冠千載，蔚有餘粲。「網籠」郭本作「網羅」。

歌肅宗明皇帝

明明肅祖，闡弘帝胙。英風夙發，清暉載路。姦逆縱忒，罔式皇度。躬振朱旗，遂豁天步。宏猷淵塞，高羅雲布。品物咸寧，洪基永固。

歌顯宗成皇帝

於休顯宗，道澤玄播。式宣德音，暢物以和。邁德蹈仁，匪禮弗過。敷以純風，濯以清波。連理暵阜，鳴鳳棲柯。同規放勛，義蓋山河。

歌康皇帝

康帝穆穆，仰嗣洪德。爲而不宰，雅音四塞。閑邪以誠，鎮物以默。威静區宇，道宣邦國。

歌孝宗穆皇帝

孝宗肅哲，休音允臧。如彼晨離，曜景扶桑。垂訓華幄，流潤八荒。幽讚玄妙，爰該典章。西平僭蜀，北静舊疆。高猷遠暢，朝有遺芳。

歌哀皇帝

於穆哀皇，聖心虚遠。雅好玄古，大庭是踐。道尚無爲，治存易簡。化若風行，民猶草偃。雖曰登遐，徽音彌闡。愔愔《雲》《韶》，盡美盡善。「民」一作「時」。

歌太宗簡文皇帝 王珣下同二首

皇矣簡文，於昭于天。靈明若神，周淡如淵。沖應其來，實與其遷。亹亹心化，日用不言。

易而有親，簡而可傳。觀流彌遠，求本逾玄。

歌烈宗孝武皇帝

天鑒有晉，欽哉烈宗。同規文考，玄默允龔。威而不猛，約而能通。神鉦一震，九域來同。道積淮海，雅頌自東。氣陶淳露，化協時雍。

四時祠祀歌 曹毗

肅肅清廟，巍巍聖功。萬國來賓，禮儀有容。鐘鼓振，金石熙。宣兆胙，武開基。神斯樂兮。理管絃，有來斯和。説功德，吐清歌。神斯樂兮。洋洋玄化，潤被九壤。民無不悦，道無不往。禮有儀，樂有式。詠九功，永無極。神斯樂兮。

宋宗廟登歌

《宋書·樂志》曰：武帝永初元年七月，有司奏：「皇朝肇建，廟祀應設雅樂，太常鄭鮮之等八十八人各撰立新歌。黄門侍郎王韶之所撰歌辭七首，並合施用。」詔可。又有七廟饗神登歌一首，併以歌章太后。孝建二年十月辛未，有司又奏：「郊廟舞樂，皇帝親奉，初登壇及入廟詣東壁，並奏登歌，不及三公行事。」左僕射建平王宏重參議：「公卿行事，亦宜奏登歌。」有司又奏：「元會及二廟齋祠，登歌伎舊並於殿庭設作。尋廟祠，依新儀注，登歌人上殿，弦管在下；今元會，登歌人亦上殿，弦管在下。」並詔可。

北平府君登歌 王韶之下同八篇

綿綿遐緒，昭明載融。漢德未遠，堯有遺風。於穆皇祖，永世克隆。本支惟慶，貽厥靡窮。

相國掾府君登歌

乃立清廟，清廟肅肅。乃備禮容，禮容穆穆。顯允皇祖，昭是嗣服。錫兹繁祉，聿懷多福。

「備」一作「修」。

開封府君登歌

四縣既序，簫管既舉。堂獻六瑚，庭萬八羽。先王有典，克禋皇祖。丕顯洪烈，永介休祜。

武原府君登歌

鐘鼓喤喤，威儀將將。温恭禮樂，敬享曾皇。邁德垂仁，係軌重光。天命純嘏，惠我無疆。

「敬」郭本作「致」。

東安府君登歌

鑠矣皇祖，帝度其心。永言配命，播兹徽音。思我茂猷，如玉如金。駿奔在陛，是鑒是歆。

孝皇帝登歌

烝哉孝皇，齊聖廣淵。發祥誕慶，景胙自天。德敷金石，道被管絃。有命既集，徽風永宣。

高祖武皇帝登歌

惟天有命，眷求上哲。赫矣聖武，撫運桓撥。功並敷土，道均汝墳。止戈曰武，經緯稱文。

鳥龍失紀，雲火代名。受終改物，作我宋京。至道惟王，大業有劭。降德兆民，升歌清廟。

七廟享神登歌

奕奕寢廟，奉璋在庭。笙籥既列，犧象既盈。黍稷匪芳，明祀惟馨。樂具禮充，潔羞薦誠。神之格思，介以休禎。濟濟羣辟，永觀厥成。

七廟迎神辭 顔竣

《宋書》不載。按《志》竣嘗同荀萬秋、竟陵、建平王等議樂，則此亦當時所製，或未施用耳。

敬恭明祀，孝道感通。合樂維和，展禮有容。六舞肅列，九變成終。神之來思，享兹潔衷。靈之往矣，綏我家邦。

世祖廟歌

二章。

世祖孝武皇帝廟歌 謝莊下同

帝錫二祖，長世多祜。於穆睿考，襲聖承矩。玄極弛馭，乾紐墜緒。闢我皇維，締我宗宇。

刷定四海，肇構神京。復禮輯樂，散馬隳城。澤牣九有，化浮八瀛。慶雲承掖，甘露飛甍。

肅肅清廟，徽徽閟宮。舞蹈象德，笙磬陳風。黍稷非盛，明德惟崇。神其歆止，降福無窮。

「龔」一作「襲」。「宗」一作「宋」。

宣皇太后廟歌

稟祥月輝，毓德軒光。嗣徽嬀汭，思媚周姜。母臨萬寓，訓藹紫房。朱玄玉篇，式載瓊芳。

章廟舞樂歌辭

《宋書·樂志》曰：文帝章太后廟未有樂章。孝武大明中，使尚書左丞殷淡造新歌，明帝又自造昭太后、宣太后歌詩。又曰：章廟樂舞雜歌悉同用太廟辭，唯三后别撰。《隋書·樂志》曰：梁天監元年，周捨議曰：《禮》，尸出入，奏《肆夏》。賓入大門，奏《肆夏》。牲出入，奏《昭夏》。宋季失禮，神入廟門，遂奏《昭夏》，乃以牲牢之樂，用接祖宗之靈。斯皆前代之深疵，當今所宜改也。

肅咸樂 殷淡下同九首

夕牲、賓出入奏。

彝承孝典，恭事嚴聖。浹天奉賚，罄壤齊慶。司儀具序，羽容夙彰。芬枝颺烈，黼構周張。助實奠軒，酎珍充庭。璆縣凝會，琄朱竚聲。先期選禮，肅若有承。祇對靈祉，皇慶昭膺。「禮」一作「會」。尊事威儀，輝容昭叙。迅恭神明，粢盛牲俎。肅肅嚴宮，藹藹崇基。皇靈降祉，百祇具司。戒誠望夜，端列承朝。依微昭旦，物色輕霄。鴻慶遐鬯，嘉薦令芳。翊帝明德，永祚流光。

引牲樂

牲出入奏。

維誠潔饗，維孝奠靈。敬芬黍稷，敬滌犧牲。騂繭在豢，載溢載豐。以承宗祀，以肅皇衷。蕭芳四舉，華火周傳。神監孔昭，嘉是柔牷。

嘉薦樂

薦豆呈毛血奏。

肇禋戒祀，禮容咸舉。六典飭文，九司昭序。牲柔既昭，犧剛既陳。恭滌惟清，敬事惟神。加籩再御，兼俎重薦。節動軒越，聲流金縣。奕奕閟幄，亹亹嚴闈。潔誠夕鑒，端服晨暉。聖靈戾止，翊我皇則。上綏四寓，下洋萬國。永言孝饗，孝饗有容。儐僚贊列，肅肅雍雍。

齊樂用此，分「弈奕」爲一章。

昭夏樂

迎神奏。

閟宮嫐嫐，複殿微微。璿除肅炤，釭璧彤煇。黼帟神凝，玉堂嚴馨。圜火夕耀，方水朝清。金枝委樹，翠鐙竚縣。停波澄宿，華漢浮天。恭事既夙，虔心有慕。仰降皇靈，俯寧休胙。

永至樂

皇帝入廟北門奏。《漢書·禮樂志》曰：皇帝入廟門，奏《永至》，以爲行步之節，猶古《采齊》《肆夏》也。

皇明囧矣，孝容以昭。鑾華羽迥，拂漢涵滈。申申嘉夜，翊翊休朝。行金景送，步玉風《韶》。師承祀則，肅對禋祧。「明」一作「朝」。「滈」一作「濆」。

登歌

太祝祼地奏。

帝容承祀，練時涓日。九重徹闕，四靈賓至。肅倡函音，庶旄委佾。休靈告饗，嘉薦尚芬。
玉瑚飾列，桂簋昭陳。具司選禮，翼翼振振。
祼崇祀典，酎恭孝時。禮無爽物，信靡媿辭。精華孚囧，誠監昭通。升歌翊節，下管調風。
皇心履變，敬明尊親。大哉孝德，至矣交神。

章德凱容樂舞歌

章太后神室奏。

幽瑞浚靈，表彰嬪聖。翊載徽文，敷光崇慶。上緯纏祥，中維飾詠。永屬煇猷，聯昌景命。

昭德凱容樂舞歌 明帝下同二首

昭太后神室奏。

表靈躔象，纘儀緯風。膺華丹燿，登瑞紫穹。訓形霄宇，武彰宸宫。騰芬金會，寫德聲容。

宣德凱容樂舞歌

宣太后神室奏。

天樞凝耀，地紐麗輝。聯光騰世，炳慶翔機。薰藹中寓，景躔上微。玉頌鏤德，金籥傳徽。

嘉胙樂舞辭 殷淡下同四首

皇帝還東壁受福酒奏。

禮薦洽，福時昌。皇聖膺嘉祐，帝業凝休祥。居極乘景運，宅德瑞中王。澄明臨四表，精華延八鄉。洞海周聲惠，徹宇麗乾光。靈慶纏世祉，鴻烈永無疆。「時」《齊書》作「祚」。

昭夏樂舞歌

送神奏。二章。

大孝備，盛禮豐。神安留，嘉樂充。旋駕聳，汎青穹。延八虛，闢四空。藹流景，肅行風。昭融教，緝風度。戀皇靈，結深慕。解羽縣，輟華樹。偕琁除，端玉輅。流汪濊，慶國步。「偕」一作「背」。

休成樂歌

皇帝詣便殿奏。《漢書·禮樂志》曰：登歌再終，下奏《休成》之樂，美神明既饗也。

釃醴具登，嘉俎咸薦。饗洽誠陳，禮周樂偏。祝辭罷祼，序容輟縣。蹕動端庭，鑾回嚴殿。神儀駐景，華漢亭虛。八靈案衛，三祇解途。翠蓋燿澄，羃奕凝宸。玉鑣息節，金輅懷音。式誠遠孝，底心肅感。追憑皇鑒，思承淵範。神錫懋祉，四緯昭明。仰福帝徽，俯齊庶生。

「燿澄」《齊書》作「澄燿」，「凝宸」作「凝晨」。

【校勘記】

〔一〕兢，《四庫》本作「競」。

古樂苑卷第五

郊廟歌辭 廟祀 齊 梁 陳 北周 隋

齊太廟樂歌

《南齊書·樂志》曰：宋昇明中，太祖爲齊王，令司馬褚淵造太廟登歌二章。建元初，詔黄門侍郎謝超宗造廟樂歌詩十六章。永明二年，尚書殿中曹奏：「太祖高皇帝廟神室奏《高德宣烈》之舞，未有歌詩，郊應須歌辭。穆皇后廟神室，亦未有歌辭。」案傅玄云：登歌廟異其文，饗神十室同辭。此議爲允。又尋漢世歌篇，多少無定，皆稱事立文，並多八句，然後轉韻。時有兩三韻而轉，其例甚寡。張華、夏侯湛亦同前式。傅玄改韻頗數，更傷簡節之美。近世王韶之、顔延之並四韻乃轉，得賒促之中。顔延之、謝莊作二廟歌，皆各三章，章八句，此於序述功業詳略爲宜，今宜依之。郊配之日，改降尊作王，禮殊宗廟，穆后母儀之化，事異經綸。此二歌爲一章八句，别奏事御奉行。」詔可。尚書令王儉造太廟二室及郊配辭。《古今樂録》曰：梁何佟之、周捨等議，以爲《周禮》牲出入奏《昭夏》，而齊氏仍宋《儀注》，迎神奏《昭夏》，牲出入更奏《引牲樂》，乃以牲牢之樂用接祖宗之靈，宋季之失禮也。

肅咸樂 謝超宗下同十六章

夕牲、羣臣出入奏。

潔誠底孝，孝感烟霜。賓儀式序，肅禮綿張。金華樹藻，肅哲騰光。殷殷升奏，嚴嚴階庠。匪椒匪玉，是降是將。懋分神衷，翊祐傳昌。

引牲樂

牲出入奏。

肇祀嚴靈，恭禮尊國。達敬傳典，結孝陳則。芬滌既肅，犧牷既整。聳誠流思，端儀選景。肆禮佇夜，綿樂望晨。崇席皇鑒，用饗明神。「傳」一作「敷」。

嘉薦樂

薦豆呈毛血奏。

清思眑眑，閟寢微微。恭言載感，肅若有希。芬俎具陳，嘉薦兼列。凝馨煙颺，分熠星晢。睿靈式降，協我帝道。上澄五緯，下陶八表。右夕牲歌辭。

昭夏樂

迎神奏。

涓辰選氣，展禮恭祇。重闈月洞，層牖煙施。載虛玉鬯，載受金枝。天歌折饗，雲舞罄儀。神惟降止，汎景凝羲。帝華永藹，泯藻方摛。

永至樂

皇帝入廟北門奏。

戲鯀惟則，姬經式序。九司聯事，八方承宇。鑾迾靜陳，縵樂具舉。凝旒若慕，傾璜載佇。

振振琁衛，穆穆禮容。載藹皇步，式敷帝蹤。

登歌

太祝祼地奏。

清明既鬯，大孝乃熙。天儀睟愴，皇心儼思。既芬房豆，載潔牷牲。鬱祼升禮，鋗玉登聲。茂對幽嚴，式奉徽靈。以享以祀，惟感惟誠。「明」一作「容」。「玉」一作「金」。

凱容樂

皇祖廟陵丞神室奏。

國昭惟茂，帝穆惟崇。登祥緯遠，締世景融。紛綸睿緒，菴蔚王風。明進厥始，濬哲文終。

凱容樂

皇祖太中大夫府君神室奏。

琁條龠蔚，瓊源浚照。懋矣皇烈，載挺明劭。永言敬思，式恭惟教。休途良乂，榮光有耀。

凱容樂

皇祖淮陰令府君神室奏。

嚴宗正典，崇享肇禋。九章既飭，三清既陳。昭恭皇祖，承假徽神。貞祐伊協，卿藹是鄰。

凱容樂

曾祖即丘令府君神室奏。

肅惟敬祀，潔事參薌。環袨像綴，緬密絲簧。明明烈祖，尚錫龍光。粤《雅》于姬，伊《頌》在商。

凱容樂

皇祖太常卿府君神室奏。

神宫懋鄴，明寢昌基。德凝羽綴，道晉容辭。假我帝緒，懿我皇維。昭大之載，國齊之祺。

宣德凱容樂

皇考宣皇帝神室奏。

道閟期運，義開藏用。皇矣睿祖，至哉攸縱。循規烈熖，襲矩重芬。德溢軒羲，道懋炎雲。

凱容樂

昭皇后神室奏。

月靈誕慶，雲瑞開祥。道茂淵柔，德表徽章。粹訓宸中，儀形宙外。容蹈凝華，金羽傳藹。

永祚樂

皇帝還東壁上福酒奏。

構宸抗宇，合軫齊文。萬𩂯載謐，百禮以殷。朱紘繞風，翠羽停雲。桂鐏既滌，瑶俎既薰。升薦惟誠，昭禮惟芬。降祉遥裔，集慶氤氳。

肆夏樂

送神奏。

禮既升，樂以愉。昭序溢，幽饗餘。人祇咨，敬教敷。神光動，靈駕翔。芬九垓，鏡八鄉。福無届，祚無疆。

休成樂

皇帝詣便殿奏。

睿孝式咨，饗敬爰徧。諦容輟序，佾文静縣。辰儀聳蹕，霄衛浮鑾。旒帟雲施，翠華景摶。恭惟尚烈，休明再纏。國猷遠藹，昌圖聿宣。「徧」一作「偏」。「縣」一作「懸」。

太廟登歌 褚淵下同二章

惟王建國，設廟凝靈。月薦流典，時祀暉經。瞻宸僾思，雨露追情。簡日筮晷，閟奠升文。金罍渟桂，沖幄舒薰。備僚肅列，駐景開雲。

至饗攸極，睿孝惇禮。具物咸潔，聲香合體。氣昭扶幽，眇慕躔遠。迎絲驚促，送佾留晚。聖衷踐候，節改增愴。妙感崇深，英徽彌亮。「聲香」郭本作「馨聲」。

高德宣烈樂 王儉下同三章

太祖高皇帝神室奏。

悠悠草昧，穆穆經綸。乃文乃武，乃聖乃神。動龕危亂，静比斯民。誕應休命，奄有八夤。握機肇運，光啓禹服。義滿天淵，禮昭地軸。澤靡不懷，威無不肅。戎夷竭歡，象來致福。偃風裁化，晅日敷祥。信星含曜，秬草流芳。七廟觀德，六樂宣章。惟先惟敬，是饗是將。

穆德凱容樂

穆皇后神室奏。

大姒嬪周，塗山儷禹。我后嗣徽，重規疊矩。肅肅閟宫，翔翔雲舞。有饗德馨，無絶終古。

明德凱容樂

高宗明皇帝神室奏。

多難固業，殷憂啓聖。帝宗讚武，維時執競。起柳獻祥，百堵興詠。義雖祀夏，功符受命。遠無不懷，邇無不肅。其儀濟濟，其容穆穆。赫矣君臨，昭哉嗣服。允王惟后，膺此多福。禮以昭事，樂以感靈。八簋陳室，六舞充庭。觀德在廟，象德在形。四海來祭，萬國咸寧。

梁宗廟登歌 沈約

《隋書·樂志》曰：七曲，四言，皇帝初獻奏。按太廟雅歌與郊明堂同用者，《皇雅》《滌雅》《牷雅》、《諴雅》第三首，並沈約撰。

功高禮洽，德尊樂備。三獻具舉，百司在位。誠敬罔愆，幽明同致。茫茫億兆，無思不遂。蓋之如天，容之如地。

殷兆玉筐，周始邠王。於赫文祖，基我大梁。肇土七十，奄有四方。帝軒百祀，人思未忘。

永言聖烈，祚我無疆。

有夏多罪，殷人塗炭。四海倒懸，十室思亂。自天命我，殲凶殄難。既躍乃飛，言登天漢。爰饗爰祀，福禄攸贊。「祀」郭作「格」。

犧象既飾，罍俎斯具。我鬱載馨，黄流乃注。峨峨卿士，駿奔是務。佩上鳴堦，纓還拂樹。悠悠億兆，天臨日煦。

猗歟至德，光被黔首。鑄鎔蒼昊，甄陶區有。肅恭三獻，對揚萬壽。比屋可封，含生無咎。匪徒七百，天長地久。「肅」郭作「恪」。

有命自天，於皇后帝。悠悠四海，莫不來祭。繁祉具膺，八神聳衛。福至有兆，慶來無際。播此餘休，于彼荒裔。

祀典昭潔，我禮莫違。八簋充室，六龍解騑。神宫肅肅，靈寢微微。嘉薦既饗，景福攸歸。至德光被，洪祚載輝。

小廟樂歌

《隋書·樂志》曰：梁又有小廟，太祖太夫人廟。非嫡，故別立廟。皇帝每祭太廟訖，詣小廟，亦以一太牢，如太廟禮。

舞歌

閟宮肅肅，清廟濟濟。於穆夫人，固天攸啓。祚我梁德，膺斯盛禮。文檖達嚮，重檐丹陛。
飾我俎彝，潔我粢盛。躬事奠饗，推尊盡敬。悠悠萬國，具承兹慶。大孝追遠，兆庶攸詠。

登歌

光流者遠，禮貴彌申。嘉饗云備，盛典必陳。追養自本，立愛惟親。皇情乃慕，帝服來尊。
駕齊六轡，旂耀三辰。感兹霜露，事彼冬春。以斯孝德，永被烝民。

陳太廟舞辭 周弘讓

《隋書·樂志》曰：陳初並用梁樂，唯改七室舞辭。

凱容舞

皇祖步兵府君神室奏。

於赫皇祖，宮牆高嶷。邁彼厥初，成茲峻極。縵樂簡簡，閟寢翼翼。裸饗若存，惟靈靡測。

凱容舞

皇祖正員府君神室奏。

昭哉上德，浚彼洪源。道光前訓，慶流後昆。神猷緬邈，清廟斯存。以享以祀，惟祖惟尊。

「惟」郭作「是」。

凱容舞

皇祖懷安府君神室奏。

選辰崇饗，飾禮嚴敬。靡愛牲牢，兼馨粢盛。明明列祖，龍光遠暎。肇我王風，形斯舞詠。

凱容舞

皇高祖安成府君神室奏。

道遥積慶，德遠昌基。永言祖武，致享從思。九章停列，八舞迴墀。霛其降止，百福來綏。

凱容舞

皇曾祖太常府君神室奏。

肇迹締基，義標鴻篆。恭惟載德，瓊源方闡。享薦三清，筵陳四璉。增我堂構，式敷帝典。

景德凱容舞

皇祖景皇帝神室奏。

皇祖執德，長發其祥。顯仁藏用，懷道韜光。寧斯閟寢，合此蕭薌。永昭貽厥，還符翦商。

武德舞

皇考高祖武皇帝神室奏。

烝哉聖祖，撫運升離。道周經緯，功格玄祇。方軒邁扈，比舜陵嬀。緝熙是詠，欽明在斯。雲雷遘屯，圖南共舉。大定揚越，震威衡楚。四奥宅心，九疇還叙。景星出翼，非雲入吕。德暢容辭，慶昭羽綴。於穆清廟，載揚徽烈。嘉玉既陳，豐盛斯潔。是將是享，鴻猷無絶。

北齊享廟樂辭

陸卬等奉詔撰

肆夏樂

先祀一日，夕牲、羣臣入奏。三公出、進熟、羣臣入、羣官出並奏《肆夏》。辭同。

霜淒雨暢，烝哉帝心。有敬其祀，肅事惟歆。昭昭車服，濟濟衣簪。鞠躬貢酎，磬折奉琛。差以五列，和以八音。式祗王度，如玉如金。

高明登歌樂

迎神奏。

日卜惟吉，辰擇其良。奕奕清廟，黼黻周張。大呂爲角，應鍾爲羽。路鼗陰竹，德歌昭舞。祀事孔明，百神允穆。神心乃顧，保兹介福。

昭夏樂

牲出入奏。

大祀云事，獻奠有儀。既歌既展，贊顧迎犧。執從伊竦，芻飾惟慄。俟用於庭，將升於室。且握且騂，以致其誠。惠我貽頌，降祉千齡。

昭夏樂

薦毛血奏。

緬彼遐慨，悠然永思。留連七享，纏綿四時。神升魄沈，靡聞靡見。陰陽載俟，臭聲兼薦。祖考其鑒，言萃王休。降神敷錫，百福是由。

皇夏樂

進熟、皇帝入北門奏。詣東陛、升殿並奏《皇夏》。辭同。

齊居嚴殿，夙駕層闈。車輅垂彩，旒衮騰輝。聳誠載仰，翹心有慕。洞洞自形，斤斤表步。

閟宮有邃，神道依稀。孝心緬邈，爰屬爰依。

登歌樂

太祝祼地奏。

太室窅窅，神居宿設。鬱鬯惟芬，珪璋惟潔。彝斝應時，龍蒲代用。藉茅無咎，福禄攸降。
端感會事，儼思修禮。齊齊勿勿，俄俄濟濟。

登歌樂

皇帝升殿，殿上作。

我祠我祖，永惟厥先。炎農肇聖，靈祉蟬聯。霸圖中造，帝業方宣。道昌基構，撫運承天。
奄家六合，爰光八埏。尊神致禮，孝思惟纏。寒來暑反，惕薦在年。匪敬伊慕，備物不愆。
設簴設業，鞉鼓填填。辟公在位，有容伊虔。登歌啓佾，下管應懸。厥容無爽，幽明肅然。
誠帀厚地，和達穹玄。既調風雨，載協山川。周庭有列，湯孫永延。教聲惟被，邁後光前。

始基樂恢祚舞

皇帝初獻六世祖司空公神室奏。

克明克俊，祖武惟昌。業弘營土，聲被海方。有流厥德，終耀其光。明神幽贊，景祚攸長。

始基樂恢祚舞

五世祖吏部尚書神室奏。

顯允盛德，隆我前構。瑶源彌濬，瓊根愈秀。誕惟有族，丕緒克茂。大業崇新，洪基增舊。

始基樂恢祚舞

高祖秦州使君神室奏。

祖德丕顯，明喆知機。豹變東國，鵠起西歸。禮申官次，命改朝衣。敬思孝享，多福無違。

始基樂恢祚舞

曾祖太尉武貞公神室奏。

兆靈有業，潛德無聲。韜光戢耀，貫幽洞冥。道弘舒卷，施博藏行。緬追歲事，夜遽不寧。

始基樂恢祚舞

祖文穆皇帝神室奏。

皇皇祖德，穆穆其風。語嘿自已，明叡在躬。荷天之錫，聖表克隆。高山作矣，寳祚其崇。離光旦旦，載焕載融。感薦惟永，神保無窮。

武德樂昭烈舞

高祖神武皇帝神室奏。

天造草昧，時難糾紛。孰拯斯溺，靡救其焚。大人利見，緯武經文。顧指維極，吐吸風雲。

開天闢地，峻嶽夷海。冥工掩迹，上德不宰。神心有應，龍化無待。義征九服，仁兵告凱，上平下成，靡或不寧。匪王伊帝，偶極崇靈。享親則孝，潔祀惟誠。禮備樂序，肅贊神明。

文德樂宣正舞

文襄皇帝神室奏。

聖武丕基，叡文顯統。眇哉神啓，鬱矣天縱。道則人弘，德云邁種。昭冥咸叙，崇深畢綜。自中徂外，經朝庇野。政反淪風，威還缺雅。旁作穆穆，格于上下。維享維宗，來鑒來假。

文正樂光大舞

顯祖文宣皇帝神室。

玄曆已謝，蒼靈告期。圖璽有屬，揖讓惟時。龍升虎變，弘我帝基。對揚穹昊，寔啓雍熙。欽若皇猷，永懷王度。欣賞斯穆，威刑允措。軌物俱宜，憲章咸布。俗無邪指，下歸正路。茫茫九域，振以乾綱。混通華裔，配括天壤。作禮視德，列樂傳響。薦祀惟虔，衣冠載仰。

「虎」《隋書》作「獸」。

皇夏樂

皇帝還東壁、飲福酒奏。

孝心翼翼，率禮兢兢。時洗時薦，或降或升。在堂在户，載湛載凝。多品斯奠，備物攸膺。蘭芬敬挹，玉俎恭承。受祭之祜，如彼岡陵。

高明樂

送神奏。

仰榱桷，慕衣冠。禮云罄，祀將闌。神之駕，紛奕奕。乘白雲，無不適。窮昭域，極幽塗。歸帝祉，眷皇都。

皇夏樂

帝詣便殿奏。

禮行斯畢，樂奏以終。受嘏先退，載暢其衷。鑾軒循轍，麾旌復路。光景徘徊，絃歌顧慕。

靈之相矣，有錫無疆。國圖日競，家曆天長。

周宗廟歌辭

皇夏 庾信下同

皇帝入廟門奏。

肅肅清廟，巖巖寢門。欹器防滿，金人戒言。應幹懸鼓，崇牙樹羽。階變升歌，庭紛象舞。閑安象設，緝熙清奠。春鮪初登，新蓱先薦。僾然入室，儼乎其位。悽愴履之，非寒之謂。

「其」郭作「在」。

昭夏

降神奏。

永維祖武，潛慶靈長。龍圖革命，鳳曆歸昌。功移上墋，德耀中陽。清廟肅肅，猛虡煌煌。曲高大夏，聲和盛唐。牲牷蕩滌，蕭合馨香。和鑾戾止，振鷺來翔。永敷萬國，是則四方。

皇夏

俎入、皇帝升階奏。

年祥辨日，上協龜言。奉酎承列，來庭駿奔。雕禾飾斝，翠羽承樽。敬殫如此，恭惟執燔。

皇夏

皇帝獻皇高祖奏。

慶緒千重秀，鴻源萬里長。無時猶戢翼，有道故韜光。盛德必有後，仁義終克昌。明星初肇慶，大電久呈祥。

皇夏

皇帝獻皇曾祖德皇帝奏。

克昌光上烈，基聖穆西藩。崇仁高涉渭，積德被居原。帝圖張往迹，王業茂前尊。重芬德陽廟，疊慶壽陵園。百靈光祖武，千年福孝孫。

皇夏

皇帝獻皇祖太祖文皇帝奏。

雄圖屬天造，宏略遇羣飛。風雲猶聽命，龍躍遂乘機。百二當天險，三分拒樂推。函谷風塵散，河陽氛霧晞。濟弱淪風起，扶危頹運歸。地紐崩還正，天樞落更追。原祠乍超忽，畢隴或綿微。終封三尺劍，長卷一戎衣。

皇夏

皇帝獻文宣皇太后奏。

月靈興慶，沙祥發源。功參禹迹，德贊堯門。言容典禮，褕狄徽章。儀形温德，令問昭陽。日月不居，歲時晼晚。瑞雲纏心，閟宫惟遠。

皇夏

皇帝獻閔皇帝奏。

龍圖基代德，天步屬覲難。謳歌還受瑞，揖讓乃登壇。升輿芒刺重，入位據關寒。卷舒雲汎濫，遊揚日浸微。出鄭終無反，居桐竟不歸。祀夏今惟舊，尊靈謚更追。

皇夏

皇帝獻明皇帝奏。

若水逢降君，窮桑屬惟政。丕哉馭帝籙，鬱矣當天命。方定五雲官，先齊八風令。文昌氣似珠，太史河如鏡。南宮學已開，東觀書還聚。文辭金石韻，毫翰風飈豎。清室桂憑憑，齊房芝詡詡。寧思玉管笛，空見靈衣舞。

皇夏

皇帝獻高祖武皇帝奏。

南河吐雲氣，北斗降星辰。百靈咸仰德，千年一聖人。書成紫微動，律定鳳凰馴。六軍命西土，甲子陳東鄰。戎衣此一定，萬里更無塵。煙雲同五色，日月並重輪。流沙既西靜，蟠木又東臣。凱樂聞朱鴈，鐃歌見白麟。今爲六代祀，還得九疑賓。

皇夏

皇帝還東壁、飲福酒奏。

禮殫裸獻，樂極休成。長離前掞，宗祀文明。縮酌浮蘭，澄罍合鬯。磬折禮容，旋迴靈貺。受釐撤俎，飲福移樽。惟光惟烈，文子文孫。

皇夏

皇帝還便坐奏。

庭闕四始，筵終三薦。顧步堦墀，徘徊餘奠。六龍矯首，七萃警途。鼓移行漏，風轉相烏。翼翼從事，綿綿四時。惟神降嘏，永言保之。

大祫樂歌

二首。餘同宗廟時享。

昭夏

降神奏。

律在夾鍾，服居蒼衮。杳杳清思，綿綿長遠。就祭於合，班神於本。來庭有序，助祭有章。樂舞六代，賓歌二王。和鈴以節，鞗革斯鏘。齊宫饌玉，鬱鬯浮金。洞庭鐘鼓，龍門瑟琴。其樂已變，惟神是臨。

登歌

奠玉帛奏。

神惟顯思，不言而令。玉帛之禮，敢陳莊敬。奉如弗勝，薦如受命。交於神明，慤於言行。

隋太廟歌

《隋書·樂志》曰：先是，高祖遣内史侍郎李元操、直内使省盧思道等，列清廟歌辭十二曲。令齊樂人曹妙達，於太樂教習，以代周歌。其初迎神七言，象《元基曲》。獻奠登歌六言，象《傾盃曲》。送神禮畢五言，象《行天曲》。至是，弘等但改其聲，合於鐘律，而辭經敕定，不敢易之。至仁壽元年，煬帝初爲太子，從饗于太廟，聞而非之。乃上言曰：清廟歌辭，文多浮麗，不足以述宣功德，請更議定。於是制詔吏部尚書奇章公弘、開府儀同三司領太子洗馬柳顧言、秘書丞攝太常少卿許善心、内史舍人虞世基、禮部尚書蔡徵等，更詳故實，創製雅樂歌辭。大業元年，煬帝又詔脩高廟樂，後復難于改作，其議竟寢，惟新造高祖廟歌九首，今亡。

迎神歌

務本興教，尊神體國。霜露感心，享祀陳則。官聯式序，奔走在庭。几筵結慕，祼獻惟誠。

嘉樂載合，神其降止。永言保之，錫以繁祉。

登歌

孝熙嚴祖，師象敬宗。惟皇肅肅，有來雍雍。雕梁霞複，繡榱雲重。觀德自感，奉璋伊恭。彝竿盡飾，羽綴有容。升歌發藻，景福來從。

俎入歌

郊丘、社、廟同。

祭本用初，祀由功舉。駿奔咸會，供神有序。明酌盈樽，豐犧實俎。幽金既薦，繢錯維旅。享由明德，香非稷黍。載流嘉慶，克固鴻緒。

皇高祖太原府君歌

締基發祥，肇源興慶。廼仁迺哲，克明克令。庸宣國圖，善流人詠。開我皇業，七百同盛。

皇曾祖康王歌

皇條俊茂，帝系靈長。豐功疊軌，厚利重光。福由善積，代以德彰。嚴恭盡禮，永錫無疆。

皇祖獻王歌

盛才必達，丕基增舊。涉渭同符，遷邠等構。弘風邁德，義高道富。神鑒孔昭，王猷克懋。

「渭」《隋書》作「魏」。

皇考太祖武元皇帝歌

深仁冥著，至道潛敷。皇矣太祖，耀名天衢。翦商隆祚，奄宅隋區。有命既集，誕開靈符。

飲福酒歌

郊丘、社、廟同。

神道正直，祀事有融。肅雍備禮，莊敬在躬。羞燔已具，奠酳將終。降祥惟永，受福無窮。

送神歌

饗禮具，利事成。佇旒冕，肅簪纓。金奏終，玉俎撤。盡孝敬，窮嚴潔。人祇分，哀樂半。降景福，憑幽贊。

古樂苑卷第六

燕射歌辭一

晉 宋 齊

《周禮》大宗伯之職曰：以飲食之禮，親宗族兄弟。以賓射之禮，親故舊朋友。以饗燕之禮，親四方之賓客。大行人掌大賓之禮，大客之儀，以親諸侯。以九儀辨諸侯之命，等諸臣之爵，以同邦國之禮，而待其賓客。上公饗禮九獻，食禮九舉。侯、伯饗禮七獻，食禮七舉。子、男饗禮五獻，食禮五舉。諸侯之卿，各下其君二等。大夫、士皆如之。凡正饗，食則在廟，燕則在寢，所以仁賓客也。《儀·燕禮》曰：工歌《鹿鳴》《四牡》《皇皇者華》。笙入，奏《南陔》《白華》《華黍》。乃間歌《魚麗》，笙《由庚》；歌《南有嘉魚》，笙《崇丘》；歌《南山有臺》，笙《由儀》。遂歌鄉樂：《周南·關雎》《葛覃》《卷耳》；《召南·鵲巢》《采蘩》《采蘋》。此燕饗之有樂也。《大司樂》曰：大射，王出入，奏《王夏》。及射，令奏《騶虞》。詔諸侯以弓矢舞。《樂師》：燕射，帥射夫以弓矢舞。《大師》：大射，帥瞽而歌射節。此大射之有樂也。《王制》曰：天子食，舉以樂。《大司樂》：王大食，三宥，皆令奏鐘鼓。漢鮑業曰：古者天子食飲，必順四時五味，故有食舉之樂，所以順天地、養神明、求福應也。此食舉之有樂也。《隋書·樂志》曰：漢明帝時，樂有四品。其二曰雅頌樂，辟雍饗射之所用。則《孝經》所謂「移風易俗，莫善於樂」，《禮記》曰「揖讓而治天下者，禮樂之謂」也。三曰黄門鼓吹，天子宴羣臣之所用。則《詩》所謂「坎坎鼓我，蹲蹲舞我」者也。漢有殿中御飯食舉七曲，太樂食舉十三曲，魏有雅樂四曲，皆取周詩《鹿鳴》。晉荀勗以《鹿鳴》燕嘉賓，無取於朝。乃除《鹿鳴》舊歌，更作行禮詩四篇，先陳三朝朝宗之義。又爲王公上壽酒、食舉樂歌詩十三篇。司律陳頎以爲三元肇發，羣后奉璧，趨步拜起，莫非行禮，豈容别設一樂，謂之行禮。荀譏《鹿鳴》之失，似悟昔繆，還制四篇，復襲前軌，亦未爲得也。終宋、齊已來，相承用之。梁、陳三朝樂有四十九等，其曲有《相和》五引及《俊雅》等七曲。後魏道武初，正月上日饗羣臣，備列宫縣正樂，奏燕趙秦吴之音，五方殊俗之曲，四時饗會亦用之。隋煬帝初，詔秘書省學士定殿前樂工歌十四曲，終大業之世，每舉用焉。其後又因高祖七部樂，乃定時五味，故有食舉。隋舊制用九部樂。

晉四廂樂歌

《晉書·樂志》曰：杜夔傳舊雅樂四曲。一曰《鹿鳴》，二曰《騶虞》，三曰《伐檀》，四曰《文皇》，皆古聲辭。及太和中，左延年改夔《騶虞》《伐檀》《文王》三曲，更自作聲節，其名雖存，而聲實異。唯因夔《鹿鳴》，全不改易。每正旦大會，太尉奉璧，羣后行禮，東廂雅樂常作者是也。後又改三篇之行禮詩。第一曰《於赫篇》，詠武帝，聲節與古《鹿鳴》同。第二曰《巍巍篇》，詠文帝，用延年所改《騶虞》聲。第三曰《洋洋篇》，詠明帝，用延年所作《文王》聲。第四復用《鹿鳴》，《鹿鳴》之聲重用，而除古《伐檀》。及晉初，食舉亦用《鹿鳴》。至泰始五年，尚書奏，使太僕傅玄、中書監荀勗、黄門侍郎張華各造正旦行禮及王公上壽酒、食舉樂歌詩。荀勗云：魏氏行禮、食舉，再取周詩《鹿鳴》以爲樂章。又《鹿鳴》以宴嘉賓，無取於朝，考之舊聞，未知所應。勗乃除《鹿鳴》舊歌，更作行禮詩四篇，先陳三朝朝宗之義。又爲正旦大會、王公上壽歌詩并食舉樂歌詩，合十三篇。又以魏氏歌詩或二言，或三言，或四言，或五言，與古詩不類，以問司律中郎將陳頎。頎曰：被之金石，未必皆當。故勗造晉歌，皆爲四言，惟王公上壽酒一篇爲三言五言焉。張華以爲魏上壽、食舉詩及漢氏所施用，其文句長短不齊，未皆合古。蓋以依詠弦節，本有因循，而識樂知音，足以制聲度曲，法用率非凡近之所能改。二代三京，襲而不變，雖詩章辭異，廢興隨時，至其韻逗留曲折，皆繫於舊，有由然也。是以一皆因就，不敢有所改易。此則華、勗所明異旨也。時詔又使中書侍郎成公綏亦作焉。按傅玄、張華正旦大會、上壽、食舉詩，《晉書》不載，載《宋書》。

正旦大會行禮歌 傅玄下同

天鑒有晉，世祚聖皇。時齊七政，朝此萬方。其一。鐘鼓斯震，九賓備禮。正位在朝，穆穆濟濟。其二。煌煌三辰，實麗于天。君后是象，威儀孔虔。其三。率禮無愆，莫匪邁德。儀刑聖皇，萬邦惟則。其四。《天鑒》四章，章四句。

上壽酒歌

於赫明明，聖德龍興。三朝獻酒，萬壽是膺。敷佑四方，如日之升。自天降祚，元吉有徵。《於赫》一章，章八句。

食舉東西廂歌

天命大晉，載育羣生。於穆上德，隨時化成。其一。自祖配命，皇皇后辟。繼天創業，宣文之績。其二。丕顯宣文，先知稼穡。克恭克儉，足教足食。其三。既教食之，弘濟艱難。上帝是祐，下民所安。其四。天祐聖皇，萬邦來賀。雖安勿安，乾乾匪暇。其五。乃正丘郊，乃定冢社。廣廣作宗，光宅天下。其六。惟敬朝饗，爰奏食舉。盡禮供御，嘉樂有序。其七。樹羽設業，笙鏞以間。琴瑟齊列，亦有篪塤。其八。喤喤鼓鐘，鎗鎗磬管。八音克諧，載夷載簡。其九。既夷既簡，其大不禦。風化潛興，如雲如雨。其十。如雲之覆，如雨之潤。聲教所暨，無思不順。其十一。教以化之，樂以和之。和而養之，時惟邕熙。其十二。禮慎其儀，樂節其聲。於鑠皇繇，既和且平。其十三。

《天命》十三章，章四句。

四廂樂歌

《宋書·樂志》曰：晉荀勗造正旦大會行禮歌四篇。一曰《於皇》，當《於赫》。二曰

《明明》，當《巍巍》。三曰《邦國》，當《洋洋》。四曰《祖宗》，當《鹿鳴》。王公上壽酒歌一篇。曰《踐元辰》，當《羽觴行》。食舉樂東西廂歌十二篇。一曰《煌煌》，當《鹿鳴》。二曰《賓之初筵》，當《於穆》。三曰《三后》，當《昭昭》。四曰《赫矣》，當《華華》。五曰《烈文》，當《朝宴》。六曰《猗歟》，當《盛德》。七曰《隆化》，當《綏萬邦》。八曰《振鷺》，當《朝朝》。九曰《翼翼》，當《順天》。十曰《既宴》，當《陟天庭》。十一曰《時邕》，當《參兩儀》。十二曰《嘉會》。

正旦大會行禮歌 荀勗下同

四章。

於皇元首，羣生資始。履端大享，敬御繁祉。肆覲羣后，爰及卿士。欽順則元，允也天子。

《於皇》一章，八句。

明明天子，臨下有赫。四表宅心，惠浹荒貊。柔遠能邇，孔淑不逆。來格祁祁，邦家是若。

《明明》一章，八句。

光光邦國，天篤其祜。丕顯哲命，顧柔三祖。世德作求，奄有九土。思我皇度，彝倫攸序。

《邦國》一章，八句。

惟祖惟宗，高朗緝熙。對越在天，駿惠在兹。聿求厥成，我皇崇之。式固其猶，往敬用治。

《祖宗》一章，八句。

王公上壽酒歌

踐元辰，延顯融。獻羽觴，祈令終。我皇壽而隆，我皇茂而嵩。本枝奮百世，休祚鍾聖躬。

《踐元辰》一章，八句。

食舉樂東西廂歌

十二章。

煌煌七曜，重明交暢。我有嘉賓，是應是貺。邦政既圖，接以大饗。人之好我，式遵德讓。

《煌煌》一章，八句。

賓之初筵，藹藹濟濟。既朝乃宴，以洽百禮。頒以位叙，或廷或陛。登儐台叟，亦有兄弟。胥子陪寮，憲兹度楷。觀頤養正，降福孔偕。

《賓之初筵》一章，十二句。

昔我三后，大業是維。今我聖皇，焜燿前暉。奕世重規，明照九畿。思輯用光，時罔有違。陟禹之跡，莫不來威。天被顯禄，福履是綏。

《三后》一章，十二句。

赫矣太祖，克廣明德。廓開寓宙，正世立則。變化不經，民無瑕慝。創業垂統，兆我晉國。

《赫矣》一章，八句。

烈文伯考，時惟帝景。夷險平亂，威而不猛。御衡不迷，皇塗煥炳。七德咸宣，其寧惟永。

《烈文》一章，八句。

猗歟盛歟，先皇聖文。則天作孚，大哉爲君。愼徽五典，帝載是勤。文武發揮，茂建嘉勳。修己濟治，民用寧殷。懷遠燭幽，玄教氤氳。善世不伐，服事三分。德博化隆，道冒無垠。

「氤」一作「氛」。《猗歟》一章，十六句。

隆化洋洋，帝命溥將。登我晉道，越惟聖皇。龍飛革運，臨壽八荒。叡哲欽明，配蹤虞唐。封建厥福，駿發其祥。三朝習吉，終然允臧。其臧惟何，總彼萬方。元侯列辟，四嶽蕃王。時見世享，率茲有常。旅揖在庭，嘉客在堂。宋衛既臻，陳留山陽。我有賓使，觀國之光。貢賢納計，獻璧奉璋。保祐命之，申錫無疆。「我有賓使」《晉書》作「有賓有使」。《隆化》一章，二十八句。

振鷺于飛，鴻漸其翼。京邑穆穆，四方是式。無競惟人，王綱允敕。君子來朝，言觀其極。

《振鷺》一章，八句。

翼翼大君，民之攸暨。信理天工，惠康不匱。將遠不仁，訓以淳粹。幽明有倫，俊乂在位。九族既睦，庶邦順比。開元布憲，四海鱗萃。協時正統，殊塗同致。厚德載物，靈心隆貴。

敷奏讜言，納以無諱。樹之典象，誨之義類。上教如風，下應如卉。一人有慶，羣萌以遂。我后宴喜，令問不墜。《翼翼》一章，二十六句。

既宴既喜，翕是萬邦。禮儀卒度，物有其容。晣晣庭燎，喤喤鼓鐘。笙磬詠德，萬舞象功。八音克諧，俗易化從。其和如樂，庶品時邕。《既宴》一章，十二句。

時邕份份，六合同塵。往我祖宣，威静殊鄰。首定荆楚，遂平燕秦。亹亹文皇，邁德流仁。爰造草昧，應乾順民。靈瑞告符，休徵響震。天地弗違，以和神人。既戡庸蜀，吴會是賓。肅慎率職，楛矢來陳。韓濊進樂，均協清鈞。西旅獻獒，扶南效珍。蠻裔重譯，玄齒文身。我皇撫之，景命惟新。「份份」《晉書》作「斌斌」。「戡」作「禽」。「均」作「宫」。《時邕》一章，二十六句。

愔愔嘉會，有聞無聲。清酤既奠，籩豆既馨。禮充樂備，簫韶九成。愷樂飲酒，酣而不盈。率土歡豫，邦國以寧。王猷允塞，萬載無傾。《嘉會》一章，十二句。

同前

正旦大會行禮詩　張華下同

四首。

於赫皇祖，迪哲齊聖。經緯大業，基天之命。克開洪緒，誕篤天慶。旁濟彝倫，仰齊七政。烈烈景皇，克明克聰。静封略，定勳功。成民立政，儀刑萬邦。式固崇軌，光紹前蹤。允文烈考，濬哲應期。參德天地，比功四時。大亨以正，庶績咸熙。肇啓晉宇，遂登皇基。明明我后，玄德通神。受終正位，協應天人。容民厚下，育物流仁。躋我王道，輝光日新。

王公上壽詩

稱元慶，奉壽觴。后皇延遐祚，安樂撫萬方。

食舉東西箱樂詩

十一章。

明明在上，丕顯厥繇。翼翼三壽，蕃后惟休。羣生漸德，六合承流。三正元辰，朝慶鱗萃。華夏奉職貢，八荒覲殊類。黻冕充廣庭，鳴玉盈朝位。濟濟朝位，言觀其光。儀序既以時，禮文煥以彰。思皇享多祜，嘉樂永無央。九賓在庭，臚讚既通。升瑞奠贄，乃侯乃公。穆穆天尊，隆禮動容。履端承元吉，介福御萬邦。

朝享，上下咸雍。崇多儀，繁禮容。舞盛德，歌九功。揚芳烈，播休蹤。

皇化洽，洞幽明。懷柔百神，輯祥禎。潛龍躍，雕虎仁。儀鳳鳥，屆游麟。枯蠹榮，竭泉流。菌芝茂，枳棘柔。和氣應，休徵弦。協靈符，彰帝期。綏宇宙，萬國和。昊天成命，賚皇家。賚皇家。

世資聖哲，三后在天，啓鴻烈。啓鴻烈，隆王基。率土謳吟，欣戴于時。恒文示象，代氣著期。

泰始開元，龍升在位。四隩同風，燮寧殊類。五韙來備，嘉生以遂。凝庶績，臻大康。申繁祉，胤無疆。本枝百世，繼緒不忘。繼緒不忘，休有烈光。永言配命，惟晉之祥。

聖明統世，篤皇仁。廣大配天地，順動若陶鈞。玄化參自然，至德通神明。清風暢八極，流澤被無垠。

於皇時晉，奕世齊聖。惟天降嘏，神祇保定。弘濟區夏，允集大命。有命既集，光帝猷。大明重曜，鑒六幽。聲教洋溢，惠滂流。惠滂流，移風俗。多士盈朝，賢俊比屋。敦世心，斲彫反素樸。反素樸，懷庶方。干戚舞階庭，疏狄悅遐荒。扶南假重譯，肅慎襲衣裳。雲覆雨施，德洽無疆。旁作穆穆，仁化翔。

朝元日，賓王庭。承宸極，當盛明。衍和樂，竭祇誠。仰嘉惠，懷德馨。遊淳風，泳淑清。
協億兆，同歡榮。建皇極，統天位。運陰陽，御六氣。殷群生，成性類。王道浹，治功成。
人倫序，俗化清。虔明祀，祇三靈。崇禮樂，式儀刑。
慶元吉，宴三朝。播金石，詠泠籥。奏九夏，舞雲韶。邁德音，流英聲。八紘一，六合寧。
六合寧，承聖明。王澤洽，道登隆。綏函夏，總華戎。齊德教，混殊風。混殊風，康萬國。
崇夷簡，尚敦德。弘王度，遠遐則。

正旦大會行禮歌 成公綏下同

十五章。

穆穆天子，光臨萬國。多士盈朝，莫匪俊德。流化罔極，王猷允塞。嘉會置酒，嘉賓充庭。
羽旄曜辰極，鐘鼓振泰清。百辟朝三朝，式式明儀形。濟濟鏘鏘，金振玉聲。禮樂具，宴
嘉賓。眉壽祚聖皇，景福惟日新。羣后戾止，有來雍雍。獻酬納贄，崇此禮容。豐羞萬
俎，旨酒千鍾。嘉樂盡宴樂，福禄咸攸同。「羞」一作「肴」。
樂哉！天下安寧。道化行，風俗清。簫韶作，詠九成。年豐穰，世泰平。至治哉，樂無窮。

元首聰明，股肱忠。澍豐澤，揚清風。

嘉瑞出，靈應彰。麒麟見，鳳皇翔。醴泉湧，流中唐。嘉禾生，穗盈箱。降繁祉，祚聖皇。

承天位，統萬國。受命應期，授聖德，四世重光。宣開洪業，景克昌，文欽明，德彌彰。肇啓晉邦，流祚無疆。

泰始建元，鳳皇龍興。龍興伊何，享作萬乘。奄有八荒，化育黎蒸。圖書既焕，金石有徵。德光大，道熙隆。被四表，格皇穹。奕奕萬嗣，明明顯融，高朗令終。保兹永祚，與天比崇。「既焕」一作「焕炳」。

聖皇君四海，順人應天期。三葉合重光，泰始開洪基。明曜參日月，功化侔四時。宇宙清且泰，黎庶咸雍熙，善哉雍熙！《晉書》無「順人」。

惟天降命，翼仁祐聖。於穆三皇，載德彌盛。總齊琁璣，光統七政。百揆時序，化若神聖。四海同風，興至仁。濟民育物，擬陶均。擬陶均，垂惠潤。皇皇羣賢，峨峨英雋。德化宣，芬芳播來胤。播來胤，垂後昆。清廟何穆穆，皇極闢四門。皇極闢四門，萬機無不綜。亹亹翼翼，樂不及荒，飢不遑食。大禮既行，樂無極。登崐崘，上曾城。乘飛龍，升泰清。冠日月，佩五星。揚虹蜺，建篲旍。披慶雲，蔭繁榮。

覽八極，遊天庭。順天地，和陰陽。序四時，曜三光。張帝網，正皇綱。播仁風，流惠康。邁洪化，振靈威。懷萬方，納九夷。朝閶闔，宴紫微。建五旗，羅鐘簴。列四縣，奏韶武。鏗金石，揚旌羽。縱八佾，巴渝舞。詠雅頌，和律吕。于胥樂，樂聖主。化蕩蕩，清風泄。總英雄，御俊傑。開宇宙，掃四裔。光緝熙，儀聖哲。超百代，揚休烈。流景祚，顯萬世。

皇皇顯祖，翼世佐時。寧濟六合，受命應期。神武鷹揚，大化咸熙。廓開皇衢，用成帝基。光光景皇，無競惟烈。匡時拯俗，休功蓋世。宇宙既康，九域有截。天命降鑒，啓祚明哲。穆穆烈考，克明克儁。實天生德，誕膺靈運。肇建帝業，開國有晉。載德奕世，垂慶洪胤。明明聖帝，龍飛在天。與靈合契，通德幽玄。仰化青雲，俯育重川。受靈之祜，於萬斯年。

「淵」《書》作「川」。

王公上壽酒歌

上壽酒，樂未央。大晉應天慶，皇帝永無疆。

冬至初歲小會歌 張華

日月不留，四氣回周。節慶代序，萬國同休。庶尹羣后，奉壽升朝。我有嘉禮，式宴百僚。繁肴綺錯，旨酒泉渟。笙鏞和奏，磬管流聲。上隆其愛，下盡其心。宣其壅滯，詠之德音。乃宣乃訓，配享交泰。永載仁風，長撫無外。「同」一作「咸」。「壽」一作「爵」。

宴會歌 張華

亹亹我皇，配天垂光。留精日昃，經覽無方。聽朝有暇，延命衆臣。冠蓋雲集，罇俎星陳。肴蒸多品，八珍代變。羽爵無算，究樂極宴。歌者流聲，舞者投袂。動容有節，絲竹並設。宣暢四體，繁手趣摯。懽足發和，酣不忘禮。好樂無荒，翼翼濟濟。

中宫所歌 張華

先王統大業，玄化漸八維。儀刑孚萬邦，内訓隆壼闈。皇英垂帝典，大雅詠三妃。執德宣隆教，正位理厥機。含章體柔順，帥禮蹈謙祗。螽斯弘慈惠，樛木逮幽微。徽音穆清風，高義邈不追。遺榮參日月，百世仰餘暉。「機」一作「司」。

宗親會歌 張華

族燕明禮順，餟食序親親。骨肉散不殊，昆弟豈他人。本枝篤同慶，棠棣著先民。於皇聖明后，天覆弘且仁。降禮崇親戚，旁施協族姻。式宴盡酣娛，飲御備羞珍。和樂既宣洽，上下同歡欣。德教加四海，敦睦被無垠。

中宮詩 成公綏

二首。《詩紀》云：張華中宮所歌，體與此同。

殷湯令妃，有莘之女。仁教内修，度義以處。清謐後宫，九嬪有序。尹爲媵臣，遂作元輔。《周詩逸軌》作《賢明誦》。

天地不獨立，造化由陰陽。乾坤垂覆載，日月曜重光。治國先家道，立教起閨房。二妃濟有虞，三母隆周王。塗山興大禹，有莘佐成湯。齊晉霸諸侯，皆賴姬與姜。關雎思賢妃，此言安可忘。燕射樂歌，詔公綏同華等作。疑此亦中宮所歌，今附。

宋四箱樂歌 王韶之

《宋書·樂志》曰：王韶之造四箱樂歌五篇。《隋書·樂志》曰：梁武帝云：著晉、宋史者，皆言太元、元嘉四年，四箱金石大備。今檢樂府，止有黄鍾、姑洗、蕤賓、太簇四格而已。六律不具，何謂四箱？

肆夏樂歌

四章。客入，四箱振作《於鑠曲》。皇帝當陽，四箱振作《將將曲》。皇帝入變服，四箱振作《於鑠》《將將》二曲。又黄鍾、太簇二箱作《法章》《九功》二曲。《古今樂録》曰：按《周禮》云「王出入，奏《王夏》。賓出入，奏《肆夏》。肆夏本施之於賓，帝王出入則不應奏《肆夏》也。

於鑠我皇，體仁包元。齊明日月，比量乾坤。陶甄百王，稽則黄軒。訏謨定命，辰告四蕃。

將將蕃后，翼翼羣僚。盛服待晨，明發來朝。饗以八珍，樂以九韶。仰祗天顔，厥猷孔昭。

法章既設，初筵長舒。濟濟列辟，端委皇除。飲和無盈，威儀有餘。温恭在位，敬終如初。

九功既歌，六代惟時。被德在樂，宣道以詩。穆矣太和，品物咸熙。慶積自遠，告成在兹。

大會行禮歌

二章。姑洗箱作。

大哉皇宋，長發其祥。纂系在漢，統源伊唐。德之克明，休有烈光。配天作極，辰居四方。

皇矣我后，聖德通靈。有命自天，誕受休禎。龍飛紫極，造我宋京。光宅宇宙，赫赫明明。

王公上壽歌

一章。黄鍾箱作。

獻壽爵，慶聖皇。靈祚窮二儀，休明等三光。

殿前登歌

别用金石。

明明大宋，緝熙皇道。則天垂化，光定天保。天保既定，肆覲萬方。禮繁樂富，穆穆皇皇。

沔彼流水，朝宗天池。洋洋貢職，抑抑威儀。既習威儀，亦閑禮容。一人有則，作孚萬邦。烝哉我皇，固天誕聖。履端惟始，對越休慶。如天斯久，如日斯盛。介兹景福，永固駿命。

食舉歌〔一〕

十章。黄鍾、太簇二箱更作。黄鍾作《晨羲》《體至和》《王道》《開元辰》《禮有容》五曲。太簇作《五玉》《懷荒裔》《皇猷緝》《惟永初》《王道純》五曲。

晨羲載曜，萬物咸覩。嘉慶三朝，禮樂備舉。元正肇始，典章暉明。萬方畢來賀，華裔充皇庭。多士盈九位，俯仰觀玉聲。恂恂俯仰，載爛其輝。鼓鐘震天區，禮容塞皇闈。思樂窮休慶，福履同所歸。

五玉既獻，三帛是薦。爾公爾侯，鳴玉華殿。皇皇聖后，隆禮南面。元首納嘉禮，萬邦同歡願。休哉！君臣嘉燕。建五旗，列四縣。樂有文，禮無倦。融皇風，窮一變。

體至和，感陰陽。德無不柔，繁休祥。瑞徽璧，應嘉鍾。舞靈鳳，躍潛龍。景星見，甘露墜。木連理，禾同穗。玄化洽，仁澤敷。極禎瑞，窮靈符。

懷荒裔，綏齊民。荷天祐，靡不賓。靡不賓，長世弘盛。昭明有融，繁嘉慶。繁嘉慶，熙帝載。合氣咸和，蒼生欣戴。三靈協瑞，惟新皇代。王道四達，流仁布德。窮理詠乾元，垂訓順帝則。靈化侔四時，幽誠通玄默。德澤被八紘，乾寧軌萬國。皇猷緝，咸熙泰。禮儀焕帝庭，要荒服遐外。被髮襲纓冕，左衽回衿帶。天覆地載，流澤汪濊。聲教布護，德光大。開元辰，畢來王。奉貢職，朝后皇。鳴珩佩，觀典章。樂王度，悦徽芳。陶盛化，遊太康。丕昭明，永克昌。惟永初，德丕顯。齊七政，敷五典。彝倫序，洪化闡。王澤流，太平始。樹聲教，明皇紀。和靈祇，恭明祀。衍景祚，膺嘉祉。禮有容，樂有儀。金石陳，干羽施。邁武濩，均咸池。歌南風，舞德稱。文武焕，頌聲興。王道純，德彌淑。寧八表，康九服。道禮讓，移風俗。移風俗，永克融。歌盛美，造成功。詠徽烈，邈無窮。

齊四廂樂歌

《南齊書·樂志》曰：元會大饗四廂樂，齊微改革，多仍宋舊辭。其臨軒樂亦奏《肆夏》《於鑠》四章云。

肆夏樂歌

四章。

於鑠我皇，體仁苞元。齊明日月，比量乾坤。陶甄百王，稽則黄軒。訏謨定命，辰告四蕃。

右一曲，客入四廂奏。

將將蕃后，翼翼羣僚。盛服待晨，明發來朝。饗以八珍，樂以九韶。仰祗天顔，厥猷孔昭。

右一曲，皇帝當陽，四箱奏。皇帝入變服，四箱並奏前二曲。

法章既設，初筵長舒。濟濟列辟，端委皇除。飲和無盈，威儀有餘。温恭在位，敬終如初。

九功既歌，六代惟時。被德在樂，宣道以時。穆矣大和，品物咸熙。慶積自遠，告成在兹。

右二曲，皇帝入變服，黄鍾、太簇二廂奏。

大會行禮歌

二章。

大哉皇齊，長發其祥。祚隆姬夏，道邁虞唐。德之克明，休有烈光。配天作極，辰居四方。

皇矣我后，聖德通靈。有命自天，誕授休禎。龍飛紫極，造我齊京。光宅宇宙，赫赫明明。

右二曲，姑洗廂奏。

上壽歌

獻壽爵，慶聖皇。靈祚窮二儀，休明等三光。右一曲，黃鍾箱奏。

殿前登歌

三章。

明明齊國，緝熙皇道。則天垂化，光定天保。天保既定，肆覲萬方。禮繁樂富，穆穆皇皇。

沔彼流水，朝宗天池。洋洋貢職，抑抑威儀。既習威儀，亦閑禮容。一人有則，作孚萬邦。

烝哉我皇，寔靈誕聖。履端惟始，對越休慶。如天斯崇，如日斯盛。介兹景福，永固洪命。右三曲，别用金石，太樂令跪奏。

食舉歌

十章。

晨儀載焕，萬物咸覩。嘉慶三朝，禮樂備舉。元正肇始，典章徽明。萬方來賀，華夷充庭。多士盈九德，俯仰觀玉聲。恂恂俯仰，載爛其暉。鐘鼓震天區，禮容塞皇闈。思樂窮休慶，福履同所歸。

五玉既獻，三帛是薦。爾公爾侯，鳴玉華殿。皇皇聖后，降禮南面。元首納嘉禮，萬邦同欽願。休哉休哉，君臣熙宴。建五旗，列四縣。樂有文，禮無勌。融皇風，窮一變。

禮至和，感陰陽。德無不柔，繁休祥。瑞徽璧，應嘉鍾。儛雲鳳，躍潛龍。景星見，甘露墜。木連理，禾同穗。玄化洽，仁澤敷。極禎瑞，窮靈符。

懷荒遠，綏齊民。荷天祐，靡不賓。靡不賓，長世盛。昭明有融，繁嘉慶。繁嘉慶，熙帝載。含氣感和，蒼生欣戴。三靈協瑞，惟新皇代。

王道四達，流仁布德。窮理詠乾元，垂訓從帝則。靈化侔四時，幽誠通玄默。德澤被八紘，禮章軌萬國。

皇猷緝，咸熙泰。禮儀焕帝庭，要荒服遐外。被髮襲纓冕，左衽回衿帶，天覆地載，澤流汪濊。聲教布濩，德光大。

開元辰，畢來王。奉貢職，朝后皇。鳴珩佩，觀典章。樂王慶，悦徽芳。陶盛化，遊太康。

惟昭明，永克昌。

惟建元，德丕顯。齊七政，敷五典。彝倫序，洪化闡。王澤流，太平始。樹靈祇，恭明祀。

衍景祚，膺嘉祉。

禮有容，樂有儀。金石陳，干羽施。邁武濩，均咸池。歌南風，德永稱。文明焕，頌聲興。

王道純，德彌淑。寧八表，康九服。導禮讓，移風俗。移風俗，永克融。歌盛美，告成功。

詠休烈，邈無窮。右黄鍾先奏「晨儀」篇，太簇奏「五玉」篇。餘八篇二廂更奏之。

【校勘記】

〔一〕歌，《四庫》本作「樂」。

古樂苑卷第七

燕射歌辭二 梁 北齊 北周 隋

梁三朝雅樂歌

俊雅 沈約下同

三曲，四言，衆官出入奏。《隋書·樂志》曰：宋元徽三年《儀注》奏《肅咸樂》，齊及梁初亦同。至是改爲《俊雅》，取《禮記·王制》云「司徒選士之秀者升之學，曰俊士」也。二郊、太廟、明堂，三朝同用焉。

設官分職，髦俊攸俟。髦俊伊何？貴德尚齒。唐乂咸事，周寧多士。區區衛國，猶賴君子。漢之得人，帝猷乃理。

開我八襲，闢我九重。珩珮流響，纓紱有容。衮衣前邁，列辟雲從。義兼東序，事美西雍。

分階等肅，異列齊恭。重列北上，分庭異陛。百司揚職，九賓相禮。齊宋舅甥，魯衛兄弟。思皇藹藹，羣龍濟濟。我有嘉賓，實惟愷悌。

胤雅

一曲，四言，皇太子出入奏。《隋書·樂志》曰：《胤雅》，取《詩》「君子萬年，永錫祚胤」也。三朝用之。

自昔殷代，哲王迭有。降及周成，惟器是守。上天乃眷，大梁既受。灼灼重明，仰承元首。體乾作貳，命服斯九。置保置師，居前居後。前星比耀，克隆萬壽。

寅雅

一曲，三言，王公出入奏。《隋書·樂志》曰：《寅雅》，取《尚書·周官》云「貳公弘化，寅亮天地」也。三朝用之。

禮莫違，樂具舉。延藩辟，朝帝所。執桓蒲，列齊莒。垂衮毳，紛容與。升有儀，降有序。齊簪紱，忘笑語。始矜嚴，終酣醑。

介雅

三曲，五言，上壽酒奏。《隋書·樂志》曰：《介雅》，取《詩·大雅》云「君子萬年，介爾景福」也。三朝用之。

百福四象初，萬壽三元始。拜獻惟衮職，同心協卿士。北極永無窮，南山何足擬。壽隨百禮洽，慶與三朝升。惟皇集繁祉，景福互相仍。申錫永無遺，穰簡必來應。百味既含馨，六飲莫能尚。玉罍信湛湛，金巵頗搖漾。敬舉發天和，祥祉流嘉貺。

需雅

八曲，七言，食舉奏。《隋書·樂志》曰：《需雅》，取《易·象》曰「雲上於天，需；君子以飲食宴樂」也。三朝用之。

實體平心待和味，庶羞百品多爲貴。或鼎或鼒宣九沸，楚桂胡鹽芼芳卉。加籩列俎彫且蔚。五味九變兼六和，令芳甘旨庶且多。三危之露九期禾，圓按方丈粲星羅。皇舉斯樂同山河。九州上腴非一族，玄芝碧樹壽華木。終朝采之不盈掬，用拂腥羶和九穀。既甘且飫致遐福。

人欲所大味爲先，興和盡敬咸在旃。碧鱗朱尾獻嘉鮮，紅毛綠翼墜輕翾。臣拜稽首萬斯年。
擊鐘以俟惟大國，況乃御天流至德。侑食斯舉揚盛則，其禮不僭儀不忒。風猷所被深且塞。
膳夫奉職獻芳滋，不麛不夭咸以時。調甘適苦別澠淄，其德不爽受福釐。於焉逸豫永無期。
備味斯饗惟至聖，咸降人神禮爲盛。或風或雅流歌詠，負鼎言歸啓殷命。悠悠四海同兹慶。
道我六穗羅八珍，洪鼎自爨匪勞薪。荆包海物必來陳，滑甘瀡瀡味和神。以斯至德被無垠。

雍雅

三曲，四言，撤饌奏。《隋書·樂志》曰：《雍雅》，取《禮記·仲尼燕居》云「大饗客出以雍撤」也。三朝用之。

明明在上，其儀有序。終事靡僭，收鉶撤俎。乃升乃降，和樂備舉。天德莫違，人謀是與。
敬行禮達，兹焉讌語。
我餕惟阜，我肴孔庶。嘉味既充，食旨斯飫。屬厭無爽，沖和在御。擊壤齊歡，懷生等豫。
蒸庶乃粒，實由仁恕。
百司警列，皇在在陛。既飫且醑，卒食成禮。其容穆穆，其儀濟濟。凡百庶僚，莫不愷悌。
奄有萬國，抑由天啓。

同前 說見梁雅樂歌注。

俊雅 蕭子雲下同

三曲。

惟王建國，辨方正位。於赫有梁，向明而治。知人則哲，聰明文思。思皇多士，俊乂咸事。

弗惟其官，惟人乃備。訓迪庶工，位以德序。恭己而治，垂旒當宁。或以言揚，或以事舉。

春朝秋覲，圭幣惟旅。翼翼鄷郇，峨峨齊楚。客入金奏，賓至縣興。威儀有則，是降是升。

百辟卿士，元首是承。左右秩秩，終敬且矜。彝倫攸序，王猷以凝。

胤雅

一曲。

天下爲家，大梁受命。眷求一德，惟烈無競。儀刑哲王，元良誕慶。灼灼明兩，作離承聖。

英華外發，温文成性。立師立保，左右惟政。休有烈光，前星比盛。「求」一作「永」。

寅雅

一曲。

車同軌，行同倫。來萬國，相九賓。延羣后，朝藎臣。禮時行，樂日新。摐夷則，奏雅寅。衮衣曜，玉帛陳。儀抑抑，皇恂恂。

介雅

三曲。

明君創洪業，大同登頌聲。開元洽百禮，來儀奏九成。申錫南山祚，赫赫復明明。
三朝禮樂和，百福隨春酒。玉樽湛而獻，聰明作元后。安樂享延年，無疆臣拜手。
四氣新元旦，萬壽初今朝。趨拜齊衮玉，鐘石變簫韶。日升等皇運，洪基邈且遥。

需雅

八曲。

農用八政食爲元，播時百穀民所天。禘嘗郊社盡潔虔，讌饗饋食禮節宣。九功惟序登頌絃。

感物而動物靡遂，大羹不和有遺味。非極口腹而行氣，節之民心殺攸貴。寧爲禮本饔與餼。始諸飲食物之初，設卦觀象受之需。蒸民乃粒有牲蒭，自衛反魯删詩書。弋不射宿殺已祛。在昔哲王觀民志，庶羞百品因時備。爲善不同同歸治，蔬膳菲食化始至。率物以躬行尊位。《雅》有《泂酌》《風》《采蘋》，蘊藻之菜非八珍。澗溪沼沚貴先民，明信之德感人神。譬諸禴祭在西鄰。

行葦之微猶勿踐，寧惟血氣無身剪。聖人之心微而顯，千里之應出言善。況遂豚魚革前典。春酸夏苦冬有宜，筐筥錡釜備糗馳。逡巡揖讓詔司儀，卑高制節明等差，君臣之序正在斯。日月光華風四塞，規饗有序儀不忒。匪天私梁乃佑德，光被四表自南北，長世綴旒爲下國。

雍雅

三曲。

穆穆天子，時惟聖敬。濟濟羣公，恭爲德柄。爲撤有典，膳夫是命。禮行禘嘗，義光朝聘。神饗其德，民洽其慶。

尚有和羹，既戒且平。亦有其餕，亦惟克明。其餕惟旅，其酳惟成。百禮斯洽，三宥已行。

明哉元首，遹駿其聲。戒食有章，卒食惟序。庭鳴金奏，凱收籩笞。客出以《雍》，撤以振羽。離磬乃作，和鐘備舉。濟濟威儀，喤喤簨簴。

北齊元會大饗歌

《隋書·樂志》曰：北齊元會大饗，協律不得升陛，黄門舉麾於殿上。

肆夏

賓入門，四箱奏。

昊蒼眷命，興王統天。業高帝始，道邈皇先。禮成化穆，樂合風宣。賓朝荒夏，揚對穹玄。

「揚對」一作「對揚」。

皇夏

皇帝出閤奏。

夏正肇旦，周物充庭。具僚在位，俛伏無聲。大君穆穆，宸儀動睟。日煦天迴，萬靈胥萃。

皇夏

皇帝當扆，羣臣奉賀奏。

天子南面，乾覆離明。三千咸列，萬國填并。猶從禹會，如次湯庭。奉兹一德，上下和平。

皇夏

皇帝入宁變服，黄鍾、太簇二箱奏。

我應天曆，四海爲家。協同内外，混一戎華。鶴蓋龍馬，風乘雲車。夏章夷服，其會如麻。九賓有儀，八音有節。肅肅於位，飲和在列。四序氤氲，三光昭晰。君哉大矣，軒唐比轍。

皇夏

皇帝變服，移幄坐於西箱，帝出升御坐，姑洗箱奏。

皇運應籙，廓定區寓。受終以文，構業以武。堯昔命舜，舜亦命禹。大人馭歷，重規沓矩。

欽明在上，昭納八貟。從靈體極，誕聖窮神。化生羣品，陶育烝人。展禮肆樂，協此元春。

肆夏

王公奠璧奏。

萬方咸暨，三揖以申。垂旒馮玉，五瑞交陳。拜稽有章，升降有節。聖皇負扆，虞唐比烈。

上壽曲

上壽，黄鍾箱奏。

仰三光，奏萬壽。人皇御六氣，天地同長久。

登歌

皇太子入，至坐位，酒至御，殿上奏。三曲。

大齊統曆，道化光明。馬圖呈寶，龜籙告靈。百蠻非衆，八荒非遯。同作堯人，俱包禹迹。

天覆地載，成以四時。惟皇是則，比大於兹。羣星拱極，衆川赴海。萬寓駿奔，一朝咸在。

齊之以禮，相趨帝庭。應規蹈矩，玉色金聲。動之以樂，和風四布。龍申鳳舞，鸞歌麟步。

食舉樂

食至御前奏。十曲。

三端正啓，萬方觀禮。具物充庭，二儀合體。百華照曉，千門洞晨。或華或裔，奉贄惟新。悠悠亘六合，圓首莫不臣。仰施如雨，晞和猶日。風化表笙鏞，歌謳被琴瑟。誰言文軌異，今朝混爲一。

彤庭爛景，丹陛流光。懷黄綰白，鵷鷺成行。文贊百揆，武鎮四方。折衝鼓雷電，獻替協陰陽。大矣哉，道邁上皇，陋五帝，狹三皇。窮禮物，該樂章。序冠帶，垂衣裳。

天壤和，家國穆。悠悠萬類，咸孕育。契冥化，侔大造。靈效珍，神歸寶。興雲氣，飛龍蒼。麟一角，鳳五光。朱雀降，黄玉表。九尾馴，三足擾。化之定，至矣哉。瑞感德，四方來。

囹圄空，水火菽粟。求賢振滯，棄珠玉。衣不靡，宫以卑。當陽端嘿，垂拱無爲。云云萬有，其樂不訾。

嗟此舉，時逢至道。肖形咸自持，賦命無傷夭。行氣進皇輿，遊龍服帝皁。聖主寧區宇，乾坤永相保。

牧野征，鳴條戰。大齊家萬國，拱揖應終禪。奥主廓清都，大君臨赤縣。高居深視，當扆正殿。旦暮之期，今一見。

兩儀分，牧以君。陶有象，化無垠。大齊德，邈誰羣。超鳳火，冠龍雲。露以潔，風以薰。榮光至，氣氤氳。

神化遠，人靈協。寒暑調，風雨爕。披泥檢，受圖諜。圖諜啓，期運昌。分四序，綴三光。延寶祚，眇無疆。

惟皇道，升平日。河水清，海不溢。雲干呂，風入律。驅黔首，入仁壽。與天高，並地厚。

刑以厝，頌聲揚。皇情邈，眷汾襄。岱山高，配林壯。亭亭聳，云云望。斾葳蕤，駕騤騤。刊金闕，奠玉龜。

皇夏

皇帝入，鐘鼓奏。

禮終三爵，樂奏九成。允也天子，穹壤和平。載色載笑，反寢宴息。一人有祉，百神奉職。

周五聲調曲

序曰：元正饗會大禮，賓至食舉，稱觴薦玉。六律既從，八風斯暢。以歌大業，以舞成功。

宮調曲 庾信下同

五首。

氣離清濁割，元開天地分。三才初辨正，六位始成文。繼天爰立長，安民乃樹君。其明廣如日，其澤厚如雲。惟昔我文祖，撥亂拒謳歌。三分未撫運，八百不陵河。禮敷天下信，樂正神人和。風塵行息警，江海欲無波。

我皇承下武，革命在君臨。膺圖當舜玉，嗣德受堯琴。沈首多推運，陽城有讓心。就日先知遠，觀淵早見深。玄精實委御，蒼正乃皆平。履端朝萬國，年祥慶百靈。玉帛咸觀禮，華戎各在庭。鳳響中夷則，天文正玉衡。皇基自天保，萬物乃由庚。「祥」一作「期」。

握衡平地紀，觀象正天樞。祺祥鍾赤縣，靈瑞炳皇都。更受昭華玉，還披蘭葉圖。金波來白兔，弱木下蒼烏。玉斗調元協，金沙富國租。青丘還擾圃，丹穴更巢梧。安樂新咸慶，長生百福符。明明九族序，穆穆四門賓。陰陵朝北附，蟠木引東臣。澗途求板築，溪源取釣綸。多士歸賢戚，維城屬茂親。貴位連南斗，高榮據北辰。迎時乃推策，司職且班神。日月之所照，霜露之所均，永從文軌一，長無外户人。鬱盤舒棟宇，峥嶸侔大壯。拱木詔林衡，全模徵梓匠。千櫨綺翼浮，百栱長虹抗。北去邯鄲道，南來偃師望。龍首載文榥，雲楣承武帳。居者非求隘，卑宫豈難尚。壯麗天下觀，是以從蕭相。

變宫調

二首。

帝遊光出震，君明擅在離。巖廊惟眷顧，欽若尚無爲。龍穴非難附，鸞巢欲可窺。具茨應不遠，汾陽寧足隨。烝民播殖重，溝洫劬勞多。桑林還注雨，積石遂開河。明徵逢永命，平秩值年和。更有薰風曲，方聞晨露歌。移風廣軒曆，崇德盛唐年。成文興大雅，出豫動鈞天。黄鍾六律正，閶闔八風宣。孤竹調陽管，空桑節雅弦。舞林鸞更下，歌山鳳欲前。聞音能辨俗，聽曲乃思賢。感物觀治亂，心恒防未然。君子得其道，太平何有焉。

商調曲

四首。

君以宫唱，寬大而謨明。臣以商應，聞義則可行。有熊爲政，訪道於容成。殷湯受命，委任於阿衡。忠其敬事，有罪不逃刑。誦其箴諫，言之無隱情。有剛有斷，四方可以寧。既頌既雅，天下乃升平。專精一致，金石爲之開。動其兩心，妻子恩情乖。苟利社稷，無有不盡懷。昊天降祐，元首唯康哉。

百川俱會，大海所以深。羣材既聚，故能成鄧林。猛虎在山，百獸莫敢侵。忠臣處國，天下無異心。昔我文祖，執心且危慮。驅剪豺狼，經營此天步。今我受命，又無敢逸豫。惟爾弼諧，各可知兢懼。

禮樂既正，人神所以和。玉帛有序，志欲靜干戈。各分符瑞，俱誓裂山河。今日相樂，對酒且當歌。道德以喻，聽撞鐘之聲。神姦不若，觀鑄鼎之形。酆宮既朝，諸侯於是穆。岐陽或狩，淮夷自此平。若涉大川，言憑於舟檝。如和鼎實，有寄於鹽梅。君臣一體，可以靜氛埃。得人則治，何世無奇才。

風力是舉，而台階序平。重黎既登，而天地位成。功無與讓，銘太常之旌。世不失職，受騂毛之盟。輯瑞班瑞，穆穆於堯門。惟翰惟屏，膴膴於周原。功成而治定，禮樂斯存。復子而明辟，姬旦何言。

角調曲

二首。

止戈見於絶轡之野，稱伐聞於丹水之征。信義俱存，乃先忘食。五材並用，誰能去兵。雖聖人之大寶曰位，實天地之大德曰生。〔一〕涇渭同流，清濁異能。琴瑟並御，雅鄭殊聲。擾擾烝人，聲教不一。茫茫禹跡，車軌未并。志在四海而尚恭儉，心包宇宙而無驕盈。言而無文，行之不遠。義而無立，勤則無成。惻隱其心，訓以慈惠。流宥其過，哀矜典刑。

匡贊之士，或從漁釣。雲雨之才，乍歎幽谷。尋芳者追深逕之蘭，識韻者探窮山之竹。克明其德，貢以三事。樹之風聲，言于九牧。協用五紀，風若從時。農用八政，甘作其穀。殊風共軌，見之周南。異畝同穎，聞之康叔。祁寒暑雨，是無胥怨。天覆雲油，滋焉滲漉。幸無謝上古之淳人，庶可以封之於比屋。「探」一作「採」。

徵調曲

六首。

乾巛以含養覆載，日月以貞明照臨。達人以四海爲務，明君以百姓爲心。水波瀾者源必遠，樹扶疎者根必深。雲雨取施無不洽，廊廟求才多所任。

淳風布政常無欲，至道防人能變俗。求仁義急於水火，用禮讓多於菽粟。屈軼無佞人可指，獬豸無繁刑可觸。王道蕩蕩用無爲，天下四人誰不足。

聖人千年始一生，黄河千年始一清。攝提以之而從紀，玉燭於是而文明。東南可以補地缺，西北可以正天傾。浮黿則東海可厲，運鍤則南山可平。衆仙就朝於瑶水，羣帝受享於明庭。懷和則韎任並奏，功烈則鐘鼎俱銘。

三光以記物呈形，四時以裁成正位。雷風大山嶽之響，寒暑通陰陽之氣。武功則六合攸同，文教則二儀經緯。有道則咸浴其德，好生則各繁其類。白日經天中則移，明月横漢滿而虧。能虧能缺既無爲，雖盈雖滿則不危。開信義以爲苑囿，立道德以爲城池。周監二代所損益，郁郁乎文其可知。庖犧之親臨佃漁，神農之躬秉耕稼。湯則救旱而憂勤，禹則正冠而無暇。草上之風無不偃，君子之甿知而化。將欲比德於三皇，未始追蹤於五霸。纖纖不絶林薄成，涓涓不止江河生。事之毫髮無謂輕，慮遠防微乃不傾。雲官乃垂拱大君，鳳曆惟欽明元首。類上帝而禋六宗，望山川而朝羣后。地鏡則山澤俱開，河圖則魚龍合負。我之天綱莫不該，閶闔九關天門開。卿相則風雲玄感，匡贊則星辰下來。既興周室之三聖，乃舉唐朝之八才。莘臣參謀於左相，大老教政於中台。其宜作則於明哲，故無崇信於姦回。

正陽和氣萬類繁，君王道合天地尊。黎人耕植於義圃，君子翺翔於禮園。落其實者思其樹，飲其流者懷其源。咎繇爲謀不仁遠，士會爲政羣盜奔。克寬則昆蟲内向，彰信則殊俗宅心。桴橋有月支抱馬，上苑有烏孫學琴。赤玉則南海輸賨，白環則西山獻琛。無勞鑿空於大夏，不待蹶角於蹛林。

羽調曲

五首。

樹君所以牧人，立法所以静亂。首惡既其南巢，元兇於是北竄。居休氣而四塞，在光華而兩旦。是以雨施作解，是以風行惟渙。周之文武洪基，光宅天下文思。千載克聖咸熙，七百在我應期。實昊天有成命，惟四方其訓之。

運平後親之俗，時亂先疎之雄。踰桂林而驅象，濟弱水而承鴻。既浮干吕之氣，還吹入律之風。錢則都内貫朽，倉則常平粟紅。火中乃寒乃暑，年和一風一雨。聽鐘磬，念封疆。聞笙竽，思畜聚。瑶琨篠簜既從，怪石鉛松即序。長樂善馬成廄，水衡黄金爲府。

百川乃宗巨海，衆星是仰北辰。九州攸同禹跡，四海合德堯臣。朝陽栖於鳴鳳，靈畤牧於般麟。雲玉葉而五色，月金波而兩輪。涼風迎時北狩，小暑戒節南巡。山無藏於紫玉，地不受於黄銀。雖南征而北怨，實西略而東賓。既永清於四海，終有慶於一人。

定律零陵玉管，調鍾始平銅尺。龍門之下孤桐，泗水之濱鳴石。河靈於是讓珪，山精所以奉璧。滌九川而賦税，栞三危而納錫。北里之禾六穗，江淮之茅三脊。可以玉檢封禪，可以金繩探册。終永保於鴻名，足揚光於載籍。太上之有立德，其次之謂立言。樹善滋於務本，除惡窮於塞源。沖深其智則厚，昭明其道乃尊。仁義之財不匱，忠信之禮無繁。動天無有不屆，惟時無幽不徹。作德心逸日休，作僞心勞日拙。自非剛克掩義，無所離于勦絶。

隋元會大饗歌

皇夏

皇帝出入殿庭奏。郊丘、社、廟同用。

深哉皇度，粹矣天儀。司陛整蹕，式道先馳。八屯霧擁，七萃雲披。退揚進揖，步矩行規。句陳乍轉，華蓋徐移。羽旗照耀，珪組陸離。居高念下，處安思危。照臨有度，紀律無虧。

肆夏

皇太子出入奏。

惟熙帝載，式固王猷。體乾建本，是曰孟侯。馳道美漢，寢門稱周。德心既廣，道業惟優。傅保斯導，賢才與遊。瑜玉發響，畫輪停輈。皇基方峻，匕鬯恒休。

食舉歌

食舉奏。八曲。

燔黍設教禮之始，五味相資火爲紀。平心和德在甘旨，牢羞既陳鐘石俟。以斯而御揚盛軌。

養身必敬禮食昭，時和歲阜庶物饒。鹽梅既濟鼎鉉調，特以膚腊加臐膮。威儀濟濟懋皇朝。

饔人進羞樂侑作，川潛之膾雲飛臛。甘酸有宜芬勺藥，金敦玉豆盛交錯。御鼓既聲安以樂。

玉食惟后膳必珍，芳菰既潔重秬新。是能安體又調神，荆包畢至海貢陳。用之有節德無垠。

嘉羞入饋猶化謐，沃土名滋帝臺實。陽華之菜雕陵栗，鼎俎芬芳豆籩溢。通幽致遠車書一。

道高物備食多方，山膚既善水豢良。桓蒲在位簨業張，加籩折俎爛成行。恩風下濟道化光。

禮以安國仁爲政，具物必陳饔牢盛。罝罘斤斧順時令，懷生熙熙皆得性。於兹宴喜流嘉慶。

皇道四達禮樂成，臨朝日舉表時平。甘芳既飫醑以清，揚休玉巵正性情。隆我帝載永明明。

上壽歌

上壽酒奏。

俗已乂，時又良。朝玉帛，會衣裳。基同北辰久，壽共南山長。黎元鼓腹樂未央。

宴羣臣登歌

燕饗羣臣，奏登歌，並文舞、武舞。

皇明馭曆，仁深海縣。載擇良辰，式陳高宴。顒顒卿士，昂昂侯甸。車旗煜爚，衣纓蔥蒨。樂正展懸，司宮飾殿。三揖稱禮，九賓爲傳。圓鼎臨碑，方壺在面。《鹿鳴》成曲，《嘉魚》入薦。筐篚相輝，獻酬交徧。飲和飽德，恩風長扇。

大射登歌

道謐金科照，時乂玉條明。優賢饗禮洽，選德射儀成。鑾旗鬱雲動，寶軑儼天行。巾車整三乏，司裘飾五正。鳴球響高殿，華鐘震廣庭。烏號傳昔美，淇衛著前名。揖讓皆時傑，升降盡朝英。附枝觀體定，杯水覩心平。豐觚既來去，燔炙復從横。欣看禮樂盛，喜遇黄河清。

皇后房内歌

《隋書·樂志》曰：高祖龍潛時，頗好音樂。嘗倚琵琶作歌二章，名曰《地厚》《天高》，託言夫婦之義。牛弘脩皇后房内之樂，因取之爲房内曲。命婦入，并登歌上壽並用之。煬帝大業初，柳顧言議，以爲房内樂者，主爲王后弦歌諷誦以事君子〔三〕，故以房室爲名，其樂必有鐘磬。乃益歌鐘、歌磬，土、革、絲、竹副之，并升歌下管，總名房内之樂。女奴肄習，朝燕用焉。

至順垂典，正内弘風。母儀萬國，訓範六宫。求賢啓化，進善宣功。家邦載序，道業斯融。

【校勘記】

〔一〕「既頌既雅」至「實天」原爲缺頁，據《四庫》本補。

〔二〕王，《四庫》本作「皇」。

古樂苑卷第八

鼓吹曲辭

鼓吹曲一曰短簫鐃歌。劉瓛《定軍禮》曰：鼓吹，未知其始也，漢班壹雄朔野而有之矣。鳴笳以和簫聲，非八音也。騷人云「鳴篪吹竽」是也。《宋書·樂志》曰：鼓吹蓋短簫鐃歌。蔡邕曰：軍樂也。黄帝岐伯所作，以揚德建武、勸士諷敵也。《周官》曰：師有功則愷樂。《左傳》曰：晉文公勝楚，「振旅，凱而入」。《司馬法》曰：得意則愷樂愷歌。雍門周説孟嘗君：鼓吹于不測之淵。説者云，鼓自一物，吹自竽、籟之屬，非簫鼓合奏，别爲一樂之名也。然則短簫鐃歌，此時未名鼓吹矣。應劭《漢鹵簿圖》，惟有騎執箛。箛即笳，不云鼓吹。而漢世有黄門鼓吹。漢享宴食舉樂十三曲，與魏世鼓吹長簫同。長簫短簫，《伎録》並云絲竹合作，執節者歌。又《建初録》云：《務成》《黄爵》《玄雲》《遠期》，皆騎吹曲，非鼓吹曲。此則列於殿庭者爲鼓吹，今之從行鼓吹爲騎吹，二曲異也。又孫權觀魏武軍，作鼓吹而還，此又應是今之鼓吹，魏、晉世，又假諸將帥及牙門曲蓋鼓吹，斯則其時謂之鼓吹矣。魏、晉世給鼓吹甚輕，牙門督將五校，悉有鼓吹。晉江左初，臨川太守謝摛每寢，輒夢聞鼓吹。有人爲其占之曰：君不得生鼓吹，當得死鼓吹爾。摛擊杜弢戰没，追贈長水校尉，葬給鼓吹焉。謝尚爲江夏太守，詣安西將軍庾翼於武昌咨事，翼與尚射，曰：卿若破的，當以鼓吹相賞。尚射破的，便以其副鼓吹給之。今則甚重矣。《西京雜記》曰：漢大駕祠甘泉、汾陰，備千乘萬騎，有黄門前後部鼓吹。則不獨列於殿庭者名鼓吹也。漢《遠如期曲》辭，有「雅樂陳」及「增壽萬年」等語，無馬上奏樂之意，則《遠期》又非騎吹曲也。《晉中興書》曰：漢武帝時，南越加置交趾、九真、日南、合浦、南海、鬱林、蒼梧七郡，皆假鼓吹。《東觀漢記》曰：建初中，班超拜長史，假鼓吹麾幢。則短簫鐃歌，漢時已名鼓吹，不自魏、晉始也。崔豹《古今注》曰：漢樂有黄門鼓吹，天子所以宴樂羣臣也。短簫鐃歌，鼓吹之一章爾，亦以賜有功諸侯。齊武帝時，壽昌殿南閣置《白鷺》鼓吹二曲，以爲宴樂。《隋志》：陳後主常遣宫女習北方簫鼓，謂之《代北》，酒酣則奏之。此又施於燕私矣。《古今樂録》有梁陳時宫懸圖，四隅各有鼓吹樓而無建鼓。鼓吹樓者，昔蕭史吹簫於秦，秦人爲之築鳳臺，故鼓吹陸則樓車，水則樓船，其在庭則以簨簴爲樓也。梁又有鼓吹熊羆十二按，其樂器有龍頭大棡鼓、中鼓、獨揭小鼓，亦隨品秩給賜焉。周武帝每元正大會，以梁按架列於懸間，與正樂合奏。隨又於按下設熊羆貙豹，騰倚承之，以象百獸之舞。楊慎升菴《詞品》曰：鼓吹曲，其昉黄帝記里鼓之制乎？後世有鼓吹、騎吹、雲吹之名。《建初録》云：列於殿廷者名鼓吹，列於行駕者名騎吹。又云：鼓吹陸則樓車，水則樓船，其在庭則以簨簴爲樓。水行則謂之雲吹。《朱鷺》《臨高臺》諸篇，則鼓吹曲。《務成》《黄爵》則騎吹曲。《水調》《河傳》則雲吹曲。宋之問詩：稍看朱鷺轉，尚識紫騮驕。此言鼓吹也。謝朓詩：鳴笳翼高蓋，疊鼓送華輈。此言騎吹也。梁簡文詩：廣水浮雲吹，江風引夜衣。此言雲吹也。郭茂倩、左克明並曰：鼓吹、短簫鐃歌與横吹曲，得通名鼓吹，但所用異耳。

漢有《朱鷺》等二十二曲，列於鼓吹，謂之鐃歌。及魏受命，使繆襲改其十二曲，而《君馬黄》《雉子班》《聖人出》《臨高臺》《遠如期》《石留》《務成》《玄雲》《黄爵》《釣竿》十曲並仍舊名。是時吴亦使韋昭改製十二曲，其十曲亦因之。而魏、吴歌辭存者唯十二曲，餘皆不傳。晉武帝受禪，命傅玄製二十二曲，而《玄雲》《釣竿》之名不改舊漢。宋、齊並用漢曲。又充庭十六曲，梁高祖乃去其四，留其十二，更制新歌，合四時也。北齊二十曲，皆改古名。其《黄爵》《釣竿》，略而不用。後周憲帝革前代鼓吹，制爲十五曲，並述功德受命以相代。隋制列鼓吹爲四部。

漢鐃歌

漢鼓吹鐃歌十八曲。一曰《朱鷺》，二曰《思悲翁》，三曰《艾如張》，四曰《上之回》，五曰《擁離》，六曰《戰城南》，七曰《巫山高》，八曰《上陵》，九曰《將進酒》，十曰《君馬黄》，十一曰《芳樹》，十二曰《有所思》，十三曰《雉子班》，十四曰《聖人出》，十五曰《上邪》，十六曰《臨高臺》，十七曰《遠如期》，十八曰《石留》。又有《務成》《玄雲》《黄爵》《釣竿》，亦漢曲也，其辭亡。或云漢鐃歌二十二，無《釣竿》。《古今樂録》曰：漢鐃歌皆聲辭艷相雜，不復可分。沈約云：樂人以音聲相傳，訓詁不可復解，凡古樂録，皆大字是辭，細字是聲。聲辭合寫，故致然耳。《藝苑巵言》曰：鐃歌中有難解及迫詰屈曲者，「如絲如魚乎，悲矣」「堯羊蜚，從王孫行」之類，或謂有缺文斷簡。「妃呼豨」「收中吾」之類，或謂曲調之遺聲，或謂兼正辭填調，大小混録，至有直以爲不足觀者。「巫山高」「芝爲車」，非三言之始乎？「臨高臺以軒」「桂樹雙珠青絲玳瑁」非五言之神足乎？「駕六飛龍四時和」「江有香草目以蘭」「黄鵠高飛離哉翻」，非七言之妙境乎？其誤處既不能曉，佳處又不能識，以爲不足觀，宜也。

朱鷺 古辭

《隋書·樂志》曰：建鼓，殷所作，又棲翔鷺於其上，不知何代所加。或曰鵠也，取其聲揚而遠聞也。或曰鷺，鼓精也。或曰皆非也。詩云「振振鷺，鷺于飛。鼓咽咽，醉言歸」，言古之君子悲周道之衰，頌聲之息，飾鼓以鷺，存其風流。孔穎達曰：楚威王時，有朱鷺合沓飛翔而來舞，舊鼓吹《朱鷺曲》是也。漢曲蓋因飾鼓以鷺而名曲焉。《丹鉛續録》曰：《朱鷺曲》，解云：「因飾鼓以鷺而名曲。」又云：「朱鷺咒鼓，飛於雲末。」徐陵詩有「鼉鍾鷺鼓」之句，宋之問詩「稍看朱鷺轉，尚識紫騮驕」，皆用此事。蓋鷺色本白，漢初有朱鷺之瑞，故以鷺形飾鼓，又以朱鷺名鼓吹曲也。梁元帝《放生池碑》云：玄龜夜夢，終見取於宋王。朱鷺晨飛，尚張羅於漢后。與「朱鷺飛雲末」事相叶，可以證補《樂府解題》之缺。

朱鷺，魚以烏。路訾邪。鷺何食？食茄下。不之食，不以吐。將以問誅者。「誅」一作「諫」。升菴《詩話》曰：朱鷺，魚以烏。鷺何食？食茄下。烏古與雅同，叶音作雅。蓋古字烏也，鴉也，雅也，本一字也。雅與下相叶始得其音。魚以雅者，言朱鷺之威儀魚魚雅雅也。韓文《元和聖德詩》「魚魚雅雅」本此。《丹鉛四録》曰：茄音荷。《玄中記》：黄帝之臣有荆茄豐。《左傳注》：楚有茄人城。張楫：音荷。《藝苑巵言》曰：烏轉爲鴉，鴉轉爲雅。「茄下」當作「荷莖」。

思悲翁

思悲翁，唐思，奪我美人侵以遇。悲翁也，但我思。蓬首狗，逐狡兔，食交君。梟子五，梟母六，拉沓高飛暮安宿。「首」一作「蕞」。

艾如張

艾與刈同。《説文》云：艾，草也。如讀爲而。《穀梁傳》曰：「艾蘭以爲防，置旃以爲轅門。」謂因蒐狩以習武事也。蘭，香草也。言艾草以爲田之大防是也。

艾而張羅，夷於何，行成之。四時和，山出黄雀亦有羅，雀以高飛奈雀何？爲此倚欲，誰肯礞室。

上之回

《漢書》曰：「孝武十四年，匈奴入朝那蕭關，遂至彭陽。使騎兵入燒回中宮，候騎至雍甘泉。」回中地在安定，其中有宮也。《武帝紀》：「元封四年冬十月，行幸雍，祠五時。通回中道，遂北出蕭關。」吴兢《樂府解題》曰：漢武通回中道，後數出遊幸焉。沈建《廣題》曰：「漢曲皆美當時之事。」按石關，宫闕名，近甘泉宫。相如《上林賦》「歷石關，歷封巒」是也。

上之回，所中益。夏將至，行將北，以承甘泉宫寒暑德。游石關，望諸國。月支臣，匈奴服。令從百官疾驅馳，千秋萬歲樂無極。

翁離

一曰《擁離》。又曰《雍離》。

擁離趾中可築室，何用葺之蕙用蘭。擁離趾中。

戰城南

戰城南，死郭北，野死不葬烏可食。爲我謂烏：且爲客豪，野死諒不葬，腐肉安能去子逃？水深激激，蒲葦冥冥。梟騎戰鬬死，駑馬裴回鳴。梁築室，何以南？梁何北？禾黍不穫君何食？願爲忠臣安可得？思子良臣，良臣誠可思，朝行出攻，暮不夜歸。「不穫」，《宋書》作「而穫」。

巫山高

《樂府解題》曰：古辭。言江淮水深，無梁可度，臨水遠望，思歸而已。又有《演巫山高》，不詳所起。

巫山高，高以大。淮水深，難以逝。我欲東歸，害梁不爲。我集無高，曳水何梁。湯湯回回，臨水遠望，泣下霑衣。遠道之人心思歸。謂之何？

上陵

《古今樂録》曰：漢章帝元和中，有宗廟食舉六曲，加《重來》《上陵》二曲，爲上陵食舉。《後漢書·禮儀志》曰：正月上丁，祠南郊，次北郊，明堂，高廟，世祖廟，謂之五供。禮畢，以次上陵。西都舊有上陵。東都之儀，太官上食，太常樂奏食舉。古辭大略言神仙事，不知與食舉曲同否。

上陵何美美，下津風以寒。問客從何來，言從水中央。桂樹爲君船，青絲爲君笮。木蘭爲君櫂，黃金錯其間。滄海之雀，赤翅鴻，白鴈，隨山林，乍開乍合，曾不知日月明。醴泉之水，光澤何蔚蔚。芝爲車，龍爲馬，覽遨遊，四海外。甘露初二年，芝生銅池中。仙人下來飲，延壽千萬歲。

將進酒

《樂府解題》曰：古辭「將進酒，乘大白」，大略以飲酒放歌爲言。

將進酒，乘大白，辨加哉。詩審博，放故歌，心所作，同陰氣，詩悉索。使禹良工觀者苦。

「加」一作「佳」。「博」《宋書》作「搏」。《記》曰：「不學博依，不能安詩。」「博」爲是。

君馬黃

君馬黃，臣馬蒼，二馬同逐臣馬良。易之有騩蔡有赭，美人歸以南，駕車馳馬，美人傷我心。佳人歸以北，駕車馳馬，佳人安終極？

芳樹

芳樹日月，君亂如於風。芳樹不，上無心。温而鵠，三而爲行。臨蘭池，心中懷我悵。心不可匡，目不可顧，妬人之子愁殺人。君有他心，樂不可禁，王將何以？如孫如魚乎？悲矣！「愁」《宋書》作「悲」。「以」一作「似」。

有所思

《古今樂録》：漢太樂食舉第七曲亦用之，不知與此同否。

有所思，乃在大海南。何用問遺君，雙珠瑇瑁簪，用玉紹繚之。聞君有它心，拉雜摧燒之，摧燒之，當風揚其灰。從今已往，勿復相思，相思與君絶。雞鳴狗吠，兄嫂當知之。妃呼豨，秋風肅肅晨風颸，東方須臾高知之。《談藝録》曰：樂府中有「妃呼豨」「伊阿那」諸語，本自亡義，但補樂中之音。

雉子班

雉子班，如此之干。雉梁，無以吾翁孺，雉子知得。雉子高蜚止，黄鵠蜚之以千里。王可思，雄來蜚從雌，視子趨。一雉雉子，車大駕馬滕，被王送行所中。堯羊蜚，從王孫行。

聖人出

聖人出，陰陽和。美人出，遊九河。佳人來，騑離哉！何駕六飛龍，四時和。君之臣，明護不道。美人哉，宜天子。免甘星筮樂甫始。美人子，含四海。

上邪 一作雅

上邪，我欲與君相知，長命無絶衰。山無陵，江水爲竭，冬靁震震夏雨雪，天地合，乃敢與君絶。

臨高臺

臨高臺以軒，下有清水清且寒。江有香草目以蘭，黄鵠高飛離哉翻。關弓射鵠，令我主壽萬年。收中吾。劉履云：「「收中吾」三字其義未詳，疑曲調之餘聲，如《樂録》所謂「羊無夷」「伊那阿」之類。」

遠如期

一曰《遠期》。《宋書·樂志》有《晚芝曲》。沈約言舊史云詁不可解，疑是漢《遠期曲》也。《古今樂録》云：漢太樂食舉曲有《遠期》，至魏省之。

遠如期，益如壽。處天左側，大樂萬歲，與天無極。雅樂陳，佳哉紛。單于自歸，動如驚心。虞心大佳，萬人還來，謁者引鄉殿陳，累世未嘗聞之。增壽萬年亦誠哉！

石流

《宋書》作「石留」。以上《宋書》並有曲字。

石流涼陽。涼石水流爲沙，錫以微河爲香。向始𥝩冷，將風陽北逝，肯無敢與于揚？心邪懷蘭志金，安薄北方？開留離蘭。

古樂苑卷第九

鼓吹曲辭二

擬漢鐃歌

朱鷺　梁王僧孺

因風弄玉水，映日上金堤。猶持畏羅繳，未得異鳧鷖。聞君愛白雉，兼因重碧雞。未能聲似鳳，聊變色如珪。願識昆明路，乘流飲復棲。

同前　裴憲伯

秋來懼寒勁，歲去畏冰堅。羣飛向葭下，奮羽欲南遷。暫戲龍池側，時往鳳樓前。所歎恩光歇，不得久聯翩。

同前 陳後主

參差蒲未齊，沉漾若浮緑。朱鷺戲蘋藻，徘徊流澗曲。澗曲多巖樹，逶迤復斷續。振振雖以明，湯湯今又矚。

同前 陳張正見〔一〕

金堤有朱鷺，刷羽望滄瀛。周詩振雅曲，漢鼓發奇聲。時將赤鴈並，乍逐彩鸞行。別有翻潮處，異色不相驚。

同前 陳蘇子卿〔二〕

玉山一朱鷺，容與入王畿。欲向天池飲，還遶上林飛。金堤曬羽翮，丹水浴毛衣。非貪葭下食，懷恩自遠歸。

艾如張 陳蘇子卿

誰在閑門外，羅家諸少年。張機蓬艾側，結網槿籬邊。若能飛自勉，豈爲繒所纏。黄雀儻爲誡，朱絲猶可延。

上之回 梁簡文帝

前旆拂回中，後車隅桂宫。輕絲臨雲罕，春色繞川風。桃林方灼灼，柳路日曈曈。笳聲駭胡騎，清磬讋山戎。微臣今拜手，願帝永無窮。

同前 陳張正見

林光稱避暑，回中乃吉行。龍媒躡影駛，玉輦御雲輕。風烏繞鳷鵲，綵鷁照昆明。欲知鍾箭遠，遥聽寶雞聲。

同前 北齊蕭慤

《選詩拾遺》題云「巡省」。

發軔城西時，回輿事北遊。山寒石道凍，葉下故宫秋。朔路傳清景，邊風卷畫旒。歲餘巡省畢，擁仗返皇州。「擁仗」一作「按節」。

同前 隋陳子良

承平重遊樂，詔蹕上之回。屬車響流水，清笳轉落梅。嶺雲蓋道轉，巖花映綬開。下輦便高宴，何如在瑶臺。

戰城南 梁吴均

三首。後二首《藝文》失題，列《戰城南》後，《英華》從之。《陌上》一首，《六朝詩》作《胡無人行》。

躞蹀青驪馬，往戰城南畿。五歷魚麗陣，三入九重圍。名慴武安將，血汙秦王衣。爲君意氣重，無功終不歸。

前有濁樽酒，憂思亂紛紛。小來重意氣，學劍不學文。忽值胡關静，匈奴遂兩分。天山已半出，龍城無片雲。漢世平如此，何用李將軍。「樽酒」一作「酒尊」。「小來」一作「少年」。

陌上何喧喧，匈奴圍塞垣。黑雲藏趙樹，黄塵埋隴垠。天子羽書勞，將軍在玉門。闕

同前 陳張正見

薊北馳胡騎，城南接短兵。雲屯兩陣合，劒聚七星明。旗交無復影，角憤有餘聲。戰罷披軍策，還嗟李少卿。

巫山高 齊虞羲

南國多奇山，荆巫獨靈異。雲雨麗以佳，陽臺千里思。勿言可再得，特美君王意。高唐一斷絶，光陰不可遲。

同前 王融

想像巫山高，薄暮陽臺曲。煙華乍卷舒，行芳時斷續。彼美如可期，寤言紛在矚。憮然坐相思，秋風下庭緑。「想像」一作「髣髴」。「煙華」一作「煙雲」。「卷舒」一作「舒卷」。「行芳」一作「猨鳥」，又作「蘅芳」。「思」一作「望」。

同前 劉繪

高唐與巫山，參差鬱相望。灼爍在雲間，氛氳出霞上。散雨收夕臺，行雲卷晨障。出没不易期，嬋娟似惆悵。「霞」一作「雲」。「似」一作「以」。

同前 梁元帝

巫山高不窮，迥出荆門中。灘聲下濺石，猿鳴上逐風。樹雜山如畫，林暗澗疑空。無因謝神女，一爲出房櫳。

同前 范雲

巫山高不極，白日隱光輝。靄靄朝雲去，冥冥暮雨歸。巖懸獸無跡，林暗鳥疑飛。枕席竟誰薦，相望空依依。「空」一作「徒」。

同前 費昶

巫山光欲晚，陽臺色依依。彼美巖之曲，寧知心是非。朝雲觸石起，暮雨潤羅衣。願解千金佩，請逐大王歸。「晚」一作「曉」。

同前 王泰

迢遞巫山竦，遠天新霽時。樹交涼去遠，草合影開遲。谷深流響咽，峽近猿聲悲。只言雲雨狀，自有神仙期。

同前 陳後主

巫山巫峽深，峭壁聳春林。風巖朝蕊落，霧嶺晚猿吟。雲來足薦枕，雨過非感琴。仙姬將夜月，度影自浮沉。

同前 蕭詮

巫山映巫峽，高高殊未窮。猿聲不辨處，雨色詎分空。懸崖下桂月，深澗響松風。別有仙雲起，時向楚王宮。

同前 隋李孝貞

荆門對巫峽，雲夢邇陽臺。燎火如奔電，墜石似驚雷。天寒秋水急，風静夜猿哀。枕席無由薦，朝雲徒去來。

同前 淩敬

巫岫鬱岧嶤，高高入紫霄。白雲間危石，玄猿挂迴條。懸崖激巨浪，脆葉殞驚飈。别有陽臺處，風雨共飄颻。「危」一作「抱」。「挂迴」一作「迴挂」。

將進酒 梁昭明太子統

洛陽輕薄子，長安遊俠兒。宜城溢渠盌，中山浮羽巵。

君馬黄 陳蔡君知

君馬徑西極，臣馬出東方。足策浮雲影，珂連明月光。水凍恒傷骨，蹄寒爲踐霜。躊躇嗟伏櫪，空想欲從良。

同前 張正見

二首。

幽并重騎射，征馬正盤桓。風去長嘶遠，冰堅度足寒。出關聊變色，上坂屢停鞍。即今隨御史，非復在樓蘭。

五色乘馬黄，追風時滅没。血汗染龍花，胡鞍抱秋月。唯騰渥洼水，不飲長城窟。詎待燕昭王，千金市駿骨。

芳樹 齊謝朓

同沈約、王融、范雲、劉繪賦。

早翫華池陰，復鼓滄洲枻。椅柅芳若斯，葳蕤紛可結。霜下桂枝銷，怨與飛蓬折。不厠玉盤滋，誰憐終委絶。「鼓」一作「影」。

同前 王融

相望早春日，煙華雜如霧。復此佳麗人，含情結芳樹。綺羅已自憐，萱風多有趣。去來徘徊者，佳人不可遇。

同前 梁武帝

緑樹始摇芳，芳生非一葉。一葉度春風，芳芳自相接。色雜亂參差，衆花終重疊。重疊不可思，思此誰能愜。

同前 元帝

芬芳君子樹，交柯御宿園。桂影含秋月，桃花染春源。落英逐風聚，輕香帶蕊翻。叢枝臨北閣，灌木隱南軒。交讓良宜重，成蹊何用言。「月」一作「色」。

同前 費昶

幸被夕風吹，屢得朝光照。枝偃疑欲舞，花開似含笑。長夜路悠悠，所思不可召。行人早旋返，賤妾猶年少。「偃」一作「低」。「猶年少」一作「年猶少」。

同前 沈約

發蕚九華隈，開跗寒路側。氤氲非一香，參差多異色。宿昔寒飈舉，摧殘不可識。霜雪交横至，對之長歎息。「路」一作「露」。

同前 丘遲

芳葉已漠漠，嘉實復離離。發景傍雲屋，凝暉覆華池。輕蜂掇浮頹，弱鳥隱深枝。一朝容色茂，千春長不移。

同前 陳李爽

芳樹千株發，摇蕩三陽時。氣軟風來易，枝繁度鳥遲。春至花如錦，夏近葉成帷。欲寄邊城客，路遠詎能持。「詎」一作「誰」。

同前　顧野王

上林通建章，雜樹遍林芳。日影桃蹊色，風吹梅逕香。幽山桂葉落，馳道柳條長。折榮疑路遠，用表莫相忘。

同前　張正見

奇樹舒春苑，流芳入綺錢。合歡分四照，同心影萬年。香浮佳氣裏，葉映彩雲前。欲識揚雄賦，金玉滿甘泉。「影」一作「彰」。

同前　江總

朝霞映日殊未妍，珊瑚照水定非鮮。千葉芙蓉詎相似，百枝燈花復羞然。暫欲寄根對滄海，大願移華側綺錢。井上桃蟲誰可雜，庭中桂蠹豈見憐。

有所思 齊劉繪

別離安可再，而我更重之。佳人不相見，明月空在帷。共銜滿堂酌，獨斂向隅眉。中心亂如雪，寧知有所思。

同前 謝朓

《集》云「同王主簿有所思」。

佳期期未歸，望望下鳴機。徘徊東陌上，月出行人稀。

同前 梁武帝

誰言生離久，適意與君別。衣上芳猶在，握裏書未滅。腰中雙綺帶，夢爲同心結。常恐所思露，瑶華未忍折。

同前 簡文帝

四首。

昔未離長信，金翠奉乘輿。何言人事異，夙昔故恩疎。寂寞錦筵静，玲瓏玉殿虚。掩閨泣團扇，羅幌詠蘼蕪。

可歎不可思，可思不可見。餘絃斷瑟柱，殘朱染歌扇。

寂寂暮檐響，黯黯垂簾色。唯有瓴甋苔，如見蜘蛛織。

入林看碚礧，春至定無賒。何時一可見，更得似梅花。

同前 昭明太子統

《玉臺》庾肩吾。

公子遠于隔，乃在天一方。望望江山阻，悠悠道路長。别前秋葉落，别後春花芳。雷歎一聲響，雨淚忽成行。悵望情無極，傾心還自傷。「公子」一作「佳人」。

同前 范雲

郭本作王融，誤。

如何有所思，而無相見時。宿昔夢顔色，階庭尋履綦。高張更何已，引滿終自持。欲知憂能老，爲視鏡中絲。

同前 王筠

丹墀生細草，紫殿納輕陰。曖曖巫山遠，悠悠湘水深。徒歌鹿盧劍，空貽玳瑁簪。望君終不見，屑淚且長吟。「長」一作「微」。

《五言律祖》作吴均。

同前 庾肩吾

佳期竟不歸，春日坐芳菲。拂匣看離鏡，開箱見别衣。井梧生未合，宫槐卷復稀。不及銜泥燕，從來相逐飛。「鏡」一作「扇」。

同前 王僧孺

題云「鼓瑟曲有所思」。

夜風吹熠燿，朝光照昔邪〔三〕。幾銷蘼蕪葉，空落蒲桃花。不堪長織素，誰能獨浣紗。光陰復何極，望促反成賒。知君自蕩子，奈妾亦倡家。「昔邪」一作「辟邪」。「桃」一作「萄」。

同前 吴均

薄暮有所思，終持淚煎骨。春風驚我心，秋露傷君髮。

同前 沈約

西征登隴首，東望不見家。關樹抽紫葉，塞草發青芽。昆明當欲滿，蒲萄應作花。垂淚對漢使，因書寄狹邪。

同前 費昶

上林烏欲栖，長門日行暮。所思鬱不見，空想丹墀步。簾動意君來，雷聲似車度。北方佳麗子，窈窕能回顧。夫君自迷惑，非爲妾心妬。「烏欲棲」一作「烏欲飛」。「行」一作「將」。

同前 陳後主

三首。一題云「望遠」。

蕩子好蘭期，留人獨自思。落花同淚臉，初月似愁眉。階前看草蔓，牕中對網絲。不言千里望，復是三春時。「望」一作「別」。

杳杳與人期，遥遥有所思。山川千里間，風月兩邊時。相待春那劇，相望景偏遲。當由分別久，夢來還自疑。

佳人在北燕，相望渭橋邊。團團落日樹，耿耿曙河天。愁多明月下，淚盡鴈行前。别心不可寄，唯餘琴上弦。

同前 顧野王

賤妾有所思，良人久征戍。笳鳴塞城表，花開落芳樹。白登澄月色，黄龍起煙霧。還聞雉子班，非復長征賦。「笳鳴塞城表」一作「笳鳴胡塞表」。

同前 張正見

深閨久離別，積怨轉生愁。徒思裂帛鴈，空上望歸樓。看花憶塞草，對月想邊秋。相思日日暮，淚臉年年流。「暮」一作「度」。

同前 陸系

別念限城闉，還思樓上人。淚想離前落，愁聞別後新。月來疑舞扇，花度憶歌塵。只看今夜裏，那似隔河津。

同前 北齊裴讓之

夢中雖暫見，及覺始知非。展轉不能寐，徙倚獨披衣。悽悽曉風急，晻晻月光微。室空常達旦，所思終不歸。

同前 隋盧思道

長門與長信，憂思並難任。洞房明月下，空庭緑草深。怨歌裁潔素，能賦受黄金。復聞隔湘水，猶言限桂林。悽悽日已暮，誰見此時心。「潔」一作「紈」。

雉子班 梁吴均

《古今樂録》曰：梁三朝樂第四十一，設辟雅伎鼓吹，作《雉子班》引去來。

可憐雉子班，羣飛集野甸。文章始陸離，意氣已驚狷。幽并遊俠子，直心亦如箭。生死報君恩，誰能孤恩盼。「生死報君恩」一作「以死報君恩」，又一作「死節」。

同前 陳後主

四野秋原暗，十步啄方前。雊聲風處遠，翅影雲間連。箭射妖姬笑，裘值盛明然。已足南皮賞，復會北宫篇。

同前 張正見

陳倉雉未飛，斂翮依芳甸。朱冠色尚淺，錦臆毛初變。雊麥且專場，排花聊勇戰。唯當渡弱水，不怯如皐箭。

同前 毛處約

春物始芳菲，春雉正相追。澗響連朝雊，花光帶錦衣。竄跡時移影，驚媒或亂飛。能使如皐路，相逢巧笑歸。

同前 江總

麥壟新秋來，澤雉屢徘徊。依花似協妬，拂草乍驚媒。三春桃照李，二月柳争梅。暫往如皐路，當令巧笑開。

臨高臺 魏文帝

臨臺行高，高以軒。下有水，清且寒。中有黄鵠往且翻。行爲臣，當盡忠。願令皇帝陛下三千歲。宜居此宮。鵠欲南遊，雌不能隨。我欲躬銜汝，口噤不能開。欲負之，毛衣摧頹。五里一顧，六里徘徊。《詩紀》云：此曲三段，辭不相屬。「鵠欲南遊」以下乃古辭《飛鵠行》也。

同前 齊謝朓

千里常思歸，登臺臨綺翼。纔見孤鳥還，未辨連山極。四面動春風，朝夜起寒色。誰知倦遊者，嗟此故鄉憶。「春」一作「清」。

同前 王融

遊人欲騁望，積步上高臺。井蓮當夏吐，牕桂逐秋開。花飛低不入，鳥散遠時來。還看雲棟影，含月共徘徊。「棟」一作「陣」。

同前 梁武帝

郭本作簡文帝，今從《玉臺》。

高臺半行雲，望望高不極。草樹無參差，山河同一色。髣髴洛陽道，道遠難別識。玉階故情人，情來共相憶。

同前 沈約

高臺不可望，望遠使人愁。連山無斷續，河水復悠悠。所思曖何在，洛陽南陌頭。可望不可至，何用解人憂。

同前 陳後主

晚景登高臺，迴望春光來。霧濃山後暗，日落雲傍開。煙裏看鴻小，風來望葉回。臨牕已響吹，極眺且傾杯。「迴」一作「迴」。

同前 張正見

曾臺邇清漢，出迥架重棼。飛棟臨黄鶴，高牕度白雲。風前朱幌色，霞處綺疎分。此中多怨曲，地遠詎能聞。「幌」一作「幔」。

同前 北齊蕭慤

崇臺高百尺，迥出望仙宫。畫栱浮朝氣，飛梁照晚虹。小衫飄霧縠，艷粉拂輕紅。笙吹汶陽篠，琴奏嶧山桐。舞逐飛龍引，花隨少女風。臨春今若此，極燕豈無窮。「朝」一作「雲」。

遠期 梁張率

遠期終不歸，節物坐將變。白露愴單衫，秋風息團扇。誰能久離别，他鄉且異縣。浮雲蔽重山，相望何時見。寄言遠期者，空閨淚如霰。「將」一作「遷」。

同前 庾成師

憶别春花飛，已見秋葉稀。淚粉羞明鏡，愁帶減寬衣。得書言未反，夢見道應歸。坐使紅顔歇，獨掩青樓扉。

玄雲 梁張率

壞陣壓峨嶐，遮牕暗思扉。映日斜生海，跨樹似鵬飛。夢山妾已去，落壢何由歸。

釣竿 魏文帝

崔豹《古今注》云：《釣竿》者，伯常子避仇河濱，爲漁者，其妻思之而作也。每至河側輙歌之。後司馬相如作《釣竿》詩，遂傳爲樂曲，其辭今亡。

東越河濟水，遥望大海涯。釣竿何珊珊，魚尾何簁簁。行路之好者，芳餌欲何爲。

同前 梁沈約

桂舟既容與，緑浦復回紆。輕絲動弱芰，微檝起單鳧。扣舷急日暮，卒歲以爲娱。

同前 戴暠

試持玄渚釣，暫罷池陽獵。翠羽飾長綸，蕖花裝小艓。鈎利斷蓴絲，汎舉牽菱葉。聊載前魚童，還看後舟妾。

同前 劉孝綽

一作劉孝威。

釣舟畫采鷁，魚子服冰紈。金轄茱萸網，銀鈎翡翠竿。斂橈隨水脉，急槳渡江湍。湍長自不辭，前浦有佳期。船交棹影合，浦深魚出遲。荷根時觸餌，菱芒乍罥絲。蓮渡江南手，衣渝京兆眉。垂竿自來樂，誰能爲太師。

釣竿篇 陳張正見

結宇長江側，垂釣廣川潯。竹竿横翡翠，桂髓擲黄金。人來水鳥没，檝渡岸花沉。蓮摇見魚近，綸盡覺潭深。渭水終須卜，滄浪徒自吟。空嗟芳餌下，獨見有貪心。

同前 隋李巨仁

潺湲面江海，滉漾矚波瀾。不惜黄金餌，唯憐翡翠竿。斜綸控急水，定檝下飛湍。潭迴風來易，川長霧歇難。寄言朝市客，滄浪余自安。

佳期竟不歸 陳張正見

庾肩吾《有所思》曰：「佳期竟不歸。」因以爲題。

良人萬里向河源，娼婦三秋思柳園。路遠寄詩空織錦，宵長夢返欲驚魂。飛蛾屢繞帷前燭，衰草還侵堦上玉。銜啼拂鏡不成粧，促柱繁弦還亂曲。時分年移竟不歸，偏憎寒急夜縫衣。流螢映月明空帳，疎葉從風入斷機。自對孤鸞向影絶，終無一雁帶書回。

【校勘記】

〔一〕陳，據《四庫》本補。

〔二〕陳，據《四庫》本補。

〔三〕邪，原作「耶」，據小注及《四庫》本改。

古樂苑卷第十

鼓吹曲辭三　魏　吴　晋

魏鼓吹曲 繆襲

《晉書・樂志》曰：魏文帝使繆襲造鼓吹十二曲，以代漢曲。

楚之平

《晉書・樂志》曰：改漢《朱鷺》，言魏也。《宋書》作《初之平》。按《宋書》在《晉書》前，今並從宋本，其文異者注下。

楚之平，義兵征。神武奮，金鼓鳴。邁武德，揚洪名。漢室微，社稷傾。皇道失，桓與靈。閹宦熾，羣雄争。邊韓起，亂金城。中國擾，無紀經。赫武皇，起旗旐。麾天下，天下平。

濟九州，九州寧。創武功，武功成。越五帝，邈三王。興禮樂，定紀綱。普日月，齊暉光。曲凡三十句，句三字。

戰滎陽

改漢《思悲翁》，言曹公也。

戰滎陽，汴水陂。戎士憤怒，貫甲馳。陳未成，退徐滎。二萬騎，塹壘平。戎馬傷，六軍驚。勢不集，衆幾傾。白日没，時晦冥。顧中牟，心屏營。同盟疑，計無成。賴我武皇，萬國寧。曲凡二十句，十八句句三字，二句句四字。

獲吕布

改漢《艾如張》，言曹公東圍臨淮，生擒吕布也。

獲吕布，戮陳宫。芟夷鯨鯢，驅騁羣雄。囊括天下，運掌中。曲凡六句。三句句三字，三句句四字。

克官渡

改漢《上之回》，言曹公與袁紹戰，破之於官渡也。

克紹官渡，由白馬。僵屍流血，被原野。賊衆如犬羊，王師尚寡。沙塠旁，風飛揚。轉戰不利，士卒傷。今日不勝，後何望。土山地道，不可當。卒勝大捷，震冀方。屠城破邑，神武遂章。曲凡十八句。八句句三字，一句五字，九句句四字。

舊邦

改漢《翁離》，言曹公勝袁紹於官渡，還譙，收藏死亡士卒也。

舊邦蕭條，心傷悲。孤魂翩翩，當何依。遊士戀故，涕如摧。兵起事大，令願違。傳求親戚，在者誰。立廟置後，魂來歸。曲凡十二句。六句句三字，六句句四字。

定武功

改漢《戰城南》，言曹公初破鄴，武功之定始乎此也。

定武功，濟黄河。河水湯湯，旦暮有横流波。袁氏欲衰，兄弟尋干戈。決漳水，水流滂沱。嗟城中如流魚，誰能復顧室家。計窮慮盡，求來連和。和不時，心中憂戚。賊衆内潰，君臣奔北。拔鄴城，奄有魏國。王業艱難，覽觀古今，可爲長歎。曲凡二十一句。五句句三字，三句句六字，十二句句四字，一句五字。

屠柳城

改漢《巫山高》，言曹公越北塞，歷白檀，破三郡烏桓於柳城也。

屠柳城，功誠難。越度隴塞，路漫漫。北踰岡平，但聞悲風正酸。蹋頓授首，遂登白狼山。神武慹海外，永無北顧患。曲凡十句。三句句三字，三句句四字，三句句五字，一句六字。

平南荆

改漢《上陵》。言曹公南平荆州也。

南荆何遼遼，江漢濁不清。菁茅久不貢，王師赫南征。劉琮據襄陽，賊備屯樊城。六軍廬新野，金鼓震天庭。劉子面縛至，武皇許其成。許與其成，撫其民。陶陶江漢間，普爲大魏臣。大魏臣，向風思自新。思自新，齊功古人。在昔虞與唐，大魏得與均。多選忠義士，爲喉脣。天下一定，萬世無風塵。曲凡二十四句。十七句句五字，四句句三字，三句句四字。

平關中

改漢《將進酒》，言曹公征馬超、定關中也。

平關中，路向潼。濟濁水，立高墉。鬬韓馬，離羣凶。選驍騎，縱兩翼。虜奔潰，級萬億。

曲凡十句，句三字。

應帝期

改漢《有所思》，言文帝以聖德受命應運期也。

應帝期，於昭我文皇。歷數承天序，龍飛自許昌。聰明昭四表，恩德動遐方。星辰爲垂耀，日月爲重光。河洛吐符瑞，草木挺嘉祥。麒麟步郊野，黃龍遊津梁。白虎依山林，鳳凰鳴高岡。考圖定篇籍，功配上古羲皇。羲皇無遺文，仁聖相因循。期運三千歲，一生聖明君。堯授舜萬國，萬國皆附親。四門爲穆穆，教化常如神。大魏興盛，與之爲鄰。曲凡二十六句。一句三字，二句句四字，二十二句句五字，一句六字。「盛」一作「聖」。

邕熙

改漢《芳樹》，言魏氏臨其國，君臣邕穆，庶績咸熙也。

邕熙，君臣念德，天下治。登帝道，獲瑞寶。頌聲並作，洋洋浩浩。吉日臨高堂，置酒列名倡。歌聲一何紆餘，雜笙簧。八音諧，有紀綱。子孫永建萬國，壽考樂無央。曲凡十五句。六句句三字，三句句四字，一句二字，三句句五字，二句句六字。

太和

改漢《上邪》，言明帝繼體承統，太和改元，德澤流布也。

惟太和元年，皇帝踐阼。聖且仁，德澤爲流布。灾蝗一時爲絶息，上天時雨露，五穀溢田疇。四民相率遵軌度，事務澂清。天下獄訟察以情，元首明。魏家如此，那得不太平。曲凡十三句。二句句三字，五句句五字，三句句四字，三句句七字。「溢」一作「滋」。

吳鼓吹曲 韋昭

《宋書·樂志》曰：韋昭孫休時上鼓吹十二曲表，曰：當付樂官習歌。

炎精缺

《宋書·樂志》曰：當漢《朱鷺》，言漢室衰，孫堅奮迅猛志，念在匡救，王迹始乎此也。

炎精缺，漢道微。皇綱弛，政德違。衆姦熾，民罔依。赫武烈，越龍飛。陟天衢，燿靈威。鳴靁鼓，抗電麾。撫乾衡，鎮地機。厲虎旅，騁熊羆。發神聽，吐英奇。張角破，邊韓羈。宛潁平，南土綏。神武章，渥澤施。金聲震，仁風馳。顯高門，啓皇基。統罔極，垂將來。

曲凡三十句，句三字。

漢之季

當漢《思悲翁》。言孫堅悼漢之微，痛董卓之亂，興兵奮擊，功蓋海内也。

漢之季，董卓亂。桓桓武烈，應時運。義兵興，雲旗建。厲六師，羅八陳。飛鳴鏑，接白刃。輕騎發，介士奮。醜虜震，使衆散。劫漢主，遷西館。雄豪怒，元惡僨。赫赫皇祖，功名聞。曲凡二十句。十八句句三字，二句句四字。

攄武師

當漢《艾如張》。言孫權卒父之業而征伐也。

攄武師，斬黄祖。攘夷凶族，革平西夏。炎炎大烈，震天下。曲凡六句。三句句三字，三句句四字。

「攘」一作「攟」。

伐烏林

當漢《上之回》。言魏武既破荆州，從流東下，欲來争鋒。孫權命將周瑜逆擊之於烏林而破走也。

曹操北伐，拔柳城。乘勝席卷，遂南征。劉氏不睦，八郡震驚。衆既降，操屠荆。舟車十萬，揚風聲。議者狐疑，慮無成。賴我大皇，發聖明。虎臣雄烈，周與程。破操烏林，顯章功名。曲凡十八句。十句句四字，八句句三字。

秋風

當漢《擁離》。言孫權悦以使民，民忘其死也。

秋風揚沙塵，寒露沾衣裳。角弓持弦急，鳩鳥化爲鷹。邊垂飛羽檄，寇賊侵界疆。跨馬披介胄，忼慨懷悲傷。辭親向長路，安知存與亡。窮達固有分，志士思立功。思立功，邀之戰場。身逸獲高賞，身没有遺封。曲凡十六句。十四句句五字，一句三字，一句四字。

克皖城

當漢《戰城南》。言魏武志圖并兼，而令朱光爲廬江太守。孫權親征光，破之於皖城也。

克滅皖城，遏寇賊。惡此凶孽，阻姦慝。王師赫征，衆傾覆。除穢去暴，戢兵革。民得就農，邊境息。誅君弔臣，昭至德。曲凡十二句。六句句三字，六句句四字。

關背德

當漢《巫山高》。言蜀將關羽背棄吴德，心懷不軌，孫權引師浮江而禽之也。

關背德，作鴟張。割我邑城，圖不祥。稱兵北伐，圍樊襄陽。嗟臂大於股，將受其殃。巍夫吴聖主，睿德與玄通。與玄通，親任吕蒙。汎舟洪汜池，泝涉長江。神武一何桓桓！聲烈正與風翔。歷撫江安城，大據郢邦。虜羽授首，百蠻咸來同，盛哉無比隆。曲凡二十一句。八句句四字，二句句六字，七句句五字，四句句三字。

通荆門

當漢《上陵》。言孫權與蜀交好齊盟，中有關羽自失之𠎝，戎蠻樂亂，生變作患，蜀疑其眩，吴惡其詐，乃大治兵，終復初好也。

荆門限巫山，高峻與雲連。蠻夷阻其險，歷世懷不賓。漢王據蜀郡，崇好結和親。乖微中情疑，讒夫亂其間。大皇赫斯怒，虎臣勇氣震。蕩滌幽藪，討不恭。觀兵揚炎燿，厲鋒整封疆。整封疆，闡揚威武容。功赫戲，洪烈炳章。邈矣帝皇世，聖吴同厥風。荒裔望清化，化恢弘。煌煌大吴，延胙永未央。曲凡二十四句。十七句句五字，四句句三字，三句四字。

章洪德

當漢《將進酒》。言孫權章其大德，而遠方來附也。

章洪德，邁威神。感殊風，懷遠鄰。平南裔，齊海濱。越裳貢，扶南臣。珍貨充庭，所見日新。曲凡十句。八句句三字，二句句四字。

從曆數

當漢《有所思》。言孫權從圖籙之符，而建大號也。

從曆數，於穆我皇帝。聖哲受之天，神明表奇異。建號創皇基，聰睿協神思。德澤浸及昆蟲，浩蕩越前代。三光顯精燿，陰陽稱至治。肉角步郊畛，鳳皇棲靈囿。神龜遊沼池，圖讖摹文字。黄龍覿鱗，符祥日月記。覽往以察今，我皇多嗆事。上欽昊天象，下副萬姓意。光被彌蒼生，家户蒙惠賚。風教肅以平，頌聲章嘉喜。大吴興隆，綽有餘裕。曲凡二十六句。一句三字，三句句四字，二十二句句五字，一句六字。

承天命

當漢《芳樹》。言上以聖德踐位，道化至盛也。

承天命，於昭聖德。三精垂象，符靈表德。巨石立，九穗植。龍金其鱗，烏赤其色。輿人歌，億夫歎息。超龍升，襲帝服。窮淳懿，體玄嘿。夙興臨朝，勞謙日昃。易簡以崇仁，放遠讒與慝。舉賢才，親近有德。均田疇，茂稼穡。審法令，定品式。考功能，明黜陟。人思自盡，唯心與力。家國治，王道直。思我帝皇，壽萬億。長保天禄，胙無極。曲凡三十四句。十九句句三字，二句句五字，十三句句四字。

玄化

當漢《上邪》。言上修文訓武，則天而行，仁澤流洽，天下喜樂也。

玄化象以天，陛下聖真。張皇綱，率道以安民。惠澤宣流而雲布，上下睦親。君臣酣宴樂，激發弦歌揚妙新。修文籌廟勝，須時備駕巡洛津。康哉泰，四海歡欣，越與三五鄰。曲凡十三句。五句句五字，三句句四字，二句句三字，三句句七字。

晉鼓吹曲 傅玄

《晉書·樂志》曰：武帝令傅玄製鼓吹曲二十二篇，述以功德代魏。

靈之祥

當《朱鷺》。《宋書·樂志》曰：言宣帝佐魏，猶虞舜事堯。既有石瑞之徵，又能用武以誅孟達之逆命也。

靈之祥，石瑞章。旌金德，出西方。天降命，授宣皇。應期運，時龍驤。繼大舜，佐陶唐。讚武文，建帝綱。孟氏叛，據南疆。追有扈，亂五常。吴寇勁，蜀虜彊。交誓盟，連遐荒。宣赫怒，奮鷹揚。震乾威，燿電光。陵九天，陷石城。梟逆命，拯有生。萬國安，四海寧。

「勁」《晉書》作「叛」。

宣受命

當《思悲翁》。言宣帝禦諸葛亮，養威重，運神兵，亮震怖而死也。

宣受命，應天機。風雲時動，神龍飛。禦諸葛，鎮雝梁。邊境安，夷夏康。務節事，勤定傾。攬英雄，保持盈。淵穆穆，赫明明。沖而泰，天之經。養威重，運神兵。亮乃震死，天下寧。《晉書》作「安寧」。「死」《晉書》作「斃」。

征遼東

當《艾而張》。言宣帝陵大海之表，討滅公孫淵而梟其首也。

征遼東，敵失據。威靈邁日域，公孫既授首，羣逆破膽，咸震怖。朔北響應，海表景附。武功赫赫，德雲布。

宣輔政

當《上之回》。言宣帝聖道深遠，撥亂反正，網羅文武之才，以定二儀之序也。

宣皇輔政，聖烈深。撥亂反正，從天心。網羅文武才，慎厥所生。所生賢，遺教施。安上治民，化風移。肇創帝基，洪業垂。於鑠明明，時赫戲。功濟萬世，定二儀。定二儀，雲澤雨施，海外風馳。「從」一作「順」。「澤」一作「行」。

時運多難

當《擁離》。言宣帝致討吴方，有征無戰也。

時運多難，道教痡。天地變化，有盈虚。蠢爾吴蠻，虎視江湖。我皇赫斯，致天誅。有征無戰，弭其圖。天威横被，廓東隅。「虎」《晉書》作「武」。

景龍飛

當《戰城南》。言景帝克明威教，賞從夷逆，祚隆無疆，崇此洪基也。

景龍飛，御天威。聰鑒玄察，動與神明協機。從之者顯，逆之者滅夷。文教敷，武功巍。普被四海，萬邦望風，莫不來綏。聖德潛斷，先天弗違。弗違祥，享世永長。猛以致寬，道化光。赫明明，胙隆無疆。帝績惟期，有命既集，崇此洪基。

平玉衡

當《巫山高》。言景帝一萬國之殊風，齊四海之乖心，禮賢養士，而纂洪業也。

平玉衡，糺姦回。萬國殊風，四海乖。禮賢養士，羈御英雄思心齊。纂戎洪業，崇皇階。品物咸亨，聖敬日躋。聰鑒盡下情，明明綜天機。

文皇統百揆

當《上陵》。言文皇帝始統百揆，用人有序，以敷太平之化也。

文皇統百揆，繼天理萬方。武將鎮四寓，英佐盈朝堂。謀言協秋蘭，清風發其芳。洪澤所漸潤，礫石爲珪璋。大道侔五帝，盛德踰三王。咸光大，上參天與地，至化無内外。無内外，六合並康乂。並康乂，遘茲嘉會。在昔羲與農，大晉德斯邁。鎮征及諸州，爲蕃衛。玄功濟四海，洪烈流萬世。「寓」《晉書》作「隅」。

因時運

當《將進酒》。言文皇帝因時運變，聖謀潛施。解長蛇之交，離羣桀之黨，以武濟文，審其大計，以邁其德也。

因時運，聖策施。長蛇交解，羣桀離。勢窮奔吴，虎騎厲。惟武進，審大計。時邁其德，清一世。「虎」《晉書》作「獸」。

惟庸蜀

當《有所思》。言文皇帝既平萬乘之蜀，封建萬國，復五等之爵也。

惟庸蜀，僭號天一隅。劉備逆帝命，禪亮承其餘。擁衆數十萬，闚隙乘我虚。驛騎進羽檄，天下不遑居。姜維屢寇邊，隴上爲荒墟。文皇愍斯民，歷世受辠辜。外謨蕃屏臣，内謀衆士夫。爪牙應指授，腹心獻良圖。良圖協成文，大興百萬軍。雷鼓震地起，猛勢陵浮雲。逋虜畏天誅，面縛造壘門。萬里同風教，逆命稱妾臣。光建五等，紀綱天人。「獻」一作「同」。「大」一作「乃」。

天序

當《芳樹》。言聖皇曆歷受禪，弘濟大化，用人各盡其才也。

天序，曆應受禪，承靈祜。御羣龍，勒螭虎。弘濟大化，英儁作輔。明明統萬機，赫赫鎮四方。咎繇稷契之疇，協蘭芳。禮王臣，覆兆民。化之如天與地，誰敢愛其身。

大晉承運期

當《上邪》。言聖皇應籙受圖，化象神明也。

大晉承運期，德隆聖皇。時清晏，白日垂光。應籙圖，陟帝位，繼天正玉衡，化行象神明。至哉道隆虞與唐，元首敷洪化，百寮股肱並忠良。民大康，隆隆赫赫，福胙盈無疆。

金靈運

當《君馬黄》。言聖皇踐祚，致敬宗廟，而孝道施於天下也。

金靈運，天符發。聖徵見，參日月。惟我皇，體神聖。受魏禪，應天命。皇之興，靈有徵。登大麓，御萬乘。皇之輔，若虓虎。爪牙奮，莫之禦。皇之佐，讚清化。百事理，萬邦賀。神祇應，嘉瑞章。恭享祀，薦先皇。樂時奏，磬管鏘。鼓淵淵，鐘喤喤。奠樽俎，實玉觴。神歆饗，咸悦康。宴孫子，祐無疆。大孝烝烝，德教被萬方。「虓」《晉書》作「闞」。「祀」作「禮」。「淵淵」作「殷殷」。

於穆我皇

當《雉子斑》。言聖皇受命，德合神明也。

於穆我皇，盛德聖且明。受禪君世，光濟羣生。普天率土，莫不來庭。顒顒六合内，望風仰泰清。萬國雝雝，興頌聲。大化洽，地平而天成。七政齊，玉衡惟平。峨峨佐命，濟濟羣英。夙夜乾乾，萬機是經。雖治興，匪荒寧。謙道光，沖不盈。天地合德，日月同榮。赫赫煌煌，燿幽冥。三光克從，於顯天垂景星。龍鳳臻，甘露宵零。肅神祇，祗上靈。萬物欣戴，自天效其成。

仲春振旅

當《聖人出》。言大晉申文武之教，畋獵以時也。

仲春振旅，大致民，武教於時日新。師執提，工執鼓。坐作從，節有序。盛矣允文允武！蒐田表禡，申法誓。遂圍禁，獻社祭。允矣時，明國制。文武並用，禮之經。列車如戰，大教明，古今誰能去兵？大晉繼天，濟羣生。「民」《晉》作「人」。「從」《晉》作「起」。「允矣」《晉》作

「允以」。

夏苗田

當《臨高臺》。言大晉畋狩順時，爲苗除害也。

夏苗田，運將徂。軍國異容，文武殊。乃命羣吏，選車徒，辨其名號，贊契書。王軍啓八門，行同上帝居。時路建大麾，雲旗翳紫虚。百官象其事，疾則疾，徐則徐。回衡旋軫，罷陳敝車。獻禽享祠，烝烝配有虞。惟大晉，德參兩儀，化雲敷。「選」《晉書》作「撰」。

仲秋獮田

當《遠期》。言大晉雖有文德，不廢武事，順時以殺伐也。

仲秋獮田，金德常剛。涼風清且厲，凝露結爲霜。白虎司辰，蒼隼時鷹揚。鷹揚猶周尚父，順天以殺伐，春秋時叙。雷霆振威燿，進退由鉦鼓。致禽祀祊，羽毛之用充軍府。赫赫大晉德，芬烈陵三五。敷化以文，雖治不廢武。光宅四海，永享天之祜。「剛」《晉書》作「綱」。「虎」《晉》作「藏」。「治」《晉》作「安」。

從天道

當《石留》。言仲冬大閲，用武修文，大晉之德配天也。

從天道，握神契，三時示，講武事。冬大閲，鳴鐲振鼓鐸，旍旗象虹霓。文制其中，武不窮武。動軍誓衆，禮成而義舉。三驅以崇仁，進止不失其序。兵卒練，將如闞虎。惟闞虎，氣陵青雲。解圍三面，殺不殄羣。偃旌麾，班六軍。獻享烝，修典文。嘉大晉，德配天。禄報功，爵俟賢。饗燕樂，受兹百禄，壽萬年。「如闞虎」《宋書》作「如虎」。「闞」《宋書》作「虓」。「虎」並作「武」。「壽」《晉》作「嘉」。

唐堯

當《務成》。言聖皇陟帝位，德化光四表也。

唐堯諮務成，謙謙德所興。積漸終光大，履霜致堅冰。神明道自然，河海猶可凝。舜禹統百揆，元凱以次升。禪讓應天曆，睿聖世相承。我皇陟帝位，平衡正準繩。德化飛四表，祥氣見其徵。興王坐俟旦，亡主恬自矜。致遠由近始，覆簣成山陵。披圖按先籍，有其證靈液。「主」一作「國」。「恬」一作「主」。

玄雲

當《玄雲》。言聖皇用人，各盡其材也。

玄雲起山嶽，祥氣萬里會。龍飛何蜿蜿，鳳翔何翩翩。昔在唐虞朝，時見青雲際。今親遊方國，流光溢天外。鶴鳴在後園，清音隨風邁。成湯隆顯命，伊摯來如飛。周文獵渭濱，遂載呂望歸。符合如影響，先天天弗違。輟耕綱時綱，解褐衿天維。元功配二主，芬馨世所稀。我皇叙羣才，洪烈何巍巍。桓桓征四表，濟濟理萬機。神化感無方，髦才盈帝畿。丕顯惟昧旦，日新孔所咨。茂哉聖明德，日月同光輝。「山嶽」《晉書》作「丘山」。「方」《晉》作「萬」。「綱時綱」《晉》作「綜地綱」。「聖明」一作「明聖」。

伯益

當《黄爵》。言赤烏銜書，有周以興。今聖皇受命，神雀來也。

伯益佐舜禹，職掌山與川。德侔十六相，思心入無閒。智理周萬物，下知衆鳥言。黄雀應清化，翔集何翩翩。和鳴棲庭樹，徘徊雲日間。夏桀爲無道，密網施山阿。酷祝振纖網，當奈黄雀何。殷湯崇天德，去其三面羅。逍遥羣飛來，鳴聲乃復和。朱雀作南宿，鳳皇統羽羣。赤烏銜書至，天命瑞周文。神雀今來遊，爲我受命君。嘉祥致天和，膏澤降青雲。蘭風發芳氣，闔世同其芬。「降」一作「隆」。

釣竿

當《釣竿》。言聖皇德配堯、舜，又有吕望之佐，以濟天功致太平也。

釣竿何冉冉，甘餌芳且鮮。臨川運思心，微綸沈九淵。太公寶此術，乃在靈祕篇。機變隨物移，精妙貫未然。游魚驚著釣，潛龍飛戾天。戾天安所至，撫翼翔太清。太清一何異，兩儀出渾成。玉衡正三辰，造化賦羣形。退願輔聖君，與神合其靈。我君弘遠略，天人不足并。天人初并時，昧昧何芒芒。日月有徵兆，文象興三皇。蚩尤亂生民，黄帝用兵征萬方。逮夏禹而德衰，三代不及虞與唐。我皇聖德配堯舜，受禪即阼享天祥。率土蒙祜靡不肅，庶事康。庶事康，穆穆明明。荷百禄，保無極，永泰平。「淵」《晉書》作「泉」。「生民」《晉》作「生靈」。「三代」《晉》作「三世」。

晉凱歌

二首。

命將出征歌 張華下同

重華隆帝道，戎蠻或不賓。徐夷興有周，鬼方亦違殷。今在盛明世，寇虐動四垠。豺狼染牙爪，羣生號穹旻。元帥統方夏，出車撫涼秦。衆貞必以律，臧否實在人。威信加殊類，疎逖思自親。單醪豈有味，挾纊感至仁。武功尚止戈，七德美安民。遠跡由斯舉，永世無風塵。「有味」一作「無味」。

勞還師歌

玁狁背天德，搆亂擾邦畿。戎車震朔野，羣帥贊皇威。將士齊心旅〔一〕，感義忘其私。積勢如鞹弩，赴節如發機。囂聲動山谷，金光耀素輝。揮戟陵勁敵，武步蹈橫屍。鯨鯢皆授首，北土永清夷。昔往冒隆暑，今來白雪霏。征夫信勤瘁，自古詠采薇。收榮於舍爵，燕喜在凱歸。「戟」一作「戈」。

【校勘記】

〔一〕旅，《四庫》本作「膂」。

古樂苑卷第十一

鼓吹曲辭四　宋　齊　梁　隋

宋鼓吹鐃歌

三首。

《宋書·樂志》曰：鼓吹鐃歌四篇，其一篇闕。沈約云：樂人以音聲相傳，訓詁不可復解。凡古樂録，皆大字是辭，細字是聲，聲辭合寫，故致然耳。

上邪曲

四解。

大竭夜烏自云何來堂吾來聲烏奚姑悟姑尊盧聖子黄尊來餽清嬰烏白日爲隨來郭吾微

令吾
應龍夜烏由道何來直子爲烏奚如悟姑尊盧雞子聽烏虎行爲來明吾微令吾
詩則夜烏道祿何來黑洛道烏奚悟如尊爾尊盧起黄華烏伯遼爲國日忠雨令吾
伯遼夜烏若國何來日忠雨烏奚如悟姑尊盧面道康尊籙龍永烏赫赫福胙夜音微令吾

晚芝曲

九解。《宋書·樂志》曰：漢曲有《遠期》，疑是也。

幾令吾幾令諸韓亂發正令吾
幾令吾諸韓從聽心令吾若里洛何來韓微令吾
尊盧忌盧文盧子路子路爲路雞如文盧炯烏諸祚微令吾
幾令諸韓或公隨令吾
幾令吾幾諸或言隨令吾黑洛何來諸韓微令吾
尊盧安成隨來免路路子爲吾路奚如文盧炯烏諸胙微令吾
幾令吾幾諸或言隨令吾此下《宋書》無。

幾令吾諸或言幾苦黑洛何來諸韓微令吾
尊盧公洴隨來免路子子路子爲路奚姑文盧炯烏諸祚微令吾

艾如張曲

三解。

幾令吾呼曆舍居執來隨咄武子邪令烏銜鉞相風其右其右
幾令吾呼羣議破葫執來隨吾咄武子邪令烏令烏令牗入海相風及後
幾令吾呼無公赫吾執來隨吾咄武子邪令烏無公赫吾娓立諸布始布

宋鼓吹鐃歌 何承天

十五首。

《宋書·樂志》曰：鼓吹鐃歌十五篇，何承天晉義熙末私造，疑未嘗被於歌也。雖有漢曲舊名，大抵别增新意，故其義與古辭考之多不合云。

朱路篇

朱路揚和鸞，翠蓋耀金華。玄牡飾樊纓，流旌拂飛霞。雄戟闢曠塗，班劒翼高車。三軍且莫喧，聽我奏鐃歌。清鞞驚短簫，朗鼓節鳴笳。人心惟愷豫，茲音亮且和。輕風起紅塵，渟瀾發微波。逸韻騰天路，頹響結城阿。仁聲被八表，威震振九遐。嗟嗟介胄士，勗哉念皇家。

思悲公篇

思悲公，懷衮衣。東國何悲，公西歸。公西歸，流二叔，幼主既悟，偃禾復。偃禾復，聖志申。營都新邑，從斯民。從斯民，德惟明。制禮作樂，興頌聲。興頌聲，致嘉祥。鳴鳳爰集，萬國康。萬國康，猶弗已。握髮吐飡，下羣士。惟我君，繼伊周。親覩盛世，復何求。

雝離篇

雍士多離心，荆民懷怨情。二凶不量德，搆難稱其兵。王人銜朝命，正辭糾不庭。上宰宣九伐，萬里舉長旌。樓船掩江瀆，駟介飛重英。歸德戒後夫，賈勇尚先鳴。逆徒既不濟，愚智亦相傾。霜鋒未及染，鄢郢忽已清。西川無潛鱗，北渚有奔鯨。淩威致天府，一戰夷三城。江漢被美化，宇宙歌太平。惟我東郡民，曾是深推誠。

戰城南篇

戰城南，衝黄塵。丹旐電烻，鼓靁震。勍敵猛，戎馬殷。横陳亘野，若屯雲。仗大順，應三靈。義之所感，士忘生。長劒擊，繁弱鳴。飛鏑炫晃，亂奔星。虎騎躍，華毦旋。朱火延起，騰飛煙。驍雄斬，高旗搴。長角浮叫，響清天。夷羣寇，殪逆徒。餘黎霑惠，詠來蘇。奏愷樂，歸皇都。班爵獻俘，邦國娱。

巫山高篇

巫山高，三峽峻。青壁千尋，深谷萬仞。崇巖冠靈，林冥冥。山禽夜響，晨猿相和鳴。洪波迅澓，載逝載停。悽悽商旅之客，懷苦情。在昔陽九，皇綱微。李氏竊命，宣武耀靈威。蠢爾逆縱，復踐亂機。王旅薄伐，傳首來至京師。古之爲國，惟德是貴。力戰而虐民，鮮不顛墜。矧乃叛戾，伊胡能遂。咨爾巴子，無放肆。

上陵者篇

上陵者，相追攀。被服纖麗，振綺紈。攜童幼，升崇巒。南望城闕，鬱盤桓。王公第，通衢端。高甍華屋，列朱軒。臨濬谷，掇秋蘭。士女悠奕，映隰原。指營丘，感牛山。爽鳩既没，景君歎。嗟歲聿，逝不還。志氣衰沮，玄鬢斑。野莽宿，墳土乾。顧此纍纍，中心酸。生必死，亦何怨。取樂今日，展情歡。

將進酒篇

將進酒，慶三朝。備繁禮，薦嘉肴。榮枯换，霜霧交。緩春帶，命朋僚。車等旗，馬齊鑣。懷温克，樂林濠。士失志，愠情勞。思旨酒，寄遊遨。敗德人，甘醇醪。耽長夜，或淫妖。興屢舞，厲哇謡。形傞傞，聲號呶。首既濡，志亦荒。性命夭，國家亡。嗟後生，節酣觴。匪酒辜，孰爲殃。

君馬篇

君馬麗且閑，揚鑣騰逸姿。駿足躡流景，高步追輕飛。冉冉六轡柔，奕奕金華暉。輕霄翼羽蓋，長風靡淑旂。願爲范氏驅，雝容步中畿。豈效詭遇子，馳騁趣危機。鉛陵策良駟，造父爲之悲。不怨吴坂峻，但恨伯樂稀。赦彼岐山盜，實濟韓原師。奈何漢魏主，縱情營所私。疲民甘藜藿，廐馬患盈肥。人畜胥厥養，蒼生將焉歸。

芳樹篇

芳樹生北庭，豐隆正徘徊。翠潁陵冬秀，紅葩迎春開。佳人閒幽室，惠心婉以諧。蘭芳掩綺幌，緑草被長階。日夕遊雲際，歸禽命同棲。皓月盈素景，涼風拂中閨。哀絃理虚堂，要妙清且悽。嘯歌流激楚，傷此碩人懷。梁塵集丹帷，微飈揚羅袿。豈怨嘉時暮，徒惜良願乖。

有所思篇

有所思，思昔人。曾閔二子，善養親。和顔色，奉昏晨。至誠烝烝，通明神。鄒孟軻，爲齊卿。稱身受禄，不貪榮。道不用，獨擁楹。三徙既辞，禮義明。飛鳥集，猛獸附。功成事畢，乃更娶。哀我生，遘凶旻。幼罹荼毒，備艱辛。慈顔絶，見無因。長懷永思，託丘墳。

「毒」郭作「酷」。

雉子遊原澤篇

雉子遊原澤，幼懷耿介心。飲啄雖勤苦，不願棲園林。古有避世士，抗志清霄岑。浩然寄卜肆，揮棹通川陰。逍遥風塵外，散髮撫鳴琴。卿相非所盻，何況於千金。功名豈不美，寵辱亦相尋。冰炭結六府，憂虞纏胸襟。當世須大度，量己不克任。三復泉流誡，自驚良已深。

上邪篇

上邪下難正，衆枉不可矯。音和響必清，端影緣直表。大化揚仁風，齊人猶偃草。聖王既已没，誰能弘至道。開春湛柔露，代終肅嚴霜。承平貴孔孟，政弊侯申商。孝公明賞罰，六世猶克昌。李斯肆濫刑，秦民所以亡。漢宣隆中興，魏祖寧三方。譬彼鍼與石，效疾故稱良。《行葦》非不厚，悠悠何詎央。琴瑟時未調，改弦當更張。矧乃治天下，此要安可忘。

臨高臺篇

臨高臺，望天衢。飄然輕舉，陵太虚。攜列子，超帝鄉。雲衣雨帶，乘風翔。肅龍駕，會瑶臺。清輝浮景，溢蓬萊。濟西海，濯洧盤。佇立雲嶽，結幽蘭。馳迅風，遊炎州。願言桑梓，思舊遊。傾霄蓋，靡電旌。降彼天塗，頽窈冥。辭仙族，歸人羣。懷忠抱義，奉明君。任窮達，隨所遭。何爲遠想，令心勞。

遠期篇

遠期千里客，肅駕候良辰。近命城郭友，具爾惟懿親。高門啓雙闈，長筵列嘉賓。中唐儛六佾，三廂羅樂人。簫管激悲音，羽毛揚華文。金石響高宇，絃歌動梁塵。修標多巧捷，丸劒亦入神。遷善自雅調，成化由清均。主人垂隆慶，羣士樂亡身。願我聖明君，遐期保萬春〔一〕。

石流篇

石上流水，湔湔其波。發源幽岫，永歸長河。瞻彼逝者，歲月其偕。子在川上，惟以增懷。嗟我殷憂，載勞寤寐。遘此百罹，有志不遂。行年倏忽，長勤是嬰。永言没世，悼兹無成。幸遇開泰，沐浴嘉運。緩帶安寢，亦又何愠。古之爲仁，自求諸己。虚情遥慕，終於徒已。

齊隨王鼓吹曲　謝朓

十首。

齊永明八年，謝朓奉鎮西隨王教，於荆州道中作。

元會曲

以下三曲頌帝功。

二儀啓昌歷，三陽應慶期。珪贄紛成序，鞮譯諜來思。分階䌹組練，充庭羅翠旗。觴流白日下，吹溢景雲滋。天儀穆藻殿，萬寓壽皇基。「陽」一作「朝」。「溢」一作「溢」。「壽」一作「慶」。

郊祀曲

六宗禋祀岳，五畤奠甘泉。整蹕遊九闕，清簫開八壥。鏘鏘玉鑾動，溶溶金障旋。郊宮光已屬，升柴禮既虔。福響靈之集，南岳固斯年。「靈」一作「雲」。

鈞天曲

高宴顥天臺，置酒迎風觀。笙鏞禮百神，鍾石動雲漢。瑶臺琴瑟驚，綺席舞衣散。威鳳來參差，玄鶴起凌亂。已慶明庭樂，詎慙南風彈。「臺」一作「堂」。「琴」一作「竇」。「起」一作「至」。「詎慙」一作「誰想」。

入朝曲

以下三曲頌藩德。

江南佳麗地，金陵帝王州。透迤帶緑水，迢遞起朱樓。飛甍夾馳道，垂楊蔭御溝。凝笳翼高蓋，疊鼓送華輈。獻納雲臺表，功名良可收。

出藩曲

雲枝紫微内，分組承明阿。飛艎遡極浦，旌節去關河。眇眇蒼山色，沈沈遠水波。鐃音巴渝曲，簫管盛唐歌。夫君邁遺德，江漢仰清和。「遡」一作「遊」。「遠」一作「寒」。「管」一作「鼓」。「遺」一作「惟。」

校獵曲

凝霜冬十月，殺盛凉飈哀。原澤曠千里，騰騎紛往來。平罝望烟合，烈火從風迴。殪獸華容浦，張樂荆山臺。虞人昔有諭，明明時戒哉。「哀」一作「開」。「紛」一作「絡」。

從戎曲

選旅辭轘轅，弭節赴河源。日起霜戈照，風迴連騎翻。紅塵朝夜合，黄河萬里昏。寥戾清笳囀，蕭條邊馬煩。自勉輟耕願，征役去何言。「赴」一作「趨」。

送遠曲

北梁辭歡宴，南浦送佳人。方衢控龍馬，平路騁朱輪。瓊筵妙舞絶，桂席羽觴陳。白雲丘陵遠，山川時未因。一爲清吹激，潺湲傷别巾。

登山曲

天明開秀崿，瀾光媚碧隄。風蕩飄鶯亂，雲華芳樹低。暮春春服美，遊駕淩丹梯。升嶠既小魯，登巒且悵齊。王孫尚游衍，蕙草正萋萋。「飄鶯亂」一作「翻鶯亂」。「雲華」一作「雲行」。「淩」一作「躡」。「丹」一作「石」。

汎水曲

玉露霑翠葉，金風鳴素枝。罷遊平樂苑，汎鷁昆明池。旌旗散容裔，簫管吹參差。日晚厭遵渚，採菱贈清漪。百年如流水，寸心寧共知。「露」一作「霜」。「旌」一作「羽」。「管」一作「谷」。

梁鼓吹曲 沈約

十二首。

《隋書・樂志》曰：梁高祖制鼓吹新歌十二曲。

木紀謝

《隋書・樂志》曰：改《朱鷺》，言齊謝梁升也。

木紀謝，火運昌。炳南陸，耀炎光。民去癸，鼎歸梁。鮫魚出，慶雲翔。韃五帝〔二〕，軼三王。德無外，化溥將。仁蕩蕩，義湯湯。浸金石，達昊蒼。横四海，被八荒。舞干戚，垂衣裳。對天眷，坐巖廊。胤有錫，祚無疆。風教遠，禮容盛。感人神，宣舞詠。降繁祉，延嘉慶。「火」一作「炎」。

賢首山

改《思悲翁》，言武帝破魏軍於司部，肇王迹也。

賢首山，險而峻。乘巘憑，臨胡陣。騁奇謀，奮卒徒。斷白馬，塞飛狐。殪日逐，殲骨都。刃谷蠡，馘林胡。草既潤，原亦塗。輪無反，幕有烏。掃殘孽，震戎逋。揚凱奏，展歡酺。詠《杕杜》，旋京吴。「謀」一作「謨」。

桐柏山

改《艾如張》，言武帝牧司，王業彌章也。

桐柏山，淮之首。肇基帝跡，遂光區有。大震邊關，迹殪獯醜。農既勸，民惟阜，穗充庭，稼盈畝。迨嘉辰，薦芳糗。納寒場，爲春酒。昭景福，介眉壽。天斯長，地斯久。化無極，功無朽。

道亡

改《上之回》，言東昏喪道，義師起樊、鄧也。

道亡數極歸永元，悠悠兆庶盡含寃。沈河莫極皆無安，赴海誰授矯龍翰。自樊漢，仙波流水清且瀾，救此倒懸拯塗炭。誓師劉旅赫靈斷，率兹八百驅十亂。登我聖明由多難，長夜杳冥忽云旦。

忱威

改《擁離》，言破加湖，元勳建也。

忱威授律命蒼兕，言薄加湖灌秋水。迴瀾瀄汨汎增雉，争河投岸掬盈指。犯刃嬰戈洞流矢，資此威烈齊文軌。「兕」一作「鬼」。「威」一作「盛」。

漢東流

改《戰城南》，言義師克魯山城也。

漢東流，江之汭。逆徒蜂聚，旌旗紛蔽。仰震威靈，乘高騁鋭。至仁解網，窮鳥入懷。因此龍躍，言登泰階。

鶴樓峻

改《巫山高》，言平郢城，兵威無敵也。

鶴樓峻，連翠微。因巖設險池永歸，脣亡齒懼薄言震。耀靈威，凶衆稽顙，天不能違。金湯無所用，功烈長巍巍。

昏主恣淫慝

改《上陵》，言東昏政亂，武帝起義，平九江、姑熟，大破朱雀，伐罪弔民也。

昏主恣淫慝，皆曰自昌盛。上仁矜億兆，誓師爲請命。既齊丹浦戰，又符甲子辰。龕難伐有罪，伐罪弔斯民。悠悠億萬姓，於此覩陽春。

石首局

改《將進酒》，言義師平京城，仍廢昏，定大事也。

石首局，北墉墐。新堞嚴，東壘峻。共表裏，遥相鎮。矢未飛，鼓方振。競銜璧，並輿櫬。酒池擾，象廊震。同伐謀，兼善陳。闢應和，掃煨燼。翦庶惡，靡餘胤。

期運集

改《有所思》，言武帝膺籙受禪，德盛化遠也。

期運集，惟皇膺寶符。龍躍清漢渚，鳳起方城隅。謳歌共適夏，獄訟兩違朱。二儀啓嘉祚，千載猶旦暮。舞蹈流帝功，金玉昭王度。「膺」一作「應」。「方」一作「南」。

於穆

改《芳樹》，言大梁闡運，君臣和樂，休祚方遠也。

於穆君臣，君臣和以肅。關王道，定天保，樂均靈囿，宴同在鎬。前庭懸鼓鐘，左右列笙鏞。纓佩俯仰，有則備禮容。翔振鷺，騁羣龍。隆周何足擬，遠與唐比蹤。「前庭」一作「庭前」。「備」一作「脩」。

惟大梁

改《上邪》，言梁德廣運，仁化洽也。

惟大梁開運，受籙膺圖。君八極，冠帶被五都。四海並和會，排闕欵塞無異塗。「膺」一作「應」。「圖」一作「天」。「君八極」一作「冠八極」。一本無「冠」字。

隋凱樂歌辭

三首。

述帝德

於穆我后，睿哲欽明。膺天之命，載育羣生。開元創曆，邁德垂聲。朝宗萬寓，祗事百靈。煥乎皇道，昭哉帝則。惠政滂流，仁風四塞。淮海未賓，江湖背德。運籌必勝，濯征斯克。八荒霧卷，四表雲褰。雄圖盛略，邁後光前。寰區已泰，福祚方延。長歌凱樂，天子萬年。

述諸軍用命

帝德遠覃，天維宏布。功高雲天，聲隆韶濩。惟彼海隅，未從王度。皇赫斯怒，元戎啓路。

桓桓猛將，赳赳英謨。攻如燎髮，戰似摧枯。救茲塗炭，克彼妖逋。塵清兩越，氣静三吴。鯨鯢已夷，封疆在闢。班馬蕭蕭，歸旌奕奕。雲臺表效，司勳紀績。業並山河，道固金石。

述天下太平

阪泉軒德，丹浦堯勳。始實以武，終乃以文。嘉樂聖主，大哉爲君。出師命將，廓定重氛。書軌既并，干戈是戢。弘風設教，政成人立。禮樂聿興，衣裳載緝。風雲自美，嘉祥爰集。皇皇聖政，穆穆神猷。牢籠虞夏，度越姬劉。日月比耀，天地同休。永清四海，長帝九州。

【校勘記】

〔一〕遐，原作「邇」，據《四庫》本改。

〔二〕韊，《四庫》本作「𩏂」。

古樂苑卷第十二

横吹曲辭 一

横吹曲，其始亦謂之鼓吹，馬上奏之，蓋軍中之樂也。北狄諸國皆馬上作樂，故自漢已來，北狄樂總歸鼓吹署。其後分爲二部：有簫笳者爲鼓吹，用之朝會道路，亦以給賜。漢武帝時，南越七郡皆給鼓吹是也。有鼓角者爲横吹，用之軍中，馬上所奏者是也。《晉書·樂志》曰：横吹有鼓角。又有胡角。按《周禮》云：「以鼖鼓鼓軍事。」舊説云：蚩尤氏帥魑魅與黄帝戰於涿鹿，帝乃始命吹角爲龍鳴以禦之。其後魏武北征烏丸，越沙漠，而軍士思歸，於是減爲半鳴，尤更悲矣。横吹有雙角，即胡樂也。漢博望侯張騫入西域，傳其法於西京，唯得摩訶兜勒一曲。李延年因胡曲更造新聲二十八解，乘輿以爲武樂。後漢以給邊將。和帝時，萬人將軍得用之。魏晉以來，二十八解不復具存，而世所用者有《黄鵠》等十曲，其辭後亡。又有《關山月》等八曲，後世之所加也。後魏之世，有《簸邏迴歌》〔一〕，其曲多可汗之辭，皆燕魏之際鮮卑歌，歌辭虜音，不可曉解，蓋大角曲也。又《古今樂録》有梁鼓角横吹曲，多叙慕容垂及姚泓時戰陣之事，其曲有《企喻》等歌三十六曲。樂府胡吹舊曲又有《隔谷》等歌三十曲，總六十六曲，未詳時用何篇也。自隋以後，始以横吹用之鹵簿，與鼓吹列爲四部，總謂之鼓吹，並以供大駕及皇太子、王公等。一曰棡鼓部，其樂器有棡鼓、金鉦、大鼓、小鼓、長鳴角、吹鳴角、大角七種。棡鼓、金鉦一曲，夜警用之。大鼓十五曲，小鼓九曲，大角七曲，其辭並本之鮮卑。二曰鐃鼓部，其樂器有歌、鼓、簫、笳四種，凡十二曲。三曰大横吹部，其樂器有角、節、鼓、笛、簫、篳篥、笳、桃皮篳篥七種，凡二十九曲。四曰小横吹部，其樂器有角、笛、簫、篳篥、笳、桃皮篳篥六種，凡十二曲，夜警亦用之。

漢横吹曲 擬漢。

《樂府解題》曰：漢横吹曲二十八解，李延年造。魏晉已來，唯傳十曲。一曰《黄鵠》，二曰《隴頭》，三曰《出關》，四曰《入關》，五曰《出塞》，六曰《入塞》，七曰《折楊柳》，八曰《黄覃子》，九曰《赤之揚》，十曰《望行人》。後又有《關山月》《洛陽道》《長安道》《梅花落》《紫騮馬》《驄馬》《雨雪》《劉生》八曲，合十八曲。其辭並亡，惟《出塞》一曲諸本載云古辭，今列諸家擬者于後。

隴頭 陳後主

一曰《隴頭水》。《通典》曰：天水郡有大阪名曰隴坻，亦曰隴山，即漢隴關也。辛氏《三秦記》曰：其坂九回，上者七日乃越。上有清水，四注下，所謂隴頭水也。

隴頭征戍客，寒多不識春。驚風起嘶馬，苦霧雜飛塵。投錢積石水，斂轡交河津。四面夕冰合，萬里望佳人。

隴頭水 梁元帝

銜悲別隴頭，關路漫悠悠。故鄉迷遠近，征人分去留。沙飛曉成幕，海氣旦如樓。欲識秦川處，隴水向東流。

同前　劉孝威

從軍戍隴頭，隴水帶沙流。時觀胡騎飲，常爲漢國羞。釁妻成兩劍，殺子祀雙鉤。頓取樓蘭頸，就解郅支裘。勿令如李廣，功遂不封侯。一作「功多遂不酬」。

同前　車㲄

隴頭征人別，隴水流聲咽。只爲識君恩，甘心從苦節。雪凍弓弦斷，風鼓旗竿折。獨有孤雄劍，龍泉字不滅。

同前　陳後主

二首。

塞外飛蓬征，隴頭流水鳴。漠處揚沙暗，波中燥葉輕。地風冰易厚，寒深溜轉清。登山一回顧，幽咽動邊情。

高隴多悲風，寒聲起夜叢。禽飛暗識路，鳥轉逐征蓬。落葉時驚沫，移沙屢擁空。回頭不見望，流水玉門東。

同前 徐陵

別塗聳千仞，離川懸百丈。攢荊夏不通，積雪冬難上。枝交隴底暗，石礙坡前響。回首咸陽中，唯言夢時往。

同前 顧野王

隴底望秦川，迢遞隔風煙。蕭條落野樹，幽咽響流泉。瀚海波難息，交河冰未堅。寧知蓋山水，逐節赴危絃。

同前 謝燮

隴坂望咸陽，征人慘思腸。咽流喧斷岸，遊沫聚飛梁。凫分斂冰彩，虹飲照旗光。試聽鐃歌曲，唯吟《君馬黄》。

同前 張正見

二首。

隴頭嗚四注，征人逐貳師。羌笛含流咽，胡笳雜水悲。湍高飛轉駛，澗淺蕩還遲。前旌去不見，上路杳無期。

隴頭流水急，流急行難渡。遠入隗囂營，傍侵酒泉路。心交賜寶刀，小婦成紈袴。欲知別家久，戎衣今已故。

同前 江總

二首。

隴頭萬里外，天崖四面絶。人將蓬共轉，水與啼俱咽。驚湍自湧沸，古樹多摧折。傳聞博望侯，苦辛提漢節。

霧暗山中日，風驚隴上秋。徒傷幽咽響，不見東西流。無期從此別，更度幾年幽。遥聞玉關道，望入杳悠悠。「幽咽」一作「嗚咽」。

入關 梁吴均

羽檄起邊庭，烽火亂如螢。是時張博望，夜赴交河城。馬頭要落日，劍尾掣流星。君恩未得報，何論身命傾。「身命傾」一作「身是傾」。

同前 隋虞茂

隴雲低不散，黄河咽復流。關山多道里，相接幾重愁。「幾重愁」一作「萬里愁」。

《詩彙》作庾信。

出塞 古辭

《晉書·樂志》曰：《出塞》《入塞》曲，李延年造。曹嘉之《晉書》曰：劉疇嘗避亂塢壁，賈胡百數欲害之。疇無懼色，援笳而吹之，爲《出塞》《入塞》之聲，以動其遊客之思。於是羣胡皆垂泣而去。《西京雜記》：高帝戚夫人善鼓瑟擊筑，帝常擁夫人倚瑟而絃歌。畢，每泣下流漣。夫人善爲翹袖折腰之舞，歌《出塞》《入塞》《望歸》之曲。侍婦數百皆習之，後宮齊首高唱，聲入雲霄。則高帝時已有之，疑不起於延年也。唐又有《塞上》《塞下》曲，蓋出於此。

候騎出甘泉，奔命入居延。旗作浮雲影，陣如明月弦。

同前　梁劉孝標

薊門秋氣清，飛將出長城。絶漠衝風急，交河夜月明。陷敵摐金鼓，摧鋒揚旆旌。去去無終極，日暮動邊聲。

同前　周王褒

一作《塞下曲》。

飛蓬似征客，千里自長驅。塞禽唯有鴈，關樹但生榆。背山看故壘，繫馬識餘蒲。還因麾下騎，來送月支圖。《三齊略記》：秦始皇至東海，蟠蒲繫馬，至今其地蒲生皆糾結。

同前　隋楊素

薛道衡、虞世基和。

漠南胡未空，漢將復臨戎。飛狐出塞北，碣石指遼東。冠軍臨瀚海，長平翼大風。雲横虎落陣，氣抱龍城虹。橫行萬里外，胡運百年窮。兵寢星芒落，戰解月輪空。嚴鐎息夜斗，騂角罷鳴弓。北風嘶朔馬，胡霜切塞鴻。休明大道暨，幽荒日用同。方就長安邸，來謁建章宮。「幽荒日用同」一作「幽荒日照同」。

漢虜未和親，憂國不憂身。握手河梁上，窮涯北海濱。據鞍獨懷古，忼慨感良臣。歷覽多舊迹，風日慘愁人。荒塞空千里，孤城絶四鄰。樹寒偏易古，草衰恒不春。交河明月夜，陰山苦霧辰。雁飛南入漢，水流西咽秦。風霜久行役，河朔備艱辛。薄暮邊聲起，空飛胡騎塵。

同前 薛道衡

二首。

高秋白露團，上將出長安。塵沙塞下暗，風月隴頭寒。轉蓬隨馬足，飛霜落劍端。凝雲迷代郡，流水凍桑乾。烽微桔橰遠，橋峻轆轤難。從軍多惡少，招募盡材官。伏堤時卧鼓，疑兵作解鞍。柳城擒冒頓，長坂納呼韓。受降今更築，燕然已重刊。還嗤傅介子，辛苦刺樓蘭。「柳城擒冒頓」一作「龍城擒冒頓」。

邊庭烽火驚，插羽夜徵兵。少昊騰金氣，文昌動將星。長驅鞮汗北，直指夫人城。絶漠三秋暮，窮陰萬里生。寒夜哀笳曲，霜天斷鴈聲。連旗下鹿塞，疊鼓向龍庭。妖雲墜虜陣，暈月遶胡營。左賢皆頓顙，單于已繫纓。紲馬登玄闕，鉤鯤臨北溟〔二〕。當知霍驃騎，高第起西京。

同前　虞世基

二首。後首一作虞世南。按世基與道衡並和楊素作，各二首，句數亦同，則此似非世南矣。

窮秋塞草腓，塞外胡塵飛。徵兵廣武至，候騎陰山歸。廟堂千里策，將軍百戰威。轅門臨玉帳，大旆指金微。摧朽無勍敵，應變有先機。銜枚壓曉陣，卷甲解朝圍。瀚海波瀾靜，王庭氛霧晞。鼓鼙嚴朔氣，原野曀寒暉。勳庸震邊服，歌吹入京畿。待拜長平坂，鳴騶入禮闈。「卷甲解朝圍」一作「卷甲掩宵圍」。

上將三略遠，元戎九命尊。緬懷古人節，思酬明主恩。山西多勇氣，塞北有遊魂。揚桴度隴坂，勒騎上平原。誓將絶沙漠，悠然去玉門。輕齎不遑舍，驚策騖戎軒。懔懔邊風急，蕭蕭征馬煩。雪暗天山道，冰塞交河源。霧烽黯無色，霜旗凍不翻。耿介倚長劍，日落風塵昏。「度隴」一作「上隴」。「勒騎上」一作「勒馬下」。

入塞 周王褒

戍久風塵色，勳多意氣豪。建章樓閣迥，長安陵樹高。度冰傷馬骨，經寒墜節旄。行當見天子，無假用錢刀。

同前 隋何妥

桃林千里險，候騎亂紛紛。問此將何事，嫖姚封冠軍。回旌引流電，歸蓋轉行雲。待任蒼龍傑，方當論次勳。「方當」一作「何當」。

折楊柳 梁元帝

《唐書・樂志》曰：梁樂府有胡吹歌云：「上馬不捉鞭，反拗楊柳枝。下馬吹横笛，愁殺行客兒。」此歌辭元出北國，即鼓角横吹曲《折楊柳枝》是也。《宋書・五行志》曰：晉太康末，京洛爲《折楊柳》之歌，其曲有兵革苦辛之辭。按古樂府又有《小折楊柳》，相和大曲有《折楊柳行》，清商四曲有《月節折楊柳歌》十三曲，與此不同。

山高巫峽長，垂柳復垂楊。同心且同折，故人懷故鄉。山似蓮花艷，流如明月光。寒夜猿聲徹，遊子淚霑裳。

同前 柳惲

一本作簡文帝。

楊柳亂成絲，攀折上春時。葉密鳥飛礙，風輕花落遲。城高短簫發，林空畫角悲。曲中別無意，併是爲相思。「別無意」一作「無別意」。

同前 劉邈

高樓十載別，楊柳濯絲枝。摘葉驚開駛，攀條恨久離。年年阻音息，月月減容儀。春來誰不望，相思君自知。

同前 陳後主

二首。

楊柳動春情，倡園妾屢驚。入樓含粉色，依風雜管聲。武昌識新種，官渡有殘生。還將出塞曲，仍共胡笳鳴。「仍共」一作「仍作」。

長條黄復緑，垂絲密且繁。花落幽人逕，步隱將軍屯。谷暗宵鉦響，風高夜笛喧。聊持暫攀折，空足憶中園。「空足」一作「空是」。

同前 岑之敬

將軍始見知，細柳繞營垂。懸絲拂城轉，飛絮上宫吹。塞門交度葉，谷口暗横枝。曲成攀折處，唯言怨别離。

同前 徐陵

嫋嫋河堤樹，依依魏主營。江陵有舊曲，洛下作新聲。妾對長楊苑，君登高柳城。春還應共見，蕩子太無情。

同前 張正見

楊柳半垂空，梟梟上春中。枝疎董澤箭，葉碎楚臣弓。色映長河水，花飛高樹風。莫言限宮掖，不閉長楊宮。

同前 王瑳

塞外無春色，上林柳已黄。枝影侵宮暗，葉彩亂星光。陌頭藏戲鳥，樓上掩新粧。攀折思爲贈，心期别路長。

同前 江總

萬里音塵絶，千條楊柳結。不悟倡園花，遥同天嶺雪。春心自浩蕩，春樹聊攀折。共此依依情，無奈年年别。「天」一作「羌」。

關山月 梁元帝

《樂府解題》曰：《關山月》，傷離别也。古《木蘭詩》曰：「萬里赴戎機，關山度若飛。朔氣傳金柝，寒光照鐵衣。」按相和曲有《度關山》，亦類此。

朝望清波道，夜上白登臺。月中含桂樹，流影自徘徊。寒沙逐風起，春花犯雪開。夜長無與晤，衣單誰爲裁。

同前 陳後主

二首。

秋月上中天，迥照關城前。暈缺隨灰減，光滿應珠圓。帶樹還添桂，銜峰乍似弦。復教征戍客，長怨久連翩。

戍邊歲月久，恒悲望舒耀。城遥接暈高，澗風連影摇。寒光帶岫徙，冷色含山峭。看時使人憶，爲似嬌娥照。

同前 陸瓊

邊城與明月，俱在關山頭。焚烽望别壘，擊斗宿危樓。團團婕妤扇，纖纖秦女鈎。鄉園誰共此，愁人屢益愁。

同前　張正見

巖間度月華，流彩暎山斜。暈逐連城璧，輪隨出塞車。唐蓂遥合影，秦桂遠分花。欲驗盈虚駛，方知道路賒。「駛」一作「理」。

同前　徐陵

二首。

關山三五月，客子憶秦川。思婦高樓上，當牕應未眠。星旗映疎勒，雲陣上祁連。戰氣今如此，從軍復幾年。

月出柳城東，微雲掩復通。蒼茫縈白暈，蕭瑟帶長風。羌兵燒上郡，胡騎獵雲中。將軍擁節起，戰士夜鳴弓。

同前　賀力牧

重關斂暮煙，明月下秋前。照石疑分鏡，臨弓似引弦。霧暗迷旗影，霜濃濕劒蓮。此處離鄉客，遥心萬里懸。「霧」一作「雷」。

同前 阮卓

關山陵漢開，霜月正徘徊。映林如璧碎，侵塞似輪摧。楚師隨晦盡，胡兵逐暖來。寒笳將夜鵲，相亂晚聲哀。

同前 江總

兔月半輪明，狐關一路平。無期造此别，復欲幾年行。映光書漢奏，分影照胡兵。流落今如此，長戍受降城。

同前 周王褒

關山夜月明，秋色照孤城。影虧同漢陣，輪滿逐胡兵。天寒光轉白，風多暈欲生。寄言亭上吏，遊客解雞鳴。

洛陽道 梁簡文帝

洛陽佳麗所，大道滿春光。遊童時挾彈，蠶妾始提筐。金鞍照龍馬，羅袂拂春桑。玉車争曉入，潘果溢高箱。「時」一作「初」。

同前 梁元帝

洛陽開大道，城北達城西。青槐隨幔拂，緑柳逐風低。玉珂鳴戰馬，金爪鬭塲雞。桑萎日行暮，多逢秦女妻。

同前 沈約

洛陽大道中，佳麗實無比。燕裙傍日開，趙帶隨風靡。領上蒲桃繡，腰中合歡綺。佳人殊未來，薄暮空徙倚。

同前 庾肩吾

徼道臨河曲，曾城傍洛川。金門纔出柳，桐井半含泉。日起罘罳外，車回雙闕前。潘生時未返，遥心徒眷然。

同前 車𣪠

洛陽道八達，洛陽城九重。重闈如隱起，雙闕似芙蓉。王孫重行樂，公子好遊從。别有傾人處，佳麗夜相逢。

同前 陳後主

五首。

諠譁照邑里，遨遊出洛京。霜枝嫩柳發，水塹薄苔生。停鞭回去影，駐軸敞前甍。臺上經相識，城下屢逢迎。踟躕還借問，只重未知名。

日光朝杲杲，照耀東京道。霧帶城樓開，啼侵曙色早。佳麗嬌南陌，香氣含風好。自憐釵上纓，不歎河邊草。

建都開洛汭，中城乃城陽。縱横肆八達，左右闢康莊。銅溝飛柳絮，金谷落花光。忘情伊水側，稅駕河橋傍。

百尺瞰金埒，九衢通玉堂。柳花塵裏暗，槐色露中光。遊俠幽并客，當壚京兆妝。向夕風煙晚，金覊滿洛陽。青槐夾馳道，御水映銅溝。遠望凌霄闕，遥看井幹樓。黄金彈俠少，朱輪盛徹侯。桃花雜渡馬，紛披聚陌頭。

同前 徐陵

二首。

緑柳三春暗，紅塵百戲多。東門向金馬，南陌接銅駞。華軒翼葆吹，飛蓋響鳴珂。潘郎車欲滿，無奈擲花何。

洛陽馳道上，春日起塵埃。濯龍望如水，河橋度似雷。聞珂知馬蹀，傍幰見甍開。相看不得語，密意眼中來。「水」一作「霧」。

同前 岑之敬

喧喧洛水濱，鬱鬱小平津。路傍桃李節，陌上採桑春。聚車看衛玠，連手望安仁。復有能留客，莫愁嬌態新。

同前 陳暄

洛陽九逵上，羅綺四時春。路傍避驄馬，車中看玉人。鎮西歌艷曲，臨淄逢麗神。欲知雙璧價，潘夏正連茵。「逵」一作「衢」。

同前 王瑳

洛陽夜漏盡，九重平旦開。日照蒼龍闕，煙遶鳳凰臺。浮雲翻似蓋，流水到成雷。曹王鬭雞返，潘仁載果來。

同前 張正見

曾城啓旦扉，上洛滿春暉。柳影緣溝合，槐花夾岸飛。蘇合彈珠罷，黄間負翳歸。紅塵暮不息，相看連騎稀。

同前 江總

二首。

德陽穿洛水，伊闕邇河橋。仙舟李膺棹，小馬王戎鑣。杏堂歌吹合，槐路風塵饒。緑珠含淚舞，孫秀彊相邀。

小平路四達，長秋聽五鐘。玉節迎司隸，錦車歸濯龍。絃歌聲不息，環佩響相從。花障蕩舟笑，日映下山逢。「路」一作「臨」。

長安道 梁簡文帝

神皋開隴右，陸海實西秦。金槌抵長樂，複道向宜春。落花依度幰，垂柳拂行人。金張及許史，夜夜尚留賓。「金槌」一作「椎輪」。

同前 元帝

西接長楸道，南望小平津。飛甍臨綺翼，輕軒影畫輪。雕鞍承赭汗，槐路起紅塵。燕姬雜趙女，淹留重上春。

同前 庾肩吾

桂宫延複道，黄山開廣路。遠聽平陵鐘，遥識新豐樹。合殿生光彩，離宫起煙霧。日落歌吹回，塵飛車馬度。「回」一作「還」。

同前 陳後主

建章通未央，長樂屬明光。大道移甲第，甲第玉爲堂。遊蕩新豐裏，戲馬渭橋傍。當壚晚留客，夜夜苦紅粧。

同前 顧野王

鳳樓臨廣路，仙掌入煙霞。章臺京兆馬，逸陌富平車。東門疎廣餞，北闕董賢家。渭橋縱觀罷，安能訪狹斜。

同前 阮卓

長安馳道上，鐘鳴宫寺開。殘雲銷鳳闕，宿霧斂章臺。騎轉金吾度，車鳴丞相來。藹藹東都晚，羣公騶御回。

同前 蕭賁

前登灞陵道，還瞻渭水流。城形類北斗，橋勢似牽牛。飛軒駕良駟，寶劒雜輕裘。經過狹斜裏，日暮與淹留。「裏」一作「里」。

同前 徐陵

輦道乘雙闕，豪雄被五都。横橋象天漢，法駕應坤圖。韓康賣良藥，董偃鬻明珠。喧喧擁車騎，非但執金吾。

同前 陳暄

長安開繡陌，三條向綺門。張敞車單馬，韓嫣乘副軒。寵深來借殿，功多競買園。將軍夜夜返，絃歌著曙喧。

同前 江總

翠蓋乘承露，金羈照落暉。五侯新拜罷，七貴早朝歸。轟轟紫陌上，藹藹紅塵飛。日暮延平客，風花拂舞衣。

同前 周王褒

槐衢回北第〔三〕，馳道度西宮。樹陰連袖色，塵影雜衣風。採桑逢五馬，停車對兩童。喧喧許史座，鐘鳴賓未窮。

同前 隋何妥

長安狹斜路，縱横四達分。車輪鳴鳳轄，箭服耀魚文。五陵多任俠，輕騎自連羣。少年皆重氣，誰識故將軍。

梅花落 宋鮑照

《梅花落》，本笛中曲也。按唐大角曲亦有《大單于》《小單于》《大梅花》《小梅花》等曲。今其聲猶有存者。

中庭雜樹多，偏爲梅咨嗟。問君何獨然，念其霜中能作花，露中能作實。摇蕩春風媚春日，念爾零落逐風飈，徒有霜華無霜質。

同前 梁吴均

終冬十二月，寒風西北吹。獨有梅花落，飄蕩不依枝。流連逐霜彩，散漫下冰澌。何當與春日，共映芙蓉池。

同前 陳後主

二首。

金砌落芳梅，飄零上鳳臺。拂粧疑粉散，逐溜似萍開。映日花光動，迎風香氣來。佳人早插髻，試立且徘徊。「金」一作「春」。

楊柳春樓邊，車馬飛風煙。連娉烏孫伎，屬客單于氈。鴈聲不見書，蠶絲欲斷弦。欲持塞上蕊，試立將軍前。

同前 徐陵

對户一株梅，新花落故栽。燕拾還蓮井，風吹上鏡臺。倡家怨思妾，樓上獨徘徊。啼看竹葉錦，簪罷未成裁。「怨」一作「愁」。

同前 蘇子卿

中庭一樹梅，寒多葉未開。祇言花是雪，不悟有香來。上郡春恒晚，高樓年易催。織書偏有意，教逐錦文回。「是」一作「似」。

同前 張正見

芳樹映雪野，發早覺寒侵。落遠香風急，飛多花逕深。周人歎初摽，魏帝指前林。邊城少灌木，折此自悲吟。「雪」一作「雲」。

同前　江總

三首。末一首《文苑英華》作徐陵，《玉臺新詠》作總。

縹色動風香，羅生枝已長。妖姬墜馬髻，未插江南璫。轉袖花紛落，春衣共有芳。羞作秋胡婦，獨採城南桑。

胡地少春來，三年驚落梅。偏疑粉蝶散，乍似雪花開。可憐香氣歇，可惜風相摧。金鐃且莫韻，玉笛幸徘徊。

臘月正月早驚春，衆花未發梅花新。可憐芬芳臨玉臺，朝攀晚折還復開。長安少年多輕薄，兩兩常唱梅花落。滿酌金巵催玉柱，落梅樹下宜歌舞。金谷萬株連綺甍，梅花密處藏嬌鶯。桃李佳人欲相照，摘葉牽花來並笑。楊柳條青樓上輕，梅花色白雪中明。横笛短簫凄復切，誰知柏梁聲不絶。

紫騮馬　梁簡文帝

《古今樂録》曰：《紫騮馬》古辭云：「十五從軍征，八十始得歸。道逢鄉里人，家中有阿誰？」

又梁曲曰:「獨柯不成樹,獨樹不成林。念娘錦裲襠,恒長不忘心。」蓋從軍久戍懷歸而作也。

賤妾朝下機,正值良人歸。青絲懸玉鐙,朱汗染香衣。騄急珂彌響,蹠多塵亂飛。雕菰幸可薦,故君心莫違。「君」一作「人」。

同前 元帝

郭本遺後四句。

長安美少年,金絡錦連錢。宛轉青絲鞚,照耀珊瑚鞭。依槐復依柳,蹀躞復隨前。方逐幽并去,西北共聯翩。

同前 陳後主

二首。

嫖姚紫塞歸,蹀躞紅塵飛。玉珂鳴廣路,金絡耀晨輝。蓋轉時移影,香動屢驚衣。禁門猶未閉,連騎恣相追。一作「莫相違」。

蹀躞紫騮馬,照耀白銀鞍。直去黃龍外,斜趨玄菟端。垂鞚還細柳,揚塵歸上蘭。紅臉桃花色，客別重羞看。

同前 李爕

紫燕忽踟蹰，紅塵起路隅。園人移苜蓿，騎士逐蘼蕪。三邊追黠虜，一鼓定彊胡。安用珂爲玉，自有汗成珠。

同前 徐陵

玉鐙繡纏鬃，金鞍錦覆幪。風驚塵未起，草淺埒猶空。角弓穿兩兔，珠彈落雙鴻。日斜馳逐罷，連翩還上東。「穿」一作「連」。

同前 張正見

將軍入大宛，善馬出從戎。影絶乾河上，聲流水窟中。似鹿猶疑草，如龍欲向空。須還十萬里，試爲一追風。「水」一作「入」。

同前　陳暄

天馬汗如紅，嗚鞭度九嵕。飲傷城下凍，嘶依北地風。笳寒芳樹歇，笛怨柳枝空。横行意未已，羞住轂車中。「住」一作「往」。

同前　祖孫登

候騎陌樓蘭，長城迥路難。嘶從風處斷，骨住水中寒。飛塵暗金勒，落淚灑銀鞍。抽鞭上關路，誰念客衣單。「迥」一作「逈」。

一作蘇子卿。

同前　獨孤嗣宗

倡樓望早春，寶馬度城闉。照耀桃花逕，蹀躞採桑津。金羈麗初景，玉勒染輕塵。遠聽珂驚急，猶是畫眉人。「猶」一作「知」。

同前 江總

春草正萋萋，蕩婦出空閨。識是東方騎，猶帶北風嘶。揚鞭向柳市，細蹀上金堤。願君憐織素，殘妝尚有啼。

驄馬 梁車轂

一曰《驄馬驅》，皆言關塞征役之事。

驄馬鏤金鞍，柘彈落金丸。意欲趁趕走，先作野遊盤。平明發下蔡，日中過上蘭。路遠行須疾，非是畏人看。

同前 劉孝威

題一有「曲」字。

十五宦期門，二十屯邊徼。犀羈玉鏤鞍，寶刀金錯鞘。一隨驄馬驅，分受青蠅弔。且令都護知，願被將軍照。誓使氈衣鄉，掃地無遺噍。

同前 隋庾抱

櫪上浮雲驄，本出吳門中。發跡來東道，長鳴起北風。迴鞍拂柱白，赭汗類塵紅。滅没徒留影，無因圖漢宫。

同前 王由禮

善馬金羈飾，躡影復凌空。影入長城水，聲隨胡地風。控斂青門外，珂喧紫陌中。行行苦不倦，唯當御史驄。

驄馬驅 梁元帝

朔方寒氣重，胡關饒苦霧。白雪晝凝山，黄雲宿埋樹。連翩行役子，終朝征馬驅。試上金微山，還看玉關路。驅，都故切。

同前 劉孝威

翩翩驄馬驅，横行復斜趨。先救遼城危，後拂燕山霧。風傷易水湄，日入隴西樹。未得報君恩，聯翩終不住。趨，去聲。

同前　陳徐陵

白馬號龍駒，雕鞍名鏤渠。諸兄二千石，小婦字羅敷。倚端輕掃史，召募擊休屠。塞外多風雪，城中絶詔書。空憶長楸下，連蹀復連蹰。「渠」一作「衢」。「史」一作「吏」。

同前　江總

長城兵氣寒，飲馬詎爲難。暫解青絲轡，行歇鏤衢鞍。白登圍轉急，黄河凍不乾。萬里朝飛電，論功易走丸。

雨雪　陳後主

一作雨雪曲。

《采薇》詩曰：昔我往矣，楊柳依依。今我來思，雨雪霏霏。《穆天子傳》曰：天子遊于黄室之曲，筮獵苹澤，天子乃休。日中大寒，北風雨雪，有凍人，天子作詩三章以哀之，曰「我徂黄竹」是也。《雨雪》曲蓋取諸此。

長城飛雪下，邊關地籟吟。濛濛九天暗，霏霏千里深。樹冷月恒少，山霧日偏沉。況聽南歸鴈，切思胡笳音。

雨雪曲 陳江暉

邊城風雪至，客子自心悲。風哀笳弄斷，雪暗馬行遲。輕生本爲國，重氣不關私。恐君猶不信，撫劒一揚眉。

同前 張正見

胡關辛苦地，雲路遠漫漫。含冰蹹馬足，雜雨凍旗竿。沙漠飛恒暗，天山積轉寒。無因辭日逐，團扇掩齊紈。

同前 江總

雨雪隔榆溪，從軍度隴西。遶陣看狐迹，依山見馬蹄。天寒旗彩壞，地暗鼓聲低。漫漫愁雲起，蒼蒼别路迷。

同前 陳暄

都尉出祁連，雨雪滿雞田。雕陵持抵鵲，屬國用和氊。冰合軍應渡，樓寒烽未然。花迷差未著，疎勒復經年。

同前 謝燮

朔邊昔離别，寒風復凄切。峩峩六尺冰，飄飄千里雪。未塞袁安户，行封蘇武節。應隨隴水流，幾過空嗚咽。「空」一作「疑」。

劉生 梁元帝

《樂府解題》曰：劉生，不知何代人，齊梁已來爲《劉生》辭者，皆稱其任俠豪放，周遊五陵三秦之地。或云抱劍專征爲符節官，所未詳也。按《古今樂録》梁鼓角横吹曲有《東平劉生歌》，疑即此劉生也。

任俠有劉生，然諾重西京。扶風好驚坐，長安恒借名。榴花聊夜飲，竹葉解朝酲。結交李都尉，遨遊佳麗城。

同前 吴均

結客少年歸，翩翩駿馬肥。報恩殺人竟，賢君賜錦衣。握蘭登建禮，拖玉入含暉。顧看草玄者，功名終自微。

同前 陳後主

遊俠長安中，置驛過新豐。擊鐘蒲璧磬，鳴弦柳葉弓。孟公正驚客，朱家始賣僮。羞作荆卿笑，捧劒出遼東。「柳」一作「楊」。

同前 張正見

劉生絶名價，豪俠恣遊陪。金門四姓聚，繡轂五侯來。塵飛馬腦勒，酒映硨磲杯。别有追遊夜，秋牕向月開。「侯」一作「香」。

同前 江暉

五陵多美選，六郡盡良家。劉生代豪蕩，標舉獨榮華。寶劒長三尺，金樽滿百花。唯當重意氣，何處有驕奢。

同前 徐陵

劉生殊倜儻，任俠遍京華。戚里驚鳴筑，平陽吹怨笳。俗儒排左氏，新室忌漢家。高才被擯壓，自古共憐嗟。

同前　江總

《外編》作隋王由禮，題云「贈俠侶」。

劉生負意氣，長嘯且徘徊。高論明秋水，命賞陟春臺。干戈倜儻用，筆硯縱橫才。置驛無年限，遊俠四方來。「高」一作「辯」。

同前　隋柳莊

座驚稱字孟，豪雄道姓劉。廣陌通朱邸，大路起青樓。要賢驛已置，留賓轄且投。光斜日下霧，庭陰月上鈎。「且」一作「仍」。

同前　弘執恭

英名振關右，雄氣逸江東。遊俠五都内，去來三秦中。劒照七星影，馬控千金驄。縱横方未息，因兹定武功。

【校勘記】

〔一〕簌，《四庫》本作「簸」。

〔二〕鈎，《四庫》本作「釣」。

〔三〕回，《四庫》本作「臨」。

古樂苑卷第十三

横吹曲辭二 梁 陳

梁鼓角横吹曲

《古今樂録》曰：梁鼓角横吹曲，有《企喻》《瑯琊王》《鉅鹿公主》《紫騮馬》《黄淡思》《地驅樂》《雀勞利》《慕容垂》《隴頭流水》等歌三十六曲。二十五曲有歌有聲，十一曲有歌。是時樂府胡吹舊曲有《大白凈皇太子》《小白凈皇太子》《雍臺》《擒臺》《胡遵》《利羝女》《淳于王》《捉搦》《東平劉生》《單迪歷》《魯爽》《半和企喻》《北敦》《胡度來》十四曲。三曲有歌，十一曲亡。又有《隔谷》《地驅樂》《紫騮馬》《折楊柳》《幽州馬客吟》《慕容家自魯企由谷》《隴頭》《魏高陽王樂人》等歌二十七曲，合前三曲，凡三十曲，總六十六曲。江淹《横吹賦》云：「奏《白臺》之二曲，起《關山》之一引。採菱謝而自罷，緑水慙而不進。」則《白臺》《隴山》又是三曲。按歌辭有《木蘭》一曲，不知起於何代也。

企喻歌辭

《古今樂録》曰：《企喻歌》四首，本北歌。《唐書·樂志》曰：北狄樂，其可知者鮮卑、吐谷渾、部落稽三國，皆馬上樂也。後魏樂府始有北歌，即所謂《真人代歌》是也。大都時，命掖庭宫女晨夕職之。周、隋世，與西涼樂雜奏。今存者五十三章，其名可解者六章，《慕容可汗》《吐谷渾》《部落稽》《鉅鹿公主》《白浄皇太子》《企喻》也。其不可解者，咸多「可汗」之辭。北虜之俗，呼主爲可汗，吐谷渾又慕容别種，如此歌是燕、魏之際鮮卑歌也。其詞虜音，竟不可曉。梁胡吹又有《大白浄皇太子》《小白浄皇太子》《企喻》等曲。隋鼓吹有《白浄皇太子曲》，與北歌校之，其音皆異。又有《半和企喻》《北敦》，蓋曲之變也。四曲，曲四解。

男兒欲作健，結伴不須多。鷂子經天飛，羣雀兩向波。

放馬大澤中，草好馬著膔。牌子鐵裲襠，鉅鉾鸐尾條。

前行看後行，齊著鐵裲襠。前頭看後頭，齊著鐵鉅鉾。

男兒可憐蟲，出門懷死憂。尸喪狹谷中，白骨無人收。《古今樂録》云：是符融詩，本云「深山解谷口，把谷無人收」。頭毛墮落魄，飛揚百草頭。或云後又有此二句。

瑯琊王歌辭

八曲，曲四解。

新買五尺刀，懸著中梁柱。一日三摩娑，劇於十五女。

瑯琊復瑯琊，瑯琊大道王。陽春二三月，單衫繡裲襠。

東山看西水，水流盤石間。公死姥更嫁，孤兒甚可憐。

瑯琊復瑯琊，瑯琊大道王。鹿鳴思長草，愁人思故鄉。

長安十二門，光門最妍雅。渭水從壟來，浮遊渭橋下。

瑯琊復瑯琊，女郎大道王。孟陽三四月，移鋪逐陰涼。或又有云「盛冬十一月，就女覓凍漿」。

客行依主人，願得主人彊。猛虎依深山，願得松柏長。

懀馬高纏鬉，遥知身是龍。誰能騎此馬，唯有廣平公。《晉書·載記》：廣平公姚弼，興之子、泓之弟也。

鉅鹿公主歌辭

《唐書·樂志》曰：梁有《鉅鹿公主歌》，似是姚萇時歌，其詞華音，與北歌不同。三曲，曲四解。

官家出遊雷大鼓，細乘犢車開後户。

車前女子年十五，手彈琵琶玉節舞。

鉅鹿公主殷照女，皇帝陛下萬幾主。

紫騮馬歌辭

吴兢曰：此詩晉、宋入樂奏之，首增四句，名《紫騮馬》。「十五從軍征」以下是古詩。六曲，曲四解。

燒火燒野田，野鴨飛上天。童男娶寡婦，壯女笑殺人。

高高山頭樹，風吹葉落去。一去數千里，何當還故處。

十五從軍征，八十始得歸。道逢鄉里人，家中有阿誰？

遥看是君家，松柏冢纍纍。兔從狗竇入，雉從梁上飛。

中庭生旅穀，井上生旅葵。舂穀持作飰，採葵持作羹。

羹飰一時熟，不知飴阿誰。出門東向看，淚落沾我衣。

紫騮馬歌

《古今樂録》曰：與前曲不同。

獨柯不成樹，獨樹不成林。念郎錦裲襠，恒長不忘心。

黄淡思歌辭

《古今樂録》曰：「思」音「相思」之「思」。按李延年造横吹曲二十八解，有《黄覃子》，不知與此同否。四曲，曲四解。

歸歸黄淡思，逐郎還去來。歸歸黄淡百，逐郎何處索？

心中不能言，復作車輪旋。與郎相知時，但恐傍人聞。

江外何鬱拂，龍洲廣州出。象牙作帆檣，緑絲作幃縴。

緑絲何葳蕤，逐郎歸去來。

地驅樂歌辭

《古今樂録》曰：「側側力力」以下八句，是今歌有此曲。四曲，曲四解。

青青黄黄，雀石頽唐。槌殺野牛，押殺野羊。
驅羊入谷，自羊在前。老女不嫁，蹋地唤天。
側側力力，念君無極。枕郎左臂，隨郎轉側。
摩捋郎鬚，看郎顔色。郎不念女，不可與力。或云「各自努力」。

地驅樂歌

《古今樂録》曰：與前曲不同。

月明光光星欲墮，欲來不來早語我。

雀勞利歌辭

一曲，曲四解。

雨雪霏霏雀勞利，長觜飽滿短觜饑。

慕容垂歌辭

《晉書・載記》曰：慕容本名鈌，尋以讖記，乃去夬，以垂爲名。慕容儁僭號，封垂爲吴王，徙鎮信都。太元八年，自稱燕王。三曲，曲四解。

慕容攀牆視，吴軍無邊岸。我身分自當，枉殺牆外漢。
慕容愁憒憒，燒香作佛會。願作牆裏燕，高飛出牆外。
慕容出牆望，吴軍無邊岸。咄我臣諸佐，此事可惋歎。

隴頭流水歌辭

《古今樂録》曰：樂府有此歌曲，解多於此。按漢横吹曲有《隴頭》而亡其辭。三曲，曲四解。

隴頭流水，流離西下。念吾一身，飄曠野。
西上隴阪，羊腸九回。山高谷深，不覺脚酸。
手攀弱枝，足踰弱泥。

隴頭歌辭

隴頭流水，流離山下。念吾一身，飄然曠野。
朝發欣城，暮宿隴頭。寒不能語，舌卷入喉。
隴頭流水，鳴聲幽咽。遥看秦川，心肝斷絶。

隔谷歌

《古今樂録》曰：前云無辭，樂工有辭如此。

兄在城中弟在外，弓無弦，箭無括。食糧乏盡若爲活？救我來，救我來。

隔谷歌 古辭

郭本别列在後，今從左本附此。

兄爲俘虜受困辱，骨露力疲食不足。弟爲官吏馬食粟，何惜錢刀來我贖。

淳于王歌

肅肅河中育，育熟須含黄。獨坐空房中，思我百媚郎。

百媚在城中，千媚在中央。但使心相念，高城何所妨。

東平劉生歌

東平劉生安東子，樹木稀，屋裏無人看阿誰？

捉搦歌

四曲。

粟穀難舂付石臼，弊衣難護付巧婦。男兒千凶飽人手，老女不嫁只生口。

誰家女子能行步，反著裌禪後裙露。天生男女共一處，願得兩箇成翁嫗。

華陰山頭百丈井，下有流水徹骨冷。可憐女子能照影，不見其餘見斜領。

黄桑柘屐蒲子履，中央有系兩頭繫。小時憐母大憐婿，何不早嫁論家計。「系」一作「絲」。

折楊柳歌辭

瑟調有《折楊柳行》。左克明云：舊本五解後又有三解。非也，乃別曲耳。

上馬不捉鞭，反折楊柳枝。蹀座吹長笛，愁殺行客兒。
腹中愁不樂，願作郎馬鞭。出入擐郎臂，蹀座郎膝邊。
放馬兩泉澤，忘不著連羈。擔鞍逐馬走，何得見馬騎。
遥看孟津河，楊柳鬱婆娑。我是虜家兒，不解漢兒歌。
健兒須快馬，快馬須健兒。跳跋黄塵下，然後別雄雌。

折楊柳枝歌

郭本別列在後。四曲，曲四解。

上馬不捉鞭，反拗楊柳枝。下馬吹長笛，愁殺行客兒。
門前一株棗，歲歲不知老。阿婆不嫁女，那得孫兒抱。
敕敕何力力，女子臨牕織。不聞機杼聲，唯聞女歎息。此與下「問女」二句《木蘭詩》中語。
問女何所思，問女何所憶。阿婆許嫁女，今年無消息。

幽州馬客吟歌辭

五曲，曲四解。

快馬常苦瘦，勦兒常苦貧。黄禾起羸馬，有錢始作人。
熒熒帳中燭，燭滅不久停。盛時不作樂，春花不重生。
南山自言高，只與北山齊。女兒自言好，故入郎君懷。
郎著紫袴褶，女著綵裌裙。男女共燕遊，黄花生後園。
黄花鬱金色，緑蛇銜珠丹。辭謝牀上女，還我十指環。

慕容家自魯企由谷歌

一曲，四解。

郎在千重樓，女在九重閣。郎非黄鷂子，那得雲中雀。

高陽樂人歌

《古今樂録》曰：魏高陽王樂人所作也，又有《白鼻騧》出此。二曲，曲四解。

可憐白鼻騧，相將入酒家。無錢但共飲，畫地作交賒。
何處𠼢觴來，兩頰色如火。自有桃花容，莫言人勸我。

白鼻騧　後魏温子昇

少年多好事，攬轡向西都。相逢狹斜路，駐馬詣當壚。

雍臺　梁武帝

日落登雍臺，佳人殊未來。綺牕蓮花掩，網户琉璃開。葦茸臨紫桂，蔓延交青苔。月殁光陰盡，望子獨悠哉。

同前　吴均

雍臺十二樓，樓樓鬱相望。隴西飛狐口，白日盡無光。

木蘭詩

二首。《古今樂録》曰：木蘭，不知名，詐作男子，代父征行。其辭最苦，言「萬里赴戎機，關山度若飛」。《相和曲》有《度關山》類此。浙江西道觀察使兼御史中丞韋元甫續附入。

喞喞復喞喞，木蘭當户織。不聞機杼聲，唯聞女歎息。問女何所思，問女何所憶？女亦無所思，女亦無所憶。昨夜見軍帖，可汗大點兵。軍書十二卷，卷卷有爺名。阿爺無大兒，木蘭無長兄。願爲市鞍馬，從此替爺征。東市買駿馬，西市買鞍韉。南市買轡頭，北市買長鞭。旦辭爺孃去，暮宿黄河邊。不聞爺孃唤女聲，但聞黄河流水鳴濺濺。旦辭黄河去，暮至黑山頭。不聞爺孃唤女聲，但聞燕山胡騎鳴啾啾。萬里赴戎機，關山度若飛。朔氣傳金柝，寒光照鐵衣。將軍百戰死，壯士十年歸。歸來見天子，天子坐明堂。策勳十二轉，賞賜百千彊。可汗問所欲，木蘭不用尚書郎，願馳千里足，送兒還故鄉。爺孃聞女來，出郭相扶將。阿姊聞妹來，當户理紅粧。小弟聞姊來，磨刀霍霍向猪羊。開我東閣門，坐我西間牀。脱我戰時袍，著我舊時裳。當牕理雲鬟，挂鏡帖花黄。出門看火伴，火伴皆驚忙：同行十二年，不知木蘭是女郎！雄兔脚撲朔，雌兔眼迷離。雙兔傍地走，安能辨我是雄雌。「喞喞復喞喞」一作「促織何喞喞」。「旦」一作「朝」。「至」一作「宿」。「賞賜」一作「賜物」。「可汗問所欲，木蘭不用尚書郎」一作「欲與木蘭賞，不願尚書郎」。「願馳千里足」《酉陽雜俎》云「願借明駝千里足」。「阿姊聞妹來」一作「阿妹聞姊來」。「挂」一作「對」。「皆」作「始」。「朔」作「握」。「迷」作「彌」。「雙」作「兩」。

木蘭抱杼嗟，借問復爲誰？欲聞所慽慽，感激彊其顔。老父隸兵籍，氣力日衰耗。豈足萬里行，有子復尚少。胡沙没馬足，朔風裂人膚。老父舊羸病，何以彊自扶？木蘭代父去，秣馬備戎行。易却紈綺裳，洗却鉛粉粧。馳馬赴軍幕，慷慨攜干將。朝屯雪山下，暮宿青海傍。夜襲燕支虜，更攜于闐羌。將軍得勝歸，士卒還故鄉。父母見木蘭，喜極成悲傷。木蘭能承父母顔，却卸巾韝理絲簧。昔爲列士雄，今復嬌子容。親戚持酒賀，父母始知生女與男同。門前舊軍都，十年共崎嶇。本結兄弟交，死戰誓不渝。今也見木蘭，言聲雖是顔貌殊。驚愕不敢前，歎重徒嘻吁。世有臣子心，能如木蘭節。忠孝兩不渝，千古之名焉可滅！《古文苑》作唐人木蘭詩。

横吹曲 陳江總

簫聲鳳臺曲，洞吹龍鍾管。鏜鎝漁陽摻，怨抑胡笳斷。

古樂苑卷第十四

相和歌辭

《宋書·樂志》曰：《相和》，漢舊曲也。絲竹更相和，執節者歌。本一部，魏明帝分爲二，更遞夜宿。本十七曲，朱生、宋識、列和等復合之爲十三曲。其後晉荀勗又採舊辭施用於世，謂之清商三調歌詩，即沈約所謂因絃管金石造歌以被之者也。《唐書·樂志》：平調、清調、瑟調皆周房中曲之遺聲，漢世謂之三調。又有楚調、側調。楚調者漢之房中樂也，側調者生於楚調，與前三調總謂之相和調。《晉書·樂志》：凡樂章古辭存者，並漢世街陌謳謡，「江南可採蓮」「烏生八九子」「白頭吟」之屬，其後漸被於絃管，即相和諸曲是也。魏晉之世，相承用之。永嘉之亂，中朝舊音散落江左，後魏孝文宣武，用師淮漢，收其所獲南音，謂之清商樂，相和諸曲，亦皆在焉。所謂清商正聲，相和五調伎也。凡諸調歌辭，並以一章爲一解。《古今樂録》曰：傖歌以一句爲一解，中國以一章爲一解。王僧虔啓云：古曰章，今曰解，解有多少。當是先詩而後聲，詩叙事，聲成文，必使志盡於詩，音盡於曲。是以作詩有豐約，制解有多少。諸調曲皆有辭、有聲，而大曲又有豔、有趨、有亂。辭者其歌詩也，聲者若「羊吾夷」「伊那何」之類也。豔在曲之前，趨與亂在曲之後。又大曲十五曲，沈約並列於瑟調，今依張永《元嘉正聲技録》分於諸調，別叙大曲於其後。唯《滿歌行》一曲，諸調不載，故附見於大曲之下。其曲調先後，亦準《技録》爲次。

相和六引

《古今樂録》曰：張永《技録》：相和有四引。一曰《箜篌》，二曰《商引》，三曰《徵引》，四曰《羽引》。《箜篌引》歌瑟調，東阿王辭。《門有車馬客行》《置酒篇》並晉、宋、齊奏之。古有六引，其《宫引》《角引》二曲闕，宋爲《箜篌引》有辭，三引有歌聲，而辭不傳。梁具五引，有歌有辭。凡相和，其器有笙、笛、節歌、琴、瑟、琵琶、筝七種。

箜篌引 古辭

一曰《公無渡河》。崔豹《古今注》曰：《箜篌引》者，朝鮮津卒霍里子高妻麗玉所作也。子高晨起刺船，有一白首狂夫被髮提壺，亂流而渡，其妻隨而止之。不及，遂墮河而死。於是援箜篌而歌，聲甚悽愴。曲終，亦投河而死。子高還，以語麗玉，麗玉傷之，乃引箜篌而寫其聲，聞者莫不墮淚飲泣。麗玉以其曲傳鄰女麗容，名曰《箜篌引》。又有《箜篌謡》，不詳所起，大略言結交當有終始，與此異也。

公無渡河，公竟渡河。墮河而死，將奈公何！

同前 魏陳思王植

《古今樂録》曰：王僧虔《技録》有《野田黄雀行》，今不歌。《樂府解題》曰：晉樂奏東阿王「置酒高殿上」，《箜篌引》亦用此曲。《集》曰《箜篌引》。植別有「高樹多悲風，海水揚其波」一首，疑此爲《箜篌引》，郭本收作《野田黄雀行》，然此辭意又與《箜篌引》無涉。

置酒高殿上，親交從我遊。中厨辦豐膳，烹羊宰肥牛。秦箏何慷慨，齊瑟和且柔。一解陽阿奏奇舞，京洛出名謳。樂飲過三爵，緩帶傾庶羞。主稱千金壽，賓奉萬年酬。三解久要不可忘，薄終義所尤。謙謙君子德，磬折欲何求。盛時不再來，百年忽我遒。三解驚風飄白日，光景馳西流。生存華屋處，零落歸山丘。先民誰不死，知命復何憂。四解。右一曲晉樂所奏。

「交」一作「友」。

置酒高殿上〔二〕，親交從我遊。中厨辦豐膳，烹羊宰肥牛。秦筝何慷慨，齊瑟和且柔。陽阿奏奇舞，京洛出名謳。樂飲過三爵，緩帶傾庶羞。主稱千金壽，賓奉萬年酬。久要不可忘，薄終義所尤。謙謙君子德，磬折欲何求。驚風飄白日，光景馳西流。盛時不可再，百年忽我遒。生存華屋處，零落歸山丘。先民誰不死，知命亦何憂。右一曲本辭。

公無渡河 梁劉孝威

請公無渡河，河廣風威厲。檣偃落金烏，舟傾没犀枻。紺蓋空嚴祀，白馬徒牲祭。銜石傷寡心，崩城掩孀袂。劒飛猶共水，魂沈理俱逝。君爲川后臣，妾作姜妃娣。

同前 陳張正見

金堤分錦纜，白馬渡蓮舟。風嚴歌響絶，浪湧榜人愁。櫂折桃花水，帆横竹箭流。何言沈璧處，千載偶陽侯。

置酒高殿上 張正見

陳王開甲第，粉壁麗椒塗。高牕侍玉女，飛闥敞金鋪。名香散綺幕，石墨彫金罏。清醪稱玉饋，浮蟻擅蒼梧。鄒嚴恒接武，申白日相趨。容與升階玉，差池曳履珠。千金一巧笑，百萬兩鬟姝。趙姬未鼓瑟，齊客罷吹竽。歌喧桃與李，琴挑《鳳將雛》。魏君慙舉白，晉主媿投壺。風雲更代序，人事有榮枯。長卿病消渴，壁立還成都。「壂」一作「研」。

同前 江總

三清傳旨酒，柏梁奉歡宴。霜雲動玉葉，凍水踈金箭。羽籥響鐘石，流泉灌金殿。盛時不再得〔二〕，光景馳如電。

箜篌謡

《樂府》無名氏，次劉孝威後，置《雜歌》中。

結交在相得，骨肉何必親。甘言無忠實，世薄多蘇秦。從風暫靡草，富貴上昇天。不見山巔樹，摧抓下爲薪。豈甘井中泥，上出作埃塵。一云「時至出作塵」。

五引

《晉書·樂志》曰：五聲，宫爲君。宫之爲言中也。中和之道，無往而不理焉。商爲臣。商之爲言彊也，謂金性之堅彊也。角爲民，角之爲言觸也，謂象諸陽氣觸物而生也。

徵爲事，徵之爲言止也，言物盛則止也。羽爲物，羽之爲言舒也，言陽氣將復，萬物孳育而舒生也。是以聞宫聲使人温良而寬大，聞商聲使人方廉而好義，聞角聲使人惻隱而仁愛〔三〕，聞徵聲使人樂養而好施，聞羽聲使人恭儉而好禮。《隋書·樂志》曰：舊三朝設樂有登歌，以其頌祖宗之功烈，非君臣之所獻也，於是去之。三朝，第一，奏《相和五引》。陳氏因焉。隋文帝開皇中，改五引爲五音，唯迎氣於五郊，降神奏之。《月令》所謂「孟春其音角」也。按古有清角、清徵之流，此則當聲爲曲，即五音是也。《唐書·樂志》曰：五郊迎氣，各以月律而奏其音。蓋因隋舊制云。按此本梁三朝雅樂，而郭氏併《箜篌引》載爲《相和》六引，今從之。《隋書》載約辭，以角、徵、宫、商、羽爲次。

宫引　梁沈約

八音資始君五聲，興此和樂感百精，優游律吕被咸英。

同前　蕭子雲

《隋書·樂志》曰：普通中，薦蔬以後，敕蕭子雲改諸歌辭爲相和引。則依五音宫、商、角、徵、羽爲第次，非隨月次也。

宅中爲君聲之始，氣和而應律生子，四宫既作陰陽理。

商引 沈約

司秋紀兑奏西音，激揚鍾石和瑟琴，風流福被樂愔愔。

同前 蕭子雲

君臣數九發涼風，三絃夷則白藏通，充諧候管和六同。

角引 沈約

萌生觸發歲在春，《咸池》始奏德尚仁，沾濡以息和且均。

同前 蕭子雲

蟄蟲始振音在斯，五聲六律旋相爲，《韶》繼《夏》盡備《咸池》。

徵引 沈約

執衡司事宅離方，滔滔夏日火德昌，八音備舉樂無疆。

同前 蕭子雲

朱明在離日長至，候氣而動徵爲事，六樂成文從之備。

羽引 沈約

玄英紀運冬冰折，物爲音本和且悦，窮高測深長無絶。

同前 蕭子雲

其音爲物登玄英，制留循短位濁清，惟皇創則和且平。

相和曲一

《古今樂録》曰：張永《元嘉技録》：相和有十五曲。一曰《氣出唱》，二曰《精列》，三曰《江南》，四曰《度關山》，五曰《東光》，六曰《十五》，七曰《薤露》，八曰《蒿里》，九曰《覲歌》，十曰《對酒》，十一曰《雞鳴》，十二曰《烏生》，十三曰《平陵東》，十四曰《東門》，十五曰《陌上桑》。《氣出唱》《精列》《度關山》《薤露》《蒿里》《對酒》並魏武帝辭，《十五》文帝辭，《江南》《東光》《雞鳴》《烏生》《平陵東》《陌上桑》，並古辭是也。《覲歌》《東門》皆無其辭，《陌上桑》歌瑟調，古辭《艷歌羅敷行》「日出東南隅」篇。《覲歌》，張《録》云無辭，而武帝有《往古》篇，《東門》張《録》云無辭，而武帝有《陽春》篇。或云歌瑟調，古辭《東門行》「入門悵欲悲」也。古有十七曲，其《武陵》《鵾雞》二曲亡。按《宋書·樂志》《陌上桑》又有文帝《棄故鄉》一曲，亦在瑟調。《東西門行》及《楚辭鈔》「今有人」、武帝「駕虹蜺」二曲，皆張《録》所不載。

氣出唱 魏武帝

三首。

駕六龍乘風而行。行四海外，路下之八邦。歷登高山臨谿谷，乘雲而行。行四海外，東到泰山。仙人玉女，下來翔遊。驂駕六龍，飲玉漿。河水盡，不東流。解愁腹，飲玉漿。奉持行，東到蓬萊山。上至天之門。玉闕下，引見得入。赤松相對，四面顧望，視正焜煌。開王心正興，其氣百道至，傳告無窮。閉其口，但當愛氣壽萬年。東到海，與天連。神仙之道，出窈入冥，常當專之。心恬淡，無所愒欲。閉門坐自守，天與期氣。願得神之人，乘駕雲車，驂駕白鹿，上到天之門，來賜神之藥。跪受之，敬神齊，當如此，道自來。「闕」一作「關」。

華陰山，自以爲大。高百丈，浮雲爲之蓋。仙人欲來，出隨風，列之雨。吹我洞簫鼓瑟琴，何誾誾。酒與歌戲，今日相樂誠爲樂。玉女起，起儛移數時。鼓吹一何嘈嘈。從西北來時，仙道多駕烟，乘雲駕龍，鬱何蓩蓩。遨遊八極，乃到崑崙之山，西王母側。神仙金止玉亭，來者爲誰？赤松王喬，乃德旋之門。樂共飲食到黃昏，多駕合坐，萬歲長，宜子孫。

遊君山，甚爲真。確磈砟硌，爾自爲神。乃到王母臺，金階玉爲堂，芝草生殿旁。東西廂，客滿堂。主人當行觴，坐者長壽遽何央。長樂甫始宜孫子，常願主人增年，與天相守。右三曲魏、晋樂所奏。前曲「翔」一作「遨」。「焜煌」一作「惶惶」。

精列 魏武帝

厥初生，造化之陶物，莫不有終期。莫不有終期，聖賢不能免，何爲懷此憂。願螭龍之駕，思想崑崙居。思想崑崙居，見欺於迂怪，志意在蓬萊。志意在蓬萊，周孔聖徂落，會稽以墳丘。會稽以墳丘，陶陶誰能度？君子以弗憂。年之暮奈何，過時時來微。右一曲魏、晋樂所奏。「過時」一作「時過」。

江南 古辭

《樂府解題》曰：《江南》古辭，蓋美芳晨麗景，嬉遊得時也。梁武帝作《江南弄》以代西曲，又有《採蓮》《採菱》、劉緩《江南可採蓮》，皆出於此。

江南可採蓮，蓮葉何田田，魚戲蓮葉間。魚戲蓮葉東，魚戲蓮葉西，魚戲蓮葉南，魚戲蓮葉北。右一曲魏、晋樂所奏。

江南思 宋湯惠休

幽客海陰路，留戍淮陽津。垂情向春草，知是故鄉人。

同前 梁簡文帝

二首。後首《文苑英華》作《江南行》。

江南有妙伎，時則應璿樞。月暈蘆灰缺，秋還懸炭枯。含丹和九轉，芳樹蔭千株。何辭天后誚，終是到僊都。「千」一作「三」。「到」一作「列」。

桂檝晚應旋，歷岸扣輕舷。紫荷擎釣鯉，銀筐插短蓮。人歸浦口暗，那得久回船。「銀」一作「銅」。

江南曲 梁柳惲

汀洲採白蘋，日落江南春。洞庭有歸客，瀟湘逢故人。故人何不返，春華復應晚。不道新知樂，只言行路遠。「應」一作「將」。

同前 沈約

櫂歌發江潭，采蓮渡湘南。宜須閑隱處，舟浦予自諳。羅衣織成帶，墮馬碧玉篸。但令舟檝渡，寧計路嵌嵌。一作「嶄嵌」。

江南可採蓮 梁劉緩

春初北岸涸，夏月南湖通。卷荷舒欲倚，芙蓉生即紅。檝小宜回逕，船輕好入叢。釵光逐影亂，衣香隨遞風。江南少許地，年年情不窮。

度關山 魏武帝

《樂府題解》曰：魏樂奏武帝辭，言人君當自勤苦，省方黜陟，省刑薄賦也。

天地間，人爲貴。立君牧民，爲之軌則。車轍馬迹，經緯四極。絀陟幽明，黎庶繁息。於鑠賢聖，總統邦域。封建五爵，井田刑獄。有燔丹書，無普赦贖。皐陶甫侯，何有失職。嗟哉後世，改制易律。勞民爲君，役賦其力。舜漆食器，畔者十國，不及唐堯，采椽不斵。世歎伯夷，欲以厲俗。侈惡之大，儉爲共德。許由推讓，豈有訟曲。兼愛尚同，疏者爲戚。

右一曲魏、晉樂所奏。「侯」《宋書》作「刑」。

同前 梁簡文帝

關山遠可度，遠度復難思。直指遮歸道，都護總前期。力農爭地利，轉戰逐天時。材官蹶張皆命中，弘農越騎盡搴旗。搴旗遠不息，驅虜何窮極〔四〕。狼居一封難再覩，閼氏永去無容色。銳氣且横行，朱旗亂日精。先屠光禄塞，却破夫人城。凱還歸舊里，非是衒功名。

同前 戴暠

昔聽隴頭吟，平居已流涕。今上關山望，長安樹如薺。千里非鄉邑，百姓爲兄弟。軍中大體自相褒，其間得意各分曹。博陵輕俠皆無位，幽州重氣本多豪。馬銜苜蓿葉，劍瑩鸊鵜膏。初征心未息，復値鴈飛入。山頭看月近，草上知風急。笛喝曲難成，笳繁響還澀。武帝初承平，東伐復西征。薊門海作壍，榆塞冰爲城。催令四校出，倚望三邊平。箭服朝來動，刀環臨陣鳴。將軍一百戰，都護五千兵。且决雄雌眼前利，誰道功名身後事。丈夫意氣本自然，來時辭第已聞天。但令此身與命在，不持烽火照甘泉。

同前 柳惲

長安倡家女，出入燕南垂。唯持德自美，本以容見知。舊聞關山遠，何事總金羈。妾心日已亂，秋風鳴細枝。「長安」一作「少長」。

同前 劉遵

隴樹寒色落，塞雲朝欲開。谷深鼙易響，路狹幰難回。當知結綬去，非是棄繻來。行人思顧返，道別且徘徊。願度關山鶴，勞歌立可哀。

同前 王訓

邊庭多警急，羽檄未曾閒。從軍出隴阪，驅馬度關山。關山恒晻靄，高峰白雲外。遥望秦川水，千里長如帶。好勇自秦中，意氣本豪雄。少年便習戰，十四已從戎。昔年經上郡，今歲出雲中。遼水深難渡，榆關斷未通。折衝凌絶域，流蓬驚未息。胡風朝夜起，平沙不相識。兵法貴先聲，軍中自有程。逗遛難贖罪，先登盡一城。都護疲詔吏，將軍擅發兵。平盧疑縱火，飛鴟畏犯營。輕重一爲虜，金刀何用盟。誰知出塞外，獨有漢飛名。「衝」一作

「銜」。「難」一作「皆」。

同前 陳張正見

關山度曉月，劒客遠從征。雲中出迴陣，天外落奇兵。輪摧偃去節，樹倒礙懸旌。沙揚折坂暗，雲積榆溪明。馬倦時銜草，人疲屢看城。寒隴胡笳澀，空林漢鼓鳴。還聽鳴咽水，併切斷腸聲。

同前 周王褒〔五〕

《集》題云《關山篇》。

從軍出隴坂，驅馬度關山。關山恒晻藹，高峰白雲外。遥望秦川水，千里長如帶。好勇自秦中，意氣多豪雄。少年便習戰，十四已從戎。遼水深難度，榆關尚未通。

東光 古辭

《古今樂録》曰：張永《元嘉技録》云《東光》舊但弦無音，宋識造其歌聲。

東光平，蒼梧何不平。蒼梧多腐粟，無益諸軍糧。諸軍遊蕩子，早行多悲傷。「平」《書》作

「乎」。平、糧叶韻，疑平是。右一曲魏、晉樂所奏。

十五 魏文帝

《古今樂録》曰：《十五》歌文帝辭，後解歌瑟調「西山一何高」。

登山而遠望，谿谷多所有。楩枏千餘尺，衆草芝盛茂。華葉燿人目，五色難可紀。雉雊山雞鳴，虎嘯谷風起。號羆當我道，狂顧動牙齒。右一曲魏、晉樂所奏。

薤露 古辭

崔豹《古今注》曰：《薤露》《蒿里》並喪歌也，本出田横門人。横自殺，門人傷之，爲作悲歌，言人命奄忽，如薤上之露易晞滅也，亦謂人死魂魄歸於蒿里。至漢武帝時，李延年分爲二曲，《薤露》送王公貴人，《蒿里》送士大夫庶人。使挽柩者歌之，亦謂之挽歌。譙周《法訓》曰：挽歌者，漢高帝召田横，至尸鄉自殺，從者不敢哭，而不勝哀，故爲挽歌以寄哀音。《樂府解題》曰：《左傳》：齊將與吴戰於艾陵，公孫夏命其徒歌《虞殯》。杜預云：送死。《薤露》歌即喪歌，不自田横始也。一曰《泰山吟行》。

薤上露，何易晞。露晞明朝更復落，人死一去何時歸。

同前 魏武帝

惟漢二十二世，所任誠不良。沐猴而冠帶，知小而謀彊。猶豫不敢斷，因狩執君王。白虹爲貫日，己亦先受殃。賊臣執國柄，殺主滅宇京。蕩覆帝基業〔六〕，宗廟以燔喪。播越西遷移，號泣而且行。瞻彼洛城郭，微子爲哀傷。右一曲魏、晉樂所奏。

同前 陳思王植

《樂府題解》曰：曹植擬《薤露行》爲《天地無窮極》。

天地無窮極，陰陽轉相因。人居一世間，忽若風吹塵。願得展功勤，輸力於明君。懷此王佐才，慷慨獨不羣。鱗介尊龍神，走獸宗麒麟。蟲獸豈知德，何況於士人。孔氏刪詩書，王業粲已分。騁我徑寸翰，流藻垂華芬。

同前 晉張駿〔七〕

在晉之二世，皇道昧不明。主暗無良臣，姦亂起朝庭。七柄失其所，權綱喪典刑。愚猾窺神器，牝雞又晨鳴。哲婦逞幽虐，宗祀一朝傾。儲君縊新昌，帝執金墉城。毗孱萌宮掖，胡馬動北坰。三方風塵起，玁狁竊上京。義士扼素腕，感慨懷憤盈。誓心蕩衆狄，積誠徹昊靈。「姦」一作「艱」。

惟漢行 魏陳思王植

太極定二儀，清濁始以形。三光炤八極，天道甚著明。爲人立君長，欲以遂其生。行仁章以瑞，變故誡驕盈。神高而聽卑，報若響應聲。明主敬細微，三季曹天經。二皇稱至化，盛哉唐虞庭。禹湯繼厥德，周亦致太平。在昔懷帝時，日昃不敢寧。濟濟在公朝，萬載馳其名。

同前 晉傅玄

危哉鴻門會，沛公幾不還。輕裝入人軍，投身湯火間。兩雄不俱立，亞父見此權。項莊奮劍起，白刃何翩翩。伯身雖爲蔽，事促不及旋。張良慴坐側，高祖變龍顏。賴得樊將軍，虎叱項王前。嗔目駭三軍，磨牙咀豚肩。空巵讓霸主，臨急吐奇言。威凌萬乘主，指顧回泰山。神龍困鼎鑊，非噲豈得全。狗屠登上將，功業信不原。健兒實可慕，腐儒安足歎。「虎」一作「獸」。

蒿里 古辭

蒿里誰家地，聚斂魂魄無賢愚。鬼伯一何相催促，人命不得少踟躕。

同前 魏武帝

關東有義士，興兵討羣兇。初期會盟津，乃心在咸陽。軍合力不齊，躊躇而鴈行。勢利使人爭，嗣還自相戕。淮南弟稱號，刻璽於北方。鎧甲生蟣虱，萬姓以死亡。白骨露於野，千里無雞鳴。生民百遺一，念之斷人腸。右一曲魏、晉樂所奏。

同前 宋鮑照

同盡無貴賤，殊願有窮伸。馳波催永夜，零露逼短晨。結我幽山駕，去此滿堂親。虚容遺劒佩，美貌戢衣巾。斗酒安可酌，尺書誰復陳。年代稍推遠，懷抱日幽淪。人生良自劇，天道與何人。齎我長恨意，歸爲狐兔塵。「馳波催永夜」一作「漏馳催永夜」。「零露逼短晨」一作「露宿逼短晨」。「結」《集》作「驅」。「美」一作「嘉」，又作「實」。

挽歌 魏繆襲

《莊子》曰：紼謳所生，必於斥苦。司馬彪注云：紼，引柩索也。斥，疎緩。苦，用力也。引紼所有謳者，爲人用力慢緩不齊，促急之也。《風俗通》曰：京師殯婚嘉會，酒酣之後，續以挽歌。干寶《搜神記》曰：挽歌者，喪家之樂，執紼者相和之聲也。《晉書・禮志》曰：漢魏故事，大喪及大臣之喪，執紼者挽歌。新禮以爲挽歌出於漢武帝役人之勞歌，聲哀切，遂以爲送終之禮。雖音曲摧愴，非經典所制，違禮衔枚之義。方在號慕，不宜以歌爲名，除挽歌。摯虞以爲挽歌因倡和而爲摧愴之聲，衔枚所以全哀，此亦以感衆。雖非經典所載，是歷代故事。《詩》稱「君子作歌，惟以告哀」，以歌爲名，無所嫌。宜定新禮如舊。今按《薤露》《蒿里》之後而以挽歌爲辭者實始繆襲。

生時遊國都，死没棄中野。朝發高堂上，暮宿黄泉下。白日入虞淵，懸車息駟馬。造化雖神明，安能復存我。形容稍歇滅，齒髮行當墮。自古皆有然，誰能離此者。

同前 晉陸機

三首。《顏氏家訓》曰：輓歌辭者，或云古者虞殯之歌，或云出自田横之客，皆爲生者悼往哀苦之意。陸平原多爲死人自歎之言，詩格既無此例，又乖製作本意。

卜擇考休貞，嘉命咸在兹。夙駕警徒御，結轡頓重基。龍幌被廣柳〔八〕，前驅矯輕旗。殯宫何嘈嘈，哀響沸中闈。闈中且勿喧，聽我薤露詩。死生各異倫，祖載當有時。舍爵兩楹位，啓殯進靈轜。飲餞觴莫舉，出宿歸無期。帷衽曠遺影，棟宇與子辭。周親咸奔湊，友朋自遠來。翼翼飛輕軒，駸駸策素騏。按轡遵長薄，送子長夜臺。呼子子不聞，泣子子不知。歎息重櫬側，念我疇昔時。三秋猶足收，萬世安可思。殉殁身易亡，救子非所能。含言言哽咽，揮涕涕流離。「喧」一作「嚾」。「涕」一作「淚」。流離親友思，惆悵神不泰。素驂佇轜軒，玄駟騖飛蓋。哀鳴興殯宫，迴遲悲野外。魂輿寂無響，但見冠與帶。備物象平生，長旌誰爲旆。悲風鼓行軌，傾雲結流靄。振策指靈丘，駕言從此逝。「鼓」一作「徽」。重阜何崔嵬，玄廬竄其間。磅礴立四極，穹崇效蒼天。側聽陰溝涌，卧觀天井懸。廣宵何寥廓，大暮安可晨。人往有返歲，我行無歸年。昔居四民宅，今託萬鬼鄰。昔爲七尺軀，今成灰與塵。金玉昔所佩，鴻毛今不振。豐肌饗螻蟻，妍姿永夷泯。壽堂延魑魅，虚無自相賓。螻蟻爾何怨，魑魅我何親。拊心痛荼毒，永歎莫爲陳。「效」一作「放」。「昔」一作「素」。「姿」一作「骸」。

又

諸集不載，見《太平御覽》。

魂衣何盈盈，旗旐何習習。父母拊棺號，兄弟扶筵泣。靈轜動轇轕〔九〕，龍首矯崔嵬。挽歌挾轂唱，嘈嘈一何悲。浮雲中容與，飄風不能迴。淵魚仰失梁，征鳥俯墜飛。闕。機士庶挽歌辭云：「埏埴爲塗車，束薪作芻靈。」

同前 晉陶潛

《集》云《擬挽歌辭》三首。

荒草何茫茫，白楊亦蕭蕭。嚴霜九月中，送我出遠郊。四面無人居，高墳正嶕嶢。馬爲仰天鳴，林風自蕭條。幽室一已閉，千年不復朝。千年不復朝，賢達無奈何。向來相送人，各已歸其家。親戚或餘悲，他人亦已歌。死去何所道，託體同山阿。「馬爲仰天鳴」一作「鳥爲動哀鳴」。「林風」一作「風聲」，又作「風爲」。「已歸」一作「自還」。

有生必有死，早終非命促。昨暮同爲人，今旦在鬼録。魂氣散何之，枯形寄空木。嬌兒索父啼，良友撫我哭。得失不復知，是非安能覺。千秋萬歲後，誰知榮與辱。但恨在世時，飲酒恒不足。一作「不得足」。

在昔無酒飲，今但湛空觴。春醪生浮蟻，何時更能嘗。肴案列我前，親戚哭我傍。欲語口無音，欲視眼無光。昔在高堂寢，今宿荒草鄉。荒草無人眠，極視正茫茫。一朝出門去，歸來良未央。「今但湛空觴」一作「但恨堪空觴」。「列我前」一作「盈我前」。「一朝」一作「相送」。「良」一作「夜」。

同前 宋顔延之

謝綽《拾遺録》曰：太祖嘗召延之，傳詔頻日，尋覓不值。太祖曰：但酒店中求之，自當得也。傳詔依旨訪覓，果見延之在酒肆，躶身挽歌，了不應對。他日醉醒，乃往。

令龜卜明兆〔一〇〕，撤奠在方昏。戒徒赴幽冥，祖駕出高門。行行去城邑，遥遥守丘園。息鑣竟平埏，税駕别巖根。闕

同前 宋鮑照

獨處重冥下，憶昔登高臺。傲岸平生中，不爲物所裁。埏門只復閉，白蟻相將來。生時芳蘭體，小蟲今爲灾。玄鬢無復根，枯髏依青苔。憶昔好飲酒，素盤進青梅。韓彭及廉藺，疇昔已成灰。壯士皆死盡，餘人安在哉。

同前 北齊祖珽〔一一〕

昔日驅駟馬，謁帝長楊宫。旌懸白雲外，騎獵紅塵中。今來向漳浦，素蓋轉悲風。榮華與

歌笑，萬事盡成空。「日」一作「時」。

對酒 魏武帝

《樂府題解》曰：魏樂奏武帝所賦「對酒歌太平」，其旨言王者德澤廣被，政理人和，萬物咸遂。

對酒歌，太平時，吏不呼門。王者賢且明，宰相股肱皆忠良，咸禮讓，民無所争訟。三年耕有九年儲，倉穀滿盈，斑白不負戴。雨澤如此，五穀用成。却走馬以糞其土田。爵公侯伯子男，咸愛其民，以黜陟幽明，子養有若父與兄。犯禮法，輕重隨其刑。路無拾遺之私，囹圄空虚〔三〕，冬節不斷人。耄耋皆得以壽終，恩德廣及草木昆蟲。右一曲魏樂所奏。

同前 梁范雲

題云《當對酒》。

對酒心自足，故人來共持。方悦羅衿解，誰念髪成絲。徇往良爲達，求名本自欺。迨君當歌日，及我傾樽時。

同前　張率〔一三〕

對酒誠可樂，此酒復芳醇。如華良可貴，似乳更甘珍。何當留上客，爲寄掌中人。金樽清復滿，玉椀亟來親。誰能共遲暮，對酒惜芳晨。君歌尚未罷，却坐避梁塵。

同前　陳張正見

當歌對玉酒，匡坐酌金罍。竹葉三清汎，蒲萄百味開。風移蘭氣入，月逐桂香來。獨有劉將阮，忘情寄羽杯。

同前　岑之敬

色映臨池竹，香浮滿砌蘭。舒文汎玉盌，漾蟻溢金盤。簫曲隨鸞易，笳聲出塞難。唯有將軍酒，川上可除寒。

同前　周庾信

《集》云《對酒歌》，《文苑英華》作范雲。

春水望桃花，春洲藉芳杜。琴從緑珠借，酒就文君取。牽馬向渭橋，日曝山頭脯。山簡接羅倒，王戎如意舞。筝鳴金谷園，笛韻平陽塢。人生一百年，歡笑唯三五。何處覓錢刀，求爲洛陽賈。「馬」一作「牛」。「曝」一作「落」。

【校勘記】

〔一〕殿，《四庫》本作「樓」。

〔二〕得，《四庫》本作「見」。

〔三〕愛，原作「憂」，據《四庫》本改。

〔四〕虜，《四庫》本作「逐」。

〔五〕周王褒，《四庫》本作「唐李端」。

〔六〕覆，原作「復」，據《四庫》本改。

〔七〕《四庫》本「晉」前有「東」字。

〔八〕幰，原作「幰」，據《四庫》本改。

〔九〕轎，《四庫》本作「轎」。

〔一〇〕卜，原闕，據《四庫》本補。

〔一一〕斑，《四庫》本作「孝徵」。

〔一二〕空虛，《四庫》本作「虛空」。

〔一三〕《四庫》本「張率」前有「梁」字。

古樂苑卷第十五

相和歌辭 相和曲　吟歎曲　四弦曲

相和曲 二

雞鳴 古辭

《樂府解題》曰：古詞《雞鳴》，初言天下方太平，次言置酒作樂，終言桃傷李仆，喻兄弟當相爲表裏。三人近侍，榮耀道路，與《相逢狹路間行》同。《詩紀》云：此詩前後辭不相屬，蓋采詩入樂，合而成章邪，抑有錯簡紊誤也。又有《雞鳴高樹巔》出此。

雞鳴高樹巔，狗吠深宮中。蕩子何所之，天下方太平。刑法非有貸，柔協正亂名。此上疑別一曲。黄金爲君門，碧玉爲軒堂。上有雙樽酒，作使邯鄲倡。劉玉碧青甓〔一〕，後出郭門王。舍後有方池，池中雙鴛鴦。鴛鴦七十二，羅列自成行。鳴聲何啾啾，聞我殿東廂。兄弟四五人，皆爲侍中郎。五日一時來，觀者滿路傍。黄金絡馬頭，熲熲何煌煌。桃生露井上，李樹生桃傍。蟲來齧桃根，李樹代桃殭。樹木身相代，兄弟還相忘。右一曲魏樂所奏。

雞鳴篇 劉孝威

郭、左並作劉孝威，《藝文》作簡文帝。

埘雞識將曙，長鳴高樹巔。啄葉疑障羽，桃花彊欲前。意氣多驚舉，飄颻獨無侶。陳思助鬭協狸膏，郈昭妬敵安金距。丹山可愛有鳳皇，金門飛舞有鴛鴦。何如五德美，豈勝千里翔。

同前 隋岑德潤

鐘響應繁霜，晨雞錦臆張。簾迥猶侵露，枝高已映光。排空下朝揭，奮翼上花場。雨晦思君子，關開脱孟嘗。既得依雲外，安用集陳倉。

雞鳴高樹巔 梁簡文帝

碧玉好名倡，夫婿侍中郎。桃花全覆井，金門半隱堂。時欣一來下，復比雙鴛鴦。雞鳴天尚早，東烏定未光。

晨雞高樹鳴 陳張正見

《詩紀》云：阮籍《詠懷詩》：「晨雞鳴高樹，命駕起旋歸。」則此非樂府也。《解題》亦云出《雞鳴》古辭，似誤。

晨雞振翮鳴，出迥擅奇聲。蜀郡隨金馬，天津應玉衡。摧冠驗遠石，繫火出連營。争棲斜揭暮，解翼横飛度。試飲淮南藥，翻上仙都樹。枝低且候潮，葉淺還承露。承露觸嚴霜，華淺伺朝陽。猜羣怯寶劒，勇戰出花塲。當損黄金距，誰論白玉璫。長鳴逢晉帝，恃氣遇周王。流名説魯國，分影入陳倉。不復愁苻朗，猶能感孟嘗。

烏生 古辭

一曰《烏生八九子》。《樂府解題》曰：古辭，言烏母子，本在南山巖石間，而來爲秦氏彈丸所殺。白鹿在苑中，人得以爲脯。黄鵠摩天、鯉在深淵，人得而烹煮之。則壽命各有定分，死生何待前後也。

烏生八九子，端坐秦氏桂樹間。唶我，秦氏家有遊遨蕩子，工用睢陽彊蘇合彈。左手持彊彈兩丸，出入烏東西。唶我，一丸即發中烏身，烏死魂魄飛揚上天。阿母生烏子時，乃在南山巖石間。唶我，人民安知烏子處，蹊徑窈窕安從通。白鹿乃在上林西苑中，射工尚復得白鹿脯。唶我，黄鵠摩天極高飛，後宮尚復得烹煮之。鯉魚乃在洛水深淵中，釣鈎尚得鯉魚口。唶我，人民生各各有壽命，死生何須復道前後。右一曲魏、晉樂所奏。

烏生八九子 梁劉孝威

《城上烏》出此。

城上烏，一年生九雛。枝輕巢本狹，風多葉早枯。氄毛不自煖，張翼强相呼。金柝嚴兮翠樓肅，蜃壁光兮椒泥馥。虞機衡網不得施，猜鷹鷙隼無由逐。永願共栖曾氏冠，同瑞周王屋。莫啼城上寒，猶賢野間宿。羽成翮備各西東，丁年賦命有窮通。不見高飛帝輦側，遠託日輪中。尚逢王吉箭，猶嬰夏羿弓。豈如變彩救燕質，入夢祚昭公。留聲表師退，集幕示營空。靈臺已鑄像，流蘇時候風。

城上烏 梁吴均

嗚嗚城上烏，翩翩尾畢逋。凡生八九子，夜夜啼相呼。質微知慮少，體賤毛衣粗。陛下三萬歲，臣至執金吾。

同前 朱超

朝飛集帝城，猶帶夜啼聲。近日毛雖暖，聞弦心尚驚。

平陵東 古辭

崔豹《古今注》曰：《平陵東》，漢翟義門人所作。《樂府解題》曰：義丞相方進少子，爲東郡太守。以王莽方篡漢，舉兵誅之，不克，見害，門人作歌以怨之也。

平陵東，松柏桐，不知何人刦義公。刦義公，在高堂下，交錢百萬兩走馬。兩走馬，亦誠難，顧見追吏心中惻。心中惻，血出漉，歸告我家賣黄犢。右一曲魏、晉樂所奏。

同前 魏陳思王植

閶闔開，天衢通，被我羽衣乘飛龍。乘飛龍，與仙期，東上蓬萊採靈芝。靈芝採之可服食，年若王父無終極。「若」一作「與」。

陌上桑 古辭

一曰《艷歌羅敷行》。《古今樂録》曰：《陌上桑》，歌瑟調，古辭《艷歌羅敷行》「日出東南隅」篇。崔豹《古今注》曰：《陌上桑》者，出秦氏女子。秦氏邯鄲人，有女名羅敷，爲邑人千乘王仁妻。王仁後爲趙王家令，羅敷出採桑於陌上，趙王登臺，見而悦之，因置酒欲奪焉。羅敷乃彈箏作《陌上桑》之歌以自明，趙王乃止。《樂府解題》：古詞言羅敷採桑爲使君所邀，盛誇其夫爲侍中郎以拒之，與前説不同。又有《採桑》亦出於此。

日出東南隅，照我秦氏樓。秦氏有好女，自名爲羅敷。羅敷喜蠶桑，採桑城南隅。青絲爲籠係，桂枝爲籠鈎。頭上倭墮髻，耳中明月珠。緗綺爲下裙，紫綺爲上襦。行者見羅敷，下擔捋髭鬚。少年見羅敷，脱帽著帩頭。耕者忘其犂，鋤者忘其鋤。來歸相怨怒，但坐觀羅敷。一解。使君從南來。五馬立踟蹰。使君遣吏往，問是誰家姝。秦氏有好女，自名爲羅敷。羅敷年幾何？二十尚不足，十五頗有餘。使君謝羅敷，寧可共載不？羅敷前置辭：使君一何愚！使君自有婦，羅敷自有夫。二解。東方千餘騎，夫婿居上頭。何用識夫婿？白馬從驪駒。青絲繫馬尾，黄金絡馬頭。腰中鹿盧劒，可直千萬餘。十五府小史，二十朝大夫。三十侍中郎，四十專城居。爲人潔白晳，鬑鬑頗有鬚。盈盈公府步，冉冉府中趨。坐中數千人，皆言夫婿殊。三解。前有艷歌曲，後有辭。右一曲魏、晉樂所奏。《宋書》作大曲。

同前 楚辭鈔

今有人，山之阿，被服薜荔帶女蘿。既含睇，又宜笑，子戀慕予善窈窕。乘赤豹，從文狸，辛夷車駕結桂旗。被石蘭，帶杜衡，折芳拔荃遺所思。處幽室，終不見，天路險艱獨後來。表獨立，山之上，雲何容容而在下。杳冥冥，羌晝晦，東風飄飖神靈雨。風瑟瑟，木槮槮〔二〕，思念公子徒以憂。右一曲魏、晉樂所奏。

同前 魏武帝

駕虹蜺，乘赤雲，登彼九疑歷玉門，濟天漢，至崑崙，見西王母謁東君。交赤松，及羡門，受要秘道愛精神。食芝英，飲醴泉，柱杖桂枝佩秋蘭〔三〕。絶人事，遊渾元，若疾風遊欻飄飖。景未移，行數千，壽如南山不忘愆。「飄」一作「翩」。右一曲晉樂所奏。

同前 魏文帝

棄故鄉，離室宅，遠從軍旅萬里客。披荆棘，求阡陌，側足獨窘步，路局苲。虎豹嘷動，雞驚，禽失羣，鳴相索。登南山，奈何蹈盤石，樹木叢生鬱差錯。寢蒿草，蔭松柏，涕泣雨面霑枕席。伴旅單，稍稍日零落，惆悵竊自憐，相痛惜。右一曲魏、晉樂所奏。

同前 陳思王植

望雲際，有真人，安得輕舉繼清塵。執電鞭，騁飛驎。闕。

見《太平御覽》。

同前 梁吴均

㛹㛹陌上桑，蔭陌復垂塘。長條映白日，細葉隱鸝黄。蠶饑妾復思，拭淚且提筐。故人寧知此，離恨煎人腸。

同前 王筠

一作周王褒。

人言陌上桑，未曉已含光。重重相蔭映，軟軟自芬芳。秋胡方倚馬，羅敷未滿筐。春蠶朝已老，安得久徬徨。「軟軟」一作「軟弱」。「方」一作「始」。

同前 蕭子顯

二首。一云《採桑》。郭本前首作王臺卿，左本後作王筠。

令月開和景，處處動春心。挂筐須葉滿，息倦重枝陰。

日出秦樓明，條垂露尚盈。蠶饑心自急，開奩粧不成。

同前 王臺卿

四首。

鬱鬱陌上桑，盈盈陌上女。送君上河梁，拭淚不能語。

鬱鬱陌上桑，遥遥山下蹊。君去戍萬里，妾來守空閨。鬱鬱陌上桑，皎皎雲間月。非無巧笑姿，皓齒爲誰發。鬱鬱陌上桑，裊裊機頭絲。君行亦宜返，今夕是何時。

艷歌行　晉傅玄

日出東南隅，照我秦氏樓。秦氏有好女，自字爲羅敷。首戴金翠飾，耳綴明月珠。白素爲下裾，丹霞爲上襦。一顧傾朝市，再顧國爲虚。問女居安在，堂在城南居。青樓臨大巷，幽門結重樞。使君自南來，駟馬立踟蹰。遣吏謝賢女，豈可同行車？斯女長跪對，使君言何殊！使君自有婦，賤妾有鄙夫。天地正厥位，願君改其圖。

同前　陳張正見

城隅上朝日，斜暉照杏梁。併倦茱萸帳，争移翡翠牀。縈環聊向牖，拂鏡且調粧。裁金作小靨，散麝起微黄。二八秦樓女，三十侍中郎。執戟超丹地，豐貂入建章。未安文史閣，獨結少年場。彎弧貫月影〔四〕，學劒動星芒。翠蓋飛城曲，金鞍横道傍。調鷹向新市，彈雀往睢陽。行行稍有極，暮暮歸蘭房。前瞻富羅綺，左顧足鴛鴦。蓮舒千葉氣，燈吐百枝光。滿酌胡姬酒，多燒荀令香。不學幽閨妾，生離怨採桑。「月」一作「葉」。

羅敷行 梁蕭子範

城南日半上，微步弄妖姿。含情動燕俗，顧景笑齊眉。不憂桑葉盡，還憶畏蠶飢。春風若有顧，惟願落花遲。

同前 陳顧野王

東隅麗春日，南陌採桑時。樓中結梳罷，提筐候早期。風輕鶯韻緩，霜灑落花遲。五馬光長陌，千騎絡青絲。使君徒遣信，賤妾畏蠶饑。

同前 北魏高允

邑中有好女，姓秦字羅敷。巧笑美回盻，鬒髮復凝膚。脚著花文履，耳穿明月珠。頭作墮馬髻，倒枕象牙梳。姌姌善趨步，襜襜曳長裾。王侯爲之顧，駟馬自踟躕。

日出東南隅行 晉陸機

一云《羅敷艷歌》。

扶桑升朝暉，照此高臺端。高臺多妖麗，濬房出清顔。淑貌耀皎日，惠心清且閑。美目揚玉澤，蛾眉象翠翰。鮮膚一何潤，秀色若可餐。窈窕多容儀，婉媚巧笑言。莫春春服成，粲粲綺與紈。金雀垂藻翹，瓊佩結瑶璠。方駕揚清塵，濯足洛水瀾。藹藹風雲會，佳人一何繁。南崖充羅幕，北渚盈軿軒。清川含藻景，高岸被華丹。馥馥芳袖揮，泠泠纖指彈。悲歌吐清響，雅韻播幽蘭。丹脣含九秋，妍迹淩七盤。赴曲迅驚鴻，蹈節如集鸞。綺態隨顔變，沈姿無定源。俯仰紛阿那，顧步咸可懽。遺芳結飛飇，浮景映清湍。冶容不足詠，春遊良可歎。「韻」一作「舞」。「定」一作「乏」。

同前 宋謝靈運

柏梁冠南山，桂宫燿北泉。晨風拂幨幌，朝日照閨軒。美人卧屏席，懷蘭秀瑶璠。皎潔秋松氣，淑德春景暄。疑闕。

同前 梁沈約

朝日出邯鄲，照我叢臺端。中有傾城艷，顧景織羅紈。延軀似纖約，遺視若回瀾。瑶裝映層綺，金服炫雕欒。幸有同匡好，西仕服秦官。寶劒垂玉具，汗馬飾金鞍。縈場類轉雪，逸控寫騰鸞。羅衣夕解帶，玉釵暮垂冠。「寫」一作「似」。

同前 張率

朝日照屋梁，夕月懸洞房。專遽自稱艷，獨立伊覽光〔五〕。雖資自然色，誰能棄薄粧。施著見朱粉，點畫示赬黃。含貝開丹吻，如羽發清揚。金碧既簪珥，綺縠復衣裳。方領備蟲彩，曲裙雜鴛鴦。手操獨繭緒，脣凝脂燥黃。

同前 蕭子顯

大明上迢迢，陽城射凌霄。光照窻中婦，絶世同阿嬌。明鏡盤龍刻，簪羽鳳凰雕。逶迤梁家髻，冉弱楚宫腰。輕紈雜重錦，薄縠間飛綃。三六前年暮，四五今年朝。蠶籠拾芳翠，桑陌採柔條。出入東城里，上下洛西橋。忽逢車馬客，飛蓋動襜軺。單衣鼠毛織，寶劒羊頭鞘。丈夫疲應對，從者輟銜鑣。柱間徒脉脉，垣上幾翹翹。女本西家宿，君自上宫要。漢馬三萬疋，夫聟仕嫖姚。鞶囊虎頭綬，左珥皂盧貂。横吹龍鍾管，奏鼓象牙簫。十五張内侍，十八賈登朝。皆笑顔郎老，盡訝董公超。「丈」一作「大」。「從」一作「御」。「公」一作「生」。

同前 陳後主

一云《艷歌行》。

重輪上瑞暉，西北照南威。南威年二八，開牖敞重闈。當壚送客去，上苑逐春歸。髩下珠勝月，牕前雲帶衣。紅裙結未解，緑綺自難徽。

同前 徐伯陽

丹城璧日映朱扉，青樓含照本暉暉。遠映陌上春桑葉，斜入秦家緗綺衣。羅敷粧粉能佳麗，鏡前新梳倭墮髻。圓籠裊裊挂青絲，鐵鈎冉冉勝丹桂。蠶飢日晚暫生愁，忽逢使君南陌頭。五馬停珂遣借問，雙臉含嬌特好羞。妾婿府中輕小吏，即今來往專城裏。欲識東方千騎歸，藹藹日暮紅塵起。「丹」一作「朱」。「映」一作「啓」。

同前 殷謀

秦樓出佳麗，正值朝日光。陌頭能駐馬，花處復添香。

同前 周王褒

一題云《陌上桑》。

曉星西北没，朝日東南隅。陽牕臨玉女，蓮帳照金鋪。鳳樓稱獨立，絶世良所無。鏡懸四龍綱，枕畫七星圖。銀鏤明光帶，金地織成襦。調絃《大垂手》，歌曲《鳳將雛》。採桑三市路，賣酒七條衢。道逢五馬客，夾轂來相趨。將軍多事藝，夫聟好形模。高箱照雲母，壯馬飾當顱。單衣火浣布，利劒水精珠。自知心所愛，仕宦執金吾。飛甍彫翡翠，繡桷畫屠蘇。銀燭附彈映雞羽，黄金步摇動襜褕。兄弟五日時來歸，高車竟道生光輝。名倡兩行堂上起，鴛鴦七十階前飛。少年任俠輕年月，珠丸出彈遂難追。「藝」一作「勢」。

同前 蕭撝

郭本《日出行》。

昏昏隱遠霧，團團乘陣雲。正值秦樓女，含嬌酬使君。

同前 隋盧思道

初月正如鈎，懸光入綺樓。中有可憐妾，如恨亦如羞。深情出艷語，密意滿横眸。楚腰寧且細，孫眉本未愁。青玉勿當取，雙銀詎可留。會待東方騎，遥居最上頭。「可留」一作「肯留」。

採桑 宋鮑照

季春梅始落，工女事蠶作。採桑淇洧間，還戲上宫閣。早蒲時結陰，晚篁初解籜。藹藹雲滿閨，融融景盈幕。乳燕逐草蟲，巢蜂拾花蘂。是節最媗妍，佳服又新爍。斂歎對迴塗，揚歌弄場藿。抽琴試紓思，薦佩果成託。承君郢中美，服義久心諾。衛風古愉絶，鄭俗舊浮薄。靈願悲渡湘，宓賦笑瀍洛〔六〕。盛明難重來，淵意爲誰涸。君其且調絃，桂酒妾行酌。「篁」一作「竹」。「雲滿」一作「霧灑」。「斂」一作「繇」。「迴」一作「回」。「瀍」一作「景」。

同前 梁簡文帝

郭本未全。

春色映空來，先發院邊梅。細萍重疊長，新花歷亂開。連珂往淇上，接幰至叢臺。叢臺可憐妾，當牕望飛蝶。忌跌行衫領，熨斗成褫襵。下牀著珠珮，捉鏡安花鑷。薄晚畏蠶飢，競採春桑葉。寄語採桑伴，訝今春日短。枝高攀不及，葉細籠難滿。年年將使君，歷亂遣相聞。欲知琴裏意，還贈錦中文。何當照梁日，還作入山雲。重門皆已閉，方知留客袂。可憐黄金絡，複以青絲繫。必也爲人時，誰令畏夫壻。「淇上」一作「河上」。「褫襵」一作「裙襵」。

同前 姚翻

《集》云《同郭侍郎採桑》。

鴈還高柳北，春歸洛水南。日照茱萸領，風摇翡翠簪。桑間視欲暮，閨裏遽飢蠶。相思君助取，相望妾那堪。

同前 沈君攸

南陌落花移，蠶妾畏桑萎。逐便牽低葉，争多避小枝。摘駛籠行滿，攀高腕欲疲。看金怯舉意，求心自可知。

同前 吴均

《英華》題云《和洗馬古意》。

賤妾思不堪，採桑渭城南。帶減連枝繡，髮亂鳳凰簪。花舞依長薄，蛾飛愛緑潭。無由報君信，流涕向春蠶。

同前 劉邈

《集》題云《萬山見採桑人》。姑從郭本收入。

倡妾不勝愁，結束下青樓。逐伴西城路，相攜南陌頭。葉盡時移樹，枝高任易鈎。絲繩提且脱，金籠寫復收。蠶飢日欲暮，誰爲使君留。「城」一作「郊」。「提」一作「挂」。「復」一作「仍」。

「欲」一作「已」。

同前 陳後主

春樓髻梳罷，南陌競相隨。去後花叢散，風來香處移。廣袖承朝日，長鬟礙聚枝。柯新攀易斷，葉嫩摘前萎。採繁鈎手弱，微汗雜粧垂。不應歸獨早，堪爲使君知。

同前 張正見

春樓曙鳥驚，蠶妾候初晴。迎風金珥落，向日玉釵明。徙顧移籠影，攀鈎動釧聲。葉高知手弱，枝軟覺身輕。人多羞借問，年少怯逢迎。恐疑夫婿遠，聊復答專城。

同前 賀徹

蠶妾出房櫳，結伴類花叢。度水春衫緑，映日晚粧紅。釧聲時動樹，衣香自入風。鈎長從枝曲，葉盡細條空。競採須盈手，争歸欲滿籠。自憐公府步，誰與少年同。

同前 傅縡

羅敷試採桑，出入城南傍。綺裙映珠珥，絲繩提玉筐。度身攀葉聚，聳腕及枝長。空勞使君問，自有侍中郎。

吟歎曲

《古今樂録》曰：張永《元嘉技録》：吟歎四曲，一曰《大雅吟》，二曰《王明君》，三曰《楚妃歎》，四曰《王子喬》。《大雅吟》《王明君》《楚妃歎》並石崇辭，《王子喬》古辭。《王明君》一曲今有歌，《大雅吟》《楚妃歎》二曲今無能歌者。古有八曲，其《小雅吟》《蜀琴頭》《楚王吟》《東武吟》四曲闕。

大雅吟 晉石崇

堂堂太祖，淵弘其量。仁格宇宙，義風遐暢。啓土萬里，志在翼亮。三分有二，周文是尚。於穆武王，奕世載聰。欽明沖默，文思允恭。武則不猛，化則時雍。庭有儀鳳，郊有遊龍。啓路千里，萬國率從。蕩清吴會，六合乃同。百姓仰德，良史書功。超越三代，唐虞比蹤。

右一曲晉樂所奏。

王明君 晉石崇

一曰《王昭君》。《漢書》曰：竟寧元年，呼韓邪來朝，言願婿漢氏。以後宫良家子王嬙妃之，生一子。株累立，復妻之，生二女。范曄書曰：昭君入宫，久不見御，積怨，因掖庭令請行。單于臨辭，大會，豐容靚飾，顧影徘徊，悚動左右，帝驚悔，欲復留，而重失信夷狄，遂與之。生二子。《西京雜記》曰：漢元帝後宫既多，不得常見，乃使畫工圖其形，按圖召幸。宫人皆賂畫工，多者十萬，少者亦不減五萬。昭君自恃其貌，獨不與，乃惡圖之。及後匈奴入朝，選美人配之，昭君之圖當行。及入辭，光彩射人，悚動左右，天子方重信外國，悔恨不及。窮按其事。畫工有杜陵毛延壽，爲人形，醜好老少，必得其真。安陵陳敞、新豐劉白、龔寬，並工爲牛馬飛鳥衆藝，人形好醜，不逮延壽。下杜陽望、樊青尤善布色。同日棄市，籍其家資，皆巨萬。昭君在胡，作詩以怨思云。《琴操》曰：昭君本齊國王穰女，端正閒麗。穰以其有異，人求之，不與。年十七，進之。帝以地遠，不幸。欲賜單于美人，嬙對使者，越席請往。後不願妻其子，吞藥而卒。韓子蒼云：其事雜出，無所考正。言不願妻其子，而詔使從胡俗，此是烏孫公主，非昭君也。要之《琴操》最牴牾矣。《唐書·樂志》曰：《明君》，漢曲也。石崇自序曰：王明君，本名昭君，以觸文帝諱，故晉人謂之明君。初，武帝以江都王建女細君爲公主，嫁烏孫王昆莫，令琵琶馬上作樂，以慰其道路之思。送明君亦然也。其造新之曲，多哀怨之聲。晉、宋以來，《明君》止以絃隸少許爲上舞而已。梁天監中，斯宣達爲樂府令，與諸樂工以清商兩相間絃爲《明君》上舞，傳之至今。王僧虔《技録》云：《明君》有間絃及契注聲，又有送聲。謝希逸《琴論》曰：平調《明君》三十六拍，胡笳《明君》二十六拍，清調《明君》十三拍，間絃《明君》九拍，蜀調《明君》十二拍，吴調《明君》十四拍，杜瓊《明君》二十一拍，凡有七曲。《琴集》曰：胡笳《明君》四弄，有上舞、下舞、上間絃、下間絃。《明君》三百餘弄，其善者四焉。又胡笳《明君别》五弄，辭漢、跨鞍、望鄉、奔雲、入林是也。

我本漢家子，將適單于庭。辭訣未及終，前驅已抗旌。僕御涕流離，轅馬悲且鳴。哀鬱傷五内，泣淚沾朱纓。行行日已遠，遂造匈奴城。延我於穹廬，加我閼氏名。殊類非所安，雖貴非所榮。父子見陵辱，對之慙且驚。殺身良不易，默默以苟生。苟生亦何聊，積思常憤盈。願假飛鴻翼，乘之以遐征。飛鴻不我顧，佇立以屏營。昔爲匣中玉，今爲糞上英。朝華不足嘉，甘與秋草並。傳語後世人，遠嫁難爲情。「嘉」一作「歡」。　右一曲晉樂所奏。

王昭君 宋鮑照

既事轉蓬遠，心隨鴈路絶。霜鞞旦夕驚，邊笳中夜咽。

同前 梁施榮泰

垂羅下椒閣，舉袖拂胡塵。唧唧撫心歎，蛾眉誤殺人。

同前 周庾信

《玉臺》題云《昭君辭》。

拭啼辭戚里，回顧望昭陽。鏡失菱花影，釵除却月梁。圍腰無一尺，垂淚有千行。緑衫承馬汗，紅袖拂秋霜。別曲真多恨，哀弦須更張。「緑衫」一作「衫身」。

同前 無名氏

猗蘭恩寵歇，昭陽幸御稀。朝辭漢闕去，夕見胡塵飛。寄信秦樓下，因書秋鴈歸。

明君詞 梁簡文帝

《英華》題云《昭君怨》。

玉艷光揺質，金鈿婉黛紅。一去蒲萄觀，長別披香宮。秋簷照漢月，愁帳入胡風。妙工偏見詆，無由情恨通。

同前 武陵王紀

一曰《昭君辭》。

塞外無春色，邊城有風霜。誰堪覽明鏡，持許照紅粧。

同前 沈約

朝發披香殿，夕濟汾陰河。於茲懷九折，自此斂雙蛾。沾粧疑湛露，繞臆狀流波。日見奔沙起，稍覺轉蓬多。胡風犯肌骨，非直傷綺羅。銜涕試南望，關山鬱嵯峨。始作陽春曲，終成苦寒歌。唯有三五夜，明月暫經過。「折」一作「逝」。「狀」一作「比」。

同前 陳後主

《集》題云《昭君怨》。

圖形漢宮裏，遥聘單于庭。狼山聚雲暗，龍沙飛雪輕。笳吟度隴咽，笛轉出關鳴。啼妝寒葉下，愁眉塞月生。只餘馬上曲，猶作别時聲。

同前 張正見

《集》作《王明君》。

塞樹暗胡塵〔七〕，霜樓明漢月。淚染上春衣，憂變華年髮。

同前 陳昭

《藝文》作陳明。《陰鏗集》載云《昭君怨》。郭本作唐，誤。

跨鞍今永訣，垂淚別親賓。漢地隨行盡，胡關逐望新。交河擁塞霧，隴日暗沙塵。唯有孤明月，猶能遠送人〔八〕。「隨行盡」一作「行將遠」。

同前 周王褒

蘭殿辭新寵，椒房餘故情。鴻飛漸南陸，馬首倦西征。寄書參漢使，銜涕望秦城。唯餘馬上曲，猶作出關聲。

同前 庾信

《集》題云《昭君辭應詔》。

斂眉光禄塞，遥望夫人城。片片紅顔落，雙雙淚眼生。冰河牽馬渡，雪路抱鞍行。胡風入骨冷，夜月照心明。方調琴上曲，變入胡笳聲。「入」一作「作」。

同前 隋何妥

一云《昭君辭》。《英華》作何遜。

昔聞別鶴弄，已自軫離情。今來昭君曲，還悲秋草並。

同前 薛道衡

我本良家子，充選入椒庭。不蒙女史進，更無畫師情。蛾眉非本質，蟬鬢改真形。專由妾命薄，誤使君恩輕。啼落渭橋路，歎别長安城。今夜寒草宿，明朝轉蓬征。卻望關山迥，前瞻沙漠平。胡風帶秋月，嘶馬雜笳聲。毛裘易羅綺，氊帳代帷屏。自知蓮臉歇，羞看菱鏡明。釵落終應棄，髻解不須縈。何用單于重，詎假閼氏名。駃騠聊彊食，桐酒未能傾。心隨故鄉斷，愁逐塞雲生。漢宫如有憶，爲視旄頭星。「今夜」一作「夜依」。「明朝」一作「朝逐」。「帷」一作「金」。「桐」一作「筒」。

昭君歎 梁范静婦沈氏

二首。

早信丹青巧，重貨洛陽師。千金買蟬鬢，百萬寫蛾眉。「貨」一作「賂」。

今朝猶漢地，明旦入胡關。情寄南雲反，思逐北風還。一作「高堂歌吹寂〔九〕，遊子夢中還」。

楚王吟 梁張率

章臺迎夏日，夢遠感春條。風生竹籟響，雲垂草緑饒。相看重束素，唯欣争細腰。不惜同從理，但使一聞韶。

楚妃歎 晉石崇

劉向《列女傳》曰：楚姬，楚莊王夫人也。莊王好狩獵畢弋，樊姬諫不止，乃不食禽獸之肉。王嘗與虞丘子語，以爲賢，樊姬笑之，王曰：何笑也？對曰：虞丘子賢矣，未忠也。妾充後宫十一年，而所進者九人，賢於妾者二人，與妾同列者七人。虞丘子相楚十年，而所薦者非其子孫，則族昆弟，未聞進賢退不肖也。妾之笑不亦宜乎？王於是以孫叔敖爲令尹，治楚三年而莊王以霸。《樂府解題》曰：陸機《吴趨行》云：「楚妃且莫歎。」明非近題也。謝希逸《琴論》有《楚妃歎》七拍。

蕩蕩大楚，跨土萬里。北據方城，南接交趾。西撫巴漢，東被海涘。五侯九伯，是疆是理。矯矯莊王，淵渟岳峙。冕旒垂精，充纊塞耳。韜光戢曜，潛默恭己。内委樊姬，外任孫子。猗猗樊姬，體道履信。既紬虞丘，九女是進。杜絶邪佞，廣啓令胤。割歡抑寵，居之不吝。不吝實難，可謂知幾。化自近始，著於閨闈。光佐霸業，邁德揚威。羣后列辟，式瞻洪規。譬彼江海，百川咸歸。萬邦作歌，身没名飛。右一曲晉樂所奏。

同前 宋袁伯文

一云《楚妃引》。

玉墀滴淒露，羅幌已依霜。逢春每先絶，争秋欲幾芳。

同前 梁簡文帝

幽閨情脉脉，漏長宵寂寂。草螢飛夜户，絲蟲繞秋壁。薄笑未爲欣，微歎還成慼。金簪鬢下垂，玉筯衣前滴。

楚妃吟 梁王筠

花早飛，林中明，鳥早歸。庭前日，暖春閨，香氣亦霏霏。香氣漂，當軒清唱調。獨顧慕，含怨復含嬌。蝶飛蘭復裊裊。輕風入裙春可遊，歌聲梁上浮。春遊方有樂，沉沉下羅幕。

楚妃曲 吴均

春粧約春黛，如月復如蛾。玉釵照繡領，金薄厠紅羅。

王子喬 古辭

劉向《列仙傳》曰：王子喬者，周靈王太子晉也。好吹笙，作鳳鳴。遊伊洛之間，道人浮丘公接以上嵩高山三十餘年。後求之於山上，見桓良，曰：「告我家，七月七日待我於緱氏山頭。」至時果乘白鶴駐山頭，望之不得到，舉手謝時人，數日而去。爲立祠於緱氏山下及嵩高之首焉。

王子喬，参駕白鹿雲中遨。参駕白鹿雲中遨，下遊來，王子喬。参駕白鹿上至雲，戲遊遨。上建逋陰廣里踐近高。結仙宫，過謁三台，東遊四海五嶽，山過蓬萊紫雲臺。三王五帝不足令，令我聖朝應太平。養民若子事父明，當究天禄永康寧。玉女羅坐吹笛簫。嗟行聖人遊八極，鳴吐銜福翔殿側。聖主享萬年，悲吟皇帝延壽命。右一曲魏、晉樂所奏。

同前 梁江淹

《集》云《王太子贊》，姑從郭本收入。

子喬好輕舉，不待鍊銀丹。控鶴去窈窕，學鳳對巑岏。山無一春草，谷有千年蘭。雲衣下躑躅，龍駕何時還。「去」一作「上」。

同前 高允生

一題有「行」字。

仙化非常道，其義出自然。王喬誕神氣，白日忽升天。晻曖御雲氣，飄颻乘長煙。寄想崆峒外，翱翔宇宙間。七月有佳期，控鶴崇崖巔。永與時人别，一去不復旋。「飄颻」一作「飄飄」。

同前 北魏高允

王少卿，王少卿，超升飛龍翔天庭。遺儀景，雲漢酬，光騖電逝忽若浮。騎日月，從列星，跨騰入廓踰窅冥。尋元氣，出天門，窮覽有無究道根。

四弦曲

《古今樂録》曰：張永《元嘉技録》有《四絃》一曲，《蜀國四絃》是也。居《相和》之末，三調之首。古有四曲，其《張女四絃》《李延年四絃》《嚴卯四絃》三曲闕，《蜀國四絃》節家舊有六解，宋歌有五解，今亦闕。

蜀國絃　梁簡文帝

《集》題《蜀國絃歌》，篇十韻。

銅梁指斜谷，劒道望中區。通星上分野，作固下爲都。雅歌因良守，妙舞自巴渝。陽城嬉樂盛，劒騎鬱相趨。五婦行難至，百兩好遊娛。牲祈望帝祀，酒酹蜀侯姝。江妃納重聘，卓女愛將雛。停弦時繫爪，息吹治脣朱。脱衫湔錦浪，回扇避陽烏。聞君握節返，賤妾下城隅。「指斜谷」《玉臺》作「望絶國」。「望中區」《英華》作「臨中區」。「盛」一作「所」。「爪」一作「介」。「治脣朱」一作「更治朱」。

同前　隋盧思道

西蜀稱天府，由來擅沃饒。雲浮玉壘夕，日映錦城朝。南尋九折路，東上七星橋。琴心若易解，令客豈難要。

【校勘記】

〔一〕玉，《四庫》本作「王」。

〔二〕稄稄，《四庫》本作「椶椶」。

〔三〕柱，《四庫》本作「拄」。

〔四〕弧，《四庫》本作「弓」。

〔五〕立，原闕，據《四庫》本補。

〔六〕賦，《四庫》本作「妃」。

〔七〕塞，《四庫》本作「寒」。

〔八〕遠送人，《四庫》本作「送遠人」。

〔九〕寂，原闕，據《四庫》本補。

古樂苑卷第十六

相和歌辭平調曲

平調曲

《古今樂録》曰：王僧虔《技録》：平調七曲。一曰《長歌行》，二曰《短歌行》，三曰《猛虎行》，四曰《君子行》，五曰《燕歌行》，六曰《從軍行》，七曰《鞠歌行》。荀氏《録》所載十二曲，傳者五曲。武帝「周西」「對酒」，文帝「仰瞻」，並《短歌行》，文帝「秋風」「别日」，並《燕歌行》是也。其七曲今不傳。文帝「功名」、明帝「青青」，並《長歌行》，武帝「吾年」、明帝「雙桐」，並《猛虎行》，「燕趙」《君子行》，左延年「苦哉」《從軍行》，「雉朝飛」《短歌行》是也。其器有笙、笛、筑、瑟、琴、箏、琵琶七種，歌絃六部。張永《録》曰：未歌之前，有八部絃、四器，俱作在高下遊弄之後。凡三調，歌絃一部，竟輒作送，歌絃今用器。又有《大歌絃》一曲，歌「大婦織綺羅」，不在歌數，唯平調有之，即清調「相逢狹路間，道隘不容車」篇。後章有「大婦織綺羅，中婦織流黄」是也。張《録》云：非管絃音聲所寄，似是命笛理絃之餘。王《録》所無也，亦謂之《三婦艷》詩。

長歌行 古辭

《樂府解題》曰：古辭，言芳華不久，當努力爲樂，無至老大乃傷悲也。魏改奏文帝所賦「西山一何高」。崔豹《古今注》：長歌、短歌，言人壽命長短各有定分，不可妄求。按古詩云「長歌正激烈」，魏文帝《燕歌行》云「短歌微吟不能長」，晉傅玄《艷歌行》云「咄來長歌續短歌」，然則歌聲有長短，非言壽命也。

青青園中葵，朝露待日晞。陽春布德澤，萬物生光輝。常恐秋節至，焜黄華葉衰。百川東到海，何時復西歸。少壯不努力，老大徒傷悲。

同前 古辭

《滄浪詩評》云：《文選·長歌行》一首，「青青園中葵」，郭茂倩《樂府》有兩篇，次乃「仙人騎白鹿」，予疑「岧岧山上亭」以下其義不同，當别是一首。

仙人騎白鹿，髮短耳何長。導我上太華，攬之獲赤幢。來到主人門，奉藥一玉箱。主人服此藥，身體一日康彊。髮白更黑，延年壽命長。岧岧山上亭，皎皎雲間星。遠望使心思，遊子戀所生。驅車出北門，遥觀洛陽城。凱風吹長棘，夭夭枝葉傾。黄鳥飛相追，咬咬弄音聲。竚立望西河，泣下沾羅纓。《藝文類聚》載魏文帝《明津》詩，與此大同，而逸其半。

同前 魏明帝

静夜不能寐，耳聽衆禽鳴。大乘育狐兔，高墉多鳥聲。壞宇何寥廓，宿屋邪草生。中心感時物，撫劒下前庭。翔佯於階際，景星一何明。仰首觀靈宿，北辰奮休榮。哀彼失羣燕，喪偶獨煢煢。單心誰與侶，造房孰與成。徒然喟有和，悲慘傷人情。余情偏易感，懷往增憤盈。吐吟音不徹，泣涕沾羅纓。「撫劒下前庭」《藝文》作「攬衣下閒庭」。

同前 晉傅玄

利害同根源，賞下有甘鈎。義門近□塘，獸口出通侯。撫劒安所趨，蠻方未順流。蜀賊阻石城，吴寇馮龍舟。二軍多壯士，聞賊如見讐。投身效知己，徒生心所羞。鷹隼厲天翼，恥與燕雀遊。成敗在縱者，無令鷙鳥憂。

同前　陸機

逝矣經天日，悲哉帶地川。寸陰無停晷，尺波徒自旋。年往迅勁矢，時來亮急絃。遠期鮮克及，盈數固希全。容華夙夜零，體澤坐自捐。茲物苟難停，吾壽安得延。俛仰逝將過，倏忽幾何間。慷慨亦焉訴，天道良自然。但恨功名薄，竹帛無所宣。迨及歲未暮，長歌乘我閑。「徒自」一作「豈徒」。「迅」一作「信」。

同前　宋謝靈運

倏爍夕星流，昱奕朝露團。粲粲烏有停，泫泫豈暫安。徂齡速飛電，頹節鶩驚湍。覽物起悲緒，顧已識憂端。朽貌改鮮色，悴容變柔顏。變改苟催促，容色烏盤桓。亹亹衰期迫，靡靡壯志闌。既慙臧孫慨，復愧楊子歎。寸陰果有逝，尺素竟無觀。幸賒道念戚，且取長歌歡。

同前 梁元帝

當壚擅旨酒，一巵堪十千。無勞蜀山鑄，扶授采金錢。人生行樂爾，何處不留連。朝爲洛生詠，夕作據梧眠。忽兹忘物我，優遊得自然。「授」一作「受」。

同前 沈約

二首。後一作鮑照。

連連舟壑改，微微市朝變。來功嗣往迹，莫武徂升彥。局塗頓遠策，留懽限奔箭。拊戚狀驚瀾，循休擬回電。歲去芳願違，年來苦心薦。春貌既移紅，秋林豈停蒨。一倍茂陵道，寧思柏梁宴。長戢兔園情，永别金華殿。聲徽無惑簡，丹青有餘絢。幽篇且未調，無使長歌倦。「限」一作「恨」。

春隰荑緑柳，寒墀積皓雪。依依往紀盈，霏霏來思結。思結纏歲晏，曾是掩初節。初節曾不掩，浮榮逐弦缺。弦缺更圓合，浮榮永沈滅。色隨夏蓮變，態與秋霜耋。道迫無異期，賢愚有同絶。銜恨豈云忘，天道無甄别。功名識所職，竹帛尋摧裂。生外苟難尋，坐爲長歎設。

鰕䱇篇 魏陳思王植

一曰《鰕䱇篇》。《樂府解題》曰：曹植擬《長歌行》爲《鰕䱇》。

鰕䱇遊潢潦，不知江海流。燕雀戲藩柴，安識鴻鵠遊。世事此誠明，大德固無儔。駕言登五岳，然後小陵丘。俯觀上路人，勢利惟是謀。讐高念皇家，遠懷柔九州。撫劒而雷音，猛氣縱橫浮。汎泊徒嗷嗷，誰知壯士憂。

短歌行 魏武帝

二首，六解。《古今樂録》曰：王僧虔《技録》云：《短歌行》「仰瞻」一曲，魏氏遺令，使節朔奏樂，魏文製此辭，自撫箏和歌。歌者云「貴官彈箏」，貴官即魏文也。此曲聲製最美，辭不可入宴樂。《樂府解題》曰：《短歌行》魏武帝「對酒當歌，人生幾何」，晉陸機「置酒高堂，悲歌臨觴」，皆言當及時爲樂也。

對酒當歌，人生幾何？譬如朝露，去日苦多。一解。慨當以慷，憂思難忘。以何解愁？唯有杜康。二解。青青子衿，悠悠我心。但爲君故，沉吟至今。三解。明明如月，何時可掇〔一〕？憂從中來，不可斷絶。四解。呦呦鹿鳴，食野之苹。我有嘉賓，鼓瑟吹笙。五解。山不厭高，水不厭深。周公吐哺，天下歸心。六解。　右一曲晉樂所奏。

對酒當歌，人生幾何？譬如朝露，去日苦多。慨當以慷，憂思難忘。何以解憂？唯有杜康。青青子衿，悠悠我心。呦呦鹿鳴，食野之苹。我有嘉賓，鼓瑟吹笙。明明如月，何時可掇〔二〕？憂從中來，不可斷絶。越陌度阡，枉用相存。契闊談讌，心念舊恩。月明星稀，烏鵲南飛。繞枝三匝，何枝可依？山不厭高，海不厭深。周公吐哺，天下歸心。右一曲本辭，多「越陌」八句。

對酒當歌，人生幾何？譬如朝露，去日苦多。明明如月，何時可掇？憂從中來，不可斷絶。月明星稀，烏鵲南飛。繞枝三匝，無枝可依。山不在高，水不在深。周公吐哺，天下歸心。

右《藝文》所載，歐陽詢去其半，猶爲簡當，語完而意足也，今附録。

同前 武帝

六解。

周西伯昌，懷此聖德，三分天下，而有其二。脩奉貢獻，臣節不墜，崇侯讒之，是以拘繫。一解。後見赦原，賜之斧鉞，得使征伐。爲仲尼所稱，達及德行，猶奉事殷，論叙其美。二解。

齊桓之功，爲霸之首，九合諸侯，一匡天下。一匡天下，不以兵車。正而不譎，其德傳稱。三解。孔子所歎，並稱夷吾，民受其恩。賜與廟胙，命無下拜。小白不敢爾，天威在顏咫尺。四解。晉文亦霸，躬奉天王。受賜珪瓚，秬鬯彤弓，盧弓矢千，虎賁三百人。五解。威服諸侯，師之者尊，八方聞之，名亞齊桓。河陽之會，詐稱周王，是以其名紛葩。六解。　右一曲晉樂所奏。

同前　魏文帝

仰瞻帷幕，俯察几筵。其物如故，其人不存。一解。神靈倏忽，棄我遐遷。靡瞻靡恃，泣涕連連。二解。呦呦遊鹿，銜草鳴麑。翩翩飛鳥，挾子巢棲。三解。我獨孤煢，懷此百離。憂心孔疚，莫我能知。四解。人亦有言，憂令人老。嗟我白髮，生一何早。五解。長吟永歎，懷我聖考。曰仁者壽，胡不是保。六解。　右一曲魏樂所奏。　「者」《宋書》作「曰」。

同前　魏明帝

翩翩春燕，端集余堂。陰匿陽顯，節運自常。厥貌淑美，玄衣素裳。歸仁服德，雌雄頡頏。

執志精專，潔行馴良。銜土繕巢，有式宮房。不規自圓，無矩而方。

同前 晉傅玄

長安高城，層樓亭亭。干雲四起，上貫天庭。蜉蝣何整，行如軍征。蟋蟀何感，中夜哀鳴。蚍蜉愉樂，粲粲其榮。寤寐念之，誰知我情。昔君視我，如掌中珠。何意一朝，棄我溝渠。昔君與我，如影如形。何意一去，心如流星。昔君與我，兩心相結。何意今日，忽然兩絶。

同前 陸機

置酒高堂，悲歌臨觴。人生幾何，逝如朝霜。時無重至，華不再揚。蘋以春暉，蘭以秋芳。來日苦短，去日苦長。今我不樂，蟋蟀在房。樂以會興，悲以別章。豈曰無感，憂爲子忘。我酒既旨，我肴既臧。短歌可詠，長夜無荒。

同前 梁張率

君子有酒，小人鼓缶。乃布長筵，式宴親友。盛壯不留，容華易朽。如彼槁葉，有似過牖。

往日莫淹，來期無久。秋風悴林，寒蟬鳴柳。悲自別深，懽由會厚。豈云不樂，與子同壽。我酒既盈，我肴伊阜。短歌是唱，孰知身後。

同前 周徐謙

二首。郭本作一首。

窮通皆是運，榮辱豈關身。不願門前客，看時逢故人。意氣青雲裏，爽朗煙霞外。不羡一囊錢，唯重心襟會。

同前 隋辛德源

馳射罷金溝，戲笑上雲樓。少妻鳴趙瑟，侍妓轉吴謳。杯度浮香滿，扇舉細塵浮。星河耿涼夜，飛月艷新秋。忽念奔駒促，彌欣執燭遊。

銅雀臺 齊謝朓

一曰《銅雀妓》。《鄴都故事》：魏武帝遺命諸子曰：吾死之後，葬於鄴之西岡上，與西門豹祠相近。無藏金玉珠寶，餘香可分諸夫人，不命祭。吾妾與伎人皆著銅雀臺。臺上施六尺牀，下繐帳。朝晡上酒脯粻糒之屬。每月朝十五，輒向帳前作伎。汝等時登臺，望吾西陵墓田。故陸機《弔魏武帝文》曰：揮清絃而獨奏，薦脯糒而誰嘗。悼繐帳之冥漠，怨西陵之茫茫。登雀臺而羣悲，佇美目其何望。按銅雀臺在鄴城，建安十五年築。其臺最高，上有屋一百二十間，連接榱棟，侵徹雲漢。鑄大銅雀置于樓顛，舒翼奮尾，勢若飛動，因名爲銅雀臺。《樂府解題》曰：後人悲其意而爲之詠也。

《集》云《同謝諮議詠銅雀臺》。郭本作《銅雀伎》。

繐帷飄井幹，罇酒若平生。鬱鬱西陵樹，詎聞歌吹聲。芳襟染淚迹，嬋娟空復情。玉座猶寂寞，況乃妾身輕。

同前 陳張正見

淒涼銅雀晚，摇落墓田通。雲慘當歌日，松吟欲舞風。人疏瑶席冷，曲罷繐帷空。可惜年將淚，俱盡望陵中。

同前 荀仲舉

高臺秋色晚，直望已悽然。況復歸風便，松聲入斷絃。淚逐梁塵下，心隨團扇捐。誰堪三五夜，空對月光圓。

銅雀妓 梁何遜

秋風木葉落，蕭瑟管絃清。望陵歌對酒，向帳舞空城。寂寂簷宇曠，飄飄帷幔輕。曲終相顧起，日暮松柏聲。

同前 劉孝綽

雀臺三五日，歌吹似佳期。定對西陵晚，松風飄素帷。危絃斷復續，賤妾傷此時。何言留客袂，翻掩望陵悲。「歌」一作「絃」。「復續」一作「更接」。「賤妾傷此時」一作「心傷於此時」。「何」一作「誰」。「翻」一作「還」。

同前 江淹

武皇去金閣，英威長寂寞。雄劍頓無光，雜佩亦銷爍。秋至明月圓，風傷白露落。清夜何湛湛，孤燭映蘭幕。撫影愴無從，惟懷憂不薄。瑤色行應罷，紅芳幾爲樂。徒登歌舞臺，終成螻蟻廓。

銅雀悲 齊謝朓

落日高城上，餘光入繐帷。寂寂深松晚，寧知琴瑟悲。

置酒高堂上 宋孔欣

一作《置酒高樓上》。

置酒宴友生，高會臨疎欞。芳俎列嘉肴，山罍滿春青。廣樂充堂宇，絲竹横兩楹。邯鄲有名倡，承閒奏新聲。八音何寥亮，四座同歡情。舉觴發《湛露》，銜杯詠《鹿鳴》。觴謡可相娱，揚解意何榮。顧歡來義士，暢哉矯天誠。朝日不夕盛，川流常宵征。生猶懸水溜，死若波瀾停。當年貴得意，何能競虚名。

當置酒 梁簡文帝

《陸機集》載此，誤。

置酒宴佳賓，矚迥臨飛觀。絶嶺隔天餘，長嶼横江半。日色花上綺，風光水中亂。三益既葳蕤，四始方葱粲。

猛虎行 古辭

飢不從猛虎食，暮不從野雀棲。野雀安無巢，游子爲誰驕。

同前 魏文帝

與君媾新歡，託配於二儀。充列于紫微，升降焉可知？梧桐攀鳳翼，雲雨散洪池。

同前 明帝

王僧虔《伎録》曰：荀《録》載明帝「雙桐」一篇，今不傳。

雙桐生空井，枝葉自相加。通泉浸其根，玄雲潤其柯。上有雙棲鳥，交頸鳴相和。何意行路者，秉丸彈是窠。闕

同前 晉陸機

渴不飲盜泉水，熱不息惡木陰。惡木豈無枝，志士多苦心。整駕肅時命，杖策將遠尋。饑食猛虎窟，寒棲野雀林。日歸功未建，時往歲載陰。崇雲臨岸駭，鳴條隨風吟。静言幽谷

底，長嘯高山岑。急弦無懦響，亮節難爲音。人生誠未易，曷云開此襟。眷我耿介懷，俯仰愧古今。

同前 宋謝惠連

二首。後首郭本無名氏。

貧不攻九疑玉，倦不憩三危峰。九疑有惑號〔三〕，三危無安容。美物標貴用，志士厲奇蹤。如何祗遠役，王命宜肅恭。伐鼓功未著，振旅何時從。猛虎潛深山，長笑自生風。人謂客行樂，客行苦心傷。

雙桐生空井 梁簡文帝

季月對桐井，新枝雜舊株。晚葉藏棲鳳，朝花拂曙烏。還看西子照，銀牀繫轆轤。「西」一作「稚」。

君子行 古辭

又有《君子有所思行》，辭旨與此不同。

君子防未然，不處嫌疑間。瓜田不納履，李下不正冠。嫂叔不親授，長幼不比肩。勞謙得其柄，和光甚獨難。周公下白屋，吐哺不及餐。一沐三握髮，後世稱聖賢。《曹植集》亦載此。

同前 晉陸機

天道夷且簡，人道險而難。休咎相乘躡，翻覆若波瀾。去疾苦不遠，疑似實生患。近火固宜熱，履冰豈惡寒。掇蜂滅天道，拾塵惑孔顔。逐臣尚何有，棄友焉足歎。福鍾恒有兆，禍集非無端。天損未易辭，人益猶可歡。朗鑒豈遠假，取之在傾冠。近情苦自信，君子防未然。

同前 梁簡文帝

君子懷琬琰，不使涅塵淄。從容子雲閣，寂寞仲舒帷。多謝悠悠子，管窺良可悲。

同前 沈約

良御惑燕楚，妙察亂澠淄。隄傾由漏壤，垣隙自危基。囂途或妄踐，黨義勿輕持。

同前 戴暠

晝野依德星，開鄽對廉水。接越稱交讓，連樹名君子。數非唯二失，升階無三止。探甑不疑塵，正冠還避李。寄言蘧伯玉，無爲嗟獨恥。

燕歌行 魏文帝

七解。《樂府解題》：晉樂奏魏文帝《秋風》《別日》二曲，言時序遷换，行役不歸，婦人怨曠無所訴也。《廣題》言良人從役於燕而爲此曲。

秋風蕭瑟天氣涼，草木揺落露爲霜。一解。羣燕辭歸鴈南翔，念君客遊多思腸。二解。慊慊思歸戀故鄉，君何淹留寄他方。三解。賤妾煢煢守空房，憂來思君不敢忘。四解。不覺淚下沾衣裳，援瑟鳴絃發清商。五解。短歌微吟不能長，明月皎皎照我牀。六解。星漢西流夜未央，牽牛織女遥相望，爾獨何辜限河梁。七解。右一曲晉樂所奏。「鴈」《宋書》作「鵠」。「多思腸」一作「思斷腸」。「瑟」作「琴」。

六解。

同前 前人

別日何易會日難，山川悠遠路漫漫。一解。鬱陶思君未敢言，寄書浮雲往不還。二解。涕零雨面毁形顔，誰能懷憂獨不歎。三解。耿耿伏枕不能眠，披衣出户步東西。四解。展詩清歌聊自寬，樂往哀來摧心肝。五解。悲風清厲秋氣寒，羅帷徐動經秦軒。五解。仰戴星月觀雲間，飛鳥晨鳴聲氣可憐，留連顧懷不自存。六解。右一曲晉樂所奏。「書」一作「聲」。「形」一作「容」。「心」一作「肺」。「戴」一作「看」。「鳥」一作「鶬」。「自」一作「能」。

別日何易會日難，山川悠遠路漫漫。鬱陶思君未敢言，寄聲浮雲往不還。涕零雨面毁容顔，誰能懷憂獨不歎。展詩清歌聊自寬，樂往哀來摧肺肝。耿耿伏枕不能眠，披衣出户步東西。仰看星月觀雲間，飛鶬晨鳴聲可憐，留連顧懷不能存。右一曲本辭。

同前 魏明帝

白日晼晼忽西傾，霜露慘悽塗階庭。秋草捲葉摧枝莖，翩翩飛蓬常獨征，有似遊子不安寧。

同前 晉陸機

四時代序逝不追，寒風習習落葉飛。蟋蟀在堂露盈墀，念君遠遊恒苦悲。君何緬然久不歸，賤妾悠悠心無違。白日既没明燈輝，夜禽赴林匹鳥棲。雙鳴關關宿河湄，憂來感物淚不晞。非君之念思爲誰，别日何早會來遲。「逝」一作「遠」。「遲」一作「堦」。「遠」一作「客」。「夜」一作「寒」。「别日」一作「日别」。

同前 宋謝靈運

孟冬初寒節氣成，悲風入閨霜依庭，秋蟬噪柳燕棲楹。念君行役怨邊城，君何崎嶇久徂征？豈無膏沐感鶴鳴，對君不樂淚沾纓。闢窻開幌弄秦箏，調絃促柱多哀聲。遥夜明月鑒帷屏，誰知河漢淺且清。展轉思服悲明星。

同前 謝惠連

四時推遷迅不停，三秋蕭瑟葉解輕，飛霜被野鴈南征。念君客遊羈思盈，何爲淹留無歸聲，愛而不見傷心情。朝日潛輝華燈明，林鵲同棲渚鴻並，接翮偶羽依蓬瀛。仇依旅類相和鳴，余獨何爲志無成，憂緣物感淚沾纓。

同前 梁元帝

燕趙佳人本自多，遼東少婦學春歌。黄龍戍北花如錦，玄菟城南月似蛾。如何此時别夫婿，金羈翠眊往交河。還聞入漢去燕營，怨妾愁心百恨生。漫漫悠悠天未曉，遥遥夜夜聽寒更。自從異縣同心别，偏恨同時成異節。横波滿臉萬行啼，翠眉暫斂千重結。並海連天合不開，那堪春日上春臺。唯見遠舟如落葉，復看遥舸似行杯。沙汀夜鶴嘯羈雌，妾心無趣坐傷離。翻嗟漢使音塵斷，空傷賤妾燕南垂。「南」一作「前」。

同前 蕭子顯

風光遲舞出青蘋，蘭條翠鳥鳴發春。洛陽梨花落如雪，河邊細草細如茵。桐生井底葉交枝，今看無端雙燕離。五重飛樓入河漢，九華閣道暗清池。遥看白馬津上吏，傳道黄龍征戍兒。明月金光徒照妾，浮雲玉葉君不知。思君昔去柳依依，至今八月避暑歸。明珠蠶藺勉登機，鬱金香藹持香衣。洛陽城頭雞欲曙，丞相府中烏未飛。夜夢征人縫狐貉，私憐織婦裁錦緋。吴刀鄭錦絡，寒閨夜被薄。芳年海上水中鳧，日暮寒夜空城雀。「徒」一作「從」。「持」一作「特」。

同前 周王褒

《北史》本傳曰：褒仕梁時作《燕歌》，妙盡塞北苦寒之言，元帝及諸文士和之，而競爲悽切。及江陵爲魏師所破，元帝出降，方驗焉。

初春麗日鸎欲嬌，桃花流水没河橋。薔薇花開百重葉，楊柳拂地散千條。隴西將軍號都護，樓蘭校尉稱嫖姚。自從昔别春燕分，經年一去不相聞。無復漢地長安月，唯有漠北薊城雲。淮南桂中明月影，流黄機上織成文。充國行軍屢築營，陽史討虜陷平城。城下風多能却陣，沙中雪淺詎停兵。屬國少婦猶年少，羽林輕騎散征行。遥聞陌頭採桑曲，猶勝邊地胡笳聲。胡笳向暮使人泣，還使閨中空佇立。桃花落，杏花舒，桐生井底寒葉疎。試爲來看上林鴈，必有遥寄隴頭書。「長安」一作「關山」。「還使」一作「長還」。「必」一作「應」。

同前 庾信

代北雲氣晝昏昏，千里飛蓬無復根。寒鴈丁丁渡遼水，桑葉紛紛落薊門。晉陽山頭無箭竹，疏勒城中乏水源。屬國征戍久離居，陽關音信絶能疏。願得魯連飛一箭，持寄思歸燕將書。渡遼本自有將軍，寒風蕭蕭生水紋。妾驚甘泉足烽火，君訝漁陽少陣雲。自從將軍出細柳，蕩子空牀難獨守。盤龍明鏡向秦嘉，辟惡生香寄韓壽。春分燕來能幾日，二月蠶眠不復久。洛陽遊絲百丈連，黄河春冰千片穿。桃花顔色好如馬，榆莢新開巧似錢。蒲萄一杯千日醉，無事九轉學神仙。定取金丹作幾服，能令華表得千年。「丁丁」一作「噹噹」。「少」一作「多」。「不復久」《玉臺》作「不能食」。

從軍行 魏王粲

五首。《集》云《從軍詩》。《魏志》：建安二十年，曹公西征張魯，侍中王粲作詩以美其事。《涼風》四首，從征吴作，本非樂府，今姑從郭本收入。

從軍有苦樂，但問所從誰。所從神且武，焉得久勞師。相公征關右，赫怒震天威。一舉滅玁虜，再舉服羌夷。西收邊地賊，忽若俯拾遺。陳賞越丘山，酒肉踰川坻。軍中多飫饒，人馬皆溢肥。徒行兼乘還，空出有餘資。拓地三千里，往返一如飛。歌舞入鄴城，所願獲無違。晝日處大朝，日暮薄言歸。外參時明政，內不廢家私。禽獸憚爲犧，良苗實已揮。竊慕負鼎翁，願厲朽鈍姿。不能效沮溺，相隨把鋤犂。孰覽夫子詩，信知所言非。李善本無「竊慕」二句。「如」一作「若」。「晝」一作「盡」。

涼風厲秋節，司典告詳刑。我君順時發，桓桓東南征。汎舟蓋長川，陳卒被隰坰。征夫懷親戚，誰能無戀情。拊衿倚舟檣，眷言思鄴城。哀彼東山人，喟然感鸛鳴。日月不安處，人誰獲恒寧。昔人從公旦，一徂輒三齡。今我神武師，暫往必速平。棄余親睦恩，輸力竭忠貞。懼無一夫用，報我素餐誠。夙夜自怲性，思逝若抽縈。將秉先登羽，豈敢聽金聲。「戀」一作「此」。「恒」一作「常」。《太平御覽》載粲《從軍詩》有云「樓船淩洪波，奮戈刺群虜」，豈征吴時邪？

從軍征遐路，討彼東南夷。方舟順廣川，薄暮未安坻。白日半西山，桑梓有餘暉。蟋蟀夾岸鳴，孤鳥翩翩飛。征夫心兩懷，悽愴令吾悲。下船登高防，草露霑我衣。迴身赴牀寢，此愁當告誰。身服干戈事，豈得念所私。即戎有受命，茲理不可違。「兩」一作「多」。「悽」一作「惻」。

朝發鄴都橋，暮濟白馬津。逍遥河隄上，左右望我軍。連舫踰萬艘，帶甲千萬人。率彼東南路，將定一舉動。籌策運帷幄，一由我聖君。恨我無時謀，譬諸具官臣。鞠躬中堅内，微畫無所陳。許歷爲完士，一言猶敗秦。我有素餐責，誠愧伐檀人。雖無鉛刀用，庶幾奮薄身。「猶」一作「獨」。

悠悠涉荒路，靡靡我心愁。四望無煙火，但見林與丘。城郭生榛棘，蹊徑無所由。萑蒲竟廣澤，葭葦夾長流。日夕涼風發，翩翩漂吾舟。寒蟬在樹鳴，鸛鵠摩天遊。客子多悲傷，淚下不可收。朝入譙郡界，曠然消人憂。雞鳴達四境，黍稷盈原疇。館宅充廛里，女士滿莊馗。自非聖賢國，誰能享斯休。詩人美樂土，雖客猶願留。「廛」一作「鄽」。「女士」一作「士女」。

同前　左延年

二首。王僧虔《技録》云荀《録》所載左延年《苦哉行》一篇，今不傳。《樂府解題》曰：《從軍行》皆軍旅苦辛之辭。《苦哉行》《從軍五更轉》並出此。

苦哉邊地人，一歲三從軍。三子到燉煌，二子詣隴西。五子遠鬭去，五婦皆懷身。闕。後首見《初學記》。

從軍何等樂，一驅乘雙駁。鞍馬照人白，龍驤自動作。闕。

同前 晉陸機

周王褒有《遠征人》，出此。

苦哉遠征人，飄飄窮四遐。南陟五嶺巔，北戍長城阿。谿谷深無底，崇山鬱嵯峨。奮臂攀喬木，振迹涉流沙。隆暑固已慘，涼風嚴且苛。夏條集鮮藻，寒冰結衝波。胡馬如雲屯，越旗亦星羅。飛鋒無絶影，鳴鏑自相和。朝餐不免胄，夕息常負戈。苦哉遠征人，拊心悲如何。「飄飄窮四遐」一作「飄颻窮西河」。「谿谷深無底」一作「深谷邈無底」。「集」一作「焦」。「餐」一作「食」。

同前 宋顔延之

苦哉遠征人，畢力幹時艱。秦初略揚越，漢世争陰山。地廣旁無界，嵒阿上虧天。嶠霧下高鳥，冰沙固流川。秋飇冬未至，春液夏不涓。閩烽指荆吴，胡埃屬幽燕。横海咸飛驪，絶漠皆控弦。馳檄發章表，軍書交塞邊。接鏑赴陣首，卷甲起行前。羽驛馳無絶，旌旗晝夜懸。卧伺金柝響，起候亭燧煙。逖矣遠征人，惜哉私自憐。

同前 謝惠連

趙騎馳四牡，吴舟浮三翼。弓茅有恒用，矛鋋無蹔息。闕。

見《太平御覽》。

同前 梁簡文帝

二首。

貳師惜善馬，樓蘭貪漢財。前年出右地，今歲討輪臺。魚雲望旗聚，龍沙隨陣開。冰城朝浴鐵，地道夜銜枚。將軍號令密，天子璽書催。何時反舊里，遥見下機來。

雲中亭障羽檄驚，甘泉烽火通夜明。貳師將軍新築營，嫖姚校尉初出征。復有山西將，絶世愛雄名。三門應遁甲，五壘學神兵。白雲隨陣色，蒼山答鼓聲。迤邐觀鵝翼，參差覩鴈行。先平小月陣，却滅大宛城。善馬還長樂，黄金付水衡。小婦趙人能鼓瑟，侍婢初笄解鄭聲。庭前桃花飛已合，必應紅粧來起迎。「障」一作「嶂」。「愛」一作「受」。「陣」一作「旆」。「桃花」一作「柳絮」。「已」一作「欲」。「來起迎」一作「起見迎」。

同前 梁元帝

《集》云《和王僧辨從軍》，姑從郭本收入。

寶劒飾龍淵，長虹畫彩船。山虚和鐃管，水净寫樓船。連雞隨火度，燧象帶烽然。洞庭晚風急，瀟湘夜月圓。荀令多文藻，臨戎賦雅篇。

同前 沈約

惜哉征夫子，憂恨良獨多。浮矢出鯷海，束馬渡交河。雪縈九折嶝，風捲萬里波。維舟無夕島，秣驥乏平莎。淩濤富驚沫，援木闞垂蘿。江颸鳴疊嶼，流雲照層阿。玄埃晦朔馬，白日照吴戈。寢興流復怨，寤寐起還歌。晨裝豈輟警，夕壘詎淹和。苦哉遠征人，悲矣將如何。「闞」一作「闕」。

同前 戴暠

長安夜刺閨，胡騎白銅鞮。詔書發隴右，召募取關西。劒懸三尺鞘，鎧暴七重犀。督軍鳴戰鼓，遥夜數更鼙。侵星出柳塞，際晚入榆溪。秦涇含藥鴆，晉火逐飛雞。通泉開地道，望敵豎雲梯。陰山日不暮，長城風自凄。弓寒折錦鞬，馬凍滑斜蹄。燕旗竿上脆，羌笛管中嘶。登山試下趙，憑軾且平齊。當今函谷上，唯見一丸泥。「見」一作「用」。

同前　吴均

男兒亦可憐，立功在北邊。陣頭横却月，馬腹帶連錢。懷戈發壠坻，乘凍至遼邊。微誠君不愛，終自直如弦。

同前　江淹

二首。前首《集》云《李都尉陵從軍》，後首云《古意報袁功曹》，並非樂府。今姑從郭本收入。

樽酒送征人，踟躕在親宴。日暮浮雲滋，握手淚如霰。悠悠清水川，嘉魴得所薦。而我在萬里，結友不相見。袖中有短書，願寄雙飛燕。「友」一作「髮」。

從軍出隴北，長望陰山雲。涇渭各流異，恩情於此分。故人贈寶劍，鏤以瑶華文。一言鳳獨立，再説鸞無羣。何得晨風起，悠哉凌翠氛。黄鵠去千里，垂淚爲報君。

同前 蕭子顯

《英華》作蕭子雲。

左角名王侵漢邊，輕薄良家惡少年。縱横向沮澤，凌厲取山田。黄塵不見景，飛蓬恒滿天。邊功封浞野，竊寵劫祁連。春風春月將進酒，妖姬舞女亂君前。「劫」一作「拜」。

同前 劉孝儀

冠軍親挾射，長平自合圍。木落雕弓燥，氣秋征馬肥。賢王皆屈膝，幕府復申威。何謂從軍樂，往返速如飛。

同前 陳張正見

二首。後首《集》云《星名從軍詩》，姑從郭本收入。

胡兵屯薊北，漢將起山西。故人輕百戰，聊欲定三齊。風前噴畫角，雲上舞飛梯。鴈塞秋聲遠，龍沙雲路迷。燕然自可勒，函谷詎須泥。

將軍定朔邊，刁斗出祁連。高柳横長塞，榆關接遠天。井泉含陣竭，風火映山然。欲知客心斷，旌旗萬里懸。

同前 周趙王招

遼東烽火照甘泉，薊北亭障接燕然。水凍菖蒲未生節，關寒榆葉不成錢。

同前 庾信

《集》云《同盧記室從軍》。

《河圖》論陣氣，《金匱》辨星文。地中鳴鼓角，天上下將軍。函犀恒七屬，浴鐵本千羣。飛梯聊度絳，合弩暫凌汾。寇陣先中斷，妖營即兩分。連烽對嶺度，嘶馬隔河聞。箭飛如疾雨，城崩似壞雲。英王於此戰，何用武安君。

同前 王褒

二首。

兵書久閑習，征戰數曾經。講戎平樂觀，攬劒羽林亭。西征度疏勒，東驅出井陘。牧馬濱長渭，營軍毒上涇。平雲如陣色，半月類城形。羽書封信璽，詔使動流星。對岸流沙白，緣河柳色青。將幕恒臨斗，旌門常背刑。勳封瀚海石，功勒燕然銘。兵勢因麾下，軍圖送掖庭。誰憐下玉筯，向暮掩金屏。「攬劒」一作「學戲」。

黄河流水急，驄馬送征人。谷望河陽縣，橋度小平津。年少多遊俠，結客好輕身。代風愁櫪馬，胡霜宜角筋。羽書勞警急，邊鞍倦苦辛。康居因漢使，盧龍稱魏臣。荒戍唯看柳，邊城不識春。男兒重意氣，無爲羞賤貧。

同前 隋盧思道

朔方烽火照甘泉，長安飛將出祁連。犀渠玉劒良家子，白馬金羈俠少年。平明偃月屯右地，薄暮魚麗逐左賢。谷中石虎經銜箭，山上金人曾祭天。天涯一去無窮已，薊門迢遰三千里。朝見馬嶺黄沙合，夕望龍城陣雲起。庭中奇樹已堪攀，塞外征人殊未還。白雲初下天山外，浮雲直向五原間。關山萬里不可越，誰能坐對芳菲月。流水本自斷人腸，堅冰舊來傷馬骨。邊庭節物與華異，冬霰秋霜春不歇。長風蕭蕭渡水來，歸鴈連連映天没。

從軍行，從軍行，萬里出龍庭。單于渭橋今已拜，將軍何處覓功名？

同前 明餘慶

三邊烽亂驚，十萬且横行。風卷常山陣，笳喧細柳營。劒花寒不落，弓月曉逾明。會取淮南地，持作朔方城。「淮南」一作「河西」。

《選詩外編》作《塞上》。

同前 虞世南

二首。

塗山烽候驚，弭節度龍城。冀馬樓蘭將，燕犀上谷兵。劒寒花不落，弓曉月逾明。凛凛嚴霜節，冰壯黄河絶。蔽日卷征蓬，浮天散飛雪。全兵值月滿，精騎乘膠折。結髮早驅馳，辛苦事旌麾。馬凍重關冷，輪摧九折危。獨有西山將，年年屬數奇。「西山」疑作「山西」。

烽火發金微，連營出武威。孤城塞雲起，絶陣虜塵飛。俠客吸龍劍，惡少縵胡衣。朝摩骨都壘，夜解谷蠡圍。蕭關遠無極，蒲海廣難依。沙磴離旌斷，晴川候馬歸。交河梁已畢，燕山旆欲飛。方知萬里相，侯服有光輝。「烽」一作「爟」，誤。

遠征人 周王褒

黄河流水急，驅馬送征人。谷望河陽縣，橋度小平津。

從軍行五更轉 陳伏知道

五首。《樂苑》曰：《五更轉》，商調曲。按伏知道已有《從軍辭》，則《五更轉》蓋陳已前曲也。

一更刁斗鳴，校尉逴連城。遥聞射鵰騎，懸憚將軍名。
二更愁未央，高城寒夜長。試將弓學月，聊持劒比霜。
三更夜警新，横吹獨吟春。强聽《梅花落》，誤憶柳園人。
四更星漢低，落月與雲齊。依稀北風裏，胡笳雜馬嘶。
五更催送籌，曉色映山頭。城烏初起堞，更人悄下樓。「悄」一作「笑」。

鞠歌行 晉陸機

《古今樂録》曰：王僧虔《技録》平調又有《鞠歌行》，今無歌者。陸機序曰：按漢宫閣有含章鞠室、靈芝鞠室，後漢馬防第宅卜臨道，閣通池，鞠城彌於街路。鞠歌將謂此也。又東阿王詩「連騎擊壤」，或謂蹴鞠乎？三言七言，言雖奇寶名器，不遇知己，終不見重。願逢知己，以託意焉。

朝雲升，應龍攀，乘風遠遊騰雲端。鼓鐘歇，豈自歡，急弦高張思和彈。時希值，年夙愆，循己雖易人知難。王陽登，貢公歡，罕生既没國子歎。嗟千載，豈虚言，邈矣遠念情愾然。

同前 宋謝靈運

德不孤兮必有鄰，唱和之契冥相因。譬如虬虎兮來風雲，亦如形聲影響陳。心歡賞兮歲易淪，隱玉藏彩疇識真。叔牙顯，夷吾親。郢既殁，匠寢斤。覽古籍，信伊人。永言知己感良辰。

同前 謝惠連

翔馳騎，千里姿，伯樂不舉誰能知。南荆璧，萬金貲，卞和不斷與石離。年難留，時易隕，厲志莫賞徒勞疲。沮齊音，溺趙吹，匠石善運郢不危。古綿眇，理參差，單心慷慨雙淚垂。

【校勘記】

〔一〕掇，原作「輟」，據《四庫》本改。

〔二〕掇，原作「輟」，據《四庫》本改。

〔三〕惑，原作「或」，據《四庫》本改。

古樂苑卷第十七

相和歌辭 清調曲

清調曲一

《古今樂録》曰：王僧虔《技録》清調有六曲。一《苦寒行》，二《豫章行》，三《董逃行》，四《相逢狹路間行》，五《塘上行》，六《秋胡行》。荀氏《録》所載九曲，傳者五曲，晉、宋、齊所歌，今不歌。武帝「北上」《苦寒行》，「上謁」《董逃行》，「蒲生」《塘上行》，「晨上」「願登」《秋胡行》是也。其四曲今不傳。明帝「悠悠」《苦寒行》，古辭「白楊」《豫章行》，武帝「白日」《董逃行》，古辭《相逢狹路間行》是也。其器有笙、笛（下聲弄、高弄、遊弄）、篪、節、琴、瑟、箏、琵琶八種。歌弦四弦。張永《録》云：未歌之前，有五部弦，又在弄後。晉、宋、齊止四器也。

苦寒行 魏武帝

《樂府解題》曰：晉樂奏魏武帝「北上」篇，備言冰雪谿谷之苦。其後或謂之《北上行》，蓋因武帝辭而擬之也。《藝文類聚》作魏文帝。

北上太行山，艱哉何巍巍。太行山，艱哉何巍巍。羊腸坂詰屈，車輪爲之摧。一解。樹木何蕭瑟，北風聲正悲。何蕭瑟，北風聲正悲。熊羆對我蹲，虎豹夾道啼。二解。谿谷少人民，雪落何霏霏。少人民，雪落何霏霏。延頸長歎息，遠行多所懷。三解。我心何怫鬱，思欲一東歸。何怫鬱，思欲一東歸。水深橋梁絶，中路正徘徊。四解。迷惑失徑路，暝無所宿棲。失徑路，暝無所宿棲。行行日以遠，人馬同時飢。五解。擔囊行取薪，斧冰持作糜。擔囊行取薪，斧冰持作糜。悲彼《東山》詩，悠悠使我哀。六解。右一曲晉樂所奏，《宋書》首並疊二句。

北上太行山，艱哉何巍巍。羊腸坂詰屈，車輪爲之摧。樹木何蕭瑟，北風聲正悲。熊羆對我蹲，虎豹夾路啼。谿谷少人民，雪落何霏霏。延頸長歎息，遠行多所懷。我心何怫鬱，思欲一東歸。水深橋梁絶，中路正徘徊。迷惑失故路，薄暮無宿棲〔一〕。行行日已遠，人馬同時飢。擔囊行取薪，斧冰持作糜。悲彼《東山》詩，悠悠使我哀。右一曲本辭。

同前 魏明帝

悠悠發洛都，茾我征東行。悠悠發洛都，茾我征東行。征行彌二旬，屯吹龍陂城。一解。顧觀故壘處，皇祖之所營。故壘處，皇祖之所營。屋室若平昔，棟宇無邪傾。二解。奈何我皇祖，潛德隱聖形。我皇祖，潛德隱聖形。雖没而不朽，書貴垂休名。三解。光光我皇祖，軒耀同其榮。我皇祖，軒耀同其榮。遺化布四海，八表以肅清。四解。雖有吴蜀寇，春秋足耀兵。吴蜀寇，春秋足耀兵。徒悲我皇祖，不永享百齡。賦詩以寫懷，伏軾淚霑纓。五解。

右一曲晉樂所奏。按每解疊首二句。「龍」《宋書》作「隴」。「休」一作「伐」。「耀」一作「曜」。

同前 晉陸機

北遊幽朔城，涼野多險艱。俯入窮谷底，仰陟高山盤。凝冰結重磵，積雪被長巒。陰雲興巖側，悲風鳴樹端。不覩白日景，但聞寒鳥嚾。猛虎憑林嘯，玄猿臨岸歎。夕宿喬木下，慘愴恒鮮歡。渴飲堅冰漿，饑待零露餐。離思固已久，寤寐莫與言。劇哉行役人，慊慊恒苦寒。「艱」一作「難」。「久」一作「矣」。

同前 宋謝靈運

二首，並有闕。

歲歲曾冰合，紛紛霰雪落。浮陽減清暉，寒禽叫悲壑。飢爨煙不興，渴汲水枯涸。

樵蘇無夙飲，鑿冰煮朝飡。悲矣采薇唱，苦哉有餘酸。

吁嗟篇 魏陳思王植

《選詩拾遺》作瑟調《飛蓬篇》。《樂府解題》曰：曹植擬《苦寒行》爲《吁嗟》。《魏志》云：植每欲求别見獨談，及時政，幸冀試用，終不能得。時法制，待藩國峻迫，植十一年而三徙都，常汲汲無歡。裴松之注云：植嘗爲《瑟瑟調》歌辭。則此篇也。

吁嗟此轉蓬，居世何獨然！長去本根逝，夙夜無休閑。東西經七陌，南北越九阡。卒遇回風起，吹我入雲間。自謂終天路，忽然下沉淵。驚飈接我出，故歸彼中田。當南而更北，謂東而反西。宕宕當何依？忽亡而復存。飄颻周八澤，連翩歷五山。流轉無恒處，誰知吾苦艱。願爲中林草，秋隨野火燔。糜滅豈不痛，願與根荄連。「泉」一作「淵」。「根」一作「株」。

豫章行 古辭

《古今樂録》曰：《豫章行》，王僧虔云荀《録》所載古《白楊》一篇，今不傳。

白楊初生時，乃在豫章山。上葉摩青雲，下根通黄泉。涼秋八九月，山客持斧斤。我闕何皎皎，梯落闕。根株已斷絶，顛倒巖石間。大匠持斧繩，鋸墨齊兩端。一驅四五里，枝葉自相捐。闕會爲舟船燔。身在洛陽宫，根在豫章山。多謝枝與葉，何時復相連。吾生百年闕自闕俱。何意萬人巧，使我離根株。右一曲晉樂所奏。

同前 魏陳思王植

二首。《樂府解題》曰：曹植擬《豫章行》爲《窮達》。

窮達難豫圖，禍福信亦然。虞舜不逢堯，耕耘處中田。太公未遭文，漁釣終渭川。不見魯孔丘，窮困陳蔡間。周公下白屋，天下稱其賢。「終」一作「涇」。

鴛鴦自朋親，不若比翼連。他人雖同盟，骨肉天性然。周公穆康叔，管蔡則流言。子臧讓千乘，季札慕其賢。

同前 晉陸機

汎舟清川渚，遥望高山陰。川陸殊途軌，懿親將遠尋。三荆歡同株，四鳥悲異林。樂會良自古，悼别豈獨今。寄世將幾何，日昃無停陰。前路既已多，後途隨年侵。促促薄暮景，亹亹鮮克禁。曷爲復以兹，曾是懷苦心。遠節嬰物淺，近情能不深。行矣保嘉福，景絶繼以音。「高」一作「南」。

同前 宋謝靈運

短生於長世，恒覺白日欹。覽鏡睨頽容，華顔豈久期。苟無迴戈術，坐觀落崦嵫。有闕。

同前 謝惠連

軒帆遡遥路，薄送瞰遐江。舟車理殊緬，密友將遠從。九里樂同潤，二華念分峰。集歡豈今發，離歎自古鐘。促生靡緩期，迅景無遲蹤。緇髮迫多素，憔悴謝華茸。婉娩寡留晷，窈窕閉淹龍。如何阻行止，憤愠結心胷。既微達者度，歡戚誰能封。願子保淑慎，良訊代徽容。

同前 梁沈約

燕陵平而遠，易河清且駛。一見塵波阻，臨途引征思。雙劍愛匣同，孤鸞悲影異。宴言誠易纂，清歌信難嗣。卧聞夕鐘急，坐閲朝光亟。往歡墜壯心，來戚滿衰志。殂芳無再馥，淪灰定還熾。夏臺尚可忘，榮辱亦奚事。愧微曠士節，徒感鄙生餌。勞哉納辰和，地遠託聲寄。

同前 隋薛道衡

江南地遠接閩甌，山東英妙屢經遊。前瞻疊障千重阻，却帶驚湍萬里流。楓葉朝飛向京洛，文魚夜過歷吳洲。君行遠度茱萸嶺，妾住長依明月樓。樓中愁思不開嚬，始復臨牕望早春。鴛鴦水上萍初合，鳴鶴園中花併新。空憶常時角枕處，無復前日畫眉人。照骨金環誰用許，見膽明鏡自生塵。蕩子從來好留滯，況復關山遠迢遞。當學織女嫁牽牛，莫學嫦娥叛夫婿。偏訝思君無限極，欲罷欲忘還復憶。願作王母三青鳥，飛去飛來傳消息。

豐城雙劍昔曾離，經年累月復相隨。不畏將軍成久別，只恐封侯心更移。

豫章行苦相篇 晉傅玄

苦相身爲女，卑陋難再陳。男兒當門户，墮地自生神。雄心志四海，萬里望風塵。女育無欣愛，不爲家所珍。長大逃深室，藏頭羞見人。垂淚適他鄉，忽如雨絶雲。低頭和顏色，素齒結朱唇。跪拜無復數，婢妾如嚴賓。情合同雲漢，葵藿仰陽春。心乖甚水火，百惡集其身。玉顏隨年變，丈夫多好新。昔爲形與影，今爲胡與秦。胡秦時相見，一絶踰參辰。

「男兒」一作「兒男」。「齒」一作「頰」。《太平御覽》載玄《豫章行》云：「輕裘綴孔翠，明珂曜珊瑚。」

董逃行 古辭

五解。　崔豹《古今注》曰：《董逃歌》，後漢遊童所作也。終有董卓作亂，卒以逃亡。後人習之爲歌章，樂府奏之以爲儆誡焉。《後漢書·五行志》曰：靈帝中平中，京都歌曰：承樂世，董逃云云。《風俗通》曰：卓以《董逃》之歌主爲己發，大禁絶之。楊孚《董卓傳》曰：卓改「董逃」爲「董安」。　按古辭大略言服藥求仙，與卓無預。

吾欲上謁從高山，山頭危嶮大難。遥望五嶽端，黄金爲闕，班璘。但見芝草，葉落紛紛。一解。百鳥集，來如煙。山獸紛綸，麟辟邪其端。鵾雞聲鳴，但見山獸援戲相拘攣。二解。小復前行玉堂，未心懷流還。傳教出門來，門外人何求？所言欲從聖道，求一得命延。三解。教敕凡吏受言，採取神藥若木端。白兔長跪擣藥蝦蟇丸，奉上陛下一玉柈，服此藥可得神仙。四解。服爾神藥，莫不歡喜。陛下長生老壽，四面肅肅稽首，天神擁護左右，陛下長與天相保守。五解

同前 魏文帝

晨背大河南轅，跋涉遐路漫漫。師徒百萬譁諠，戈矛若林成山，旌旗拂日蔽天。闕

見《太平御覽》。

同前 晉陸機

一作五首。

和風習習薄林，柔條布葉垂陰。鳴鳩拂羽相尋，倉鶊喈喈弄音。感時悼逝傷心。日月相追周旋，萬里倏忽幾年。人皆冉冉西遷，盛時一往不還。慷慨乖念悽然。昔爲少年無憂，

常恠秉燭夜遊，翩翩宵征何求？於今知此有由，但爲老去年遒。盛固有衰不疑，長夜冥冥無期。何不驅馳及時，聊樂永日自怡。齎此遺情何之？人生居世爲安，豈若及時爲驩？世道多故萬端，憂慮紛錯交顔，老行及之長歎。

董逃行歷九秋篇 晉傅玄

十二首。《玉臺》以前十首作簡文帝，《樂録》云傅玄作。據《文選》注，引之爲漢古辭。《選詩拾遺》曰：此篇髣髴懽慽，如在目前；經緯情感，若探中曲。宫商曾疊，綺繪斐亹。其言有文焉，其聲有永焉。惜不知何人之辭，非相如、枚乘，誰能爲之？當爲百世六言之祖也。馮惟訥曰：此辭本題《董逃行歷九秋篇》，《董逃行》起於漢末，不得謂相如、枚乘爲之也。觀其辭體，不類二京，當以《樂録》爲正。

歷九秋兮三春，遺貴客兮遠賓。顧多君心所親，乃命妙妓才人，炳若日月星辰。其一。序金罍兮玉觴，賓主遞起鴈行。杯若飛電絶光，交觴接卮結裳。慷慨歡笑萬方。其二。奏新詩兮夫君，爛然虎變龍文。渾如天地未分，齊謳楚舞紛紛。歌聲上激青雲。其三。窮八音兮異倫，奇聲靡靡每新。微披素齒丹唇，逸響飛薄梁塵。精爽眇眇入神。其四。坐咸醉兮沾歡，引樽促席臨軒。進爵獻壽翻翻，千秋要君一言，願愛不移若山。其五。君恩愛兮不竭，譬若朝日夕月。此景萬里不絕，長保初醮髮結。何憂坐成胡越。其六。攜弱手兮金環，上遊飛閣雲間。穆若鴛鳳雙鸞，還幸蘭房自安。娛心樂意難原。其七。樂既極兮多懷，盛時忽逝若頹。寒暑革御景迴，春榮隨風飄摧。感物動心增哀。其八。妾受命兮孤虛，男兒墮地稱姝。女弱雖存若無，骨肉至親更疏。奉事他人託軀。其九。君如影兮隨形，賤妾如水浮萍。明月不能常盈，誰能無根保榮。良時冉冉代征。其十。顧繡領兮含暉，皎日迴光則微。朱華忽爾漸衰，影欲捨形高飛。誰言往思可追。其十一。薺與麥兮夏零，蘭桂踐霜逾馨。禄命懸天難明，妾心結意丹青。何憂君心中傾。其十二。「春華」一作「榮華」。「爾」一作「尒」。

相逢行 古辭

一曰《相逢狹路間行》，亦曰《長安有狹邪行》。《樂府解題》：古辭，文意與《雞鳴曲》同。《三婦艷》及「中婦織流黃」並出此。

相逢狹路間，道隘不容車。不知何年少，夾轂問君家。君家誠易知，易知復難忘。黃金爲君門，白玉爲君堂。堂上置樽酒，作使邯鄲倡。中庭生桂樹，華燈何煌煌。兄弟兩三人，中子爲侍郎。五日一來歸，道上自生光。黄金絡馬頭，觀者盈道傍。入門時左顧，但見雙鴛鴦。鴛鴦七十二，羅列自成行。音聲何噰噰，鶴鳴東西廂。大婦織綺羅，中婦織流黄。小婦無所爲，挾瑟上高堂。丈人且安坐，調絲方未央。一作「調絲未遽央」。右一曲晉樂所奏。

同前 宋謝靈運

一作五首。郭本作謝惠連，今從《藝文》。

行行即長道，道長息班草。邂逅賞心人，與我傾懷抱。夷世信難值，憂來傷人，平生不可保。陽華與春渥，陰柯長秋槁。心慨榮去速，情苦憂來早。日華難久居，憂來傷人，諄諄亦至老。親黨近卹庇，昵君不常好。九族悲素霰，三良怨黄鳥。邇朱白即頳，憂來傷人，近縞潔必造。水流理就濕，火炎同歸燥。賞契少能諧，斷金斷可寶。千計莫適從，下當有「憂來傷人」四字。萬端信紛繞。巢林宜擇木，結友使心曉。心曉形迹略，略邇誰能了。相逢既若舊，憂來傷人，片言代紵縞。

同前 梁張率

相逢夕陰街，獨趨尚冠里。高門既如一，甲第復相似。憑軾日欲昏，何處訪公子？公子之所在，所在良易知。青樓出上路，漸臺臨曲池。堂上撫流徽，雷罇朝夕施。橘柚分華實，朱火燎金枝。兄弟兩三人，冠珮紛陸離。朝從禁中出，車騎並驅馳。金鞍馬腦勒，聚觀路傍兒。入門一顧望，鳧鵠有雄雌。雄雌各數千，相鳴戲羽儀。並在東西立，羣次何離離。大婦刺方領，中婦抱嬰兒。小婦尚嬌稚，端坐吹參差。丈人無遽起，神鳳且來儀。「中」一作「門」。「丈人」一作「丈夫」。

相逢狹路間 宋孔欣

相逢狹路間，道狹正踟躕。如何不羣士，行吟戲路衢。輟步相與言，君行欲焉如？淳朴久已凋，榮利迭相驅。流落尚風波，人情多遷渝。勢集堂必滿，運去庭亦虚。競趨嘗不暇，誰肯眷桑樞。無爲肆獨往，只將困淪胥。未若及初九，攜手歸田廬。躬耕東山畔，樂道詠玄書。狹路安足遊，方外可寄娛。

同前 梁昭明太子統

京華有曲巷，曲曲不通輿。道逢一俠客，緣路問君居。君居在城北，可尋復易知。朱門閒皓壁，刻桷映晨離。階植若華草，光影逐飈移。輕幰委四屋，蘭膏然百枝。長子飾青紫，中子任以貲。小子始總角，方作啼弄兒。三子俱入門，赫奕盛羽儀。驊騮服衡轡，白玉鏤鞿羈。容止同規矩，賓從盡恭卑。雅鄭時閒作，孤竹乍參差。雲翔雜水宿，弄吭滿青池。歡樂無終極，流目豈知疲。門下非毛遂，坐上盡英奇。大婦成貝錦，中婦飾粉絁。小婦獨無事，理曲步簷垂。丈人暫徙倚，行使流風吹。「曲曲」一作「巷曲」。「若華」一作「苕華」。「委四屋」一作「逐四屈」。「翔」一作「飛」。「飾」一作「冶」。「絁」一作「施」。

同前 沈約

相逢洛陽道，繫聲流水車。路逢輕薄子，竚立問君家。君家誠易知，易知復易憶。龍馬滿街衢，飛蓋交門側。大子萬户侯，中子飛而食。小子始從官，朝夕温省直。三子俱入門，赫奕多羽翼。若若青組紆，煙煙金瑲色。大婦繞梁歌，中婦回文織。小婦獨無事，閉户聊且即。緑綺試一彈，玄鶴方鼓翼。

同前 劉孺

送君追遐路，路狹曖朝雰。三危上蔽日，九折杳連雲。枝交𢥠不見，聽盡吹纔聞。豈伊歎道遠，亦廼泣塗分，況兹别親愛，情念切離羣。

同前 劉遵

春晚駕香車，交輪礙狹斜。所恐惟風入，疑傷步摇花。含羞隱年少，何因問妾家。青樓臨上路，相期覺路賒。「覺」一作「竟」。

同前 隋李德林

天衢號九經，冠蓋恒縱横。忽逢懷刺客，相尋欲逐名。我住河陽浦，開門望帝城。金臺遠猶出，玉觀夜恒明。筵羞太官膳，酒釀步兵營。懸牀接高士，隔帳授諸生。流水琴前韻，飛塵歌後輕。大子難爲弟，中子難爲兄。小子輕財利，實見陶朱情。龍軒照人轉，驥馬噓天明。入門俱有説，至道勝金籝。出門會親友，天官奏德星。大婦訓端木，中婦訓劉靈。小婦南山下，擊缶和秦箏。羣賓莫有戲，燈來告絶纓。

長安有狹邪行 古辭

長安有狹邪，狹邪不容車。適逢兩少年，夾轂問君家。君家新市傍，易知復難忘。大子二千石，中子孝廉郎。小子無官職，衣冠仕洛陽。三子俱入室，室中自生光。大婦織綺紵，中婦織流黄。小婦無所爲，挾琴上高堂。丈夫且徐徐，調絃詎未央。「紵」一作「羅」。

同前 晉陸機

伊洛有岐路，岐路交朱輪。輕蓋承華景，騰步躡飛塵。鳴玉豈樸儒，馮軾皆俊民。烈心厲勁秋，麗服鮮芳春。余本倦遊客，豪彦多舊親。傾蓋承芳訊，欲鳴當及晨。守一不足矜，岐路良可遵。規行無曠迹，矩步豈逮人。投足緒已爾，四時不必循。將遂殊塗軌，要子同歸津。

同前 宋謝惠連

紀郢有通逵，通逵並軒車。帟帟雕輪馳，軒軒翠蓋舒。撰策之五尹，振轡從三閭。推劍馮前軾，鳴佩專後輿。疑闕。

同前 荀昶

一云《擬相逢狹路間》。

朝發邯鄲邑，暮宿井陘間。井陘一何狹，車馬不得旋。邂逅相逢值，崎嶇交一言。一言不容多，伏軾問君家。君家誠易知，易知復易博。南面平原居，北趣相如閣。飛樓臨名都，通門枕華郭。入門無所見，但見雙棲鶴。棲鶴數十雙，鴛鴦羣相追。大兄珥金璫，中兄振纓緌。伏臘一來歸，鄰里生光輝。小弟無所爲，鬭雞東陌逵。大婦織紈綺，中婦縫羅衣。小婦無所作，挾瑟弄音徽。丈人且却坐，梁塵將欲飛。「中兄振纓緌」一作「纓玉中兄蕤」。

同前 梁武帝

《帝王集》作魏武帝，非。

洛陽有曲陌，曲曲不通驛。忽遇二少童，扶轡問君宅。我宅邯鄲右，易憶復可知。大息組細緼，中息佩陸離。小息尚青綺，總轡遊南陂。三息俱入門，家臣拜門垂。三息俱升堂，旨酒盈千巵。三息俱入户，户内有光儀。大婦理金翠，中婦事玉觿。小婦獨閒暇，調笙遊曲池。丈人少徘徊，鳳吹方參差。「遇」一作「逢」。「轡」一作「角」。

同前　簡文帝

長安有徑塗，徑徑不通輿。道逢雙總角，扶輪問我居。我居青門北，可憶復易津。大息翥金勒，中息綰黄銀。小息始得意，黄頭作弄臣。三息俱入門，雅志揚清塵。三息俱上堂，觴肴滿四陳。三息俱入户，照耀光容新。大婦舒綺緉，中婦拂羅巾。小婦最容冶，映鏡學嬌嚬。丈人且安坐，清謳出絳脣。「徑徑」一作「塗徑」。「角」一作「丱」。「津」一作「尋」。「綰」一作「剖」。

同前　沈約

青槐金陵陌，丹轂貴遊士。方驂萬乘臣，炫服千金子。咸陽不足稱，臨淄孰能擬。

同前　庾肩吾

長安曲陌坂，曲曲不容幰。路逢雙綺襦，問君居近遠。我居臨御溝，可識不可求。長子登麟閣，次子侍龍樓。少子無高位，聊從金馬遊。三子俱來下，左右若川流。三子俱來入，高軒映彩旒。三子俱來宴，玉柱擊清甌。大婦襞雲裘，中婦卷羅幬。小婦多妖艷，花鈿繫石榴。夫君且安坐，歡娱方未周。「曲陌坂」一作「有曲陌」。「曲曲」一作「曲陌」。「妖艷」一作「艷冶」。

同前 王冏

名都馳道傍，華轂亂鏘鏘。道逢佳麗子，問我居何鄉。我家洛川上，甲第遥相望。珠扉玳瑁牀，綺席流蘇帳。大子執金吾，次子中郎將。小子陪金馬，遨遊蔑卿相。三子俱休沐，風流鬱何壯。三子俱會同，肅雍多禮讓。三子俱還室，絲管紛寥亮。大婦裁舞衣，中婦學清唱。小婦窺鏡影，弄此朝霞狀。佳人且少留，爲君繞梁唱。

同前 徐防

長安有勾曲，勾勾不通驛。塗逢二綺衣，夾路訪君室。君室近霸城，易識復知名。大息登金馬，中息謁承明。小息偏愛幸，走馬曳長纓。三息俱入門，車服盡雕輕。三息俱上堂，嘉賓四座盈。三息俱入户，室内有光榮。大婦縑始呈，中婦繡初營。小婦多姿媚，紅紗映削成。上客且安坐，胡牀妾自擊。「服」一作「馬」。

同前 陳張正見

少年重遊俠，長安有狹斜。路窄時容馬，枝高易度車。簷高同落照，巷小共飛花。相逢夾繡轂，借問是誰家。

同前 周王褒

威紆狹邪道，車騎動相喧。博徒稱劇孟，遊俠號王孫。勢傾魏侯府，交盡翟公門。路邪勞夾轂，塗艱倦折轅。日斜宣曲觀，春還御宿園。塗歌楊柳曲，巷飲榴花樽。獨有遊梁倦，還守孝文園。「威」一作「逶」。「倦」一作「客」。

三婦艷 宋南平王鑠

大婦裁霧縠，中婦牒冰練。小婦端清景，含歌登玉殿。丈人且徘徊，臨風傷流霰。

同前 齊王融

大婦織綺羅，中婦織流黄。小婦獨無事，挾瑟上高堂。丈夫且安坐，調絃詎未央。「綺羅」一作「縑絲」。「瑟」一作「琴」。「丈夫」一作「丈人」。「詎未央」一作「未渠央」。

同前 梁昭明太子統

大婦舞輕巾，中婦拂華茵。小婦獨無事，紅黛潤芳津。良人且高卧，方欲薦梁塵。

同前 沈約

大婦拂玉匣，中婦結珠帷。小婦獨無事，對鏡理蛾眉。良人且安卧，夜長方自私。「拂玉匣」

一作「掃玉墀」。「珠」一作「羅」。「理」一作「畫」。

同前 王筠

大婦留芳褥，中婦對華燭。小婦獨無事，當軒理清曲。丈人且安卧，艷歌方斷續。

同前 吴均

大婦紘初切，中婦管方吹。小婦多姿態，含笑逼清巵。佳人勿餘及，慇懃妾自知。

同前 劉孝綽

大婦縫羅裙，中婦料繡文。唯餘最小婦，窈窕舞昭君。丈人慎勿去，聽我駐浮雲。「人」一作「夫」。

同前 陳後主

十一首。

大婦避秋風，中婦夜牀空。小婦初兩髻，含嬌新臉紅。得意非霰日，可憐那可同。

大婦西北樓，中婦南陌頭。小婦初粧點，回眉對月鈎。可憐還自覺，人看反更羞。

大婦主縑機，中婦裁春衣。小婦新粧冶，拂匣動琴徽。長夜理清曲，餘嬌且未歸。「主」一作「弄」。

大婦姤娥眉，中婦逐春時。小婦最年少，相望卷羅帷。羅帷夜寒卷，相望人來遲。
大婦上高樓，中婦蕩蓮舟。小婦獨無事，撥帳掩嬌羞。丈夫應自解，更深難道留。
大婦初調筝，中婦飲歌聲。小婦春粧罷，弄月當宵楹。季子時將意，相看不用争。
大婦愛恒偏，中婦意長堅。小婦獨嬌笑，新來華燭前。新來誠可惑，爲許得新憐。
大婦酌金杯，中婦照粧臺。小婦偏妖冶，下砌折新梅。衆中何假問，人今最後來。
大婦怨空閨，中婦夜偷啼。小婦獨含笑，正柱作烏棲。河低帳未掩，夜夜畫眉齊。
大婦正當壚，中婦裁羅襦。小婦獨無事，淇上待吴姝。鳥歸花復落，欲去却踟躕。
大婦年十五，中婦當春户。小婦正横陳，含嬌情未吐。所愁曉漏促，不恨燈銷炷。

同前 張正見

大婦織殘絲，中婦姤蛾眉。小婦獨無事，歌罷詠新詩。上客何須起，爲待絶纓時。

中婦織流黄 梁簡文帝

翻花滿階砌，愁人獨上機。浮雲西北起，孔雀東南飛。調絲時繞腕，易鑷乍牽衣。鳴梭逐動釧，紅粧映落暉。

同前 陳徐陵

落花還井上，春機當户前。帶衫行障口，覓釧枕檀邊。數鑷經無亂，新漿緯易牽。蜘蛛夜伴織，百舌曉驚眠。封用黎陽土，書因計吏船。欲知夫婿處，今督水衡錢。「還」一作「非」。「枕檀」一作「入壇」。

同前 北齊盧詢

別人心已怨，愁空日復斜。燃香望韓壽，磨鏡待秦嘉。殘絲愁績爛，餘織恐縑賒。支機一片石，緩轉獨輪車。下簾還憶月，挑燈更惜花。似天河上景，春時織女家。

同前 隋虞世南

寒閨織素錦，含怨斂雙蛾。綜新交縷澀，經脆斷絲多。衣香逐舉袖，釧動應鳴梭。還恐裁縫罷，無信達交河。「達」一作「往」。《詩話補遺》云：此虞世南《織錦曲》也，分明是一幅織錦圖。綜音縱，經音逕，非深知織作者，不知此二句之妙。

【校勘記】

〔一〕暮，原作「春」，據《四庫》本改。

古樂苑卷第十八

相和歌辭 清調曲

清調曲 二

塘上行 魏甄后

五解。《鄴都故事》曰：魏文帝甄皇后，中山無極人。袁紹據鄴，與中子熙娶后爲妻。後太祖破紹，文帝時爲太子，遂以后爲夫人。后爲郭皇后所譖，賜死，臨終爲詩。《樂府解題》曰：晉樂奏魏武帝「蒲生」篇，而諸集録皆言甄后所作，歎以讒訴見棄，猶幸得新好，不遺故惡焉。今詳詩意，蓋初見棄所作，似非臨終詩也。

蒲生我池中，蒲生我池中，其葉何離離。傍能行人儀，莫能縷自知。衆口鑠黄金，使君生別離。一解。念君去我時，念君去我時，獨愁常苦悲。想見君顔色，感結傷心脾。今悉夜夜愁不寐。二解。莫用豪賢故，莫用豪賢故，棄捐素所愛。莫用魚肉貴，棄捐葱與薤。莫用麻枲賤，棄捐菅與蒯。三解。倍恩者苦枯，倍恩者苦枯，蹶船常苦没。教君安息定，慎莫致倉卒。念與君一共離別，亦當何時，共坐復相對。四解。出亦復苦愁，入亦復苦愁。邊地多悲風，樹木何蕭蕭。今日樂相樂，延年壽千秋。五解。右一曲晉樂所奏。《宋書》每解首疊二句。

蒲生我池中，其葉何離離。傍能行仁義，莫若妾自知。衆口鑠黄金，使君生別離。念君去我時，獨愁常苦悲。想見君顔色，感結傷心脾。念君常苦悲，夜夜不能寐。莫以豪賢故，棄捐素所愛。莫以魚肉賤，棄捐葱與薤。莫以麻枲賤，棄捐菅與蒯。出亦復苦愁，入亦復苦愁。邊地多悲風，樹木何翛翛。從軍致獨樂，延年壽千秋。右一曲本辭。

蒲生我池中，緑葉何離離。豈無蒹葭艾，與君生別離。念君去我時，獨愁常苦悲。想見君顔色，感結傷心脾。念君常苦意，夜夜不能寐。莫以豪賢故，棄捐素所愛。莫以魚肉賤，棄捐葱與薤。莫以麻枲賤，棄捐菅與蒯。倍恩者苦枯，蹶船常苦没。教君安息定，慎莫致倉卒。與君一別離，何時復相對。出亦復苦愁，入亦復苦愁。邊地多悲風，樹木何㯹㯹。從君致獨樂，延年壽千秋。

載《詩話補遺》。

同前 晉陸機

沈約有《江蘺生幽渚》，出此。

江蘺生幽渚，微芳不足宣。被蒙風雲會，移居華池邊。發藻玉臺下，垂影滄浪泉。霑潤既已渥，結根奧且堅。四節逝不處，繁華難久鮮。淑氣與時殞，餘芳隨風捐。天道有遷易，人理無常全。男懽智傾愚，女愛衰避妍。不惜微軀退，恒懼蒼蠅前。願君廣末光，照妾薄暮年。「雲」一作「雨」。「泉」一作「淵」。

同前 宋謝惠連

芳萱秀陵阿，菲質不足營。幸有忘憂用，移根託君庭。垂穎臨清池，擢彩仰華甍。霑渥雲雨潤，葳蕤吐芳馨。願君春傾葉，留景惠餘明。

塘上行苦辛篇 梁劉孝威

蒲生伊何陳，曲中多苦辛。黄金坐銷鑠，白玉遂淄磷。裂衣工毁嫡，掩袖切讒新。嫌成跡易已，愛去理難申。秦雲猶變色，魯日尚迴輪。妾歌已唱斷，君心終未親。

蒲生行浮萍篇 魏陳思王植

浮萍寄清水，隨風東西流。結髮辭嚴親，來爲君子仇。恪勤在朝夕，無端獲罪尤。在昔蒙恩惠，和樂如瑟琴。何意今摧穨，曠若商與參。茱萸自有芳，不若桂與蘭。新人雖可愛，無若故所歡。行雲有返期，君恩儻中還。慊慊仰天歎，愁心將何愬。日月不恒處，人生忽若寓。悲風來入懷，淚下如垂露。發篋造裳衣，裁縫紈與素。「懷」一作「帷」。「裳」一作「新」。

蒲生行 齊謝朓

本集不載。

蒲生廣湖邊，託身洪波側。春露惠我澤，秋霜縟我色。根葉從風浪，常恐不永植。攝生各有命，豈云智與力。安得遊雲上，與爾同羽翼。

蒲生我池中 梁元帝

池中種蒲葉，葉影蔭池濱。未好中宫薦，行堪隱士輪。爲書聊可截，匹柳復宜春。瑞葉生荷苑，鏤碧獻周人。

江蘺生幽渚 梁沈約

一作《塘上行》。

澤蘭被荒徑，孤芳豈自通。幸逢瑶池曠，得與金芝叢。朝承紫臺露，夕潤緑池風。既美脩嫮女，復悦繁華童。夙昔玉霜滿，旦暮翠條空。葉飄儲胥右，芳歇露寒東。紀化尚盈昃，俗志信積隆。財殫交易絶，華落愛難終。所惜改驩眄，豈恨逐征蓬。願回昭陽景，持照長門宫。「持」一作「時」。

秋胡行 魏武帝

二首。《西京雜記》曰：魯人秋胡娶妻三月而遊宦。三年休，還家，其婦採桑於郊，胡至郊，而不識其妻也，見而悦之，乃遺黄金一鎰。妻曰：妾有夫，遊宦不返，幽閨獨處，三年于兹，未有被辱於今日也。採桑不顧，胡慙而退。至家，問妻何在，曰：行採桑於郊，未返。既歸還，乃向所挑之婦也。夫妻並慙，妻赴沂水而死。《列女傳》曰：魯秋潔婦者，魯秋胡之妻也。既納之，五日，去而宦於陳。五年乃歸，未至其家，見路傍有美婦人，方採桑，而説之，下車謂曰：力田不如逢豐年，力桑不如見國卿。今吾有金，願以與夫人。婦曰：採桑力作，紡績織紝，以供衣食，奉二親，養夫子已矣，不願人之金。秋胡遂去。歸至家，奉金遺母，使人呼其婦。婦至，乃嚮採桑者也。婦汙其行，去而東走，自投於河而死。《樂府解題》曰：後人哀而賦之，爲《秋胡行》。若魏文帝辭云「堯任舜禹，當復何爲」亦題曰《秋胡行》，曹植《秋胡行》但歌魏德而不取秋胡事，與文帝辭同。

晨上散關山，此道當何難。晨上散關山，此道當何難。牛頓不起，車墮谷間。坐盤石之上，彈五弦之琴，作爲清角韻。意中迷煩，歌以言志。晨上散關山。一解。有何三老公，卒來在我傍。有何三老公，卒來在我傍。負揜被裘，似非恒人，謂卿云，何困苦以自怨。徨徨所欲，來到此間，歌以言志。有何三老公。二解。我居崑崙山，所謂者真人。我居崑崙山，所謂者真人。道深猶可得，名山歷觀。遨遊八極，枕石漱流飲泉〔一〕。沉吟不決，遂上升天，歌以言志。我居崑崙山。三解。去去不可追，長恨相牽攀。去去不可追，長恨相牽攀。夜夜安得寐，惆悵以自憐。正而不譎，辭賦依因。經傳所過，西來所傳。歌以言志，去去不可追。四解。「猶」一作「有」。「辭」一作「乃」。

願登泰華山，神人共遠遊。願登泰華山，神人共遠遊。經歷崑崙山，到蓬萊，飄颻八極，與神人俱。思得神藥，萬歲爲期。歌以言志。願登泰華山。一解。天地何長久，人道居之短。天地何長久，人道居之短。世言伯陽，殊不知老。赤松王喬，亦云得道。得之未聞，庶以壽考。歌以言志。天地何長久。二解。明明日月光，何所不光昭。明明日月光，何所不光昭。二儀合聖化，貴者獨人不。萬國率土，莫非王臣。仁義爲名，禮樂爲榮。歌以言志。明明日月光。三解。四時更逝去，晝夜以成歲。四時更逝去，晝夜以成歲。大人先天，而天弗違。不戚年往，憂世不治。存亡有命，慮之爲蚩。歌以言志。四時更逝去。四解。戚戚欲何念，歡笑意所之。戚戚欲何念，歡笑意所之。壯盛智慧，殊不再來。愛時進趣，將以惠誰？汎汎放逸，亦同何爲。歌以言志。戚戚欲何念。五解。右二曲魏、晉樂所奏。

同前 魏文帝

三首。

堯任舜禹，當復何爲。百獸率舞，鳳皇來儀。得人則安，失人則危。唯賢知賢，人不易知。歌以詠言，誠不易移。鳴條之役，萬舉必全。明德通靈，降福自天。右曲一作《歌魏德》。

朝與佳人期，日夕殊不來。嘉肴不嘗，旨酒停杯。寄言飛鳥，告余不能。俯折蘭英，仰結桂枝。佳人不在，結之何爲？從爾何所之？乃在大海隅。靈若道言，貽爾明珠。企予望之，步立躊躇。佳人不來，何得斯須。右曲一作《佳人期》。

汎汎緑池，中有浮萍。寄身流波，隨風靡傾。芙蓉含芳，菡萏垂榮。朝采其實，夕佩其英。采之遺誰？所思在庭。雙魚比目，鴛鴦交頸。有美一人，婉如清揚。知音識曲，善爲樂方。右曲一作《浮萍篇》。「有美」四句，又見《善哉行》。

同前 嵇康

七首。本集題云《重作四言詩》。

富貴尊榮，憂患諒獨多。富貴尊榮，憂患諒獨多。古人所懼，豐屋蔀家。人害其上，獸惡網羅。惟有貧賤，可以無他。歌以言之，富貴憂患多。

貧賤易居，貴盛難爲工。貧賤易居，貴盛難爲工。耻佞直言，與禍相逢。變故萬端，俾吉作凶。思牽黃犬，其計莫從。歌以言之，貴盛難爲工。「其計莫從」《樂府》作「其莫之從」。

勞謙寡悔，忠信可久安。勞謙寡悔，忠信可久安。天道害盈，好勝者殘。彊梁致災，多招禍患。欲得安樂，獨有無僣。歌以言之，忠信可久安。「害」一作「惡」。「多」下一有「事」字。

役神者弊，極欲疾枯。役神者弊，極欲疾枯。顔回短折，不及童烏。縱體淫恣，莫不蚤徂。酒色何物，今自不辜。歌以言之，酒色令人枯。

絶智棄學，遊心於玄默。絶智棄學，遊心於玄默。遇過而悔，當不自得。垂釣一壑，所樂一國。被髮行歌，和者四塞。歌以言之，遊心於玄默。思與王喬，乘雲遊八極。思與王喬，乘雲遊八極。凌厲五岳，忽行萬億。授我神藥，自生羽翼。呼吸太和，鍊形易色。歌以言之，思行遊八極。「之」下一無「思」字。徘徊鍾山，息駕於層城。徘徊鍾山，息駕於層城。上蔭華蓋，下采若英。受道王母，遂升紫庭。逍遥天衢，千載長生。歌以言之，徘徊於層城。

同前 晉傅玄

二首。後首題云《和秋胡》，一云《和班氏詩》。

秋胡子娶婦，三日會行。仕宦既享顯爵，保兹德音。以禄頤親，韞此黄金。覩一好婦，採桑路傍。遂下黄金，誘以逢卿。玉磨逾潔，蘭動彌馨。源流潔清，水無濁波。奈何秋胡，中道懷邪。美此節婦，高行巍峨。哀哉可愍，自投長河。

秋胡納令室，三日宦他鄉。皎皎潔婦姿，泠泠守空房。燕婉不終夕，别如參與商。憂來猶四海，易感難可防。人言生日短，愁者苦夜長。百草揚春華，攘腕採柔桑。素手尋繁枝，落葉不盈筐。羅衣翳玉體，回目流綵章。君子倦仕歸，車馬如龍驤。精誠馳萬里，既至兩相忘。行人悦令顔，借息此樹傍。誘以逢卿喻，遂下黄金裝。烈烈貞女忿，言辭厲秋霜。長驅及居室，奉金升北堂。母立呼婦來，歡情樂未央。秋胡見此婦，惕然懷探湯。負心豈不慙，永誓非所望。清濁必異源，鳧鳳不並翔。引身赴長流，果哉潔婦腸。彼夫既不淑，此婦亦太剛。「至」一作「去」。「借」一作「情」。

同前 陸機

道雖一致，塗有萬端。吉凶紛藹，休咎之源。人鮮知命，命未易觀。生亦何惜，功名所歎。

同前 宋顔延之

九首。《集》云《秋胡詩》，《文選》不在樂府。

椅梧傾高鳳，寒谷待鳴律。影響豈不懷，自遠每相匹。婉彼幽閑女，作嬪君子室。峻節貫秋霜，明艷侔朝日。嘉運既我從，欣願自此畢。

燕居未及好，良人顧有違。脱巾千里外，結綬登王畿。戒徒在昧旦，左右來相依。驅車出郊郭，行路正威遲。存爲久離别，没爲長不歸。「好」五臣作「歡」。

嗟余怨行役，三陟窮晨暮。嚴駕越風寒，解鞍犯霜露。原隰多悲涼，迴飆卷高樹。離獸起荒蹊，驚鳥縱横去。悲哉遊宦子，勞此山川路。

超遥行人遠，宛轉年運徂。良時爲此别，日月方向除。孰知寒暑積，僶俛見榮枯。歲暮臨空房，涼風起坐隅。寢興日已寒，白露生庭蕪。「時」五臣作「人」。

勤役從歸願，反路遵山河。昔辭秋未素，今也歲載華。蠶月歡時暇，桑野多經過。佳人從所務，窈窕援高柯。傾城誰不顧，弭節停中阿。「歡」一作「觀」。

年往誠思勞，路遠闊音形。雖爲五載别，相與昧平生。捨車遵往路，鳧藻馳目成。南金豈不重，聊自意所輕。義心多苦調，密比金玉聲。

高節難久淹，朅來空復辭。遲遲前途盡，依依造門基。上堂拜嘉慶，入室問何之。日暮行采歸，物色桑榆時。美人望昏至，慙歎前相持。「采」一作「來」。

有懷誰能已，聊用申苦難。離居殊年載，一别阻河關。春來無時豫，秋至恒早寒。明發動愁心，閨中夜長歎。慘悽歲方晏，日落遊子顔。「難」《補注》作「艱」。「夜」一作「起」。

高張生絶絃，聲急由調起。自昔枉光塵，結言固終始。如何久爲别，百行諐諸己。君子失明義，誰與偕没齒。愧彼《行露》詩，甘之長川汜。「心」一作「言」。

同前 宋謝惠連

二首。

春日遲遲，桑何萋萋。紅桃含妖，緑柳舒荑。邂逅粲者，遊渚戲蹊。華顔易改，良願難諧。「遊」一作「遵」。

繫風捕影，誠知不得。念彼奔波，意慮迴惑。漢女倏忽，洛神飄揚。空勤交甫，徒勞陳王。

同前 齊王融

七首。題云《和南海王殿下詠秋胡妻》，不云樂府。

日月共爲照，松筠俱以貞。佩分甘自遠，結鏡待君明。且恊金蘭好，方愉琴瑟情。佳人忽千里，空閨積思生。「空」一作「幽」。

景落中軒坐，悠悠望城闕。高樹升夕煙，曾樓滿初月。光陰非或異，山川屢難越。輟泣拚鉛姿，搔首亂雲髮。

傾魄屬徂火，搖念待方秋。涼氣承宇結，明熠傃堦流。三星亦虛映，四屋慘多愁。思君如萱草，一見乃忘憂。

杼軸鬱不諧，契闊迷新故。朔風櫚上發，寒鳥林間度。客遠乏衣裘，歲晏饒霜露。參差興別緒，依遲起離慕。「杼軸」一作「衿袖」。「遲」一作「違」。

願言如可信，行邁亦云反。睇景不告勞，瞻途寧遽遠。何以淹歸轍，蠶妾事春晚。送目亂前華，馳心迷舊婉。

椒佩容有結，振芳岐路隅。黃金徒以賦，白珪終不渝。明心良自皎，安用久踟躕。遄車及枌巷，流日下西虞。「日」一作「目」。

披帷悵有望，出門遲所欲。彼美復來儀，慙顏變欣矚。蘭艾隔芳蕕，涇渭分清濁。去去夫人子，請徇川之曲。「悵」一作「惕」。「蕕」一作「臭」。

【校勘記】

〔一〕漱，原作「嗽」，據《四庫》本改。

古樂苑卷第十九

相和歌辭瑟調曲

瑟調曲一

《古今樂録》曰：王僧虔《技録》瑟調曲有《善哉行》《隴西行》《折楊柳行》《西門行》《東門行》《東西門行》《却東西門行》《順東西門行》《飲馬行》《上留田行》《新成安樂宫行》《婦病行》《孤子生行》《放歌行》《大牆上蒿行》《野田黄爵行》《釣竿行》《臨高臺行》《長安城西行》《武舍之中行》《鴈門太守行》《艷歌何嘗行》《艷歌福鍾行》《艷歌雙鴻行》《煌煌京洛行》《帝王所居行》《門有車馬客行》《牆上難用趨行》《日重光行》《蜀道難行》《櫂歌行》《有所思行》《蒲坂行》《採梨橘行》《白楊行》《胡無人行》《青龍行》《公無渡河行》。荀氏《録》所載十五曲，傳者九曲。武帝「朝日」「自惜」「古公」，文帝「朝遊」「上山」，明帝「赫赫」「我徂」，古辭「來日」，並《善哉》，古辭《羅敷艷歌行》是也。其六曲今不傳，「五嶽」《善哉行》，武帝「鴻鴈」《却東西門行》，「長安」《長安城西行》，「雙鴻」「福鍾」並《艷歌行》，「牆上」《牆上難用趨行》是也。其器有笙、笛、節、琴、瑟、箏、琵琶七種。歌弦六部。張永《録》云：未歌之前有七種，弦又在弄後。晉、宋、齊止四器也。

善哉行 古辭

六解。《宋書・樂志》作古辭。《詩紀》云：或以爲曹子建詩。按子建擬《善哉行》爲《日苦短》，云「當來日大難」，則此非子建作矣。

來日大難，口燥脣乾。今日相樂，皆當喜歡。一解。經歷名山，芝草翻翻。仙人王喬，奉藥一丸。二解。自惜袖短，内手知寒。慙無靈輒，以報趙宣。三解。月没參横，北斗闌干。親交在門，飢不及飡。四解。歡日尚少，戚日苦多。以何忘憂，彈箏酒歌。五解。淮南八公，要道不煩。參駕六龍，遊戲雲端。六解。　右一曲魏、晉樂所奏。

同前 魏武帝

二首。

古公亶甫，積德垂仁。思弘一道，哲王於豳。一解。太伯仲雝，王德之仁。行施百世，斷髪文身。二解。伯夷叔齊，古之遺賢。讓國不用，餓殂首山。三解。智哉山甫，相彼宣王。何用杜伯，累我聖賢。四解。齊桓之霸，賴得仲父。後任豎刁，蟲流出户。五解。晏子平仲，積德兼仁。與世沈德，未必思命。六解。仲尼之世，王國爲君。隨制飲酒，揚波使官。七解。

自惜身薄祜，夙賤罹孤苦。既無三徙教，不聞過庭語。一解。其窮如抽裂，自以思所怙。雖懷一介志，是時其能與。二解。守窮者貧賤，惋歎淚如雨。泣涕於悲夫，乞活安能覩。三解。我願於天窮，琅琊傾側左。雖欲竭忠誠，欣公歸其楚。四解。快人由爲歎，抱情不得敘。顯行天教人，誰知莫不緒。五解。我願何時隨，此歎亦難處。今我將何照於光曜，釋銜不如雨。六解。　右二曲魏、晉樂所奏。

同前　文帝

四首。「朝日」一首，《初學記》載第一解，題云：於講堂作「朝遊」一首。《藝文》題云：《銅雀園詩》。《宋書》無「有美」一首。

上山采薇，薄暮苦飢。溪谷多風，霜露霑衣。一解。野雉羣雊，猿猴相追。還望故鄉，鬱何壘壘。二解。高山有崖，林木有枝。憂來無方，人莫之知。三解。人生若寄，多憂何爲？今我不樂，歲月其馳。四解。湯湯川流，中有行舟。隨波轉薄，有似客遊。五解。策我良馬，被我輕裘。載馳載驅，聊以忘憂。六解。「歲」一作「日」。「其」一作「如」。

有美一人，婉如清揚。妍姿巧笑，和媚心腸。知音識曲，善爲樂方。哀絃微妙，清氣含芳。流鄭激楚，度宮中商。感心動耳，綺麗難忘。離鳥夕宿，在彼中洲。延頸鼓翼，悲鳴相求。眷然顧之，使我心愁。嗟爾昔人，何以忘憂。

朝日樂相樂，酣飲不知醉。悲絃激新聲，長笛吐清氣。一解。弦歌感人腸，四座皆歡悅。寥寥高堂上，涼風入我室。二解。持滿如不盈，有德者能卒。君子多苦心，所愁不但一。三解。慊慊下白屋，吐握不可失。衆賓飽滿歸，主人苦不悉。四解。比翼翔雲漢，羅者安所羈。沖靜得自然，榮華何足爲。五解。

朝遊高臺觀，夕宴華池陰。大酋奉甘醪，狩人獻嘉禽。一解。齊倡發東舞，秦箏奏西音。有客從南來，爲我彈清琴。二解。五音紛繁會，拊者激微吟。淫魚乘波聽，踴躍自浮沉。三解。飛鳥翻翔舞，悲鳴集北林。樂極哀情來，憀亮摧肝心。四解。清角豈不妙，德薄所不任。大哉子野言，弭弦且自禁。五解。右四曲魏、晉樂所奏。

同前 明帝

二首。

我徂我征，伐彼蠻虜。練師簡卒，爰正其旅。一解。輕舟竟川，初鴻依浦。桓桓猛毅，如羆如虎。二解。發砲若雷，吐氣成雨。旄旍指麾，進退應矩。三解。百馬齊轡，御由造父。休休六軍，咸同斯武。四解。兼塗星邁，亮兹行阻。行行日遠，西背京許。五解。遊弗淹旬，遂屆揚土。奔寇震懼，莫敢當御。六解。虎臣列將，怫鬱充怒。淮泗肅清，奮揚微所。七解。運德燿威，惟鎮惟撫。反旆言歸，告入皇祖。八解。六解下有云「權實豎子，備則亡虜。假氣游魂，魚鳥爲伍」。

赫赫大魏，王師徂征。冒暑討亂，振燿威靈。一解。汎舟黄河，隨波潺湲。通渠回越，行路綿綿。二解。綵旄蔽日，旌旒翳天。淫魚瀺灂，遊嬉深淵。三解。唯塘泊，從如流。不爲單，握揚楚。心惆悵，歌採薇。心綿綿，在淮肥。願君速捷蚤旋歸。四解。右二曲魏、晉樂所奏。前曲「羆」一作「貅」。「成」一作「如」。「告入」一作「旆入」。後曲「嬉」一作「戲」。「泊」一作「洎」。「捷」一作「節」。

同前 宋謝靈運

暘谷躍升〔一〕，虞淵引落。景曜東隅，晼晚西薄。三春燠敷，九秋蕭索。涼來温謝，寒往暑却。居德斯頤，積善嬉謔。陰灌陽叢，凋華墮萼。歡去易慘，悲至難鑠。擊節當歌，對酒當酌。鄙哉愚人，戚戚懷瘼。善哉達士，滔滔處樂。「擊節」郭本作「激涕」。

同前 梁江淹

《集》雜體詩云《擬魏文遊宴》，姑從郭本收入。

置酒坐飛閣，逍遥臨華池。神飈自遠至，左右芙蓉披。緑竹夾清水，秋蘭被幽崖。月出照園中，冠佩相追隨。客從南楚來，爲我吹參差。淵魚猶伏浦，聽者未云罷。高文一何綺，小儒安足爲。肅肅廣殿陰，雀聲愁北林。衆賓還城邑，何用慰我心。「我」一作「吾」。

當來日大難 魏陳思王植

曹植擬《善哉行》爲「日苦短」。

日苦短，樂有餘。乃置玉罇，辦東厨。廣情故，心相於。闔門置酒，和樂欣欣。遊馬後來，轅車解輪。今日同堂，出門異鄉。别易會難，各盡杯觴。

長笛吐清氣 陳周弘讓

出魏文帝《善哉行》辭。

商聲傳後出，龍吟鬱前吐。情斷山陽舍，氣咽平陽塢。胡騎争北歸，偏知别鄉苦。羈旅情易傷，零淚如交雨。

同前 賀徹

胡關氛霧侵，羌笛吐清音。韻切山陽曲，聲悲隴上吟。柳折城邊樹，梅舒嶺外林。方知出塞虜，不憚武溪深。

隴西行 古辭

《通典》云：秦置隴西郡，以居隴坻之西爲名。按此篇前後不屬，一曰《步出夏門行》，《樂録》無《夏門行》，而《夏門》後四句與《隴西》首同。豈「邪徑過空廬」合「爲樂甚獨殊」爲一曲，「好婦」别爲一曲邪？今附列二首于後，辭義明備，頗爲得之。王僧虔《技録》曰：《隴西行》，歌武帝「碣石」、文帝「夏門」二篇。

天上何所有，歷歷種白榆。桂樹夾道生，青龍對道隅。鳳凰鳴啾啾，一母將九雛。顧視世間人，爲樂甚獨殊。好婦出迎客，顔色正敷愉。伸腰再拜跪，問客平安不。請客北堂上，坐客氈氍毹。清白各異樽，酒上正華疏。酌酒持與客，客言主人持。却略再拜跪，然後持一杯。談笑未及竟，左顧敕中厨。促令辦麤飰，慎莫使稽留。廢禮送客出，盈盈府中趨。送客亦不遠，足不過門樞。取婦得如此，齊姜亦不如。健婦持門户，亦勝一丈夫。此篇出諸集，不入《樂志》。

邪徑過空廬，好人常獨居。卒得神仙道，上與天相扶。過謁王父母，乃在太山隅。離天四五里，道逢赤松俱。攬轡爲我御，將我上天遊。天上何所有，歷歷種白榆。桂樹夾道生，青龍對道隅。鳳皇鳴啾啾，一母將九雛。顧視世間人，爲樂甚獨殊。

好婦出迎客，顔色正敷愉。伸腰再拜跪，問客平安不。請客北堂上，坐客氈氍毹。清白各異樽，酒上正華疏。酌酒持與客，客言主人持。却略再拜跪，然後持一杯。談笑未及竟，左顧敕中厨。促令辦麤飰，慎莫使稽留。廢禮送客出，盈盈府中趨。送客亦不遠，足不過門樞。取婦得如此，齊姜亦不如。健婦持門户，亦勝一丈夫。

同前 晉陸機

我靜如鏡，民動如煙。事以形兆，應以象懸。豈曰無才，世鮮興賢。

同前 宋謝靈運

昔在老子，志理成篇。柱小傾大，綆短絶泉。鳥之栖遊，林檀是閑。韶樂牢膳，豈伊攸便。胡爲乖枉，從表方圓。耿耿僚志，慊慊丘園。善歌以詠，言理成篇。「志」一作「至」。

同前 謝惠連

運有榮枯，道有舒屈。潛保黄裳，顯服朱黻。誰能守静，棄華辭榮。窮谷是處，考槃是營。千金不迴，百代傳名。厥包者柚，忘憂者萱。何爲有用，自乖中原。實摘柯摧，葉殞條煩。

同前 梁簡文帝

三首。後二首一作《汎舟横大江》。按篇中各云隴西，且其辭義絶與大江無預。簡文自有「滄波白日暉」一篇，此二篇郭本列《隴西行》爲是。

邊秋胡馬肥，雲中驚寇入。勇氣時無侣，輕兵救邊急。沙平不見虜，嶂嶮還相及。出塞豈成歌，經川未遑汲。烏孫塗更阻，康居路猶澀。月暈抱龍城，星流照馬邑。長安路遠書不還，寧知征人獨佇立。「時」一作「特」。「嶮」一作「轉」。

隴西四戰地，羽檄歲時聞。護羌擁漢節，校尉立元勳。石門留鐵騎，冰城息夜軍。洗兵行驟雨，送陣出黄雲。沙長無止泊，水脉屢縈分。當思勒彝鼎，無用想羅裙。

悠悠懸旆旌，知向隴西行。減竈驅前馬，銜枚進後兵。沙飛朝似幕，雲起夜疑城。迴山時阻路，絶水極稽程。往年郅支服，今歲單于平。方觀凱樂盛，飛蓋滿西京。

同前 庾肩吾

借問隴西行，何當驅馬征。草合前迷路，雲濃後暗城。寄語幽閨妾，羅袖勿空縈。

步出夏門行 古辭

邪徑過空廬，好人常獨居。卒得神仙道，上與天相扶。過謁王父母，乃在太山隅。離天四五里，道逢赤松俱。攬轡爲我御，將我上天遊。天上何所有？歷歷種白榆。桂樹夾道生，青龍對伏趺。

同前 魏武帝

四解。本集作《步出東西門行》，一曰《碣石篇》。《樂志》曰：《碣石》，魏武帝辭，晉以爲碣石舞。其歌四章：一曰觀滄海，二曰冬十月，三曰土不同，四曰龜雖壽。與此並同，但曲前無艷爾。

雲行雨步，超越九江之皋。臨觀異同，心意懷遊豫，不知當復何從。經過至我碣石，心惆悵我東海。「雲行」至此爲艷。

東臨碣石，以觀滄海。水何澹澹，山島竦峙。樹木叢生，百草豐茂。秋風蕭瑟，洪波踴起。日月之行，若出其中。星漢燦爛，若出其裏。幸甚至哉，歌以詠志。《觀滄海》一解。孟冬十月，北風徘徊。天氣肅清，繁霜霏霏。鵾雞晨鳴，鴻鴈南飛。鷙鳥潛藏，熊羆窟棲。錢鎛停置，農收積場。逆旅正設，以通賈商。幸甚至哉，歌以詠志。《冬十月》二解。鄉土不同，河朔隆寒。流澌浮漂，舟船行難。錐不入地，豐藾深奧。水竭不流，冰堅可蹈。士隱者貧，勇俠輕非。心常歎怨，戚戚多悲。幸甚至哉，歌以詠志。《河朔寒》三解。神龜雖壽，猶有竟時。騰蛇乘霧，終爲土灰。老驥伏櫪，志在千里。烈士暮年，壯心不已。盈縮之期，不但在天。養怡之福，可得永年。幸甚至哉，歌以詠志。《龜雖壽》四解。

同前 明帝

二解。一曰《隴西行》。

步出夏門，東登首陽山。嗟哉夷叔，仲尼稱賢。君子退讓，小人争先。惟斯二子，于今稱傳。林鍾受謝，節改時遷。日月不居，誰得久存。善哉殊復善，弦歌樂情。一解。商風夕起，悲彼秋蟬。變形易色，隨風東西。乃眷西顧，雲霧相連。丹霞蔽日，彩虹帶天。弱水潺潺，葉落翩翩。孤禽失羣，悲鳴其間。善哉殊復善，悲鳴在其間。二解。朝遊青泠，日暮嗟歸。蹙迫日暮，烏鵲南飛。繞樹三匝，何枝可依？卒逢風雨，樹折枝摧。雄來驚雌，雌獨愁棲。夜失羣侶，悲鳴徘徊。芃芃荆棘，葛生綿綿。感彼風人，惆悵自憐。月盈則沖，華不再繁。古來之説，嗟哉一言。「朝遊」至「嗟歸」爲艷。「蹙迫」下爲趨。右一曲魏、晉樂所奏。

林鍾受謝，節改時遷。日月不居，誰得久存。商風夕起，悲彼秋蟬。變形易色，隨風東西。乃眷西顧，雲霧相連。丹霞蔽日，彩虹帶天。谷水潺潺，葉落翩翩。孤禽失羣，悲鳴其間。朝遊清泠，日暮嗟歸。蹙迫日暮，烏鵲南飛。繞樹三匝，何枝可依？卒逢風雨，樹折枝摧。

雄來驚雌，雌獨愁棲。夜失羣侶，悲鳴徘徊。芃芃荆棘，葛生綿綿。感彼風人，惆悵自憐。月盈則沖，華不再繁。古來之説，嗟哉一言。右一曲疑是前篇本辭。

丹霞蔽日行 魏文帝

丹霞蔽日，彩虹垂天。谷水潺潺，木落翩翩。孤禽失羣，悲鳴雲間。月盈則沖，華不再繁。古來有之，嗟我何言。明帝《步出夏門行》八句與此同。

同前 陳思王植

紂爲昏亂，虐殘忠正。周室何隆，一門三聖。牧野致功，天亦革命。漢祖之興，階秦之衰。雖有南面，王道陵夷。炎光再幽，忽滅無遺。「虐殘忠正」一作「殘忠虐正」。

折楊柳行 古辭

四解。《古今樂録》曰：王僧虔《技録》云：《折楊柳行》歌文帝「西山」、古「默默」二篇，今不歌。

默默施行違，厥罰隨事來。末喜殺龍逢，桀放於鳴條。一解。祖伊言不用，紂頭懸白旄。指鹿用爲馬，胡亥以喪軀。二解。夫差臨命絶，乃云負子胥。戎王納女樂，以亡其由余。璧馬禍及號，二國俱爲墟。三解。三夫成市虎，慈母投杼趨。卞和之刖足，接輿歸草廬。四解。

右一曲魏、晉樂所奏，《宋書》作大曲。

同前 魏文帝

西山一何高，高高殊無極。上有兩仙僮，不飲亦不食。與我一丸藥，光耀有五色。一解。服藥四五日，身體生羽翼。輕舉乘浮雲，倏忽行萬億。流覽觀四海，茫茫非所識。二解。彭祖稱七百，悠悠安可原。老聃適西戎，于今竟不還。王喬假虛辭，赤松垂空言。三解。達人識真僞，愚夫好妄傳。追念往古事，憒憒千萬端。百家多迂怪，聖道我所觀。四解。右一曲魏、晉樂所奏。

同前 晉陸機

逝矣垂天景，壯哉奮地雷。豐隆豈久響，華光但西隤。日落似有竟，時逝恒若催。仰悲朗月運，坐觀琁蓋回。盛門無再入，衰房莫苦開。人生固已短，出處鮮爲諧。慷慨惟昔人，興此千載懷。升龍悲絶處，葛藟變條枚。寤寐豈虚歎，曾是感與摧。弭意無足歎，願言有餘哀。「豐隆」一作「隆隆」。「華光」一作「華華」。

同前 宋謝靈運

二首。

鬱鬱河邊樹，青青野田草，舍我故鄉客，將適萬里道。妻妾牽衣袂，抆淚沾懷抱。還拊幼童子，顧託兄與嫂。辭訣未及終，嚴駕一何早。負笮引文舟，飢渴常不飽。誰令爾貧賤，咨嗟何所道。

騷屑出穴風，揮霍見日雪。飀飀無久摇，皎皎幾時潔。未覺泮春冰，已復謝秋節。空對尺素遷，獨視寸陰滅。否桑未易繫，泰茅難重拔。桑茅迭生運，語默寄前哲。

西門行 古辭

《古今樂録》曰：王僧虔《技録》：《西門行》歌古「西門」一篇，今不傳。又有《順東西門行》，爲三、七言，亦傷時顧陰，有類於此。

出西門，步念之。今日不作樂，當待何時。一解。夫爲樂，爲樂當及時。何能坐愁怫鬱，當復待來兹。二解。飲醇酒，炙肥牛。請呼心所歡，可用解愁憂。三解。人生不滿百，常懷千歲憂。晝短苦夜長，何不秉燭遊。四解。自非仙人王子喬，計會壽命難與期。自非仙人王子喬，計會壽命難與期。五解。人壽非金石，年命安可期。貪財愛惜費，但爲後世嗤。六解。右一曲晉樂所奏，「待來兹」《宋書》無「待」字。「苦」《宋書》作「而」。

出西門，步念之。今日不作樂，當待何時。逮爲樂，逮爲樂，當及時。何能愁怫鬱，當復待來兹。釀美酒，炙肥牛。請呼心所歡，可用解憂愁。人生不滿百，常懷千歲憂。晝短苦夜長，何不秉燭遊。遊行去去如雲除，弊車羸馬爲自儲。右一曲本辭。

東門行 古辭

《古今樂録》曰：王僧虔《技録》云：《東門行》歌古「東門」一篇，今不歌。

出東門，不顧歸。來入門，悵欲悲。盎中無斗儲，還視桁上無懸衣。一解。拔劒出門去，兒女牽衣啼。他家但願富貴，賤妾與君共餔糜。二解。共餔糜，上用倉浪天故，下爲黄口小兒。今時清廉，難犯教言，君復自愛，莫爲非。三解。今時清廉，難犯教言，君復自愛，莫爲非。行，吾去爲遲。平慎行，望君歸。四解。右一曲晉樂所奏。

出東門，不顧歸。來入門，悵欲悲。盎中無斗米儲，還視架上無懸衣。拔劍東門去，舍中兒母牽衣啼。他家但願富貴，賤妾與君共餔糜。上用倉浪天故，下當用此黄口兒，今非。咄，行，吾去爲遲，白髮時下難久居。右一曲本辭。

同前 晉張駿

《選詩外編》作《遊春篇》。

勾芒御春正，衡紀運玉瓊。明庶起祥風，和氣翕來征。慶雲蔭八極，甘雨潤四坰。昊天降靈澤，朝日耀華精。嘉苗布原野，百卉敷時榮。鳩鵲與鶩黃，間關相和鳴。芙蓉覆靈沼，香花揚芳馨。春遊誠可樂，感此白日傾。休否有終極，落葉思本莖。臨川悲逝者，節變動中情。「鶩」一作「鶯」。「芙蓉」一作「菉萍」。

同前 宋鮑照

傷禽惡弦驚，倦客惡離聲。離聲斷客情，賓御皆涕零。涕零心斷絶，將去復還訣。一息不相知，何況異鄉別。遥遥征駕遠，杳杳白日晚。居人掩閨卧，行子夜中飯。野風吹草木，行子心腸斷。食梅常苦酸，衣葛常苦寒。絲竹徒滿座，憂人不解顔。長歌欲自慰，彌起長恨端。「白」一作「落」。「草」《集》作「秋」。

東西門行 梁劉孝威

《古今樂録》曰：王僧虔《技録》云：《東西門行》，今不歌。

廣津寒欲歇，聯檣密纜收。天高匝近岫，江闊少方舟。餞淚留神眷，離欷切私儔。佇變齊兒俗，當傳楚獻囚。徒然頒並命，秪恧思如抽。

却東西門行 魏武帝

《古今樂録》曰：王僧虔《技録》云：《却東西門行》荀《録》所載武帝「鴻鴈」一篇，今不傳。

傅玄《鴻鴈生塞北行》出此。

鴻鴈出塞北，乃在無人鄉。舉翅萬餘里，行止自成行。冬節食南稻，春日復北翔。田中有轉蓬，隨風遠飄揚。長與故根絶，萬歲不相當。奈何此征夫，安得去四方。戎馬不解鞍，鎧甲不離傍。冉冉老將至，何時返故鄉。神龍藏深泉，猛獸步高岡。狐死歸首丘，故鄉安可忘。右一曲魏、晉樂所奏。

同前 晉傅玄

和樂惟有舞，應節不失機。退似前龍婉，進如翔鸞飛。回目流神光，傾亞有餘姿。疑闕

同前 宋謝惠連

慷慨發相思，惆悵戀音徽。四節競闌候，六龍引頹機。人生隨時變，遷化焉可祈。百年難必保，千慮盈懷之。闕誤

同前 梁沈約

驅馬城西阿，遥眺想京闕。望極煙原盡，地遠山河没。摇裝非短晨，還歌豈明發。脩服悵邊羇，瞻途眇鄉謁。馳蓋轉徂龍，回星引奔月。樂去哀鏡滿，悲來壯心歇。歲華委徂貌，年霜移暮髮。辰物久侵晏，征思坐淪越。清氛掩行夢，憂原邊瀛渤。一念起關山，千里顧丘窟。「鏡」疑作「境」。「晏」一作「尋」。

鴻鴈生塞北行 晉傅玄

鳳皇遠生海西，及時崑山岡。五德存羽儀，和鳴定宫商。百鳥並侍左右，鼓翼騰華光。上熙遊雲日間，千歲時來翔。孰若彼龍與黿，曳尾泥中藏。非雲雨則不升，冬伏春迺驤。退哀此秋蘭，草根絶，隨化揚。靈氣一何憂美，萬里馳芬芳。常恐物微易歇，一朝見棄忘。

順東西門行 晉陸機

《古今樂録》曰：王僧虔《技録》云：《順東西門行》，今不歌。

出西門，望天庭，陽谷既虚崦嵫盈。感朝露，悲人生，逝者若斯安得停。桑樞戒，蟋蟀鳴，我今不樂歲聿徂。迨未暮，及時平，置酒高堂宴友生。激朗笛，彈哀筝，取樂今日盡歡情。

同前 宋謝靈運

出西門，眺雲間，揮斤扶木墮虞泉。信道人，鑒徂川，思樂暫捨誓不旋。閔九九，傷牛山，宿心載違徒昔言。競落運，務頹年，招命儕好相追牽。酌芳酤，奏繁弦，惜寸陰，情固然。

「墮」一作「墜」。

同前 謝惠連

哀朝菌，閔頹力，遷化常然焉肯息。及壯齒，遇世直，酌酪華堂集親識。舒情盡歡遣悽惻。

【校勘記】

〔一〕暘，原作「陽」，據《四庫》本改。

古樂苑卷第二十

相和歌辭 瑟調曲

瑟調曲 二

飲馬長城窟行 古辭

一曰《飲馬行》。酈道元《水經注》曰：始皇二十四年，使太子扶蘇與蒙恬築長城，起自臨洮，至于碣石。東暨遼海，西並陰山，凡萬餘里。今白道南谷口有長城，自城北出有高坂，傍有土穴出泉，挹之不窮。歌録云「飲馬長城窟」，信非虚言也。《樂府解題》曰：古詞傷良人遊蕩不歸，或云蔡邕之辭。《古今樂録》曰：王僧虔《技録》云：《飲馬行》，今不歌。

青青河畔草，緜緜思遠道。遠道不可思，宿昔夢見之。夢見在我傍，忽覺在他鄉。他鄉各異縣，展轉不相見。枯桑知天風，海水知天寒。入門各自媚，誰肯相爲言。客從遠方來，遺我雙鯉魚。呼兒烹鯉魚，中有尺素書。長跪讀素書，書中竟何如？上言加飡飯，下言長相憶。「畔」一作「邊」。「兒」一作「童」。「飯」一作「食」。「言」一並作「有」。

同前 魏文帝

梁簡文《汎舟横大江》出此。

浮舟横大江，討彼犯荆虜。武將齊貫錍，征人伐金鼓。長戟十萬隊，幽冀百石弩。發機若雷電，一發連四五。闕

同前 陳琳

飲馬長城窟，水寒傷馬骨。往謂長城吏，慎莫稽留太原卒。官作自有程，舉築諧汝聲。男兒寧當格鬭死，何能怫鬱築長城。長城何連連，連連三千里。邊城多健兒，内舍多寡婦。作書與内舍，便嫁莫留住。善事新姑嫜，時時念我故夫子。報書往邊地，君今出語一何鄙。身在禍難中，何爲稽留他家子。生男慎莫舉，生女哺用脯。君獨不見長城下，死人骸骨相撐拄。結髮行事君，慊慊心意關。明知邊地苦，賤妾何能久自全。「兒」一作「少」。「往」一

作「與」。「關」一作「間」。

同前 晉傅玄

一云《青青河邊草篇》。

青青河邊草，悠悠萬里道。草生在春時，遠道還有期。春至草不生，期盡歎無聲。感物懷思心，夢想發中情。夢君如鴛鴦，比翼雲間翔。既覺寂無見，曠如參與商。河洛自用固，不如中岳安。回流不及反，浮雲往自還。悲風動思心，悠悠誰知者。懸景無停居，忽如馳駟馬。傾耳懷音響，轉目淚雙墮。生存無會期，要君黄泉下。「期盡」一作「泣盡」。

同前 陸機

驅馬陟陰山，山高馬不前，往問陰山候，勁虜在燕然。戎車無停軌，旌旆屢徂遷。仰憑積雪巖，俯涉堅冰川。冬來秋未反，去家邈以緜。獫狁亮未夷，征人豈徒旋。末德争先鳴，凶器無兩全。師克薄賞行，軍没微軀捐。將遵甘陳迹，收功單于旃。振旅勞歸去，受爵槀街傳。

同前 梁昭明太子統

一云《擬青青河畔草》。

亭亭山上柏，悠悠遠行客。行客行路遥，故鄉日迢迢。迢迢不可見，長望涕如霰。如霰獨留連，長路邈綿綿。胡馬愛北風，越燕見日喜。緼此望鄉情，沈憂不能止。有朋西南來，投我用木李。并有一札書，行止風雲起。扣封披書札，書札竟何有？前言節所愛，後言别離久。

同前 沈約

介馬渡龍堆，塗縈馬屢迴。前訪昌海驛，兵戎寇輪臺。旌幕卷煙雨，徒御犯冰埃。闕

同前 陳後主

征馬入他鄉，山花此夜光。離羣嘶向影，因風屢動香。月色含城暗，秋聲雜寒長。何以酬天子，馬革報疆埸。「天」一作「君」。

同前 張正見

秋草朔風驚，飲馬出長城。羣驚還怯飲，地險更宜行。傷冰斂凍足，畏冷急寒聲。無因度吴坂，方復入羌城。

同前 周王褒

北走長安道，征騎每經過。戰垣臨八陣，旌門對兩和。屯兵戍隴北，飲馬傍城阿。雪深無復道，冰合不生波。塵飛連陣聚，沙平騎跡多。昏昏隴坻月，耿耿霧中河。羽林猶角觝，將軍尚雅歌。臨戎常拔劍，蒙險屢提戈。秋風鳴馬首，薄暮欲如何。

同前 尚法師

長城征馬度，横行且勞羣。入冰穿凍水，飲浪聚流文。澄鞍如漬月，照影若流雲。别有長松氣，自解逐將軍。

同前　隋煬帝

《集》云《飲馬長城窟行示從征羣臣》。

肅肅秋風起，悠悠行萬里。萬里何所行，横漠築長城。豈台小子智，先聖之所營。樹兹萬世策，安此億兆生。詎敢憚焦思，高枕於上京。兩河秉武節，千里卷戎旌。山川互出没，原野窮超忽。摐金止行陣，鳴鼓興士卒。千乘萬騎動，飲馬長城窟。秋昏塞外雲，霧暗關山月。緣巖驛馬上，乘空烽火發。借問長安候，單于入朝謁。濁氣静天山，晨光照高闕。釋兵仍振旅，要荒事方舉。飲至告言旋，功歸清廟前。「兩」一作「北」。「秉」一作「執」。

同前　虞世南

馳馬渡河干，流深馬渡難。前逢錦車使，都護在樓蘭。輕騎猶銜勒，疑兵尚解鞍。温池下絶澗，棧道接危巒。拓地勳未賞，亡城律詎寬。有月關猶暗，經春隴尚寒。雲昏無復影，冰合不聞湍。懷君不可遇，聊持報一飡。

同前 袁朗

朔風動秋草，清蹕長安道。長城連不窮，所以隔華戎。規模唯聖作，荷負曉成功。烏庭已向内，龍荒更鑿空。玉關塵卷静，金微路已通。湯征隨北怨，舜詠起南風。晝野功初立，綏邊事云集。朝服踐狼居，凱歌旋馬邑。山響傳鳳吹，霜華藻瓊鈒。屬國擁節歸，單于欵關入。日落寒雲起，驚河被原隰。零落葉已寒，河流清且急。四時徭役盡，千載干戈戢。太平今若斯，汗馬竟無施。唯當事筆硯，歸去草封禪。

青青河畔草 晉陸機

蕭詮《阿那當軒織》出此，然彼但詠織婦耳。

靡靡江蘺草，熠熠生河側。皎皎彼姝女，阿那當軒織。粲粲妖容姿，灼灼美顔色。良人遊不歸，偏棲獨隻翼。空房來悲風，中夜起歎息。「熠熠」一作「熠燿」。

同前 宋南平王鑠

劉氏《譜》曰：鑠善樂府，有緜麗之稱。「青青河畔草」一篇，爲時傳誦。

凄凄含露臺，肅肅迎風館。思女御櫺軒，哀心徹雲漢。端撫悲絃泣，獨對明燈歎。良人久遥役，耿介終昏旦。楚楚秋水歌，依依採菱彈。

同前 荀昶

熒熒山上火，苕苕隔隴左。隴左不可至，精爽通寤寐。寤寐衾幬同，忽覺在他邦。他邦各異邑，相逐不相及。迷墟在望煙，木落知冰堅。升朝各自進，誰肯相攀牽。客從北方來，遺我端弋綈。命僕開弋綈，中有隱起珪。長跪讀隱珪，辭苦聲亦悽。上言各努力，下言長相懷。

同前 鮑令暉

褭褭臨牕竹，藹藹垂門桐。灼灼青軒女，泠泠高堂中。明志逸秋霜，玉顏掩春紅。人生誰不別，恨君早從戎。鳴絃慙夜月，紺黛羞春風。「堂」一作「臺」。

同前 齊王融

容容寒煙起，翹翹望行子。行子殊未歸，寤寐若容輝。夜中心愛促，覺後阻河曲。河曲萬里餘，情交襟袖疎。珠露春華返，璿霜秋照晚。入室怨蛾眉，情歸爲誰婉。「若」一作「君」。「照」一作「桂」。

同前 梁武帝

幕幕繡户絲，悠悠懷昔期。昔期久不歸，鄉國曠音徽。音徽空結遲，半寢覺如至。既寤了無形，與君隔平生。月以雲掩光，葉以霜摧老。當途競自容，莫肯爲妾道。「爲」一作「與」。

同前 沈約

漠漠牀上塵，心中憶故人。故人不可憶，中夜長歎息。歎息想容儀，不言長別離。別離稍已久，空牀寄杯酒。

同前 何遜

《集》題云《擬青青河畔草轉韻體爲人作其人識節工歌》。今從郭本收入。

春蘭已應好，折花望遠道。秋夜苦復長，抱枕向空牀。吹臺下促節，不言於此別。歌筵掩團扇，何時一相見。絃斷猶依軫，葉落裁下枝。即此雖久別，方我未成離。「春蘭」一作「春園」。

客從遠方來 宋鮑照

一云《擬古》。

客從遠方來，贈我鵠文綾。貯以相思篋，緘以同心繩。裁爲親身服，著以俱寢興。別來經年歲，歡心不可淩。瀉酒置井中，誰能辨斗升？合如杯中水，誰能判淄澠？

同前 鮑令暉

此與上首疑是擬「客從遠方來，遺我一端綺」者。

客從遠方來，贈我漆鳴琴。木有相思文，絃有別離音。終身執此調，歲寒不改心。願作長春曲，宫商長相尋。

汎舟横大江 梁簡文帝

滄波白日暉，遊子出王畿。旁望重山轉，前觀遠帆稀。廣水浮雲吹，江風引夜衣。旅鴈同洲宿，寒鳧夾浦飛。行客誰多病，當念早旋歸。「病」一作「與」。

同前 陳張正見

大江脩且闊，揚舲度回磯。波中畫鷁涌，帆上錦花飛。舟移歷浦月，櫂舉濕春衣。王孫客若遠，詎待送將歸。「客」一作「定」。

婀娜當軒織 陳蕭詮

東南初日照秦樓，西北織婦正嬌羞。綺窻猶垂翡翠幌，珠簾半上珊瑚鈎。新粧入機映春牖，弄杼鳴梭挑纖手。何曾織素讓新人，不掩流蘇推中婦。三日五匹未言遲，衫長腕弱繞輕絲。綾中轉躡成離鵠，錦上迴文作别詩。不惜繞素同霜雪，更傷秋扇篋中辭。

上留田行 古辭

《古今樂録》曰：王僧虔《技録》：有《上留田行》，今不歌。崔豹《古今注》曰：上留田，地名也。人有父母死，不字其孤弟者，鄰人爲其弟作悲歌，以風其兄。《樂府廣題》曰：蓋漢世人。

里中有啼兒，似類親父子。回車問啼兒，慷慨不可止。

同前 魏文帝

居世一何不同，上留田。富人食稻與粱，上留田。貧子食糟與糠，上留田。貧賤亦何傷，上留田。禄命懸在蒼天，上留田。今爾歎息將欲誰怨，上留田。

同前 晉陸機

嗟行人之藹藹，駿馬陟原風馳。輕舟汎川雷邁，寒來暑往相尋。零雪霏霏集宇，悲風徘徊入襟。歲華冉冉方除，我思纏綿未紓，感時悼逝悽如。

同前 宋謝靈運

疑本一首，五解。

薄遊出彼東道，上留田。薄遊出彼東道，上留田。循聽一何矗矗，上留田。澄川一何皎皎，上留田。悠哉逷矣征夫〔一〕，上留田。悠哉逷矣征夫〔二〕，上留田。兩服上阪電遊，上留田。舫舟下遊颸驅，上留田。此別既久無適，上留田。此別既久無適，上留田。寸心繫在萬里，上留田。尺素遵此千夕，上留田。秋冬迭相去就，上留田。秋冬迭相去就，上留田。素雪紛紛鶴委，上留田。清風飈飈入袖，上留田。歲云暮矣增憂，上留田。歲云暮矣增憂，上留田。誠知運來詎抑，上留田。熟視年往莫留，上留田。「電遊」一作「雷逝」，疑「電逝」是。

同前 梁簡文帝

正月土膏初欲發，天馬照耀動農祥。田家斗酒羣相勞，爲歌長安金鳳皇。

新成安樂宫 梁簡文帝

《古今樂録》曰：王僧虔《技録》有《新城安樂宫行》，今不歌。《樂府解題》曰：《新城安樂宫行》，備言雕飾刻斲之美也。

遥看雲霧中，刻桷映丹紅。珠簾通晚日，金華拂夜風。欲知歌管處，來過安樂宫。

同前 陳陰鏗

《歷代吟譜》云：鏗賦《新成安樂宫》，援筆便就。

新宫實壯哉，雲裏望樓臺。迢遞翔鵾仰，聯翩賀燕來。重檐寒霧宿，返景夏蓮開。砌石披新錦，梁花畫早梅。欲知安樂盛，歌管雜塵埃。「夏」一作「夜」。

同前 隋陳子良

春色照蘭宮，秦女旦牕中。柳葉來眉上，桃花落臉紅。拂塵開扇匣，卷帳却薰籠。衫薄偏憎日，裙輕更畏風。「旦」一作「且」。

婦病行 古辭

婦病連年累歲，傳呼丈人前一言。當言未及得言，不知淚下一何翩翩。屬累君兩三孤子，莫我兒飢且寒，有過慎莫笪笞，行當折搖，思復念之。亂曰：抱時無衣，襦復無裏，閉門塞牖舍。孤兒到市，道逢親交，泣坐不能起。從乞求與孤買餌，對交啼泣，淚不可止。我欲不傷悲，不能已，探懷中錢持授。交入門，見孤兒啼索其母抱，徘徊空舍中。行復爾耳，棄置勿復道。

同前 陳江總

窈窕懷貞室，風流挾琴婦。唯將角枕卧，自影啼妝久。羞開翡翠帷，嬾對蒲萄酒。深悲在縑素，託意忘箕箒。夫壻府中趨，誰能《大垂手》。

孤子生行 古辭

一曰《孤兒行》，古辭。言孤兒爲兄嫂所苦，難與久居也。《歌録》亦曰《放歌行》。

孤兒生，孤子遇生，命獨當苦。父母在時，乘堅車，駕駟馬。父母已去，兄嫂令我行賈。南到九江，東到齊與魯。臘月來歸，不敢自言苦。頭多蟣虱，面目多塵。大兄言辦飯，大嫂言視馬。上高堂，行取殿下堂，孤兒淚下如雨。使我朝行汲，暮得水來歸，手爲錯，足下無菲。愴愴履霜，中多蒺藜。拔斷蒺藜，腸月中愴欲悲。淚下渫渫，清涕纍纍。冬無複襦，夏無單衣。居生不樂，不如早去，下從地下黄泉。春氣動，草萌芽。三月蠶桑，六月收瓜。將是瓜車，來到還家。瓜車反覆，助我者少，啗瓜者多。願還我蔕，兄與嫂嚴，獨且急歸，當興校計。亂曰：里中一何譊譊，願欲寄尺書，將與地下父母，兄嫂難與久居。

放歌行 晉傅玄

靈龜有枯甲，神龍有腐鱗。人無千歲壽，存質空相因。朝露尚移景，促哉水上塵。丘冢如履綦，不識故與新。高樹來悲風，松柏垂威神。曠野何蕭條，顧望無生人。但見狐狸迹，虎豹自成羣。孤雛攀樹鳴，離鳥何繽紛。愁子多哀心，塞耳不忍聞。長嘯淚雨下，太息氣成雲。

同前 宋鮑照

蓼蟲避葵槿，習苦不言非。小人自齷齪，安知曠士懷。雞鳴洛城裏，禁門平旦開。冠蓋縱横至，車騎四方來。素帶曳長飈，華纓結遠埃。日中安能止，鐘鳴猶未歸。夷世不可逢，賢君信愛才。明慮自天斷，不受外嫌猜。一言分珪爵，片善辭草萊。豈伊白璧賜，將起黄金臺。今君有何疾，臨路獨遲回。

大牆上蒿行 魏文帝

《古今樂録》曰：王僧虔《技録》：有《大牆上蒿行》，今不歌。

陽春無不長成。草木羣類，隨大風起，零落若何翩翩。中心獨立一何煢！四時舍我驅馳，今我隱約欲何爲？人生居天壤閒，忽如飛鳥棲枯枝，我今隱約欲何爲？適君身體所服，何不恣君口腹所嘗？冬被貂鼲温暖，夏當服綺羅輕涼。行力自苦，我將欲何爲？不及君少壯之時，乘堅車，策肥馬良。上有倉浪之天，今我難得久來視；下有蠕蠕之地，今我難得久來履。何不恣意遨遊，從君所喜？帶我寶劍，今爾何爲自低印？悲麗平壯觀，白如積雪，利若秋霜。駮犀摽首，玉琢中央。帝王所服，辟除凶殃。御左右，奈何致福祥。吴之辟閭，越之步光，楚之龍泉，韓有墨陽，苗山之鋋，羊頭之鋼，知名前代，咸自謂麗且美，曾不知君劒良，綺難忘。冠青雲之崔嵬，纖羅爲纓，飾以翠翰，既美且輕。表容儀，俯仰垂光榮。宋之章甫，齊之高冠，亦自謂美，蓋何足觀。排金鋪，坐玉堂。風塵不起，天氣清凉。奏桓瑟，舞趙倡。女娥長歌，聲協宫商。感心動耳，蕩氣回腸。酌桂酒，鱠鯉魴。與佳人期爲樂康。前奉玉巵，爲我行觴。今日樂，不可忘，樂未央。爲樂常苦遲。歲月逝，忽若飛。何爲自苦，使我心悲！

野田黄雀行 魏陳思王植

四解。《古今樂録》曰：王僧虔《技録》有《野田黄雀行》，今不歌。《樂府解題》曰：晉樂奏東阿王《置酒高殿上》一篇，然《箜篌引》亦用此曲，本集題云《箜篌引》，郭從《宋書》作《野田黄雀行》。今按東阿王《野田黄雀行》自有此曲，則彼篇似爲《箜篌引》明矣。其辭意言重友義而救其急難，以雀見鷂投羅爲喻。若蕭轂止詠雀而已。漢鐃歌曲亦有《黄雀行》，不知與此同否。《談藝録》曰：氣本尚壯，亦忌鋭逸。魏祖云「老驥伏櫪，志在千里。烈士暮年，壯心不已」，猶曖曖也；陳王《野田黄雀行》譬如錐出囊中，大索露矣。

高樹多悲風，海水揚其波。利劒不在掌，結友何須多。不見籬間雀，見鷂自投羅。羅家得雀喜，少年見雀悲。拔劒捎羅網，黄雀得飛飛。飛飛磨蒼天，來下謝少年。

同前 北齊蕭慤

弱軀媿彩飾，輕毛非錦文。不知鴻鵠志，非是鳳皇羣。作風隨濁雨，入曲應玄雲。空城舊侶絶，滄海故交分。寧死明珠彈，且避鷹將軍。「媿」一作「慙」。

鴈門太守行 古辭

八解。 《古今樂録》曰：王僧虔《技録》：《鴈門太守行》歌古洛陽令一篇。《後漢書》：王涣字稚子，廣漢郪人也。父順，安定太守。涣少好俠，尚氣力，晚改節，敦儒學，習書讀律，略通大義。後舉茂才，除温令。討擊姦猾，境内清夷，商人露宿於道。其有放牛者，輒云以屬稚子，終無陵犯。在位三年，遷兖州刺史。繩正風部，聲威大行。後坐考妖言不實論。歲餘，徵拜侍御史。永元十五年，還爲洛陽令。政平訟理，發擿姦伏，京師稱，以爲神。元興元年，病卒。百姓咨嗟，男女老壯，相與奠醊以千數。及喪西歸，經弘農，皆設槃按於路。吏問其故，咸言平常持米到洛，爲卒司所抄，恒亡其半，自王君在事，不見侵枉，故來報恩。民思其德，立祠安陽亭西，每食輒弦歌而薦之。延熹中，桓帝事黃老道，悉毀諸房祀，唯存卓茂與涣祠焉。《樂府解題》曰：按古歌詞歷述涣本末，與傳合，而曰「鴈門太守行」，未詳。今按《宋書》《鴈門太守行》題上復有云《洛陽行》。

孝和帝在時，洛陽令王君。本自益州，廣漢蜀民，少行宦學，通五經論。一解。明知法令，歷世衣冠。從温補洛陽令，治行致賢，擁護百姓，子養萬民。二解。外行猛政，内懷慈仁。文武備具，料民富貧。移惡子姓，篇著里端。三解。傷殺人，比伍同罪對門。禁鍿矛八尺，捕輕薄少年，加笞決罪，詣馬市論。四解。無妄發賦，念在理寃，敕吏正獄，不得苛煩。財用錢三十，買繩理竿。五解。賢哉賢哉，我縣王君，臣吏衣冠。奉事皇帝，功曹主簿，皆得其人。六解。臨部居職，不敢行恩。清身苦體，夙夜勞勤。治有能名，遠近所聞。七解。天年不遂，早就奄昏。爲君作祠，安陽亭西。欲令後世，莫不稱傳。八解。右一曲晉樂所奏。「鍿」一作「鍪」。「蜀民」《宋書》無「蜀」字。「子姓」下《宋書》有「名五」二字。

同前 梁簡文帝

二首。

輕霜中夜下，黃葉遠辭枝。寒苦春難覺，邊城秋易知。風急旍旗斷，塗長鎧馬疲。少解孫吴法，家本幽并兒。非關買鴈肉，徒勞皇甫規。

隴暮風恒急，關寒霜自濃。櫪馬夜方思，邊衣秋未重。潛師夜接戰，略地曉摧鋒。悲笳動胡塞，高旗出漢墉。勤勞謝公業，清白報迎逢。非須主人賞，寧期定遠封。單于如未擊，終夜慕前蹤。

同前 褚翔

三月楊花合，四月麥秋初。幽州寒食罷，鄭國採桑疎。便聞鴈門戍，結束事戎車。去歲無霜雪，今年有閏餘。月如弦上弩，星類水中魚。戎車攻日逐，燕騎蕩康居。大宛歸善馬，小月送降書。寄語閨中妾，勿怨寒牀虚。

【校勘記】

〔二〕遏，原作「遏」，據《四庫》本改。

〔三〕遏，原作「遏」，據《四庫》本改。

古樂苑卷第二十一

相和歌辭 瑟調曲

瑟調曲 三

艷歌何嘗行 古辭

飛來雙白鵠，乃從西北來。十十五五，羅列成行。一解。妻卒被病，行不能相隨。五里一反顧，六里一徘徊。二解。吾欲銜汝去，口噤不能開。吾欲負汝去，毛羽何摧頹。三解。樂哉新相知，憂來生別離。躇躊顧羣侶，淚下不自知。四解。念與君離別，氣結不能言。各各重

四解。一曰《飛鵠行》，別有一篇，語小異。「鵠」一作「鶴」，鵠、鶴古通用。《飛來雙白鶴》本此。《古今樂録》曰：王僧虔《技録》云：《艷歌何嘗行》，歌文帝「何嘗」「雙白鵠」二篇。又古辭云「何嘗快獨無憂」，不復爲後人所擬。

自愛，遠道歸還難。妾當守空房，閉門下重關。若生當相見，亡者會黄泉。今日樂相樂，萬歲期延年。一作「延年萬歲期」。「念與」下爲趨。右一曲晉樂所奏。

飛鵠行　《廣文選》所載。

飛來雙白鵠，乃從西北來。十十將五五，羅列行不齊。忽然卒疲病，不能飛相隨。五里一返顧，六里一徘徊。吾欲銜汝去，口噤不能開。吾欲負汝去，羽毛日摧頹。樂哉新相知，憂來生別離。踟躕顧羣侶，淚落縱横垂。今日樂相樂，延年萬歲期。

同前　魏文帝

五解。按《宋書》作古辭。

何嘗快，獨無憂？但當飲醇酒，炙肥牛。一解長兄爲二千石，中兄被貂裘。二解小弟雖無官爵，鞍馬馺馺，往來王侯長者遊。三解但當在王侯殿上，快獨樗蒲六博，對坐彈棊。四解男兒居世，各當努力，蹙迫日暮，殊不久留。五解少小相觸抵，寒苦常相隨。岔恚安足諍，吾中道與卿共別離。約身奉事君，禮節不可虧。上慙倉浪之天，下顧黄口小兒。奈何復老心皇皇，獨悲誰能知。「少小」下爲趨，曲前爲豔。右一曲晉樂所奏。

飛來雙白鵠 宋吳邁遠

可憐雙白鵠，雙雙絶塵氛。連翩弄光景，交頸遊青雲。逢羅復逢繳，雌雄一旦分。哀聲流海曲，孤叫出江濆。豈不慕前侶，爲爾不及羣。步步一零淚，千里猶待君。樂哉新相知，悲來生別離。持此百年命，共逐寸陰移。譬如空山草，零落心自知。「出」一作「絶」，又作「去」。「來」一作「矣」。

飛來雙白鶴 梁元帝

紫蓋學仙成，能令吴市傾。逐舞隨疎節，聞琴應别聲。集田遥赴影，隔霧近相鳴。時從洛浦渡，飛向遼東城。

同前 陳後主

朔吹已蕭瑟，愁雲屢合開。玄冬辛苦地，白鶴從風催。音響已清切，毛羽復殘摧。飛來進□□，但爲失雙回。儻逢□噲德，當共銜珠來。

同前 隋虞世南

飛來雙白鶴，奮翼遠凌煙。雙棲集紫蓋，一舉背青田。颺影過伊洛，流聲入管絃。鳴羣倒景外，刷羽閬風前。映海疑浮雪，拂澗瀉飛泉。燕雀寧知去，蜉蝣不識還。何言別儔侶，從此間山川。顧步已相失，徘徊各自憐。危心猶警露，哀響詎聞天。無因振六翮，輕舉復隨仙。

今日樂相樂　陳江總

綺殿文雅遒，玳筵歡趣密。鄭態逶迤舞，齊弦窈窕瑟。金罍送縹觴，玉井沈朱實。願此北堂宴，長奉南山日。

艷歌行　古辭

《古今樂録》曰：《艷歌行》非一。有直云艷歌，即艷歌行。《技録》云：《艷歌雙鴻行》《艷歌福鍾行》，荀《録》所載，不傳。《艷歌羅敷行》，相和中歌之，今不歌。

翩翩堂前燕，冬藏夏來見。兄弟兩三人，流宕在他縣。故衣誰當補，新衣誰當綻？賴得賢主人，覽取爲吾組〔一〕。夫婿從門來，斜柯西北眄。語卿且勿眄，水清石自見。石見何纍纍，遠行不如歸。「誰當」一作「誰爲」。

同前 古辭

南山石嵬嵬，松柏何離離。上枝拂青雲，中心十數圍。洛陽發中梁，松柏竊自悲。斧鋸截是松，松樹東西摧。持作四輪車，載至洛陽宫。觀者莫不歎，問是何山材。誰能刻鏤此，公輸與魯班。被之用丹漆，薰用蘇合香。本自南山松，今爲宫殿梁。

同前 宋江夏王義恭

江南遊湘妃，窈窕漢濱女。淑問流古今，蘭音媚鄭楚。瑶顔映長川，善服照通滸。求思望襄澨，歎息對衡渚。中情未相感，搔首增企予。悲鴻失良匹，俯仰戀儔侣。徘徊忘寢食，羽翼不能舉。傾首佇春燕，爲我津辭語。

同前 梁簡文帝

二首。前首《玉臺》作《有女篇》，後首《集》云《艷歌曲》。

凌晨光景麗，倡女鳳樓中。前瞻削成小，傍望卷旌空。分粧開淺靨，繞臉傅斜紅。張琴未調軫，飲吹不全終。自知心所愛，出入仕秦宫。誰言連尹屈，更是莫敖通。輕軺綴皂蓋，飛轡轢雲驄。金鞍隨繫尾，銜瓅映纏騣。戈鏤荆山玉，劍飾丹陽銅。左把蘇合彈，傍持大屈弓。控弦因鵲血，挽彄用牛蟡。弋獵多登隴，酣歌每入豐。暉暉隱落日，冉冉還房櫳。燈生陽燧火，塵散鯉魚風。流蘇時下帳，象簟復韜筒。霜暗牕前柳，寒疎井上桐。女蘿託松際，甘瓜蔓井東。拳拳恃君寵，歲暮望無窮。

雲楣桂成户，飛棟杏爲梁。斜牕通蕊氣，細隟引塵光。裁衣魏后尺，汲水淮南牀。青驪暮當返，預使羅裙香。

同前　陳顧野王

三首。

夕臺行雨度，朝梁照日輝。東城採桑返，南市數錢歸。長歌挑碧玉，羅塵笑洛妃。欲知歡未盡，栖烏已夜飛。

齊倡趙女盡妖妍，珠簾玉砌併神仙。莫笑人來最落後，能使君恩得度前。豈知洛渚羅塵步，詎減天河秋夕渡。妖姿巧笑能傾城，那思他人不憎妬。蓮花藻井推芰荷，採菱妙曲勝陽阿。

燕姬妍，趙女麗，出入王宫公主第。倚鳴瑟，歌未央，調弦八九弄，度曲兩三章。唯欣春日永，詎愁秋夜長。歌未央，倚鳴瑟。輕風飄落蘂，乳燕巢蘭室。結羅帷，翫朝日。牕開翠幔卷，粧罷金星出。争攀四照花，競戲三條術。

艷歌行有女篇 晉傅玄

有女懷芬芳，媞媞步東廂。蛾眉分翠羽，明眸發清揚。丹脣翳皓齒，秀色若珪璋。巧笑露權靨，衆媚不可詳。令儀希世出，無乃古毛嬙。頭安金步摇，耳繫明月璫。珠環約素腕，翠羽垂鮮光。文袍綴藻黼，玉體映羅裳。容華既已艷，志節擬秋霜。徽音冠青雲，聲響流四方。妙哉英媛德，宜配侯與王。靈應萬世合，日月時相望。媒氏陳束帛，羔鴈鳴前堂。百兩盈中路，起若鸞鳳翔。凡夫徒踴躍，望絶殊參商。「頭安金步摇」一作「首戴金步摇」。「徽」一作「微」。

煌煌京洛行 魏文帝

五解。　《古今樂録》曰：王僧虔《技録》云：《煌煌京洛行》，歌文帝「園桃」一篇。《樂府解題》曰：晉樂奏文帝「夭夭園桃」。

夭夭園桃，無子空長。虚美難假，偏輪不行。一解。淮陰五刑，鳥得弓藏。保身全名，獨有子房。大憤不收，褒衣無帶。多言寡誠，秖令事敗。二解。蘇秦之説，六國以亡。傾側賣主，車裂固當。賢矣陳軫，忠而有謀。楚懷不從，禍卒不救。三解。禍夫吴起，智小謀大。西河何健，伏尸何劣。四解。嗟彼郭生，古之雅人。智矣燕昭，可謂得臣。峨峨仲連，齊之高士。北辭千金，東蹈滄海。五解。右一曲晉樂所奏。

同前 宋鮑照

二首。《集》云《代陳思王京洛行》。後首一作梁簡文。

鳳樓十二重，四户八綺牕。繡桷金蓮花，桂柱玉盤龍。珠簾無隔路，羅幌不勝風。寶帳三千所，爲爾一朝容。揚芬紫烟上，垂綵緑雲中。春吹回白日，霜歌落塞鴻。但懼秋塵起，盛愛逐衰蓬。坐視青苔滿，卧對錦筵空。琴瑟縱横散，舞衣不復縫。古來共歇薄，君意豈獨濃。唯見雙黄鵠，千里一相從。

南遊偃師縣，斜上霸陵東。迴瞻龍首堞，遥望德陽宫。重門遠照耀，天閣復穹隆。城傍疑複道，樹裏識松風。黄河入洛水，丹泉繞射熊。夜輪懸素魄，朝光蕩碧空。秋霜曉驅鴈，春雨暮成虹。曲陽造甲第，高安還禁中。劉蒼歸作相，竇憲出臨戎。此時車馬合，茲晨冠蓋通。誰知兩京盛，歡宴遂無窮。「河」一作「沙」。「光」一作「天」，誤。「暮」一作「暗」。

同前 梁戴暠

欲知佳麗地，爲君陳帝京。由來稱俠窟，争利復争名。鑄銅門外馬，刻石水中鯨。黑龍過飲渭，丹鳳俯臨城。羣公邀郭解，天子問黄瓊。詔幸平陽地，騎指伏波營。五侯同拜爵，七貴各垂纓。衣風飄颻起，車塵暗浪生。舞見淮南法，歌聞齊后聲。揮金留客坐，饌玉待鐘鳴。獨有文園客，偏嗟武騎輕。

同前 陳張正見

千門儼西漢，萬户擅東京。凌雲霞上起，鳷鵲月中生。風塵暮不息，簫笳夜恒鳴。唯當賣藥處，不入長安城。

同前 隋李巨仁

《集》云《京洛篇》。

京洛類神仙，藹藹却雲煙。漸臺臨太液，玉樹並甘泉。車喧平樂外，騎擁濯龍前。競結蕭朱綬，争攀李郭船。獨悲韓長孺，死灰猶未然。

帝王所居篇 陳張正見

郭本置雜曲歌辭，今移補。

崤函惟帝宅，宛雒壯皇居。紫微臨複道，丹水亘通渠。沈沈飛雨殿，藹藹承明廬。兩宫分槩日，雙闕並凌虚。休氣充青瑣，榮光入綺疏。霞明仁壽鏡，日照陵雲書。鳴鸞背鳷鵲，詔蹕幸儲胥。長楊飛玉輦，御宿徙金輿。柳葉飄緹騎，槐花影屬車。薄暮歸平樂，歌鐘滿玉除。

門有車馬客行 晉陸機

《古今樂録》曰：王僧虔《技録》云：《門有車馬客行》，歌東阿王「置酒」一篇。《樂府解題》曰：曹植等《門有車馬客行》皆言問訊其客，或得故舊鄉里，或駕自京師，備叙市朝遷謝、親友彫喪之意。又《門有萬里客》亦與此同。

門有車馬客，駕言發故鄉。念君久不歸，濡跡涉江湘。投袂赴門塗，攬衣不及裳。拊膺攜客泣，掩淚叙温涼。借問邦族閒，惻愴論存亡。親友多零落，舊齒皆凋喪。市朝互遷易，城闕或丘荒。墳壟日月多，松柏鬱芒芒。天道信崇替，人生安得長。慷慨惟平生，俛仰獨悲傷。

同前 張華

一作鮑照，然此格調多是華作。華詩别載小略。

門有車馬客，問君何鄉士。捷步往相訊〔二〕，果得舊鄰里。悽悽聲中情，慊慊增下俚。語昔有故悲，論今無新喜。清晨相訪慰，日暮不能已。歡戚競尋緒，談調何終止。辭端竟未究，忽唱分塗始。前悲尚未弭，後戚方復起。嘶聲盈我口，談言在我耳。手跡可傳心，願爾篤行李。「得」一作「遇」。後「戚」一作「感」。

同前 陳張正見

飛觀霞光啓，重門平旦開。北闕高箱過，東方連騎來。紅塵揚翠轂，赭汗染龍媒。桃花夾逕聚，流水傍池回。投鞭聊接電，捐軫暫停雷。非關萬里客，自有六奇才。琴和朝雉操，酒汎夜光杯。舞袖飄金谷，歌聲遶鳳臺。良時不可再，騶馭鬱相催。安知太行道，失路車輪摧。「投」一作「揮」。「接」一作「静」。

同前 隋何妥

《英華》作何遜。

門前車馬客，言是故鄉來。故鄉有書信，縱橫印檢開。開書看未極，行客屢相識。借問故鄉人，潺湲淚不息。上言離別久，下道望應歸。寸心將夜鵲，相逐向南飛。「道」一作「言」。

同前 虞世南

財雄重交結，戚里擅豪華。曲臺臨上路，高門抵狹斜。赭汗千金馬，繡轂五香車。白鶴隨飛蓋，朱鷺入鳴笳。夏蓮開劒水，春桃發露花。輕裙染回雪，浮蟻汎流霞。高談辯飛兔，摛藻握靈蛇。逢恩借羽翼，失路委泥沙。曖曖風煙晚，路長歸騎遠。日衮青瑣第，塵飛金谷苑。危弦促柱奏巴渝，遺簪墮珥解羅襦。如何守直道，翻使谷名愚。

門有萬里客 魏陳思王植

門有萬里客，問君何鄉人。褰裳起從之，果得心所親。挽裳對我泣，太息前自陳。本自朔方士，今爲吴越民。行行將復行，去去適西秦。

牆上難爲趨 晉傅玄

《古今樂録》曰：王僧虔《技録》云：《牆上難爲趨行》，荀《録》所載《牆上》一篇，今不傳。

門有車馬客，驂服若騰飛。華組結玉佩，蘩藻紛葳蕤。馮軾垂長纓，顧眄有餘輝。貧主屣敝履〔三〕，整比藍縷衣〔四〕。客曰嘉病乎，正色意無疑。吐言若覆水〔五〕，摇舌不可追。渭濱漁釣翁，乃爲周所諮。顔回處陋巷，大聖稱庶幾。苟富不知度，千駟賤采薇。季孫由儉顯，管仲病三歸。夫差耽淫侈，終爲越所圍。遺身外榮利，然後享巍巍。迷者一何衆，孔難知德希。甚美致憔悴，不如豚豕肥。楊朱泣路岐，失道令人悲。子貢欲自矜，原憲知其非。屈伸各異勢，窮達不同資。夫唯體中庸，先天天不違。

同前　周王褒

昔稱梁孟子，兼聞魯孔丘。訪政聊爲述，問陳豈相訓。末代多僥倖，卿相自經由。臺郎百金價，台司千萬求。當朝少直筆，趨代皆曲鈎。廷尉十年不得調，將軍百戰未封侯。夜伏擁門作常伯，自有蒲萄得涼州。白璧求善價，明珠難暗投。高牆不可踐，井水自難浮。風胡有年歲，銛利比吴鈎。

日重光行　晉陸機

《古今樂録》曰：王僧虔《技録》：有《日重光行》，今不傳。崔豹《古今注》曰：「日重光，月重輪」，羣臣爲漢明帝作也。明帝爲太子，樂人作歌詩四章，以贊太子之德。一曰日重光，二曰月重輪，三曰星重輝，四曰海重潤。漢末喪亂，後二章亡。舊説云，天子之德光明如日，規輪如月，衆輝如星，霑潤如海。太子比德，故云重也。

日重光，奈何天回薄。日重光，冉冉其遊如飛征。日重光，今我日華華之盛。日重光，倏忽過，亦安停。日重光，盛往衰，亦必來。日重光，譬如四時，固恒相催。日重光，惟命有分可營。日重光，但惆悵才志。日重光，身没之後無遺名。「但」一作「常」。

月重輪行 魏文帝

三辰垂光，照臨四海。焕哉何煌煌，悠悠與天地久長。愚見目前，聖覩萬年。明闇相絶，何可勝言。

同前 魏明帝

天地無窮，人命有終。立功揚名，行之在躬。聖賢度量，得爲道中。

同前 晉陸機

人生一時，月重輪。盛年焉可持，月重輪。吉凶倚伏，百年莫我與期。臨川曷悲悼，兹去不從肩，月重輪。功名不勗之，善哉古人，揚聲敷聞九服，身名流何穆。既自才難，既嘉運，亦易愆。俛仰行老，存没將何所觀？志士慷慨獨長歎，獨長歎。「持」一作「恃」。一無「所」字。

同前 梁戴暠

《初學記》作戴嵩。

皇基屬明兩，副德表重輪。重輪非是暈，桂滿自恒春。海珠含更滅，階蓂翳且新。婕好比團扇，曹王譬洛神。浮川疑滚璧，入户類燒銀。從來看顧兔，不曾聞鬭麟。北堂豈盈手，西園偏照人。「滚」一作「讓」。

蜀道難 梁簡文帝

二首。《古今樂録》曰：王僧虔《技録》有《蜀道難行》，今不歌。《樂府解題》曰：《蜀道難》，備言銅梁、玉壘之阻，與《蜀國絃》頗同。

建平督郵道，魚復永安宫。若奏巴渝曲，時當君思中。

巫山七百里，巴水三回曲。笛聲下復高，猿啼斷還續。

同前 劉孝威

一首。《文苑英華辨證》曰：此篇《文苑》與《類聚》同，唯郭氏《樂府》分前五言、後七言各爲一首，中闕六句。今從《文苑》爲一首。

玉壘高無極，銅梁不可攀。雙流逆巇道，九坂澀陽關。鄧侯束馬去，王生斂轡還。斂轡懼身尤，叱馭奉王猷。若悋千金重，誰爲萬里侯。獻馬吞珠界，揚舲濯錦流。沉犀厭怪水，握鏡表靈丘。禺山金碧有光輝，遷停車馬正輕肥。彌思王褒擁節反，復憶相如乘傳歸。君平子雲寂不嗣，江漢英靈已信稀。「巇」一作「巘」。「停」一作「亭」。「正」一作「尚」。「復」一作「更」。

「寂」一作「聞」。「已信稀」一作「信已衰」。

同前　陳陰鏗

王尊奉漢朝，靈關不憚遥。高岷長有雪，陰棧屢經燒。輪摧九折路，騎阻七星橋。蜀道難如此，功名詎可要。

櫂歌行　魏明帝

五解。《古今樂録》曰：王僧虔《技録》云：《櫂歌行》，歌明帝「王者布大化」一篇，或云左延年作，今不歌。梁簡文帝在東宫，更製歌，少異此也。《樂府解題》曰：晉樂奏魏明帝辭，云「王者布大化」，備言平吴之勳。

王者布大化，配乾稽后祇。陽育則陰殺，晷景應度移。一解。文德以時振，武功伐不隨。重華儛干戚，有苗服從嫣。二解。蠢爾吴蜀虜，憑江棲山阻。哀哀王士民，瞻仰靡依怙。三解。太皇上悼愍斯，宿昔奮天怒。發我許昌宫，列舟于長浦。四解。翌日乘波揚，棹歌悲且涼。太常拂白日，旗幟紛設張。五解。將抗旄與鉞，曜威於彼方。伐罪以弔民，清我東南疆。「將抗」下爲趨。　右一曲晉樂所奏。「吴蜀」一作「吴中」。

同前 晉陸機

遲遲暮春日，天氣柔且嘉。元吉隆初巳，濯穢遊黄河。龍舟浮鷁首，羽旗垂藻葩。乘風宣飛景，逍遥戲中波。名謳激清唱，榜人從櫂歌。投綸沉洪川，飛繳入紫霞。「從」一作「縱」。

同前 宋孔甯子

君子樂和節，品物待陽時。上位降繁祉，元巳命水嬉。倉武戒橋梁，旄人樹羽旗。高檣抗飛帆，羽蓋翳華枝。佽飛激逸響，娟娥吐清辭。泝洄緬無分，欣流愴有思。仰瞻翳雲繳，俯引沈泉絲。委羽漫通渚，鮮染中填坻。鷁鳥威江使，揚波駭馮夷。夕影雖已西，□□終無期。

同前 鮑照

覊客離嬰時，飄颻無定所。昔秋寓江介，兹春客河滸。往戢于役身，願令永懷楚。泠泠鯈疏潭，邕邕鴈循渚。飂戾長風振，遥曳高帆舉。驚波無留連，舟人不躊竚。「兹」一作「今」。「遥曳」一作「飄遥」。

同前 吴邁遠

十三爲漢使，孤劒出臯蘭。西南窮天險，東北畢地關。岷山高以峻，燕水清且寒。一去千里孤，邊馬何時還。遥望煙嶂外，障氣鬱雲端。始知身死處，平生從此殘。

同前 梁簡文帝

妾家住湘川，菱歌本自便。風生解刺浪，水深能捉船。葉亂由牽荇，絲飄爲折蓮。濺粧疑薄汗，霑衣似故湔。浣沙流暫濁，汰錦色還鮮。參同趙飛燕，借問李延年。從來入絃管，誰在櫂歌前。「誰」一作「詎」。

同前 劉孝綽

日暮楚江上，江深風復生。所思竟何在，相望徒盈盈。舟子行催棹，無所喝流聲。

同前 阮研

芙蓉始出水，綠荇葉初鮮。且停《白雪》和，共奏《激楚》絃。平生此遭遇，一日當千年。

同前 王籍

揚舲横大江，乘流任蕩蕩。輕橈莫不息，復逐夜潮上。時見湘水仙，恒聞解佩響。

同前 蕭岑

桂酒既潺湲，輕舟亦乘駕。鼓枻何吟吟，吟我皇唐化。容與滄浪中，淹留明月夜。

同前 北齊魏收

雪溜添春浦，花水足新流。桃發武陵岸，柳拂武昌樓。

同前 隋盧思道

秋江見底清，越女復傾城。方舟共採摘，最得可憐名。落花流寶珥，微吹動香纓。帶垂連理濕，櫂舉木蘭輕。順風傳細語，因波寄遠情。誰能結錦纜，薄暮隱長汀。「順風」一作「避人」。

蒲坂行 齊陸厥

《古今樂録》曰：王僧虔《技録》有《蒲坂行》，今不歌。《通典》曰：河東，唐虞所都蒲坂也。漢爲蒲坂縣。春秋時秦、晉戰於河曲，即其地。

江南風已春，河間柳已把。鴈返無南書，寸心何由寫。流泊祁連山，飄飖高闕下。

同前 梁劉遵

漢使出蒲坂，去去往交河。間諜敢虧對，驂馬脱鳴珂。乍作渡瀘怨，何辭上隴歌。

白楊行 晉傅玄

《古今樂録》曰：王僧虔《技録》有《白楊行》，今不歌。

青雲固非青，當雲奈白雲。驥從西北馳來，吾何憶。驥來對我悲鳴，舉頭氣凌青雲。當奈此驥正龍形。踠足蹉跎長坂下，蹇驢慷愾，敢與我争馳。躑躅鹽車之中，流汗兩耳盡下垂。雖懷千里之逸志，當時一得施。白雲彫彫，舍我高翔。青雲徘徊，戢我愁啼。上眄增崖，下臨清池。日欲西移，既來歸君。君不一顧，仰天太息。當用生爲，青雲乎，飛時悲，當奈何耶！青雲飛乎！

胡無人行 古辭

《古今樂録》曰：王僧虔《技録》有《胡無人行》，今不歌。楊慎云：太白《胡無人行》效其語：「喋胡血，履胡腸。胡無人，漢道昌」。

望胡地，何嶮側。斷胡頭，脯胡臆。闕句。載《太平御覽》。

同前 梁徐摛

刻楹登魯殿，擁絮拭胡粧。猶將漢閨曲，誰忍奏氈房。遥憶甘泉夜，闇淚斷人腸。「刻」一作「列」。

同前 吴均

劍頭利如芒，恒持照眼光。鐵騎追驍虜，金羈討黠羌。高秋八九月，胡地早風霜。男兒不惜死，破膽與君嘗。

【校勘記】

〔一〕組，《四庫》本作「縮」。

〔二〕訊，原作「迅」，據《四庫》本改。

〔三〕主，《四庫》本作「生」。

〔四〕比，《四庫》本作「此」。

〔五〕水，《四庫》本作「冰」。

古樂苑卷第二十二

相和歌辭 楚調曲

楚調曲

《古今樂録》曰：王僧虔《技録》楚調曲有《白頭吟行》《泰山吟行》《梁甫吟行》《東武琵琶吟行》《怨詩行》，其器有笙、笛弄、節、琴、箏、琵琶、瑟七種。張永《録》云：未歌之前，有一部弦，又在弄後，又有但曲七曲：《廣陵散》《黄老彈飛引》《大胡笳鳴》《小胡笳鳴》《鵾雞遊弦》《流楚》《窈窕》，並琴、箏、笙、筑之曲，王《録》所無也。其《廣陵散》一曲，今不傳。

白頭吟 漢卓文君

二首。五解。　《古今樂録》曰：王僧虔《技録》云：《白頭吟行》，歌古「皚如山上雪」篇。《樂府解題》曰：古辭云「皚如山上雪，皎若雲間月」，又云「願得一心人，白頭不相離」。始言「良人有兩意，故來與之相決絶」，次言别於溝水之上，敘其本情，終言男兒重意氣，何用於錢刀。若鮑照、張正見、虞世南皆自傷清直芬馥，而遭鑠金玷玉之謗，君恩以薄，與古文近焉。一説云《白頭吟》疾人相知以新間舊，不能至於白首，故以爲名。

皚如山上雪，皎若雲間月。聞君有兩意，故來相決絶。一解。平生共城中，何嘗斗酒會。今日斗酒會，明旦溝水頭。蹀躞御溝上，溝水東西流。二解。郭東亦有樵，郭西亦有樵。兩樵相推與，無親爲誰驕。三解。淒淒重淒淒，嫁娶亦不啼。願得一心人，白頭不相離。四解。竹竿何嫋嫋，魚尾何離簁〔一〕。男兒欲相知，何用錢刀爲。齕如馬噉萁，川上高士嬉。今日相對樂，延年萬歲期。五解。　右一曲晉樂所奏。　「齕如」下或有五字。

皚如山上雪，皎若雲間月。聞君有兩意，故來相決絶。今日斗酒會，明旦溝水頭。蹀躞御溝上，溝水東西流。淒淒復淒淒，嫁娶不須啼。願得一心人，白頭不相離。竹竿何嫋嫋，魚尾何簁簁。男兒重意氣，何用錢刀爲。右一曲本辭。

同前 宋鮑照

陳徐堪有「班去趙姬升」出此。

直如朱絲繩，清如玉壺冰。何慙宿昔意，猜恨坐相仍。人情賤恩舊，世路逐衰興。毫髮一爲瑕，丘山不可勝。食苗實碩鼠，點白信蒼蠅。鳧鵠遠成美，薪芻前見凌。申黜褒女進，班去趙姬升。周王日淪惑，漢帝益嗟稱。心賞固難恃，貌恭豈易憑。古來共如此，非君獨撫膺。

同前 陳張正見

平生懷直道，桂松比貞風。語默妍蚩際，沈浮毁譽中。讒新恩易盡，情去寵難終。彈珠金市側，抵玉崑山東。含香老顏駟，執戟異揚雄。惆悵崔亭伯，幽憂馮敬通。王嬙没故塞，班女棄深宫。春苔封履跡，秋葉奪粧紅。顏如花落槿，鬢似雪飄蓬。此時積長歎，傷年誰復同。「崑」一作「春」。「積」一作「即」。

班去趙姬升 陳徐堪

班姬與飛燕，俱侍漢王宫。不意恩情歇，偏將衰草同。香飛金輦外，苔上玉階中。今日悲團扇，非是爲秋風。

泰山吟 晉陸機

《古今樂録》曰：王僧虔《技録》有《泰山吟行》，今不歌。《樂府解題》曰：《泰山吟》，言人死精魄歸於泰山，亦《薤露》《蒿里》之類也。

泰山一何高，迢迢造天庭。峻極周已遠，曾雲鬱冥冥。梁甫亦有館，蒿里亦有亭。幽塗延萬鬼，神房集百靈。長吟泰山側，慷慨激楚聲。

同前 宋謝靈運

岱宗秀維岳，崔崒刺雲天。岝㟧既嶮巇，觸石輒芊緜。登封瘞崇壇，降禪藏肅然。石閭何晻藹，明堂祕靈篇。「芊緜」一作「千眠」。

梁甫吟 蜀諸葛亮

《古今樂録》曰：王僧虔《技録》有《梁甫吟行》，今不歌。謝希逸《琴論》曰：諸葛亮作《梁甫吟》。《陳武別傳》曰：武常騎驢牧羊，諸家牧豎十數人，或有知歌謡者，武遂學《泰山梁甫吟》《幽州馬客吟》及《行路難》之屬。《蜀志》曰：諸葛亮好爲《梁甫吟》。然則不起於亮矣。李勉《琴説》曰：《梁甫吟》，曾子撰。《琴操》曰：曾子耕泰山之下，天雨雪凍，旬月不得歸，思其父母，作《梁山》歌。蔡邕《琴頌》曰：梁甫悲吟，周公越裳。注：梁甫，山名，在泰山下。《梁甫吟》蓋言人死葬此山，亦葬歌也。又有《泰山梁甫吟》，與此頗同。按《晏子》曰：公孫捷、田開疆、古冶子事景公，勇而無禮。晏子言於公，餽之二桃，曰：三子計功而食桃。公孫捷曰：吾再拜隱虎〔二〕，功可以食。田曰：吾杖兵而御三軍者再，功可以食。古冶子曰：君當濟河，黿銜左驂，冶潛行水底，逆流百步，從流九里，得黿頸，功可以食。二子曰：吾勇不若子，功不逮子。取桃不讓，是貪也。然而不死，無勇也。刎頸而死。冶曰：二子死之，冶獨不逮。又刎頸而死。《西溪叢語》曰：李善陸詩注：蔡邕《琴頌》云：梁甫悲吟。不知名爲梁父吟何義。張衡《四愁詩》云：欲往從之梁甫艱。注云：泰山，東嶽也。君有德，則封此山。願輔佐君王，致於有德，而爲小人讒邪之所阻。梁父，泰山下小山名。諸葛亮好爲《梁父吟》，恐取此意。

步出齊城門，遥望蕩陰里。里中有三墳，纍纍正相似。問是誰家墓，田疆古冶子。力能排南山，文能絶地紀。一朝被讒言，二桃殺三士。誰能爲此謀？國相齊晏子。「遥望蕩陰里」《解題》作「追望陰陽里」。青州有陰陽里。「田疆古冶子」《解題》作「田强固野子」。「墳」一作「墓」。「子」一作「民」。「紀」一作「理」。

同前 晉陸機

玉衡既已驂，羲和若飛凌。四運尋環轉〔三〕，寒暑自相承。冉冉年時暮，迢迢天路徵。招摇東北指，大火西南升。悲風無絶響，玄雲互相仍。豐冰憑川結，零露彌天凝。年命時相逝，慶雲鮮克乘。履信多愆期，思順焉足憑。慷慨臨川響，非此孰爲興。哀吟梁甫巔，慷慨獨撫膺。「既」一作「固」。「冰」一作「水」。「零」一作「寒」，又作「霜」。「慷慨」一作「愾愾」。

同前 梁沈約

龍駕有馳策，日御不停陰。星籥亟迴變，氣化坐盈侵。寒光稍眇眇，秋塞日沈沈。高腮久餘火，傾河駕騰參。飈風折暮草，驚籜霣層林。時雲靄空遠，淵水結清深。奔樞豈易紐，珠庭不可臨。懷仁每多意，履順孰能禁。露清一唯促，緩志且移心。哀歌步梁甫，歎絶有遺音。「塞」一作「色」。「籜」一作「竿」。「雲」《集》作「雨」。

同前 陳陸瓊

臨淄佳麗地，年少習名倡。似笑脣朱動，非愁眉翠揚。掩抑隨竽轉，和柔會瑟張。輕扇屢迴指，飛塵亟繞梁。寄言諸葛相，此曲乍難忘。「年少」一作「少小」。

泰山梁甫行 魏陳思王植

《樂府解題》曰：曹植改《泰山梁甫》爲《八方》。

八方各異氣，千里殊風雨。劇哉邊海民，寄身於草墅。妻子象禽獸，行止依林阻。柴門何蕭條，狐兔翔我宇。後闕

東武吟行 晉陸機

《古今樂録》曰：王僧虔《技録》有《東武吟行》，今不歌。左思《齊都賦》注云：《東武》《太山》，皆齊之土風，弦歌謳吟之曲名也。《通典》曰：漢有東武郡，今高密諸城縣是也。

投跡短世間，高步長生闈。濯髮冒雲冠，浣身被羽衣。飢從韓衆餐，寒就佚女棲。「浣」一作「洗」。

同前 宋鮑照

主人且勿喧，賤子歌一言。僕本寒鄉士，出身蒙漢恩。始隨張校尉，召募到河源。後逐李輕車，追虜出塞垣。密途亘萬里，寧歲猶七奔。肌力盡鞍甲，心思歷涼温。將軍既下世，部曲亦罕存。時事一朝異，孤績誰復論。少壯辭家去，窮老還入門。腰鎌刈葵藿，倚杖牧雞豚。昔如韝上鷹，今似檻中猿。徒結千載恨，空負百年怨。棄席思君幄，疲馬戀君軒。願垂晉主惠，不愧田子魂。「召」一作「占」。「牧」一作「收」。「結」一作「積」。

同前 梁沈約

天德深且曠，人世賤而浮。東枝裁拂景，西壑已停輈。逝辭金門寵，去飲玉池流。霄辔一永矣，俗累從此休。

怨詩行 古辭

《琴操》：卞和得玉璞，以三獻，楚封爲陵陽侯。辭不受，而作《怨歌》。班婕妤《怨詩行》序：漢成帝班婕妤失寵，求供養太后於長信宫，乃作怨詩以自傷，託辭於紈扇云。郭本分怨詩行、怨詩、怨歌行爲三類，今從之。《怨詩行》，古辭言人命難常，不如遊心恣欲也。一曰怨詩行歌。陳思而下，多言棄妻怨女，大略祖班婕妤《怨歌行》之意，惟阮瑀《怨詩》與此意合。

天德悠且長，人命一何促！百年未幾時，奄若風吹燭。嘉賓難再遇，人命不可續。齊度遊四方，各繫太山録。人間樂未央，忽然歸東嶽。當須盪中情，遊心恣所欲。

同前 魏陳思王植

二首。七解。《古今樂録》曰：《怨詩行》，歌東阿王「明月照高樓」一篇。

明月照高樓，流光正徘徊。上有愁思婦，悲歎有餘哀。一解。借問歎者誰？自云宕子妻。夫行踰十載，賤妾常獨棲。二解。念君過於渴，思君劇於飢。君爲高山柏，妾爲濁水泥。三解。北風行蕭蕭，烈烈入吾耳。心中念故人，淚墮不能止。四解。浮沈各異路，會合當何諧？願作東北風，吹我入君懷。五解。君懷常不開，賤妾當何依。恩情中道絶，流止任東西。六解。我欲竟此曲，此曲悲且長。今日樂相樂，别後莫相忘。七解。右一曲晉樂所奏。「君爲」一作「君作」。「柏」一作「桐」。

明月照高樓，流光正徘徊。上有愁思婦，悲歎有餘哀。借問歎者誰？言是宕子妻。君行踰十年，孤妾常獨栖。君若清路塵，妾若濁水泥。浮沈各異勢，會合何時諧？願爲西南風，長逝入君懷。君懷時不開，妾心當何依。右一曲本辭，即《七哀詩》。

同前　晉梅陶

庭植不材柳，苑育能鳴鶴。鼓枝遊畦畝，栖鈞一丘壑。最悦朝敷榮，夕乘南音客。晝立薄遊景，暮宿漢陰魄。庇身蔭王猷，罷蹇反幻迹。

同前 宋湯惠休

明月照高樓，含君千里光。巷中情思滿，斷絶孤妾腸。悲風盪帷帳，瑶翠坐自傷。妾心依天末，思與浮雲長。嘯歌視秋草，幽葉豈再揚。暮蘭不待歲，離華能幾芳。願作張女引，流悲繞君堂。君堂嚴且祕，絶調徒飛揚。

明月照高樓 梁武帝

圓魄當虚闥，清光流思延。延思照孤影，悽怨還自憐。臺鏡早生塵，匣琴又無弦。悲慕屢傷節，離憂亟華年。君如東扶景，妾似西柳煙。相去既路迥，明晦亦殊懸。願爲銅鐵轡，以感長樂前。

怨詩 魏阮瑀

民生受天命，漂若河中塵。雖稱百齡壽，孰能應此身。猶獲嬰凶禍，流落恒苦辛。「流落」一作「流離」。 闕。

同前 晉翔風

王子年《拾遺記》曰：石季倫有愛婢曰翔風，魏末於胡中得之。年十五，無有比其容貌，最以文辭擅愛。年三十，妙年者争嫉之。崇退翔風爲房老，使主羣少，乃懷怨而作詩。

春華誰不美，卒傷秋落時。突煙還自低，鄙退豈所期。桂芳徒自蠹，失愛在蛾眉。坐見芳時歇，憔悴空自嗤。

同前 陶潛

《集》云《怨詩楚調示龐主簿鄧治中》。

天道幽且遠，鬼神茫昧然。結髮念善事，僶俛五十年。弱冠逢世阻，始室喪其偏。炎火屢焚如，螟蜮恣中田。風雨縱横至，收斂不盈廛。夏日常抱飢，寒夜無被眠。造夕思雞鳴，及晨願烏遷。在己亦何怨，離憂悽目前。吁嗟身後名，於我若浮煙。慷慨激悲歌，鍾期信爲賢。「五十」一作「六九」。「亦何怨」一作「何怨天」。「激」一作「獨」。

同前　梁簡文帝

秋風與白團，本自不相安。新人及故愛，意氣豈能寬。黄金肘後鈴，白玉案前盤。誰堪空對此，還成無歲寒。

同前　劉孝威

退寵辭金屋，見譴斥甘泉。枕席秋風起，房櫳明月懸。燭避牕中影，香迴爐上煙。丹庭斜草逕，素壁點苔錢。歌起蒲生曲，樂奏下山弦。新聲昔廣宴，餘杯今自傳。王嬙向絶漠，宗女入祁連。鴈書猶未返，角馬無歸年。昭臺省媵御，曾坂無棄捐。後薪隨復積，前魚誰更憐。

同前　陳張正見

新豐妖冶地，遊俠競驕奢。池臺間羅綺，桃李雜煙霞。蓋影分連騎，衣香合並車。艶粉驚飛蝶，紅粧映落花。舞衫飄冶袖，歌扇掩團紗。玉牀珠帳卷，金樓鏡月斜。還疑簫史鳳，不及季倫家。

同前　江總

二首。

採桑歸路河流深，憶昔相期柏樹林。奈許新縑傷妾意，無由故劍動君心。

新梅嫩柳未障羞，情去思移那可留。團扇篋中言不分，纖腰掌上詎勝愁。「分」《選詩拾遺》作「盡」。

怨歌行　漢班倢伃

《漢書》曰：孝成班倢伃，初入宫，爲少使，俄而大幸，爲倢伃，居增成舍。其後趙飛燕姊弟亦從微賤興，班倢伃失寵，稀復進見。趙氏姊弟驕妬，倢伃恐久見危，求供養太后長信宫，帝許焉。《樂府解題》曰：《倢伃怨》者，爲漢成帝班倢伃作也。倢伃，徐令彪之姑，況之女，美而能文。初爲帝所寵愛，後幸趙飛燕姊弟，冠於後宫，倢伃自知見薄，乃退居東宫，作賦及紈扇詩，以自傷悼。後人傷之，而爲《倢伃怨》也。《歌録》曰：《怨歌行》，古辭。《樂府》作顔延年。

新裂齊紈素，鮮潔如霜雪。裁爲合歡扇，團團似明月。出入君懷袖，動揺微風發。常恐秋節至，涼飈奪炎熱。棄捐篋笥中，恩情中道絶。「裂」一作「製」。「鮮」一作「皎」。「爲」一作「成」。「團團」一作「團圓」。「飈」一作「風」。

同前　魏陳思王植

《樂録》作古辭。王僧虔《技録》曰：荀《録》所載「古爲君」一篇，今不傳。《樂府解題》曰：古辭言周公推心輔政，二叔流言，致有雷雨拔木之變。若梁簡文「十五頗有餘」，自言姝艷，以讒見毁，與古文意同而體異。傅休奕蓋傷「十五入君門，一别終華髮」，不及偕老，猶望死而同穴也。

爲君既不易，爲臣良獨難。忠信事不顯，乃有見疑患。周公佐成王，金縢功不刊。推心輔王室，二叔反流言。待罪居東國，泣涕常留連。皇靈大動變，震雷風且寒。拔樹偃秋稼〔四〕，天威不可干。素服開金縢，感悟求其端。公旦事既顯，成王乃哀歎。吾欲竟此曲，此曲悲且長。今日樂相樂，别後莫相忘。右一曲晉樂所奏。

同前　梁簡文帝

十五頗有餘，日照杏梁初。蛾眉本多嫉，掩鼻特成虚。持此傾城貌，翻爲不肖軀。秋風吹海水，寒霜依玉除。月光臨户駛，荷花依浪舒。望簷悲雙翼，窺沼泣前魚。苔生履處没，草合行人疎。裂紈傷不盡，歸骨恨難祛。早知長信别，不避後園輿。「前魚」一作「王餘」，魚名。

同前　江淹

《集》雜體詩云：班倢伃《詠扇》。

紈扇如圓月，出自機中素。畫作秦王女，乘鸞向煙霧。彩色世所重，雖新不代故。竊悲涼風至，吹我玉陛樹。君子恩未畢，零落委中路。「圓」一作「團」。

同前　沈約

時屯寧易犯，俗險信難羣。坎壈元叔賦，頓挫敬通文。遽淪班姬寵，夙乏賈生墳。短俗同如此，長歎何足云。

同前　周庾信

家住金陵縣前，嫁得長干少年。回頭望鄉淚落，不知何處天邊。胡塵幾日應盡，漢月何時更圓。爲君能歌此曲，不覺心隨斷弦。

同前 隋虞世南

紫殿秋風冷，彫甍白日沈。裁紈悽斷曲，織素別離心。掖庭羞改畫，長門不惜金。寵移恩稍薄，情疎恨轉深。香銷翠羽帳，弦斷鳳凰琴。鏡前紅粉歇，堦上緑苔侵。誰言掩歌扇，翻作白頭吟。

怨歌行朝時篇 晉傅玄

昭昭朝時日，皎皎晨明月。十五入君門，一別終華髮。同心忽異離，曠如胡與越。胡越有會時，參辰遼且闊。形影雖髣髴，音聲寂無達。纖弦感促柱，觸之哀聲發。情思如循環，憂來不可遏。塗山有餘恨，詩人詠《采葛》。蜻蛚吟牀下，回風起幽闥。春榮隨路落，芙蓉生木末。自傷命不遇，良辰永乖別。已爾可奈何，譬如紈素裂。孤雌翔故巢，星流光景絶。魂神馳萬里，甘心要同穴。「晨」一作「最」。「如」一作「若」。

班倢伃 晉陸機

一曰《倢伃怨》。

倢伃去辭寵，淹留終不見。寄情在玉階，託意唯團扇。春苔暗階除，秋草蕪高殿。昏黄履綦絶，愁來空雨面。「昏黄」一作「黄昏」。

同前 梁元帝

婕妤初選入，含媚向羅幃。何言飛燕寵，青苔生玉墀。誰知同輦愛，遂作裂紈詩。以兹自傷苦，終無長信悲。

同前 劉孝綽

《集》云《班倢伃怨》。

應門寂已閉，非復後庭時。況在青春日，萋萋緑草滋。妾身似秋扇，君恩絶履綦。詎憶遊輕輦，徒令賤妾辭。「徒令」一作「從令」。

同前 何思澄

此與下首並云《奉和湘東王教》。

寂寂長信晚，雀聲喧洞房。蜘蛛網高閣〔五〕，駁蘚被長廊。虚殿簾幃静，閑堦花蘂香。悠悠視日暮，還復拂空牀。「拂」一作「守」。

同前 孔翁歸

長門與長信，日暮九重空。雷聲聽隱隱，車響絶瓏瓏。恩光隨妙舞，團扇逐秋風。鉛華誰不慕，人意自難終。

同前 劉令嫺

郭本作王叔英妻沈氏，今從《玉臺》《藝文》。

日落應門閉，愁思百端生。況復昭陽近，風傳歌吹聲。寵移終不恨，讒枉太無情。只言爭分理，非獨舞腰輕。

同前　陳陰鏗

柏梁新寵盛，長信昔恩傾。誰謂詩書巧，翻爲歌舞輕。花月分牕進，苔草共階生。妾淚衫前滿，單眠夢裏驚。可惜逢秋扇，何用合歡名。「眠」一作「暝」。

同前　何楫

齊紈既逐篋，趙舞即凌人。履跡隨恩故，階苔逐恨新。獨卧銷香炷，長啼費手巾。庭草何聊賴，也持秋當春。「手」一作「錦」。

玉階怨　齊謝朓

《漢書》曰：班倢伃爲趙飛燕譖，退處東宫，作賦自悼云：華殿塵兮玉階苔。此曲舊列《長門怨》後，今移附班倢伃。

夕殿下珠簾，流螢飛復息。長夜縫羅衣，思君此何極。

同前 虞炎

《詩品》亦作謝朓。

紫藤拂花樹，黄鳥度青枝。思君一歎息，苦淚應言垂。

長門怨 梁柳惲

《漢武帝故事》曰：武帝爲膠東王時，長公主嫖有女，欲與王婚，景帝未許。後長主還宮，膠東王數歲，長主抱置膝上，問曰：兒欲得婦否？長主指左右長御百餘人，皆云不用。指其女，問曰：阿嬌好否？笑對曰：好。若得阿嬌作婦，當作金屋貯之。長主乃苦要帝，遂成婚焉。《漢書》曰：孝武陳皇后，長公主嫖女也。擅寵驕貴，十餘年而無子，聞衛子夫得幸，幾死者數焉。元光五年，廢居長門宮。《樂府解題》曰：《長門怨》者，爲陳皇后作也。后退居長門宮，愁悶悲思。聞司馬相如工文章，奉黄金百斤，令爲解愁之辭。相如爲作《長門賦》，帝見而傷之，復得親幸。後人因其賦而爲《長門怨》也。

玉壺夜愔愔，應門重且深。秋風動桂樹，流月摇輕陰。綺簷清露溽，網户思蟲吟。歎息下蘭閣，含愁奏雅琴。何由鳴曉佩，復得抱宵衾。無復金屋念，豈照長門心。「滆」一作「滴」。

同前　費昶

向夕千愁起，自悔何嗟及。愁思且歸牀，羅襦方掩泣。絳樹摇風軟，黄鳥弄聲急。金屋貯嬌時，不言君不入。

大曲

《宋書·樂志》曰：大曲十五曲。一曰《東門》，二曰《西山》，三曰《羅敷》，四曰《西門》，五曰《默默》，六曰《園桃》，七曰《白鵠》，八曰《碣石》，九曰《何嘗》，十曰《置酒》，十一曰《爲樂》，十二曰《夏門》，十三曰《王者布大化》，十四曰《洛陽令》，十五曰《白頭吟》。《東門》，《東門行》；《羅敷》，《艷歌羅敷行》；《西門》，《西門行》；《默默》，《折楊柳行》；《白鵠》《何嘗》並《艷歌何嘗行》；《爲樂》，《滿歌行》；《洛陽令》，《鴈門太守行》；《白頭吟》並古辭。《碣石》，《步出夏門行》，武帝辭。《西山》，《折楊柳行》；《園桃》，《煌煌京洛行》並文帝辭。《夏門》，《步出夏門行》；《王者布大化》，《櫂歌行》並明帝辭。《置酒》，《野田黄爵行》，東阿王辭。《白頭吟》，與《櫂歌》同調。其《羅敷》《何嘗》《夏門》三曲，前有艷，後有趨。《碣石》一篇有艷。《白鵠》《爲樂》《王者布大化》三曲有趨。《白頭吟》一曲有亂。《古今樂録》曰：凡諸大曲竟，黄老彈獨出舞，無亂。按王僧虔《技録》：《櫂歌行》在瑟調，《白頭吟》在楚調。而沈約云同調，未知孰是。

滿歌行 古辭

二首。四解。《樂府解題》曰：古辭。其始言逢此百罹，零丁荼毒。古人遜位躬耕，遂我所願。次言窮達天命，智者不憂。莊周遺名，名垂千載。終言命如鑿石見火，宜自娱以頤養，保此百年也。

爲樂未幾時，遭世險巇。逢此百罹，零丁荼毒，愁懣難支。遥望辰極，天曉月移。憂來填心，誰當我知。一解。戚戚多思慮，耿耿不寧。禍福無形，唯念古人，遜位躬耕。遂我所願，以茲自寧。自鄙山棲，守此一榮。二解。暮秋烈風起，西蹈滄海。心不能安，攬衣起瞻夜，北斗闌干。星漢照我，去去自無他。奉事二親，勞心可言。三解。窮達天所爲，智者不愁，多爲少憂。安貧樂正道，師彼莊周。遺名者貴，子熙同巇。往者二賢，名垂千秋。四解。飲酒歌舞，不樂何須。善哉照觀日月，日月馳驅，轗軻世間。何有何無，貪財惜費，此一何愚。命如鑿石見火，居世竟能幾時？但當歡樂自娱，盡心極所嬉怡。安善養君德性，百年保此期頤。「飲酒」下爲趨。右一曲晉樂所奏。

爲樂未幾時，遭時嶮巇，逢此百罹。伶丁荼毒，愁苦難爲。遥望極辰，天曉月移。憂來填心，誰當我知。戚戚多思慮，耿耿殊不寧。禍福無形，惟念古人，遜位躬耕。遂我所願，以兹自寧。自鄙棲棲，守此末榮。莫秋烈風，昔蹈滄海，心不能安。攬衣瞻夜，北斗闌干。星漢照我，去自無他。奉事二親，勞心可言。窮達天爲，智者不愁，多爲少憂。安貧樂道，師彼莊周。遺名者貴，子遐同遊。往者二賢，名垂千秋。飲酒歌舞，樂復何須。照視日月，日月馳驅，轗軻人間，何有何無。貪財惜費，此一何愚。鑿石見火，居代幾時？爲當歡樂，心得所喜。安神養性，得保遐期。右一曲本辭。

【校勘記】

〔一〕離，《四庫》本作「簁」。

〔二〕拜，《四庫》本作「搏」。

〔三〕尋，《四庫》本作「循」。

〔四〕稼，原作「嫁」，據《四庫》本改。

〔五〕蜘蛛，原作「踟蹰」，據《四庫》本改。

古樂苑卷第二十三

清商曲辭

清商樂一曰清樂。清樂者，九代之遺聲。其始即相和三調是也。並漢、魏已來舊曲，其辭皆古調，及魏三祖所作。自晉朝播遷，其音分散，苻堅滅凉得之，傳於前後二秦。及宋武定關中，因而入南，不復存於内地。自時已後，南朝文物，號爲最盛。民謡國俗，亦世有新聲。故王僧虔論三調歌曰：今之清商，實由銅雀。魏氏三祖，風流可懷。京洛相高，江左彌重。而情變聽改，稍復零落。十數年間，亡者將半。所以追餘操而長懷，撫遺器而太息者矣。後魏孝文討淮漢，宣武定壽春，收其聲伎，得江左所傳中原舊曲，《明君》《聖主》《公莫》《白鳩》之屬，及江南吴歌、荆楚西聲，總謂之清商樂。至於殿庭饗宴，則兼奏之。遭梁、陳亡亂，存者蓋寡。及隋平陳得之，文帝善其節奏，曰：此華夏正聲也。乃微更損益，去其哀怨，考而補之，以新定律吕，更造樂器。因於太常置清商署以管之，謂之清樂。開皇初，始置七部樂，清商伎其一也。大業中，煬帝乃定清樂、西涼等爲九部。而清樂歌曲有《楊伴》，舞曲有《明君》《并契》。樂器有鐘、磬、琴、瑟、擊琴、琵琶、箜篌、筑、箏、節鼓、笙、笛、簫、箎、塤等十五種，爲一部。唐又增吹葉而無塤。隋室喪亂，日益淪缺。唐貞觀中，用十部樂，清樂亦在焉。至武后時，猶有六十三曲。其後歌辭在者有《白雪》《公莫》《巴渝》《明君》《鳳將雛》《明之君》《鐸舞》《白鳩》《白紵》《子夜吴聲四時歌》《前溪》《阿子及歡聞》《團扇》《懊憹》《長史變》《丁督護》《讀曲》《烏夜啼》《石城》《莫愁》《襄陽》《西烏夜飛》《估客》《楊伴》《雅歌驍壺》《常林歡》《三洲》《採桑》《春江花月夜》《玉樹後庭花》《堂堂》《汎龍舟》等三十二曲，《明之君》《雅歌》各二首，《四時歌》四首，合三十七首。又七曲有聲無辭，《上柱》《鳳雛》《平調》《清調》《琴調》《平折》《命嘯》，通前爲四十四曲存焉。長安已後，朝廷不重古曲，工伎寖缺，能合於管弦者唯《明君》《楊伴》《驍壺》《春歌》《秋歌》《白雪》《堂堂》《春江花月夜》等八曲。自是樂章訛失，與吴音轉遠。開元中，劉貺以爲宜取吴人，使之傳習，以問歌工李郎子。郎子北人，學於江都人俞才生。時聲調已失，唯雅歌曲辭，辭典而音雅。及郎子亡去〔一〕，清樂之歌遂闕。自周、隋已來，管弦雅曲將數百曲，多用西涼樂。鼓舞曲多用龜兹樂。唯琴工猶傳楚、漢舊聲及清調。蔡邕五弄，楚調四弄，謂之九弄。雅聲獨存，非朝廷郊廟所用，故不載。《樂府解題》曰：蔡邕云：清商曲，又有《出郭西門》《陸地行車》《夾鍾》《朱堂寢》《奉法》等五曲，其詞不足采著。

吴聲歌曲 一

《晉書・樂志》曰：吴歌雜曲，並出江南。東晉已來，稍有增廣。其始皆徒歌，既而被之管絃。蓋自永嘉渡江之後，下及梁、陳，咸都建業，吴聲歌曲起於此也。《古今樂録》曰：吴聲歌舊器有篪、箜篌、琵琶，今有笙、箏。其曲有《命嘯》吴聲遊曲半折、六變、八解，《命嘯》十解。存者有《烏噪林》《浮雲驅》《鴈歸湖》《馬讓》，餘皆不傳。吴聲十曲：一曰《子夜》，二曰《上柱》，三曰《鳳將雛》，四曰《上聲》，五曰《歡聞》，六曰《歡聞變》，七曰《前溪》，八曰《阿子》，九曰《丁督護》，十曰《團扇郎》，並梁所用曲。《鳳將雛》已上三曲，古有歌，自漢至梁不改，今不傳。《上聲》已下七曲，内人包明月製舞《前溪》一曲，餘並王金珠所製也。遊曲六曲《子夜四時歌》《警歌》《變歌》，並十曲中間遊曲也。半折、六變、八解，漢世已來有之。八解者，古彈、上柱古彈、鄭干、新蔡、大治、小治、當男、盛當，梁太清中猶有得者，今不傳。又有《七日夜》《女歌》《長史變》《黄鵠》《碧玉》《桃葉》《長樂佳》《歡好》《懊惱》《讀曲》，亦皆吴聲歌曲也。

吴歌 宋鮑照

三首。

夏口樊城岸，曹公却月戍。但觀流水還，識是儂流下。

夏口樊城岸，曹公却月樓。觀見流水還，識是儂淚流。

人言荆江狹，荆江定自闊。五兩了無聞，風聲那得達。

子夜歌 晉宋齊辭

四十二首。《唐書·樂志》曰：《子夜歌》者，晉曲也。晉有女子名子夜，造此聲，聲過哀苦。《宋書·樂志》曰：晉孝武太元中，瑯琊王軻之家有鬼歌《子夜》，殷允爲豫章，豫章僑人庾僧虔家亦有鬼歌《子夜》。殷允爲豫章亦是太元中，則子夜是此時以前人也。《古今樂録》曰：凡歌曲終，皆有送聲。子夜以持子送曲，《鳳將雛》以澤雉送曲。《樂府解題》曰：後人更爲四時行樂之詞，謂之《子夜四時歌》。又有《大子夜歌》《子夜警歌》《子夜變歌》，皆曲之變也。

落日出前門，瞻矚見子度。冶容多姿鬢，芳香已盈路。

芳是香所爲〔二〕，冶容不敢當。天不奪人願，故使儂見郎。

宿昔不梳頭，絲髮被兩肩。婉伸郎膝上，何處不可憐。

自從别歡來，奩器了不開。頭亂不敢理，粉拂生黄衣。

崎嶇相怨慕，始獲風雲通。玉林語石闕，悲思兩心同。「林」一作「琳」。「石闕」漢碑名，隱言悲也。

見娘善容媚，願得結金蘭。空織無經緯，求匹理自難。「善」一作「喜」。

始欲識郎時，兩心望如一。理絲入殘機，何悟不成匹。

前絲斷纏綿，意欲結交情。春蠶易感化，絲子已復生。「纏」一作「成」。

今日已歡别，合會在何時。明燈照空局，悠然未有期。

自從别郎來，何日不咨嗟。黄蘗鬱成林，當奈苦心多。

高山種芙蓉，復經黄蘗塢。果得一蓮時，流離嬰辛苦。

朝思出前門，暮思還後渚。語笑向誰道，腹中陰憶汝。

擥枕北牕卧，郎來就儂嬉。小喜多唐突，相憐能幾時。
駐筯不能食，蹇蹇步闈裏。投瓊著局上，終日走博子。
郎爲傍人取，負儂非一事。攡門不安横，無復相關意。
年少當及時，蹉跎日就老。若不信儂語，但看霜下草。
緑攬迮題錦，雙裙今復開。已許腰中帶，誰共解羅衣。
常慮有貳意，歡今果不齊。枯魚就濁水，長與清流乖。
歡愁儂亦慘，郎笑我亦喜。不見連理樹，異根同條起。
感歡初殷勤，歎子後遼落。打金側瑇瑁，外艷裏懷薄。
别後涕流連，相思情悲滿。憶子腹糜爛，肝腸尺寸斷。
道近不得數，遂致盛寒違。不見東流水，何時復西歸。
誰能思不歌，誰能飢不食。日冥當户倚，惆悵底不憶。
擥裙未結帶，約眉出前牕。羅裳易飄颺，小開罵春風。
舉酒待相勸，酒還杯亦空。願因微觴會，心感色亦同。
夜覺百思纏，憂歎涕流襟。徒懷傾筐情，郎誰明儂心。

儂年不及時，其於作乖離。素不如浮萍，轉動春風移。

夜長不得眠，轉側聽更鼓。無故歡相逢，使儂肝腸苦。

歡從何處來，端然有憂色。三喚不一應，有何比松柏？

念愛情慊慊，傾倒無所惜。重簾持自鄣，誰知許厚薄。

氣清明月朗，夜與君共嬉。郎歌妙意曲，儂亦吐芳詞。

驚風急素柯，白日漸微濛。郎懷幽閨性，儂亦恃春容。

夜長不得眠，明月何灼灼。想聞散喚聲，虛應空中諾。

人各既疇匹，我志獨乖違。風吹冬簾起，許時寒薄飛。

我念歡的的，子行由豫情。霧露隱芙蓉，見蓮不分明。《讀曲歌》一首與此同。首句云「非歡獨慊慊」，「子」作「歡」，「不」作「詎」。

儂作北辰星，千年無轉移。歡行白日心，朝東暮還西。

憐歡好情懷，移居作鄉里。桐樹生門前，出入見梧子。

遣信歡不來，自往復不出。金銅作芙蓉，蓮子何能實。

初時非不密，其後日不如。回頭批櫛脱，轉覺薄志疎。

寢食不相忘，同坐復俱起。玉藕金芙蓉，無稱我蓮子。

恃愛如欲進，含羞未肯前。朱口發艷歌，玉指弄嬌弦。此下二首《玉臺》作梁武帝。一見《子夜警歌》。
朝日照綺錢，光風動紈素。巧笑蒨兩犀，美目揚雙蛾。

子夜四時歌 晉宋齊辭

七十五首。

春歌

二十首。

春風動春心，流目矚山林。山林多奇采，陽鳥吐清音。
綠荑帶長路，丹椒重紫莖。流吹出郊外，共歡弄春英。
光風流月初，新林錦花舒。情人戲春月，窈窕曳羅裾。
妖冶顔蕩駘，景色復多媚。温風入南牖，織婦懷春意。
碧樓冥初月，羅綺垂新風。含春未及歌，桂酒發清容。
杜鵑竹裏鳴，梅花落滿道。燕女遊春月，羅裳曳芳草。
朱光照綠苑，丹華粲羅星。那能閨中繡，獨無懷春情。

鮮雲媚朱景，芳風散林花。佳人步春苑，繡帶飛紛葩。

羅裳迮紅袖，玉釵明月璫。冶遊步春露，豔覓同心郎。

春林花多媚，春鳥意多哀。春風復多情，吹我羅裳開。

新燕弄初調，杜鵑競晨鳴。畫眉忘注口，遊步散春情。

梅花落已盡，柳花隨風散。歎我當春年，無人相要唤。

昔別鴈集渚，今還燕巢梁。敢辭歲月久，但使逢春陽。

春園花就黄，陽池水方渌。酌酒初滿杯，調弦始成曲。「成」一作「終」。

娉婷揚袖舞，阿那曲身輕。照灼蘭光在，容冶春風生。

阿那曜姿舞，逶迤唱新歌。翠衣發華洛，回情一見過。

明月照桂林，初花綿繡色。誰能不相思，獨在機中織。「明月照桂林」《玉臺》作「朝日照北林」。

崎嶇與時競，不復自顧慮。春風振榮林，常恐華落去。

思見春花月，含笑當道路。逢儂多欲擿，可憐持自誤。

自從別歡後，歎音不絶響。黄蘗向春生，苦心隨日長。

夏歌

二十首。

高堂不作壁，招取四面風。吹歡羅裳開，動儂含笑容。
反覆華簟上，屏帳了不施。郎君未可前，待我整容儀。
開春初無歡，秋冬更增凄。共戲炎暑月，還覺兩情諧。
春別猶春戀，夏還情更久。羅帳爲誰褰，雙枕何時有。
疊扇放牀上，企想遠風來。輕袖拂華粧，窈窕登高臺。
含桃已中食，郎贈合歡扇。深感同心意，蘭室期相見。
田蠶事已畢，思婦猶苦身。當暑理絺服，持寄與行人。
朝登涼臺上，夕宿蘭池裹。乘月採芙蓉，夜夜得蓮子。
暑盛静無風，夏雲薄暮起。攜手密葉下，浮瓜沉朱李。
鬱蒸仲暑月，長嘯北湖邊。芙蓉始結葉，抱艷未成蓮。
適見戴青幡，三春已復傾。林鵲改初調，林中夏蟬鳴。
春桃初發紅，惜色恐儂擿。朱夏花落去，誰復相尋覓。

昔别春風起，今還夏雲浮。路遥日月促，非是我淹留。
青荷蓋緑水，芙蓉葩紅鮮。郎見欲採我，我心欲懷蓮。
四周芙蓉池，朱堂敞無壁。珍簟鏤玉牀，繾綣任懷適。
赫赫盛陽月，無儂不握扇。窈窕瑶臺女，冶遊戲涼殿。
春傾桑葉盡，夏開蠶務畢。晝夜理機絲，知欲早成匹。
情知三夏熱，今日偏獨甚。香巾拂玉席，共郎登樓寢。
輕衣不重綵，飈風故不涼。三伏何時過，許儂紅粉粧。
盛暑非遊節，百慮相纏綿。汎舟芙蓉湖，散思蓮子間。

秋歌

十八首。

風清覺時涼，明月天色高。佳人理寒服，萬結砧杵勞。
清露凝如玉，涼風中夜發。情人不還卧，冶遊步明月。
鴻鴈搴南去，乳燕指北飛。征人難爲思，願逐秋風歸。
開牕取月光，滅燭解羅裳。含笑帷幌裏，舉體蘭蕙香。「取」一作「秋」。

適憶三陽初，今已九秋暮。追逐太始樂，不覺華年度。
飄飄初秋夕，明月耀秋輝。握腕同遊戲，庭含媚素歸。
秋夜涼風起，天高星月明。蘭房競粧飾，綺帳待雙情。
涼風開牕寢，斜月垂光照。中宵無人語，羅幌有雙笑。
金風扇素節，玉露凝成霜。登高去來鴈，惆悵客心傷。
草木不常榮，顦顇爲秋霜。今遇泰始世，年逢九春陽。「常」一作「長」。
自從別歡來，何日不相思。常恐秋葉零，無復蓮條時。
掘作九州池，盡是大宅裏。處處種芙蓉，婉轉得蓮子。
初寒八九月，獨纏自絡絲。寒衣尚未了，郎喚儂底爲。
秋愛兩兩鴈，春感雙雙燕。蘭鷹接野雞，雉落誰當見。
仰頭看桐樹，桐花特可憐。願天無霜雪，梧子解千年。按《讀曲歌》一首與此同，但無首句。
白露朝夕生，秋風淒長夜。憶郎須寒服，乘月擣白素。
秋風入牕裹，羅帳起飄颺。仰頭看明月，寄情千里光。「風」《玉臺》作「威」。
別在三陽初，望還九秋暮。惡見東流水，終年不西顧。

冬歌

十七首。

淵冰厚三尺，素雪覆千里。我心如松柏，君情復何似。

塗澀無人行，冒寒往相覓。若不信儂時，但看雪上跡。

寒鳥依高樹，枯林鳴悲風。爲歡顦顇盡，那得好顔容。

夜半冒霜來，見我輒怨唱。懷冰闇中倚，已寒不蒙亮。

躡履步荒林，蕭索悲人情。一唱泰始樂，枯草銜花生。

昔别春草緑，今還墀雪盈。誰知相思老，玄鬢白髮生。

寒雲浮天凝，積雪冰川波。連山結玉巖，修庭振瓊柯。

炭爐却夜寒，重袍坐疊褥。與郎對華榻，弦歌秉蘭燭。「秉」一作「炳」。

天寒歲欲暮，朔風舞飛雪。懷人重衾寢，故有三夏熱。

冬林葉落盡，逢春已復曜。葵藿生谷底，傾心不蒙照。

朔風灑霰雨，緑池蓮水結。願歡攘皓腕，共弄初落雪。

嚴霜白草木，寒風晝夜起。感時爲歡歎，霜鬢不可視。

何處結同心，西陵柏樹下。晃蕩無四壁，嚴霜凍殺我。
白雪停陰岡，丹華耀陽林。何必絲與竹，山水有清音。
未嘗經辛苦，無故彊相矜。欲知千里寒，但看井水冰。
果欲結金蘭，但看松柏林。經霜不墮地，歲寒無異心。「墮」一作「墜」。　此首一作梁武帝。
適見三陽日，寒蟬已復鳴。感時爲歡歎，白髮緑鬢生。

子夜四時歌 梁武帝

十六首。

春歌

四首。

階上香入懷，庭中花照眼。春心鬱如此，情來不可限。「鬱」一作「一」。郭本作王金珠。
蘭葉始滿池〔三〕，梅花已落枝。持此可憐意，摘以寄心知。
朱日光素冰，黄華映白雪。折梅寄佳人，共迎陽春月。郭本作王金珠。「迎」一作「道」。
花塢蝶雙飛，柳堤鳥百舌。不見佳人來，徒勞心斷絶。郭本不載。

夏歌

四首。

江南蓮花開，紅光照碧水。色同心復同，藕異心無異。《藝文》所載一首與前小異：江南蓮花水，紅光復碧色。同絲有同藕，異心無異葯。

閨中花如繡，簾上露如珠。欲知有所思，停織復躑躅。

玉盤貯朱李，金杯盛白酒。本欲持自親，復恐不甘口。「貯」一作「著」。郭本作王金珠。

含桃落花日，黄鳥營飛時。君住馬已疲，妾去蠶欲飢。「欲」一作「已」。

秋歌

四首。

繡帶合歡結，錦衣連理文。懷情入夜月，含笑出朝雲。「繡帶合歡結」一作「寒閨周黼帳」。郭本作王金珠《冬歌》。

七采紫金柱，九華白玉梁。但歌雲不去，含吐有餘芳。「雲」一作「繞」。郭本作王金珠《子夜變歌》。

當信抱梁期，莫聽回風音。鏡中兩人髻，分明無兩心。

吹漏未可停，斷弦更當續。俱作雙絲引，共奏同心曲。郭本作王金珠。「未」一作「不」。「更當」一作

「當更」。《詩紀》云《樂府》不載，誤。

冬歌

四首。

寒閨動黻帳，密筵重錦席。賣眼拂長袖，含笑留上客。
別時鳥啼户，金晨雪滿墀。過此君不返，但恐緑鬢衰。
果欲結金蘭，但看松柏林。經霜不墮地，歲寒無異心。
一年漏將盡，萬里人未歸。君志固有在，妾軀乃無依。郭本不載。

子夜四時歌 梁王金珠

三首。

夏歌

一首。

垂簾倦煩熱，卷幌乘清陰。風吹合歡帳，直動相思琴。

秋歌

二首。

疊素蘭房中，勞情桂杵側。朱顔潤紅粉，香汗光玉色。

紫莖垂玉露，緑葉落金樱。著錦如言重，衣羅始覺輕。

大子夜歌

二首。此與《警歌》《變歌》，《詩紀》皆附爲晉辭。

歌謡數百種，子夜最可憐。慷慨吐清音，明轉出天然。

絲竹發歌響，假器揚清音。不知歌謡妙，聲勢出口心。

子夜警歌

二首。

鏤椀傳緑酒，雕罏薰紫煙。誰知苦寒調，共作白雪弦。

恃愛如欲進，含羞出不前。朱口發艷歌，玉指弄嬌弦。

子夜變歌

三首。《宋書·樂志》曰：《六變》諸曲，皆因事制歌。《古今樂録》曰：《子夜變歌》前作持子送，後作歡娛我送。《子夜警歌》無送聲，仍作變，故呼爲變頭，謂六變之首也。

人傳歡負情，我自未嘗見。三更開門去，始知子夜變。

歲月如流邁，春盡秋已至。熒熒條上花，零落何乃駛。

歲月如流邁，行已及素秋。蟋蟀吟堂前，惆悵使儂愁。

【校勘記】

〔一〕及，原闕，據《四庫》本補。

〔二〕是，《四庫》本作「自」。

〔三〕池，《四庫》本作「地」。

古樂苑卷第二十四

清商曲辭 吴聲歌曲 神弦歌

吴聲歌曲 二

上聲歌 晉宋齊辭齊一作梁

八首。《古今樂録》曰：《上聲歌》者，此因上聲促柱得名。或用一調，或用無調名。如古歌辭所言，謂哀思之音，不及中和。梁武因之，改辭，無復雅句。

儂本是蕭草，持作蘭桂名。芬芳頓交盛，感郎爲上聲。

郎作上聲曲，柱促使弦哀。譬如秋風急，觸遇傷儂懷。

初歌子夜曲，改調促鳴筝。四座暫寂静，聽我歌上聲。

三鼓染烏頭，聞鼓白門裏。擥裳抱履走，何冥不輕紀。

三月寒暖適，楊柳可藏雀。未言涕交零，如何見君隔。

新衫繡兩襠，迮著羅裳裏。行步動微塵，羅裙從風起。「襠」一作「端」。「裳」一作「裙」。「從」一作「隨」。

裲襠與郎著，反繡持貯裏。汗汙莫濺浣，持許相存在。

春月暝何太，生裙迮羅襪。曖曖日欲暝，從儂門前過。

同前　梁武帝

郭本作王金珠。

花色過桃杏，名稱重金瓊。名歌非下里，含笑作上聲。

歡聞歌

《古今樂録》曰：《歡聞歌》者，晉穆帝升平初歌，畢輙呼「歡聞不」，以爲送聲，後因此爲曲名。今世用「莎持乙子」代之，語稍訛異也。

迢遥天無柱，流漂萍無根。單身如螢火，持底報郎恩。「迢」郭作「遥」。

同前 梁武帝

二首。

艷艷金樓女，心如玉池蓮。持底報郎恩，俱期遊梵天。

南有相思木，合影復同心。遊女不可求，誰能息空陰。一作「識得音」。此首郭本作《王金珠歡聞變歌》。

歡聞變歌

六首。《古今樂録》曰：《歡聞變歌》者，晉穆帝升平中，童子輩忽歌於道，曰阿子聞，曲終輒云「阿子汝聞不」。無幾而穆帝崩，褚太后哭：「阿子汝聞不」？聲既淒苦，因以名之。

金瓦九重墻，玉壁珊瑚柱。中夜來相尋，喚歡聞不顧。

歡來不徐徐，陽窻都鋭户。耶婆尚未眠，肝心如推櫓。

張罾不得魚，不櫓罾空歸。君非鸕鷀鳥，底爲守空池。

刻木作斑鵻，有翅不能飛。摇著帆檣上，望見千里磯。

鍥臂飲清血，牛羊持祭天。没命成灰土，終不罷相憐。

駛風何曜曜，帆上牛渚磯。帆作繖子張，船如侣馬馳。

前溪歌 晉沈玩

七首。《宋書·樂志》曰：《前溪歌》者，晉車騎將軍沈玩所制。郗昂《樂府解題》曰：《前溪》，舞曲也。左云古辭。《苕溪漁隱叢話》曰：于兢《大唐傳》：湖州德清縣南前溪村，則南朝集樂之處，今尚有數百家習音樂，江南聲伎多自此出，所謂舞出前溪者也。《復齋漫録》言，陳劉删詩：山邊歌落日，池上舞前溪。唐崔顥詩：舞愛前溪妙，歌憐子夜長。按智匠《古今樂録》晉車騎將軍沈玩作《前溪歌》，而非舞也。蓋復齋不曾見于兢《大唐傳》，故不知舞出前溪耳。

憂思出門倚，逢郎前溪度。莫作流水心，引新都捨故。

爲家不鑿井，擔瓶下前溪。開穿亂漫下，但聞林鳥啼。

前溪滄浪映，通波澄渌清。聲弦傳不絶，千載寄汝名，永與天地并。

逍遥獨桑頭，北望東武亭。黄瓜被山側，春風感郎情。

逍遥獨桑頭，東北無廣親。黄瓜是小草，春風何足歎，憶汝涕交零。

黄葛結蒙籠，生在洛溪邊。花落隨流去，何見逐流還，還亦不復鮮。「隨流」郭本作「逐水」。「何見逐流」一作「何當順流」。「當」又作「嘗」。《玉臺》無末句。

黄葛生爛熳，誰能斷葛根。寧斷嬌兒乳，不斷郎殷勤。

同前 梁包明月

當曙與未曙，百鳥啼窻前。獨眠抱被歎，憶我懷中儂，單情何時雙。

阿子歌

三首。《宋書·樂志》曰：《阿子歌》者，亦因升平初歌云「阿子汝聞不」，後人演其聲爲《阿子》《歡聞》二曲。《樂苑》曰：嘉興人養鴨兒，鴨兒既死，因有此歌。未知孰是。

阿子復阿子，念汝好顏容。風流世希有，窈窕無人雙。

春月故鴨啼，獨雄顛倒落。工知悦弦死，故來相尋博。

野田草欲盡，東流水又暴。念我雙飛鳧，飢渴常不飽。

同前 梁王金珠

可憐雙飛鳧，飛集野田頭。飢食野田草，渴飲清河流。

丁督護歌 宋孝武帝

六首。一曰《阿督護》。《宋書·樂志》曰：《督護歌》者，彭城内史徐逵之爲魯軒所殺，宋高祖使府内直都護丁旿收斂殯埋之。逵之妻，高祖長女也，呼旿至閤下，自問斂送之事，每問輒歎息曰：「丁督護。」其聲哀切，後人因其聲廣其曲焉。《唐書·樂志》曰：丁督護，晉宋間曲也，今歌是宋武帝所製云。

督護北征去，前鋒無不平。朱門垂高蓋，永世揚功名。
洛陽數千里，孟津流無極。辛苦戎馬間，别易會難得。
督護北征去，相送落星墟。帆檣如芒檉，督護今何渠。
督護初征時，儂亦惡聞許。願作石尤風，四面斷行旅。
聞歡去北征，相送直瀆浦。只有淚可出，無復情可吐。
黄河流無極，洛陽數千里。轗軻戎旅間，何由見歡子。此首郭本作王金珠。

團扇郎 晉謝芳姿

《樂府集》曰：晉中書令王珉好捉白團扇，侍人謝芳姿歌之，因以爲名。一説珉與嫂婢有愛，情好甚篤，嫂鞭撻過苦，婢素善歌，而珉好持白團扇，嫂令芳姿歌一曲，當赦之，芳姿歌曰：「白團扇，辛苦五流離，是郎眼所見。」珉曰：「奈何遺却？」芳姿應聲又歌曰：「團扇復團扇，許持自遮面。憔悴無復理，羞與郎相見。」按《古今樂録》與後説同，末云後人因而歌之，但所言芳姿應聲又歌云「白團扇，顦顇非昔容，羞與郎相見」。郭氏從之，然不作正録。前載「團扇復團扇」一首，《玉臺》作《桃葉答團扇歌》。馮惟訥云：團扇歌事本如此，郭茂倩《樂府》所載「犢車薄不乘」四首乃晉宋古辭，失其名氏，楊慎以爲芳姿本辭，誤也。

白團扇，辛苦五流連，是郎眼所見。

白團扇，顦顇非昔容，羞與郎相見。

同前 桃葉

三首。前二首《樂府》作古辭，後首梁王金珠，今從《玉臺》。

七寶畫團扇，燦爛明月光。餉郎却暄暑，相憶莫相忘。「餉」《玉臺》作「與」。

青青林中竹，可作白團扇。動摇郎玉手，因風托方便。

團扇復團扇，持許自遮面。憔悴無復理，羞與郎相見。

同前 無名氏

四首。

犢車薄不乘，步行耀玉顔。逢儂都共語，起欲著夜半。

團扇薄不摇，窈窕摇蒲葵。相憐中道罷，定是阿誰非。

御路薄不行，窈窕決横塘。團扇鄣白日，面作芙蓉光。

白練薄不著，趣欲著錦衣。異色都言好，清白爲誰施。

同前 梁武帝

手中白團扇，淨如秋團月。清風任動生，嬌香承意發。一作「嬌聲任意發」。

七日夜女郎歌

九首。《詩紀》晉辭。

三春怨離泣，九秋欣期歌。駕鸞行日時，月明濟長河。

長河起秋雲，漢渚風涼發。含欣出霄路，可笑向明月。
金風起漢曲，素月明河邊。七章未成匹，飛燕起長川。「燕」一作「鸞」。
春離隔寒暑，明秋暫一會。兩歎别日長，雙情若飢渴。
婉孌不終夕，一别周年期。桑蠶不作繭，晝夜長懸絲。
靈匹怨離處，索居隔長河。玄雲不應雷，是儂啼歎歌。
振玉下金堦，拭眼矚星蘭。惆悵登雲軺，悲恨兩情殫。
風驂不駕纓，翼人立中庭。簫管且停吹，展我叙離情。
紫霞煙翠蓋，斜月照綺牕。銜悲握離袂，易爾還年容。

長史變歌 晉王廞

三首。《宋書·樂志》曰：《長史變歌》者，晉司徒左長史王廞臨敗所製，左云古辭。

出儂吴閶門，清水緑碧色。徘徊戎馬間，求罷不能得。
日和狂風扇，心故清白節。朱門前世榮，千載素忠烈。
朱桂結貞根，芳芬溢帝庭。凌霜不改色，枝葉永流榮。「芬」一作「菲」。

黄生曲

三首。《詩紀》晉辭。

黄生無誠信，冥强將儂期。通夕出門望，至曉竟不來。

崔子信桑條，餧去都餧還。爲歡復傕折，命生絲髮間。

松柏葉青蒨，石榴花葳蕤。迮置前後事，歡今定憐誰。

黄鵠曲

四首。《列女傳》曰：魯陶嬰者，少寡，養幼孤。魯人或聞其義，將求焉。嬰聞之，恐不得免，乃作《黄鵠歌》，明己之不更二庭也。按《黄鵠》本漢横吹曲名，西曲《襄陽樂》，略同首曲。

黄鵠參天飛，半道鬱徘徊。腹中車輪轉，君知思憶誰。

黄鵠參天飛，半道還哀鳴。三年失羣侣，生離傷人情。

黄鵠參天飛，凝融争風回。高翔入玄闕，時復乘雲頽。

黄鵠參天飛，半道還後渚。欲飛復不飛，悲鳴覓羣侣。

碧玉歌

三首。《樂苑》曰：《碧玉歌》者，宋汝南王所作也。碧玉，汝南王妾名，以寵愛之甚，所以歌之。按《玉臺新詠》載二首，爲孫綽作，題云「情人碧玉歌」，則又似不始宋矣。左本古辭，今姑仍郭氏之舊，而各注孫綽、梁武于曲下。

碧玉破瓜時，郎爲情顛倒。芙蓉淩霜榮，秋容故尚好。

碧玉小家女，不敢攀貴德。感郎千金意，慙無傾城色。《玉臺》作孫綽。

碧玉小家女，不敢貴德攀。感郎意氣重，遂得結金蘭。

同前

二首。

碧玉破瓜時，相爲情顛倒。感郎不羞郎，回身就郎抱。「感郎不羞郎」一云「感君不羞赧」。《玉臺》作孫綽。

杏梁日始照，蕙席歡未極。碧玉奉金杯，淥酒助花色。《玉臺》作梁武帝。

同前

碧玉上宫妓，出入千花林。珠被玳瑁牀，感郎情意深。

桃葉歌 晉王獻之

《古今樂録》曰：《桃葉歌》者，晉王子敬之所作也。桃葉，子敬妾名，緣於篤愛，所以歌之。《隋書·五行志》曰：陳時，江南盛歌王獻之桃葉詞，云：「桃葉復桃葉，渡江不用檝。但渡無所苦，我自迎接汝。」後隋晉王廣伐陳，置將桃葉山下，及韓擒虎渡江，大將任蠻奴至新亭以導北軍之應。子敬，獻之字也。左克明云古辭，今從《玉臺》王獻之作。《樂府集》云：桃葉，獻之妾，妹曰桃根，今秦淮口有桃葉渡，即其事。古人載桃葉答獻之乃《團扇歌》，蓋傳者誤也。今按「桃葉映紅花」二首，云是桃葉答歌。

桃葉復桃葉，渡江不用檝。但渡無所苦，我自迎接汝。《藝文》作「我自來迎接」。

桃葉復桃葉，桃樹連桃根。相憐兩樂事，獨使我殷勤。《藝文》作「我纏緜」。

同前 桃葉

左本作古辭，今從《彤管新編》。

桃葉映紅花，無風自婀娜。春花映何限，感君獨採我。

桃葉復桃葉，渡江不待櫓。風波了無常，没命江南渡。

長樂佳

七首。《詩紀》晉辭。

小庭春映日，四角佩琳琅。玉枕龍鬚席，郎瞑首何當。

雎鳩不集林，體潔好清流。貞節曜奇世，長樂戲汀洲。

鴛鴦翻碧樹，皆以戲蘭渚。寢食不相離，長莫過時許。

欲知長樂佳，中陵羅淑女，媚蘭雙情諧。

欲知長樂佳，中陵羅雎鳩，美死兩心齊。

比翼交頸遊，千載不相離。偕情欣歡，念長樂佳。

欲知長樂佳，中陵羅背林，前溪長相隨。

同前

紅羅複斗帳，四角垂珠璫。玉枕龍鬚席，郎眠何處牀。

歡好曲

三首。《詩紀》晉辭。

淑女總角時，喚作小姑子。空艷初春花，人見誰不關。

窈窕上頭歡，那得及破瓜。但看脱葉蓮，何如芙蓉花。

逶迤總角年，華艷星間月。遥見情傾庭，不覺喉中噦。

懊儂歌 晉緑珠

本一首。《古今樂録》曰：《懊儂歌》者，晉石崇緑珠所作，唯「絲布澀難縫」一曲而已，後皆隆安初民間訛謡之曲。宋少帝更製新歌三十六曲，齊太祖常謂之中朝曲。梁天監十一年，武帝敕法雲改爲相思曲。《宋書·五行志》曰：晉安帝隆安中，民間作《懊惱歌》，其曲中有「草生可攬結，女兒可攬抱」之言。桓玄既篡居天位，義旗以三月二日掃定京師，玄之宫女及逆黨之家子女妓妾悉爲軍賞。東及甌越，北流淮泗，人皆有所獲焉。時則草可結，事則女可抱，信矣。

絲布澀難縫，令儂十指穿。黄牛細犢車，遊戲出孟津。

同前 無名氏

十三首。

江中白布帆，烏布禮中帷。潭如陌上鼓，許是儂歡歸。

江陵去揚州，三千三百里。已行一千三，所有二千在。

寡婦哭城頽，此情非虚假。相樂不相得，抱恨黄泉下。

内心百際起，外形空殷勤。既就頽城感，敢言浮花言。

我與歡相憐，約誓底言者。常歎負情人，郎今果成詐。

我有一所歡，安在深閤裏。桐樹不結花，何由得梧子。

長檣鐵鹿子，布帆阿那起。詫儂安在間，一去三千里。

暫薄牛渚磯，歡不下廷板。水深沾儂衣，白黑何在浣。
愛子好情懷，傾家科理亂。攬裳未結帶，落托行人斷。
月落天欲曙，能得幾時眠。悽悽下牀去，儂病不能言。
髮亂誰料理，託儂言相思。還君華艷去，催送實情來。
山頭草，歡少。四面風，趨使儂顛倒。
懊惱奈何許，夜聞家中論，不得儂與汝。《華山畿》一曲略同。

懊儂曲歌　齊王仲雍

《南齊書·王敬則傳》曰：敬則繇功封尋陽郡公，出爲會稽太守。明帝既多殺害，自以高武舊臣，心懷憂恐，諸子在都，上遣敬則世子仲雄入東安慰之。仲雄善彈琴，當時新絶。江左有蔡邕焦尾琴在主衣庫，上敕五日一給仲雄。仲雄於御前鼓琴，作《懊儂曲》歌，帝愈猜愧，後敬則竟以反誅。

常歎負情儂，郎今果行許。疑即前曲「我與歡」一首。《韻語陽秋》又有後二句，皆闕文也。君行不淨心，那得惡人題。

華山畿 華山畿女

本曲一首。《古今樂録》曰：《華山畿》者，宋少帝時《懊惱》一曲，亦變曲也。少帝時，南徐一士子從華山畿往雲陽，見客舍有女子年十八九，悦之無因，遂感心疾。母問其故，具以啓母，母爲至華山尋訪，見女，具説。女聞感之，因脱蔽膝，令母密置其席下，卧之，當已。少日果差，忽舉席，見蔽膝而抱持，遂吞食而死。氣欲絶，謂母曰：葬時，車載從華山度。母從其意，比至女門，牛不肯前，打拍不動，女曰：且待須臾。粧點沐浴，既而出歌曰：華山畿，君既爲儂死，獨活爲誰施。歡若見憐時，棺木爲儂開。棺應聲開，女透入棺，家人叩打，無如之何。乃合葬，呼曰神女家。

華山畿，君既爲儂死，獨活爲誰施。歡若見憐時，棺木爲儂開。「活」一作「生」。

同前

二十四首。　宋辭。

聞歡大養蠶，定得幾許絲。所得何足言，奈何黑瘦爲。

夜相思，投壺不停箭，憶歡作嬌時。

開門枕水渚，三刀治一魚，歷亂傷殺汝。
未敢便相許，夜聞儂家論，不持儂與汝。
懊惱不堪止，上牀解要繩，自經屏風裏。
啼著曙，淚落枕將浮，身沉被流去。
將懊惱，石闕晝夜題，碑淚常不燥。
別後常相思，頓書千丈闕，題碑無罷時。
奈何許，所歡不在間，嬌笑向誰緒。
隔津歎，牽牛語織女，離淚溢河漢。「歎」一作「歡」。
啼相憶，淚如漏刻水，晝夜流不息。
著處多遇羅，的的往年少，艷情何能多。
無故相然我，路絶行人斷，夜夜故望汝。
一坐復一起，黄昏人定後，許時不來已。
摩可濃，巷巷相羅截，終當不置汝。
不能久長離，中夜憶歡時，抱被空中啼。

腹中如湯灌，肝腸寸寸斷，教儂底聊賴。
相送勞勞渚，長江不應滿，是儂淚成許。
奈何許，天下人何限，慊慊只爲汝。
郎情難可道，歡行豆挾心，見荻多欲繞。
松上蘿，願君如行雲，時時見經過。
夜相思，風吹牕簾動，言是所歡來。
長鳴雞，誰知儂念汝，獨向空中啼。
腹中如亂絲，憒憒適得去，愁毒已復來。

讀曲歌

八十九首。《宋書·樂志》曰：《讀曲歌》者，民間爲彭城王義康所作也。其歌云「死罪劉領軍，誤殺劉第四」是也。《古今樂録》曰：《讀曲歌》者，元嘉十七年，袁后崩，百官不敢作聲歌，或因酒讌，止竊聲讀曲細吟而已，以此爲名。按義康被徙亦是十七年。

花釵芙蓉髻，雙鬢如浮雲。春風不知著，好來動羅裙。

念子情難有，已惡動羅裙，聽儂入懷不？
紅藍與芙蓉，我色與歡敵。莫案石榴花，歷亂聽儂摘。
千葉紅芙蓉，照灼緑水邊。餘花任郎摘，慎莫罷儂蓮。
思歡久，不愛獨枝蓮，只惜同心藕。
打壞木棲牀，誰能坐相思。三更書石闕，憶子夜啼碑。
奈何不可言，朝看莫牛跡，知是宿蹄痕。
娑拖何處歸，道逢播掿郎。口朱脱去盡，花釵復低昂。
所歡子，蓮從胷上度，刺憶庭欲死。
攬裳踱，跣把絲織履，故交白足露。
上知所，所歡不見憐，憎狀從前度。
思難忍，絡罢語猶壺，倒寫儂頓盡。
上樹摘桐花，何梧枝枯燥。迢迢空中落，遂爲梧子道。
桐花特可憐，願天無霜雪，梧子解千年。
柳樹得春風，一低復一昂。誰能空相憶，獨眠度三陽。《玉臺》載作「獨曲」。

折楊柳，百鳥園林啼，道歡不離口。
榖衫兩袖裂，花釵鬌邊低。何處分别歸，西上古餘啼。
所歡子，不與他人别，啼是憶郎耳。
披被樹明燈，獨思誰能忍。欲知長寒夜，蘭燈傾壺盡。
坐起歎汝好，願他甘叢香，傾筐入懷抱。
逋髮不可料，顦顇爲誰睹。欲知相憶時，但看裙帶緩幾許。「逋」舊作「通」，誤。
憶歡不能食，徘徊三路間，因風覓消息。
朝日光景開，從君良燕遊。願如卜者策，長與千歲龜。
所歡子，問春花可憐，摘插兩襠裏。
芳萱初生時，知是無憂草。雙眉畫未成，那能就郎抱。
百花鮮，誰能懷春日，獨入羅帳眠。
聞歡得新儂，四支懊如垂。鳥散放行路，井中百翅不能飛。
憐歡敢唤名，念歡不唤字。連唤歡復歡，兩誓不相棄。
奈何許，石闕生口中，銜碑不得語。

白門前，烏帽白帽來。白帽郎是儂，良不知烏帽郎是誰。
初陽正二月，草木鬱青青。躡履步前園，時物感人情。
青幡起御路，緑柳蔭馳道。歡贈玉樹箏，儂送千金寶。
桃花落已盡，愁思猶未央。春風難期信，託情明月光。
計約黄昏後，人斷猶未來。聞歡開方局，已復將誰期。
自從别郎後，卧宿頭不舉。飛龍落藥店，骨出只爲汝。
日光没已盡，宿鳥縱横飛。徙倚望行雲，躞蹀待郎歸。
百度不一回，千書信不歸。春風吹楊柳，華艷空徘徊。
音信闊弦朔，方悟千里遥。朝霜語白日，知我爲歡消。
合冥過藩來，向曉開門去。歡取身上好，不爲儂作慮。
五鼓起開門，正見歡子度。何處宿行還，衣被有霜露。
本自無此意，誰交郎舉前。視儂轉邁邁，不復來時言。
自我别歡後，歡音不絶響。茱萸持捻泥，龕有殺子像。
家貧近店肆，出入引長事。郎君不浮華，誰能呈實意。

念日行不遇，道逢播掿郎。查滅衣服壞，白肉亦黯瘡。

歘欻闇中啼，斜日照帳裏。無油何所苦，但使天明爾。後有二首，與此略同。

黄絲咡素琴，汎彈弦不斷。百弄任郎作，唯莫廣陵散。

思歡不得來，抱被空中語。月没星不亮，持底明儂緒。

詐我不出門，冥就他儂宿。鹿轉方相頭，丁倒欺人目。

歡但且還去，遣信相參伺。契兒向高店，須臾儂自來。

欲行一過心，誰我道相憐。摘菊持飲酒，浮華著口邊。

語我不遊行，常常走巷路。敗橋語方相，欺儂那得度。

闊面行負情，詐我言端的。畫背作天圖，子將負星歷。

君行負憐事，那得厚相於。麻紙語三葛，我薄汝麤疎。

黄天不滅解，甲夜曙星出。漏刻無心腸，復令五更畢。

打殺長鳴雞，彈去烏臼鳥。願得連暝不復曙，一年都一曉。

空中人，住在高檣深閤裏，書信了不通，故使風往爾。

儂心常慊慊，歡行由預情。霧露隱芙蓉，見蓮詎分明。

非歡獨慊慊，儂意亦驅驅。雙燈俱時盡，奈許兩無由。

誰交彊纏緜，常持罷作慮。作生隱藕葉，蓮儂在何處。

相憐兩樂事，黃作無趣怒。合散無黃連，此事復何苦。

誰交彊纏緜，常持罷作意。走馬織懸簾，薄情奈當駛。

執手與歡別，合會在何時。明燈照空局，悠然未有期。

百憶却欲噫，兩眼常不燥。蕃師五鼓行，離儂何太早。

合笑來向儂，一抱不能置。領後千里帶，那頓誰多媚。

歡相憐，今去何時來，裲襠別去年，不忍見分題。

歡相憐，題心共飲血，流頭入黃泉，分作兩死計。

嬌笑來向儂，一抱不能已。湖燥芙蓉萎，蓮汝藕欲死。

歡心不相憐，慊苦竟何已。芙蓉腹裏萎，蓮汝從心起。

下帷掩燈燭，明月照帳中。無油何所苦，但使天明儂。

執手與歡別，欲去情不忍。餘光照已藩，坐見離日盡。

種蓮長江邊，藕生黃蘗浦。必得蓮子時，流離經辛苦。

人傳我不虛，實情明把納。芙蓉萬層生，蓮子信重沓。

聞乖事難懷，況復臨別離。伏龜語石板，方作千歲碑。

鈴盪與時競，不得尋傾慮。春風扇芳條，常念花落去。

坐倚無精魂，使我生百慮。方局十七道，期會是何處。

暫出白門前，楊柳可藏烏。歡作沉水香，儂作博山鑪。此亦見《楊叛兒》曲。

十期九不果，常抱懷恨生。然燈不下炷，有油那得明。

自從近日來，了不相尋博。竹簾裲襠題，知子心情薄。

下帷燈火盡，朗月照懷裏。無油何所苦，但令天明爾。

近日蓮違期，不復尋博子。六箸翻雙魚，都成罷去已。

一夕就郎宿，通夜語不息。黄蘗萬里路，道苦真無極。

登店賣三葛，郎來買丈餘。合匹與郎去，誰解斷麤疎。

儂亦麤經風，罷頓葛帳裏，敗許麤疎中。

紫草生湖邊，悮落芙蓉裏。色分都未獲，空中染蓮子。

闔閤斷信使，的的兩相憶。譬如水上影，分明不可得。

逍遥待曉分，轉側聽更鼓。明月不應停，特爲相思苦。
罷去四五年，相見論故情。殺荷不斷藕，蓮心已復生。
辛苦一朝歡，須臾情易厭。行膝點芙蓉，深蓮非骨念。
慊苦憶儂歡，書作後非是。五果林中度，見花多憶子。

吴聲讀曲 齊朱碩仙

南齊時，朱碩仙善歌吴聲讀曲。武帝出遊鍾山，幸何美人墓，碩仙歌，帝神色不悦，曰：「小人不遜，弄我。」時朱子尚亦善歌，後爲一曲，於是俱被賞賚。

二憶所歡時，緣山破芿荏。山神感儂意，盤石鋭鋒動。

同前 朱子尚

曖曖日欲冥，歡騎立踟躕。太陽猶尚可，且願停須臾。

春江花月夜 隋煬帝

二首。《晉書·樂志》曰：《春江花月夜》《玉樹後庭花》《堂堂》並陳後主所作。後主常與宫中女學士及朝臣相和爲詩，太常令何胥又善於文詠，採其尤艷麗者以爲此曲。按此則隋煬是擬作。

暮江平不動，春花滿正開。流波將月去，潮水帶星來。「帶」《玉臺》作「共」。

夜露含花氣，春潭瀁月暉。漢水逢遊女，湘川值兩妃。

同前 諸葛穎

張帆渡柳浦，結纜隱梅洲。月色含江樹，花影覆船樓。

玉樹後庭花 陳後主

《隋書·樂志》曰：陳後主於清樂中造《黄鸝留》及《玉樹後庭花》《金釵兩鬢垂》等曲，與幸臣等製其歌辭，綺艷相高，極於輕蕩，男女唱和，其音甚哀。《五行志》曰：禎明初，後主作新歌，辭甚哀怨，令後宫美人習而歌之。其辭曰：「玉樹後庭花，花開不復久。」時人以歌讖，此其不久兆也。《南史》曰：後主張貴妃名麗華，與龔、孔二貴嬪，王、李二美人，張、薛二淑媛，袁昭儀、何倢伃、江脩容等並有寵，又以宫人袁大捨等爲女學士。每引賓客遊宴，則使諸貴人、女學士與狎客共賦新詩，采其尤艷麗者以爲曲調，被以新聲，選宫女千數歌之。其曲有《玉樹後庭花》《臨春樂》等，其略云「璧月夜夜滿，瓊樹朝朝新」，大抵皆美張貴妃、孔貴嬪之容色。按《大業拾遺記》「璧月」句蓋江總辭也。

麗宇芳林對高閣，新粧艷質本傾城。映户凝嬌乍不進，出帷含態笑相迎。妖姬臉似花含露，玉樹流光照後庭。

汎龍舟 隋煬帝

《隋書·樂志》曰：煬帝大製艷篇，辭極淫綺，令樂正白明達造新聲，創《萬歲樂》《藏鉤樂》《七夕相逢樂》《舞席同心髻》《玉女行觴》《神仙留客》《擲磚續命》《鬬雞子》《鬬百草》《汎龍舟》《還舊宫》《長樂花》《十二時》等曲，掩抑摧藏，哀音斷絶。《唐書·樂志》曰：《汎龍舟》，隋煬帝江都宫作。《隋書》本紀曰：大業元年二月，開通濟渠，引河通淮，造龍舟、鳳艒、黄龍、赤艦、樓船等數萬艘。八月，上御龍舟，幸江都，舳艫相接二百餘里。

舳艫千里汎歸舟，言旋舊鎮下揚州。借問揚州在何處，淮南江北海西頭。六轡聊停御百丈，暫罷開山歌棹謳。詎似江東掌閒地，獨自稱言鑑裏遊。

黄竹子歌

唐李康成曰：《黄竹》一歌，《江陵女歌》，皆今時吴歌也。《詩紀》列爲晉辭。

江邊黄竹子，堪作女兒箱。一船使兩槳，得孃還故鄉。

江陵女歌

《玉臺》作隋煬帝。

雨從天上落，水從橋下流。拾得娘裙帶，同心結兩頭。

神弦歌

《古今樂録》曰：《神弦歌》十一曲。一曰《宿阿》，二曰《道君》，三曰《聖郎》，四曰《嬌女》，五曰《白石郎》，六曰《青溪小姑》，七曰《湖就姑》，八曰《姑恩》，九曰《採菱童》，十曰《明下童》，十一曰《同生》。按《詩紀》並載晉後，左克明云古辭。

宿阿曲

一曲。

蘇林開天門，趙尊閉地户。神靈亦道同，真官今來下。

道君曲

一曲。

中庭有樹，自語梧桐，推枝布葉。

聖郎曲

一曲。

左亦不佯佯，右亦不翼翼。仙人在郎傍，玉女在郎側。酒無沙糖味，爲他通顔色。

嬌女詩

二曲。晉左思有《嬌女》詩，未詳與此同否。

北遊臨河海，遥望中菰菱。芙蓉發盛華，渌水清且澄。弦歌奏聲節，髣髴有餘音。

蹀躞越橋上，河水東西流。上有神仙居，下有西流魚。行不獨自，三三兩兩俱。「神仙」一作「仙聖」〔一〕。

白石郎曲

二曲。

白石郎，臨江居，前導江伯後從魚。

積石如玉，列松如翠，郎艷獨絶，世無其二。

青溪小姑曲

干寶《搜神記》曰：廣陵蔣子文嘗爲秣陵尉，因擊賊，傷而死。吴孫權時，封中都侯，立廟鍾山。《異苑》曰：青溪小姑，蔣侯第三妹也。《齊諧記》所載趙文韶遇青溪神女事，見後鬼詩。

開門白水，側近橋梁。小姑所居，獨處無郎。

湖就姑曲

一曲。

赤山湖就頭，孟陽二三月，緑蔽貢荇藪。
湖就赤山磯，大姑大湖東，仲姑居湖西。

姑恩曲

二曲。

明姑遵八風，蕃謁雲日中。前導陸離獸，後從朱鳥麟鳳皇。
苕苕山頭柏，冬夏葉不衰。獨當被天恩，枝葉華葳蕤。

採蓮童曲

二曲。

汎舟採菱葉，過摘芙蓉花。扣檝命童侣，齊聲採蓮歌。
東湖扶菰童，西湖採菱芰。不持歌作樂，爲持解愁思。

明下童曲

二曲。

走馬上前阪，石子彈馬蹄。不惜彈馬蹄，但惜馬上兒。

陳孔驕赭白，陸郎乘班騅。徘徊射堂頭，望門不欲歸。

同生曲

二曲。

人生不滿百，常抱千歲憂。早知人命促，秉燭夜行遊。《隋書·五行志》曰：周宣帝與宫人半夜連臂蹋蹄而歌「自知身命促，秉燭夜行遊」，即位二年崩。

歲月如流邁，行已及素秋。蟋蟀鳴空堂，感悵令人憂。

【校勘記】

〔一〕仙聖，《四庫》本作「聖仙」。

古樂苑卷第二十五

清商曲辭西曲歌

西曲歌

《古今樂録》曰：西曲歌有《石城樂》《烏夜啼》《莫愁樂》《估客樂》《襄陽樂》《三洲》《襄陽蹋銅蹄》《採桑度》《江陵樂》《青陽度》《青驄白馬》《共戲樂》《安東平》《女兒子》《來羅》《那呵灘》《孟珠》《翳樂》《夜度娘》《長松標》《雙行纏》《黄督》《黄纓》《平西樂》《攀楊枝》《尋陽樂》《白附鳩》《拔蒲》《壽陽樂》《作蠶絲》《楊叛兒》《西烏夜飛》《月節折楊柳枝》三十四曲。《石城樂》《烏夜啼》《莫愁樂》《估客樂》《襄陽樂》《三洲》《襄陽蹋銅蹄》《採桑度》《江陵樂》《青驄白馬》《共戲樂》《安東平》《那呵灘》《孟珠》《翳樂》《壽陽樂》並舞曲，《青陽度》《女兒子》《來羅》《夜黄》《夜度娘》《長松標》《雙行纏》《黄督》《黄纓》《平西樂》《攀楊枝》《尋陽樂》《白附鳩》《拔蒲》《作蠶絲》並倚歌，《孟珠》《翳樂》亦倚歌。按西曲歌出於荆、郢、樊、鄧之間，而其聲節送和與吴歌亦異，故因其方俗而謂之西曲云。

石城樂 宋臧質

五曲。《唐書·樂志》曰：《石城樂》者，宋臧質所作也。石城在竟陵，質嘗爲竟陵郡，於城上眺矚，見羣少年歌謡通暢，因作此曲。《古今樂録》曰：《石城樂》，舊舞十六人。左云古辭。

生長石城下，開牕對城樓。城中諸少年，出入見依投。

陽春百花生，摘插環髻前。捥指蹋忘愁，相與及盛年。

布帆百餘幅，環環在江津。執手雙淚落，何時見歡還。

大艑載三千，漸水丈五餘。水高不得渡，與歡合生居。

聞歡遠行去，相送方山亭。風吹黄蘗藩，惡聞苦籬聲。

烏夜啼

八曲。《唐書·樂志》曰：《烏夜啼》者，宋臨川王義慶所作也。元嘉十七年，徙彭城王義康於豫章。義慶時爲江州，至鎮，相見而哭。文帝聞而怪之，徵還，慶大懼，伎妾夜聞烏夜啼聲，扣齋閤云：明日應有赦。其年更爲南兖州刺史，因此作歌，故其和云「夜夜望郎來，籠牕牕不開」。今所傳歌辭似非義慶本旨。《教坊記》曰：《烏夜啼》者，元嘉二十八年，彭城王義康有罪放逐，行次潯陽，江州刺史衡陽王義季留連飲宴，歷旬不去，帝聞而怒，皆囚之。會稽公主，姊也，嘗與帝宴洽，中席起拜，帝未達其旨，躬止之，主流涕曰：車子歲暮，恐不爲陛下所容。車子，義康小字也。帝指蔣山曰：必無此，不爾，便負初寧陵。武帝葬於蔣山，故指先帝陵爲誓，因封餘酒寄義康，且日曰：昨與會稽姊飲樂，憶弟，故附所飲酒往。遂宥之。使未達潯陽，衡陽家人扣二王所囚院曰：昨夜烏夜啼，官當有赦。少頃，使至，二王得釋，故有此曲。按史稱臨川王義慶爲江州，而云衡陽王義季，誤。《古今樂録》：《烏夜啼》，舊舞十六人。李勉《琴説》曰：《烏夜啼》者，何晏之女所作也。初，晏繫獄，有二烏止於舍上，女曰：烏有喜聲，父必免。遂撰此操。與前義同而事異。

《文獻通考》云：今所傳歌辭，似非義慶本旨。

歌舞諸少年，娉婷無種迹。菖蒲花可憐，聞名不曾識。「少年」《玉臺》作「年少」。

長檣鐵鹿子，布帆阿那起。詫儂安在間，一去數千里。

辭家遠行去，儂歡獨離居。此日無啼音，裂帛作還書。

可憐烏臼鳥，彊言知天曙。無故三更啼，歡子冒闇去。

烏生如欲飛，飛飛各自去。生離無安心，夜啼至天曙。

籠牕牕不開，蕩户户不動。歡下葳蕤籥，交儂那得往。

遠望千里煙，隱當在歡家。欲飛無兩翅，當奈獨思何。

巴陵三江口，蘆荻齊如麻。執手與歡别，痛切當奈何。

同前 梁簡文帝

緑草庭中望明月，碧玉堂裏對金鋪。鳴弦撥捩發初異，挑琴欲吹衆曲殊。不疑三足朝含影，直言九子夜相呼。羞言獨眠枕下流，託道單棲城上烏。「流」字疑誤。

同前 劉孝綽

《集》題云《夜聽伎賦得烏夜啼》。

鵾弦且輟弄，鶴操暫停徽。别有啼烏曲，東西相背飛。倡人怨獨守，蕩子殊未歸。忽聞生離唱，長夜泣羅衣。「相背飛」一作「各自飛」。「殊」一作「遊」。

同前 周庾信

二首。

桂樹懸知遠，風竿詎肯低。獨憐明月夜，孤飛猶未棲。虎賁誰見惜，御史詎相攜。雖言入弦管，終是曲中啼。

促柱繁弦非子夜，歌聲舞態異前谿。御史府中何處宿，洛陽城頭那得棲。彈琴蜀郡卓家女，織錦秦川竇氏妻。詎不自驚長淚落，到頭啼烏恒夜啼。

烏棲曲 梁簡文帝

四首。

芙蓉作船絲作綍，北斗横天月將落。採蓮渡頭礙黄河，郎今欲渡畏風波。「礙」一作「擬」。

浮雲似帳月如鉤，那能夜夜南陌頭。宜城酘酒今行熟，停鞍繫馬暫棲宿。《北堂書抄》云：宜城九醖酒曰酘酒。并引此句。郭本作「投泊」，誤。

青牛丹轂七香車，可憐今夜宿倡家。倡家高樹烏欲棲，羅帷翠帳任君低。「帳」一作「被」。「任」

一作「向」。

織成屏風金屈膝，朱脣玉面燈前出。相看氣息望君憐，誰能含羞不自前。

同前 元帝

四首。

沙棠作船桂爲檝，夜渡江南採蓮葉。復值西施新浣紗，共向江干眺月華。「向」《玉臺》作「汎」。「眺」《玉臺》作「瞻」。

月華似璧星如佩，流影澄明玉堂内。邯鄲九枝朝始成，金巵玉椀共君傾。

交龍成錦鬬鳳紋，芙蓉爲帶石榴裙。日下城南兩相望，月没參横掩羅帳。

七彩隨珠九華玉，蛺蝶爲歌明星曲。蘭房椒閤夜方開，那知步步香風逐。

同前 蕭子顯

三首。前二首郭本作梁元帝，今從《玉臺》。

幄中清酒瑪瑙鍾，裙邊雜佩琥珀龍。欲持寄君心不惜，共指三星今何夕。「龍」一作「紅」。

濃黛輕紅點花色，還欲令人不相識。金壺夜水詎能多，莫持奢用比懸河。「水」一作「永」。

芳樹歸飛聚儔匹，猶有殘光半山日。莫憚褰裳不相求，漢臯遊女習風流。「風」一作「飛」，誤。

同前 陳後主

三首。郭本《棲烏曲》。

陌頭新花歷亂生，葉裏啼烏送春情。長安遊俠無數伴，白馬驪珂路中滿。「啼」一作「春」。

金鞍向暝欲相連，玉面俱要來帳前。含態眼語懸相解，翠帶羅裙入爲解。相解音蟹。

合歡襦薰百和香，牀中被織兩鴛鴦。烏啼漢沒天應曙，只持懷抱送郎去。

同前 徐陵

二首。

卓女紅妝期此夜，胡姬沽酒誰論價。風流荀令好兒郎，偏能傅粉復薰香。「妝」郭本作「粉」。

繡帳羅帷隱燈燭，一夜千年猶不足。唯憎無賴汝南雞，天河未落猶爭啼。

同前 岑之敬

驄馬直去没浮雲，河渡冰開兩岸分。烏藏日暗行人息，空棲隻影長相憶。明月二八照花新，當壚十五晚留賓。

同前 江總

郭云《棲烏曲》。

桃花春水木蘭橈，金羈翠蓋聚河橋。隴西上計應行去，城南美人啼著曙。

莫愁樂

二曲。《唐書・樂志》曰：《莫愁樂》者，出於《石城樂》。石城有女子名莫愁，善歌謡，《石城樂》和中復有忘愁聲，因有此歌。《古今樂録》曰：《莫愁樂》，亦云蠻樂，舊舞十六人，梁八人。《樂府解題》曰：古歌亦有《莫愁》《洛陽女》，與此不同。《容齋三筆》曰：莫愁者，郢州石城人。今郢有莫愁村，畫工傳其貌，好事者多寫寄四遠。《唐書・樂志》云：石城女子名莫愁，古詞「莫愁在何處」是也。李義山詩「如何四紀爲天子，不及盧家有莫愁」，此莫愁者洛陽人。

梁武帝《河中歌》「河中之水向東流，洛陽女兒名莫愁。十五嫁爲盧家婦，十六生兒似阿侯」者是也。近世周美成樂府《西河》一闋，專詠金陵，所云「莫愁艇子曾繫」，豈非誤指石頭城爲石城乎？按今金陵亦有莫愁湖。

莫愁在何處，莫愁石城西。艇子打兩槳，催送莫愁來。

聞歡下揚州，相送楚山頭。探手抱腰看，江水斷不流。

估客樂 齊武帝

《古今樂録》曰：《估客樂》者，齊武帝之所製也。帝布衣時，嘗遊樊、鄧。登祚以後，追憶往事而作歌，使樂府令劉瑶管弦被之教習，卒遂無成。有人啓釋寶月善解音律，帝使奏之，旬日之中，便就諧合敕。歌者常重爲感憶之聲，猶行於世。寶月又上兩曲，帝數乘龍舟遊五城江中放觀，以紅越布爲帆，緑絲爲帆纤，鍮石爲篙足，篙榜者悉著鬱林布作淡黄袴，列開，使江中衣出。五城，殿猶在。齊舞十六人，梁八人。《唐書·樂志》曰：梁改其名爲《商旅行》。

昔經樊鄧役，阻潮梅根渚。感憶追往事，意滿辭不叙。「阻潮」一作「假檝」。

同前 釋寶月

二首。

郎作十里行，儂作九里送。拔儂頭上釵，與郎資路用。

有信數寄書，無信心相憶。莫作瓶落井，一去無消息。

同前

二首。郭本無名氏。《詩紀》亦附寶月。

大艑珂峨頭，何處發揚州。借問艑上郎，見儂所歡不。

初發揚州時，船出平津泊。五兩如竹林，何處相尋博。

同前 陳後主

三江結儔侶，萬里不辭遥。恒隨鷁首舫，屢逐雞鳴潮。

賈客詞 周庾信

《集》云《贈江中賈客》，姑從郭本。

五兩開船頭，長橋發新浦。懸知岸上人，遥振江中鼓。

襄陽樂 宋隨王誕

九曲。《古今樂録》曰：《襄陽樂》者，宋隨王誕之所作也。誕始爲襄陽郡，元嘉二十六年，仍爲雍州刺史。夜聞諸女歌謡，因而作之，所以歌和中有「襄陽來夜樂」之語也。舊舞十六人，梁八人。又有《大堤曲》，亦出於此。簡文帝《雍州》十曲，有《大堤》《南湖》《北渚》等曲。《通典》曰：裴子野《宋略》稱晉安侯劉道産爲襄陽太守，有善政，百姓樂業，人户豐贍，蠻夷順服，悉緣沔而居，由此歌之，號襄陽樂，蓋非此也。左云古辭。

朝發襄陽城，暮至大堤宿。大堤諸女兒，花艶驚郎目。

上水郎檐篙，下水摇雙櫓。四角龍子幡，環環江當柱。

江陵三千三，西塞陌中央。但問相隨否，何計道里長。

人言襄陽樂，樂作非儂處。乘星冒風流，還儂揚州去。
爛漫女蘿草，結曲繞長松。三春雖同色，歲寒非處儂。
黄鵠參天飛，中道鬱徘徊。腹中車輪轉，歡今定憐誰。
揚州蒲鍰環，百錢兩三叢。不能買將還，空手攬抱儂。「鍰」一作「鍜」。
女蘿自微薄，寄託長松表。何惜負霜死，貴得相纏繞。
惡見多情歡，罷儂不相語。莫作烏集林，忽如提儂去。

大堤女 北魏王容

寶髻耀明璫，香羅鳴玉佩。大堤諸女兒，一一皆春態。入花花不見，穿柳柳陰碎。東風拂面來，由來亦相愛。

雍州曲

三首。《通典》曰：雍州，襄陽也。《禹貢》荆河州之南境。春秋時楚地。魏武始置襄陽郡，晉兼置荆河州〔一〕。宋文帝割荆州置雍州，號南雍。魏、晉已來，嘗爲重鎮，齊、梁因之。

南湖 梁簡文帝

南湖荇葉浮，復有佳期遊。銀綸翡翠鉤，玉軸芙蓉舟。荷香亂衣麝，橈聲送急流。「送」一作「隨」。

北渚

岸陰垂柳葉，平江含粉堞。好值城傍人，多逢蕩舟妾。緑水濺長袖，浮苔染輕檝。

大堤

宜城斷中道，行旅極留連。出妻工織素，妖姬慣數錢。炊彫留上客，貰酒逐神仙。

三洲歌

三曲。《唐書·樂志》曰：《三洲》，商人歌也。《古今樂録》曰：《三洲歌》者，商客數遊巴陵三江口往還，因共作此歌。其舊辭云「啼將別共來」。梁天監十一年，武帝於樂壽殿道義，竟留十大德法師，設樂，敕人人有問，引經奉答。次問法雲：聞法師善解音律，此歌何如？法雲奉答：天樂絶妙，非膚淺所聞。愚謂古辭過質，未審可改以不？敕云如法師語音。法雲曰：應歡會而有別離，「啼將别」可改爲「歡將樂」。故其歌和云「三洲斷江口，水從窈窕河傍流。歡將樂共來，長相思」。舊舞十六人，梁八人。按楊慎《辭品》載法雲《三洲歌》二首，惟「愁將别共來」與「歡將樂共來」差異，餘辭並同。今據《樂録》，則本皆舊曲，法雲但承敕改「歡將樂共來」耳，且亦爲《三洲歌》和云。《詩紀》古辭附晉。

送歡板橋灣，相待三山頭。遥見千幅帆，知是逐風流。
風流不暫停，三山隱行舟。願作比目魚，隨歡千里遊。
湘東醽醁酒，廣州龍頭鐺。玉樽金鏤椀，與郎雙杯行。

同前 陳後主

春江聊一望，細草遍長洲。沙汀時起伏，畫舸屢掩留。

採桑度

七曲。《採桑度》一曰《採桑》。《唐書·樂志》曰：《採桑》，因《三洲曲》而生，此聲苑也。《採桑度》，梁時作。《水經》曰：河水過屈縣西南，爲採桑津。《春秋》僖公八年，晉里克敗狄于採桑是也。梁簡文帝《烏棲曲》曰：採桑渡頭礙黄河，郎今欲渡畏風波。《古今樂録》曰：《採桑渡》，舊舞十六人，梁八人。即非梁時作矣。《詩紀》古辭附晉。

蠶生春三月，春桑正含緑。女兒採春桑，歌吹當春曲。
冶遊採桑女，盡有芳春色。姿容應春媚，粉黛不加飾。
繋條採春桑，採葉何紛紛。採桑不裝鉤，牽壞紫羅裙。
語歡稍養蠶，一頭養百塸〔二〕。奈當黑瘦盡，桑葉常不周。
春月採桑時，林下與歡俱。養蠶不滿百，那得羅繡襦。
採桑盛陽月，緑葉何翩翩。攀條上樹表，牽壞紫羅裙。
僞蠶化作繭，爛熳不成絲。徒勞無所獲，養蠶持底爲。

襄陽蹋銅蹄 梁武帝

三曲。《隋書·樂志》曰：梁武帝之在雍鎮，有童謡云：襄陽白銅蹄，反縛揚州兒。識者言白銅蹄謂金蹄，爲馬也。白，金色也。及義師之興，實以鐵騎，揚州之士皆面縛，果如謡言。故即位之後，更造新聲，帝自爲之詞三曲，又令沈約爲三曲，以被管弦。《古今樂録》曰：襄陽蹋銅蹄者，梁武西下所製也。沈約又作。其和云：襄陽白銅蹄，聖德應乾來。天監初，舞十六人，後八人。《玉臺》云《襄陽白銅鞮歌》。

陌頭征人去，閨中女下機。含情不能言，送別沾羅衣。

草樹非一香，花葉百種色。寄語故情人，知我心相憶。
龍馬紫金鞍，翠眊白玉羈。照耀雙闕下，知是襄陽兒。

同前 沈約

三曲。一曰《白銅蹄歌》。

分手桃林岸，望別峴山頭。若欲寄音信，漢水向東流。「望」一作「送」。
生長宛水上，從事襄陽城。一朝遇神武，奮翼起先鳴。
蹀鞚飛塵起，左右自生光。男兒得富貴，何必在歸鄉。

江陵樂

四曲。《古今樂録》曰：《江陵樂》，舊舞十六人，梁八人。《通典》曰：江陵，古荆州之域，春秋時楚之郢地，秦置南郡，晉爲荆州，東晉、宋、齊以爲重鎮，梁元帝都之。有紀南城、楚渚宫在焉。《詩紀》古辭附晉。

不復蹋踶人，踶地地欲穿。盆隘歡繩斷，蹋壞絳羅裙。

不復出場戲，踶場生青草。試作兩三回，踶場方就好。
陽春二三月，相將蹋百草。逢人駐步看，揚聲皆言好。
暫出後園看，見花多憶子。烏鳥雙雙飛，儂歡今何在。

青陽度

三曲。《古今樂録》曰：《青陽度》，倚歌，凡倚歌悉用鈴、鼓，無弦，有吹。《玉臺》作《青陽歌》，載「青荷」一首。《詩紀》古辭附晉。

隱機倚不織，尋得爛漫絲。成匹郎莫斷，憶儂經絞時。
碧玉擣衣砧，七寶金蓮杵。高舉徐徐下，輕擣只爲汝。
青荷蓋緑水，芙蓉發紅鮮。下有並根藕，上有同心蓮。「發」郭作「披」。「上有同心蓮」一作「上生並頭蓮」，郭作「並目蓮」。

青驄白馬

八曲。《古今樂録》曰：《青驄白馬》，舊舞十六人。《詩紀》古辭附晉。

青驄白馬紫絲韁，可憐石橋根柏梁。
汝忽千里去無常，願得到頭還故鄉。
繫馬可憐著長松，遊戲徘徊五湖中。
借問湖中採菱婦，蓮子青荷可得否。
可憐白馬高纏騣，著地躑躅多徘徊。
問君可憐六萌車，迎取窈窕西曲娘。
問君可憐下都去，何得見君復西歸。
齊唱可憐使人惑，晝夜懷歡何時忘。

共戲樂

四曲。《古今樂録》曰：《共戲樂》，舊舞十六人，梁八人，本齊辭。

齊世方昌書軌同，萬寓獻樂列國風。
時泰民康人物盛，腰鼓鈴柈各相競。
長袖翩翩若鴻鶩，纖腰嫋嫋會人情。

觀風採樂德化昌，聖皇萬壽樂未央。

安東平

五曲。《古今樂録》曰：《安東平》，舊舞十六人，梁八人。《詩紀》古辭附晉。

淒淒烈烈，北風爲雪。船道不通，步道斷絶。

吴中細布，闊幅長度。我有一端，與郎作袴。

微物雖輕，拙手所作。餘有三丈，與郎别厝。

制爲輕巾，以奉故人。不持作好，與郎拭塵。

東平劉生，復感人情。與郎相知，當解千齡。

女兒子

二曲。《古今樂録》曰：《女兒子》，倚歌也。《詩紀》古辭附晉。

巴東三峽猨鳴悲，夜鳴三聲淚沾衣。

我欲上蜀蜀水難，蹋蹀珂頭腰環環。

來羅

四曲。《古今樂録》曰：《來羅》，倚歌也。《詩紀》古辭附晉。

鬱金黄花標，下有同心草。草生日已長，人生日就老。
君子防未然，莫近嫌疑邊。瓜田不躡履，李下不正冠。此即《君子行》首四句。
故人何怨新，切少必求多。此事何足道，聽我歌來羅。
白頭不忍死，心愁皆敖然。遊戲泰始世，一日當千年。

那呵灘

六曲。《古今樂録》曰：《那呵灘》，舊舞十六人，梁八人。其和云「郎去何當還」，多叙江陵及揚州事，那呵蓋灘名也。《詩紀》古辭附晉。

我去只如還，終不在道邊。我若在道邊，良信寄書還。
沿江引百丈，一濡多一艇。上水郎擔篙〔三〕，何時至江陵。
江陵三千三，何足特作遠。書疏數知聞，莫令信使斷。

聞歡下揚州，相送江津灣。願得篙櫓折，交郎到頭還。
篙折當更覓，櫓折當更安。各自是官人，那得到頭還。
百思纏中心，顦顇爲所歡。與子結終始，折約在金蘭。

孟珠

一曰《丹陽孟珠歌》。《古今樂録》曰：《孟珠》十曲，二曲倚歌，八曲舊舞十六人，梁八人。

《玉臺》近代雜曲。《詩紀》古辭附晉。

人言孟珠富，信實金滿堂。龍頭銜九花，玉釵明月璫。
陽春二三月，草與水同色。攀條摘香花，言是歡氣息。

同前

人言春復著，我言未渠央。暫出後湖看，蒲菰如許長。
揚州石榴花，摘插雙襟中。葳蕤當憶我，莫待艷他儂。
陽春二三月，草與水同色。道逢遊冶郎，恨不早相識。

望歡四五年，實情將懊惱。願得無人處，回身與郎抱。
陽春二三月，正是養蠶時。那得不相怨，其再闞儂來。
將歡期三更，合冥歡如何。走馬放蒼鷹，飛馳赴郎期。
適聞梅作花，花落已成子。杜鵑繞林啼，思從心下起。
可憐景陽山，苕苕百尺樓。上有明天子，麟鳳戲中州。一作「遊」。

翳樂

《古今樂録》曰：《翳樂》，一曲倚歌，二曲舞十六人，梁八人。《詩紀》古辭附晉。

人生歡愛時，少年新得意。一旦不相見，輒作煩冤思。

同前

陽春二三月，相將舞翳樂。曲曲隨時變，持許豔郎目。
人言揚州樂，揚州信自樂。總角諸少年，歌舞自相逐。

夜黄

《古今樂録》曰：《夜黄》，倚歌也。《詩紀》古辭附晉。

湖中百種鳥，半雌半是雄。鴛鴦逐野鴨，恐畏不成雙。

夜度娘

《古今樂録》曰：《夜度娘》，倚歌也。《詩紀》古辭附晉。

夜來冒霜雪，晨去履風波。雖得叙微情，奈儂身苦何。

長松標

《古今樂録》曰：《長松標》，倚歌也。《詩紀》古辭附晉。

落落千丈松，晝夜對長風。歲暮霜雪時，寒苦與誰雙。

雙行纏

二曲。《古今樂録》曰：《雙行纏》，倚歌也。《詩紀》古辭附晉。

朱絲繫腕繩，真如白雪凝。非但我言好，衆情共所稱。
新羅繡行纏，足趺如春妍。他人不言好，獨我知可憐。

黄督

二曲。《古今樂録》曰：《黄督》，倚歌也。《詩紀》古辭附晉。

喬客他鄉人，三春不得歸。願看楊柳樹，已復藏斑鵻。
籠車度蹋衍，故人求寄載。催牛閉後户，無預故人事。

西平樂

《古今樂録》曰：《西平樂》，倚歌也。《詩紀》古辭附晉。

我情與歡情，二情感蒼天。形雖胡越隔，神交中夜間。

攀楊枝

一曰攀楊柳〔四〕。《古今樂録》曰：《攀楊枝》，倚歌也。《樂苑》曰：《攀楊枝》，梁時作。《詩紀》附晉，誤。

自從别君來，不復著綾羅。畫眉不注口，施朱當奈何。

尋陽樂

《古今樂録》曰：《尋陽樂》，倚歌也。《玉臺》近代雜曲。《詩紀》古辭附晉。

雞亭故儂去，九里新儂還。送一却迎兩，無有暫時閑。「儂」《玉臺》並作「人」。

白附鳩

《古今樂録》曰：《白附鳩》，倚歌，亦曰《白浮鳩》，本拂舞曲也。按宋彭城王忌檀道濟，誅之，時人歌云「可憐白浮鳩，枉殺檀江州」。唐劉夢得過道濟墓詩云「萬里長城壞，荒雲野草秋。秣陵多士女，猶唱白浮鳩」。則此曲始于此事明矣。郭氏《樂府》並不引及，《詩紀》附爲晉辭，或宋以前舊有此曲邪？

石頭龍尾彎，新亭送君者。酤酒不取錢，郎能飲幾許。

白浮鳩 梁吴均

瑯琊白浮鳩，紫翳飄陌頭。食飲東莞野，栖宿越王樓。

拔蒲

二曲。《古今樂録》曰：《拔蒲》，倚歌也。《詩紀》古辭附晉。

青蒲銜紫茸，長葉復從風。與君同舟去，拔蒲五湖中。

朝發桂蘭渚，晝息桑榆下。與君同拔蒲，竟日不成把。

壽陽樂 宋南平王鑠

九曲。《古今樂録》曰：《壽陽樂》者，宋南平穆王爲豫州所作也。舊舞十六人，梁八人。按其歌辭，蓋叙傷別望歸之思。左云古辭。

可憐八公山，在壽陽，別後莫相忘。

東臺百餘尺，凌風雲，别後不忘君。
梁長曲水流，明如鏡，雙林與郎照。
辭家遠行去，空爲君，明知歲月駛。
籠牕取涼風，彈素琴，一歎復一吟。
夜相思，望不來，人樂我獨愁。
長淮何爛漫，路悠悠，得當樂忘憂。
上我長瀨橋，望歸路，秋風停欲度。
銜淚出傷門，壽陽去，必還當幾載。

作蠶絲

四曲。《古今樂録》曰：《作蠶絲》，倚歌也。《玉臺》作《蠶絲歌》，載「春蠶」一首，云近代雜曲。《詩紀》古辭附晉。

柔桑感陽風，阿娜嬰蘭婦。垂條付緑葉，委體看女手。
春蠶不應老，晝夜常懷絲。何惜微軀盡，纏綿自有時。

績蠶初成繭，相思條女密。投身湯水中，貴得共成匹。
素絲非常質，屈折成綺羅。敢辭機杼勞，但恐花色多。

楊叛兒

八曲。《唐書·樂志》曰：《楊叛兒》，本童謡歌也。齊隆昌時，女巫之子曰楊旻，少時隨母入内，及長，爲何后寵。童謡云「楊婆兒，共戲來所歡」，語訛，遂成「楊叛兒」。《古今樂録》曰：《楊叛兒》，送聲云「叛兒教儂不復相思」。

截玉作手鉤，七寶光平天。繡沓織成帶，嚴帳信可憐。
暫出白門前，楊柳可藏烏。歡作沉水香，儂作博山鑪。宋《讀曲歌》亦載。
送郎乘艇子，不作遭風慮。橫篙擲去槳，顛倒逐流去。
七寶珠絡鼓，教郎拍復拍。黄牛細犢兒，楊柳映松柏。
歡欲見蓮時，移湖安屋裏。芙蓉繞牀生，眠卧抱蓮子。
聞歡遠行去，送歡至新亭，津邏無儂名。
落秦中庭生，誠知非好草。龍頭相鉤連，見枝如欲繞。

楊叛西隨曲，柳花經東陰。風流隨遠近，飄揚悶儂心。

同前 梁武帝

桃花初發紅，芳草尚抽緑。南音多有會，偏重叛兒曲。

同前 陳後主

《選詩拾遺》作「隋越王《京洛行》」，郭作「隋後主楊叛兒歌」。

青春上陽月，結伴戲京華。龍媒玉珂馬，鳳軫繡香車。水映臨橋樹，風吹夾路花。日昏歡宴罷，相將歸狹斜。

西烏夜飛 宋沈攸之

五曲。《古今樂録》曰：《西烏夜飛》者，宋元徽五年，荆州刺史沈攸之所作也。攸之舉兵發荆州，東下，未敗之前，思歸京師，所以歌和云「白日落西山，還去來」。送聲云「折翅烏，飛何處？被彈歸」。左云古辭。按此疑非攸之本辭。

日從東方出，團團雞子黄。夫婦恩情重，憐歡故在傍。
暫請半日給，徙倚娘店前。目作宴瑱飽，腹作宛腦饑。
我昨憶歡時，攬刀持自刺。自刺分應死，刀作離樓僻。「離」一作「雜」。
陽春二三月，諸花盡芳盛。持底唤歡來，花笑鶯歌詠。
感郎崎嶇情，不復自顧慮。臂繩雙入結，遂成同心去。

月節折楊柳歌《詩紀》古辭附晉。

正月歌

春風尚蕭條，去故來入新，苦心非一朝。折楊柳，愁思滿腹中，歷亂不可數。「入」一作「如」。

二月歌

翩翩烏入鄉，道逢雙燕飛，勞君看三陽。折楊柳，寄言語儂歡，尋還不復久。

三月歌

汎舟臨曲池，仰頭看春花，杜鵑緯林啼。折楊柳，雙下俱徘徊，我與歡共取。

四月歌

芙蓉始懷蓮，何處覓同心，俱生世尊前。折楊柳，捻香散名花，志得長相取。

五月歌

菰生四五尺，素身爲誰珍，盛年將可惜。折楊柳，作得九子粽，思想勞歡手。

六月歌

三伏熱如火，籠窻開北牖，與郎對榻坐。折楊柳，銅堀貯蜜漿，不用水洗溴。

七月歌

織女遊河邊，牽牛顧自歎，一會復周年。折楊柳，攬結長命草，同心不相負。

八月歌

迎歡裁衣裳，日月流如水，白露凝庭霜。折楊柳，夜聞擣衣聲，窈窕誰家婦。「流如」一作「如流」。

九月歌

甘菊吐黄花，非無杯觴用，當奈許寒何。折楊柳，授歡羅衣裳，含笑言不取。

十月歌

大樹轉蕭索，天陰不作雨，嚴霜半夜落。折楊柳，林中與松柏，歲寒不相負。

十一月歌

素雪任風流，樹木轉枯悴，松柏無所憂。折楊柳，寒衣履薄冰，歡詎知儂否。

十二月歌

天寒歲欲暮，春秋及冬夏，苦心停欲度。折楊柳，沈亂枕席間，纏綿不覺久。

閏月歌

成閏暑與寒，春秋補小月，念子無時閑。折楊柳，陰陽催我去，那得有定主。「無時」一作「時無」。

【校勘記】

〔一〕荆，原作「境」，據《四庫》本改。

〔二〕頭，《四庫》本作「日」。

〔三〕擔，原作「檐」，據《四庫》本改。

〔四〕柳，原闕，據《四庫》本補。

古樂苑卷第二十六

清商曲辭 江南弄 上雲樂

江南弄 梁武帝

七首。

《古今樂録》曰：梁天監十一年冬，武帝改西曲，製《江南上雲樂》十四曲，《江南弄》七曲：一曰《江南弄》，二曰《龍笛曲》，三曰《採蓮曲》，四曰《鳳笛曲》，五曰《採菱曲》，六曰《遊女曲》，七曰《朝雲曲》。又沈約作四曲：一曰《趙瑟曲》，二曰《秦箏曲》，三曰《陽春曲》，四曰《朝雲曲》，亦謂之《江南弄》云。

江南弄

《古今樂録》曰：《江南弄》，三洲韻，和云「陽春路，娉婷出綺羅」。

衆花雜色滿上林，舒芳耀緑垂輕陰，連手躞蹀舞春心。舞春心，臨歲腴。中人望，獨踟躕。

龍笛曲

《古今樂録》曰：《龍笛曲》，和云「江南音，一唱直千金」。馬融《長笛賦》曰：近世雙笛從羌起，羌人伐竹未及已。龍鳴水中不見已，截竹吹之聲相似。然則《龍笛曲》蓋因聲如龍鳴而名曲。

美人綿眇在雲堂，雕金鏤竹眠玉牀，婉愛寥亮繞紅梁。繞紅梁，流月臺。駐狂風，鬱徘徊。

「紅」疑作「虹」。

採蓮曲

《古今樂録》曰：《採蓮曲》，和云「採蓮渚，窈窕舞佳人」。此首與《採菱曲》、《英華》並作吴均，郭從《玉臺》。

遊戲五湖採蓮歸，發花田葉芳襲衣，爲君艷歌世所希。世所希，有如玉。江南弄，採蓮曲。

鳳笙曲

《古今樂録》曰：《鳳笙曲》，和云「弦吹席，長袖善留客」。

緑耀尅碧彫琯笙，朱脣玉指學鳳鳴，流速參差飛且停。飛且停，在鳳樓。弄嬌響，問清謳。

採菱曲

《古今樂録》曰：《採菱曲》，和云「菱歌女，解佩戲江陽」。

江南稚女珠腕繩，金翠摇首紅顔興，桂棹容與歌采菱。歌采菱，心未怡。翳羅袖，望所思。

遊女曲

《古今樂録》曰：《遊女曲》，和云「當年少，歌舞承酒笑」。

氛氲蘭麝體芳滑，容色玉耀眉如月，珠佩婐姬戲金闕。戲金闕，遊紫庭。舞飛閣，歌長生。

朝雲曲

《古今樂録》曰：《朝雲曲》，和云「徙倚折耀華」。宋玉《高唐賦》序曰：楚襄王與宋玉遊雲夢之臺，望高唐之觀，獨有雲氣變化無窮。王問玉曰：此何氣也？玉曰：所謂朝雲也。王曰：何謂朝雲也？玉曰：昔者先王嘗遊高唐，怠而晝寢，夢見一婦人，曰：妾巫山之女也，爲高唐之客。聞君遊高唐，願薦枕席。王因幸之〔一〕。去而辭曰：妾在巫山之陽，高丘之阻，旦爲朝雲，暮爲行雨。朝朝暮暮，陽臺之下。旦朝視之，如言。故爲立廟，號曰朝雲。酈道元《水經注》曰：巫山者，帝女居焉。宋玉謂帝之季女，名曰瑶姬，未行而亡，封于巫山之臺。精魂爲草實，謂靈芝，所謂巫山之女、高唐之姬也。《朝雲曲》蓋取於此。

張樂陽臺歌上謁，如寢如興芳晻曖，容光既艷復還没。復還没，望不來。巫山高，心徘徊。

江南弄 梁簡文帝

三首。《玉臺》新刻、《英華》《樂府》並作昭明，今從《藝文》。

江南曲

和云「陽春路，時使佳人度」。

枝中水上春併歸，長楊掃地桃花飛，清風吹人光照衣。光照衣，景將夕。擲黄金，留上客。

龍笛曲

和云「江南弄，真能下翔鳳」。

金門玉堂臨水居，一嚬一笑千萬餘，遊子去還願莫疎。願莫疎，意何極。雙鴛鴦，兩相憶。

採蓮曲

和云「採蓮歸，渌水好沾衣」。

桂檝蘭橈浮碧水，江花玉面兩相似，蓮疎藕折香風起。香風起，白日低。採蓮曲，使君迷。

江南弄 梁沈約

四首。

趙瑟曲

《英華》作元帝。

邯鄲奇弄出文梓，縈弦急調切流徵，玄鶴徘徊白雲起。白雲起，鬱披香。離復合，曲未央。

秦箏曲

羅袖飄纚拂雕桐，促柱高張散輕宮，迎歌度舞遏歸風。遏歸風，止流月。壽萬春，歡無歇。

陽春曲

劉向《新序》：宋玉對楚威王問曰：客有歌於郢中者，其始曰《下里》《巴人》，國中屬而和者千人；其爲《陽阿》《採薇》〔二〕，國中屬而和者數百人；其爲《陽春》《白雪》，國中屬而和者數十人而已也；引商刻角，雜以流徵，國中屬而和者不過數人。是以其曲彌高，其和彌寡。然則《陽春》所從來亦遠矣。《樂府解題》曰：《陽春》，傷也。

楊柳垂地燕差池，緘情忍思落容儀，弦傷曲怨心自知。心自知，人不見。動羅裙，拂珠殿。

朝雲曲

陽臺氤氲多異色，巫山高高上無極，雲來雲去長不息。長不息，夢來遊。極萬世，度千秋。

江南弄 雜擬。

採蓮曲 梁簡文帝

二首。後首本《採蓮賦》中歌，姑從郭本收入。

晚日照空磯，採蓮承晚暉。風起湖南度，蓮多摘未稀。棹動芙蓉落，船移白鷺飛。荷絲傍繞腕，菱角遠牽衣。

常聞蕖可愛，採擷欲爲裙。葉滑不留綖，心忙無假薰。千春誰與樂，唯有妾隨君。

同前 元帝

亦是《採蓮賦》中歌，並非樂府。

碧玉小家女，來嫁江南王。蓮花亂臉色，荷葉雜衣香。因持薦君子，願襲芙蓉裳。

同前　劉孝威

金槳木蘭船，戲採江南蓮。蓮香隔浦渡，荷葉滿江鮮。房垂易入手，柄曲自臨盤。露花時濕釧，風莖乍拂鈿。

同前　朱超

艷色前後發，緩檝去來遲。看粧礙荷影，洗手畏菱滋。摘除蓮上葉，挖出藕中絲。湖裏人無限，何日滿船時。

同前　沈君攸

平川映曉霞，蓮舟汎浪華。衣香隨岸遠，荷影向流斜。度手牽長柄，轉檝避疎花。還船不畏滿，歸路詎嫌賒。「曉」一作「晚」。

同前 吴均

二首。後首《初學記》作元帝，題云「賦得涉江采芙蓉」。

錦帶雜花鈿，羅衣垂緑川。問子今何去，出採江南蓮。遼西三千里，欲寄無因緣。願君早旋返，及此荷花鮮。

江南當夏清，桂檝逐流縈。初疑京兆劍，復似漢冠名。荷香帶風遠，蓮影向根生。葉卷珠難溜，花舒紅易傾。日暮凫舟滿，歸來度錦城。「夏」一作「夜」。「檝」一作「棹」。

同前 陳後主

相催暗中起，粧前日已光。隨宜巧注口，薄落點花黄。風住疑衫密，船小畏裾長。波文散動檝，菱花拂度航。低荷亂翠影，採袖新蓮香。歸時會被唤，且試入蘭芳。

同前 隋盧思道

曲浦戲妖姬，輕盈不自持。擎荷愛圓水，折藕弄長絲。珮動裙風入，粧消粉汗滋。菱歌惜不唱，須待暝歸時。

同前 殷英童

蕩舟無數伴，解纜自相催。汗粉無庸拭，風裙隨意開。棹移浮荇亂，船進倚荷來。藕絲牽作縷，蓮葉捧成杯。

採菱歌 宋鮑照

七首。

騖舲馳桂浦，息棹偃椒潭。簫弄澄湘北，菱歌清漢南。一作「弄弦瀟湘北，歌菱清漢南」。

弭榜搴蕙荑，停唱紉薰若。含傷拾泉花，縈念採雲蕚。

睽闊逢暄新，悽怨值妍華。秋心殊不那，春思亂如麻。「秋心殊不那」一作「秋心不可蕩」。

要艷雙嶼裏，望美兩洲間。褭褭風出浦，沈沈日向山。「沈沈」一作「溶溶」。

煙曀越嶂深，箭迅楚江急。空抱琴心悲，徒望弦開泣。「心」一作「中」。「弦開」一作「近關」。

緘歎凌珠淵，收慨上金堤。春芳行歇落，是人方未齊。

思今懷近憶，望古懷遠識。懷古復懷今，長懷無終極。

採菱曲 齊陶功曹

朝日映蘭澤，乘風入桂嶼。棹影已流倡，輕舟復容與。勿遽佳期移，方追明月侶。采采詎盈掬，還望空延佇。

同前 梁簡文帝

菱花落復含，桑女罷新蠶。桂棹浮星艇，徘徊蓮葉南。

同前 陸罩

參差雜荇枝，田田競荷密。轉葉任香風，舒花影流日。戲鳥波中蕩，遊魚菱下出。不與文王嗜，羞持比萍實。

同前 費昶

妾家五湖口，采菱五湖側。玉面不關粧，雙眉本翠色。日斜天欲暮，風生浪未息。宛在水中央，空作兩相憶。

同前　江淹

秋日心容與，涉水望碧蓮。紫菱亦可採，試以緩愁年。參差萬葉下，汎漾百流前。高彩隘通壑，香氛麗廣川。歌出櫂女曲，舞入江南弦。乘黿非逐俗，駕鯉乃懷仙。衆美信如此，無恨在清泉。「氛」一作「氣」。「櫂」一作「趙」。「在」一作「出」。

同前　江洪

二首。《藝文》作江淹。

風生緑葉聚，波動紫莖開。含花復含實，正待佳人來。

白日和清風，輕雲雜高樹。忽然當此時，採菱復相遇。

同前　徐勉

相攜及嘉月，採菱渡北渚。微風吹櫂歌，日暮相容與。采采不能歸，望望方延佇。儻逢遺佩人，預以心相許。

陽春歌 宋吴邁遠

一作曲。

百里望咸陽，知是帝京邑。緑樹摇雲光，春城起風色。佳人愛華景，流靡園塘側。妍姿艷月映，羅衣飄蟬翼。宋玉歌陽春，巴人長歎息。雅鄭不同賞，那令君愴惻。生平重愛惠，私自憐何極。

同前 齊檀約

青春獻初歲，白日映彫梁。蘭萌猶自短，柳葉未能長。已見紅花發，復聞緑草香。乘此試遊衍，誰知心獨傷。「乘」一作「樂」。

同前 梁吴均

紫苔初汎水，連緜浮且没。若欲歌陽春，先歌青樓月。

同前 陳顧野王

春草正芳菲，重樓啓曙扉。銀鞍俠客至，柘彈婉童歸。池前竹葉滿，井上桃花飛。薊門寒未歇，爲斷流黄機。

同前 隋柳䛒

春鳥一囀有千聲，春花一叢千種名。旅人無語坐簷楹，思鄉懷土志難平。唯當文共酒，暫與興相迎。「坐」一作「出」。

陽春曲 無名氏

芣苡生前逕，含桃落小園。春心自揺蕩，百舌更多言。

上雲樂 梁武帝

《古今樂録》曰：《上雲樂》七曲，梁武帝製，以代西曲。一曰《鳳臺曲》，二曰《桐柏曲》，三曰《方丈曲》，四曰《方諸曲》，五曰《玉龜曲》，六曰《金丹曲》，七曰《金陵曲》。又有《老胡文康辭》。《隋書·樂志》曰：梁三朝第四十四，設寺子導安息孔雀、鳳皇、文鹿胡舞登連《上雲樂》歌舞伎。

鳳臺曲

《古今樂録》曰：《鳳臺曲》，和云「上雲真，樂萬春」。

鳳臺上，兩悠悠。雲之際，神光朝天極，華蓋遏延州。羽衣昱耀，春吹去復留。

桐柏曲

《古今樂録》曰：《桐柏曲》，和云「可憐真人遊」。

桐柏真，昇帝賓。戲伊谷，遊洛濱。參差列鳳管，容與起梁塵。望不可至，徘徊謝時人。

方丈曲

方丈上，崚層雲。挹八玉，御三雲。金書發幽會，碧簡吐玄門。至道虚凝，冥然共所遵。

方諸曲

《古今樂録》曰：《方諸曲》，三洲韻。和云「方諸上，可憐歡樂長相思」。

方諸上，上雲人，業守仁。摐金集瑶池，步光禮玉晨。霞蓋容長嘯，清虚伍列真。

玉龜曲

《古今樂録》曰：《玉龜曲》，和云「可憐遊戲來」。

玉龜山，真長仙。九光耀，五雲生。交帶要分影，太華冠晨纓。耇如玄羅，出入遊太清。

「耇」一作「壽」。

金丹曲

《古今樂録》曰：《金丹曲》，和云「金丹會，可憐乘白雲」。

紫霜耀，絳雪飛。追以還，轉復飛。九真道方微。千年不傳，一傳裔雲衣。

金陵曲

勾曲仙，長樂遊。洞天巡，會迹六門。揖玉板，登金門。鳳泉迴肆，鷺羽降尋雲。鷺羽一流，芳芬鬱氛氳。

上雲樂 梁周捨

《古今樂録》曰：周捨作。或曰范雲。

西方老胡，厥名文康。遨遊六合，傲誕三皇。西觀濛汜，東戲扶桑。南汎大蒙之海，北至無通之鄉。昔與若士爲友，共弄彭祖扶牀。往年暫到崑崙，復值瑶池舉觴。周帝迎以上席，王母贈以玉漿。故乃壽如南山，志若金剛。青眼貿貿，白髮長長，蛾眉臨髭，高鼻垂口。非直能俳，又善飲酒。簫管鳴前，門徒從後。濟濟翼翼，各有分部。鳳皇是老胡家雞，獅子是老胡家狗。陛下撥亂反正，再朗三光，澤與雨施，化與風翔。覘雲候吕，志遊大梁。重駟脩路，始届帝鄉。伏拜金闕，仰瞻玉堂。從者小子，羅列成行。悉知廉節，皆識義方。歌管愔愔，鏗鼓鏘鏘。響震鈞天，聲若鵷皇。前却中規矩，進退得宮商。舉技無不佳，胡舞最所長。老胡寄篋中，復有奇樂童。齎持數萬里，願以奉聖皇。乃欲次第說，老耄多所忘。但願明陛下壽千萬歲，歡樂未渠央。「樂童」疑作「樂章」。

簫史曲 宋鮑照

《藝文》作張華。《詩紀》云此詩辭格不類晉人。

簫史愛少年，嬴女忝童顏。火粒願排棄，霞霧好登攀。龍飛逸天路，鳳起出秦關。身去長不返，簫聲時往還。「少」一作「長」。「霞霧好登攀」一作「霞好忽登攀」。「逸」一作「竟」。

同前 齊張融

引響猶天外，吟聲似地中。戴勝噪落景〔三〕，龍歕清霄風。

同前 陳江總

弄玉秦家女，簫史仙處童。來時兔月滿，去後鳳樓空。密笑開還斂，浮聲咽更通。相期紅粉色，飛向紫烟中。「滿」一作「照」〔四〕。

方諸曲 陳謝燮

望仙室，仰雲光。繩河裏，扇月傍。井公能六著，玉女善投壺。瓊醴和金液，還將天地俱。

梁雅歌 梁張率

《古今樂録》曰：梁有《雅歌》五曲。三朝樂第十五奏之。

應王受圖曲

應王受圖，荷天革命。樂曰功成，禮云治定。恩弘庇臣，念昭率性。廼眷三才，以宣八政。愧無則哲，臨淵自鏡。或戒面從，永隆福慶。郭茂倩云：李白曰梁雅歌有五篇，作《君道曲》。按梁無《君道曲》，疑《應王受圖曲》也。

臣道曲

孝義相化，禮讓爲風。當官無媢，司民必公。謙謙君子，謇謇匪躬。諒而不訐，和而不同。

誠之誠之，去驕思沖。弘茲大雅，是曰至忠。

積惡篇

積惡在人，猶酖處腹。酖成形亡，惡積身覆。殷辛再離，温舒五族。責必及嗣，財豈潤屋。斯川既往，逝命不復。鏡茲餘殃，幸脩多福。

積善篇

惟德是輔，皇天無親。抱獄歸舜，捨財去邠。豚魚懷信，行葦留仁。先世有作，餘慶方因。鳴玉承家，錫珪于民。連城非重，積善爲珍。

宴酒篇

記稱成禮，詩詠飽德。卜晝有典，厭夜不忒。彝酒作民，樂飲虧則。腐腹遺喪，濡首亡國。誓彼六馬，去茲三惑。占言孔昭，以求温克。

【校勘記】

〔一〕王，原作「帝」，據前文及《四庫》本改。

〔二〕阿，原作「陵」，據《四庫》本改。
〔三〕勝，原闕，據《四庫》本補。
〔四〕照，原闕，據《四庫》本補。

古樂苑卷第二十七

舞曲歌辭

《通典》曰：樂之在耳者曰聲，在目者曰容。聲應乎耳，可以聽知；容藏於心，難以貌觀。故聖人假干戚羽旄以表其容，發揚蹈厲以見其意。聲容選和，而後大樂備矣。《詩》序曰：詠歌之不足，不知手之舞之，足之蹈之。然樂心内發，感物而動，不覺手之自運，歡之至也。此舞之所由起也。舞亦謂之萬。《禮記外傳》曰：武王以萬人同滅商，故謂舞爲萬。《商頌》曰：萬舞有奕。則殷已謂之萬矣。《魯頌》曰：萬舞洋洋。《衛詩》曰：公庭萬舞。然則萬亦舞之名也。《春秋》：魯隱公五年，考仲子之宫將萬焉，因問羽數於衆仲，衆仲對曰：天子用八，諸侯六，大夫四，士二。舞所以節八音而行八風，故自八而下。於是初獻六羽，始用六佾也。杜預以爲六六三十六人，而沈約非之，曰：八音克諧，然後成樂，故必以八人爲列。自天子至士，降殺以兩。兩者，減其二列爾。預以爲一列又減二人，至士止餘四人，豈復成樂？服虔謂天子八八，諸侯六八，大夫四八，士二八，於義爲允也。周有六舞。一曰帗舞，二曰羽舞，三曰皇舞，四曰旄舞，五曰干舞，六曰人舞。帗舞者，析五綵繒，若漢靈星舞子所持是也。羽舞者，析羽也。皇舞者，雜五綵羽如鳳皇色，持之以舞也。旄舞者，氂牛之尾也。干舞者，兵舞，持盾而舞也。人舞者，無所執，以手袖爲威儀也。《周官·舞師》：掌教兵舞，帥而舞山川之祭祀；教帗舞，帥而舞社稷之祭祀；教羽舞，帥而舞四方之祭祀；教皇舞，帥而舞旱暵之事。樂師亦掌教國子小舞。自漢以後，樂舞寖盛，故有雅舞，有雜舞。雅舞用之郊廟朝饗，雜舞用之宴會。晉傅玄又有十餘小曲，名爲舞曲，故《南齊書》載其辭云：獲罪於天，北徙朔方。墳墓誰掃，超若流光。疑非宴樂之辭，未詳其所用也。前世樂飲，酒酣必自起舞。《詩》云「屢舞仙仙」是也。故知宴樂必舞，但不宜屢爾，譏在屢舞，不譏舞也。漢武帝樂飲，長沙定王起舞是也。自是已後，尤重以舞相屬，所屬者代起舞，猶世飲酒以杯相屬也。灌夫起舞，以屬田蚡。晉謝安舞，以屬桓嗣是也。近世以來，此風絶矣。

雅舞

雅舞者，郊廟朝饗所奏文武二舞是也。古之王者，樂有先後。以揖讓得天下，則先奏文舞；以征伐得天下，則先奏武舞，各尚其德也。黄帝之《雲門》，堯之《大咸》，舜之《大韶》，禹之《大夏》，文舞也。殷之《大濩》，周之《大武》，武舞也。周存六代之樂，至秦唯餘《韶》《武》。漢魏已後，咸有改革，然其所用，文武二舞而已。名雖不同，不變其舞。故《古今樂録》曰：自周以來，唯改其辭，示不相襲，未有變其舞者也。然自《雲門》而下，皆有其名而亡其容，獨《大武》之制存而可考。《樂記》曰：樂者，象成者也。總干而山立，武王之事也。發揚蹈厲，太公之志也。武亂皆坐，周召之治也。武始而北出，再成而滅商，三成而南，四成而南國是疆，五成而分周公左、召公右，六成復綴以崇，天子夾振之而四伐，盛威於中國也。分夾而進，事蚤濟也。久立於綴，以待諸侯之至也。故季札觀樂，見舞《象箾》《南籥》者，曰：美哉，猶有憾。見舞《大舞》者，曰：美哉，周之盛也，其若此乎！其後成王以周公爲有勳勞，命魯公世世祀周公，以天子禮樂，升歌清廟，下管象武，朱干玉戚，冕而舞《大武》，皮弁素幘，裼而舞《大夏》，以廣魯於天下也。自漢已後，又有廟舞，各用於其廟。凡此皆雅舞也。

後漢武德舞歌詩

一曰世祖廟登歌。《宋書·樂志》曰：周存六代之樂，至秦唯餘《韶》《武》而已。始皇二十六年，改周《大武》舞曰《五行》。漢高祖四年，造《武德》舞，人悉執干戚，以象天下樂己行武以除亂也。六年，改舜《韶》舞曰《文始》，以示不相襲也。文帝又造《四時》舞，以明天下之安和。蓋樂先王之樂者，明有法也；樂己所自作者，明有制也。孝景採《武德》舞作《昭德》舞，薦之太宗之廟。孝宣採《昭德》舞爲《盛德》舞，薦之世宗之廟。《漢書·樂志》曰：高廟奏《武德》《文始》《五行》之舞，孝文廟奏《昭德》《文始》《四時》《五行》之舞，孝武廟奏《盛德》《文始》《四時》《五行》之舞，諸帝廟皆常奏《文始》《四時》《五行》舞，大抵皆因秦舊事焉。《東觀漢記》曰：明帝永平三年八月，公卿奏世祖廟舞名，東平王蒼議，以爲漢制宗廟各奏其樂，不皆相襲，以明功德。光武皇帝撥亂中興，武功盛大，廟樂舞宜曰《大武》之舞。其《文始》《五行》之舞如故，勿進《武德》舞。詔曰：如驃騎將軍議，進《武德》之舞如故。

武德舞歌詩　東平王蒼

於穆世廟，肅雍顯清。俊乂翼翼，秉文之成。越序上帝，駿奔來寧。建立三雍，封禪泰山。

章明圖讖，放唐之文。休矣惟德，罔射協同。本支百世，永保厥功。

晉正德大豫舞歌

《宋書·樂志》曰：晉武帝泰始九年，荀勗典知樂事，使郭瓊、宋識等造《正德》《大豫》之舞，而勗及傅玄、張華又各造舞歌。咸寧元年，詔定祖宗之號，而廟樂同用《正德》《大豫》舞。初，魏明帝景初元年，造《武始》《咸熙》二舞，祀郊廟。《武始》舞者，平冕，黑介幘，玄衣裳，白領袖，絳領袖中衣，絳合幅袴，絳袜，黑韋鞮。《咸熙》舞者，冠委貌，其餘服如前。奏於朝廷，則《武始》舞者，武冠，赤介幘，生絳袍，單衣，絳領袖，皂領袖中衣，虎文畫合幅袴，白布袜，黑韋鞮。《咸熙》舞者，進賢冠，黑介幘，生黃袍，單衣，白合幅袴。其餘服如前。晉相承用之。

正德舞歌 傅玄下同

天命有晉，光濟萬國。穆穆聖皇，文武惟則。在天斯正，在地成德。載韜政刑，載崇禮教。我敷玄化，臻於中道。

大豫舞歌

於鑠皇晉，配天受命。熙帝之光，世德惟聖。嘉樂大豫，保佑萬姓。淵兮不竭，沖而用之。

先天弗違，虔奉天時。

正德舞歌 荀勖下同

人文垂則，盛德有容。聲以依詠，舞以象功。干戚發揮，節以笙鏞。羽籥雲會，翊宣令蹤。敷美盡善，允協時邕。焕炳其章，光乎萬邦。萬邦洋洋，承我晉道。配天作享，元命有造。上化如風，民應如草。穆穆斌斌，形于綴兆。文武旁作，慶流四表。無競維烈，永世是紹。

大豫舞歌

豫順以動，大哉惟時。時邁其仁，世載邕熙。兆我區夏，宣文是基。大業惟新，我皇隆之。重光累曜，欽明文思。迄用有成，惟晉之祺。穆穆聖皇，受命既固。品物咸寧，芳烈雲布。文教旁通，篤以淳素。玄化洽暢，被之暇豫。作樂崇德，同美韶濩。濬邈幽遐，式遵王度。

傳荀辭，載《宋書》。

正德舞歌 張華下同

《晉書·樂志》曰：泰始九年，光禄大夫荀勖以杜夔所制律吕，校太樂、總章、鼓吹八音，與律吕乖錯，乃制古尺，作新律吕，以調聲韻。律成，遂班下太常，使太樂、總章、鼓吹、清商施用。勖遂典知樂事，啓朝士解音律者共掌之，使郭夏、宋識等造《正德》《大豫》二舞，其樂章亦張華之所作云。

曰皇上天，玄鑒惟光。神器周回，五德代章。祚命于晉，世有哲王。弘濟區夏，陶甄萬方。大明垂耀，旁燭無疆。蚩蚩庶類，風德永康。皇道惟清，禮樂斯經。金石在縣，萬舞在庭。象容表慶，協律被聲。軼《武》超《濩》，取節《六英》。同進退讓，化漸無形。大和宣洽，通于幽冥。

大豫舞歌

惟天之命，符運有歸。赫赫大晉，三后重暉。繼明紹世，光撫九圍。我皇紹期，遂在琁璣。羣生屬命，奄有庶邦。慎徽五典，玄教遐通。萬方同軌，率土咸雍。爰制《大豫》，宣德舞功。醇化既穆，王道協隆。仁及草木，惠加昆蟲。億兆夷人，悦仰皇風。丕顯大業，永世彌崇。

宋前後舞歌

《宋書·樂志》曰：武帝永初元年，改晉《正德舞》曰《前舞》，《大豫舞》曰《後舞》，並蕤賓廂作。孝武孝建二年九月，建平王宏議，以爲祖有功而宗有德，故漢高祖廟樂稱《武德》，太宗廟樂曰《昭德》。魏制《武始》舞武廟，制《咸熙》舞文廟，則祖宗之廟，别有樂名。晉氏之樂，《正德》《大豫》，及宋不更名，直爲《前》《後》二舞，依據昔代，議舛事乖。宜釐改權稱，以《凱容》爲《韶舞》，《宣烈》爲《武舞》。祖宗廟樂，總以德爲名。若廟非不毁，則樂無别稱，猶漢高、文、武，咸有嘉號，惠、景二主，樂無餘名。章皇太后廟，唯奏文樂，明婦人無武事也。郊祀之樂，無復别名，仍同宗廟而已。詔如宏議。《古今樂録》曰：宋孝武改《前舞》爲《凱容》之舞，《後舞》爲《宣烈》之舞。

前舞歌 王韶之下同

於赫景明，天監是臨。樂來伊陽，禮作惟陰。歌自德富，儛由功深。庭列宫縣，陛羅瑟琴。翿籥繁會，笙磬諧音。《簫韶》雖古，九成在今。道志和聲，德音孔宣。光我帝基，協靈配乾。儀行六合，化穆自然。如彼雲漢，爲章于天。熙熙萬類，陶和當年。擊轅中《韶》，永世弗騫。

後舞歌

假樂聖后，寔天誕德。積美自中，王猷四塞。龍飛在天，儀刑萬國。欽明惟神，臨朝淵默。不言之化，品物咸德。告成于天，銘勳是勒。翼翼厥猷，娓娓其仁。順命創制，因定和神。海外有截，九圍無塵。冕旒司契，垂拱臨民。乃舞《大豫》，欽若天人。純嘏孔休，萬載彌新。「娓娓」一作「亹亹」。

齊前後舞歌

前舞階步歌 齊辭

《隋書·樂志》曰：近代舞出入皆作樂，謂之階步，咸用《肆夏》。至梁去之，隋復用焉。即《周官》所謂樂出入奏鐘鼓也。《古今樂録》曰：何承天云：今舞出樂謂之階步，蕤賓廂作。尋《儀禮》宴、飲、射三樂，皆云席工於西階上，大師升自西階，北面東上，相者坐受瑟，乃降。笙入，立于縣中北面，乃合樂工，歌《鹿鳴》《四牡》《周南》。今直謂之階步，而承天又以爲出樂，俱失之矣。

天挺聖哲，三方維綱。川嶽伊寧，七耀重光。茂育萬物，衆庶咸康。道用潛通，仁施遐揚。德厚巛極，功高昊蒼。舞象盛容，德以歌章。八音既節，龍躍鳳翔。皇基永樹，二儀等長。

前舞凱容歌 宋辭

《南齊書·樂志》曰：宋前後舞歌二章，齊微改革，多仍舊辭。《宣烈》舞執干戚，用魏《武始》舞冠服。《凱容》舞執羽籥，用魏《咸熙》舞冠服。宋以《凱容》繼《韶》爲文舞，據《韶》爲言。《宣烈》即是古之《大武》，今世諺呼爲武王伐紂。齊初仍舊，不改宋舞名，其舞人冠服，亦相承用之。

《古今樂録》曰：宋孝武改《前舞》爲《凱容》之舞，《後舞》爲《宣烈》之舞。何承天《三代樂序》云：晉《正德》《大豫》舞，蓋出於漢《昭容》《禮容》樂，然則其聲節有古之遺音焉。晉使郭瓊、宋識等造《正德》《大豫》舞，初不言因革《昭業》等兩舞，承天空謂二容，竟自無據。按《正德》《大豫》二舞即出《宣武》《宣文》、魏《大武》三舞也。《宣武》，魏《昭武》舞也。《宣文》，魏《武始》舞也。魏改《巴渝》爲《昭武》，《五行》曰《大武》，今《凱容》舞執籥秉翟，即魏《武始》舞也。《宣烈》舞有矛弩，有干戚。矛弩，漢《巴渝》舞也；干戚，周《武》舞也。宋世止革其辭與名，不變其舞。舞相傳習，至今不改。瓊、識所造，正是雜用二舞，以爲《大豫》爾。夷蠻之樂，雖陳宗廟，不應雜以周舞也。

於赫景命，天鑒是臨。樂來伊陽，禮作惟陰。歌自德富，舞由功深。庭列宫縣，陛羅瑟琴。翿籥繁會，笙磬諧音。《簫韶》雖古，九奏在今。導志和聲，德音孔宣。光我帝基，協靈配乾。儀刑六合，化穆自宣。如彼雲漢，爲章于天。熙熙萬類，陶和當年。擊轅中《韶》，永世弗騫。

後舞階步歌 齊辭

皇皇我后，紹業盛明。滌拂除穢，宇宙載清。允執中和，以涖蒼生。玄化遠被，兆世軌形。

何以崇德，乃作九成。妍步恂恂，雅曲芬馨。八風清鼓，應以祥禎。澤浩天下，功齊百靈。

後舞凱容歌 宋辭

假樂聖后，寔天誕德。積美自中，王猷四塞。龍飛在天，儀刑萬國。欽明惟神，臨朝淵默。不言之化，品物咸得。告成于天，銘勳是勒。翼翼厥猷，亹亹其仁。從命創制，因定和神。海外有截，九國無塵。冕旒司契，垂拱臨民。乃舞《凱容》，欽若天人。純嘏孔休，萬載彌新。

梁大壯大觀舞歌 沈約

二首。

《隋書·樂志》曰：梁初，猶用《凱容》《宣烈》之舞。武帝定樂，以武舞爲《大壯》舞，文舞爲《大觀》舞。又曰：《大壯》舞奏夷則，《大觀》舞奏姑洗，取其月王也。二郊、明堂、太廟，三朝同用。《古今樂録》曰：梁改《宣烈》爲《大壯》，即周《武》舞也。改《凱容》爲《大觀》，即舜《韶》舞也。陳以《凱容》樂舞用之郊廟，而《大壯》《大觀》猶同梁舞，所謂祠用宋曲，宴準梁樂，蓋取人神不雜也。

大壯舞歌

《隋書·樂志》曰：《大壯》舞，取《易》彖云：大壯，大者壯也，正大而天地之情可見也。《古今樂録》曰：《大壯》《大觀》二舞，以大爲名。老子云：域中有四大。《論語》云：惟天爲大。今制《大壯》《大觀》之名，亦因斯而立義焉。

高高在上，實愛斯人。眷求聖德，大拯彝倫。率土方燎，如火在薪。惵惵黔首，暮不及晨。朱光啓耀，兆發穹旻。我皇鬱起，龍躍漢津。言屆牧野，電激雷震。闞犖之甲，彭濮之人。或貔或虎，漂杵浮輪。我邦雖舊，其命惟新。六伐乃止，七德必陳。君臨萬國，遂撫八寅。

一曲。四言。「虎」《隋書》作「武」。

大觀舞歌

《隋書·樂志》曰：《大觀》舞，取《易》彖曰：大觀，在上觀天之神道，而四時不忒也。

皇矣帝烈，大哉興聖。奄有四方，受天明命。居上不怠，臨下惟敬。舉無愆則，動無失正。物從其本，人遂其性。昭播九功，肅齊八柄。寬以惠下，德以爲政。三趾晨儀，重輪夕映。棧壑忘阻，梯山匪敻。如日有恒，與天無竟。載陳金石，式流舞詠。咸英韶夏，於茲比盛。

一曲。四言。

北齊文武舞歌 陸卬等製

《隋書·樂志》曰：北齊元會大饗，奏文武二舞，將作並先設階步焉。馮惟納云：文武樂章，《詩彙》云祖珽作。按《隋書·樂志》，祖珽上書論樂於文宣之時，至武成時始定四郊宗廟三朝之樂，而不著作歌之人，則非珽作明矣。今考《北史》，陸卬等製。

文舞階步辭

我后降德，肇峻皇基。摇鈴大號，振鐸命期。雲行雨洽，天臨地持。茫茫區宇，萬代一時。文來武肅，成定於兹。象容則舞，歌德言詩。鏘鏘金石，列列匏絲。鳳儀龍至，樂我雍熙。

文舞辭

皇天有命，歸我大齊。受兹華玉，爰錫玄珪。奄家環海，實子蒸黎。圖開寶匣，檢封芝泥。無思不順，自東徂西。教南暨朔，罔敢或攜。比日之明，如天之大。神化之洽，率土無外。眇眇舟車，華戎畢會。祠我春秋，服我冠帶。儀協震象，樂均天籟。蹈武在庭，其容藹藹。

武舞階步辭

大齊統曆，天鑒孔昭。金人降汎，火鳳來巢。眇均虞德，干戚降苗。夙沙攻主，歸我軒朝。禮符揖讓，樂契《咸》《韶》。蹈揚惟序，律度時調。

武舞辭

天眷橫流，宅心玄聖。祖功宗德，重光襲映。我皇恭己，誕膺靈命。宇外斯燭，域中咸鏡。悠悠率土，時惟保定。微微動植，莫違其性。仁豐庶物，施洽羣生。海寧洛變，契此休明。雅宣茂烈，頌紀英聲。鏗鍠鐘鼓，掩抑簫笙。歌之不足，舞以禮成。皪矣王度，緬邁千齡。

隋文武舞歌

《隋書·樂志》曰：隋有文舞、武舞，舞各六十四人。文舞，黑介幘，冠進賢冠，絳紗連裳，内單，皁褾、領、襈、裾，革帶，烏皮履，左手執籥，右手執翟。武舞，服武弁，朱褠衣，餘同文舞，左執朱干，右執大戚。其舞六成，始而受命，再成而定山東，三成而平蜀道，四成而北狄是通，五成而江南是拓，六成復綴以闡太平。

文舞歌

天睠有屬，后德惟明。君臨萬寓，昭事百靈。濯以江漢，樹之風聲。罄地畢歸，窮天皆至。六戎仰朔，八蠻請吏。煙雲獻彩，黿龍表異。緝和禮樂，燮理陰陽。功由舞見，德以歌彰。兩儀同大，日月齊光。「畢」一作「必」。「仰」一作「行」。

武舞歌

惟皇御寓，惟帝乘乾。五材並用，七德兼宣。平暴夷險，拯溺救燔。九域載安，兆庶斯賴。續地之厚，補天之大。聲隆有截，化覃無外。鼓鐘既奮，干戚攸陳。功高德重，政謐化淳。鴻休永播，久而彌新。

古樂苑卷第二十八

舞曲歌辭 雜舞

雜舞

雜舞者，《公莫》《巴渝》《槃舞》《鞞舞》《鐸舞》《拂舞》《白紵》之類是也。始皆出自方俗，後寖陳於殿庭。蓋自周有縵樂、散樂，秦漢因之增廣，宴會所奏，率非雅舞。漢魏已後，並以鞞、鐸、巾、拂四舞用之宴饗。宋武帝大明中，亦以鞞、拂、雜舞合之鍾石，施於廟庭，朝會用樂，則兼奏之。明帝時，又有西傖羌胡雜舞，後魏、北齊亦皆參以胡戎伎，自此諸舞彌盛矣。隋牛弘亦請存四舞，宴會則與雜伎同設，於西涼前奏之，而去其所持鞞、拂等。按此雖非正樂，亦皆前代舊聲，故成公綏賦云：鞞鐸舞庭，八音並陳。梁武帝報沈約云：鞞、鐸、巾、拂，古之遺風是也。

魏俞兒舞歌〔一〕王粲

《晉書·樂志》曰：《巴渝舞》，漢高帝所作也。高帝自蜀漢將定三秦，閬中范因率賨人從帝，爲前鋒，號板楯蠻，勇而善鬬。及定秦中，封因爲閬中侯，復賨人七姓。其俗喜歌舞，高帝樂其猛鋭，數觀其舞，曰：武王伐紂歌也。後使樂人習之。閬中有渝水，因其所居，故曰《巴渝舞》。舞曲有《矛渝》《弩渝》《安臺》《行辭》，本歌曲四篇，其辭既古，莫能曉其句度。左思《蜀都賦》云：奮之則賨旅，玩之則渝舞也。顔師古曰：巴，巴人也。俞，俞人也。高祖初爲漢王，得巴俞人，並趫捷，與之滅楚，因存其武樂。巴俞之樂，自此始也。巴即今之巴州，渝即今之渝州，名各本其地。《宋書·樂志》曰：魏《俞兒舞歌》四篇，魏國初建所用，使王粲改創其辭，爲《矛渝》《弩渝》《安臺》《行辭》新福歌曲。行辭以述魏德，後於太祖廟並作之。黄初二年，改曰《昭武舞》。及晉，又改曰《宣武舞》。《唐書·樂志》曰：俞，美也。魏晉改其名，梁復號巴渝，隋文帝以非正典，罷之。

漢初建國家，匡九州。蠻荆震服，五刃三革休。安不忘備，武樂脩。宴我賓師，敬用御天，永樂無憂。子孫受百福，常與松喬遊。烝庶德，莫不咸歡柔。

右矛俞新福歌

材官選士，劒弩錯陳。應桴蹈節，俯仰若神。綏我武烈，篤我淳仁。自東自西，莫不來賓。

右弩俞新福歌

我功既定，庶士咸綏。樂陳我廣庭，式宴賓與師。昭文德，宣武威。平九有，撫民黎。荷天寵，延壽尸，千載莫我違。「我功」一作「武功」。

右安臺新福歌

神武用師士素厲。仁恩廣覆，猛節横逝。自古立功，莫我弘大。桓桓征四國，爰及海裔。漢國保長慶，垂祚延萬世。

右行辭新福歌

晉宣武舞歌 傅玄

《晉書·樂志》曰：魏黄初三年，改漢《巴渝舞》曰《昭武舞》。景初元年，又作《武始》《咸熙》《章斌》三舞，皆執羽籥。及晉，改《昭武舞》曰《宣武舞》，《羽籥舞》曰《宣文舞》。咸寧元年，詔廟樂停《宣武》《宣文》二舞，而同用《正德》《大豫》舞云。

惟聖皇篇 矛俞第一

惟聖皇，德巍巍，光四海。禮樂猶形影，文武爲表裏，乃作巴渝，肆舞士。劒弩齊列，戈矛爲之始。進退疾鷹鷂，龍戰而豹起。如亂不可亂，動作順其理，離合有統紀。

短兵篇 劒俞第二

劒爲短兵，其勢險危。疾踰飛電，回旋應規。武節齊聲，或合或離。電發星鶩，若景若差。兵法攸象，軍容是儀。

軍鎮篇 弩俞第三

弩爲遠兵軍之鎮，其發有機。體難動，往必速，重而不遲。鋭精分鏄，射遠中微。弩俞之樂，一何奇！變多姿，退若激，進若飛。五聲協，八音諧。宣武象，讚天威。

窮武篇 安臺行亂第四

窮武者喪，何但敗北。柔弱亡戰，國家亦廢。秦始徐偃，既已作戒前世。先王鑒其機，脩文整武藝。文武足相濟，然後德光大。亂曰：高則亢，滿則盈。亢必危，盈必傾。去危傾，守以平。沖則久，濁能清。混文武，順天經。

晉宣文舞歌 傅玄

羽籥舞歌

羲皇之初，天地開元。罔罟禽獸，羣黎以安。神農教耕，創業誠難。民得粒食，澹然無所患。黄帝始征伐，萬品造其端。軍駕無常居，是曰軒轅。軒轅既勤止，堯舜匪荒寧。夏禹治水，湯武又用兵。孰能保安逸，坐致太平？聖皇邁乾乾，天下興頌聲，穆穆且明明。惟聖皇，道化彰。澂四海，清三光。萬幾理，庶事康。潛龍升，儀鳳翔。風雨時，物繁昌。却走馬，降瑞祥。揚側陋，簡忠良。百禄是荷，眉壽無疆。

羽鐸舞歌

昔在渾成時，兩儀尚未分。陽升垂清景，陰降興浮雲。中和合氛氳〔二〕，萬物各異羣。人倫得其序，衆生樂聖君。三統繼五行，然後有質文。皇王殊運代，治亂亦繽紛。伊大晉，德兼往古。越羲農，邈舜禹。參天地，陵三五。禮唐周，樂《韶》《武》。豈惟《簫》《韶》，六代具舉。澤霑地境，化充天寓。聖明臨朝，元凱作輔，普天同樂胥。浩浩元氣，遐哉太清。五行流邁，日月代征。隨時變化，庶物乃成。聖皇繼天，光濟羣生。化之以道，萬國咸寧。受兹介福，延于億齡。

鞞舞歌

《宋書·樂志》曰：《鞞舞》未詳所起，然漢代已施於燕享矣。傅毅、張衡所賦，皆其事也。魏曹植改作新歌五篇，晉《鞞舞歌》亦五篇，並陳於元會。《鞞舞》，故二八，桓玄將即真，太樂遣衆伎，袁明子啓增滿八佾，相承不復革。宋明帝自改舞曲歌辭，并詔近臣虞龢並作。《古今樂録》曰：《鞞舞》，梁謂之《鞞扇舞》，即《巴渝》是也。鞞扇，器名也。鞞扇上舞作《巴渝弄》，至《鞞舞》竟，豈非《巴渝》一舞二名，何異《公莫》亦名《巾舞》也？漢曲五篇：一曰《關東有賢女》，二曰《章和二年中》，三曰《樂久長》，四曰《四方皇》，五曰《殿前生桂樹》，並章帝造。魏曲五篇：一《明明魏皇帝》，二《大和有聖帝》，三《魏曆長》，四《天生烝民》，五《爲君既不易》，並明帝造，以代漢曲，其辭並亡。陳思王又有五篇：一《聖皇篇》，以當《章和二年中》；二《靈芝篇》，以當《殿前生桂樹》；三《大魏篇》，以當《漢吉昌》;四《精微篇》,以當《關中有賢女》;五《孟冬篇》,以當《狡兔》。按漢曲無《漢吉昌》《狡兔》二篇,疑《樂久長》《四方皇》是也。《隋書·樂志》曰:《鞞舞》,漢《巴渝舞》也。按《樂録》《隋志》並以《鞞舞》爲《巴渝》。今考漢、魏二篇,歌辭各異,本不相亂,蓋因梁、陳之世,於《鞞舞》前作《巴渝弄》,遂云一舞二名。殊不知二舞亦容合作,猶《巾舞》以《白紵》送,豈得便謂《白紵》爲《巾舞》邪?失之遠矣。

魏鼙舞歌 陳思王植

序曰:漢靈帝西園鼓吹有李堅者,能鞞舞,遭亂,西隨段熲。先帝聞其舊有技,召之。堅既中廢,兼古曲多謬誤,故改作新歌五篇。

聖皇篇

聖皇應曆數,正康帝道休。九州咸賓服,威德洞八幽。三公奏諸公,不得久淹留。蕃位任至重,舊章咸率由。侍臣省文奏,陛下體仁慈。沈吟有愛戀,不忍聽可之。迫有官典憲,不得顧恩私。諸王當就國,璽綬何纍縗。便時舍外殿,宫省寂無人。主上增顧念,皇母懷苦辛。何以爲贈賜,傾府竭寶珍。文錢百億萬,采帛若煙雲。乘輿服御物,錦羅與金銀。

龍旂垂九旒，羽蓋參班輪。諸王自計念，無功荷厚德。思一效筋力，縻軀以報國。鴻臚擁節衛，副使隨經營。貴戚並出送，夾道交輜軿。車服齊整設，韡曄耀天精。武騎衛前後，鼓吹簫笳聲。祖道魏東門，淚下霑冠纓。扳蓋因内顧，俛仰慕同生。行行將日暮，何時還闕庭。車輪爲裵徊，四馬躊躇鳴。路人尚酸鼻，何況骨肉情。「纍」一作「纂」。

靈芝篇

靈芝生王地，朱草被洛濱。榮華相晃耀，光采曄若神。古時有虞舜，父母頑且嚚。盡孝於田壠，烝烝不違仁。伯瑜年七十，綵衣以娱親。慈母笞不痛，歔欷涕霑巾。丁蘭少失母，自傷早孤煢。刻木當嚴親，朝夕致三牲。暴子見陵侮，犯罪以亡形。丈人爲泣血，免戾全其名。董永遭家貧，父老財無遺。舉假以供養，傭作致甘肥。責家填門至，不知何用歸。天靈感至德，神女爲秉機。歲月不安居，嗚呼我皇考。生我既已晚，棄我何其早。蓼莪誰所興，念之令人老。退詠南風詩，灑淚滿褘抱。亂曰：聖皇君四海，德教朝夕宣。萬國咸禮讓，百姓家肅虔。庠序不失儀，孝悌處中田。户有曾閔子，比屋皆仁賢。髫齓無夭齒，黄髮盡其年。陛下三萬歲，慈母亦復然。

大魏篇

大魏應靈符，天禄方甫始。聖德致泰和，神明爲驅使。左右宜供養，中殿宜皇子。陛下長壽考，羣臣拜賀咸悦喜。積善有餘慶，寵禄固天常。衆喜填門至，臣子蒙福祥。無患及陽遂，輔翼我聖皇。衆吉咸集會，兇邪姦惡並滅亡。黄鵠遊殿前，神鼎周西阿。玉馬充乘輿，芝蓋樹九華。白虎戲西除，舍利從辟邪。騏驎躡足舞，鳳皇拊翼歌。豐年大置酒，玉樽列廣庭。樂飲過三爵，朱顔暴已形。式宴不違禮，君臣歌鹿鳴。樂人舞鼙鼓，百官雷抃讚若驚。儲禮如江海，積善若陵山。皇嗣繁且熾，孫子列曾玄。羣臣咸稱萬歲，陛下長壽樂年。御酒停未飲，貴戚跪東廂。侍人承顔色，奉進金玉觴。此酒亦真酒，福禄當聖皇。陛下臨軒笑，左右咸歡康。杯來一何遲，羣僚以次行。賞賜累千億，百官並富昌。「寵」《宋書》作「榮」。

精微篇

精微爛金石，至心動神明。杞妻哭死夫，梁山爲之傾。子丹西質秦，烏白馬角生。鄒衍囚燕市，繁霜爲夏零。關東有賢女，自字蘇來卿。壯年報父讐，身没垂功名。女休逢赦書，白刃幾在頸。俱上列仙籍，去死獨就生。太倉令有罪，遠徵當就拘。自悲居無男，禍至無與俱。緹縈痛父言，荷擔西上書。盤桓北闕下，泣淚何漣如。乞得並姊弟，没身贖父軀。漢文感其義，肉刑法用除。其父得以免，辯義在列圖。多男亦何爲，一女足成居。簡子南渡河，津吏廢舟船。執法將加刑，女娟擁櫂前。妾父聞君來，將涉不測淵。畏懼風波起，禱祝祭名川。備禮饗神祇，爲君求福先。不勝釂祀誠，至令犯罰艱。君必欲加誅，乞使知罪諐。妾願以身代，至誠感蒼天。國君高其義，其父用赦原。河激奏中流，簡子知其賢。歸聘爲夫人，榮寵超後先。辯女解父命，何況健少年。黄初發和氣，明堂德教施。治道致太平，禮樂風俗移。刑措民無枉，怨女復何爲。聖皇長壽考，景福常來儀。

孟冬篇

孟冬十月，陰氣厲清。武官誡田，講旅統兵。元龜襲吉，元光著明。蚩尤蹕路，風弭雨停。乘輿啓行，鸞鳴幽軋。虎賁采騎，飛象珥鶡。鐘鼓鏗鏘，簫管嘈喝。萬騎齊鑣，千乘等蓋。夷山填谷，平林滌藪。張羅萬里，盡其飛走。趯趯狡兔，揚白跳翰。獵以青骹，掩以脩竿。韓盧宋鵲，呈才騁足。噬不盡緤，牽麋掎鹿。魏氏發機，養基撫弦。都盧尋高，搜索猴猨。慶忌孟賁，蹈谷超巒。張目决眥，髮怒穿冠。頓熊扼虎，蹴豹搏貙。氣有餘勢，負象而趨。獲車既盈，日側樂終。罷役解徒，大饗離宫。亂曰：聖皇臨飛軒，論功校獵徒。死禽積如京，流血成溝渠。明詔大勞賜，大官供有無。走馬行酒醴，驅車布肉魚。鳴鼓舉觴爵，擊鐘釂無餘。絶綱縱騶麑，弛罩出鳳雛。收功在羽校，威靈振鬼區。陛下長懽樂，永世合天符。「擊鐘釂無餘」《宋書》作「鐘擊位無餘」。「綱」一作「網」。

晉鼙舞歌 傅玄

《古今樂録》曰：晉鼙舞歌五篇。一曰《洪業篇》，當魏曲《明明魏皇帝》，古曲《關東有賢女》。二曰《天命篇》，當魏曲《大和有聖帝》，古曲《章和二年中》。三曰《景皇篇》，當魏曲《魏曆長》，古曲《樂久長》。四曰《大晉篇》，當魏曲《天生烝民》，古曲《四方皇》。五曰《明君篇》，當魏曲《爲君既不易》，古曲《殿前生桂樹》。按曹植《怨歌行》云「爲君既不易，爲臣良獨難」，不知與此同否。

洪業篇

《詩紀》云：晉、宋書《樂志》載此五詩，俱不言是傅玄，《樂府》作玄詩，或别有考。

宣文創洪業，盛德在泰始。聖皇應靈符，受命君四海。萬國何所樂，上有明天子。唐堯禪帝位，虞舜惟恭己。恭己正南面，道化與時移。大赦盪萌漸，文教被黄支。象天則地，體無爲。聰明配日月，神聖參兩儀。雖有三凶類，靜言無所施。象天則地，體無爲。稷契並佐命，伊呂升王臣。蘭芷登朝肆，下無失宿民。聲發響自應，表立景來附。虓虎從羈制，潛龍升天路。備物立成器，變通極其數。百事以時叙，萬機有常度。訓之以克讓，納之以忠恕。羣下仰清風，海外同懽慕。象天則地，化雲布。昔日貴雕飾，今尚儉與素。昔日多纖介，今去情與故。象天則地，化雲布。濟濟大朝士，夙夜綜萬機。萬機無廢理，明明降疇諮。臣譬列星景，君配朝日暉。事業並通濟，功烈何巍巍。五帝繼三皇，三王世所歸。聖德應期運，天地不能違。仰之彌已高，猶天不可階。將復御龍氏，鳳皇在庭棲。「民」《晉書》作「人」。「虎」作「鬬」。「疇」作「訓」。

天命篇

聖祖受天命，應期輔魏皇。入則綜萬機，出則征四方。朝廷無遺理，方表寧且康。道隆舜臣堯，積德踰大王。孟度阻窮險，造亂天一隅。神兵出不意，奉命致天誅。赦善戮有罪，元惡宗爲虛。威風震勁蜀，武烈慴彊吴。諸葛不知命，肆逆亂天常。擁徒十餘萬，數來寇邊疆。我皇邁神武，秉鉞鎮雍涼。亮乃畏天威，未戰先仆僵。盈虛自然運，時變固多難。東征陵海表，萬里梟賊淵。受遺齊七政，曹爽又滔天。羣凶受誅殛，百禄咸來臻。黄華應福始，王淩爲禍先。「難」《晉書》作「艱」。「秉」作「執」。「賊淵」作「朝鮮」。「淩」作「浚」。

景皇篇

景皇帝，聰明命世生，盛德參天地。帝王道大，創基既已難，繼世亦未易。外則夏侯玄，内則張與李，三兇稱逆，亂帝紀。順天行誅，窮其姦宄。邊將御其漸，潛謀不得起。罪人咸伏辜，威風振萬里。平衡綜萬機，萬機無不理。召陵恒不君，内外何紛紛，衆小便成羣。蒙昧恣心，治亂不分。叡聖獨斷，濟武常以文。從天惟廢立，掃霓披浮雲。雲霓既已闢，清和未幾間。羽檄首尾至，變起東南藩。儉欽爲長蛇，外則憑吴蠻。萬國紛騷擾，戚戚天下懼不安。神武御六軍，我皇秉鉞征。儉欽起壽春，前鋒據項城。出其不意，並縱奇兵。奇兵誠難御，廟勝實難支。兩軍不期遇，敵退計無施。虎騎惟武進，大戰沙陽陂。欽乃亡魂走，奔虜若雲披。天恩赦有罪，東土放鯨鯢。「外則」《晉書》作「外有」。「稱」《書》作「構」。「順」作「從」。「邊」作「遏」。「虎」作「豹」。「恩」作「因」。「放」作「效」。

大晉篇

赫赫大晉，於穆文皇。蕩蕩巍巍，道邁陶唐。世稱三皇五帝，及今重其光。九德克明，文既顯，武又章。恩弘六合，兼濟萬方。内舉元凱，朝政以綱。外簡虎臣，時惟鷹揚。靡順不懷，逆命斯亡。仁配春日，威踰秋霜。濟濟多士，同兹蘭芳。唐虞至治，四凶滔天。致討儉欽，罔不肅虔。化感海外，海外來賓。獻其聲樂，並稱妾臣。西蜀猾夏，僭號方域。命將致討，委國稽服。吴人放命，憑海阻江。飛書告諭，響應來同。先王建萬國，九服爲藩衛。亡秦壞諸侯，享祚不二世。歷代不能復，忽踰五百歲。我皇邁聖德，應期創典制。分土五等，藩國正封界。莘莘文武佐，千秋遘嘉會。洪業溢區内，仁風翔海外。「虎」《晉書》作「武」。「化感海外」作「化感海内」。「享」作「序」。「業」作「澤」。

明君篇

明君御四海，聽鑒盡物情。顧望有譴罰，竭忠身必榮。蘭茝出荒野，萬里升紫庭。茨草穢堂階，掃截不得生。能否莫相蒙，百官正其名。恭己慎有爲，有爲無不成。闇君不自信，羣下執異端。正直罹譖潤，姦臣奪其權。雖欲盡忠誠，結舌不敢言。結舌亦何憚，盡忠爲身患。清流豈不潔，飛塵濁其源。岐路令人迷，未遠勝不還。忠臣立君朝，正色不顧身。邪正不並存，譬若胡與秦。秦胡有合時，邪正各異津。忠臣遇明君，乾乾惟日新。羣目統在綱，衆星拱北辰。設令遭闇主，斥退爲凡民。雖薄共時用，白茅猶可珍。冰霜晝夜結，蘭桂摧爲薪。邪臣多端變，用心何委曲。便僻從情指，動隨君所欲。偷安樂目前，不問清與濁。積僞罔時主，養交以持禄。言行恒相違，難覆甚谿谷。昧死射乾没，覺露則滅族。

「罹譖潤」《晉書》作「羅浸潤」。「秦胡」作「胡秦」。「可珍」作「爲珍」。「從」作「順」。

齊鼙舞曲

明君辭

《南齊書·樂志》曰：漢章帝造《鼙舞歌》，云「關東有賢女」。魏明帝代漢曲云「明明魏皇帝」。傅玄代魏曲作《晉洪業篇》云：「宣文創洪業，盛德存泰始。聖皇應靈符，受命君四海。」今前四句錯綜其辭，從「五帝」至「不可階」六句全玄辭，後二句本云「將復御龍氏，鳳皇在庭棲」，又改易焉。

明君創洪業，盛德在建元。受命君四海，聖皇應靈乾。五帝繼三皇，三皇世所歸。聖德應期運，天地不能違。仰之彌已高，猶天不可階。將復結繩化，静拱天下齊。

聖主曲辭

錯綜傅辭。

聖主受天命，應期則虞唐。升旒綜萬機，端扆馭八方。盈虛自然數，揖讓歸聖明。北化陵河塞，南威越滄溟。廣德齊七政，敷教騰三辰。萬寓必承慶，百福咸來臻。聖皇應福始，昌德洞祐先。

明君辭

首四句亦綜傅辭。

明君御四海，總鑒盡人靈。仰成恩已洽，竭忠身必榮。聖澤洞三靈，德教被八鄉。草木變柯葉，川嶽洞嘉祥。愉樂盛明運，舞蹈升太時。微霜永昌命，軌心長歡怡。

梁鞞舞歌 沈約

《隋書·樂志》曰：梁三朝樂第十七，設《鞞舞》。《唐書·樂志》曰：《明君》，本漢世《鞞舞曲》，梁武帝時改其辭以歌君德。

大梁七百始，天監三元初。聖功澄宇縣，帝德總車書。熙熙億兆臣，其志皆懽愉。刑措甫自今，隆平亦肇兹。神武超楚漢，安用道邠岐。百拜奄來宅，執玉咸在斯。象天則地，體無爲。

禮緝民用擾，樂諧風自移。舜琴中已絶，堯衣今復垂。象天則地，體無爲。
治兵戰六獸，爲邦命九官。靈蛇及瑞羽，分素復銜丹。望就踰軒頊，鏗鏘掩《咸》《濩》。九尾擾成羣，八象鳴相顧。象天則地，化雲布。

右明之君

有爲臣所執，司契君之道。運行乃四時，無言信蒼昊。宸居體沖寂，忘懷定天保。至德同自然，裁成侔玄造。珍祥委天貺，靈物開地寶。窈窕降青琴，參差秀朱草。

同前 周捨

赫矣明之君。我皇邁前古。機靈通日月，聖敬締區宇。淮海無横波，文軌同一土。樂哉太平世，當歌復當舞。

右明之君

聖主應圖籙，天下咸所歸。端扆臨赤縣，宸居法紫微。遐方奉正朔，外户闢重扉。我君延萬壽，福祚長巍巍。

右明主曲

明君班五瑞，就日朝百王。充庭植鷺羽，鈞天奏清商。本支同中嶽，良臣安四方。盛明普日月，兆民樂未央。

右明君曲

鐸舞歌詩

《唐書·樂志》曰：《鐸舞》，漢曲也。《古今樂録》曰：《鐸舞》者，所持也木鐸，制法度以號令天下，故取以爲名。今謂漢世諸舞，鞞、巾二舞是漢事，鐸、拂二舞以象時。

漢鐸舞曲

聖人制禮樂篇 古辭

《古今樂録》曰：古鐸舞曲有《聖人制禮樂》一篇，聲辭雜寫，不復可辨，相傳如此。

昔皇文武邪彌彌舍善誰吾時吾行許帝道銜來治路萬邪治路萬邪赫赫意黄運道吾治路萬邪善道明邪金邪善道明邪金邪帝邪近帝武武邪邪聖皇八音偶邪尊來聖皇八音

及來義邪同邪烏及來義邪善草供國吾咄等邪烏近帝邪武邪近帝武邪武邪應節合用武邪尊邪應節合用酒期義邪同邪酒期義邪善草供國吾咄等邪烏近帝邪武邪近帝武武邪邪下音足木上爲鼓義邪應衆義邪樂邪邪延否已邪烏已禮祥咄等邪烏素女有絶其聖烏烏武邪

晉鐸舞曲 傅玄

雲門篇

《隋書·樂志》曰：鐸舞，傅玄代魏辭云「振鐸鳴金」是也。《古今樂録》曰：魏曲有《太和時》，晉曲有《雲門篇》，傅玄造，以當魏曲，齊因之，梁周捨改其篇。《宋書》載此，亦不云玄作。《晉書·樂志》曰：鐸舞詩二篇，陳于元會。

黄《雲門》，唐《咸池》，虞《韶舞》，夏《夏》殷《濩》。列代有五，振鐸鳴金，延《大武》。清歌發唱，形爲主。聲和八音，協律吕。身不虚動，手不徒舉。應節合度，周其叙。時奏宫角，雜之以徵羽。下饜衆目，上從鐘鼓。樂以移風，與德禮相輔，安有失其所。

齊鐸舞歌

《南齊書·樂志》曰：《鐸舞歌》，傅玄以代魏《太和時》，徵羽，除「下厭衆目，上從鐘鼓」二句。

黄《雲門》，唐《咸池》，虞《韶舞》，夏《夏》殷《濩》。列代有五，振鐸鳴金，延《大武》。清歌發唱，形爲主。聲和八音，協律吕。身不虚動，手不徒舉。應節合度，周期序。時奏宫角，雜之以徵羽。樂以移風，禮相輔，安有出其所。

梁鐸舞曲 周捨

《古今樂録》曰：梁三朝樂第十八，設鐸舞。

《雲門》且莫奏，《咸池》且莫歌。我后興至德，樂頌發中和。白雲紛已隆，萬舞鬱駢羅。功成聖有作，黄唐何足多。

巾舞歌詩

漢巾舞歌詩 古辭

《唐書·樂志》曰：《公莫舞》，晉宋謂之《巾舞》。其説云：漢高祖與項籍會鴻門，項莊舞劍，將殺高祖，項伯亦舞，以袖隔之，且語莊云：公莫害漢王也。漢人德之，故舞用巾以像項伯衣袖之遺式。《宋書·樂志》曰：按《琴操》有《公莫渡河》，其聲所從來已久。俗云項伯，非也。《古今樂録》曰：《巾舞》古有歌辭，訛異不可解。江左以來，有歌舞辭。沈約疑是《公無渡河》曲，今三調中自有《公無渡河》，其聲哀切，故入瑟調，不容以瑟調雜於舞曲。惟《公無渡河》古有歌有弦，無舞也。

吾不見公莫時吾何嬰公來嬰姥時吾哺聲何爲茂時爲來嬰當思吾明月之土轉起吾何嬰土來嬰轉去吾哺聲何爲土轉南來嬰當去吾城上羊下食草吾何嬰下來吾食草吾哺聲汝何三年針縮何來嬰吾亦老吾平平門淫涕下吾何嬰何來嬰涕下吾哺聲昔結吾馬客來嬰吾當行吾度四州洛四海吾何嬰海何來嬰四海吾哺聲熇西馬頭香來嬰吾洛道五河五丈度汲水吾噫邪哺誰當求兒母何意零邪錢健步哺誰當吾求兒母何吾哺聲三針一發交時還弩心意何零意弩心遥來嬰弩心哺聲復相頭巾意何零何邪相哺頭巾相吾來嬰頭巾母何何吾復來推排意何零相哺推相來嬰推非母何吾復車輪意何零子以邪相哺轉輪吾來嬰轉母何吾使君去時意何零子以邪使君去時使來嬰去時母何吾思君去時意何零子以邪思君去時思來嬰吾去時母何何吾吾《宋書》「思」作「思」，「土」作「上」，「海何來嬰」重一句，「五河」作「吾治」。

齊公莫舞辭

《南齊書·樂志》曰：晉《公莫舞歌》二十章，章無定句。前是第一解，後是第十九、二十解。雜有三句，並不可曉解。建武初，明帝奏樂至此曲，言是似永明樂，流涕憶世祖云。

吾不見公莫時吾何嬰公來嬰姥時吾思君去時吾何零子以邪思君去時思來嬰吾去時母那何去吾此即節前古辭

【校勘記】

〔一〕《四庫》本題下有「俞亦作渝」小注。

〔二〕合，《四庫》本作「含」。

古樂苑卷第二十九

舞曲歌辭 雜舞

雜舞二

拂舞歌詩

晉拂舞歌詩

《晉書·樂志》曰：《拂舞》出自江左，舊云吴舞，檢其歌，非吴辭也。亦陳于殿庭。晉曲五篇：一曰《白鳩》，二曰《濟濟》，三曰《獨禄》，四曰《碣石》，五曰《淮南王》。齊多删舊辭，而因其曲名。《古今樂録》曰：梁《拂舞》歌並用晉辭。《樂府解題》曰：除《白鳩》一曲，餘並非吴歌，未知所起。

白鳩篇

《南齊書·樂志》曰：《白符鳩舞》出江南，吴人所造。其歌本云「平平白符，思我君惠，集我金堂」，言白者金行，符合也，鳩亦合也。符鳩雖異，其義是同。《晉書·樂志》曰：晉楊泓舞序云：自到江南，見《白符舞》，或言《白凫鳩舞》，云有此來數十年矣。察其辭旨，乃是吴人患孫皓虐政，思屬晉也。晉辭曰：翩翩白鳩，載飛載鳴。懷我君德，來集君庭。蓋晉人改其本歌云。

翩翩白鳩，載飛載鳴。懷我君德，來集君庭。白雀呈瑞，素羽明鮮。翔庭舞翼，以應仁乾。交交鳴鳩，或丹或黄。樂我君惠，振羽來翔。東壁餘光，魚在江湖。惠而不費，敬我微軀。策我良駟，習我驅馳。與君周旋，樂道亡餘。我心虚静，我志霑濡。彈琴鼓瑟，聊以自娱。凌雲登臺，浮遊太清。扳龍附鳳，目望身輕。「交交」《晉書》作「皎皎」。「亡餘」《晉書》作「忘飢」。「目」《晉書》作「自」，《宋書》作「日」。

濟濟篇

暢飛暢舞氣流芳，追念三五大綺黄。去失有時可行，去來同時此未央。時冉冉，近桑榆，但當飲酒爲歡娱。衰老逝，有何期，多憂耿耿内懷思。淵池廣，魚獨希，願得黄浦衆所依。恩感人，世無比，悲歌且舞無極已。「暢飛暢舞」《晉書》作「暢暢飛舞」。「同時」《晉書》作「時同」。「有何期」作「何有期」。「淵池廣」作「深地廣」。

獨漉篇

獨漉一作獨禄。《南齊書・樂志》曰：古辭《明君曲》後云：「勇安樂無慈，不問清與濁。清與無時濁，邪交與獨禄。」《伎録》曰：「求禄求禄，清白不濁。清白尚可，貪汙殺我。」晉歌爲鹿字，古通用也，疑是風刺之辭。

獨漉獨漉，水深泥濁。泥濁尚可，水深殺我。雍雍雙鴈，遊戲田畔。我欲射鴈，念子孤散。翩翩浮萍，得風摇輕。我心何合，與之同并。空牀低帷，誰知無人。夜衣錦繡，誰别僞真。刀鳴鞘中〔一〕，倚牀無施。父寃不報，欲活何爲。猛虎斑斑，遊戲山間。虎欲齧人，不避豪賢。「獨漉獨漉」《晉書》作「獨獨禄禄」。「虎」《晉書》作「獸」。

碣石篇

《南齊書・樂志》曰：《碣石》，魏武帝辭，晉以爲碣石舞。其歌四章：一曰《觀滄海》，二曰《冬十月》，三曰《土不同》，四曰《龜雖壽》。《樂府解題》曰：《碣石篇》，晉樂奏魏武帝辭。首章言東臨碣石，見滄海之廣，日月出入其中。二章言農功畢，而商賈往來。三章言鄉土不同，人性各異。四章言老驥伏櫪，志在千里。烈士暮年，壯心不已也。按相和大曲《步出夏門行》亦有《碣石篇》，與此並同。

東臨碣石，以觀滄海。水何澹澹，山島竦峙。樹木藂生，百草豐茂。秋風蕭瑟，洪波湧起。日月之行，若出其中。星漢粲爛，若出其裏。幸甚至哉，歌以詠志。

右觀滄海

孟冬十月，北風徘徊。天氣肅清，繁霜霏霏。鵾鷄晨鳴，鴈過南飛。鷙鳥潛藏，熊羆窟棲。錢鎛停置，農收積場。逆旅整設，以通賈商。幸甚至哉，歌以詠志。「錢」《晉書》作「耨」。「鎛」一作「鑮」。

右冬十月

鄉土不同，河朔隆寒。流澌浮漂，舟船行難。錐不入地，豐藾深奥，水竭不流，冰堅可蹈。士隱者貧，勇俠輕非。心常歎怨，戚戚多悲。幸甚至哉，歌以詠志。

右土不同

神龜雖壽，猶有竟時。騰虵乘霧，終爲土灰。老驥伏櫪，志在千里。烈士暮年，壯心不已。盈縮之期，不但在天。養怡之福，可得永年。幸甚至哉，歌以詠志。

右龜雖壽

淮南王篇

崔豹《古今注》曰：《淮南王》，淮南小山之所作也。淮南王服食求仙，遍禮方士，遂與八公相攜俱去，莫知所往。小山之徒，思戀不已，乃作《淮南王曲》焉。班固《漢武帝故事》曰：淮南王安好神仙，招方術之士，能爲雲雨。百姓傳云：「淮南王，得天子，壽無極。」帝心惡之，使覘王，云能致仙人，與共遊處，變化無常，又能隱形飛行，服氣不食。帝聞而喜，欲受其道，王不肯傳。帝怒，將誅焉。王知之，出令與羣臣，因不知所之。《樂府解題》曰：古辭「淮南王，自言尊」，實言安仙去。

淮南王，自言尊。百尺高樓與天連，後園鑿井銀作牀，金瓶素綆汲寒漿。汲寒漿，飲少年。少年窈窕何能賢，揚聲悲歌音絶天。我欲渡河河無梁，願化雙黄鵠，還故鄉。還故鄉，入故里。裴徊故鄉，苦身不已。繁舞寄聲無不泰，徘徊桑梓遊天外。「化」《晉書》作「作」。「寄聲」作「奇歌」。齊《拂舞》第五曲用之，而删其半。

齊拂舞歌

白鳩辭

晉《白鳩舞歌》七解，齊樂所奏，是最前一解。

翩翩白鳩，再飛再鳴。懷我君德，來集君庭。

濟濟辭

《南齊書・樂志》曰：晉《濟濟舞歌》六解，齊樂所奏，是最後一解。按《晉書・樂志》是最前一解，疑《齊書》之誤。

暢飛暢舞氣流芳，追念三五大綺黄。

獨禄辭

《南齊書・樂志》曰：晉《獨漉歌》六解，齊樂所奏，是最前一解。

獨禄獨禄，水深泥濁。泥濁尚可，水深殺我。

碣石辭

《南齊書・樂志》曰：晉《碣石舞歌》四章，齊樂所奏，是前一章。

東臨碣石，以觀滄海。水何淡淡，山島竦峙。樹木叢生，百草豐茂。秋風蕭瑟，洪波湧起。日月之行，若出其中。星漢粲爛，若出其裹。幸甚至哉，歌以言志。

淮南王辭

《南齊書·樂志》曰：晉《淮南王舞歌》六解，齊樂所奏，前是第一解，後是第五解。

淮南王，自言尊，百尺高樓與天連。我欲渡河河無梁，願作雙黄鵠，還故鄉。

梁拂舞歌

《古今樂録》曰：梁三朝樂第十九，設拂舞。此歌删晉《白鳩篇》，而改「曖曖鳴球」一句。

翩翩白鳩，再飛再鳴。懷吾君德，來集君庭。曖曖鳴球，或丹或黄。樂我君恩，振羽來翔。

雜擬 臨碣石 沈約

碣石送返潮，登罘禮朝日。溟漲無端倪，山島玄崇崒。驥老心未窮，酬恩豈終畢。

小臨海 劉孝威

碣石望山海，留連降尊極。秦帝枉鈎陳，漢家增禮秩。石橋終不成，桑田竟難測。蜃氣遠生樓，鮫人近潛織。空勞帝女填，詎動波神色。

淮南王　宋鮑照

「朱門」以下《玉臺》别作一首。

淮南王，好長生，服食鍊氣讀仙經。琉璃作椀牙作盤，金鼎玉匕合神丹。合神丹，戲紫房，紫房綵女弄明璫，鸞歌鳳舞斷君腸。朱門九重門九閨，願逐明月入君懷。入君懷，結君佩，怨君恨君恃君愛。築城思堅劒思利，同盛同衰莫相棄。「朱門」一作「朱城」。

白紵舞歌詩

《宋書·樂志》曰：《白紵舞》，按舞辭有巾袍之言。紵本吴地所出，宜是吴舞也。晉俳歌云：皎皎白緒，節節爲雙。吴音呼緒爲紵，疑白緒即白紵也。《南齊書·樂志》曰：《白紵歌》，周處《風土記》云：吴黄龍中童謡云：行白者君，追汝句驪馬。後孫權征公孫淵，浮海乘舶，舶白也。今歌和聲猶云行白紵焉。《樂府解題》曰：古詞盛稱舞者之美，宜及芳時爲樂。其譽白紵曰：質如輕雲色如銀，製以爲袍餘作巾，袍以光軀巾拂塵。《唐書·樂志》曰：梁武帝令沈約改其辭，爲《四時白紵歌》，今中原有《白紵曲》，辭旨與此全殊。按引《風土記》童謡，與此無謂。

晉白紵舞歌詩 三首

輕軀徐起何洋洋，高舉兩手白鵠翔。宛若龍轉乍低昂，凝停善睞容儀光。如推若引留且行，隨世而變誠無方。舞以盡神安可忘，晉世方昌樂未央。質如輕雲色如銀，愛之遺誰贈佳人。制以爲袍餘作巾，袍以光軀巾拂塵。麗服在御會嘉賓，醪醴盈樽美且淳。清歌徐舞降祇神，四座歡樂胡可陳。

雙袂齊舉鸞鳳翔，羅裾飄飖昭儀光。趨步生姿進流芳，鳴弦清歌及三陽。人生世間如電過，樂時每少苦日多。幸及良辰耀春華，齊倡獻舞趙女歌。羲和馳景逝不停，春露未晞嚴霜零。百草凋索花落英，蟋蟀吟牖寒蟬鳴。百年之命忽若傾，蚤知迅速秉燭行。東造扶桑遊紫庭，西至崑崙戲曾城。

陽春白日風花香，趨步鳴玉舞瑶璫。聲發金石媚笙簧，羅袿徐轉紅袖揚。清歌流響繞鳳梁，如矜若思凝且翔。轉眄遺精艷輝光，將流將引雙雁行。歡來何晚意何長，明君御世永歌昌。

宋白紵舞歌詩

《宋書·樂志》曰：《白紵舞歌詩》，舊新合三篇。二篇與晉辭同，其一稍互。

高舉兩手白鵠翔，輕軀徐起何洋洋。凝停善睞容儀光，宛若龍轉乍低昂。隨世而變誠無方，如推若引留且行。宋世方昌樂未央，舞以盡神安可忘。愛之遺誰贈佳人，質如輕雲色如銀。袍以光軀巾拂塵，制以爲袍餘作巾。四座歡樂胡可陳，清歌徐舞降祇神。

同前 南平王鑠

僊僊徐動何盈盈，玉腕俱凝若雲行。佳人舉袖耀青蛾，摻摻擢手映鮮羅。狀似明月泛雲河，體如輕風動流波。「耀」一作「輝」。

同前 鮑照

六首。

啓曰：侍郎臣鮑照啓：被教作《白紵舞歌辭》，謹竭庸陋，裁爲四曲，附啓上呈。識方澳悴，思塗猥局。言既無雅，聲未能文，不足以宣贊聖旨，抽拔妙實。謹遣簡餘，慙隨悚盈。謹啓。

吴刀楚製爲佩褘，纖羅霧縠垂羽衣。含商咀徵歌露晞，珠履颯沓紈袖飛。凄風夏起素雲迴，車怠馬煩客忘歸。蘭膏明燭承夜輝。「履」一作「屣」。

桂宫柏寢擬天居，朱爵文牕韜綺疏。象牀瑶席鎮犀渠，雕屏鉛匝組帳舒。秦筝趙瑟挾笙竽，垂璫散珮盈玉除。停觴不御欲誰須。「鉿」一作「匳」。「帳」一作「帷」。「珮」一作「綬」。「御」一作「語」。

三星參差露沾濕，弦悲管清月將入。寒光蕭條候蟲急，荆王流歎楚妃泣。紅顏難長時易戢，凝華結藻久延立。非君之故豈安集。「藻」一作「綵」。

池中赤鯉庖所捐，琴高乘去騰上天。命逢福世丁溢恩，簪金藉綺升曲筵。思君厚德委如山，潔誠洗志期暮年。烏白馬角寧足言。「騰」一作「飛」。「命逢福世」一作「徼命逢福」。「思君厚德」一作「恩厚德深」。

朱唇動，素腕舉，洛陽少童邯鄲女。古稱渌水今白紵，催弦急管爲君舞。窮秋九月荷葉黄，北風驅鴈天雨霜。夜長酒多樂未央。「腕」一作「袖」。「童」一作「年」。

春風澹蕩俠思多，天色净緑氣妍和。含桃紅萼蘭紫牙，朝日灼爍發園花。卷幌結帷羅玉筵，齊謳秦吹盧女弦。千金顧笑買芳年。「蘭」一作「連」。

同前 湯惠休

二首。

琴瑟未調心已悲，任羅勝綺彊自持。忍思一舞望所思，將轉未轉恒如疑。桃花水上春風出，舞袖逶迤鸞照日。徘徊鶴轉情艷逸，君爲迎歌心如一。

少年窈窕舞君前，容華艷艷將欲然。爲君嬌凝復遷延，流目送笑不敢言。長袖拂面心自煎，願君流光及盛年。

齊白紵舞辭 王儉

五曲。即晉辭末首。

陽春白日風花香，趨步明月舞瑶裳。
情發金石媚笙簧，羅袿徐轉紅袖揚。
清歌流響繞鳳梁，如驚若思凝且翔。
轉眄流精艷輝光，將流將引雙鴈行。一作「雙度行」。
歡來何晚意何長，明君馭世永歌昌。

梁白紵辭 武帝

《古今樂録》曰：梁三朝樂第二十設《巾舞》并《白紵》，蓋《巾舞》以《白紵》四解送也。二首。

《藝文》作簡文帝，今從《玉臺》。

朱絲玉柱羅象筵，飛琯促節舞少年。短歌流目未肯前，含笑一轉私自憐。

纖腰嫋嫋不任衣，嬌怨獨立特爲誰。赴曲君前未忍歸，上聲急調中心飛。

同前 張率

九首。

歌兒流唱聲欲清，舞女趁節體自輕。歌舞並妙會人情，依弦度曲婉盈盈。揚蛾爲態誰目成。「依」一作「調」。

妙聲屢唱輕體飛，流津染面散芳菲。俱動齊息不相違，令彼嘉客澹忘歸。時久翫夜明星稀。

日暮搴門望所思，風吹庭樹月入帷。涼陰既滿草蟲悲，誰能離別長夜時。流歎不寢淚如絲，與君之別終何知。「知」一作「如」。

秋風鳴條露垂葉，空閨光盡坐愁妾，獨向長夜淚承睫。山高水深路難涉，望君光景何時接。「鳴」一作「蕭」。「獨向長夜」一作「獨問長安」。

遥夜方遠時既寒，秋風蕭瑟白露團。佳期不待歲欲闌，念此遲暮獨無歡。鳴弦流管增長歎。

夜寒湛湛夜未央，華燈空爛月懸光。從風衣起發芬香，爲君起舞幸不忘。

列坐華筵紛羽爵，清曲未終月將落。歌舞及時酒常酌，無令朝露坐銷鑠。

愁來夜遲猶歎息，撫枕思君終反仄。金翠釵環稍不飾，霧縠流黄不能織。但坐空閨思何極，欲以短書寄飛翼。「來」一作「多」。遥夜忘寐起長歎，但望雲中雙飛翰。明月入牖風吹幔，終夜悠悠坐申旦。誰能知我心中亂，終然有懷歲方晏。

四時白紵歌

《古今樂録》曰：沈約云：《白紵》五章，敕臣約造。武帝造後兩句。

春白紵 沈約下同

蘭葉參差桃半紅，飛芳舞縠戲春風。如嬌如怨狀不同，含笑流盼滿堂中。翡翠羣飛飛不息，願在雲間長比翼。佩服瑶草駐容色，舜日堯年懽無極。

夏白紵

《英華》作梁武帝。

朱光灼爍照佳人，含情送意遥相親。嫣然一轉亂心神，非子之故欲誰因。翡翠羣飛飛不息，願在雲間長比翼。佩服瑶草駐容色，舜日堯年懽無極。「一」一作「宛」。

秋白紵

白露欲凝草已黄，金瑄玉柱響洞房。雙心一意俱徊翔，吐情寄君君莫忘。翡翠羣飛飛不息，願在雲間長比翼。佩服瑶草駐容色，舜日堯年懽無極。

冬白紵

寒閨晝寢羅幌垂，婉容麗色心相知。雙去雙還誓不移，長袖拂面爲君施。翡翠羣飛飛不息，願在雲間長比翼。佩服瑶草駐容色，舜日堯年懽無極。

夜白紵

秦箏齊瑟燕趙女，一朝得意心相許。明月如規方襲予，夜長未央歌白紵。翡翠羣飛飛不息，願在雲間長比翼。佩服瑶草駐容色，舜日堯年歡無極。

隋四時白紵歌

東宫春 隋煬帝下同

洛陽城邊朝日暉，天淵池前春燕歸。含露桃花開未飛，臨風楊柳自依依。小苑花紅洛水緑，清歌宛轉繁弦促。長袖逶迤動珠玉，千年萬歲陽春曲。

江都夏

梅黄雨細麥秋輕，楓樹蕭蕭江水平。飛樓倚觀軒若驚，花簟羅幃當夏清。菱潭落日雙凫舫，綠水紅粧兩摇漾。還似浮桑碧海上，誰肯空歌採蓮唱。「梅黄」一作「黄梅」。「夏」一作「夜」。「誰」一作「詎」。

江都夏　虞茂下同

長洲茂苑朝夕池，映日含風結細漪。坐當伏檻紅蓮披，雕軒洞户青蘋吹。輕幌芳煙鬱金馥，綺簷花簟桃李枝。蘭苕翡翠但相逐，桂樹鴛鴦恒並宿。

長安秋

露寒臺前曉露清，昆明池水秋色明。摇環動珮出曾城，鵾弦鳳管奏新聲。上林蒲桃合縹緲，甘泉奇樹尚葱青。玉人當歌理清曲，偼伃恩情斷還續。

杯槃舞歌詩

《宋書・樂志》曰：《槃舞》，漢曲也。張衡《舞賦》云：歷七槃而縱躡。王粲《七釋》云：七槃陳於廣庭。顔延之云：遞間關於槃扇。鮑照云：七槃起長袖。皆以七槃爲舞也。

晉杯槃舞歌詩

《搜神記》曰：晉太康中，天下爲《晉世寧舞》，矜手以接杯槃而反覆之。此則漢世唯有柈舞，而晉加之以杯，反覆也。《五行志》曰：其歌云「晉世寧，舞杯槃」，言接杯槃於手上而反覆之，至危也。杯槃者，酒食之器也。而名曰晉世寧者，言晉世之士偷苟於酒食之間，而其知不及遠。晉世之寧，猶杯槃之在手也。《唐書·樂志》曰：漢有《槃舞》，晉世謂之《杯槃舞》。樂府詩云「妍袖陵七槃」，言舞用盤七枚也。

晉世寧，四海平，普天安樂永大寧。四海安，天下歡，樂治興隆舞杯槃。舞杯槃，何翩翩，舉坐翻覆壽萬年。天與日，終與一，左回右轉不相失。筝笛悲，酒舞疲，心中慷慨可健兒。樽酒甘，絲竹清，願令諸君醉復醒。醉復醒，時合同，四坐歡樂皆言工。絲竹音，可不聽，亦舞此槃左右輕。自相當，合坐歡樂人命長。人命長，當結友，千秋萬歲皆老壽。

齊世昌辭

《南齊書·樂志》曰：晉《杯槃舞歌》十解，第三解云「舞杯槃，何翩翩，舉坐反覆壽萬年」，其第一解首句云「晉世寧」，宋改爲「宋世寧」。惡其杯槃翻覆辭，不復取。齊改爲《齊世昌》，後一解辭同。《唐書·樂志》曰：梁謂之舞槃伎。《隋書·樂志》曰：梁三朝樂第二十一，設舞槃伎。

齊世昌，四海安，樂齊太平人命長。當結友，千秋萬歲皆老壽。

宋泰始歌舞曲辭

《古今樂録》曰：《宋泰始歌舞》十二曲。一曰《皇業頌》，二曰《聖祖頌》，三曰《明君大雅》，四曰《通國風》，五曰《天符頌》，六曰《明德頌》，七曰《帝圖頌》，八曰《龍躍大雅》，九曰《淮祥風》，十曰《宋世大雅》，十一曰《治兵大雅》，十二曰《白紵篇大雅》。

皇業頌 明帝下同

此歌自堯至楚元王高祖，世載聖德。

皇業沿德建，帝運資勳融。胤唐重盛軌，胄楚載休風。堯帝兆深祥，元王衍遐慶。積善傳上業，胙福啓聖聖。衰數隨金禄，登曆昌永命。維宋垂光烈，世美流舞咏。「融」一作「庸」。「聖聖」一作「英聖」。

聖祖頌

聖祖維高德，積勳代晉曆。永建享鴻基，萬古盛音册。叡文纘宸馭，廣運崇帝聲。衍德被仁祉，留化洽民靈。孝建締孝業，允協天人謀。宇内齊政軌，宙表燭威流。鐘管騰列聖，彝銘賁重猷。

明君大雅 虞龢

明君應乾數，撥亂紐頽基。民慶來蘇日，國頌薰風詩。天步或暫艱，列蕃扇迷慝。廟勝敷九伐，神謨洞七德。文教洗昏俗，武誼清祲埏。英勳冠帝則，萬壽永齊天。「齊」《宋書》作「衍」。

通國風 明帝下同

開寶業，資賢昌。謨明盛，弼諧光。烈武惟略，景王勳。南康華容，變政文。猛績爰著，有左軍。三王到氏，文武贊。丞相作輔，屬伊旦。沈柳宗侯，皆殄亂。泰始開運，超百王。司徒驃騎，勳德康。江安謨效，殷誠彰。劉沈承規，功名揚。慶歸我后，胙無疆。「業」《宋書》作「國」。「謨效」作「謀效」。

天符頌

天符革運，世誕英皇。在館神炫，既壯龍驤。六鍾集表，四緯騈光。於穆配天，永休厥祥。

明德頌

明德孚教，幽符麗紀。山鼎見奇，醴液涵祉。鵷雛耀儀，騶虞遊趾。福延億胙，慶流萬祀。

帝圖頌

帝圖凝遠，瑞美昭宣。濟流月鏡，鹿毳霜鮮。甘露降和，花雪表年。孝德載衍，芳風永傳。

龍躍大雅 豫章王

龍躍戎府，王耀蕃宫。歲淹豫野，璽屬嬪中。江波澈映，石柏開文。觀毓花蕊，樓凝景雲。白烏三獲，甘液再呈。嘉禨表沃，連理協成。德充動物，道積通神。宋業允大，靈瑞方臻。

「戎府」《宋書》作「式符」。

淮祥風 北都尉

淮祥應，賢彦生。翼贊中興致太平。

宋世大雅 虞龢

宋世寧，在泰始。醉酒歡，飽德喜。萬國朝，上壽酒。帝同天，惟長久。

治兵大雅 明帝下同

王命治兵，有征無戰。巾拂以淨，醜類革面。王儀振旅，載戢在辰。中虚巾拂，四表静塵。

白紵篇大雅

在心曰志發言詩，聲成于文被管絲。手舞足蹈欣泰時，移風易俗王化基。琴角揮韻白雲舒，簫韶協音神鳳來。拊擊和節詠在初，章曲乍畢情有餘。文同軌一道德行，國靖民和禮樂成。四縣庭響美勳英，八列陛唱貴人聲。舞飾麗華樂容工，羅裳皎日袂隨風。金翠列輝蕙麝豐，淑姿委體允帝衷。「皎」一作「映」。「委」一作「秀」。

齊明王歌辭 王融

《齊明王歌辭》七曲，王融應司徒教而作也。一曰《明王曲》，二曰《聖君曲》，三曰《淥水曲》，四曰《採菱曲》，五曰《清楚引》，六曰《長歌引》，七曰《散曲》。

明王曲

一曲二解。

明王日月照，至樂天地和。幸息雲門吹，復歇咸池歌。桂序金匏轉，瑶軒絲石羅。朱騏步躑躅，玄鶴舞蹉跎。露凝嘉草秀，煙度醴泉波。皇基方萬祀，齊民樂如何。「序」一作「房」。

聖君曲

一曲三解。

聖君應昌曆，景祚啓休期。龍樓神睿道，兔園仁義基。海蕩萬川集，山崖百草滋。盤苗成萃止，渝鉥異來思。清明動離軫，威惠被殊辭。大哉君爲后，何羡唐虞時。「惠」一作「懷」。

渌水曲

一曲三解。

湛露改寒司，交鶯變春旭。瓊樹落晨紅，瑶塘水初渌。日霽沙溆明，風泉動華燭。遵渚汎蘭觴，乘漪弄清曲。斗酒千金輕，寸陰百年促。何用盡歡娱，王度式如玉。「動」一作「暗」。「弄」一作「舞」。

採菱曲

一曲三解。

炎光銷玉殿，涼風吹鳳樓。雕輜傃平隰，朱櫂泊安流。金華粧翠羽，鷁首畫飛舟。荆姬採菱曲，越女江南謳。騰聲翻葉静，發響谷雲浮。良時時一遇，佳人難再求。「雕輜」一作「青輅」。「飛」一作「龍」。「發」一作「散」。

清楚引

一曲三解。

平原數千里，飛觀鬱岧岧。清月冏將曙，浩露零中宵。轉葉渡沙海，别羽自冰遼。四面涌寒色，左右竟嚴飈。峭漽多榛梗，京索久塵苗。逝將憑神武，奮劒盪遺妖。「涌」一作「通」。

長歌引

一曲三解。

周雅聽休明，齊德覯升平。紫煙四時合，黄河萬里清。翠柳蔭通街，朱闕臨高城。方轂雷塵起，接袖風雲生。酣笑争日夕，絲管牙逢迎。徂年無促慮，長歌有餘聲。「牙」疑作「互」。

散曲

一曲三解。

金枝湛明燎，繡幕裂芳然。層閨横緑綺，曠席緬朱纏。楚調廣陵散，瑟柱秋風弦。輕裙中山麗，長袖邯鄲妍。徐歌駐行景，迅節簫浮煙。言願聖明主，永永萬斯年。

散樂附

《周禮》曰：旄人教舞散樂。鄭康成云：散樂，野人爲樂之善者，若今黄門倡。即《漢書》所謂黄門名倡丙彊、景武之屬是也。漢有黄門鼓吹，天子所以宴羣臣，然則雅樂之外，又有宴私之樂焉。《唐書·樂志》：散樂者，非部伍之聲，俳優歌舞雜奏。秦漢已來，又有雜伎，其變非一，名爲百戲，亦總謂之散樂，自是歷代相承有之。

俳歌辭 古辭

一曰《侏儒導》，自古有之，蓋倡優戲也。《説文》曰：俳，戲也。《穀梁》曰：魯定公會齊侯于夾谷，罷會，齊人使優施舞於魯君之幕下。范甯云：優俳，施其名也。《樂記》：子夏對魏文侯問曰：新樂進俯退俯，俳優侏儒獿雜子女。王肅云：俳優，短人也。則其所從來亦遠矣。《南齊書·樂志》曰：《侏儒導》，舞人自歌之。古辭俳歌八曲，前一篇二十二句，今侏儒所歌，摘取之也。《古今樂録》：梁三朝樂第十六，設俳伎。伎兒以青布囊盛竹篋，貯兩踒子，負束寫地歌舞。小兒二人，提沓踒子頭，讀俳云：見俳不語，言俳澀所。俳作一起，四坐敬止。馬無懸蹄，牛無上齒，駱駝無角，奮迅兩耳。半折薦博，四角恭跱。《隋書·樂志》曰：魏晉故事，有《侏儒導引》。隋文帝以非正典，罷之。

俳不言不語，呼俳噏所。俳適一起，狼率不止。生拔牛角，摩斷膚耳。馬無懸蹄，牛無上齒。駱駝無角，奮迅兩耳。

宋鳳皇銜書伎辭

《隋書·樂志》曰：鳳皇銜書伎，自宋、齊已來有之，三朝用之。《南齊書·樂志》曰：蓋魚龍之流也。元會日，侍中於殿前跪取其書，以授舍人，舍人受書，升殿跪奏，宋世有辭。齊初，詔江淹改造。至梁武帝普通中，下詔罷之。

大宋興隆膺靈符，鳳鳥感和銜素書。嘉樂之美通玄虛，惟新濟濟邁唐虞。巍巍蕩蕩道有餘。

齊鳳皇銜書伎辭 江淹

皇齊啓運從瑶璣，靈鳳銜書集紫微。和樂既洽神所依，超商卷夏耀英輝。永世壽昌聲華飛。

【校勘記】

〔一〕鞘，原作「箾」，據《四庫》本改。

古樂苑卷第三十

琴曲歌辭

琴者，先王所以脩身、理性、禁邪、防淫者也。是故君子無故不去其身。《唐書·樂志》曰：琴，禁也。夏至之音，陰氣初動，禁物之淫心也。《世本》曰：琴，神農所造。《廣雅》曰：伏羲造琴，長七尺二寸，而有五弦。揚雄《琴清英》曰：舜彈五弦之琴而天下化。《琴操》曰：琴長三尺六寸六分，象三百六十日。廣六寸，象六合也。文上曰池，池水也，言其平。下曰濱，濱賓也，言其服也。前廣後狹，尊卑象也。上圓下方，法天地也。五弦象五行也。文王、武王加二弦，以合君臣之恩。《古今樂録》曰：今稱二弦爲文武弦是也。應劭《風俗通》曰：七弦法七星也。《三禮圖》曰：琴第一弦爲宫，次弦爲商，次爲角，次爲羽，次爲徵，次爲少宫，次爲少商。桓譚《新論》曰：今琴四尺五寸，法四時五行也。崔豹《古今注》曰：蔡邕益琴爲九弦。二弦大，次三弦小，次四弦尤小。梁元帝《纂要》曰：古琴名有清角，黄帝之琴也。鳴鹿、循況、濫脅、號鍾、自鳴、空中，皆齊桓公琴也。繞梁，楚莊王琴也。緑綺，司馬相如琴也。焦尾，蔡邕琴也。鳳皇，趙飛燕琴也。自伏羲制作之後，有匏巴、師文、師襄、成連、伯牙、方子春、鍾子期皆善鼓琴。而其曲有暢、有操、有引、有弄。《琴論》曰：和樂而作命之曰暢，言達則兼濟天下，而美暢其道也。憂愁而作命之曰操，言窮則獨善其身，而不失其操也。引者進德修業，申達之名也。弄者情性和暢，寬泰之名也。其後西漢時有慶安世者，爲成帝侍郎，善爲《雙鳳》《離鸞》之曲；齊人劉道彊，能作《單鳧》《寡鶴》之弄；趙飛燕亦善爲《歸風送遠》之操，皆妙絶當時，見稱後世。若夫心意感發，聲調諧應，大弦寬和而温，小弦清廉而不亂，攫之深，醳之愉，斯爲盡善矣。古琴曲有五曲、九引、十二操。五曲一曰《鹿鳴》，二曰《伐檀》，三曰《騶虞》，四曰《鵲巢》，五曰《白駒》。九引一曰《列女引》，二曰《伯妃引》，三曰《貞女引》，四曰《思歸引》，五曰《霹靂引》，六曰《走馬引》，七曰《箜篌引》，八曰《琴引》，九曰《楚引》。十二操一曰《將歸操》，二曰《猗蘭操》，三曰《龜山操》，四曰《越裳操》，五曰《拘幽操》，六曰《岐山操》，七曰《履霜操》，八曰《朝飛操》，九曰《别鶴操》，十曰《殘形操》，十一曰《水仙操》，十二曰《襄陵操》。自是已後，作者相繼，而其義與其所起略可考而知，故不復備論。

右郭氏《樂府》序也。按《樂府解題》曰：《琴操》紀事，好與本傳相違，存之者以廣異聞也。《風雅逸篇》曰：《琴操》一書，載堯、舜、文、武、孔子之辭猶謬，知者可一覽而悟也。然其辭猶效古而僞撰者，亦出魏晉人之手，相傳既久，姑録之。今所具列，仍復傳疑。至如篇次，各依世序，惟本曲所繇起，云其本爲琴歌而不入琴操者，如扈子《窮劫》之曲、處女鼓琴歌、子桑琴歌、相和歌、秦琴女歌、百里妻琴歌、杞梁妻琴歌，並附于内。又按嵇康《琴賦》有云東武、太山、王昭、楚妃，注引魏武帝《東武吟》、曹植《太山梁甫吟》、石崇《楚妃歎》，則此類亦皆琴曲也，樂府各有分屬。他如蔡邕《釋誨》中胡老援琴而歌、嵇康《琴賦》中歌之類，並設爲之辭，本非琴曲，不録。

唐虞至西楚

神人暢 唐堯

《古今樂録》曰：堯郊天地，祭神，座上有響，誨堯曰：水方至，爲害命，子救之。堯乃作歌。謝希逸《琴論》曰：《神人暢》，堯帝所作。堯彈琴，感神人現，故制此弄。按嵇康《琴賦》云：雅咏唐堯。注引《七略》：《雅暢》第十七曰琴道，曰堯暢，逸。又曰：堯則兼善天下，無不通暢，故謂之暢。咏與暢同也。

清廟穆兮承予宗。百僚肅兮于寢堂，醊禱進福求年豐。有譶在坐，敕予爲害在玄中。欽哉皓天德不隆，承命任禹寫中宫。堂，徒紅切。吴才老韻引楊諫議銘：「太尉在漢，四世以公。於陵正直，僕射於唐。」唐可叶公，則堂亦當爲此叶。譶，古嚮字。「害」一本作「害」。「中宫」一作「東宫」。

思親操 虞舜

《古今樂録》曰：舜遊歷山，見鳥飛，思親而作此歌。謝希逸《琴論》曰：舜作《思親操》，孝之生也。

陟彼歷山兮崔嵬，有鳥翔兮高飛。瞻彼鳩兮徘徊，河水洋洋兮青泠。深谷鳥鳴兮嚶嚶，設罝張罝兮思我父母力耕。日與月兮往如馳，父母遠兮吾當安歸。「設罝張罝」一作「設罝張罝」。「當」一作「將」。

南風歌 虞舜

二首。後首《琴操》作《南風操》。《孔子家語》曰：舜彈五弦之琴，歌《南風》之詩。《史記·樂書》曰：舜歌《南風》而天下治。《南風》者，生長之音也。舜樂好之，樂與天地同意，得萬國之驩心，故天下治也。《玉海》逸詩。

南風之薰兮，可以解吾民之愠兮。南風之時兮，可以阜吾民之財兮。「愠」叶平聲。「財」叶前西反。

南風操

反彼三山兮，商嶽嵯峨。天降五老兮，迎我來歌。有黄龍兮，自出于河。負書圖兮，委蛇羅沙。案圖觀讖兮，閔天嗟嗟。擊石拊韶兮，淪幽洞微。鳥獸蹌蹌兮，鳳皇來儀。凱風自南兮，喟其增悲。

襄陵操　夏禹

一曰《禹上會稽》。《書》曰：湯湯洪水，方割蕩蕩，懷山襄陵，浩浩滔天。《古今樂録》曰：禹治洪水，上會稽山，顧而作此歌。謝希逸《琴論》曰：夏禹治水而作《襄陵操》。《琴集》曰：《禹上會稽》，夏禹東巡狩所作也。

嗚呼！洪水滔天，下民愁悲，上帝愈咨。三過吾門不入，父子道衰。嗟嗟，不欲煩下民。古音「黎」。

箕子操　殷箕子

一曰《箕子吟》。《史記》曰：紂始爲象箸，箕子歎曰：彼爲象箸，必爲玉杯。爲玉杯，則必思遠方珍怪之物而御之矣。輿馬宫室之漸自此始，不可振也。紂爲淫泆，箕子諫不聽，人或曰：可以去矣。箕子曰：爲人臣諫不聽而去，是彰君之惡而自説于民，吾不忍爲也。乃披髮佯狂而爲奴，遂隱而鼓琴以自悲，故傳之曰《箕子操》。《古今樂録》曰：紂時箕子佯狂，痛宗廟之爲墟，乃作此歌，後傳以爲操。《琴集》曰：《箕子吟》，箕子自作也。按其辭「紂爲無道殺比干」，紂乃商辛之謚，《史記》云：天下謂之紂，亦自其後言之耳。且漆身負石，皆近申屠、豫讓事，疑或後人傅會也。

嗟嗟，紂爲無道殺比干。嗟重復嗟獨奈何！漆身爲厲，被髮以佯狂，今奈宗廟何！天乎天哉！欲負石自投河。嗟復嗟，奈社稷何！

傷殷操 殷微子

《琴集》曰：《傷殷操》，微子所作也。《尚書大傳》曰：微子將朝周，過殷之故墟，見麥秀之蔪蔪，黍禾之蠅蠅也，曰：此故父母之國，宗廟社稷之亡也。志動心悲，欲哭則爲朝周，欲泣則近婦人，推而廣之作雅聲，即此操也。亦謂之《麥秀歌》。《史記·箕子世家》曰：箕子朝周，過故殷墟，感宫室毁壞，生禾黍，乃作《麥秀》之詩，以歌詠之。彼所謂狡童者，紂也。《學齋佔畢》曰：《史記》與《尚書大傳》所載之歌，只差末句一字，惟《書》序與歌「蔪蔪」「蠅蠅」字不同。宋玉《笛賦》、枚乘《七發》皆旨「麥秀蔪兮」。注：麥芒也。但《史記》以爲箕子，而《書傳》以爲微子，且稱父母之國，尤爲有理，不知司馬何所據而與牴牾耶？按嵇康《琴賦》云：終詠微子。注引《七略》，微子傷殷之將亡，終不可奈何，見鴻鵠高飛，援琴作操。則又自有微子操矣。

麥秀漸漸兮，禾黍油油。彼狡童兮，不我好仇。《尚書大傳》。

麥秀漸漸兮，禾黍油油。彼狡童兮，不與我好兮。《史記》。「油」古音又。「好」叶許候反。

採薇操 殷伯夷

《琴集》曰：《採薇操》，伯夷所作也。《史記》曰：武王克殷，伯夷、叔齊耻之，不食周粟，隱於首陽山，採薇而食之。及餓且死，乃作歌，因傳以爲操。《樂府解題》曰：《採薇操》，亦曰《晨遊高舉》。按《史記》歌辭與《琴集》小異。

登彼高山，言採其薇。以亂易暴，不知其非。神農虞夏，忽焉没兮。我適安歸？《琴集》

登彼西山兮，采其薇矣。以暴易暴兮，不知其非矣。神農虞夏，忽焉没兮，我安適歸矣。于嗟徂兮，命之衰矣。《史記》

岐山操 周太王

《琴苑要録》曰：《岐山操》者，周太王之所作也。太王居邠，狄人攻之，事之以珠玉犬馬皮幣，狄侵不止。問其所欲得，土地也。太王曰：土地所以養萬民也。吾不争所用養而害吾所養。遂策杖而去之，踰梁山而邑乎岐山。喟然歎息，援琴而鼓之。

狄戎侵兮土地遷，移邦邑適於岐山。烝民不憂兮誰者知？嗟嗟奈何兮予命遭斯。

拘幽操 周文王

一曰《文王哀羑里》。《琴操》曰：《拘幽操》，文王拘於羑里而作也。文王脩德，百姓親附。崇侯虎嫉之，譖於紂曰：西伯昌，聖人也。長子發、中子旦皆聖人也。三聖合謀，君其慮之。乃囚文王於羑里，將殺之。於是文王四臣太顛、閎夭、散宜生、南宮适之徒得美女、大貝、白馬朱鬣以獻於紂〔一〕，紂遂出西伯。文王在羑里，乃申憤而作歌云。《兩山墨録》曰：此操見《通鑑外紀》，詳其辭意，怨誹淺激，非文王語也。

殷道溷溷，浸濁煩兮。朱紫相合，不別分兮。迷亂聲色，信讒言兮。炎炎之虐，使我愆兮。幽閉牢穽，由其言兮。遘我四人，憂勤勤兮。「煩」叶分沿反。「分」叶膚眠反。「勤」叶音虔。「炎炎之虐，使我愆兮」，《樂録》作「闇闇之虎，使我褰兮」。「虎」蓋謂崇侯虎也。

文王操 周文王

《琴操》曰：紂爲無道，諸侯皆歸文王，其後有鳳皇銜書於郊，文王乃作此歌。謝希逸《琴論》曰：《文王操》，文王作也。《玉海》作《文王鳳凰歌》。

翼翼翱翔，彼鳳皇兮。銜書來遊，以會昌兮。瞻天案圖，殷將亡兮。蒼蒼之天，始有萌兮。五神連精，合謀房兮。興我之業，望來羊兮。「翱翔」一作「翔翔」。「鳳」一作「鸞」。「會」一作「命」。「之」一作「昊」。「五神連精，合謀房兮」一作「精連神合，謀於房兮」。

尅商操 周武王

一曰《武王伐紂》。《古今樂録》曰：武王伐紂而作此歌。謝希逸《琴論》曰：《尅商操》，武王伐紂時制。《琴集》曰：《武王伐紂》，武王自作也。

上告皇天兮，可以行乎？「行」，叶音先。

越裳操 周公旦

《琴操》曰：《越裳操》，周公所作也。周公輔成王，成文王之王道，越裳重九譯而來獻白雉，周公乃援琴而歌之。遂受之，獻于文王之廟。「裳」一作「嘗」。

於戲嗟嗟，非旦之力，乃文王之德。「力」下「德」下一各有「也」字。

神鳳操 周成王

一曰《鳳皇來儀》。《古今樂録》曰：周成王時，鳳皇翔舞，成王作此歌。謝希逸《琴論》曰：成王作《神鳳操》，言德化之感也。《琴集》曰：《鳳皇來儀》，成王所作。《玉海》作《周成王儀鳳歌》。

鳳皇翔兮於紫庭，予何德兮以感靈。賴先人兮恩澤臻，于胥樂兮民以寧。「於」《玉海》作「舞」。《宋書·符瑞志》《初學記》並載此。「臻」一作「轃」。

履霜操 周尹伯奇

《琴操》曰：《履霜操》，尹吉甫之子伯奇所作也。伯奇無罪，爲後母譖而見逐，乃集芰荷以爲衣，採楟花以爲食，晨朝履霜，自傷見放，於是援琴鼓之而作此操。曲終，投河而死。

履朝霜兮採晨寒，考不明其心兮聽讒言。孤恩別離兮摧肺肝，何辜皇天兮遭斯愆。痛殁不同兮恩有偏，誰能流顧兮知我寃。「寒」叶胡干反。「肝」叶經天反。

獻玉退怨歌 楚卞和

《琴操》曰：卞和者，楚野民，得玉璞以獻懷王。王使樂正子占之，言玉石。以爲欺謾，斬其一足。懷王死，子平王立，和復獻之，又以爲欺，斬其一足。平王死，子立爲荆王。欲獻之，恐復見害，乃抱玉而哭，涕盡繼之以血。荆王使剖之，中果有玉，乃封和爲陵陽侯，辭不受，而作退怨之歌。《風雅逸篇》曰：此歌出《琴操》，其敘述和事與正史亦異，果和所作耶？今按平王遠在懷王前，而懷王之子乃頃襄王。《韓非子》曰：楚人和氏得璞玉于楚山之中，奉而獻之武王，武王使玉人相之，玉人曰：石也。刖和氏左足。武王薨，成王即位，和又獻之，玉人又曰：石也。刖其右足。成王薨，文王即位，和乃抱璞而哭於楚山之下。王使玉人理其璞而得寶焉，遂名曰和氏之璧。當以韓子爲正。今按《史記》，成王在文王後。

悠悠沂水經荆山，精氣鬱洽谷岩岩。中有神寶灼明明，穴山采玉難爲功。於何獻之楚先王，遇王暗昧信讒言。斷截兩足離余身，俛仰嗟歎心摧傷。紫之亂朱紛墨同，空山歔欷涕龍鍾。天鑒孔明竟以彰，沂水滂沛流于汶。進寶得刖足離分，斷者不續豈不怨。「山」叶輪旃反。「明」叶謨郎反。「功」叶音光。「言」叶魚斤反。「同」叶徒黄反。「鍾」叶諸良反。「汶」叶微匀反。「分」叶方愔反。「怨」叶紆云反。

琴歌 秦百里奚妻

三首。《風俗通》曰：百里奚爲秦相，堂上樂作，所賃澣婦自言知音，因援琴撫弦而歌。問之，乃其故妻，還爲夫婦也。亦謂之《扊扅歌》。《字説》曰：門關謂之扊扅。或作剡移。

百里奚，五羊皮，憶别時，烹伏雌，炊扊扅。今日富貴，忘我爲。

百里奚，初娶我時，五羊皮。臨當别時，烹乳雞。今適富貴，忘我爲。

百里奚，百里奚，母已死，葬南谿。墳以瓦，覆以柴。舂黄藜，搤伏雞。西入秦，五羖皮。今日富貴，捐我爲。

百里奚歌 梁高允生

羈旅入秦庭，始得收顯曜。釋褐出輜車，卓爲千乘道。艷色進華容，繁弦發徵調。居貴易素心，翻然忘久要。裝金五羊皮，寫情陳所告。豈徒望自傷，念君無定操。

士失志操 晉介子推

《琴集》曰：《士失志操》，介子推所作也。一曰《龍虵歌》。《琴操》曰：文公與介子綏俱遁，子綏割腓股以啖文公。文公復國，咎犯、趙衰俱蒙厚賞，子綏獨無所得，乃作《龍蛇》之歌而隱，文公求之，不肯出。《史記》曰：文公重耳奔狄，其後反國，賞從亡，未及介子推。子推欲隱，從者憐之，乃懸書宮門。文公出見之，曰：此介子推也。使人召之，亡入緜上山中。於是文公環緜上山而封之，以爲介推田，號曰介山是也。《左傳》曰：晉侯賞從亡者，介之推不言禄，禄亦弗及。其母曰：盍亦求之？以死，誰懟？對曰：尤而效之，罪又甚焉。且出怨言，不食其食。其母曰：亦使知之，若何？對曰：言，身之文也。身將隱，焉用文之？是求顯也。其母曰：能如是乎？與女偕隱。遂隱而死。《呂氏春秋》、劉向《新序》皆以爲子推自作，辭並小異。《説苑》又作舟之僑歌，事類子推，而辭復同。《新序》今別載古歌中。

有龍矯矯，遭天譴怒。三蛇從之，一蛇割股。二蛇入國，厚蒙爵土。餘有一蛇，棄於草莽。

「怒」上聲。「莽」叶。

有龍于飛，周徧天下。五蛇從之，爲之承輔。龍反其鄉，得其處所。四蛇從之，得其露雨。一蛇羞之，撟死於中野。《呂氏春秋》。「野」叶上與反。

龍欲上天，五蛇爲輔。龍已升雲，四蛇各入其宇。一蛇獨怨，終不見處所。《史記》。《索隱》曰：五蛇即五臣。狐偃、趙衰、魏武子、司空季子及子推也。舊云五臣有先軫、顛頡，恐非其類。

有龍矯矯，將失其所。有蛇從之，周流天下。龍既入深淵，得其安所。蛇脂盡乾，獨不得甘雨。《新序》。

有龍矯矯，頃失其所。五虵從之，周徧天下。龍饑無食，一虵割股。龍反其淵，安其壤土。

四虵入穴，皆有處所。一虵無穴，號於中野。《説苑》。「下」叶後五反。

杞梁妻〔一〕

崔豹《古今注》曰：《杞梁妻》者，杞殖妻妹朝日之所作也。殖戰死，妻曰：上則無父，中則無夫，下則無子，人生之苦至矣。乃抗聲長哭，杞都城感之而頹，遂投水而死。其妹悲姊之貞，乃作歌，名曰《杞梁妻》焉。梁，殖之字也。《列女傳》曰：齊莊公襲莒，殖戰而死。其妻無所歸，乃就其夫之尸於城下，而哭十日，而城爲之崩。既葬，遂赴淄水而死。《琴操》曰：《杞梁妻》，歎齊杞梁殞，其妻之所作也。〔二〕

樂莫樂兮新相知，悲莫悲兮生別離。見《水經注》。

《琴操》：杞梁死，妻援琴歌曰。

樂莫樂兮新相知，悲莫悲兮生別離。哀感皇天城爲隳。見《太平御覽》。

杞梁妻 宋吳邁遠

燈竭從初明，蘭凋猶早薰。扼腕非一代，千載炳遺文。貞夫淪莒役，杜弔結齊君。驚心眩白日，長洲崩秋雲。精微貫穹旻，高城爲隤墳。行人既迷徑，飛鳥亦失羣。壯哉金石軀，出門形影分。一隨塵壤消，聲譽誰共論。「旻」一作「旻」。

龜山操 魯孔子

《琴操》曰：季桓子受齊女樂，孔子欲諫不得，退而望魯龜山，作此曲，以喻季氏若龜山之蔽魯也。

予欲望魯兮，龜山蔽之。手無斧柯，奈龜山何。「柯」叶於離返。「何」叶寒隈反。

陬操 魯孔子

一曰《槃操》。《史記·世家》曰：孔子既不得用於衛，將西見趙簡子。至於河，而聞竇鳴犢、舜華之死，臨河而歎曰：美哉水洋洋乎！丘之不濟，此命也夫。子貢曰：何謂也？孔子曰：竇鳴犢、舜華，晉國之賢大夫也。趙簡子未得志之時，須此兩人而後從政。及其已得志，殺之乃從政。丘聞之也，刳胎殺夭，則麒麟不至郊。竭澤涸漁，則蛟龍不合陰陽。覆巢毁卵，則鳳皇不翔。何則？君子諱傷其類也。夫鳥獸之於不義也，尚知辟之，而况乎丘哉？乃還，息乎陬鄉，作爲《陬操》以哀之。《孔叢子》曰：趙簡子使聘夫子，將至焉，及河，聞鳴犢、竇犨之見殺也，迴輿而旋之衛，息陬爲操。《孔子家語》曰：還息於陬，作《槃操》以哀之。注：即此歌。王肅曰：《陬操》，琴曲名也〔四〕。《水經注》又有《臨河歌》，事同辭異。本非琴操，今亦附後。

周道衰微，禮樂陵遲。文武既墜，吾將焉歸？周遊天下，靡邦可依。鳳鳥不識，珍寶梟鴟。眷然顧之，慘然心悲。巾車命駕，將適唐都。黄河洋洋，攸攸之魚。臨津不濟，還轅息鄹。傷予道窮，哀彼無辜。翱翔于衛，復我舊廬。從吾所好，其樂只且。「文武既墜，吾將焉歸」一作「文武既醉，我將焉師」。「唐」一作「晉」〔五〕。　朱熹云：《孔叢子》紀孔子事多失實，非東漢人之書。

將歸操

《琴操》曰：孔子將西見趙簡子，至河而返，作《將歸操》。

翱翔于衛，復我舊居。從吾所好，其樂只且。

槃操

一名《息陬操》。

乾澤而漁，蛟龍不遊。覆巢毀卵，鳳不翔留。慘予心悲，還原息陬。

臨河歌

酈道元《水經注》曰：孔子適趙，臨河不濟，歎而作歌。

狄水衍兮風揚波，舟楫顛倒更相加。歸來歸來胡爲斯！狄，水名，在臨濟，舊作「秋」，誤。

猗蘭操

一曰《幽蘭操》。《古今樂録》曰：孔子自衛反魯，見香蘭而作此歌。《琴操》曰：《猗蘭操》，孔子所作。孔子歷聘諸侯，諸侯莫能任。自衛反魯，隱谷之中，見薌蘭獨茂，喟然歎曰：蘭當爲王者香，今乃獨茂，與衆草爲伍。乃止車，援琴鼓之，自傷不逢時，託辭於蘭云。《琴集》曰：《幽蘭操》，孔子所作也。按此雖云託辭于蘭，義實無與。

習習谷風，以陰以雨。之子于歸，遠送于野。何彼蒼天，不得其所。逍遥九州，無所定處。時人闇蔽，不知賢者。年紀逝邁，一身將老。「時」一作「世」。「老」叶滿補反。

同前 隋辛德源

奏事傳青閣，拂除乃陶嘉。散條凝露彩，含芳映日華。已知香若麝，無怨直如麻。不學芙蓉草，空作眼中花。

幽蘭 宋鮑照

五首。宋玉《諷賦》曰：獨有主人女在，止臣其中，中有鳴琴焉，臣援而鼓之，爲《幽蘭》《白雪》之曲。

傾暉引暮色，孤景流思顔。梅歇春欲罷，期渡往不還。

簾委蘭蕙露，帳含桃李風。攬帶昔何道，坐令芳節終。

結佩徒分明，抱梁輒乖忤。華落知不終，空愁坐相悮。

眇眇蛸挂網，漠漠蠶弄絲。空慙不自信，怯與君晝期。

陳國鄭東門，古今共所知。長袖暫徘徊，駟馬停路岐。

歸耕操 曾參

《琴操》曰：曾子事孔子十有餘年，晨覺眷然年衰，養之不備也，于是援琴而歌曰。

歇來歸耕，歷山盤兮。以晏父母，我心博兮。《琴操》。

戲欷歸耕來兮，安所歸耕，歷山盤兮。《琴清英》。

窮劫之曲 楚扈子

《吴越春秋》曰：樂師扈子非荆王信讒佞，殺伍奢、白州犂，至乃掘平王墓，而寇不絶於境，戮屍以辱楚君臣，又傷昭王困迫，幾爲天下大鄙，乃援琴爲楚作《窮劫》之曲。昭王垂涕，深知琴曲之情，扈子遂不復鼓矣。

王耶王耶何乖烈，不顧宗廟聽讒孽。任用無忌多所殺，誅夷白氏族幾滅。二子東奔適吴越，吴王哀痛助忉怛。垂涕舉兵將西伐，伍胥白喜孫武决。三戰破郢王奔發，留兵縱騎虜京闕。楚荆骸骨遭掘發，鞭辱腐屍耻難雪。幾危宗廟社稷滅，莊王何罪國幾絶。卿士悽愴民惻悷，吴軍雖去怖不歇。願王更隱撫忠節，勿爲讒口能謗褻。無忌，費無忌也。二子，伍胥、白喜也。「烈」疑作「劣」。

别鶴操 商陵牧子

崔豹《古今注》曰：《别鶴操》，商陵牧子所作也。娶妻五年而無子，父兄將爲之改娶，妻聞之，中夜起，倚户而悲嘯。牧子聞之，愴然而悲，乃援琴而歌，後人因爲樂章焉。《琴譜》曰：琴曲有四大曲，《别鶴操》其一也。按《太平御覽》載《琴操》曰：牧子援琴鼓之，云「痛恩愛之永離，歎别鶴以舒情」，故曰别操，與此辭異。嵇康《琴賦》曰：千里别鶴。

將乖比翼兮隔天端，山川悠遠兮路漫漫，攬衣不寐兮食忘餐。《古今注》無三「兮」字。「攬衣」一作「攬衾」。「食」一作「辰」。《别鶴操》至《龍丘引》並無考世代，舊編錯互。

同前 宋鮑照

雙鶴俱起時，徘徊滄海間。長弄若天漢，輕軀似雲懸。幽客時結侶，提攜遊三山。青缴凌瑶臺，丹爐籠紫煙。海上悲風急，三山多雲霧。散亂一相失，驚孤不得住。緬然日月馳，遠矣絶音儀。有願而不遂，無怨以生離。鹿鳴在深草，蟬鳴隱高枝。心自有所懷，旁人那得知。「悲」一作「疾」。「遊」一作「到」。「遠」一作「已」。「懷」一作「存」。

别鶴 梁簡文帝

一作《烏棲曲》。

接翮同發燕，孤飛獨向楚。值雪已迷羣，驚風復失侣。

同前 吴均

别鶴尋故侣，聯翩遼海間。單棲孟津水，驚唳隴頭山。

水仙操 伯牙

《琴苑要録》曰：《水仙操》，伯牙之所作也。伯牙學琴於成連，三年而成，至于精神寂寞情之專一，未能得也。成連曰：吾之學不能移人之情，吾師有方子春在東海中。乃賫糧從之，至蓬萊山，留伯牙，曰：吾將迎吾師。刺船而去，旬時不返。伯牙心悲，延頸四望，但聞海水汩没，山林窅冥，羣鳥悲號，仰天歎曰：先生將移我情。乃援琴而作此歌。

繄洞渭兮流澌濩，舟楫逝兮仙不還。移形素兮蓬萊山，歍欽傷宫仙石還。

貞女引 魯處女

一曰《處女吟》。《琴苑要録》曰：《貞女引》者，魯次室女之所作也。次室女倚柱悲吟而嘯，鄰人謂曰：「欲嫁耶？何吟之悲也。」次室女曰：「嗟乎，吾傷民心悲而嘯，豈欲嫁哉！」自傷懷潔而爲鄰人所疑，於是褰裳而去之，入山林之中，見貞女之廟，喟然歎息，援琴而歌，自縊而死，繫骸骨於林兮，附神靈於貞女，故曰《貞女引》。《古今樂録》曰：魯處女見女貞木而作歌，亦謂之《女貞木歌》。《琴操》曰：《處女吟》，魯處女所作也。

菁菁茂木，隱獨煢兮。變化垂枝，含蕤英兮。脩身養志，建令名兮。厥道不同，善惡并兮。屈身身獨，去微清兮。懷忠見疑，何貪生兮。「同」一作「積」。「屈身身獨，去微清兮」，一作「屈躬就濁，世疑清兮」。

同前 梁簡文帝

借問懷春臺，百尺凌雲霧。北有歲寒松，南臨女貞樹。庭花對帷滿，隙月依枝度。但使明妾心，無嗟坐遲暮。

同前 沈約

貞心信無矯，傍鄰也見疑。輕生本非惜，賤軀良足悲。傳芳託嘉樹，弦歌寄好辭。

思歸引 衛女

一曰《離拘操》。《琴操》曰：衛有賢女，邵王聞其賢而請聘之，未至而王薨，太子曰：吾聞齊桓公得衛姬而霸，今衛女賢，欲留。大夫曰：不可，若女賢，必不我聽。若聽，必不賢。不可取也。太子遂留之，果不聽。拘於深宫，思歸不得，遂援琴而作歌。曲終，縊而死。晉石崇有《思歸引》，以古曲有弦無歌，乃作樂辭，但思歸河陽别業，與《琴操》異也。《樂府解題》曰：若梁劉孝威「胡地憑良馬」，備言思歸之狀而已。按謝希逸《琴論》曰：箕子作《離拘操》。不言衛女作，未知孰是。

涓涓泉水，流及于淇兮。有懷于衛，靡日不思。執節不移兮行不隳，砱軻何辜兮離厥菑。嗟乎何辜兮離厥菑。《琴苑要録》

涓涓淇水，流于淇兮。有懷于衛，靡日不思。執節不移兮行不詭隨。坎坷何辜兮離厥茨。《風雅逸篇》。

同前 晉石崇

序曰：余少有大志，夸邁流俗。弱冠登朝，歷位二十五年。五十以事去官，晚節更樂放逸。篤好林藪，遂肥遁于河陽别業。其制宅也，却阻長堤，前臨清渠。百木幾于萬株，江水周于舍下。有觀閣池沼，多養魚鳥。家素習技，頗有秦趙之聲。出則以遊目弋釣爲事，入則有琴書之娱。又好服食咽氣，志在不朽，傲然有凌雲之操。欻復見牽羈，婆娑于九列，困於人間煩黷。常思歸而永歎，尋覽樂篇，有《思歸引》，儻古人之心有同于今，故制此曲。此曲有弦無歌，今爲作歌辭，以述余懷。恨時無知音者，令造新聲而播于絲竹也。

思歸引，歸河陽。假余翼，鴻鶴高飛翔。經芒阜，濟河梁。望我舊館心悦康。清渠激，魚彷徨，鴈驚泝波羣相將。終日周覽樂無方。登雲閣，列姬姜。拊絲竹，叩宮商。宴華池，酌玉觴。

同前 梁劉孝威

胡地憑良馬，懷驕負漢恩。甘泉烽火入，回中宫室燔。錦車勞遠駕，繡衣疲屢奔。貳師已喪律，都尉亦銷魂。龍堆求援急，狐塞請先屯。櫪下驅雙駿，腰邊帶兩鞬。乘障無期限，思歸安可論。一作「言」。

思歸歎 晉石崇

本非琴操，類附于此。

登城隅兮臨長江，極望無涯兮思填胸。魚瀺濁兮鳥繽翻，澤雉遊鳧兮戲中園。秋風厲兮鴻鴈征，蟋蟀嘈嘈兮晨夜鳴。落葉飄兮枯枝竦，百草零落兮覆畦壠。時光逝兮年易盡，感彼歲暮兮悵自愍。廓羈旅兮滯野都，願御北風兮忽歸徂。惟金石兮幽且清，林鬱茂兮芳卉盈。玄泉流兮縈丘阜，閣館蕭寥兮蔭叢柳。吹長笛兮彈五弦，高歌凌雲兮樂餘年。舒篇卷兮與聖談，釋冕投紱兮希彭聃。超逍遥兮絶塵埃，福亦不至兮禍亦不來。

「卉」一作「草」。「五弦」一作「玉琴」。

霹靂引 楚商梁

謝希逸《琴論》曰：夏禹作《霹靂引》。《樂府解題》曰：楚商梁遊於雷澤，霹靂下，乃援琴而作之，名《霹靂引》。《琴苑要録》曰：《霹靂引》，楚商梁之所作也。商梁出遊九皐之澤，覽漸水之臺。引罘罝周於荆田，臨曲池而漁。疾風賁雹，雷電奄冥，大水四起，霹靂下臻。矍然而驚，其僕曰：孤虛設張，八宿相望，熒惑干角，五星失行，此國之大變也，君其返國矣。於是商梁返室，援琴歎之，韻聲激發，象霹靂之聲，故曰《霹靂引》。楚商梁者，或云楚莊王也，聲之誤耳。按前二説互異，據歌辭有亡國喪年之説，與商梁合。

疾雨盈河，霹靂下臻，洪水浩浩滔厥天。鑑趙隆愧，隱隱闐闐，國將亡兮喪厥年。「天」叶鐵因反。「年」叶知林反。

同前 梁簡文帝

來從東海上，發自南山陽。時聞連鼓響，乍散投壺光。飛車走四瑞，繞電發時祥。令去於斯表，殺來永傳芳。

同前 隋辛德源

出地聲初奮，乘乾威更作。雲銜天笑明，雨帶星精落。碎枕神無繞，震楹書自若。側聞吟白虎，遠見飛玄鶴。「側」一作「時」。「飛」一作「舞」。

走馬引　梁張率

一曰《天馬引》。崔豹《古今注》曰：《走馬引》，樗里牧恭所作也。爲父報怨，殺人而亡匿於山之下。有天馬夜降，圍其室而鳴，覺聞其聲，以爲追吏，奔而亡去。明旦視之，乃天馬跡也。因惕然大悟，曰：豈吾所處之將危乎？遂荷糧而逃，入于沂澤中，援琴而鼓之，爲天馬之聲，故曰《走馬引》也。

良馬龍爲友，玉珂金作羈。馳鶩宛與洛，半驟復半馳。倏忽而千里，光景不及移。九方惜未見，薛公寧所知？斂轡且歸去，吾畏路傍兒。「馳鶩」一作「相去」。

天馬引　陳傅縡

驄色表連錢，出冀復來燕。取用偏開地，爲歌乃號天。權奇意欲遠，蹀蹀勢難前。本珍白玉鐙，因飾黄金鞭。願酬芻秣寵，千里得千年。

龍丘引　梁簡文帝

一曰《楚引》。《琴操》曰：《楚引》者，楚遊子龍丘高所作也。龍丘高出遊三年，思歸故鄉，望楚而長歎，故曰《楚引》。

龍丘一迴首，楚路蒼無極。水照弄珠影，雲吐陽臺色。浦狹村煙度，洲長歸鳥息。遊蕩逐春心，空憐無羽翼。

浦狹村煙度 陳張正見

茅蘭夾兩岸，野燎燭中川。村長合夜影，水狹度浮煙。收光暗鳥弋，分火照漁船。山人不炊桂，樵華幸共然。

雉朝飛操 齊犢沐子

一曰《雉朝雊操》。揚雄《琴清英》曰：《雉朝飛操》，衛女傅母之所作也。衛侯女嫁於齊太子，中道聞太子死，問傅母，曰：何如？傅毋曰：且往當喪。喪畢，不肯歸，終之以死。傅母悔之，取女所自操琴於冢上鼓之。忽二雉俱出墓中，傅母撫雉曰：女果爲雉耶？言未畢，俱飛而起，忽然不見。傅母悲痛，援琴作操，故曰《雉朝飛》。崔豹《古今注》曰：《雉朝飛》者，犢沐子所作也。齊宣王時處士泯宣年五十無妻，出薪於野，見雉雄雌相隨而飛，意動心悲，乃仰天歎：大聖在上，恩及草木鳥獸，而我獨不獲。因援琴而歌，以明自傷。其聲中絶。魏武帝時宫人有盧女者，七歲入漢宫學鼓琴，特異於餘妓，善爲新聲，能傳此曲。郭本又載伯牙琴歌于注，今作正書。

雉朝飛兮鳴相和，雌雄羣遊於山阿，我獨何命兮未有家。時將暮兮可奈何，嗟嗟暮兮可奈何。家叶。

同前 宋鮑照

雉朝飛，振羽翼。專場挾雌恃彊力。媒已驚，翳又逼，蒿間潛彀盧矢直。刎繡頸，碎錦臆，絶命君前無怨色。握君手，執杯酒，意氣相傾死何有。「雌」一作「兩」。

同前 梁簡文帝

晨光照麥畿，平野度春翬。避鷹時聳角，妬壠或斜飛。少年從遠役，有恨意多違。不如隨蕩子，羅袂拂臣衣。「或」一作「忽」。

同前 吴均

二月雉朝飛，横行傍壟歸。斜看水外翟，側聽嶺南翬。躞蹀恒欲戰，耿耿恃彊威。當令君見賞，何辭碎錦衣。

琴歌 伯牙

此亦非必爲此操，以有「雉朝飛」之語，郭本附注。

麥秀蔪兮雉朝飛，向虚壑兮背喬槐，依絶區兮臨曲池。

鼓琴歌

一曰《鼓瑟歌》。《史記》曰：趙武靈王夢見處女鼓琴而歌。異日，王飲酒樂，數言所夢，想見其狀。吴廣聞之，因夫人而内其女娃嬴孟姚也。孟姚甚有寵於王，是爲惠后。

美人熒熒兮，顔若苕之榮。命乎命乎，曾無我嬴。綦母邃曰：言有命禄，生遇其時，人莫知己貴盛盈端也。

子桑琴歌 子桑

莊子曰：子輿與子桑友，而霖雨十日，子輿曰：子桑殆病矣。裹飯而往食之，至子桑之門，則若歌若哭，鼓琴云云。子輿入曰：子之歌聲何故若是？曰：吾思夫使我至此極者而不得也。父母豈欲吾貧哉？天地豈私貧我哉？然而至此極者，命也。

父邪母邪，天乎人乎？

相和歌

莊子曰：子桑户、孟子反、子琴張三人相與友。子桑户死，未葬，孔子使子貢往待事焉。或編曲，或鼓琴，相和而歌。

嗟來桑户乎，嗟來桑户乎！而已反其真，而我猶爲人猗。

渡易水　燕荆軻

一曰《荆軻歌》。《史記》曰：燕太子丹質於秦，怨而亡歸，使荆軻刺秦王。太子及賓客皆白衣冠以送之，至於易水之上。既祖取道，高漸離擊筑，軻和而歌，爲變徵之聲。又前而爲此歌，復爲羽聲慷慨，士皆瞋目，髮盡上指冠。於是就車而去。《樂府廣題》曰：後人以爲琴中曲。按《琴操》商調有《易水曲》，荆軻所作，亦曰《渡易水》是也。

風蕭蕭兮易水寒，壯士一去兮不復還。叶。

同前 梁吳均

一作《荆軻歌》。

雜虜客來齊，時余在角抵。揚鞭渡易水，直至龍城西。日昏笳亂動，天曙馬争嘶。不能通瀚海，無面見三齊。

荆軻歌 陳陽縉

函谷路不通，燕將重深功。長虹貫白日，易水急寒風。壯髮危冠下，匕首地圖中。琴聲不可識，遺恨没秦宫。

琴女歌 秦琴女

《燕丹子》曰：荆軻刺秦王，右手執匕首，左手揕其袖。秦王曰：今日之事，從子計矣，乞聽琴聲而死。琴女鼓琴，琴聲云云。王於是奮袖超屏風走之，軻不解琴，故及於難。《史記》：荆軻左手把王之袖，而右手持匕首揕之，未至身，秦王驚，自引而起，袖絶，拔劍，劍長，操其室。時惶急，劍堅，故不可立拔。左右乃曰：王負劍。負劍，遂拔以擊荆軻。無琴女事。

羅縠單衣，可裂而絶。三尺屏風，可超而越。鹿盧之劍，可負而拔。「裂」一作「掣」。

《三秦記》曰：荆軻入秦，爲燕太子報讐。把秦王衣袂，曰：寧爲秦地鬼，不爲燕地囚。王美人彈琴作語曰云云，王因掣衣而走得免。與前載小異。

三尺羅衣，何不掣？四面屏風，何不越？

琴引 秦屠門高

《琴苑要録》曰：《琴引》者，秦時倡屠門高之所作也。秦爲無道，奢淫不制，徵天下美女以充後宫。乃縱酒離宫作戲，倡優宫女侍者千餘人。屠門高見宫女幼妙寵麗，於是援琴而歌之，作爲離□之操。曲未及終，琴折柱摧，絃音不鳴，舍琴而更援他琴以續之。

酒坐俱毋往，聽吾琴之所言。舒長褏似舞兮，乃褕袂何曼。奏章而却逢兮，願瞻心之所驩。借連娟之寒態兮，假巵酒酌五般。泣喻而妖兮，納其聲聲麗顔。歌長榆兮歎曰騎，美人旖旎紛嬀。柑霜羅衣兮羽旄，夜褒圭玉珠參差。妙麗兮被雲髻，登高臺兮望青埃。常羊唊還何厭兮歸來。字多訛異。

偕隱歌

《琴清英》曰：祝牧與妻偕隱，作琴歌云。不詳何代，附此。

天下有道，我黻子佩。天下無道，我負子戴。《大平御覽》引《莊子》載祝牧謂其妻曰云云，不言琴歌。

力拔山操 西楚項籍

《史記》曰：項王軍壁垓下，軍少食盡，漢軍及諸侯兵圍之數重。夜聞漢軍四面皆楚歌，項王乃大驚，曰：漢皆已得楚乎？是何楚人之多也。項王則夜起飲帳中，有美人名虞，常幸從，駿馬名騅，常騎之，迺悲歌忼慨，自爲詩歌數闋，美人和之。項王泣數行下，於是乃上馬，直夜潰圍南出馳走。平明，漢軍迺覺之。《琴集》曰：《力拔山操》，項羽所作也。近世又有虞美人曲，亦出於此。

力拔山兮氣蓋世，時不利兮騅不逝。騅不逝兮可奈何，虞兮虞兮奈若何！

項王歌 無名氏

無復拔山力，誰論蓋世才。欲知漢騎滿，但聽楚歌哀。悲看騅馬去，泣望艤舟來。

答項王楚歌 虞美人

《困學紀聞》曰：太史公述楚漢春秋，其不載於書者。《正義》云：項羽歌，美人和之。是時已爲五言矣。五言始於《五子之歌》《行露》。

漢兵已略地，四面楚歌聲。大王意氣盡，賤妾何聊生。「面」一作「方」。

【校勘記】

〔一〕鬣，原作「鼠」，據《四庫》本改。

〔二〕此處底本與《四庫》本均竄入《霹靂引》題解文字，删。

〔三〕此段題解文字原在兩首古辭後，宋吴邁遠同題之作前，據全書體例調整位置。

〔四〕名，原闕，據《四庫》本補。

〔五〕唐一作晉，原作「晉一作唐」，據《四庫》本改。